Das Buch

Wie jedes Jahr im Herbst brechen die vier Freunde Pete, Henry, Jonesy und Biber zu ihrem gemeinsamen Jagdausflug in die Wälder von Maine auf. Wenn sie nur gewusst hätten, dass nach ihrem Trip nichts mehr so sein würde wie vorher ...
Denn kurz nachdem sie in ihrer Jagdhütte angekommen sind, läuft ihnen der Jäger Richard McCarthy über den Weg, der ziellos durch die Gegend irrt. Alles an ihm ist merkwürdig: Er wirkt eigenartig verwirrt, benimmt sich wie ein kleines Kind und leidet zugleich unter qualvollen Schmerzen. Als Richard sich dann im Bad einschließt und von dort unmenschliche Laute nach außen dringen, brechen die vier Freunde die Tür auf und blicken dem Grauen ins Gesicht. Außer sich vor Entsetzen wollen sie fliehen – aber das Militär hat die gesamte Region unter Quarantäne gestellt. In der Jagdhütte eingeschlossen, müssen sich die Freunde nun einer tödlichen Bedrohung stellen, aus der es kein Entrinnen zu geben scheint – doch da fällt ihnen Duddits ein, ihr alter Freund mit seinen hellseherischen Fähigkeiten ...

Der Autor

Stephen King wurde 1947 in Portland, Maine, geboren. Schon als kleiner Junge begann er mit dem Schreiben von Kurzgeschichten. Heute gilt er weltweit unbestritten als der »erfolgreichste Horrorschriftsteller aller Zeiten« (FAZ). Seine Romane wurden von den besten Regisseuren verfilmt. Stephen King lebt mit seiner Frau Tabitha in Bangor, Maine.

Von Stephen King sind in unserem Hause bereits erschienen:
Achterbahn – Riding the Bullet
Danse Macabre
»es«
Friedhof der Kuscheltiere
Langoliers
Das Mädchen (schwarz)
Das Mädchen (weiß)
Das Spiel
Stark – The Dark Half
Regulator (unter dem Pseudonym Richard Bachman)

Stephen King

Dreamcatcher
»Duddits«

Roman

Aus dem Englischen
von Jochen Schwarzer

Ullstein

Besuchen Sie uns im Internet:
www.ullstein-taschenbuch.de

Umwelthinweis:
Dieses Buch wurde auf chlor- und säurefreiem Papier gedruckt.

Ullstein Verlag
Ullstein ist ein Verlag des Verlagshauses
Ullstein Heyne List GmbH & Co. KG.
Neuausgabe
1. Auflage April 2003
2. Auflage 2003
© 2002 für die deutsche Ausgabe by
Ullstein Heyne List GmbH & Co. KG
© 2001 für die deutsche Ausgabe by
Econ Ullstein List Verlag GmbH & Co. KG, München / Ullstein Verlag
© 2001 by Stephen King
Titel der amerikanischen Originalausgabe: *Dreamcatcher*
(Scribner, New York, 2001)
Übersetzung: Jochen Schwarzer
Umschlaggestaltung: Thomas Jarzina, Köln
Titelabbildung: © 2003 Warner Bros. ALL RIGHTS RESERVED
Gesetzt aus der Sabon
Satz: Pinkuin Satz- und Datentechnik, Berlin
Druck und Bindearbeiten: Ebner & Spiegel, Ulm
Printed in Germany
ISBN 3-548-25668-6

Die Titelabbildung und alle Abbildungen im Innenteil entstammen der
Romanverfilmung *Dreamcatcher*.
Nähere Informationen unter: www.warnerbros.de

Dies ist für
Susan Moldow und Nan Graham.

Zunächst: die Nachrichten

Aus dem *East Oregonian*, 25. Juni 1947:

**FEUERLEITOFFIZIER SIEHT
»FLIEGENDE UNTERTASSEN«**
Kenneth Arnold meldet 9 scheibenförmige Objekte
»Silbrig schimmernd, flogen unglaublich schnell«

Aus dem *Daily Record*, Roswell, 8. Juli 1947:

**LUFTWAFFE FINDET
»FLIEGENDE UNTERTASSE«
AUF RANCH IM BEZIRK ROSWELL**
Geheimdienst birgt abgestürzte Scheibe

Aus dem *Daily Record*, Roswell, 9. Juli 1947:

**»UNTERTASSE« LAUT LUFTWAFFE
EIN WETTERBALLON**

Aus der *Chicago Tribune*, 1. August 1947:

**LUFTWAFFE KANN SICH ARNOLDS SICHTUNG
»NICHT ERKLÄREN«**
850 weitere Sichtungen seit erster Meldung

Aus dem *Daily Record*, Roswell, 19. Oktober 1947:

**ANGEBLICHER »WEIZEN AUS DEM WELTALL«
BETRUG, BEHAUPTET WÜTENDER FARMER**
**Andrew Hoxon bestreitet »außerirdischen
Zusammenhang«**
Rot gefärbter Weizen »nur ein Ulk«, erklärt er

Aus dem *Courier-Journal* (Kentucky), 8. Januar 1948:

AIR-FORCE-CAPTAIN BEI JAGD NACH UFO UMGEKOMMEN
Mantells letzter Funkspruch:
»Metallisch, riesengroß«
Luftwaffe: »Kein Kommentar«

Aus dem *Nacional*, Brasilien, 8. März 1957:

FREMDES RINGFÖRMIGES FLUGOBJEKT IN MATO GROSSO ABGESTÜRZT!
BEI PONTO PORAN 2 FRAUEN BEDROHT!
»Wir hörten es darin kreischen«, berichten sie

Aus dem *Nacional*, Brasilien, 12. März 1957:

HORROR IN MATO GROSSO!
Berichte über graue Männer mit schwarzen Riesenaugen
Wissenschaftler spotten! Immer neue Berichte!
DÖRFER IN ANGST UND SCHRECKEN!

Aus dem *Oklahoman*, 12. Mai 1965:

POLIZIST SCHIESST AUF UFO
Fliegende Untertasse schwebte angeblich 15 Meter über dem Highway 9
Radar der Luftwaffenbasis Tinker bestätigt Sichtungen

Aus dem *Oklahoman*, 2. Juni 1965:

»AUSSERIRDISCHE PFLANZEN« EIN SCHÜLERSTREICH, ERKLÄRT VERTRETER DER LANDWIRTSCHAFTSBEHÖRDE
»Rotes Kraut« angeblich Werk aus der Sprühpistole

Aus dem *Press-Herald*, Portland (Maine), 14. September 1965:

IMMER MEHR UFO-SICHTUNGEN IN NEW HAMPSHIRE
Die meisten Sichtungen in der Gegend um Exeter
Anwohner äußern Angst vor Invasion aus dem All

Aus dem *Union-Leader*, Manchester (New Hampshire), 19. September 1965:

RIESIGES OBJEKT, DAS NAHE EXETER GESICHTET WURDE, WAR OPTISCHE TÄUSCHUNG
Ermittler der Luftwaffe widerlegen Sichtung der Staatspolizei
Officer Cleland Adamant:
»Ich weiß, was ich gesehen habe«

Aus dem *Union-Leader*, Manchester (New Hampshire), 30. September 1965:

EPIDEMISCHE LEBENSMITTELVERGIFTUNGEN IN PLAISTOW WEITER UNGEKLÄRT
Über 300 Opfer, die meisten auf dem Wege der Besserung
FDA: Vergiftete Brunnen möglicherweise die Ursache

Aus dem *Michigan Journal*, 9. Oktober 1965:

GERALD FORD FORDERT UFO-ERMITTLUNG
Republikanischer Oppositionsführer sagt,
»Michigan-Lichter« könnten außerirdischen
Ursprungs sein

Aus der *Los Angeles Times*, 19. November 1978:

CALTECH-FORSCHER SAHEN RIESIGES SCHEIBENFÖRMIGES OBJEKT ÜBER MOJAWE-WÜSTE
Tickman: »War von kleinen hellen Lichtern umgeben«
Morales: »Rote Fasern wie Engelshaar«

Aus der *Los Angeles Times*, 24. November 1978:

ERMITTLER VON STAATSPOLIZEI UND LUFTWAFFE FINDEN KEIN »ENGELSHAAR« IN MOJAWE-WÜSTE
Tickman und Morales bestehen Lügendetektortest
Betrug kaum möglich

Aus der *New York Times*, 16. August 1980:

WEITERHIN DAVON ÜBERZEUGT, DASS SIE VON AUSSERIRDISCHEN ENTFÜHRT WURDEN
Psychologen stellen Zeichnungen so genannter »Grauer Männer« in Frage

Aus dem *Wall Street Journal*, 9. Februar 1985:

CARL SAGAN: »WIR SIND NICHT ALLEIN«
Prominenter Wissenschaftler bestätigt Glaube an Außerirdische
»Höchstwahrscheinlich gibt es intelligente Lebensformen«

Aus der *Sun*, Phoenix, 14. März 1997:

RIESIGES UFO NAHE PRESCOTT GESICHTET DUTZENDE ZEUGEN BERICHTEN VON »BUMERANGFÖRMIGEM« FLUGOBJEKT
Telefonzentrale der Luftwaffenbasis Luke mit Meldungen überhäuft

Aus der *Sun*, Phoenix, 20. März 1997:

»PHOENIX-LICHTER« WEITERHIN UNGEKLÄRT
Fotos nach Expertenmeinung nicht manipuliert
Luftwaffenermittler schweigen

Aus dem *Paulden Weekly* (Arizona), 9. April 1997:

RÄTSELHAFTE LEBENSMITTELVERGIFTUNG
BERICHTE ÜBER »ROTES GRAS«
ALS SCHERZ ABGETAN

Aus den *Daily News*, Derry (Maine), 15. Mai 2000:

WIEDER BERICHTE ÜBER GEHEIMNISVOLLE
LICHTER IN JEFFERSON TRACT
Bürgermeister von Kineo: »Ich weiß nicht, was es ist.
Es kommt immer wieder.«

SSAT

Das wurde ihr Motto, und Jonesy wusste beim besten Willen nicht mehr, wer das aufgebracht hatte. *Rache ist Blutwurst* – das war von ihm. *Arschkrass* und *Kackorama* und ein halbes Dutzend ähnlicher Obszönitäten stammten von Biber. Henry hatte ihnen beigebracht zu sagen: *Es kommt alles, wie es kommen muss*; auf solchen Zen-Quatsch stand Henry schon, als sie noch Kinder waren. Aber SSAT – was war mit SSAT? Wer hatte sich das ausgedacht?

Na, egal. Es zählte nur, dass sie die erste Hälfte davon glaubten, als sie zu viert waren, dass sie es ganz glaubten, als sie zu fünft waren, und dann die zweite Hälfte, als sie wieder zu viert waren.

Als sie wieder nur zu viert waren, wurden die Tage düsterer. Es kamen mehr arschkrasser Kackorama-Tage. Sie wussten das, nur nicht, warum. Sie wussten, dass etwas mit ihnen nicht stimmte – dass zumindest etwas anders war als früher –, wussten aber nicht, was. Sie wussten, sie waren gefangen, wussten aber nicht, inwiefern. Und das alles lange vor den Lichtern am Himmel. Vor McCarthy und Becky Shue.

SSAT: Manchmal sagt man das nur so dahin. Und manchmal glaubt man nur noch an die Dunkelheit. Und wie soll man dann weitermachen?

1988: Selbst Biber kriegt den Blues

Wer sagt, Bibers Ehe hätte nicht funktioniert, der könnte auch behaupten, beim Start der Raumfähre Challenger sei ein klein bisschen was schief gelaufen. Joe »Biber« Clarendon und Laurie Sue Kenopensky schaffen es acht Monate lang, und dann: *Rumms!* Und ab dafür! Und kann mir mal einer helfen, die Scherben einzusammeln?

Der Biber ist im Grunde ein fröhlicher Typ, das würde einem jeder seiner Kneipenkumpels bestätigen, aber er macht gerade eine schwere Zeit durch. Er trifft seine alten Freunde nicht mehr (seine *wahren* Freunde, wie er meint), nur noch in der einen Woche im November, die sie alljährlich zusammen verbringen; und im vergangenen November war er noch mit Laurie Sue zusammen gewesen. Nur gerade mal so, klar, aber immerhin zusammen. Jetzt verbringt er viel Zeit – zu viel Zeit, das weiß er – in den Kneipen am alten Hafen von Portland, im Porthole und Seaman's Club und Free Street Pub. Er trinkt zu viel und kifft zu viel, und morgens mag er sich im Badezimmerspiegel meistens nicht sehen; seine rot geränderten Augen weichen dem Spiegelbild aus, und er sagt sich: *Ich muss mit den Clubs Schluss machen. Bald hab ich genauso ein Problem wie Pete. Heilige Filzlaus!*

Hör mit den Clubs auf, keine durchzechten Nächte mehr, echt 'ne super Idee, und dann zieht er doch wieder los, knutsch mir die Kimme, wie geht's denn so? An diesem Donnerstag ist er im Free Street, und Mann, wenn das kein Bier ist da in seiner Hand und kein Joint in seiner Tasche, und irgendein altes Instrumentalstück, das ein bisschen nach den Ventures klingt, kommt aus der Jukebox. Er kann sich an den Titel des Stücks nicht recht erinnern. Das war vor seiner Zeit. Aber er kennt es durchaus; seit seiner Scheidung hört er oft die Oldiesender von Portland. Oldies sind so schön beruhigend. Das meiste neue Zeug ... Laurie Sue kannte und mochte das fast alles, aber für Biber ist das nichts.

Im Free Street ist nicht viel los, vielleicht ein halbes Dutzend Typen am Tresen und noch ein halbes Dutzend, die hinten Pool spielen. Biber hockt mit drei Kumpels in einer Sitznische. Sie trinken Miller vom Fass und spielen mit einem siffigen Blatt Abheben, um zu bestimmen, wer die nächste Runde zahlt. Wie heißt dieses Instrumental noch, mit den schwubbernden Gitarren? *Out of Limits* von den

Mar-Kets? *Telstar?* Nee, da ist ein Synthesizer dabei und hier nicht. Ist ja auch scheißegal. Die anderen unterhalten sich über Jackson Browne, der am Vorabend im Civic Center aufgetreten ist und, laut George Pelsen, der dabei war, eine mordsmäßig geile Bühnenshow hingelegt hat.

»Und jetzt erzähle ich euch noch was mordsmäßig Geiles«, sagt George und schaut sie dabei viel versprechend an. Er hebt sein fliehendes Kinn und deutet auf einen roten Fleck seitlich an seinem Hals. »Wisst ihr, was das ist?«

»Ein Pickel, oder?«, fragt Kent Astor ein wenig schüchtern.

»Du hast echt den Durchblick«, sagt George. »Nach dem Konzert stand ich mit 'n paar anderen Typen hinten am Bühneneingang und wollte ein Autogramm von Jackson. Oder vielleicht auch von David Lindley. Der ist cool.«

Kent und Sean Robideau pflichten bei, dass Lindley cool sei – zwar auf keinen Fall ein Gitarrengott (Mark Knopfler von Dire Straits ist ein Gitarrengott, und Angus Young von AC/DC, und – natürlich – Clapton), aber trotzdem doch schon sehr cool. Lindley hat geile Riffs drauf, und dann hat er auch noch diese Wahnsinns-Dreads. Bis auf die Schultern.

Biber mischt sich nicht ins Gespräch ein. Ganz plötzlich will er hier raus, weg aus dieser muffigen Kneipe, wo sich alles ewig nur im Kreise dreht, und ein bisschen frische Luft schnappen. Er weiß, worauf George hinaus will, und es ist alles gelogen.

Sie hieß nicht Chantay, du kennst ihren Namen gar nicht, und sie ist einfach an dir vorbeigerauscht, du warst Luft für sie, was wärst du auch sonst für so ein Mädchen, doch nur noch so ein langhaariger Proll aus noch so einer Prollstadt in Neuengland, sie ist in den Bandbus geflitzt und aus deinem Leben verschwunden, aus deinem beschissenen, uninteressanten Leben. The Chantays ist der Name der Band, die wir gerade hören, nicht die Mar-Kets oder BarKays, nein, die Chantays; das ist »Pipeline« von den Chantays, und das Ding an deinem Hals da ist kein Pickel, sondern Rasierbrand.

Das denkt er, und dann hört er jemanden weinen. Nicht

in der Kneipe, sondern in der Erinnerung. Lange zurückliegendes Weinen. Es dringt ihm direkt in den Kopf, dieses Weinen, marternd wie Glassplitter, und Scheiße noch eins, das ist ja arschkrass, sorg doch mal einer dafür, dass der aufhört zu *weinen!*

Ich war es, der ihn getröstet hat, denkt Biber. *Ich war das. Ich war der, bei dem er aufgehört hat zu weinen. Ich habe ihn in die Arme genommen und ihm was vorgesungen.*

Währenddessen erzählt George Pelsen, wie die Tür des Bühneneingangs endlich aufging und dann weder Jackson Browne noch David Lindley herauskam, sondern die drei Sängerinnen. Eine hieß Randi, eine Susi und eine Chantay. Scharfe Weiber, echt zum Anbeißen.

»*Mann*«, sagt Sean und verdreht die Augen. Er ist ein rundlicher, kleiner Typ, dessen sexuelle Abenteuer aus gelegentlichen Expeditionen nach Boston bestehen, wo er dann im Foxy Lady die Stripperinnen und im Hooters die Kellnerinnen begafft. »O Mann, *Chantay*.« Er deutet Wichsbewegungen an. Zumindest dabei, findet Biber, sieht er wie ein Profi aus.

»Ich hab also mit denen gequatscht ... na, größtenteils mit Chantay, und hab sie gefragt, ob sie nicht ein wenig das Nachtleben von Portland kennen lernen möchte. Und dann ...«

Der Biber zieht einen Zahnstocher aus der Tasche, steckt ihn sich in den Mund und blendet alles andere aus. Ganz plötzlich ist der Zahnstocher das Einzige, was er will. Nicht das Bier vor ihm, nicht der Joint in seiner Tasche und ganz bestimmt nicht George Pelsens Geschwafel, wie er es mit dieser Chantay aus dem Märchenland hinten auf seinem Pick-up getrieben hat, Gott sei gedankt für die Wohnkabine, wenn Georgie-Boy die Ramme schwingt, die Alte gleich Juchheißa singt.

Alles heiße Luft, denkt Biber, und mit einem Mal ist er fürchterlich deprimiert, noch deprimierter als damals, als Laurie Sue ihre Sachen packte und zurück zu ihrer Mutter zog. Das passt überhaupt nicht zu ihm, und plötzlich will er nur noch raus hier, will sich die Lunge vollsaugen mit der kühlen, salzigen Seeluft und ein Telefon finden. Das will er tun, und dann will er Jonesy oder Henry anrufen, ganz egal, einen von beiden; er will sagen: *Hey, Mann, wie läuft's denn*, und hören, wie einer von ihnen erwidert: *Ach, weißt du, Biber, SSAT. Kein Prall, kein Spiel.*

Er steht auf.

»Hey, Mann«, sagt George. Biber ist mit George aufs Westbrook Junior College gegangen, und damals war er cool gewesen, aber das war nun viele, viele Biere her. »Wo willst du hin?«

»Pissen«, sagt Biber und dreht sich den Zahnstocher vom einen Mundwinkel in den anderen.

»Na, dann mach aber schnell. Gleich kommt das Beste«, sagt George, und Biber denkt: *String-Tanga.* O Mann, heute sind diese alten, schrägen Vibrations aber stark, liegt vielleicht am Luftdruck oder so.

Mit gesenkter Stimme sagt George: »Als ich ihren Rock hochschob –«

»Ich weiß: hatte sie einen String-Tanga an«, sagt Biber. Er bemerkt den verblüfften, fast entsetzten Blick in Georges Augen, geht aber nicht darauf ein. »Also das will ich unbedingt hören.«

Er geht am Männerklo vorbei, mit dem gelb-rosa Gestank nach Pisse und Spülsteinen, geht an der Damentoilette vorbei, der Tür mit der Aufschrift BÜRO und hinaus in die Gasse. Es ist bedeckt und regnerisch, aber die Luft tut gut. Sehr gut. Er holt tief Luft und denkt wieder: *Kein Prall, kein Spiel.* Er grinst ein wenig.

Er geht zehn Minuten, kaut an seinem Zahnstocher und bekommt allmählich einen klaren Kopf. Irgendwann, wann genau, weiß er hinterher nicht mehr, wirft er den Joint weg, den er in der Tasche hatte. Und dann ruft er Henry vom Münzfernsprecher in Joe's Smoke Shop aus an, drüben am Monument Square. Er rechnet mit dem Anrufbeantworter – Henry ist noch in der Uni, macht gerade Examen –, aber Henry ist tatsächlich zu Hause und nimmt nach dem zweiten Läuten ab.

»Wie geht's dir, Mann?«, fragt Biber.

»Ach, weißt du«, sagt Henry. »Selbe Scheiße, anderer Tag. Und dir, Biber?«

Biber schließt die Augen. Für einen Moment ist wieder alles gut; so gut jedenfalls, wie es in so einer Kackwelt sein kann.

»Genauso, Alter«, erwidert er. »Genauso.«

1993: Pete hilft einer Dame aus der Patsche

Pete sitzt an seinem Schreibtisch hinter dem Ausstellungsraum von Macdonald Motors in Bridgton und zwirbelt an seiner Schlüsselkette herum. Der Anhänger besteht aus vier Buchstaben aus blauem Email: NASA.

Träume altern schneller als Träumer – das hat Pete im Laufe der Jahre feststellen müssen. Doch die letzten Träume sind oft erstaunlich hartnäckig, melden sich immer wieder mit leisen, jämmerlichen Stimmen aus dem Hinterkopf. Es ist lange her, dass Pete in einem Zimmer schlief, dessen Wände mit Bildern von Apollo- und Saturn-Raketen gepflastert waren, von Astronauten und Weltraumspaziergängen (EVAs für Eingeweihte), von Raumkapseln, deren Schutzschild in der sagenhaften Wiedereintrittshitze fast geschmolzen wäre, von Mondautos und Voyager-Sonden und mit dem Foto einer schimmernden Scheibe über dem Interstate Highway 80 – die Leute stehen auf dem Standstreifen und schauen mit der Hand über den Augen zu ihr hoch, und unter dem Bild stand: **Dieses Objekt, 1971 in der Nähe von Arvada, Colorado, fotografiert, ist nie erklärt worden. Es ist ein echtes UFO.**

Verdammt lange her.

Doch trotzdem hat er eine seiner zwei Wochen Urlaub dieses Jahr in Washington DC verbracht, ist dort jeden Tag ins Smithsonian Institute gegangen und mit einem verwunderten Lächeln auf den Lippen durch die Raumfahrtausstellung gewandert. Und lange stand er vor dem Mondgestein und dachte: *Diese Steine kommen von einem Ort, wo der Himmel immer schwarz ist und die Stille ewig währt. Neil*

Armstrong und Buzz Aldrin haben zwanzig Kilo einer anderen Welt mitgebracht, und jetzt ist es hier.

Und da ist *er* jetzt und sitzt an seinem Schreibtisch, an einem Tag, an dem er noch kein einziges Auto verkauft hat (die Leute kaufen ungern Autos, wenn es regnet, und in Petes Weltgegend nieselt es seit dem Morgengrauen), zwirbelt an seinem NASA-Schlüsselanhänger herum und schaut hinauf zur Uhr. Die Zeit vergeht nachmittags langsam, und umso langsamer, je mehr es auf fünf Uhr zugeht. Um fünf ist es dann Zeit für das erste Bier. Nicht vor fünf, das auf keinen Fall. Wenn man tagsüber trinkt, muss man aufpassen, dass man nicht überhaupt zu viel trinkt, denn so was machen nur Alkoholiker. Wenn man aber warten kann ... einfach am Schlüsselanhänger herumzuwirbeln und warten ...

Ebenso wie auf das erste Bier des Tages freut sich Pete auf den November. Es ist zwar schön gewesen, im April nach Washington zu reisen, und das Mondgestein hatte ihn sprachlos gemacht (er findet es immer noch überwältigend, wenn er daran denkt), aber er war allein gewesen. Es war nicht schön, allein zu sein. Im November, wenn er seine zweite Woche Urlaub nimmt, wird er mit Henry und Jonesy und dem Biber zusammen sein. Dann wird er es sich gestatten, tagsüber zu trinken. Wenn man im Wald ist und mit seinen Freunden auf der Jagd, spricht nichts dagegen, tagsüber zu trinken. Das gehört praktisch dazu. Das ist –

Die Tür geht auf und eine attraktive Rothaarige kommt herein. Knapp ein Meter siebenundsiebzig groß (Pete steht auf große Frauen) und etwa dreißig Jahre alt. Sie lässt den Blick kurz über die ausgestellten Autos schweifen (der neue Thunderbird in dunklem Burgunderrot ist das Prachtstück, aber der Explorer ist auch nicht schlecht), aber nicht so, als hätte sie irgendein Kaufinteresse. Dann entdeckt sie Pete und geht auf ihn zu.

Pete steht auf, wirft den NASA-Schlüsselanhänger auf seine Schreibtischunterlage und kommt ihr bis zur Tür seines Büros entgegen. Mittlerweile hat er sein bestes Verkäuferlächeln aufgesetzt – zweihundert Watt, Baby, kannste glauben – und streckt ihr die Hand entgegen. Ihre Hand fühlt sich kühl an, und sie greift fest zu, ist aber nicht ganz bei der Sache.

»Das geht wahrscheinlich sowieso nicht«, sagt sie.

»Also, so sollten Sie einen Autoverkäufer nicht ansprechen«, sagt er. »Wir lieben Herausforderungen. Mein Name ist Pete Moore.«

»Hallo«, sagt sie, nennt ihren Namen aber nicht, der Trish lautet. »Ich habe in Fryeburg einen Termin in genau –«, sie schaut auf die Uhr, die Pete während des so langsam verrinnenden Nachmittags genau beobachtet, »– in genau fünfundvierzig Minuten. Mit einem Kunden, der ein Haus kaufen möchte. Ich glaube, ich habe genau das richtige für ihn, und es geht um eine beträchtliche Provision, und ...« Jetzt ist sie den Tränen nah und muss schlucken, um den Kloß im Hals loszuwerden. »Und ich habe meine verdammten *Schlüssel* verloren! Meine verdammten *Auto*schlüssel!«

Sie macht ihre Handtasche auf und wühlt darin herum.

»Aber ich habe die Zulassung ... und noch ein paar andere Papiere ... Da stehen alle möglichen Nummern drin, und ich dachte, vielleicht könnten Sie mir neue Schlüssel machen, damit ich los kann. Das ist für mich wahrscheinlich das Geschäft des Jahres, Mr ...« Sie hat seinen Namen vergessen. Er ist nicht beleidigt. Moore ist fast so gewöhnlich wie Smith oder Jones. Und außerdem ist sie aufgeregt. So ist man, wenn man seine Schlüssel verloren hat. Er hat das oft genug miterlebt.

»Moore. Aber ich höre genauso gut auf Pete.«

»Können Sie mir helfen, Mr Moore? Oder kann mir in Ihrer Werkstatt jemand helfen?«

Der alte Johnny Damon ist in der Werkstatt, und der würde ihr bestimmt gerne helfen, aber ihren Termin in Fryeburg könnte sie dann vergessen, das ist mal klar.

»Wir können Ihnen neue Autoschlüssel besorgen, aber das dauert mindestens vierundzwanzig Stunden und wahrscheinlich eher achtundvierzig«, sagt er.

Sie schaut ihn aus Augen an, die in Tränen schwimmen, samtbraunen Augen, und stößt einen bestürzten Schrei aus. »Mist! *Mist!*«

Da kommt Pete ein merkwürdiger Gedanke: Sie sieht aus wie ein Mädchen, das er vor langer Zeit gekannt hat. Nicht sehr gut, sie hatten sie nicht sehr gut gekannt, aber gut genug, um ihr das Leben zu retten. Josie Rinkenhauer hatte sie geheißen.

»Ich *wusste* es!«, sagt Trish und gibt sich keine Mühe mehr, das heisere Beben ihrer Stimme zu zügeln. »O Mann, ich hab's einfach *gewusst!*« Sie wendet sich von ihm ab und bricht in Tränen aus.

Pete geht ihr nach und nimmt sie sacht an der Schulter. »Warten Sie, Trish. Nur einen Augenblick.«

Es ist ein Patzer, ihren Namen auszusprechen, den sie ihm gar nicht genannt hat, aber sie ist zu außer sich, um zu bemerken, dass sie sich einander gar nicht richtig vorgestellt haben, und insofern ist es nicht so schlimm.

»Wo kommen Sie her?«, fragt er. »Ich meine, Sie sind doch nicht aus Bridgton, oder?«

»Nein«, sagt sie. »Unser Büro ist in Westbrook. Dennison Real Estate. Wir sind die mit dem Leuchtturm.«

Pete nickt, als würde ihm das irgendwas sagen.

»Von da komme ich. Ich habe hier nur kurz an der Apotheke gehalten, um Aspirin zu kaufen, weil ich vor so einer großen Präsentation immer Kopfschmerzen bekomme ... Das ist der Stress, und Junge, Junge, das pocht wie mit einem Hammer ...«

Pete nickt mitfühlend. Mit Kopfschmerzen kennt er sich aus. Seine werden natürlich meist eher durch Bier als durch Stress ausgelöst, aber trotzdem.

»Ich hatte noch etwas Zeit, also habe ich in dem kleinen Laden nebenan noch schnell einen Kaffee getrunken ... Das Koffein, wissen Sie, wenn man Kopfschmerzen hat, hilft Koffein manchmal ...«

Pete nickt wieder. Henry ist bei ihnen zwar der Seelenklempner, aber wie Pete ihm mehr als einmal gesagt hat, muss man schon eine ganze Menge von der Funktionsweise des menschlichen Hirns verstehen, will man es als Verkäufer zu etwas bringen. Es freut ihn zu sehen, dass sich seine neue Freundin ein wenig beruhigt. Das ist gut so. Er hat so ein Gefühl, dass er ihr helfen kann, wenn sie ihn nur lässt. Er spürt, dass es gleich leise Klick machen wird. Er mag diesen leisen Klick. Es ist nichts Großartiges und wird ihn nie reich machen, aber er mag es.

»Und dann bin ich noch über die Straße zu Renny's gegangen. Ich habe mir ein Kopftuch gekauft ... weil es doch regnet, verstehn Sie ...« Sie berührt ihr Haar. »Dann bin ich zurück zu meinem Auto ... und da waren meine verdammten Autoschlüssel weg! Ich bin meinen Weg zurückgegangen ... bin von Renny's in den Laden und die Apotheke, aber sie waren nirgendwo! Und jetzt verpasse ich meinen Termin!«

Verzweiflung schleicht sich wieder in ihre Stimme. Erneut schaut sie hoch zur Uhr. Für ihn kriechen die Zeiger, für sie rasen sie. Das ist der Unterschied zwischen Menschen, denkt Pete. Na ja, *ein* Unterschied.

»Beruhigen Sie sich«, sagt er. »Beruhigen Sie sich nur ganz kurz und hören Sie mir zu. Wir gehen jetzt zurück in die Apotheke, Sie und ich, und suchen Ihre Autoschlüssel.«

»Da sind sie nicht! Ich habe überall auf dem Boden nachgesehen und auf dem Bord, von dem ich das Aspirin genommen habe. Ich habe die Verkäuferin gefragt –«

»Es schadet nicht, noch mal nachzusehen«, sagt er. Er führt sie jetzt zur Tür, eine Hand sacht auf ihr Kreuz gelegt. Er mag den Duft ihres Parfums, und ihr Haar gefällt ihm sogar noch besser, o ja. Wenn es an einem regnerischen Tag schon so hübsch aussieht, wie sieht es dann erst aus, wenn die Sonne scheint?

»Mein Termin –«

»Sie haben noch vierzig Minuten«, sagt er. »Die Sommertouristen sind weg und die Straßen sind frei. Die Fahrt nach Fryeburg dauert nur zwanzig Minuten. Wir versuchen zehn Minuten lang, Ihre Schlüssel zu finden, und wenn wir sie nicht finden, fahre ich Sie hin.«

Sie schaut ihn unsicher an.

Er schaut an ihr vorbei in eines der Büros. »Dick!«, ruft er. »Hey! Dickie M.!«

Dick Macdonald schaut von einem Stoß Rechnungen und Lieferscheine hoch.

»Sag dieser Dame, dass sie ruhig mit mir nach Fryeburg fahren kann, falls es nötig ist.«

»Oh, da können Sie ganz beruhigt sein, Ma'am«, sagt Dick. »Der ist kein Triebtäter oder Raser. Er wird nur versuchen, Ihnen ein neues Auto zu verkaufen.«

»Da beißt er bei mir auf Granit«, sagt sie mit einem flüchtigen Lächeln. »Also gut, einverstanden.«

»Geh für mich ans Telefon, Dick, ja?«, bittet ihn Pete.

»Na, dann komm ich ja zu sonst nichts mehr. Bei dem Wetter werd ich die Kundschaft mit einem Stock vom Hof scheuchen müssen.«

Pete und die rothaarige Frau – Trish – gehen hinaus, über die Einfahrt und die paar Schritte zurück zur Hauptstraße. Die Bridgton-Apotheke ist das zweite Gebäude links. Das Nieseln ist nun in einen feinen Regen übergegangen. Die Frau bindet sich ihr neues Kopftuch um und schaut Pete kurz an, der keine Kopfbedeckung trägt. »Sie werden ja klitschnass«, sagt sie.

»Ich komme aus dem Norden«, sagt er. »Jungs aus dem Norden sind nicht aus Zucker.«

»Und Sie meinen, Sie können sie finden?«, fragt sie.

Pete zuckt mit den Achseln. »Vielleicht. Ich kann gut Dinge finden. Konnte ich immer schon.«

»Wissen Sie etwas, das ich nicht weiß?«, fragt sie.

Kein Prall, kein Spiel, denkt er. *Das weiß ich durchaus, Ma'am.*

»Nein«, sagt er. »Noch nicht.«

Sie betreten die Apotheke, und das Glöckchen über der Tür schellt. Das Mädchen hinterm Tresen schaut von einer Zeitschrift hoch. Um zwanzig nach drei an diesem regnerischen Septembernachmittag sind die drei in der Apotheke allein, abgesehen von Mr Yates hinterm Tresen für verschreibungspflichtige Medikamente.

»Hi, Pete«, sagt die Verkäuferin.

»Hi, Cathy, wie läuft's denn so?«

»Na ja, eher lau.« Sie schaut die Rothaarige an. »Tut mir Leid, Ma'am. Ich habe noch mal überall nachgesehen, aber ich habe sie nicht gefunden.«

»Schon gut«, sagt Trish matt lächelnd. »Dieser Gentleman hat angeboten, mich zu meinem Termin zu fahren.«

»Also«, sagt Cathy, »Pete ist schon ganz in Ordnung, aber ich würde nicht so weit gehen, ihn als *Gentleman* zu bezeichnen.«

»Pass auf, was du sagst, Kleine«, sagt Pete mit einem Grinsen. »In Naples gibt's am 302 auch eine Apotheke.« Dann schaut er hoch zur Uhr. Auch für ihn vergeht die Zeit jetzt schneller. Zur Abwechslung ist das mal ganz nett.

Pete sieht wieder die Rothaarige an. »Zuerst sind Sie hier reingegangen. Sie wollten Aspirin kaufen.«

»Stimmt. Ich habe eine Flasche Kopfschmerztabletten gekauft. Dann hatte ich noch etwas Zeit, und –«

»Ich weiß: Sie haben nebenan bei Christie's einen Kaffee getrunken und waren dann gegenüber bei Renny's.«

»Ja.«

»Sie haben das Aspirin doch nicht etwa mit heißem Kaffee eingenommen, oder?«

»Nein, ich hatte eine Flasche Mineralwasser im Wagen.« Sie zeigt aus dem Fenster auf einen grünen Taurus. »Damit habe ich sie eingenommen. Aber ich habe auch unter dem Sitz nachgesehen, Mr ... Pete. Ich habe auch im Zündschloss nachgesehen.« Sie wirft ihm einen ungeduldigen Blick zu, der besagt: *Ich weiß, was Sie denken: So blöde kann sich nur eine Frau anstellen.*

»Nur eine Frage noch«, sagt er. »Wenn ich Ihre Autoschlüssel finde, gehen Sie dann heute Abend mit mir essen? Wir könnten uns im West Wharf treffen. Das ist an der Straße nach –«

»Ich kenne das West Wharf«, sagt sie trotz ihrer zunehmenden Verzweiflung amüsiert. Cathy am Tresen tut nicht mal mehr so, als würde sie ihre Zeitschrift lesen. Das ist viel besser als *Redbook*. »Woher wissen Sie denn, dass ich nicht verheiratet bin oder so?«

»Sie tragen keinen Ehering«, erwidert er prompt, obwohl er ihre Hände noch gar nicht angeschaut hat, jedenfalls nicht genau. »Und außerdem dachte ich auch mehr an gedämpfte Venusmuscheln mit Krautsalat und Erdbeertörtchen zum Nachtisch als an einen Bund fürs Leben.«

Sie schaut auf die Uhr. »Pete ... Mr Moore ... Es tut mir Leid, aber ich habe gegenwärtig überhaupt kein Interesse an einem Flirt. Wenn Sie mich fahren, gehe ich sehr gerne mit Ihnen essen. Aber –«

»Mehr verlange ich gar nicht«, sagt er. »Aber Sie werden mit Ihrem eigenen Wagen fahren, glaube ich, und deshalb sollten wir uns verabreden. Wäre Ihnen halb sechs recht?«

»Ja, gut, aber –«

»Okay.« Pete ist glücklich. Das ist schön. Es ist schön, glücklich zu sein. An vielen Tagen der vergangenen paar Jahre war er nicht einmal in Rufweite des Glücks, und er weiß nicht, woran das liegt. Zu viele versumpfte Nächte in den Kneipen am Highway 302, von hier bis North Conway? Na gut, aber ist das alles? Vielleicht nicht, aber jetzt ist auch nicht der richtige Zeitpunkt, darüber nachzudenken. Die Dame hat einen Termin einzuhalten. Wenn sie pünktlich kommt und das Haus verkauft – wer weiß, was Pete Moore dann noch alles bevorsteht? Und selbst wenn nicht, wird er ihr doch helfen können. Das spürt er.

»Ich werde jetzt etwas Seltsames tun«, sagt er. »Lassen Sie sich davon nicht beunruhigen, ja? Das ist nur ein kleiner Trick, so wie man sich einen Finger unter die Nase hält, um ein Niesen aufzuhalten, oder sich an die Stirn klopft, wenn man sich an einen Namen erinnern will. Okay?«

»Klar«, sagt sie, völlig baff.

Pete schließt die Augen, hebt sich seine lose geballte Faust vors Gesicht und streckt dann den Zeigefinger aus. Er bewegt ihn vor und zurück.

Trish schaut zu Cathy, der Verkäuferin, hinüber. Cathy zuckt mit den Achseln, wie um zu sagen: *Wer weiß.*

»Mr Moore?« Jetzt klingt Trish beunruhigt. »Mr Moore, vielleicht sollte ich besser –«

Pete schlägt die Augen auf, atmet tief durch und lässt seine Hand sinken. Er schaut an ihr vorbei zur Tür.

»Also gut«, sagt er. »Sie sind reingekommen ...« Seine

Augen bewegen sich, als würde er ihr beim Hereinkommen zusehen. »Und sind hier an den Tresen gegangen ...« Sein Blick schweift dorthin. »Sie haben wahrscheinlich gefragt: ›Wo steht denn das Aspirin?‹ Irgendwas in der Richtung.«

»Ja, ich –«

»Nur dass Sie sich noch etwas genommen haben.« Er kann es jetzt am Süßigkeitenständer sehen: eine leuchtend gelbe Spur wie ein Handabdruck. »Ein Snickers?«

»Ein Mounds.« Sie hat große Augen bekommen. »Woher wissen Sie das?«

»Sie nahmen den Schokoriegel, und dann erst gingen Sie das Aspirin holen ...« Er schaut jetzt hinüber zu Gang zwei. »Anschließend haben Sie bezahlt und sind rausgegangen ... Gehen wir doch kurz nach draußen. Tschüs, Cathy.«

Cathy nickt nur und schaut ihn aus großen Augen an.

Pete geht hinaus, achtet nicht auf das Bimmeln des Glöckchens und nicht auf den Regen, der jetzt wirklich Regen ist. Das Gelbe ist auf dem Bürgersteig, verblasst aber. Der Regen spült es fort. Aber er kann es noch sehen und freut sich, dass er es sieht. Dieser Klick. Köstlich. Es ist die Linie. Es ist lange her, dass er sie so deutlich gesehen hat.

»Zurück zu Ihrem Wagen«, sagt er, jetzt ins Selbstgespräch vertieft. »Um mit Ihrem Wasser ein paar Aspirintabletten einzunehmen ...«

Er geht über den Bürgersteig langsam auf den Taurus zu. Die Frau folgt ihm und schaut jetzt noch besorgter. Fast verängstigt.

»Sie machten die Tür auf. Sie hatten Ihre Handtasche ... Ihre Schlüssel ... Ihr Aspirin ... Ihren Schokoriegel ... die ganzen Sachen ... und haben sie von einer Hand in die andere getan ... und in diesem Moment ...«

Er bückt sich, steckt die Hand bis zur Manschette in das im Rinnstein fließende Wasser und zieht etwas daraus hervor. Er reicht es ihr mit einer schwungvollen Bewegung wie ein Zauberer. Die Schlüssel blinken silbern vor dem Regenhimmel.

»... sind Ihnen die Schlüssel heruntergefallen.«

Sie nimmt sie nicht sofort entgegen. Sie starrt ihn nur mit

offenem Mund an, als hätte er vor ihren Augen schwarze Magie zelebriert.

»Nur zu«, sagt er, und sein Lächeln schwindet ein wenig. »Nehmen Sie. Das war nun wirklich nicht unheimlich. Das ist größtenteils eine Frage der richtigen Schlussfolgerungen. So was kann ich gut. Hey, Sie sollten mich dabeihaben, wenn Sie sich mal verfahren. Ich finde immer den Weg.«

Da nimmt sie die Schlüssel, ganz hastig, und achtet darauf, seine Finger nicht zu berühren, und in diesem Moment weiß er, dass sie sich später nicht mit ihm treffen wird. Man braucht keine übersinnlichen Fähigkeiten, um das mitzukriegen; er muss ihr nur in die Augen schauen, die nun eher verängstigt als dankbar blicken.

»Danke ... vielen Dank«, sagt sie. Mit einem Mal ist sie sehr darauf bedacht, ihm nicht zu nahe zu kommen.

»Gern geschehn. Und denken Sie dran: um halb sechs im West Wharf. Da gibt es die besten Muscheln in dieser Ecke von Maine.« Den Schein wahren. Manchmal muss man den Schein wahren, ganz egal, wie einem dabei zumute ist. Und obwohl einiges vom Glück des Nachmittags verflogen ist, ist etliches doch noch da; er hat die Linie gesehen, und das macht ihn immer froh. Es ist nur ein kleiner Trick, aber es ist gut zu wissen, dass er ihn noch beherrscht.

»Halb sechs«, wiederholt sie, aber als sie ihre Autotür öffnet, schaut sie sich mit einem Blick zu ihm um, als wäre er ein Hund, der vielleicht zuschnappt, wenn man ihn von der Leine lässt. Sie ist heilfroh, nicht mit ihm nach Fryeburg fahren zu müssen. Auch um das zu wissen, muss Pete nicht Gedanken lesen können.

Er steht da im Regen und sieht ihr zu, wie sie aus der schrägen Parkbucht zurücksetzt, und als sie davonfährt, winkt er ihr frohgemut wie ein guter Autoverkäufer nach. Sie antwortet mit einer achtlosen Fingerbewegung, und als er ins West Wharf kommt (um Viertel nach fünf, überpünktlich, nur für alle Fälle), ist sie natürlich nicht da, und auch eine Stunde später ist sie noch nicht gekommen. Er bleibt trotzdem eine ganze Weile, sitzt am Tresen, trinkt Bier und schaut dem Verkehr draußen auf dem 302 zu. Um Viertel vor sechs meint er sie vorbeifahren zu sehen, ohne abzubremsen, ein grüner Taurus braust durch den Regen, der mittlerweile ein Wolkenbruch ist, ein grüner Taurus, der möglicherweise einen hellgelben Nimbus hinter sich herzieht, der sich sofort in der trüben Luft auflöst.

Selbe Scheiße, anderer Tag, denkt er, und jetzt ist ihm die gute Laune vergangen, und die Traurigkeit ist wieder da, diese Traurigkeit, die sich anfühlt, als hätte er sie verdient, als wäre sie die Strafe für einen noch nicht gänzlich vergessenen Verrat. Er steckt sich eine Zigarette an – damals, als kleiner Junge, hat er immer so getan, als würde er rauchen, und jetzt muss er nicht mehr so tun – und bestellt sich noch ein Bier.

Milt bringt es, sagt aber: »Du solltest nicht so viel auf nüchternen Magen trinken, Peter.«

Also bestellt sich Pete einen Teller Muscheln und isst sogar einige, in Sauce Tartare getunkt, und trinkt noch ein paar Bier dazu, und irgendwann, bevor er dann zu einem Laden aufbricht, wo man ihn nicht so gut kennt, versucht er noch bei Jonesy unten in Massachusetts anzurufen. Aber Jonesy und Carla haben einen ihrer seltenen freien Abende, und er bekommt nur die Babysitterin ans Telefon, die ihn fragt, ob er eine Nachricht hinterlassen möchte.

Pete hätte fast verneint, überlegt es sich dann aber anders. »Sagen Sie ihm nur, dass Pete angerufen hat. Richten Sie ihm aus: SSAT.«

»S ... S ... A ... T.« Sie schreibt es auf. »Und er weiß, was das –«

»O ja«, sagt Pete. »Er weiß, was das bedeutet.«

Um Mitternacht hockt er besoffen in irgendeinem Schuppen in New Hampshire, dem Muddy Rudder oder vielleicht auch Ruddy Mother, und versucht einer Tussi, die genauso breit ist, zu verklickern, er hätte wirklich geglaubt, er würde der erste Mensch auf dem Mars sein, und obwohl sie nickt und ja, ja, ja sagt, hat er so 'ne Ahnung, dass sie im Grunde nur noch einen Coffee Brandy spendiert haben möchte, bevor der Laden schließt. Und das ist auch okay. Das macht nichts. Morgen wird er mit Kopfschmerzen aufwachen, trotzdem zur Arbeit gehen und vielleicht ein Auto verkaufen und vielleicht auch nicht, und in jedem Fall geht es dann so weiter. Vielleicht verkauft er den burgunderroten Thunderbird, mach's gut, Baby. Früher war das alles mal anders, aber jetzt ist es immer dasselbe. Er kann damit leben. Für einen Typ wie ihn lautet die Faustregel immer SSAT – na und? Man ist aufgewachsen, ein Mann geworden, musste sich mit weniger zufrieden geben, als man sich erhofft hatte, und man durfte feststellen, dass an der Traummaschine ein großes Schild mit der Aufschrift DEFEKT hängt.

Im November wird er mit seinen Freunden jagen gehen, und es reicht ihm, sich darauf zu freuen ... darauf und vielleicht noch, dass ihm diese besoffene Tussi draußen in seinem Wagen schön langsam und feucht und mit Lippenstift und allem einen bläst. Wer mehr will, handelt sich nur Kummer ein.

Träume sind was für Kinder.

1998: Henry behandelt einen Couchmenschen

Das Zimmer ist schummrig beleuchtet. Dafür sorgt Henry immer, wenn er Patienten empfängt. Er findet es bezeichnend, wie wenigen das anscheinend auffällt. Das liegt wohl daran, denkt er, dass ihr Gemütszustand ähnlich düster ist. Größtenteils behandelt er Neurotiker (*die wachsen förmlich auf den Bäumen*, wie er einmal zu Jonesy gesagt hat, als sie, har, har, gerade im Wald waren), und seiner – völlig unwissenschaftlichen – Einschätzung nach fungieren ihre Probleme als eine Art Polarisationsfilter zwischen ihnen und dem Rest der Welt. Je schwerwiegender die Neurose, desto tiefer die innere Dunkelheit. Meistens empfindet er für seine Patienten ein distanziertes Mitgefühl, manchmal auch Mitleid, und nur bei ganz wenigen Widerwillen oder Ungeduld. Und zu diesen zählt Barry Newman.

Patienten, die Henrys Praxis zum ersten Mal betreten, werden vor eine Wahl gestellt, die sie meistens nicht als solche bemerken. Wenn sie hereinkommen, sehen sie einen angenehmen (wenn auch recht düsteren) Raum mit einem Kamin linker Hand. Er ist mit einem dieser nie abbrennenden Holzscheite versehen, Birkenholzimitat aus Stahl, mit vier geschickt darunter verborgenen Gasdüsen. Neben dem Kamin befindet sich ein Ohrensessel, in dem Henry immer sitzt, unter einer ausgezeichneten Reproduktion von van Goghs »Ringelblumen«. (Henry sagt manchmal zu Kollegen, jeder Psychiater sollte mindestens einen van Gogh im Sprechzimmer hängen haben.) Gegenüber stehen ein Sessel und eine Couch. Henry ist jedes Mal gespannt, wofür sich ein neuer Patient entscheidet. Er ist natürlich lange genug in der Branche tätig, um zu wissen, dass ein Patient später meistens wieder das wählt, wofür er sich schon beim ersten Mal entschieden hat. Das wäre Stoff für einen Aufsatz. Henry weiß das, kann aber die These nicht herausarbeiten. Und außerdem hat er heutzutage sowieso kaum noch Interesse an Aufsätzen und Zeitschriften und Konferenzen und Kolloquien. Früher war ihm das wichtig, aber das hat sich geändert. Er schläft weniger, isst weniger, lacht auch weniger. Eine Dunkelheit ist auch in sein Leben eingezogen – dieser Polarisationsfilter –, und Henry ertappt sich dabei, dass er nichts dagegen hat. Ist das Licht nicht so grell.

Barry Newman war von Anfang an ein Couchmensch, und bei ihm wäre Henry nie auf den Irrtum verfallen, das hätte irgendwas mit seiner Geistesverfassung zu tun. Die Couch ist für Barry schlicht und einfach bequemer, auch wenn ihm Henry manchmal die Hand reichen und ihm aufhelfen muss, wenn seine fünfzig Minuten um sind. Barry Newman ist ein Meter siebzig groß und wiegt hundertneunzig Kilo. Und deshalb mag er die Couch.

Barry Newmans Sitzungen sind normalerweise ausführliche, monotone Berichte über die gastronomischen Abenteuer der jeweiligen Woche. Nicht dass Barry ein anspruchsvoller Esser wäre, o nein, Barry ist genau das Gegenteil. Barry isst alles, was sich in seine Nähe verirrt. Barry ist eine Fressmaschine. Und sein Gedächtnis ist, zumindest was dieses Thema anbelangt, ausgezeichnet.

Henry hat es schon fast aufgegeben, Barry von den Bäumen wegzuzerren, vor denen er den Wald nicht sieht. Teilweise liegt es an Barrys beständigem Verlangen, in aller Ausführlichkeit über Essen zu sprechen, und teilweise daran, dass Henry Barry nicht ausstehen kann und es nie konnte. Barrys Eltern sind tot. Dad starb, als Barry sechzehn war, Mom, als er zweiundzwanzig war. Sie haben ihm einen immensen Besitz hinterlassen, der aber treuhänderisch verwaltet wird, bis Barry dreißig ist. Dann kann er an das Kapital ... wenn er in Therapie bleibt. Andernfalls geht das so weiter, bis er fünfzig ist.

Henry bezweifelt, dass Barry Newman die Fünfzig erreicht.

Barrys Blutdruck (das hat er Henry nicht ohne Stolz erzählt) liegt bei 190 zu 140.

Barrys Cholesterinspiegel liegt bei 290; er ist eine wahre Goldgrube an Lipiden.

Ich bin ein wandelnder Schlaganfall, ein wandelnder Herzinfarkt, hat er zu Henry gesagt, mit der vergnügten Feierlichkeit eines Menschen, der die harte, ungeschminkte Wahrheit aussprechen kann, weil er im Grunde seines Herzens weiß, dass ihm ein solches Ende nicht bestimmt ist, nein, ihm nicht.

»Zum Mittag habe ich bei Burger King zwei doppelte Cheeseburger gegessen«, erzählt er jetzt. »Die liebe ich, weil der Käse so richtig heiß ist.« Seine wulstigen Lippen – für einen so kräftigen Menschen hat er einen erstaunlich kleinen Mund, ein Karpfenmaul ist es – spannen sich und bibbern, als schmeckten sie den köstlich heißen Käse. »Dann habe ich einen Milkshake getrunken, und auf dem Heimweg habe ich ein paar Mallomars gegessen. Ich habe Mittagsschlaf gehalten, und als ich aufgestanden bin, hab ich mir in der Mikrowelle eine ganze Packung tiefgefrorene Waffeln gemacht. ›*Leggo my Eggo!*‹«, kräht er und bricht in Gelächter aus. Es ist das Lachen eines Mannes, der sich freudigen Erinnerungen hingibt – an den Anblick eines Sonnenuntergangs oder daran, wie fest sich eine Frauenbrust unter einer zarten Seidenbluse anfühlte (nicht dass Barry,

Henrys Einschätzung nach, je so etwas gefühlt hat), oder an die kompakte Wärme eines Sandstrands.

»Die meisten Leute machen ihre Eggo-Waffeln mit dem Toaster«, fährt Barry fort, »aber ich finde, davon werden sie zu knusprig. In der Mikrowelle werden sie einfach nur heiß und weich. Heiß ... und weich.« Er schmatzt mit seinem Karpfenmaul. »Ich hatte Gewissensbisse, weil ich die ganze Packung gegessen habe.« Das wirft er jetzt als Randbemerkung ein, wie um Henry an seine Arbeit zu erinnern. Solche kleinen Gefälligkeiten teilt er vier-, fünfmal pro Sitzung aus ... und dann geht es wieder ums Essen.

Barry ist mittlerweile bei Dienstagabend angelangt. Da es Freitag ist, stehen noch zahlreiche Haupt- und Zwischenmahlzeiten aus. Henry lässt seine Gedanken schweifen. Barry ist heute sein letzter Patient. Wenn Barry seine Kalorieninventur abgeschlossen hat, wird Henry nach Hause gehen und packen. Morgen früh wird er um sechs aufstehen, und irgendwann zwischen sieben und acht wird Jonesy bei ihm vorfahren. Sie werden ihre Sachen in Henrys alten Scout laden, den er nur noch für diese herbstlichen Jagdausflüge behalten hat, und um halb neun werden die beiden dann nach Norden aufbrechen. Unterwegs holen sie Pete in Bridgton ab und fahren dann beim Biber vorbei, der immer noch in der Nähe von Derry wohnt. Abends sind sie dann in ihrer Hütte oben in Jefferson Tract, spielen im Wohnzimmer Karten und hören zu, wie der Wind schwermütige Lieder um ihr Dach pfeift. Ihre Gewehre stehen in der Küche in der Ecke und ihre Jagdscheine hängen an einem Haken an der Hintertür.

Er wird mit seinen Freunden zusammen sein, und das kommt ihm immer wie eine Art Heimkehr vor. Für eine Woche hebt sich der Polarisationsfilter vielleicht ein wenig. Sie werden über die alten Zeiten reden, werden über Bibers rüde Sprüche lachen, und wenn der eine oder andere von ihnen tatsächlich einen Hirsch schießt – umso besser. Gemeinsam sind sie immer noch gut. Gemeinsam trotzen sie immer noch der Zeit.

Weit im Hintergrund schwafelt Barry Newman ohne Unterlass. Schweinekoteletts mit Kartoffelpüree und vor Butter triefende, gebratene Maiskolben und Pepperidge-Farm-Schokoladenkuchen und eine Schale Pepsi Cola mit vier Kugeln Chunky-Monkey-Eis von Ben and Jerry's drin und Spiegeleier, gekochte Eier, pochierte Eier ...

Henry nickt an den passenden Stellen und hört sich das alles an, ohne zuzuhören. Das ist ein alter Psychiatertrick.

Henry und seine alten Freunde haben weiß Gott auch ihre Probleme. Biber ist eine Niete, wenn es um Beziehungen geht, Pete trinkt zu viel (viel zu viel, findet Henry), Jonesy und Carla sind nur knapp an einer Scheidung vorbeigeschrammt, und Henry ringt gerade mit einer Depression, die ihm ebenso verführerisch wie unangenehm erscheint. Also: auch sie sind vom Leben gebeutelt. Aber gemeinsam sind sie immer noch gut, fast wie in alten Zeiten, und morgen Abend werden sie zusammen sein. Für acht Tage dieses Jahr. Das ist schön.

»Ich weiß, ich sollte das nicht tun, aber ich verspüre frühmorgens einfach diesen *Zwang*. Hat vielleicht was mit niedrigem Blutzuckerspiegel zu tun, das wird es wohl sein. Jedenfalls habe ich dann den Rest von dem Obstkuchen gegessen, der im Kühlschrank war, und dann hab ich mich ins Auto gesetzt, bin zu Dunkin' Donuts gefahren und habe ein Dutzend Dutch Apple und vier –«

Henry, der immer noch an den alljährlichen Jagdurlaub denkt, der morgen beginnt, merkt erst, was er da gesagt hat, als es schon raus ist.

»Dieses zwanghafte Essen, Barry, hat vielleicht etwas damit zu tun, dass Sie glauben, Ihre Mutter umgebracht zu haben. Halten Sie das für möglich?«

Barry verstummt. Henry schaut zu ihm hinüber und sieht, dass ihn Barry Newman mit so großen Augen anstarrt, dass sie tatsächlich sichtbar sind. Henry weiß zwar, dass er damit aufhören sollte – es geht ihn überhaupt nichts an und hat mit der Therapie nicht im Mindesten etwas zu tun –, aber er *will* nicht damit aufhören. Teilweise mag das damit zusammenhängen, dass er an seine alten Freunde gedacht hat, aber hauptsächlich rührt es von Barrys entsetztem Gesichtsausdruck her und der Blässe auf seinen Wangen. Was Henry an Barry wirklich gegen den Strich geht, so glaubt er, ist Barrys Selbstgefälligkeit, seine Überzeugung, dass es völlig unnötig wäre, sein selbstzerstörerisches Verhalten zu ändern, geschweige denn, nach dessen Ursachen zu forschen.

»Sie glauben doch, dass Sie sie umgebracht haben, nicht wahr?«, fragt Henry. Er sagt das so dahin, fast beiläufig.

»Ich – ich habe nie – Ich protestiere –«

»Sie rief und rief und sagte, sie hätte Schmerzen in der Brust, aber das hat sie natürlich oft gesagt, nicht wahr? Jede zweite Woche. Jeden zweiten *Tag*, so kam es einem manchmal vor. Sie rief es runter zu Ihnen: ›Barry, ruf Dr. Withers an. Barry, ruf einen Krankenwagen. Barry, ruf den Notarzt.‹«

Sie haben nie über Barrys Eltern gesprochen. Auf seine ebenso weichliche wie zähe Art lässt Barry das nicht zu. Er fängt an, über sie zu reden – es kommt einem jedenfalls so vor –, und: zack, spricht er schon wieder über Lammbraten oder Brathähnchen oder gebratene Ente mit Orangensauce und ist wieder bei seiner Inventur. Daher weiß Henry nichts über Barrys Eltern und schon gar nichts über den Tag, an dem Barrys Mutter starb, aus dem Bett fiel und auf den Teppich pinkelte und schrie und schrie, hundertvierzig Kilo schwer und widerlich fett, und schrie und schrie. Er kann unmöglich davon wissen, denn ihm hat niemand davon erzählt, und trotzdem weiß er es. Und damals war Barry auch noch schlanker. Verhältnismäßig grazile fünfundachtzig Kilo.

Das ist Henrys Version der Linie. Die Linie sehen. Henry hat sie jetzt gut fünf Jahre nicht mehr gesehen (höchstens manchmal im Traum), hatte schon gedacht, all das sei vorbei, und da ist sie wieder.

»Sie haben vor dem Fernseher gesessen und sie schreien gehört«, sagt er. »Sie haben da gesessen und Ricky Lake geguckt und – was? – einen Käsekuchen von Sara Lee gegessen? Eine Schale Eis? Ich weiß es nicht. Jedenfalls haben Sie sie schreien lassen.«

»Hörn Sie auf!«

»Sie haben sie schreien lassen, und warum denn auch

nicht? *Sie hatte ihr ganzes Leben lang blinden Alarm geschlagen.* Sie sind ja nicht dumm, und Sie wussten das. So was kommt schon mal vor. Ich glaube, auch das wissen Sie. Sie haben sich selbst die Hauptrolle in Ihrem eigenen kleinen Tennessee-Williams-Stück ausgesucht, weil Sie gerne essen. Und jetzt kommt etwas, was Sie nicht glauben: *Es wird Sie wirklich umbringen.* Insgeheim glauben Sie das nicht, aber es ist wahr. Ihr Herz pocht ja bereits, wie ein versehentlich Beerdigter mit Fäusten an seinen Sargdeckel pocht. Wie wird das erst, wenn Sie noch vierzig oder fünfzig Kilo zunehmen?«

»Sein Sie –«

»Wenn Sie fallen, Barry, wird es wie der Fall Babels in der Wüste sein. Wer Sie untergehen sieht, Barry, wird noch *jahrelang* davon sprechen. Mann, Sie werden mit Ihrem Sturz das Geschirr aus den Schränken schlagen –«

»Hörn Sie auf!« Barry sitzt jetzt aufrecht, hat sich diesmal von Henry nicht aufhelfen lassen und ist leichenfahl, bis auf die kleinen roten Flecken auf seinen Wangen.

»Bei diesem Knall schwappt der Kaffee aus den Tassen, und Sie werden sich einnässen, genau wie Ihre Mutter –«

»HÖRN SIE AUF!«, kreischt Barry Newman. »HÖRN SIE AUF! SIE UNMENSCH!«

Aber Henry kann nicht aufhören. Er kann es einfach nicht. Er sieht die Linie, und wenn man die Linie sieht, kann man den Blick nicht mehr davon lösen.

»– es sei denn, Sie erwachen aus diesem Unheil bringenden Traum. Verstehen Sie, Barry –«

Aber Barry will nicht verstehen, will überhaupt nichts verstehen. Er braust zur Tür, mit seinen mächtigen Hinterbacken wackelnd, und dann ist er fort.

Zunächst bleibt Henry reglos sitzen und lauscht dem Davondonnern der Ein-Mann-Büffelherde namens Barry Newman. Sein Wartezimmer ist leer, er hat keine Sprechstundenhilfe, und da Barry weg ist, ist seine Arbeitswoche beendet. Was soll's. Ein schöner Schlamassel. Er geht zur Couch und legt sich hin.

»Doktor«, sagt er, »ich habe gerade Mist gebaut.«

Inwiefern, Henry?

»Ich habe einem Patienten die Wahrheit gesagt.«

Wenn wir die Wahrheit kennen, Henry, befreit sie uns dann nicht?

»Nein«, antwortet er sich selbst und schaut dabei zur Decke. »Nicht im Mindesten.«

Mach die Augen zu, Henry.

»Gern, Doktor.«

Er schließt die Augen. Der Raum weicht einer Dunkelheit, und das ist gut so. Er hat sich mit der Dunkelheit angefreundet. Morgen trifft er dann seine anderen Freunde (jedenfalls drei von ihnen), und dann wird er auch das Licht wieder ertragen können. Aber heute ... jetzt ...

»Doktor?«

Ja, Henry.

»Das ist nun wirklich ein Fall von ›selbe Scheiße, anderer Tag‹. Ist Ihnen das klar?«

Was soll das heißen, Henry? Was bedeutet das für Sie?

»Alles«, sagt er mit geschlossenen Augen und fügt dann hinzu: »Nichts.« Doch das ist eine Lüge. Und nicht die erste, die hier je aufgetischt wurde.

Er liegt mit geschlossenen Augen auf seiner Couch, die Hände auf der Brust verschränkt wie ein Leichnam bei einer Totenwache, und irgendwann schläft er ein.

Am Tag darauf fahren sie zu viert auf die Jagd, und es werden fabelhafte acht Tage. Die großen Jagdreisen gehen ihrem Ende entgehen, es kommen nur noch einige wenige, aber das wissen sie natürlich nicht. Die wahre Dunkelheit steht ihnen erst in ein paar Jahren bevor, rückt aber bereits näher.

Die Dunkelheit rückt näher.

2001: Jonesys Schüler-Lehrer-Besprechung

Wir kennen die Tage nicht, die unser Leben ändern werden. Und das ist wahrscheinlich auch gut so. An dem Tag, der seines ändern wird, sitzt Jonesy in seinem Büro im zweiten Stock des Emerson College, schaut hinaus auf seinen kleinen Streifen Boston und denkt, wie Unrecht T. S. Eliot damit hatte, den April als grausamsten Monat zu bezeichnen, nur weil ein wandernder Zimmermann aus Nazareth angeblich in diesem Monat wegen Aufwiegelung des Volkes gekreuzigt wurde. Wer in Boston lebt, weiß, dass der März der grausamste Monat ist, wenn er ein paar Tage lang falsche Hoffnungen stiftet, nur um dann mit erneutem Frost zuzuschlagen. Heute ist einer dieser Tage mit launenhaftem Wetter, an denen es so aussieht, als wollte es nun wirklich Frühling werden, und er überlegt, spazieren zu gehen, wenn die unangenehme Kleinigkeit erledigt ist, die ihm bevorsteht. Zu diesem Zeitpunkt hat Jonesy natürlich keine Ahnung, *wie* unangenehm ein Tag werden kann; keine Ahnung, dass er diesen Tag in einem Krankenhauszimmer beschließen wird, zerschlagen und um sein bloßes Leben kämpfend.

Selbe Scheiße, anderer Tag, denkt er, aber das wird eine gänzlich andere Scheiße sein.

Da klingelt das Telefon, und er nimmt sofort ab, von einer freudigen Erwartung erfüllt: Das wird Defuniak sein, der seinen Termin um elf absagen will. *Dem schwant, was ihm blüht*, denkt Jonesy, und das ist durchaus möglich. Normalerweise bitten die Collegestudenten beim Professor um einen Termin. Wenn aber ein Student eine Vorladung von einem Professor bekommt ... tja, man muss kein Genie sein, um zu wissen, was das bedeutet.

»Hallo, hier Jones«, sagt er.

»Hey, Jonesy, wie geht's dir denn?«

Diese Stimme würde er immer auf Anhieb erkennen. »Henry! Hey! Gut geht's mir!«

Nun, im Grunde geht es ihm nicht ganz so gut, da ihm in einer Viertelstunde Defuniak bevorsteht, aber das ist ja alles relativ, nicht wahr? Verglichen damit, wie es ihm zwölf Stunden später gehen wird, wenn er an diese ganzen piependen Geräte angeschlossen sein wird, eine Operation hinter sich und noch drei vor sich, pupt Jonesy, wie man so schön sagt, noch in seidene Tücher.

»Freut mich zu hören.«

Jonesy könnte Henry die Niedergeschlagenheit angehört haben, aber wahrscheinlich hat er sie eher gespürt.

»Henry? Was ist denn?«

Schweigen. Jonesy will eben die Frage wiederholen, da antwortet Henry.

»Einer meiner Patienten ist gestern gestorben. Ich habe den Nachruf zufällig in der Zeitung gesehen. Barry Newman hieß er.« Henry hält inne. »Er war ein Couchmensch.«

Jonesy weiß nicht, was das bedeutet, aber dass sein alter Freund leidet, das weiß er.

»Selbstmord?«

»Herzinfarkt. Mit neunundzwanzig Jahren. Hat sich selbst mit Gabel und Löffel sein Grab gegraben.«

»Mein Beileid.«

»Er war seit fast drei Jahren nicht mehr bei mir. Ich habe ihn vertrieben. Ich hatte ... na, so was eben. Weißt du, was ich meine?«

Jonesy glaubt schon. »War es die Linie?«

Henry seufzt. Bei Jonesy klingt es nicht bedauernd. Es klingt erleichtert. »Ja. Ich hab ihm richtig einen reingewürgt. Er ist abgehaun, als hätte er Feuer unterm Hintern gehabt.«

»Deshalb bist du noch lange nicht für seine Herzkranzgefäße verantwortlich.«

»Da hast du vielleicht Recht. Aber es fühlt sich anders an.« Schweigen. Dann, mit einem Anflug von Amüsiertheit: »Ist das nicht ein Vers aus einem Song von Jim Croce? Und du? Geht's dir gut, Jonesy?«

»Mir? Ja. Wieso fragst du?«

»Ich weiß nicht«, sagt Henry. »Es ist nur ... Ich muss an dich denken, seit ich die Zeitung aufgeschlagen und Barrys Bild auf der Seite mit den Nachrufen gesehen habe. Ich möchte, dass du auf dich aufpasst.«

Jonesy spürt eine gewisse Kälte in seine Knochen (von denen viele bald gebrochen sein werden) kriechen. »Was genau meinst du damit?«

»Ich weiß nicht«, sagt Henry. »Vielleicht ist es gar nichts. Aber ...«

»Ist es die Linie?« Jonesy ist beunruhigt. Er dreht sich auf seinem Stuhl um und schaut zum Fenster hinaus in den launenhaften Frühlingssonnenschein. Ihm kommt in den Sinn, dass dieser Defuniak vielleicht gestört ist und eine Schusswaffe dabei hat (*Packing heat*, wie es in den Krimis und Thrillern immer heißt, die Jonesy so gern in seiner Freizeit liest) und Henry das irgendwie mitbekommen hat. »Henry, ist es kein Prall, kein Spiel?«

»Keine Ahnung. Höchstwahrscheinlich ist das nur eine verlagerte Reaktion von mir darauf, dass ich Barrys Bild auf der Seite mit den Nachrufen gesehen habe. Aber pass in nächster Zeit auf dich auf, hörst du?«

»Ja ... gut. Mach ich.«

»Schön.«

»Und dir geht's gut?«

»Mir geht es gut.«

Doch Jonesy glaubt nicht, dass es Henry gut geht. Er will eben noch etwas sagen, als sich hinter ihm jemand räuspert und ihm klar wird, dass Defuniak eingetroffen ist.

»Na, das ist doch schön«, sagt er und dreht sich auf seinem Stuhl um. Ja, da steht sein Elf-Uhr-Termin im Türrahmen und sieht ganz und gar harmlos aus: nur ein Junge in einem dicken, alten Dufflecoat, der zu warm für dieses Wetter ist; er sieht dünn und unterernährt aus, trägt einen Ohrring, und seine irgendwie punkige Frisur ragt stachelig über seine besorgt blickenden Augen. »Henry, ich habe einen Termin. Ich rufe dich zurück –«

»Nein, das ist nicht nötig. Wirklich nicht.«

»Bestimmt nicht?«

»Nein. Aber da ist noch etwas. Hast du noch dreißig Sekunden Zeit?«

»Klar.« Er hält einen Finger hoch, und Defuniak nickt. Er bleibt aber stehen, bis Jonesy auf den, von seinem eigenen abgesehen, einzigen Stuhl in seinem kleinen Büro weist, auf dem keine Bücher aufgestapelt sind. Defuniak geht zögerlich dorthin. Ins Telefon sagt Jonesy: »Schieß los.«

»Ich glaube, wir sollten nach Derry fahren. Nur ein kleiner Ausflug, nur wir beide. Unseren alten Freund besuchen.«

»Du meinst –?« Aber mit einem Fremden im Zimmer will er diesen babyhaft klingenden Namen nicht aussprechen.

Er muss es auch nicht. Henry übernimmt das. Einst waren sie zu viert, dann waren sie für kurze Zeit zu fünft und dann waren sie wieder zu viert. Doch der Fünfte hat sie eigentlich nie verlassen. Henry spricht den Namen aus, den Namen eines Jungen, der auf wundersame Weise immer noch ein Junge ist. Bei ihm sind Henrys Sorgen nicht so vage und lassen sich leichter ausdrücken. Nicht dass er etwas wüsste, erzählt er Jonesy, es ist nur so ein Gefühl, dass sich ihr alter Freund über einen Besuch freuen würde.

»Hast du mit seiner Mutter gesprochen?«, fragt Jonesy.

»Ich glaube«, sagt Henry, »es wäre besser, wenn wir einfach … unangemeldet vorbeischaun. Wie sieht's denn an diesem Wochenende in deinem Terminkalender aus? Oder am nächsten?«

Da muss Jonesy nicht nachschauen. Das Wochenende beginnt übermorgen. Am Samstag hat er noch einen Fakultätstermin, aber den kann er problemlos schwänzen.

»Ich könnte dieses Wochenende an beiden Tagen«, sagt er. »Wenn ich am Samstag kommen würde? Um zehn?«

»Das wäre schön.« Henry klingt erleichtert, schon eher ganz wieder der Alte. Jonesy wird ein wenig lockerer. »Bestimmt?«

»Wenn du meinst, dass wir …« Jonesy zögert. »… Douglas besuchen sollten, dann sollten wir das wahrscheinlich tun. Haben wir viel zu lange nicht mehr gemacht.«

»Du hast jemanden im Büro, nicht wahr?«

»Mmmh.«

»Gut. Wir sehn uns dann am Samstag um zehn. Hey, vielleicht nehmen wir den Scout. Der braucht mal Auslauf. Wie wäre das?«

»Das wäre toll.«

Henry lacht. »Packt dir Carla immer noch dein Lunchpaket, Jonesy?«

»Ja, das macht sie.« Jonesy schaut zu seiner Aktentasche hinüber.

»Was hast du heute? Thunfisch-Sandwich?«

»Eiersalat.«
»Mmmmm. Okay, ich leg jetzt auf. SSAT, klar?«
»SSAT«, pflichtet Jonesy bei. Vor einem Studenten kann er ihren alten Freund nicht bei seinem richtigen Namen nennen, aber SSAT geht in Ordnung. »Wir sprechen uns später.«
»Und pass auf dich auf. *Das ist mein Ernst.*« Die Ernsthaftigkeit ist nicht zu überhören und ängstigt ihn ein wenig. Doch ehe Jonesy etwas erwidern kann (und was er sagen sollte, da Defuniak in der Ecke sitzt und zusieht und lauscht, weiß er ohnehin nicht), hat Henry schon aufgelegt.

Jonesy betrachtet den Hörer für einen Moment nachdenklich und legt dann ebenfalls auf. Er blättert in seinem Terminkalender, und am Samstag streicht er *Drinks bei Dekan Jacobson* durch und schreibt *Absagen – mit Henry nach Derry, D. besuchen* darunter. Doch das ist eine Verabredung, die er nicht einhalten wird. Am Samstag wird er an alles denken, aber nicht an Derry und seine alten Freunde.

Jonesy atmet tief ein und wieder aus und richtet seine Aufmerksamkeit dann auf seinen lästigen Elf-Uhr-Termin. Der Junge rutscht unbehaglich auf dem Stuhl hin und her. Er weiß durchaus, weshalb er hierher zitiert wurde, vermutet Jonesy.

»Also, Mr Defuniak«, sagt er, »Ihrer Akte nach kommen Sie aus Maine.«

»Äh, ja. Aus Pittsfield. Ich –«

»In Ihrer Akte steht auch, dass Sie Stipendiat sind und sich bisher gut geschlagen haben.«

Der Junge, das sieht er, ist mehr als nur besorgt. Er ist den Tränen nah. Herrgott. Es ist nicht einfach. Jonesy hat noch nie einen Studenten des Schummelns beschuldigen müssen, aber allzu lange unterrichtet er ja auch noch nicht, und deshalb geht er davon aus, dass es nicht das letzte Mal sein wird. Er hofft nur, dass es nicht zu oft vorkommen wird. Denn es ist hart; Biber würde Kackorama dazu sagen.

»Mr Defuniak – David –, wissen Sie, was mit einem Stipendium geschieht, wenn der Stipendiat beim Schummeln erwischt wird? Sagen wir mal, bei einer Prüfung in der Mitte des Semesters?«

Der Junge zuckt zusammen, als hätte ihm gerade irgendein unter dem Stuhl verborgener Scherzbold einen leichten Stromschlag in den dürren Arsch gejagt. Jetzt bibbern seine Lippen, und die erste Träne, ach Gott, da läuft sie seine milchbärtige Wange hinab.

»Das kann ich Ihnen verraten«, sagt Jonesy. »Solche Stipendien verfallen. Das passiert mit ihnen. Schwupps, und sie lösen sich in Luft auf.«

»Ich – ich –«

Auf Jonesys Schreibtisch liegt eine Mappe. Er schlägt sie auf und nimmt eine Prüfung über europäische Geschichte heraus, eine dieser Multiple-Choice-Ungeheuerlichkeiten, auf welche die Fakultät in ihrer immensen Un-Weisheit beharrt. Oben drüber steht mit den schwarzen Strichen eines IBM-Bleistifts (»Kreuzen Sie deutlich an, und radieren Sie vollständig, wenn Sie etwas tilgen müssen«) der Name DAVID DEFUNIAK.

»Ich habe mir Ihre Leistungen im Seminar angesehen; ich habe Ihren Aufsatz über den Feudalismus im mittelalterlichen Frankreich noch mal quergelesen; ich habe mir Ihre Mitschriften angesehen. Sie haben sich zwar nicht mit Ruhm bekleckert, haben sich aber wacker geschlagen. Und mir ist bewusst, dass Sie das hier nur als Pflichtkurs absolvieren. Ihre wahren Interessen liegen nicht in meinem Gebiet, nicht wahr?«

Defuniak schüttelt stumm den Kopf. Die Tränen auf seinen Wangen schimmern im tückischen Mittemärzsonnenschein.

Auf Jonesys Schreibtisch steht ein Karton Taschentücher, und er wirft ihn Defuniak hin, der ihn trotz seiner Verzweiflung sauber auffängt. Gute Reflexe. Mit neunzehn ist die Verdrahtung noch straff gespannt und alle Verbindungen schön solide.

Warte mal ein paar Jahre ab, Mr Defuniak, denkt er. *Ich bin gerade mal siebenunddreißig, und bei mir schlottert es schon hin und wieder.*

»Vielleicht haben Sie noch eine Chance verdient«, sagt Jonesy.

Ganz langsam und bedächtig knüllt er Defuniaks Prüfbogen, der verdächtig makellos ist, eine Eins-Plus-Arbeit, zusammen.

»Vielleicht waren Sie am Tag der Prüfung ja krank und haben gar nicht daran teilgenommen.«

»Ich war krank«, sagt David Defuniak geflissentlich. »Ich glaube, ich hatte Grippe.«

»Dann sollte ich Ihnen wohl eine Hausarbeit aufgeben, statt des Multiple-Choice-Tests, an dem Ihre Kommilitonen teilnehmen mussten. Wenn Sie möchten. Statt der Prüfung, die Sie verpasst haben. Wäre Ihnen das recht?«

»Ja«, sagt der Junge und wischt sich gleich mit mehreren Taschentüchern die Augen trocken. Zumindest hat er ihm nicht diesen ganzen kleinlichen Quatsch aufgetischt, dass Jonesy ihm nichts beweisen könne, überhaupt nichts, dass er die Sache vor die Studentenvertretung bringen werde, dass er zu einem Protest aufrufen werde und bla-bla-bla-dibla. Nein, vielmehr weint er, und das ist nicht schön anzusehen, wahrscheinlich aber ein gutes Zeichen – mit neunzehn ist man noch jung, aber zu viele von ihnen haben in dem Alter schon keinerlei Gewissen mehr. Defuniak hat es ohne große Umschweife zugegeben, was darauf hindeuten mag, dass in ihm doch noch ein richtiger Mann schlummert. »Ja, das wäre toll.«

»Und Ihnen ist bewusst, wenn so etwas noch einmal vorkommt –«

»Das wird es nicht«, sagt der Junge inbrünstig. »Das wird es nicht, Professor Jones.«

Jonesy ist zwar lediglich außerordentlicher Professor, macht sich aber nicht die Mühe, ihn zu berichtigen. Eines Tages wird er ja schließlich Professor Jones sein. Es wäre ihm wenigstens zu raten; er und seine Frau haben ein Haus voller Kinder, und ohne ein paar künftige Gehaltssprünge stünden ihnen harte Zeiten bevor. Und harte Zeiten haben sie schon hinter sich.

»Das will ich hoffen«, sagt er. »Schreiben Sie mir dreitausend Wörter über die kurzfristigen Folgen des normannischen Eroberungszugs, David, ja? Zitieren Sie aus den

Quellen, aber schenken Sie sich die Fußnoten. Es soll informell sein, aber argumentieren Sie stichhaltig. Das will ich bis nächsten Montag haben. Verstanden?«

»Ja. Ja, Sir.«

»Wieso gehen Sie dann nicht los und fangen damit an?« Er zeigt auf Defuniaks schäbiges Schuhwerk. »Und wenn Sie das nächste Mal Bier kaufen wollen, kaufen Sie sich lieber neue Turnschuhe. Ich möchte nicht, dass Sie sich wieder eine Grippe holen.«

Defuniak geht zur Tür und dreht sich dann noch einmal um. Einerseits will er fort sein, ehe Mr Jones es sich eventuell anders überlegt, aber andererseits ist er neunzehn Jahre alt. Und neugierig. »Woher wussten Sie das? Sie waren an diesem Tag gar nicht da. Irgendein Student hatte Aufsicht bei dem Test.«

»Ich weiß es, und das reicht«, sagt Jonesy nicht ohne Schärfe. »Gehn Sie jetzt, mein Junge, und schreiben Sie einen guten Aufsatz. Werfen Sie Ihr Stipendium nicht weg. Ich bin auch aus Maine – aus Derry –, und ich kenne Pittsfield. Und da kommt man lieber her, als dass man dahin zurückgeht.«

»Da haben Sie Recht«, sagt Defuniak mit einem Stoßseufzer. »Danke. Danke, dass Sie mir noch eine Chance geben.«

»Machen Sie die Tür hinter sich zu.«

Defuniak – der sein Schuhgeld nicht für Bier, sondern für einen Blumenstrauß mit den besten Genesungswünschen für Jonesy ausgeben wird – geht hinaus und schließt gehorsam die Tür hinter sich. Jonesy dreht sich auf seinem Stuhl um und schaut wieder aus dem Fenster. Der Sonnenschein ist tückisch, aber verlockend. Und da die Sache mit Defuniak besser als erwartet verlaufen ist, möchte er jetzt hinaus in den Sonnenschein, ehe weitere Wolken aufziehen oder es gar schneit. Er hatte eigentlich vorgehabt, im Büro zu essen, aber jetzt fasst er einen neuen Plan. Es ist der verheerendste Plan seines Lebens, aber das weiß Jonesy natürlich nicht. Der Plan besteht darin, seine Aktentasche zu nehmen, sich eine *Boston Phoenix* zu kaufen und über die Brücke nach

Cambridge zu gehen. Dort will er sich auf eine Bank setzen und im Sonnenschein sein Eiersalatsandwich essen.

Er steht auf und verstaut Defuniaks Akte in dem mit D-F beschrifteten Aktenschrank. *Woher wussten Sie das?*, hat der Junge gefragt, und Jonesy gesteht sich ein, dass das eine gute Frage war. Eine ausgezeichnete Frage. Und die Antwort lautet: Er wusste es, weil ... er so was manchmal eben einfach weiß. Das ist die Wahrheit, und mehr ist da nicht dran. Hielte man ihm eine Pistole an den Kopf, so würde er sagen, dass er es in der ersten Stunde nach der Prüfung herausgefunden habe, dass es dort direkt auf David Defuniaks Stirn geschrieben stand, groß und hell, in schuldbewusstem, rotem Neon leuchtend: SCHUMMLER SCHUMMLER SCHUMMLER.

Aber, Mann, das ist doch Quatsch: Er kann keine Gedanken lesen. Konnte er noch nie. Nie, nie, nie. Manchmal kommt ihm etwas in den Sinn, das schon. Auf diese Weise hat er von der Tablettensucht seiner Frau erfahren, und vielleicht wusste er auf diese Weise auch, dass Henry deprimiert war, als er anrief *(nein, das hast du ihm einfach angehört, du Blödmann)*, aber so etwas kommt kaum noch vor. Seit dieser Sache mit dem Mädchen, mit Josie Rinkenhauer, ist nichts wirklich Seltsames mehr passiert. Vielleicht war da mal was gewesen, und vielleicht war es ihnen eine Zeit lang aus ihrer Kindheit und Jugend gefolgt, aber jetzt war es doch bestimmt verschwunden. Oder fast verschwunden.

Fast.

Er umkringelt in seinem Terminkalender die Worte *nach Derry* und schnappt sich dann seine Aktentasche. Und in diesem Moment kommt ihm ein neuer Gedanke, ganz plötzlich und irrelevant, aber doch ganz eindringlich: *Nimm dich in Acht vor Mr Gray.*

Er bleibt stehen, den Türknauf schon in der Hand. Das war seine eigene Stimme, da gibt es keinen Zweifel.

»Was?«, fragt er in das sonst menschenleere Zimmer hinein.

Nichts.

Jonesy verlässt sein Büro, schließt ab und rüttelt noch mal am Schloss. In einer Ecke des schwarzen Bretts an seiner Tür steckt eine weiße Karte. Jonesy löst sie und dreht sie um. Auf der Rückseite steht gedruckt: BIN UM EINS WIEDER DA – BIS DAHIN BIN ICH GESCHICHTE. In aller Seelenruhe steckt er die Karte mit dieser Seite nach vorn an sein schwarzes Brett, aber es wird fast zwei Monate dauern, bis Jonesy diesen Raum wieder betritt und sieht, dass sein Terminkalender immer noch am St. Patrick's Day aufgeschlagen ist.

Pass auf dich auf, hat Henry gesagt, aber Jonesy denkt nicht daran, auf sich aufzupassen. Er denkt an die Märzsonne. Er denkt daran, wie er sein Sandwich essen wird. Er denkt daran, dass er drüben in Cambridge vielleicht ein paar Mädchen sehen wird – die Röcke sind kurz und die Märzwinde keck. Er denkt an alles Mögliche, aber nicht daran, sich vor Mr Gray in Acht zu nehmen. Und auch nicht daran, auf sich aufzupassen.

Das ist ein Fehler. Und so ändern sich Leben für immer.

TEIL 1
KREBS

Das Zittern hält mich ruhig. Ich sollte es wissen.
Was abfällt, ist ewig. Und ist nahe.
Ich erwache, um zu schlafen, und nehm mir zum
　Erwachen Zeit.
Gehend lerne ich, wohin ich gehen muss.

　Theodore Roethke

Kapitel 1

McCarthy

1

Jonesy hätte den Typ fast erschossen, als er aus dem Wald kam. Wie knapp war es? Noch ein Pfund Druck auf den Abzug des Garand, vielleicht auch nur ein halbes Pfund. Später, mit der Hellsichtigkeit, die manchmal auf das Entsetzen folgt, wünschte er, er hätte geschossen, bevor er die orangefarbene Mütze und Warnweste sah. Richard McCarthy umzubringen hätte nicht schaden können; es wäre sogar gut gewesen. Es hätte sie alle retten können, hätte er McCarthy erschossen.

2

Pete und Henry waren zu Gosselin's Market gefahren, dem nächsten Laden, um ihre Vorräte an Brot, Dosengerichten und Bier aufzustocken, den Grundnahrungsmitteln also. Sie hatten noch reichlich für zwei Tage, aber im Radio hieß es, es würde bald schneien. Henry hatte seinen Hirsch schon erlegt, eine große Hirschkuh, und Jonesy hatte so das Gefühl, dass sich Pete eher für ihren Biervorrat interessierte als dafür, selbst einen Hirsch zu schießen. Für Pete Moore war die Jagd ein Hobby, Bier aber eine Religion. Der Biber war irgendwo dort draußen, und da Jonesy im Umkreis von fünf Meilen keinen Gewehrschuss gehört hatte, nahm er an, dass der Biber, genau wie er selbst, noch auf der Lauer lag.

Gut siebzig Meter von ihrem Camp entfernt gab es in einem alten Ahornbaum einen Hochsitz, und dort saß Jonesy, trank Kaffee und las einen Krimi von Robert B. Parker, als er etwas sich nähern hörte und das Buch und die Thermoskanne beiseite legte. In anderen Jahren hätte er vielleicht vor Aufregung den Kaffee verschüttet, aber diesmal nicht. Diesmal nahm er sich sogar noch die paar Sekunden Zeit, den knallroten Verschluss der Thermoskanne zuzuschrauben.

Die vier kamen seit sechsundzwanzig Jahren in der ersten Novemberwoche zur Jagd hier herauf, wenn man die Male mitzählte, die Bibers Dad sie mitgenommen hatte, und Jonesy hatte sich nie um diesen Hochsitz im Baum geschert. Niemand hatte sich dafür interessiert; es war einfach zu beengt dort. Doch in diesem Jahr war es Jonesys Lieblingsplatz geworden. Die anderen dachten, sie wüssten, warum, aber sie wussten nur die Hälfte.

Mitte März 2001 war Jonesy von einem Auto angefahren worden, als er in Cambridge über die Straße ging, ganz in der Nähe des Emerson College, wo er unterrichtete. Er hatte sich einen Schädelbruch zugezogen, sich zwei Rippen gebrochen und die Hüfte zertrümmert, die mit einer exotischen Mischung aus Teflon und Metall ersetzt worden war. Der Mann, der ihn angefahren hatte, ein emeritierter Geschichtsprofessor der Boston University, litt – zumindest laut seines Anwalts – an einer Frühform von Alzheimer und verdiente eher Mitleid als Strafe. Allzu oft, dachte Jonesy, hatte niemand Schuld, wenn sich der Staub einmal gelegt hatte. Und selbst wenn, was nützte es? Man musste trotzdem mit dem leben, was übrig blieb, und sich damit trösten, dass es, wie ihm die Leute tagein, tagaus sagten (bis sie die ganze Sache vergaßen), viel schlimmer hätte kommen können.

Und das hätte es tatsächlich. Er hatte einen sprichwörtlichen Dickschädel, und der Bruch heilte. Er konnte sich zwar an die Stunde vor dem Unfall in der Nähe des Harvard Square überhaupt nicht erinnern, aber sonst war seinem Hirnkasten nichts passiert. Seine Rippen heilten binnen eines Monats. Am schlimmsten war es mit der Hüfte, aber im Oktober brauchte er schon keine Krücken mehr, und nennenswert humpelte er meist erst gegen Abend.

Pete, Henry und der Biber dachten, er würde wegen seiner Hüfte und nur seiner Hüfte wegen den Hochsitz im Baum dem feuchten, kalten Waldboden vorziehen, und sicherlich spielte seine Hüfte dabei auch eine Rolle, bloß eben nicht die einzige. Er hatte ihnen verschwiegen, dass er kaum noch Lust hatte, einen Hirsch zu schießen. Sie hätten es nicht fassen können. Ja, es bestürzte Jonesy auch selbst. Aber da war etwas Neues in sein Leben getreten, womit er nie gerechnet hatte, bis sie am elften November hier heraufgekommen waren und er sein Gewehr ausgepackt hatte. Er fand den Gedanken zu jagen nicht abstoßend, nein, ganz und gar nicht; er verspürte bloß überhaupt kein Bedürfnis danach. Der Tod hatte ihn an einem sonnigen Märztag gestreift, und Jonesy wollte das nicht noch einmal erleben, auch wenn er hier eher austeilte als einsteckte.

3

Es wunderte ihn schon, dass ihm der Aufenthalt im Camp immer noch gefiel, in mancher Hinsicht sogar besser als früher. Die Nächte durchzuquatschen – über Bücher und Politik und Kram aus ihrer Kindheit und ihre Zukunftspläne. Sie waren noch keine vierzig, noch jung genug, um Pläne zu haben, sogar viele Pläne, und die alten Bande waren noch stark.

Und auch die Tage waren schön – die Stunden auf dem Hochsitz, wenn er ganz alleine war. Er nahm einen Schlafsack mit und schlüpfte bis zur Taille hinein, wenn ihm kalt wurde, hatte ein Buch und einen Walkman dabei. Nach dem ersten Tag hatte er aufgehört, Kassetten zu hören, und hatte bemerkt, dass ihm die Musik des Waldes besser gefiel – das seidige Rauschen des Winds in den Kieferbäumen, der rostige Ruf der Krähen. Er las ein wenig, trank Kaffee, las dann wieder ein bisschen, kämpfte sich manchmal aus dem Schlafsack (der so rot wie ein Bremslicht war) und pinkelte vom Hochsitz hinab. Er war ein Mann mit einer großen Familie und einem großen Kollegenkreis, ein geselliger

Mensch, der die vielfältigen Beziehungen genoss, die ihm Familie, Kollegen (und Studenten natürlich, dieser unerschöpfliche Strom von Studenten) boten und der es allen recht machen konnte. Und erst hier draußen und hier oben merkte er, dass die Stille durchaus auch noch ihren Reiz hatte, und zwar einen starken. Es war, als würde man nach langer Trennung einem alten Freund wieder begegnen.

»Bist du sicher, dass du da rauf willst?«, hatte ihn Henry gestern Morgen gefragt. »Du bist auch herzlich eingeladen, mit mir auf die Pirsch zu gehen. Wir werden dein Bein auch nicht überanstrengen – versprochen.«

»Lass ihn«, hatte Pete gesagt. »Er ist gern da oben. Nicht wahr, Jones-Boy?«

»Irgendwie schon«, hatte er geantwortet, nicht willens, mehr zu sagen – wie sehr er es in Wirklichkeit genoss, zum Beispiel. Manches wagte man selbst seinen besten Freunden nicht anzuvertrauen. Und manches wussten die besten Freunde ja ohnehin.

»Ich sag dir was«, hatte der Biber gesagt. Er nahm einen Bleistift, steckte ihn sich in den Mund und nagte daran herum – seine älteste, liebste Angewohnheit schon seit der ersten Klasse. »Ich mag es, wenn ich wiederkomme und du da oben bist – wie ein Matrose im Mastkorb in einem dieser blöden Hornblower-Bücher. Du hältst Ausschau.«

»Schiff ahoi!«, hatte Jonesy gesagt, und sie hatten alle gelacht, und Jonesy wusste, was der Biber damit meinte. Er spürte es. Ausschau halten. Einfach nur seinen Gedanken nachhängen und Ausschau halten – nach Schiffen oder Haifischen oder was sonst auch immer. Die Hüfte tat ihm weh, wenn er hinunterstieg, der Rucksack mit seinem Kram drin lastete ihm schwer auf dem Rücken, und er kam sich lahm und unbeholfen vor auf den hölzernen Sprossen, die an den Stamm des Ahornbaums genagelt waren, aber das war schon okay. Nein, sogar gut so. Alles änderte sich, und es wäre Blödsinn zu glauben, dass alles immer nur schlimmer wurde.

Das dachte er zumindest damals.

4

Als er das Rascheln im Gebüsch hörte und das leise Knacken eines Zweigs – Geräusche, die fraglos von einem sich nähernden Hirsch stammten –, fiel Jonesy etwas ein, was sein Vater oft gesagt hatte: *Man kann sein Glück nicht zwingen.* Lindsay Jones war einer dieser ewigen Verlierer gewesen und hatte wenig gesagt, was es wert gewesen wäre, sich zu merken, aber das war so ein Satz, und hier war schon der Beweis: Nur Tage nachdem er beschlossen hatte, ein für alle Mal mit der Hirschjagd Schluss zu machen, lief ihm da einer direkt vor die Flinte, und den Geräuschen nach sogar ein kapitaler, bestimmt ein Bock, vielleicht so groß wie ein Mensch.

Dass es ein Mensch hätte sein können, wäre Jonesy nie in den Sinn gekommen. Sie waren hier mitten in der Wildnis, fünfzig Meilen nördlich von Rangely, und die nächsten Jäger waren zwei Stunden Fußmarsch entfernt. Bis zur nächsten befestigten Straße, die schließlich zu Gosselin's Market führte (BIER KÖDER JAGDSCHEINE LOTTERIELOSE), waren es mindestens sechzehn Meilen.

Tja, dachte er, *ich hab's ja nicht direkt geschworen oder so.*

Nein, einen Schwur hatte er nicht geleistet. Im nächsten November saß er vielleicht mit einer Nikon hier oben statt mit einem Garand-Gewehr, aber es war ja noch nicht nächstes Jahr, und er hatte das Gewehr griffbereit. Und einem geschenkten Hirsch wollte er nicht ins Maul schauen.

Jonesy schraubte den roten Verschluss auf die Thermoskanne und stellte sie beiseite. Dann streifte er den Schlafsack ab wie einen großen, wattierten Strumpf (und zuckte dabei zusammen, als es in der Hüfte kniff) und nahm sein Gewehr. Es war nicht mehr nötig durchzuladen und dabei dieses laute Ratschen zu erzeugen, das Hirsche so fürchteten; alte Gewohnheiten legt man nicht so schnell ab, und die Waffe war schussbereit, sobald er sie entsichert hatte. Das tat er, als er fest auf beiden Beinen stand. Die altbekannte Aufregung stellte sich nicht ein; es war nur noch ein

Rest davon geblieben: Sein Puls war gestiegen, und darüber freute er sich. Seit seinem Unfall freute er sich über jedes solcher Lebenszeichen. Es war, als gäbe es ihn nun doppelt, einmal als den, der er war, ehe er überfahren wurde, und einmal den umsichtigeren, älteren Kerl, der im Krankenhaus wieder aufgewacht war ... wenn man dieses träge, mit Drogen voll gepumpte Bewusstsein denn überhaupt Wach-Sein nennen konnte. Ab und zu hörte er immer noch eine Stimme – wessen, wusste er nicht, seine eigene war es jedenfalls nicht –, die rief: *Hört auf, ich halt's nicht mehr aus, gebt mir 'ne Spritze, wo ist Marcy, ich will zu Marcy.* Er hielt es für die Stimme des Todes; der Tod hatte ihn auf der Straße verfehlt und war ihm ins Krankenhaus gefolgt, um sein Werk zu vollenden, und der Tod hatte sich als Mann verkleidet (oder vielleicht war es auch eine Frau gewesen, das war schwer zu sagen), der oder die Schmerzen litt und nach einer gewissen Marcy rief, eigentlich aber Jonesy meinte.

Diese Idee kam und ging – wie alle wirren Gedanken, die er im Krankenhaus gehegt hatte, letztlich irgendwann verschwanden –, wirkte aber nach. Eine gewisse Umsicht blieb ihm. Er konnte sich nicht daran erinnern, wie Henry ihn angerufen und ihm gesagt hatte, er solle in nächster Zeit gut auf sich aufpassen (und Henry hatte ihn auch nicht daran erinnert), aber seither *passte* Jonesy auf sich auf. Er war vorsichtig. Denn vielleicht lauerte dort draußen der Tod, und vielleicht rief er manchmal seinen Namen.

Doch die Vergangenheit war vergangen. Er hatte seinen Zusammenstoß mit dem Tod überlebt, und heute Morgen würde hier niemand sterben, höchstens ein Hirsch (ein Bock, hoffte er), der sich verlaufen hatte.

Das Rascheln im Gebüsch und das Knacken der Zweige kam aus Südwesten, was bedeutete, dass er nicht am Stamm des Ahorns vorbeischießen musste – gut – und gegen den Wind stand – noch besser. Der Ahorn hatte sein Laub größtenteils abgeworfen, und durch das Astwerk hatte Jonesy eine gute, wenn auch nicht perfekte Sicht. Jonesy hob das Garand, setzte es an und machte sich bereit, etwas Gesprächsstoff zu erlegen.

Was McCarthy – zumindest vorerst – rettete, war Jonesys ernüchterte Haltung gegenüber der Jagd. Was McCarthy fast umgebracht hätte, war ein Phänomen, das George Kilroy, ein Freund von Jonesys Vater, »Augenfieber« genannt hatte. Augenfieber, behauptete Kilroy, sei eine Abart des Jagdfiebers und wahrscheinlich die zweithäufigste Ursache für Jagdunfälle. »Die häufigste ist der Suff«, sagte George Kilroy ... und wie Jonesys Vater verstand auch Kilroy einiges von diesem Thema ... »Die häufigste ist immer der Suff.«

Laut Kilroy waren Leute, die an Augenfieber litten, immer ganz erstaunt, wenn sie feststellen mussten, dass sie auf einen Zaunpfahl geschossen hatten oder auf ein vorbeifahrendes Auto oder auf die Längsseite einer Scheune oder ihren eigenen Jagdkumpan (und das waren oft die Frauen, Geschwister oder Kinder). »Aber ich habe es doch *gesehen*«, protestierten sie dann, und die meisten von ihnen hätten, laut Kilroy, auch einen Lügendetektortest bestanden. Sie hatten den Hirsch oder Bär oder Wolf gesehen oder auch das Waldhuhn, das durchs hohe Herbstgras flatterte. Sie hatten es *gesehen*.

In Wirklichkeit wollten diese Jäger, laut Kilroy, den Schuss um jeden Preis abfeuern, es so oder so endlich hinter sich bringen. Dieses Verlangen wurde so übermächtig, dass das Hirn dem Auge vorgaukelte, es würde etwas sehen, was noch gar nicht sichtbar war – nur um endlich die Anspannung zu lösen. Das war Augenfieber. Und obwohl sich Jonesy keiner ungewöhnlichen Aufregung bewusst war – seine Hand war vollkommen ruhig gewesen, als er den roten Verschluss auf die Thermoskanne geschraubt hatte –, musste er sich später eingestehen, vielleicht durchaus diesem Leiden anheim gefallen zu sein.

Für einen Moment sah er den Hirschbock ganz deutlich am anderen Ende des Tunnels, den die verschlungenen Äste bildeten – so deutlich, wie er jeden der sechzehn Hirsche (sechs Böcke, zehn Kühe) gesehen hatte, die er im Laufe der Jahre hier erlegt hatte. Er sah seinen braunen Kopf, ein dunkles, fast samtschwarzes Auge, ja sogar einen Teil des Geweihs.

Jetzt schieß!, schrie etwas in ihm – das war der Jonesy von vor dem Unfall, der intakte Jonesy. Er hatte seit knapp einem Monat häufiger zu ihm gesprochen, während er allmählich einen mythischen Zustand erreichte, den Leute, die nie überfahren worden waren, ungeniert als »völlige Genesung« bezeichneten, aber nie zuvor hatte er so laut gesprochen. Es war förmlich ein Befehl gewesen, ein gebrüllter Befehl.

Und sein Finger spannte sich tatsächlich um den Abzug. Er setzte nie dieses letzte Pfund Druck ein (vielleicht wäre auch nur ein halbes nötig gewesen, lumpige 250 Gramm), aber er spannte sich durchaus. Die Stimme, die ihn nun aufhielt, stammte von dem zweiten Jonesy, demjenigen, der im Krankenhaus aufgewacht war, benommen und Schmerzen leidend, der nichts mitbekam, außer dass jemand wollte, dass sie aufhörten, dass jemand es nicht mehr ertragen konnte – jedenfalls nicht ohne Spritze – und dass jemand zu Marcy wollte.

Nein, noch nicht – warte, schau hin, sagte dieser neue, umsichtige Jonesy, und das war die Stimme, auf die er hörte. Er stand reglos da, sein Gewicht größtenteils auf sein gesundes linkes Bein verlagert, das Gewehr im Anschlag, den Lauf ganz entspannt fünfunddreißig Grad hinab in diesen Lichttunnel gerichtet.

Genau in diesem Augenblick kamen die ersten Schneeflocken aus dem weißen Himmel getrudelt, und im gleichen Moment sah Jonesy einen senkrechten, orangefarbenen Strich unter dem Kopf des Hirsches – es war, als hätte der Schnee ihn erst zum Vorschein gebracht. Für einen Moment gab sein Wahrnehmungsvermögen einfach auf, und über Kimme und Korn sah er nur noch ein Wirrwarr, wie Farben, die auf der Palette eines Malers ineinander gemischt wurden. Da war kein Hirsch mehr und kein Mensch, ja nicht einmal der Wald, sondern nur ein verwirrendes Gemenge aus Schwarz, Braun und Orange.

Dann war da noch mehr Orange, und das in einer erkennbaren Form: Es war eine Mütze, so eine mit Ohrenschützern zum Herunterklappen. Touristen kauften sie für vierundvierzig Dollar bei L. L. Bean's, und innen hatten sie ein kleines Etikett mit dem Aufdruck VON GEWERKSCHAFTLICH ORGANISIERTEN ARBEITERN IN DEN USA HERGESTELLT. Man bekam sie auch für sieben Dollar bei Gosselin's. Auf dem Etikett dieser Mützen stand einfach nur MADE IN BANGLADESH.

Die Mütze rückte buchstäblich alles ins, o Gott, rechte Licht: Das Braune, das er versehentlich für einen Hirschkopf gehalten hatte, war die Front eines Herrenwollmantels, das Samtschwarze der Hirschaugen war ein Mantelknopf, und das Geweih waren nur weitere Zweige – Zweige eben des Baums, auf dem er stand. Der Mann war so unklug (Jonesy brachte es nicht über sich, das Wort verrückt zu verwenden), im Wald einen braunen Mantel zu tragen, und Jonesy konnte es immer noch nicht fassen, wie er fast einen Fehler mit möglicherweise so entsetzlichen Konsequenzen hatte begehen können. Denn der Mann trug ja auch eine orangefarbene Mütze, nicht wahr? Und noch dazu eine knallorangefarbene Warnweste über seinem zugegebenermaßen unklug gewählten braunen Mantel. Der Mann war –

– war nur um ein Pfund Fingerdruck dem Tod entgangen. Vielleicht gar um weniger.

Da fuhr es ihm durch Mark und Bein und schlug ihn glatt aus seinem Leib. Für einen schrecklichen, leuchtend klaren Moment, den er nie wieder vergaß, war er weder Jonesy Nummer eins, der zuversichtliche Jonesy von vor dem Unfall, noch Jonesy Nummer zwei, der eher vorsichtige Überlebende, der sehr viel Zeit in einem lästigen Zustand körperlicher Leiden und geistiger Verwirrung zugebracht hatte. Für diesen einen Moment war er ein anderer Jonesy, eine unsichtbare Präsenz, die zu einem Jäger auf einem Hochsitz in einem Baum hochsah. Der Jäger hatte kurzes Haar, das schon grau wurde, hatte Runzeln um den Mund, Bartstoppeln auf den Wangen und wirkte insgesamt abgehärmt. Er stand kurz davor, seine Waffe abzufeuern. Schneeflocken tanzten ihm um den Kopf und ließen sich auf seinem braunen, nicht in die Hose gesteckten Flanellhemd nieder, und er war drauf und dran, einen

Mann zu erschießen, der eine orangefarbene Mütze und genauso eine Warnweste trug, wie er selbst sie angelegt hätte, wäre er mit dem Biber auf die Pirsch gegangen, statt sich auf diesen Baum zu hocken.

Mit einem dumpfen Schlag fiel er in sich selbst zurück, genau wie man durchgeruckelt wird, wenn man mit dem Auto bei hohem Tempo durch ein Schlagloch fährt. Zu seinem Entsetzen bemerkte er, dass er das Garand immer noch auf den Mann dort unten gerichtet hielt, als hätte sich irgendein starrköpfiger Alligator in seinem Hinterkopf an der Idee festgebissen, der Mann im braunen Mantel sei jagdbares Wild. Und schlimmer noch, er konnte seinen Finger nicht vom Abzug lösen. Ein, zwei schreckliche Sekunden lang dachte er, er würde wirklich immer noch drücken und unweigerlich die letzten paar Gramm Druck aufbringen, die ihn vom größten Fehler seines Lebens noch trennten. Später ging ihm auf, dass zumindest das eine Illusion gewesen war, so ähnlich, wie man in einem stehenden Auto das Gefühl hat, rückwärts zu rollen, wenn man im Augenwinkel neben sich ein anderes Auto sieht, das langsam vorwärts rollt.

Nein, er war einfach nur unfähig, sich zu bewegen, doch das war schlimm genug, das war die Hölle. *Jonesy, du denkst zu viel,* sagte Pete gern, wenn er Jonesy dabei ertappte, wie er in die Ferne starrte und dem Gespräch nicht mehr folgte, und wahrscheinlich wollte er damit sagen: *Jonesy, du hast zu viel Fantasie,* und das stimmte höchstwahrscheinlich. Und ganz bestimmt in dieser Situation, als er nun hier oben auf dem Baum stand, im ersten Schneefall der Saison, ihm das Haar wirr um den Kopf wehte, er den Finger am Abzug des Garand hatte – nicht weiter drückend, wie er für einen Moment befürchtet hatte, aber auch nicht entspannt –, der Mann jetzt fast direkt unter ihm, das Korn des Garand auf die orangefarbene Mütze gerichtet, das Leben des Mannes buchstäblich an einem seidenen Faden hängend, der aufgespannt war zwischen der Gewehrmündung und seinem bemützten Kopf. Der Mann dachte vielleicht gerade daran, seinen Wagen in Zahlung zu geben oder seine Frau zu betrügen oder seiner ältesten Tochter ein

Pony zu kaufen (später hatte Jonesy gute Gründe anzunehmen, dass McCarthy an nichts Derartiges gedacht hatte, aber das wusste er natürlich in diesem Augenblick nicht, als er dort im Baum stand, den Zeigefinger starr auf dem Abzug seines Gewehrs), und wusste nicht, was auch Jonesy nicht gewusst hatte, als er, seine Aktentasche in der einen Hand und eine *Boston Phoenix* unter dem anderen Arm, in Cambridge am Bordstein gestanden hatte, dass der Tod gleich um die Ecke lauerte, oder vielleicht gar DER TOD, eine umherhuschende Gestalt, wie aus einem frühen Ingmar-Bergman-Film entsprungen, mit einer verborgenen Waffe unter den groben Falten seines Umhangs. Eine Schere vielleicht. Oder ein Skalpell.

Doch am schlimmsten war, dass der Mann nicht sterben würde, zumindest nicht auf der Stelle. Er würde hinstürzen und dort schreiend liegen, wie auch Jonesy schreiend auf der Straße gelegen hatte. Er konnte sich zwar nicht erinnern, geschrien zu haben, aber natürlich hatte er geschrien; man hatte es ihm erzählt, und er sah keinen Grund, daran zu zweifeln. Wahrscheinlich hatte er sich die Kehle aus dem Hals geschrien. Und was wäre, wenn der Mann im braunen Mantel und mit der orangefarbenen Warnkleidung anfangen würde, nach Marcy zu schreien? Das würde er sicherlich nicht – nicht in Wirklichkeit –, aber Jonesy würde sich vielleicht einbilden, er würde nach Marcy schreien. Wenn es denn so etwas wie Augenfieber gab – wenn er beim Anblick eines braunen Herrenmantels an einen Hirschkopf denken konnte –, dann gab es wahrscheinlich für den Gehörsinn auch etwas Entsprechendes. Einen Menschen schreien zu hören und zu wissen, dass man selbst schuld daran war – o lieber Gott, nein. Und trotzdem ließ sein Finger nicht los.

Etwas ebenso Schlichtes wie Unerwartetes löste dann schließlich seine Starre: Gut zehn Schritte vor dem Stamm von Jonesys Baum fiel der Mann zu Boden. Jonesy hörte das schmerzerfüllte, erstaunte Geräusch, das er von sich gab – wie *Mrof!* hörte es sich an –, und spontan ließ er den Abzug los.

Der Mann hockte jetzt auf Händen und Knien, die Finger in den braunen Handschuhen (braune Handschuhe, noch so ein grober Fehler, der Typ hätte sich auch gleich ein Schild mit der Aufschrift ERSCHIESST MICH! hinten an den Mantel kleben können, dachte Jonesy) auf dem Boden gespreizt, der bereits weiß wurde. Als der Mann wieder aufstand, fing er an, in einem klagenden, verwunderten Ton zu sprechen. Jonesy bemerkte zunächst nicht, dass er auch weinte.

»Oje, oje!«, sagte der Mann, während er mühsam wieder aufstand. Er schwankte, als wäre er betrunken. Jonesy wusste, dass sich Männer im Wald, wenn sie für eine Woche oder ein Wochenende von ihrer Familie getrennt waren, allen möglichen kleinen Lastern hingaben – und um zehn Uhr morgens zu trinken war da relativ normal. Doch Jonesy glaubte nicht, dass dieser Typ betrunken war. Er konnte nicht sagen, warum; es war nur so ein Gefühl.

»Oje, oje, oje.« Und dann, als er weiterging: »Schnee. Jetzt ist es Schnee. Ach Gott, du lieber Gott, jetzt ist es Schnee, du meine Güte.«

Seine ersten Schritte waren unsicher. Jonesy war zu dem Schluss gekommen, dass ihn sein Gefühl getrogen und der Typ tatsächlich getrunken hatte, doch dann wurde der Gang des Mannes sicherer. Er kratzte sich die rechte Wange.

Er ging direkt unter dem Hochsitz durch und war für einen Moment kein Mensch, sondern nur der Kreis einer orangefarbenen Mütze mit braunen Schultern seitlich dran. Seine Stimme scholl herauf, von Tränen fast erstickt, größtenteils war *Oje* zu hören, hin und wieder auch mit *O Gott* und *Jetzt ist es Schnee* gewürzt.

Jonesy blieb stehen und sah zu, wie der Typ erst unter dem Hochsitz verschwand und dann auf der anderen Seite wieder zum Vorschein kam. Jonesy drehte sich, ohne es zu bemerken, um den dahintrottenden Mann im Blick behalten zu können – und er war sich auch nicht bewusst, dass er das Gewehr hatte sinken lassen und sich sogar die Zeit genommen hatte, es zu sichern.

Jonesy rief ihm nicht nach und wusste wohl auch, warum: Gewissensbisse. Er fürchtete, der Mann dort unten würde ihn anschauen und in seinen Augen die Wahrheit erblicken – würde selbst durch den Tränenschleier und den zunehmenden Schneefall sehen, dass Jonesy dort oben gestanden und auf ihn angelegt hatte, dass Jonesy ihn um ein Haar erschossen hatte.

Zwanzig Schritte jenseits des Baums blieb der Mann stehen und stand dann einfach nur da, hielt sich die rechte Hand über die Augenbrauen und schirmte seine Augen so vor den Schneeflocken ab. Jonesy wurde klar, dass er ihre Hütte entdeckt hatte. Und wahrscheinlich hatte er auch bemerkt, dass er auf einem regelrechten Pfad angelangt war. Das *Oje* und *O Gott* hörte auf, und der Typ lief auf das Surren des Generators zu und schlingerte dabei von links nach rechts wie an Deck eines Schiffs. Jonesy hörte die kurzen, zischenden Atemzüge des Fremden, der auf die geräumige Hütte zutaumelte, aus deren Schornstein gemächlich eine Rauchfahne stieg, die sich fast sofort im Schnee verlor.

Jonesy stieg die an den Stamm des Ahorns genagelten Sprossen hinunter, das Gewehr am Riemen über der Schulter (auf die Idee, dieser Mann könne irgendeine Gefahr darstellen, kam er nicht, noch nicht; er wollte nur das Garand, ein feines Gewehr, nicht draußen im Schnee liegen lassen). Seine Hüfte war wieder steif, und als er am Fuß des Baumes angelangt war, war der Mann, den er beinahe erschossen hatte, schon fast an der Tür der Hütte ... die natürlich nicht abgeschlossen war. Niemand schloss hier draußen seine Hütte ab.

5

Gut drei Meter vor dem Granitblock, der als Eingangstreppe diente, fiel der Mann im braunen Mantel erneut zu Boden. Seine Mütze flog ihm vom Kopf und entblößte einen verschwitzten Balg schütterer brauner Haare. Er blieb für einen Moment auf einem Knie hocken, den Kopf gesenkt. Jonesy hörte ihn schnell und rasselnd atmen.

Der Mann nahm seine Mütze, und als er sie eben wieder

aufsetzen wollte, machte sich Jonesy mit einem Ruf bemerkbar.

Der Mann stand schwankend auf und drehte sich vorsichtig und unbeholfen um. Jonesy hatte zunächst den Eindruck, der Mann hätte ein sehr längliches Gesicht, was die Leute so »Pferdegesicht« nannten. Als Jonesy dann näher kam, ein wenig hinkend, aber nicht richtig humpelnd (und das war auch gut so, denn der Boden wurde zusehends glitschig), wurde ihm klar, dass der Mann kein außergewöhnlich längliches Gesicht hatte, sondern vielmehr nur völlig verängstigt und sehr, sehr blass war. Der rote Fleck auf seiner Wange, den er sich gekratzt hatte, zeichnete sich deutlich ab. Er schien sofort sichtlich erleichtert, als er Jonesy auf sich zueilen sah. Jonesy hätte fast über sich selbst gelacht, weil er dort oben auf dem Hochsitz gestanden und sich Sorgen gemacht hatte, der Typ könnte ihm an den Augen ablesen, was beinahe passiert wäre. Dieser Mann las niemandem etwas an den Augen ab, und es interessierte ihn auch eindeutig nicht, woher Jonesy kam und was er eben getan hatte. Der Mann sah aus, als hätte er Jonesy am liebsten umarmt und vor Rührung abgeknutscht.

»Gott sei Dank!«, rief der Mann. Er streckte Jonesy eine Hand entgegen und schlurfte über die dünne Neuschneeschicht auf ihn zu. »O Mensch, Gott sei Dank, ich habe mich verlaufen, ich irre seit gestern durch den Wald, ich dachte schon, ich würde da draußen sterben. Ich ... ich ...«

Er rutschte aus, und Jonesy packte ihn an den Oberarmen. Er war groß, größer als Jonesy, der einen Meter achtundachtzig maß, und war auch kräftiger gebaut. Trotzdem kam er Jonesy federleicht vor, als hätte die ganze Furcht ihn irgendwie ausgehöhlt und leicht wie einen Schmetterling gemacht.

»Ganz ruhig, Mann«, sagte Jonesy. »Ganz ruhig. Sie sind in Sicherheit. Alles wird gut. Kommen Sie, wir gehen rein und wärmen Sie ein bisschen auf. Wie wäre das?«

Als wäre »aufwärmen« das Stichwort gewesen, fing der Mann an, mit den Zähnen zu klappern. »G-g-gern.« Er versuchte zu lächeln, aber es wollte ihm nicht recht gelingen.

Jonesy fiel wieder seine extreme Blässe auf. Es war an diesem Morgen durchaus kalt hier draußen, geringe Minusgrade, aber der Mann war kreidebleich. Die einzigen Farbtupfer in seinem Gesicht, von dem roten Fleck einmal abgesehen, waren die braunen Ringe unter seinen Augen.

Jonesy legte dem Mann einen Arm um die Schultern, plötzlich mitgerissen von einem absurden, blödsinnigen Zutrauen zu diesem Fremden, ein Gefühl so stark, wie er es für seinen ersten Schwarm auf der Junior High School empfunden hatte – Mary Jo Martineau, in einer ärmellosen, weißen Bluse und einem geraden, knielangen Jeansrock. Er war sich jetzt vollkommen sicher, dass der Mann nichts getrunken hatte – es war nur Angst (und vielleicht Erschöpfung), die ihn so unsicher gehen ließ. Doch er roch aus dem Mund – ein Geruch wie von Bananen. Es erinnerte Jonesy an den Äther, den er in den Vergaser seines ersten Autos gesprüht hatte, ein Ford aus der Vietnamkriegszeit, damit er an kalten Morgen ansprang.

»Wir gehn rein, ja?«

»Ja. K-kalt. Gott sei Dank sind Sie vorbeigekommen. Ist das –«

»Meine Hütte? Nein, die gehört einem Freund.« Jonesy öffnete die lackierte Eichentür und half dem Mann über die Schwelle. Der Fremde keuchte, als ihm die warme Luft entgegenschlug, und seine Wangen röteten sich. Jonesy war erleichtert zu sehen, dass der Mann doch noch etwas Blut im Leib hatte.

6

Ihre Hütte war dafür, dass sie so tief im Wald stand, durchaus komfortabel. Wenn man hereinkam, betrat man einen großen Raum – Küche, Ess- und Wohnzimmer in einem –, und dahinter befanden sich noch zwei Schlafzimmer und ein weiteres im Obergeschoss unter der Dachschräge. Das große Zimmer war erfüllt vom milden Goldlicht des Kiefernholzes und duftete auch danach. Auf dem Boden lag ein

Navajo-Teppich, und ein Micmac hing an der Wand und zeigte tapfere kleine Speerjäger, die einen riesigen Bären umstellt hatten. Ein rustikaler Eichentisch, groß genug für acht Personen, dominierte den Essbereich. Es gab einen Holzofen in der Küche und einen offenen Kamin im Wohnzimmer; wenn beide brannten, wurde man in der Hütte rammdösig vor Hitze, auch wenn draußen dreißig Grad minus herrschten. Die Westwand war komplett verglast, und dort schaute man einen langen steilen Hang hinunter. In den Siebzigern hatte es dort gebrannt, und die verkohlten Bäume standen kreuz und quer in dem dichter werdenden Schneefall. Jonesy, Pete, Henry und der Biber nannten diesen Abhang »die Schlucht«, denn so hatten schon Bibers Dad und seine Freunde dazu gesagt.

»O Gott, Gott sei Dank, und Ihnen sei auch gedankt«, sagte der Mann mit der orangefarbenen Mütze zu Jonesy, und als Jonesy grinste – das war ja eine ganze Menge Dank –, lachte der Mann schrill auf, wie um zu sagen, ja, er wisse schon, das sei komisch, so etwas zu sagen, aber er könne nicht anders. Er atmete ein paarmal tief durch und sah kurz aus wie einer dieser Fitnessgurus, die man auf obskuren Kabelkanälen sah. Und jedes Mal, wenn er ausatmete, sagte er etwas.

»Gott, heute Nacht hab ich wirklich gedacht, es wäre zu Ende mit mir ... Es war so kalt ... Und die feuchte Luft, das weiß ich noch ... Ich weiß noch, wie ich dachte, o Junge, oje, was ist, wenn es jetzt auch noch schneit ... Ich habe gehustet und konnte nicht mehr aufhören ... Dann ist was gekommen, und ich habe gedacht, ich muss aufhören zu husten, wenn das ein Bär ist oder so, dann ... wissen Sie ... reize ich ihn doch oder so ... aber ich konnte nicht, und nach einer Weile ist es ... ist es ganz von alleine weggegangen –«

»Sie haben heute Nacht einen Bären gesehen?« Jonesy war gleichwohl fasziniert wie entsetzt. Er hatte davon gehört, dass es hier oben Bären gab – der alte Gosselin und seine Saufkumpane im Laden erzählten mit großer Begeisterung ihre Bärengeschichten, zumal Leuten, die nicht aus

Maine kamen –, aber bei dem Gedanken, dass dieser Mann, der sich verlaufen hatte und ganz auf sich gestellt war, tatsächlich heute Nacht von einem bedroht worden war, lief es ihm kalt den Rücken hinunter. Es war, als würde man einen Matrosen von einem Seeungetüm erzählen hören.

»Ich weiß nicht, was es war«, sagte der Mann und warf Jonesy mit einem Mal einen verschlagenen Seitenblick zu, der Jonesy gar nicht gefiel und den er nicht zu deuten wusste. »Ich kann es nicht mit Bestimmtheit sagen. Da hat es schon nicht mehr geblitzt.«

»Sogar auch Blitze? Mann!« Wäre der Typ nicht so augenscheinlich verzweifelt gewesen, dann hätte sich Jonesy gefragt, ob er hier nicht buchstäblich einen Bären aufgebunden bekam. Aber auch so war er sich da nicht ganz sicher.

»Ein Trockengewitter, schätze ich mal«, sagte der Mann. Jonesy konnte förmlich sehen, wie er es mit einem Achselzucken abtat. Er kratzte sich den roten Fleck auf der Wange, der nach einer leichten Frostbeule aussah. »Im Winter bedeutet das, dass ein Sturm im Anzug ist.«

»Und das haben Sie gesehen? Heute Nacht?«

»Ich schätze mal schon.« Der Mann warf ihm wieder einen flinken Seitenblick zu, doch diesmal konnte Jonesy darin keine Verschlagenheit entdecken, also hatte er sich vermutlich zuvor getäuscht. Er sah nur Erschöpfung. »In meinem Kopf ist alles durcheinander ... mir tut der Bauch weh, seit ich mich verlaufen habe ... Ich habe immer Magenschmerzen, wenn mir bange ist, schon als ich ein kleiner Junge war ...«

Und er war immer noch wie ein kleiner Junge, dachte Jonesy, wie er sich da so völlig ungeniert umsah. Jonesy führte den Typ zum Sofa vor dem Kamin, und der Typ ließ sich führen.

Bange. Er sagt tatsächlich bange wie ein Kind. Wie ein Kleinkind.

»Geben Sie mir Ihren Mantel«, sagte Jonesy, und während der Typ ihn zunächst aufknöpfte und sich dann an dem darunter liegenden Reißverschluss zu schaffen machte, dachte Jonesy wieder daran, wie er ihn für einen Hirsch gehalten hatte, für einen Hirschbock, um Himmels willen – wie er diese Knöpfe für Augen gehalten und beinahe eine Kugel hineingejagt hatte.

Der Mann bekam den Reißverschluss halb auf, und dann klemmte er. Der kleine goldfarbene Schieber hing an einer Seite im Futter fest. Er schaute sich das an – ja, starrte es an –, als hätte er so etwas noch nie gesehen. Und als Jonesy nach dem Reißverschluss griff, ließ der Mann die Hände sinken und ließ Jonesy einfach machen, wie ein Erstklässler, der aufstand und die Lehrerin alles richten ließ, wenn er Galoschen oder Jacke falsch herum anhatte.

Jonesy bekam den Schieber frei und zog den Reißverschluss auf. Jenseits des Panoramafensters verschwand die Schlucht allmählich; man sah nur noch die schwarz hingekrakelten Gestalten der Bäume. Seit fast dreißig Jahren kamen sie gemeinsam zur Jagd hier herauf, fast dreißig Jahre ununterbrochen, und nie hatte es mehr als einen kleinen Schneeschauer gegeben. Offenbar war es damit nun vorbei, aber woher wollte man das wissen? Bei den Jungs im Radio und Fernsehen hörten sich zehn Zentimeter frischer Pulverschnee heutzutage gleich immer wie der Beginn der nächsten Eiszeit an.

Für einen Moment stand der Typ einfach nur da. Sein Mantel stand offen, und der Schnee schmolz um seine Stiefel herum auf dem gewachsten Holzboden, und er schaute mit offenem Mund zu den Deckenbalken hinauf, und, ja, er sah aus wie ein riesiger Sechsjähriger – oder wie Duddits. Man hätte fast erwartet, dass ihm Fäustlinge an einer Kordel aus den Ärmeln seines Mantels baumelten. Er löste sich aus seinem Mantel genau wie ein Kind, das, sobald der Reißverschluss geöffnet war, einmal mit den Schultern zuckte und die Jacke zu Boden gleiten ließ. Wäre Jonesy nicht zur Stelle gewesen und hätte den Mantel aufgefangen, dann wäre er zu Boden gefallen und hätte sich mit dem geschmolzenen Schnee voll gesogen.

»Was ist das?«, fragte er.

Für einen Augenblick hatte Jonesy keine Ahnung, was der Typ meinte, und dann folgte er seinem Blick zu dem

Webstück, das vom mittleren Deckenbalken hing. Es war bunt – rot und grün und hier und da auch kanariengelb – und sah aus wie ein Spinnennetz.

»Das ist ein Traumfänger«, sagte Jonesy. »Ein indianischer Talisman. Der soll die Albträume fern halten, glaube ich.«

»Ist das Ihrs?«

Jonesy wusste nicht, ob er die Hütte meinte (vielleicht hatte ihm der Typ nicht zugehört) oder nur den Traumfänger, aber die Antwort war ja auch die gleiche. »Nein, das gehört einem Freund. Wir kommen jedes Jahr zur Jagd hierher.«

»Wie viele sind Sie?« Der Mann zitterte, hatte sich die Arme um den Oberkörper geschlungen und die Ellenbogen gepackt, während er zusah, wie Jonesy seinen Mantel an den Garderobenständer neben der Tür hängte.

»Wir sind zu viert. Biber – das ist sein Camp – ist draußen auf der Pirsch. Ich weiß nicht, ob der Schnee ihn nach Hause treibt. Wahrscheinlich schon. Pete und Henry sind einkaufen.«

»Bei Gosselin's?«

»Ja. Kommen Sie, setzen Sie sich aufs Sofa.«

Jonesy führte ihn zum Sofa, einer lächerlich langen Sitzecke. Solche Sachen waren zwar seit Jahrzehnten aus der Mode, aber es roch nicht allzu schlimm und barg kein Ungeziefer. Stil und Geschmack spielten hier in der Hütte keine große Rolle.

»Bleiben Sie da«, sagte er und ließ den Mann, der zitterte und schlotterte und sich die Hände zwischen die Knie klemmte, dort sitzen. Seine Jeans hatte diesen Wurstpelle-Look angenommen, der auf lange Unterhosen hindeutete, und trotzdem schlotterte er und bibberte. Doch die Wärme hatte ihm eine wahre Farbpracht ins Gesicht getrieben; statt wie eine Leiche sah der Fremde nun wie ein Diphtheriekranker aus.

Pete und Henry teilten sich das größere der beiden Schlafzimmer im Erdgeschoss. Jonesy ging hinein, klappte die Holztruhe links neben der Tür auf und nahm eine der beiden Tagesdecken heraus, die dort zusammengefaltet lagen. Als er durchs Wohnzimmer zurück zu dem schlotternd auf dem Sofa sitzenden Mann ging, fiel ihm ein, dass er die grundlegendste aller Fragen noch gar nicht gestellt hatte, die Frage, die selbst Sechsjährige stellten, die ihren Reißverschluss nicht aufbekamen.

Als er die Tagesdecke über dem Fremden auf der übertrieben großen Camp-Couch ausbreitete, fragte er: »Wie heißen Sie?« Und merkte, dass er es fast schon wusste. McCoy? McCann?

Der Mann, den Jonesy fast erschossen hätte, sah zu ihm hoch und raffte sich die Tagesdecke um den Hals. Die braunen Ringe unter seinen Augen wurden allmählich lila.

»McCarthy«, sagte er. »Richard McCarthy.« Seine Hand, ohne Handschuh erstaunlich fleischig und weiß, kroch wie ein scheues Tier unter der Decke hervor. »Und Sie?«

»Gary Jones«, sagte er und schlug mit der Hand ein, mit der er fast abgedrückt hätte. »Aber die meisten Leute nennen mich Jonesy.«

»Danke, Jonesy.« McCarthy schaute ihn feierlich an. »Ich glaube, Sie haben mir das Leben gerettet.«

»Ach, das weiß ich nicht«, sagte Jonesy. Er sah sich noch mal den roten Fleck an. Nur eine kleine Erfrierung. Eine Frostbeule, weiter nichts.

Kapitel 2

Der Biber

1

»Sie wissen, dass ich niemanden anrufen kann, nicht wahr?«, sagte Jonesy. »Bis hier raus reichen die Telefonleitungen nicht. Für die Elektrik haben wir einen Generator, aber das war's auch schon.«

McCarthy, der nur mit dem Kopf aus der Tagesdecke hervorschaute, nickte. »Den Generator habe ich gehört, aber Sie wissen ja, wie das ist, wenn man sich verlaufen hat: Die Geräusche sind trügerisch. Manchmal scheinen sie von links zu kommen und dann wieder von rechts, und dann könnte man schwören, dass es von hinten kommt und dass man umdrehen sollte.«

Jonesy nickte, obwohl er eigentlich nicht wusste, wie das war. Von der knappen Woche nach seinem Unfall einmal abgesehen, einer Zeit, in der er durch einen Nebel aus Drogen und Schmerzen geirrt war, hatte er sich nie verlaufen.

»Ich überlege, was am besten wäre«, sagte Jonesy. »Ich schätze mal, wenn Pete und Henry wieder da sind, bringen wir Sie besser weg. Wie viele Leute gehören denn zu Ihrer Gruppe?«

Da musste McCarthy anscheinend erst mal überlegen. Das und sein schwankender Gang bestätigten Jonesys Eindruck, dass der Mann unter Schock stand. Er wunderte sich, dass eine Nacht des Herumirrens im Wald so etwas bewirken konnte; und er fragte sich, ob es ihm selber auch so ergangen wäre.

»Vier«, sagte McCarthy, nachdem er eine Minute lang darüber nachgedacht hatte. »Genau wie bei Ihnen. Wir sind zu zweit auf die Pirsch gegangen. Ich war mit einem Freund unterwegs, mit Steve Otis. Er ist Anwalt, wie ich, aus Skowhegan. Wir sind alle aus Skowhegan, wissen Sie, und diese Woche ist für uns ... etwas ganz Besonderes.«

Jonesy nickte lächelnd. »Ja. Das kenne ich.«

»Jedenfalls habe ich mich wohl irgendwie verlaufen.« Er schüttelte den Kopf. »Ich weiß nicht. Ich habe Steve rechts von mir gehört und ab und zu seine Weste zwischen den Bäumen gesehen, und dann bin ich ... Ich weiß es einfach nicht. Ich war wohl so in Gedanken verloren – im Wald kann man so wunderbar nachdenken –, und dann war ich plötzlich allein. Ich habe noch versucht, meine Spur zurückzuverfolgen, aber dann wurde es dunkel ...« Er schüttelte wieder den Kopf. »Das ist in meinem Kopf alles durcheinander, aber, ja – wir waren zu viert, da bin ich mir sicher. Ich und Steve und Nat Roper und Nats Schwester Becky.«

»Die müssen sich schreckliche Sorgen machen.«

McCarthy wirkte erst verdattert, dann verzagt. Auf die Idee war er anscheinend noch überhaupt nicht gekommen. »Ja, das stimmt. Natürlich. Ach du liebe Zeit! Ach du meine Güte!«

Jonesy musste sich ein Lächeln verkneifen. Wenn er richtig loslegte, hörte sich McCarthy ein wenig an wie eine Figur aus dem Film *Fargo*.

»Wir bringen Sie besser hin. Das heißt, falls –«

»Ich möchte Ihnen nicht zur Last fallen –«

»Wir bringen Sie hin, sobald wir können. Dieser Wetterumschwung kam aber auch wirklich plötzlich.«

»Allerdings«, sagte McCarthy bitter. »Man sollte doch wohl meinen, dass sie es besser könnten, mit ihren verdammten Satelliten und dem Doppler-Radar und was nicht noch alles. So viel zum Thema heiter und der Jahreszeit entsprechend kalt, was?«

Jonesy schaute verdutzt zu dem Mann unter der Tagesdecke hinüber, von dem nur das gerötete Gesicht und das sich lichtende braune Haar zu sehen waren. Die Wettervorhersagen, die er gehört hatte – er und Pete und Henry und der Biber –, hatten seit zwei Tagen Schneefall prophezeit. Einige Meteorologen hatten sich nicht festlegen wollen und gesagt, statt des Schnees könne auch Regen fallen, aber der Typ vom Sender Castle Rock (WCAS war der einzige Radiosender, den sie hier oben reinbekamen, und auch den nur schwach und verraucht) hatte an diesem Morgen von einem sich schnell fortbewegenden Tiefdruckgebiet gesprochen, einem so genannten *Alberta Clipper*, das zehn bis fünfzehn Zentimeter Schnee bringen würde und möglicherweise einen Nordoststurm hinterher, wenn es so kalt blieb und das Tief nicht auf den Atlantik hinauszog. Jonesy wusste nicht, woher McCarthy seine Wettervorhersagen hatte, aber bestimmt nicht von WCAS. Der Typ war einfach nur völlig durch den Wind, das war es wahrscheinlich, und er hatte ja auch jedes Recht dazu.

»Ich könnte etwas Suppe aufsetzen. Wie wäre das, Mr McCarthy?«

McCarty lächelte dankbar. »Das wäre sehr schön«, sagte er. »Ich hatte heute Nacht Magenschmerzen und heute Morgen auch wieder, aber jetzt geht es mir besser.«

»Das ist der Stress«, sagte Jonesy. »Ich hätte nur noch gekotzt. Und mich wahrscheinlich auch eingeschissen.«

»Ich habe mich nicht übergeben«, sagte McCarthy. »Da bin ich mir ziemlich sicher. Aber ...« Wieder schüttelte er den Kopf. Es wirkte wie ein nervöser Tick. »Ich weiß nicht. Es ist alles so durcheinander, es ist, als hätte ich einen Albtraum gehabt.«

»Der Albtraum ist vorüber«, sagte Jonesy. Er kam sich etwas lächerlich vor, so etwas zu sagen – ein bisschen tantenhaft –, aber der Mann konnte eindeutig jede Beruhigung gebrauchen.

»Gut«, sagte McCarthy. »Danke. Und ich hätte wirklich gern etwas Suppe.«

»Wir haben Tomatensuppe und Hühnerbrühe, und dann ist da, glaube ich, auch noch eine Dose Chunky Sirloin. Was möchten Sie?«

»Hühnerbrühe«, sagte McCarthy. »Meine Mutter hat immer gesagt, Hühnerbrühe sei genau das Richtige, wenn es einem nicht so gut geht.«

Er grinste, als er das sagte, und Jonesy gab sich alle Mühe, sich sein Entsetzen nicht anmerken zu lassen. McCarthy hatte weiße, ebenmäßige Zähne, so ebenmäßig, dass es einfach Jacketkronen sein mussten, wenn man in Betracht zog, wie alt der Mann war, und Jonesy schätzte ihn auf ungefähr fünfundvierzig. Aber wenigstens vier Zähne fehlten – die oberen Eckzähne (die Jonesys Vater immer »Vampirzähne« genannt hatte) und zwei unten in der Mitte – Jonesy wusste nicht, wie die hießen. Er wusste nur eins: McCarthy war sich ihres Fehlens nicht bewusst. Niemand, der von solchen Lücken in seinem Gebiss wusste, hätte es so ungeniert hergezeigt, nicht einmal unter diesen Umständen. So sah Jonesy das jedenfalls. Ein leichtes Ekelgefühl fuhr ihm durch den Bauch, ein Anruf aus dem Nirgendwo. Er drehte sich zur Küche um, ehe McCarthy seinen Gesichtsausdruck sehen und sich – und vielleicht gar Jonesy – fragen konnte, was denn los sei.

»Einmal Hühnerbrühe, sehr wohl. Wie wäre es mit einem heißen Käsesandwich dazu?«

»Wenn es keine Umstände macht. Und nennen Sie mich Richard, ja? Oder noch lieber Rick. Wenn mir jemand das Leben gerettet hat, soll er mich doch bitte beim Vornamen nennen.«

»Rick. Aber gern.« *Lass dir lieber mal die Zähne machen, ehe du das nächste Mal vor die Geschworenen trittst, Rick.*

Das Gefühl, dass hier etwas nicht stimmte, war fast übermächtig. Es war dieser Klick, genau wie er McCarthys Namen fast erraten hatte. Er war noch weit davon entfernt, sich zu wünschen, er hätte den Mann erschossen, als sich ihm die Gelegenheit dazu bot, aber allmählich wünschte er schon, McCarthy hätte sich von seinem Baum und aus seinem Leben fern gehalten.

2

Er hatte die Suppe aufgesetzt und machte gerade die Käsesandwiches, als der erste Windstoß kam – eine mächtige Böe, unter der die ganze Hütte ächzte und die den Schnee meterhoch aufwirbelte. Für einen Moment verschwanden selbst die schwarz hingekrakelten Baumgestalten in der Schlucht und sah man im Panoramafenster nur noch Weiß – als hätte man dort draußen die Leinwand eines Autokinos aufgespannt. Zum ersten Mal machte sich Jonesy etwas Sorgen, nicht nur um Pete und Henry, die nun vermutlich in Petes Scout auf dem Rückweg von Gosselin's Market waren, sondern auch um den Biber. Wenn irgendjemand diese Wälder kannte, dann der Biber, aber in einem starken Schneegestöber nützte einem das nichts – *dann ist guter Rat teuer*, das war noch so eine stets passende Redewendung seines Vaters, wahrscheinlich nicht ganz so gut wie *Man kann sein Glück nicht zwingen*, aber auch nicht schlecht. Der Lärm des Generators half dem Biber vielleicht, sich zu orientieren, aber wie McCarthy schon gesagt hatte, konnten solche Geräusche in die Irre führen. Zumal wenn es windig war. Und windig wurde es nun offenbar.

Seine Mutter hatte ihm das Dutzend Kochkniffe beigebracht, das er beherrschte, und einer dieser Kniffe hatte mit der Kunst zu tun, heiße Käsesandwiches zuzubereiten. *Streich zuerst etwas Mussnich drauf*, hatte sie gesagt – »Mussnich« war Janetjonesisch für »Mostrich« –, *und dann gib die Butter aufs Brot, nicht in die Pfanne. Wenn du die Butter in die Pfanne tust, kriegst du nur geröstetes Brot mit etwas Käse drauf.* Er hatte nie verstanden, wie es etwas ausmachen konnte, ob man die Butter nun aufs Brot oder in die Pfanne tat, machte es aber immer so, wie seine Mutter es ihm beigebracht hatte, auch wenn es nervig war, die Brotscheiben oben mit Butter zu bestreichen, während sie unten bereits rösteten. Er hätte im Haus auch nie Gummistiefel anbehalten ... denn seine Mutter hatte immer gesagt: »Das verzieht dir die Füße.« Er hatte zwar keine Ahnung, was das bedeuten sollte, aber auch jetzt noch, als Mann, der auf die vierzig zuging, zog er sich die Stiefel gleich an der Tür aus, damit sie ihm nicht die Füße verzogen.

»Ich glaube, ich esse auch eins«, sagte Jonesy und legte die Brotscheiben in die Pfanne, mit der gebutterten Seite nach unten. Die Suppe köchelte schon, und es roch sehr lecker – irgendwie tröstlich.

»Gute Idee. Ich hoffe bloß, Ihren Freunden geht es gut.«

»Ja«, sagte Jonesy und rührte die Suppe um. »Wo ist denn Ihre Hütte?«

»Na ja, früher waren wir immer in Mars Hill und haben in einer Hütte gewohnt, die einem Onkel von Nat und Becky gehört hat, aber die hat irgend so ein gottverfluchter Idiot vor zwei Jahren im Sommer niedergebrannt. Hatte getrunken und war dann unachtsam mit Glimmstängeln – das hat jedenfalls die Feuerwehr gesagt.«

Jonesy nickte. »So was hört man öfter.«

»Die Versicherung hat den Wert ersetzt, aber wir hatten keine Jagdhütte mehr. Ich dachte schon, das wär's, aber da hat Steve in Kineo eine hübsche Hütte entdeckt. Das ist, glaube ich, nur so ein unerschlossenes Gebiet, das auch zu Jefferson Tract gehört, aber sie nennen es Kineo, die paar Leute, die da wohnen. Kennen Sie das?«

»Kenne ich«, sagte Jonesy, und seine Lippen fühlten sich merkwürdig taub an. Er bekam wieder einen dieser Anrufe aus dem Nirgendwo. Ihre Hütte hier befand sich gut zwanzig Meilen östlich von Gosselin's. Kineo lag etwa dreißig Meilen westlich von dort. Zusammen machte das fünfzig Meilen oder gut achtzig Kilometer. Sollte er ernsthaft glauben, dass dieser Mann, der dort in die Tagesdecke gehüllt auf dem Sofa saß, eine solche Strecke gewandert war, seit er sich am Nachmittag des Vortags verlaufen hatte? Blödsinn. Das war unmöglich.

»Riecht schon sehr gut«, sagte McCarthy.

Und es roch tatsächlich gut, aber Jonesy war der Appetit vergangen.

3

Er brachte eben das Essen ans Sofa, als er hörte, wie jemand auf dem Stein vor der Tür aufstampfte. Einen Augenblick später ging die Tür auf, und Biber kam herein. Schneeflocken stoben ihm um die Beine.

»Heilige Filzlaus!«, sagte der Biber. Pete hatte mal eine

Liste der Biberismen erstellt, und Heilige Filzlaus hatte dabei einen der oberen Plätze belegt, neben Gekörnte Scheiße und Knutsch mir die Kimme. Es waren ebenso kindliche wie unflätige Ausrufe. »Ich dachte schon, ich müsste da draußen übernachten, aber dann habe ich das Licht gesehen.« Biber hob die Hände mit gespreizten Fingern zur Decke. »Ich hatte eine Erleuchtung, Herr, o ja, gelobt sei –« Seine beschlagenen Brillengläser klärten sich etwas, und er sah den Fremden auf dem Sofa. Er ließ langsam die Hände sinken und lächelte. Das war einer der Gründe, weshalb ihn Jonesy schon seit der Grundschule liebte, obwohl einem der Biber auch ganz schön auf die Nerven gehen konnte und nun wirklich nicht eben der Hellste war: Seine erste Reaktion auf etwas Unerwartetes war kein Stirnrunzeln, sondern ein Lächeln.

»Hallo«, sagte er. »Ich bin Joe Clarendon. Und wer sind Sie?«

»Rick McCarthy«, sagte der und stand auf. Die Tagesdecke rutschte herunter, und Jonesy sah, dass ihm ein ziemlicher Spitzbauch aus dem Pullover ragte. *Na,* dachte er, *wenigstens daran ist nichts ungewöhnlich. Das ist die Krankheit der Männer mittleren Alters, und die wird uns in den nächsten zwanzig Jahren zu Millionen hinwegraffen.*

McCarthy streckte die rechte Hand aus, wollte vortreten und wäre fast über die Tagesdecke gestolpert. Hätte ihn Jonesy nicht an der Schulter gepackt und ihm Halt gegeben, dann wäre McCarthy wahrscheinlich lang hingeschlagen und hätte den Couchtisch umgerissen, auf dem jetzt das Essen stand. Wieder fiel Jonesy die merkwürdige Unbeholfenheit des Mannes auf – er fühlte sich ein wenig an sich selbst im vergangenen Frühjahr erinnert, als er wieder gehen lernen musste. Er schaute sich den Fleck auf der Wange des Mannes etwas genauer an und wünschte fast, er hätte es gelassen. Das war keine Erfrierung. Es sah eher nach Hautkrebs aus oder wie ein Feuermal, aus dem Haarstoppeln wuchsen.

»Hey, immer langsam mit den jungen Pferden«, sagte der Biber und machte einen Satz nach vorn. Er packte McCarthys Hand und schüttelte sie wie wild, bis Jonesy schon dachte, McCarthy würde doch noch auf dem Couchtisch landen. Er war erleichtert, als der Biber – einen Meter siebenundsiebzig groß und immer noch mit schmelzenden Schneeflocken in der schwarzen Hippiemähne – endlich losließ. Der Biber lächelte immer noch, strahlte jetzt übers ganze Gesicht. Mit dem schulterlangen Haar und der dicken Brille sah er aus wie ein Mathegenie oder ein Serienmörder. In Wirklichkeit war er Tischler.

»Rick hat ziemlich was durchgemacht«, sagte Jonesy. »Er hat sich gestern verlaufen und die ganze Nacht im Wald verbracht.«

Biber lächelte weiter, aber jetzt wirkte sein Lächeln eher besorgt. Jonesy ahnte schon, was jetzt kommen würde, und hoffte, der Biber würde es nicht sagen – er schätzte McCarthy als ziemlich religiösen Menschen ein, dem solche Unflätigkeiten nicht behagen würden –, aber wer Biber den Mund verbieten wollte, hätte natürlich auch gleich versuchen können, den Wind zu bändigen.

»Ach du dicke Fotze!«, kreischte er. »Das ist ja unglaublich! Setz dich! Iss was! Du auch, Jonesy.«

»Ach nee«, sagte Jonesy. »Iss du das mal. Du kommst doch gerade aus dem Schnee herein.«

»Meinst du?«

»Ja. Ich mach mir Rührei. Rick kann dir seine Geschichte erzählen.« *Vielleicht wirst du daraus ja eher schlau als ich*, dachte er.

»Also gut.« Biber zog sich Mantel (rot) und Weste (natürlich orangefarben) aus. Er wollte beides eben auf den Holzhaufen werfen, als ihm etwas einfiel. »Warte mal, ich hab da was für dich.« Er vergrub eine Hand in einer Tasche seiner Daunenjacke, wühlte darin herum und kam schließlich mit einem Taschenbuch zum Vorschein, das zwar ziemlich verknickt war, sonst aber unversehrt schien. Vorn auf dem Titel tanzten kleine Teufel mit Dreizacken – *Small Vices* von Robert B. Parker. Es war der Krimi, den Jonesy auf dem Hochsitz gelesen hatte.

Der Biber hielt ihm das Buch mit einem Lächeln hin.

»Deinen Schlafsack habe ich liegen lassen. Ich dachte mir, du kannst heute Nacht sowieso nicht schlafen, wenn du nicht weißt, wer der Mörder war.«

»Du hättest da nicht raufklettern sollen«, sagte Jonesy, war aber so gerührt, wie nur Biber das bei ihm fertig brachte. Der Biber war durch das Schneegestöber heimgekehrt und hatte nicht mit Sicherheit feststellen können, ob Jonesy auf seinem Hochsitz war oder nicht. Er hätte rufen können, aber zu rufen reichte dem Biber nicht, er glaubte nur, was er auch sah.

»Keine Ursache«, sagte Biber und setzte sich zu McCarthy, der ihn anschaute, als wäre er ein bisher unbekanntes, recht exotisches Kleintier.

»Danke«, sagte Jonesy. »So kommst du doch noch zu deinem Sandwich. Ich mache mir Eier.« Er wollte gehen und drehte sich dann noch mal um. »Was ist mit Pete und Henry? Meinst du, die schaffen es zurück?«

Der Biber machte den Mund auf, aber ehe er antworten konnte, blies der Wind wieder unter den Dachvorsprung, ließ es in den Wänden knarzen und pfiff grimmig ums Haus.

»Ach was, das ist nur eine Mütze voll Schnee«, sagte Biber, als die Böe vorbeigezogen war. »Die kommen schon wieder. Aber ob wir hier wegkommen, wenn wir einen richtigen Nordsturm kriegen – das ist natürlich 'ne andere Frage.« Er fing an, das Käsesandwich zu verschlingen. Jonesy ging in die Küche, um sich Rührei zu machen und noch eine Dose Suppe aufzusetzen. Nun, da der Biber da war, war ihm etwas wohler mit McCarthy. Ja, eigentlich war ihm immer wohler, wenn der Biber da war. Schon verrückt. Aber nicht zu leugnen.

4

Als das Rührei fertig und die Suppe aufgewärmt war, plauderte McCarthy längst mit dem Biber, als wären sie seit zehn Jahren die dicksten Freunde. Falls sich McCarthy an Bibers Litanei größtenteils lustiger Lästerlichkeiten störte, machte

Bibers beträchtlicher Charme das mehr als wett. »Da gibt's nichts zu erklären«, hatte Henry mal zu Jonesy gesagt. »Er ist einfach ein Wuschel – man muss ihn einfach mögen. Deshalb ist sein Bett nie leer – es ist bestimmt nicht sein Aussehen, auf das die Frauen anspringen.«

Jonesy brachte das Rührei und die Suppe in den Wohnbereich, gab sich dabei Mühe, nicht zu humpeln – es war schon erstaunlich, wie viel mehr ihn der Schmerz in der Hüfte bei schlechtem Wetter plagte, er hatte das immer für ein Ammenmärchen gehalten, aber anscheinend stimmte es –, und setzte sich auf einen Sessel neben dem Sofa. McCarthy hatte anscheinend mehr geredet als gegessen. Die Suppe hatte er kaum angerührt, und das Käsesandwich war auch noch zur Hälfte da.

»Wie geht's, Jungs?«, fragte Jonesy. Er pfefferte sein Rührei und verspachtelte es dann mit Feuereifer. Sein Appetit war anscheinend wieder ganz der alte.

»Gut wie frisch gefickten Eichhörnchen geht's uns«, sagte Biber, und obwohl er sich so aufgeräumt wie üblich anhörte, fand Jonesy, dass er besorgt, vielleicht gar beunruhigt aussah. »Rick hat mir von seinen Abenteuern erzählt. Die Geschichte ist so gut, die könnte glatt aus einem dieser Herrenmagazine sein, die es immer beim Friseur gab, als ich noch klein war.« Er wandte sich, immer noch lächelnd, wieder an McCarthy – das war der Biber: immer lächelnd, immer vergnügt – und fuhr sich mit der Hand durch seine schwarze Mähne. »Der alte Castonguay war bei uns in Derry der Friseur, als ich ein kleiner Junge war, und er hat mir mit seiner Schere solche Angst eingejagt, dass ich da nie wieder hingegangen bin.«

McCarthy lächelte kurz matt, erwiderte aber nichts. Er nahm die restliche Hälfte seines Käsesandwichs, betrachtete es und legte es dann wieder auf den Teller. Die rote Stelle auf seiner Wange glühte wie ein Brandzeichen. Währenddessen redete Biber weiter, als fürchtete er, was McCarthy sagen würde, bekäme er auch nur den Hauch einer Gelegenheit dazu. Draußen schneite es jetzt stärker, und auch der Wind hatte aufgefrischt, und Jonesy dachte an Henry und Pete, die wahrscheinlich mittlerweile in Henrys altem Scout auf der Deep Cut Road unterwegs waren.

»Rick wäre nicht nur mitten in der Nacht fast von einem Tier gefressen worden – er glaubt, es war ein Bär –, nein, er hat auch noch sein Gewehr verloren. Ein nagelneues Remington Kaliber 30-30. Du Scheiße! Das siehst du nicht wieder, das kannst du vergessen.«

»Ich weiß«, sagte McCarthy. Aus seinen Wangen wich wieder alle Farbe, und sein Teint war wieder bleiern. »Ich weiß nicht mal mehr, wann ich es hingelegt habe oder –«

Plötzlich hörte man ein leises, schnarrendes Geräusch, wie von einer Heuschrecke. Jonesy spürte, wie sich seine Nackenhaare aufstellten, und dachte, da hätte sich etwas im Kamin verfangen. Dann wurde ihm klar, dass es McCarthy war. Jonesy hatte im Laufe seines Lebens schon einige laute Fürze gehört und auch einige lang gedehnte, so etwas aber noch nie. Es schien gar kein Ende zu nehmen, obwohl es unmöglich länger als ein paar Sekunden angedauert haben konnte. Und dann kam der Gestank.

McCarthy hatte eben seinen Löffel gehoben. Nun ließ er ihn wieder in die kaum angerührte Suppe sinken und hob in fast mädchenhafter Verlegenheit die rechte Hand vor die versehrte Wange. »O Mann, das tut mir Leid!«

»Aber was denn – hier draußen ist mehr Platz als da drinnen«, sagte Biber, aber da plapperte einfach nur sein loses Mundwerk vor sich hin, und Jonesy sah, dass Biber über den Gestank ebenso entsetzt war wie er selbst. Es war nicht dieser schweflige Gestank von faulen Eiern, bei dem man lachte, die Augen verdrehte, mit der Hand vor dem Gesicht wedelte und kreischte: *O Gott, wer hat denn den Käse angeschnitten?* Und es war auch keiner dieser nach Methan riechenden Sumpfgas-Fürze. Es war ein Gestank, den Jonesy auch in McCarthys Atem wahrgenommen hatte, nur stärker – eine Mischung aus Äther und überreifen Bananen, wie das Startfix, das man an kalten Morgen in den Vergaser sprühte.

»Ach je, das ist ja wirklich *schlimm*«, sagte McCarthy. »Das tut mir wirklich fürchterlich Leid.«

»Schon gut«, sagte Jonesy, aber sein Magen hatte sich zusammengekrampft, wie um sich gegen einen Überfall zu wappnen. Seinen Lunch würde er nicht aufessen; das war jetzt völlig undenkbar. Er stellte sich normalerweise bei Fürzen nicht an, aber dieser hier stank nun wirklich.

Der Biber stand vom Sofa auf und öffnete ein Fenster, ließ Schnee hereinwirbeln und gesegnete frische Luft. »Mach dir deshalb keinen Kopf, Mann ... aber der war nun echt schon ziemlich überreif. Was hast du denn gegessen? Murmeltierkötel?«

»Blätter und Moos und solche Sachen, ich weiß es nicht genau«, sagte McCarthy. »Ich war einfach so hungrig, wissen Sie, ich musste irgendwas essen, aber ich kenne mich da nicht aus, habe nie ein Buch von Ewell Gibbons gelesen ... und es war natürlich dunkel.« Das sagte er, als wäre es ihm eben erst eingefallen, und Jonesy schaute zu Biber hinüber und wollte sehen, ob der Biber wusste, was Jonesy wusste: dass McCarthy log. McCarthy wusste nicht, was er im Wald gegessen hatte und ob er überhaupt etwas gegessen hatte. Er wollte einfach nur diesen grässlichen, unerwarteten Monsterfurz erklären. Und den folgenden Gestank.

Es gab wieder einen Windstoß, eine mächtige Böe, die ein kleines Schneegestöber zum offen stehenden Fenster hereinwehte, aber wenigstens wälzte der Wind auch die Luft im Zimmer um, Gott sei Dank.

McCarthy beugte sich abrupt vor, wie von einer Sprungfeder angetrieben, und als er dann da hing, mit dem Kopf zwischen den Knien, ahnte Jonesy schon, was jetzt kommen würde; mach's gut, Navajo-Teppich, war schön mit dir. Der Biber dachte eindeutig in die gleiche Richtung; er zog die ausgestreckten Beine ein, damit sie nicht voll gespritzt wurden.

Doch statt Erbrochenem entwich McCarthy ein lang gedehntes, tiefes Brummen – es klang wie eine völlig überlastete Fabrikmaschine. McCarthys Augen traten wie Murmeln vor, und seine Wangen waren so gespannt, dass sich unter seinen Augenwinkeln kleine halbmondförmige Schatten bildeten. Das ging so immer weiter, ein Knurren und

Schnarren, und als es endlich aufhörte, kam einem der Generator draußen viel zu laut vor.

»Ich hab ja schon 'ne Menge Monsterrülpser gehört, aber der war nun wirklich einsame Spitze«, sagte Biber. Es klang aufrichtig respektvoll.

McCarthy lehnte sich auf dem Sofa zurück, die Augen geschlossen und die Mundwinkel gesenkt zu einem Ausdruck, in dem Jonesy Scham oder Schmerz oder beides zu entdecken meinte. Und wieder nahm er diesen Geruch von Bananen und Äther wahr, ein gärender Geruch, als ob etwas gerade eben schlecht wurde.

»O Gott, das tut mir so Leid«, sagte McCarthy, ohne die Augen zu öffnen. »Das mache ich schon den ganzen Tag, seit es hell geworden ist. Und ich habe auch wieder Bauchschmerzen.«

Jonesy und der Biber schauten einander schweigend besorgt an.

»Weißt du, was ich glaube?«, meinte Biber. »Ich glaube, du solltest dich mal hinlegen und ein bisschen pennen. Du warst wahrscheinlich die ganze Nacht lang wach und hast auf diesen blöden Bären gelauscht und wer weiß auf was sonst noch. Du bist übermüdet und fertig und überhaupt. Du musst einfach mal ein bisschen Bubu machen, und in ein paar Stunden bist du wieder frisch wie der Morgentau.«

McCarthy sah Biber so hundserbärmlich dankbar an, dass sich Jonesy ein wenig genierte zuzuschauen. Obwohl McCarthys Teint immer noch bleifarben war, war er in Schweiß ausgebrochen, große Tropfen, die sich auf Stirn und Schläfen bildeten und ihm dann wie klares Öl die Wangen hinunterliefen. Und das trotz der kalten Luft, die nun durchs Zimmer wirbelte.

»Wissen Sie«, sagte er, »Sie haben bestimmt Recht. Ich bin müde, weiter nichts. Ich habe Bauchschmerzen, aber das kommt vom Stress. Und ich habe alle möglichen Sachen gegessen, Blätter und ... o Mann, oje, ich weiß nicht ... alle möglichen Sachen halt.« Er kratzte sich die Wange. »Ist das verdammte Ding da auf meinem Gesicht schlimm? Blutet es?«

»Nein«, sagte Jonesy. »Es ist bloß rot.«

»Das ist eine Allergie«, sagte McCarthy mit tieftrauriger Stimme. »Das kriege ich auch immer, wenn ich Erdnüsse esse. Ich lege mich mal hin. Famose Idee.«

Er stand auf und fing sofort an zu schwanken. Biber und Jonesy wollten ihn festhalten, aber er kam auch allein ins Gleichgewicht. Jonesy hätte schwören können, dass das, was er für einen Bierbauch gehalten hatte, verschwunden war. War das möglich? Konnte der Mann so immense Blähungen gehabt haben? Er hatte keine Ahnung. Er wusste nur, dass es ein mächtiger Furz und ein noch mächtigerer Rülpser gewesen waren, etwas, wovon man noch in zwanzig Jahren erzählen konnte, beginnend etwa mit den Worten *Wir sind früher alljährlich in der ersten Woche der Jagdsaison zu Biber Clarendons Hütte gefahren, und einmal im November – das war '01, in dem Jahr mit dem schweren Herbststurm – kommt da plötzlich dieser Typ in unser Camp gewandert ...* Ja, das würde eine gute Story abgeben, alle würden sie lachen über den Riesenfurz und den Riesenrülpser, bei Geschichten übers Furzen und Rülpsen waren einem die Lacher immer sicher. Er würde allerdings nicht erzählen, wie nur wenige Gramm Druck auf den Abzug des Garand gefehlt hatten, und er hätte McCarthy umgebracht. Nein, das würde er nicht erzählen.

Pete und Henry teilten sich ein Schlafzimmer, und deshalb führte Biber McCarthy zu dem anderen Schlafzimmer im Erdgeschoss, das Jonesy belegt hatte. Der Biber warf ihm einen knappen, bedauernden Blick zu, und Jonesy zuckte mit den Achseln. Das war schließlich die nahe liegendste Lösung. Jonesy konnte heute Nacht bei Biber schlafen – das hatten sie als Kinder oft genug gemacht –, und er wusste ohnehin nicht, ob McCarthy allein die Treppe hochgekommen wäre. Der bleifarbene, verschwitzte Teint des Mannes gefiel ihm immer weniger.

Jonesy zählte zu den Menschen, die ihr Bett erst machen, um es dann voll zu müllen – mit Büchern, Papieren, Kleidung, Tüten, Toilettenartikeln. Er räumte das alles schnell weg und schlug dann die Tagesdecke beiseite.

»Musst du noch mal auf den Topf, Partner?«, fragte der Biber.

McCarthy schüttelte den Kopf. Er wirkte fast hypnotisiert von dem sauberen blauen Laken, das Jonesy aufgeschlagen hatte. Jonesy fiel wieder auf, was für glasige Augen der Mann hatte. Wie die Augen einer ausgestopften Jagdtrophäe. Spontan sah er sein Wohnzimmer daheim in Brookline vor sich, diesem piekfeinen Vorort von Boston. Alte Teppiche, altamerikanische Möbel ... und McCarthys Kopf ausgestopft über dem Kamin. *Den habe ich oben in Maine erlegt,* würde er seinen Gästen bei Cocktailpartys erzählen. *Ein Riesenvieh, wog ausgeweidet immer noch fast achtzig Kilo.*

Er schloss die Augen, und als er sie wieder öffnete, sah ihn der Biber einigermaßen besorgt an.

»Meine Hüfte macht wieder Zicken«, sagte er. »Entschuldigung. Mr McCarthy – Rick –, den Pullover und die Hose wollen Sie doch sicherlich ausziehen. Und die Stiefel natürlich auch.«

McCarthy sah sich zu ihm um, als hätte Jonesy ihn aus einem Traum aufgeweckt. »Klar«, sagte er. »Sowieso.«

»Brauchst du Hilfe?«, fragte Biber.

»Nein, das nun wirklich nicht.« McCarthy wirkte aufgeschreckt oder amüsiert oder beides. »So schlimm ist es nun auch wieder nicht.«

»Dann lasse ich Jonesy zum Aufpassen hier.«

Biber verließ das Zimmer, und McCarthy fing an, sich auszuziehen. Zunächst zog er sich den Pullover über den Kopf. Darunter trug er ein schwarz-rotes Holzfällerhemd und ein Thermo-Unterhemd. Und tatsächlich ragte unter diesem Hemd nicht mehr so viel Bauch hervor, da war sich Jonesy sicher.

Na ja ... *fast* sicher. Gerade mal eine Stunde zuvor, das rief er sich wieder ins Gedächtnis, hatte er McCarthys Mantel noch für einen Hirschkopf gehalten.

McCarthy setzte sich auf den Stuhl vor dem Fenster, um sich die Stiefel auszuziehen, und in diesem Moment ließ er wieder einen Furz – nicht so lang gedehnt wie der erste, aber genauso laut knatternd. Keiner von ihnen sagte etwas dazu, auch nicht zu dem daraus resultierenden Gestank, der in dem kleinen Raum so stark war, dass Jonesy ein wenig die Augen tränten.

McCarthy kickte sich die Stiefel von den Füßen – sie landeten polternd auf dem Dielenboden – und stand dann auf und öffnete seinen Gürtel. Als er seine Bluejeans hinunterschob und die Beine seiner Thermo-Unterhose entblößte, kam der Biber von oben mit einem Keramiktopf wieder. Er stellte ihn ans Kopfende des Betts. »Nur falls du, na, du weißt schon, Reihermann und Söhne. Oder falls du ein R-Gespräch kriegst, das du sofort annehmen musst.«

McCarthy sah ihn mit einem so matten Blick an, dass Jonesy es besorgniserregend fand – ein Fremder in diesem Zimmer, das eigentlich sein Zimmer war, irgendwie gespenstisch anzuschauen in seiner schlabbrigen langen Unterhose. Ein *kranker* Fremder noch dazu. Fragte sich nur, was er hatte.

»Und falls du, na, du weißt schon, es nicht bis ins Badezimmer schaffst«, erklärte der Biber. »Das übrigens ganz in der Nähe ist. Einfach draußen links abbiegen, aber denk dran, es ist die *zweite* Tür, wenn du an der Wand entlanggehst. Okay? Wenn du das vergisst und die erste Tür nimmst, dann kackst du uns in den Wandschrank.«

Da musste Jonesy einfach lachen, und es war ihm ganz egal, wie es sich anhörte – schrill und leicht hysterisch.

»Es geht mir schon besser«, sagte McCarthy, aber Jonesy hörte der Stimme des Mannes keinerlei Aufrichtigkeit an. Und der Typ stand da einfach in Unterwäsche herum, wie ein Androide, dessen Gedächtnis-Chips zu drei Viertel gelöscht waren. Zuvor hatte er ja noch Lebenszeichen von sich gegeben, wenn er auch nicht direkt putzmunter gewirkt hatte; jetzt war das alles verschwunden, genau wie die Farbe aus seinen Wangen.

»Mach schon, Rick«, sagte Biber ganz ruhig. »Hau dich hin und penn 'ne Runde. Erhol dich.«

»Ja, gut.« Er setzte sich auf das frisch aufgeschlagene Bett und schaute aus dem Fenster. Seine Augen waren weit geöffnet und sein Blick ausdruckslos. Jonesy kam es so vor, als würde sich der Gestank im Zimmer allmählich legen, aber vielleicht gewöhnte er sich auch nur daran, wie man sich an den Gestank im Affenhaus im Zoo gewöhnte, wenn man sich nur lange genug darin aufhielt. »Mensch, schaun Sie mal, wie das schneit.«

»Ja«, sagte Jonesy. »Wie geht's Ihrem Magen jetzt?«

»Besser.« McCarthy schaute Jonesy ins Gesicht. Er hatte den ernsten Blick eines verängstigten Kindes. »Entschuldigen Sie bitte, dass ich so furze – so was habe ich noch nie gemacht, nicht mal bei der Armee, und da haben wir praktisch jeden Tag Bohnen gegessen –, aber jetzt geht es mir besser.«

»Müssen Sie noch mal pinkeln, ehe Sie sich hinlegen?« Jonesy hatte vier Kinder, und die Frage stellte er fast automatisch.

»Nein. Ich bin im Wald gegangen, kurz bevor Sie mich gefunden haben. Danke, dass Sie mich aufgenommen haben. Danke Ihnen beiden.«

»Ach was«, sagte Biber und trat verlegen von einem Bein aufs andere. »Das hätte doch jeder gemacht.«

»Vielleicht«, sagte McCarthy. »Und vielleicht auch nicht. In der Bibel heißt es: ›Siehe, ich stehe vor der Tür und klopfe an.‹« Draußen stürmte es jetzt regelrecht, und der Wind ließ die ganze Hütte erzittern. Jonesy wartete, dass McCarthy weitersprach – es hörte sich an, als hätte er noch mehr zu sagen –, aber der Mann schwang einfach nur noch seine Füße ins Bett und verschwand unter der Decke.

Irgendwo in den Tiefen von Jonesys Bett erklang nun noch ein weiterer lang gedehnter, schnarrender Furz, und da hatte Jonesy genug. Es war eine Sache, einen wandernden Fremden ins Haus zu lassen, wenn gerade ein Sturm aufzog; etwas ganz anderes aber war es herumzustehen, während er eine Gasbombe nach der anderen losließ.

Der Biber folgte ihm hinaus und schloss sachte hinter sich die Tür.

5

Als Jonesy etwas sagen wollte, schüttelte Biber den Kopf, hielt sich den Zeigefinger vor die Lippen und führte Jonesy quer durch den großen Raum in die Küche. Weiter konnten sie sich von McCarthy nicht entfernen, wenn sie nicht draußen in den Schuppen gehen wollten.

»Mann, der Typ hat ja vielleicht Schmerzen«, sagte Biber, und im grellen Licht der Neonröhren in der Küche sah Jonesy erst, wie besorgt sein alter Freund war. Der Biber wühlte in der großen Brusttasche seines Overalls, zog einen Zahnstocher hervor und fing an, daran herumzunagen. In drei Minuten – in der Zeit also, in der ein richtiger Raucher eine Zigarette schaffte – würden davon nur noch flachszarte Splitter übrig sein. Jonesy hatte keine Ahnung, wie Bibers Zähne das verkrafteten (von seinem Magen ganz zu schweigen), aber er machte das schon sein ganzes Leben lang so.

»Hoffentlich hast du Unrecht, aber ...« Jonesy schüttelte den Kopf. »Hast du schon mal so was gerochen wie diese Fürze?«

»Nein«, sagte Biber. »Aber der Typ hat noch ganz andere Probleme als seine Magenschmerzen.«

»Wie meinst du das?«

»Tja, er glaubt zum Beispiel, wir hätten den elften November.«

Jonesy verstand nicht. Der elfte November war der Tag gewesen, an dem sie, wie immer gemeinsam, in Henrys Scout hier eingetroffen waren.

»Biber, es ist Mittwoch. Heute ist der *vierzehnte*.«

Biber nickte und lächelte ein wenig, wider besseres Wissen. Der Zahnstocher, der bereits ziemlich verbogen war, wanderte von einem Mundwinkel in den anderen. »*Ich* weiß das. *Du* weißt es auch. Aber Rick, der weiß es nicht. Rick denkt, heute wäre der Tag des Herrn.«

»Biber, was genau hat er dir erzählt?« Was es auch war, es konnte nicht viel sein, denn so lange hatte es ja nicht gedauert, Rührei zu machen und eine Dose Suppe aufzuwärmen. Das brachte ihn auf eine andere Idee, und während Biber erzählte, ließ Jonesy Wasser ein, um die paar Teller zu spülen. Er hatte nichts gegen das Campen, hätte es aber nie ertragen, dabei in einem Saustall zu leben – ganz im Gegensatz zu den meisten Männern, wenn sie ihr trautes Heim verließen und in den Wald zogen.

»Er hat erzählt, sie wären am Samstag angekommen, damit sie noch ein bisschen jagen konnten, und am Sonntag wollten sie dann das Dach flicken, das ein paar Löcher hat. Er meinte: ›Wenigstens habe ich nicht gegen das Gebot verstoßen, am Sonntag nicht zu arbeiten. Wenn man sich im Wald verlaufen hat, besteht die einzige Arbeit, die man leisten muss, darin, nicht verrückt zu werden.‹«

»Soso«, sagte Jonesy.

»Also ich würde nicht drauf schwören, dass er glaubt, wir hätten den elften, aber entweder das oder noch eine Woche früher, den vierten, denn er glaubt auf jeden Fall, dass heute Sonntag ist. Und ich kann unmöglich glauben, dass er zehn Tage lang da draußen war.«

Das konnte Jonesy auch nicht. Aber drei Tage? Ja. Das konnte er glauben. »Das würde etwas erklären, das er mir erzählt hat«, sagte Jonesy. »Er –«

Der Boden knarzte, und sie zuckten zusammen und schauten zu der geschlossenen Schlafzimmertür auf der anderen Seite des großen Raums hinüber, aber dort war nichts zu sehen. Und der Boden und die Wände knarzten hier draußen ja auch ständig, auch wenn es mal nicht stürmte. Sie tauschten einen leicht betretenen Blick.

»Ja, ich bin nervös«, sagte Biber und las es Jonesy vielleicht am Gesicht ab oder in seinen Gedanken. »Mann, du musst schon zugeben, dass es ein bisschen unheimlich ist, dass er so aus dem Wald auftaucht.«

»Ja, das ist es.«

»Der Furz hat sich angehört, als hätte er irgendwas im Arsch, was gerade an einer Rauchvergiftung krepiert.«

Da guckte der Biber ein wenig verwundert, wie immer, wenn er was Witziges sagte. Sie brachen gleichzeitig in Gelächter aus, hielten sich aneinander fest, rissen den Mund auf, lachten rasselnd und gaben sich dabei Mühe, leise zu sein, damit der arme Kerl sie nicht hörte, wenn er denn noch wach war, sie hörte und wusste, dass sie über ihn lachten. Jonesy fiel es besonders schwer, leise zu sein, denn er hatte diesen Ausbruch so nötig gehabt – er hatte etwas Hysterisches in seiner Heftigkeit, und er kringelte sich vor Lachen, rang nach Luft und prustete, und Tränen liefen ihm über die Wangen.

Schließlich packte ihn Biber und zerrte ihn zur Tür hinaus. Da standen sie dann mantellos im Schnee und konnten endlich lauthals lachen, und der brausende Wind übertönte ihr Gelächter.

6

Als sie wieder hineingingen, waren Jonesys Hände so taub, dass er das heiße Wasser kaum spürte, als er sie hineintauchte, aber er hatte voll abgelacht, und das war gut. Er fragte sich wieder, wie es Pete und Henry gehen mochte und ob sie es zurück schaffen würden.

»Du hast gesagt, das würde irgendwas erklären«, sagte der Biber. Er war schon beim nächsten Zahnstocher. »Was meinst du damit?«

»Er hat nicht gewusst, dass es schneien würde«, sagte Jonesy. Er sprach langsam und versuchte sich an McCarthys Worte zu erinnern. »›So viel zum Thema heiter und der Jahreszeit entsprechend kalt‹, hat er, glaube ich, gesagt. Und das käme hin, wenn er seit dem elften oder zwölften keine Wettervorhersagen mehr gehört hat. Denn bis gestern Abend war es ja heiter, nicht wahr?«

»Ja, und der Jahreszeit entsprechend scheißkalt«, pflichtete Biber bei. Er zog ein Geschirrtuch mit einem verblassten Marienkäfermuster aus der Schublade neben der Spüle und fing an, die Teller abzutrocknen. Dabei schaute er zu der geschlossenen Schlafzimmertür hinüber. »Was hat er noch gesagt?«

»Dass ihr Camp in Kineo ist.«

»*Kineo?* Das ist vierzig oder fünfzig Meilen westlich von hier. Er –« Biber nahm den Zahnstocher aus dem Mund, betrachtete die Nagespuren und steckte sich das andere Ende zwischen die Lippen. »Aha, ich verstehe.«

»Ja. Die kann er nicht in einer einzigen Nacht gewandert sein, aber wenn er drei Tage lang da draußen war –«

»– und vier Nächte, wenn er sich am Samstagnachmittag verlaufen hat, dann sind das vier Nächte –«

»Ja, vier Nächte. Mal angenommen, er ist die ganze Zeit über ziemlich schnurstracks Richtung Osten gegangen …« Jonesy rechnete mit fünfzehn Meilen pro Tag. »Ich würde sagen, das ist machbar.«

»Aber wieso ist er nicht erfroren?« Biber flüsterte nun fast, wahrscheinlich ohne sich dessen bewusst zu sein. »Er hat einen schönen dicken Mantel und eine lange Unterhose an, aber hier im County war es seit Halloween nachts immer deutlich unter null Grad. Jetzt erklär mir mal, wie er vier Nächte da draußen zubringt und dabei nicht erfriert. Er scheint nicht mal irgendwelche Frostbeulen zu haben, mal abgesehen von dem hässlichen Ding auf seiner Wange.«

»Ich weiß es nicht. Und da ist noch was«, sagte Jonesy. »Wieso hat er überhaupt keinen Bart?«

»Hä?« Biber machte den Mund auf. Der Zahnstocher klebte ihm an der Unterlippe. Dann, ganz allmählich, nickte er. »Ja. Er hat nur Stoppeln.«

»Ich würde sagen, von nicht mal einem Tag.«

»Dann hat er sich wohl rasiert, was?«

»Stimmt«, sagte Jonesy und stellte sich McCarthy vor, wie er sich im Wald verlaufen hatte, verängstigt, frierend und hungrig (nicht dass er so aussah, als hätte er viele Mahlzeiten verpasst, das war auch so eine Sache), sich aber trotzdem allmorgendlich an einen Fluss hockte, mit dem Stiefel ein Loch ins Eis trat, damit er an das Wasser kam, und dann seinen treuen Gillette-Rasierer aus … woher? Aus der Manteltasche zog?

»Und heute Morgen hat er dann seinen Rasierer verloren, und deshalb hat er den Stoppelbart«, sagte der Biber.

Jetzt lächelte er, aber besonders witzig fand er das anscheinend auch nicht.

»Ja, als er auch sein Gewehr verloren hat. Hast du seine Zähne gesehen?«

Biber machte ein ratloses Gesicht.

»Vier fehlen. Zwei oben, zwei unten. Er sieht aus wie dieser Alfred E. Neuman, der immer auf dem Titel von *Mad* drauf ist.«

»Na und? Ein paar von meinen Beißerchen haben auch schon Reißaus genommen.« Biber zog sich mit dem Finger einen Mundwinkel nach hinten und entblößte seine linke Gebisshälfte in einem einseitigen Grinsen. Ein Anblick, ohne den Jonesy gut hätte leben können. »Siehste? Gleich da hinten.«

Jonesy schüttelte den Kopf. Das war etwas anderes. »Der Typ ist Rechtsanwalt, Biber – der ist ständig in der Öffentlichkeit und muss auf sein Aussehen achten. Und die fehlen ihm auch vorne. Und er hat keine Ahnung, dass sie ihm fehlen. Das könnte ich schwören.«

»Du meinst doch nicht, dass er irgendwie verstrahlt ist oder so?«, fragte Biber beklommen. »Die Zähne fallen einem aus, wenn man eine Strahlenvergiftung hat, das habe ich mal in einem Film gesehen. In einem dieser Filme, die du immer guckst, diese Monsterfilme. Das glaubst du doch nicht, oder? Vielleicht hat er deshalb auch die rote Stelle?«

»Ja, er hat was abgekriegt, als das Kernkraftwerk in Mars Hill in die Luft geflogen ist«, sagte Jonesy, bereute den Scherz aber sofort, als er Bibers verwirrten Gesichtsausdruck sah. »Biber, wenn man eine Strahlenvergiftung hat, fallen einem doch wohl auch die Haare aus.«

Biber schaute wieder zuversichtlicher. »Ja, das stimmt. Der Typ in dem Film hatte am Schluss so eine Glatze wie Telly, wie hieß der noch, der früher im Fernsehen immer diesen Bullen gespielt hat.« Er hielt inne. »Und dann ist er gestorben. Der in dem Film, meine ich, nicht Telly, obwohl, wenn ich jetzt darüber nachdenke ...«

»Dieser Typ hat noch jede Menge Haare«, unterbrach ihn Jonesy. Wenn man Biber erst mal abschweifen ließ, kam man wahrscheinlich nie wieder auf das eigentliche Thema zurück. Ihm fiel auf, dass jetzt, da der Fremde nicht dabei war, keiner ihn Rick oder McCarthy nannte. Immer nur »der Typ«, als wollten sie ihn unbewusst zu etwas Unwichtigerem als einem Menschen degradieren – als wäre es dann nicht so wichtig, ob er ... tja, ob er ...

»Ja«, sagte Biber. »Hat er, nicht wahr? Jede Menge Haare.«

»Er muss unter Amnesie leiden.«

»Vielleicht, aber er weiß noch, wer er ist und mit wem er unterwegs war und so. Mann, das war aber ein Fanfarenstoß, den er da von sich gegeben hat, was? Und der *Gestank* erst! Wie Äther!«

»Ja«, sagte Jonesy. »Ich musste immer an Startfix denken. Diabetiker riechen nach irgendwas, wenn sie umkippen. Das habe ich mal in einem Krimi gelesen, glaube ich.«

»So ähnlich wie Startfix?«

»Weiß ich nicht mehr.«

Sie standen da, schauten einander an und lauschten dem Wind. Jonesy überlegte, Biber von den Blitzen zu erzählen, die der Typ angeblich gesehen hatte, aber was sollte das? Es reichte auch so.

»Ich hab echt gedacht, er würde kotzen, als er sich so vorgebeugt hat«, sagte der Biber. »Du nicht auch?«

Jonesy nickte.

»Und er sieht auch nicht gut aus, überhaupt nicht gut.«

»Nein.«

Biber seufzte, warf seinen Zahnstocher in den Müll und schaute aus dem Fenster. Es schneite noch heftiger als zuvor. Er strich sich mit den Fingern durchs Haar. »Mann, wenn doch Henry und Pete hier wären. Vor allem Henry.«

»Biber, Henry ist *Psychiater*.«

»Ich weiß, aber immerhin ist er Arzt, und ich glaube, der Typ braucht einen Arzt.«

Henry war durchaus Arzt, musste es sein, um seine Zulassung als Seelenklempner zu bekommen, hatte aber, soweit Jonesy wusste, immer nur als Psychiater praktiziert. Aber er verstand, was Biber meinte.

»Glaubst du immer noch, dass sie es zurück schaffen, Biber?«

Biber seufzte. »Vor 'ner halben Stunde hätte ich noch gesagt, na klar, aber jetzt kommt es ja so richtig dicke. Ich glaube schon.« Er schaute Jonesy mit düsterer Miene an, die gar nicht zu dem sonst immer so unbeschwerten Biber Clarendon passte. »Hoffentlich«, sagte er.

Kapitel 3

Henrys Scout

1

Während er den Scheinwerfern des Scout durch den immer dichter werdenden Schneefall folgte und sich so wie durch einen Tunnel über die Deep Cut Road zu ihrer Hütte durchbuddelte, überlegte Henry, wie er es anstellen sollte.

Es gab da natürlich die Hemingway-Lösung – als Student an der Wesleyan University hatte er es in einem Aufsatz so genannt und offenbar schon damals daran gedacht –, und zwar auf sich selbst bezogen und nicht als weiteren Schritt zum Bestehen irgendeines affigen Seminars. Für die Hemingway-Lösung nahm man eine Flinte, und Henry hatte jetzt sogar eine ... nicht dass er es hier tun würde, unter den Augen der anderen. Die vier hatten viel Schönes dort auf ihrer Hütte erlebt, und es wäre ihnen gegenüber unfair, es dort zu tun. Das würde den Ort für Pete und Jonesy besudeln – und für Biber auch, vielleicht am meisten sogar für Biber, und das wäre nicht recht. Aber er würde es bald tun, er spürte es kommen wie ein Niesen. Schon komisch, das Lebensende mit einem Niesen zu vergleichen, aber darauf lief es wahrscheinlich hinaus. Einfach *Hatschi!* und dann: *hello darkness, my old friend.*

Wenn man die Hemingway-Lösung wählte, zog man sich vorher Schuhe und Socken aus. Das Gewehr stand mit dem Schaft auf dem Boden. Die Mündung des Laufs nahm man in den Mund. Mit dem großen Zeh drückte man ab. *Nicht vergessen*, dachte Henry, als der Scout auf dem Neuschnee hinten ein wenig ausbrach und er gegensteuerte – die Spuren waren dabei hilfreich, und die waren im Grunde auch alles, woraus diese Straße bestand: zwei parallele Spuren von den Waldtraktoren, die hier im Sommer langfuhren. *Wenn du es auf diese Weise machst, dann nimm vorher ein Abführmittel, und mach es erst, nachdem du zum letzten Mal kacken warst. Du kannst den Leuten, die dich finden, ruhig diese zusätzliche Sauerei ersparen.*

»Vielleicht solltest du etwas langsamer fahren«, sagte Pete. Er hatte sich ein Bier zwischen die Oberschenkel geklemmt, das schon halb leer war, aber eines reichte nicht, um Pete zu beruhigen. Noch drei oder vier Bier, und Henry konnte mit hundert Sachen diese Straße entlangbrettern, und Pete würde einfach nur daneben sitzen und eine seiner entsetzlichen Pink-Floyd-Platten mitsingen. Und er konnte wahrscheinlich durchaus hundert fahren, ohne mehr zu riskieren als eine weitere Delle vorn in der Stoßstange. Wenn man in den Spuren dieser Straße blieb, fuhr man, auch bei Schnee, wie auf Gleisen. Wenn es weiter schneite, würde sich das vielleicht ändern, aber bisher war alles in Ordnung.

»Mach dir keine Sorgen, Pete. Ich hab alles im Griff.«

»Willst du 'n Bier?«

»Nicht, solange ich fahre.«

»Nicht mal hier draußen in West Overshoe?«

»Später.«

Pete gab es auf und ließ Henry auf dieser weißen Straße durch den Wald den Lichtkegeln der Scheinwerfer folgen. Ließ ihn mit seinen Gedanken allein, und genau das war es, was er wollte. Es war, als würde man mit der Zungenspitze immer wieder zu einer blutenden Wunde im Mund zurückkehren und sie untersuchen; aber genau das war es, was er wollte.

Man konnte Tabletten nehmen. Man konnte sich in der Badewanne eine Tüte über den Kopf ziehen. Man konnte sich ertränken. Man konnte sich in die Tiefe stürzen. Sich mit einer Pistole ins Ohr zu schießen war zu unsicher – die Chance war zu groß, dass man gelähmt erwachte –, ebenso wie sich die Handgelenke aufzuschlitzen; das war etwas für Leute, die noch übten, nein; aber die Japaner hatten eine Methode, die Henry sehr interessierte. Man binde sich ein Seil um den Hals. Das andere Ende binde man um einen großen Stein. Man stelle den Stein auf einen Stuhl und setze sich so hin, dass man mit dem Rücken an etwas lehnt und nicht nach hinten kippen kann. Man werfe den Stuhl um, und der Stein rollt los. Dann lebt man noch drei bis fünf Minuten in immer tieferer Bewusstlosigkeit. Grau geht in Schwarz über; *hello darkness, my old friend.* Er hatte ausgerechnet in einem von Jonesys geliebten Kinsey-Milhone-Krimis von dieser Methode gelesen. Kriminalromane und Horrorfilme – das war Jonesys Ding.

Alles in allem tendierte Henry eher zur Hemingway-Lösung.

Pete trank sein erstes Bier aus, machte sich ein zweites auf und sah schon viel zufriedener aus. »Was hältst du davon?«, fragte er.

Henry fühlte sich aus einem anderen Universum gerufen, aus einer Welt, in der die Lebenden auch wirklich leben wollten. Und wie stets in letzter Zeit machte ihn das gereizt. Aber es war wichtig, dass niemand Verdacht schöpfte, aber er hatte das Gefühl, dass Jonesy bereits etwas ahnte. Und Biber vielleicht auch. Sie waren es, die manchmal in ihn hineinschauen konnten. Pete hatte keine Ahnung, konnte aber vielleicht den anderen gegenüber etwas Falsches sagen, wie beschäftigt etwa der olle Henry immer wirke, als würde ihn irgendwas bedrücken, und das wollte Henry nicht. Es würde der letzte gemeinsame Jagdausflug der alten Kansas-Street-Gang sein, der roten Korsaren aus der dritten und vierten Klasse, und er wollte, dass es schön wurde. Er wollte, dass sie schockiert waren, wenn sie davon erfuhren, auch Jonesy, der schon immer am tiefsten in ihn hineingesehen hatte. Er wollte, dass sie sagten, sie hätten nichts geahnt. Lieber so, als dass die drei mit gesenktem Kopf dahockten, einander kaum noch in die Augen zu sehen wagten und dachten, sie hätten es wissen müssen, hätten es kommen sehen und etwas unternehmen müssen. Und so kam er in diese andere Welt zurück und heuchelte mühelos und überzeugend Interesse. Wer konnte das schließlich besser als ein Seelenklempner?

»Was halte ich wovon?«

Pete verdrehte die Augen. »Bei *Gosselin's*, du Blitzmerker! Das ganze Zeug, das der alte Gosselin erzählt hat.«

»Peter, sie nennen ihn ja nicht umsonst den alten Gosselin. Er ist mindestens achtzig, und wenn es eines gibt, woran bei alten Leuten bestimmt kein Mangel herrscht, dann ist es Hysterie.« Der Scout – mit seinen vierzehn Jahren auch nicht mehr der Jüngste und längst über die fünf Neunen auf dem Kilometerzähler hinaus – sprang aus der Spur und geriet sofort ins Schlingern, Allradantrieb hin oder her. Henry setzte zurück in die Spur und hätte fast gelacht, als Pete das Bier herunterfiel und er schrie: »Ey! Scheiße! Pass doch auf!«

Henry ging vom Gas, bis er den Scout wieder im Griff hatte, und trat dann absichtlich zu schnell und zu heftig wieder aufs Gaspedal. Der Scout geriet wieder ins Schlingern, diesmal in die entgegengesetzte Richtung, und Pete schrie wieder auf. Henry nahm erneut Gas weg, und der Scout sprang zurück in die Spuren, wo er dann wie auf Gleisen fuhr. Das Schöne daran, wenn man beschlossen hatte, sich das Leben zu nehmen, war es anscheinend, dass man vor solchen Kleinigkeiten keine Angst mehr hatte. Die Scheinwerfer drangen durch das weiße Treiben Myriaden tanzender Schneeflocken, die, glaubte man der herkömmlichen Überzeugung, alle einzigartig waren.

Pete hob sein Bier auf (es war nur wenig verschüttet) und tätschelte seine Bierkiste. »Fährst du nicht ein bisschen zu schnell?«

»Ach was«, sagte Henry, und fuhr dann, als wäre er mit dem Wagen nie ins Schleudern geraten (das war er durchaus) und als hätte es den Fluss seiner Gedanken nicht unterbrochen (das hatte es nicht), fort: »Gruppenhysterie findet man vor allem bei ganz alten und ganz jungen Menschen. Das ist ein auf meinem Gebiet ausführlich belegtes Phänomen, und bei den Soziologie-Schwachköpfen nebenan auch.«

Henry schaute kurz hinunter und sah, dass er fast sechzig Stundenkilometer fuhr, was bei diesen Straßenverhältnissen tatsächlich ein wenig zu schnell war. Er ging vom Gas. »Besser so?«

Pete nickte. »Nimm's mir nicht krumm, du bist ein fabelhafter Fahrer, aber es *schneit*, Mann. Und außerdem haben wir den Proviant dabei.« Er wies mit dem Daumen über seine Schulter auf die zwei Tüten und zwei Kartons auf der Rückbank. »Außer den Hotdogs haben wir mindestens drei Packungen Makkaroni mit Käse von Kraft. Du weißt ja, Biber kann ohne das Zeug nicht leben.«

»Ich weiß«, sagte Henry. »Ich ess das auch gern. Erinnerst du dich an diese Geschichten über Teufelsanbetungen in Washington, die Mitte der Neunziger die Runde machten? Die ließen sich zurückverfolgen zu mehreren alten Leuten, die mit ihren Kindern – in einem Fall auch Enkelkindern – in zwei Kleinstädten südlich von Seattle wohnten. Die massenhaften Berichte über sexuellen Missbrauch in Kindertagesstätten fingen anscheinend damit an, dass gleichzeitig in Delaware und Kalifornien Mädchen, die dort als Aushilfe arbeiteten, blinden Alarm schlugen. Möglicherweise ein Zufall, aber vielleicht war die Zeit auch einfach reif dafür, dass man an solche Geschichten glauben wollte, und diese Mädchen haben das gewittert.«

Wie flüssig ihm doch die Worte aus dem Munde quollen, fast als hätten sie noch eine Bedeutung. Henry sprach, und der Mann neben ihm lauschte, tumb bewundernd, und niemand (und schon gar nicht Pete) hätte dabei vermuten können, dass Henry eigentlich an die Flinte dachte, an die Schlinge, das Auspuffrohr, die Tabletten. Sein Kopf steckte voller Endlosbänder, das war alles. Und seine Zunge war das Abspielgerät.

»In Salem«, fuhr Henry fort, »haben die alten Männer und die jungen Frauen ihre Hysterie vereint, und *voilà*, schon hast du die Hexenprozesse von Salem.«

»Den Film habe ich mit Jonesy gesehen«, sagte Pete. »Da hat Vincent Price mitgespielt. Hat mir eine Heidenangst eingejagt.

»Das glaube ich«, sagte Henry und lachte. Einen kurzen, verrückten Moment lang hatte er gedacht, Pete hätte *Hexenjagd* gemeint. »Und wann werden hysterische Ideen besonders glaubhaft? Sobald die Ernte eingefahren ist und das

Wetter schlecht wird natürlich – dann hat man Zeit, Geschichten zu erzählen und Unfrieden zu stiften. In Wenatchee, Washington, sind es Teufelsanbetung und Kinderopfer in den Wäldern. In Salem waren es Hexen. Und in Jefferson Tract, Heimstätte des unvergleichlichen Gosselin's Market, sind es merkwürdige Lichter am Himmel, vermisste Jäger und Truppenmanöver. Ganz zu schweigen von dem komischen roten Zeug, das an den Bäumen wächst.«

»Mit den Hubschraubern und Soldaten, das weiß ich nicht, aber so viele Leute haben diese Lichter gesehen, dass sie jetzt eigens eine Stadtversammlung abhalten. Das hat mir der alte Gosselin erzählt, als du die Büchsen holen warst. Und außerdem werden diese Leute in Kineo wirklich vermisst. Das ist keine Hysterie.«

»Nur vier kurze Einwände«, sagte Henry. »Erstens kann man in Jefferson Tract keine Stadtversammlung abhalten, weil es hier gar keine Stadt gibt – auch Kineo ist nur eine lose besiedelte Gegend mit einem Namen. Zweitens wird die Versammlung am Franklin-Ofen des alten Gosselin abgehalten, und die Hälfte der Teilnehmer werden hackedicht sein von Pfefferminzschnaps oder Coffee Brandy.«

Pete kicherte.

»Drittens: Was haben sie denn sonst zu tun? Und viertens: Was die Jäger angeht – die hatten wahrscheinlich entweder keine Lust mehr und sind nach Hause gefahren, oder sie haben sich alle besoffen und wollten im Spielcasino in Carrabassett das große Los ziehen.«

»Meinst du, ja?« Pete wirkte geknickt, und Henry hatte ihn plötzlich sehr lieb. Er tätschelte ihm das Knie.

»Hab keine Angst«, sagte er. »Die Welt ist voller Seltsamkeiten.« Wäre die Welt wirklich voller Seltsamkeiten gewesen, dann wäre Henry, dachte er, nicht so erpicht darauf gewesen, sie zu verlassen, aber wenn Psychiater eines beherrschen (mal davon abgesehen, Rezepte für Prozac, Paxil und Ambien auszustellen), dann war es das Lügen.

»Aber es kommt mir doch schon ziemlich merkwürdig vor, dass gleichzeitig vier Jäger verschwinden.«

»Ach was«, sagte Henry und lachte. »Einer wäre sonderbar, zwei wären merkwürdig. Aber vier? Die sind gemeinsam abgehauen, verlass dich drauf.«

»Wie weit ist es noch zur Hütte, Henry?« Was übersetzt bedeuten sollte: *Habe ich noch Zeit für ein Bier?*

Henry hatte den Tageskilometerzähler bei Gosselin's auf null gestellt, eine alte Angewohnheit noch aus der Zeit, als er für den Bundesstaat Massachusetts gearbeitet und zwölf Cent pro Meile bekommen hatte und so viele psychotische Tattergreise, wie sein Herz begehrte. Die Entfernung vom Laden zur Hütte war einfach zu merken: 22,2 Meilen. Der Zähler zeigte jetzt 12,7 an, was bedeutete, dass –

»*Pass auf!*«, schrie Pete, und Henry schaute wieder nach vorn.

Der Scout war eben mitten im Wald auf der Kuppe eines steil ansteigenden Hügels angelangt. Hier schneite es heftiger denn je, aber Henry hatte das Fernlicht an und sah die Person klar und deutlich, die gut dreißig Meter vor ihnen auf der Straße saß. Die Person trug einen Dufflecoat, eine orangefarbene Weste, die sich wie Supermans Cape im auffrischenden Wind blähte, und hatte eine russische Pelzmütze auf. An der Mütze waren orangefarbene Bänder befestigt, und auch die flatterten im Wind und erinnerten Henry an die Girlanden, die man manchmal über den Höfen von Gebrauchtwagenhändlern sah. Der Typ hockte mitten auf der Straße wie ein Indianer, der die Friedenspfeife rauchen wollte, und regte sich nicht, als das Scheinwerferlicht ihn erfasste. Für einen Moment sah Henry die Augen der sitzenden Gestalt, weit geöffnet, aber ganz ruhig, ganz ruhig und klar und ausdruckslos, und Henry dachte: *So würden meine Augen auch aussehen, wenn ich nicht so gut auf sie Acht geben würde.*

Es blieb keine Zeit zu bremsen, nicht hier im Schnee. Henry riss das Lenkrad nach rechts und spürte den Schlag, als der Scout wieder aus den Spuren sprang. Er erhaschte noch einen Blick auf das weiße, ruhige Gesicht und hatte noch Zeit zu denken: *Ja, verdammt! Das ist ja eine Frau!*

Sobald er aus den Spuren war, geriet der Scout wieder ins Schlingern. Diesmal steuerte Henry gegen und stellte bewusst die Räder quer, um besser Halt zu finden, da er, ohne darüber nachzudenken (zum Denken blieb keine Zeit), wusste, dass darin die einzige Chance der Straßenhockerin bestand – wenn auch keine sehr große.

Pete schrie, und aus dem Augenwinkel sah Henry, wie er sich die Hände vors Gesicht hielt, die Handflächen in einer abwehrenden Geste nach außen gekehrt. Der Scout wollte sich quer stellen, worauf Henry das Lenkrad herumriss und versuchte, das Schlittern wenigstens so weit im Griff zu behalten, damit er der Frau mit dem Heck des Wagens nicht das Gesicht einschlug. Das Lenkrad drehte sich mit Schwindel erregender Schnelligkeit in seinen behandschuhten Händen. Vielleicht drei Sekunden lang schoss der Scout die zugeschneite Deep Cut Road im Winkel von fünfundvierzig Grad entlang, wofür teilweise Henry Devlin und teilweise der Sturm verantwortlich waren. Der Schnee stob hoch und sprühte an ihnen vorbei, und die Scheinwerfer warfen zwei dahinrasende Spots auf die schneebedeckten Kiefern am linken Straßenrand. Drei Sekunden lang, allerhöchstens, aber das reichte. Er sah die Gestalt vorbeihuschen, als würde sie sich bewegen und nicht das Auto, nur dass sie sich nicht bewegte, nicht einmal, als die rostige Kante der Stoßstange des Scout nur wenige Zentimeter an ihrem Gesicht vorbeisauste.

Verpasst!, frohlockte Henry. *Hab dich verpasst, du dumme Sau!* Dann verlor er das letzte bisschen Kontrolle, und der Scout stellte sich quer. Der Wagen ruckelte, als er wieder in die Spuren fiel, nur diesmal quer. Er wollte sich immer noch umdrehen – *Vordermann! Hintermann!*, hatten sie damals immer gerufen, wenn sie in der Grammar School anstehen mussten –, doch dann prallte er mit heftigem Knall auf einen verborgenen Felsbrocken oder vielleicht einen kleinen umgestürzten Baum und überschlug sich, erst auf die Fahrerseite, wo die Fenster zu glitzernden Glaskrümeln zerplatzten, und drehte sich dann aufs Dach. Henrys oberer Sicherheitsgurt riss, und er wurde mit der linken Schulter gegen das Dach geschleudert. Mit den Eiern stieß er gegen die Lenksäule, was augenblicklich einen lähmenden

Schmerz auslöste. Der Blinkerhebel brach an seinem Oberschenkel, und er spürte sofort Blut in seine Jeans sickern. *Der Bordeaux,* wie die Boxreporter früher immer gesagt hatten, *schaut hin, Leute, jetzt fließt der Bordeaux.* Pete rief etwas oder schrie oder beides.

Etliche Sekunden lief der Motor des umgekippten Scout noch weiter, und dann tat die Schwerkraft ein Übriges, und der Motor soff ab. Jetzt war er nur noch ein umgekipptes Autowrack auf der Straße, dessen Räder sich noch drehten und dessen Scheinwerfer die schneebeladenen Bäume am linken Straßenrand beschienen. Ein Scheinwerfer erlosch, aber der andere leuchtete weiter.

2

Henry hatte mit Jonesy viel über dessen Unfall gesprochen (hatte ihm hauptsächlich zugehört – Therapie, das war kreatives Zuhören), und er wusste, dass sich Jonesy an den eigentlichen Zusammenprall nicht erinnern konnte. Soweit Henry das beurteilen konnte, hatte er selbst nach dem Umkippen des Scout nie das Bewusstsein verloren, und die Kette der Erinnerungen blieb intakt. Er erinnerte sich, wie er nach der Schließe des Sicherheitsgurts getastet hatte und sich ganz aus dem Scheißding hatte lösen wollen, während Pete gebrüllt hatte, sein Bein sei gebrochen, sein *Bein* sei gebrochen, verdammt noch mal. Er erinnerte sich an das stete, regelmäßige *Wick-wumm, Wick-wumm* der Scheibenwischer und an die leuchtenden Armaturen, die nun auf dem Kopf standen. Er fand die Gurtschließe, verlor sie wieder, fand sie dann wieder und drückte drauf. Der Schoßgurt löste sich, und Henry plumpste aufs Wagendach und zerschlug dabei die Plastikhülle der Innenbeleuchtung.

Er tastete um sich, fand den Türgriff und konnte ihn nicht bewegen.

»Mein *Bein!* O Mann, mein Scheiß-*Bein!*«

»Sei jetzt mal still«, sagte Henry. »Dein Bein ist in Ordnung.« Als ob er das wüsste. Er fand den Türgriff wieder und zerrte daran, aber ohne Erfolg. Dann ging ihm der Grund dafür auf: Er lag über Kopf und zerrte in die falsche Richtung. Er packte andersrum zu, und die bloßgelegte Birne der Innenbeleuchtung glühte ihm direkt ins Auge, als sich die Tür öffnete. Er stieß mit dem Handrücken dagegen und rechnete nicht damit, dass sie nachgeben würde. Die Karosserie war wahrscheinlich verzogen, und er konnte froh sein, wenn er sie zehn Zentimeter weit aufbekam.

Doch die Tür quietschte, und plötzlich spürte er Schneeflocken kalt um Gesicht und Hals wirbeln. Er schob fester und stieß mit der Schulter gegen die Tür, und erst als sich seine Beine von der Lenksäule lösten, wurde ihm klar, dass sie dort festgehangen hatten. Er schlug halbwegs einen Purzelbaum und betrachtete plötzlich den Schritt seiner Jeans ganz aus der Nähe, als hätte er seine vor Schmerz pochenden Eier küssen und trösten wollen. Ihm klappte das Zwerchfell zusammen, und das Atmen fiel ihm schwer.

»Henry! Hilf mir! Ich hänge fest! Ich hänge fest, verdammt!«

»Augenblick.« Seine Stimme klang gepresst und hoch, er kannte sie kaum wieder. Jetzt sah er, wie sich sein rechtes Hosenbein oben mit Blut voll sog. Der Wind in den Kiefern klang wie Gottes Staubsauger.

Er packte die Mittelsäule, froh, dass er beim Fahren die Handschuhe anbehalten hatte, und riss mit aller Kraft daran – er musste hier raus, musste sein Zwerchfell entlasten, damit er wieder atmen konnte.

Für einen Moment geschah gar nichts, und dann flutschte Henry hinaus wie ein Korken aus einer Flasche. Er lag für einen Augenblick keuchend da und schaute zu dem wirbelnden Netz aus fallenden Schneeflocken empor. Am Himmel war nichts Ungewöhnliches zu sehen; das hätte er vor Gericht auf einen ganzen Stapel Bibeln geschworen. Nur die niedrig hängenden grauen Wolkenbäuche und das psychedelisch wirkende Schneegestöber.

Pete rief immer wieder und zusehends panisch seinen Namen.

Henry drehte sich um und kam auf die Knie, und als ihm

das gelungen war, stand er schwankend auf. Er stand einen Moment lang da, im Wind schwankend, und wartete ab, ob sein blutendes linkes Bein einknicken und ihn zurück in den Schnee werfen würde. Als es das nicht tat, humpelte er um das Heck des umgestürzten Scout herum, um nachzusehen, wie er Pete helfen konnte. Kurz schaute er auch zu der Frau hinüber, die schuld an diesem ganzen Kackorama war. Sie saß immer noch im Schneidersitz mitten auf der Straße, die Oberschenkel und die Front ihres Mantels waren eingeschneit. Ihre Weste flatterte im Wind, ebenso die Bänder an ihrer Mütze. Sie hatte sich nicht zu ihnen umgeschaut, sondern starrte weiter unverwandt in Richtung Gosselin's Market, genau wie zuvor, als sie über die Hügelkuppe gekommen waren und sie entdeckt hatten. Eine schlangenlinienförmige Reifenspur verlief im Schnee nur knapp dreißig Zentimeter an ihrem linken Knie vorbei, und er hatte keine Ahnung, wirklich nicht die mindeste Ahnung, wie es ihm gelungen war, ihr auszuweichen.

»Henry! *Hilf mir, Henry!*«

Er eilte weiter und schlitterte durch den Neuschnee zur Beifahrerseite. Petes Tür klemmte, aber als sich Henry hinkniete und mit beiden Händen daran zerrte, ließ sie sich halb öffnen. Er packte Pete an der Schulter und zog. Nichts.

»Mach den Gurt los, Pete.«

Pete nestelte herum, fand ihn aber nicht, obwohl er ihn direkt vor der Nase hatte. Ganz methodisch und ohne die mindeste Ungeduld zu verspüren (er ging davon aus, dass er unter Schock stand), löste Henry den Sicherheitsgurt. Pete stürzte aufs Dach und drehte den Kopf beiseite. Er schrie vor Erstaunen und Schmerz auf und zwängte und schob sich dann durch die halb offene Tür. Henry packte ihn unter den Armen und zog ihn. Gemeinsam purzelten sie in den Schnee, und Henry hatte ein so plötzliches und mächtiges Déjà-vu, dass es ihm fast die Sinne raubte. Hatten sie als Kinder nicht genauso gespielt? Natürlich hatten sie das. Zum Beispiel an dem Tag, als sie Duddits beigebracht hatten, Schnee-Engel zu machen. Jemand fing an zu lachen, was Henry ziemlich erschreckte. Doch dann merkte er, dass er es selber war, der lachte.

Pete setzte sich wild und finster blickend auf, den Rücken mit Schnee bedeckt. »Verdammte Scheiße, worüber lachst du? Das Schwein hätte uns fast umgebracht! Ich dreh dem Schwein den Hals um!«

»Kein Schwein, eher eine Sau«, sagte Henry. Er lachte nun noch lauter und hielt es durchaus für möglich, dass Pete nicht verstand, was er sagte – zumal bei diesem Wind –, aber das war ihm egal. Selten nur hatte er sich so herrlich gefühlt.

Pete stand so auf wie Henry, und Henry wollte eben bemerken, wie gut sich Pete doch bewegen könne für jemanden mit einem gebrochenen Bein, als Pete mit einem Schmerzensschrei wieder zu Boden sank. Henry ging zu ihm und tastete sein Bein ab, das er vor sich ausgestreckt hatte. Es schien unversehrt, aber wie wollte man das durch zwei Schichten Kleidung beurteilen?

»Es ist überhaupt nicht gebrochen«, sagte Pete, keuchte dabei aber vor Schmerz. »Das Scheißknie ist blockiert, weiter nichts, genau wie früher, als ich noch Football gespielt habe. Wo ist sie? Bist du sicher, dass es eine Frau ist?«

»Ja.«

Pete stand auf, humpelte vorn ums Auto herum und hielt sich dabei das Knie. Der noch intakte Scheinwerfer strahlte weiter tapfer in den Schnee. »Dann will ich mal hoffen, dass sie gelähmt oder blind ist«, sagte er zu Henry. »Denn wenn nicht, tret ich ihr bis zu Gosselin's zurück in den Arsch.«

Henry brach wieder in Gelächter aus. Er hatte Pete vor Augen, wie er humpelte ... und dann *zutrat*. Wie ein invalider Tanzbär. »Peter, tu ihr nicht weh!«, rief er, und jede Ernsthaftigkeit, die er vielleicht aufgebracht hätte, wurde dadurch zunichte gemacht, dass er nur zwischen heftigen Lachanfällen sprechen konnte.

»Nur, wenn sie mir frech kommt«, sagte Pete. Die Worte, die der Wind zu Henry weitertrug, klangen nach gekränktem Tantchen, und das brachte ihn nur noch mehr zum Lachen. Er zerrte sich die Jeans und die lange Unterhose herunter, stand dann in seiner Jockeys da und schaute nach, wie schwer ihn der Blinkerhebel verwundet hatte.

Es war eine flache, gut sechs Zentimeter lange Wunde innen am Oberschenkel. Sie hatte reichlich geblutet und nässte immer noch, aber Henry glaubte nicht, dass es schlimm war.

»Was zum Teufel haben Sie sich denn dabei gedacht?«, zeterte Pete auf der anderen Seite des umgestürzten Scout los, dessen Scheibenwischer immer noch *Wick-wumm, Wick-wumm* machten. Und obwohl Petes Tirade mit Schimpfwörtern (größtenteils Biberismen) gespickt war, hörte er sich für Henry an wie eine gekränkte ältliche Lehrerin, und das brachte ihn wieder zum Lachen, während er sich die Hosen hochzog.

»Verdammte Scheiße noch mal! Wieso sitzen Sie mitten in einem Schneesturm mitten auf der Straße? Sind Sie besoffen? Zugedröhnt? Was für eine bescheuerte Dumpfbacke sind Sie denn? Hey! Antworten Sie mir! Sie hätten mich und meinen Freund fast umgebracht, da können Sie doch wohl wenigstens ... *auu, VERFICKT UND ZUGENÄHT!*«

Henry kam eben noch rechtzeitig hinter dem Autowrack hervor, um Pete neben Miss Buddha zu Boden stürzen zu sehen. Sein Knie war wohl wieder blockiert. Sie sah ihn nicht mal an. Die orangefarbenen Bänder an ihrer Mütze flatterten hinter ihr im Wind. Das Gesicht hielt sie dem Sturm entgegen, die weit geöffneten Augen zwinkerten nicht, während Schneeflocken hineinwirbelten und auf den warmen Linsen schmolzen, und Henry spürte, trotz allem, seine berufliche Neugierde erwachen. Auf wen waren sie denn hier gestoßen?

3

»Auu, Scheißdreck, verdammte Scheiße, tut das WEH!«

»Alles in Ordnung mit dir?«, fragte Henry, und das brachte ihn wieder zum Lachen. Was für eine bescheuerte Frage.

»Höre ich mich etwa so an, Seelenklempner?«, giftete Pete zurück, doch als sich Henry über ihn beugte, machte er eine abwehrende Handbewegung. »Nee, schon gut, es geht schon wieder. Schau mal lieber nach Prinzessin Arschgeige. Die sitzt da einfach nur.«

Henry kniete sich vor der Frau hin und zuckte bei dem Schmerz zusammen – seine Beine, ja, aber seine Schulter tat auch weh, wo er mit ihr aufs Dach geknallt war, und er bekam einen steifen Hals –, kicherte aber immer noch.

Sie war nun wirklich keine junge Maid, der es beizuspringen galt. Sie war mindestens vierzig und kräftig gebaut. Zwar trug sie einen dicken Mantel und wer weiß wie viele Kleiderschichten, doch zeichneten sich darunter unverkennbar Euter von einem Kaliber ab, für das die Möglichkeit der Brustverkleinerungsoperation ursprünglich geschaffen worden war. Dem Haar, das zwischen und unter den Ohrenklappen ihrer Mütze hervorragte, war keinerlei Frisur anzusehen. Wie Pete und Henry trug sie Jeans, aber ihre Oberschenkel waren doppelt so breit wie Henrys. Das erste Wort, das ihm einfiel, war *Landfrau* – diese Frauen, die man sah, wie sie auf dem mit Spielzeug übersäten Hof neben dem extrabreiten Wohnwagen ihre Wäsche aufhängten, während Garth oder Shania aus einem Radio plärrten, das an einem offenen Fenster stand ... oder wie sie bei Gosselin's einkauften. Die orangefarbene Warnkleidung mochte darauf hindeuten, dass sie auf der Jagd war, aber wo war dann ihr Gewehr? Bereits unter dem Schnee begraben? Ihre weit geöffneten Augen waren dunkelblau und schauten völlig ausdruckslos. Henry schaute sich nach ihren Fußspuren um, konnte aber keine entdecken. Zweifellos hatte der Wind sie verweht; aber unheimlich war es schon; als wäre sie vom Himmel gefallen.

Henry zog sich die Handschuhe aus und schnipste vor ihren glotzenden Augen mit den Fingern. Sie blinzelte. Das war nicht viel, aber mehr, als er erwartet hatte, angesichts dessen, dass ein mehrere Tonnen schweres Fahrzeug sie eben fast um Haaresbreite verfehlt hatte, ohne dass sie auch nur mit der Wimper gezuckt hätte.

»Hey!«, schrie er ihr ins Gesicht. »Hey! Aufgewacht! Aufgewacht!«

Er schnipste wieder mit den Fingern und hatte kaum noch ein Gefühl darin – seit wann war es denn plötzlich so kalt? *Na, jetzt sind wir aber in der Bredouille,* dachte er.

Die Frau rülpste. Der Rülpser war erstaunlich laut, auch mit dem tosenden Wind in den Bäumen, und ehe der Sturm den Geruch vertrieb, bekam Henry noch etwas mit, das sowohl bitter als auch durchdringend roch – wie medizinischer Alkohol. Die Frau regte sich, verzog das Gesicht und ließ dann einen Furz – einen lang gedehnten, knatternden Furz, der sich anhörte, als würde ein Tuch zerreißen. *Vielleicht,* dachte Henry, *begrüßen sich die Einheimischen hier ja so.* Bei dem Gedanken musste er wieder lachen.

»Ach du grüne Neune«, sagte Pete, nun fast direkt neben seinem Ohr. »Das hat sich ja angehört, als wäre ihr Hosenboden geplatzt. Was haben Sie denn getrunken, Lady? Prestone?« Und dann zu Henry: »Die hat doch irgendwas getrunken, Herrgott, und ich fress 'n Besen, wenn das nicht Frostschutzmittel war.«

Henry roch es auch.

Die Frau bewegte plötzlich die Augen und schaute Henry ins Gesicht. Er war entsetzt über den Schmerz, den er ihrem Blick ansah. »Wo ist Rick?«, fragte sie. »Ich muss Rick finden – er ist als Einziger noch übrig.« Sie verzog das Gesicht, und als sie die Lippen zurückzog, sah Henry, dass die Hälfte ihrer Zähne fehlte. Die verbliebenen sahen aus wie die Latten eines verfallenen Zauns. Sie rülpste wieder, und der Geruch war so übermächtig, dass ihm davon die Augen tränten.

»Ach du Kacke!«, schrie Pete förmlich. »Was hat sie denn?«

»Ich weiß es nicht«, sagte Henry. Er wusste nur mit Sicherheit, dass die Frau nun wieder ausdruckslos schaute und sie hier ziemlich in der Patsche steckten. Wäre er allein gewesen, dann hätte er sich vielleicht zu der Frau gesetzt und den Arm um sie gelegt – eine weit interessantere und originellere Antwort auf die letzte Frage als die Hemingway-Lösung. Aber er musste ja auch noch an Pete denken – und Pete hatte noch nicht mal seinen ersten Alkohol-Entzug durchgemacht, der ihm zweifellos bevorstand.

Und außerdem war er neugierig.

4

Pete saß im Schnee, massierte sich wieder das Knie, schaute Henry an und wartete darauf, dass der etwas unternahm, denn Henry war nur allzu oft der Ideengeber ihrer Viererbande gewesen. Sie hatten zwar keinen Anführer gehabt, aber Henry war so etwas Ähnliches gewesen. Das war auch schon damals auf der Junior High School so. Die Frau schaute währenddessen nur wieder hinaus in den Schnee.

Ganz ruhig, dachte Henry. *Tief durchatmen und ganz ruhig sein.* Er atmete tief ein, hielt die Luft an und atmete dann wieder aus. Schon besser. Schon viel besser. Also gut, was war mit dieser Frau los? Mal davon abgesehen, woher sie kam, was sie hier machte und warum ihr Atem nach verdünntem Frostschutzmittel stank, wenn sie rülpste. Was war im Moment mit ihr los?

Sie stand unter Schock, das war offensichtlich. Ein so tiefer Schock, dass er einer Katatonie ähnelte. Man bedenke nur, dass sie sich kaum bewegt hatte, als der Scout um Haaresbreite an ihr vorbeigeschleudert war. Und doch hatte sie sich noch nicht so tief in sich selbst zurückgezogen, dass man sie nur mit einem injizierten Aufputschmittel hätte wiederbeleben können; sie hatte auf sein Fingerschnipsen reagiert und etwas gesagt. Hatte sich nach einem gewissen Rick erkundigt.

»Henry –«

»Sei mal kurz still.«

Er zog sich wieder die Handschuhe aus und klatschte vor ihrem Gesicht schnell in die Hände. Es war sehr leise, verglichen mit dem steten Tosen des Winds in den Bäumen, aber sie blinzelte wieder.

»Stehen Sie auf!«

Henry nahm sie bei den behandschuhten Händen, und es ermutigte ihn, dass sie sich reflexartig um seine schlossen. Er beugte sich vor, kam dabei ihrem Gesicht nahe und roch wieder diesen ätherartigen Gestank. Wer so roch, konnte nicht gesund sein.

»Stehen Sie auf! Auf die Beine! Mit mir! Bei drei! Eins, zwei, *drei!*«

Er stand auf und hielt ihre Hände. Sie erhob sich, ihre Knie knackten, und sie rülpste wieder. Dann furzte sie auch noch. Die Mütze rutschte ihr über ein Auge. Als sie keine Anstalten machte, sie zu richten, sagte Henry: »Setz ihr die Mütze richtig auf.«

»Hä?« Pete war ebenfalls aufgestanden, sah aber nicht sonderlich sicher auf den Beinen aus.

»Ich will sie nicht loslassen. Rück ihr die Mütze zurecht, dass sie ihr nicht übers Auge hängt.«

Mit spitzen Fingern richtete Pete ihr die Mütze. Die Frau neigte leicht den Kopf, verzog das Gesicht und furzte wieder.

»Herzlichen Dank«, sagte Pete säuerlich. »Ihr wart ein wunderbares Publikum. Gute Nacht.«

Henry spürte, wie sie weiche Knie bekam, und packte fester zu.

»Gehen Sie!«, schrie er und kam nun wieder ihrem Gesicht nahe. »Gehen Sie mit mir! Bei drei! Eins, zwei, *drei!*«

Er ging nun rückwärts auf den Scout zu. Sie sah ihn an, und er hielt Blickkontakt zu ihr. Ohne Pete anzusehen – er wollte nicht riskieren, ihre Aufmerksamkeit zu verlieren –, sagte er: »Pack mich beim Gürtel. Führ mich.«

»Wohin?«

»Um den Scout herum.«

»Ich weiß nicht, ob ich das –«

»Du musst, Pete. Mach schon.«

Für einen Moment tat sich nichts, und dann spürte er, wie Petes Hand unter seinen Mantel glitt, dort nestelte und seinen Gürtel packte. Wie bei einer Polonäse schlurften sie unbeholfen über die schmale Straße, durch den glotzenden, gelben Scheinwerferstrahl des Scout. Hinter dem umgestürzten Fahrzeug waren sie zumindest teilweise vor dem Wind geschützt, und das war gut so.

Die Frau zog abrupt ihre Hände aus Henrys Griff und beugte sich mit offenem Mund vor. Henry trat einen Schritt zurück, wollte nicht davon getroffen werden, was sie von sich geben würde ... doch statt zu kotzen, rülpste sie, noch lauter als zuvor. Dann ließ sie, immer noch vorgebeugt, einen weiteren Furz. Das Geräusch dabei ähnelte nichts, was Henry je gehört hatte, und dabei hätte er geschworen, in den Krankenhäusern des westlichen Massachusetts schon alles gehört zu haben. Immerhin blieb sie auf den Beinen und schnaufte laut durch die Nase wie ein Pferd.

»Henry«, sagte Pete. Seine Stimme klang heiser vor Entsetzen, Ehrfurcht oder beidem. »Mein Gott, *schau dir das an.*«

Er starrte mit offenem Mund zum Himmel. Henry folgte seinem Blick und konnte kaum glauben, was er da sah. Strahlend helle Lichtkreise, neun oder zehn, zogen langsam über die niedrig hängenden Wolken. Sie waren so hell, dass Henry blinzeln musste. Er dachte kurz an die Strahler, die in Hollywood bei Filmpremieren den Nachthimmel furchten, aber natürlich gab es hier draußen im Wald keine solchen Scheinwerfer, und hätte es welche gegeben, dann hätte er auch die Lichtstrahlen in der Schneeluft gesehen. Was auch immer diese Lichter aussandte – es befand sich über oder in den Wolken, nicht darunter. Sie bewegten sich hin und her, anscheinend ziellos, und Henry spürte, wie sich plötzlich eine Urangst in ihm breit machte, sich aus seinem tiefsten Innern zu erheben schien. Mit einem Mal fühlte sich sein Rückenmark wie eine Eissäule an.

»Was ist das?«, fragte Pete, den Tränen nah. »Herrgott, Henry, was ist das?«

»Ich habe keine –«

Die Frau sah hoch, sah die tanzenden Lichter und fing an zu kreischen. Sie kreischte erstaunlich laut, und es klang so entsetzt, dass Henry fast mitgekreischt hätte.

»*Sie sind wieder da!*«, schrie sie. »*Sie sind wieder da! Sie sind wieder da!*«

Dann hielt sie sich die Augen zu und lehnte den Kopf an den Vorderreifen des umgestürzten Scout. Sie hörte auf zu schreien und stöhnte nur noch, wie ein Tier in einer Falle, das nicht mehr hoffte, sich befreien zu können.

5

Für eine ungewisse Zeitspanne (wahrscheinlich aber höchstens fünf Minuten lang, wenn es ihnen auch länger vorkam) sahen sie den strahlend hellen Lichtern am Himmel zu – wie sie kreisten, dahinglitten, nach links und rechts auswichen und Bocksprünge miteinander zu vollführen schienen. Irgendwann fiel Henry auf, dass es nur noch fünf waren und kein knappes Dutzend mehr, und dann waren es nur noch drei. Die Frau, die neben ihm das Gesicht an den Reifen lehnte, furzte wieder, und da wurde Henry klar, dass sie hier mitten in der Wildnis standen und ein irgendwie durch den Sturm ausgelöstes Himmelsphänomen begafften, das zwar ganz interessant war, ihnen aber auch nicht dabei half, an einen warmen und trockenen Ort zu gelangen. Er konnte sich an den letzten Blick auf den Tageskilometerzähler ganz genau erinnern: 12,7. Sie waren noch fast zehn Meilen von ihrer Hütte entfernt, unter idealen Wetterbedingungen auch schon ein anständiger Fußmarsch, und um sie her brauste ein Sturm, dem nicht mehr viel zum Blizzard fehlte. *Noch dazu,* dachte er, *bin ich hier der Einzige, der gehen kann.*

»Pete.«

»Das ist was, hm?«, hauchte Pete. »Das sind echte UFOs, genau wie in *Akte X*. Was soll man –«

»Pete.« Er fasste Pete am Kinn und drehte sein Gesicht vom Himmel weg zu sich her. Dort oben verblassten die letzten beiden Lichter. »Das ist irgendein elektrisches Phänomen, weiter nichts.«

»Meinst du?« Pete wirkte absurderweise enttäuscht.

»Ja – das hat irgendwas mit dem Sturm zu tun. Aber auch wenn das die erste Angriffswelle der Schmetterlings-Aliens vom Planeten Alnitak sein sollte, kann uns das egal sein, wenn wir uns hier draußen in Eis am Stiel verwandeln. Du musst mir jetzt helfen. Du musst deinen kleinen Trick anwenden. Kannst du das?«

»Ich weiß nicht«, sagte Pete und warf noch einen letzten Blick gen Himmel. Es war jetzt nur noch ein Licht zu sehen, und das war so blass, dass man es nicht erkannt hätte, hätte man nicht danach gesucht. »Ma'am? Ma'am, sie sind gleich weg. Beruhigen Sie sich, ja?«

Sie erwiderte nichts, stand einfach nur mit dem Gesicht an den Reifen gelehnt da. Die Bänder an ihrer Mütze flatterten im Wind. Pete seufzte und drehte sich wieder zu Henry um. »Was willst du?«

»Du kennst doch die Holzfällerschuppen an dieser Straße?« Es gab acht oder neun davon, und sie bestanden lediglich aus vier Pfosten und einem rostigen Wellblechdach. Die Holzfäller bewahrten darin über den Winter Holzklötze und Ausrüstungsgegenstände auf.

»Klar«, sagte Pete.

»Wo ist der nächste? Kannst du mir das sagen?«

Pete schloss die Augen, hob einen Finger und bewegte ihn vor und zurück. Dazu machte er mit der Zungenspitze am Gaumen ein leises tickendes Geräusch. Das machte Pete schon seit der High School so. Er machte es noch nicht so lange, wie Biber Bleistifte annagte und Zahnstocher kaute oder wie Jonesy für Horrorfilme und Mordgeschichten schwärmte, aber doch schon ziemlich lange. Und normalerweise klappte es. Henry wartete ab und hoffte, es würde auch diesmal klappen.

Die Frau, die anscheinend trotz des brausenden Winds das leise, rhythmische Ticken aufgeschnappt hatte, hob den Kopf und sah sich um. Von dem Reifen hatte sie eine große dunkle Schmierspur auf der Stirn.

Schließlich schlug Pete wieder die Augen auf. »Gleich da vorne«, sagte er und wies in Richtung ihrer Hütte. »Geh um die Kurve, dann kommt ein Hügel. Auf der anderen Seite des Hügels kommt ein gerades Stück. Und am Ende dieses geraden Stücks steht einer dieser Schuppen. Er steht links neben der Straße. Das Dach ist zum Teil eingestürzt. Ein Mann namens Stevenson hatte da mal Nasenbluten.«

»Tatsächlich?«

»Ach, Mann, was weiß denn ich ...« Pete schaute weg, als genierte er sich.

Henry erinnerte sich vage an diesen Schuppen ... und vielleicht war es gut, dass das Dach teilweise eingestürzt war. Wenn es in die richtige Richtung gefallen war, hatte es den wandlosen Unterstand vielleicht in einen Wetterschutz verwandelt.

»Wie weit?«

»Eine halbe Meile. Vielleicht auch eine Dreiviertelmeile.«

»Und du bist dir sicher?«

»Ja.«

»Kannst du mit deinem Knie so weit gehen?«

»Ich denke schon. Aber sie?«

»Sie hat keine Wahl«, sagte Henry. Er legte der Frau seine Hände auf die Schultern, drehte ihr mit großen Augen glotzendes Gesicht zu sich und näherte sich ihr, bis sich ihre Nasen fast berührten. Ihr Atem stank abscheulich – nach Frostschutzmittel und noch etwas Öligem, Organischem dazu –, aber er hielt dem tapfer stand.

»Wir müssen gehen!«, sagte er in lautem Befehlston zu ihr. »Gehen Sie mit mir! Bei drei! Eins, zwei, *drei!*«

Er nahm sie an die Hand und führte sie um den Scout herum auf die Straße. Sie sträubte sich kurz, folgte ihm dann aber lammfromm und schien den Wind gar nicht zu bemerken, der ihnen entgegenschlug. So wanderten sie etwa fünf Minuten lang; Henry hielt die behandschuhte rechte Hand der Frau in seiner linken, und dann blieb Pete plötzlich stehen.

»Warte«, sagte er. »Das verdammte Knie fängt wieder an zu blockieren.«

Während er sich bückte und es massierte, sah Henry zum Himmel hoch. Es waren keine Lichter mehr zu sehen. »Alles in Ordnung? Schaffst du's?«

»Ich schaffe das«, sagte Pete. »Komm, gehn wir.«

6

Sie schafften es um die Kurve und halb den Hügel hinauf, und dann fiel Pete zu Boden, stöhnte und fluchte und hielt sich das Knie. Als er sah, wie Henry ihn anschaute, gab er einen seltsamen Laut von sich, halb Lachen und halb Knurren. »Mach dir um mich keine Sorgen«, sagte er. »Der kleine Petie schafft das schon.«

»Bestimmt?«

»Jau.« Und zu Henrys Befremden (nein, auch Belustigung, dieser schwarze Humor schien ihn gar nicht mehr loszulassen) ballte Pete die Fäuste und schlug auf sein Knie ein.

»Pete –«

»Hör auf, du Scheißteil, hör *auf!*«, schrie Pete und ignorierte ihn völlig. Und die ganze Zeit über stand die Frau mit hängenden Schultern da, den Wind jetzt im Rücken, die orangefarbenen Mützenbänder flatterten ihr ins Gesicht, und sie war so still wie eine Maschine, die man abgeschaltet hatte.

»Pete?«

»Es geht schon wieder«, sagte Pete. Er schaute mit erschöpftem, aber auch nicht unamüsiertem Blick zu Henry hoch. »Ist das jetzt das absolute Kackorama, oder was?«

»Allerdings.«

»Ich glaube nicht, dass ich ganz bis nach Derry zurück wandern könnte, aber bis zu diesem Schuppen schaffe ich es.« Er streckte eine Hand aus. »Hilf mir hoch, Chief.«

Henry nahm die Hand seines alten Freunds und zog. Pete stand steifbeinig auf, als würde er sich von einer Verbeugung erheben, stand dann für einen Moment da und sagte schließlich: »Gehn wir. Ich freue mich schon darauf, aus diesem Wind herauszukommen.« Nach einer Pause fügte er hinzu: »Wir hätten ein paar Bier mitnehmen sollen.«

Sie erreichten die Hügelkuppe, und dahinter war der Wind nicht mehr so schlimm. Als sie dann am Fuß des Hügels auf das gerade Straßenstück kamen, hatte Henry sogar zu hoffen gewagt, wenigstens hier würde es keine Schwierigkeiten geben. Dann, mitten auf dem geraden Stück, als sie vor sich eben einen schemenhaften Umriss erkennen konnten, bei dem es sich um den Holzfällerschuppen handeln musste, brach die Frau zusammen – erst ging sie in die Knie, dann schlug sie lang hin. Für einen Moment lag sie so da, den Kopf beiseite gedreht, und nur die Atemfahne aus ihrem offen stehenden Mund deutete darauf hin, dass sie noch am Leben war (*und wie viel einfacher wäre alles, wenn sie es nicht wäre*, dachte Henry). Dann drehte sie sich auf die Seite und gab wieder einen lang gedehnten, wiehernden Rülpser von sich.

»Mann, du nervige Fotze«, sagte Pete, und es klang eher erschöpft als verärgert. Er schaute Henry an. »Was jetzt?«

Henry kniete sich neben sie, brüllte sie an, sie solle aufstehen, schnipste mit den Fingern, klatschte in die Hände und zählte mehrfach bis drei. Nichts wirkte.

»Bleib hier bei ihr. Vielleicht finde ich was, worauf wir sie ziehen können.«

»Na, viel Glück.«

»Hast du 'ne bessere Idee?«

Pete setzte sich in den Schnee, verzog das Gesicht und streckte sein verwundetes Bein aus. »Nein, Sir«, sagte er. »Habe ich nicht. Mir sind gerade die Ideen ausgegangen.«

7

Henry brauchte fünf Minuten bis zu dem Schuppen. Sein Bein wurde an der Stelle, an der sich der Blinkerhebel hineingebohrt hatte, allmählich steif, aber das würde schon wieder, dachte er. Wenn er Pete und die Frau zu dem Schuppen bringen konnte und das Arctic Cat daheim ansprang, konnte immer noch alles gut werden. Und es war doch wirklich auch interessant, das war nicht zu leugnen. Diese Lichter am Himmel ...

Das Wellblechdach des Schuppens war genau richtig eingestürzt: Vorn, zur Straße hin, stand er offen, aber die Rückseite war fast vollständig winddicht. Und aus der dünnen

Schneeschicht, die hineingeweht war, ragte das Ende einer schmutzig grauen Plane, an der Sägespäne und Holzsplitter klebten.

»Volltreffer«, sagte Henry und packte sie. Zunächst hing sie am Boden fest, doch als er mit aller Kraft daran zog, löste sich die Plane mit lautem *Ratsch*, einem Geräusch, bei dem er an die furzende Frau denken musste.

Die Plane hinter sich herziehend, trottete er zurück zu der Stelle, an der Pete, das Bein immer noch steif ausgestreckt, im Schnee neben der auf dem Bauch liegenden Frau saß.

8

Es war viel einfacher, als Henry zu hoffen gewagt hatte. Ja, sobald sie sie einmal auf der Plane hatten, war es ein Klacks. Sie war zwar kräftig gebaut, glitt aber wie auf Schmierseife über den Schnee. Henry war froh, dass es nicht fünf Grad wärmer war; bei klebrigem Schnee hätte das alles schon ganz anders ausgesehen. Und natürlich half es auch, dass sie auf einem geraden Straßenstück waren.

Der Schnee lag nun knöcheltief und fiel noch dichter als zuvor, aber die Schneeflocken waren jetzt größer. *Es hört auf*, hatten sie als Kinder enttäuscht gesagt, wenn sie solche Flocken gesehen hatten.

»Hey, Henry!« Pete hörte sich atemlos an, aber das war nicht weiter schlimm; der Schuppen war gleich voraus.

»Was?«

»Ich hab in letzter Zeit oft an Duddits gedacht. Ist das nicht seltsam?«

»Kein Prall«, sagte Henry spontan.

»Stimmt«, sagte Pete und lachte leicht nervös auf. »Kein Prall, kein Spiel. Aber das ist doch seltsam, oder?«

»Wenn das seltsam ist«, sagte Henry, »dann sind wir beide seltsam.«

»Wie meinst du das?«

»Ich habe auch an Duddits gedacht, und zwar schon seit

einer ganzen Weile. Mindestens seit vergangenem März. Jonesy und ich wollten ihn besuchen –«

»Tatsächlich?«

»Ja. Dann hatte Jonesy den Unfall –«

»Der dumme alte Sack hätte gar nicht mehr fahren dürfen«, sagte Pete mit grimmiger Miene. »Jonesy hat Glück, dass er noch lebt.«

»Da hast du Recht«, sagte Henry. »Sein Herz ist im Krankenwagen stehen geblieben. Die Sanitäter mussten ihn mit Elektroschocks zurückholen.«

Pete blieb mit großen Augen stehen. »Im Ernst? So schlimm war es? So knapp?«

Henry wurde bewusst, dass er indiskret gewesen war. »Ja, aber das solltest du für dich behalten. Carla hat es mir erzählt, und ich glaube, Jonesy weiß das gar nicht. Ich hatte jedenfalls nie …« Er machte eine wegwerfende Handbewegung, und Pete nickte, als verstünde er vollkommen. *Ich hatte jedenfalls nie den Eindruck, dass er das weiß,* hatte Henry sagen wollen.

»Ich behalt's für mich«, sagte Pete.

»Das wäre wohl das Beste.«

»Und ihr habt Duds dann nicht besucht.«

Henry schüttelte den Kopf. »In der ganzen Aufregung um Jonesy habe ich nicht mehr daran gedacht. Dann war es Sommer, und du weißt ja, wie das ist …«

Pete nickte.

»Aber weißt du was? Ich habe gerade vorhin an ihn gedacht. Bei Gosselin's.«

»Hat dich der Junge mit dem Beavis-and-Butthead-T-Shirt drauf gebracht?«, fragte Pete. Er sprach in weißen Dampfwölkchen.

Henry nickte. »Der Junge« hätte zwölf oder auch fünfundzwanzig sein können, bei Menschen mit Downsyndrom war das schwer zu sagen. Er war rothaarig gewesen und in dem schummrig beleuchteten kleinen Supermarkt durch den Mittelgang gewandert, neben einem Mann, der einfach sein Vater sein musste – die gleiche grün-schwarz karierte Jagdjacke und vor allem das gleiche karottenfarbene Haar, bei dem Mann schon so licht, dass die Kopfhaut durchschimmerte –, und der hatte ihnen einen Blick zugeworfen, der besagte: *Ein Spruch über meinen Sohn, und ihr kriegt Ärger,* und natürlich hatte keiner von ihnen etwas gesagt; sie hatten die gut zwanzig Meilen von ihrer Hütte dorthin zurückgelegt, um sich Bier, Brot und Hotdogs zu holen, keinen Ärger, und außerdem hatten sie früher Duddits gekannt, kannten ihn in gewisser Weise immer noch – schickten ihm jedenfalls Weihnachts- und Geburtstagskarten –, und Duddits war einmal, auf seine ganz eigene Art, einer von ihnen gewesen. Henry konnte Pete schlecht anvertrauen, dass er in seltsamen Momenten an Duds gedacht hatte, seitdem ihm vor gut sechzehn Monaten aufgegangen war, dass er sich umbringen wollte und dass alles, was er tat, dieses Ereignis entweder hinauszögerte oder vorbereitete. Einige Male hatte er sogar von Duddits geträumt und davon, wie der Biber gesagt hatte: *Lass mich mal machen, Mann,* und wie Duddits erwidert hatte: *Was mahn?*

»Es schadet ja nicht, an Duddits zu denken, Pete«, sagte er, als er den improvisierten Schlitten mit der Frau drauf in den Unterstand zerrte. Jetzt war er selbst auch etwas aus der Puste. »Über Duddits haben wir uns definiert. Die Zeit mit ihm war unsere beste.«

»Meinst du?«

»Ja.« Henry hockte sich hin, um Luft zu schnappen, ehe er sich der nächsten Aufgabe widmete. Er sah auf seine Armbanduhr. Fast schon zwölf. Mittlerweile würden Jonesy und Biber nicht mehr glauben, der Schneefall hätte sie aufgehalten; sicherlich dachten sie mittlerweile, dass etwas nicht stimmte. Vielleicht würde einer von ihnen das Schneemobil anwerfen (*wenn es funktioniert,* musste Henry immer wieder denken, *wenn das Scheißding funktioniert*) und nach ihnen suchen. Das würde alles etwas vereinfachen.

Er sah sich die Frau an, die auf der Plane lag. Das Haar war ihr über ein Auge gerutscht und verbarg es nun; mit dem anderen sah sie Henry mit eisiger Gleichgültigkeit an – und durch ihn hindurch.

Henry war der Ansicht, dass alle Kinder in früher Jugend

mit Situationen konfrontiert würden, in denen sie sich selbst definieren mussten, und dass Kinder in Gruppen darauf normalerweise entschiedener reagierten als Kinder, die alleine waren. Oft verhielten sie sich böse und reagierten mit Grausamkeit auf Leid. Henry und seine Freunde hatten sich, warum auch immer, gut verhalten. Das bedeutete letztendlich nicht viel, aber es konnte nicht schaden – und schon gar nicht, wenn einem so düster zu Mute war –, sich daran zu erinnern, dass man sich einmal in einer eigentlich aussichtslosen Situation anständig verhalten hatte.

Er erklärte Pete, was sie jetzt zu tun hatten, und stand dann auf, um damit loszulegen. Er wollte, dass sie alle sicher in der Hütte waren, ehe die Sonne unterging. Ein sauberer, gut beleuchteter Raum: Das war natürlich von Papa, und das brachte ihn wieder auf die Hemingway-Lösung.

»Gut«, sagte Pete, klang aber ängstlich dabei. »Ich hoffe bloß, sie stirbt mir nicht. Und diese Lichter kommen nicht wieder.« Er legte den Kopf in den Nacken und schaute zum Himmel, aber dort waren nur dunkle, niedrig hängende Wolken zu sehen. »Was war das wohl? Eine Art Gewitter?«

»Wahrscheinlich«, sagte Henry. »Sammle mal die Stöckchen ein. Dazu musst du nicht mal aufstehen.«

»Als Anmachholz?«

»Genau«, sagte Henry, stieg dann über die Frau auf der Plane und ging zum Waldrand, wo im Schnee jede Menge Kleinholz herumlag. Knapp neun Meilen Fußmarsch hatte er jetzt vor sich. Aber erst würden sie noch ein Feuer machen. Ein schönes großes Feuer.

Kapitel 4

McCarthy geht aufs Klo

1

Jonesy und Biber saßen in der Küche und spielten Cribbage, das sie einfach nur »das Spiel« nannten. So hatte es Lamar, Bibers Vater, immer genannt, so als gäbe es nur dieses eine Spiel. Und für Lamar Clarendon, dessen ganzes Leben sich um sein Bauunternehmen gedreht hatte, hatte es wahrscheinlich auch nur dieses eine Spiel gegeben, weil Cribbage in den Holzfällercamps, an Bahnhaltestellen und, natürlich, in Bauwagen am häufigsten gespielt wurde. Ein Brett mit hundertzwanzig Löchern, vier Stiften aus Holz oder Metall und ein altes, labbriges Kartenspiel – wenn man das hatte, konnte es losgehen. Das Spiel wurde meistens gespielt, während man auf etwas wartete – dass es aufhörte zu regnen, dass eine Frachtlieferung eintraf oder dass die Freunde vom Einkaufen wiederkamen und man besprechen konnte, was man mit dem komischen Kerl machen sollte, der da nun hinter einer geschlossenen Schlafzimmertür lag.

Nur dass wir, dachte Jonesy, *im Grunde eigentlich auf Henry warten. Pete ist nur dabei. Henry wird wissen, was zu tun ist, da hat der Biber Recht. Henry wird es wissen.*

Aber Henry und Pete waren spät dran. Es war noch zu früh, um zu vermuten, dass ihnen etwas zugestoßen sei, es hätte auch einfach nur der Schneefall sein können, der sie aufgehalten hatte, aber Jonesy fragte sich allmählich, ob das alles war, und vermutlich fragte sich der Biber das auch. Sie hatten noch nicht darüber gesprochen – es war noch vor zwölf, und vielleicht war ja auch alles in Ordnung –, aber der Gedanke stand unausgesprochen im Raum.

Jonesy konzentrierte sich auf das Spielfeld und die Karten und schaute dann doch immer mal wieder zu der verschlossenen Schlafzimmertür hinüber, hinter der McCarthy lag und wahrscheinlich schlief, und, o Mann, seine Gesichtsfarbe hatte gar nicht gut ausgesehen. Zwei- oder dreimal ertappte er auch den Biber dabei, wie er kurz hinüberschaute.

Jonesy mischte das alte Blatt Marke Bicycle, teilte aus, gab sich selbst und legte dann das Crib beiseite, nachdem ihm Biber zwei Karten zugeschoben hatte. Biber hob ab, und damit waren die Vorbereitungen abgeschlossen; jetzt wurde es Zeit zu punkten. *Man kann punkten und trotzdem verlieren*, hatte Lamar zu ihnen gesagt, stets eine Chesterfield im Mundwinkel und die Schirmmütze mit dem eigenen Firmenlogo immer übers linke Auge gezogen, wie ein Mann, der ein Geheimnis kennt und es nur verraten wird, wenn der Preis stimmt – Lamar Clarendon, dieser nie zu Scherzen aufgelegte Malocher-Daddy, der mit achtundvierzig an einem Herzinfarkt gestorben war –, *aber wer punktet, verliert nicht mit null.*

Kein Spiel, dachte Jonesy jetzt. *Kein Prall, kein Spiel.* Sofort gefolgt von dieser schrecklichen, zittrigen Stimme damals im Krankenhaus: *Hört auf, ich halt's nicht mehr aus, gebt mir 'ne Spritze, wo ist Marcy?* Und, o Mann, warum war das Leben so schwer? Wieso lauerten überall Knüppel auf deine Finger, und wieso gab es so viele Stöcke, die nur darauf warteten, einem in die Speichen geworfen zu werden?

»Jonesy?«

»Hmm?«

»Alles klar?«

»Ja, wieso?«

»Du hast gerade gezittert.«

»Echt?« Klar hatte er gezittert. Er wusste es.

»Ja.«

»Vielleicht zieht's. Riechst du was?«

»Du meinst ... ihn?«

»Meg Ryans Achselhöhlen meine ich jedenfalls nicht. Ja, ihn.«

»Nein«, sagte Biber. »Ein paarmal dachte ich ... aber das habe ich mir nur eingebildet. Weil diese Fürze, weißt du –«

»– so übel gestunken haben.«

»Ja. Allerdings. Und die Rülpser auch. Ich dachte echt, er würde kotzen, Mann. Dachte ich wirklich.«

Jonesy nickte. *Ich habe Angst*, dachte er. *Ich sitze hier mit einer Scheißangst in einem Schneesturm. Ich will, dass Henry kommt, gottverdammt. Wo bleibt er bloß?*

»Jonesy?«

»*Was?* Spielen wir jetzt oder nicht?«

»Klar, aber ... meinst du, mit Henry und Pete ist alles in Ordnung?«

»Woher soll ich das wissen?«

»Hast du nicht ... so ein Gefühl? Siehst du nicht vielleicht –«

»Ich sehe nur dein Gesicht.«

Biber seufzte. »Aber meinst du, mit ihnen ist alles in Ordnung?«

»Ja, das meine ich.« Doch verstohlen blickte er zur Uhr – es war halb zwölf – und dann zu der geschlossenen Schlafzimmertür, hinter der McCarthy lag. Mitten im Zimmer drehte sich der Traumfänger langsam in einem Luftzug. »Die lassen sich einfach nur Zeit. Die kommen schon. Lass uns spielen.«

»Also gut. Acht.«

»Fünfzehn. Macht zwei.«

»Mist.« Biber steckte sich einen Zahnstocher in den Mund. »Fünfundzwanzig.«

»Dreißig.«

»Go.«

»Ass. Macht zwei.«

»*Gekörnte Scheiße!*« Biber lachte verzweifelt auf, als Jonesy um die Ecke in die dritte Straße einbog. »Jedes Mal, wenn du gibst, laschst du mich ab.«

»Ich lasch dich auch ab, wenn du gibst«, sagte Jonesy. »Die bittere Wahrheit. Komm schon, spiel.«

»Neun.«

»Sechzehn.«

»Und einen für die letzte Karte«, sagte der Biber, als hätte er damit einen moralischen Sieg errungen. Er stand auf. »Ich geh nach draußen, pissen.«

»Wieso das? Wir haben hier ein prima Klo, falls du's noch nicht weißt.«

»Ich weiß. Ich will bloß mal sehn, ob ich meinen Namen in den Schnee pissen kann.«

Jonesy lachte. »Wirst du denn nie erwachsen?«

»Nicht solange es sich vermeiden lässt. Und sei nicht so laut. Weck den Typ nicht auf.«

Jonesy schob die Karten zusammen, fing an zu mischen, und Biber ging zur Hintertür. Er musste an eine Variante des Spiels denken, die sie als Kinder gespielt hatten. Sie nannten es das Duddits-Spiel, und meistens spielten sie es im Freizeitraum der Cavells. Es war genau wie das übliche Cribbage, nur dass sie Duddits die Stifte weiterstecken ließen. *Ich habe zehn*, sagte Henry dann, *steck zehn weiter, Duddits*. Und Duddits, der sein bescheuertes Lächeln aufgesetzt hatte, das Jonesy unweigerlich froh machte, steckte dann vier oder sechs oder zehn oder auch vierundzwanzig Punkte. Die Hauptregel beim Duddits-Spiel bestand darin, sich nie zu beschweren, nie zu sagen: *Duddits, das ist zu viel* oder *Duddits, das reicht nicht*. Und Mann, was hatten sie gelacht. Mr und Mrs Cavell hatten auch gelacht, wenn sie gerade im Zimmer waren, und Jonesy konnte sich an das eine Mal erinnern, da waren sie fünfzehn oder sechzehn, und Duddits war natürlich so alt, wie er halt war: Duddits Cavell wurde nie älter, das war so schön und so unheimlich daran, und dieses eine Mal hatte Alfie Cavell angefangen zu weinen und hatte gesagt: *Jungs, wenn ihr nur wüsstet, was das für mich und meine Frau bedeutet, wenn ihr nur wüsstet, was das für Douglas bedeutet –*

»Jonesy.« Bibers Stimme klang eigenartig hölzern. Kalte Luft kam zur offenen Küchentür herein, und Jonesy bekam Gänsehaut an den Armen.

»Mach die Tür zu, Biber. Was sind denn das für Unsitten?«

»Komm her. Das musst du dir ansehen.«

Jonesy stand auf und ging zur Tür. Er machte den Mund auf, um etwas zu sagen, und schloss ihn dann wieder. Auf dem Hof waren genug Tiere, um damit einen Streichelzoo zu eröffnen. Größtenteils Hirsche und Rehe, ein paar Dutzend Böcke und Kühe und Ricken. Doch mit ihnen kamen da Waschbären, watschelnde Waldmurmeltiere und ein Trupp Eichhörnchen, die sich anscheinend mühelos auf dem Schnee fortbewegten. Hinter dem Schuppen, in dem das Schneemobil und diverse Werkzeuge und Ersatzteile aufbewahrt wurden, kamen drei große Hunde hervor, die Jonesy erst fälschlicherweise für Wölfe hielt. Dann entdeckte er bei einem eine alte, verschlissene Wäscheleine am Hals, und da wurde ihm klar, dass sie wahrscheinlich verwildert waren. Sie kamen den Hang der Schlucht herauf und wanderten alle nach Osten. Jonesy sah zwei große Wildkatzen, die sich zwischen zwei Hirschverbänden bewegten, und rieb sich die Augen, wie um dieses Trugbild loszuwerden. Aber die Wildkatzen waren immer noch da. Und auch die Hirsche und Rehe, die Waldmurmeltiere, Waschbären und Eichhörnchen. Sie gingen einfach weiter und hatten für die beiden Männer, die dort in der Tür standen, kaum einen Blick übrig; aber sie waren nicht in Panik, wie Tiere etwa, die vor einem Feuer flohen. Und es roch auch nicht nach einem Brand. Die Tiere wanderten einfach nach Osten, verließen das Gebiet.

»Ach du großer Gott«, sagte Jonesy mit leiser, ehrfürchtiger Stimme.

Biber hatte zum Himmel geschaut. Jetzt warf er den Tieren noch einen flüchtigen Blick nach und sah dann wieder hinauf. »Ja. Und jetzt guck mal nach oben.«

Jonesy schaute hoch und sah ein Dutzend grelle Lichter – einige rot, andere blau-weiß – dort oben herumtanzen. Sie beleuchteten die Wolken, und mit einem Mal war ihm klar, was McCarthy gesehen haben musste, als er durch den Wald geirrt war. Sie glitten hin und her, wichen einander aus oder verschmolzen kurz miteinander und strahlten so grell, dass er nicht hinsehen konnte, ohne zu blinzeln. »Was ist das?«, fragte er.

»Keine Ahnung«, sagte Biber, ohne den Blick abzuwenden. Auf seinem blassen Gesicht zeichneten sich die Bartstoppeln mit beinahe unheimlicher Deutlichkeit ab. »Aber die Tiere mögen es nicht. Das ist es, wovor sie fliehen.«

2

Sie schauten dem zehn, vielleicht auch fünfzehn Minuten lang zu, und dann bemerkte Jonesy ein leises Brummen, das sich anhörte wie ein elektrischer Transformator. Jonesy fragte Biber, ob er es auch höre, und der Biber nickte nur und ließ dabei die tanzenden Lichter am Himmel, die Jonesy etwa so groß vorkamen wie Kanaldeckel, nicht aus dem Blick. Er hatte das Gefühl, dass die Tiere eher vor dem Geräusch als vor den Lichtern flohen, sagte aber nichts. Es fiel ihm plötzlich überhaupt schwer zu sprechen; eine lähmende Furcht hatte ihn gepackt, etwas Fiebriges, wie eine leichte Grippe.

Schließlich wurden die Lichter schwächer, und obwohl Jonesy keines davon hatte verlöschen sehen, waren es doch anscheinend nicht mehr so viele. Es waren auch weniger Tiere zu sehen, und das eindringliche Brummen verklang allmählich.

Biber zuckte zusammen, wie aus dem Tiefschlaf gerissen. »Meine Kamera«, sagte er. »Ich muss die knipsen, ehe die weg sind.«

»Ich glaube nicht, dass du –«

»Ich muss es versuchen!«, schrie Biber förmlich. Dann, leiser: »Ich muss es versuchen. Wenigstens ein paar Hirsche und so, bevor sie …« Er drehte sich um, lief durch die Küche und versuchte sich wahrscheinlich zu erinnern, unter welchem Schmutzwäschehaufen seine alte, ramponierte Kamera lag, und blieb dann abrupt stehen. Mit ausdrucksloser und gar nicht biberlicher Stimme sagte er: »Oh, Jonesy. Ich glaube, wir haben ein Problem.«

Jonesy sah noch ein letztes Mal zu den verbliebenen Lichtern hoch, die immer matter (und auch kleiner) wurden, und drehte sich dann um. Biber stand vor der Spüle und schaute über den Küchentresen in den Hauptraum.

»Was? Was ist denn?« Diese meckernde, zänkische, leicht bebende Stimme ... war das wirklich seine?

Biber zeigte mit dem Finger. Die Tür des Schlafzimmers, in dem sie Rick McCarthy untergebracht hatten – Jonesys Zimmer –, stand offen. Die Tür zum Badezimmer, die sie offen gelassen hatten, damit sich McCarthy auf keinen Fall verlief, wenn er mal musste, war jetzt geschlossen.

Biber drehte sein finsteres, bartstoppeliges Gesicht zu Jonesy um. »Riechst du das?«

Jonesy roch es, trotz der kalten, frischen Luft, die zur offen stehenden Küchentür hereinkam. Äther oder Äthylalkohol, ja, danach roch es immer noch, aber jetzt auch noch nach etwas anderem. Ganz bestimmt nach Fäkalien. Vielleicht auch nach Blut. Und nach noch etwas anderem, etwas wie Grubengas, das eine Million Jahre lang eingesperrt gewesen war und nun endlich hatte entweichen können. Mit anderen Worten: Es waren nicht die Furzgerüche, über die Kinder im Zeltlager kichern. Es war stärker und weit schlimmer. Man verglich es nur mit Furzgerüchen, weil das noch am nahe liegendsten war. Im Grunde, dachte Jonesy, roch es wie etwas Verseuchtes, das unter Qualen starb.

»Und schau dir das an.«

Biber wies auf den Dielenboden, auf dem Blut zu sehen war, eine Spur größerer Tröpfchen, die von der offenen Tür zur geschlossenen verlief. Als hätte McCarthy Nasenbluten gehabt.

Nur dass Jonesy nicht glaubte, dass es seine Nase war, die da geblutet hatte.

3

Von all den Dingen in seinem Leben, gegen die er sich gesträubt hatte – seinen Bruder Mike anzurufen und ihm zu sagen, dass ihre Mutter an einem Herzinfarkt gestorben sei,

Carla zu sagen, dass sie mit dem Schnaps und den ganzen Medikamenten Schluss machen müsse, sonst würde er sie verlassen, Big Lou, seinem Hüttenwart im Camp Agawam, zu gestehen, dass er ins Bett gemacht hatte –, fiel es ihm jetzt am schwersten, durch den großen Hauptraum ihrer Hütte zu der geschlossenen Badezimmertür zu gehen. Es war wie in einem Albtraum, in dem man immer mit der gleichen traumwandlerischen Unterwassergeschwindigkeit vorankam, ganz egal, wie schnell man die Beine bewegte.

In bösen Träumen kam man nie dort an, wohin man wollte, aber sie schafften es, den Raum zu durchqueren, und daher ging Jonesy davon aus, dass es wohl doch kein Traum war. Sie standen da und betrachteten die Blutspritzer. Sie waren nicht sehr groß, der größte wie eine kleine Münze.

»Er hat wohl noch einen Zahn verloren«, sagte Jonesy, immer noch flüsternd. »Das ist es wahrscheinlich.«

Der Biber sah ihn an und hob eine Augenbraue. Dann ging er zum Schlafzimmer und schaute hinein. Einen Moment später drehte er sich zu Jonesy um und winkte ihn herbei. Jonesy ging hinüber und ließ dabei die Badezimmertür nicht aus dem Blick.

Im Schlafzimmer lag die Bettdecke am Boden, als wäre McCarthy ganz plötzlich und in aller Eile aufgestanden. Sein Kopfabdruck war noch auf dem Kissen zu sehen, und der Umriss seines Körpers zeichnete sich auf dem Laken ab. Und etwa in der Mitte des Lakens war ein großer Blutfleck. Auf dem blauen Tuch sah er lila aus.

»Dem fallen die Zähne aber an komischen Stellen aus«, flüsterte Biber. Er biss auf den Zahnstocher, den er im Mund hatte, und die vordere Hälfte fiel auf die Türschwelle. »Vielleicht hofft er, von der Arschfee einen Vierteldollar zu kriegen.«

Jonesy erwiderte nichts. Vielmehr zeigte er nach links. Neben der Tür lagen in einem Knäuel McCarthys lange Unterhose und der Jockey-Slip, den er darunter getragen hatte. Beide waren mit Blut verkrustet. Den Slip hatte es am schlimmsten erwischt; vom Bund und dem oberen Rand des

Eingriffs abgesehen, hätte man meinen können, er wäre von Hause aus knallrot, ein Slip, wie ihn ein Anhänger des *Penthouse*-Forums anziehen würde, dem für den Abend noch Großes vorschwebte.

»Guck mal im Nachttopf nach«, flüsterte Biber.

»Wieso klopfen wir nicht einfach an der Badtür an und fragen ihn, wie's ihm geht?«

»Weil ich, verdammt noch mal, wissen will, womit ich da zu rechnen habe«, antwortete Biber energisch flüsternd. Er klopfte sich auf die Brust und spuckte dann die faserigen Reste des Zahnstochers aus. »Mann, mir geht vielleicht die Düse.«

Jonesy hatte auch Herzklopfen, und er spürte, wie ihm Schweiß übers Gesicht lief. Trotzdem betrat er das Zimmer. Die kalte, frische Luft, die von der Hintertür kam, hatte den Hauptraum ordentlich durchgelüftet, aber hier drinnen stank es immer noch widerlich – nach Scheiße und Grubengas und Äther. Jonesy spürte, wie ihm das bisschen Essen, das er zu sich genommen hatte, hochkam, und zwang sich, nicht zu kotzen. Er ging zum Nachttopf und brachte es zunächst nicht über sich hineinzuschauen. Ein halbes Dutzend Horrorfilmbilder dessen, was ihn möglicherweise darin erwartete, wirbelten ihm durch den Kopf. Eingeweide in Blutsuppe. Zähne. Ein abgetrennter Kopf.

»*Mach schon!*«, flüsterte Biber.

Jonesy kniff die Augen zu, neigte den Kopf, hielt den Atem an und schlug dann wieder die Augen auf. Nur sauberes Porzellan schimmerte im Licht der Deckenlampe. Der Nachttopf war leer. Jonesy stieß durch zusammengebissene Zähne Luft aus und ging dann zurück zum Biber, wobei er den Blutspritzern auf dem Boden auswich.

»Nichts«, sagte er. »Also los! Kein Rumgekasper mehr!«

Sie gingen am Wandschrank vorbei und standen dann vor der geschlossenen Badezimmertür aus Kiefernholz. Biber sah Jonesy an. Jonesy schüttelte den Kopf. »Du bist dran«, sagte er. »Ich hab in den Pisspott geguckt.«

»Du hast ihn hergebracht«, entgegnete Biber flüsternd und blieb hartnäckig. »Du machst das.«

Jetzt hörte Jonesy noch etwas anderes – hörte es, ohne genau hinzuhören, zum Teil, weil ihm dieses Geräusch vertraut war, aber größtenteils, weil er so auf McCarthy fixiert war, auf den Mann, den er um ein Haar erschossen hätte. Ein *Wupp-wupp-wupp*, leise noch, aber es wurde lauter und kam näher.

»Ach, Scheiße, was soll's«, sagte Jonesy, und obwohl er in ganz normalem Tonfall sprach, war es doch laut genug, dass sie beide zusammenzuckten. Er klopfte an die Tür. »Mr McCarthy! Rick! Alles in Ordnung mit Ihnen?«

Er wird nicht antworten, dachte Jonesy. *Er wird nicht antworten, denn er ist tot. Er ist tot und sitzt auf dem Thron, genau wie Elvis.*

Doch McCarthy war nicht tot. Er stöhnte und sagte: »Ich bin ein bisschen krank, Jungs. Mir fehlt ein anständiger Stuhlgang. Wenn ich Stuhlgang gehabt habe, geht es mir gleich –« Dann stöhnte er wieder, und dann hörte man einen Furz. Diesmal nicht so laut, und es hörte sich fast flüssig an. Jonesy verzog das Gesicht. »– geht es mir gleich viel besser«, schloss McCarthy. Für Jonesy hörte es sich nicht so an, als würde es dem Mann jemals wieder besser gehen. Er hörte sich an, als bekäme er kaum Luft und litte Schmerzen. Wie um das zu unterstreichen, stöhnte McCarthy noch einmal, diesmal lauter. Es folgte wieder dieses flüssig klingende Reißen, und dann schrie McCarthy auf.

»McCarthy!« Biber rüttelte am Türknauf, aber der ließ sich nicht bewegen. McCarthy, ihr kleines Mitbringsel aus dem Wald, hatte von innen abgeschlossen. »Rick!« Der Biber rüttelte am Türknauf. »Mach auf, Mann!« Biber gab sich Mühe, unbeschwert zu klingen, so als wäre die ganze Sache nur ein Scherz, ein Ulk unter Freunden, aber dadurch klang er nur noch verängstigter.

»Mir geht's gut«, sagte McCarthy. Jetzt keuchte er. »Ich muss ... Jungs, ich muss bloß ein bisschen Platz schaffen.« Man hörte weitere Blähungen. Es wäre lächerlich gewesen, was sie da hörten mit »einen fahren lassen« oder »Wind streichen lassen« zu umschreiben – das waren vage gehaltene Redewendungen, leicht und luftig wie Baiser. Die Geräusche, die durch die verschlossene Tür drangen, klangen brutal, nach reißendem Fleisch.

»McCarthy!«, sagte Jonesy. Er klopfte. »Lassen Sie uns rein!« Aber wollte er da rein? Nein, wollte er nicht. Er wünschte, McCarthy würde immer noch durch den Wald irren oder wäre von jemand anderem gefunden worden. Ja, schlimmer noch: Die Amygdala in seinem Stammhirn, dieses gewissenlose Reptil, wünschte, er hätte McCarthy gleich auf der Stelle erschossen. »Je einfacher, desto besser«, wie sie in Carlas Seminaren bei Narcotics Anonymous immer sagten. »*McCarthy!*«

»Haut ab!«, rief McCarthy schwach, aber bestimmt. »Können Sie nicht weggehen und einen Mann ... sein Geschäft machen lassen? Manno!«

Wupp-wupp-wupp – jetzt lauter und näher.

»Rick!« Das war wieder der Biber. Er hielt fast verzweifelt an diesem unbeschwerten Ton fest, klang wie ein Bergsteiger in schwieriger Lage an seinem Seil. »Woraus blutest du denn, Mann?«

»Bluten?« McCarthy klang aufrichtig verblüfft. »Ich blute nicht.«

Jonesy und Biber schauten einander verängstigt an.
WUPP-WUPP-WUPP!

Jetzt errang das Geräusch endlich Jonesys ungeteilte Aufmerksamkeit, und er verspürte eine immense Erleichterung. »Das ist ein Hubschrauber«, sagte er. »Die suchen bestimmt nach ihm.«

»Meinst du?« Bibers Gesichtsausdruck besagte: Das wäre zu schön, um wahr zu sein.

»Ja.« Jonesy vermutete, dass die Leute im Hubschrauber den rätselhaften Lichtern am Himmel nachjagten oder herauszufinden versuchten, was die Tiere da vorhatten, aber an diese Dinge wollte er nicht denken, das war ihm vollkommen egal. Ihm ging es jetzt einzig und allein darum, Rick McCarthy vom Donnerbalken herunter, in fremde Hände und in ein Krankenhaus in Machias oder Derry zu bekommen. »Geh nach draußen und wink ihnen zu.«

»Und was ist, wenn –«

WUPP! WUPP! WUPP! Und jenseits der Tür erklangen wieder diese reißenden, feuchten Geräusche, gefolgt von einem weiteren Schrei McCarthys.

»Geh nach draußen!«, brüllte Jonesy. »Hol die runter! Ist mir scheißegal, ob du dazu die Hose runterlassen und Lambada tanzen musst, *Hauptsache, du sorgst dafür, dass die landen!*«

»Na gut –« Biber wandte sich zum Gehen, zuckte dann zusammen und schrie.

Viele Dinge, die Jonesy recht erfolgreich verdrängt hatte, kamen plötzlich wieder zum Vorschein und tollten ihm anzüglich grinsend durchs Bewusstsein. Als er herumwirbelte, sah er aber lediglich ein Reh in der Küche stehen, dessen Kopf über den Küchentresen ragte und das sie mit sanftmütigen braunen Augen anschaute. Jonesy atmete tief durch und musste sich kurz an die Wand lehnen.

»Friss Rotz und kotz«, hauchte Biber. Dann ging er auf das Reh zu und klatschte dabei in die Hände. »Mach die Biege! Weißt du denn nicht, was für eine Jahreszeit es ist? Raus! Sieh zu, dass du Land gewinnst! Mach dich vom Acker!«

Das Reh blieb noch für einen Moment dort stehen und machte große Augen, ein erschrockener Gesichtsausdruck, der fast menschlich wirkte. Dann wirbelte es herum und streifte mit dem Kopf die Töpfe, Schöpfkellen und Zangen, die über dem Herd hingen. Sie schepperten aneinander, und einige fielen mit großem Getöse herunter. Dann war es, mit einem knappen Zucken des weißen Schwänzchens, zur Tür hinaus.

Biber ging hinterher und hatte noch Zeit, kurz mit bitterem Blick den Kötelhaufen auf dem Linoleum zu betrachten.

4

Vom großen Auszug der Tiere waren nur noch Nachzügler übrig. Das Reh, das Biber aus der Küche gescheucht hatte, sprang über einen humpelnden Fuchs, der offenbar eine Pfote in einer Falle verloren hatte, und verschwand dann im

Wald. Dann tauchte aus den niedrig hängenden Wolken gleich hinterm Schneemobilschuppen ein Hubschrauber von den Ausmaßen eines Omnibusses auf. Er war braun, und seitlich drauf stand mit weißen Buchstaben ANG.

Ang?, grübelte Biber. *Was zum Henker ist Ang?* Dann fiel es ihm ein: die *Air National Guard*, die Luftwaffe der Nationalgarde, wahrscheinlich aus Bangor.

Der Hubschrauber sank mit der Nase voran. Biber trat auf den Hof und winkte mit erhobenen Händen. »Hey!«, schrie er. »Hey, wir brauchen Hilfe! Wir brauchen Hilfe!«

Der Hubschrauber sank weiter, bis er nur noch fünfundzwanzig Meter über dem Boden stand, tief genug, um den Neuschnee in einem Zyklon aufsteigen zu lassen. Dann flog er auf Biber zu und brachte dabei den Schneezyklon mit.

»Hey! Wir haben hier einen Verletzten! Einen Verletzten!« Jetzt hüpfte er auf und ab wie diese bescheuerten Bootscooters, die man bei diesem Countrysender aus Nashville immer sah, und kam sich dabei wie ein Vollidiot vor, machte es aber trotzdem. Der Hubschrauber kam im Tiefflug auf ihn zu, sank aber nicht weiter und machte keine Anstalten zu landen. Da kam er plötzlich auf eine entsetzliche Idee. Biber wusste nicht, ob die Typen im Hubschrauber ihm das suggerierten oder ob es nur Paranoia war. Er wusste bloß, dass er sich plötzlich wie eine Schießbudenfigur vorkam: Triff den Biber, und du gewinnst einen Radiowecker.

Die Seitentür des Hubschraubers wurde geöffnet. Ein Mann, der ein Megafon in der Hand hielt und den dicksten Parka trug, den Biber je gesehen hatte, beugte sich heraus. Der Parka und das Megafon störten den Biber nicht. Ihn störte die Sauerstoffmaske, die der Typ über Mund und Nase hatte. Er hatte noch nie gehört, dass Flieger auf einer Höhe von fünfundzwanzig Metern Sauerstoffmasken tragen mussten. Es sei denn, mit der Luft, die sie atmeten, stimmte etwas nicht.

Der Mann im Parka sprach in das Megafon, und seine Worte waren trotz des *Wupp-wupp-wupp* der Rotoren klar und deutlich zu verstehen, hörten sich aber trotzdem merkwürdig an, zum einen, dachte Biber, weil sie elektrisch verstärkt wurden, hauptsächlich aber der Maske wegen. Es war, als würde man von irgendeinem seltsamen Robotergott angesprochen.

»WIE VIELE SIND SIE?«, rief die Gottesstimme herab. »ZEIGEN SIE ES MIT DEN FINGERN.«

Biber, verwirrt und verängstigt, dachte zunächst nur an sich selbst und an Jonesy; Henry und Pete waren ja schließlich auch noch nicht vom Einkaufen zurück. Er hob zwei Finger wie zum Friedenszeichen.

»BLEIBEN SIE, WO SIE SIND!«, dröhnte der Mann aus dem Hubschrauber mit seiner Robotergottstimme. »DIESES GEBIET STEHT VORLÄUFIG UNTER QUARANTÄNE! ICH WIEDERHOLE: DIESES GEBIET STEHT VORLÄUFIG UNTER QUARANTÄNE! SIE DÜRFEN ES NICHT VERLASSEN!«

Der Schneefall lichtete sich, aber nun frischte der Wind auf und blies Biber eine Schneefahne, die die Rotorblätter des Hubschraubers aufgewirbelt hatten, ins Gesicht. Er kniff die Augen zu und winkte mit den Armen. Er bekam eisigen Schnee in den Mund und spuckte seinen Zahnstocher aus, damit er den nicht auch verschluckte (so würde er einmal sterben, hatte seine Mutter immer geweissagt, indem er einen Zahnstocher in die Luftröhre bekam und daran erstickte), und schrie dann: »Was soll das heißen – Quarantäne? Wir haben hier einen Kranken! Sie müssen herkommen und ihn mitnehmen!«

Ihm war klar, dass sie ihn beim lauten *Wupp-wupp-wupp* der Rotorblätter nicht verstehen konnten, er hatte ja schließlich kein Megafon, um seine Stimme damit zu verstärken, aber er schrie trotzdem. Und als ihm das Wort »Kranker« über die Lippen kam, fiel ihm ein, dass er dem Typ im Hubschrauber zu wenige Finger gezeigt hatte – sie waren zu dritt, nicht zu zweit. Er wollte eben drei Finger heben, da fielen ihm Henry und Pete ein. Sie waren noch nicht hier, aber falls ihnen nichts zugestoßen war, würden sie bald kommen. Wie viele waren sie also? Zwei wäre die falsche Antwort gewesen, aber war drei die richtige? Oder war es fünf? Wie oft in solchen Situationen verfiel Biber in eine geistige Starre.

Wenn in der Schule so etwas passiert war, hatte neben ihm Henry oder hinter ihm Jonesy gesessen, und sie hatten ihn mit der passenden Antwort versorgt. Hier draußen aber half ihm niemand, und das laute *Wupp-wupp-wupp* schmetterte ihm in die Ohren, und er verschluckte sich an dem aufgewirbelten Schnee und musste husten.

»BLEIBEN SIE, WO SIE SIND! DIE LAGE HAT SICH SPÄTESTENS IN ACHTUNDVIERZIG STUNDEN GEKLÄRT! WENN SIE LEBENSMITTEL BRAUCHEN, KREUZEN SIE DIE ARME ÜBER DEM KOPF!«

»*Hier sind noch mehr Leute!*«, brüllte Biber zu dem Mann hoch, der sich aus dem Hubschrauber beugte. Er brüllte so laut, dass ihm rote Punkte vor den Augen tanzten. »*Wir haben einen Verletzten hier! Wir ... haben ... einen VERLETZTEN!*«

Der Idiot im Hubschrauber warf das Megafon hinter sich in die Kabine und zeigte Biber dann einen Kreis aus Daumen und Zeigefinger, wie um zu sagen: *Okay! Verstanden!* Biber hätte vor Frust platzen können. Stattdessen hob er eine ausgestreckte Hand über den Kopf – je einen Finger für sich und seine Freunde und den Daumen für McCarthy. Der Mann im Hubschrauber sah sich das an und grinste dann. Für einen wirklich wundervollen Moment dachte Biber, er hätte sich dem Maske tragenden Saftarsch verständlich gemacht. Dann erwiderte der Saftarsch, was er wohl für ein Winken hielt, und sagte etwas zu dem Piloten hinter sich, und der ANG-Helikopter hob sich wieder. Biber Clarendon stand immer noch mitten im wirbelnden Schnee und schrie: »*Wir sind zu fünft, und wir brauchen Hilfe! Wir sind zu fünft, und wir brauchen verdammt noch mal HILFE!*«

Der Hubschrauber verschwand wieder in den Wolken.

5

Jonesy hörte einiges davon – auf jeden Fall hörte er die Megafon-Stimme aus dem Thunderbolt-Hubschrauber –, nahm aber nur wenig davon bewusst wahr. Er war zu besorgt um McCarthy, der ein paar kurze, atemlose Schreie ausgestoßen hatte und dann verstummt war. Der Gestank, der unter der Tür hervordrang, wurde immer intensiver.

»McCarthy!«, brüllte er, als der Biber wieder hereinkam. »Machen Sie die Tür auf, oder wir brechen sie auf!«

»Lassen Sie mich in Ruhe!«, schrie McCarthy mit dünner, verzweifelter Stimme zurück. »Ich muss nur kacken, weiter nichts, *ICH MUSS KACKEN!* Wenn ich nur kacken kann, geht es mir besser!«

So deutliche Worte von einem Mann, der sonst anscheinend *o Mann* und *oje* für Kraftausdrücke hielt, beunruhigten Jonesy mehr als das blutige Laken und die blutige Unterhose. Er drehte sich zu Biber um und bemerkte kaum, dass der Biber in Schnee gehüllt war und aussah wie Frosty, der Schneemann. »Komm, hilf mir, die Tür aufzubrechen. Wir müssen versuchen, ihm zu helfen.«

Biber sah verängstigt und besorgt aus. Schnee schmolz auf seinen Wangen. »Ich weiß nicht. Der Typ im Hubschrauber hat was von Quarantäne gesagt. Was ist, wenn er irgendwas Ansteckendes hat oder so? Was ist, wenn die rote Stelle in seinem Gesicht –«

Trotz seiner eigenen wenig wohlwollenden Haltung McCarthy gegenüber hätte Jonesy seinem alten Freund am liebsten eine gescheuert. Im vergangenen März hatte er selbst blutend in Cambridge auf der Straße gelegen. Was wäre gewesen, wenn ihn niemand hätte anrühren wollen, weil er ja vielleicht Aids haben konnte? Wenn sie sich geweigert hätten, ihm zu helfen? Wenn sie ihn dort hätten verbluten lassen, weil niemand Gummihandschuhe parat hatte?

»Biber, wir sind ihm nahe gekommen. Wenn er etwas wirklich Ansteckendes hat, dann haben wir uns das wahrscheinlich längst geholt. Was sagst du jetzt?«

Für einen Moment sagte Biber erst mal gar nichts mehr. Dann spürte Jonesy dieses Klicken in seinem Kopf. Für einen ganz kurzen Moment sah er den Biber, mit dem er aufgewachsen war, einen Jungen mit einer alten, abgewetzten

Motorradjacke an, der schrie: *Hey, hört auf! Hört sofort auf damit!*, und da wusste er, dass alles gut werden würde.

Biber trat einen Schritt vor. »Hey, Rick, mach doch auf. Wir wollen dir doch nur helfen.«

Hinter der Tür blieb es still. Kein Schrei, kein Atemzug, nicht einmal ein Rascheln. Man hörte nur das stete Grummeln des Generators und den allmählich verklingenden Hubschrauberlärm.

»Also gut«, sagte Biber und bekreuzigte sich. »Brechen wir das Scheißding auf.«

Sie traten einen Schritt zurück und drehten die Schultern zur Tür, wie sie es bei Polizisten in Dutzenden Filmen gesehen hatten.

»Bei drei«, sagte Jonesy.

»Macht dein Bein das mit, Mann?«

Jonesy hatte tatsächlich ziemliche Schmerzen im Bein und der Hüfte, das merkte er aber erst, als Biber es ansprach. »Ich bin fit«, sagte er.

»Ja, und mein Arsch ist der Kaiser von China.«

»Bei drei. Bist du bereit?« Und als Biber nickte: »Eins ... zwei ... *drei*.«

Sie stürmten gemeinsam vor und prallten gegen die Tür, zusammen fast hundertachtzig Kilo hinter zwei eingezogenen Schultern. Die Tür gab mit absurder Leichtigkeit nach, und sie flogen ins Badezimmer, wo sie auf dem Blut auf den Fliesen ausrutschten.

»Ach du *Scheiße!*«, sagte Biber. Seine rechte Hand fuhr zu seinem Mund, in dem dieses eine Mal kein Zahnstocher steckte, und hielt ihn zu. Seine Augen waren weit aufgerissen und feucht. *»Ach du Scheiße!«*

Jonesy fehlten die Worte.

KAPITEL 5

Duddits, Teil I

1

»Lady«, sagte Pete.

Die Frau im Dufflecoat sagte nichts. Lag auf der Plane voller Sägespäne und schwieg. Pete konnte eines ihrer Augen sehen, das ihn anstarrte oder durch ihn hindurch oder zum vermaledeiten Mittelpunkt des beschissenen Universums, wer wusste das schon. Richtig unheimlich. Zwischen ihnen knisterte das Feuer, fing jetzt richtig an zu brennen und etwas Wärme zu spenden. Henry war seit etwa einer Viertelstunde weg. In frühestens drei Stunden würde er zurück sein, schätzte Pete, in allerfrühestens drei Stunden, und das war eine lange Zeit, wenn man sie unter dem gruseligen Blick dieser Dame verbringen sollte, die guckte wie ein Auto.

»Lady«, sagte er noch mal. »Hören Sie mich?«

Nichts. Aber einmal hatte sie gegähnt, und da hatte er gesehen, dass die Hälfte ihrer Zähne fehlte. Was war bloß mit ihr los? Und wollte er das eigentlich wirklich wissen? Die Antwort, das hatte Pete festgestellt, lautete einerseits ja und andererseits nein. Er war neugierig – Menschen sind nun einmal neugierig, dachte er –, gleichwohl interessierte es ihn aber überhaupt nicht – nicht, wer sie war, nicht, wer Rick war und was ihm widerfahren sein mochte, und auch nicht, wer »sie« waren. *Sie sind wieder da!*, hatte die Frau gekreischt, als sie die Lichter am Himmel gesehen hatte, *Sie sind wieder da!*

»Lady«, sagte er zum dritten Mal.

Keine Reaktion.

Sie hatte gesagt, Rick sei als Einziger noch übrig, und dann hatte sie *Sie sind wieder da* gesagt und damit vermut-

lich die Lichter am Himmel gemeint, und seither hatte sie nur noch diese unerfreulichen Rülpser und Fürze von sich gegeben ... und einmal gegähnt und die vielen Zahnlücken entblößt ... und dann war da noch ihr unheimlicher Blick. Sie guckte wirklich wie ein Auto. Henry war erst seit einer Viertelstunde weg – er war um fünf nach zwölf gegangen, und jetzt war es, Petes Armbanduhr zufolge, zwanzig nach zwölf –, und es kam ihm bereits wie anderthalb Stunden vor. Es würde ein verdammt langer Tag werden, und wenn er ihn überstehen wollte, ohne durchzudrehen (er musste an eine Geschichte denken, die sie in der achten Klasse gelesen hatten, von wem sie war, wusste er nicht mehr, nur dass der Typ in der Geschichte einen alten Mann umgebracht hatte, weil er dessen Blick nicht ertragen konnte, und damals hatte Pete das nicht verstanden, aber jetzt konnte er es voll und ganz nachvollziehen), brauchte er was zu trinken.
»Lady, hören Sie mich?«
Nada. Nur dieser unheimliche Blick.
»Ich muss zurück zum Auto. Ich habe was vergessen. Sie sind ja hier in Sicherheit, nicht wahr?«
Keine Antwort – und dann ließ sie noch einen dieser lang gedehnten Knatterfürze vom Stapel und verzog dabei das Gesicht, als täte es weh ... Und das tat es wahrscheinlich auch: Was sich so anhörte, *musste* einfach wehtun. Und obwohl Pete darauf geachtet hatte, nicht im Wind zu sitzen, bekam er doch etwas von dem Gestank ab – heftig, übel riechend und irgendwie nicht menschlich. Es roch auch nicht wie ein Kuhfurz. Er hatte in seiner Jugend bei Lionel Sylvester gearbeitet, hatte jede Menge Kühe gemolken, und manchmal furzten sie einen halt an, wenn man da auf dem Melkschemel saß – ein üppiges, grünes Aroma, ein mooriger Geruch. Das hier roch nicht so, nicht im Mindesten. Das hier war wie ... tja, es ähnelte dem Geruch, der dabei herauskam, wenn man als kleiner Junge seinen ersten Chemiebaukasten bekommen hatte und nach einer Weile gelangweilt war von den mädchenhaften kleinen Experimenten, die in der Anleitung beschrieben wurden, und einfach loslegte und den ganzen Kram zusammenmixte, nur um zu se-

hen, ob es wohl explodierte. Und auch das, wurde ihm klar, beunruhigte ihn und machte ihn nervös. Obwohl es Blödsinn war. Menschen explodierten ja schließlich nicht einfach so. Trotzdem brauchte er Hilfe. Denn die Tante hier ging ihm auf den Zeiger, und zwar mächtig.

Er nahm zwei der Holzstücke, die Henry gesammelt hatte, legte sie ins Feuer, haderte mit sich und legte dann noch ein drittes nach. Funken sprühten, stoben wirbelnd empor und erloschen am eingestürzten Teil des Wellblechdachs. »Ich bin wieder da, bevor das niedergebrannt ist, aber Sie können auch herzlich gern noch was nachlegen. Alles klar?«

Keine Reaktion. Er war schon drauf und dran, sie zu schütteln, aber zum Scout und zurück hatte er anderthalb Meilen Fußmarsch vor sich und musste seine Kräfte schonen. Und außerdem hätte sie wahrscheinlich ohnehin nur gefurzt. Oder ihm ins Gesicht gerülpst.

»Also gut«, sagte er. »Wer schweigt, ist einverstanden, hat Mrs White in der vierten Klasse immer zu uns gesagt.«

Er stand auf, hielt sich dabei das Knie und verzog das Gesicht. Fast wäre er ausgerutscht und hingefallen, kam dann schließlich doch hoch, denn er brauchte ein Bier, verdammt, brauchte dringend ein Bier, und er war der Einzige, der es ihm holen konnte. Wahrscheinlich war er Alkoholiker. Nein, das hatte mit wahrscheinlich nichts mehr zu tun. Und vermutlich musste er irgendwann mal was dagegen unternehmen, aber jetzt war er ja erst mal auf sich allein gestellt, nicht wahr? Ja, denn mit dieser Schnalle war ja nichts mehr los, von der war weiter nichts übrig als stinkendes Gas und dieser unheimliche Blick. Wenn sie Holz nachlegen musste, dann musste sie das eben alleine hinkriegen, aber das brauchte sie ja auch gar nicht, denn dann würde er längst zurück sein. Es waren nur anderthalb Meilen. Sein Bein würde ihn ganz bestimmt so weit tragen.

»Ich komme wieder«, sagte er. Er beugte sich vor und massierte sein Knie. Es war steif, aber nicht allzu schlimm. Wirklich nicht allzu schlimm. Er würde das Bier in eine Tüte packen – vielleicht noch eine Schachtel Hi-Ho-Cracker für die Schlunze, wenn er schon mal dabei war – und gleich wiederkommen. »Und Ihnen fehlt auch bestimmt nichts?«

Keine Reaktion. Nur dieser Blick.

»Wer schweigt, ist einverstanden«, sagte er noch mal, ging zurück zur Deep Cut Road und folgte dabei der Schleifspur der Plane und ihren fast schon zugeschneiten Fußspuren. Er ging mit kurzen Schritten und blieb alle zehn oder zwölf Schritte stehen, um sich auszuruhen … und um sein Knie zu massieren. Einmal sah er sich noch zum Feuer um. Im grauen Mittagslicht sah es schon klein und schwach aus. »Das ist wirklich verrückt«, sagte er und ging weiter.

2

Er kam ohne Schwierigkeiten über das gerade Stück und halb den Hügel hinauf. Er fing eben an, etwas schneller zu gehen und seinem Knie ein wenig zu vertrauen, als es – ätsch-bätsch, Blödmann, reingelegt! – wieder blockierte und sich anfühlte wie glühendes Roheisen. Er ging zu Boden und quetschte Flüche durch zusammengebissene Zähne.

Erst als er dort fluchend im Schnee saß, bemerkte er, dass hier etwas sehr Merkwürdiges vor sich ging. Ein kapitaler Hirschbock ging links an ihm vorbei, ohne dem Menschen, vor dem er in jeder anderen Situation sofort geflohen wäre, mehr als nur einen knappen Seitenblick zuzuwerfen. Und zwischen den Beinen des Hirsches flitzte ein Eichhörnchen mit.

Pete saß da im sich lichtenden Schneefall – große Flocken segelten in Schichten herab, die wie Spitze aussahen –, das Bein ausgestreckt und mit offenem Mund. Über die Straße kamen weitere Hirsche und Rehe und auch andere Tiere, und sie gingen und hoppelten, als würden sie vor einer Katastrophe fliehen. Es kamen immer mehr aus dem Wald, ein richtiger Zug nach Osten.

»Wo wollt ihr denn hin?«, fragte er einen Hasen, der mit angelegten Ohren an ihm vorbeihoppelte. »Großer Bingo-

Abend im Reservats-Casino? Oder zum Casting für einen neuen Disney-Film? Habt ihr –«

Er verstummte, und schlagartig bekam er einen trockenen Mund, der sich anfühlte, als stünde er unter Strom. Ein Schwarzbär, fett gefressen für den Winterschlaf, trottete links neben ihm durch den lichten, nachwachsenden Wald. Er hatte den Kopf gesenkt, und sein Rumpf pendelte hin und her, und obwohl er Pete nicht eines Blickes würdigte, raubte er ihm doch zum ersten Mal jegliche Illusionen darüber, welche Stellung ihm hier in den großen Wäldern des Nordens zukam. Er war nichts weiter als ein Haufen leckeres weißes Fleisch, der eher zufällig noch am Leben war. Ohne sein Gewehr war er schutzloser als das Eichhörnchen, das er zwischen den Hufen des Hirschs hatte flitzen sehen – wenn ein Bär es sah, konnte das Eichhörnchen wenigstens noch auf den nächsten Baum flüchten, hinauf bis in die lichte Krone, wohin ihm der Bär nicht folgen konnte. Dass ihn *dieser* Bär kaum angeguckt hatte, beruhigte Pete nicht sonderlich. Wo einer war, da waren auch noch mehr, und der nächste war vielleicht aufmerksamer.

Sobald er sicher sein konnte, dass der Bär verschwunden war, stand Pete mühsam und mit pochendem Herzen wieder auf. Er hatte die blöde furzende Frau zwar allein gelassen, aber welchen Schutz hätte er ihr schon groß bieten können, wenn ein Bär sie angegriffen hätte? Er musste an sein Gewehr gelangen. Und Henrys auch mitnehmen, wenn er es tragen konnte. Für die nächsten fünf Minuten, bis er auf der Hügelkuppe angelangt war, dachte Pete zuerst an Feuerkraft und dann erst an Bier. Als er jedoch vorsichtig den Hang hinabging, war er längst wieder beim Thema Bier angekommen. Pack es in die Tüte, und häng dir die Tüte über die Schulter. Und auf dem Rückweg wird nicht stehen geblieben und getrunken. Er würde sich erst eins gönnen, wenn er wieder am Lagerfeuer saß. Das würde dann sein Belohnungsbier, und es gab nichts Besseres als ein Bier zur Belohnung.

Du bist Alkoholiker. Das ist dir klar, oder? Ein beschissener Alkoholiker.

Ja, und was bedeutete das? Dass man nichts falsch machen konnte. Dass man nicht verantwortlich war, wenn man eine schon halb im Koma liegende Frau im Wald allein ließ, um Bier zu holen. Und wenn er zurück beim Unterstand war, musste er daran denken, die leeren Flaschen ganz weit in den Wald zu werfen. Aber Henry würde es trotzdem merken. Wie sie einander offenbar immer alles Mögliche anmerkten, wenn sie zusammen waren. Aber Gedankenlesen hin oder her – man musste schon ziemlich früh aufstehen, wenn man Henry Devlin hinters Licht führen wollte.

Pete dachte aber, dass ihn Henry wahrscheinlich mit dem Bier nicht nerven würde. Es sei denn, Pete beschloss, die Zeit sei reif, darüber zu sprechen, Henry vielleicht um Hilfe zu bitten. Was Pete zum passenden Zeitpunkt vielleicht auch tun würde. Es gefiel ihm überhaupt nicht, wie er sich zurzeit fühlte; und dass er die Frau allein zurückgelassen hatte, besagte wenig Schmeichelhaftes über Peter Moore. Aber Henry ... auch mit Henry stimmte in diesem November etwas nicht. Pete wusste nicht, ob Biber das mitbekam, aber Jonesy merkte es ganz bestimmt. Henry war irgendwie ziemlich im Arsch. Vielleicht dachte er sogar –

Hinter sich hörte er ein schmatzendes Grunzen. Pete schrie auf und wirbelte herum. Sein Knie blockierte wieder, diesmal noch schlimmer als zuvor, aber vor Schreck merkte er das kaum. Es war der Bär, der Bär war zurückgekommen, dieser Bär oder ein anderer –

Es war kein Bär. Es war ein Elch, und er ging an Pete vorbei und würdigte ihn kaum eines Blickes, während Pete wieder auf die Straße fiel, leise vor sich hin fluchend, sich das Bein hielt, in den dünnen Schneefall hochsah und sich selbst einen Trottel schimpfte. Einen *Alkoholiker*-Trottel.

Für einen beängstigenden Augenblick schien es so, als würde sich das Knie diesmal nicht wieder entspannen, als wäre etwas gerissen und als müsse er hier mitten im Exodus der Tiere liegen, bis Henry endlich auf dem Schneemobil wiederkam. Und Henry würde sagen: *Was machst du denn hier? Wieso hast du sie allein gelassen? Ich hab's echt geahnt.*

Doch irgendwann konnte er dann wieder aufstehen.

Jetzt bekam er gerade noch ein lahmes Gehoppel hin, aber das war immer noch besser, als nur Meter neben einem noch dampfenden Haufen Elchscheiße im Schnee zu liegen. Jetzt konnte er den umgestürzten Scout sehen, dessen Reifen und Unterboden von Neuschnee bedeckt waren. Er sagte sich, dass er, hätte sich sein letzter Sturz auf der anderen Seite des Hügels ereignet, zu der Frau am Feuer umgekehrt wäre, dass es aber nun, da der Scout schon in Sicht war, besser war weiterzugehen. Dass es ihm hauptsächlich um die Waffen ginge und die Bud-Flaschen nur eine nette Nebensache wären. Und hätte es sogar fast geglaubt. Und was den Rückweg anging ... tja, den würde er schon irgendwie schaffen. Er hatte es ja schließlich auch bis hierher geschafft, nicht wahr?

Noch gut fünfzig Meter vom Scout entfernt, hörte er ein sich rasch näherndes *Wupp-wupp-wupp* – das unverkennbare Geräusch eines Hubschraubers. Er schaute gespannt zum Himmel und machte sich bereit, so lange aufrecht zu stehen, dass er winken konnte – Gott, wenn irgendjemand Hilfe vom Himmel brauchte, dann doch wohl er –, doch der Helikopter sank nicht durch die niedrig hängende Wolkendecke. Für einen Moment sah er fast direkt über sich einen dunklen Umriss durch den trüben Wolkenbrei gleiten und auch verschwommene Lichter – und dann entfernte sich das Hubschraubergeräusch in Richtung Osten, in die Richtung, in die auch die Tiere liefen. Zu seiner Bestürzung stellte er fest, dass unter seiner Enttäuschung eine abscheuliche Erleichterung hervorlugte: Wäre der Helikopter gelandet, dann wäre er nie zu seinem Bier gekommen, und dabei hatte er dafür doch schon so viel auf sich genommen.

3

Fünf Minuten später hockte er auf den Knien und kletterte vorsichtig in den umgestürzten Scout. Er bekam schnell mit, dass ihn sein verwundetes Knie nicht lange tragen würde (es war nun unter seiner Jeans angeschwollen wie ein dicker, schmerzgefüllter Brotlaib), und deshalb schwamm er förmlich in das eingeschneite Wageninnere hinein. Es gefiel ihm dort nicht; alle Gerüche waren zu intensiv, und es war viel zu eng. Es war fast, als würde man in ein Grab kriechen, und zwar in eines, das nach Henrys Parfum roch.

Die Lebensmittel waren über den ganzen hinteren Teil des Wagens verstreut, aber Pete würdigte das Brot, die Dosen, den Senf und die Hotdog-Würstchen (rote Hotdog-Würstchen waren das einzige Fleisch, das es beim alten Gosselin gab) kaum eines Blickes. Einzig das Bier interessierte ihn, und offenbar war nur eine Flasche zu Bruch gegangen, als der Scout gekentert war. Säuferglück. Das ganze Wageninnere roch nach Bier – die Flasche, aus der er getrunken hatte, war natürlich auch ausgelaufen –, aber er mochte diesen Geruch. Henrys Parfum hingegen ... puuh, lieber Gott. Das stank gewissermaßen genauso wie die Fürze der durchgeknallten Schreckschraube. Er wusste nicht, warum er beim Geruch dieses Parfums an Särge und Gräber und Trauerkränze denken musste, aber so war es nun mal.

»Wieso legst du im Wald denn überhaupt Parfum auf, alter Sportsfreund?«, fragte er, und die Worte kamen aus weißen Atemwölkchen hervor. Die Antwort war natürlich, dass Henry gar kein Parfum getragen hatte – der Geruch war in Wirklichkeit gar nicht da, nur der Biergeruch. Zum ersten Mal seit langer Zeit dachte Pete wieder an die hübsche Immobilienmaklerin, die vor der Apotheke in Bridgton ihre Autoschlüssel verloren hatte, und daran, wie er gemerkt hatte, dass sie nicht zum Abendessen kommen würde und am liebsten meilenweit von ihm entfernt gewesen wäre. War es nicht so ähnlich, wenn man Parfum roch, das gar nicht da war? Er wusste es nicht, nur dass es ihm gar nicht gefiel, dass dieser Geruch für ihn unauflöslich mit dem Gedanken an den Tod verbunden war.

Vergiss es, du Knallkopf. Du siehst Gespenster. Es ist ein großer Unterschied, ob man wirklich die Linie sieht oder nur Gespenster. Vergiss es, und hol dir, weshalb du hier bist.

»Tolle Idee«, sagte Pete.

Die Tragetüten waren aus Plastik, nicht aus Papier, und hatten Griffe; so weit hatte der alte Gosselin den Fortschritt durchaus mitgemacht. Pete langte nach einer und spürte sofort ein schmerzhaftes Reißen im linken Zeigefinger. Es war nur eine Flasche zerbrochen, und an der musste er sich natürlich schneiden, und dann auch noch ziemlich tief, so wie es sich anfühlte. Das war vielleicht die Strafe dafür, dass er die Frau allein zurückgelassen hatte. Wenn dem so war, dann würde er es tapfer wie ein Mann ertragen und sich sagen, dass er noch glimpflich davongekommen sei.

Er sammelte acht Flaschen ein und wollte eben wieder aus dem Scout kriechen, überlegte es sich aber noch einmal anders. Für lumpige acht Bier war er den weiten Weg hierher gehumpelt? »Wohl kaum«, murmelte er und holte dann auch noch die übrigen sieben, nahm sich die Zeit, sie alle einzusammeln, obwohl ihm im Scout so unheimlich zu Mute war. Dann kroch er rückwärts und sträubte sich gegen die plötzliche Idee, eines der fliehenden Tiere – ein kleines, aber mit großen Zähnen – hätte hier Zuflucht gesucht und würde ihn gleich anfallen und ein schönes Stück aus seinen Eiern herausbeißen. Petes Strafe, Teil zwei.

Er brach nicht direkt in Panik aus, kroch aber schneller hinaus, als er hineingekrochen war, und sein Knie blockierte wieder, als er gerade das Auto verließ. Er drehte sich wimmernd auf den Rücken, schaute hinauf in den Schnee – nun fielen die letzten großen Flocken, wie die Spitze feinster Damenunterwäsche –, massierte sich das Knie und redete ihm gut zu: Komm Baby, mach Schatzi, entspann dich, du verdammtes Scheißteil. Und als er schon dachte, diesmal würde es nicht mehr gehen, ging es doch. Er sog zischend durch zusammengebissene Zähne Luft ein, setzte sich auf und betrachtete die Tüte, auf der in Rot stand: VIELEN DANK, DASS SIE BEI UNS EINGEKAUFT HABEN!

»Wo hätte ich denn sonst hinfahren sollen, du alter Sack?«, fragte er. Er beschloss, sich ein Bier zu gönnen, ehe er den Rückweg antrat. Dann hatte er auch nicht mehr so viel zu tragen.

Pete angelte sich eins aus der Tüte, machte es auf und

goss sich die halbe Flasche mit vier Schluck in den Hals. Es war kalt, und der Schnee, auf dem er saß, war noch kälter, aber trotzdem tat es ihm gut. Das war die Magie des Bieres. Es war auch die Magie von Scotch, Wodka und Gin, aber wenn es um Alkohol ging, war er wie Tom T. Hall: Er trank gern Bier.

Als er so die Tüte betrachtete, fiel ihm wieder der Junge mit den karottenfarbenen Haaren im Laden ein – das verwunderte Lächeln, die Schlitzaugen, die solchen Menschen ursprünglich die Bezeichnung Mongoloide eingetragen hatten. Das brachte ihn wieder auf Duddits, auf Douglas Cavell, wenn's denn formell sein sollte. Warum er in letzter Zeit so oft an Duds hatte denken müssen, wusste Pete nicht zu sagen, aber er hatte oft an ihn gedacht und nahm sich nun selbst ein Versprechen ab: Wenn das hier alles vorüber war, würde er in Derry vorbeifahren und den alten Duddits besuchen. Er würde die anderen bitten mitzukommen, und irgendwie hatte er so das Gefühl, dass er sie nicht groß würde überreden müssen. Duddits war wahrscheinlich der Grund dafür, dass sie nach so vielen Jahren immer noch befreundet waren. Mann, die meisten Leute dachten nicht mal mehr an ihre Freunde aus der College- oder High-School-Zeit, von ihren Kumpeln von der Junior High School mal ganz zu schweigen. Middle School nannte man sie heute, was aber, da hatte Pete nicht den mindesten Zweifel, genauso ein düsterer Dschungel aus Schüchternheit, Verwirrung, müffelnden Achselhöhlen, blödsinnigen Ticks und halbgaren Ideen war. Sie kannten Duddits natürlich nicht aus der Schule, denn Duddits ging nicht auf die Derry Junior High. Duds ging auf die Mary-M.-Snowe-Sonderschule, die bei den Kindern in der Nachbarschaft auch Behindi-Akademie genannt wurde oder schlicht und einfach Dummschule. Unter normalen Umständen hätten sich ihre Wege nie gekreuzt, aber es gab da diese Brache an der Kansas Street und das leer stehende Ziegelsteingebäude davor. Von der Straße aus konnte man immer noch in verblichener weißer Farbe SPEDITION & LAGERHAUS GEBR. TRACKER auf den alten roten Ziegeln lesen. Und auf der anderen Seite, an der großen

Rampe, wo früher die Laster entladen wurden ... da stand etwas anderes geschrieben.

Jetzt, da er im Schnee hockte und nicht mehr spürte, wie er unter seinem Hintern zu kaltem Schneematsch schmolz, und er sein zweites Bier trank, ohne sich überhaupt daran erinnern zu können, es aufgemacht zu haben (die erste leere Flasche hatte er in den Wald geworfen, wo er immer noch Tiere nach Osten wandern sah), erinnerte sich Pete an den Tag, an dem sie Duds kennen gelernt hatten. Er erinnerte sich an Bibers blöde Jacke, die der Biber damals so geliebt hatte, und an Bibers Stimme, so dünn, aber doch auch so kräftig, wie sie das Ende von etwas und den Anfang von etwas anderem verkündet hatte, wie sie auf eine unfassbare, dennoch aber ganz reale und wahrnehmbare Weise verkündet hatte, dass sich der Lauf ihres ganzen Lebens an einem Dienstagnachmittag änderte, als sie lediglich vorhatten, bei Jonesy in der Auffahrt ein wenig Zwei-gegen-zwei und anschließend vor dem Fernseher dann vielleicht etwas Parcheesi zu spielen; jetzt, da er hier im Wald neben dem umgestürzten Scout saß und immer noch das Parfum roch, das Henry gar nicht getragen hatte, und das beglückende Gift seines Lebens trank, erinnerte sich der Autoverkäufer an den Jungen, der seinen Traum, Astronaut zu werden, noch nicht aufgegeben hatte, obwohl ihm Mathe zusehends schwer fiel (Jonesy hatte ihm geholfen, und dann hatte Henry ihm geholfen, und dann, in der zehnten Klasse, war ihm nicht mehr zu helfen gewesen), und er erinnerte sich auch an die anderen Jungen und vor allem an den Biber, der mit einem kieksigen Schrei seiner Stimmbruchstimme die ganze Welt auf den Kopf gestellt hatte: *He, ihr da! Lasst das! Hört sofort auf damit!*

»Biber«, sagte Pete und brachte im trüben Nachmittagslicht einen Toast auf ihn aus, mit dem Rücken an die Karosserie des umgestürzten Scout gelehnt. »Du warst wunderbar, Mann.« Aber waren sie das nicht alle?

Waren sie nicht alle wunderbar gewesen?

4

Weil er in die achte Klasse geht und in der letzten Stunde Musik im Erdgeschoss hat, ist Pete immer schon vor seinen drei besten Freunden draußen, die ihre letzte Stunde immer im ersten Stock haben: Jonesy und Henry haben Amerikanische Literatur, also Lesen für Schlaue, und Biber nebenan Mathe fürs Leben, also eigentlich Mathe für Dumme. Pete sträubt sich noch mächtig dagegen, das im nächsten Jahr belegen zu müssen, aber diesen Kampf wird er wohl verlieren. Er kann addieren, subtrahieren, multiplizieren und dividieren, und er beherrscht auch die Brüche, obwohl er viel zu lange dafür braucht. Aber jetzt gibt es da etwas Neues, jetzt gibt es da das X. Pete versteht das X nicht, und es macht ihm Angst.

Er steht draußen vorm Tor am Maschendrahtzaun, während die übrigen Achtklässler und die kindischen Siebtklässler vorbeiströmen, steht da, kickt nach etwas und tut so, als würde er rauchen, eine Hand vorm Mund gewölbt und die andere darunter verborgen – und die verborgene Hand ist die mit der fiktiven versteckten Kippe.

Und jetzt kommen da die Neuntklässler aus dem ersten Stock, und wie eine königliche Familie – ja, fast wie ungekrönte Könige, obwohl Pete so etwas Schwiemeliges natürlich nie aussprechen würde – kommen da auch seine Freunde Jonesy, Biber und Henry. Und wenn es denn einen König der Könige gibt, dann ist es Henry, für den alle Mädchen schwärmen, und das, obwohl er Brillenträger ist. Pete kann sich glücklich schätzen, solche Freunde zu haben, und das ist ihm bewusst – er ist wahrscheinlich der glücklichste Achtklässler von ganz Derry – X hin oder her. Und das hat kaum etwas damit zu tun, dass er mit Freunden aus der neunten Klasse von keinem harten Kerl aus der Achten verdroschen wird.

»Hey, Pete!«, sagt Henry, als die drei durch das Schultor geschlendert kommen. Wie stets wirkt Henry überrascht, ihn dort zu sehen, aber auch äußerst erfreut. »Was läuft denn so, Mann?«

»Nicht viel«, antwortet Pete wie stets. »Und bei euch?«

»SSAT«, sagt Henry, nimmt seine Brille ab und fängt an, sie zu putzen. Hätten sie einen Club gegründet, dann wäre SSAT wahrscheinlich ihr Motto gewesen; sie brachten es schließlich sogar Duddits bei – bei ihm hörte es sich wie *Säbe Scheise, anner Tah* an, und es ist eines der wenigen Dinge, die Duddits sagt, die seine Eltern nicht verstehen können. Und das ist für Pete und seine Freunde natürlich ein Heidenvergnügen.

Jetzt aber, da ihnen Duddits erst in einer halben Stunde bevorsteht, wiederholt Pete einfach nur, was Henry gesagt hat: »Ja, Mann. SSAT.«

Selbe Scheiße, anderer Tag. Nur dass die Jungs im Grunde ihres Herzens nur die erste Hälfte davon glauben, denn im Grunde ihres Herzens glauben sie, dass es, Tag für Tag, immer derselbe Tag ist. Wir sind in Derry, im Jahre 1978, und es wird immer 1978 sein. Sie sagen, es werde eine Zukunft geben und sie würden das 21. Jahrhundert erleben – Henry wird Anwalt sein und Jonesy Schriftsteller, Biber wird einen Sattelzug fahren und Pete Astronaut sein mit dem NASA-Emblem auf dem Oberarm –, aber das sagen sie bloß, wie sie auch in der Kirche das Glaubensbekenntnis mitsprechen, ohne recht zu wissen, was da aus ihrem Munde kommt; und in Wirklichkeit sind sie eher an Maureen Chessmans Rock interessiert, der überhaupt schon ziemlich kurz ist und ihr noch weiter die Schenkel hinaufrutschen wird. Im Grunde ihres Herzens glauben sie, dass Maureens Rock eines Tages so weit hochrutschen wird, dass sie ihren Schlüpfer sehen können, und genauso glauben sie, dass Derry so ewig ist wie sie selbst. Sie werden immer in die Junior High School gehen, und es wird immer Viertel vor drei sein, und sie werden immer gemeinsam die Kansas Street entlanggehen, um bei Jonesy in der Auffahrt Basketball zu spielen (Pete hat bei sich vor der Garage auch einen Korb, aber Jonesys gefällt ihnen besser, weil sein Vater ihn so niedrig angebracht hat, dass man dunken kann) und um sich ewig über die gleichen Themen zu unterhalten, über den Unterricht und die Lehrer und darüber, welcher Junge sich mit welchem angelegt hat und welcher sich mit welchem erst noch anlegen wird und ob Soundso den Soundso denn überhaupt platt machen könnte, wenn er sich mit ihm anlegen würde (nur dass sie sich nie miteinander anlegen werden, denn Soundso und Soundso sind befreundet), wer in letzter Zeit was Krasses gebracht hat (dieses Jahr bisher ihr Favorit: der Siebtklässler Norm Parmeleau, jetzt auch Makkaroni-Parmeleau genannt, ein Spitzname, der jahrelang an ihm kleben wird, noch bis ins nächste Jahrhundert, über das diese Jungs zwar reden, an das sie im Grunde ihres Herzens aber nicht glauben; bei einer Wette um fünfzig Cents hatte sich Norm Parmeleau eines Tages in der Mensa beide Nasenlöcher mit Käse-Makkaroni zugestopft, sie dann wie Rotze hochgezogen und schließlich gegessen; Makkaroni-Parmeleau, der, wie so viele Jungs auf der Junior High School, traurige mit wahrer Berühmtheit verwechselt hatte), wer mit wem geht (wenn ein Typ und ein Mädchen gesehen werden, wie sie nach der Schule zusammen nach Hause gehen, nimmt man an, dass sie wahrscheinlich miteinander gehen; wenn man sie Händchen halten oder knutschen sieht, gibt's da nichts mehr zu deuten) und wer das Superbowl gewinnen wird (die Patriots! die Boston Patriots!, aber die gewinnen nie; Fan der Patriots sein zu müssen ist schon echt scheiße). Es sind immer die gleichen Themen, und doch sind sie unerschöpflich faszinierend, während sie alle gemeinsam von derselben Schule *(Ich glaube an Gott, den Vater, den Allmächtigen)* dieselbe Straße *(den Schöpfer des Himmels und der Erde)* unter dem ewig gleichen weißen Oktoberhimmel *(... und das ewige Leben)* und mit denselben Freunden nach Hause gehen *(Amen)*. Selbe Scheiße, selber Tag, das glauben sie im Grunde ihres Herzens, und da sind sie sich einig mit K. C. and the Sunshine Band, obwohl sie alle sagen würden: RR-DS (Rock regiert! Disco? Scheiße!): *that's the way – aha, aha – they like it ...* Der Wandel, die Veränderung wird plötzlich und unerwartet kommen, wie das bei Kindern in ihrem Alter immer so ist; brauchten Veränderungen die Zustimmung von Junior-High-School-Schülern, dann würde sich nie etwas ändern.

Heute bietet ihnen auch die Jagd Gesprächsstoff, denn Mr Clarendon wird sie zum ersten Mal auf seine Hütte mitnehmen. Sie werden drei Tage dort sein, zwei davon Schultage (diese Fahrt bekommen sie von der Schule problemlos genehmigt, und es wäre völlig unnötig, den Zweck der Reise zu verheimlichen; das südliche Maine mag mittlerweile verstädtert sein, aber hier oben im Norden, in Gottes freier Natur, ist die Jagd immer noch Bestandteil der Erziehung, zumal bei Jungen). Den Gedanken, mit Gewehren mit scharfer Munition durch den Wald zu schleichen, während ihre Klassenkameraden brav die Schulbank drücken, finden sie unglaublich stark, und sie gehen an der Behindi-Akademie gegenüber vorbei, ohne auch nur hinzusehen. Die Sonderschüler haben zur gleichen Zeit Schulschluss wie die Kinder von der Derry Junior High, aber die meisten fahren mit ihren Müttern in einem gesonderten Behindertenbus nach Hause, der blau ist und nicht gelb und angeblich hinten drauf einen Aufkleber hat, auf dem steht: HELFEN SIE GEISTIG BEHINDERTEN MENSCHEN – ODER ICH BRING EUCH UM! Als Henry, Biber, Jonesy und Pete an der Sonderschule gegenüber vorbeigehen, laufen da immer noch ein paar der selbständigeren Behinderten rum, die allein nach Hause gehen dürfen. Sie glotzen mit diesem abstrusen, unablässig verwunderten Gesichtsausdruck. Pete und seine Freunde sehen sie wie immer, ohne sie wirklich zu sehen. Sie sind einfach nur Bestandteil der Welttapete.

Henry, Jonesy und Pete hören dem Biber ganz genau zu, der ihnen erzählt, wenn sie zu ihrer Hütte fahren, müssten sie runter in die Schlucht, denn dort seien die kapitalen Hirsche, da unten mögen sie das Gestrüpp. »Mein Dad und ich, wir haben da schon 'ne Milliarde Hirsche gesehn«, sagt er. Die Reißverschlüsse an seiner alten Motorradjacke klimpern so lustig.

Sie streiten darüber, wer den größten Hirsch erlegen wird und wohin man am besten zielen solle, um das Tier mit einem Schuss niederzustrecken und nicht leiden zu lassen. (»Mein Vater sagt aber, Tiere leiden nicht so wie Menschen, wenn sie verletzt werden«, sagt Jonesy. »Er sagt, Gott hat sie anders geschaffen, damit es für uns in Ordnung ist, sie zu jagen.«) Sie lachen und zanken sich und streiten darüber, wer denn wohl seinen Lunch wieder von sich geben werde, wenn es daran geht, die Beute auszunehmen, und die Behindi-Akademie haben sie längst hinter sich gelassen. Vor ihnen, auf ihrer Straßenseite, ragt das klobige Ziegelsteingebäude auf, in dem die Gebrüder Tracker früher ihr Unternehmen hatten.

»Wenn einer kotzt, dann bestimmt nicht ich«, dröhnt Biber. »Ich habe tausendmal Hirschinnereien gesehen. Das macht mir überhaupt nichts. Ich weiß noch, als wir –«

»Hey, Jungs«, unterbricht ihn Jonesy, plötzlich aufgeregt. »Wollt ihr die Möse von Tina Jean Schlossinger sehn?«

»Wer ist Tina Jean Sloppinger?«, fragt Pete, ist aber auf Anhieb fasziniert von der Idee. Überhaupt irgendeine Möse zu sehen kommt ihm schon sehr verlockend vor; er schaut sich immer die *Penthouse* und *Playboy* seines Vaters an, die der in seiner Werkstatt hinter dem großen Werkzeugkasten versteckt. Mösen sind ein hochinteressantes Thema. Er kriegt dabei keinen Steifen, und es macht ihn auch nicht so an wie blanke Titten, aber das liegt wohl daran, denkt er, dass er noch ein Kind ist.

Also: Mösen sind wirklich interessant.

»*Schlossinger*«, sagt Jonesy lachend. »Sie heißt *Schlossinger*, Petesky. Die Schlossingers wohnen bei mir zwei Ecken weiter, und ...« Er hält plötzlich inne, weil ihm eine wichtige Frage eingefallen ist, die sofort geklärt werden muss. Er wendet sich an Henry. »Sind die Schlossingers Juden oder Republikaner?«

Jetzt ist es an Henry, über Jonesy zu lachen, aber es ist nicht böse gemeint. »Genau genommen kann man wohl auch beides sein ... oder nichts von beidem. Aber von Religion und Politik mal abgesehen«, sagt Henry, immer noch lachend. »Wenn du ein Bild hast, auf dem Tina Jean Schlossinger ihre Möse herzeigt, dann will ich es sehn.«

Der Biber ist mittlerweile sichtlich erregt – rote Wangen, strahlende Augen, und er steckt sich einen neuen Zahnstocher in den Mund, ehe er mit dem alten auch nur halb fertig ist. Die Reißverschlüsse seiner Jacke, die Bibers älterer Bruder während seiner vier- oder fünfjährigen Rockerphase getragen hatte, klimpern schneller.

»Ist sie blond?«, fragt der Biber. »Blond und auf der High School? Supergut aussehend? Hat sie –« Er wölbt die Hände vor der Brust, und als Jonesy grinsend nickt, wendet sich Biber an Pete und platzt los: »Sie ist dieses Jahr Homecoming Queen der High School, du Arschgeige! Ihr Bild war in der Zeitung! Mit Richie Grenadeau auf dem Festwagen!«

»Ja, aber die Scheiß-Tigers haben das Homecoming-Spiel verloren, und Grenadeau hat sich dabei die Nase gebrochen«, sagt Henry. »Die erste High-School-Mannschaft aus Derry, die je gegen ein A-Klasse-Team aus Süd-Maine angetreten ist, und diese Idioten –«

»Scheiß auf die Tigers«, mischt sich Pete ein. Er interessiert sich durchaus mehr für High-School-Football als für das gefürchtete X, aber so groß ist der Unterschied nun auch wieder nicht. Außerdem weiß er jetzt, wer das Mädchen ist, erinnert sich an das Zeitungsfoto, auf dem sie neben dem Quarterback der Tigers auf der mit Blumen geschmückten Ladefläche eines Holzlasters steht, beide mit einer Krone aus Alufolie auf dem Kopf, und lächelnd der Menge zuwinkt. Dem Mädchen fiel das Haar in wuscheligen Farrah-Fawcett-Wellen ums Gesicht, und ihr Kleid war trägerlos und ließ tief blicken.

Zum ersten Mal im Leben empfindet Pete richtige Wollust – es ist ein üppiges, rotes, pochendes Gefühl, und er bekommt einen Steifen davon und einen trockenen Mund, und es macht das Denken schwer. Mösen sind an sich schon interessant; aber der Gedanke, eine Möse *hier aus der Stadt* zu sehen, die Möse einer *Homecoming Queen* ... das ist mehr als nur aufregend. *Das muss man*, wie die Kritikerin der *Derry News* manchmal über einen Film sagt, der ihr besonders gefallen hat, *das muss man einfach gesehen haben.*

»Wo?«, fragt er Jonesy atemlos. Er stellt sich vor, wie er dieses Mädchen sieht, diese Tina Jean Schlossinger, wie sie

an der Ecke auf den Schulbus wartet, einfach nur mit ihren Freundinnen dasteht und rumgackert und nicht die leiseste Ahnung hat, dass der Junge, der da vorbeikommt, gesehen hat, was sie unterm Rock oder unter der Jeans hat, und weiß, ob ihr Muschihaar die gleiche Farbe hat wie das auf ihrem Kopf. Mit einem Mal ist Pete Feuer und Flamme.
»Wo ist es?«

»Da«, sagt Jonesy und zeigt auf das alte Ziegelsteingebäude, das ehemalige Lagerhaus der Gebrüder Tracker. An den Mauern rankt Efeu empor, aber es ist ein kalter Herbst, und die meisten Blätter sind schon abgestorben und schwarz. Einige Fenster sind eingeschlagen, die übrigen schmutzig. Es fröstelt Pete ein wenig, als er das Gebäude betrachtet. Zum einen, weil die Großen, die High-School-Jungs und die noch älteren, auf der Freifläche dahinter immer immer Baseball spielen und die Großen die Kleinen gern verkloppen, warum, wusste keiner, es war wohl mal 'ne Abwechslung oder so. Aber das ist eigentlich kein Thema mehr, denn mit Baseball ist es für dieses Jahr vorbei, und die Großen sind wahrscheinlich längst in den Strawford Park weitergezogen, wo sie Touch-Football spielen werden, bis der erste Schnee fällt. (Und sobald der erste Schnee fällt, werden sie sich beim Eishockey mit ihren alten, immer wieder geflickten Schlägern gegenseitig die Köpfe einhauen). Nein, das Problem besteht eher darin, dass in Derry manchmal Kinder verschwinden, das ist in Derry so, und wenn sie verschwinden, werden sie zuletzt meist an abgelegenen Orten gesehen, wie etwa dem leer stehenden ehemaligen Lagerhaus der Gebrüder Tracker. Niemand spricht über diese unangenehme Tatsache, aber alle wissen davon.

Aber eine Möse ... nicht irgendeine fiktive *Penthouse*-Möse, sondern die reale Muschi eines Mädchens aus dieser Stadt ... das wäre doch was, das man sich ansehen muss. Das wäre echt eine Mordsgeschichte.

»Gebrüder Tracker?«, fragt Henry fassungslos. Sie sind jetzt stehen geblieben, stehen nicht weit von dem Gebäude entfernt, während auf der anderen Straßenseite die letzten Behindis faselnd und glotzend vorbeigehen. »Ich halte große Stücke auf dich, Jonesy, versteh mich bitte nicht falsch – wirklich *große* Stücke –, aber wieso sollte da drin ein Foto von Tina Jeans Möse sein?«

»Keine Ahnung«, sagt Jonesy, »aber Davey Trask hat es gesehen und gesagt, sie wäre das.«

»Ich weiß nicht, ob wir da reingehen sollten, Leute«, sagt Biber. »Ich meine, ich würde natürlich liebend gern mal die Möse von Tina Jean Slophanger –«

»*Schlossinger* –«

»– aber der Laden hier ist stillgelegt worden, da waren wir noch in der fünften Klasse oder so –«

»Biber –«

»– und da wimmelt es bestimmt von Ratten.«

»*Biber* –«

Aber Biber besteht darauf auszureden. »Und Ratten kriegen Tollwut«, sagt er. »Die kriegen alle Tollwut.«

»Wir müssen da nicht reingehen«, sagt Jonesy, und da schauen ihn die drei mit wiedererwecktem Interesse an. Ja, *dann* sieht die Sache natürlich gleich ganz anders aus.

Jonesy merkt, dass er ihre volle Aufmerksamkeit genießt. Er nickt und fährt fort: »Davey sagt, wir müssen nur bei der Auffahrt rumgehen und in das dritte oder vierte Fenster gucken. Da war früher das Büro von Phil und Tony Tracker. An der Wand hängt immer noch ein schwarzes Brett. Und Davey sagt, an dem schwarzen Brett sind nur zwei Sachen: eine Landkarte von Neuengland, auf der die ganzen Lasterrouten verzeichnet sind, und ein Bild von Tina Jean Schlossinger, wie sie ihre Pussi herzeigt.«

Sie schaun ihn alle gebannt an, und Pete stellt die Frage, die allen auf der Zunge liegt. »Ist sie nackt?«

»Nein«, muss Jonesy zugeben. »Davey sagt, man könnte nicht mal ihre Titten sehn, aber sie hält sich den Rock hoch und hat keinen Schlüpfer an, und man kann es ganz deutlich sehn.«

Pete ist zwar enttäuscht, dass die diesjährige Homecoming Queen der Tigers nicht splitterfasernackt ist, dass sie sich aber den Rock hochhält, entflammt sie alle, spricht eine dunkel geahnte Vorstellung davon an, wie Sex wirklich funktioniert. Ein Mädchen konnte sich schließlich den Rock hochhalten; das konnte jedes Mädchen.

Jetzt stellt nicht einmal Henry mehr Fragen. Nur von Biber kommt jetzt noch eine Frage. Er fragt Jonesy, ob sie da auch bestimmt nicht hineingehen müssen, um das zu sehen. Da gehen sie schon auf die Auffahrt zu und laufen dann um das Gebäude herum auf die Freifläche, unaufhaltsam und blindlings wie eine Springflut.

5

Pete trank sein zweites Bier aus und warf die Flasche weit in den Wald hinein. Jetzt ging es ihm besser, und er stand vorsichtig auf und wischte sich den Schnee vom Hintern. Hatte sich sein Knie ein wenig entspannt? Es kam ihm so vor. Es sah natürlich schrecklich aus – sah aus, als würde da unter der Hose ein Hefeteig aufgehen –, fühlte sich aber ein bisschen besser an. Trotzdem ging er vorsichtig und ließ die Plastiktüte mit dem Bier lose neben sich baumeln. Da nun die leise, aber übermächtige Stimme, die darauf bestanden hatte, er müsse ein Bier trinken, zum Schweigen gebracht war, machte er sich wieder Sorgen um die Frau und hoffte, sie hätte gar nicht bemerkt, dass er fort war. Er würde langsam gehen und alle fünf Minuten oder so stehen bleiben und sich das Knie massieren (und ihm vielleicht gut zureden, es ermutigen, eine verrückte Idee, aber hier draußen kriegte das ja keiner mit, und schaden konnte es nicht), und so würde er zu der Frau zurückkehren. Dann würde er noch ein Bier trinken. Er schaute sich nicht zu dem umgestürzten Scout um und sah nicht, dass er DUDDITS in den Schnee geschrieben hatte, immer und immer wieder, während er dagesessen und an diesen Tag im Jahr 1978 gedacht hatte.

Einzig Henry hatte gefragt, warum das Bild der kleinen Schlossinger im leer stehenden Büro einer stillgelegten Spedition hängen sollte, und mittlerweile war Pete der Meinung, dass Henry nur gefragt hatte, um seiner Rolle als Cliquenskeptiker gerecht zu werden. Und bestimmt hatte er das nur einmal gefragt; die anderen, die hatten es einfach *geglaubt* – und warum denn auch nicht? Mit dreizehn hatte Pete schließlich sein halbes Leben lang auch an den Weihnachtsmann geglaubt. Und außerdem –

Pete blieb kurz vor der Hügelkuppe stehen, nicht, weil ihm die Puste ausgegangen wäre oder er einen Krampf im Bein bekommen hätte, sondern weil er plötzlich ein leises Summen im Kopf spürte, wie von einem Transformator, nur dass es etwas Rotierendes an sich hatte, ein leises *Dud-dud-dud*. Und nein, es war auch nicht »plötzlich« gekommen; er hatte so das Gefühl, das Geräusch schon eine ganze Weile zu hören und jetzt erst richtig wahrzunehmen. Und dann waren ihm ja auch so merkwürdige Gedanken gekommen. Die Sache mit Henrys Parfum zum Beispiel ... und Marcy. Eine gewisse Marcy. Er glaubte nicht, eine Marcy zu kennen, aber der Name schwirrte ihm plötzlich im Kopf herum, zum Beispiel als *Marcy, ich brauche dich* und als *Marcy, ich will dich* und vielleicht auch als *verdammt noch mal, Marcy, bring mir die Sodaflasche*.

Er blieb dort stehen und leckte sich über die trockenen Lippen, und die Tüte mit dem Bier hing ruhig neben ihm. Er schaute zum Himmel und war sich plötzlich sicher, dass er dort Lichter sehen würde ... und tatsächlich waren sie da, aber nur zwei und auch nur sehr matt.

»Sag Marcy, sie sollen mir eine Spritze geben«, sagte Pete, in der Stille jedes Wort ganz genau betonend, und wusste, dass es genau die richtigen Worte waren. Er hätte nicht sagen können, *warum* oder *inwiefern* sie richtig waren, aber ja, das waren die Worte in seinem Kopf. War das der Klick, oder hatten die Lichter diese Gedanken ausgelöst? Pete wusste es nicht.

»Vielleicht weder noch«, sagte er.

Pete merkte, dass es aufgehört hatte zu schneien. Die Welt um ihn her zeigte nur drei Farben: das Dunkelgrau des Himmels, das tiefe Grün der Tannen und das makellose Weiß des Neuschnees. Und es war mucksmäuschenstill.

Pete legte den Kopf erst auf die eine Seite und dann auf die andere und lauschte. Ja, vollkommene Stille. Es war kein

Laut mehr zu hören, und das Summen hatte ebenso aufgehört wie der Schneefall. Als er hochschaute, sah er, dass auch die blass glimmenden Lichter verschwunden waren.

»Marcy?«, fragte er, als würde er jemanden rufen. Ihm kam in den Sinn, dass Marcy vielleicht der Name der Frau war, die den Unfall verursacht hatte, aber diese Idee verwarf er gleich wieder. Diese Frau hieß Becky, das wusste er so genau, wie er damals auch den Namen der Immobilienmaklerin gewusst hatte. Marcy war jetzt nur ein Wort, und es sagte ihm nichts. Wahrscheinlich hatte er einfach nur einen Hirnkrampf. Es wäre nicht der erste gewesen.

Er erklomm den Hügel und ging auf der anderen Seite wieder hinunter, und seine Gedanken kehrten zu dem Tag im Herbst 1978 zurück, zu dem Tag, an dem sie Duddits kennen gelernt hatten.

Er war schon fast am Anfang des geraden Straßenstücks angelangt, als sein Knie mit einem Mal einknickte, diesmal nicht blockierte, nein, es schien zu explodieren wie ein Knorren in einem Kiefernscheit, wenn das Feuer ihn erreicht.

Pete kippte bäuchlings in den Schnee. Er hörte nicht, dass die Bud-Flaschen in der Tüte (alle bis auf zwei) zerbrachen. Dazu schrie er zu laut.

KAPITEL 6

Duddits, Teil II

1

Henry ging schnellen Schritts in Richtung ihrer Hütte los, und als Schneefall und auch Wind nachließen, fing er zu joggen an. Er war jahrelang gejoggt und fiel wie selbstverständlich in diesen Trab. Vielleicht würde er es hin und wieder etwas langsamer angehen lassen müssen, aber das glaubte er eigentlich nicht. Er war Straßenrennen gelaufen, über mehr als neun Meilen – allerdings war das auch schon ein paar Jahre her und hatten damals keine zehn Zentimeter Schnee gelegen. Aber worüber sollte er sich Sorgen machen? Dass er stürzen und sich die Hüfte brechen würde? Dass er einen Herzinfarkt erleiden könnte? Mit siebenunddreißig war ein Herzinfarkt unwahrscheinlich, und selbst wenn er in dieser Hinsicht gefährdet wäre, wäre es doch lächerlich, sich deshalb den Kopf zu zerbrechen, nicht wahr? Angesichts dessen, was er vorhatte? Also weshalb sollte er sich Sorgen machen?

Wegen Jonesy und Biber. Das wirkte auf den ersten Blick ebenso lächerlich wie die Sorge, man würde hier mitten in der Wildnis einen fatalen Herzinfarkt erleiden – die Schwierigkeiten lagen hinter ihm, bei Pete und dieser merkwürdigen, schon halb im Koma liegenden Frau, und nicht vor ihm in ihrer Hütte ... nur dass es in ihrer Hütte tatsächlich Schwierigkeiten gab, große Schwierigkeiten. Er hätte nicht sagen können, woher er das wusste; er wusste es einfach und zweifelte nicht daran. Schon bevor ihm die Tiere begegneten, die alle in die entgegengesetzte Richtung eilten und ihn kaum eines Blickes würdigten, wusste er es.

Ein- oder zweimal schaute er zum Himmel und suchte

nach diesen rätselhaften Lichtern, konnte aber keine entdecken, und dann schaute er nur noch geradeaus und musste hin und wieder einen Schlenker machen, um den Tieren auszuweichen. Sie flohen nicht direkt in wilder Panik, aber ihr Blick hatte etwas Merkwürdiges, Unheimliches, das Henry noch nie gesehen hatte. Einmal musste er einen kleinen Satz machen, sonst hätten ihn zwei dahineilende Füchse förmlich über den Haufen gelaufen.

Acht Meilen noch, sagte er sich. Das wurde sein Jogging-Mantra, anders als die, die ihm normalerweise beim Laufen durch den Kopf gingen (meistens waren es Kinderreime), aber so anders nun auch nicht – es war dasselbe Schema. *Acht Meilen noch, acht Meilen noch nach Banbury Cross*. Aber nicht nach Banbury Cross, sondern bis zu Mr Clarendons alter Jagdhütte – die jetzt Bibers Jagdhütte war –, und kein Steckenpferd trug ihn dorthin. Was war denn überhaupt ein Steckenpferd? Musste wohl was Englisches sein. Und was um Himmels willen ging hier vor sich? Die Lichter, diese Flucht in Zeitlupe (du lieber Gott, was war denn das da linker Hand im Wald? War das jetzt wirklich ein *Bär?*), die Frau, die einfach so auf der Straße hockte und einen Großteil ihrer Zähne und ihres Verstands eingebüßt hatte? Und dann diese *Fürze*, du lieber Gott. Das Einzige, was dem auch nur entfernt ähnelte, war der Atem eines Patienten, den er einmal behandelt hatte, eines Schizophrenen mit Darmkrebs. *Immer dieser Geruch*, hatte ein befreundeter Internist zu Henry gesagt, als Henry versucht hatte, es zu beschreiben. *Die können sich ein Dutzend Mal am Tag die Zähne putzen und jede Stunde mit Mundwasser gurgeln, und dieser Geruch kommt trotzdem durch. Man riecht, dass sich der Körper selber auffrisst, denn das ist Krebs letztlich, wenn man die einzelnen Erscheinungsformen mal beiseite lässt: Autokannibalismus.*

Sieben Meilen noch, sieben Meilen noch, und alle Tiere fliehen, alle Tiere laufen nach Disneyland. Und dort angekommen, tanzen sie dann eine Polonäse und singen: »It's A Small World After All.«

Das rhythmische, gedämpfte Stampfen seiner Stiefel. Seine Brille, die auf dem Nasenrücken federte. Sein Atem, den er in kalten Dampfschwaden ausstieß. Aber jetzt war ihm warm, und er fühlte sich gut; er bekam das Endorphin zu spüren. Was auch sonst mit ihm nicht stimmen mochte – daran herrschte kein Mangel; er war zwar selbstmordgefährdet, aber an Dysthymie litt er nicht.

Dass zumindest einige seiner Probleme – die körperlich empfundene, die emotionale Leere, die ihm wie das Verlorensein in einem Schneegestöber vorkam – auch körperliche, hormonelle Ursachen hatten: daran hatte er keinen Zweifel. Dass man gegen diese Probleme angehen konnte, wenn man sie vielleicht auch nicht gänzlich beheben konnte, und zwar mit Tabletten, die er anderen schon in rauen Mengen verschrieben hatte – auch das bezweifelte er nicht. Doch im Gegensatz zu Pete, der zweifellos wusste, dass ihm ein Entzug und jahrelange AA-Treffen bevorstanden, wollte Henry nicht kuriert werden, war aus irgendeinem Grund davon überzeugt, dass ihn das nicht heilen, sondern um etwas berauben würde.

Er fragte sich, ob Pete sein Bier holen gegangen war, und wusste, dass die Antwort darauf wahrscheinlich ja lautete. Henry hätte vorgeschlagen, es mitzunehmen, wenn er daran gedacht hätte, was eine so riskante Rückkehr zum Auto (riskant sowohl für die Frau wie auch für Pete selbst) überflüssig gemacht hätte, aber er war ziemlich neben der Spur gewesen und hatte nicht an das Bier gedacht.

Aber Pete hatte bestimmt daran gedacht. Konnte Pete den Weg hin und zurück mit seiner Knieverletzung schaffen? Es war möglich, aber Henry hätte nicht darauf gewettet.

Sie sind wieder da!, hatte die Frau geschrien, als sie zum Himmel gesehen hatte. *Sie sind wieder da! Sie sind wieder da!*

Henry senkte den Kopf und legte einen Zahn zu.

2

Sechs Meilen noch, sechs Meilen noch nach Banbury Cross. Waren es nur noch sechs, oder war er da zu optimistisch? Ließ er den Endorphinen zu freien Lauf? Na, wennschon. Optimismus konnte jetzt nicht schaden. Es hatte fast aufgehört zu schneien, und der Strom von Tieren war abgeebbt, und auch das war gut so. Nicht so gut hingegen waren die Gedanken, die ihm jetzt durch den Kopf gingen und zusehends weniger von ihm selbst zu stammen schienen. Becky zum Beispiel. Wer war Becky? Der Name hallte ihm mit einem Mal im Kopf wider, war zu einem Teil seines Mantras geworden. Er nahm an, dass es die Frau war, die er fast überfahren hatte. *Wessen kleines Mädchen bist du denn? Becky, ich bin doch die Becky, die hübsche Becky Shue.*

Nur dass sie nicht hübsch war, gar nicht hübsch. Eine stinkende Fettsau, das war sie, und befand sich nun in Pete Moores alles andere als verlässlicher Obhut.

Sechs. Sechs. Sechs Meilen noch nach Banbury Cross.

Stetig joggend – so stetig es bei diesen Bodenverhältnissen eben ging –, hörte er andauernd fremde Stimmen in seinem Kopf. Nein, nur eine davon war ihm wirklich fremd, und das war auch eigentlich keine Stimme, sondern eine Art rhythmisches Summen: *Wessen kleines Mädchen, wessen kleines Mädchen, die hübsche Becky Shue.*

Die übrigen Stimmen kannte er oder kannten seine Freunde. Eine war eine Stimme, von der Jonesy ihm erzählt hatte, eine Stimme, die er nach seinem Unfall gehört hatte und mit seinen ganzen Schmerzen assoziierte: *Hört auf, ich halt's nicht mehr aus, gebt mir 'ne Spritze, wo ist Marcy, ich will zu Marcy.*

Er hörte Bibers Stimme: *Guck mal im Nachttopf nach.*

Und Jonesy erwidern: *Wieso klopfen wir nicht einfach an der Badtür an und fragen ihn, wie's ihm geht?*

Die Stimme eines Fremden, der sagte, er müsse nur sein Geschäft erledigen, dann ginge es ihm gleich wieder besser ...

... aber das war kein Fremder, das war Rick, der Freund

der hübschen Becky. Rick wie? McCarthy? McKinley? McKeen? Henry war sich nicht sicher, tendierte aber zu McCarthy, wie Kevin McCarthy in diesem alten Horrorfilm über die Schoten aus dem Weltall, die sich in Menschenform verwandelten. Einer von Jonesys Lieblingsfilmen. Wenn er ein paar intus hatte und jemand diesen Film erwähnte, wartete Jonesy unweigerlich mit dem Schlüsselspruch daraus auf: »*Sie sind da! Sie sind da!*«

Die Frau, die zum Himmel sah und schrie: *Sie sind wieder da! Sie sind wieder da!*

Lieber Gott, so was hatte er ja seit seiner Kindheit nicht mehr erlebt, und diesmal war es *schlimmer*; es war, als wäre man an eine Stromleitung angeschlossen, die statt Elektrizität Stimmen führte.

Die vielen Patienten im Laufe der Jahre, die über Stimmen in ihrem Kopf geklagt hatten. Und Henry, der große Psychiater (der junge Mr Gott, wie ihn in frühen Jahren mal ein Patient in einem staatlichen Krankenhaus genannt hatte), hatte genickt, als hätte er gewusst, wovon sie sprachen. Hatte sich tatsächlich eingebildet zu wissen, wovon sie sprachen. Und vielleicht wusste er es erst jetzt.

Stimmen. Er lauschte ihnen so angestrengt, dass ihm das *Wupp-wupp-wupp* des Hubschraubers entging, der über ihn hinwegflog, eine dunkle, huschende Haifischgestalt, von den Wolken kaum verborgen. Dann wurden die Stimmen leiser, sie klangen wie Funksignale von weither, wenn es Tag wird und sich die Atmosphäre wieder mit störenden Signalen füllt. Zuletzt war da nur noch die Stimme seiner eigenen Gedanken, die darauf beharrte, dass in ihrer Hütte etwas Schreckliches passiert war oder gerade passierte, dass etwas ähnlich Schreckliches beim Scout oder dem Holzfällerschuppen passiert war oder gerade passierte.

Fünf Meilen noch. Fünf Meilen noch.

Um nicht an den Freund hinter sich oder die Freunde vor sich zu denken oder daran, was um ihn her vorging, ließ er seine Gedanken dorthin schweifen, wo Pete schon in Gedanken gewesen war: ins Jahr 1978, zu den Gebrüdern Tracker und zu Duddits. Inwiefern Duddits Cavell etwas mit diesem ganzen Kackorama zu tun haben konnte, verstand Henry nicht, aber sie hatten alle an ihn gedacht, und Henry brauchte die alte Geistesverbindung nicht mal, um das zu wissen. Pete hatte Duddits erwähnt, als sie die Frau auf der Plane zum Holzfällerschuppen geschleift hatten, Biber hatte gerade neulich erst über Duddits gesprochen, als er mit Henry im Wald unterwegs gewesen war – an dem Tag, an dem Henry seinen Hirsch erlegt hatte. Der Biber hatte in Erinnerungen daran geschwelgt, wie die vier Duddits in dem einen Jahr nach Bangor zum Weihnachtsbummel mitgenommen hatten. Da hatte Jonesy gerade seinen Führerschein gemacht; in diesem Winter hätte er jeden überallhin gefahren. Der Biber hatte darüber gelacht, wie sich Duddits gesorgt hatte, den Weihnachtsmann gäbe es gar nicht, und wie sie alle – High-School-Bengel mittlerweile, die sich einbildeten, ihnen stünde die ganze Welt offen – versucht hatten, Duddits wieder davon zu überzeugen, dass es den Weihnachtsmann wirklich gäbe. Was ihnen natürlich auch gelungen war. Und vergangenen Monat hatte Jonesy Henry betrunken aus Boston angerufen (Trunkenheit kam bei Jonesy viel seltener vor als bei Pete, zumal seit seinem Unfall, und es war der einzige rührselige Suffanruf gewesen, den Henry je von ihm bekommen hatte) und ihm gesagt, er hätte in seinem ganzen Leben nichts getan, was so schlicht und einfach gut gewesen sei wie das, was sie damals, 1978, für den armen Duddits Cavell getan hatten. *Das war unsere beste Zeit,* hatte Jonesy am Telefon gesagt, und mit einem Mal fiel Henry ein, dass er genau das auch zu Pete gesagt hatte. Duddits, Mann. Ich sage nur: Duddits.

Fünf Meilen noch ... oder vielleicht auch vier. Fünf Meilen noch ... oder vielleicht auch vier.

Sie waren dorthin gegangen, um sich das Bild der Möse eines Mädchens anzusehen, das angeblich in einem verwaisten Büro am schwarzen Brett hing. Henry konnte sich nach all den Jahren nicht mehr an den Namen des Mädchens erinnern, nur dass sie die Freundin von diesem Schwein Grenadeau gewesen war und 1978 die Homecoming Queen der Derry High School. Das hatte die Aussicht, ihre Möse zu sehen, besonders reizvoll gemacht. Und als sie dann in die Auffahrt gekommen waren, hatten sie ein hingeworfenes rot-weißes Trikot der Derry Tigers gesehen. Und ein Stückchen weiter die Auffahrt hoch hatte noch etwas anderes gelegen.

Ich hasse diese Scheiß-Serie. Die haben ja immer die gleichen Klamotten an, hatte Pete gesagt, und Henry hatte eben den Mund aufgemacht, um etwas darauf zu erwidern, aber ehe er dazu kam ...

»Schrie der Kleine«, sagte Henry. Er rutschte im Schnee aus, schlitterte ein wenig, lief dann weiter und erinnerte sich an diesen Oktobertag unter dem weißen Himmel. Er lief weiter und erinnerte sich an Duddits. Wie Duddits geschrien und ihrer aller Leben verändert hatte. Zum Besseren, hatten sie immer geglaubt, aber nun kamen Henry da Zweifel.

Gerade in diesem Moment kamen ihm da ziemlich große Zweifel.

3

Als sie zur Auffahrt kommen – die nicht mehr viel hermacht, mittlerweile sind auch die gekiesten Fahrspuren mit Unkraut überwuchert –, geht Biber voran. Biber hat tatsächlich buchstäblich Schaum vorm Mund. Nach Henrys Vermutung ist Pete fast genauso außer sich, kann es aber besser verbergen, obwohl er ein Jahr jünger ist. Biber hingegen platzt förmlich vor Neugier. Henry hätte fast gelacht, so bezeichnend fand er das, und dann bleibt Biber so abrupt stehen, dass Pete fast in ihn hineinläuft.

»Hey!«, sagt Biber. »Mich laust der Affe! Ein Kindertrikot!«

Ja, tatsächlich. Rot-weiß und nicht alt und schmutzig, als hätte es schon tausend Jahre dort gelegen. Nein, es sieht fast neu aus.

»Ein Trikot – na und?«, meint Jonesy. »Gehn wir –«

»Moment mal«, sagt der Biber. »Das ist ein gutes Trikot.«

Als er es aber aufhebt, sehen sie, dass das nicht stimmt. Es ist durchaus neu – es ist ein brandneues Trikot der Derry Tigers, mit der Nummer 19 hintendrauf. Pete interessiert sich nicht die Bohne für Football, aber die anderen erkennen darin Richie Grenadeaus Spielernummer. Aber gut ist es nicht – nicht mehr. Es hat hinten am Kragen einen tiefen Riss, als hätte der Mensch, der es trug, versucht wegzulaufen, während man ihn am Schlafittchen gepackt hatte.

»Da habe ich mich wohl geirrt«, sagt Biber enttäuscht und lässt es wieder fallen. »Gehn wir.«

Doch kurz darauf finden sie schon wieder etwas – und diesmal ist es gelb und nicht rot, dieses knallige Plastikgelb, das nur Kinder mögen. Henry trottet vor den anderen her und hebt es auf. Es ist eine Lunchbox mit Scooby Doo und seinen Freunden drauf, die alle gerade aus so etwas wie einem Geisterhaus fliehen. Wie auch das Trikot sieht die Schachtel neu aus und nicht so, als hätte sie schon länger hier draußen gelegen, und mit einem Mal kommt Henry die ganze Sache nicht geheuer vor, und er wünscht sich, sie hätten keinen Abstecher zur Auffahrt dieses verlassenen Gebäudes gemacht ... oder hätten es sich für ein andermal aufgehoben. Doch auch schon mit vierzehn ist ihm klar, dass das Blödsinn ist. Wenn es um Mösen geht, denkt er, packt man es entweder an, oder man lässt es bleiben; das hebt man sich nicht für ein andermal auf.

»Ich hasse diese Scheiß-Serie«, sagt Pete und betrachtet über Henrys Schulter die Lunchbox. »Die haben immer die gleichen Klamotten an, ist dir das schon mal aufgefallen? Die tragen echt in jeder Folge die gleichen Sachen.«

Jonesy nimmt Henry die Scooby-Doo-Lunchbox ab und dreht sie um, weil er gesehen hat, dass auf der Unterseite ein Aufkleber ist. Dieser wilde Blick ist aus Jonesys Augen gewichen, er hat die Stirn leicht gerunzelt, und Henry hat so das Gefühl, auch Jonesy wünscht sich, sie wären weitergegangen und hätten Zwei-gegen-zwei gespielt.

Auf dem Klebeetikett steht: ICH GEHÖRE DUDDITS CAVELL, 19 MAPLE LANE, DERRY, MAINE. WENN SICH DER JUN-

GE, DEM ICH GEHÖRE, VERLAUFEN HAT, RUFEN SIE BITTE
949 1864 AN. DANKE!

Henry macht den Mund auf, um zu sagen, dass die Lunchbox und das Trikot wohl einem Kind gehören, das auf die Behindi-Akademie geht – das ist ihm klar, seit er diesen Aufkleber gesehen hat, der Text ähnelt dem auf der Hundemarke ihres Hundes –, doch ehe er dazu kommt, schreit jemand auf der anderen Seite des Gebäudes, da drüben, wo die Großen im Sommer immer Baseball spielen. Er klingt sehr gekränkt, dieser Schrei, aber was Henry dazu bringt, spontan loszulaufen, ist das Erstaunen, das darin mitklingt, das schreckliche Erstaunen eines Menschen, dem zum allerersten Mal im Leben wehgetan oder Angst eingejagt wird (oder beides).

Die anderen folgen ihm. Sie laufen die überwucherte rechte Fahrspur der Auffahrt hoch, die dem Gebäude am nächsten liegt, und zwar einer hinter dem anderen her: Henry, Jonesy, der Biber und Pete.

Sie hören herzhaftes, männliches Gelächter. »Nun mach! Iss!«, sagt jemand. »Wenn du das isst, kannst du gehn. Vielleicht gibt dir Duncan dann sogar deine Hose wieder.«

»Ja, wenn du –«, setzt ein anderer Junge, wohl Duncan, an, verstummt dann aber, als er Henry und seine Freunde sieht.

»Hey, ihr! Hört auf!«, schreit Biber. »Hört sofort auf damit!«

Duncans Freunde – es sind zwei, und beide tragen sie Jacken der Derry High School – merken, dass sie bei ihrem Nachmittagsvergnügen nicht mehr unbeobachtet sind, und drehen sich um. Zwischen ihnen auf dem Kies, nur mit Unterhose und einem Turnschuh bekleidet, das Gesicht mit Blut und Dreck und Rotze und Tränen verschmiert, kniet ein Junge, dessen Alter Henry nicht einschätzen kann. Mit seiner eben sprießenden Brustbehaarung ist er kein kleines Kind mehr, sieht aber trotzdem wie ein kleines Kind aus. Er hat hellgrüne Schlitzaugen, die in Tränen schwimmen.

Auf der roten Ziegelmauer hinter dieser kleinen Gruppe steht in großen, weißen, verblassenden Druckbuchstaben:

KEIN PRALL, KEIN SPIEL. Es soll wahrscheinlich bedeuten: Haltet euch beim Spielen mit den Bällen von diesem Gebäude fern und bleibt damit draußen auf der Freifläche, wo man die Trampelspuren zwischen den einzelnen Bases und den zerklüfteten Hügel der Wurfhöhe immer noch erkennen kann, aber wer weiß das schon? KEIN PRALL, KEIN SPIEL. In den folgenden Jahren werden sie das oft sagen; es wird eines der gemeinsamen Schlagworte ihrer Jugend werden und hat keine genau definierte Bedeutung. *Wer weiß?*, kommt dem vielleicht noch am nächsten. Oder *Was soll man da tun?* Man sagt es am besten mit einem Achselzucken, einem Lächeln und einer hilflosen Handbewegung.

»Was wollt *ihr* denn hier?«, fragt einer der großen Jungs den Biber. Über der linken Hand trägt er einen Schlag- oder vielleicht auch Golfhandschuh ... jedenfalls etwas Sportliches. Und darin hält er die getrocknete Hundekacke, die er versucht hat, an den fast nackten Jungen zu verfüttern.

»Was *macht* ihr da?«, fragt Jonesy entsetzt. »Das wollt ihr ihn essen lassen? Seid ihr nicht ganz richtig im Kopf?«

Der Junge, der die Hundekacke hält, hat ein breites weißes Pflaster auf dem Nasenrücken, und Henry lacht überrascht auf, als er ihn erkennt. Das ist doch einfach zu schön, oder? Sie sind hier, um sich die Möse der Homecoming Queen anzusehen, und da, bei Gott, ist der Homecoming King, dessen Footballsaison offensichtlich durch nichts Schlimmeres als eine gebrochene Nase beendet wurde und der sich gegenwärtig mit so etwas hier die Zeit vertreibt, während die übrige Mannschaft für das Spiel der Woche trainiert.

Richie Grenadeau hat nicht bemerkt, dass Henry ihn erkannt hat; er starrt Jonesy an. Weil er auf dem falschen Fuß erwischt wurde und weil Jonesys Empörung so ungeheuchelt klingt, weicht Richie erst mal einen Schritt zurück. Dann erst wird ihm bewusst, dass der Junge, der es gewagt hat, ihn in so tadelndem Ton anzusprechen, mindestens drei Jahre jünger und fünfundvierzig Kilo leichter ist als er. Die Hand, die eben noch gesunken ist, hebt sich wieder.

»Ich werde dieses Stück Scheiße an ihn verfüttern«, sagt er. »Dann kann er gehn. Und ihr Rotzlöffel macht besser die Biege, wenn ihr nicht die Hälfte abhaben wollt.«

»Ja, verpisst euch«, sagt der dritte Junge. Richie Grenadeau ist schon ein Schrank, aber dieser Junge ist noch größer, ein ein Meter fünfundneunzig großer Hüne, auf dessen Gesicht Akne blüht. »Solange ihr noch –«

»Ich weiß, wer du bist«, sagt Henry.

Richies Blick schwenkt zu Henry hinüber. Plötzlich wirkt er vorsichtiger ... aber er wirkt auch gereizt. »Verpiss dich, Kleiner. Das ist mein Ernst.«

»Du bist Richie Grenadeau. Von dir war ein Foto in der Zeitung. Was meinst du wohl, was die Leute sagen, wenn wir erzählen, wobei wir dich hier erwischt haben?«

»Ihr werdet keinem Menschen was erzählen, sonst seid ihr nämlich *tot*«, sagt der Junge namens Duncan. Er hat schmutzig blondes Haar, das ihm bis auf die Schultern reicht. »Haut ab. Verschwindet.«

Henry beachtet ihn nicht. Er starrt Richie Grenadeau an. Er verspürt keine Angst, obwohl diese drei Jungs sie zweifellos ungespitzt in den Boden rammen könnten; er glüht vor Empörung wie noch nie im Leben. Der Junge, der da am Boden kniet, ist zweifellos geistig zurückgeblieben, aber so zurückgeblieben ist er auch nicht, dass er nicht verstünde, dass diese drei großen Jungs vorhatten, ihm wehzutun, dass sie ihm das Trikot ausgezogen haben und dann –

Henry war in seinem ganzen Leben nicht so nah dran, richtig gründlich verdroschen zu werden, und nie hat es ihn weniger gekümmert. Er tritt einen Schritt vor und ballt die Fäuste. Der Junge da am Boden schluchzt und lässt den Kopf hängen, und das Schluchzen hallt in Henrys Kopf wider und speist seinen Zorn.

»Das erzähle ich«, sagt er. Das ist zwar eine kindische Drohung, aber als er es sagt, kommt er sich dabei gar nicht kindisch vor. Richie anscheinend auch nicht, denn Richie weicht einen Schritt zurück und lässt die Hand, in der er die getrocknete Hundekacke hält, wieder sinken. Zum ersten Mal wirkt er beunruhigt. »Drei gegen einen, gegen einen kleinen, behinderten Jungen. Na und ob ich das erzähle. Ich werde es allen erzählen, *und ich weiß, wer du bist!*«

Duncan und der große Junge – der als Einziger keine High-School-Jacke trägt – bauen sich links und rechts neben Richie auf. Der Junge in der Unterhose ist jetzt hinter ihnen, aber Henry kann immer noch das bebende, monotone Schluchzen hören, es ist in seinem Kopf, pocht in seinem Kopf und macht ihn *wahnsinnig*.

»Also gut, jetzt reicht's«, sagt der größte der Jungs. Er grinst und zeigt dabei mehrere Zahnlücken. »Jetzt machen wir euch kalt.«

»Pete, du rennst los, wenn die uns angreifen«, sagt Henry, ohne Richie Grenadeau dabei aus den Augen zu lassen. »Lauf nach Hause, und erzähl das deiner Mutter.« Und zu Richie: »Den kriegt ihr nicht. Der ist schnell wie der Wind.«

Petes Stimme klingt dünn, aber nicht ängstlich: »Da hast du Recht, Henry.«

»Und je schlimmer ihr uns verkloppt, desto schlimmer wird's für euch«, sagt Jonesy. Henry ist das längst klar, aber für Jonesy kommt es einer Offenbarung gleich; er muss sich das Lachen verkneifen. »Und wenn ihr uns kaltmacht, was habt ihr davon? Pete ist schnell, und er wird es allen erzählen.«

»Ich bin auch schnell«, sagt Richie kühl. »Ich hole ihn ein.«

Henry schaut erst Jonesy, dann den Biber an. Beide weichen sie nicht. Biber geht sogar noch weiter. Er bückt sich flink und hebt ein paar Steine auf – so groß wie Hühnereier, aber mit scharfen Kanten – und dreht sie in der Hand. Biber schaut mit zusammengekniffenen Augen zwischen Richie Grenadeau und dem größten der Jungs hin und her. Der Zahnstocher in seinem Mund wippt aggressiv auf und ab.

»Ziel auf Grenadeau, wenn sie angreifen«, sagt Henry. »Die anderen beiden holen Pete im Leben nicht ein.« Er schaut wieder zu Pete hinüber, der blass ist, aber nicht ängstlich wirkt – seine Augen leuchten, und er tänzelt fast auf den Fußballen und ist drauf und dran loszurennen. »Erzähl's deiner Ma. Sag ihr, wo wir sind und dass sie die Polizei schicken soll. Und vergiss auf keinen Fall den Namen von diesem Kinderquäler da.« Er zeigt mit der anklagenden Geste eines Staatsanwalts auf Grenadeau, der immer unsicherer blickt. Nein, mehr als nur unsicher. Ängstlich.

»Richie Grenadeau«, sagt Pete und fängt jetzt wirklich an zu tänzeln. »Das vergesse ich nicht.«

»Komm doch her, du Arsch mit Ohren«, sagt Biber. Das muss man dem Biber lassen: Er kennt die schönsten Schimpfwörter. »Ich brech dir gleich noch mal die Nase. Was für 'ne Memme bist du denn überhaupt, dass du mit 'ner gebrochenen Nase nicht mehr zum Football gehst?«

Grenadeau erwidert nichts – vielleicht weiß er nicht mehr, an wen er sich noch wenden soll –, und dann passiert etwas wirklich Wunderbares: Der andere Junge mit der High-School-Jacke, Duncan, guckt ebenfalls unsicher. Seine Wangen und seine Stirn haben sich gerötet. Er befeuchtet sich die Lippen und schaut unsicher zu Richie hinüber. Nur der Schlägertyp sieht noch gefechtsbereit aus, und Henry hofft beinahe, dass es zu einer Schlägerei kommen wird, Henry und Jonesy und der Biber werden sie richtig übel aufmischen, aber so *richtig* übel, einfach des *Weinens* wegen, dieses steinerweichenden *Weinens* wegen, das einem nicht mehr aus dem Kopf geht, das Poch-poch-poch dieses schrecklichen Weinens.

»Hey, Rich, vielleicht sollten wir –«, setzt Duncan an.

»Sie umbringen«, knurrt der Schlägertyp. »Hackfleisch aus ihnen machen.«

Er tritt einen Schritt vor, und fast wäre es jetzt losgegangen. Henry weiß, wenn der Schlägertyp auch nur einen Schritt weiter hätte gehen dürfen, dann hätte ihn Richie Grenadeau nicht mehr unter Kontrolle gehabt – wie ein fieser Pitbull, der sich von der Leine losreißt und auf sein Opfer losstürzt wie ein Pfeil aus Fleisch.

Aber Richie gestattet ihm diesen nächsten Schritt nicht, der dann einen plumpen Angriff ausgelöst hätte. Er hält den Schlägertyp am Unterarm zurück, der dicker ist als Henrys Bizeps und dicht mit rötlich goldenem Haar bewachsen. »Nein, Scotty«, sagt er. »Warte mal.«

»Ja, warte«, sagt Duncan und hört sich dabei fast ängstlich an. Er wirft Henry einen knappen Blick zu, den Henry, auch mit dreizehn schon, absurd findet. Es ist ein *vorwurfsvoller* Blick. Als wären es Henry und seine Freunde, die hier etwas Falsches tun.

»Was wollt ihr?«, fragt Richie Henry. »Sollen wir abhauen? Ist es das?«

Henry nickt.

»Und wenn wir gehen, was macht ihr dann? Wem erzählt ihr davon?«

Henry stellt etwas Unglaubliches an sich fest: Er ist genauso drauf und dran auszurasten wie Scotty, der Schlägertyp. Etwas in ihm will tatsächlich eine Schlägerei provozieren, will schreien: »ALLEN! ALLEN LEUTEN!« Er weiß, dass seine Freunde ihm beistehen und nie ein Wort darüber verlieren würden, selbst wenn man sie krankenhausreif schlüge.

Aber der Junge. Der arme, kleine, weinende, zurückgebliebene Junge. Sobald die großen Jungs mit Henry, Biber und Jonesy fertig wären (und mit Pete, wenn sie ihn kriegen würden), würden sie auch den zurückgebliebenen Jungen fertig machen, und dann würden sie es wahrscheinlich nicht dabei bewenden lassen, ihm ein getrocknetes Stück Hundescheiße aufzuzwingen.

»Keinem«, sagt er. »Wir erzählen es niemandem.«

»Du lügst«, sagt Scotty. »Das ist doch ein beschissener Lügner, Richie, schau ihn dir doch an.«

Scotty will wieder auf sie losgehen, aber Richie packt den Unterarm des großen Schlägertyps fester.

»Wenn keinem was passiert«, sagt Jonesy in erfreulich vernünftigem Ton, »gibt's auch nichts zu erzählen.«

Grenadeau wirft ihm einen Blick zu und schaut dann wieder Henry an. »Schwörst du das bei Gott?«

»Ich schwöre es bei Gott«, sagt Henry.

»Schwört ihr's alle bei Gott?«, fragt Grenadeau.

Jonesy, Biber und Pete schwören es brav bei Gott.

Grenadeau denkt für einen Augenblick, der ihnen sehr lang vorkommt, darüber nach. Dann nickt er. »Na gut. Scheiß drauf. Wir gehn.«

»Wenn sie was wollen, lauf hinten ums Gebäude rum«, sagt Henry zu Pete, ganz hastig, weil sich die großen Jungs schon in Bewegung gesetzt haben. Aber Grenadeau hat Scotty immer noch beim Unterarm gepackt, und Henry hält das für ein gutes Zeichen.

»Reine Zeitverschwendung«, sagt Richie Grenadeau in einem hochmütigen Ton, der Henry zum Lachen reizt ... Mit Müh und Not gelingt es ihm, ernst zu bleiben. Es wäre eine schlechte Idee, in diesem Augenblick zu lachen. Es ist fast vorbei. Etwas in ihm kann das gar nicht ausstehen, andererseits zittert er fast vor Erleichterung.

»Was willst du denn überhaupt?«, fragt ihn Richie Grenadeau. »Was soll das alles?«

Henry will selber Fragen stellen – will Richie Grenadeau fragen, wie er das tun konnte, und das wäre auch nicht rhetorisch gemeint. Dieses Weinen! Mein Gott! Aber er schweigt, denn er weiß, dass alles, was er sagen könnte, dieses Arschloch nur provozieren würde, und dann würde alles von vorne losgehen.

Jetzt läuft so eine Art Tanz hier ab, der fast so aussieht wie die Tänze, die man in der ersten und zweiten Klasse lernt. Während Richie, Duncan und Scott in Richtung Auffahrt gehen (sie schlendern und geben sich Mühe, so zu tun, als gingen sie aus freien Stücken und wären nicht von ein paar kleinen Schulkindern verjagt worden), drehen sich Henry und seine Freunde zunächst so um, dass sie sie dabei im Blick behalten, und treten dann in einer Reihe rückwärts vor den weinenden Jungen, der dort in seiner Unterhose hockt, um ihn vor den Großen abzuschirmen.

An der Ecke des Gebäudes bleibt Richie stehen und schaut sich noch ein letztes Mal zu ihnen um. »Wir sehn uns wieder«, sagt er. »Entweder einzeln oder alle zusammen.«

»Ja«, pflichtet Duncan bei.

»Und dann dürft ihr die Welt durch ein Sauerstoffzelt betrachten!«, fügt Scott hinzu, und da ist Henry wieder gefährlich nah dran, in Gelächter auszubrechen. Er hofft inständig, dass jetzt keiner seiner Freunde etwas sagt – es jetzt nicht noch zunichte macht –, und es sagt auch keiner was. Es kommt fast einem Wunder gleich.

Ein letzter drohender Blick von Richie, und sie sind um die Ecke verschwunden. Henry, Jonesy, Biber und Pete sind allein mit dem Jungen, der auf seinen schmutzigen Knien vor und zurück schaukelt, das schmutzige, blutige, tränenüberströmte, verständnislos blickende Gesicht zum weißen Himmel gerichtet wie das Zifferblatt einer kaputten Uhr, und alle fragen sie sich, was sie jetzt tun sollen. Mit ihm sprechen? Ihm sagen, dass alles gut sei, dass die bösen Jungs fort seien und die Gefahr vorbei? Das würde er nicht verstehen. Und dieses Weinen ist auch einfach so *krass*. Wie konnten die Jungs, auch wenn sie noch so fies und dumm waren, bei diesem Weinen weitermachen? Henry wird es später verstehen – oder fast –, aber in diesem Moment ist ihm das ein absolutes Rätsel.

»Ich probier mal was«, sagt Biber plötzlich.

»Ja, klar, mach«, sagt Jonesy. Seine Stimme klingt zittrig.

Der Biber geht vor und schaut sich dann zu seinen Freunden um. Es ist ein eigenartiger Blick, verschämt und trotzig und – ja, das würde Henry beschwören – auch hoffnungsvoll.

»Wenn ihr irgendwem erzählt, dass ich das gemacht habe«, sagt er, »rede ich kein Wort mehr mit euch.«

»Red keinen Scheiß«, sagt Pete, und auch seine Stimme klingt zittrig. »Wenn du ihn zum Schweigen bringen kannst, dann tu's!«

Biber steht für einen Moment, wo Richie stand, als er versuchte, die Hundekacke an den Jungen zu verfüttern, und kniet sich dann hin. Henry fällt auf, dass auf den Shorts des Jungen die Figuren aus der Zeichentrickserie *Scooby Doo* abgebildet sind, inklusive der *Mystery Machine*, dem Auto von Shaggy, genau wie auf seiner Lunchbox.

Dann nimmt Biber den weinenden, fast nackten Jungen in die Arme und fängt an zu singen.

4

Vier Meilen noch nach Banbury Cross ... oder vielleicht auch nur noch drei. Vier Meilen noch nach Banbury Cross ... oder vielleicht auch nur –

Henry rutschte erneut aus, und diesmal hatte er keine Chance, wieder ins Gleichgewicht zu kommen. Er war tief in Erinnerungen versunken, und ehe er daraus auftauchen konnte, flog er schon durch die Luft.

Er landete mit voller Wucht auf dem Rücken, und der Aufprall war so heftig, dass er ihm mit einem lauten, schmerzerfüllten Keuchen – »Ah!« – alle Luft aus der Lunge schlug. Schnee stob wie Puderzucker auf, und er schlug so hart mit dem Hinterkopf auf der Straße auf, dass er Sterne sah.

Er blieb für einen Moment liegen und gab eventuell gebrochenen Knochen reichlich Gelegenheit, sich zu melden. Als nichts passierte, griff er nach hinten und knuffte sein Kreuz. Schmerz, aber keine Todesqualen. Als sie mit zehn, elf Jahren den ganzen Winter über im Strawford Park Schlitten gefahren waren, hatte er schlimmere Stürze erlitten als diesen hier und war lachend wieder aufgestanden. Einmal, als Pete Moore, der Idiot, ihren Flexible Flyer steuerte und Henry hinter ihm saß, waren sie frontal gegen die große Kiefer unten am Hang, die alle Kinder Todesbaum nannten, gekracht und hatten lediglich ein paar Prellungen und gelockerte Zähne davongetragen. Das Dumme war nur, dass er seit geraumer Zeit nicht mehr zehn oder elf Jahre alt war.

»Komm hoch, Baby, dir fehlt nichts«, sagte er und setzte sich vorsichtig auf. Ein leichtes Stechen im Rücken, weiter nichts. Nur durchgerüttelt. Nichts verletzt, höchstens dein blöder Stolz, wie sie früher immer gesagt hatten. Trotzdem wollte er ein, zwei Minuten dort sitzen bleiben. Er lag gut in der Zeit und hatte sich eine Rast verdient. Und außerdem hatten die Erinnerungen ihn erschüttert. Richie Grenadeau, der blöde Richie Grenadeau, den sie, wie sich dann herausstellte, aus der Footballmannschaft *rausgeschmissen* hatten – das hatte mit der gebrochenen Nase gar nichts zu tun gehabt. *Wir sehn uns wieder,* hatte er zu ihnen gesagt, und vermutlich hatte er das auch ernst gemeint, aber die angedrohte Konfrontation fand nie statt, nein, fand nie statt. Stattdessen passierte etwas ganz anderes.

Und das alles war lange her. Jetzt erwartete ihn Banbury Cross – oder zumindest ihre Hütte –, und er hatte kein Steckenpferd, auf dem er dorthin reiten konnte, nur das Ross des armen Mannes: Schusters Rappen. Henry stand auf und fing eben an, sich den Schnee vom Hintern zu klopfen, als jemand in seinem Kopf aufschrie.

»*Au! Au! Au!*«, schrie er. Es klang wie aus einem Walkman, der auf Rockkonzertlautstärke gestellt war, war wie ein Gewehrschuss, der sich direkt hinter seinen Augen gelöst hatte. Er strauchelte rückwärts, streckte die Arme aus und versuchte, nicht das Gleichgewicht zu verlieren, und wäre er nicht in die steif vorragenden Äste einer Kiefer am linken Straßenrand gelaufen, dann wäre er bestimmt wieder hingestürzt.

Er löste sich aus der Umarmung des Baums, und ihm klangen immer noch die Ohren – Gott, ihm klang der ganze *Kopf* –, ging einen Schritt vor und konnte es kaum fassen, dass er noch am Leben war. Er berührte seine Nase, und als er die Hand wegnahm, war seine Handfläche voller Blut. In seinem Mund war etwas lose. Er hielt sich eine Hand davor, spuckte einen Zahn aus, schaute ihn verwundert an und warf ihn dann weg, seinem ersten Impuls widerstehend, ihn in die Manteltasche zu stecken. Soweit er wusste, ließen sich Zähne nicht wieder einsetzen, und er bezweifelte doch sehr, dass die Zahnfee bis hier heraus in die Wildnis kam.

Er wusste nicht mit Bestimmtheit, wer da geschrien hatte, hatte aber so eine Ahnung, dass Pete Moore gerade so richtig übel in der Scheiße steckte.

Henry lauschte, ob er noch andere Stimmen, andere Gedanken hörte, aber es kam nichts. Ausgezeichnet. Aber er musste schon zugeben, dass sich das hier, auch ungeachtet der Stimmen, zu einem ziemlich einmaligen Jagdausflug gemausert hatte.

»Lauf, mein Großer, lauft, ihr Huskys!«, sagte er und joggte wieder in Richtung ihrer Hütte los. Das Gefühl, dass dort etwas gar nicht stimmte, war übermächtiger denn je, und er konnte weiter nichts tun, als sich zu schnellem Trab anzuhalten.

Guck mal im Nachttopf nach.

Wieso klopfen wir nicht einfach an der Badtür an und fragen ihn, wie's ihm geht?

Hatte er diese Stimmen wirklich gehört? Ja, jetzt waren sie zwar fort, aber er hatte sie gehört, genau wie er diese schrecklichen Schmerzensschreie gehört hatte. Pete? Oder war es die Frau gewesen? Die hübsche Becky Shue?

»Pete«, sagte er, stieß das Wort in einer Dampfwolke aus. »Pete war's.« Immer noch nicht vollkommen sicher, aber doch ziemlich sicher.

Erst fürchtete er, er würde nicht wieder zu seinem Rhythmus finden können, doch dann, noch während er sich darüber Gedanken machte, hatte er ihn schon wieder – das Zusammenspiel seines hechelnden Atems und seiner hastenden Schritte, wunderbar in seiner Schlichtheit.

Drei Meilen noch nach Banbury Cross, dachte er. *Nach Hause. Genau wie wir Duddits an diesem Tag nach Hause gebracht haben.*

(Wenn ihr irgendwem erzählt, dass ich das gemacht habe, spreche ich kein Wort mehr mit euch.)

Henry kehrte zu diesem Oktobernachmittag zurück wie in einen Traum. Er fiel so schnell und so tief in den Brunnen der Vergangenheit, dass er die Wolke zunächst nicht bemerkte, die auf ihn zuraste, die Wolke, die nicht aus Worten oder Gedanken oder Schreien bestand, sondern nur aus ihrem rotschwarzen Selbst, einem Ding, das Ziele und Pläne hatte.

5

Biber tritt vor, zögert noch einen Moment, kniet sich dann hin. Der Behinderte sieht ihn nicht; er schreit und weint immer noch, die Augen zugepresst, die schmale Brust bebend.

Seine Unterhose sieht genauso lächerlich aus wie Petes alte Motorradjacke mit den vielen Reißverschlüssen dran, aber keiner der Jungs lacht. Henry will nur, dass der Kleine aufhört zu weinen. Dieses Weinen bringt ihn um.

Biber rutscht auf den Knien ein bisschen nach vorn und nimmt den weinenden Jungen dann in die Arme.

»*Guten Abend, gute Nacht, mit Rosen bedacht ...*«

Henry hat Biber noch nie singen hören, höchstens mal zum Radio mitsingen – die Clarendons sind ganz bestimmt keine Kirchgänger –, und ist verblüfft über die klare, schöne Tenorstimme seines Freunds. Ein gutes Jahr später wird der Biber in den Stimmbruch kommen, und anschließend wird seine Stimme kaum noch bemerkenswert sein, aber jetzt, auf der mit Unkraut überwucherten Freifläche hinter dem leer stehenden Gebäude, sind sie alle berührt davon und erstaunt darüber. Und auch der behinderte Junge reagiert darauf; er hört auf zu weinen und schaut Biber verwundert an.

»*Mit Näglein besteckt, schlupf unter die Deck'. Morgen früh, wenn Gott will, wirst du wieder geweckt. Morgen früh, wenn Gott will, wirst du wieder geweckt.*«

Als das Lied verklingt, hält für einen Moment die ganze Welt vor lauter Schönheit den Atem an. Henry ist den Tränen nah. Der behinderte Junge schaut Biber an, der ihn im Takt des Lieds in den Armen gewiegt hat. Sein tränenüberströmtes Gesicht zeigt glückseliges Erstaunen. Er hat seine aufgerissene Lippe vergessen und die Schramme auf seiner Wange, seine fehlende Kleidung und die verlorene Lunchbox. Zu Biber sagt er *Eehr*, eine Silbe, die alles Mögliche bedeuten könnte, aber Henry versteht ihn auf Anhieb und sieht, dass auch Biber ihn versteht.

»Mehr kann ich nicht«, sagt der Biber. Er bemerkt, dass er immer noch den Arm um die nackten Schultern des Jungen gelegt hat, und lässt ihn los.

Sofort verdüstert sich das Gesicht des Jungen, nicht vor Angst oder Bockigkeit, sondern schlicht vor Traurigkeit. Tränen treten ihm in die so erstaunlich grünen Augen und laufen in sauberen Spuren die schmutzigen Wangen hinab.

Er nimmt Bibers Hand und legt sich Bibers Arm wieder um die Schultern. »*Eehr! Eehr!*«, sagt er.

Biber schaut ihn entsetzt an. »Das ist das Einzige, was mir meine Mutter je vorgesungen hat«, sagt er. »Ich bin immer gleich eingeschlafen.«

Henry und Jonesy schauen einander an und brechen in Gelächter aus. Keine gute Idee, das jagt dem Jungen möglicherweise Angst ein, und dann fängt er wieder mit diesem schrecklichen Weinen an, aber sie können es sich einfach nicht verkneifen. Und der Junge weint auch nicht. Vielmehr lächelt er Henry und Jonesy an, ein heiteres Lächeln, das zwei Reihen dicht gedrängter Zähne zeigt, und schaut dann wieder Biber an. Weiter hält er Bibers Arm fest um seine Schultern gelegt.

»*Eeehr!*«, befiehlt er.

»Ach, was soll's, sing es halt noch mal«, sagt Pete. »Den Teil, den du kennst.«

Biber singt es schließlich noch dreimal, bis der Junge ihn damit aufhören lässt und den Jungs gestattet, ihm seine Hose und das zerrissene Trikot anzuziehen, das mit der Nummer von Richie Grenadeau drauf. Henry hat diesen schwermütigen Liederfetzen nie vergessen, und später ist er ihm bei den merkwürdigsten Gelegenheiten wieder eingefallen: nachdem er bei einer Verbindungsparty an der University of New Hampshire seine Unschuld verloren hatte, während ein Stockwerk tiefer *Smoke on the Water* aus den Boxen dröhnte; nachdem er die Zeitung auf der Seite mit den Nachrufen aufgeschlagen hatte und Barry Newman dort recht nett über seinem Doppel- und Vierfachkinn hatte lächeln sehen; als er seinen Vater gefüttert hatte, der im absolut unfairen Alter von dreiundfünfzig an Alzheimer erkrankt war, und sein Vater darauf bestanden hatte, Henry sei jemand namens Sam. »Ein echter Mann bezahlt seine Schulden, Sammy«, hatte sein Vater gesagt, und als er den nächsten Löffel Haferflocken in den Mund nahm, lief ihm Milch übers Kinn. Bei solchen Gelegenheiten fällt ihm das, was er Bibers Wiegenlied nennt, immer wieder ein und tröstet ihn vorübergehend. Kein Prall, kein Spiel.

Schließlich haben sie den Jungen bis auf einen roten Turnschuh fertig angezogen. Er versucht, ihn sich selbst anzuziehen, hält ihn dabei aber falsch herum.

Er ist nun wirklich ein verkorkster junger Amerikaner, und für Henry ist es unbegreiflich, wie die drei großen Jungs ihn so drangsalieren konnten. Selbst einmal von dem Weinen abgesehen, einem Weinen, wie Henry es noch nie gehört hat – weshalb sollte man so fies sein?

»Lass mich mal machen, Mann«, sagt Biber.

»Was mahn?«, fragt der Junge so lustig verdutzt, dass Henry, Jonesy und Pete wieder in Gelächter ausbrechen. Henry weiß, dass man nicht über Behinderte lachen soll, aber er kann es sich einfach nicht verkneifen. Der Junge hat einfach von Natur aus ein lustiges Gesicht, wie eine Zeichentrickfigur.

Biber lächelt nur. »Deinen Schuh, Mann.«

»Pass nich?«

»Nein, den kannst du so rum nicht anziehen, das ist imposible, Señor.« Biber nimmt ihm den Turnschuh ab, und der Junge sieht sehr aufmerksam zu, wie Biber seinen Fuß hineinschiebt, die Schnürsenkel vor der Schuhzunge straff zieht und den Schuh dann mit einer Schleife zubindet. Als er damit fertig ist, schaut sich der Junge noch für einen Moment die Schleife an und sieht dann zu Biber hoch. Dann legt er Biber die Arme um den Hals und setzt ihm einen dicken, lauten Schmatz auf die Wange.

»Wenn ihr das irgendwem erzählt –«, setzt Biber an, lächelt dann aber eindeutig erfreut.

»Ja, ja, dann redest du kein Wort mehr mit uns, du blöder Wichser«, sagt Jonesy grinsend. Er hat die Lunchbox mitgebracht, kniet sich jetzt vor den Jungen und hält sie ihm hin. »Ist das deine?«

Der Junge grinst vergnügt, als würde er einen alten Freund wiedertreffen, und schnappt sich die Box. »Uubi-uhbi-duh, wo bissuh?«, singt er. »Wih ham-etz wassu tun!«

»Stimmt«, sagt Jonesy. »Wir haben wirklich was zu tun. Wir müssen dich jetzt schnell nach Hause bringen. Douglas Cavell, so heißt du doch, oder?

Der Junge hält sich mit beiden schmutzigen Händen die Lunchbox vor die Brust. Dann knutscht er sie, genau wie er Bibers Wange geknutscht hat. »Ich Duddits!«, kräht er.

»Gut«, sagt Henry. Er nimmt eine Hand des Jungen, und Jonesy nimmt die andere, und gemeinsam helfen sie ihm hoch. Die Maple Lane ist nur drei Ecken weiter, und sie können in zehn Minuten da sein, immer vorausgesetzt, Richie und seine Freunde lauern ihnen nicht auf. »Wir bringen dich nach Hause, Duddits. Deine Mom macht sich bestimmt schon Sorgen.«

Doch erst schickt Henry Pete zur Ecke des Gebäudes, die Auffahrt auszuspähen. Als Pete wiederkommt und meldet, die Luft sei rein, gehen sie bis dorthin. Sobald sie erst mal auf dem Bürgersteig sind, wo man sie sehen kann, sind sie in Sicherheit. Aber bis dahin gehen sie kein Risiko ein. Henry schickt Pete ein zweites Mal los. Er soll die ganze Strecke bis zur Straße auskundschaften und pfeifen, wenn alles roger ist.

»Die sin weck«, sagt Duddits.

»Kann schon sein«, sagt Henry, »aber mir ist wohler, wenn Pete mal nachsieht.«

Duddits steht da ganz gelassen zwischen ihnen und betrachtet die Bilder auf seiner Lunchbox, während Pete loszieht, um sich umzusehen. Henry hat keine Skrupel, ihn loszuschicken. Er hat mit Petes Schnelligkeit nicht übertrieben; wenn Richie und seine Freunde versuchen sollten, ihn zu überfallen, wird Pete seinen Düsenantrieb anwerfen, und dann haben sie nicht den Hauch einer Chance.

»Magst du die Serie, Mann?«, fragt Biber und nimmt ihm die Lunchbox ab. Er spricht ganz ruhig mit ihm. Henry schaut interessiert zu und wartet gespannt, ob der behinderte Junge nach seiner Lunchbox schreien wird. Er schreit nicht.

»Inn Uuhbih-Duhs!«, sagt der behinderte Junge. Er hat goldenes, lockiges Haar. Henry wüsste immer noch nicht zu sagen, wie alt er ist.

»Ich weiß, das sind die Scooby Doos«, sagt der Biber geduldig. »Aber die ziehen sich nie um. Da hat Pete Recht. Ich meine, das ist doch arschkrass, oder etwa nicht?«

»Eenau!« Er streckt die Hände aus, und Biber gibt ihm die Lunchbox wieder. Der behinderte Junge schließt die Schachtel in die Arme und strahlt sie dann alle an. Er hat ein schönes Lächeln, denkt Henry und lächelt jetzt selber. Man muss dabei unwillkürlich daran denken, wie kalt einem ist, wenn man längere Zeit im Meer geschwommen ist, und wie warm einem wird, wenn man sich draußen dann ein Handtuch um die knochigen Schultern und den gänsehäutigen Rücken wickelt.

Jonesy lächelt ebenfalls. »Duddits«, sagt er, »welcher von denen ist denn der Hund?«

Der behinderte Junge schaut ihn an, immer noch lächelnd, jetzt aber auch verdutzt.

»Der *Hund*«, sagt Henry. »Welcher ist der *Hund*?«

Jetzt schaut der Junge Henry an und wirkt noch verdutzter.

»Welcher ist *Scooby*, Duddits?«, fragt Biber, und Duddits' Gesicht klart sich auf. Er zeigt auf den Hund.

»Uuhbie! Uuhbie-uuhbie-duh! *Er* is ein Hunt!«

Sie brechen alle in schallendes Gelächter aus, und Duddits lacht auch, und dann pfeift Pete. Sie gehen los und haben schon gut ein Viertel der Auffahrt hinter sich, als Jonesy sagt: »Wartet! Wartet mal!«

Er läuft zu einem der schmutzigen Bürofenster und späht hinein, schirmt dabei die Augen mit den Händen ab, und mit einem Mal fällt Henry wieder ein, weshalb sie eigentlich hier sind. Wegen der Pussi von dieser Tina Jean Soundso. Das alles kommt ihm vor, als wäre es tausend Jahre her.

Zehn Sekunden später ruft Jonesy: »Henry! Biber! Kommt her! Lasst den Jungen da!«

Biber läuft hin und stellt sich neben Jonesy. Henry wendet sich an den behinderten Jungen und sagt: »Bleib hier stehen, Duddits. Du bleibst mit deiner Lunchbox einfach hier, ja?«

Duddits sieht mit leuchtenden grünen Augen zu ihm hoch. Die Lunchbox hält er vor der Brust. Dann nickt er, und Henry läuft zu seinen Freunden an das Fenster. Sie müssen sich aneinander drängen, um alle sehen zu können, und Biber grummelt, jemand würde ihm auf die Füße treten, aber schließlich gelingt es ihnen. Eine Minute später oder so gesellt sich Pete, der vergebens am Bürgersteig auf sie gewartet hat, zu ihnen und schiebt sein Gesicht zwischen Henrys und Jonesys Schultern durch. Hier stehen vier Jungs an einem schmutzigen Bürofenster, drei schirmen die Augen gegen den Sonnenschein mit den Händen ab, und ein fünfter Junge steht hinter ihnen auf der mit Unkraut überwucherten Auffahrt, hält seine Lunchbox vor der schmalen Brust und schaut zum weißen Himmel hoch, wo die Sonne versucht, durch die Wolken zu dringen. Hinter der schmutzigen Fensterscheibe befindet sich ein leer stehendes Zimmer. Über den Boden verstreut liegen einige platt getretene weiße Kaulquappen, die Henry als Präser erkennt. An der Wand genau gegenüber hängt ein schwarzes Brett. Daran hängen eine Landkarte von Nord-Neuengland und das Polaroidfoto einer Frau, die ihren Rock hochhält. Ihre Pussi kann man allerdings nicht sehen, nur eine weiße Unterhose. Und sie ist auch kein Schulmädchen mehr. Sie ist alt, mindestens dreißig.

»Gütiger Gott«, sagt Pete schließlich und wirft Jonesy einen empörten Blick zu. »Und deshalb sind wir hierher gekommen?«

Für einen Moment ist Jonesy in die Defensive gedrängt, doch dann grinst er und zeigt mit dem Daumen hinter sich. »Nein«, sagt er. »Wegen *dem* da sind wir hierher gekommen.«

6

Henry wurde durch eine erstaunliche und völlig unerwartete Erkenntnis aus seinen Erinnerungen gerissen: Er hatte fürchterliche Angst, und das schon seit geraumer Zeit. Etwas Neues lauerte knapp unterhalb seiner Bewusstseinsschwelle, zurückgedrängt durch die lebhaften Erinnerungen daran, wie sie Duddits kennen gelernt hatten. Und jetzt war es mit einem Furcht einflößenden Schrei vorgestürmt und hatte sich bemerkbar gemacht.

Er blieb schlitternd mitten auf der Straße stehen, mit den Armen fuchtelnd und die Balance haltend, um nicht wieder in den Schnee zu fallen, und stand dann einfach nur da, keuchend und mit großen Augen. Was jetzt? Er war nur noch zweieinhalb Meilen von ihrer Hütte entfernt, war schon fast da, also: was, um Himmels willen, jetzt?

Da ist eine Wolke, dachte er. *Irgendeine Art von Wolke, das ist es. Ich weiß nicht, was es ist, aber ich kann es spüren – in meinem ganzen Leben habe ich noch nichts so deutlich gespürt. Zumindest seit ich erwachsen bin. Ich muss von der Straße runter. Ich muss hier weg. Ich muss raus aus diesem Film. In der Wolke ist ein Film. Einer dieser Filme, die Jonesy immer guckt. Ein gruseliger.*

»Das ist Blödsinn«, murmelte er und wusste doch, dass das nicht stimmte.

Er hörte das näher kommende Wespengesumm eines Motors. Es kam aus Richtung ihrer Hütte und näherte sich schnell, der Motor eines Schneemobils, bestimmt das Arctic Cat, das sie im Camp hatten ... aber es war auch die rotschwarze Wolke, in der der Film ablief, eine entsetzliche schwarze *Kraft,* die auf ihn zuraste. Das war nicht einfach nur ein Klick in seinem Kopf; es war wie die Faust eines versehentlich Beerdigten, die an den Sargdeckel pochte.

Für einen Augenblick war Henry starr vor hundert kindlichen Schrecken, Dinge unterm Bett und in Särgen, sich windende Würmer unter umgedrehten Steinen und das pelzige Gelee, das von einer längst zu Tode gebackenen Ratte übrig geblieben war, als sein Vater damals den Herd von der Wand gerückt hatte, um sich den Stecker anzusehen. Und vor Schrecken, die alles andere als kindlich waren: sein Vater, wie er sich in seinem eigenen Zimmer nicht mehr zurechtfand und vor Angst schrie; Barry Newman, der mit entsetztem Gesichtsausdruck aus Henrys Sprechzimmer stürmte, weil man ihn aufgefordert hatte, sich etwas zu stellen, das er sich nicht eingestehen wollte oder konnte; um vier Uhr früh mit einem Glas Scotch in der Hand dazusitzen, die ganze Welt wie eine Steckdose, aus der kein Saft mehr kam, sein eigenes Hirn wie eine tote Steckdose, und, o

Baby, noch tausend Jahre bis zum Morgengrauen, und alle Wiegenlieder abgesagt. Das alles war in der rotschwarzen Wolke, die auf ihn zuraste wie das fahle Pferd aus der Bibel, das alles und noch mehr. Alles Böse, das er je gemutmaßt hatte, kam jetzt auf ihn zu, nicht auf einem fahlen Pferd, sondern auf einem alten Schneemobil mit rostiger Motorhaube. Nicht der Tod, sondern etwas Schlimmeres als der Tod. Es war Mr Gray.

Runter von der Straße!, schrie es in seinem Kopf. *Sofort runter von der Straße! Versteck dich!*

Für einen Moment konnte er sich nicht bewegen – seine Füße waren schwer wie Blei. Die Wunde in seinem Oberschenkel, die der Blinkerhebel hinterlassen hatte, brannte fürchterlich. Jetzt wusste er, wie sich ein Hirsch fühlen musste, der im Scheinwerferlicht erstarrte, oder ein Backenhörnchen, das vor einem näher kommenden Rasenmäher dumm auf und ab hüpfte. Die Wolke hatte ihm die Fähigkeit geraubt, sich zu helfen. Er stand dort, wo sie jeden Moment langrasen würde, wie versteinert da.

Was ihn dann doch dazu brachte, sich zu bewegen, waren merkwürdigerweise ausgerechnet seine Selbstmordabsichten. Hatte er sich in fünfhundert schlaflosen Nächten zu dieser Entscheidung durchgerungen, nur um sich diese Möglichkeit dann von so einer blöden Schreckensstarre nehmen zu lassen? Nein, bei Gott, nein, das durfte nicht sein. Das Leiden war schon schlimm genug; aber es seinem verschreckten Körper zu gestatten, sich über dieses Leiden lustig zu machen, indem er sich versteifte, einfach nur dastand und sich von einem Dämon überfahren ließ ... nein, das konnte er nicht zulassen.

Deshalb bewegte er sich, aber es war, als würde er sich in einem Albtraum bewegen, würde sich durch Luft kämpfen müssen, die plötzlich die Konsistenz von Toffees hatte. Seine Beine hoben und senkten sich mit der Trägheit eines Unterwasser-Balletts. War er diese Straße entlanggelaufen? Wirklich *gelaufen?* Das erschien ihm jetzt unmöglich, egal wie deutlich er sich auch daran erinnerte.

Trotzdem bewegte er sich weiter, während das Motorengeräusch näher kam und zu stotterndem Heulen anwuchs. Er konnte sich an den Waldrand südlich der Straße retten. Er kam vielleicht fünf Meter weit, wo keine Schneeschicht mehr lag und die duftenden orangebraunen Nadeln nur von Schnee bestäubt waren. Dort fiel Henry auf die Knie, schluchzend vor Todesangst, und hielt sich die Hände vor den Mund, denn was war, wenn er das Schluchzen hörte? Es war Mr Gray, die Wolke war Mr Gray, und was war, wenn er es hörte?

Er kroch hinter den bemoosten Stamm einer Fichte, hielt sich daran fest und spähte am Stamm vorbei durch den wirren Schleier seiner verschwitzten Haare. Er sah ein helles Funkeln im dunklen Nachmittagslicht. Es zitterte, flackerte, wurde voller. Es wurde ein Scheinwerfer daraus.

Henry fing an, ohnmächtig zu stöhnen, als die Schwärze näher kam. Sie schien wie eine Sonnenfinsternis auf seinem Geist zu lasten, alle Gedanken zu verdunkeln und durch schreckliche Bilder zu ersetzen: Milch auf dem Kinn seines Vaters, der entsetzte Blick Barry Newmans, dürre Leiber und starrende Augen hinter Stacheldraht, ausgepeitschte Frauen und gehenkte Männer. Für einen Moment schien sein Weltverständnis wie eine umgedrehte Hosentasche von innen nach außen gekehrt, und ihm wurde klar, dass *alles* infiziert war ... oder sich infizieren ließ. *Alles*. Seine Gründe, einen Selbstmord zu erwägen, waren lächerlich angesichts dessen, was da auf ihn zuraste.

Er presste seinen Mund an den Baumstamm, um sich am Schreien zu hindern, spürte, wie seine Lippen einen Kussmund in das weiche Moos prägten, tief hinein, bis dort, wo es feucht war und nach Borke schmeckte. In diesem Moment rauschte das Schneemobil vorbei, und Henry erkannte die Gestalt darauf, die Person, von der die rotschwarze Wolke ausging, die Henrys Kopf nun wie ein Fieber erfüllte.

Er biss ins Moos, schrie gegen den Baum an, inhalierte Moospartikel, ohne es zu merken, und schrie dann wieder. Dann kniete er einfach da und hielt sich schlotternd am Baumstamm fest, während das Motorengeräusch des Schneemobils im Osten verklang. So hockte er immer noch, als nur noch ein lästiges Summen zu hören war; hockte dort immer noch, als es vollkommen verklungen war.

Pete ist da irgendwo, dachte er. *Ich gehe zu Pete und der Frau.*

Henry torkelte zurück auf die Straße und bekam gar nicht mit, dass er wieder aus der Nase blutete und dass er weinte. Er ging weiter in Richtung ihrer Hütte, obwohl er jetzt bestenfalls noch humpeln konnte. Aber das spielte nun auch keine Rolle mehr, denn im Camp war sowieso alles vorbei.

Was auch immer er an Schrecklichem gefühlt hatte – es war geschehen. Einer seiner Freunde war tot, einer lag im Sterben und einer, Gott stehe ihm bei, war ein Filmstar geworden.

KAPITEL 7

Jonesy und der Biber

1

Biber sagte es noch mal. Das war jetzt kein Biberismus, sondern einfach nur das Wort, das einem auf Anhieb einfiel, wenn man völlig fassungslos war und das Grauen, das man sah, nicht anders auszudrücken wusste. »Ach du *Scheiße*, Mann – *Scheiße*.«

Welche Schmerzen McCarthy auch gelitten hatte – er hatte sich die Zeit genommen, die beiden Leuchtstoffröhren neben dem verspiegelten Arzneischränkchen und die ringförmige Neonröhre unter der Decke anzuschalten. Das Licht war grell, und im Badezimmer sah es aus wie auf einem kriminalpolizeilichen Tatortfoto ... und dabei hatte es auch etwas leicht Surreales, denn das Licht schien nicht gleichmäßig; es flackerte eben genug, um daran zu erinnern, dass der Strom von einem Generator kam und nicht aus einer Leitung der Derry and Bangor Hydroelectric.

Die Bodenfliesen waren himmelblau. In der Nähe der Tür waren nur Blutflecken und -spritzer zu sehen, aber als sie der Toilette neben der Badewanne näher kamen, liefen die Flecken zu einem roten Rinnsal zusammen. Scharlachrote Kapillaren breiteten sich davon aus. Auf den Fliesen zeigten sich nun auch die Abdrücke ihrer Stiefel, die weder Jonesy noch Biber ausgezogen hatten. Auf dem Duschvorhang aus blauem Vinyl waren vier verschmierte Fingerabdrücke, und Jonesy dachte: *Er muss sich wohl am Vorhang festgehalten haben, als er sich zum Hinsetzen umgedreht hat.*

Ja, aber das war nicht das Schlimme. Viel schlimmer war, was Jonesy vor seinem geistigen Auge sah: wie McCarthy über die himmelblauen Fliesen getrippelt war, eine Hand am Hintern, und versucht hatte, etwas drinzubehalten.

»Ach du *Scheiße!*«, sagte Biber wieder, schluchzte förmlich. »Ich will das nicht sehn, Jonesy – Mann, ich *kann* das nicht sehn.«

»Wir müssen.« Er hörte sich selbst wie aus weiter Ferne sprechen. »Wir schaffen das, Biber. Wenn wir damals Richie Grenadeau und seinen Freunden gewachsen waren, dann stehen wir das hier auch durch.«

»Ich weiß nicht, Mann, ich weiß nicht ...«

Jonesy war sich da, ehrlich gesagt, auch nicht so sicher, nahm aber Biber an der Hand. Bibers Finger packten panisch fest zu, und gemeinsam gingen sie einen Schritt weiter. Jonesy versuchte dem Blut auszuweichen, aber das war schwierig; überall war Blut. Und nicht nur Blut.

»Jonesy«, sagte Biber mit trockener, fast flüsternder Stimme. »Siehst du das Zeug da am Duschvorhang?«

»Ja.« Auf den verschmierten Fingerabdrücken wuchsen Klümpchen rötlich goldenen Schimmels wie Mehltau. Auf dem Boden, nicht in dem breiten Blutrinnsal, sondern auf den schmalen Fugenstreifen, war noch mehr davon zu sehen.

»Was ist das?«

»Keine Ahnung«, sagte Jonesy. »Das gleiche Zeug, das er auch im Gesicht hat, schätze ich mal. Sei jetzt mal still.« Dann: »Mr McCarthy? ... Rick?«

McCarthy, der dort auf der Toilette saß, reagierte nicht. Aus irgendeinem Grund hatte er sich seine orangefarbene Mütze wieder aufgesetzt, deren Schirm nun etwas schräg vorragte. Davon abgesehen war er nackt. Sein Kinn lag, wie um eine Denkerpose zu parodieren, auf seinem Brustbein (aber vielleicht war es ja auch keine Parodie, wer wusste das schon?). Seine Augen waren fast geschlossen. Die Hände hielt er über seinem Unterleib zusammengepresst. Blut lief in stetem Strom am Toilettenbecken hinab, aber an McCarthy selbst konnte Jonesy kein Blut entdecken.

Dafür sah er etwas anderes: Die Haut über McCarthys Bauch hing in zwei schlaffen Lappen herab. Dieser Anblick erinnerte Jonesy an etwas, und einen Moment später fiel es ihm ein: So hatte Carlas Bauch immer ausgesehen, wenn sie gerade eines ihrer vier Kinder zur Welt gebracht hatte. Über McCarthys Hüfte, wo ein schmaler Rettungsring zu sehen war (und das Fleisch etwas ausgeleiert wirkte), war die Haut nur gerötet. Quer über den Bauch aber war sie in schmalen Striemen aufgeplatzt. Wenn McCarthy mit irgendwas schwanger gegangen war, dann musste es irgendeine Art von Parasit gewesen sein, ein Bandwurm oder Hakenwurm oder so etwas Ähnliches. Nur dass dort etwas aus seinem vergossenen Blut wuchs, und was hatte er noch gesagt, als er in Jonesys Bett gelegen und sich die Decke unters Kinn gezogen hatte? *Siehe, ich stehe vor der Tür und klopfe an.* Und Jonesy wünschte, er hätte nie auf dieses Anklopfen reagiert. Ja, er wünschte, er hätte McCarthy erschossen. Ja. Jetzt sah er da klarer. Er verfügte jetzt über die Hellsichtigkeit, die einen bei abgrundtiefem Entsetzen manchmal befällt, und in diesem Zustand wünschte er, er hätte McCarthy eine Kugel verpasst, bevor er die orangefarbene Mütze und die Warnweste gesehen hatte. Es hätte nicht schaden können und wäre vielleicht sogar gut gewesen.

»Von wegen – ich stehe an der Tür und klopfe an«, murmelte Jonesy.

»Jonesy? Lebt er noch?«

»Ich weiß nicht.«

Jonesy ging noch einen Schritt vor und spürte, wie Biber seine Hand losließ; der Biber war McCarthy offenbar so nah gekommen, wie er nur konnte.

»Rick?«, fragte Jonesy mit gedämpfter Stimme. Es war ein Weck-das-Baby-nicht-auf-Ton. Ein Ton wie bei einer Totenwache. »Rick, sind Sie –«

Unter dem Mann dort auf der Toilette erscholl ein lauter, widerlich feucht klingender Furz, und augenblicklich war das Zimmer erfüllt vom Gestank von Exkrementen und Modellbaukleber, der einem Tränen in die Augen trieb. Jonesy wunderte sich, dass sich der Duschvorhang dabei nicht auflöste.

Aus der Toilettenschüssel erklang ein Platschen. Nicht

das Aufplatschen von Scheiße – glaubte zumindest Jonesy. Es klang eher nach einem umherspringenden Fisch.

»Allmächtiger! *Stinkt* das!«, rief Biber. Er hielt sich die Hand vor Mund und Nase, und seine Worte waren gedämpft. »Aber wenn er furzen kann, muss er doch noch am Leben sein. Oder, Jonesy? Dann muss er doch noch –«

»Still«, sagte Jonesy ganz ruhig. Er staunte selbst, wie ruhig er war. »Sei still, ja?« Und der Biber schwieg.

Jonesy beugte sich vor. Jetzt konnte er alles sehen: den kleinen Blutfleck auf McCarthys rechter Augenbraue, die rote Wucherung auf seiner Wange, das Blut auf dem blauen Kunststoffvorhang, das Witzschild – LAMARS DENKSTÄTTE –, das dort schon gehangen hatte, als hier lediglich ein Chemieklo stand und man die Dusche voll pumpen musste, ehe man sie benutzen konnte. Er sah das matte, eisige Schimmern zwischen McCarthys Augenlidern und die Risse in seinen Lippen, die bei diesem Licht lila und leberkrank wirkten. Er roch den widerlichen Gestank des Gases, das McCarthy von sich gegeben hatte, und konnte es förmlich sehen, wie es in schmutzig dunkelgelben Schwaden aufstieg wie Senfgas.

»McCarthy? Rick? Hören Sie mich?«

Er schnipste vor den fast geschlossenen Augen mit den Fingern. Nichts. Er leckte sich den Handrücken an und hielt ihn McCarthy erst unter die Nase, dann vor den Mund. Nichts.

»Er ist tot, Biber«, sagte er und wich zurück.

»Red keinen Stuss«, entgegnete Biber. Er klang schroff, absurderweise beleidigt, als hätte McCarthy damit sämtliche Regeln der Gastfreundschaft missachtet. »Er hat doch gerade noch 'ne Wurst gelegt, das hab ich doch gehört.«

»Ich glaube nicht, dass das eine –«

Biber ging an ihm vorbei und stieß dabei Jonesys schlimme Hüfte so an das Waschbecken, dass es wehtat. »Jetzt reicht's, Mann!«, brüllte Biber. Er packte McCarthys runde, sommersprossige Schulter und rüttelte daran. »Reiß dich mal zusammen! Hey!«

McCarthy kippte langsam Richtung Badewanne, und für einen Moment dachte Jonesy, Biber hätte doch Recht gehabt, und der Mann wäre noch am Leben und würde versuchen aufzustehen. Dann fiel McCarthy vom Thron in die Badewanne und stieß dabei gegen den Duschvorhang, der sich blau blähte. Die orangefarbene Mütze fiel ihm vom Kopf. Sein Schädel knackte, als er auf dem Porzellan aufschlug, und dann schrien Jonesy und Biber und umklammerten einander, und ihre entsetzten Schreie waren in dem kleinen, gefliesten Raum ohrenbetäubend laut. McCarthys Hintern glich einem schiefen Vollmond mit einem riesigen blutigen Krater in der Mitte, so als wäre dort etwas mit großer Wucht eingeschlagen. Jonesy sah das nur für eine Sekunde, ehe McCarthy mit dem Gesicht voran in die Badewanne fiel und ihn der zurückfallende Duschvorhang verdeckte; aber in dieser einen Sekunde kam es ihm vor, als wäre dieses Loch mindestens dreißig Zentimeter groß. Konnte das sein? Dreißig Zentimeter? Unmöglich.

In der Toilettenschüssel platschte es wieder, diesmal so heftig, dass blutige Wasserspritzer auf der ebenfalls blauen Klobrille landeten. Biber war schon drauf und dran, sich vorzubeugen und hineinzugucken, aber Jonesy knallte instinktiv den Deckel auf die Brille. »Nein«, sagte er.

»Nein?«

»*Nein.*«

Biber wollte sich einen Zahnstocher aus der Brusttasche seines Overalls nehmen, bekam ein halbes Dutzend zu fassen und ließ sie auf den Boden fallen. Sie kullerten wie Mikadostäbe über die blutigen blauen Fliesen. Der Biber schaute sich das an und sah dann wieder zu Jonesy hoch. Er hatte Tränen in den Augen. »Wie Duddits, Mann«, sagte er.

»Um Himmels willen, wovon redest du?«

»Weißt du nicht mehr? Er war auch fast nackt. Diese Scheißkerle haben ihm sein Hemd und seine Hose weggenommen und nur seine Unterhose gelassen. Aber wir haben ihn gerettet.« Biber nickte energisch, als hätte Jonesy – oder irgendeine zweifelnde Stimme in ihm selbst – dem widersprochen.

Jonesy widersprach keineswegs, obwohl ihn McCarthy nicht im Mindesten an Duddits erinnerte. Er sah McCarthy immer noch vor sich, wie er schräg in die Badewanne kippte, wie ihm die orangefarbene Mütze vom Kopf fiel und die Fettpolster auf seiner Brust schwabbelten (*Fettlebetitten* nannte Henry die immer, wenn er sah, wie sie sich bei irgendeinem Mann unterm Polohemd abzeichneten). Und dann kehrte sich sein Arsch nach oben ins Licht – ins grelle Neonlicht, das nichts verbarg, sondern mit monotoner Stimme alles ausplauderte. Dieser kalkweiße unbehaarte Männerarsch, der eben anfing zu erschlaffen und sich auf die hinteren Oberschenkel zu senken; er hatte Tausende solcher Ärsche in den diversen Umkleideräumen gesehen, in denen er sich an- und ausgezogen und geduscht hatte, und bekam allmählich selbst so einen (oder hatte vielmehr so einen bekommen, doch sein Unfall hatte die Gestalt seines Hinterns wahrscheinlich für alle Zeit verändert), aber nie hatte er einen in dem Zustand gesehen, in dem sich McCarthys nun befand, einen, der aussah, als hätte darin etwas eine Leuchtkugel oder eine Schrotpatrone abgefeuert, um – tja, wozu?

In der Toilette erklang wieder ein dumpfes Platschen. Etwas rammte von unten gegen den Klodeckel. Da hatte er seine Antwort. Um herauszukommen natürlich.

Um herauszukommen.

»Setz dich drauf«, sagte Jonesy zu Biber.

»Hä?«

»Setz dich drauf!« Diesmal brüllte Jonesy, und Biber ließ sich schnell auf den geschlossenen Toilettendeckel fallen und schaute verwirrt. In dem nichts verbergenden Licht der Neonröhren sah Bibers Haut aschfahl aus und glich jede Bartstoppel einem Leberfleck. Seine Lippen waren lila. Über seinem Kopf hing das alte Witzschild LAMARS DENKSTÄTTE. Seine blauen Augen waren weit aufgerissen und blickten verängstigt.

»Ich sitze, Jonesy. Okay?«

»Ja, tschuldige, Biber. Bleib da einfach sitzen, ja? Was auch immer er in sich drin hatte – jetzt ist es gefangen. Das kann jetzt nur noch in den Klärbehälter. Ich bin gleich wieder da –«

»Wo willst du hin? Ich will nicht, dass du mich hier im

Scheißhaus mit einem Toten allein lässt, Jonesy. Wenn wir weglaufen –«

»Wir laufen nicht weg«, sagte Jonesy mit grimmiger Miene. »Das ist unsere Hütte, und hier laufen wir nicht weg.« Was tapfer klang, womit er aber wenigstens einen Aspekt der Situation verschwieg: Vor allem befürchtete er, dass das Ding, das da jetzt im Klo steckte, schneller laufen konnte als sie. Oder sich schneller voranschlängeln. Oder was auch immer. Bildschnipsel aus hunderten Horrorfilmen – *Der Killerparasit, Alien, Parasiten-Mörder* – rasten ihm im Zeitraffer durch den Kopf. Carla kam nicht mit ins Kino, wenn so ein Film lief, und wenn er einen auf Video mitbrachte, musste er damit nach unten gehen und ihn sich in seinem Arbeitszimmer ansehen. Aber möglicherweise konnte ihnen beiden einer dieser Filme – oder etwas, was er in einem dieser Filme gesehen hatte – jetzt das Leben retten. Jonesy schaute kurz zu dem rötlich goldenen schimmelartigen Zeug hinüber, das auf McCarthys blutigem Handabdruck wuchs. Konnte sie jedenfalls vor diesem Ding in der Toilette retten. Dieses schimmelartige Zeug ... wer wusste das schon, um Gottes willen?

Das Ding in der Kloschüssel sprang wieder gegen den Deckel, aber Biber hielt ihn problemlos zu. Das war gut. Vielleicht würde es da drin ertrinken; aber Jonesy glaubte nicht, dass sie sich darauf verlassen konnten; es hatte ja schließlich auch in McCarthy gelebt, nicht wahr? Es hatte geraume Zeit in dem ollen Mr Siehe-ich-stehe-vor-der-Tür-und-klopfe-an gelebt, vielleicht die ganzen vier Tage lang, die er durch den Wald geirrt war. Es hatte anscheinend das Wachstum von McCarthys Bart gehemmt und dafür gesorgt, dass ihm einige Zähne ausfielen; und es hatte bei McCarthy Fürze ausgelöst, die wahrscheinlich auch in der allerhöflichsten Gesellschaft nicht ignoriert worden wären – Fürze wie Giftgas, um es mal ganz deutlich zu sagen –, aber dem Ding selbst ging es anscheinend gut ... es war putzmunter ... und wuchs ...

Jonesy hatte plötzlich lebhaft das Bild vor Augen, wie ein weißer, sich windender Bandwurm aus einem Haufen rohen Fleisches auftauchte. Ihm kam die Galle hoch.

»Jonesy?« Der Biber wollte schon aufstehen. Er sah besorgter aus denn je.

»Biber, setz dich wieder hin!«

Und das tat Biber, eben noch rechtzeitig. Das Ding im Klo sprang hoch und schlug mit lautem, dumpfem Knall gegen den Toilettendeckel. *Siehe, ich stehe vor der Tür und klopfe an.*

»Weißt du noch, wie sich in *Lethal Weapon* Mel Gibsons Partner nicht getraut hat, vom Pott aufzustehen?«, fragte Biber. Er lächelte, aber sein Tonfall war trocken und aus seinem Blick sprach fürchterliche Angst. »Das ist hier genauso, was?«

»Nein«, sagte Jonesy. »Hier fliegt nichts in die Luft. Außerdem bin ich nicht Mel Gibson, und du bist viel zu weiß für Danny Glover. Hör zu, Biber. Ich gehe jetzt raus in den Schuppen –«

»Neenee, auf keinen Fall, lass mich hier nicht allein –«

»Sei still und hör zu. Da draußen haben wir doch irgendwo Isolierband, oder?«

»Ja, hängt da an 'nem Nagel, glaube ich –«

»Es hängt da an einem Nagel. Genau. Bei den Farbdosen, glaube ich. Eine dicke, breite Rolle. Die hole ich, komme dann wieder und klebe damit den Klodeckel zu. Und dann –«

Es stieß wild gegen den Deckel, als hätte es alles gehört und verstanden. *Tja, wer sagt denn, dass es uns nicht verstehen kann?*, dachte Jonesy. Als es mit dumpfem Knall gegen den Deckel prallte, zuckte der Biber zusammen.

»Und dann haun wir hier ab«, schloss Jonesy.

»Mit dem Cat?«

Jonesy nickte, obwohl er eigentlich gar nicht an das Schneemobil gedacht hatte. »Ja, mit dem Cat. Und dann treffen wir uns mit Henry und Pete –«

Der Biber schüttelte den Kopf. »Quarantäne – das hat der Typ im Hubschrauber gesagt. Deshalb sind sie wahrscheinlich noch nicht wieder da, meinst du nicht auch? Die sind wahrscheinlich aufgehalten worden –«

Rumms!

Biber zuckte zusammen. Jonesy auch.

»– wegen der Quarantäne.«

»Könnte sein«, sagte Jonesy. »Aber, hör zu, Biber – ich bin lieber mit Pete und Henry in Quarantäne als hier mit ... na, als hier. Du nicht auch?«

»Spülen wir's doch einfach runter«, sagte Biber. »Wieso nicht?«

Jonesy schüttelte den Kopf.

»Und warum nicht?«

»Weil ich das Loch gesehen habe, das es beim Rauskommen gemacht hat«, sagte Jonesy. »Du hast das auch gesehen. Ich weiß nicht, was es ist, aber wir werden es nicht los, wenn wir einfach auf die Spülung drücken. Dafür ist es zu groß.«

»Mist.« Biber schlug sich mit der Hand gegen die Stirn. Jonesy nickte.

»Also gut, Jonesy. Hol das Klebeband.«

An der Tür blieb Jonesy stehen und sah sich um. »Biber ...?«

Der Biber runzelte die Augenbrauen.

»Schön sitzen bleiben.«

Biber fing an zu kichern. Jonesy auch. Sie sahen einander an, Jonesy in der Tür und Biber auf dem Toilettendeckel, und prusteten los. Dann rannte Jonesy durch den großen Hauptraum (immer noch kichernd – schön sitzen bleiben, je länger er darüber nachdachte, desto lustiger kam es ihm vor) zur Küchentür. Ihm war heiß, und er fühlte sich fiebrig, er war ebenso entsetzt wie übermütig. Schön sitzen bleiben. Heilige Filzlaus!

2

Biber hörte Jonesy kichern, während er den Raum durchquerte, und hörte ihn immer noch kichern, als er die Hütte verließ. Trotz allem war Biber froh, dieses Geräusch zu hören. Für Jonesy war es wegen seines Unfalls ein schlimmes Jahr gewesen – zuerst hatten sie alle eine Zeit lang gedacht, er würde nicht durchkommen, und das war schrecklich, der arme Jonesy war noch nicht mal achtunddreißig. Es war auch ein schlimmes Jahr für Pete gewesen, der zu viel trank, ein schlimmes Jahr auch für Henry, der manchmal so gespenstisch abwesend wirkte, was Biber nicht verstand und was ihm gar nicht gefiel ... Und jetzt konnte man wohl auch sagen, dass es auch für Biber Clarendon ein schlimmes Jahr war. Es war natürlich nur einer von 365 Tagen, aber man stand ja nicht einfach morgens auf und rechnete damit, dass nachmittags ein Toter nackt in der Badewanne lag und man selber auf dem Toilettendeckel hockte, um etwas, das man noch nicht mal *gesehen* hatte, daran zu hindern –

»Nein«, sagte Biber. »Daran denkst du jetzt nicht, okay? Daran denkst du jetzt einfach nicht.«

Und das musste er ja auch nicht. Jonesy würde in ein oder zwei, allerhöchstens drei Minuten mit dem Isolierband wiederkommen. Fragte sich nur, woran er denken wollte, bis Jonesy wiederkam? Wohin konnte er mit seinen Gedanken, wo fühlte er sich wohl?

Zu Duddits. Wenn er an Duddits dachte, ging es ihm immer gut. Und zu Roberta. Es war auch schön, an sie zu denken. Ja, zweifellos.

Biber erinnerte sich lächelnd an die kleine Frau in dem gelben Kleid, die an jenem Tag vor ihrem Haus in der Maple Lane gestanden hatte. Und sein Lächeln wurde breiter, als er sich daran erinnerte, wie die Frau sie erblickt hatte. Auch sie nannte ihren Sohn so. Sie nannte ihn

3

»*Duddits!*«, ruft sie, eine kleine, schon grau werdende, zierliche Frau in einem Kleid mit Blumenmuster, und läuft dann auf dem Gehsteig auf sie zu.

Duddits ist bis dahin frohgemut mit seinen neuen Freunden gegangen und hat dabei wie ein Weltmeister vor sich hin geschwatzt, hat seine Scooby-Doo-Lunchbox in der linken Hand gehalten und mit der rechten Jonesys Hand und hat sie freudig vor und zurück geschaukelt. Sein Gebrabbel scheint fast ausschließlich aus offenen Vokallauten zu bestehen. Und Biber erstaunt am meisten, wie viel er davon versteht.

Als er jetzt die Frau, die so zart wie ein Vögelchen wirkt, erblickt, lässt Duddits Jonesys Hand los und läuft auf sie zu, sie laufen beide aufeinander zu, und das erinnert Biber an ein Musical über ein paar Sänger, die Von Cripps oder Von Crapps oder so was in der Richtung. »Ah-mieh! Ah-mieh!«, ruft Duddits überschwänglich – *Mommy! Mommy!*

»Wo warst du denn? Wo warst du denn, du böser Junge, du böser, böser Duddits!«

Sie treffen aufeinander, und Duddits ist so viel kräftiger gebaut – und auch ein paar Zentimeter größer –, dass Biber zusammenzuckt und schon erwartet, dass die zierliche Frau gleich umgeworfen wird, so wie der Coyote in den Roadrunner-Trickfilmen immer geplättet wird. Doch stattdessen hebt sie ihn hoch und wirbelt ihn herum, seine Füße mit den Turnschuhen fliegen hinter ihm her, und er strahlt vor freudiger Verzückung übers ganze Gesicht.

»Ich wollte eben schon die Polizei anrufen, du schlimmer, böser Zuspätkommer, du schlimmer, böser D –«

Da sieht sie Biber und seine Freunde und setzt ihren Sohn ab. Ihr erleichtertes Lächeln ist verschwunden; sie ist ganz ernst, als sie über das Himmel-und-Hölle-Spielfeld irgendeines kleinen Mädchens auf sie zugeht – so grausam es ist, denkt Biber, nicht mal das wird Duddits je verstehen. Tränen schimmern noch auf ihren Wangen, schimmern im Licht der Sonne, die endlich durch die Wolken gedrungen ist.

»Au Backe«, sagt Pete. »Jetzt kriegen wir was zu hören.«

»Immer cool bleiben«, flüstert Henry hastig. »Lasst sie schimpfen. Ich erkläre das dann.«

Aber da haben sie Roberta Cavell falsch eingeschätzt – haben sie eingeschätzt wie so viele andere Erwachsene, die Jungen ihres Alters anscheinend grundsätzlich für schuldig halten, bis das Gegenteil bewiesen ist. Roberta Cavell ist nicht so, und ihr Mann Alfie auch nicht. Die Cavells sind anders. Duddits hat dafür gesorgt, dass sie anders sind.

»Jungs«, sagt sie wieder. »Ist er vom Weg abgekommen? Hat er sich verlaufen? Ich habe solche Angst, ihn alleine gehen zu lassen, aber er will es so, damit er ein richtiger Junge ist ...«

Sie gibt Biber einen kräftigen Händedruck mit der einen und Pete mit der anderen Hand. Dann lässt sie sie los, nimmt Jonesys und Henrys Hand und unterzieht sie der gleichen Prozedur.

»Ma'am –«, setzt Henry an.

Mrs Cavell sieht Henry sehr konzentriert an, als versuche sie, seine Gedanken zu lesen. »Nicht einfach nur verlaufen«, sagt sie. »Und auch nicht einfach nur vom Weg abgekommen.«

»Ma'am ...« Henry versucht es erneut und gibt es dann auf, ihr irgendwas vorzumachen. Es ist Duddits' grünäugiger Blick, der da aus ihrem Gesicht zu ihm hochschaut, bloß eben intelligent und aufmerksam und kritisch. »Nein, Ma'am.« Henry seufzt. »Nicht einfach nur vom Weg abgekommen.«

»Normalerweise kommt er nämlich gleich nach Hause. Er sagt, er kann sich nicht verlaufen, denn er sieht ja die Linie. Wie viele waren es?«

»Ach, ein paar«, sagt Jonesy und wirft Henry hastig einen Blick zu. Neben ihnen hat Duddits auf dem Rasen des Nachbarn ein paar letzte Pusteblumen entdeckt, liegt jetzt auf dem Bauch, pustet drauf und sieht zu, wie die flauschigen Samen im Wind davonsegeln. »Ein paar Jungs haben ihn geärgert, Ma'am.«

»Große Jungs«, sagt Pete.

Wieder schaut sie sie aufmerksam an, erst Jonesy, dann Pete, dann Biber und dann wieder Henry. »Kommt doch mit uns ins Haus«, sagt sie. »Ich will alles darüber hören. Duddits trinkt nachmittags immer ein großes Glas ZaRex – das ist sein Lieblingsgetränk –, aber ihr mögt ja bestimmt lieber Eistee, nicht wahr?«

Die drei schauen Henry an, der es sich überlegt und dann nickt. »Ja, Ma'am. Eistee wäre prima.«

Und so führt die Frau sie zu dem Haus, in dem sie in den

nächsten Jahren so viel Zeit verbringen werden – dem Haus Maple Lane Nr. 19 –, aber eigentlich ist es Duddits, der sie da anführt, hüpfend und tanzend, und dabei seine gelbe Scooby-Doo-Lunchbox manchmal über den Kopf hält, und dabei fällt Biber auf, dass er ganz gerade, immer im gleichen Abstand zum Grünstreifen zwischen Gehsteig und Straße geht. Jahre später, nach der Sache mit der kleinen Rinkenhauer, wird er darüber nachdenken, was Mrs Cavell gesagt hat. Sie alle werden darüber nachdenken. *Er sieht die Linie.*

4

»Jonesy?«, rief Biber.

Keine Antwort. Mensch, es kam ihm vor, als wäre Jonesy schon lange weg. Das stimmte wahrscheinlich nicht, aber Biber konnte es unmöglich feststellen; er hatte an diesem Morgen vergessen, seine Armbanduhr umzubinden. Das war dumm gewesen – aber schließlich war er ja schon immer dumm gewesen, und allmählich hätte er sich mal dran gewöhnen können. Verglichen mit Jonesy und Henry waren Pete und er immer dumm gewesen. Nicht dass Jonesy oder Henry sie das je hatten spüren lassen – das war auch so was Tolles bei ihnen.

»*Jonesy?*«

Immer noch nichts. Wahrscheinlich fand er nur das Klebeband nicht gleich.

Eine fiese, leise Stimme in Bibers Hinterkopf sagte ihm, das hätte nichts mit dem Klebeband zu tun, Jonesy hätte gerade Reißaus genommen und ihn hier auf der Toilette sitzen lassen wie Danny Glover in diesem Film, aber er hörte nicht auf diese Stimme, denn so etwas würde Jonesy nie tun. Sie waren Freunde bis ans Ende.

Stimmt, sagte die fiese Stimme. *Ihr wart Freunde. Und das hier ist das Ende.*

»Jonesy? Bist du da, Mann?«

Immer noch keine Antwort. Vielleicht war das Klebeband von dem Nagel gefallen, an dem es gehangen hatte.

Und auch von unten kam nichts. Und, hey, es war doch eigentlich auch nicht möglich, dass McCarthy irgendein Monster in ihr Klo geschissen hatte, oder? Dass er das – *o Schreck!* – Klomonster geboren hatte? Das hörte sich eher nach einer Horrorfilmparodie aus *Saturday Night Live* an. Und selbst wenn, dann war das Klomonster wahrscheinlich mittlerweile ertrunken – ertrunken oder untergetaucht. Ein Vers aus einem Buch fiel ihm plötzlich ein, aus dem sie Duddits vorgelesen hatten – immer abwechselnd, und glücklicherweise waren sie zu viert, denn wenn Duddits etwas mochte, konnte er nie genug davon bekommen.

»Iies Duuhl!«, rief Duddits dann und lief zu einem von ihnen, das Buch hoch über den Kopf erhoben, genau wie er am ersten Tag seine Lunchbox nach Hause getragen hatte. »Iies Duuhl! Iies Duuhl!« Was in diesem Fall bedeutete: *Lies* Pool! *Lies* Pool! Das Buch war *McGilligot's Pool* von Dr. Seuss, und die ersten beiden Verse lauteten: »Junger Mann, das sag ich dir gleich: / es sind keine Fische in diesem Teich.« Aber es hatte darin durchaus Fische gegeben, zumindest in der Fantasie des kleinen Jungen in der Geschichte. Jede Menge Fische. *Große* Fische.

Aber keine Platscher mehr unter ihm. Und auch keine Schläge mehr an den Toilettendeckel. Und das schon seit einer ganzen Weile. Vielleicht konnte er einen schnellen Blick wagen, einfach nur kurz den Deckel heben und wieder zuknallen, wenn irgendwas –

Aber *schön sitzen bleiben* war das Letzte, was Jonesy zu ihm gesagt hatte, und daran wollte er sich halten.

Jonesy ist wahrscheinlich mittlerweile schon eine Meile von der Hütte entfernt, schätzte die fiese Stimme. *Er ist schon eine Meile entfernt und gibt weiter Gas.*

»Nein, das stimmt nicht«, sagte Biber. »Nicht Jonesy.«

Er rutschte ein wenig auf dem Toilettendeckel hin und her und lauerte darauf, dass das Ding hochsprang, aber das tat es nicht. Mittlerweile mochte es schon sechzig Meter entfernt sein und mit den Kackwürsten im Klärbehälter schwimmen. Jonesy hatte zwar gesagt, es sei zu groß, um unterzugehen, aber da keiner von ihnen es gesehen hatte, konnte man das unmöglich einschätzen, nicht wahr? Doch in jedem Fall würde Monsieur Biber Clarendon schön sitzen bleiben. Weil er es versprochen hatte. Weil die Zeit immer langsamer zu vergehen schien, wenn man sich Sorgen machte oder Angst hatte. Und weil er Jonesy vertraute. Jonesy und Henry hatten ihn nie gekränkt und sich nie über ihn lustig gemacht, weder über ihn noch über Pete. Und keiner von ihnen hatte auch je Duddits gekränkt oder sich über ihn lustig gemacht.

Biber prustete los. Duddits mit seiner Scooby-Doo-Lunchbox. Duddits auf dem Bauch, Pusteblumen pustend. Duddits, wie er durch den Garten lief, froh wie ein Vogel in den Bäumen, ja, und Leute, die Kinder wie ihn als Sorgenkinder bezeichneten, hatten im Grunde keine Ahnung. Er war jemand Besonderes, war ein Geschenk, das eine beschissene Welt ihnen gemacht hatte, in der man sonst aber auch gar nichts geschenkt bekam. Duddits war jemand ganz Besonderes für sie gewesen, und sie hatten ihn geliebt.

5

Sie sitzen in der sonnigen Küchensitzecke – die Wolken haben sich wie von Zauberhand verzogen –, trinken Eistee und sehen Duddits zu, der mit drei, vier großen Schlucken sein ZaRex trinkt (ein scheußlich aussehendes orangefarbenes Zeug) und dann wieder zum Spielen hinausläuft.

Henry hat größtenteils das Reden übernommen und erzählt Mrs Cavell, die Jungs hätten Duddits »nur so rumgeschubst«. Er sagt, sie seien ein bisschen grob zu ihm gewesen und hätten sein Hemd zerrissen, und deshalb hätte Duddits Angst bekommen und angefangen zu weinen. Er erwähnt nicht, dass Richie Grenadeau und seine Freunde ihm die Hose ausgezogen haben, und auch nicht, was für einen widerlichen Nachmittags-Snack sie Duddits essen lassen wollten, und als Mrs Cavell sie fragt, ob sie wüssten, wer denn diese großen Jungs gewesen seien, zögert Henry kurz und sagt dann, nein, ein paar große Jungs von der

High School halt, sie hätten keinen von ihnen gekannt und wüssten nicht, wie sie hießen. Sie schaut Biber, Jonesy und Pete an, und die schütteln alle den Kopf. Das ist vielleicht nicht richtig – und langfristig gesehen vielleicht auch gefährlich für Duddits –, aber sie können die Regeln, die ihr Leben bestimmen, nicht so weit übertreten. Biber weiß schon gar nicht mehr, wie sie überhaupt die Traute aufgebracht haben, sich da einzumischen, und das werden die anderen später auch sagen. Sie wundern sich über ihren Mut; und sie wundern sich auch, dass sie nicht im Krankenhaus gelandet sind.

Mrs Cavell schaut die Jungs für einen Moment traurig an, und Biber wird klar, dass sie vieles von dem weiß, was sie ihr verschweigen, wahrscheinlich genug, um heute Nacht kein Auge zuzubekommen. Dann lächelt sie. Sie lächelt Biber an, und dabei empfindet er ein Kribbeln bis in die Zehenspitzen. »Du hast aber viele Reißverschlüsse an deiner Jacke!«, sagt sie.

Biber lächelt. »Ja, Ma'am. Das ist meine Fonzie-Jacke. Die hat früher meinem Bruder gehört. Die Jungs machen sich immer darüber lustig, aber ich mag sie trotzdem.«

»*Happy Days*«, sagt sie. »Das schaun wir auch gern. Duddits guckt das gern. Vielleicht magst du ja abends mal rüberkommen und es mit uns gucken. Mit ihm.« Ihr Lächeln hat jetzt etwas Wehmütiges, als wüsste sie, dass so etwas nie stattfinden wird.

»Ja, das wäre nett«, sagt Biber.

»Das wäre es wirklich«, pflichtet Pete bei.

Sie sitzen für eine Weile da und sagen nichts und schauen ihm nur zu, wie er im Garten spielt. Da steht eine Doppelschaukel. Duddits steht hinter den beiden Schaukelbrettern, stößt sie an und lässt sie alleine schwingen. Ab und zu hört er damit auf, verschränkt die Arme vor der Brust, hebt das zeigerlose Zifferblatt seines Gesichts gen Himmel und lacht.

»Scheint ja alles wieder gut zu sein«, sagt Jonesy und trinkt seinen Eistee aus. »Er hat das bestimmt schon alles vergessen.«

Mrs Cavell wollte eben aufstehen. Jetzt setzt sie sich wieder hin und wirft ihm einen fast entsetzten Blick zu. »O nein, im Gegenteil«, sagt sie. »Er erinnert sich. Vielleicht nicht so wie du und ich, aber er erinnert sich durchaus. Heute Nacht wird er wahrscheinlich Albträume haben, und wenn wir – sein Vater und ich – in sein Zimmer kommen, wird er es nicht erklären können. Das ist für ihn das Schlimmste; er kann nicht erzählen, was er sieht und denkt und fühlt. Ihm fehlt dazu der Wortschatz.«

Sie seufzt.

»Aber diese Jungs werden das mit ihm ja nicht vergessen. Was ist, wenn sie ihm jetzt auflauern? Und was ist, wenn sie *euch* jetzt auflauern?«

»Wir können uns wehren«, sagt Jonesy und klingt dabei zwar beherzt, schaut aber beklommen aus der Wäsche.

»Kann sein«, sagt sie. »Aber was ist mit Duddits? Ich kann ihn zur Schule bringen – das habe ich früher immer gemacht, und jetzt muss ich das wohl eine Zeit lang wieder tun –, aber er geht doch so gerne alleine nach Hause.«

»Dann fühlt er sich wie ein großer Junge«, sagt Pete.

Sie langt über den Tisch und berührt Petes Hand, und er wird rot. »Ja, das stimmt, dann fühlt er sich wie ein großer Junge.«

»Wissen Sie«, sagt Henry, »*wir* könnten ihn zur Schule bringen. Wir gehen alle zur Junior High, und aus der Kansas Street wäre es kein großer Umweg für uns, hier vorbeizukommen.«

Roberta Cavell sitzt nur da und sagt nichts, eine kleine, zierliche Frau in einem bunten Kleid, und schaut Henry aufmerksam an, als würde sie auf die Pointe eines Witzes warten.

»Wäre Ihnen das recht, Mrs Cavell?«, fragt Biber. »Wir machen das gern. Aber vielleicht wollen Sie das ja nicht.«

Da geht etwas Kompliziertes mit Mrs Cavells Gesicht vor sich – viele kleine Zuckungen, größtenteils tief unter der Haut. Ein Auge blinzelt fast, und dann blinzelt das andere tatsächlich. Sie zieht ein Taschentuch hervor und schneuzt sich. Biber denkt: *Sie gibt sich Mühe, uns nicht auszulachen.*

Als er Henry das auf dem Heimweg erzählt, Jonesy und Pete haben sich schon von ihnen verabschiedet, wird Henry ihn absolut verwundert ansehen. *Sie hat sich Mühe gegeben, nicht zu weinen*, wird er sagen ... und dann, nach einer Pause, liebevoll: *Trottel*.

»Das würdet ihr tun?«, fragt sie, und als Henry für sie alle nickt, formuliert sie die Frage um. »*Warum* würdet ihr das tun?«

Henry sieht sich um, wie um zu sagen: *Kann das bitte schön mal wer anders beantworten?*

Pete sagt: »Weil wir ihn mögen, Ma'am.«

Jonesy nickt. »Ich mag es, wie er sich die Lunchbox über den Kopf hält –«

»Ja, das ist *geil*«, sagt Pete. Henry verpasst ihm unterm Tisch einen Tritt. Pete führt sich vor Augen, was er gesagt hat – dabei kann man ihm zusehen –, und wird knallrot.

Mrs Cavell hat es anscheinend nicht bemerkt. Sie sieht Henry durchdringend an. »Er muss um Viertel vor acht los«, sagt sie.

»Um die Zeit kommen wir hier sowieso immer vorbei«, erwidert Henry. »Nicht wahr, Jungs?«

Und obwohl 7.45 Uhr wirklich ein bisschen früh für sie ist, nicken sie alle und sagen ja, stimmt, klar, sowieso.

»Das würdet ihr tun?«, fragt sie wieder, und diesmal hat Biber keine Schwierigkeiten, ihren Ton einzuschätzen; sie kann es einfach nicht fassen.

»Klar«, sagt Henry. »Es sei denn, Duddits hat ... na ...«

»Hat was dagegen«, schließt Jonesy.

»Seid ihr verrückt?«, fragt sie. Biber denkt, sie führt ein Selbstgespräch und will sich davon überzeugen, dass diese Jungs tatsächlich in ihrer Küche sitzen und das alles hier tatsächlich passiert. »Mit den großen Jungs zur Schule gehen? Den Jungs, die, wie Duddits immer sagt, zur ›richtigen Schule‹ gehen? Er würde sich fühlen wie im siebten Himmel.«

»Okay«, sagt Henry. »Wir kommen um Viertel vor acht vorbei und bringen ihn zur Schule. Und wir bringen ihn auch wieder nach Hause.«

»Er hat Schulschluss um –«

»Ah, wir wissen, wann die Behindi-Akademie Schluss hat«, sagt Biber vergnügt und bemerkt eine Sekunde bevor er die bedrückten Blicke der anderen sieht, dass er etwas viel Schlimmeres als *geil* gesagt hat. Er hält sich die Hände vor den Mund. Und macht große Augen. Jonesy tritt ihm unterm Tisch so heftig ans Schienbein, dass Biber fast hintenüberkippt.

»Hören Sie nicht auf ihn, Ma'am«, sagt Henry. Er spricht schnell, und das macht er bloß, wenn er sich geniert. »Er hat nur –«

»Das stört mich nicht«, sagt sie. »Ich weiß, wie die Leute dazu sagen. Manchmal nennen Alfie und ich sie auch so.« Erstaunlicherweise scheint dieses Thema sie kaum zu interessieren. »Wieso?«, fragt sie noch mal.

Und obwohl sie Henry dabei anschaut, antwortet Biber, trotz seiner rot glühenden Wangen. »Weil er cool ist«, sagt er. Die anderen nicken.

Während der nächsten fünf Jahre bringen sie Duddits zur Schule und wieder nach Hause, wenn er nicht gerade krank ist oder sie auf ihrer Jagdhütte sind; und später geht Duddits dann nicht mehr auf die Mary M. Snowe alias Behindi-Akademie, sondern auf die Berufsschule, wo er lernt, Kekse zu backen (*Tsetse batten,* sagt er dazu), Autobatterien auszutauschen, Wechselgeld herauszugeben und sich selbst die Krawatte zu binden (der Knoten ist immer perfekt, auch wenn er ihn manchmal vor der Brust trägt). Da ist dann die Sache mit Josie Rinkenhauer schon längst passiert, Schall und Rauch, von allen vergessen, nur von Josies Eltern nicht, die es nie vergessen werden. In diesen Jahren, in denen sie ihn zur Schule und nach Hause bringen, schießt Duddits in die Höhe, bis er der Größte von ihnen ist, ein schlaksiger, hoch aufgeschossener Teenager mit einem eigenartig schönen Kindergesicht. Da haben sie ihm mittlerweile beigebracht, Parcheesi und eine vereinfachte Form von Monopoly zu spielen; da haben sie längst das Duddits-Spiel erfunden und spielen es ständig und lachen dabei manchmal so laut, dass Alfie Cavell (der größer als seine Frau war, aber auch wie ein Vögelchen wirkte) oben in der Küche an den Treppenabsatz kam, der Treppe, die hinunter zum Freizeitraum führte, und zu ihnen hinunterrief, was denn los sei, was denn so lustig sei. Und dann versuchten sie ihm zu erklären, dass Duddits für Henry nicht zwei, sondern vierzehn Punkte gesteckt hatte oder dass Duddits für Pete fünfzehn Punkte rückwärts markiert hatte, aber Alfie schien das nie zu verstehen; er stand da am Treppenabsatz mit seiner Zeitung in der Hand und lächelte perplex; und schließlich sagte er dann immer: *Einen Tick leiser, Jungs*, machte die Tür zu und ließ sie weiterspielen ... und von all diesen Spielen war das Duddits-Spiel das beste, affentittengeil, wie Pete gesagt hätte. Manchmal dachte Biber wirklich, er würde platzen vor Lachen, und Duddits saß die ganze Zeit auf dem Teppich vor dem großen, alten Cribbage-Brett, die Füße untergeschlagen, und lächelte versonnen wie ein Buddha. Was für ein Heidenspaß! Aber das liegt noch alles vor ihnen. Jetzt sitzen sie in der Küche, die Sonne scheint erstaunlicherweise, und Duddits schubst draußen die Schaukeln an. Duddits, der ihnen einen solchen Gefallen damit erwiesen hat, dass er in ihr Leben getreten ist. Duddits, der – das wissen sie von Anfang an – anders ist als alle Menschen, die sie kennen.

»Ich verstehe nicht, wie die das tun konnten«, sagt Pete mit einem Mal. »So wie er geweint hat. Ich verstehe nicht, wie sie ihn da weiter hänseln konnten.«

Roberta Cavell schaut ihn traurig an. »Ältere Jungs können ihn so nicht hören«, sagt sie. »Hoffentlich versteht ihr das nie.«

6

»*Jonesy!*«, rief Biber. »*Hey, Jonesy!*«

Diesmal kam eine Antwort, leise, aber nicht zu überhören. Der Schneemobilschuppen war so eine Art Dachboden zu ebener Erde, und dort lag auch eine altmodische Hupe, wie die Fahrradboten sie in den Zwanzigern oder Dreißigern an der Lenkstange hatten. Jetzt hörte Biber es: *Uugah! Hauuugah!* Ein Geräusch, bei dem Duddits bestimmt gelacht hätte, bis ihm die Tränen gekommen wären – er stand doch wirklich auf lärmende, extravagante Geräusche, der alte Duds.

Der dünne blaue Duschvorhang raschelte, und Biber bekam Gänsehaut auf den Armen. Für einen Moment wäre er fast aufgesprungen, weil er dachte, es wäre McCarthy, doch dann wurde ihm klar, dass er selbst den Vorhang mit dem Ellenbogen berührt hatte – es war eng hier drin, so richtig eng –, und da beruhigte er sich wieder. Unter ihm hatte sich aber immer noch nichts getan; dieses Ding, was es auch war, war entweder abgehauen oder tot. Ganz sicher.

Na ja ... *fast* sicher.

Der Biber griff hinter sich, nestelte kurz am Spülhebel herum und ließ ihn dann wieder los. *Schön sitzen bleiben*, hatte Jonesy gesagt, und daran würde sich Biber halten, aber wieso kam Jonesy nicht endlich wieder? Wenn er das Klebeband nicht finden konnte, weshalb kam er dann nicht einfach ohne wieder? Er war doch jetzt schon mindestens zehn Minuten weg, oder nicht? Und es kam ihm echt vor wie eine Stunde. Währenddessen hockte er hier auf dem Klo, und nebenan in der Badewanne lag ein Toter, der aussah, als wäre sein Arsch mit Dynamit gesprengt worden, Mann, und angeblich hatte er ja nur mal kacken müssen –

»Hup wenigstens noch mal«, grummelte Biber. »Hup noch mal mit dem Ding da, und zeig mir, dass du noch da bist.« Aber das tat Jonesy nicht.

7

Jonesy konnte das Klebeband nicht finden.

Er hatte überall gesucht und konnte es nirgends finden. Er wusste, dass es da sein musste, aber es hing an keinem der Nägel und lag auch nicht auf der mit Werkzeug überhäuften Werkbank. Es war nicht hinter den Farbdosen und hing auch nicht an dem Haken unter den alten Atemmasken, die dort an ihren vergilbten Gummibändern baumelten. Er schaute unter der Werkbank nach, suchte in den Schachteln, die an der Wand gegenüber aufgestapelt waren, und dann im Fach unter dem Fahrersitz des Arctic Cat. Dort fand er einen Ersatzscheinwerfer, noch verpackt, und ein halbes Päckchen knochentrockener Lucky Strikes, aber nicht das verfluchte Klebeband. Er spürte die Minuten verstreichen. Einmal meinte er, der Biber hätte nach ihm gerufen, aber er wollte nicht ohne das Klebeband umkehren, und deshalb trötete er mit der alten Hupe, die auf dem Boden lag, drückte auf den rissigen schwarzen Gummibalg, der ein *Uugah-Uugah* von sich gab, ein Geräusch, das Duddits bestimmt geliebt hätte.

Je länger er das Klebeband suchte und nicht fand, desto dringender erschien es ihm. Da war ein Knäuel Bindfaden, aber wie um Himmels willen sollte er denn einen Toilettendeckel mit *Bindfaden* zubinden? Und in einer der Küchenschubladen war auch Tesafilm, da war er ziemlich sicher, aber das Ding in der Toilette hatte sich kräftig angehört, wie ein größerer Fisch oder so. Und Tesafilm war einfach nicht reißfest genug.

Jonesy stand neben dem Schneemobil, schaute sich angestrengt um, fuhr sich mit den Händen durchs Haar (er hatte sich die Handschuhe nicht wieder angezogen und war jetzt schon so lange hier draußen, dass er kaum noch Gefühl in den Fingern hatte) und atmete große weiße Dampfschwaden aus.

»Wo zum *Henker?*«, fragte er laut und schlug mit der Faust auf die Werkbank. Ein Stapel Schachteln mit Nägeln und Schrauben fiel um, und dahinter tauchte das Isolierband auf, eine dicke, breite Rolle. Er musste es ein Dutzend Mal übersehen haben.

Er schnappte es sich, steckte es sich in die Manteltasche – wenigstens hatte er daran gedacht, den Mantel anzuziehen, auch wenn er sich nicht die Zeit genommen hatte, den Reißverschluss zu schließen – und wandte sich zum Gehen. Und in diesem Moment fing Biber an zu schreien. Seine Rufe waren leise, kaum hörbar gewesen, aber die Schreie hörte Jonesy problemlos. Sie waren laut, kräftig, schmerzerfüllt.

Jonesy lief zur Tür.

8

Bibers Mutter hatte immer gesagt, die Zahnstocher würden ihn eines Tages noch umbringen, aber so hatte sie sich das nicht vorgestellt.

Dort auf dem Toilettendeckel sitzend, suchte Biber in der Brusttasche seines Overalls nach einem Zahnstocher, an dem er herumkauen konnte, aber es war keiner mehr da – sie lagen alle über den Boden verstreut. Zwei oder drei waren nicht im Blut gelandet, aber er hätte von der Toilette aufstehen müssen, um sie greifen zu können – hätte aufstehen und sich vorbeugen müssen.

Biber haderte mit sich. *Schön sitzen bleiben,* hatte Jonesy gesagt, aber das Ding in der Toilette war ja bestimmt längst verschwunden; *tauchen, tauchen, tauchen,* wie es in den U-Boot-Kriegsfilmen immer hieß. Und auch wenn nicht, würde er seinen Hintern ja nur für ein, zwei Sekunden anheben. Sollte das Ding springen, dann konnte Biber sein ganzes Gewicht schnell genug wieder einsetzen und ihm dabei vielleicht den schuppigen kleinen Hals brechen (immer vorausgesetzt, es hatte überhaupt einen).

Er schaute sehnsüchtig zu den Zahnstochern hinüber. Drei oder vier lagen so nah, dass er sie einfach hätte aufheben können, aber er wollte sich keinen blutigen Zahnstocher in den Mund stecken, und schon gar nicht, wenn er bedachte, woher das Blut kam. Und da war noch etwas. Dieses eigenartige flaumige Zeug, das in dem Blut wuchs, wuchs nun auch auf dem Fugenkitt zwischen den Fliesen – er sah es jetzt deutlicher als zuvor. Es wuchs auch auf einigen Zahnstochern … aber nicht auf denen, die nicht im Blut gelandet waren. Die waren weiß und sauber, und wenn er denn je im Leben den Trost gebraucht hatte, etwas im Mund zu haben, ein kleines Holzstäbchen, an dem er kauen konnte, dann jetzt.

»Scheiß drauf«, murmelte der Biber, beugte sich vor und streckte die Hand aus. Seine ausgestreckten Finger reichten fast bis zum nächsten sauberen Zahnstocher. Er spannte die Oberschenkelmuskeln, und sein Hintern hob sich vom Toilettensitz. Seine Finger schlossen sich um den Zahnstocher – *hab ich dich* –, und genau in diesem Moment rammte etwas von unten gegen den Toilettendeckel, traf ihn mit beängstigender Wucht, schlug ihm den Deckel in die ungeschützten Eier und stieß ihn nach vorn. Biber packte in einem allerletzten Versuch, das Gleichgewicht zu wahren, den Duschvorhang, dessen Ringe aber mit metallischem Klick-Klack-Klonk von der Stange rissen. Seine Stiefel glitten auf dem Blut aus, und er stürzte bäuchlings zu Boden, als hätte er auf einem Schleudersitz gesessen. Hinter sich hörte er den Toilettendeckel mit solcher Wucht hochschlagen, dass der Spülkasten aus Porzellan davon brach.

Etwas Feuchtes, Schweres landete auf Bibers Rücken. Etwas, das sich wie ein Schwanz oder ein Wurm oder ein muskulöser, gegliederter Greifarm anfühlte, schlängelte sich zwischen seine Beine und umschlang, fest wie eine Python, seinen ohnehin schon schmerzenden Sack. Biber schrie, hob das Kinn von den blutbeschmierten Fliesen (ein rotes Kreuzmuster blieb schwach darauf zurück), und die Augen traten ihm aus dem Kopf. Das Ding lag ihm wie eine lebende Teppichrolle feucht und kalt und schwer vom Genick bis runter ins Kreuz, und jetzt stieß es ein fieberhaftes, schrilles Kreischen aus, das sich anhörte wie von einem tollwütigen Affen.

Biber schrie wieder, robbte Richtung Tür, kämpfte sich dann auf alle viere und versuchte, das Ding abzuschütteln. Das muskulöse Seil zwischen seinen Beinen quetschte kräftiger, und dann folgte ein leiser, platzender Knall, der irgendwo aus dem Schmerzbrei drang, der nun sein Unterleib war.

O Gott, dachte der Biber. *Gütiger Gott, ich glaube, das war eins meiner Eier.*

Kreischend und schwitzend, tat Biber das Einzige, was ihm einfiel: Er drehte sich auf den Rücken und versuchte das Was-es-auch-war zwischen seinem Rückgrat und den

Kacheln zu zerquetschen. Es kreischte ihm ins Ohr, fast ohrenbetäubend, und fing an, sich wie wild zu winden. Biber packte den Schwanz, der sich zwischen seinen Beinen schlängelte und vorne glatt und unbehaart und darunter dornig war – wie überzogen mit Haken aus verklebtem Haar. Und feucht war er. Wasser? Blut? Beides?

»Aaah! Aaah! O Gott, lass los! Lass los, du Scheißteil! Herrgott! Mein Sack! O Gott!«

Ehe er den Schwanz zu packen bekam, biss ihn ein Mund voller Nadeln seitlich in den Hals. Er bäumte sich brüllend auf, und dann war das Ding weg. Biber versuchte aufzustehen. Er musste sich mit den Händen aufhelfen, denn in den Beinen hatte er keine Kraft, und seine Hände rutschten immer wieder aus. Neben McCarthys Blut war der Badezimmerboden nun auch mit dem trüben Wasser aus dem geborstenen Spülkasten bedeckt, und die Fliesenfläche glich einer Rutschbahn.

Als er schließlich hochkam, sah er, wie etwas auf halber Höhe am Türrahmen hing. Es sah aus wie ein mutiertes Wiesel – ohne Beine, aber mit einem dicken rötlich goldenen Schwanz. Es hatte keinen richtigen Kopf, nur einen glitschig aussehenden Knoten, aus dem ihn zwei schwarze Augen erregt anstarrten.

Die untere Hälfte des Knotens platzte auf und entblößte einen Satz Zähne. Das Ding schnappte wie eine Schlange nach Biber und hielt sich dabei mit dem unbehaarten Schwanz am Türpfosten fest. Biber schrie und hielt sich eine Hand vors Gesicht. Drei seiner Finger – alle bis auf den kleinen und den Daumen – verschwanden. Er spürte keinen Schmerz – oder der Schmerz des abgerissenen Hodens war stärker. Er wollte zurückweichen, stieß aber schon mit den Kniekehlen an die Toilettenschüssel. Er konnte nirgends hin.

Das war in ihm drin?, dachte Biber. Für diesen einen Gedanken war Zeit. *Das war in ihm drin?*

Dann wickelte es seinen Schwanz oder Greifarm oder was es auch immer war ab und sprang auf ihn zu. Die obere Hälfte seines rudimentären Kopfes bestand im Grunde nur aus diesen dümmlich-wütend blickenden schwarzen Augen, die untere Hälfte war ein Paket knöcherner Nadeln. Weit entfernt, aus einem anderen Universum, in dem es vielleicht noch ein normales Leben gab, rief Jonesy seinen Namen, aber Jonesy kam zu spät, Jonesy kam viel zu spät.

Das Ding, das in McCarthy gesteckt hatte, landete mit einem klatschenden Schlag auf Bibers Brust. Es roch wie McCarthys Fürze – ein üppiger Gestank wie von Öl und Äther und Methan. Die muskulöse Peitsche, die seinen Unterkörper bildete, schlang sich um Bibers Taille. Sein Kopf stieß vor und verbiss sich in Bibers Nase.

Schreiend und mit Fäusten danach schlagend, fiel Biber rückwärts auf die Toilette. Brille und Deckel waren an den Spülkasten geknallt, als das Ding herausgekommen war. Der Deckel war so stehen geblieben, die Brille war wieder heruntergeklappt. Jetzt landete der Biber darauf, zerbrach sie und sank mit dem Arsch voran in die Kloschüssel, während dieses Wiesel-Ding seine Taille umschlang und sein Gesicht auffraß.

»Biber! Biber, was –«

Biber spürte, wie sich das Ding an ihm versteifte – es wurde buchstäblich steif wie ein Penis. Der Tentakel umschlang seine Taille erst fester und löste sich dann. Das Ding riss sein schwarzäugiges, idiotisch blickendes Gesicht herum, in die Richtung, aus der Jonesys Stimme kam, und Biber sah seinen alten Freund durch einen Nebel aus Blut und mit trüber werdenden Augen. Jonesy stand mit heruntergeklappter Kinnlade im Türrahmen, eine Rolle Isolierband in der Hand (*das brauchen wir jetzt nicht mehr*, dachte Biber, *vergiss es*). Jonesy stand da völlig wehrlos, schockiert und entsetzt. Die nächste Mahlzeit für dieses Ding.

»Hau ab, Jonesy!«, rief Biber. Seine Stimme klang feucht, drang aus einem Mund voller Blut. Er spürte, wie das Ding zum Sprung ansetzte, und schlang die Arme um den pulsierenden Leib wie um eine Geliebte. »Raus! Mach die Tür zu! Ver –« *Verbrenn es*, hatte er sagen wollen. *Schließ es ein, schließ uns beide ein, verbrenn es, verbrenn es bei lebendigem Leib, ich sitze hier mit dem Arsch in der Kloschüssel und halte es fest, und wenn ich riechen kann, wie es ver-*

schmort, dann sterbe ich gern. Aber das Ding wehrte sich zu heftig, und der blöde Jonesy stand einfach nur da, mit der Rolle Isolierband in der Hand und heruntergeklappter Kinnlade, und verdammt noch eins, wenn er nicht aussah wie Duddits, dumm geboren und nichts dazugelernt. Dann wandte sich das Ding wieder dem Biber zu, und ehe dieser ohren- und nasenlose Kopf vorschnellte und die Welt zum letzten Mal explodierte, hatte Biber noch Zeit für einen letzten Gedankensplitter: *Diese Zahnstocher, so ein Mist, Mama hat immer gesagt –*

Dann das explodierende Rot und das erblühende Schwarz und irgendwo weit in der Ferne seine eigenen Schreie – die letzten.

9

Jonesy sah Biber in der Toilette hängen, und etwas, das wie ein riesiger rotgoldener Wurm aussah, umklammerte ihn. Er rief ihm zu, und das Ding drehte sich zu ihm um. Es hatte keinen richtigen Kopf, nur die schwarzen Augen eines Hais und einen Mund voller Zähne. Und zwischen diesen Zähnen hing etwas, das einfach nicht die zermalmten Überreste von Biber Clarendons Nase sein konnten, es aber doch wohl waren.

Lauf weg!, schrie es in ihm, und dann: *Rette ihn! Rette Biber!*

Die Befehle waren gleich mächtig, und das führte dazu, dass er starr im Türrahmen stehen blieb und sich vorkam, als wöge er tausend Pfund. Das Ding in Bibers Armen gab ein Geräusch von sich, ein schrilles Kreischen, das ihm nicht mehr aus dem Kopf ging und bei dem er an etwas denken musste, etwas, das lange zurücklag, er wusste bloß nicht genau, was es war.

Dann rief ihm der Biber, der da im Klo hing, zu, er solle abhauen und die Tür zumachen, und als das Ding seine Stimme hörte, wandte es sich wieder dem Biber zu, als würde es sich an etwas erinnern, was es vorübergehend vergessen hatte, und machte sich über seine Augen her, über seine *Augen*, und Biber krümmte sich und schrie und versuchte sich zu wehren, während das Ding schnatterte und kreischte und biss und sich sein Schwanz, oder was das war, rhythmisch um Bibers Taille schloss, ihm das Hemd aus dem Overall zerrte und darunter glitt, auf die nackte Haut. Bibers Füße zuckten auf den Fliesen, seine Stiefelabsätze spritzten blutiges Wasser auf, sein Schatten fuchtelte über die Wand, und dieses moosartige Zeug war jetzt überall, es wuchs so unglaublich schnell –

Jonesy sah, wie sich Biber in einem letzten Aufbäumen nach hinten warf; sah, wie das Ding von ihm abließ und sich von ihm löste und der Biber aus der Toilette kippte und mit dem Oberkörper auf McCarthy in die Badewanne fiel, auf den ollen Mr Siehe-ich-stehe-an-der-Tür-und-klopfe-an. Das Ding klatschte auf den Fußboden, wirbelte herum – Mann, war das schnell – und ging auf Jonesy los. Jonesy trat einen Schritt zurück und knallte die Badezimmertür zu. Einen Augenblick später prallte das Ding dagegen. Es hörte sich genauso an wie der Knall, mit dem es den Klodeckel gerammt hatte. Der Aufprall war so heftig, dass die Tür in den Angeln zitterte. Unter der Tür flackerte das Licht, während sich das Ding rastlos über die Kacheln bewegte, und dann prallte es wieder gegen die Tür. Jonesys erster Gedanke war, loszulaufen und einen Stuhl zu holen, den er unter den Türknauf klemmen konnte, aber wie konnte man nur so doof sein, wie seine Kinder immer sagten, das wäre ja völlig hirnverbrannt gewesen, denn die Tür ging ja nach innen auf, nicht nach außen. Entscheidend war eher, ob dieses Ding wusste, wie ein Türknauf funktionierte, und ob es da rankam.

Als hätte es seine Gedanken gelesen – und wer sagte denn, dass das nicht möglich war? –, hörte er hinter der Tür ein Rutschen und Gleiten und spürte, wie am Türknauf gedreht wurde. Was das auch immer für ein Ding war – es war unglaublich stark. Jonesy hatte den Knauf mit der rechten Hand gehalten; nun packte er auch noch mit der linken zu. Es gab einen entsetzlichen Moment, als der Druck auf den Knauf immer stärker wurde und Jonesy sicher war, dass das

Ding da drinnen, obwohl er mit beiden Händen zupackte, den Türknauf umdrehen konnte, und da wäre Jonesy fast in Panik ausgebrochen, hätte sich fast umgedreht und wäre weggerannt.

Ihn hielt davon ab, dass ihm wieder einfiel, wie schnell das Ding war. *Das würde mich einholen, ehe ich den Raum auch nur halb durchquert hätte,* dachte er und fragte sich dabei insgeheim, wieso dieses Zimmer denn überhaupt so beschissen groß sein musste. *Es würde mich einholen, mir am Bein hochflitzen und dann direkt hinein in meinen –*

Jonesy packte den Türknauf mit doppelter Kraft, Sehnen zeichneten sich an seinen Unterarmen und seitlich am Hals ab. Und die Hüfte tat ihm weh. Die verdammte Hüfte. Wenn er tatsächlich versuchen würde wegzulaufen, würde ihn die Hüfte noch zusätzlich bremsen, und das hatte er diesem emeritierten Professor zu verdanken, diesem blöden, vergreisten Arschloch, das überhaupt nicht mehr hätte Auto fahren dürfen, herzlichen Dank auch, Prof, dich hab ich echt gefressen. Und wenn er weder die Tür zuhalten noch weglaufen konnte – was dann?

Dann blühte ihm natürlich das Gleiche wie Biber. Es war Bibers Nase gewesen, die da in den Zähnen festgehangen hatte wie Kebab.

Stöhnend hielt Jonesy den Türknauf fest. Für einen Augenblick nahm der Druck sogar noch zu, und dann ließ er plötzlich nach. Hinter der dünnen Holzplatte der Badezimmertür jammerte das Ding wütend. Jonesy roch das ätherartige Aroma von Startfix.

Wie hielt es sich da fest? Es hatte keine Gliedmaßen, Jonesy hatte jedenfalls keine gesehen, nur diesen rötlichen Schwanz, also wie –

Auf der anderen Seite der Tür hörte er das Holz leise splittern und aufplatzen, dem Geräusch nach direkt vor seinem Gesicht, und da wusste er: Es hielt sich mit den Zähnen fest. Dieser Gedanke löste bei Jonesy blindes Entsetzen aus. Dieses Ding war in McCarthy drin gewesen, daran hatte er nicht den mindesten Zweifel. In McCarthy war es wie ein riesiger Bandwurm aus einem Horrorfilm herangewachsen.

Wie ein Karzinom, aber mit Zähnen. Und als es dann groß genug war, als es dann sozusagen zu neuen Ufern aufbrechen wollte, hatte es sich einfach den Weg nach draußen freigebissen.

»Nein, o nein«, sagte Jonesy, den Tränen nah.

Der Knauf der Badezimmertür drehte sich andersrum. Jonesy sah das Ding auf der anderen Seite der Badezimmertür förmlich vor sich, wie ein Blutegel ins Holz verbissen, den Schwanz oder Fangarm um den Türknauf gewunden, wie ein Seil, das in eine Henkerschlinge auslief und daran drehte –

»Nein, nein, *nein*«, keuchte Jonesy und hielt den Türknauf mit aller Kraft fest. Nicht mehr lange, und er würde ihm aus den Händen rutschen. Auf seinem Gesicht und seinen Handflächen spürte er den Schweiß.

Vor seinen vortretenden, entsetzten Augen tauchte im Holz ein Muster aus Hubbeln auf. Dort hatte es seine Zähne hineingeschlagen und biss immer tiefer zu. Bald würden sie es durchs Holz schaffen (falls Jonesy nicht überhaupt vorher der Türknauf entglitt), und dann würde er sich den Zähnen gegenübersehen, die seinem Freund die Nase abgerissen hatten.

Da wurde es ihm bewusst: Biber war tot. Sein alter Freund.

»Du hast ihn umgebracht!«, schrie Jonesy das Ding hinter der Tür an. Seine Stimme bebte vor Kummer und Entsetzen. »Du hast den Biber umgebracht!«

Seine Wangen glühten, und die Tränen, die ihm nun hinunterliefen, fühlten sich noch heißer an. Biber mit seiner schwarzen Lederjacke (*Du hast aber viele Reißverschlüsse!*, hatte Duddits' Mutter an dem Tag gesagt, als sie sie kennen gelernt hatten), Biber hickehackevoll bei ihrem Abschlussball, als er wie ein Kosak getanzt hatte, die Arme vor der Brust verschränkt und die Füße werfend, der Biber bei Jonesys und Carlas Hochzeitsempfang, wie er Jonesy umarmt und ihm feurig ins Ohr geflüstert hatte: »Du musst glücklich sein, Mann. Du musst für uns alle glücklich sein.« Und so hatte er erfahren, dass der Biber wirklich noch nie – Henry und Peter, natürlich, bei denen hatte das nie in Frage gestanden, aber der *Biber?* – Und jetzt war Biber tot, lag da mit dem Oberkörper in der Badewanne, lag nasenlos auf dem bekloppten Mr Richard Siehe-ich-stehe-an-der-Tür-und-klopfe-an-McCarthy.

»*Du hast ihn umgebracht, du Schwein!*«, schrie er die Hubbel in der Tür an – erst waren es sechs gewesen, und jetzt waren es neun, nein, schon ein Dutzend.

Wie erstaunt über seine Wut, ließ der Druck auf den Türknauf von der anderen Seite wieder nach. Jonesy sah sich hektisch nach irgendwas um, was ihm helfen könnte, konnte aber nichts entdecken und sah dann zu Boden. Da lag die Rolle Isolierband. Er konnte sich vielleicht bücken und sie aufheben – aber was dann? Er würde beide Hände brauchen, um das Band abzurollen, beide Hände und seine Zähne, um einen Streifen abzubeißen, und selbst wenn ihm das Ding die Zeit dafür ließ – was sollte es nützen, wenn er ohnehin kaum den Türknauf halten konnte?

Und jetzt fing der Türknauf wieder an, sich zu bewegen. Stöhnend hielt Jonesy ihn fest, aber allmählich ging ihm die Kraft aus, der Adrenalinspiegel seiner Muskeln sank und ließ sie bleiern werden, seine Handflächen waren glitschiger denn je, und der Geruch, dieser ätherartige Gestank, war jetzt deutlicher wahrzunehmen und irgendwie *reiner*, nicht vermengt mit den Fäkalien und Gasen in McCarthys Leib, aber wie konnte es denn auf dieser Seite der Tür so stinken? Das war doch höchstens möglich, wenn –

In der knappen halben Sekunde, die noch blieb, bis die Achse brach, die den Türknauf innen mit dem Türknauf außen verband, merkte Jonesy, dass es dunkler geworden war. Nur ein bisschen. Als hätte sich jemand von hinten an ihn herangeschlichen und stünde jetzt zwischen ihm und dem Licht, zwischen ihm und der Hintertür –

Die Achse brach. Der Knauf in Jonesys Hand löste sich, und die Badezimmertür wurde augenblicklich ein Stück weit aufgerissen, gezogen von dem Gewicht des aalartigen Wesens, das daran hing. Jonesy kreischte auf und ließ den Türknauf fallen, der auf der Rolle Isolierband landete und davon abprallte.

Jonesy drehte sich um und wollte weglaufen, und da stand ein grauer Mann.

Er – *es* – war ein Fremder, andererseits aber überhaupt nicht fremd. Jonesy hatte ihn in hunderten Fernsehsendungen über »unerklärliche Phänomene« gesehen, auf den Titelseiten tausender Boulevardzeitungen (von der Sorte, die einem ihre tragikomischen Horrorgeschichten entgegenplärrten, wenn man gefangen in der Schlange an der Supermarktkasse stand), in Filmen wie *ET* und *Unheimliche Begegnungen der dritten Art* und *Feuer am Himmel*; Mr Gray war das Ausgangsmaterial für *Akte X*.

Und bei allen Darstellungen waren zumindest die Augen gut getroffen, diese riesigen schwarzen Augen, genau wie die Augen des Dings, das sich aus McCarthys Arsch freigebissen hatte, und der Mund war auch fast getroffen, ein kümmerlicher Schlitz, mehr nicht – aber seine graue Haut hing in losen Falten und Wülsten herab wie die Haut eines altersschwachen Elefanten. Aus den Hautfalten sickerten Ströme einer gelblich weißen, eitrigen Substanz, und das gleiche Zeug lief ihm auch wie Tränen aus den Winkeln seiner ausdruckslos blickenden Augen. Klumpen und Schmierflecken davon waren über den Boden des großen Zimmers verteilt, quer über den Navajo-Teppich unter dem Traumfänger bis zur Küchentür, durch die er hereingekommen war. Wie lange war Mr Gray schon hier? War er draußen gewesen und hatte zugesehen, wie Jonesy vom Schneemobilschuppen zur Hintertür gelaufen war, in der Hand die nutzlose Rolle Isolierband?

Er wusste es nicht. Er wusste nur, dass Mr Gray gerade starb und dass er an ihm vorbeimusste, denn das Ding im Badezimmer war eben mit dumpfem Knall auf dem Boden gelandet. Und jetzt würde es auf ihn losgehen.

Marcy, sagte Mr Gray.

Er sprach absolut deutlich, obwohl sich der rudimentäre Mund überhaupt nicht bewegte. Jonesy hörte das Wort mitten in seinem Kopf, genau an der Stelle, an der er Duddits immer hatte weinen hören.

»Was wollen Sie?«

219

Das Ding aus dem Badezimmer schlängelte sich über seine Füße, doch Jonesy bemerkte das kaum. Bemerkte auch kaum, wie es sich zwischen den nackten, zehenlosen Füßen des grauen Mannes wand.

Hört auf, sagte Mr Gray in Jonesys Kopf. Es war der Klick. Mehr noch: Es war die Linie. Manchmal sah man die Linie, und manchmal hörte man sie, genau wie er damals Defuniaks schuldbewusste Gedanken gehört hatte. *Ich halt's nicht mehr aus, gebt mir 'ne Spritze, wo ist Marcy?*

Der Tod hat mich an diesem Tag verfolgt, dachte Jonesy. *Er hat mich auf der Straße verfehlt, hat mich im Krankenhaus verfehlt – wenn auch nur um ein oder zwei Zimmer – und hat seitdem weiter nach mir gesucht. Und jetzt hat er mich gefunden.*

Und dann platzte diesem Ding der Kopf, wurde weit aufgerissen und gab eine rotorangefarbene Wolke von nach Äther riechenden Partikeln frei.

Jonesy atmete sie ein.

KAPITEL 8

Roberta

Mit jetzt gänzlich ergrautem Haar und mit achtundfünfzig schon verwitwet (aber immer noch eine zierliche Frau, die gern Kleider mit Blumenmuster trug, das hatte sich nicht geändert), saß Duddits' Mutter vor dem Fernseher in ihrer Parterrewohnung in West Derry Acres, wo sie nun mit ihrem Sohn lebte. Das Haus in der Maple Lane hatte sie nach Alfies Tod verkauft. Sie hätte es sich leisten können, es zu halten – Alfie hatte ihr viel Geld hinterlassen, die Lebensversicherung hatte noch viel mehr gezahlt, und dann war da auch noch ihr Anteil an dem Laden für importierte Autoersatzteile, den er 1975 noch zusätzlich aufgemacht hatte –, aber es war zu groß, und über und unter dem Wohnzimmer, in dem Duddits und sie sich meistens aufhielten, gab es zu viele Erinnerungen. Oben war das Schlafzimmer, in dem Alfie und sie geschlafen und miteinander geredet, in dem sie Pläne geschmiedet und sich geliebt hatten. Unten war das Freizeitzimmer, in dem Duddits und seine Freunde so viele Nachmittage und Abende verbracht hatten. Aus Robertas Sicht waren sie Freunde gewesen, die der Himmel geschickt hatte, Engel mit gütigem Herzen und losem Mundwerk, die ihr doch tatsächlich hatten einreden wollen, dass Duddits, als er anfing *Fut* zu sagen, eigentlich Fudd meinte, was, wie sie ihr allen Ernstes erklärten, der Name von Petes neuem Hund sei – Elmer Fudd, kurz Fudd genannt. Und sie hatte natürlich so getan, als würde sie es ihnen abkaufen.

Zu viele Erinnerungen, zu viele Geister aus glücklicheren Zeiten. Und dann war Duddits eben auch krank geworden. Seit zwei Jahren war er nun krank, und keiner seiner alten

Freunde wusste davon, denn sie kamen ihn nicht mehr besuchen, und Roberta hatte es nicht übers Herz gebracht, zum Telefon zu greifen und Biber anzurufen, der den anderen Bescheid gesagt hätte.

Jetzt saß sie vor dem Fernseher. Die Nachrichtenleute des Lokalsenders hatten es endlich aufgegeben, die Nachmittagssendungen mit Sondermeldungen zu unterbrechen, und hatten das Programm ganz übernommen. Roberta hörte zu und fand es gleichwohl beängstigend wie faszinierend, was dort oben im Norden geschah. Das Unheimlichste daran war, dass anscheinend niemand genau wusste, was vor sich ging und wie die Sache überhaupt einzuschätzen war. In einer abgelegenen Gegend von Maine, hundertfünfzig Meilen nördlich von Derry, wurde ein Dutzend Jäger vermisst. So weit war es klar. Roberta war sich zwar nicht absolut, aber doch relativ sicher, dass die Reporter über Jefferson Tract sprachen, wo die Jungs immer auf die Jagd gingen und dann mit blutrünstigen Geschichten heimkehrten, die Duddits ebenso faszinierten wie ängstigten.

Waren diese Jäger nur durch einen Alberta-Clipper-Sturm, der über die Gegend hinweggezogen war und zwölf bis fünfzehn Zentimeter Schnee hinterlassen hatte, von der Außenwelt abgeschnitten worden? Schon möglich. Das konnte niemand mit Bestimmtheit sagen, aber eine Vierergruppe, die in der Gegend von Kineo auf die Jagd gegangen war, war anscheinend wirklich verschwunden. Bilder von ihnen flackerten über den Schirm, und ihre Namen wurden mit ernster Stimme verlesen: Otis, Roper, McCarthy, Shue. Shue, das war eine Frau.

Dass Jäger vermisst wurden, war nicht so wichtig, als dass man deswegen die Nachmittags-Soaps unterbrochen hätte, aber da waren ja auch noch andere Dinge. Man hatte seltsame mehrfarbige Lichter am Himmel gesehen. Zwei Jäger aus Millinocket, die zwei Tage zuvor in der Gegend von Kineo gewesen waren, behaupteten, sie hätten ein zigarrenförmiges Flugobjekt gesehen, das über einer Stromleitungsschneise im Wald schwebte. Das Fluggerät habe keine Rotoren gehabt, sagten sie, und auch keine anderen sichtbaren

Antriebsmechanismen. Es habe dort einfach keine zehn Meter über der Stromleitung geschwebt und ein tiefes Brummen von sich gegeben, das einem durch Mark und Bein gegangen sei. Und durch die Zähne, wie es schien. Beide Jäger behaupteten, Zähne verloren zu haben, aber als sie den Mund aufgemacht hatten, um die Zahnlücken zu zeigen, fand Roberta, dass ihre übrigen Zähne auch so aussahen, als würden sie bald ausfallen. Die Jäger waren in einem alten Chevy-Pick-up unterwegs gewesen, und als sie näher heranfahren wollten, um besser sehen zu können, war ihnen der Motor abgesoffen. Einer der Männer hatte eine batteriebetriebene Armbanduhr, die nach diesem Ereignis ungefähr drei Stunden lang rückwärts gegangen war und dann gänzlich den Geist aufgegeben hatte (die Armbanduhr des anderen, ein altmodisches Modell zum Aufziehen, hatte nicht gelitten). Nach Angaben der Reporter hatten auch mehrere andere Jäger und Anwohner seit etwa einer Woche unidentifizierte Flugobjekte gesehen – manche zigarrenförmig, andere in der eher herkömmlichen Untertassen-Form.

Vermisste Jäger und UFOs. Das hörte sich spannend an und war sicherlich gut genug für den Aufmacher bei *Live um sechs* (»Vor Ort! Aktuell! Aus Ihrer Stadt und unserem Bundesstaat!«), aber da war noch mehr. Und es war schlimmer. Sicherlich bisher nur Gerüchte, und Roberta hoffte stark, sie würden sich als unzutreffend erweisen, aber sie waren doch so unheimlich, dass sie hier seit fast zwei Stunden schon vor dem Fernseher saß, zu viel Kaffee trank und immer ängstlicher und nervöser wurde.

Die unheimlichsten Gerüchte rankten sich um Berichte, dass etwas in den Wäldern abgestürzt sei, nicht weit von der Stelle entfernt, an der die Männer angeblich das zigarrenförmige Flugobjekt über der Stromleitung gesehen hatten. Beinahe ebenso beunruhigend waren Berichte, dass ein recht großer Teil des Aroostook County – gut zweihundert Quadratmeilen, die größtenteils im Besitz eines Papierherstellers und der Bundesregierung waren – unter Quarantäne gestellt worden sei.

Ein großer, blasser Mann mit tief liegenden Augen sprach

auf dem Stützpunkt der Air National Guard in Bangor kurz mit Reportern (er stand dabei vor einem Schild mit der Aufschrift HOME OF THE MANIACS) und sagte, an den Gerüchten sei nichts dran, man würde allerdings »eine Reihe widersprüchlicher Berichte« überprüfen. In der eingeblendeten Textzeile stand einfach nur ABRAHAM KURTZ. Roberta konnte nicht feststellen, welchen Dienstgrad er hatte und ob er überhaupt ein Militär war. Er trug nur einen schlichten grünen Overall mit Reißverschluss. Wenn ihm kalt war – und das hätte man vermutet, da er nichts weiter als diesen Overall trug –, dann ließ er es sich nicht anmerken. Es lag etwas in seinem Blick, in seinen Augen, die sehr groß und von weißen Wimpern umrahmt waren, das Roberta gar nicht gefiel. Ihr kamen sie wie die Augen eines Lügners vor.

»Können Sie wenigstens bestätigen, dass das abgestürzte Flugobjekt weder ausländischer noch ... noch außerirdischer Herkunft ist?«, fragte ein jung klingender Reporter.

»ET nach Hause telefonieren«, sagte Kurtz und lachte. Die meisten anderen Reporter lachten mit, und außer Roberta, die hier in ihrer Wohnung in West Derry Acres diesen Filmbeitrag sah, schien niemand zu bemerken, dass das überhaupt keine Antwort war.

»Können Sie bestätigen, dass die Gegend von Jefferson Tract nicht unter Quarantäne gestellt wurde?«, fragte ein anderer Reporter.

»Das kann ich gegenwärtig weder bestätigen noch dementieren«, sagte Kurtz. »Wir nehmen die Angelegenheit sehr ernst. Ihre Regierung tut heute mal wirklich was für Sie, meine Damen und Herren.« Dann ging er zu einem Hubschrauber, dessen Rotorblätter sich langsam drehten und auf dessen Seite in großen weißen Lettern ANG stand.

Dieser Beitrag war, sagte die Nachrichtensprecherin, um 9.45 Uhr aufgezeichnet worden. Der folgende Beitrag – wackliges Bildmaterial, aus der Hand mit einer Videokamera aufgenommen – war von einer Cessna aus gefilmt worden, die Channel Nine gechartert hatte, um Jefferson Tract damit zu überfliegen. Es hatte offenbar Turbulenzen gegeben und heftig geschneit, aber nicht genug, um die beiden

Hubschrauber zu verbergen, die aufgetaucht waren und die Cessna rechts und links flankiert hatten wie riesige braune Libellen. Es hatte einen Funkspruch gegeben, der so unverständlich war, dass Roberta die Abschrift mitlesen musste, die in gelben Buchstaben am unteren Bildschirmrand eingeblendet wurde: »*Sie befinden sich über Sperrgebiet. Wir befehlen Ihnen, zu Ihrem Startflugplatz zurückzukehren. Ich wiederhole: Sie befinden sich über Sperrgebiet. Drehen Sie ab.*«

Bedeutete Sperrgebiet unweigerlich auch Quarantänegebiet? Roberta Cavell meinte schon, und dass Kerle wie dieser Kurtz das wohl bestreiten würden. Die Kennung an den beiden Hubschraubern war deutlich sichtbar: ANG. Einer davon hätte durchaus der sein können, in dem Abraham Kurtz nach Norden geflogen war.

Der Pilot der Cessna: »*Wer hat bei diesem Einsatz die Befehlsgewalt?*«

Funkspruch: »*Kehren Sie um, Cessna, oder Sie werden zur Umkehr gezwungen.*«

Die Cessna war umgekehrt. Sie habe sowieso nicht genug Treibstoff gehabt, sagte die Nachrichtensprecherin, als würde das irgendwas erklären. Seither hatten sie immer nur Wiederholungen gesendet und das als letzten Stand der Dinge bezeichnet. Die großen Sender hatten vermutlich schon Korrespondenten losgeschickt.

Sie stand eben auf, um den Fernseher abzuschalten – das Zusehen machte ihr allmählich Angst –, als Duddits schrie. Roberta blieb das Herz erst stehen, dann hämmerte es los. Sie wirbelte herum, stieß mit dem La-Z-Boy-Sessel, der Alfies Lieblingsplatz gewesen war und nun der ihre war, an den Tisch und kippte dabei ihre Kaffeetasse um. Der Kaffee ergoss sich über die Fernsehzeitschrift und ertränkte die Besetzungsliste der *Sopranos* in einer braunen Pfütze.

Dem Schrei folgten schrille, hysterische Schluchzer, die Schluchzer eines Kindes. Aber so war das mit Duddits: Er war jetzt Mitte dreißig, würde aber als Kind sterben, ehe er die Vierzig erreichte.

Für einen Augenblick konnte sie einfach nur dastehen.

Schließlich setzte sie sich in Bewegung und wünschte sich, Alfie wäre da ... oder besser noch einer der Jungs. Die waren jetzt natürlich keine Jungs mehr; nur Duddits war immer noch ein Junge; das Downsyndrom hatte einen Peter Pan aus ihm gemacht, und bald würde er im Never-Never-Land sterben.

»Ich komme, Duddie!«, rief sie, und das tat sie dann auch, obwohl sie sich alt vorkam, als sie den Flur entlang zum hinteren Schlafzimmer eilte, das Herz ihr unstet an die Rippen pochte und Arthritis sie in der Hüfte kniff. Ihr stand kein Never-Never-Land bevor.

»Ich komme! Mami kommt!«

Schluchzend und noch mal schluchzend, als wäre sein Herz gebrochen. Er hatte zum ersten Mal aufgeschrien, als er mitbekommen hatte, dass sein Zahnfleisch blutete, nachdem er sich die Zähne geputzt hatte, aber richtig geschrien hatte er nie, und es war Jahre her, dass er so geweint hatte, mit diesem hemmungslosen Schluchzen, das einem nicht mehr aus dem Kopf ging und einen schier wahnsinnig machte.

»Duddie, was ist denn?«

Sie platzte in sein Zimmer, schaute ihn mit großen Augen an und ging zunächst davon aus, dass er blutete, dass sie tatsächlich Blut sah. Aber da war nur Duddits, der in seinem hochgekurbelten Krankenhausbett vor und zurück schaukelte, die Wangen tränenüberströmt. Seine Augen zeigten noch dasselbe strahlende Grün, aber sonst war alle Farbe aus seinem Gesicht gewichen. Sein Haar war auch verschwunden, das hübsche blonde Haar, das sie immer an den jungen Art Garfunkel erinnert hatte. Sein Schädel schimmerte im matten Winterlicht, das durchs Fenster drang und auch auf die Flaschen schien, die auf dem Nachttisch aufgereiht standen (Tabletten gegen Infektionen und Tabletten gegen Schmerzen, aber keine Tabletten, die aufgehalten oder auch nur verlangsamt hätten, was mit ihm geschah), schimmerte auch auf dem Infusionsständer, der zurzeit nicht benutzt wurde, nur zu bald aber wieder in Gebrauch sein würde.

Aber sie konnte ihm nichts ansehen. Nichts, was seinen schon fast grotesk schmerzverzerrten Gesichtsausdruck erklärt hätte.

Sie setzte sich zu ihm, nahm seinen sich unablässig schüttelnden Kopf und hielt ihn sich an die Brust. Obwohl er so aufgewühlt war, fühlte sich seine Haut kühl an; sein ausgelaugtes, sterbendes Blut konnte seinem Gesicht keine Wärme spenden. Sie musste daran denken, wie sie vor langer Zeit auf der High School *Dracula* gelesen hatte und das wohlige Gruseln gar nicht mehr so wohlig gewesen war, sobald sie im Bett lag, das Licht gelöscht war und Schatten ihr Zimmer erfüllten. Sie wusste noch, dass sie heilfroh gewesen war, dass es in Wirklichkeit gar keine Vampire gab. Heute wusste sie es besser. Einen Vampir gab es durchaus, und der war viel angsteinflößender als irgendein Graf aus Transsilvanien; und er hieß nicht Dracula, sondern Leukämie, und man konnte ihm keinen Pfahl durchs Herz rammen.

»Duddits, Duddie, Schatz, was ist denn?«

Und da schrie er, als er so an ihrer Brust lag, und ließ sie alles vergessen, was sich möglicherweise oben in Jefferson Tract abspielte, jagte ihr einen kalten Schauer über die Kopfhaut und eine Gänsehaut über den ganzen Körper. »*Ieba-od! Ieba-od! O-Amma, Ieba-od!*« Es war unnötig, ihn zu bitten, es zu wiederholen oder noch einmal deutlicher zu sagen; sie hatte ihm sein ganzes Leben lang zugehört und verstand ihn auf Anhieb:

Biber ist tot! Biber ist tot! O Mama, Biber ist tot!

Kapitel 9

Pete und Becky

1

Pete lag schreiend in der zugeschneiten Fahrspur, in die er gestürzt war, bis er nicht mehr schreien konnte, und dann lag er dort einfach nur noch eine Zeit lang und versuchte, mit dem Schmerz klarzukommen. Es gelang ihm nicht. Es waren erbarmungslose Schmerzen, Blitzkriegsqualen. Er hatte keine Ahnung gehabt, dass es solche Schmerzen überhaupt geben konnte – und hätte er es gewusst, dann wäre er bestimmt bei der Frau geblieben. Bei Marcy, nur dass sie gar nicht Marcy hieß. Ihr richtiger Name lag ihm fast auf der Zunge, aber was machte das schon? Er war es, der hier in Schwierigkeiten steckte. Der Schmerz stieg in glühend heißen, schrecklichen Krämpfen von seinem Knie auf.

Er lag zitternd auf der Straße, die Plastiktüte neben sich. DANKE, DASS SIE BEI UNS EINGEKAUFT HABEN! stand darauf. Pete langte hinein und wollte sehen, ob vielleicht ein oder zwei Flaschen darin nicht zerbrochen waren, und als er sein Bein verlagerte, schossen ihm Todesqualen vom Knie durch den ganzen Körper. Verglichen damit waren die Schmerzen bisher nur ein leichtes Stechen gewesen. Pete schrie wieder auf und fiel in Ohnmacht.

2

Als er wieder zu sich kam, wusste er nicht, wie lange er weggetreten war – dem Licht nach nicht sehr lange, aber seine Füße waren gefühllos vor Kälte und seine Hände, trotz der Handschuhe, auch schon fast.

Pete lag auf der Seite, die Biertüte als eben zufrierende bernsteingelbe Pfütze neben sich. Der Schmerz in seinem Knie hatte ein wenig nachgelassen – wahrscheinlich wurde es auch schon vor Kälte gefühllos –, und ihm fiel auf, dass er wieder klar denken konnte. Das war gut, denn das war ja nun wirklich eine absolute Scheißsituation, in die er sich hier gebracht hatte. Er musste zurück zu dem Unterstand und dem Feuer, und das musste er alleine schaffen. Wenn er einfach hier liegen blieb und darauf wartete, dass Henry mit dem Schneemobil wiederkam, konnte er damit rechnen, Tiefkühlpete zu sein, wenn Henry dann kam – Tiefkühlpete mit einer Tüte voll geplatzter Bierflaschen neben sich, danke, dass Sie bei uns eingekauft haben, du Scheiß-Alki, herzlichen Dank auch. Und dann musste er auch noch an die Frau denken. Auch sie würde vielleicht sterben, und das nur, weil Pete Moore ja so dringend ein paar Bier hatte zischen müssen.

Er betrachtete die Tüte mit Widerwillen. Er konnte sie nicht in den Wald werfen; er konnte es nicht riskieren, sein Knie wieder aufzuwecken. Also schob er Schnee darüber, so wie ein Hund seinen Kot verscharrt, und krabbelte dann los.

Das Knie war anscheinend doch nicht so steif gefroren. Pete kroch mit den Ellenbogen voran und stieß sich mit seinem gesunden Fuß ab. Er biss die Zähne zusammen, und das Haar hing ihm in die Augen. Keine Tiere mehr; der Exodus war vorbei, und er war ganz allein – nur seine keuchenden Atemzüge und das gedämpfte, schmerzerfüllte Stöhnen, wenn er mit seinem Knie irgendwo anstieß, waren zu hören. Er spürte den Schweiß über seine Arme und seinen Rücken laufen, aber seine Füße blieben gefühllos und seine Hände auch.

Er hätte vielleicht aufgegeben, aber auf der Hälfte des geraden Stücks erblickte er das Feuer, das er mit Henry entfacht hatte. Es war schon ziemlich heruntergebrannt, brannte aber immerhin noch. Pete kroch darauf zu, und jedes Mal, wenn er sich das Bein stieß und der Schmerz ihn durchfuhr, versuchte er ihn in die orangefarbenen Funken des Feuers zu projizieren. Dorthin wollte er. Es tat wirklich höllisch weh, sich zu bewegen, aber wie gern wollte er dorthin. Er wollte nicht hier im Schnee erfrieren.

»Ich schaff das schon, Becky«, murmelte er. »Ich schaff das schon, Becky.« Er sprach ihren Namen ein halbes Dutzend Mal aus, bis er merkte, dass er ihn kannte.

Während er so dem Feuer allmählich näher kam, hielt er kurz inne, schaute auf seine Armbanduhr und runzelte die Stirn. Laut seiner Uhr war es 11.40 Uhr, und das konnte nicht sein – er erinnerte sich, auf die Uhr gesehen zu haben, bevor er zum Scout aufgebrochen war, und da war es zwanzig nach zwölf gewesen. Ein zweiter Blick klärte die Ursache der Verwirrung: Seine Uhr lief rückwärts, der Sekundenzeiger drehte sich unregelmäßig zuckend gegen den Uhrzeigersinn. Pete sah sich das nicht sonderlich erstaunt an. Ihm war die Fähigkeit abhanden gekommen, sich noch über irgendwas zu wundern. Nicht einmal seinem Bein galt mehr seine Hauptsorge. Ihm war sehr kalt, und heftige Schauer überliefen ihn, während er sich mit den Ellenbogen vorankämpfte und sich mit seinem zusehends ermüdenden gesunden Bein abstieß und so die letzten fünfzig Meter zu dem erlöschenden Feuer zurücklegte.

Die Frau saß nicht mehr auf der Plane. Sie lag nun auf der anderen Seite des Feuers, als wäre sie zum Feuerholz gekrochen und dort zusammengebrochen.

»Hallo, Schatz, ich bin wieder da«, keuchte er. »Mein Knie hat ziemliche Zicken gemacht, aber jetzt bin ich wieder da. Das mit dem Scheiß-Knie ist sowieso deine Schuld, Becky, also beschwer dich nicht, ja? Becky – so heißt du doch, oder?«

Vielleicht schon, aber sie antwortete nicht. Lag einfach nur glotzend da. Er konnte immer nur eines ihrer Augen sehen, wusste aber nicht, ob es dasselbe war wie zuvor. Ihr Blick kam ihm nicht mehr so unheimlich vor, aber vielleicht lag das auch daran, dass er jetzt andere Sorgen hatte. Das Feuer zum Beispiel. Es flackerte zwar nur noch, hatte aber noch tüchtig Glut, und er kam wohl gerade noch rechtzeitig. Leg etwas Holz nach, Baby, schür es ordentlich und leg dich dann zu dieser Becky (aber bitte gegen den Wind, diese

Knatterfürze waren wirklich schlimm). Warte ab, bis Henry wiederkommt. Wäre nicht das erste Mal, dass ihm Henry die Kastanien aus dem Feuer holte.

Pete krabbelte auf die Frau und den kleinen Holzhaufen hinter ihr zu, und als er ihr nahe kam – nahe genug, um wieder diesen ätherartigen chemischen Gestank wahrzunehmen –, verstand er, warum ihr Blick ihn nicht mehr störte. Dieser unheimliche Blick wie von einem Auto war erloschen. Wie die ganze Frau. Sie war halb ums Feuer herum gekrochen und dort gestorben. Die Schneeschicht auf ihrer Taille und Hüfte war dunkelrot.

Pete hielt einen Moment lang inne, auf seine schmerzenden Arme gestützt, und schaute sie an, aber er hatte an ihr, ob nun tot oder lebendig, nicht mehr Interesse als an seiner rückwärts gehenden Armbanduhr. Er wollte einzig und allein etwas Holz auf das Feuer legen und sich *wärmen*. Über die Frau konnte er immer noch nachdenken. Nächsten Monat vielleicht, wenn er mit einem Gipsverband ums Knie und einer Tasse heißen Kaffee bei sich zu Hause im Wohnzimmer saß.

Er schaffte es bis zum Holz. Nur noch vier Stücke waren übrig, aber es waren große Stücke. Henry würde bestimmt zurück sein, bevor sie niedergebrannt waren, und würde Nachschub sammeln, ehe er weiterfuhr, um Hilfe zu holen. Der gute alte Henry. Trug immer noch seine beknackte Hornbrille, und das im Zeitalter von weichen Kontaktlinsen und Laserchirurgie. Aber man konnte sich auf ihn verlassen.

Petes Gedanken wollten schon zum Scout zurückkehren, wie er da in den Wagen gekrochen war und Henrys Parfum gerochen hatte, das Henry gar nicht getragen hatte, aber das ließ er nicht zu. *Wir gehen da nicht hin,* wie die Kinder immer sagten. Als wäre die Erinnerung ein Ort. Kein Geister-Parfum mehr und keine Erinnerungen an Duddits. Kein Prall mehr und kein Spiel. Er hatte schon genug am Hals.

Er warf Ast um Ast ins Feuer, hantierte dabei unbeholfen mit dem Holz, zuckte zusammen, wenn sein Knie wieder schmerzte, und freute sich daran, wie die Funken wie verrückte Glühwürmchen unter das schräg stehende Wellblechdach des Schuppens wirbelten, ehe sie verglimmten.

Henry würde bald wieder da sein. An diesem Gedanken musste man sich festhalten. Einfach nur zusehen, wie das Feuer auflocherte, und sich an diesem Gedanken festhalten.

Nein, er kommt nicht wieder. Denn in der Hütte ist was Schreckliches passiert. Es hat etwas zu tun mit –

»Rick«, sagte er und sah zu, wie die Flammen über das frische Holz leckten. Bald würden sie es fressen und groß und stark davon werden.

Er zog sich die Handschuhe aus, half dabei mit den Zähnen nach und wärmte sich die Hände am Feuer. Die Schnittwunde an seinem rechten Handballen, wo ihn die zerbrochene Flasche erwischt hatte, war lang und tief. Da würde eine Narbe zurückbleiben, aber na und? Was waren schon ein, zwei Narben unter Freunden? Und sie waren doch Freunde, nicht wahr? Ja. Die alte Kansas-Street-Gang, die roten Korsaren, mit ihren Plastikschwertern und batteriebetriebenen Krieg-der-Sterne-Laserkanonen. Einmal hatten sie etwas Heldenhaftes getan – zweimal, wenn man das mit der kleinen Rinkenhauer mitzählte. Damals war sogar ein Foto von ihnen in der Zeitung gewesen. Was machten da schon ein paar Narben? Und was machte es schon, dass sie einmal vielleicht – und nur vielleicht – jemanden umgebracht hatten? Denn wenn jemand den Tod verdient hatte, dann –

Aber dorthin würde er auch nicht gehen. Vergiss es, Baby.

Aber er sah die Linie. Ob es ihm nun gefiel oder nicht, er sah die Linie, deutlicher als seit Jahren. Vor allem sah er Biber ... und hörte ihn auch. Mitten im Kopf.

Jonesy? Bist du da, Mann?

»Nicht aufstehen, Biber«, sagte Pete und sah zu, wie die Flammen prasselnd größer wurden. Das Feuer war jetzt heiß, schlug ihm Wärme ins Gesicht, lullte ihn ein. »Bleib, wo du bist. Einfach nur ... na, du weißt schon: schön sitzen bleiben.«

Was war denn hier los? *Was soll das Jobba-Nobba hier?*, wie der Biber manchmal gefragt hatte, als sie noch Kinder waren, ein Nonsens-Satz, bei dem sie immer lachen mussten. Pete ahnte, dass er es erfahren konnte, wenn er denn wollte, so leuchtend hell war die Linie. Er erhaschte einen Blick auf blaue Fliesen, einen hauchdünnen blauen Duschvorhang, eine leuchtend orangefarbene Mütze – Ricks Mütze, McCarthys Mütze, die Mütze von Mr Siehe-ich-stehe-an-der-Tür – und ahnte, dass er auch alles Übrige erfahren konnte, wenn er denn wollte. Er wusste nicht, ob es die Zukunft war, die Vergangenheit oder das, was genau in diesem Augenblick geschah, aber er konnte es erfahren, wenn er denn –

»Aber ich will nicht«, sagte er und schob es beiseite.

Es waren nur noch ein paar Stöcke und Zweige übrig. Pete legte sie ins Feuer und betrachtete dann die Frau. Ihr offenes Auge hatten nichts Beängstigendes mehr an sich. Ihr Blick war trüb, wie bei einem eben erlegten Hirsch. Das ganze Blut um sie herum ... Vermutlich war sie verblutet. Irgendwas in ihr war geplatzt. So was Dummes aber auch. Vermutlich hatte sie so was geahnt und sich auf die Straße gesetzt, damit sie gesehen wurde, wenn jemand vorbeikam. Und es war jemand vorbeigekommen, und jetzt schau sich einer an, was dabei herausgekommen war. Das arme Dreckstück. Die arme dumme Sau.

Pete lehnte sich vorsichtig nach links, bis er den Rand der Plane zu fassen bekam, und beugte sich dann wieder vor. Die Plane war ihr improvisierter Schlitten gewesen; nun konnte sie ihr provisorisches Leichentuch sein. »Tut mir Leid«, sagte er. »Becky oder wie immer du auch heißt, es tut mir wirklich Leid. Aber ich hätte dir auch nicht helfen können, wenn ich hier geblieben wäre, weißt du; ich bin kein Arzt; ich bin bloß ein jämmerlicher Autoverkäufer. Du warst sowieso –«

– *von Anfang an im Arsch*, hatte er schließen wollen, aber das blieb ihm im Halse stecken, als er sie von hinten sah. Ihre Rückseite hatte er nicht sehen können, bis er näher gekommen war, denn sie war mit dem Gesicht zum Feuer gestorben. Ihr Hosenboden war aufgeplatzt, als hätte sie es aufgegeben, Gase zu furzen, und wäre zu Dynamit übergegangen. Jeansfetzen flatterten im Wind. Und außerdem flatterten da auch Fetzen der Kleidungsstücke, die sie darunter trug, mindestens zwei lange Unterhosen – eine aus weißem Doppelripp, die andere aus lila Seide. Und etwas wuchs auf ihren beiden Hosenbeinen und hinten auf ihrem Mantel. Es sah wie Mehltau aus oder wie eine Art Pilz. Es war rotgolden, aber vielleicht war das auch nur der Widerschein des Feuers.

Etwas war aus ihr herausgeplatzt. Etwas –
Ja. Etwas. Und das beobachtet mich jetzt.
Pete sah hinüber in den Wald. Nichts. Es kamen keine Tiere mehr. Er war allein.
Nein, bin ich nicht.
Nein, war er nicht. Etwas war da draußen, etwas, dem die Kälte nicht bekam, etwas, das es lieber feuchtwarm hatte. Nur dass –
Nur dass es zu groß geworden ist. Und es nichts mehr zu fressen hatte.
»Bist du da irgendwo?«
Pete dachte, er würde sich bescheuert dabei vorkommen, so etwas zu rufen, aber so war es nicht. Vielmehr ängstigte es ihn nur noch mehr.

Sein Blick blieb an einer schwachen Spur aus diesem mehltauartigen Zeug hängen. Sie führte von Becky fort – ja, sie hieß Becky, na klar, wer so aussah, musste einfach Becky heißen – und hinter den Unterstand. Einen Augenblick später hörte Pete ein schuppiges Kratzen, und etwas glitt über das Wellblechdach. Er richtete sich auf und schaute in die Richtung, aus der das Geräusch kam.

»Hau ab«, flüsterte er. »Hau ab, lass mich in Ruhe. Ich bin ... Ich bin im Arsch.«

Dann hörte man das Ding noch kurz das Wellblechdach hochrutschen. Ja, er war im Arsch. Aber dummerweise war er auch essbar. Das Ding da oben rutschte weiter. Vermutlich würde es sich nicht lange gedulden, konnte sich gar nicht lange gedulden; es war wie ein Gecko in einem Kühlschrank. Es würde sich auf ihn stürzen. Und jetzt fiel es ihm siedend heiß ein: Er war so auf das Bier fixiert gewesen, dass er die Waffen völlig vergessen hatte.

Sein erster Impuls bestand darin, tiefer in den Unterstand hineinzukriechen, aber das konnte sich als Fehler erweisen, als Sackgasse. Stattdessen packte er das hervorstehende Ende eines Astes, den er gerade ins Feuer gelegt hatte. Er zog ihn nicht heraus, noch nicht, hielt ihn nur fest. Das andere Ende brannte lichterloh. »Komm doch her«, sagte er zum Wellblechdach hinauf. »Du hast es gern warm? Ich hab hier was Warmes für dich. Komm und hol's dir. Leckerlecker.«

Keine Reaktion. Jedenfalls nicht vom Dach. Von einer der Kiefern hinter ihm rauschte leise der Schnee, den die unteren Äste nicht mehr tragen konnten. Pete packte die improvisierte Fackel fester und hob sie halbwegs aus dem Feuer. Dann ließ er sie in einem kleinen Funkenregen wieder sinken. »Komm doch her, du Schwein. Ich bin warm, ich bin lecker, und ich warte auf dich.«

Nichts. Aber es war da oben. Es konnte nicht lange warten, da hatte er keinen Zweifel. Bald würde es kommen.

3

Die Zeit verging. Pete wusste nicht recht, wie viel, denn seine Uhr hatte den Geist nun ganz aufgegeben. Ab und zu kam es ihm so vor, als würden seine Gedanken stärker, so wie das manchmal gewesen war, wenn sie mit Duddits zusammengehockt hatten (aber das war auch immer seltener vorgekommen, als sie älter wurden und Duddits immer der Gleiche blieb – es war, als beherrschten ihre sich wandelnden Hirne und Körper den Trick nicht mehr, Duddits' eigenartige Signale zu empfangen). Das hier war so ähnlich, aber doch etwas anders als damals. Vielleicht etwas Neues. Vielleicht hatte es sogar mit den Lichtern am Himmel zu tun. Er war sich bewusst, dass Biber tot war und dass Jonesy etwas Schreckliches zugestoßen war, wusste aber nicht, was.

Was auch immer geschehen war – Pete dachte, dass auch Henry davon wusste, wenn auch nicht so deutlich; Henry war tief in seine eigenen Gedanken versunken und dachte:

Banbury Cross, Banbury Cross, auf einem Steckenpferd nach Banbury Cross.

Der Stock brannte herunter, und das Feuer kam seiner Hand näher, und Pete fragte sich, was er tun sollte, wenn er so weit niederbrannte, dass er nicht mehr zu gebrauchen war, und ihm das Ding da oben doch so lange auflauern konnte. Und dann kam ihm ein neuer Gedanke, taghell und knallrot vor Panik. Er konnte an nichts anderes mehr denken, und er fing an, ihn laut herauszuschreien, und hörte deshalb nicht, wie das Ding von da oben schnell das Dach hinunterglitt.

»Bitte tut uns nichts! *Ne nous blessez pas!*«

Aber das würden sie, das würden sie, denn … was?

Denn das sind keine hilflosen kleinen ETs, Jungs, die nur darauf warten, dass man ihnen eine Telefonkarte der New England Tel gibt, damit sie nach Hause telefonieren können, sie sind eine Krankheit. *Sie sind Krebs, gelobt sei der Herr, und wir, Jungs, sind eine große, hoch dosierte radioaktive Chemotherapie-Injektion. Hört ihr mich, Jungs?*

Pete wusste nicht, ob *sie* ihn hörten, die Jungs, zu denen die Stimme sprach, aber er hörte sie. Sie kamen, die Jungs kamen, die roten Korsaren kamen, und kein Flehen der Welt würde sie aufhalten. Und doch flehten sie, und Pete flehte mit ihnen.

»Bitte tut uns nichts! Bitte! *S'il vous plaît! Ne nous blessez pas! Ne nous faites pas mal, sommes sans défense!*« Jetzt winselten sie. »Bitte! *Um der Liebe Gottes willen! Wir sind wehrlos!*«

Vor seinem geistigen Auge sah er die Hand, die Hundekacke, den weinenden, fast nackten Jungen. Und die ganze Zeit über rutschte und glitt das Ding vom Dach, sterbend, aber nicht wehrlos, dumm, aber so dumm nun auch wieder nicht, und schlich sich hinter Pete, während er schrie, während er auf der Seite neben der toten Frau lag und lauschte, wie ein apokalyptisches Gemetzel begann.

Krebs, sagte der Mann mit den weißen Wimpern.

»*Bitte nicht!*«, schrie er. »*Bitte nicht, wir sind wehrlos!*«

Doch ob das nun gelogen war oder nicht – es war zu spät.

4

Das Schneemobil hatte Henrys Versteck passiert, ohne abzubremsen, und jetzt verklang das Motorengeräusch in westlicher Richtung. Er hätte wieder hervorkommen können, die Luft war rein, aber Henry kam nicht hervor. Konnte nicht hervorkommen. Die Intelligenz, die an Jonesys Stelle getreten war, hatte ihn nicht aufgespürt. Entweder war sie abgelenkt gewesen, oder Jonesy hatte irgendwie – konnte irgendwie immer noch –

Aber nein. Die Idee, in dieser entsetzlichen rotschwarzen Wolke könne auch nur noch irgendwas von Jonesy übrig sein, war reines Wunschdenken.

Und jetzt, da das Ding weg war – oder zumindest verschwand –, waren da die Stimmen. Sie füllten Henrys Kopf aus, machten ihn fast wahnsinnig mit ihrem Gebrabbel, wie Duddits' Weinen ihn auch fast immer wahnsinnig gemacht hatte, zumindest bis die Pubertät diesem Schwachsinn größtenteils ein Ende bereitet hatte. Eine der Stimmen war eine Männerstimme, und sie sagte etwas über einen Pilz

(geht schnell ein, es sei denn, er findet einen lebenden Wirt)

und dann etwas über eine Telefonkarte der New England Tel und über ... Chemotherapie? Ja, eine große, hoch dosierte radioaktive Injektion. Es war die Stimme, dachte Henry, eines Wahnsinnigen. Von denen hatte er, weiß Gott, genug erlebt, um das beurteilen zu können.

Die anderen Stimmen waren es, die ihn an seiner eigenen geistigen Gesundheit zweifeln ließen. Er kannte sie nicht alle, aber einige kannte er durchaus: Walter Cronkite, Bugs Bunny, Jack Webb, Jimmy Carter, eine Frauenstimme, die sich sehr nach Margaret Thatcher anhörte. Die Stimmen sprachen abwechselnd Englisch und Französisch.

»*Il n'y a pas d'infection ici*«, sagte Henry und fing dann an zu weinen. Er war erstaunt darüber und berauscht davon, dass er immer noch Tränen aufbringen konnte, wo er doch schon gedacht hatte, alle Tränen und alles Gelächter – alles wahre Gelächter – hätten ihn verlassen. Tränen des

Entsetzens, Tränen des Mitleids, Tränen, die den steinigen Boden der zwanghaften Nabelschau aufweichten und den Fels darunter sprengten. »Wir haben nichts Ansteckendes, bitte, o Gott, hört *auf*, nicht, nicht, *sommes sans défense,* NOUS SOMMES SANS –«

Und dann begann im Westen der Donner von Menschenhand, und Henry hielt sich den Kopf und hatte das Gefühl, die Schreie und Schmerzen darin würden ihn zum Platzen bringen. Diese Schweine –

5

Diese Schweine schlachteten sie ab.

Pete saß am Feuer, achtete nicht auf die brüllenden Schmerzen in seinem lädierten Knie und auch nicht darauf, dass er den brennenden Ast nun auf Schläfenhöhe hielt. Die Schreie in seinem Kopf konnten das Maschinengewehrfeuer im Westen nicht ganz übertönen. Es waren schwere Maschinengewehre, Kaliber 50. Jetzt gingen die Schreie – tut uns bitte nichts, wir sind wehrlos, wir haben nichts Ansteckendes – in Panik über; es half nichts, nichts half mehr, die Sache war erledigt.

Pete nahm eine Bewegung wahr und drehte sich eben in dem Moment um, als das Ding, das auf dem Dach gewesen war, auf ihn losging. Verschwommen sah er einen schlanken, wieselartigen Leib, den anscheinend ein muskulöser Schwanz und nicht irgendwelche Beine fortbewegten, und dann verbiss es sich in seinen Fußknöchel. Er kreischte auf und riss sein gesundes Bein so abrupt hoch, dass er sich fast das Knie unters Kinn gerammt hätte. Das Ding kam mit, hing an ihm fest wie ein Blutegel. Das waren die Viecher, die um Gnade flehten? Da war drauf geschissen, wenn die das waren. Die konnten was erleben!

Spontan packte er das Ding mit der rechten Hand, mit der er sich auch an der Bud-Flasche geschnitten hatte; die Fackel hielt er weiter mit der gesunden Linken neben seinem Kopf. Er bekam etwas zu greifen, das sich wie kaltes, pelziges Gelee anfühlte. Das Ding ließ augenblicklich von seinem Knöchel ab, und Pete erhaschte einen kurzen Blick auf ausdruckslos blickende Augen – Hai-Augen, Adleraugen –, ehe es das Nadelkissen seiner Zähne in Petes Hand versenkte und sie an der alten Schnittwunde entlang weit aufriss.

Dieser Schmerz war wie das Ende der Welt. Der Kopf des Dings – wenn es denn einer war – verbiss sich in die Hand, riss sie auf, zerfetzte sie, grub sich förmlich hinein. Blut spritzte fächerförmig, als Pete versuchte, es abzuschütteln, spritzte auf den Schnee und die mit Sägemehl überzogene Plane und den Mantel der toten Frau. Tropfen flogen auch ins Feuer und zischten auf wie Fett in einer heißen Pfanne. Jetzt gab das Vieh ein wildes, schnatterndes Kreischen von sich. Sein Schwanz, so dick wie der Leib einer Muräne, umschlang Petes herumwirbelnden Arm und versuchte ihn ruhig zu stellen.

Pete setzte die Fackel nicht bewusst ein, denn er hatte sie ganz vergessen; er dachte nur noch daran, mit der linken Hand dieses entsetzliche beißende Vieh von seiner rechten Hand loszureißen. Als es dann Feuer fing und auflodere, so heiß und hell wie eine Rolle Zeitungspapier, verstand er erst gar nicht, was da vor sich ging. Dann schrie er, vor Schmerz, aber auch vor Triumph. Er sprang auf und kam auf die Beine – zumindest vorläufig tat sein geschwollenes Knie überhaupt nicht mehr weh – und schwang seinen rechten Arm mit dem Vieh daran in einer weit ausholenden Bewegung gegen einen Stützpfosten des Unterstands. Es krachte, und statt des schnatternden Kreischens war nun ein gedämpftes Quietschen zu hören. Einen endlosen Moment lang vergrub sich dieser Knoten aus Zähnen nur noch tiefer in seiner Hand. Dann ließ es davon ab, und das brennende Wesen löste sich und fiel auf den gefrorenen Boden. Pete trampelte darauf herum, spürte, wie es sich unter seinem Absatz wand, und verspürte für einen Moment reinen, ungebändigten Triumph, ehe sein überlastetes Knie endgültig aufgab, sein Bein wegknickte und die Bänder rissen.

Er stürzte auf die Seite und landete Gesicht an Gesicht

mit Beckys tödlichem blindem Passagier. Dabei merkte er nicht, dass der Unterstand ins Wanken geraten war, dass sich der Pfosten, gegen den er das Vieh geschlagen hatte, langsam nach außen neigte. Für einen Moment war das primitive Gesicht des Wieselwesens nur fünf Zentimeter von Petes Gesicht entfernt. Sein brennender Leib zuckte und schlug gegen Petes Jacke. Seine schwarzen Augen kochten. Etwas so hoch Entwickeltes wie einen Mund hatte es nicht, aber als sich der Knoten oben an seinem Körper auflöste und die Zähne zeigte, schrie Pete es an – »*Nein! Nein! Nein!*« – und schleuderte es ins Feuer, wo es sich weiter wand und sein wildes, affenartiges Kreischen von sich gab.

Mit dem linken Fuß schob er das Ding weiter ins Feuer. Mit der Stiefelspitze erwischte er den sich schon neigenden Pfosten, der eben beschlossen hatte, das Dach noch etwas zu halten. Aber das war nun zu viel, und der Pfosten brach und stürzte mit dem halben Wellblechdach ein. Ein, zwei Sekunden später brach auch der andere Pfosten. Das restliche Dach fiel ins Feuer und ließ die Funken stieben.

Für einen Moment war es das. Dann fing das hingestürzte rostige Wellblech an, sich zu heben und wieder zu senken, als atmete es. Einen Augenblick später kroch Pete darunter hervor. Sein Blick war glasig. Er war kreidebleich vor Schreck. Der linke untere Ärmel seiner Jacke stand in Flammen. Pete glotzte ihn einen Moment lang an, während seine Beine noch bis zu den Knien unter dem eingestürzten Dach begraben lagen, hob seinen Ärmel dann vors Gesicht, holte tief Luft und blies das Feuer aus, das darauf brannte, als wäre es eine riesige Geburtstagstortenkerze.

Aus westlicher Richtung näherte sich das Surren eines Schneemobilmotors. Jonesy ... oder was noch von ihm übrig war. Die Wolke. Pete glaubte nicht, dass sie ihm gnädig gesinnt war. Es war hier in Jefferson Tract nicht der Tag für Gnade. Er hätte sich verstecken sollen. Aber die Stimme, die ihm dazu riet, klang sehr fern und kam ihm unerheblich vor. Eines aber war schön: Er hatte so das Gefühl, dass er endlich mit dem Trinken aufgehört hatte.

Er hielt sich seine zerbissene rechte Hand vors Gesicht.

Ein Finger war ab und steckte dem Ding vermutlich jetzt in der Kehle. Von zwei weiteren war nicht viel mehr als zerfetzte Sehnen übrig. Er sah das rötlich goldene Zeug schon aus den tiefsten Wunden wachsen – aus denen, die das Monster ihm geschlagen hatte, und der, die er sich selbst beigebracht hatte, als er auf der Suche nach dem Bier zurück in den Scout gekrochen war. Er hatte ein komisches juckendes Gefühl in der Hand, als nährte sich jetzt dieses Zeug, was auch immer es war, von seinem Fleisch und Blut.

Mit einem Mal dachte Pete, er könne gar nicht schnell genug sterben.

Das Rattern der Maschinengewehre im Westen war verklungen, aber es war da drüben noch nicht alles vorbei, noch längst nicht. Und als hätte dieser Gedanke es heraufbeschworen, übertönte eine mächtige Explosion alles andere, auch das wespenhafte Summen des näher kommenden Schneemobils. Alles, bis auf das rege Kribbeln in seiner Hand. In seiner Hand ließ dieses widerliche Zeug es sich schmecken, genau wie der Krebs, der seinen Vater umgebracht hatte, indem er sich den Magen und die Lunge des alten Mannes hatte schmecken lassen.

Pete fuhr sich mit der Zunge über die Zähne und bemerkte dort mit einem Mal Lücken.

Er schloss die Augen und wartete ab.

TEIL 2
DIE GRAUEN

Ein Geist kommt aus dem Unbewussten
An meine Schwelle getappt: Er will, stöhnt er,
 wiedergeboren werden!
Die Gestalt da hinter mir ist nicht mein Freund;
Die Hand auf meiner Schulter wird zu Horn.

THEODORE ROETHKE

Kapitel 10

Kurtz und Underhill

1

Im Einsatzgebiet gab es lediglich einen kleinen Bier- und Jagdbedarfsladen, der Gosselin's Country Market hieß. Kurtz' Cleaner trafen dort ein, als es eben anfing zu schneien. Als Kurtz dann um halb elf selber kam, rückten auch schon die ersten Hilfstruppen an. Sie bekamen die Lage allmählich in den Griff.

Der Laden hieß jetzt Blue Base. Den Kuhstall, den daran angrenzenden Schuppen (baufällig, aber er stand noch) und den Pferch davor hatte man Blue Holding getauft und zu einem Lager umfunktioniert. Die ersten Internierten waren bereits dort untergebracht.

Archie Perlmutter, Kurtz' neuer Adjutant (sein alter, Calvert, war gerade zwei Wochen zuvor an einem Herzinfarkt gestorben, ganz schlechtes Timing), hielt ein Klemmbrett mit einer Liste von einem Dutzend Namen. Perlmutter war mit einem Laptop und einem Palm Pilot hier eingetroffen und hatte feststellen müssen, dass elektronische Geräte in Jefferson Tract gegenwärtig komplett verrückt spielten. Ganz oben auf der Liste stand zweimal der Name Gosselin: der alte Mann, der den Laden betrieb, und seine Frau.

»Es kommen noch mehr«, sagte Perlmutter.

Kurtz warf einen flüchtigen Blick auf die Namen auf Pearlys Liste und gab ihm dann das Klemmbrett wieder. Große Caravans wurden hinter ihnen eingeparkt; Wohncontainer wurden hochgehievt und abgesetzt; Lichtmasten wurden aufgerichtet. Bei Sonnenuntergang würde es hier so hell erleuchtet sein wie im Yankee-Stadion bei einem Spiel der World Series.

»Wir haben zwei Männer nur so knapp verpasst«, sagte Perlmutter und hielt die rechte Hand hoch, Daumen und Zeigefinger einen halben Zentimeter auseinander. »Sie haben Proviant eingeholt. Hauptsächlich Bier und Hotdogs.« Perlmutters Gesicht war blass, nur auf den Wangen hatte er lebhafte rote Flecken. Er musste lauter sprechen, um gegen den zunehmenden Lärm anzukommen. Hubschrauber flogen zu zweit ein und landeten auf der Asphaltstraße, die schließlich irgendwann zum Interstate Highway 95 führte, auf dem man nach Norden in ein ödes Kaff (Presque Isle) und nach Süden in beliebig viele öde Kaffs (angefangen bei Bangor und Derry) gelangen konnte. Hubschrauber waren eine feine Sache, solange die Piloten auch ohne die hochgezüchtete Navigationsausrüstung auskamen, die ebenfalls komplett verrückt spielte.

»Sind sie abgereist oder wieder in den Wald gefahren?«, fragte Kurtz.

»Wieder in den Wald«, sagte Perlmutter. Er brachte es nicht fertig, Kurtz direkt in die Augen zu sehen, und ließ seinen Blick schweifen. »Es gibt da eine Straße durch den Wald, laut Gosselin heißt sie Deep Cut Road. Auf den üblichen Karten ist sie nicht verzeichnet, aber ich habe ein Messtischblatt von Diamond International Paper, auf dem –«

»Schon gut. Entweder kommen sie wieder raus, oder sie bleiben drin. Ist mir beides recht.«

Weitere Hubschrauber landeten, und einige entluden jetzt, da sie unter sich waren, ihre Maschinengewehre Kaliber 50. Das hier lief möglicherweise auf etwas ähnlich Großes hinaus wie Desert Storm. Vielleicht auf Größeres.

»Sie sind sich doch hier über Ihre Aufgabe im Klaren, nicht wahr, Pearly?«

Das war Perlmutter ganz bestimmt. Er war neu, er wollte Eindruck machen, er hüpfte förmlich auf der Stelle. *Wie ein Spaniel, der Futter riecht,* dachte Kurtz. Und das machte er alles, ohne Blickkontakt zu suchen. »Sir, meine Aufgabe ist dreieinig beschaffen.«

Dreieinig, dachte Kurtz. *Dreieinig. Auch nicht schlecht, was?*

»Ich soll erstens abfangen, zweitens abgefangene Personen an den Sanitätsdienst übergeben und sie drittens unter Kontaktsperre internieren, bis weitere Befehle folgen.«

»Genau. Das ist –«

»Aber Sir, verzeihn Sie, Sir, aber wir haben noch keine Ärzte hier, nur ein paar Sanis, und –«

»Schnauze«, sagte Kurtz. Er sprach nicht laut, aber ein halbes Dutzend Männer in nicht markierten Overalls (sie trugen alle nicht markierte grüne Overalls, auch Kurtz) zögerten kurz, während sie im Laufschritt ihre jeweiligen Aufträge erledigten. Sie schauten schnell zu Kurtz und Perlmutter hinüber und setzten sich dann wieder in Bewegung. Einen Schritt schneller. Perlmutter war schlagartig kalkweiß geworden. Er entfernte sich noch einen Schritt von Kurtz.

»Wenn Sie mich noch einmal unterbrechen, Pearly, schlage ich Sie zusammen. Wenn Sie mich noch ein zweites Mal unterbrechen, schlage ich Sie krankenhausreif. Haben Sie das verstanden?«

Es kostete ihn eindeutig enorme Überwindung, aber Perlmutter schaute Kurtz doch tatsächlich ins Gesicht. In die Augen. Dann salutierte er so zackig, dass die Luft förmlich davon knisterte. »Sir, jawohl, Sir.«

»Das können Sie sich auch schenken, das wissen Sie doch.« Und als Perlmutter den Blick niederschlug: »Sehen Sie mich an, wenn ich mit Ihnen rede, Kleiner.«

Das befolgte Perlmutter sehr zögerlich. Sein Teint war mittlerweile bleifarben. Obwohl die Hubschrauber, die entlang der Straße landeten, einen Heidenlärm verursachten, kam es ihm irgendwie sehr still hier vor, als würde sich Kurtz in einem persönlichen Luftloch fortbewegen. Perlmutter war davon überzeugt, dass alle ihnen zuschauten und alle sehen konnten, was für schreckliche Angst er hatte. Teilweise lag das an den Augen seines neuen Chefs – an der abscheulichen Leere in seinem Blick, als wäre gar kein Gehirn dahinter. Perlmutter hatte von dem Tausend-Meter-Blick gehört, aber Kurtz schien eine Million Meter weit zu sehen, vielleicht gar Lichtjahre.

Doch irgendwie hielt Perlmutter Kurtz' Blick stand. Sah

hinein in diese Leere. Er hatte gar keinen guten Start hingelegt. Es war wichtig – es war *entscheidend* –, dass dieser Ausrutscher aufgefangen wurde, ehe er sich zu einer Lawine auswuchs.

»Na also. Gut. Jedenfalls schon besser.« Kurtz sprach leise, aber Perlmutter konnte ihn, trotz des alles übertönenden Hubschrauberlärms, ohne Schwierigkeiten verstehen. »Ich sage Ihnen das nur einmal, und das auch nur, weil Sie neu in meinem Dienst sind und von Tuten und Blasen offensichtlich keine Ahnung haben. Ich bin beauftragt, hier einen Phooka-Einsatz durchzuführen. Wissen Sie, was ein Phooka ist?«

»Nein«, sagte Perlmutter. Es bereitete ihm förmlich körperliches Unbehagen, nicht *Nein, Sir* sagen zu dürfen.

»Den Iren zufolge, die nie so recht dem Bad des Aberglaubens entstiegen sind, in dem ihre Mütter sie gebären, ist ein Phooka ein Geisterpferd, das Reisende entführt und auf seinem Rücken davonträgt. Ich verwende diesen Ausdruck, wenn ein Einsatz geheim ist, dabei aber in aller Öffentlichkeit stattfindet. Ein Paradox, Perlmutter! Die gute Nachricht ist, dass wir seit 1947, seit die Luftwaffe erstmals ein außerirdisches Objekt barg, ein so genanntes Leuchtfeuer, Eventualpläne für genau diese Art von Scheißspiel ausgearbeitet haben. Die schlechte Nachricht ist, dass die Zukunft jetzt angebrochen ist und ich mich ihr mit Typen wie Ihnen stellen muss. Haben Sie mich verstanden, Bursche?

»Ja, S ..., ja.«

»Na hoffentlich. Wir haben hier Folgendes zu tun, Perlmutter: Wir müssen schnell und rücksichtslos und wie ein Phooka vorgehen. Wir werden die nötige Drecksarbeit erledigen und hinterher so sauber dastehen wie nur möglich ... sauber ... ja, o Herr, und *lächelnd* ...«

Kurtz lächelte flüchtig mit so brutal-ironischer Intensität, dass Perlmutter fast zum Schreien zu Mute war. Groß und mit krummen Schultern, war Kurtz gebaut wie ein Bürokrat. Doch etwas an ihm war schrecklich. Man sah es in seinem Blick, spürte es an der ruhigen, steifen Art, wie er die Hände vor dem Bauch gefaltet hielt ... aber das war es nicht, was ihn so unheimlich machte und weshalb ihn die

Männer »Kurtz, das Schreckgespenst« nannten. Perlmutter wusste nicht, was genau das Unheimliche an ihm war, und wollte es auch nicht wissen. Er wollte jetzt nur – und das war das Einzige, was er überhaupt wollte – dieses Gespräch ohne weitere Zwischenfälle hinter sich bringen. Wozu denn zwanzig oder dreißig Meilen weiter nach Westen fliegen, um mit einer außerirdischen Lebensform in Kontakt zu treten? Perlmutter hatte hier doch schon eine vor sich stehen.

Kurtz' Lippen schnappten zu. »Wir sind doch auf einer Wellenlänge, nicht wahr?«

»Ja.«

»Salutieren der gleichen Flagge? Pissen in die gleiche Latrine?«

»Ja.«

»Und wie werden wir nach dieser Sache dastehen, Pearly?«

»Sauber?«

»Exzellent! Und wie noch?«

Eine entsetzliche Sekunde lang wusste er es nicht. Dann fiel es ihm wieder ein. »*Lächelnd*, Sir.«

»Nennen Sie mich noch einmal Sir, und ich schlage Sie zusammen.«

»Tut mir Leid«, flüsterte Perlmutter. Und das war nicht gelogen.

Jetzt kam hier ein Schulbus langsam die Straße herauf, die Räder auf der Fahrerseite schon fast im Straßengraben und der ganze Bus fast bis zum Umkippen geneigt, um an den Hubschraubern vorbeizukommen. MILLINOCKET SCHOOL DEPT. stand in großen schwarzen Lettern auf gelbem Grund darauf. Ein beschlagnahmter Bus. Mit Owen Underhill und seinen Männern drin. Dem A-Team. Als Perlmutter das sah, ging es ihm gleich besser. Beide Männer hatten verschiedentlich mit Underhill zusammengearbeitet.

»Bis Einbruch der Dunkelheit haben Sie Ihre Ärzte«, sagte Kurtz. »So viele Ärzte Sie brauchen. Alles klar?«

»Alles klar.«

Als er zu dem Bus ging, der vor Gosselins einziger Zapfsäule hielt, schaute Kurtz auf seine Armbanduhr. (Es war eine zum Aufziehen; batteriebetriebene Uhren funktionierten hier oben nicht.) Schon fast elf. Mann, wie die Zeit verging, wenn man das Leben genoss. Perlmutter ging mit ihm, aber aus seinem Schritt war aller Spaniel-Elan verschwunden.

»Vorläufig, Archie: genau beäugen, beschnuppern, sich ihre Märchen anhören und jeden Fall von Ripley dokumentieren, den Sie sehen. Sie wissen doch mit dem Ripley Bescheid, nehme ich an?«

»Ja.«

»Gut. Und nicht anfassen.«

»Gott, nein!«, rief Perlmutter aus und wurde dann rot.

Kurtz lächelte vage. Dieses Lächeln war nicht echter als sein Haigrinsen. »Ausgezeichnete Idee, Perlmutter! Haben Sie Atemmasken?«

»Sind gerade gekommen. Zwölf Kartons, und Nachschub ist schon unter –«

»Gut. Wir brauchen Polaroids vom Ripley. Wir brauchen jede Menge Dokumentation. Beweisstück A, Beweisstück B und so weiter. Verstanden?«

»Ja.«

»Und keiner unserer ... unserer Gäste kommt davon, klar?«

»Klar.« Der Gedanke schockierte Perlmutter, und man sah es ihm an.

Kurtz' Lippen dehnten sich. Das vage Lächeln wuchs sich zu dem Haigrinsen aus. Mit seinem leeren Blick schaute er jetzt durch Perlmutter hindurch – schaute bis zum Mittelpunkt der Erde, so kam es Perlmutter vor. Er ertappte sich dabei, dass er sich fragte, ob denn überhaupt jemand die Blue Base verlassen würde, wenn das alles hier vorbei war. Von Kurtz natürlich mal abgesehen.

»Weitermachen, Bürger Perlmutter. Im Namen der Regierung befehle ich Ihnen weiterzumachen.«

Archie Perlmutter sah zu, wie Kurtz zu dem Bus ging, dem gerade Underhill entstieg – ein stämmiger, gedrungener Kerl. Nie im Leben war er so froh gewesen, jemanden von hinten zu sehen.

2

»Hallo, Boss«, sagte Underhill. Wie die anderen auch, trug er einen schlichten grünen Overall, dazu aber, genau wie Kurtz, eine Dienstwaffe. In dem Bus saßen knapp zwei Dutzend Männer, die eben ein vorgezogenes Mittagessen beendeten.

»Was essen die da, Bursche?«, fragte Kurtz. Mit seinen ein Meter achtundneunzig überragte er Underhill, der aber vermutlich dreißig Kilo schwerer war.

»Burger King. Wir waren bei einem Drive-Through. Ich hätte nicht gedacht, dass der Bus da durchpasst, aber Yoder meinte, das würde schon gehen, und er hat Recht behalten. Möchten Sie einen Whopper? Die sind wahrscheinlich mittlerweile ein bisschen kalt, aber es gibt doch hier bestimmt irgendwo eine Mikrowelle.« Underhill wies mit einer Kopfbewegung auf den Laden.

»Nein, danke. Mein Cholesterinspiegel könnte besser sein.«

»Alles fit im Schritt?« Sechs Jahre zuvor hatte sich Kurtz beim Raquetball einen komplizierten Leistenbruch zugezogen. Das hatte indirekt zu ihrer bisher einzigen Meinungsverschiedenheit geführt. Keiner ernsthaften, wie Owen Underhill fand, aber bei Kurtz wusste man das nie. Hinter dem unnachahmlichen Pokerface des Mannes kamen und gingen die Gedanken nahezu mit Lichtgeschwindigkeit, wurden Pläne unaufhörlich geändert und konnten Gefühle jederzeit in ihr Gegenteil umschlagen. Manche Leute – und es waren gar nicht mal so wenige – hielten Kurtz für verrückt. Owen Underhill wusste nicht, ob er verrückt war oder nicht, er wusste nur, dass man sich vor Kurtz in Acht nehmen musste. Sehr in Acht.

»Wie die Iren so schön sagen«, meinte Kurtz: »*Me groin's foine.*« Er langte sich zwischen die Beine, imitierte einen Sackgrabbler und schenkte Owen ein breites Grinsen.

»Schön.«

»Und Sie? Alles in Butter?«

»*Me groin's foine*«, sagte Owen, und Kurtz lachte.

Jetzt kam ein nagelneuer Lincoln Navigator die Straße herauf, langsam und vorsichtig, aber er hatte es einfacher als der Bus. Darin saßen drei Jäger in orangefarbener Kluft, allesamt kräftige Kerle, und begafften die Hubschrauber und die im Laufschritt umhereilenden Soldaten in ihren grünen Overalls. Vor allem begafften sie die Waffen. Sah aus wie in Vietnam – und das hier im nördlichen Maine. Bald würden sie sich zu den anderen im Internierungslager gesellen.

Ein halbes Dutzend Männer kam dazu, als der Lincoln hinter dem Bus mit den Aufklebern dran hielt, auf denen BLUE DEVIL PRIDE und DIESER BUS HÄLT AN ALLEN BAHNÜBERGÄNGEN stand. Drei Anwälte oder Banker mit ihren eigenen Cholesterinproblemen und fetten Aktienportfolios, Anwälte oder Banker, die einen auf kumpelhaft machten, weil sie glaubten (von dieser Illusion würde man sie bald befreien), immer noch in einem friedlichen Amerika zu leben. Bald würden sie im Stall sein (oder im Pferch, wenn ihnen frische Luft lieber war), wo man ihre Visa-Karten nicht akzeptierte. Ihre Mobiltelefone durften sie behalten. Die funktionierten hier oben in der Buttnick sowieso nicht, und so konnten sie sich damit vergnügen, immer wieder auf die Wahlwiederholungstaste zu drücken.

»Sind Sie im Bilde?«, fragte Kurtz.

»Ich denke schon, ja.«

»Immer noch so ein Schnell-Leser?«

Owen zuckte mit den Achseln.

»Wie viele Menschen insgesamt in der blauen Zone, Owen?«

»Wir schätzen, achthundert. Und höchstens hundert in den Primärzonen A und B.«

Das war gut, vorausgesetzt, es ging ihnen niemand durch die Lappen. Was die mögliche Kontamination anging, spielte es keine Rolle, ob ein paar entwischten – dahingehend waren die Nachrichten bisher gut. Es konnte sich aber als Katastrophe für das Informationsmanagement erweisen. Es war heutzutage schwierig, ein Phooka-Pferd zu reiten. Zu viele Leute mit Videokameras. Zu viele Hubschrauber von Fernsehsendern. Zu viele Augen.

Kurtz sagte: »Kommen Sie mit in den Laden. Die richten mir einen Winnebago ein, aber der ist noch nicht da.«

»*Uno momento*«, sagte Underhill und eilte noch mal in den Bus. Als er wiederkam, hielt er eine fettfleckige Tüte von Burger King in der Hand, und ein Kassettenrekorder baumelte ihm an einem Riemen von der Schulter.

Kurtz wies mit einer Kopfbewegung auf die Tüte. »Das Zeug bringt Sie noch mal um.«

»Wir spielen die Hauptrollen in *Krieg der Welten,* und Sie zerbrechen sich den Kopf über Cholesterinwerte?«

Hinter ihnen verkündete einer der eben eingetroffenen tapferen Jägersleut', er wolle seinen Anwalt anrufen. Das bedeutete wahrscheinlich, dass er Banker war. Kurtz führte Underhill in den Laden. Über ihnen waren wieder die Leuchtfeuer aufgetaucht und hüpften und tanzten wie Trickfilmfiguren in einem Disneyfilm.

3

Im Büro des alten Gosselin roch es nach Salami, Zigarren, Bier, Musterole-Creme und Schwefel – entweder von Fürzen oder faulen Eiern, schätzte Kurtz. Vielleicht auch von beidem. Und es roch, vage, aber wahrnehmbar, nach Äthylalkohol. So rochen *sie*. Überall hier oben roch es jetzt danach. Jemand anders hätte diesen Geruch vielleicht schlechten Nerven und einem Übermaß an Fantasie zugute gehalten, aber Kurtz konnte weder mit dem einen noch mit dem anderen dienen. Er glaubte jedenfalls nicht, dass den gut hundert Quadratmeilen Waldland um Gosselin's Country Store herum als lebensfähigem Ökosystem noch eine große Zukunft beschieden war. Manchmal musste man ein Möbelstück eben bis aufs blanke Holz abbeizen und ganz von vorne anfangen.

Kurtz saß am Schreibtisch und zog eine Schublade auf. Darin lag ein Karton mit der Aufschrift CHEM/U. S./10 STÜCK. Da hatte Perlmutter noch mal Glück gehabt. Kurtz nahm die Schachtel und machte sie auf. Darin lagen zehn kleine Atemmasken aus durchsichtigem Plastik, die über Mund und Nase passten. Er warf Underhill eine zu, setzte sich dann selbst eine auf und passte flink die elastischen Bänder an.

»Ist das nötig?«, fragte Owen.

»Wir wissen es nicht. Und fühlen Sie sich nicht privilegiert; in einer Stunde werden alle welche tragen. Von den Jims und Janes im Lager natürlich mal abgesehen.«

Underhill legte ohne weiteren Kommentar seine Atemmaske an. Kurtz saß hinterm Schreibtisch und lehnte den Kopf an das neueste Plakat der Behörde für Arbeitsschutz (wenn Sie das nicht aufhängen, werden Sie erschossen), das hinter ihm an die Wand geheftet war.

»Und wirken die?« Underhills Stimme war kaum gedämpft. Der klare Kunststoff beschlug beim Atmen nicht. Er sah keine Poren oder Filter, bekam aber trotzdem ganz einfach Luft.

»Sie wirken gegen Ebola, sie wirken gegen Anthrax, sie wirken gegen die neue Super-Cholera. Wirken sie auch gegen Ripley? Wahrscheinlich schon. Wenn nicht, sind wir im Arsch, Soldat. Wir sind vielleicht sowieso schon im Arsch. Aber noch tickt die Uhr, und noch läuft das Spiel. Soll ich mir das Band anhören, das Sie ja zweifellos in diesem Ding da an Ihrer Schulter haben?«

»Sie müssen es sich nicht komplett anhören, aber reinhören sollten Sie, glaube ich, schon mal.«

Kurtz nickte, drehte den Zeigefinger (wie ein Schiri beim Homerun, fand Owen) und lehnte sich weiter auf Gosselins Stuhl zurück.

Underhill nahm den Rekorder ab, stellte ihn vor Kurtz auf den Schreibtisch und drückte auf PLAY. Eine tonlose Roboterstimme sagte: »NSA Funkabhör-Mitschnitt. Mehrband. 62914A44. Dieses Material ist als streng geheim eingestuft. Zeitpunkt des Mitschnitts: 0627, vierzehnter November zwo null null eins. Der Mitschnitt beginnt nach dem Signalton. Wenn Sie keine Freigabe für diese Geheimhaltungsstufe haben, drücken Sie jetzt bitte auf Stop.«

»Tja«, sagte Kurtz nickend. »Gute Idee. Das dürfte die

meisten nicht autorisierten Personen aufhalten, glauben Sie nicht auch?«

Es folgten eine Pause und ein zwei Sekunden währender Piep, und dann sagte eine junge Frau: »Eins. Zwei. Drei. Tut uns bitte nichts. *Ne nous blessez pas.*« Ein zwei Sekunden langes Schweigen, und dann sagte ein junger Mann: »Fünf. Sieben. Elf. Wir sind wehrlos. *Sommes sans défense.* Tut uns bitte nichts, wir sind wehrlos. *Ne nous faites* –«

»Bei Gott, das ist ja wie ein Berlitz-Kursus aus den Weiten des Alls«, sagte Kurtz.

»Erkennen Sie die Stimmen?«, fragte Underhill.

Kurtz schüttelte den Kopf und hielt sich den Zeigefinger vor die Lippen.

Die nächste Stimme war die Bill Clintons. »Dreizehn. Siebzehn. Neunzehn.« Clinton sprach es mit breitem Arkansas-Akzent aus. »Wir haben nichts Ansteckendes. *Il n'y a pas d'infection ici.*« Eine weitere kurze Pause, und dann sprach Tom Brokaw aus dem Kassettenrekorder. »Dreiundzwanzig. Siebenundzwanzig. Neunundzwanzig. Wir sterben. *On se meurt, on crève.* Wir sterben.«

Underhill drückte auf STOP. »Falls Sie sich das fragen – die erste Stimme war von Sarah Jessica Parker, einer Schauspielerin. Die zweite ist von Brad Pitt.«

»Wer ist das?«

»Ein Schauspieler.«

»Aha.«

»Nach jeder Pause kommt eine andere Stimme. Und alle Stimmen sind einem Großteil der Leute hier in der Gegend vertraut. Wir haben Alfred Hitchcock, Paul Harvey, Garth Brooks, Tim Sample – das ist ein Humorist hier aus Maine, sehr beliebt in der Gegend – und hunderte andere, von denen wir einige noch nicht identifiziert haben.«

»*Hunderte* andere? Wie lange haben sie die denn abgehört?«

»Genau genommen musste das gar nicht abgehört werden, weil es sich dabei um eine unverschlüsselte Sendung handelt, die wir seit 0800 Uhr stören. Was bedeutet, dass viel davon durchgekommen ist, aber wir bezweifeln, dass jemand, der das empfangen hat, viel damit anfangen konnte. Und falls doch –« Underhill zuckte mit den Achseln à la *Da kann man nichts machen*. »Es geht immer noch weiter. Die Stimmen scheinen echt zu sein. Die paar Voiceprint-Vergleiche, die durchgeführt wurden, haben identische Ergebnisse gebracht. Wer sie auch sind – neben diesen Typen sieht jeder Stimmenimitator alt aus.«

Das *Wupp-wupp-wupp* der Hubschrauber tönte durch die Wände. Kurtz spürte es so deutlich, wie er es hörte. Durch die Bretter, durch das Arbeitsschutz-Plakat und von dort in das graue Fleisch, das größtenteils aus Wasser bestand, und es sagte ihm, komm, komm, komm, beeil dich, beeil dich, beeil dich. Sein Blut sprach darauf an, aber er saß ganz ruhig da und betrachtete Owen Underhill. Dachte über Owen Underhill nach. Eile mit Weile – das war ein treffliches Sprichwort. Zumal, wenn man mit Leuten wie Owen zu tun hatte. Alles fit im Schritt? Allerdings.

Du bist mir einmal dumm gekommen, Bursche, dachte Kurtz. *Hast vielleicht meine Grenze nicht überschritten, warst aber, bei Gott, nah dran, nicht wahr? Ja, ich glaube schon. Und ich glaube, auf dich muss ich aufpassen.*

»Immer wieder die gleichen vier Botschaften«, sagte Underhill und zählte sie an den Fingern seiner linken Hand ab. »Tut uns nichts. Wir sind wehrlos. Wir haben nichts Ansteckendes. Und die letzte –«

»Nichts Ansteckendes«, grummelte Kurtz. »Hm. Die haben vielleicht Nerven, was?«

Er hatte auf Bildern den rötlich goldenen Flaum gesehen, der rund um Blue Boy an allen Bäumen wuchs. Und auf den Menschen. Auf Leichen hauptsächlich, jedenfalls bisher. Die Leute vom Labor hatten es Ripley-Pilz getauft, nach dieser knallharten Braut, Sigourney Weaver, die in diesen Weltraumfilmen mitgespielt hatte. Die meisten von ihnen waren zu jung, um sich noch an den anderen Ripley zu erinnern, der in der Zeitung immer die Serie *Ob Sie's glauben oder nicht* hatte. *Ob Sie's glauben oder nicht* gab es schon lange nicht mehr; im politisch korrekten 21. Jahrhundert mochte man es nicht, wenn das Absonderliche so betont wurde.

Aber es passte zu dieser Situation, dachte Kurtz. O ja, es passte wie die Faust aufs Auge. Und die siamesischen Zwillinge und janusköpfigen Kühe des guten alten Mr Ripley waren, verglichen hiermit, absolut normal.

»Die letzte lautet: *Wir sterben*«, sagte Underhill. »Und das ist interessant wegen der zwei unterschiedlichen französischen Fassungen. Die erste ist ganz einfach und verständlich. Die zweite – *on crève* – ist umgangssprachlich. Wir würden sagen: Wir kratzen ab.« Er sah Kurtz an, der sich Perlmutter herbeiwünschte, der dann hätte sagen können: Ja, das ließe sich einrichten. »Und kratzen sie ab? Ich meine: Auch wenn wir nicht nachhelfen?«

»Wieso Französisch, Owen?«

Underhill zuckte mit den Achseln. »Das ist hier oben immer noch die zweite Sprache.«

»Aha. Und die Primzahlen? Nur um zu zeigen, dass wir es mit intelligenten Lebewesen zu tun haben? Als ob es nicht reichte, dass sie aus einem anderen Sonnensystem oder einer anderen Dimension oder was auch immer hierher reisen konnten?«

»Vermutlich. Was ist mit den Leuchtfeuern, Boss?«

»Die meisten sind im Wald niedergegangen. Sie lösen sich ziemlich schnell auf, wenn ihnen mal der Saft ausgegangen ist. Die wir bergen konnten, sehen wie Suppendosen ohne Etikett aus. Aber in Anbetracht ihrer Größe ziehen sie eine mordsmäßige Show ab, was? Haben den Einheimischen eine Heidenangst eingejagt.«

Wenn sich die Leuchtfeuer auflösten, hinterließen sie dabei diesen Pilz, dieses Mutterkorn oder was es auch war. Das schien auch bei den Aliens selbst so zu sein. Die noch übrig waren, standen dort einfach um ihr Raumschiff herum wie Pendler um einen liegen gebliebenen Bus und brüllten, sie hätten nichts Ansteckendes, *il n'y a pas d'infection ici*, gelobt sei der Herr, und reich die Kekse weiter. Und sobald man das Zeug einmal an sich hatte, würde man höchstwahrscheinlich – wie hatte sich Owen ausgedrückt? Abkratzen. Das wussten sie natürlich nicht mit Sicherheit, dafür war es noch zu früh, aber sie mussten davon ausgehen.

»Wie viele ETs haben wir da noch?«, fragte Owen.

»Etwa hundert.«

»Was wissen wir alles nicht? Hat da irgendjemand eine Ahnung?«

Kurtz machte eine abschätzige Handbewegung. Er war kein Wissender; dafür waren andere Leute zuständig, und von denen war keiner zu dieser Party hier eingeladen.

»Die Überlebenden«, beharrte Underhill. »Ist das die Crew?«

»Keine Ahnung, aber wahrscheinlich nicht. Für eine Crew sind es zu viele; und für Kolonisten sind es zu wenige; und als Stoßtrupp sind es viel zu wenige.«

»Was läuft hier sonst noch, Boss? Irgendwas läuft hier doch.«

»Da sind Sie sich ziemlich sicher, was?«

»Ja.«

»Wie kommt's?«

Underhill zuckte mit den Achseln. »Intuition ...«

»Das ist keine Intuition«, sagte Kurtz fast sanftmütig. »Das ist Telepathie.«

»Wie bitte?«

»Nur eine leichte Form davon, aber es besteht wirklich kein Zweifel daran. Die Männer spüren etwas, aber was es ist, wissen sie noch nicht. Das werden sie aber in ein paar Stunden. Unsere grauen Freunde sind Telepathen, und anscheinend verbreiten sie das genauso wie diesen Pilz.«

»Ach du große Scheiße«, flüsterte Owen Underhill.

Kurtz saß ganz ruhig da und sah ihm beim Nachdenken zu. Er sah gern Leuten beim Nachdenken zu, wenn sie denn dabei etwas zustande brachten, aber jetzt kam noch etwas hinzu: Er *hörte* Owens Gedanken wie das leise Meeresrauschen in einer Muschel.

»Der Pilz ist unter diesen Umweltbedingungen nicht sehr lebensfähig«, sagte Owen. »Und sie selber auch nicht. Wie steht es mit den ASW?«

»Das lässt sich noch nicht sagen. Wenn es aber andauert und sich ausbreitet, ändert sich alles. Das ist Ihnen klar, nicht wahr?«

Es war Underhill klar. »Unfassbar«, sagte er.

»Ich denke an ein Auto«, sagte Kurtz. »An welche Marke denke ich?«

Owen schaute ihn an und wusste anscheinend nicht, ob Kurtz das ernst meinte. Als er sah, dass Kurtz es durchaus ernst meinte, schüttelte er den Kopf. »Woher soll ich ...« Er hielt inne. »Fiat.«

»Nein, Ferrari. Ich denke an eine Eiskremsorte. An welche S–«

»Pistazien«, sagte Owen.

»Sehn Sie?«

Owen saß einen Moment lang da und fragte Kurtz dann zögerlich, ob er ihm den Namen seines Bruders nennen könne.

»Kellogg«, antwortete Kurtz. »Mann, Owen, wie kann man einen Jungen denn bloß so nennen?«

»Das ist der Mädchenname meiner Mutter. Herrgott. *Telepathie.*«

»Das wird bei *Jeopardy* und *Wer wird Millionär* gar nicht gut ankommen, das kann ich Ihnen sagen«, meinte Kurtz und beharrte dann noch einmal: »Wenn es sich ausbreitet.«

Draußen erscholl ein Schuss und dann ein Schrei. »Was soll denn das?!«, schrie jemand zornig und verängstigt. »Was soll denn das?!«

Sie lauschten, aber weiter passierte nichts.

»Wir haben bisher einundachtzig bestätigte Todesfälle bei den Grauen«, sagte Kurtz. »Wahrscheinlich sind es mehr. Sie verwesen ziemlich schnell. Es bleibt nur Schmiere von ihnen übrig ... und dann der Pilz.«

»Über die ganze Zone verteilt?«

Kurtz schüttelte den Kopf. »Stellen Sie sich einen Keil vor, der nach Osten weist. Das dicke Ende ist Blue Boy. Wir befinden uns ungefähr in der Mitte des Keils. Östlich von hier wandern noch ein paar weitere illegale Einwanderer des grauen Typs herum. Die Leuchtfeuer sind größtenteils über dem keilförmigen Gebiet geblieben. So eine Art Verkehrswacht der Außerirdischen.«

»Das wird alles vernichtet, nicht wahr?«, fragte Owen. »Nicht nur die Grauen und ihr Schiff und die Leuchtfeuer – die ganze Gegend hier.«

»Darüber kann ich vorläufig noch nicht sprechen«, sagte Kurtz.

Klar, dachte Owen, *natürlich können Sie das nicht.* Er fragte sich augenblicklich, ob Kurtz seine Gedanken lesen konnte. Das war unmöglich festzustellen – nicht bei diesem ausdruckslosen Blick.

»Wir werden die restlichen Grauen erledigen, so viel kann ich Ihnen sagen. Ihre Männer und nur Ihre Männer werden die Kampfhubschrauber fliegen. Sie sind Blue Boy Leader. Klar?«

»Ja, Sir.«

Kurtz berichtigte ihn nicht. Unter diesen Umständen und angesichts von Underhills Widerwillen gegen diesen Einsatz war das Sir wahrscheinlich in Ordnung. »Ich bin Blue One.«

Owen nickte.

Kurtz stand auf und schaute auf seine Armbanduhr. Es war zwölf Uhr mittags.

»Wir werden das nicht geheim halten können«, sagte Underhill. »Es halten sich viele US-Bürger in der Zone auf. Es ist einfach unmöglich, das geheim zu halten. Wie viele haben diese ... diese Implantate?«

Kurtz hätte fast gelächelt. Die Wiesel, ja. Ziemlich viele hier und noch ein paar mehr im Laufe der Jahre. Underhill wusste das nicht; Kurtz schon. Das waren schon fiese kleine Biester. Und das war das Schöne daran, wenn man der Boss war: Man musste keine Fragen beantworten, die man nicht beantworten wollte.

»Was anschließend passiert, ist Sache der PR-Spezialisten«, sagte er. »Unsere Aufgabe besteht darin, etwas dagegen zu unternehmen, worin gewisse Leute – und die Stimme von einem von denen haben Sie wahrscheinlich auch auf Ihrem Band – eine eindeutige Gefahr für die Bevölkerung der USA erkannt haben. Verstanden, Bursche?«

Underhill sah Kurtz in die ausdruckslos blickenden Augen und schaute dann wieder weg.

»Eins noch«, sagte Kurtz. »Sie erinnern sich an das Phooka?«

»Das irische Geisterpferd.«

»Genau. Auf diesen Gaul habe ich schon immer gesetzt. Seit jeher. Einige Leute haben Sie in Bosnien auf meinem Phooka reiten sehen, nicht wahr?«

Owen wagte nicht zu antworten. Kurtz schien darüber nicht verärgert, schaute ihn aber durchdringend an.

»Ich will so was nicht noch mal erleben, Owen. Schweigen ist Gold. Wenn wir auf dem Phooka-Pferd reiten, müssen wir unsichtbar sein. Verstehen Sie das?«

»Ja.«

»Wir sind uns also vollkommen einig?«

»Ja«, sagte Owen. Er fragte sich wieder, inwieweit Kurtz seine Gedanken lesen konnte. Owen konnte zumindest den Namen lesen, an den Kurtz in diesem Moment vor allem dachte, und vermutlich wollte Kurtz das so. Bosanski Novi.

4

Sie waren kurz davor aufzubrechen, vier Kampfhubschrauber, und Owen Underhills Männer hatten die Jungs von der ANG ersetzt, die die CH-47er hierher geflogen hatten. Sie fuhren die Turbinen hoch, erfüllten die Luft mit dem Donnern ihrer Rotoren, und dann kam der Befehl von Kurtz, am Boden zu bleiben.

Owen gab ihn weiter und zuckte dann mit dem Kinn nach links. Jetzt war er auf Kurtz' privatem Funkkanal.

»Mit Verlaub, was soll die Scheiße?«, fragte Owen. Wenn sie das schon tun mussten, dann wollte er es endlich hinter sich bringen. Das hier war schlimmer als Bosanski Novi, viel schlimmer. Es mit dem Vorwand abzutun, die Grauen seien eben keine menschlichen Wesen, zog einfach nicht. Zumindest nicht bei ihm. Wesen, die so etwas wie Blue Boy bauen oder wenigstens fliegen konnten, waren mehr als nur menschlich.

»Es ist nicht meine Schuld, Junge«, sagte Kurtz. »Die

Wettertypen in Bangor meinen, da zieht ein Sturm auf. Ein so genannter Alberta Clipper. In dreißig, höchstens fünfundvierzig Minuten sind wir unterwegs. Da unsere Navigationsausrüstung ausgefallen ist, warten wir besser noch, wenn wir können ... und wir können. Sie werden mir noch dankbar sein.«

Das bezweifle ich.

»Verstanden. Ende.« Er zuckte mit dem Kopf nach rechts. »Conklin«, sagte er. Bei diesem Einsatz durften keine Dienstgrade genannt werden, schon gar nicht über Funk.

»Hier Conklin, S... Ich höre.«

»Sagen Sie den Männern, dreißig bis fünfundvierzig Minuten Wartestellung. Wiederhole: dreißig bis fünfundvierzig.«

»Verstanden. Dreißig bis fünfundvierzig.«

»Spielen wir doch irgendwas aus der Jukebox.«

»Okay. Irgendwelche Wünsche?«

»Spielen Sie, was Sie wollen. Außer der Kommando-Hymne.«

»Verstanden, Kommando-Hymne wird zurückgestellt.« Conks Stimme war kein Lächeln anzuhören. Gab es da also wenigstens einen Mann, dem das hier genauso wenig gefiel wie Owen. Aber Conklin war eben auch '95 bei dem Einsatz in Bosanski Novi dabei gewesen. In Owens Kopfhörer legten Pearl Jam los. Er nahm ihn ab und hängte ihn sich wie ein Kummet um den Hals. Er mochte Pearl Jam nicht, war aber bei seiner Truppe da in der Minderheit.

Archie Perlmutter und seine Männer liefen wie geköpfte Hühner auf und ab. Es wurde gegrüßt und dann, mitten in der Bewegung, die Hand wieder heruntergerissen, und viele der Grüßenden warfen einen »Hat er das gesehen?«-Blick zu dem kleinen grünen Aufklärungshubschrauber hinüber, in dem Kurtz saß, den Kopfhörer fest auf beiden Ohren und eine *Derry News* vor der Nase. Kurtz schien in die Zeitungslektüre vertieft, aber Owen hatte so eine Ahnung, dass er jeden unwillkürlichen Gruß bemerkte, jeden Soldaten, der die Situation nicht bedachte und in alte Gewohnheiten verfiel. Links neben Kurtz saß Freddy Johnson. Johnson war ungefähr seit der Zeit bei Kurtz, als die Arche Noah auf dem Berg Ararat auf Grund gelaufen war. Er war auch in Bosanski Novi dabei gewesen und hatte Kurtz zweifellos ausführlich Bericht erstattet, als Kurtz selber hatte zurückbleiben müssen und wegen seines Leistenbruchs nicht in den Sattel seines geliebten Phooka-Pferdes hatte steigen können.

Im Juni '95 hatte die US-Luftwaffe in der Flugverbotszone der NATO, nahe der kroatischen Grenze, einen Aufklärungspiloten verloren. Die Serben hatten groß mit dem Flugzeug von Captain Tommy Callahan angegeben und hätten noch mehr mit Callahan selbst angegeben, hätten sie ihn nur gefangen genommen; und deshalb hatten es die hohen Tiere, immer noch heimgesucht von den Bildern, wie die Nordvietnamesen hämisch der internationalen Presse umgedrehte US-Piloten vorgeführt hatten, zu einem vorrangigen Ziel erklärt, Tommy Callahan rauszuholen.

Die Suchtrupps wollten schon aufgeben, da meldete sich Callahan auf einem Niederfrequenzband. Seine High-School-Freundin nannte ihnen einen guten Anhaltspunkt für die Identifizierung, und als man den Mann am Boden befragte, bestätigte er es und erzählte, seine Freunde würden ihn seit einer denkwürdigen durchzechten Nacht in seinem ersten High-School-Jahr King Kotz nennen.

Kurtz' Jungs flogen mit ein paar Hubschraubern, die viel kleiner waren als die, die sie heute einsetzten, los, um Callahan zu holen. Owen Underhill, den viele (und auch Kurtz selbst, schätzte Owen) für fähig hielten, Kurtz' Nachfolger zu werden, leitete den Einsatz. Callahan sollte etwas Rauch machen, wenn er die Vögel sah, und sich dann bereithalten. Underhill sollte – das war der Phooka-Aspekt dabei – Callahan ungesehen einsammeln. Das war nicht unbedingt notwendig, soweit Owen das verstand, aber so hatte Kurtz es eben gern: Seine Männer waren unsichtbar und ritten auf diesem irischen Pferd.

Das Rausholen klappte reibungslos. Ein paar Boden-Luft-Raketen wurden abgefeuert, verfehlten sie aber weit – Milošević hatte eben auch wirklich Schiss. Und genau in dem Moment, als sie Callahan an Bord holten, sah Owen zum ersten und einzigen Mal Bosnier: Fünf oder sechs Kinder, das älteste höchstens zehn Jahre alt, sahen ihnen mit ernster Miene zu. Es wäre Owen nie in den Sinn gekommen, dass sich Kurtz' Weisung, keinerlei Zeugen zu hinterlassen, auch auf einen Haufen Rotznasen beziehen könnte. Und Kurtz hatte auch nie etwas dazu gesagt.

Bis heute.

Dass Kurtz ein schrecklicher Mensch war, bezweifelte Owen nicht. Aber beim Militär gab es viele schreckliche Menschen, ganz sicherlich mehr Teufel als Heilige, und viele hatten einen Geheimhaltungsfimmel. Owen hatte keine Ahnung, was Kurtz so anders machte – Kurtz, dieser groß gewachsene, melancholische Mann mit den weißen Wimpern und den ruhigen Augen. Es fiel schwer, in diese Augen zu sehen, denn es lag nichts in diesem Blick – keine Liebe, kein Humor und nicht die mindeste Neugier. Und die fehlende Neugier war irgendwie das Schlimmste.

Ein klappriger Subaru hielt vor dem Laden, und zwei alte Männer stiegen vorsichtig aus. Einer klammerte sich mit wettergegerbter Hand an einen schwarzen Gehstock. Beide trugen rotschwarz karierte Overshirts für die Jagd. Beide hatten verblichene Schirmmützen auf, eine mit der Aufschrift CASE, die andere mit der Aufschrift DEERE. Sie schauten verwundert den Trupp Soldaten an, der auf sie zugelaufen kam. Soldaten bei Gosselin's? Was zum Henker ging hier vor? Dem Anschein nach waren sie über achtzig, aber sie hatten die Neugier, die Kurtz fehlte. Das sah man an ihrer Körperhaltung und daran, wie sie den Kopf neigten.

Die ganzen Fragen, die Kurtz nicht angesprochen hatte. *Was wollen sie? Sind sie uns wirklich feindlich gesinnt? Werden sie uns anschließend feindlich gesinnt sein? Wird uns der Wind, den wir säen, Sturm bringen? Was an all den bisherigen Begegnungen – den Sichtungen, den Leuchtfeuern, dem Engelshaar und roten Staub, den Entführungen, mit denen es Ende der Sechziger losging – hat den Regierenden solche Angst eingejagt? Hat es je einen ernsthaften Versuch gegeben, sich mit diesen Wesen zu verständigen?*

Und dann die letzte Frage, die wichtigste Frage: Waren die Grauen wie wir? Waren sie in irgendeiner Hinsicht menschlich? War das hier schlicht und einfach Mord?

Auch daran hatte er in Kurtz' Blick keinerlei Zweifel gesehen.

5

Der Schneefall ließ nach, der Himmel heiterte auf, und genau dreiunddreißig Minuten nachdem er den Aufschub befohlen hatte, gab Kurtz den Startbefehl. Owen gab es an Conklin weiter, und die Chinnies ließen wieder ihre Motoren aufheulen, wirbelten hauchfeine Schneeschleier auf und verwandelten sich so für einen Moment in Gespenster. Dann stiegen sie auf Baumwipfelhöhe, richteten sich nach Underhill aus – Blue Boy Leader – und flogen nach Westen in Richtung Kineo davon. Kurtz' Kiowa 58 folgte ihnen etwas tiefer und etwas weiter rechts, und Owen musste kurz an einen Kavallerietrupp in einem John-Wayne-Film denken, neben dem ein einzelner indianischer Kundschafter ohne Sattel auf seinem Pony ritt. Er konnte es nicht sehen, vermutete aber, dass Kurtz immer noch Zeitung las. Vielleicht sein Horoskop. »Fische: Heute ist der Tag Ihrer Schmach. Bleiben Sie im Bett.«

Die Kiefern und Fichten dort unten tauchten aus weißen Schwaden auf und verschwanden wieder darin. Schneeflocken landeten auf den beiden Windschutzscheiben des Chinook, tanzten, verschwanden. Der Flug war äußerst holprig – als säßen sie in einer Waschmaschine –, aber Owen mochte es so. Er setzte sich wieder den Kopfhörer auf. Eine andere Band, vielleicht Matchbox Twenty. Auch nicht so toll, aber immer noch besser als Pearl Jam. Owen fürchtete nur die Kommando-Hymne. Aber er würde zuhören. Ja, er würde zuhören.

Hinein in die niedrige Wolkendecke und wieder hinaus, dunstige Ausblicke auf einen anscheinend endlosen Wald, weiter nach Westen, Westen, Westen.

»Blue Boy Leader, hier ist Blue Two.«
»Ich höre, Two.«
»Ich habe Sichtkontakt zu Blue Boy. Bestätigen Sie?«

Es dauerte einen Moment, bis Owen das bestätigen konnte. Was er dann sah, verschlug ihm den Atem. Ein Foto, ein begrenztes Bild, etwas, das man in der Hand halten konnte – das war eines. Aber das hier war etwas gänzlich anderes.

»Bestätige, Two. Blue Group, hier ist Blue Boy Leader. Halten Sie Ihre gegenwärtige Position. Ich wiederhole: Halten Sie Ihre gegenwärtige Position.«

Ein Hubschrauber nach dem anderen bestätigte, nur Kurtz nicht, aber auch der blieb, wo er war. Die Chinooks und der Kiowa standen gut einen Kilometer vor dem abgestürzten Raumschiff in der Luft. Dorthin führte eine gewaltige Schneise aus planierten Bäumen, gefällt wie von einer riesigen Heckenschere. Am Ende dieser Schneise befand sich ein sumpfiges Gebiet. Abgestorbene Bäume streckten ihre Äste in den weißen Himmel, als wollten sie die Wolken aufreißen. Es gab Zickzackmuster aus schmelzendem Schnee, und er wurde gelb, wo er in den feuchten Grund sickerte. An anderen Stellen zeigten sich Adern und Kapillaren aus schwarzem Wasser.

Das Schiff, eine riesengroße graue Platte von fast einem halben Kilometer Durchmesser, war mitten im Sumpf durch die abgestorbenen Bäume gerast, hatte sie zermalmt und Holzsplitter in alle Richtungen geschleudert. Der Blue Boy (er war überhaupt nicht blau, nicht im Mindesten) war am anderen Ende des Sumpfs zum Stillstand gekommen, wo ein felsiger Hügel steil aufragte. Eine seiner gewölbten Seiten war in dem sumpfigen, wenig tragfähigen Erdboden versunken. Aufgewirbelter Schmutz und Baumsplitter überzogen die glatte Hülle des Schiffs.

Die überlebenden Grauen standen darum herum, die meisten auf verschneiten Hügeln unter dem in die Höhe ragenden Ende ihres Schiffs; hätte die Sonne geschienen, dann hätten sie im Schatten des abgestürzten Schiffs gestanden. Tja ... es gab eindeutig jemanden, der das hier eher für ein

Trojanisches Pferd als für ein abgestürztes Raumschiff hielt, aber die überlebenden Grauen, nackt und unbewaffnet, sahen nicht sonderlich bedrohlich aus. *Etwa hundert*, hatte Kurtz gesagt, aber jetzt waren es weniger; Owen schätzte ihre Anzahl auf sechzig. Er sah mindestens ein Dutzend Leichen in mehr oder weniger fortgeschrittenem Zustand rötlicher Verwesung auf den verschneiten Hügeln liegen. Manche lagen mit dem Gesicht nach unten im seichten schwarzen Wasser. Hier und dort sah man, erstaunlich leuchtend bunt auf dem Schnee, rötlich goldene Flecken des so genannten Ripley-Pilzes ... nur dass nicht alle diese Flecken leuchtend bunt waren, wie Owen entdeckte, als er sein Fernglas darauf richtete. Mehrere wurden zusehends grau, fielen der Kälte oder der Atmosphäre oder beidem zum Opfer. Nein, sie hielten sich hier nicht gut – weder die Grauen noch der Pilz, den sie mitgebracht hatten.

War dieses Zeug wirklich ansteckend? Er konnte es einfach nicht glauben.

»Blue Boy Leader?«, meldete sich Conk. »Hören Sie mich?«

»Ja. Sein Sie mal kurz still.«

Owen beugte sich vor, langte unter den Ellenbogen des Piloten (Tony Edwards, ein guter Mann) und schaltete das Funkgerät auf den Gemeinschaftskanal. Dass Kurtz Bosanski Novi erwähnt hatte, kam ihm dabei nicht in den Sinn; dass er einen entsetzlichen Fehler beging, kam ihm auch nicht in den Sinn; und ihm kam auch nicht in den Sinn, dass er Kurtz' Wahnsinn vielleicht ernstlich unterschätzt hatte. Nein, er machte das, fast ohne einen bewussten Gedanken darauf zu verwenden. So kam es ihm später vor, wenn er daran zurückdachte und den Zwischenfall nicht nur einmal, sondern immer wieder neu überdachte. Nur das Umlegen eines Schalters. Mehr brauchte es anscheinend nicht, um die Lebensbahn eines Menschen zu verändern.

Und da war sie auch schon, laut und deutlich, eine Stimme, die Kurtz' Burschen auf jeden Fall erkennen würden. Sie kannten Eddie Vedder; mit Walter Cronkite war es da schon was anderes. »– Ansteckendes. *Il n'y a pas d'infection ici.*« Zwei Sekunden, und dann eine Stimme, die Barbra Streisand hätte gehören können: »Einhundertdreizehn. Einhundertsiebzehn. Einhundertneunzehn.«

Irgendwann, das wurde Owen klar, hatten sie von vorne angefangen, Primzahlen aufzuzählen. Auf der Busfahrt zu Gosselin's waren die unterschiedlichen Stimmen längst bei vierstelligen Primzahlen angelangt.

»Wir sterben«, sagte Barbra Streisands Stimme. »*On se meurt, on crève.*« Eine Pause und dann die Stimme von David Letterman: »Einhundertsiebenundzwanzig. Einhundert –«

»Aufhören!«, schrie Kurtz. Zum ersten Mal in all den Jahren, die Owen ihn kannte, klang Kurtz wirklich außer sich. Fast schockiert. »Owen, wieso leiten Sie diesen Dreck in die Ohren meiner Jungs? Antworten Sie mir, und erklären Sie mir das, und zwar *sofort*.«

»Ich wollte nur hören, ob sich was geändert hat, Boss«, sagte Owen. Das war gelogen, und das wusste Kurtz natürlich, und zweifellos würde er ihn irgendwann dafür bezahlen lassen. Es war genau wie damals, als er die Kinder nicht erschossen hatte, vielleicht sogar schlimmer. Owen war das egal. Scheiß auf das Phooka-Pferd. Wenn sie das hier schon taten, dann wollte er, dass Kurtz' Jungs (Skyhook in Bosnien, Blue Group diesmal, irgendein anderer Name beim nächsten Mal, aber es waren immer wieder die gleichen markigen jungen Gesichter) ein letztes Mal die Grauen hörten. Reisende aus einem anderen Sonnensystem, vielleicht gar aus einem anderen Universum oder Zeitstrom, die vieles wussten, was ihre Gastgeber nie erfahren würden (nicht dass Kurtz das kümmerte). Lass sie die Grauen ein letztes Mal hören, statt Pearl Jam oder Jar of Flies oder Rage Against the Machine; die Grauen, wie sie an etwas appellierten, was sie törichterweise für irgendeine Form von Gewissen gehalten hatten.

»Und hat es sich geändert?«, knisterknackte Kurtz' Stimme zurück. Der grüne Kiowa war immer noch dort unten, knapp unterhalb der Front der Kampfhubschrauber, und seine Rotorblätter wirbelten knapp oberhalb des Wipfels einer großen alten Kiefer und zausten sie und brachten sie zum Schwingen. »Hat es das, Owen?«

»Nein«, sagte der. »Überhaupt nicht, Boss.«

»Dann hören Sie mit dem Geschnatter auf. Das ist Zeitverschwendung, bei Gott.«

Owen hielt für einen Moment inne und sagte dann, nach reiflicher Überlegung: »Jawohl, *Sir*.«

6

Kurtz saß kerzengerade auf dem rechten Sitz des Kiowa – »stocksteif«, wie es in Büchern und Filmen immer hieß. Er hatte trotz des mattgrauen Tageslichts seine Sonnenbrille auf, und Freddy, sein Pilot, wagte ihn trotzdem nur aus dem Augenwinkel anzusehen. Es war eine Rundum-Sonnenbrille, und wenn er sie aufhatte, wusste man nie, wohin der Boss gerade schaute. Auf keinen Fall konnte man sich darauf verlassen, wohin sein Kopf gerade gerichtet war.

Die *Derry News* lag auf Kurtz' Schoß (GEHEIMNISVOLLE LICHTER AM HIMMEL UND VERMISSTE JÄGER LÖSEN IN JEFFERSON TRACT PANIK AUS, lautete die Schlagzeile). Jetzt nahm er die Zeitung und faltete sie sorgsam zusammen. Das beherrschte er gut, und bald hatte er die *Derry News* so zusammengefaltet, wie er Owen Underhill bald zusammenfalten würde, hatte sie so zu einem Papierhut geknickt, wie Underhill seine weitere Militärlaufbahn gerade geknickt hatte. Underhill rechnete zweifellos mit irgendwelchen disziplinarischen Konsequenzen – von Kurtz' Seite, denn es war ja, zumindest bisher, ein Geheimeinsatz – und anschließend einer zweiten Chance. Ihm war anscheinend überhaupt nicht bewusst (und das war wahrscheinlich auch gut so; unverhofft bedeutete normalerweise auch unbewaffnet), dass er eben bereits seine zweite Chance verspielt hatte. Und das war eine Chance mehr, als Kurtz üblicherweise vergab, was er nun bitter bereute. *Bitter* bereute. Dass Owen nach ihrem Gespräch im Büro dieses Ladens losging und so eine Nummer abzog ... nachdem er ihn ausdrücklich gewarnt hatte ...

»Wer erteilt den Befehl?«, knackte Underhills Stimme auf Kurtz' privatem Kanal.

Kurtz war über seinen Zorn erstaunt und auch ein wenig bestürzt. Hauptsächlich rührte er wohl schlicht von dem Erstaunen her, dem einfachsten Gefühl, das Babys als Allererstes empfanden. Owen hatte ihn kalt erwischt, als er die Grauen auf den Kommando-Kanal geschaltet hatte; und von wegen, er habe nur hören wollen, ob sich irgendwas geändert hatte – das konnte er schön zusammenrollen und sich in den Arsch stecken. Owen war wahrscheinlich der beste zweite Mann, den Kurtz in seiner langen und verschlungenen Laufbahn gehabt hatte, und die hatte Anfang der Siebziger in Kambodscha begonnen. Aber Kurtz würde ihn trotzdem einen Kopf kürzer machen. Wegen dieser Sache mit dem Funkgerät und weil Owen nicht dazugelernt hatte. Jetzt ging es nicht mehr um ein paar Kinder in Bosanski Novi oder um brabbelnde Stimmen. Es ging nicht mehr um den Gehorsam oder auch nur ums Prinzip. Jetzt ging es um die Grenze. Seine Grenze. Die Kurtz-Grenze.

Und dann war da auch noch das *Sir*.

Dieses rotzige *Sir*.

»Boss?« Jetzt klang Owen ein wenig nervös, und er hatte, bei Gott, auch allen Grund dazu. »Wer erteilt –«

»Gemeinschaftskanal, Freddy«, sagte Kurtz. »Schalten Sie mich drauf.«

Der Kiowa, der viel leichter war als die Kampfhubschrauber, bekam eine Böe ab und schaukelte hin und her. Kurtz und Freddy achteten nicht darauf. Freddy schaltete ihn auf den Gemeinschaftskanal.

»Hört zu, Jungs«, sagte Kurtz und sah zu den vier Kampfhubschraubern hinüber, die wie gläserne Libellen in einer Reihe über den Bäumen und unter den Wolken hingen. Genau voraus befanden sich der Sumpf und die riesige, perlmuttfarbene geneigte Schüssel, unter deren hinterem Rand die überlebenden Crew-Mitglieder – oder wer sonst sie waren – standen.

»Hört zu, Jungs, jetzt hält Daddy einen Vortrag. Hört ihr zu? Meldet euch.«

Ja, ja, bestätige, verstanden, roger (und gelegentlich ein *Sir* dabei, aber das war schon in Ordnung; es bestand ein Unterschied zwischen Achtlosigkeit und Unverschämtheit).

»Ich bin kein großer Redner, Jungs, fürs Reden werd ich nicht bezahlt, aber ich möchte, dass ihr wisst, dass wir es hier nicht, ich wiederhole: *nicht* mit einem Fall von *What you see is what you get* zu tun haben. Ihr seht dort etwa sechs Dutzend graue, anscheinend geschlechtslose Humanoide, die so nackt herumstehen, wie Gott sie schuf, und ihr sagt, jedenfalls sagen manche: ›Ach, die armen Leutchen, nackt und unbewaffnet, haben keine Schwengel und keine Mösen, um sich dran zu erfreuen, flehen dort um Gnade vor ihrem abgestürzten intergalaktischen Reisebus, und da müsste man doch schon ein *Hund*, da müsste man doch schon ein *Unmensch* sein, wenn man diese flehenden Stimmen hört und sie trotzdem angreift.‹ Und ich muss euch sagen, Jungs, dass ich dieser Hund, dass ich dieser Unmensch bin – ich bin dieses postindustrielle, postmoderne, kryptofaschistische, politisch inkorrekte, chauvinistische Kriegstreiberschwein, gelobt sei der Herr, und falls uns irgendjemand zuhört, mein Name ist Abraham Peter Kurtz, Veteran der Luftwaffe der Vereinigten Staaten, Nummer 241771699, und ich leite diesen Angriff, ich bin der Lieutenant Calley bei diesem Massaker in Alice's Restaurant hier.«

Er atmete tief durch, den Blick starr auf die vor ihm schwebenden Hubschrauber gerichtet.

»Aber, meine Lieben, ich bin hier, um euch zu sagen, dass die Grauen schon seit Ende der Vierziger mit uns rummachen und ich schon seit Ende der Siebziger mit ihnen rummache, und ich kann euch sagen, wenn ein Typ mit erhobenen Händen ankommt und sich ergibt, heißt das noch lange nicht, gelobt sei der Herr, dass er nicht doch eine Phiole Nitroglyzerin im Arsch stecken hat. Also die großen, alten, klugen Goldfische, die in den Think-Tanks herumschwimmen, die meinen, dass die Grauen gekommen sind, als wir angefangen haben, Atom- und Wasserstoffbomben zu zünden, das hätte sie angezogen wie das Licht die Motten. Ich verstehe nichts davon, ich bin kein Denker, das Denken überlasse ich anderen, das überlasse ich dem Kohl, der hat den Kopf dafür, wie man so schön sagt, aber mit meinen Augen ist alles in Ordnung, Jungs, und ich sage euch, diese grauen Schweine sind so harmlos wie ein Wolf im Hühnerstall. Wir haben eine ganze Menge von ihnen im Laufe der Jahre gefangen genommen, aber keiner hat es überlebt. Wenn sie sterben, verwesen sie sehr schnell und verwandeln sich in genau das Zeug, das ihr da unten seht, was ihr Jungs den Ripley-Pilz nennt. Manchmal platzen sie auch. Habt ihr gehört? Sie *platzen*. Der Pilz, den sie in sich tragen – aber vielleicht hat ja auch der Pilz das Sagen, einige Schwerdenker glauben das –, geht ziemlich schnell ein, es sei denn, er findet einen lebenden Wirt, ich wiederhole: *lebenden Wirt*, und der Wirt, den er offenbar am liebsten mag, Jungs, gelobt sei der Herr, ist der gute alte Homo sapiens. Sobald ihr ihn auch nur unterm Nagel des kleinen Fingers habt, könnt ihr die Radieschen bald von unten begucken.«

Das entsprach nicht so ganz der Wahrheit – es entsprach eigentlich überhaupt nicht der Wahrheit –, aber niemand kämpfte so entschlossen wie ein verängstigter Soldat. Das wusste Kurtz aus Erfahrung.

»Jungs, unsere kleinen grauen Freunde können Gedanken lesen und scheinen diese Fähigkeit durch die Luft an uns weiterzugeben. Wir bekommen das ab, auch wenn wir den Pilz nicht abbekommen, und ihr mögt zwar denken, dass ein bisschen Gedankenlesen ganz spaßig sein könnte und ihr damit auf jeder Party groß rauskommt, aber ich kann euch sagen, was dann bald folgt: *Schizophrenie, Paranoia, gestörtes Realitätsempfinden* und insgesamt der unwiderrufliche, ich wiederhole: *DER UNWIDERRUFLICHE WAHNSINN*. Die Experten, Gott segne sie, glauben, dass diese Telepathie nur ein vorübergehendes Phänomen ist, aber ich muss euch nicht sagen, was uns da blühen würde, wenn man den Grauen gestatten würde, sich hier niederzulassen und häuslich einzurichten. Ich möchte, dass ihr euch sehr aufmerksam anhört, was ich euch jetzt sage. Ich möchte, dass ihr zuhört, als hinge euer Leben davon ab, klar? Wenn die uns entführen, Jungs – ich wiederhole: Wenn die uns entführen – und ihr wisst alle, dass es Entführungen gegeben hat, die meisten Leute, die behaupten, von Außerirdischen entführt worden zu sein, lügen, dass sich sämtliche Balken biegen, aber nicht alle –, dann implantieren sie denen, die sie wieder freilassen, vorher oft etwas. Manchen weiter nichts als Werkzeuge – Sender vielleicht oder so eine Art Abhörgeräte –, aber einige bekamen auch Lebewesen implantiert, die ihren Wirt auffressen, sich an ihm mästen und ihn dann in Stücke reißen. Diese Implantate wurden von eben den Wesen eingepflanzt, die ihr da unten seht, wie sie alle ganz nackt und unschuldig da herumlaufen. Sie behaupten, nichts Ansteckendes zu haben, wissen aber, dass sie bis Oberkante Unterlippe voll davon sind. Ich sehe diese Viecher seit über fünfundzwanzig Jahren am Werk, und ich sage euch, das hier ist es, das ist die Invasion, das ist die Entscheidungsschlacht, und ihr Jungs seid unsere Verteidigung. Das sind keine wehrlosen kleinen ETs, die nur darauf warten, dass man ihnen eine Telefonkarte der New England Tel gibt, damit sie nach Hause telefonieren können, das ist eine *Krankheit*. Sie sind Krebs, gelobt sei der Herr, und Jungs, wir sind eine große, hoch dosierte radioaktive Chemotherapie-Injektion. Hört ihr mich, Jungs?«

Diesmal keine Bestätigung. Kein Roger, kein Verstanden. Kehliges Hurrageschrei, nervös und neurotisch, bebend vor Übereifer. Kurtz' Kopfhörer dröhnte davon.

»Krebs, Jungs. *Sie sind Krebs.* Besser kann ich es nicht ausdrücken, und ihr wisst ja, ich bin kein großer Redner. Owen, haben Sie verstanden?«

»Verstanden, Boss.« Ganz nüchtern. Nüchtern und ruhig, der Scheißkerl. Na, sollte er doch cool sein. Sollte er doch cool sein, solange er noch konnte. Mit Owen Underhill war es sowieso zu Ende. Kurtz hob den Papierhut und betrachtete ihn bewundernd. Owen Underhill war erledigt.

»Was ist da unten, Owen? Was regt sich da rund ums Schiff? Was hat vergessen, sich Hosen und Schuhe anzuziehen, ehe es heute Morgen aus dem Haus gegangen ist?«

»Der Krebs, Boss.«

»Genau. Jetzt geben Sie den Befehl, und dann schlagen

wir los. Ich will was hören, Owen.« Und da er wusste, dass die Männer in den Kampfhubschraubern ihn beobachteten (noch nie hatte er eine solche Predigt gehalten, noch nie, und kein Wort davon war vorformuliert, höchstens in seinen Träumen), drehte er ganz bewusst seine eigene Mütze nach hinten.

7

Owen sah, wie Tony Edwards seine Mets-Kappe umdrehte, sodass ihm der Schirm in den Nacken hing, und hörte Bryson und Bertinelli die 50er durchladen, und da wurde ihm klar, dass es jetzt wirklich losging. Jetzt schlugen sie los. Entweder stieg er ins Auto ein und fuhr mit, oder er blieb auf der Straße stehen und wurde überfahren. Das war die einzige Wahl, die Kurtz ihm gelassen hatte.

Und da war noch etwas, eine unangenehme Erinnerung aus der Zeit, als er – wie alt? Acht? Sieben? Vielleicht sogar noch jünger gewesen war. Er war draußen auf dem Rasen ihres Hauses gewesen, dem Haus in Paducah, und sein Vater war noch bei der Arbeit und seine Mutter auch irgendwo, wahrscheinlich in der Grace Baptist, wo sie einen der unzähligen Kirchenbasare vorbereitete (und im Gegensatz zu Kurtz meinte Randi Underhill es auch so, wenn sie »gelobt sei der Herr« sagte), und nebenan bei den Rapeloews war ein Krankenwagen vorgefahren. Ohne Sirenen, aber mit jeder Menge Blaulicht. Zwei Männer in Overalls, ganz ähnlich wie der, den Owen jetzt trug, waren die Einfahrt der Rapeloews hochgelaufen und hatten dabei, ohne aus dem Schritt zu kommen, eine schimmernde Bahre ausgeklappt. Es war wie ein Zaubertrick.

Keine zehn Minuten später kamen sie mit Mrs Rapeloew auf der Bahre wieder raus. Sie hatte die Augen geschlossen. Mr Rapeloew folgte ihnen und vergaß ganz, hinter sich die Haustür zu schließen. Mr Rapeloew, der ungefähr so alt war wie Owens Daddy, sah mit einem Mal so alt aus wie ein Opa. Das war noch so ein Zaubertrick. Mr Rapeloew schaute nach rechts, als die Männer seine Frau in den Krankenwagen luden, und sah Owen, der da in kurzer Hose auf dem Rasen kniete und mit seinem Ball spielte. *Sie sagen, es war ein Schlag!*, rief Mr Rapeloew. *St. Mary's Memorial! Sag das deiner Mutter, Owen!* Und dann stieg er hinten in den Krankenwagen, und der Krankenwagen fuhr davon. Vielleicht fünf Minuten lang spielte Owen weiter mit seinem Ball, warf ihn hoch und fing ihn auf, und zwischendurch schaute er immer mal wieder zu der Tür hinüber, die Mr Rapeloew hatte offen stehen lassen, und dachte, er sollte sie zumachen. Sie zu schließen wäre das gewesen, was seine Mutter immer einen Akt christlicher Nächstenliebe nannte.

Schließlich stand er auf und ging hinüber in den Garten der Rapeloews. Die Rapeloews waren immer gut zu ihm gewesen. Nichts Besonderes (»Nichts, weswegen man mitten in der Nacht aufstehen und einen Brief nach Hause schreiben würde«, wie seine Mutter gesagt hätte), aber Mrs Rapeloew buk immer viele Kekse und vergaß nie, ihm welche aufzuheben; und viele, viele Schalen Zuckerguss und Keksteig hatte er in der Küche der pummeligen, immer gut gelaunten Mrs Rapeloew schon ausgekratzt. Und Mr Rapeloew hatte ihm beigebracht, Papierflieger zu falten, die tatsächlich flogen. Sogar drei unterschiedliche Modelle. Also hatten die Rapeloews Nächstenliebe, christliche Nächstenliebe verdient, aber als er durch die offen stehende Tür ihr Haus betrat, wusste er nur zu gut, dass er nicht aus christlicher Nächstenliebe dort war. Von christlicher Nächstenliebe kriegte man keinen steifen Schniedel.

Fünf Minuten lang – oder vielleicht war es auch eine Viertel- oder eine halbe Stunde gewesen, die Zeit verging wie im Traum – war Owen einfach nur durch das Haus der Rapeloews gewandert, ohne weiter irgendwas zu tun, und die ganze Zeit über war sein Schniedel hart wie Stein gewesen, so hart, dass er wie ein zweiter Herzschlag pochte, und er hätte gedacht, dass so etwas wehtut, aber das hatte es nicht, nein, es hatte sich *schön* angefühlt, und viele Jahre später erkannte er in diesem schweigenden Umherwandern das, was es in Wirklichkeit gewesen war: Vorspiel. Dass er nichts gegen die Rapeloews hatte, dass er die Rapeloews eigentlich sogar mochte, machte es irgendwie nur noch schöner. Hätte man ihn dabei erwischt (dazu kam es nicht) und gefragt, warum er das getan hatte, dann hätte er ganz ehrlich sagen können: *Ich weiß es nicht.*

Nicht dass er viel angestellt hatte. Im Badezimmer im Erdgeschoss entdeckte er eine Zahnbürste mit dem Aufdruck DICK. Dick war Mr Rapeloews Vorname. Owen versuchte auf die Borsten von Mr Rapeloews Zahnbürste zu pinkeln, aber sein Schniedel war zu steif, und es kam einfach keine Pisse, kein einziger Tropfen. Also spuckte er stattdessen auf die Borsten, rieb die Spucke ein und stellte die Zahnbürste dann wieder in das Zahnputzglas. In der Küche goss er ein Glas Wasser auf die Herdplatten des Elektroherds. Dann nahm er eine große Porzellanplatte aus der Anrichte. »Sie sagen, es war der Storch«, sagte Owen und hielt sich die Platte über den Kopf. »Es muss ein Baby sein, denn er hat gesagt, es war ein Storch.« Und dann schmetterte er die Platte in die Ecke, wo sie in tausend Scherben zersprang. Gleich anschließend rannte er aus dem Haus. Was auch immer da in ihn gefahren war, was seinen Schniedel steif gemacht und bewirkt hatte, dass sich seine Augäpfel zu groß für die Augenhöhlen angefühlt hatten – mit dem klirrenden Bersten der Platte war es wie weggeblasen, das hatte es platzen lassen wie einen Pickel, und hätten sich seine Eltern nicht solche Sorgen um Mrs Rapeloew gemacht, dann wäre ihnen bestimmt aufgefallen, dass mit ihm etwas nicht stimmte. Aber wie es sich traf, nahmen sie wahrscheinlich an, dass er sich ebenfalls Sorgen um Mrs R. machte. Gut eine Woche lang schlief er wenig, und wenn er doch einmal einschlief, hatte er Albträume. In einem dieser Träume kam Mrs Rapeloew aus dem Krankenhaus mit dem Baby nach Hause, das der Storch ihr gebracht hatte, aber das Baby war schwarz und tot. Owen war vor Scham und Gewissensbissen fast vergangen (es ging aber nie so weit, dass er es gestanden hätte; was in Gottes Namen hätte er denn auch sagen sollen, wenn ihn seine baptistische Mutter gefragt hätte, was da in ihn gefahren sei), und doch vergaß er nie das sinnlose Vergnügen, mit heruntergelassener Unterhose in dem Badezimmer zu stehen und zu versuchen, auf Mr Rapeloews Zahnbürste zu pinkeln, und auch die Erregung nicht, die in ihm aufgebrandet war, als die Porzellanplatte zerschellte. Wäre er älter gewesen, dann hätte er sich bestimmt in die Hose ergossen, vermutete er später. Die Reinheit lag in der Sinnlosigkeit begründet; die Freude im lauten Geschepper; und anschließend folgte dann das ausführliche, sehr genüssliche Schwelgen in Reue und nachträglicher Angst, dabei erwischt zu werden. Mr Rapeloew hatte gesagt, es sei der Storch gewesen, aber als Owens Vater an diesem Abend nach Hause kam, sagte er ihm, dass es ein Schlag gewesen sei. Ein Blutgefäß in Mrs Rapeloews Gehirn sei geplatzt, und das sei ein Schlaganfall.

Und jetzt war das alles wieder da.

Vielleicht komme ich ja diesmal, dachte er. *Das wird auf jeden Fall eine Nummer größer als der Versuch, auf Mr Rapeloews Zahnbürste zu pinkeln.* Und dann, als auch er sich die Mütze umdrehte: *Aber es läuft im Grunde aufs Gleiche hinaus.*

»Owen?« Kurtz' Stimme. »Sind Sie da, mein Junge? Wenn Sie nicht sofort bestätigen, gehe ich davon aus, dass Sie entweder nicht können oder wollen –«

»Boss, ich bin hier.« Mit ruhiger Stimme. Vor seinem geistigen Auge sah er einen verschwitzten kleinen Jungen, der eine Porzellanplatte über dem Kopf hielt. »Jungs, seid ihr bereit, den Außerirdischen mal so richtig einzuheizen?«

Bejahendes Gebrüll, darin auch *Aber immer* und *Die schießen wir zu Klump.*

»Was wollt ihr zuerst, Jungs?«

Kommando-Hymne und *Hymne* und *die Stones, aber sofort!*

»Wer nicht mitwill, muss jetzt Bescheid sagen.«

Funkstille. Auf einer anderen Frequenz, auf die Owen nie wieder schalten würde, flehten die Grauen mit Stimmen prominenter Menschen um Gnade. Rechts unten schwebte der kleine Kiowa OH-58. Owen brauchte kein Fernglas, um Kurtz zu sehen, der seine Kappe umgedreht hatte und ihn beobachtete. Die Zeitung lag immer noch auf seinem Schoß, nun aus irgendeinem Grund zu einem Dreieck gefaltet. Sechs Jahre lang hatte Owen Underhill keine zweite Chance gebraucht, und das war auch gut so, denn bei Kurtz bekam man keine zweite Chance – im Grunde seines Herzens hatte Owen das wohl immer gewusst. Aber darüber würde er später nachdenken. Wenn es denn sein musste. Ein letzter schlüssiger Gedanke blitzte durch sein Hirn – *Sie sind der Krebs, Kurtz, Sie allein* – und erstarb dann. Eine vollkommene, willkommene Dunkelheit trat an seine Stelle.

»Blue Group, hier ist Blue Boy Leader. Ich brauche euch jetzt. Wir eröffnen auf zweihundert Meter das Feuer. Schießt, wenn möglich, nicht auf Blue Boy, aber diese Saftärsche machen wir alle. Conk, spielen Sie die Hymne.«

Gene Conklin legte einen Schalter um und warf eine CD in den Discman, der auf dem Boden von Blue Boy Two stand. Owen, der nicht mehr er selbst war, beugte sich in Blue Boy Leader vor und drehte die Lautstärke auf.

Mick Jagger, Stimme der Rolling Stones, erfüllte ihre Kopfhörer. Owen hob eine Hand und sah, wie Kurtz ihm knapp salutierte – ob das nun sarkastisch oder ernst gemeint war, konnte Owen nicht feststellen, und es war ihm auch egal –, und dann ließ Owen den Arm sinken. Während Jagger sang, ihre Hymne sang, die sie immer spielten, wenn sie losschlugen, sanken die Hubschrauber, bildeten eine Formation und steuerten auf ihr Ziel zu.

8

Die Grauen – die Grauen, die noch übrig waren – standen im Schatten ihres Schiffs, das am Ende der Schneise lag, die es bei seinem Absturz in den Wald geschlagen hatte. Anfangs machten sie keine Anstalten, wegzulaufen oder sich zu verstecken; nein, die Hälfte von ihnen kam sogar auf ihren nackten, zehenlosen Füßen vor, platschte damit durch den Schneematsch und Schlamm und den verstreuten Flaum aus rötlich güldenem Moos. Sie stellten sich der näher kommenden Front der Kampfhubschrauber, hoben die langfingrigen Hände und zeigten, dass sie unbewaffnet waren. Ihre riesigen schwarzen Augen schimmerten im trüben Tageslicht.

Die Kampfhubschrauber wurden nicht langsamer, obwohl sich die Männer alle kurz an die letzte Übertragung erinnerten: *Tut uns bitte nichts, wir sind wehrlos, wir sterben.* Dazwischen, gezwirbelt wie ein Schweineschwanz, erklang die Stimme von Mick Jagger: »*Please allow me to introduce myself, I'm a man of wealth and taste; I've been around for many a long year, stolen many man's soul and faith …*«

Die Kampfhubschrauber schwenkten so flott herum wie eine Marschkapelle, die an der Fünfzig-Yard-Linie des Footballfelds im rechten Winkel abbog, und die 50er eröffneten das Feuer. Die Kugeln pflügten den Schnee um, rissen abgestorbene Äste von den ohnehin schon beschädigten Bäumen, schlugen auf der Hülle des großen Raumschiffs fahle Funken. Sie durchsiebten die Grauen, die mit erhobenen Händen beieinander standen, und zerpflückten sie. Arme wurden von rudimentären Körpern gerissen und spien einen roten Saft. Köpfe platzten wie Flaschenkürbisse, aus denen sich ein rötlicher Platzregen auf das Schiff und ihre Schiffskameraden ergoss – kein Blut, sondern dieses moosartige Zeug, als wären ihre Köpfe voll davon, als wären das gar keine Köpfe, sondern gruslige Obstkörbe. Mehrere Graue wurden mittendurch getrennt und gingen mit immer noch erhobenen Händen zu Boden. Und als sie hinstürzten, nahmen die grauen Körper eine schmutzig weiße Färbung an und schienen dabei zu kochen.

Mick Jagger bekannte: »*I was around when Jesus Christ had his moment of doubt and pain …*«

Ein paar Graue, die noch unter dem Rand des Schiffs standen, machten kehrt, wie um wegzulaufen, aber es gab keine Zuflucht für sie. Die meisten wurden auf der Stelle erschossen. Die letzten Überlebenden – insgesamt vielleicht vier – zogen sich in das spärliche Dunkel zurück. Dort schienen sie irgendwas anzustellen, mit irgendwas zu hantieren, und Owen hatte eine schreckliche Vorahnung.

»Ich kann sie kriegen!«, tönte es krächzend aus dem Funkgerät. Das war Deforest in Blue Boy Four, förmlich bebend vor Eifer. Und Owens Befehl zum Losschlagen vorwegnehmend, sank der Chinook fast bis zum Boden, und seine Rotorblätter wirbelten Schnee und schwarzes Wasser zu einem schmutzigen Blizzard auf und wehten das Gebüsch platt.

»Nein, negativ, aufhören, Rückzug, gehen Sie auf Ausgangsposition plus fünfzig!«, schrie Owen und schlug Tony auf die Schulter. Tony, der mit der durchsichtigen Maske über Mund und Nase nur ganz leicht sonderbar aussah, riss den Knüppel zurück, und Blue Boy Leader hob sich in die unruhige Luft. Trotz der lauten Musik – der wilden Bongos, des Chors, der *Hoo-hoo* sang, *Sympathy for the Devil* war bisher noch nicht ein einziges Mal durchgelaufen – konnte Owen seine Mannschaft grummeln hören. Der Kiowa, das sah er, wurde in der Ferne immer kleiner. Wie es um seine geistige Verfassung sonst auch bestellt sein mochte: Dumm war Kurtz nicht. Und seine Instinkte funktionierten einwandfrei.

»Äh, Boss –« Deforest hörte sich nicht nur enttäuscht, sondern richtig außer sich an.

»Wiederhole, wiederhole: Rückkehr zur Basis, Blue Group, Rückkehr –«

Die Explosion stieß ihn in den Sitz zurück und schleuderte den Chinook wie ein Spielzeug empor. In dem ganzen Krach hörte er Tony Edwards fluchen und sah ihn mit dem Knüppel kämpfen. Von hinten hörte er Schreie, und ein Großteil seiner Crew war zwar verletzt, aber verloren hatten sie nur Pinky Bryson, der sich, um besser sehen zu können, zu weit aus dem Helikopter gebeugt hatte und abgestürzt war, als die Druckwelle sie traf.

»Hab dich, hab dich, hab dich«, sagte Tony, aber Owen fand, dass es mindestens dreißig Sekunden dauerte, bis Tony den Hubschrauber tatsächlich wieder im Griff hatte; Sekunden, die ihm wie Stunden vorkamen. Ihr Sound-System spielte die Hymne nicht mehr, was für Conk und die Jungs in Blue Boy Two nichts Gutes ahnen ließ.

Tony schwenkte mit Blue Boy Leader herum, und Owen sah, dass die Windschutzscheibe aus Acrylglas an zwei Stellen gesprungen war. Hinter ihnen schrie immer noch jemand – Mac Cavenaugh, wie sich herausstellte, dem es irgendwie gelungen war, zwei Finger zu verlieren.

»Verdammte Scheiße«, flüsterte Tony, und dann: »Sie haben uns den Arsch gerettet, Boss. Danke.«

Owen hörte ihn kaum. Er schaute sich zu den Überresten des Raumschiffs um, das in mindestens drei Teile zerborsten war. Man sah es schlecht, denn die Luft war von einem rötlich orangefarbenen Nebel erfüllt. Schon etwas einfacher war es, die Überreste von Deforests Kampfhubschrauber zu erkennen. Er lag schräg auf der Seite im Matsch, und rundherum brodelten Blasen aus dem Boden. Rechts daneben trieb das lange Bruchstück eines Rotorblatts wie ein riesiges Kanupaddel im Wasser. Gut fünfzig Meter weiter ragten aus einem gelbweißen Feuerball weitere Rotorblätter schwarz und schräg auf. Das war Blue Boy Two mit Conklin.

Gekrächze und Gefiepe aus dem Funkgerät. Blakey in Blue Boy Three: »Boss, hey, Boss, ich sehe –«

»Three, hier ist Leader. Ich will, dass Sie –«

»Leader, hier ist Three. Ich sehe Überlebende, ich wiederhole: *ich sehe bei Blue Boy Four Überlebende*, mindestens drei ... nein, vier ... Ich gehe runter und ...«

»Negativ, Blue Boy Three, nichts da, gehen Sie auf Ausgangsposition plus fünfzig – warten Sie, Ausgangsposition plus hundertfünfzig, eins fünf null, und zwar sofort!«

»Äh, aber Sir ... Boss, meine ich ... Ich sehe Friedman, und er *brennt*, verdammt noch mal ...«

»Joe Blakey, hören Sie zu.«

Unverkennbar Kurtz' schnarrende Stimme. Kurtz, der sich rechtzeitig vor dem roten Dreck in Sicherheit gebracht hatte. *Fast so*, dachte Owen, *als hätte er gewusst, was passieren würde.*

»Sie hauen da sofort ab, oder ich garantiere Ihnen, dass Sie nächste Woche irgendwo in der Hitze, wo Alkohol verboten ist, Kamelscheiße schippen. *Ende.*«

Kein Wort mehr von Blue Boy Three. Die beiden übrig

gebliebenen Kampfhubschrauber zogen sich hundertfünfzig Meter hinter ihre vormalige Ausgangsposition zurück. Owen saß da, sah dem wilden, spiralförmigen Hochwirbeln des Ripley-Pilzes zu und fragte sich, ob Kurtz das tatsächlich gewusst oder nur geahnt hatte und ob Blakey und er das Gebiet noch rechtzeitig verlassen hatten. Denn die Grauen hatten durchaus etwas Ansteckendes; was sie auch immer behaupteten: Sie hatten etwas Ansteckendes. Owen wusste nicht, ob es deswegen gerechtfertigt war, was sie gerade getan hatten, ging aber davon aus, dass die Überlebenden von Ray Deforests Hubschrauber wandelnde Leichname waren. Oder schlimmer noch: lebende Menschen, die sich in etwas anderes, in Gott weiß was verwandelten.

»Owen.« Das Funkgerät.

Tony sah zu ihm hinüber und hob die Augenbrauen.

»Owen.«

Seufzend wechselte Owen mit einer Kinnbewegung zu Kurtz' Kanal. »Ich höre, Boss.«

9

Kurtz saß in dem Kiowa und hatte die Zeitung immer noch auf dem Schoß. Er und Freddy trugen ihre Masken, wie auch die übrigen Männer des Angriffsverbandes. Wahrscheinlich trugen auch die armen Schweine da am Boden immer noch ihre Masken. Die Masken waren wahrscheinlich überflüssig, aber Kurtz, der sich keine Ripley-Ansteckung holen wollte, wenn es sich irgend vermeiden ließ, war hier das hohe Tier und sollte unter anderem ein Vorbild abgeben. Und außerdem: Er gab hier die Spielregeln vor. Und was Freddy Johnson anging ... tja, mit Freddy hatte er noch einiges vor.

»Ich höre, Boss«, sagte Underhill in seinem Kopfhörer.

»Gute Schussleistung, noch bessere Flugleistung und brillante Denkleistung. Sie haben Leben gerettet. Sie und ich sind wieder da, wo wir schon mal waren. Wir sind quitt. Verstanden?«

»Verstanden, Boss. Ich weiß das zu schätzen.«
Und wenn Sie mir das abkaufen, dachte Kurtz, *sind Sie noch dümmer, als Sie aussehen.*

10

Hinter Owen plärrte Cavenaugh immer noch, aber nicht mehr so laut. Von Joe Blakey war nichts zu hören. Der sah vielleicht allmählich ein, was es mit diesem rotgoldenen Wirbelwind auf sich hatte, dem sie hatten ausweichen können – oder auch nicht.

»Alles in Ordnung, Bursche?«, fragte Kurtz.

»Wir haben einige Verwundete«, antwortete Owen, »aber sonst ist alles im grünen Bereich. Aber viel Arbeit für die Putztruppe; das sieht gar nicht gut aus dahinten.«

Kurtz' krähenartiges Gelächter dröhnte in Owens Kopfhörer.

11

»Freddy.«

»Ja, Boss.«

»Wir müssen Owen Underhill im Auge behalten.«

»Okay.«

»Wenn wir plötzlich abreisen müssen – Imperial Valley –, dann bleibt Underhill hier.«

Freddy Johnson sagte nichts, nickte nur und flog den Helikopter. Guter Mann. Wusste, im Gegensatz zu manchen anderen, auf welche Seite der Grenze er gehörte.

Kurtz richtete sich wieder an ihn: »Freddy, bringen Sie uns zurück zu diesem gottverlassenen Kramladen, und schonen Sie die Pferde nicht. Ich will mindestens fünfzehn Minuten vor Owen und Joe Blakey da sein. Zwanzig, wenn's geht.«

»Jawohl, Boss.«

»Und ich will eine abhörsichere Satellitenverbindung zum Cheyenne Mountain.«

»Kriegen Sie. Dauert etwa fünf Minuten.«
»Ich gebe Ihnen drei, Bursche, drei Minuten.«

Kurtz lehnte sich zurück und betrachtete den Kiefernwald, der unter ihnen vorbeizog. So viel Wald, so viele wilde Tiere und auch ein paar Menschen – die meisten von ihnen trugen zu dieser Jahreszeit Orange. Und in einer Woche – vielleicht auch schon in drei Tagen – würde das alles hier so tot sein wie ein Gebirge auf dem Mond. Schon schade – aber wenn es in Maine an etwas nicht mangelte, dann an Wald.

Kurtz drehte den Papierhut auf der Fingerspitze. Wenn es sich irgendwie einrichten ließ, wollte er sehen, wie Owen Underhill ihn trug, nachdem er seinen letzten Atemzug getan hatte.

»Er wollte nur hören, ob sich was geändert hat«, murmelte Kurtz.

Freddy Johnson, der wusste, nach wessen Pfeife er zu tanzen hatte, schwieg.

12

Auf halber Strecke zu Gosselin's, als Kurtz' schneller kleiner Kiowa nur noch ein Fleck am Himmel war, den man abwechselnd gerade noch und nicht mehr sah, richtete sich Owens Blick auf Tony Edwards' rechte Hand, die den Y-förmigen Steuerknüppel des Chinook hielt. Am rechten Daumennagelansatz, hauchzart wie ein paar Sandkörnchen, war eine gekrümmte rötlich goldene Linie zu sehen. Owen betrachtete seine eigenen Hände, inspizierte sie so genau, wie Mrs Jankowski das in Persönliche Hygiene immer getan hatte, damals, vor langer Zeit, als die Rapeloews noch ihre Nachbarn gewesen waren. An seinen Händen konnte er nichts entdecken, noch nicht, aber Tony hatte sein Mal schon abbekommen, und Owen dachte, sein eigenes würde auch nicht mehr lange auf sich warten lassen.

Die Underhills waren Baptisten, und Owen war mit der Geschichte von Kain und Abel vertraut. *Die Stimme des*

Blutes deines Bruders schreit zu mir von der Erde, hatte Gott gesagt und Kain dann in das Land Nod verbannt, jenseits von Eden, im Osten. Zum Abschaum, wie Owens Mutter immer behauptet hatte. Doch ehe er Kain losschickte, zeichnete Gott ihn, damit ihn auch der Abschaum von Nod erkannte. Und jetzt, da er die rotgoldene Spur auf Eddies Daumennagel sah und danach auch an seinen eigenen Händen und Handgelenken suchte, glaubte Owen zu wissen, welche Farbe das Kainsmal gehabt hatte.

Kapitel 11

Die Reise des Eiermanns

1

Der Selbstmord, das hatte Henry entdeckt, hatte eine Stimme. Er wollte sich erklären. Das Dumme war nur, dass er kaum Englisch sprach; meistens verfiel er in das ihm eigene abgehackte Kauderwelsch. Aber das war eigentlich egal; hauptsächlich kam es wohl aufs Reden an sich an. Seit Henry dem Selbstmord seine Stimme gelassen hatte, hatte sich sein Leben enorm verbessert. Er hatte sogar wieder ganze Nächte durchgeschlafen (nicht viele, aber immerhin) und hatte keine richtig schlimmen Tage mehr erlebt.

Bis heute.

Es war Jonesys Körper dort auf dem Arctic Cat gewesen, aber das Ding, das nun in ihm steckte, war voller fremder Bilder und fremder Absichten. Jonesy mochte immer noch dabei sein – Henry ging eigentlich davon aus –, aber wenn dem so war, dann war er jetzt zu tief verborgen, zu klein und schwach, um irgendwie hilfreich sein zu können. Bald würde Jonesy ganz verschwunden sein, und das wäre dann vermutlich eine Gnade.

Henry hatte befürchtet, das Ding, das Jonesy nun beherrschte, würde ihn bemerken, aber es fuhr vorbei, ohne abzubremsen. In Petes Richtung. Und dann? Wohin dann? Henry wollte nicht darüber nachdenken, wollte sich nicht darum scheren.

Schließlich machte er sich wieder auf den Weg zum Camp, nicht weil in ihrer Hütte noch irgendetwas auf ihn wartete, sondern weil er sonst nirgends hinkonnte. Als er an das Tor mit dem Namensschild kam – CLARENDON –, spuckte er sich einen weiteren Zahn in die Hand, betrachtete ihn und warf ihn dann weg. Es schneite nicht mehr, aber der Himmel war immer noch bedeckt, und der Wind frischte anscheinend wieder auf. Hatten sie im Radio irgendwas von zwei aufeinander folgenden Stürmen gesagt? Er konnte sich nicht erinnern und wusste nicht, ob das noch eine Rolle spielte.

Irgendwo im Westen dröhnte eine mächtige Detonation. Henry schaute lustlos in diese Richtung, konnte aber nichts erkennen. Da war entweder etwas abgestürzt oder explodiert, und wenigstens einige der sonst keine Ruhe gebenden Stimmen in seinem Kopf waren verstummt. Er hatte keine Ahnung, ob es da einen Zusammenhang gab oder nicht, und keine Ahnung, ob ihm das gleichgültig sein durfte. Er trat durch das offen stehende Tor und ging über den planierten Schnee, auf dem sich die Spur des davonbrausenden Schneemobils abzeichnete, auf ihre Hütte zu.

Der Generator dröhnte gleichmäßig, und über der Granitplatte, die als Fußmatte diente, stand die Tür offen. Henry blieb kurz draußen stehen und betrachtete den Granit. Erst dachte er, eine Blutspur darauf zu sehen, aber Blut, sei es nun frisch oder getrocknet, glänzte nicht so unverkennbar rotgolden. Nein, was er da sah, war irgendwie pflanzlich. Moos oder vielleicht ein Pilz. Und da war noch etwas ...

Henry legte den Kopf in den Nacken und schnupperte – absurderweise hatte er in diesem Moment wieder ganz deutlich vor Augen, wie er einen Monat zuvor mit seiner Exfrau bei Maurice's gewesen war und am Wein gerochen hatte, den der Sommelier eben eingeschenkt hatte, und wie er Rhonda dabei angeschaut und gedacht hatte: *Wir schnuppern am Wein, und Hunde schnuppern einander am Arsch herum, und es läuft ungefähr aufs Gleiche hinaus.* Und dann blitzte die Erinnerung auf, wie seinem Vater die Milch übers Kinn gelaufen war. Er hatte Rhonda zugelächelt, und sie hatte sein Lächeln erwidert, und er hatte gedacht, was für eine Erleichterung das Ende sein würde und dass er es am besten schnell hinter sich brachte.

Doch jetzt roch er keinen Wein, sondern einen sumpfigen, schwefligen Gestank. Für einen Moment konnte er ihn nicht einordnen, und dann fiel es ihm wieder ein: die Frau, die den Unfall verursacht hatte. Auch hier stank es nach ihren verdorbenen Innereien.

Henry betrat die Granitplatte und war sich bewusst, dass er zum letzten Mal hier war. Er spürte die Last all der Jahre – das Gelächter, die Gespräche, die Biere, ab und zu auch mal einen schönen Joint, die Wurfschlacht mit Lebensmitteln von Anno '96 (vielleicht war es auch '97 gewesen), die Gewehrschüsse, diese bittere Geruchsmischung aus Schießpulver und Blut, die die Jagdsaison für Hirsche verhieß, der Geruch von Tod und Freundschaft und der Freuden der Kindheit.

Und als er dort so stand, schnupperte er noch mal. Der Gestank war jetzt viel stärker und wirkte eher chemisch als organisch, vielleicht weil er so übermächtig war. Er schaute in die Hütte. Auf dem Boden war noch mehr von diesem fussligen, schimmelartigen Zeug, aber die Dielen konnte man noch sehen. Auf dem Navajo-Teppich aber wuchs es bereits so dicht, dass man kaum mehr das Teppichmuster erkannte. Was es auch war – es gedieh im Warmen eindeutig besser, und es war unheimlich, wie schnell es wuchs.

Henry wollte eben hineingehen, überlegte es sich dann aber anders. Er ging zwei, drei Schritte von der Tür zurück und stand dann dort im Schnee und dachte an seine blutende Nase und an die Löcher in seinem Zahnfleisch, wo noch Zähne gewesen waren, als er an diesem Morgen erwacht war. Wenn von diesem moosartigen Zeug ein durch die Luft übertragbarer Virus ausging, wie Ebola oder Hanta, hatte er sich wahrscheinlich längst angesteckt und konnte jetzt nur noch die Stalltür schließen, nachdem das Pferd gestohlen war. Aber es war ja nicht nötig, unnötige Risiken einzugehen, nicht wahr?

Er machte kehrt und ging um die Hütte herum zur Schlucht-Seite. Dabei hielt er sich in der Spur des Schneemobils, um nicht im Neuschnee einzusinken.

2

Die Schuppentür stand ebenfalls offen. Und Henry konnte Jonesy sehen, ja, ganz klar und deutlich, wie Jonesy kurz an der Tür stehen blieb, ehe er hineinging, um das Schneemobil zu holen; wie sich Jonesy im Vorbeigehen am Türrahmen festhielt, wie Jonesy lauschte ... worauf lauschte?

Es war nichts zu hören. Keine Krähen krächzten, keine Eichelhäher schimpften, keine Spechte hämmerten, keine Eichhörnchen keckerten. Man hörte nur den Wind und hin und wieder ein gedämpftes *Wopp*, wenn ein Schneeballen von einer Kiefer oder Fichte rutschte und unten auf dem Neuschnee landete. Die einheimische Tierwelt war verschwunden, war fortgezogen wie die blöden Viecher in einem Cartoon von Gary Larson.

Er blieb dort für einen Moment stehen und rief sich das Innere des Schuppens ins Gedächtnis. Pete hätte das besser gekonnt – Pete hätte mit geschlossenen Augen und pendelndem Zeigefinger dagestanden und einem dann gesagt, wo alles war, bis zur kleinsten Schale mit Schrauben –, aber in diesem Fall glaubte Henry, ohne Petes besondere Gabe auszukommen. Er war gerade am Vortag erst hier draußen gewesen und hatte etwas gesucht, womit er die Küchenschranktür öffnen konnte, die sich verzogen hatte. Da hatte er gesehen, wonach er jetzt suchte.

Henry atmete mehrfach schnell ein und aus, hyperventilierte seine Lunge sauber, hielt sich dann die Hand vor Mund und Nase und ging hinein. Für einen Moment stand er nur da und wartete darauf, dass sich seine Augen an das Dämmerlicht gewöhnten. Wenn es sich vermeiden ließ, wollte er sich von nichts überraschen lassen.

Als er gut sehen konnte, ging Henry über die freie Stelle, an der das Schneemobil gestanden hatte. Auf dem Boden befand sich nur noch ein mehrschichtiges Muster aus Ölflecken, aber auf der grünen Plane, mit der das Arctic Cat abgedeckt wurde und die nun in der Ecke lag, wuchs jetzt ebenfalls das rötlich goldene Zeug.

Die Werkbank war ein einziges Chaos: Eine Schale mit

Nägeln und eine mit Schrauben waren ausgekippt worden, sodass alles, was sorgsam sortiert war, nun durcheinander lag, ein alter Pfeifenständer, der Lamar Clarendon gehört hatte, lag zerbrochen am Boden, und sämtliche Schubladen, die in die Werkbank eingebaut waren, waren aufgerissen. Einer der beiden, Biber oder Jonesy, war wie ein Wirbelwind durch den Schuppen gerast und hatte etwas gesucht.

Das war Jonesy.

Ja. Henry würde vielleicht nie erfahren, was er gesucht hatte, aber es war Jonesy gewesen, das wusste er, und es war eindeutig sehr dringend gewesen. Henry fragte sich, ob Jonesy es gefunden hatte. Auch das würde er wahrscheinlich nie erfahren. Was er selber aber suchte, war am anderen Ende des Raums deutlich zu sehen, hing dort an einem Nagel über einem Stapel Farbdosen und Spritzpistolen.

Immer noch mit der Hand vor Mund und Nase und mit angehaltenem Atem ging Henry quer durch den Schuppen. Dort hingen mindestens vier dieser kleinen Heimwerker-Atemmasken, die man sich über Mund und Nase zog, an ausgeleierten Gummibändern. Er nahm sie alle, und als er sich umdrehte, sah er, wie sich an der Tür etwas bewegte. Er konnte sich eben noch davon abhalten, überrascht nach Luft zu schnappen, aber sein Herz machte einen Satz, und ganz plötzlich kam ihm die Luft in seiner Lunge, die ihn bis hierher gebracht hatte, zu warm und schwer vor. Aber da war nichts; das hatte er sich bloß eingebildet. Dann sah er, dass dort doch etwas war. Licht kam zur offen stehenden Tür herein, ein wenig Licht fiel auch durch das einzige schmutzige Fenster über der Werkbank, und Henry hatte sich buchstäblich vor seinem eigenen Schatten erschreckt.

Er verließ den Schuppen mit vier großen Schritten, die Atemmasken in der rechten Hand. Er hielt noch die Luft an, bis er auf der Schneemobilspur weitere vier Schritte zurückgelegt hatte, und stieß sie dann aus. Er beugte sich vor, stützte die Hände oberhalb der Knie auf die Schenkel und hatte kleine schwarze Punkte vor den Augen, die sich aber bald auflösten.

Aus dem Osten kam ferner Schusslärm. Es waren keine Gewehrschüsse; dafür waren sie zu laut und folgten zu schnell aufeinander. Das waren automatische Waffen. Henry hatte eine Vision vor Augen, so deutlich wie die Erinnerung an die Milch, die seinem Vater übers Kinn gelaufen war, und die an Barry Newman, wie er in Windeseile aus seinem Sprechzimmer geflohen war. Er sah, wie die Hirsche und Waschbären und Waldmurmeltiere und Hasen und verwilderten Hunde zu Dutzenden und Hunderten niedergemäht wurden, während sie versuchten, dem zu entfliehen, was nun eindeutig ein Seuchengebiet war; er sah, wie sich der Schnee von ihrem unschuldigen (aber möglicherweise verseuchten) Blut rot färbte. Diese Vision schmerzte ihn unerwartet heftig, drang zu einer Stelle vor, die nicht tot, sondern nur betäubt war. Es war die Stelle, die so stark auf Duddits' Weinen angesprochen hatte, das Weinen, das ihm fast den Kopf platzen ließ.

Henry richtete sich auf, sah frisches Blut auf der Handfläche seines linken Handschuhs und schrie mit ebenso zorniger wie amüsierter Stimme »Ach du *Scheiße!*« zum Himmel empor. Er hatte sich Mund und Nase zugehalten, hatte sich die Masken besorgt und wollte mindestens zwei davon tragen, wenn er die Hütte betrat, und hatte dabei ganz die Beinwunde vergessen, die er sich geholt hatte, als sich der Scout überschlagen hatte. Wenn dort im Schuppen etwas Ansteckendes gewesen war, etwas, was der Pilz absonderte, dann standen die Chancen ausgezeichnet, dass er es jetzt hatte. Aber er hatte sich eben auch nicht vorgesehen. Henry stellte sich ein Schild vor, auf dem mit großen roten Lettern stand: SEUCHENGEBIET! BITTE NICHT ATMEN, UND HALTEN SIE SICH ALLE EVENTUELLEN KRATZER ZU!

Er grunzte vor Lachen und ging zurück zur Hütte. Tja, was soll's, er wollte ja sowieso nicht ewig leben.

Fern im Osten ratterten die Schüsse ohne Unterlass.

3

Wieder vor der offenen Hüttentür angelangt, tastete Henry in seiner Gesäßtasche nach einem Taschentuch, hatte aber nicht viel Hoffnung, eins zu finden ... und fand auch keins. Zwei der selten erwähnten Freuden des Lebens im Walde bestanden darin, hinzupinkeln, wo man wollte, und sich einfach so zwischen zwei Fingern in die Luft zu schnäuzen. Es hatte etwas ursprünglich Befriedigendes an sich, Pisse und Rotze einfach so in die Welt zu versprenkeln ... zumindest für Männer. Wenn man es so bedachte, dann war es schon ein Wunder, dass sich Frauen überhaupt einmal in die Besten von ihnen verliebten, vom Rest mal ganz zu schweigen.

Er zog sich die Jacke, das Hemd und das Thermo-Unterhemd aus. Die unterste Schicht bestand aus einem verblichenen T-Shirt der Boston Red Sox mit der Aufschrift GARCIAPARRA 5 auf dem Rücken. Henry zog es aus, drehte es zu einem Verband zusammen und wickelte es sich um den blutverkrusteten Riss in seinem linken Hosenbein. Dabei dachte er wieder, dass er die Stalltür schloss, nachdem das Pferd längst gestohlen war. Doch trotzdem füllte man die Formulare aus, nicht wahr? Ja, man füllte die Formulare aus und schrieb ordentlich und lesbar. Das waren die Grundsätze, auf denen das Leben beruhte. Anscheinend auch noch, wenn es mit dem Leben zu Ende ging.

Er zog sich die übrigen Sachen wieder über seinen gänsehäutigen Oberkörper und legte dann zwei der tropfenförmigen Atemmasken übereinander an. Er überlegte, sich auch welche über die Ohren zu ziehen, und stellte sich vor, wie sich die Gummibänder über seinen Hinterkopf ziehen würden wie die Riemen eines Schulterholsters, und da brach er in Gelächter aus. Sonst noch was? Wollte er sich die letzte Maske dann über ein Auge spannen? Heiliger Bimbam!

»Wenn ich's kriege, dann kriege ich's halt«, sagte er und mahnte sich dann doch, dass es nicht schaden konnte, vorsichtig zu sein; *ein bisschen Vorsicht hat noch keinem geschadet*, wie der alte Lamar immer gesagt hatte.

In der Hütte war der Pilz (oder Schimmel oder was es auch war) auch während der kurzen Zeitspanne, die Henry im Schuppen gewesen war, eindeutig weitergewachsen. Der Navajo-Teppich war nun vollständig davon überwuchert, und von seinem Muster war nichts mehr zu erkennen. Es wuchs auf dem Sofa, auf dem Tresen zwischen Küche und Wohnzimmer und auf der Sitzfläche zweier der drei Hocker, die auf der Wohnzimmerseite am Tresen standen. Eine Ranke aus rotgoldenem Flaum lief ein Bein des Esszimmertischs hoch, als würde sie der Spur von etwas Verschüttetem folgen, und Henry musste daran denken, wie sich Ameisen auch an der flüchtigsten Spur von verstreutem Zucker einfanden. Das Erschreckendste war vielleicht das mit rotgoldenem Flaum überzogene Spinnennetz, das über dem Navajo-Teppich hing. Henry starrte es ein paar Sekunden lang an, ehe ihm bewusst wurde, was das eigentlich war: Lamar Clarendons Traumfänger. Henry würde, dachte er, nie erfahren, was genau hier vorgefallen war, aber eines wusste er mit Sicherheit: Diesmal hatte der Traumfänger einen absoluten Albtraum eingefangen.

Du willst doch nicht im Ernst weiter hier reingehen, oder? Wo du jetzt gesehen hast, wie schnell es wächst? Jonesy sah okay aus, als er vorbeifuhr, aber er war nicht okay, das weißt du doch. Du hast es gespürt. Und deshalb ... willst du da doch nicht reingehen, oder?

»Doch«, sagte Henry. Die doppelte Maske bewegte sich beim Sprechen auf und ab. »Wenn es mich packt ... tja, dann muss ich mich halt umbringen.«

Henry lachte wie Stubb in *Moby Dick* und ging weiter in die Hütte hinein.

4

Mit einer Ausnahme wuchs der Pilz als dünnes, sich hier und da verdickendes Geflecht. Diese Ausnahme befand sich vor der offen stehenden Badezimmertür, wo es einen richtigen Hügel davon gab, der dicht verflochten im Türrahmen hochwuchs und ihn bis zu einer Höhe von mindestens ein Meter zwanzig auch bedeckte. Diese hügelförmige Wucherung schien auf einem gräulichen, schwammigen Nährboden zu wachsen. Auf der Seite zum Wohnzimmer hin spaltete sich das graue Zeug V-förmig, was Henry auf unangenehme Weise an gespreizte Beine erinnerte. Als wäre dort jemand vor der Tür gestorben und der Pilz hätte die Leiche überwuchert. Henry fühlte sich an einen Sonderdruck aus seinem Medizinstudium erinnert, einen Artikel, den er einmal überflogen hatte, als er nach etwas ganz anderem gesucht hatte. Darin war unter anderem auch ein schauriges Obduktionsbild abgedruckt, das er nie mehr vergessen hatte. Darauf war ein im Wald abgeladenes Mordopfer zu sehen. Die nackte Leiche hatte man schätzungsweise vier Tage nach dem Mord entdeckt. Pilze wuchsen ihr im Nacken, in den Falten der Kniekehlen und zwischen den Pobacken.

Nach vier Tagen, ja. Aber hier war an diesem Morgen noch alles sauber gewesen, und ...

Henry schaute auf seine Armbanduhr und sah, dass sie um zwanzig vor zwölf stehen geblieben war. Es war jetzt ganz genau irgendwann Eastern Standard Time.

Er drehte sich um und spähte aus der Tür, weil er plötzlich davon überzeugt war, dass dort etwas lauerte.

Nein. Nur Jonesys Garand, das da an der Wand lehnte.

Henry wollte sich schon abwenden, drehte sich dann aber doch noch mal um. Das Garand schien frei von der Schmiere zu sein, und Henry nahm es. Geladen, durchgeladen, gesichert. Gut. Henry hängte es sich am Riemen über die Schulter und wandte sich dann wieder dem widerlichen roten Haufen zu, der vor der Badezimmertür wuchs. In der Hütte stank es nach Äther, vermischt mit etwas Schwefligem und etwas noch Widerlicherem. Henry ging langsam quer durch den Raum auf das Badezimmer zu und musste sich dabei zu jedem Schritt zwingen, weil er befürchtete (und zusehends sicher war), dass der rote Hügel mit den beinförmigen Ausläufern alles war, was von seinem Freund Biber noch übrig war. Bald würde er die struppigen Reste von Bibers langem schwarzem Haar erblicken oder seine

Doc Marten's, die Biber als sein »Lesben-Solidaritäts-Statement« bezeichnet hatte. Der Biber war der Ansicht gewesen, Doc Marten's wären Erkennungssignale für Lesben, und das hatte ihm keiner ausreden können. Er war ebenso fest davon überzeugt, dass Leute namens Rothschild und Goldfarb die Welt regierten, und das wahrscheinlich von einem Felsbunker in Colorado aus. Biber, dessen Lieblingsausdruck »Kackorama« gewesen war.

Aber es war schier unmöglich zu sagen, ob der Haufen auf der Türschwelle einst der Biber oder überhaupt ein Mensch gewesen war. Nur der Umriss erweckte diesen Eindruck. Irgendetwas glitzerte in dem schwammig wuchernden Zeug, und Henry sah sich das ein bisschen näher an und fragte sich schon im gleichen Moment, ob mikroskopisch kleine Partikel des Pilzes nicht bereits auf der feuchten, ungeschützten Oberfläche seiner Augen wuchsen. Was er dort entdeckt hatte, erwies sich als der Türknauf der Badezimmertür. Daneben, ebenfalls fusslig überwuchert, lag eine Rolle Isolierband. Ihm fiel das Chaos draußen auf der Werkbank ein und die aufgerissenen Schubladen. War es das gewesen, wonach Jonesy draußen im Schuppen gesucht hatte? Eine blöde Rolle Klebeband? Etwas in seinem Kopf – vielleicht der Klick, vielleicht auch nicht – bestätigte das. Aber warum? Warum, um Gottes willen?

Im Laufe der vergangenen fünf Monate, während derer die Selbstmordgedanken immer häufiger zu Besuch gekommen und dann auch immer länger geblieben waren und in ihrem Kauderwelsch geplappert hatten, war Henry so gut wie alle Neugierde vergangen. Jetzt wütete die Neugier, als wäre sie hungrig erwacht. Und er hatte nichts, womit er sie speisen konnte. Hatte Jonesy die Tür zukleben wollen? Ja? Wogegen? Er und der Biber hätten doch wissen müssen, dass das gegen den Pilz nichts ausgerichtet hätte, der einfach unter der Tür durchgewachsen wäre.

Henry schaute ins Badezimmer und ächzte leise auf. Was für ein abscheulicher Wahnsinn sich hier in ihrer Hütte auch immer abgespielt hatte – hier hatte es begonnen, daran hatte er keinerlei Zweifel. Der Raum war eine rote Höhle, die blauen Fliesen fast vollständig unter Haufen von diesem Zeug verborgen. Es war auch am Waschbecken und der Toilettenschüssel hochgewuchert. Der Klodeckel lehnte am Spülkasten, und obwohl er das nicht so genau sehen konnte – dazu war es alles zu überwuchert –, hatte er den Eindruck, dass die Klobrille ins Becken hinein eingebrochen war. Der Duschvorhang war nun dick und rotgolden und nicht mehr hauchdünn blau; größtenteils war er von den Ringen gerissen (an denen auch pflanzliche Bärte wuchsen) und lag in der Badewanne.

Seitlich aus der Wanne ragte, ebenfalls von Pilz überwuchert, ein Fuß mit einem Stiefel dran. Der Stiefel war ein Doc Marten's, da war sich Henry sicher. Er hatte Biber wohl endlich doch gefunden. Plötzlich kamen Erinnerungen hoch an den Tag, an dem sie Duddits gerettet hatten, so klar und deutlich, als wäre es gestern gewesen. Biber, wie er seine blöde alte Lederjacke trug, Biber, wie er Duddits' Lunchbox nahm und sagte: *Magst du die Serie, Mann? Aber die ziehen sich doch nie um!* Und dann, wie er sagte –

»Arschkrass«, sprach Henry zu der überwucherten Hütte. »Das hat er gesagt, das hat er immer gesagt.« Tränen liefen ihm über die Wangen. Wenn der Pilz denn nur Feuchtigkeit suchte – und dem Dschungelgestrüpp in der Toilettenschüssel nach zu urteilen, war er sehr auf Feuchtigkeit aus –, dann konnte er kommen und sich an ihm gütlich tun.

Henry stellte fest, dass es ihm ziemlich egal war. Er hatte Jonesys Gewehr. Der Pilz konnte bei ihm zwar mit der Vorspeise beginnen, aber Henry konnte dafür sorgen, dass er längst fort war, wenn der Pilz beim Dessert ankam. Wenn es denn so weit kommen würde.

Und wahrscheinlich würde es das.

5

Henry war sicher, in einer Ecke des Schuppens einen Haufen Teppichreste gesehen zu haben. Er überlegte, ob er rausgehen und sie holen sollte. Er konnte sie auf dem Badezimmerboden auslegen und darauf gehen, um so besser in die Badewanne gucken zu können. Aber was sollte das bringen? Er wusste, dass es Biber war, und er hegte kein großes Verlangen, seinen alten Freund, den Schöpfer so geistreicher Sprüche wie *Knutsch mir die Kimme* zu sehen, wie er von einem roten Pilz überwuchert war. Es hätte vielleicht einige seiner Fragen darüber beantwortet, was hier passiert war, ja, vielleicht. Aber Henry hielt das nicht für wahrscheinlich.

Eigentlich wollte er jetzt nur noch hier raus. Der Pilz war schon unheimlich genug, aber da war noch etwas: das noch unheimlichere Gefühl, hier nicht allein zu sein.

Henry wich von der Badezimmertür zurück. Auf dem Esstisch lag ein Taschenbuch, auf dessen Umschlag kleine Teufel mit Dreizacken Ringelreihen tanzten. Das war bestimmt einer von Jonesys Krimis, und auch darauf wuchs bereits dieses Zeug.

Er hörte ein ratterndes Geräusch, das sich aus westlicher Richtung näherte und schnell zu einem Donnern anwuchs. Hubschrauber, und diesmal nicht nur einer. Viele. Und große. Es hörte sich an, als würden sie auf Dachfirsthöhe einfliegen, und Henry duckte sich unwillkürlich. Bilder aus einem Dutzend Vietnamkriegsfilme schwirrten ihm durch den Kopf, und für einen Moment war er sicher, dass sie mit ihren Maschinengewehren das Feuer auf die Hütte eröffnen würden. Vielleicht würden sie sie auch mit Napalm bombardieren.

Sie flogen vorüber und taten weder das eine noch das andere, kamen aber so nah, dass die Tassen und Teller auf den Küchenregalen schepperten. Henry richtete sich wieder auf, als der Donner allmählich verklang und erst in ein Rattern und dann in ein harmloses Brummen überging. Vielleicht flogen sie auch zum Abschlachten der Tiere am Ostende des Jefferson Tract. Sollten sie doch. Er würde hier die Biege machen und dann –

Und dann was? Was dann?

Während er über diese Frage nachdachte, kam aus einem der beiden Schlafzimmer im Erdgeschoss ein Geräusch. Ein Rascheln. Dann war wieder alles still, eben lange genug, dass Henry überzeugt war, seine Fantasie habe ihm einen Streich gespielt. Dann ertönte eine Folge leiser Klick- und Schnarrgeräusche, es hörte sich fast wie ein mechanisches Spielzeug an – ein Blech-Affe oder -Papagei etwa –, dessen Uhrwerk eben ablief. Henry bekam schlagartig am ganzen Körper Gänsehaut. Sofort hatte er einen trockenen Mund. Seine Nackenhaare sträubten sich büschelweise.

Raus hier! Lauf!

Ehe er auf diese Stimme hören und sich von ihr leiten lassen konnte, ging er schon mit großen Schritten zur Schlafzimmertür und nahm dabei das Garand von der Schulter. Adrenalin schoss in sein Blut, und er sah alles hell und klar. Seine selektive Wahrnehmung, diese oft verkannte Gabe derer, denen es gut geht, fiel von ihm ab, und er sah alle Einzelheiten: die Blutspur, die vom Schlafzimmer zum Bad verlief, einen hingeworfenen Turnschuh, dieser abartige rote Schimmel, der in der Form eines Handabdrucks an der Wand wuchs. Dann betrat er das Schlafzimmer.

Es – was immer es auch war – war auf dem Bett. Für Henry sah es wie ein Wiesel oder Waldmurmeltier aus, dessen Beine amputiert waren und aus dem hinten, wie eine Nachgeburt, ein langer, blutiger Schwanz hing. Nur dass kein Tier, das er je gesehen hatte – die Muräne im Seeaquarium von Boston vielleicht ausgenommen –, derart unverhältnismäßig große schwarze Augen hatte. Und noch etwas war so ähnlich wie bei der Muräne: Als es den Strich aufriss, der sein Maul war, entblößte es ein Bündel schockierender Zähne, so lang und dünn wie Hutnadeln.

Hinter dem Vieh, pulsierend auf dem blutgetränkten Laken, lagen hundert oder mehr orangebraune Eier. Sie waren so groß wie Murmeln und in einen trüben, rotzeartigen Schleim gehüllt. Und in jedem einzelnen konnte Henry einen sich regenden haarförmigen Schatten erkennen.

Das Wieselding richtete sich auf wie eine Schlange, die sich aus dem Korb eines Schlangenbeschwörers erhebt, und zischte ihn an. Es rutschte auf dem Bett – auf Jonesys Bett – hin und her, schien sich aber nicht groß bewegen zu können. Seine glänzenden schwarzen Augen starrten zornig.

Sein Schwanz (den Henry beim näheren Hinsehen eher für eine Art Fangarm hielt) schlug hin und her und breitete sich dann über so viele Eier, wie er erreichen konnte, wie um sie zu beschützen.

Henry wurde sich bewusst, dass er immer wieder das eine Wort sagte: *Nein,* und das in einem monotonen Singsang wie ein hilfloser, mit Thorazin voll gepumpter Neurotiker. Er legte mit dem Gewehr an und zielte auf den widerlichen Knoten, der den Kopf des Viehs bildete und zuckte und auswich. *Es weiß, was das hier bedeutet, wenigstens so viel weiß es durchaus,* dachte Henry ganz kalt, und dann drückte er ab.

Es war ein Schuss aus nächster Nähe, und das Wesen konnte nicht groß ausweichen; entweder war es vom Eierlegen erschöpft, oder die Kälte bekam ihm nicht – da die Haustür offen stand, war es ziemlich kalt in der Hütte geworden. Der Knall war sehr laut in diesem geschlossenen Raum, und der erhobene Kopf des Viehs zerplatzte klatschend und schlug in Strängen und Klumpen an die Wand. Sein Blut war genauso rotgolden wie der Pilz. Der geköpfte Leib taumelte vom Bett auf einen Kleiderhaufen, den Henry nicht erkannte: ein brauner Mantel, eine orangefarbene Warnweste, eine Jeans mit Aufschlägen (niemand von ihnen hatte je aufgekrempelte Jeans getragen; in der Junior High School wurden Jungs, die so was trugen, als Bauerntrampel abgestempelt). Etliche Eier fielen mit dem Kadaver vom Bett. Die meisten landeten auf den Klamotten und auf Jonesys Bücherhaufen und blieben heil dabei, aber ein paar fielen auch auf den Boden und platzten auf. Eine trübe Substanz, wie verdorbenes Eiweiß, sickerte heraus, knapp ein Esslöffel pro Ei. Und mit ihr diese Haare, die sich krümmten und zuckten und Henry mit ihren schwarzen stecknadelkopfgroßen Augen grimmig anzufunkeln schienen. Als er das sah, war ihm zum Schreien zu Mute.

Er machte kehrt und ging ruckartig aus dem Zimmer, auf Beinen, in denen er etwa so viel Gefühl hatte, als wären es Tischbeine. Er kam sich wie eine Marionette vor, die von jemandem gesteuert wurde, der es zwar gut meinte, sein

Handwerk aber eben erst erlernte. Er hatte keine Ahnung, wohin er ging, bis er dann in der Küche war und sich vor dem Schrank unter der Spüle bückte.

»*I am the eggman, I am the eggman, I am the walrus! Goo-goo-joob!*«

Das sang er nicht, sondern deklamierte es mit lauter, anfeuernder Stimme, von der er gar nicht gewusst hatte, dass er sie in seinem Repertoire hatte. Es war die Stimme eines Schmierenkomödianten aus dem 19. Jahrhundert. Dieser Gedanke beschwor – Gott allein wusste, warum – ein Bild von Edwin Booth herauf, als d'Artagnan gekleidet, komplett mit Federhut und allem, wie er die Verse von John Lennon rezitierte, und Henry stieß ein lautes, zweisilbiges Lachen aus: *Ha! Ha!*

Ich werde verrückt, dachte er ... aber das war schon in Ordnung. Lieber d'Artagnan, der *I Am The Walrus* rezitierte, als das Bild, wie das Blut dieses Viehs an die Wand spritzte, oder die mit Schimmelpilz bedeckten Doc Marten's, die aus der Badewanne ragten, oder, am schlimmsten, diese Eier, wie sie aufplatzten und eine Ladung zuckender Haare mit Stecknadelkopfaugen freisetzten. Und wie ihn alle diese Augen angestarrt hatten.

Er schob das Geschirrspülmittel und den Wischeimer beiseite, und da war sie: die gelbe Dose Sparx-Grillanzünder. Der unfähige Puppenspieler, der ihn hierher geführt hatte, streckte Henrys Arm mehrmals ruckartig aus und schloss dann Henrys rechte Hand um die Sparx-Dose. Er trug sie quer durchs Wohnzimmer zurück und dachte auch daran, die Streichholzschachtel vom Kaminsims mitzunehmen.

»*I am he and you are me and we are all together!*«, deklamierte er und betrat wagemutig Jonesys Zimmer, ehe der verängstigte Mensch in seinem Kopf die Kontrolle wieder an sich reißen und ihn dazu bringen konnte wegzulaufen. Dieser Mensch wollte, dass er lief, bis er bewusstlos umfiel. Bewusstlos oder tot.

Die Eier auf dem Bett platzten nun ebenfalls auf. Zwei Dutzend oder mehr dieser Haare krochen jetzt auf dem blutgetränkten Laken und auf Jonesys Kissen herum. Eins davon hob seinen Knubbel von einem Kopf und zischte Henry an, ein fast unhörbares Geräusch, so dünn und hoch war es.

Sich immer noch keine Atempause gönnend – hätte er eine Pause gemacht, dann hätte er nie wieder losgelegt, wäre höchstens noch zur Tür gelaufen –, eilte Henry mit zwei Schritten ans Bett. Eines der Haare kam auf dem Boden auf ihn zugeglitten und bewegte sich dabei mit seinem Schwanz fort wie ein Spermium unterm Mikroskop.

Henry zertrat es und zupfte den roten Plastikdeckel von der Düse der Dose. Er richtete die Düse aufs Bett und sprühte hin und her und achtete darauf, auch den Fußboden gut zu erwischen. Als die haarartigen Wesen mit dem Grillanzünder in Berührung kamen, gaben sie ein hohes Wimmern von sich wie frisch geborene Kätzchen.

»Eggman ... eggman ... *walrus!*«

Er zertrat noch ein weiteres Haarwesen und sah, dass sich ein drittes an das Hosenbein seiner Jeans klammerte, sich mit seinem winzigen Schwanz daran festhielt und versuchte, mit seinen noch nicht festen Zähnen durch das Gewebe zu beißen.

»Eggman«, murmelte Henry und schabte es mit der Sohle des anderen Stiefels ab. Als es sich wegschlängeln wollte, zertrat er es. Plötzlich merkte er, dass er von Kopf bis Fuß klatschnass von Schweiß war und dass er sich, wenn er so in die Kälte hinausginge (und das würde er tun müssen, hier konnte er nicht bleiben), wahrscheinlich den Tod holen würde.

»Ich kann nicht hier bleiben, darf mich nicht ausruhen!«, rief Henry in seinem neuen, anfeuernden Ton.

Er schob die Streichholzschachtel auf, aber seine Hände zitterten so, dass er die Hälfte der Streichhölzer zu Boden fallen ließ. Weitere fadenartige Würmer krochen auf ihn zu. Sie wussten vielleicht nicht viel, aber dass er der Feind war, das wussten sie durchaus.

Henry bekam ein Streichholz zu fassen, hielt es hoch und legte den Daumen an die Spitze. Ein Trick, den ihm Pete vor langer Zeit beigebracht hatte. Es waren immer die Freunde, die einem die wirklich guten Sachen beibrachten, nicht wahr? Wie man zum Beispiel ihrem alten Kumpel Biber eine Wikingerbestattung bescherte und mit einem Schlag auch noch diese ekligen Minischlangen loswurde.

»*Eggman!*«

Er rieb die Streichholzspitze an, und sie loderte auf. Der Geruch des brennenden Schwefels ähnelte dem Gestank, der ihm entgegengeschlagen war, als er die Hütte betreten hatte, ähnelte auch dem Gestank der Fürze der dicken Frau.

»*Walrus!*«

Er warf das Streichholz vors Bett auf eine zusammengeknüllte Daunendecke, die nun mit Grillanzünder getränkt war. Für einen Moment flackerte die Flamme bläulich an dem kleinen Holzstäbchen hinunter, und Henry dachte schon, sie würde erlöschen. Dann hörte man ein leises *Fump*, und die Daunendecke umgab eine bescheidene Krone aus gelben Flammen.

»*Goo-goo-joob!*«

Die Flammen fraßen sich am Bett hoch und färbten das blutgetränkte Laken schwarz. Sie erreichten den Großteil der mit Schleim umhüllten Eier, kosteten davon und fanden Geschmack daran. Mit lautem Knall begannen die Eier zu platzen. Wieder dieses hohe Wimmern, als die Würmchen brannten. Zischende Geräusche, als Flüssigkeit aus den geplatzten Eiern verdampfte.

Henry ging rückwärts aus dem Zimmer und versprühte dabei weiter Grillanzünder. Er war schon halb über den Navajo-Teppich, als die Dose endlich leer war. Er warf sie weg, riss noch ein Streichholz an und warf es hin. Diesmal machte es sofort *Fump!*, und die Flammen loderten orangefarben auf. Die Hitze brannte auf seinem schweißnassen Gesicht, und plötzlich verspürte er den ebenso mächtigen wie freudigen Drang, die Atemmasken abzustreifen und einfach ins Feuer hineinzugehen. Hallo Wärme, hallo Sommer, hallo Dunkelheit, alte Freundin.

Etwas ebenso Schlichtes wie Überzeugendes hielt ihn davon ab. Wenn er jetzt den Stöpsel zog, hatte er das unangenehme Wiedererwachen all seiner tieferen Gefühle völlig sinnlos durchlitten. Er würde zwar nie in allen Einzelheiten erfahren, was hier passiert war, konnte aber wenigstens ein paar Antworten bekommen von den Leuten, die die Hubschrauber flogen und die Tiere abschossen. Wenn sie ihn denn nicht ebenfalls einfach abschossen.

An der Tür angelangt, kam Henry eine Erinnerung, die so deutlich war, dass sein Herz aufschrie: Biber, wie er vor Duddits kniete, als der versuchte, sich seinen Turnschuh falsch herum anzuziehen. *Lass mich mal machen, Mann,* sagte Biber, und Duddits schaute ihn mit dieser großäugigen Verdutztheit an, die man einfach lieben musste, und erwiderte: *Was mahn?*

Henry weinte wieder. »Tschüs, Biber«, sagte er. »Ich liebe dich, Mann – und das kommt von Herzen.«

Dann ging er hinaus in die Kälte.

6

Er ging zum anderen Ende der Hütte, wo das Brennholz lagerte. Daneben war eine zweite, ältere, gräuliche Plane, die früher einmal schwarz gewesen war. Sie war am Boden festgefroren, und Henry musste mit beiden Händen daran zerren, um sie loszubekommen. Darunter befand sich ein Gewirr aus Schneeschuhen, Schlittschuhen und Skiern. Auch ein vorsintflutlicher Eisbohrer lag darunter.

Als er diesen wenig ansprechenden Haufen lange nicht benutzter Winterausrüstung betrachtete, merkte Henry mit einem Mal, wie müde er war ... nur dass müde wirklich ein zu schwaches Wort dafür war. Er hatte eben zu Fuß zehn Meilen zurückgelegt, größtenteils joggend. Er hatte einen Autounfall durchgemacht und die Leiche eines Freundes aus Kindertagen entdeckt. Und er glaubte, dass seine anderen beiden Freunde aus Kindertagen ebenfalls verloren waren.

Wenn ich nicht überhaupt so in Selbstmordlaune wäre, wäre ich längst des Wahnsinns fette Beute, dachte er und lachte dann. Es tat gut zu lachen, aber davon wurde er auch nicht fitter. Und er musste weg von hier, musste irgendjemand Zuständigen finden und erzählen, was hier passiert war. Sie wussten es vielleicht schon – den ganzen Geräuschen nach zu urteilen, wussten sie ganz bestimmt irgendwas, und wie sie darauf reagierten, löste bei Henry Beklommenheit aus –, aber vielleicht wussten sie ja noch nicht von den Wieseln. Und von den Eiern. Er, Henry Devlin, würde ihnen davon berichten – wer denn auch sonst? Er war ja schließlich der *Eggman*, der Eiermann.

Die Rohleder-Bespannung der Schneeschuhe war von so vielen Mäusen angenagt, dass kaum mehr als leere Rahmen übrig waren. Nach einigem Suchen fand er aber ein kurzes Paar Langlaufski, die aussahen, als hätten sie so um 1954 dem neuesten Stand der Technik entsprochen. Die Bindungen waren verrostet, aber als er mit beiden Daumen drückte, gelang es ihm, dass sie sich zögerlich um die Sohlen seiner Stiefel schlossen.

Aus der Hütte hörte man nun ein stetes Prasseln. Henry legte eine Hand an die Holzwand und spürte die Wärme. Unter dem Dachvorsprung lehnten Skistöcke wirr durcheinander. Ihre Griffe waren mit schmierigen Spinnweben überzogen. Henry sträubte sich, das anzufassen – die Erinnerung an die Eier und den krabbelnden Wiesellaich war noch zu frisch –, aber er hatte ja schließlich seine Handschuhe an. Er wischte die Spinnweben weg und sah schnell die Skistöcke durch. Jetzt sah er in dem Fenster neben seinem Kopf die Funken stieben.

Er fand ein Paar Skistöcke, das kaum zu kurz für ihn war, und fuhr auf den Skiern unbeholfen zur Ecke des Gebäudes. Mit den alten Skiern an den Füßen und Jonesys Gewehr am Riemen über der Schulter kam er sich vor wie ein Nazi-Gebirgsjäger in einem Alistair-MacLean-Film. Als er sich umdrehte, platzte die Fensterscheibe, neben der er gestanden hatte, mit erstaunlich lautem Knall – so laut, als hätte jemand eine große Glasschüssel aus dem ersten Stock geworfen. Henry duckte sich weg und spürte Glassplitter auf seiner Jacke aufprallen. Etliche landeten in seinem Haar. Ihm ging auf, dass ihm das splitternde Glas das ganze Gesicht zerschnitten hätte, hätte er noch zwanzig oder dreißig Sekunden länger Skistöcke sortiert.

Er schaute zum Himmel, hielt sich die Handrücken wie Al Jolson an die Wangen und rief: »Ich habe da oben wohl einen Freund! Juchu!«

Jetzt schlugen Flammen zum Fenster heraus und loderten unter den Dachvorsprung, und drinnen hörte er weitere Dinge in der sprunghaft ansteigenden Hitze platzen und splittern. Das Camp von Lamar Clarendons Vater, ursprünglich kurz nach dem Zweiten Weltkrieg erbaut, brannte jetzt lichterloh. Das konnte doch einfach alles nur ein Traum sein.

Henry fuhr auf den Skiern in weitem Bogen ums Haus herum und sah zu, wie Funken aus dem Kamin stoben und zu den niedrig hängenden Wolkenbäuchen aufwirbelten. Aus dem Osten scholl immer noch stetes Maschinengewehrrattern. Da schöpften aber einige ihre Quote aus. Mehr als nur das. Dann erklang im Westen eine Explosion – was um Gottes willen war da geschehen? Unmöglich festzustellen. Wenn er heil bei anderen Menschen ankam, würden sie es ihm vielleicht erzählen.

»Wenn die mich nicht auch einfach umlegen«, sagte er. Seine Stimme war nur noch ein trockenes Krächzen, und da erst merkte er, wie durstig er war. Er bückte sich vorsichtig (er hatte zehn Jahre oder noch länger nicht mehr auf Skiern gestanden), nahm zwei Hände voll Schnee und stopfte ihn sich in den Mund. Er ließ ihn schmelzen und seine Kehle hinabrinnen. Es war ein göttliches Gefühl. Henry Devlin, Psychiater und Verfasser eines Essays über die Hemingway-Lösung, ein Mann, der einst ein unschuldiger Junge gewesen war und jetzt ein großer, plumper Kerl, dem immer die Brille auf die Nasenspitze rutschte, der graue Haare bekam und dessen Freunde entweder tot oder auf der Flucht oder verwandelt waren, dieser Mann stand am offenen Tor zu einer Hütte, zu der er nie zurückkehren würde, stand da auf Skiern, stand da und aß Schnee, wie ein Kind im Zirkus einen Eislutscher aß, stand da und sah zu, wie der letzte richtig angenehme Ort, den er in seinem Leben hatte, niederbrannte. Die Flammen schlugen durch das mit Holzschindeln gedeckte Dach. Schmelzender Schnee verwandelte sich in dampfendes Wasser und lief zischend in die rostigen Dachrinnen. Feuerarme ragten zappelnd aus der Haustür, als wäre das Feuer ein begeisterter Gastgeber, der eben eingetroffenen Gästen zuwinkte, sie sollten sich beeilen, sollten schnell machen und hereinkommen, ehe das Haus ganz abgebrannt war. Die Schicht aus rotgoldenem Flaum, die auf dem Granitblock wuchs, brutzelte vor sich hin, büßte ihre Farbe ein, wurde grau. »Gut«, murmelte Henry. Er ballte rhythmisch die Fäuste um die Griffe der Skistöcke, ohne es zu bemerken. »Gut. Das ist gut.«

So stand er noch eine Viertelstunde da, und dann konnte er es nicht mehr ertragen, kehrte den Flammen den Rücken zu und brach in die Richtung auf, aus der er gekommen war.

7

Er brachte keine Eile mehr auf. Er hatte zwanzig Meilen vor sich (22,2, *um genau zu sein*, sagte er sich), und wenn er es nicht etwas langsamer anging, würde er es nie schaffen. Er blieb in der Spur des Schneemobils und hielt häufiger als auf dem Hinweg an, um zu verschnaufen.

Ah, aber da war ich ja auch noch jünger, dachte er nur leicht ironisch.

Zweimal sah er auf seine Armbanduhr, da er vergessen hatte, dass es in Jefferson Tract jetzt Punkt irgendwann Eastern Standard Time war. Angesichts der dichten Wolkendecke konnte er lediglich mit Sicherheit sagen, dass es noch Tag war. Es war natürlich Nachmittag, aber ob nun früh oder spät, das konnte er unmöglich feststellen. An einem anderen Nachmittag hätte sein Appetit vielleicht als Zeitmaß dienen können, aber nicht heute. Nicht nach dem Ding auf Jonesys Bett und den Eiern und den Haaren mit den vorstehenden schwarzen Augen. Nicht nach dem aus der Badewanne ragenden Fuß. Er fühlte sich, als würde er nie wieder etwas essen wollen … und wenn doch, dann auf keinen Fall etwas, was auch nur eine Spur rötlich war. Und Pilze? Nein, danke.

Ski fahren, zumindest auf kurzen Langlaufskiern wie diesen hier, war ein wenig wie Fahrrad fahren, das stellte er fest: Man verlernte es nicht. Er stürzte einmal, als er den ersten Hügel hochfuhr und die Skier unter ihm wegrutschten, aber die andere Seite glitt er dann in Schwindel erregendem Tempo hinunter, schwankte dabei nur ein wenig, fiel aber nicht hin. Die Skier waren vermutlich zum letzten Mal gewachst worden, als der Erdnussfarmer Präsident war, aber solange er sich in der Spur des Schneemobils hielt, würde es wohl gehen. Er bestaunte die Vielzahl der Tierspuren auf der Deep Cut Road – in seinem ganzen Leben hatte er nicht mal ein Zehntel dessen gesehen. Ein paar Tiere waren an der Straße entlanggelaufen, aber die meisten Spuren kreuzten sie nur von West nach Ost. Die Deep Cut Road führte in weitem Bogen nach Nordwesten, und der Westen war eine Himmelsrichtung, mit der die einheimische Tierwelt eindeutig nichts zu tun haben wollte.

Ich unternehme eine Reise, sagte er sich. *Vielleicht wird eines Tages jemand ein Epos darüber schreiben: Henrys Reise.*

»Ja, genau«, sagte er. »Die Welt hing schief, die Zeit gerann, doch nichts hielt auf den Eiermann.« Er lachte darüber, und in seiner ausgetrockneten Kehle verwandelte sich das Gelächter in trockenen Husten. Er hielt am Rand der Schneemobilspur, nahm noch zwei Hände voll Schnee und aß sie.

»Lecker ... und gesund!«, verkündete er. »Schnee! Nicht mehr nur zum Frühstück!«

Er sah zum Himmel, und das war ein Fehler. Für einen Moment packte ihn der Schwindel, und er dachte schon, er würde hintenüberkippen. Dann legte sich das. Die Wolken oben sahen ein bisschen dunkler aus als zuvor. Lag Schnee in der Luft? Oder wurde es schon dunkel? Oder sowohl als auch? Die Knie und Knöchel taten ihm vom Skifahren weh, und die Arme schmerzten sogar noch mehr. Aber am schlimmsten wütete der Schmerz in seiner Brustmuskulatur. Er hatte es längst hingenommen, dass er es nicht bis zum Einbruch der Dunkelheit zu Gosselin's schaffen würde;

jetzt, da er hier stand und wieder Schnee aß, ging ihm auf, dass er es vielleicht gar nicht schaffen würde.

Er löste das Red-Sox-T-Shirt, das er sich ums Bein gebunden hatte, und war starr vor Entsetzen, als er einen leuchtend scharlachroten Faden auf seinen Bluejeans sah. Sein Herz pochte so schnell, dass ihm weiße Flecken vor den Augen tanzten. Mit zitternden Fingern fasste er dorthin.

Was willst du denn jetzt tun?, fragte er sich höhnisch. *Willst du es wegschnippen, als ob es ein Fussel wäre?*

Und genau das tat er, denn es war ein Fussel: ein roter Faden aus dem aufgedruckten Emblem auf dem T-Shirt. Er schnippte ihn weg und sah zu, wie er in den Schnee trudelte. Dann band er sich wieder das T-Shirt um den Riss in seinen Jeans. Für jemanden, der keine vier Stunden zuvor über alle möglichen letzten Optionen nachgedacht hatte – das Seil und die Schlinge, die Badewanne und die Plastiktüte, mit dem Auto an einen Brückenpfeiler zu rasen und die allzeit beliebte Hemingway-Lösung, mancherorts auch Polizistenabschied genannt –, hatte er ein, zwei Sekunden lang eine ziemliche Heidenangst ausgestanden.

Weil ich so nicht enden will, sagte er sich. *Ich will nicht bei lebendigem Leibe aufgefressen werden von ...*

»Von den Giftpilzen vom Planeten X«, sagte er.

Der Eiermann setzte sich wieder in Bewegung.

8

Die Welt schrumpfte zusammen, wie das immer so ist, wenn man sich der Erschöpfung nähert und die Arbeit noch längst nicht getan ist. Henrys Leben war auf vier einfache, wiederholte Bewegungen reduziert: das Abstoßen mit den Skistöcken und das Schieben der Skier im Schnee. Seine Schmerzen verflogen, zumindest vorläufig, als er in einen anderen Bereich vordrang. Er konnte sich nur an ein entfernt ähnliches Erlebnis aus seiner High-School-Zeit erinnern, als er Center der Basketballmannschaft der Derry Tigers gewesen war. Bei einem entscheidenden Liga-Spiel hatten es drei ihrer vier besten Spieler zur Hälfte der zweiten Halbzeit geschafft, sich vom Platz stellen zu lassen. Der Trainer hatte Henry für den Rest des Spiels dringelassen – er kam überhaupt nicht an den Ball, höchstens nach Auszeiten und bei Freiwürfen. Er überstand es, aber als endlich die Schlusssirene ertönte und der Sache ein Ende machte (die Tigers hatten haushoch verloren), hatte er sich gefühlt, als schwebte er in einem schönen Traum. Auf halbem Weg in die Umkleidekabine waren ihm die Beine weggeknickt, und er war mit einem blöden Lächeln im Gesicht zu Boden gegangen, während seine Mannschaftskameraden, die ihre roten Trainingsanzüge trugen, gelacht und gejubelt und geklatscht und gepfiffen hatten.

Hier klatschte oder pfiff niemand; hier war nur aus dem Osten das stete Maschinengewehrfeuer zu hören. Es hatte vielleicht ein wenig nachgelassen, war aber immer noch heftig.

Noch bedrohlicher wirkten gelegentliche Gewehrschüsse aus der Richtung, in die er fuhr. Vielleicht bei Gosselin's? Es war unmöglich festzustellen.

Er hörte sich den Rolling-Stones-Song singen, den er am allerwenigsten mochte, *Sympathy for the Devil (Made damn sure that Pilate washed his hands and sealed His fate.* Herzlichen Dank, ihr wart ein wunderbares Publikum, gute Nacht), und zwang sich, damit aufzuhören, als er merkte, dass der Song ganz mit Erinnerungen an Jonesy im Krankenhaus verwoben war, Jonesy, wie er im vergangenen März ausgesehen hatte, nicht nur abgehärmt, sondern irgendwie weniger er selbst, als hätte sich sein Wesen in sich selbst zurückgezogen, um einen Schutzpanzer um den erstaunten, entsetzten Körper zu bilden. Jonesy hatte für Henry wie ein Todeskandidat ausgesehen, und nun wurde Henry klar, dass es um diese Zeit herum mit seinen eigenen Selbstmordabsichten so richtig ernst geworden war. Zu dem Verbrecheralbum der Bilder, die ihn nächtens heimsuchten – blauweiße Milch, die seinem Vater übers Kinn lief, Barry Newmans riesige Pobacken, wie sie schlabberten, als er aus seinem Sprechzimmer floh, Richie Grenadeau, der dem weinenden und fast nackten Duddits Cavell ein Stück Hundekacke hinhielt und ihm befahl, es zu essen –, war jetzt das Bild von Jonesys viel zu schmalem Gesicht und seinem benebelten Blick hinzugekommen, Jonesy, der verunglückt war und allzu bereit aussah, die ganz große Flatter zu machen. Sie sagten, sein Zustand wäre stabil, aber Henry hatte eher »kritisch« im Blick seines alten Freundes abgelesen. Mitgefühl mit dem Teufel? Also bitte. Es gab keinen Gott, keinen Teufel, kein Mitgefühl. Und sobald einem das klar wurde, hatte man ein Problem. Dann waren die Tage als geschätzter, zahlender Kunde in diesem großen Vergnügungspark der US-Kultur gezählt.

Er hörte sich wieder singen – *But what's puzzling you is the nature of my game* – und zwang sich, damit aufzuhören. Aber was sonst? Irgendwas völlig Stumpfsinniges. Etwas Stumpfsinniges und Sinnloses, das einem aber nicht mehr aus dem Kopf ging, etwas, das förmlich vor USA troff. Wie wäre es mit diesem Song von den Pointer Sisters? Das wäre doch gut.

Er schaute auf die schlurfenden Skier und die wellige Spur des Schneemobils hinunter und fing an zu singen. Bald wiederholte er es immer wieder, mit tonlosem Flüstern, während er sich die Hemden durchschwitzte und ihm die Rotze aus der Nase lief und auf der Oberlippe gefror: »*I know we can make it, I know we can, we can work it out, yes we can-can yes we can yes we can ...*«

Besser. Schon viel besser. Das ewige *Yes we can* war ungefähr so amerikanisch wie ein Ford-Pick-up auf dem Parkplatz vor einer Bowlingbahn, wie ein Unterwäsche-Ausverkauf bei J. C. Penney oder ein toter Rockstar in der Badewanne.

9

Und so kam er schließlich wieder zu dem Unterstand, an dem er Pete und die Frau zurückgelassen hatte. Pete war fort. Von ihm war nichts mehr zu sehen.

Das rostige Wellblechdach war eingestürzt, aber Henry hievte es hoch und schaute darunter wie unter eine metallene Bettdecke, um sicherzugehen, dass Pete nicht darunter lag. Er nicht, aber die Frau. Sie war dorthin gekrochen oder bewegt worden, von der Stelle weg, an der sie gelegen hatte, als Henry zur Hütte aufgebrochen war, und irgendwann war sie dann an einem schweren Fall von Tod gestorben. Ihre Kleidung und ihr Gesicht waren von dem rostfarbenen Schimmelpilz überzogen, der sich auch in ihrer Hütte breit gemacht hatte, und Henry fiel etwas Bemerkenswertes auf: Während der Pilz auf ihr gut gedieh (besonders in den Nasenlöchern und an dem einen sichtbaren Auge, wo er förmlich wucherte), ging es dem Pilz, der sich um sie herum ausgebreitet hatte und sie wie ein schartiges Sonnenrad umgab, nicht sonderlich gut. Der Pilz hinter ihr, auf der vom Feuer abgewandten Seite, war grau geworden und nicht weiter gewachsen. Dem Pilz vor ihr ging es ein wenig besser – er hatte Wärme abbekommen, und auf dem Boden, auf dem er wuchs, war der Schnee geschmolzen –, aber die Spitzen der Ranken nahmen die pulverig graue Farbe vulkanischer Asche an.

Henry war sich ziemlich sicher, dass er einging.

Und auch mit dem Tageslicht war es bald vorbei, daran bestand kein Zweifel. Henry ließ das rostige Wellblech auf Becky Shues Leichnam und die noch glühenden Reste des Feuers sinken. Dann betrachtete er wieder die Spur des Schneemobils und wünschte sich, wie schon in der Hütte, er hätte Natty Bumppo dabei, der ihm erklärt hätte, was er da sah. Oder vielleicht Jonesys guten alten Freund Hercule Poirot, den mit den kleinen grauen Zellen.

Die Spur bog zu dem eingestürzten Dach des Unterstands ab und führte dann weiter nach Nordwesten in Richtung Gosselin's. Im Schnee war eine Mulde, die fast nach dem Umriss eines Menschen aussah. Und beiderseits war der Schnee im Halbkreis aufgescharrt.

»Was meinst du, Hercule?«, fragte Henry. »Was bedeutet das, *mon ami?*« Aber Hercule schwieg.

Henry fing wieder an, monoton vor sich hin zu singen,

und schaute sich eine dieser aufgescharrten Stellen etwas genauer an, wobei ihm gar nicht auffiel, dass er von den Pointer Sisters wieder zu den Rolling Stones gewechselt war.

Es war noch hell genug, um das Muster in den drei Vertiefungen links neben dem Menschenumriss zu sehen, und da fiel ihm der Flicken am rechten Ellbogen von Petes Dufflecoat ein. Pete hatte ihm mit merkwürdigem Stolz erzählt, seine Freundin hätte den angenäht und ihm gesagt, er könne doch wohl unmöglich mit einem zerrissenen Mantel auf die Jagd gehen. Henry wusste noch, dass er es gleichwohl traurig wie lustig gefunden hatte, wie Pete aus diesem einen Freundschaftsdienst die schwermütige Fantasie einer glücklichen Zukunft heraufbeschworen hatte … einem Freundschaftsdienst, der letztlich wahrscheinlich mehr damit zu tun hatte, wie die entsprechende Dame erzogen war, als mit irgendwelchen Gefühlen, die sie für ihren ewig bierseligen Lover hegen mochte.

Nicht dass das noch eine Rolle spielte. Viel wichtiger war, dass Henry glaubte, endlich eine triftige Schlussfolgerung ziehen zu können. Pete war unter dem eingestürzten Dach hervorgekrochen. Jonesy – oder was auch immer Jonesy jetzt lenkte, die Wolke – war vorbeigekommen, zu den Resten des Unterstands abgebogen und hatte Pete eingesammelt.

Und warum?

Henry hatte keinen Schimmer.

Nicht alle Flecken im Schneeabdruck seines um sich schlagenden Freunds, der mit den Ellenbogen unter dem Blechdach hervorgekrochen war, gehörten zu diesem Schimmelpilz. Einiges davon war auch getrocknetes Blut. Pete war verletzt gewesen. Hatte er sich geschnitten, als das Dach eingestürzt war? War das alles?

Henry entdeckte eine sich windende wurmförmige Spur, die von der Schneemulde wegführte, in der Pete gelegen hatte. An ihrem Ende lag etwas, was er zunächst für einen verkohlten Stock gehalten hatte. Bei näherer Betrachtung stellte es sich als ein weiteres dieser Wieselwesen heraus, das verbrannt und tot war und grau wurde, wo es nicht versengt war. Henry schnippte es mit der Stiefelspitze beiseite.

Darunter war ein kleiner gefrorener Haufen. Weitere Eier. Es musste sie noch im Sterben gelegt haben.

Henry schob mit dem Fuß erschaudernd Schnee über die Eier und den kleinen Monsterkadaver. Er löste den improvisierten Verband, um sich die Wunde an seinem Bein noch einmal anzusehn, und in diesem Moment wurde ihm bewusst, welchen Song er da die ganze Zeit schon sang. Er hörte auf zu singen. Neuer Schnee, nur ein paar zarte Flocken, trudelte herab.

»Wieso singe ich das immer wieder?«, fragte er. »Wieso kriege ich diesen Scheiß-Song nicht aus dem Kopf?«

Er erwartete keine Antwort; solche Fragen stellte man vor allem deshalb laut, weil es schön war, die eigene Stimme zu hören (das war hier eine Todesstätte, vielleicht spukte es hier sogar), doch trotzdem erhielt er eine Antwort.

»Weil es *unser* Song ist. Das ist die Kommando-Hymne. Die spielen wir, wenn wir losschlagen. Wir sind die Cruise-Jungs.« Cruise? Hatte er richtig gehört? Cruise? Wie Tom Cruise? Na, vielleicht doch eher nicht.

Die Schüsse im Osten waren fast verklungen. Das Abschlachten der Tiere war fast beendet. Aber da waren Männer, eine lange Gefechtsreihe von Jägern, die grün oder schwarz und nicht orangefarben gekleidet waren, und die hörten sich diesen Song immer wieder an, während sie ihrer Arbeit nachgingen und die Beträge auf einer unglaublichen Schlachterrechnung in die Höhe trieben: *I rode a tank, held a general's rank, when the blitzkrieg raged and the bodies stank ... Pleased to meet you, hope you guess my name.*

Was ging denn hier vor? Nicht in der wilden, wundervollen, wahnsinnigen Außenwelt, sondern in seinem eigenen Kopf? Er hatte sein ganzes Leben lang – zumindest seit er Duddits kannte – blitzartige Einsichten gehabt, so etwas aber hatte er noch nie erlebt. Was war das? War es mal an der Zeit, sich näher mit dieser neuen, effektiven Methode, die Linie zu sehen, zu beschäftigen?

Nein. Nein, nein, nein.

Und wie um ihn zu verspotten, dazu der Song in seinem Kopf: *General's rank, bodies stank.*

»*Duddits!*«, rief er hinein in den immer grauer werdenden Spätnachmittag; und Schneeflocken segelten wie Federn aus einem geplatzten Kissen hernieder. Ein Gedanke kämpfte darum, geboren zu werden, aber er war zu groß, viel zu groß.

»*Duddits!*«, schrie er noch mal mit seiner anfeuernden Eiermannstimme, und eines verstand er jetzt durchaus: Der Luxus des Selbstmords war ihm nun verwehrt. Und das war das Allerschrecklichste daran, denn diese seltsamen Gedanken – *I shouted out who killed the Kennedys* – rissen ihn fast entzwei. Verwirrt und verängstigt und ganz allein im Wald, fing er wieder an zu weinen. Bis auf Jonesy waren seine Freunde alle tot, und Jonesy war im Krankenhaus. War ein Filmstar im Krankenhaus bei Mr Gray.

»Was soll das heißen?«, stöhnte Henry. Er hielt sich die Schläfen (er fühlte sich, als würde sein Kopf anschwellen, immer mehr anschwellen), und seine rostigen alten Skistöcke baumelten lose an den Handschlaufen wie abgebrochene Propellerblätter. »*Herrgott, was soll das HEISSEN?*«

Und nur der Song antwortete ihm: *Pleased to meet you! Hope you guess my name!*

Nur der Schnee: rot vom Blut der abgeschlachteten Tiere, und sie lagen überall, ein Dachau der Hirsche und Rehe und Waschbären und Kaninchen und Wiesel und Bären und Waldmurmeltiere und –

Henry schrie, hielt sich den Kopf und schrie so laut und so heftig, dass er sich einen Moment lang sicher war, ohnmächtig zu werden. Dann wich seine Benommenheit allmählich, und er schien wieder klar denken zu können, zumindest vorläufig. Ihm blieb ein strahlend helles Bild von Duddits, wie er war, als sie ihn kennen gelernt hatten, Duddits, nicht im Licht eines Blitzkriegswinters wie in dem Stones-Song, sondern im unscheinbaren Licht eines bewölkten Oktobernachmittags, Duddits, wie er mit seinen manchmal so weisen Chinesenaugen zu ihnen hochgeschaut hatte. Mit Duddits, das war unsere beste Zeit, hatte er zu Pete gesagt.

»Was mahn?«, sagte Henry jetzt. »Pass nich?«

Nein, pass nich. Dreh ihn um und zieh ihn andersrum an.

Matt lächelnd (obwohl seine Wangen noch feucht von den Tränen waren, die anfingen zu gefrieren), folgte Henry auf den Skiern weiter der sich windenden Spur des Schneemobils.

10

Zehn Minuten später kam er zu dem umgestürzten Wrack des Scout. Mit einem Mal wurden ihm zwei Dinge bewusst: dass er jetzt doch einen Bärenhunger hatte und dass sich Essen im Auto befand. Er hatte die hierher und von hier fort führenden Spuren gesehen und hatte keinen Natty Bumppo gebraucht, um zu wissen, dass Pete die Frau allein gelassen hatte und zum Scout zurückgegangen war. Und er brauchte auch keinen Hercule Poirot, um zu wissen, dass die Lebensmittel, die sie eingekauft hatten – wenigstens größtenteils –, noch da waren. Er wusste, weshalb Pete wiedergekommen war.

Er stapfte, Petes Spuren folgend, zur Beifahrerseite und erstarrte dann, als er sich die Bindungen aufmachte. Diese Seite des Autos war vom Wind abgewandt, und was Pete in den Schnee geschrieben hatte, während er dort gesessen und Bier getrunken hatte, war größtenteils noch erhalten: DUDDITS, immer und immer wieder. Als er den Namen im Schnee sah, fing Henry an zu zittern. Es war, als käme man ans Grab eines geliebten Menschen und würde daraus eine Stimme hören.

11

Im Scout lagen Glasscherben. Und da war auch Blut. Da sich das Blut hauptsächlich auf der Rückbank befand, ging Henry davon aus, dass es nicht bei ihrem Unfall vergossen worden war; Pete hatte sich bei seiner Rückkehr hier geschnitten. Interessanterweise wuchs auf dem Blut nichts von dem rotgoldenen Flaum. Da er sonst schnell wuchs, lautete der logische Schluss, dass sich Pete noch nicht angesteckt hatte, als er zurückgekommen war, um das Bier zu holen. Später vielleicht schon, aber zu diesem Zeitpunkt noch nicht.

Er nahm sich das Brot, die Erdnussbutter, die Milch und die Tüte Orangensaft. Dann kroch er rückwärts wieder aus dem Scout und saß dann mit den Schultern an das Wagenheck gelehnt da, sah dem Trudeln der Schneeflocken zu und verschlang das Brot und die Erdnussbutter so schnell er konnte, wobei er seinen Zeigefinger als Streichmesser einsetzte und zwischendurch ableckte. Die Erdnussbutter war köstlich, und den Orangensaft trank er mit zwei tiefen Schlucken leer, aber das reichte nicht.

»Woran du da denkst«, verkündete er dem dämmerigen Nachmittag, »ist absurd. Von dem *Rot* ganz zu schweigen. Rotes Essen.«

Rot oder nicht rot, er dachte nun mal daran, und so absurd war es auch gar nicht; er hatte schließlich lange Nächte damit zugebracht, an Schusswaffen und Stricke und Plastiktüten zu denken. Das alles kam ihm jetzt ein wenig kindisch vor, aber so war es nun mal, das kostbare Selbstbild des Henry Devlin. Und deshalb –

»Lassen Sie mich schließen, meine Damen und Herren von der psychiatrischen Akademie, indem ich den verstorbenen Joseph ›Biber‹ Clarendon zitiere: ›Da ist drauf geschissen. Jetzt oder nie. Und wenn's euch nicht passt, dann fickt euch ins Knie.‹ Herzlichen Dank.«

Derart seinen Vortrag vor der psychiatrischen Akademie beendend, kroch Henry zurück in den Scout, wich dabei wieder erfolgreich den Glasscherben aus und holte das in Wachspapier eingeschlagene Päckchen ($ 2,79, stand in der zittrigen Handschrift des alten Gosselin darauf). Er kroch mit dem Päckchen in der Tasche rückwärts aus dem Wagen, nahm es dann heraus und riss den Bindfaden auf. Darin befanden sich neun ansehnliche Hotdog-Würstchen. Die von der roten Sorte.

Sein inneres Auge versuchte ihm Bilder des beinlosen Reptilienwesens zu zeigen, das sich auf Jonesys Bett gewunden und ihn mit seinen ausdruckslosen schwarzen Augen angeschaut hatte, aber er drängte sie beiseite, mit der Behendigkeit und Leichtigkeit eines Menschen, dessen Selbsterhaltungstrieb nie nachgelassen hatte.

Die Würstchen waren zwar vorgekocht, aber er wärmte sie trotzdem auf, strich mit der Flamme seines Butanfeuerzeugs daran entlang, immer hin und her, bis sie wenigstens warm waren, packte sie dann in Hotdog-Brötchen und schlang sie hinunter. Dabei lächelte er, und ihm war klar, wie lächerlich er für einen Außenstehenden aussehen musste. Tja, hieß es nicht immer, dass Psychiater eines Tages genauso verrückt würden wie ihre Patienten, wenn nicht gar noch verrückter?

Aber wichtig dabei war, dass er endlich satt war. Und noch wichtiger war, dass all die unzusammenhängenden Gedanken und Bilderschnipsel seinen Kopf verlassen hatten. Auch der Song. Er hoffte nun, dieser ganze Mist würde nie wiederkommen. Nie wieder, bitte, lieber Gott.

Er schluckte noch mehr Milch, rülpste, lehnte dann den Kopf an den Scout und schloss die Augen. Einschlafen aber wollte er nicht; dieser Wald war so richtig schön tief und dunkel, und er hatte noch 12,7 Meilen vor sich, ehe er schlafen konnte.

Ihm fiel wieder ein, wie Pete den Tratsch bei Gosselin's angesprochen hatte – die vermissten Jäger, die Lichter am Himmel – und wie rundheraus der Große Amerikanische Psychiater das alles abgetan, über die Satanismus-Hysterie in Washington geschwafelt hatte und über die Missbrauchshysterie in Delaware. Wie er mit dem Mund den Mr Klugscheißer Seelenklempner gegeben hatte, während er im Hinterkopf weiter mit Selbstmordgedanken gespielt hatte wie ein Baby, das in der Badewanne eben erst seine Zehen entdeckt hat. Was er gesagt hatte, hatte vollkommen plausibel geklungen, gut genug für jede beliebige Diskussionsrunde im Fernsehen, die sich sechzig Minuten lang mit den Berührungspunkten zwischen Unbewusstem und Unbekanntem beschäftigen wollte, aber dem war jetzt nicht mehr so. Jetzt war er selbst ein vermisster Jäger. Und er hatte Dinge gesehen, die man auch im Internet nicht fand, ganz egal, wie gut die Suchmaschine war.

Er saß da, den Kopf im Nacken, die Augen geschlossen, den Bauch voll geschlagen. Jonesys Garand lehnte an einem Reifen des Scout. Die Schneeflocken ließen sich auf seiner Stirn und seinen Wangen nieder, zart wie Kätzchenpfoten. »Das ist es, worauf die ganzen Idioten immer gewartet haben«, sagte er. »Begegnungen der dritten Art. Mann, vielleicht sogar der vierten oder fünften Art. Tschuldige, dass ich mich über dich lustig gemacht habe, Pete. Du hattest Recht, und ich hatte Unrecht. Nein, es ist noch schlimmer. *Der alte Gosselin* hatte Recht, und ich hatte Unrecht. So viel zum Thema Harvard-Studium.«

Und als er das laut ausgesprochen hatte, fügte sich plötzlich eins zum anderen. Da war etwas gelandet oder abgestürzt. Es hatte eine militärische Reaktion der US-Regierung gegeben. Erzählten sie der Außenwelt, was hier vor sich ging? Wahrscheinlich nicht, das wäre nicht ihr Stil, aber Henry hatte so das Gefühl, dass ihnen bald nichts anderes mehr übrig bliebe. Man konnte schließlich nicht den gesamten Jefferson Tract in Hangar 57 unterbringen.

Wusste er sonst noch etwas? Vielleicht schon und vielleicht sogar ein wenig mehr als die Männer, die die Hubschrauber und Exekutionskommandos befehligten. Sie glaubten eindeutig, es hier mit etwas Ansteckendem zu tun zu haben, aber Henry dachte nicht, dass es so gefährlich war, wie sie offenbar meinten. Das Zeug verbreitete sich und erblühte ... aber dann ging es ein. Selbst der Parasit, den die Frau in sich getragen hatte, war gestorben. Es war die falsche Jahreszeit und der falsche Ort für interstellaren Fußpilz – wenn es sich denn darum handeln sollte. Das alles deutete sehr auf eine Bruchlandung hin ... aber hatten die Trojaner das Holzpferd nicht auch für ein Geschenk gehalten? Und was war mit den Lichtern am Himmel? Was war mit diesen Implantaten? Seit Jahren hatten Leute, die behaupteten, von Außerirdischen entführt worden zu sein, auch erzählt, man habe sie ausgezogen ... untersucht ... habe ihnen etwas implantiert ... all diese Ideen waren derart freudianisch, dass sie schon fast lachhaft ...

Henry merkte, dass er wegdämmerte, und schreckte so

abrupt hoch, dass ihm das aufgerissene Päckchen mit den Würstchen vom Schoß in den Schnee fiel. Nein, er war nicht nur weggedämmert; er war eingenickt. Es war noch erheblich dunkler geworden, und die Welt war in ein fahles Schiefergrau gehüllt. Auf seiner Hose waren frische Schneeflocken. Es hätte nicht viel gefehlt und er hätte angefangen zu schnarchen.

Er wischte sich den Schnee ab und stand auf, zuckte zusammen, als seine Muskeln empört aufschrien. Er betrachtete die Hotdog-Würstchen, die dort im Schnee lagen, mit leichtem Widerwillen, bückte sich dann, packte sie wieder ein und steckte sie sich in eine Jackentasche. Vielleicht würde er später wieder Appetit darauf haben. Er hoffte es wirklich nicht, aber man wusste ja nie.

»Jonesy ist im Krankenhaus«, sagte er unvermittelt und ohne zu wissen, was er damit meinte. »Jonesy ist mit Mr Gray im Krankenhaus. Muss da bleiben. Auf der Intensivstation.«

Wahnsinn. Das Gefasel eines Wahnsinnigen. Er schnallte sich die Skier wieder unter die Stiefel, inständig hoffend, dass er keinen Hexenschuss bekam, während er sich so bückte, und folgte dann der Spur aufs Neue. Der Schneefall wurde nun wieder dichter, und es wurde immer dunkler.

Als ihm aufging, dass er zwar an die Würstchen gedacht, aber Jonesys Gewehr vergessen hatte (von seinem eigenen ganz zu schweigen), war er schon zu weit, um noch mal umzukehren.

12

Gut eine Dreiviertelstunde später blieb er stehen und guckte dumm auf die Schneemobilspur hinab. Vom Tageslicht war nun kaum mehr als ein matter Schimmer übrig, aber es reichte, um zu sehen, dass die Spur (was davon noch blieb) abrupt nach rechts schwenkte und in den Wald führte.

Ausgerechnet in den Wald. Was wollten Jonesy und Pete (wenn Pete denn bei ihm war) im Wald? Was sollte das, wenn die Deep Cut Road doch ohne Hindernisse geradeaus verlief, eine weiße Fahrspur zwischen den dunklen Bäumen?

»Die Deep Cut führt nach Nordwesten«, sagte er, wie er da so stand, die Skier vorne leicht gekreuzt, und ihm die lose eingeschlagenen Würstchen aus der Jackentasche ragten. »Die Straße zu Gosselin's, die Asphaltstraße, ist höchstens noch drei Meilen entfernt. Jonesy weiß das. Pete weiß es auch. Und trotzdem ... fährt das Schneemobil ...« Er hob die Arme wie Uhrzeiger und schätzte es ab. »Das Schneemobil fährt fast genau nach Norden. *Wieso?*«

Vielleicht wusste er, wieso. Der Himmel wurde in Richtung Gosselin's heller, als hätte man dort Scheinwerferbatterien aufgebaut. Er konnte das an- und abschwellende Dröhnen der Hubschrauber hören, das immer aus der gleichen Richtung kam. Bald, dachte er, würde er auch anderes schweres Gerät hören: Versorgungsfahrzeuge und vielleicht Generatoren. Im Osten hörte man immer noch vereinzelte Schüsse, aber der Dreh- und Angelpunkt des Geschehens befand sich eindeutig in der Richtung, in die er ging.

»Sie haben bei Gosselin's ein Basislager aufgeschlagen«, sagte Henry. »Und dem will Jonesy ausweichen.«

Das kam Henry sehr plausibel vor. Nur ... dass es keinen Jonesy mehr gab, nicht wahr? Da war nur noch die rotschwarze Wolke.

»Das stimmt nicht«, sagte er. »Jonesy ist immer noch da. Jonesy ist mit Mr Gray im Krankenhaus. Das ist nämlich die Wolke – Mr Gray.« Und dann, wie aus heiterem Himmel (zumindest kam es ihm so vor): »Was mahn? Pass nich?«

Henry schaute hoch in den trudelnden Schneefall (er war, zumindest bisher, viel weniger ergiebig als der Schneefall zuvor, dafür aber ausdauernd), als glaubte er, dort oben wäre irgendwo ein Gott, der ihn mit dem aufrichtigen, wenn auch distanzierten Interesse eines Forschers betrachtete, der ein zappelndes Pantoffeltierchen beobachtete. »Worüber rede ich hier? Was soll das?«

Keine Antwort. Dafür tauchte eine Erinnerung auf. Biber, Jonesys Frau und er hatten einander im vergangenen März versprochen, etwas geheim zu halten. Carla war der Ansicht gewesen, Jonesy brauchte nicht zu wissen, dass sein Herz zweimal stehen geblieben war, einmal kurz nach dem Eintreffen der Rettungssanitäter am Unfallort in Cambridge und einmal kurz nach seiner Ankunft im Krankenhaus. Jonesy wusste, dass er dem Tod nur knapp entronnen war, wusste aber nicht (jedenfalls nicht, soweit Henry wusste), wie knapp es gewesen war. Und falls Jonesy irgendwelche ins Licht aufgehenden Erfahrungen à la Kübler-Ross gemacht hatte, dann hatte er sie entweder verschwiegen oder dank wiederholter Anästhesie und jeder Menge Schmerzmittel vergessen.

Ein Dröhnen rollte mit erschreckendem Tempo aus dem Süden heran, und Henry duckte sich und hielt sich die Ohren zu. Es hörte sich nach einer ganzen Staffel Düsenjäger an, die durch die Wolken über ihm rasten. Sehen konnte er nichts, und als das Dröhnen der Jets so schnell verklang, wie es gekommen war, richtete er sich mit wild pochendem Herzen auf. Heiliger Strohsack! So musste es sich während der Tage vor Desert Storm auf den Luftwaffenstützpunkten rund um den Irak angehört haben.

Dieser Riesen-Knall. Bedeutete das, dass die Vereinigten Staaten von Amerika eben gegen Wesen aus einer anderen Welt in den Krieg eingetreten waren? Lebte er jetzt in einem Roman von Robert Heinlein? Henry spürte ein heftiges, drängendes Flattern in der Brust. Wenn dem so war, dann verfügte dieser Gegner doch wohl über mehr als nur ein paar hundert schrottreife sowjetische Scud-Raketen, um sich damit gegen Uncle Sam zur Wehr zu setzen.

Lass es sein. Du kannst eh nichts daran ändern. Was machst du jetzt – das ist die Frage. Was machst du jetzt?

Das Dröhnen der Düsenjäger war schon zu einem fernen Brummen verklungen. Henry ging aber davon aus, dass sie wiederkommen würden. Vielleicht mit Verstärkung.

»Zwei Pfade führten durch den verschneiten Wald – heißt es nicht so? Na, so ähnlich jedenfalls.«

Doch der Schneemobilspur noch weiter zu folgen, kam

wirklich nicht in Frage. Er würde sie binnen einer halben Stunde in der Dunkelheit nicht mehr sehen können, und der Schneefall würde sie ohnehin zudecken. Und er würde sich verirren und wäre verloren – ganz wie Jonesy aller Wahrscheinlichkeit nach jetzt verloren war.

Mit einem Seufzer ließ Henry von der Schneemobilspur ab und fuhr weiter die Straße entlang.

13

Als er sich der Stelle näherte, an der die Deep Cut Road auf die zweispurige Asphaltstraße führte, die Swanny Pond Road hieß, war Henry fast schon zum Stehen zu müde, vom Skifahren ganz zu schweigen. Seine Oberschenkelmuskeln fühlten sich an wie alte, feuchte Teebeutel. Nicht einmal die Lichter am nordwestlichen Horizont, die nun viel heller waren, oder das Geräusch der Motoren und Hubschrauber konnten ihm viel Trost spenden. Vor ihm lag ein letzter steiler Hügel. Auf der anderen Seite des Hügels endete die Deep Cut Road und fing die Swanny Pond Road an. Dort würde er dann wohl anderen Menschen begegnen, schon gar, wenn Truppen anrückten.

»Los«, sagte er. »Komm, fahr los.« Doch er blieb dort noch ein wenig länger stehen. Er wollte nicht über diesen Hügel. »Lieber Underhill als Overhill«, sagte er. Das schien irgendwas zu bedeuten, war wahrscheinlich aber nur wieder eine idiotische unlogische Folgerung. Und außerdem konnte er sonst nirgendwohin.

Er bückte sich und schaufelte mit beiden Händen wieder Schnee auf – in der Dunkelheit sah diese doppelte Hand voll wie ein kleines Kopfkissen aus. Er aß etwas von dem Schnee, nicht weil ihm danach war, sondern weil er wirklich noch nicht wieder aufbrechen wollte. Die Lichter, die aus Richtung Gosselin's kamen, ließen sich einfacher erklären als die Lichter, die Pete und er am Himmel hatten tanzen sehen (*Sie sind wieder da!*, hatte Becky gekreischt, wie das kleine Mädchen, das in diesem alten Spielberg-Film vor dem

Fernseher saß), gefielen Henry aber aus irgendeinem Grund noch weniger. Diese ganzen Motoren und Generatoren klangen irgendwie ... hungrig.

»Das stimmt, Kaninchen«, sagte er. Und dann, da er wirklich keine andere Wahl hatte, kraxelte er den letzten Hügel hoch, der ihn noch von einer richtigen Straße trennte.

14

Er blieb auf der Hügelkuppe stehen und stützte sich, nach Luft schnappend, auf seine Skistöcke. Der Wind war hier oben frischer und schien ihm ohne weiteres durch die Kleidung zu dringen. Sein linkes Bein pochte, wo sich der Blinkerhebel hineingebohrt hatte, und er fragte sich wieder, ob er dort unter seinem improvisierten Verband eine kleine rotgoldene Pilzkolonie ausbrütete. Es war zu dunkel, um das zu überprüfen, und da die einzig mögliche gute Neuigkeit gar keine Neuigkeit war, war das vielleicht auch am besten so.

»Die Welt hing schief, die Zeit gerann, doch nichts hielt auf den Eiermann.« Und da ihm weiter nichts einfiel, fuhr er den Hügel hinab auf die T-Kreuzung zu, an der die Deep Cut Road endete.

Auf dieser Seite war der Hügel steiler, und bald fuhr er eher Abfahrt als Langlauf. Er wurde schneller und wusste nicht, ob er da nun Angst um sein Leben, ein ungeahntes Hochgefühl oder eine ungute Mischung aus beidem empfand. Ganz bestimmt fuhr er für die Sichtverhältnisse zu schnell, denn die Sicht war gleich null, und auch für seine Fähigkeiten, die gleichermaßen Rost angesetzt hatten wie die Skibindungen, die seine Stiefel hielten. Bäume huschten beiderseits vorbei, und plötzlich ging ihm auf, dass sich alle seine Probleme mit einem Schlag lösen ließen. Letztlich nun doch nicht die Hemingway-Lösung. Nennen wir diesen Abgang die Sonny-Bono-Lösung.

Die Mütze wehte ihm vom Kopf. Er griff instinktiv danach, einer seiner Skistöcke flog vor ihm in der Dunkelheit hoch, und mit einem Mal hatte er die Balance verloren. Er würde stürzen. Und das war möglicherweise gut so, solange er sich nicht das Bein brach. Ein Sturz würde ihn wenigstens bremsen. Er würde einfach wieder aufstehen und –

Lichter flammten auf, große, auf Lastern montierte Scheinwerfer, und ehe er völlig geblendet war, erkannte Henry noch vage die Umrisse eines Holztiefladers, der quer am Ende der Deep Cut Road stand. Die Scheinwerfer waren offenbar durch einen Bewegungsmelder aktiviert worden, und davor stand eine Reihe Männer.

»HALT!«, befahl eine Furcht einflößende, verstärkte Stimme. Es hätte die Stimme Gottes sein können. »HALT, ODER WIR SCHIESSEN!«

Henry ging abrupt und unbeholfen zu Boden. Die Skier brachen ihm von den Stiefeln. Ein Fußknöchel wurde so schmerzhaft verdreht, dass Henry aufschrie. Einen Skistock verlor er; der andere brach in der Mitte durch. Es schlug ihm mit einem kalten Japsen alle Luft aus der Lunge. Er schlitterte im Schneepflug mit weit gespreiztem Schritt, und als er dann zum Stillstand kam, bildeten seine verkrümmten Gliedmaßen so etwas wie ein Hakenkreuz.

Allmählich konnte er wieder sehen, und er hörte knirschende Schritte im Schnee. Er tastete um sich, und es gelang ihm, sich aufzusetzen. Er konnte noch nicht sagen, ob er sich etwas gebrochen hatte oder nicht.

Sechs Männer standen gut drei Meter hügelabwärts vor ihm, und ihre Schatten zeichneten sich auf dem wie mit Diamanten bestäubten Neuschnee ungewöhnlich lang und deutlich ab. Sie alle trugen Parkas. Sie alle hatten durchsichtige Atemmasken über Mund und Nase, die zwar leistungsfähiger aussahen als die Heimwerkermasken, die Henry im Schneemobilschuppen gefunden hatte, Henrys Vermutung nach aber dem gleichen Zweck dienten.

Die Männer hatten auch automatische Waffen, die jetzt alle auf ihn gerichtet waren. Jetzt kam es Henry eher wie ein Glücksfall vor, dass er Jonesys Garand und seine eigene Winchester beim Scout zurückgelassen hatte. Wäre er bewaffnet gewesen, dann hätte er jetzt wahrscheinlich ein Dutzend oder mehr Löcher im Leib gehabt.

»Ich glaube, ich habe es nicht«, krächzte er. »Wovor Sie auch Angst haben, ich glaube –«

»AUFSTEHEN!« Wiederum Gottes Stimme. Sie kam von dem Laster. Die vor ihm stehenden Männer verdeckten das grelle Licht wenigstens teilweise, und Henry sah weitere Männer am Fuße des Hügels an der Straßenkreuzung stehen. Auch sie waren bewaffnet, bis auf den, der das Megafon hielt.

»Ich weiß nicht, ob ich –«

»SOFORT AUFSTEHEN!«, befahl Gott, und einer der Männer vor ihm verlieh dem mit einer Bewegung seines Gewehrlaufs Nachdruck.

Henry stand schwankend auf. Seine Beine schlotterten, und das Fußgelenk, das er sich verrenkt hatte, tat höllisch weh, aber vorläufig war noch alles heil. *Und so endet die Reise des Eiermanns,* dachte er und fing an zu lachen. Die Männer vor ihm tauschten betretene Blicke, und obwohl sie ihre Gewehre auf ihn gerichtet hatten, tröstete ihn diese kleine menschliche Regung.

Im strahlenden Licht der auf den Tieflader montierten Scheinwerfer sah Henry etwas im Schnee liegen – es war ihm aus der Tasche gefallen, als er hingestürzt war. Da er wusste, dass sie ihn sowieso erschießen würden, bückte er sich langsam.

»NICHT ANFASSEN!«, schrie Gott mit seinem Megafon von der Fahrerkabine des Holzlasters herab, und jetzt hoben die Männer dort unten ebenfalls ihre Waffen, und aus der Mündung jedes Gewehrs guckte ein kleines *Hello darkness, my old friend.*

»Friss Scheiße und stirb«, sagte Henry – eine von Bibers besseren Leistungen – und hob das Päckchen auf. Mit einem Lächeln hielt er es den bewaffneten und maskierten Männern hin. »Ich komme in friedlicher Absicht, im Namen der gesamten Menschheit«, sagte er. »Möchte jemand ein Würstchen?«

KAPITEL 12

Jonesy im Krankenhaus

1

Es war ein Traum.

Es kam ihm nicht wie einer vor, aber es musste einer sein. Zum einen hatte er den fünfzehnten März schon einmal durchgemacht, und es kam ihm fürchterlich unfair vor, das noch mal durchmachen zu müssen. Zum anderen konnte er sich aus den acht Monaten zwischen Mitte März und Mitte November an alles Mögliche erinnern – wie er den Kindern bei den Hausaufgaben geholfen hatte, wie Carla mit ihren Freunden (viele davon aus dem Narcotics-Anonymous-Programm) telefoniert hatte, wie er in Harvard einen Vortrag gehalten hatte ... und natürlich auch an die Monate der körperlichen Rehabilitation. Das ewige Beugen, das an den Nerven zehrende Kreischen, als sich seine Gelenke ganz, ganz widerwillig wieder streckten. Wie er zu Jeannie Morin, seiner Therapeutin, gesagt hatte, er könne das nicht. Wie sie ihm gesagt hatte, er könne das durchaus. Tränen auf seinem Gesicht, ein strahlendes Lächeln auf ihrem (dieses verhasste, durch nichts zu erschütternde Lächeln), und letztendlich hatte sie dann doch Recht behalten. Er konnte es, er war die kleine Dampflok, die das schon schaffen würde, aber was hatte es die kleine Dampflok gekostet.

An all das erinnerte er sich und auch noch an mehr: wie er zum ersten Mal aus dem Bett aufgestanden war, wie er sich zum ersten Mal den Hintern abgewischt hatte, die Nacht Anfang Mai, als er zum ersten Mal mit dem Gedanken *Ich stehe das durch* ins Bett gegangen war, die Nacht Ende Mai, in der er zum ersten Mal seit dem Unfall wieder mit Carla geschlafen und wie er ihr hinterher diesen alten

Scherz erzählt hatte: *Wie treiben es die Stachelschweine? – Gaaanz vorsichtig.* Er konnte sich erinnern, wie er am Memorial Day dem Feuerwerk zugesehen hatte, während ihm Hüfte und Oberschenkel höllisch schmerzten; er konnte sich daran erinnern, wie er am vierten Juli Wassermelone gegessen hatte, Kerne ins Gras gespuckt und Carla und ihrer Schwester beim Badmintonspielen zugesehen hatte, während ihm Hüfte und Oberschenkel immer noch wehtaten, aber längst nicht mehr so schlimm; er konnte sich daran erinnern, wie Henry im September angerufen hatte – »Nur um mal zu hören«, hatte er gesagt – und mit ihm über alles Mögliche gesprochen hatte, auch über den alljährlichen Jagdausflug zur Hütte im November. »Klar komme ich mit«, hatte Jonesy gesagt und noch nicht gewusst, wie unangenehm es ihm sein würde, das Garand in Händen zu halten. Sie hatten über die Arbeit gesprochen (Jonesy hatte die letzten drei Wochen des Sommersemesters unterrichtet und war da schon ziemlich rüstig an einer Krücke herumgehumpelt), über ihre Familien, über die Bücher, die sie gelesen, und die Filme, die sie gesehen hatten; Henry hatte wieder, wie schon im Januar, erwähnt, dass Pete zu viel trank. Jonesy, der mit seiner Frau schon einen Drogenkrieg ausgefochten hatte, hatte nicht darüber reden wollen, aber als Henry von Bibers Vorschlag erzählt hatte, nach ihrem einwöchigen Jagdausflug in Derry vorbeizufahren und Duddits Cavell zu besuchen, hatte Jonesy begeistert zugestimmt. Das hatten sie schon viel zu lange nicht mehr gemacht, und es gab nichts Besseres als eine volle Dosis Duddits, um sich aufzumuntern. Und außerdem ...

»Henry?«, hatte er gesagt. »Wir hatten doch vorgehabt, Duddits zu besuchen, nicht wahr? Wir wollten am St. Patrick's Day hinfahren. Ich kann mich nicht daran erinnern, aber es steht so in meinem Terminkalender.«

»Ja«, hatte Henry erwidert. »Das wollten wir tatsächlich.«

»So viel zum Thema ›Glück der Iren‹, was?«

Angesichts all dieser Erinnerungen war sich Jonesy sicher, dass sich der fünfzehnte März bereits zugetragen hatte und weit zurücklag. Alle möglichen Beweismittel stützten diese These, und sein Terminkalender war Beweismittel A. Und trotzdem waren sie wieder da, diese schlimmen Iden ... und jetzt, o Mann, war das unfair, war anscheinend mehr vom Fünfzehnten da als je zuvor.

Bisher hatten seine Erinnerungen an diesen Tag bis ungefähr zehn Uhr morgens gereicht. Er war in seinem Büro gewesen, hatte Kaffee getrunken und einen Stapel Bücher zusammengesucht, die er hinunter ins Büro der historischen Fakultät mitnehmen wollte, wo es einen Büchertisch gab, an dem sich Studenten gratis bedienen konnten. Er hatte schlechte Laune gehabt, konnte sich aber beim besten Willen nicht mehr erinnern, warum. Laut seines Terminkalenders, in dem er die nicht eingehaltene Verabredung vom siebzehnten März, Duddits zu besuchen, entdeckt hatte, hatte er am fünfzehnten März einen Termin mit einem Studenten namens David Defuniak gehabt. Jonesy konnte sich nicht erinnern, worum es dabei gegangen war, aber später hatte er eine Notiz von einem seiner Tutoren über einen nachgereichten Aufsatz von Defuniak entdeckt, der die kurzfristigen Folgen des normannischen Eroberungszugs behandelte – also war es vermutlich darum gegangen. Doch was an einem nachgereichten Aufsatz hatte dem außerordentlichen Professor Gary Jones denn so die Laune verdorben?

Unglücklich oder nicht – er hatte etwas gesummt, hatte etwas gesummt und dann leise den Text des Songs gesungen, der ziemlich blödsinnig war: *Yes we can, yes we can-can, great gosh a'mighty yes we can-can*. Anschließend folgten dann nur noch ein paar Bruchstücke – wie er Colleen, der rothaarigen Fakultätssekretärin, einen schönen St. Paddy's Day gewünscht hatte, wie er sich aus der Zeitungskiste vor dem Gebäude eine *Boston Phoenix* genommen hatte, wie er auf der Cambridge-Seite der Brücke einem glatzköpfigen Saxofonisten einen Vierteldollar in den Saxofonkoffer geworfen hatte, weil ihm der Typ Leid tat, denn er trug nur einen dünnen Pulli, und auf dem Charles River blies ein beißender Wind –, aber hauptsächlich erinnerte er sich, nachdem er den Stapel Bücher zum Weggeben zusammengesucht hatte, an Dunkelheit. Er war im Krankenhaus wieder zu Bewusstsein gekommen und hatte im Nebenzimmer diese monotone Stimme gehört: *Hört auf, ich halt's nicht mehr aus, gebt mir 'ne Spritze, wo ist Marcy, ich will zu Marcy.* Oder vielleicht war es auch: *Wo ist Jonesy, ich will zu Jonesy.* Der Tod, das alte Schreckgespenst. Der Tod, der sich für einen Patienten ausgab. Der Tod, der Schmerzen vortäuschte. Der Tod, der ihn aus den Augen verloren hatte – klar war das möglich, es war ein großes Krankenhaus, bis unters Dach voll mit Schmerzen und Todesqualen –, und jetzt wollte der Tod, das alte Schreckgespenst, ihn wiederfinden. Wollte ihn reinlegen. Wollte, dass er sich verriet.

Diesmal jedoch fehlt die ganze gnädige Dunkelheit dazwischen. Diesmal wünscht er Colleen nicht nur einen schönen St. Paddy's Day, sondern erzählt ihr auch noch einen Witz: *Was steht auf dem Grabstein einer Putzfrau? – Sie kehrt nie wieder.* Er geht hinaus, und sein zukünftiges Ich – sein *November*-Ich – geht wie ein blinder Passagier in seinem Kopf mit. Sein zukünftiges Ich hört das März-Ich denken *Was für ein schöner Tag es doch noch geworden ist,* während er zu seinem Rendezvous mit dem Schicksal in Cambridge geht. Er versucht seinem März-Ich klar zu machen, dass dies eine schlechte Idee sei, eine geradezu grotesk schlechte Idee, dass er sich monatelange Qualen ersparen könne, wenn er einfach ein Taxi herbeiwinke oder die U-Bahn nehme, aber er dringt nicht zu ihm durch. Vielleicht stimmte es ja, was in diesen ganzen Sciencefiction-Geschichten, die er in seiner Jugend gelesen hatte, über Zeitreisen behauptet wurde: Was man auch anstellte, die Vergangenheit konnte man nicht verändern.

Er geht über die Brücke, und der Wind ist zwar ein bisschen frisch, aber trotzdem genießt er die Sonne im Gesicht und wie sie sich millionenfach funkelnd auf dem Charles River spiegelt. Er singt einen Fetzen aus *Here Comes the Sun* und kehrt dann wieder zu den Pointer Sisters zurück: *Yes we can-can, great gosh a'mighty.* Rhythmisch dazu die

Aktentasche schwenkend. Mit seinem Sandwich drin. Mit Eiersalat drauf. Mmmh, hat Henry gesagt. SSAT, hat Henry gesagt.

Da ist der Saxofonist, und: Überraschung! Er steht nicht am Ende der Mass Ave Bridge, sondern weiter entfernt, auf dem MIT-Campus, vor einem dieser angesagten kleinen indischen Restaurants. Er zittert in der Kälte, ist glatzköpfig und hat Kerben auf der Kopfhaut, die darauf hindeuten, dass er nicht das Zeug zum Barbier hat. Und wie er da *These Foolish Things* spielt, deutet darauf hin, dass er auch nicht das Zeug zum Saxofonisten hat, und Jonesy will ihm vorschlagen, doch Tischler zu werden, Schauspieler oder Terrorist, alles, bloß nicht Musiker. Doch stattdessen ermutigt Jonesy ihn noch und wirft dem Typ nicht, wie er sich bisher immer zu erinnern meinte, einen Vierteldollar in den Koffer (der mit abgewetztem lila Samt ausgekleidet ist), sondern eine ganze Hand voll Kleingeld – so ein Blödsinn. Er macht den ersten Sonnenschein nach einem langen kalten Winter dafür verantwortlich und wie gut es mit Defuniak gelaufen ist.

Der Sax-Mann sieht Jonesy an, verdreht die Augen und dankt ihm so, während er weiterspielt. Jonesy fällt ein anderer Scherz ein: *Wie nennt man einen Saxofonisten, der eine Kreditkarte hat? – Einen Optimisten.*

Er geht weiter, schwenkt seine Tasche und hört nicht auf den Jonesy in seinem Kopf, der wie ein zeitreisender Lachs den Fluss aus dem November heraufgeschwommen ist. *»Hey, Jonesy, bleib stehen. Ein paar Sekunden dürften reichen. Schnür dir die Schuhe oder so.* (Bringt nichts. Er trägt Halbschuhe ohne Schnürsenkel. Bald wird er auch noch einen Gips tragen.) *An dieser Kreuzung da vorne wird es passieren, bei der U-Bahn-Haltestelle, Mass Avenue und Prospect. Da kommt ein alter Mann, ein verblödeter Juraprofessor in einem dunkelblauen Lincoln Town Car und wird dich planieren.«*

Aber es nützt nichts. Wie laut er auch brüllt, es nützt nichts. Er kommt nicht durch. Man kann nicht zurück, kann seinen eigenen Großvater nicht töten, kann Lee Harvey Oswald nicht erschießen, wie er dort im fünften Stock des Schulbuchlagers in Dallas am Fenster kniet, neben sich kalt werdendes Brathähnchen auf einem Pappteller und sein bei einem Versandhaus bestelltes Gewehr in Händen, man kann sich selbst nicht davon abhalten, die Kreuzung Mass Avenue und Prospect Street zu überqueren, mit der Aktentasche in der Hand und einer *Boston Phoenix* – die man nie lesen wird – unter dem Arm. *Entschuldigen Sie, Sir, irgendwo in Jefferson Tract sind die Leitungen gestört, es ist ein einziges Chaos da oben, Ihr Anruf kann nicht durchgestellt werden* –

Und dann, o Gott, das ist neu – kommt die Botschaft doch durch! Als er an der Ecke ankommt, als er am Bordstein steht und eben den Zebrastreifen betreten will, kommt sie durch! »Was?«, fragt er, und der Mann, der neben ihm stehen geblieben ist, der sich als Erster über ihn beugen wird – in einer Vergangenheit, die nun vielleicht glücklicherweise abgesagt wurde –, schaut ihn argwöhnisch an und sagt: »*Ich* habe nichts gesagt«, als wäre da irgendwo noch ein Dritter dabei. Jonesy hört ihn kaum, denn es ist durchaus ein Dritter da, da ist eine Stimme in seinem Kopf, die sich verdächtig nach seiner eigenen anhört, und sie schreit ihn an, er solle auf dem Bordstein stehen bleiben, solle nicht auf die Straße gehen –

Dann hört er jemanden weinen. Er schaut hinüber auf die andere Seite der Prospect Street, und, o Gott, da ist *Duddits*, Duddits Cavell, nackt bis auf die Unterhose, und er hat etwas Braunes rund um den Mund geschmiert. Es sieht wie Schokolade aus, aber Jonesy weiß es besser. Es ist *Hundescheiße*, dieses Schwein Richie hat ihn doch noch dazu zwingen können, sie zu essen, und die Leute da drüben gehen einfach weiter, als wäre Duddits gar nicht da.

»Duddits!«, ruft Jonesy. »Duddits, halt durch, Mann, ich komme!«

Und er eilt, ohne hinzuschauen, auf die Straße, und dem Passagier in ihm drin bleibt nichts übrig als mitzumachen, aber jetzt weiß er wenigstens, wie und warum der Unfall passiert ist – der alte Mann, ja, der alte Mann mit Alzheimer im Frühstadium, der überhaupt nicht mehr am Steuer eines Autos hätte sitzen dürfen, aber das war nur der eine Teil. Der andere Teil, der bisher in der Schwärze, die den Unfall bis dato umgeben hatte, verborgen geblieben war, war der: Er hatte Duddits gesehen und war einfach auf die Straße gerannt, ohne nach links und rechts zu schauen.

Und er sieht noch etwas ganz kurz: ein riesiges Muster, so etwas wie einen Traumfänger, der all die Jahre seit 1978, als sie Duddits Cavell kennen lernten, und auch die Zukunft zusammenhält.

Sonnenschein glitzert auf einer Windschutzscheibe; das sieht er im linken Augenwinkel. Ein Auto kommt und kommt zu schnell. Der Mann, der neben ihm am Bordstein stand, der gute alte Mr *Ich*-hab-nichts-gesagt, schreit: »Pass auf, Mann, pass auf!«, aber Jonesy hört ihn kaum. Denn dort steht ein Hirsch auf dem Bürgersteig hinter Duddits, ein schöner kapitaler Bock, fast so groß wie ein Mensch. Und dann, kurz bevor der Lincoln ihn erwischt, sieht Jonesy, dass der Hirsch tatsächlich ein Mensch ist, ein Mann mit orangefarbener Mütze und Warnweste. Auf der Schulter hat er wie ein abscheuliches Maskottchen ein beinloses Wieselwesen mit riesigen schwarzen Augen. Sein Schwanz – oder vielleicht ist es auch ein Fangarm – schlingt sich um den Hals des Mannes. *Wie um Gottes willen konnte ich den für einen Hirsch halten?*, denkt Jonesy, und dann erwischt ihn der Lincoln, und er wird auf die Straße geschleudert. Er hört ein fieses, gedämpftes Knacken, als seine Hüfte bricht.

2

Diesmal also keine Dunkelheit; so oder so wird die Gedächtnisstraße jetzt von Bogenlampen erhellt. Doch der Film ist durcheinander, als hätte sich der Cutter zum Mittagessen ein paar Drinks zu viel gegönnt und vergessen, wie die Geschichte ursprünglich gedacht war. Teilweise hat es damit zu tun, dass die Zeit aus der Form geraten ist: Er scheint gleichzeitig in Vergangenheit, Gegenwart und Zukunft zu leben.

So reisen wir, sagt eine Stimme, und Jonesy wird klar, dass es die Stimme ist, die er um Marcy, um eine Spritze hat wimmern hören. *Ab einer bestimmten Beschleunigung werden alle Reisen zu Zeitreisen. Das Gedächtnis ist die Grundlage jeder Reise.*

Der Mann von der Ecke, der alte Mr *Ich*-hab-nichts-gesagt, beugt sich über ihn, fragt, ob alles mit ihm in Ordnung sei, sieht, dass nichts mit ihm in Ordnung ist, schaut dann hoch und fragt: »Wer hat ein Handy? Der Mann hier braucht einen Krankenwagen.« Als er den Kopf hebt, sieht Jonesy, dass er einen kleinen Schnitt unterm Kinn hat, den sich der alte Mr *Ich*-hab-nichts-gesagt heute Morgen wahrscheinlich zugefügt hat, ohne es auch nur zu merken. *Das ist süß*, denkt Jonesy, und dann springt der Film, und hier haben wir einen alten Knacker in einem dunkelbraunen Mantel und mit einem Fedorahut auf – nennen wir das ältliche Sackgesicht den alten Mr Was-habe-ich-gemacht. Er läuft herum und stellt den Leuten diese Frage. Er sagt, er hätte einen Moment lang weggeschaut und dann einen Aufprall gespürt – was habe ich gemacht? Er sagt, eigentlich hätte er nie so einen großen Wagen haben wollen – was habe ich gemacht? Er sagt, er könne sich nicht an den Namen des Versicherungsunternehmens erinnern, nur dass sie gesagt hätten, »bei uns sind Sie in guten Händen« – was habe ich gemacht? Er hat einen Fleck im Schritt seiner Hose, und während Jonesy da so auf der Straße liegt, kommt er nicht umhin, Mitleid mit dem alten Sack zu haben – und wünscht sich, er könnte zu ihm sagen: *Wenn Sie wissen wollen, was Sie gemacht haben, dann schauen Sie sich mal Ihre Hose an. Sie haben sich eingenässt, das haben Sie.*

Der Film springt wieder. Jetzt haben sich noch mehr Leute um ihn her eingefunden. Sie sehen sehr groß aus, und Jonesy kommt sich vor, als ob er bei einer Beerdigung den Blickwinkel aus dem Sarg hat. Das erinnert ihn an eine Geschichte von Ray Bradbury, *Die Menge* heißt sie, glaubt er, in der die Leute, die sich an Unfallschauplätzen einfinden –

es sind immer dieselben Leute –, durch das, was sie sagen, das Schicksal des Opfers bestimmen. Wenn sie um einen herumstehen und murmeln, es sei ja nicht so schlimm gewesen und man hätte noch Glück, dass das Auto im letzten Augenblick noch einen Schlenker gemacht hätte, dann kommt man durch. Wenn die Leute aber Sachen sagen wie *Er sieht nicht gut aus* oder *Ich glaube nicht, dass er durchkommt*, dann muss man sterben. Immer dieselben Leute. Immer dieselben ausdruckslosen, dabei eifrig interessierten Gesichter. Die Schaulustigen, die unbedingt Blut sehen und das Stöhnen der Verletzten hören wollen.

In der Menschenmenge um ihn her sieht Jonesy, gleich hinter dem alten Mr *Ich*-hab-nichts-gesagt, Duddits Cavell, jetzt vollständig bekleidet und normal aussehend – also ohne Hundekackebart. McCarthy ist auch da. *Nenn ihn den alten Mr Siehe-ich-stehe-vor-der-Tür-und-klopfe-an*, denkt Jonesy. Und da ist noch jemand. Ein grauer Mann. Nur dass er kein Mann und kein Mensch ist; er ist der Außerirdische, der hinter ihm stand, als Jonesy mit der Badezimmertür beschäftigt war. Riesige schwarze Augen beherrschen ein Gesicht, das ansonsten kaum Gesichtszüge aufweist. Die schlaffe, durchhängende Elefantenhaut ist jetzt noch straffer; der alte Mr ET-nach-Hause-telefonieren ist noch nicht dabei, den Umweltbedingungen zu erliegen. Das wird er aber. Letztlich wird ihn diese Welt auflösen wie Säure.

Ihr Kopf ist geplatzt, versucht Jonesy dem grauen Mann zu sagen, bekommt aber kein Wort heraus; nicht einmal sein Mund öffnet sich. Und doch scheint ihn der alte Mr ET-nach-Hause-telefonieren zu hören, denn er neigt leicht den grauen Kopf.

Er wird ohnmächtig, sagt jemand, und ehe der Film erneut springt, hört er den alten Mr Was-habe-ich-gemacht, den Typ, der ihn angefahren und seine Hüfte zerschmettert hat wie einen Porzellanteller an einer Schießbude, zu jemandem sagen: *Die Leute haben immer gesagt, ich sehe aus wie Lawrence Welk*.

3

Er liegt bewusstlos in einem Krankenwagen, sieht sich aber selbst dabei zu, hat eine richtige außerkörperliche Erfahrung, und da ist noch etwas Neues, etwas, von dem ihm später niemand erzählt: Er bekommt Herzkammerflimmern, während sie ihm die Hose aufschneiden und eine Hüfte freilegen, die aussieht, als hätte jemand zwei große, unförmige Türknäufe darunter eingenäht. Herzkammerflimmern – er weiß ganz genau, was das ist, denn Carla und er verpassen keine Folge von *Emergency Room*, sie schauen sich sogar die Wiederholungen auf TNT an, und da sind die Kellen, und da ist die Schmiere, und einer der Rettungssanitäter trägt ein goldenes Kreuz an einer Halskette, und es streift Jonesys Nase, als sich der Mr Rettungssanitäter über das beugt, was im Grunde eine Leiche ist, und: unfassbar! *Er ist im Krankenwagen gestorben!* Wieso hat ihm niemand je erzählt, dass er im Krankenwagen gestorben ist? Haben sie gemeint, das würde ihn nicht interessieren, da würde er eh nur sagen: Na ja, was soll's, kennen wir doch alles schon?

»Fertig!«, brüllt der erste Sani, und kurz vor dem Elektroschock dreht sich der Fahrer um, und Jonesy sieht, dass es Duddits' Mutter ist. Dann jagen sie Strom in ihn hinein, und sein Körper zuckt hoch, das ganze weiße Fleisch schlottert an den Knochen, wie Pete sagen würde, und obwohl der Jonesy, der zusieht, keinen Körper hat, spürt er doch den Strom, ein mächtiges *Pow!*, das noch die letzten Verästelungen seines Nervensystems erhellt wie eine Feuerwerksrakete. Gelobt sei der Herr! Und Halleluja!

Der Teil von ihm da auf der Bahre springt hoch wie ein Fisch, der aus dem Wasser gezerrt wird, und liegt dann wieder still. Der Sanitäter, der hinter Roberta Cavell kauert, schaut auf sein Kontrollpult und sagt: »Ah, nein, Mann, kein Puls, versuch's noch mal.« Und als der andere das macht, springt der Film wieder, und Jonesy befindet sich in einem Operationssaal.

Nein, Augenblick, so ganz stimmt das nicht. Ein Teil von

ihm ist in dem OP, aber der Rest von ihm befindet sich hinter einer Glasscheibe und schaut hinein. Hier sind noch zwei Ärzte, die aber keinerlei Interesse an den Anstrengungen des Chirurgenteams zeigen, Jonesy-Dumpty wieder zusammenzuflicken. Sie spielen Karten. Über ihren Köpfen hängt der Traumfänger aus ihrer Hütte und dreht sich langsam im Luftstrom aus einem Heizungsgebläse.

Jonesy hat keine Lust zuzusehen, was da hinter der Glasscheibe vorgeht – er mag den blutigen Krater nicht sehen, der einmal seine Hüfte war, und auch nicht den zerschmetterten Knochen, der trüb schimmernd daraus hervorragt. Obwohl er in seinem körperlosen Zustand keinen Magen hat, dem schlecht werden könnte, ist ihm speiübel.

Hinter ihm sagt einer der Karten spielenden Ärzte: *Über Duddits haben wir uns definiert. Die Zeit mit ihm war unsere beste.* Worauf der andere erwidert: *Meinst du?* Und da wird Jonesy klar, dass die Ärzte Henry und Pete sind.

Er dreht sich zu ihnen um, und jetzt ist er anscheinend überhaupt nicht mehr entkörpert, denn er erhascht auf dem Fenster zum Operationssaal einen Blick auf sein Spiegelbild. Er ist nicht mehr Jonesy. Er ist kein *Mensch* mehr. Seine Haut ist grau, und seine Augen sind schwarze Kolben, die aus einem nasenlosen Gesicht ragen. Er ist einer von *denen* geworden, einer der –

Einer der Grauen, denkt er. *So nennen sie uns: die Grauen. Manche sagen auch Weltall-Nigger zu uns.*

Er macht den Mund auf, um so etwas zu sagen oder vielleicht auch, um seine alten Freunde um Hilfe zu bitten – sie haben einander immer geholfen, wenn sie konnten –, aber da springt der Film wieder (Mist! Dieser Cutter! Säuft bei der Arbeit!), und er liegt in einem Bett, einem Krankenbett in einem Krankenhauszimmer, und jemand ruft: *Wo ist Jonesy, ich will zu Jonesy.*

Aha, denkt er kläglich erleichtert, *wusste ich doch, dass es Jonesy hieß, nicht Marcy. Da ruft der Tod oder vielleicht* DER TOD, *und ich muss jetzt ganz still sein, wenn ich ihm entgehen will, er hat mich in der Menge verfehlt, hat im Krankenwagen nach mir gegriffen und mich wieder ver-*

fehlt, und jetzt ist er hier im Krankenhaus und gibt sich als Patient aus.

Hört bitte auf, stöhnt der clevere alte Mr Tod mit dieser grauenhaft tückischen, monotonen Stimme, *ich halt's nicht mehr aus, gebt mir 'ne Spritze, wo ist Jonesy, ich will zu Jonesy.*

Ich bleibe einfach hier liegen, bis er aufhört, denkt Jonesy, *ich kann sowieso nicht aufstehen, sie haben mir gerade ein Kilo Metall in die Hüfte eingesetzt, und es wird Tage, wenn nicht Wochen dauern, bis ich wieder aufstehen kann.*

Doch zu seinem Entsetzen sieht er, dass er trotzdem aufsteht, dass er die Bettdecke beiseite schlägt und aus dem Bett steigt, und obwohl er spürt, wie die Nähte an seiner Hüfte und quer über seinen Bauch reißen und aufplatzen und sich das, was zweifellos Spenderblut ist, sein Bein hinab und auch in sein Schamhaar ergießt und es durchtränkt, geht er ohne zu humpeln durchs Zimmer, durch einen Streifen Sonnenlicht, was kurz einen durchaus menschlichen Schatten auf den Boden wirft (er ist jetzt kein Grauer, wenigstens dafür kann er dankbar sein, denn die Grauen sind erledigt), und zur Tür. Er schlendert ungesehen einen Flur entlang, vorbei an einer abgestellten Bahre mit einer Bettpfanne drauf, vorbei an zwei lachenden, schwatzenden Krankenschwestern, die sich Fotos angucken, und immer auf die monotone Stimme zu. Er ist machtlos, kann nicht stehen bleiben, und da sieht er ein, dass er in der Wolke ist. Nicht aber in der rotschwarzen Wolke, wie Pete und Henry meinten; die Wolke ist grau, und er schwebt darin mit, als einziges Teilchen dieser Wolke, das nicht von ihr beeinflusst wird, und Jonesy denkt: *Ich bin es, wonach sie gesucht haben. Ich weiß nicht, wie das angeht, aber ich bin genau das, wonach sie gesucht haben. Denn ... die Wolke ändert mich nicht?*

Ja, irgendwie so.

Er kommt an drei offen stehenden Türen vorbei. Die vierte ist geschlossen. Auf einem Schild steht: TRETEN SIE EIN. KEINE ANSTECKUNGSGEFAHR. IL N'Y A PAS D'INFECTION ICI.

Das ist gelogen, denkt Jonesy. *Cruise oder Curtis oder wie er auch heißt mag ja ein Wahnsinniger sein, aber in einem hat er doch Recht: Es besteht sehr wohl eine Ansteckungsgefahr.*

Blut fließt ihm die Beine hinab, die untere Hälfte seines Johnny ist jetzt tief scharlachrot (*jetzt fließt der Bordeaux aber so richtig,* wie die Boxreporter früher immer sagten), aber er empfindet keinen Schmerz. Und er befürchtet auch keine Ansteckung. Er ist einmalig, und die Wolke kann ihn nur tragen, nicht beeinflussen. Er öffnet die Tür und geht hinein.

4

Ist er überrascht, als er den grauen Mann mit den großen schwarzen Augen in einem Krankenhausbett liegen sieht? Nicht im Mindesten. Als sich Jonesy in der Hütte umgedreht und diesen Typ entdeckt hat, der hinter ihm stand, war dem Kerl der Kopf geplatzt. Danach hätte wohl jeder ins Krankenhaus gemusst. Jetzt aber sieht sein Kopf unversehrt aus; die moderne Medizin ist schon was Wunderbares.

Das ganze Zimmer ist mit Pilzen überwuchert, ist überzogen mit rotgoldenen Wucherungen. Es wächst auf dem Boden, dem Fensterbrett, den Leisten der Jalousie; es dämpft das Licht der Deckenbeleuchtung und hat sich auf der Glukose-Flasche (Jonesy nimmt an, dass es Glukose ist) auf dem Nachttisch ausgebreitet; rötlich goldene Bärte hängen vom Türknauf der Badezimmertür und der Kurbel am Fußende des Betts.

Als sich Jonesy dem grauen Ding nähert, das sich die Decke bis zur schmalen, unbehaarten Brust hochgezogen hat, sieht er, dass auf dem Nachttisch nur eine einzige Karte mit Genesungswünschen steht. GUTE BESSERUNG!, steht da über einem Cartoon mit einer bedrückt schauenden Schildkröte mit einem Pflaster auf dem Panzer. Und unter dem Bild: WÜNSCHEN DIR STEVEN SPIELBERG UND ALLE DEINE FREUNDE IN HOLLYWOOD.

Das ist ein Traum, ein Traum voller symbolischer Bilder und In-Jokes, denkt Jonesy, weiß es aber besser. Sein Hirn vermischt Dinge, püriert sie, damit sie einfacher zu schlucken sind, und so ist das mit Träumen; Vergangenheit, Gegenwart und Zukunft sind ineinander gequirlt, doch trotzdem weiß er, dass es ein Fehler wäre, das hier als bruchstückhaftes Märchen aus seinem Unterbewusstsein abzutun. Denn einiges davon geschieht tatsächlich.

Die vorgewölbten schwarzen Augen beobachten ihn. Und jetzt bewegt sich die Bettdecke und wölbt sich neben dem grauen Ding. Darunter taucht das rötliche Wieselwesen auf, das den Biber erledigt hat. Es starrt ihn mit diesen glasigen schwarzen Augen an, während es sich mit seinem Schwanz auf das Kissen schlängelt und sich dort neben dem schmalen grauen Kopf zusammenrollt. Kein Wunder, dass sich McCarthy ein wenig unpässlich gefühlt hat, denkt Jonesy.

Blut läuft weiter Jonesys Bein hinab, klebrig wie Honig und so heiß wie Fieber. Es tropft auf den Boden, und man sollte meinen, dass daraus bald eine eigene Kolonie dieses rötlichen Pilzes oder Schimmels oder was es auch ist sprießt, ein richtiger Dschungel davon, aber Jonesy weiß es besser. Die Wolke kann ihn tragen, aber sie kann ihn nicht verändern.

Kein Prall, kein Spiel, denkt er, und dann, sofort: *Schsch, behalt das für dich.*

Das graue Wesen hebt die Hand zu einem kraftlosen, müden Gruß. Es hat drei lange Finger, die in rosarote Fingernägel auslaufen. Darunter sickert dickflüssiger, gelber Eiter hervor. Mehr davon schimmert lose in den Falten seiner Haut und seinen Augenwinkeln.

Du hast Recht, du brauchst eine Spritze, sagt Jonesy. *Vielleicht ein wenig Abflussreiniger oder Lysol, irgendwas in der Richtung. Was dich so richtig gut aufmi–*

Ein schrecklicher Gedanke kommt ihm in den Sinn; für einen Moment ist er so übermächtig, dass er der Kraft widerstehen kann, die ihn zum Bett zieht. Dann setzen sich seine Füße wieder in Bewegung und hinterlassen große rote Abdrücke.

Du wirst doch nicht mein Blut trinken, oder? Wie ein Vampir?

Das Ding da im Bett lächelt, ohne zu lächeln. *Wir sind, soweit ich das in euren Begriffen ausdrücken kann, Vegetarier.*

Ja, aber was ist mit Bowser da? Jonesy zeigt auf das beinlose Wiesel, und das bleckt einen Mund voll Nadelzähne zu einem grotesken Grinsen. *Ist Bowser auch Vegetarier?*

Du weißt, dass er keiner ist, sagt das graue Ding, ohne dabei seinen Schlitzmund zu bewegen – der Typ ist ein höllisch guter Bauchredner, das musste man ihm lassen; in den Catskills wäre er der Star. *Und du weißt, dass du von ihm nichts zu befürchten hast.*

Wieso? Inwiefern bin ich anders?

Das sterbende graue Ding (natürlich stirbt es, sein Körper versagt, verwest von innen heraus) antwortet nicht, und Jonesy denkt wieder: *Kein Prall, kein Spiel.* Er hat das Gefühl, dass der graue Kerl diesen einen Gedanken gerne lesen würde, aber nicht die Möglichkeit dazu hat. Die Fähigkeit, seine Gedanken abzuschirmen, ist noch etwas, das ihn anders, einmalig macht, und *Vive la différence* kann Jonesy da nur sagen (nicht dass er es tatsächlich sagt).

Inwiefern bin ich anders?

Wer ist Duddits?, fragt das graue Ding, und als Jonesy nicht antwortet, lächelt das Ding wieder, ohne den Mund zu bewegen. *Siehst du,* sagt das graue Ding. *Wir haben beide Fragen, die der andere nicht beantwortet. Legen wir sie doch beiseite, ja? Umgedreht. Das sind ... Wie nennt ihr das? Wie sagt ihr dazu bei diesem Spiel?*

Das Crib, sagt Jonesy. Jetzt kann er das Verwesen des Dings riechen. Es ist der gleiche Geruch, den McCarthy mit ins Camp gebracht hat, der Geruch von Äther-Spray. Er denkt wieder, dass er den O-Mann-oje-Schweinehund hätte abknallen sollen, ihn hätte abknallen sollen, bevor er dorthin gelangen konnte, wo es warm war. Beim Auskühlen der Leiche wäre auch die Pilzkolonie darin dort unter dem Hochsitz auf dem alten Ahorn eingegangen.

Das Crib, ja, sagt das graue Ding. Der Traumfänger ist

jetzt hier, hängt von der Decke und dreht sich langsam über dem Kopf des grauen Dings. *Diese Dinge, von denen wir nicht wollen, dass der andere sie weiß, legen wir beiseite und zählen sie später. Wir legen sie auf das Crib.*

Was willst du von mir?

Das graue Wesen sieht Jonesy unverwandt und ohne zu blinzeln an. Soweit Jonesy das beurteilen kann, kann es auch nicht blinzeln. Es hat weder Augenlider noch Wimpern.

Weder Augenlider noch Wimpern, sagt es, nur dass Jonesy jetzt Petes Stimme hört. *Wer ist Duddits?*

Und Jonesy ist so verblüfft, Petes Stimme zu hören, dass er es ihm, bei Gott, fast erzählt ... was natürlich die Absicht dabei war: ihn zu übertölpeln. Dieses Ding ist clever, ob es nun stirbt oder nicht. Er ist gut beraten, auf der Hut zu sein. Er sendet dem Grauen das Bild einer großen braunen Kuh mit einem Schild am Hals. Auf dem Schild steht: DUDDITS, DIE KUH.

Wieder lächelt der Graue, ohne zu lächeln; er lächelt in Jonesys Kopf. *Duddits, die Kuh*, sagt er. *Wohl kaum.*

Woher kommst du?, fragt Jonesy.

Vom Planeten X. Wir kommen von einem sterbenden Planeten und wollen hier lecker Pizza essen, zu günstigen Kreditbedingungen einkaufen und auf der Berlitz School ganz einfach Italienisch lernen. Diesmal ist es Henrys Stimme. Dann kehrt Mr ET-nach-Hause-telefonieren zu seiner eigenen Stimme zurück ... nur dass Jonesy nun matt feststellt, dass seine Stimme nun *seine* Stimme ist: Jonesys Stimme. Und er weiß, was Henry sagen würde: dass er nach Bibers Tod eine mörderische Halluzination durchmacht.

Nein, das würde er nicht mehr sagen, denkt Jonesy. *Nicht mehr. Jetzt ist er der Eiermann, und der Eiermann weiß es besser.*

Henry? Der ist sowieso bald tot, sagt der Graue gleichmütig. Seine Hand stiehlt sich unter der Tagesdecke hervor. Die drei langen Finger umschlingen Jonesys Hand. Seine Haut ist warm und trocken.

Was soll das heißen?, fragt Jonesy, um Henry besorgt ...

aber das sterbende Ding im Bett antwortet nicht. Das ist eine weitere Karte für das Crib, also spielt auch Jonesy noch eine Karte aus: *Wieso hast du mich hergerufen?*

Das graue Wesen tut erstaunt, aber sein Gesicht regt sich immer noch nicht. *Niemand stirbt gern allein,* sagt es. *Ich möchte nur jemanden bei mir haben. Wir werden Fernsehen schaun.*

Ich will nicht –

Da kommt ein Film, den ich gern sehen würde. Der wird dir auch gefallen. Er heißt Mitgefühl mit den Grauen. *Bowser! Die Fernbedienung!*

Bowser gewährt Jonesy einen besonders bösartigen Blick und gleitet dann vom Kopfkissen, wobei sein sich windender Schwanz ein trockenes Rasseln erzeugt, wie bei einer Schlange, die über einen Felsen kriecht. Auf dem Tisch liegt eine Fernbedienung für den Fernseher. Auch sie ist mit Pilz überwuchert. Bowser packt sie mit den Zähnen, macht kehrt und bringt sie dem Grauen. Der Graue lässt Jonesys Hand los (seine Berührung ist nicht widerwärtig, aber es ist doch eine Erleichterung, als er loslässt), nimmt die Fernbedienung, richtet sie auf den Fernseher und schaltet ihn ein. Das Bild, das erscheint – etwas verschwommen, aber nicht unkenntlich durch den leichten Flaum, der auf dem Glas wächst –, zeigt den Schuppen hinter der Hütte. In der Mitte der Mattscheibe sieht man etwas, was unter einer grünen Plane verborgen ist. Und noch ehe die Tür aufgeht und er sich selbst hereinkommen sieht, versteht Jonesy, dass das hier bereits passiert ist. Der Star von *Mitgefühl mit den Grauen* ist Gary Jones.

Tja, sagt das sterbende Wesen da im Bett von seiner gemütlichen Stelle mitten in Jonesys Hirn aus, *den Vorspann haben wir verpasst, aber der Film fängt wirklich gerade erst an.*

Genau das befürchtet Jonesy.

5

Die Schuppentür geht auf, und Jonesy kommt herein. Ziemlich kunterbunt bekleidet, mit seinem Mantel, Bibers Handschuhen und einer alten orangefarbenen Mütze von Lamar. Für einen Moment denkt der Jonesy, der sich das im Krankenhauszimmer ansieht (er hat sich den Besucherstuhl herangezogen und sitzt neben Mr Grays Bett), dass sich der Jonesy da im Schneemobilschuppen ihrer Hütte doch irgendwie angesteckt hätte und rotes Moos auf ihm wachsen würde. Dann fällt ihm wieder ein, dass Mr Gray genau vor ihm geplatzt ist – sein Kopf zumindest – und dass er jetzt seine Überreste an sich trägt.

Nur dass du gar nicht geplatzt bist, sagt er. *Du bist ... tja, was bist du? Hast du dich fortgepflanzt?*

Pscht!, sagt Mr Gray, und Bowser bleckt seinen ganzen Kopf voller Zähne, wie um Jonesy aufzufordern, nicht so unhöflich zu sein. *Ich mag diesen Song. Du nicht auch?*

Im Hintergrund läuft *Sympathy for the Devil* von den Rolling Stones, sehr passend, da der Titel des Films so ähnlich lautet (*mein Film-Debüt,* denkt Jonesy, *wenn Carla und die Kinder das sehen*), aber Jonesy mag den Song nicht, er macht ihn aus irgendeinem Grund traurig.

Wie kannst du das mögen?, fragt er und beachtet Bowsers gebleckte Zähne nicht – Bowser stellt für ihn keine Gefahr dar, das wissen sie beide. *Wie kannst du? Genau das haben sie doch gespielt, als sie euch abgeschlachtet haben.*

Sie schlachten uns jedes Mal ab, sagt Mr Gray. *Und jetzt sei still und schau dir den Film an. Dieser Teil ist noch etwas lahm, aber es wird noch viel besser.*

Jonesy faltet die Hände auf seinem roten Schoß – anscheinend hat er endlich aufgehört zu bluten – und schaut sich *Mitgefühl mit den Grauen* an, mit dem unvergleichlichen Gary Jones in der Hauptrolle.

6

Der unvergleichliche Gary Jones zieht die Plane vom Schneemobil herunter, findet die Batterie in einem Karton auf der Werkbank und setzt sie ein, wobei er darauf achtet, die Kabel an die richtigen Anschlüsse zu klemmen. Damit wären seine handwerklichen Kenntnisse dann auch weitgehend erschöpft – schließlich ist er Geschichtslehrer und nicht Mechaniker, und wenn er bei sich zu Hause mal etwas ausbessert, dann höchstens insofern, als er die Kinder hin und wieder dazu bringt, *History Channel* statt *Xena* zu gucken. Der Schlüssel steckt, und die Instrumentenbeleuchtung springt an, als er ihn umdreht – hat er die Batterie also richtig angeschlossen –, aber der Motor startet nicht. Gibt keinen Mucks von sich. Der Anlasser rasselt ein wenig, und das war's.

»Oje o Mann sein Geschäft machen lassen«, sagt er, spricht alles zusammen mit monotoner Stimme. Er glaubt nicht, dass er jetzt groß Gefühle ausdrücken könnte, selbst wenn er wirklich wollte. Er ist Horrorfilm-Fan, hat *Invasion of the Body Snatchers* zwei Dutzend Mal gesehen (hat sogar die verpfuschte Neuverfilmung mit Donald Sutherland gesehen), und er weiß, was hier vor sich geht. Sein Körper ist entführt worden, einfach so und ganz und gar entführt worden. Es wird aber keine ganze Armee von Zombies geben, nicht mal eine ganze Stadt voll. Er ist einmalig. Er ahnt, dass Pete, Henry und der Biber ebenfalls einmalig sind (einmalig waren, was Biber angeht), aber er ist der Einmaligste von ihnen. So etwas kann man eigentlich nicht sagen, einmalig ist nicht zu steigern, aber dies ist einer der seltenen Fälle, in denen diese Regel nicht zutrifft. Pete und Biber waren einmalig, Henry ist noch einmaliger, und er, Jonesy, ist der Einmaligste. Er spielt ja sogar die Hauptrolle in seinem eigenen Film! Wie einmalig ist das denn jetzt, wie sein ältester Sohn sagen würde.

Der Graue im Krankenhausbett schaut vom Fernseher, wo Jonesy I auf dem Arctic Cat sitzt, zu dem Stuhl hinüber, auf dem Jonesy II nur auf seinem blutigen Johnny sitzt.

Was verbirgst du vor mir?, fragt Mr Gray.
Nichts.
Wieso siehst du immer wieder eine Ziegelsteinmauer? Was ist neunzehn noch, außer einer Primzahl? Wer hat »Scheiß auf die Tigers« gesagt? Was bedeutet das? Was ist diese Ziegelsteinmauer? Wann ist diese Ziegelsteinmauer? Was bedeutet das? Warum siehst du sie immer wieder?

Er kann spüren, wie Mr Gray an seinem Gedächtnis herumhebelt, aber vorläufig ist dieser Kern sicher. Er kann getragen werden, aber nicht verändert. Und anscheinend auch nicht ganz geöffnet. Zumindest noch nicht.

Jonesy hält sich den Zeigefinger vor die Lippen und wiederholt die Worte des Grauen: *Sei still und schau dir den Film an.*

Er betrachtet ihn mit seinen vorgewölbten schwarzen Augen (sie sind insektenartig, denkt Jonesy, die Augen einer Gottesanbeterin), und Jonesy spürt ihn noch etwas weiter an seinem Gedächtnis hebeln. Dann verschwindet das Gefühl. Es eilt nicht; früher oder später wird er die Hülle um diesen letzten Kern des reinen, noch nicht überwältigten Jonesy auflösen, und dann wird er alles erfahren, was er wissen will.

Einstweilen schauen sie den Film. Und als Bowser Jonesy auf den Schoß kriecht – Bowser mit den scharfen Zähnen und dem Frostschutzmittelgestank –, bemerkt Jonesy das kaum.

Jonesy I, der Schuppen-Jonesy (der jetzt eigentlich Mr Gray ist), geht auf Gedankenfang. Es gibt viele Gedankenströme, auf die er zugreifen kann, sie überlagern einander wie nächtliche Funksignale, und er findet ganz einfach ein Hirn, das die Informationen enthält, die er braucht. Das ist, als würde man bei einem Computer eine Datei öffnen und statt eines Textes einen sehr detaillierten 3-D-Film vorfinden.

Mr Grays Quelle ist Emil »Dawg« Brodsky aus Menlo Park, New Jersey. Brodsky ist Technical Sergeant bei der Army, einer von der Instandsetzungstruppe. Nur dass Technical Sergeant Brodsky hier, als Angehöriger von Kurtz' taktischer Eingreiftruppe, keinen Dienstgrad hat. Das hat hier niemand. Seine Vorgesetzten ruft er »Boss« und seine Untergebenen (und das sind bei diesem Grillfest eine ganze Menge) »Hey Sie«.

Düsenjäger überfliegen das Gebiet, aber nicht viele (sie werden alle Bilder, die sie brauchen, aus einer niedrigen Erdumlaufbahn bekommen, sobald sich die Wolken erst einmal verziehen), und mit denen hat Brodsky sowieso nichts zu tun. Die Jäger steigen von der Basis der Air National Guard in Bangor auf, und er ist hier in Jefferson Tract. Brodskys Job sind die Hubschrauber und die LKWs ihres ständig wachsenden Fuhrparks (seit zwölf Uhr mittags sind in diesem Teil von Maine sämtliche Straßen gesperrt, und es dürfen dort nur noch die olivgrünen LKWs mit verdeckten Insignien verkehren). Außerdem ist er dafür zuständig, mindestens vier Generatoren zu installieren, die dem Lager Strom liefern sollen, das rund um Gosselin's Market aufgeschlagen wird. Und Strom brauchen auch die Bewegungsmelder, die Laternen, die Scheinwerfer an der Umzäunung und der behelfsmäßige Operationssaal, der in aller Eile in einem Windstar-Wohnmobil eingerichtet wird.

Kurtz hat betont, dass ihm das Licht sehr wichtig sei – es soll hier die ganze Nacht lang taghell erleuchtet sein. Die meisten Laternen werden rund um den Stall und hinten um das aufgebaut, was früher ein Pferch und eine Koppel war. Auf der Wiese, auf der früher die vierzig Milchkühe der alten Reggie Gosselin weideten, sind zwei Zelte aufgebaut worden. Das größere hat ein Schild auf dem grünen Dach: INTENDANTUR. Das andere Zelt ist weiß und nicht bezeichnet. Es stehen keine Kerosinöfen darin wie in dem größeren Zelt, und es werden auch keine benötigt. Das ist die behelfsmäßige Leichenhalle, so viel versteht Jonesy. Bisher liegen dort lediglich drei Leichname (darunter ein Banker, der versucht hat wegzulaufen, so ein Dummkopf), aber bald könnten es viele mehr sein. Es sei denn, es käme zu einem Zwischenfall, der die Bergung der Leichen erschweren oder unmöglich machen würde. Und Kurtz, dem Boss, käme ein solcher Zwischenfall sehr gelegen.

Aber das nur am Rande. Jonesy I hat jetzt mit Emil Brodsky aus Menlo Park zu tun.

Brodsky hastet über den verschneiten, schlammigen, aufgewühlten Boden zwischen dem Helikopterlandeplatz und der Koppel, auf der die Ripley-Positiven untergebracht sind (es sind schon eine ganze Menge da, und sie wandern mit dem verdatterten Gesichtsausdruck umher, den eben erst Inhaftierte überall auf der Welt haben, rufen den Wachen zu, bitten um Zigaretten und Informationen und stoßen leere Drohungen aus). Emil Brodsky ist ein gedrungener Mann mit Bürstenhaarschnitt, einem Bulldoggengesicht, das wie geschaffen aussieht für billige Zigarren (aber Jonesy weiß, dass Brodsky ein frommer Katholik ist, der nie im Leben geraucht hat). Im Moment ist er ungefähr so beschäftigt wie ein einarmiger Tapezierer. Er hat einen Kopfhörer auf, und ein Mikro hängt ihm vor den Lippen. Er steht in Funkkontakt mit dem Treibstoffnachschubkonvoi, der auf dem Interstate Highway 95 unterwegs ist – der ist von entscheidender Bedeutung, denn die im Einsatz befindlichen Hubschrauber müssen bei ihrer Rückkehr betankt werden –, spricht aber auch mit Cambry, der neben ihm hergeht, über das Kontroll- und Überwachungszentrum, das Kurtz bis 21 Uhr, allerspätestens bis Mitternacht aufgebaut sehen will. Dieser Einsatz wird in spätestens achtundvierzig Stunden vorbei sein, heißt es jedenfalls, aber woher will man das schon wissen? Angeblich ist ihr Hauptziel, Blue Boy, bereits ausgeschaltet, aber Brodsky sieht nicht, wieso sich da irgendjemand sicher sein könnte, denn die großen Kampfhubschrauber sind noch nicht zurück. Und im Grunde ist ihre Aufgabe ja auch ganz simpel: den ganzen Laden bis Stufe elf aufdrehen und dann die Knöpfe abbrechen.

Und du meine Güte, mit einem Mal gibt es jetzt *drei* Jonesys: einer, der in dem mit Pilzen überwucherten Krankenhauszimmer sitzt und Fernsehen guckt, einer im Schneemobilschuppen ... und Jonesy III, der plötzlich in Emil Brodskys kurz geschorenem katholischem Kopf auftaucht. Brodsky bleibt stehen und schaut einfach nur zum weißen Himmel hoch.

Cambry geht allein noch drei, vier Schritte weiter, ehe er merkt, dass Dawg unvermittelt stehen geblieben ist und dort einfach nur so mitten auf der schlammigen Kuhweide steht. Inmitten des ganzen geschäftigen Treibens – umherlaufende Männer, einschwebende Hubschrauber, aufheulende Motoren – steht er da wie ein Roboter, dessen Batterie alle ist.

»Boss?«, sagt Cambry. »Alles klar?«

Brodsky antwortet nicht ... zumindest antwortet er Cambry nicht. Zu Jonesy I – dem Schuppen-Jonesy – sagt er: *Machen Sie die Motorhaube auf, und zeigen Sie mir die Zündkerzen.*

Jonesy weiß erst nicht, wo der Riegel ist, mit dem sich die Motorhaube öffnen lässt, aber Brodsky leitet ihn an. Dann beugt sich Jonesy über den kleinen Motor, schaut nicht selber, sondern verwandelt seine Augen in ein Paar hoch auflösender Kameras und sendet die Bilder an Brodsky.

»Boss?«, fragt Cambry zusehends besorgt. »Boss, was ist? Was ist denn?«

»Nichts«, sagt Brodsky langsam und deutlich. Er hängt sich den Kopfhörer um den Hals; das Geplapper daraus lenkt ihn ab. »Lassen Sie mich nur kurz mal nachdenken.«

Und zu Jonesy: *Irgendwer hat die Zündkerzen rausgenommen. Schauen Sie sich mal um ... ja, da sind sie. Da an der Tischkante.*

Am Rand der Werkbank steht ein halb mit Benzin gefülltes Majonäseglas. Der Deckel hat zwei Lüftungslöcher, hineingestoßen mit der Spitze eines Schraubendrehers, damit sich keine Gase darin sammeln. Darin eingelegt wie Ausstellungsstücke in Formaldehyd, befinden sich zwei Champion-Zündkerzen.

Laut sagt Brodsky: »Gut abtrocknen«, und als Cambry fragt: »Was gut abtrocknen?«, befiehlt ihm Brodsky geistesabwesend, doch mal still zu sein.

Jonesy angelt die Zündkerzen heraus, trocknet sie ab und setzt sie dann nach Brodskys Anleitung ein. *Versuchen Sie's jetzt mal,* sagt Brodsky, diesmal, ohne die Lippen zu bewegen, und das Schneemobil springt aufdröhnend an. *Schaun Sie auch mal nach dem Benzin.*

Jonesy macht es und bedankt sich.

»Gern geschehn, Boss«, sagt Brodsky und geht flott weiter. Cambry muss ein wenig traben, um ihn einzuholen. Er bemerkt Dawgs leicht verblüfften Gesichtsausdruck, als er entdeckt, dass ihm der Kopfhörer jetzt um den Hals hängt.

»Was zum Henker war das denn?«, fragt Cambry.

»Nichts«, sagt Brodsky, aber da war durchaus etwas; da war ganz bestimmt etwas. Sprechen. Ein Gespräch. Eine ... Beratung? Ja, genau. Er weiß bloß nicht mehr, worum es genau ging. Sehr wohl aber kann er sich an die Einsatzbesprechung erinnern, die sie heute Morgen hatten, vor Sonnenaufgang, als es losging. Eine der Weisungen, direkt von Kurtz, hatte gelautet, alle ungewöhnlichen Vorkommnisse zu melden. War das ungewöhnlich gewesen? Was war es denn eigentlich gewesen?

»Ich hatte wohl einen Hirnkrampf«, sagt Brodsky. »Zu viel zu tun und zu wenig Zeit. Kommen Sie, Junge, nicht zurückbleiben.«

Cambry hält Schritt. Brodsky widmet seine Aufmerksamkeit wieder hier dem Konvoi und da Cambry, erinnert sich aber an noch etwas anderes, an ein drittes Gespräch, das jetzt beendet ist. Ungewöhnlich oder nicht? Eher nicht, entscheidet Brodsky. Ganz bestimmt nichts, worüber er mit diesem inkompetenten Scheißkerl Perlmutter sprechen könnte. Was Pearly angeht: Wenn der etwas nicht auf seinem stets präsenten Klemmbrett hat, dann gibt es das auch nicht. Kurtz? Nie im Leben. Er respektiert den alten Bussard, fürchtet ihn aber noch mehr. So geht es allen. Kurtz ist klug, Kurtz ist tapfer, aber Kurtz ist auch absolut durchgeknallt. Brodsky mag nicht einmal dort gehen, wo Kurtz' Schatten schon den Boden gestreift hat.

Underhill? Kann er mit Owen Underhill reden?

Vielleicht ... aber vielleicht auch nicht. So eine Sache konnte einen in Teufels Küche bringen, ohne dass man es überhaupt mitbekam. Er hat da ein, zwei Minuten lang Stimmen gehört – eine Stimme –, aber jetzt fehlt ihm nichts.

Bei der Hütte brettert Jonesy aus dem Schuppen und auf die Deep Cut Road. Er spürt Henry, als er an ihm vorbeifährt – Henry, der sich hinter einem Baum versteckt und ins

Moos beißt, um sich vom Schreien abzuhalten –, kann der Wolke aber, die diesen letzten Kern seines Bewusstseins umgibt, verhehlen, was er weiß. Es ist mit einiger Sicherheit das letzte Mal, dass er seinem alten Freund nahe ist, denn er wird es nicht schaffen, diesen Wald lebend zu verlassen.

Jonesy hätte sich gern von ihm verabschiedet.

7

Ich weiß zwar nicht, wer diesen Film gemacht hat, sagt Jonesy, *aber ich glaube nicht, dass es sich für die lohnt, ihre Smokings für die Oscar-Verleihung aufbügeln zu lassen. Im Grunde –*

Er schaut sich um und sieht nur schneebedeckte Bäume. Schaut wieder nach vorn und sieht nur die Deep Cut Road, die sich vor ihm abspult, und das Schneemobil, das zwischen seinen Oberschenkeln vibriert. Da war nie ein Krankenhaus, nie ein Mr Gray. Das war alles ein Traum.

War es nicht. Und da ist durchaus ein Zimmer. Aber kein Krankenhauszimmer. Kein Bett, kein Fernseher, kein Infusionsständer. Es gibt eigentlich überhaupt nicht sehr viel darin; nur ein schwarzes Brett, an dem zwei Dinge festgesteckt sind: eine Landkarte des nördlichen Neuengland, auf der bestimmte Routen verzeichnet sind – die Routen der Gebrüder Tracker –, und das Polaroidfoto eines Mädchens, das seinen Rock hebt und einen goldfarbenen Muff herzeigt. Er schaut von dem Fenster aus auf die Deep Cut Road. Es ist, da ist sich Jonesy ziemlich sicher, das Fenster des Krankenhauszimmers. Aber dieses Krankenhauszimmer taugte nichts. Er musste da raus, denn –

Das Krankenhauszimmer war nicht sicher, denkt Jonesy ... als wäre das hier sicher, als wäre er irgendwo sicher. Und doch ... ist es hier ... vielleicht ... sicher*er*. Das hier ist seine letzte Zuflucht, und er hat es geschmückt mit dem Bild, das sie damals alle zu sehen hofften, als sie 1978 diese Auffahrt hochgingen. Tina Jean Sloppinger oder wie sie noch hieß.

Manches von dem, was ich gesehen habe, war real ... waren tatsächliche, wiedergewonnene Erinnerungen, wie Henry sagen würde. Ich glaube, ich habe Duddits an diesem Tag wirklich gesehen. Deshalb bin ich auf die Straße gerannt, ohne mich umzusehn. Und was Mr Gray angeht ... Der bin ich jetzt. Nicht wahr? Bis auf den Teil von mir in diesem staubigen, leeren, uninteressanten Raum mit den benutzten Gummis auf dem Boden und dem Bild eines Mädchens am schwarzen Brett, bin ich ganz Mr Gray. Ist es nicht so?

Keine Antwort. Und mehr will er eigentlich auch nicht hören.

Aber wie ist das passiert? Wie bin ich hierher gekommen? Und wieso bin ich hier? Was soll das?

Immer noch keine Antworten, und auf diese Fragen weiß er selbst auch keine. Er ist nur froh, einen Ort zu haben, an dem er immer noch er selbst sein kann, und bestürzt darüber, wie einfach sein übriges Leben entführt wurde. Und wieder wünscht er sich mit bitterer Ernsthaftigkeit, er hätte McCarthy erschossen.

8

Eine mächtige Explosion zerriss den Tag, und obwohl sie sich meilenweit entfernt ereignet haben musste, war sie doch so stark, dass noch hier der Schnee von den Ästen rutschte. Die Gestalt auf dem Schneemobil sah sich nicht einmal um. Es war das Schiff. Die Soldaten hatten es in die Luft gejagt. Die Byrum waren fort.

Einige Minuten später kam rechts der eingestürzte Unterstand in Sicht. Davor im Schnee, mit einem Stiefel immer noch unter dem Wellblechdach, lag Pete. Er sah tot aus, war es aber nicht. Sich tot zu stellen hätte nichts gebracht; nicht bei diesem Spiel; er konnte Pete denken hören. Und als er auf dem Schneemobil vorfuhr und den Gang herausnahm, hob Pete den Kopf und zeigte bei einem humorlosen Grinsen seine verbliebenen Zähne. Sein linker Parka-Ärmel war geschwärzt und angesengt. An seiner rechten Hand war offenbar nur noch ein funktionstüchtiger Finger übrig. Seine gesamte sichtbare Haut war mit Byrus übertupft.

»Du bist nicht Jonesy«, sagte Pete. »Was hast du mit Jonesy gemacht?«

»Steig auf, Pete«, sagte Mr Gray.

»Ich will nicht mit dir fahren.« Pete hob die rechte Hand – die zerfetzten Finger, die rotgoldnen Byrusklumpen – und wischte sich damit über die Stirn. »Verpiss dich. Kratz die Kurve.«

Mr Gray senkte den Kopf, der einst Jonesy gehört hatte (Jonesy sah dem Ganzen vom Fenster seines Schlupfwinkels im verwaisten Lagerhaus der Gebrüder Tracker aus zu, unfähig zu helfen oder irgendwie einzugreifen), und starrte Pete an. Pete fing an zu schreien, als sich der Byrus, der auf seinem ganzen Körper wuchs, zusammenzog und sich die Wurzeln dieses Zeugs in seine Muskeln und Nerven gruben. Der Stiefel, der unter dem eingestürzten Wellblechdach eingeklemmt war, kam frei, und Pete krampfte sich, immer noch schreiend, in embryonaler Haltung zusammen. Frisches Blut ergoss sich aus seinem Mund und seiner Nase. Als er wieder aufschrie, platzten ihm zwei weitere Zähne aus dem Mund.

»Steig auf, Pete.«

Weinend und sich die übel zugerichtete rechte Hand vor die Brust haltend, versuchte Pete aufzustehen. Der erste Versuch misslang; er kippte wieder in den Schnee. Mr Gray sagte nichts dazu, saß einfach nur auf dem im Leerlauf laufenden Schneemobil und sah zu.

Jonesy spürte Petes Schmerz und Verzweiflung und jämmerliche Angst. Die Angst war bei weitem das Schlimmste, und er beschloss, ein Risiko einzugehen.

Pete.

Nur ein Flüstern, aber Pete hörte es. Er sah hoch, sein Gesicht abgehärmt und mit Pilz überzogen – das, was Mr Gray Byrus nannte. Als sich Pete die Lippen leckte, sah Jonesy, dass er ihm auch auf der Zunge wuchs. Eine

Pilzkrankheit aus den Tiefen des Alls. Pete Moore hatte einmal Astronaut werden wollen. Er hatte sich einmal für einen, der kleiner und schwächer war, gegen ein paar größere Jungs zur Wehr gesetzt. Das hier hatte er nicht verdient.

Kein Prall, kein Spiel.

Pete lächelte fast. Es war gleichwohl schön wie herzzerreißend. Jetzt schaffte er es aufzustehen, und er trottete langsam auf das Schneemobil zu.

In dem verwaisten Büro, in das er verbannt war, sah Jonesy, wie der Türknauf hin und her gedreht wurde. *Was soll das bedeuten?*, fragte Mr Gray. *Was ist kein Prall, kein Spiel? Was machst du da drin? Komm wieder mit ins Krankenhaus und schau mit mir fern. Wie bist du da überhaupt reingekommen?*

Jetzt war es an Jonesy, nicht zu antworten, und er tat es mit großem Vergnügen.

Ich komme da rein, sagte Mr Gray. *Wenn ich so weit bin, komme ich da rein. Du bildest dir vielleicht ein, du könntest vor mir die Tür verriegeln, aber da täuschst du dich.*

Jonesy verhielt sich still – es nützte nichts, das Wesen zu provozieren, das zurzeit über seinen Körper herrschte – und glaubte nicht, dass er sich täuschte. Andererseits wagte er nicht, das Zimmer zu verlassen; wenn er das versuchte, würde er assimiliert werden. Er war nur ein Kern in dieser Wolke, ein unverdauter Happen in den Eingeweiden eines Außerirdischen.

Er hielt sich am besten bedeckt.

9

Pete stieg hinter Mr Gray auf und legte die Arme um Jonesys Taille. Zehn Minuten später fuhren sie an dem umgestürzten Scout vorbei, und da verstand Jonesy, warum Henry und Pete nicht vom Einkaufen wiedergekommen waren. Es war ein Wunder, dass sie das überhaupt überlebt hatten. Er hätte sich das gern näher angesehen, aber Mr Gray bremste nicht ab und fuhr einfach weiter, und die Kufen des Schneemobils glitten ruckelnd über den Mittelstreifen zwischen den beiden zugeschneiten Fahrrinnen.

Gut drei Meilen hinter dem Scout kamen sie auf eine Anhöhe, und da sah Jonesy eine strahlend helle, gelbweiße Lichtkugel keine dreißig Zentimeter über der Straße schweben und auf sie warten. Sie sah so heiß aus wie die Flamme eines Schweißgeräts, war es aber offenbar nicht; der Schnee darunter war nicht geschmolzen. Das war bestimmt eines der Lichter, die der Biber und er durch die Wolken hatten huschen sehen, über den fliehenden Tieren, die aus der Schlucht heraufgekommen waren.

Das stimmt, sagte Mr Gray. *Was bei euch Leuchtfeuer genannt wird. Das ist eins der letzten. Vielleicht das allerletzte.*

Jonesy sagte nichts, schaute nur unverwandt aus dem Fenster seiner Büro-Zelle. Er spürte Petes Arme an seiner Taille, die sich jetzt eigentlich nur noch instinktiv festhielten, so wie sich ein fast erledigter Boxer an seinen Gegner klammert, um nicht zu Boden zu gehen. Der Kopf, der an seinem Rücken lehnte, war schwer wie ein Stein. Pete war jetzt ein Nährboden für den Byrus, und der Byrus fühlte sich bei ihm wohl; die Welt war kalt, und Pete war warm. Mr Gray hatte anscheinend irgendwas mit ihm vor – doch Jonesy wusste nicht, was.

Das Leuchtfeuer führte sie noch gut eine halbe Meile weiter die Straße entlang und bog dann in den Wald ab. Es schlüpfte zwischen zwei großen Kiefern hindurch und wartete dann dort auf sie, knapp über dem Schnee kreisend. Jonesy hörte, wie Mr Gray Pete anwies, sich gut festzuhalten.

Das Arctic Cat holperte und brummte einen kleinen Hang hinauf, die Kufen vergruben sich im Schnee, drückten ihn dann beiseite. Sobald sie unter dem Baldachin aus Baumkronen waren, lag kaum noch Schnee, an manchen Stellen gar keiner. Dort ratterte die Kette des Schneemobils lautstark über den gefrorenen Boden, der fast nur aus Fels und einer dünnen Erd- und Nadelschicht bestand. Sie fuhren jetzt nach Norden.

Zehn Minuten später schlugen sie hart auf einem Granitblock auf, und Pete fiel mit einem leisen Schrei vom Rücksitz. Mr Gray nahm wieder den Gang raus. Das Leuchtfeuer hielt ebenfalls und kreiste über dem Schnee auf der Stelle. Jonesy fand, dass es matter aussah.

»Steig auf«, sagte Mr Gray. Er hatte sich auf dem Sitz umgedreht und sah sich zu Pete um.

»Ich kann nicht«, sagte Pete. »Ich bin erledigt, Mann. Ich –«

Dann fing Pete wieder an zu heulen und um sich zu schlagen und zu treten, und seine Hände – die eine versengt, die andere zerfleischt – zuckten.

Hör auf!, schrie Jonesy. *Du bringst ihn um!*

Mr Gray beachtete ihn nicht und sah nur mit tödlicher, gefühlloser Geduld zu, wie der Byrus sich spannte und an Petes Fleisch zerrte. Schließlich spürte Jonesy Mr Gray nachgeben. Pete stand benommen auf. Er hatte eine frische Schürfwunde auf der Wange, und darin wimmelte es bereits von Byrus. Seine Augen blickten benommen und erschöpft und schwammen in Tränen. Er stieg zurück auf das Schneemobil und legte wieder die Arme um Jonesys Taille.

Halt dich an meinem Mantel fest, flüsterte Jonesy, und als sich Mr Gray vorbeugte und wieder einen Gang einlegte, spürte er, wie Pete zupackte. *Kein Prall, kein Spiel, klar?*

Kein Spiel, pflichtete Pete, sehr matt, bei.

Diesmal achtete Mr Gray nicht darauf. Das Leuchtfeuer, das nicht mehr so hell, aber immer noch flink war, brach wieder nach Norden auf ... oder zumindest in eine Richtung, die Jonesy wie Norden vorkam. Als sich das Schneemobil dann zwischen den Bäumen hindurchschlängelte, durch dichtes Gestrüpp und an Felsbrocken vorbei, ließ ihn sein Orientierungssinn irgendwann im Stich. Hinter ihnen ertönte stetes Maschinengewehrrattern. Es hörte sich nach einem fürchterlichen Gemetzel an.

10

Gut eine Stunde später erfuhr Jonesy endlich, weshalb sich Mr Gray mit Pete aufgehalten hatte. Das war, als das Leuchtfeuer, das zuletzt nur noch ein blasser Schatten seiner selbst war, endlich erlosch. Es löste sich mit einem Knall auf, der sich anhörte, als hätte jemand eine Papiertüte platzen lassen. Einige letzte Bruchstücke fielen zu Boden.

Sie befanden sich auf einem baumgesäumten Hügelkamm mitten im Nirgendwo. Vor ihnen erstreckte sich ein verschneites, bewaldetes Tal; dahinter erhoben sich erodierte Hügel mit dichtem Gestrüpp, aus dem kein einziges Licht zu sehen war. Und zur Krönung des Ganzen ging nun auch noch die Sonne unter.

Na, da hast du uns ja wieder mal einen schönen Schlamassel eingebrockt, dachte Jonesy, konnte bei Mr Gray aber keine Verärgerung bemerken. Mr Gray hielt mit dem Schneemobil an, nahm den Gang raus und saß dann einfach reglos da.

Norden, sagte Mr Gray. Aber nicht zu Jonesy.

Pete antwortete laut, mit müder, lahmer Stimme: »Woher soll ich das wissen? Ich kann nicht mal sehen, wo die Sonne untergeht! Eins meiner Augen ist im Arsch!«

Mr Gray drehte Jonesys Kopf um, und Jonesy sah, dass Pete das linke Auge verloren hatte. Das Lid war nach oben gezogen, was zu einem töricht-überraschten Gesichtsausdruck führte, und aus der Augenhöhle wuchs ein kleiner Byrus-Dschungel. Die längsten Fäden hingen heraus und strichen Pete über die bartstoppelige Wange. Weitere Fäden rankten sich in satt rotgoldenen Strähnen durch sein schütteres Haar.

Du weißt es.

»Vielleicht schon«, sagte Pete. »Und vielleicht will ich dir nicht sagen, wo es langgeht.«

Und wieso nicht?

»Weil ich bezweifle, dass es uns gut bekommt, was du vorhast, du Arschgesicht«, sagte Pete, und Jonesy verspürte einen absurden Stolz.

Jonesy sah das Gewächs in Petes Augenhöhle zucken. Pete schrie und hielt sich das Gesicht. Für einen kurzen, trotzdem viel zu langen Moment stellte sich Jonesy bildlich vor, wie sich die rotgoldenen Tentakeln von der Augenhöhle in Petes Hirn vorgruben, wo sie sich wie kräftige Finger um einen grauen Schwamm schlossen.

Mach schon, Pete, sag's ihm!, schrie Jonesy. *Um Himmels willen, sag's ihm!*

Der Byrus gab wieder Ruhe. Pete ließ die Hand von seinem Gesicht sinken, das nun dort, wo es nicht rötlich golden war, Totenblässe zeigte. »Wo bist du, Jonesy?«, fragte er. »Ist da Platz für zwei?«

Die kurze Antwort darauf lautete natürlich nein. Jonesy verstand nicht, was mit ihm passiert war, und wusste nur, dass sein Überleben – dieser letzte Kern von Autonomie – davon abhing, dass er genau dort blieb, wo er war. Wenn er auch nur die Tür öffnete, war es aus mit ihm.

Pete nickte. »Kann ich mir auch nicht vorstellen«, sagte er und wandte sich dann an den anderen. »Aber tu mir nicht mehr weh, du.«

Mr Gray saß nur da, betrachtete Pete mit Jonesys Augen und versprach gar nichts.

Pete seufzte, hob dann seine verbrannte linke Hand und streckte einen Finger aus. Er schloss das verbliebene Auge und fing an, mit dem Finger zu pendeln. Und während er das tat, verstand Jonesy beinahe alles. Wie hieß das kleine Mädchen? Rinkenhauer, nicht wahr? Ja. An ihren Vornamen konnte er sich nicht erinnern, aber einen so plumpen Nachnamen wie Rinkenhauer vergaß man nicht so schnell. Sie war ebenfalls auf die Mary-M.-Snowe-Sonderschule, die Behindi-Akademie, gegangen, nur dass Duddits damals schon auf die Berufsschule ging. Und Pete? Pete hatte sich immer schon gut Dinge merken können, aber nachdem sie Duddits kennen gelernt hatten –

Die Worte fielen Jonesy wieder ein, als er sich in seiner schmutzigen Zelle hinkauerte und hinausschaute in die Welt, die ihm geraubt war ... nur dass es eigentlich keine richtigen Wörter waren, nur Vokal-Laute, so eigenartig schön:

Ies uh ieh Inije, Iet? – Siehst du die Linie, Pete?

Pete hatte verträumt-verblüfft-verwundert geguckt und ja gesagt, ja, er sehe es. Und auch damals hatte er diese Bewegung mit dem Finger gemacht, dieses Pendeln, genau wie jetzt.

Der Finger hielt inne, die Fingerspitze zitterte noch nach, wie eine Wünschelrute an einer Wasserader. Dann wies Pete leicht nach rechts auf den Hügelkamm.

»Da lang«, sagte er und ließ die Hand sinken. »Da geht es nach Norden. Genau auf diese Felswand zu. Wo in der Mitte die Kiefer steht. Siehst du?«

Ja, ich sehe. Mr Gray drehte sich nach vorn und legte wieder einen Gang ein. Jonesy fragte sich kurz, wie viel Benzin wohl noch im Tank war.

»Darf ich jetzt absteigen?« Was natürlich heißen sollte: Darf ich jetzt sterben?

Nein.

Und dann fuhren sie weiter, und Pete hielt sich mit letzter Kraft an Jonesys Mantel fest.

11

Sie umfuhren die Felswand und erklommen die Kuppe des höchsten Hügels dahinter, wo Mr Gray eine Pause einlegte, damit ihnen sein Ersatz-Leuchtfeuer wieder den Weg weisen konnte. Pete tat das, und dann fuhren sie weiter und folgten einer Route, die leicht nach Westen abwich. Das Tageslicht verschwand zusehends. Einmal hörten sie Hubschrauber – mindestens zwei, vielleicht aber auch vier – auf sich zukommen. Mr Gray fuhr das Schneemobil ins dichte Unterholz, ohne dabei auf die Zweige zu achten, die Jonesy ins Gesicht peitschten und blutige Striemen auf seinen Wangen und seiner Stirn hinterließen. Pete fiel wieder vom Rücksitz. Mr Gray schaltete den Motor ab und schleifte den stöhnenden Pete, der kaum noch bei Bewusstsein war, unter den dichtesten der Sträucher. So warteten sie ab, bis die Hubschrauber vorübergeflogen waren. Jonesy bekam mit, wie Mr Gray kurz mit einem der Besatzungsmitglieder Verbindung aufnahm, ihn scannte und dabei vielleicht die Kenntnisse des Mannes mit dem verglich, was ihm Pete erzählt hatte. Als die Hubschrauber im Südwesten verschwunden waren, anscheinend flogen sie zu ihrer Basis zurück, ließ Mr Gray das Schneemobil wieder an, und sie fuhren weiter. Es hatte wieder angefangen zu schneien.

Eine Stunde später hielten sie auf einer anderen Erhebung, und Pete fiel erneut vom Schneemobil, diesmal seitlich. Als er den Kopf hob, war ein Großteil seines Gesichts verschwunden, überwuchert von einem pflanzlichen Bart. Er versuchte zu sprechen und konnte es nicht; sein Mund war verstopft, seine Zunge begraben unter einer üppigen Schicht Byrus.

Ich kann nicht mehr, Mann. Ich kann nicht mehr. Bitte, lass mich.

»Gut«, sagte Mr Gray. »Ich glaube, du hast deinen Zweck erfüllt.«

Pete!, schrie Jonesy. Und dann, an Mr Gray gewandt: *Nein! Nicht!*

Mr Gray achtete natürlich nicht darauf. Für einen Moment sah Jonesy einen Blick schweigenden Einverständnisses in Petes verbliebenem Auge. Und Erleichterung. Für diesen einen Moment drang er noch zu Pete vor – zu seinem Freund aus Kindertagen, der immer draußen vor dem Tor der Derry Junior High School gestanden hatte, eine Hand vor dem Mund, unter der er eine Zigarette verbarg, die gar nicht da war, der Astronaut hatte werden und die ganze Welt aus der Erdumlaufbahn hatte sehen wollen, einer der vier, die geholfen hatten, Duddits vor den großen Jungs zu retten.

Für einen Moment. Dann spürte er, wie etwas aus Mr Grays Geist hervorsprang, und das Zeug, das auf Pete wuchs, zuckte nicht einfach nur, sondern *packte zu*. Ein infernalisches Krachen erscholl, als Petes Schädel an einem Dutzend Stellen gleichzeitig brach. Sein Gesicht – was noch davon übrig war – wurde mit einem Ruck nach innen gezogen, was ihn mit einem Schlag in einen Greis verwandelte.

Dann sackte er nach vorn, und Schneeflocken ließen sich schon auf dem Rücken seines Parkas nieder.

Du Schwein.

Mr Gray, den Jonesys Fluch und Jonesys Wut gleichgültig ließen, entgegnete nichts. Er schaute wieder nach vorn. In diesem Moment ließ der auffrischende Wind kurz nach, und in dem Schneeschleier tat sich eine Lücke auf. Gut fünf Meilen weiter nordwestlich sah Jonesy sich bewegende Lichter – keine Leuchtfeuer, sondern Autoscheinwerfer. Und zwar jede Menge. Ein Laster-Konvoi kam den Highway herauf. Laster und nur Laster, mutmaßte er. Dieser Teil von Maine gehörte jetzt dem Militär.

Und die suchen alle nach dir, Arschloch, spie er, als das Schneemobil weiterfuhr. Der Schneevorhang um sie her fiel wieder und schnitt ihnen den Blick auf die LKWs ab, aber Jonesy wusste, dass Mr Gray den Highway problemlos finden würde. Pete hatte ihn in einen Teil der Quarantäne-Zone gebracht, in der sie, dachte Jonesy, wohl nicht groß mit Schwierigkeiten rechneten. Für die restliche Strecke verließ er sich auf Jonesy, denn Jonesy war anders. Zum einen hatte er keinen Byrus. Der Byrus mochte ihn aus irgendeinem Grunde nicht.

Du kommst hier nie raus, sagte Jonesy.

Und ob, sagte Mr Gray. *Wir sterben immer, und wir überleben immer. Wir verlieren immer, und wir siegen immer. Ob es dir nun passt oder nicht, Jonesy: Wir sind die Zukunft.*

Wenn das stimmt, dann ist es das beste Argument für ein Leben in der Vergangenheit, das ich je gehört habe, entgegnete Jonesy. Mr Gray sagte nichts darauf. Mr Gray als Wesen, als Bewusstsein, war verschwunden, hatte sich wieder in der Wolke aufgelöst. Es war eben noch genug von ihm übrig, um Jonesys motorische Fähigkeiten zu steuern und das Schneemobil weiter in Richtung Highway zu lenken. Und Jonesy, wehrlos mitgeschleppt zu welchem Ziel auch immer, fand bescheidenen Trost in zwei Umständen. Dass Mr Gray erstens nicht wusste, wie er zu seinem Innersten vordringen konnte, zu diesem kleinen Teil von ihm, der in seiner Erinnerung an das Büro der Gebrüder Tracker noch existierte. Und zweitens, dass Mr Gray nichts von Duddits wusste, von kein Prall, kein Spiel.

Und Jonesy wollte dafür sorgen, dass Mr Gray auch nichts davon erfuhr.

Zumindest noch nicht.

KAPITEL 13

Bei Gosselin's

1

Für Archie Perlmutter, den Redner der High-School-Abschlussfeier (Thema der Ansprache: »Die Freuden und Pflichten der Demokratie«), den ehemaligen Pfadfinder, den gläubigen Presbyterianer und West-Point-Absolventen, sah Gosselin's Country Market nicht mehr real aus. Mittlerweile mit einer Lichtstärke ausgeleuchtet, die für eine Kleinstadt gereicht hätte, sah es aus wie ein Filmset. Und nicht wie irgendein Filmset, sondern wie der zu einem Ausstattungsfilm à la James Cameron, bei dem allein die Cateringkosten reichen würden, ganz Haiti zwei Jahre lang zu ernähren. Auch der beständig zunehmende Schneefall dämpfte das grelle Licht nicht nennenswert und änderte nichts an der Illusion, dass alles an dem Gebäude, von der morschen Holzverschalung der Mauern, über die beiden Ofenrohre, die schräg aus dem Dach ragten, bis zu der rostigen Zapfsäule vorm Haus, schlicht nur Kulisse war.

Das wäre dann Akt eins, dachte Pearly, während er flott dahinschritt, sein Klemmbrett unterm Arm (Archie Perlmutter hatte sich immer für einen künstlerisch ... und auch kommerziell sehr begabten Menschen gehalten). *Ein abgelegener Dorfladen wird eingeblendet. Die alten Leute sitzen um den Holzofen – nicht um den kleinen in Gosselins Büro, sondern um den großen im Verkaufsraum –, und draußen schneit es kräftig. Sie reden über Lichter am Himmel ... vermisste Jäger ... graue Männchen, die gesehen wurden, wie sie im Wald umherschlichen. Der Ladeninhaber – nennen wir ihn den alten Rossiter – schnaubt verächtlich: »Potz Stockfisch und Makrele, ihr seid ja wie die Waschweiber!«, und genau in diesem Moment wird der ganze Laden von strahlend hellen Lichtern erleuchtet (man denke an* Unheimliche Begegnung der Dritten Art*), als davor ein UFO landet! Blutgierige Außerirdische drängen sich heraus und schießen mit ihren Todesstrahlen um sich! Es ist wie in* Independence Day, *nur eben, und jetzt kommt's: mitten im Wald!*

Neben ihm hatte Melrose, der dritte Koch (was schon so ziemlich die offiziellste Einstufung bei diesem kleinen Abenteuer war), Schwierigkeiten, mit ihm Schritt zu halten. Er trug Turnschuhe und keine Stiefel – Perlmutter hatte ihn aus dem Spago's geschleift, so nannten die Männer die Feldküche – und rutschte immer wieder aus. Überall um sie her liefen Männer (und auch einige wenige Frauen) herum, meist im Laufschritt. Viele sprachen in Ansteckmikrofone oder Walkie-Talkies. Der Eindruck, dass es sich hier um ein Filmset und nicht um die Wirklichkeit handelte, wurde noch durch die Wohnmobile und -container verstärkt, durch die mit laufenden Turbinen dastehenden Hubschrauber (das schlechter werdende Wetter hatte sie alle nach Hause getrieben) und durch das unaufhörliche, sich gegenseitig übertönende Dröhnen der Motoren und Generatoren.

»Wieso will er mich sehen?«, fragte Melrose noch einmal. Atemloser und jämmerlicher denn je. Jetzt kamen sie an der Koppel und dem Pferch neben Gosselins Stall vorbei. Der alte, brüchige Zaun (es war über zehn Jahre her, dass sich mal ein Pferd im Pferch aufgehalten oder auf der Koppel bewegt hatte) war mit mehreren Lagen Draht und Stacheldraht verstärkt worden. Der Draht war elektrisch geladen. Die Spannung war wahrscheinlich nicht tödlich, reichte aber, um einen mit einem Schlag umzuhauen ... und ließ sich auf tödliches Maß hochdrehen, falls die Einheimischen unruhig werden sollten. Hinter diesem Zaun schauten ihnen zwanzig oder dreißig Männer zu, darunter auch der alte Gosselin (bei James Cameron würde Gosselin von einem kantigen Alten wie Bruce Dern gespielt). Kurz zuvor hätten ihnen die Männer hinterm Zaun noch zugebrüllt, hätten Drohungen und zornige Forderungen gerufen, aber seit sie gesehen hatten, was mit dem Banker aus Massachusetts passiert war, der versucht hatte zu fliehen, ging ihnen ziemlich der Arsch auf Grundeis, den armen Kerlen. Mit anzusehen, wie jemand einen Kopfschuss abbekam, nahm einem schon etwas die Renitenz. Und dann kam noch hinzu, dass alle Einsatzkräfte jetzt Atemmasken trugen. Das hatte ihnen den noch übrigen Widerspruchsgeist geraubt.

»Boss?« Das Beinahe-Winseln war in ein richtiges Winseln übergegangen. Der Anblick US-amerikanischer Staatsbürger hinter Stacheldraht hatte Melroses Beklommenheit anscheinend noch gesteigert. »Boss, sagen Sie schon. Wieso will mich der große Mann sehen? Der große Mann sollte eigentlich gar nicht wissen, dass es überhaupt einen dritten Koch gibt.«

»Ich weiß es nicht«, antwortete Pearly. Und das entsprach der Wahrheit.

Vor ihnen, am Anfang dessen, was hier »Heli-Bahn« genannt wurde, stand Owen Underhill mit einem Typ von der Instandhaltungstruppe. Der musste Underhill förmlich ins Ohr brüllen, um sich bei diesem Hubschrauberlärm verständlich zu machen. Sie würden die Hubschrauber bestimmt bald abschalten, dachte Perlmutter; bei diesem Scheißwetter, einem für die Jahreszeit frühen Schneesturm, den Kurtz als »Gottesgeschenk« bezeichnet hatte, würde niemand aufsteigen. Wenn Kurtz so etwas sagte, wusste man nie, ob er es ernst oder ironisch meinte. Es klang immer, als meinte er es wirklich so ... aber dann lachte er manchmal auf. Es war ein Lachen, das Archie Perlmutter nervös machte. Im Film würde Kurtz von James Woods gespielt. Oder vielleicht von Christopher Walken. Keiner von beiden sah aus wie Kurtz, aber hatte George C. Scott etwa wie General Patton ausgesehen? Na also.

Perlmutter schwenkte abrupt zu Underhill um. Melrose wollte ihm folgen und landete dabei fluchend auf dem Hintern. Perlmutter tippte Underhill auf die Schulter, und als er sich umdrehte, hoffte Perlmutter, die Atemmaske würde seinen verblüfften Gesichtsausdruck zumindest teilweise verbergen. Owen Underhill sah aus, als wäre er um zehn Jahre gealtert, seit er dem Schulbus entstiegen war.

Sich vorbeugend, brüllte Pearly gegen den Wind an: »Kurtz in fünfzehn! Nicht vergessen!«

Underhill machte eine ungeduldige Handbewegung, um anzudeuten, dass er schon daran denken würde, und wandte sich dann wieder dem Typ von der Instandhaltungstruppe zu. Perlmutter hatte ihn jetzt erkannt. Er hieß Brodsky. Die Männer nannten ihn Dawg.

Kurtz' Kommandoposten, ein äußerst geräumiges Winnebago-Wohnmobil (wäre das hier ein Filmset gewesen, dann hätte hier der Star gewohnt oder vielleicht auch James Cameron), war gleich voraus. Pearly beschleunigte seinen Gang, schritt tapfer gegen das Schneegestöber an. Melrose hastete mit und wischte sich Schnee vom Overall.

»Bitte, Skipper«, flehte er, »haben Sie denn nicht irgendwie 'ne Idee?«

»Nein«, sagte Perlmutter. Er hatte keine Ahnung, weshalb Kurtz einen dritten Koch sehen wollte, während rundherum alles auf vollen Touren lief. Aber er dachte, dass sie beide wussten, dass es nichts Gutes bedeuten konnte.

2

Owen drehte Emil Brodsky den Kopf, kam ihm mit seiner Atemmaske nahe ans Ohr und sagte: »Erzählen Sie mir das noch mal. Nicht alles, nur das, was Sie ›Gedankenklau‹ genannt haben.«

Brodsky widersprach nicht, nahm sich aber zehn Sekunden Zeit, um seine Gedanken zu ordnen. Owen ließ ihm die Zeit. Er hatte zwar einen Termin bei Kurtz und hinterher die Einsatznachbesprechung – großer Auftrieb, bändeweise Schreibarbeiten –, und Gott allein wusste, was ihm dann für scheußliche Aufgaben bevorstanden, aber er ahnte, dass das hier wichtig war.

Ob er Kurtz davon berichten würde oder nicht, würde man noch sehen.

Schließlich drehte Brodsky Owen den Kopf, kam nun mit seiner Maske an Owens Ohr und fing an zu reden. Die Geschichte war diesmal etwas detaillierter, aber im Grunde die gleiche. Er war über die Wiese beim Laden gegangen, hatte dabei gleichzeitig mit dem ihn begleitenden Cambry und einem anrückenden Treibstoffnachschubkonvoi gesprochen, und mit einem Mal hatte er das Gefühl, als wären seine Gedanken entführt worden. Er war in einem voll gemüllten alten Schuppen gewesen, zusammen mit jemandem, den er nicht so recht hatte sehen können. Der Mann wollte ein Schneemobil starten, und es gelang ihm nicht. Dawg musste ihm erklären, woran es haperte.

»Ich habe ihn gebeten, die Motorhaube aufzumachen!«, brüllte Brodsky Owen ins Ohr. »Das hat er gemacht, und dann kam es mir vor, als würde ich mit seinen Augen sehen ... aber trotzdem mit meinem Gehirn, verstehen Sie?«

Owen nickte.

»Ich habe sofort gesehen, was nicht stimmte. Jemand hatte die Zündkerzen rausgenommen. Also habe ich zu dem Typ gesagt, er solle sich mal umschauen, und das hat er dann auch gemacht. Das haben wir beide gemacht. Und da waren sie dann auch, in einem Glas mit Benzin auf einem Tisch. Das hat mein Dad früher auch immer mit den Zündkerzen von seinem Rasenmäher und Rototiller gemacht, wenn's kalt wurde.«

Brodsky hielt inne. Es war ihm eindeutig peinlich, was er da sagte oder wie es sich, seinem Gefühl nach, anhörte. Owen, der fasziniert war, forderte ihn mit einer Handbewegung auf weiterzuerzählen.

»Viel mehr war da nicht. Ich habe ihm gesagt, er soll sie rausnehmen, abtrocknen und reinschrauben. Es war genau wie Millionen Male schon, wenn ich irgendwem geholfen habe ... nur dass ich gar nicht da war – ich war hier. Nichts davon ist wirklich passiert.«

Owen fragte: »Und dann?« Er brüllte, um sich bei dem Motorenlärm verständlich zu machen, aber trotzdem waren die beiden so für sich wie ein Priester und sein Gegenüber bei der Beichte.

»Ist sofort angesprungen. Ich habe ihm noch geraten, mal

nach dem Benzin zu sehen, wenn er schon dabei war, und der Tank war voll. Er hat sich bedankt.« Brodsky schüttelte verwundert den Kopf. »Und ich habe zu ihm gesagt: ›Gern geschehn, Boss.‹ Und dann bin ich irgendwie in meinen eigenen Kopf zurückgefallen und bin einfach weitergegangen. Glauben Sie, ich bin verrückt?«

»Nein. Aber ich möchte, dass Sie das vorläufig für sich behalten.«

Unter der Maske verzogen sich Brodskys Lippen zu einem Grinsen. »O Mann, damit habe ich kein Problem. Ich dachte bloß ... na ja, wir sollen ja alles Ungewöhnliche melden, das ist die Weisung, und ich dachte –«

Schnell und ohne Brodsky Zeit zum Nachdenken zu lassen, fragte Owen: »Wie war sein Name?«

»Jonesy drei«, antwortete Dawg und bekam dann vor Erstaunen große Augen. »Ach du liebe Zeit! Ich wusste gar nicht, dass ich das weiß.«

»Was meinen Sie – ist das irgendwie ein indianischer Name? So wie Sonny Sixkiller oder Ron Nine Moons?«

»Könnte sein, aber ...« Brodsky hielt inne und überlegte, und dann brach es aus ihm heraus: »Es war schrecklich! Nicht, während es passiert ist, aber hinterher ... daran zu denken ... das war, als würde man ...« Er ließ die Stimme etwas sinken. »Als würde man vergewaltigt, Sir.«

»Fassen Sie sich«, sagte Owen. »Sie haben doch bestimmt ein paar Dinge zu erledigen, oder?«

Brodsky lächelte. »Nur ein paar tausend.«

»Dann legen Sie mal los.«

»Okay.« Brodsky trat einen Schritt zurück und machte dann kehrt. Owen schaute zum Pferch hinüber, in dem früher Pferde und jetzt Menschen eingesperrt waren. Die meisten Internierten befanden sich im Stall, und bis auf einen Mann stand die Gruppe von etwa zwei Dutzend Menschen dicht beieinander, wie um sich zu trösten. Der da alleine stand, war ein dürrer langer Lulatsch mit einer großen Brille auf, die ihn wie eine Eule aussehen ließ. Brodsky schaute von der dem Untergang geweihten Eule zu Underhill. »Sie bringen mich in dieser Sache doch nicht in Schwierigkeiten, oder? Schicken mich nicht zum Klapsdoktor?« Wobei ihm, wobei ihnen beiden natürlich nicht bewusst war, dass der hagere Typ mit der altmodischen Hornbrille ein Klapsdoktor *war*.

»Keine Ban–«, setzte Owen an. Ehe er aussprechen konnte, erklang in Kurtz' Winnebago ein Schuss und schrie jemand auf.

»Boss«, flüsterte Brodsky. Owen konnte ihn beim Krach der miteinander wetteifernden Motoren nicht hören; er las es von Brodskys Lippen ab. Und dann noch: »Ach du Scheiße.«

»Weitermachen, Dawg«, sagte Owen. »Das geht Sie nichts an.«

Brodsky schaute ihn noch kurz an und befeuchtete sich unter der Maske die Lippen. Owen nickte ihm zu und versuchte Zuversicht, Beherrschung seiner selbst und der Lage auszustrahlen. Vielleicht funktionierte es, denn Brodsky erwiderte das Nicken und ging davon.

Aus dem Winnebago mit dem handschriftlichen Schild an der Tür (Hier landet der schwarze Peter) drangen weiter Schreie. Als Owen in diese Richtung losging, rief ihm der Mann, der im Lager allein stand, zu: »He! He, Sie! Warten Sie mal, ich muss mit Ihnen reden!«

Na, aber sicher doch, dachte Underhill und verlangsamte seinen Schritt nicht. *Sie haben bestimmt eine mordsmäßig gute Geschichte zu erzählen und tausend gute Gründe, warum Sie auf der Stelle freigelassen werden müssen.*

»Overhill? Nein: *Underhill.* So heißen Sie doch, nicht wahr? Aber sicher. Ich muss mit Ihnen reden! Es ist für uns beide wichtig!«

Owen blieb trotz der Schreie aus dem Winnebago, die nun in Schluchzer übergingen, stehen. Das hörte sich gar nicht gut an, aber wenigstens war anscheinend niemand umgekommen. Er sah sich den Mann mit der Brille etwas genauer an. Dünn wie eine Bohnenstange, und er zitterte trotz des dicken Parkas, den er trug.

»Es ist wichtig für Rita!«, rief der dünne Mann zum widerstreitenden Gebrüll der Motoren. »Und für Katrina auch!« Diese Namen auszusprechen schien die Brillenschlange irgendwie zu schwächen, als hätte er sie wie Steine aus einem tiefen Brunnen heraufgeholt, doch weil Owen so schockiert darüber war, die Namen seiner Frau und Tochter aus dem Munde dieses Fremden zu hören, fiel ihm das kaum auf. Er war drauf und dran, zu dem Mann zu gehen und ihn zu fragen, woher er diese Namen kannte; aber im Augenblick hatte er keine Zeit ... er hatte einen Termin. Und dass bisher niemand umgekommen war, hieß noch längst nicht, dass nicht noch jemand umkommen würde.

Owen warf dem Mann hinterm Zaun noch einen letzten Blick zu, merkte sich sein Gesicht und eilte dann zu dem Winnebago mit dem Schild an der Tür.

3

Perlmutter hatte *Das Herz der Finsternis* gelesen und *Apocalypse Now* gesehen und hatte oft gedacht, der Name Kurtz sei einfach eine Spur zu passend. Er hätte hundert Dollar darauf gewettet (für einen sonst nie wettenden Künstlertyp wie ihn eine erkleckliche Summe), dass es nicht der wahre Name seines Vorgesetzten war – dass der Boss in Wirklichkeit Arthur Holsapple oder Dagwood Elgart hieß, vielleicht auch noch Paddy Maloney. Aber Kurtz? Wohl kaum. Das war mit ziemlicher Sicherheit ein affektierter Deckname, genauso ein persönlicher Fimmel wie George Pattons 45er mit den Perlmutt-Griffschalen. Die Männer, von denen manche seit Desert Storm unter Kurtz dienten (Archie Perlmutter war längst nicht so lange dabei), hielten ihn für einen verrückten Spinner, und Perlmutter sah das auch so ... so verrückt, wie Patton verrückt gewesen war. Mit anderen Worten: verrückt wie ein Fuchs. Beim Rasieren betrachtete er morgens wahrscheinlich sein Spiegelbild und übte mit dem genau richtigen Marlon-Brando-Flüstern: »Das Grauen, das Grauen.«

Daher war Pearly beunruhigt, aber nicht ungewöhnlich beunruhigt gewesen, als er den dritten Koch Melrose in den überheizten Kommandostand gebracht hatte. Und Kurtz hatte auch ganz normal ausgesehen. Der Skipper saß da auf einem Rohr-Schaukelstuhl in seinem Wohnbereich. Er hatte sich den Overall ausgezogen – der hing an der Tür, durch die Perlmutter und Melrose eingetreten waren – und hatte sie in langer Unterhose empfangen. An einer Seitenstrebe des Schaukelstuhls hing seine Pistole in einem Gürtelholster, keine 45er mit Perlmutt-Griffschalen, sondern eine Automatik Kaliber neun Millimeter.

Sämtliche elektronischen Gerätschaften spielten verrückt. Auf Kurtz' Schreibtisch summte das Faxgerät ohne Unterlass und spuckte Papier aus. Etwa alle fünfzehn Sekunden schrie Kurtz' iMac mit freudiger Roboterstimme: »Sie haben neue Nachrichten!« Aus drei leise gestellten Funkgeräten knackten und krächzten die Meldungen. An dem Kiefernholzfurnier hinter dem Schreibtisch waren zwei gerahmte Fotos angebracht. Wie auch das Schild an der Tür begleiteten diese Bilder Kurtz überallhin. Das linke, auf dem INVESTITION stand, zeigte einen engelsgleichen Jungen in Pfadfinderuniform, die rechte Hand zum dreifingrigen Pfadfindergruß erhoben. Das rechte mit der Bildlegende DIVIDENDE war eine Luftaufnahme von Berlin aus dem Frühjahr 1945. Zwei oder drei Gebäude standen noch, aber größtenteils zeigte die Kamera eine mit Ziegelsteinen übersäte Trümmerwüste.

Kurtz wies mit abschätziger Handbewegung auf seinen Schreibtisch. »Kümmert euch nicht drum, Jungs – das ist alles nur Lärm. Das hier ist Freddy Johnsons Aufgabe, aber den habe ich rüber zur Intendantur geschickt, damit er mal was isst. Ich habe ihm gesagt, er soll sich Zeit lassen, soll sich alle vier Gänge schmecken lassen, von der Suppe bis zu den Nüssen, von *Poisson* bis Sorbet, denn die Lage hier ist ... Jungs, die Lage hier ist so gut wie ... STABILISIERT!« Er schenkte ihnen ein grimmiges Roosevelt-Grinsen und setzte seinen Schaukelstuhl in Bewegung. Neben ihm schwang die Pistole in ihrem Gürtelholster wie ein Pendel.

Melrose erwiderte Kurtz' Lächeln vorsichtig, Perlmutter schon weniger zurückhaltend. Er wusste Kurtz einzuschätzen, na klar; der Boss war von A bis Z pseudo ... und man musste das für eine gute Entscheidung halten. Eine *ausgezeichnete* Entscheidung. Geisteswissenschaftliche Bildung brachte einem bei einer Militärlaufbahn keine großen Vorteile, einige wenige aber doch. Man konnte zum Beispiel besser schwafeln.

»Mein einziger Befehl an Lieutenant Johnson – huch, keine Dienstgrade, an meinen *guten Freund* Freddy Johnson, wollte ich sagen – lautete, dass er das Tischgebet sprechen soll, bevor's ans Futtern geht. Betet ihr, Jungs?«

Melrose nickte so vorsichtig, wie er gelächelt hatte; Perlmutter nickte nachsichtig. Er war sicher, dass Kurtz' oft beschworener Gottesglaube nur Show war, genau wie sein Name.

Kurtz schaukelte und betrachtete frohgemut die beiden Männer, zu deren Füßen der Schnee von ihren Schuhen auf dem Boden schmolz. »Die besten Gebete sind Kindergebete«, sagte Kurtz. »Diese Schlichtheit, wissen Sie. ›Alle guten Gaben, alles, was wir haben, kommt, o Gott, von dir. Wir danken dir dafür.‹ Ist das nicht schlicht? Ist das nicht schön?«

»Ja, a–«, setzte Pearly an.

»Halten Sie die Schnauze, Sie Hund«, sagte Kurtz vergnügt. Er schaukelte immer noch. Die Waffe pendelte immer noch im Gürtelholster hin und her. Er richtete den Blick von Pearly auf Melrose. »Was meinen Sie denn, mein Bürschchen? Ist das ein schönes kleines Gebet, oder ist das ein schönes kleines Gebet?«

»Ja, S–«

»Oder *Allah akbar*, wie unsere arabischen Freunde sagen; ›Gott ist groß‹. Was könnte es denn noch Schlichteres geben? Das dringt doch direkt zum Mittelpunkt der Pizza vor, wenn Sie verstehen, was ich meine.«

Sie antworteten nicht. Kurtz schaukelte jetzt schneller, und die Pistole pendelte schneller, und Perlmutter wurde allmählich etwas mulmig zu Mute, wie schon am Mittag, ehe Underhill dann eingetroffen war und Kurtz gewissermaßen wieder auf den Teppich gebracht hatte. Er plusterte sich wahrscheinlich nur wieder auf, aber –

»Oder Moses und der brennende Dornbusch!«, schrie Kurtz. Sein schmales, eher pferdeartiges Gesicht setzte ein dämliches Lächeln auf. ›Mit wem rede ich da?‹, fragt Moses, und Gott erzählt ihm: ›Ich bin, der ich bin, und das ist alles, was ich bin, und bla bla bla.‹ Ein ziemlicher Scherzkeks, dieser Gott, was, Mr Melrose, haben Sie unsere Abgesandten aus den Weiten des Alls *tatsächlich* als ›Weltraum-Nigger‹ bezeichnet?«

Melrose klappte die Kinnlade herunter.

»Antworten Sie mir, Bursche.«

»Sir, ich –«

»Wenn Sie mich noch einmal Sir nennen, während wir im Einsatz sind, dann feiern Sie Ihre nächsten beiden Geburtstage im Bau. Haben Sie das verstanden, Mr Melrose? Haben Sie das jetzt endlich gefressen?«

»Ja, Boss.« Melrose war plötzlich ganz Ohr. Sein Gesicht war kreidebleich, bis auf die roten Wangen von der Kälte, und die Riemen seiner Maske teilten diese roten Stellen säuberlich entzwei.

»Haben Sie unsere Besucher also als ›Weltraum-Nigger‹ bezeichnet oder nicht?«

»Sir, vielleicht habe ich beiläufig so etwas gesagt –«

Sich mit einer Schnelligkeit bewegend, die Perlmutter kaum fassen konnte (es war fast wie ein Spezialeffekt in einem James-Cameron-Film), riss Kurtz die Pistole aus dem pendelnden Holster, richtete sie aus, anscheinend ohne zu zielen, und schoss. Die obere Hälfte des Turnschuhs an Melroses linkem Fuß platzte auf. Leintuchfetzen flogen umher. Perlmutters Hosenbein bekam Blutspritzer und Fleischfasern ab.

Das habe ich nicht gesehen, dachte Pearly. *Das ist nicht passiert.*

Aber Melrose schrie, schaute gequält und fassungslos zu seinem zerschossenen linken Fuß hinunter und schrie sich die Kehle aus dem Hals. Perlmutter sah Knochen in der Wunde, und ihm drehte sich der Magen um.

Kurtz stand nicht ganz so schnell von dem Schaukelstuhl auf, wie er die Pistole aus dem Holster gezogen hatte – das konnte Perlmutter jetzt wenigstens sehen –, trotzdem aber noch sehr schnell. *Gespenstisch* schnell.

Er packte Melrose an der Schulter und starrte dem dritten Koch ins schmerzverzerrte Gesicht. »Hören Sie auf zu heulen, Bürschchen.«

Melrose heulte weiter. Aus seinem Fuß sprudelte Blut, und für Pearly sah es so aus, als wäre der vordere Teil mit den Zehen vom hinteren mit dem Hacken abgetrennt. Pearly bekam weiche Knie, und ihm drehte sich alles vor Augen. Mit aller Willenskraft riss er sich zusammen. Wenn er jetzt ohnmächtig wurde, wusste Gott allein, was Kurtz mit ihm anstellen würde. Perlmutter hatte Storys gehört und neunzig Prozent davon auf der Stelle abgetan, weil er dachte, es wären entweder Übertreibungen oder von Kurtz lancierte Propagandalügen, die sein Image als fähiger Irrer untermauern sollten.

Jetzt weiß ich es besser, dachte Perlmutter. *Das sind keine Gerüchte. Das ist wahr.*

Kurtz, der sich mit fast chirurgischer Präzision bewegte, platzierte die Mündung seiner Pistole mitten auf Melroses käseweißer Stirn.

»Stellen Sie das weibische Geheule ab, Bursche, oder ich stelle es für Sie ab. Das sind Hohlspitzgeschosse, wie ja sicherlich selbst ein so dummer Amerikaner wie Sie weiß.«

Es gelang Melrose irgendwie, mit dem Schreien aufzuhören. Er ging zu leisen, gepressten Schluchzern über. Das schien Kurtz zufrieden zu stellen.

»Nur damit Sie mir zuhören können, Bursche. Und Sie müssen mir zuhören, denn Sie müssen die Botschaft verbreiten. Ich glaube, gelobt sei der Herr, Ihr Fuß, oder was noch davon übrig ist, wird das grundlegende *Konzept* zum Ausdruck bringen, aber mit Ihrem eigenen geweihten Munde müssen Sie die Einzelheiten verkünden. Hören Sie mir also zu, Bursche? Hören Sie sich die Einzelheiten an?«

Immer noch schluchzend, gelang es Melrose zu nicken, wobei ihm die Augen wie blaue Glaskugeln aus dem Kopf traten.

Flink wie eine zuschnappende Schlange riss Kurtz den

Kopf herum, und Perlmutter sah ganz deutlich sein Gesicht. Der Wahnsinn zeichnete sich auf seinen Zügen so deutlich ab wie eine Kriegsbemalung. In diesem Moment brach alles in sich zusammen, was Perlmutter je über seinen Vorgesetzten gedacht hatte.

»Was ist mit Ihnen, Bursche? Hören Sie zu? Denn Sie sind auch ein Bote. Wir sind alle Boten.«

Pearly nickte. Die Tür ging auf, und er sah mit unbeschreiblicher Erleichterung, dass Owen Underhill hereinkam. Kurtz' Blick flog ihm zu.

»Owen! Mein foiner Bursche! Ein weiterer Zeuge! Ein weiterer, gelobt sei der Herr, ein weiterer Bote! Hören Sie zu? Werden Sie die Botschaft von diesem trauten Heim aus verbreiten?«

Underhill nickte so ausdruckslos wie ein Pokerspieler bei hohem Einsatz.

»Gut! Gut!«

Kurtz wandte sich wieder an Melrose.

»Ich zitiere aus dem Handbuch der Streitkräfte, dritter Koch Melrose, Teil 16, Abschnitt 4, Absatz 3: ›Der Gebrauch rassistischer, ethnischer oder geschlechtsbezogener Schimpfnamen unterminiert die Moral und verstößt gegen das Protokoll der Streitkräfte. Bei erwiesenem Gebrauch wird der Schuldige sofort durch ein Kriegsgericht oder im Felde von seinem Vorgesetzten bestraft‹, Ende des Zitats. Der Vorgesetzte bin ich, der Schimpfwörter Gebrauchende sind Sie. Verstehen Sie, Melrose? Hat's jetzt geschnackelt?«

Melrose flennte und wollte etwas sagen, aber Kurtz schnitt ihm das Wort ab. Am Eingang stand Owen Underhill immer noch vollkommen still, während der Schnee auf seinen Schultern schmolz und ihm wie Schweiß über die transparente Hülle seiner Atemmaske lief. Sein Blick war starr auf Kurtz gerichtet.

»Also, dritter Koch Melrose, was ich Ihnen hier im Beisein dieser, gelobt sei der Herr, dieser Zeugen zitiert habe, nennt sich ›Verhaltensregel‹ und bedeutet, dass wir hier nicht von Pedros, Judenbengeln, Krauts oder Rothäuten sprechen. Es bedeutet auch, worauf es gegenwärtig vor allem ankommt, dass wir nicht von Weltraum-Niggern sprechen. Haben Sie das verstanden?«

Melrose versuchte zu nicken und geriet dabei ins Schwanken. Er war kurz davor, ohnmächtig zu werden. Perlmutter packte ihn an der Schulter, richtete ihn wieder auf und hoffte inständig, Melrose würde nicht umkippen, bevor das hier nicht vorbei war. Gott allein wusste, was Kurtz tun würde, sollte Melrose die Unverfrorenheit besitzen, den Geist aufzugeben, ehe Kurtz damit fertig war, ihm die Leviten zu lesen.

»Wir werden diese Scheiß-Invasoren ausradieren, mein Freund, und sollten sie je wieder nach Terra Firma kommen, dann reißen wir ihnen die grauen Köpfe ab und scheißen ihnen in die grauen Hälse. Und wenn sie dann immer noch keine Ruhe geben, werden wir ihre eigene Technologie, die wir schon sehr weitgehend beherrschen, gegen sie einsetzen, mit ihren eigenen Schiffen oder ähnlichen, die von General Electric und Du Pont und, gelobt sei der Herr, Microsoft gebaut sein werden, zu ihren Heimatplaneten fliegen und dort ihre Städte oder Bienenstöcke oder gottverdammten Ameisenhaufen, wo auch immer sie leben, niederbrennen, werden ihre Kornkammern mit Napalm versehren und die Pracht ihrer Gebirge mit H-Bomben planieren, gelobt sei der Herr, *Allah akbar*, wir werden die feurige Pisse Amerikas auf ihre Seen und Ozeane regnen lassen ... aber wir werden das auf *anständige* und *angemessene* Weise tun, ohne uns dabei um *Rasse* oder *Geschlecht* oder *ethnische Abstammung* oder *religiöse Vorlieben* zu scheren. Wir werden es tun, weil sie in die falsche Gegend gekommen sind und dann an die falsche Tür geklopft haben. Wir sind hier nicht 1938 in Deutschland und auch nicht 1963 in Oxford, Mississippi. Also, Mr Melrose, meinen Sie, Sie können diese Botschaft verbreiten?«

Melrose hatte die Augen so verdreht, dass man fast nur noch das Weiße sah. Seine Knie ließen ihn im Stich. Perlmutter packte ihn wieder an der Schulter, um ihn aufrecht zu halten, aber diesmal reichte das nicht. Melrose ging zu Boden.

»Pearly«, flüsterte Kurtz, und als der brennende Blick dieser blauen Augen ihn berührte, dachte Perlmutter, er habe nie im Leben solche Angst ausgestanden. Seine Blase war ein heißer, schwerer Beutel, der nichts lieber wollte, als seinen Inhalt in den Overall zu ergießen. Und hätte Kurtz in seiner gegenwärtigen Stimmung im Schritt seines Adjutanten einen sich ausbreitenden dunklen Fleck entdeckt, das schwante Perlmutter, dann hätte er ihn auf der Stelle erschossen ... Aber das machte es anscheinend auch nicht einfacher. Nein, es machte alles nur noch schlimmer.

»Ja, S... Boss?«

»Wird er die Botschaft verbreiten? Wird er ein guter Bote sein? Meinen Sie, er hat genug davon mitbekommen, oder war er zu beschäftigt mit seinem blöden *Fuß*?«

»Ich ... ich ...« Pearly sah, wie Underhill ihm kaum wahrnehmbar zunickte, und da fasste er sich ein Herz. »Ja, Boss. Ich glaube, er hat Sie klar und deutlich verstanden.«

Kurtz schien erst überrascht von Perlmutters Vehemenz, dann aber dankbar dafür. Er wandte sich an Underhill. »Und Sie, Owen? Meinen Sie, er wird die Botschaft verbreiten?«

»Mmmh«, sagte Underhill. »Wenn Sie ihn auf die Krankenstation bringen lassen, bevor er hier auf Ihrem Teppich verblutet.«

Kurtz' Mundwinkel hoben sich, und er brüllte: »Kümmern Sie sich drum, Pearly, ja?«

»Sofort«, sagte Perlmutter und ging zur Tür. Sobald er an Kurtz vorbei war, warf er Underhill einen sehr dankbaren Blick zu, den Underhill entweder übersah oder lieber nicht gesehen haben wollte.

»Im Laufschritt, Mr Perlmutter. Owen, ich möchte mit Ihnen *mano a mano* sprechen, wie die Iren sagen.« Er stieg über Melrose, ohne zu ihm hinunterzusehen, und eilte in die kleine Küche. »Kaffee? Den hat Freddy gemacht, ich kann also schwören, dass er trinkbar ist ... nein, *schwören* kann ich das nicht, aber ...«

»Kaffee wäre nett«, sagte Underhill. »Schenken Sie schon mal ein. Ich versuche, bei ihm hier die Blutung zu stillen.«

Kurtz stand am Küchentresen vor der Kaffeemaschine und warf Underhill einen dunkel funkelnden, zweifelnden Blick zu. »Meinen Sie wirklich, dass das nötig ist?«

In diesem Moment schloss Perlmutter die Tür hinter sich. Nie zuvor war er mit solcher Bereitwilligkeit in einen Sturm hinausgegangen.

4

Henry stand am Zaun (ohne den Draht zu berühren; er hatte gesehen, was passierte, wenn man das tat) und wartete darauf, dass Underhill – so hieß er, na klar – wieder aus dem Kommandoposten zum Vorschein kam. Als aber die Tür aufging, kam einer der anderen Typen, die er hatte hineingehen sehen, herausgeeilt. Sobald er die Treppe hinunter war, fing der Typ an zu rennen. Er war groß gewachsen und hatte eines dieser ernsten Gesichter, die Henry immer mit mittlerem Management in Verbindung brachte. Jetzt sah dieses Gesicht entsetzt aus, und der Mann wäre fast hingefallen, ehe er so richtig loslief. Henry hätte es ihm gegönnt.

Dem mittleren Manager gelang es, das Gleichgewicht zu wahren, nachdem er ins Schlittern geraten war, aber auf halber Strecke zu zwei Caravans, die man zusammengeschoben hatte, rutschte er aus und landete auf dem Hintern. Das Klemmbrett, das er in der Hand gehalten hatte, flitzte los wie ein Rodelschlitten für Zwerge.

Henry klatschte mit ausgestreckten Händen, so laut er konnte. Er wurde wahrscheinlich vom Krach der Motoren übertönt, und deshalb brüllte er zwischen hohlen Händen: »*Nicht schlecht, Scherge! Ich will die Zeitlupenwiederholung sehn!*«

Der mittlere Manager stand auf, ohne sich zu ihm umzusehen, sammelte sein Klemmbrett ein und lief weiter zu den beiden Caravans.

Eine Gruppe von acht oder neun Männern stand gut zwanzig Meter von Henry entfernt am Zaun. Jetzt kam einer von ihnen, ein korpulenter Kerl in einer orangefarbenen

Daunenjacke, in der er aussah wie der Pillsbury Dough Boy, zu Henry herüber.

»Ich glaube, Sie sollten das lassen.« Er hielt inne und senkte die Stimme. »Die haben meinen Schwager erschossen.«

Ja. Henry sah es in seinen Gedanken. Wie der Schwager des korpulenten Kerls, ebenfalls ein korpulenter Kerl, von seinem Anwalt gesprochen hatte, seinen Rechten, seiner Stelle bei einer Investmentbank in Boston. Wie die Soldaten genickt und ihm gesagt hatten, es wäre nur vorübergehend, die Lage würde sich bereits normalisieren und wäre bis zum Morgengrauen geklärt, und wie sie die ganze Zeit die beiden übergewichtigen tapferen Jägersleut' zum Stall gedrängt hatten, der bereits einen ansehnlichen Fang beherbergte, und wie der Schwager dann ganz plötzlich losgelaufen war, auf den Fuhrpark zu, und Bumm-Bumm, das war's dann.

Einiges davon erzählte der korpulente Mann Henry, und sein blasses Gesicht schaute dabei ernst im Licht der eben aufgerichteten Scheinwerfer, und dann unterbrach ihn Henry.

»Was glauben Sie denn, was die mit uns Übrigen tun werden?«

Der korpulente Mann sah Henry schockiert an und wich einen Schritt zurück, als vermutete er, Henry hätte etwas Ansteckendes. Schon lustig, wenn man es recht bedachte, denn sie alle hatten ja etwas Ansteckendes, oder wenigstens gingen diese von der Regierung engagierten Cleaner davon aus, und letztendlich lief das wohl aufs Gleiche hinaus.

»Das kann doch nicht Ihr Ernst sein«, sagte der korpulente Mann. Dann, fast nachsichtig: »Wir sind doch hier in Amerika.«

»Ach ja? Dann finden Sie ja bestimmt auch, dass hier alles seinen geordneten Gang geht, was?«

»Die sind bloß ... das ist bestimmt bloß ...« Henry lauschte interessiert, aber mehr kam da nicht, zumindest nicht in dieser Richtung. »Das war ein Schuss, nicht wahr?«, fragte der korpulente Mann. »Und ich glaube, ich habe jemanden schreien gehört.«

Aus der Richtung der beiden zusammengestellten Caravans hasteten zwei Männer mit einer Trage herbei. Ihnen folgte, deutlich widerwillig, der mittlere Manager, das Klemmbrett nun wieder fest unterm Arm.

»Ich würde sagen, da haben Sie richtig gehört.« Henry und der korpulente Mann sahen zu, wie die beiden Männer mit der Trage die Eingangstreppe des Winnebago hochhielten. Als Mr Mittleres Management am Zaun vorbeikam, rief Henry ihm zu: »Wie läuft's denn, Scherge? Macht's denn auch Spaß?«

Der korpulente Mann zuckte zusammen. Der Typ mit dem Klemmbrett warf Henry einen knappen verdrießlichen Blick zu und stapfte dann weiter zum Winnebago.

»Das ist bloß ... das ist bloß irgendein Notfall«, sagte der korpulente Mann. »Das hat sich bis morgen früh bestimmt geklärt.«

»Aber nicht für Ihren Schwager«, sagte Henry.

Der korpulente Mann sah ihn mit zusammengekniffenem, leicht zitterndem Mund an. Dann ging er zu den anderen Männern zurück, deren Ansichten den seinen zweifellos eher entsprachen. Henry drehte sich wieder zum Winnebago um und wartete weiter, dass Underhill herauskam. Er hatte so eine Ahnung, dass Underhill seine einzige Hoffnung darstellte ... Aber welche Zweifel Underhill auch an dem Einsatz hegen mochte, blieb diese Hoffnung doch vage. Und Henry konnte nur einen einzigen Trumpf ausspielen. Dieser Trumpf war Jonesy. Sie wussten nichts von Jonesy.

Fragte sich bloß, ob er Underhill davon erzählen sollte. Henry hatte schreckliche Angst, dass es zu nichts Gutem führen würde.

5

Gut fünf Minuten nachdem Mr Mittleres Management den beiden Sanitätern in den Winnebago gefolgt war, kamen die drei mit einem vierten Mann auf der Trage wieder heraus. Im strahlend hellen Licht der Scheinwerfer sah das Gesicht des Verwundeten so blass aus, dass es fast violett wirkte. Henry war erleichtert, als er sah, dass es nicht Underhill war, denn Underhill war anders als die übrigen Irren hier.

Zehn Minuten vergingen. Underhill hatte den Kommandoposten immer noch nicht verlassen. Henry wartete im dichter werdenden Schneefall. Soldaten beobachteten die Häftlinge (denn das waren sie: Häftlinge, und am besten machte man sich da nichts vor), und schließlich kam einer von ihnen herübergeschlendert. Die Männer, die an der Kreuzung Deep Cut und Swanny Pond Road stationiert gewesen waren, hatten Henry mit ihren Scheinwerfern ziemlich geblendet, und deshalb erkannte er das Gesicht dieses Mannes nicht. Ebenso erfreut wie zutiefst beunruhigt, stellte Henry aber fest, dass auch die Gedanken eines Menschen Züge aufwiesen, die in jeder Hinsicht so unverkennbar waren wie ein hübscher Mund, eine gebrochene Nase oder ein schiefes Auge. Das war einer der Typen, denen er da draußen begegnet war, und der hier hatte ihm mit dem Schaft seines Gewehrs einen Schlag auf den Hintern verpasst, als er fand, dass Henry nicht schnell genug zum Wagen ginge. Was auch immer mit Henrys Gehirn passiert war, alles blieb skizzenhaft; er wusste den Namen des Mannes nicht, wusste aber, dass sein Bruder Frankie hieß und dass Frankie während seiner High-School-Zeit wegen Vergewaltigung vor Gericht gestellt und dann freigesprochen worden war. Da war auch noch mehr – ein unzusammenhängendes Wirrwarr wie der Inhalt eines Mülleimers. Henry wurde klar, dass er tatsächlich einem Bewusstseinsstrom folgte und das Treibgut betrachtete, das der Strom mit sich trug. Es war bloß ernüchternd, wie banal das meiste davon war.

»Sieh einer an«, sagte der Soldat nicht unfreundlich. »Unser Klugscheißer! Möchten Sie ein Würstchen, Klugscheißer?« Er lachte.

»Hatte schon eins«, sagte Henry lächelnd. Und dann sprach Biber aus ihm, wie das manchmal so war. »Zisch ab, Scherge.«

Dem Soldaten blieb das Lachen im Hals stecken. »Warten wir mal ab, ob Sie in zwölf Stunden auch noch so die Schnauze aufreißen«, sagte er. Das Bild, das vorbeitrieb, getragen von dem Strom zwischen den Ohren des Mannes, zeigte einen mit Leichen beladenen Laster, weiße Gliedmaßen wirr durcheinander. »Wächst der Ripley schon auf Ihnen, Klugscheißer?«

Henry dachte: *Der Byrus. Das meint er damit. In Wirklichkeit heißt es Byrus. Jonesy weiß das.*

Henry antwortete nicht, und der Soldat ging weiter, mit dem behaglichen Gesichtsausdruck eines Mannes, der einen Punktsieg errungen hatte. Neugierig geworden, nahm Henry all seine Konzentration zusammen und stellte sich bildlich ein Gewehr vor – Jonesys Garand war es. Er dachte: *Ich habe eine Waffe, und ich bringe dich damit um, sobald du mir den Rücken zukehrst, du Arschloch.*

Der Soldat wirbelte herum, und der behagliche Blick war nun ebenso verschwunden wie zuvor das Grinsen und das Gelächter. Stattdessen schaute er nun zweifelnd und argwöhnisch. »Was haben Sie gesagt, Klugscheißer? Haben Sie was gesagt?«

Mit einem Lächeln erwiderte Henry: »Ich habe mich bloß gefragt, ob Sie auch was von dem Mädchen gehabt haben – Sie wissen schon: das Mädchen, das Frankie eingeritten hat. Hat er Sie hinterher auch mal auf sie draufgelassen?«

Für einen Moment war der Soldat baff und sah dabei vollkommen idiotisch aus. Dann stand ihm finsterster Zorn ins Gesicht geschrieben. Er hob sein Gewehr. Henry kam die Mündung wie ein Lächeln vor. Er zog den Reißverschluss seiner Jacke auf und hielt sie im immer dichter werdenden Schneefall auf. »Na los«, sagte er und lachte. »Mach schon, Rambo. Nur zu.«

Frankies Bruder hielt die Waffe noch für einen Moment auf Henry gerichtet, und dann spürte Henry den Zorn des Mannes verrauchen. Es war knapp gewesen – er hatte gesehen, wie der Soldat überlegt hatte, was er erzählen würde, irgendeine plausibel klingende Ausrede –, aber er hatte einen Moment zu lange gezögert, und da hatte sein Vorderhirn die rote Bestie schon wieder an die Kandare genommen. Es war immer das gleiche Schema. Die Richie Grenadeaus starben nie aus. Sie waren die Reißzähne des Leviathans.

»Morgen«, sagte der Soldat, »morgen ist noch Zeit genug für Sie, Klugscheißer.«

Diesmal ließ Henry ihn gehen – er wollte die rote Bestie nicht noch weiter reizen, obwohl es weiß Gott einfach genug gewesen wäre. Und er hatte auch etwas erfahren ... oder eher etwas bestätigt bekommen, was er bereits geahnt hatte. Der Soldat hatte seine Gedanken gehört, aber nicht deutlich. Hätte er sie deutlich gehört, dann hätte er sich viel schneller umgedreht. Und er hatte Henry auch nicht gefragt, woher er das mit seinem Bruder Frankie wusste. Denn in gewisser Hinsicht wusste der Soldat, was Henry da machte: Sie hatten sich alle mit Telepathie angesteckt, die ganze Bande – hatten es sich geholt wie einen nervigen kleinen Virus.

»Nur dass es mich schlimmer erwischt hat«, sagte er und schloss den Reißverschluss seiner Jacke wieder. Wie bei Pete und Biber und Jonesy auch. Aber Pete und Biber waren jetzt tot, und Jonesy ... Jonesy ...

»Bei Jonesy ist es am schlimmsten«, sagte Henry. Und wo war Jonesy jetzt?

Süden ... Jonesy war nach Süden aufgebrochen. Ihre kostbare Quarantäne war durchbrochen worden. Henry vermutete, dass sie mit so etwas rechneten. Es bereitete ihnen kein Kopfzerbrechen. Sie dachten, es wäre nicht weiter schlimm, wenn ein paar wenige Menschen die Sperre durchbrachen.

Henry glaubte, dass sie sich da irrten.

6

Owen stand mit einem Becher Kaffee in der Hand da und wartete, bis die Typen von der Krankenstation mit ihrer Last abgezogen waren. Melroses Schluchzer waren dank einer Morphium-Injektion glücklicherweise abgestellt, und er murmelte und stöhnte nur noch. Pearly folgte ihnen nach draußen, und dann war Owen mit Kurtz allein.

Kurtz saß auf seinem Schaukelstuhl und schaute Owen Underhill für einen Moment mit zur Seite geneigtem Kopf neugierig amüsiert an. Der tobende Irre war verschwunden, abgelegt wie eine Halloween-Maske.

»Ich denke an eine Zahl«, sagte Kurtz. »Welche ist es?«

»Siebzehn«, sagte Owen. »Sie sehen sie in Rot. Wie auf einem Feuerwehrauto.«

Kurtz nickte erfreut. »Jetzt versuchen Sie, mir etwas zu senden.«

Owen stellte sich ein Geschwindigkeitsbeschränkungsschild vor: 60.

»Sechs«, sagte Kurtz nach kurzem Überlegen. »Schwarz auf weiß.«

»Knapp vorbei, Boss.«

Kurtz trank seinen Kaffee. Seinen Becher zierte der Aufdruck OPA IST DER BESTE. Owen nippte mit aufrichtigem Genuss. Es war eine schlimme Nacht und ein schmutziger Job, und Freddys Kaffee war nicht schlecht.

Kurtz hatte Zeit gefunden, sich seinen Overall anzuziehen. Jetzt griff er in die Innentasche und zog ein großes Schnupftuch hervor. Er betrachtete es kurz, kniete sich dann hin, verzog dabei das Gesicht (es war kein Geheimnis, dass der alte Mann Arthritis hatte) und fing an, Melroses Blutspritzer aufzuwischen. Owen, der sich eingebildet hatte, ihn könne nichts mehr schocken, war geschockt.

»Sir ...« Oh, Mist. »Boss ...«

»Hörn Sie auf«, sagte Kurtz, ohne hochzusehen. Er arbeitete sich von Fleck zu Fleck vor, gewissenhaft wie eine Wäscherin. »Mein Vater hat immer gesagt, dass man seinen Dreck selber wegmachen soll. Dann denkt man beim nächsten Mal vielleicht vorher ein bisschen nach. Wie hieß mein Vater mit Vornamen, Bursche?«

Owen suchte danach und erhaschte nur einen kurzen Blick darauf wie auf den Slip unterm Kleid einer Dame. »Philip?«

»Nein, Patrick ... Nur knapp verfehlt. Anderson glaubt,

dass es sich dabei um eine Welle handelt, die jetzt ihre Kraft aufbraucht. Eine Telepathie-Welle. Finden Sie, dass das eine beängstigende Idee ist, Owen?«

»Ja.«

Kurtz nickte, ohne hochzusehen, und wischte weiter auf. »Aber von der Idee her beängstigender als in Wirklichkeit – finden Sie das auch?«

Owen lachte. Der alte Mann hatte nichts von seiner Fähigkeit eingebüßt, einen zu verblüffen. *Er spielt nicht mit vollem Blatt,* sagte man manchmal über psychisch labile Personen. Wie Owen es sah, bestand das Problem bei Kurtz darin, dass er mit einem mehr als vollen Blatt spielte. Er hatte noch ein paar zusätzliche Asse auf der Hand. Und auch ein paar zusätzliche Joker.

»Setzen Sie sich, Owen. Trinken Sie Ihren Kaffee im Sitzen wie jeder normale Mensch, und lassen Sie mich das hier erledigen. Ich brauche das.«

Das glaubte ihm Owen. Er setzte sich und trank seinen Kaffee. Fünf Minuten vergingen auf diese Weise, dann stand Kurtz unter Schmerzen wieder auf. Das Schnupftuch pingelig an einer Ecke haltend, brachte er es in die Küche, ließ es in den Mülleimer fallen und kehrte dann auf seinen Schaukelstuhl zurück. Er trank einen Schluck Kaffee, verzog das Gesicht und stellte ihn weg. »Kalt.«

Owen erhob sich. »Ich hole Ihnen einen frischen –«

»Nein. Setzen Sie sich. Wir müssen uns unterhalten.«

Owen setzte sich.

»Wir hatten eine kleine Auseinandersetzung da draußen beim Schiff, Sie und ich, nicht wahr?«

»Ich würde es nicht –«

»Ja, ich weiß, dass Sie das nicht so nennen würden, aber ich weiß, was da vorgefallen ist, und Sie wissen es auch. In schwieriger Lage verliert man schon mal die Beherrschung. Aber das haben wir jetzt hinter uns. Wir müssen es hinter uns haben, denn ich bin der Befehlshaber und Sie sind mein zweiter Mann, und wir müssen immer noch diesen Einsatz hier abschließen. Können wir dabei zusammenarbeiten?«

Morgan Freeman als Colonel Abraham Curtis

Die vier Freunde bei ihrem alljährlichen Jagdausflug

„Biber" (Jason Lee, links) und Jonesy (Damian Lewis)

© 2003 Warner Bros. ALL RIGHTS RESERVED

Damian Lewis als Jonesy

Timothy Olyphant als Pete

Jason Lee als „Biber"

In der Jagdhütte

Henry (Thomas Jane, links) und Duddits (Donnie Wahlberg)

© 2003 Warner Bros. ALL RIGHTS RESERVED

Thomas Jane als Henry

© 2003 Warner Bros. ALL RIGHTS RESERVED

Morgan Freeman als Colonel Abraham Curtis

© 2003 Warner Bros. ALL RIGHTS RESERVED

Regisseur Lawrence Kasdan am Set

© 2003 Warner Bros. ALL RIGHTS RESERVED

»Ja, Sir.« Scheiße, da war es wieder. »Boss, wollte ich sagen.«

Kurtz gewährte ihm ein eisiges Lächeln.

»Ich habe gerade die Beherrschung verloren.« Charmant, offenherzig, nüchtern und aufrichtig. Das hatte Owen viele Jahre lang getäuscht. Er ließ sich davon nicht mehr hinters Licht führen. »Ich habe mich hinreißen lassen und die übliche Karikatur abgegeben – zwei Teile Patton, ein Teil Rasputin, Wasser drauf, umrühren und fertig –, und da habe ich ... Puh! Da habe ich einfach die Beherrschung verloren. Sie halten mich für verrückt, nicht wahr?«

Jetzt ganz vorsichtig. In diesem Raum wurden Gedanken gelesen, gab es richtige Telepathie, und Owen hatte keine Ahnung, wie tief Kurtz in ihn hineinblicken konnte.

»Ja, Sir. Ein wenig schon, Sir.«

Kurtz nickte sachlich. »Ja. Ein wenig schon. Das trifft es ziemlich gut. Ich mache das schon seit langer Zeit – Männer wie ich sind nötig, aber schwer zu finden, und man muss schon ein bisschen verrückt sein, um diesen Beruf auszuüben und dabei nicht zynisch zu werden. Es ist ein schmaler Grat, der berühmte schmale Grat, über den diese Sesselfurzer von Psychologen so gerne reden, und in der ganzen Weltgeschichte hat es keinen Säuberungseinsatz wie diesen hier gegeben ... immer vorausgesetzt, die Geschichte von Herakles, wie er die Ställe des Augias ausmistet, ist nur ein Mythos. Ich verlange von Ihnen kein Mitgefühl, sondern Verständnis. Wenn wir einander verstehen, werden wir damit fertig, mit dem härtesten Job, den wir je hatten. Wenn nicht ...« Kurtz zuckte mit den Achseln. »Wenn nicht, muss ich ohne Sie damit fertig werden. Können Sie mir folgen?«

Owen hatte da so seine Zweifel, verstand aber, wohin Kurtz ihn haben wollte, und nickte. Er hatte davon gelesen, dass es eine bestimmte Vogelart gab, die im Maul von Krokodilen lebte, mit Duldung der Krokodile. Jetzt war er wohl auch so ein Vogel, schätzte er. Kurtz wollte ihn glauben machen, er hätte ihm verziehen, dass er den Funkspruch der Außerirdischen auf den Gemeinschaftskanal gelegt hatte –

in der Hitze der Erregung, genau wie Kurtz in der Hitze der Erregung Melrose den Fuß zerschossen hatte. Und was war sechs Jahre zuvor in Bosnien passiert? Das spielte jetzt keine Rolle. Vielleicht stimmte das. Und vielleicht hatte das Krokodil ja auch das nervige Gepicke des Vogels satt und wollte eben das Maul zuklappen. Owen konnte an Kurtz' Gedanken nicht ablesen, was davon denn nun zutreffend war, aber in jedem Fall geziemte es sich für ihn, sehr vorsichtig zu sein. Sehr vorsichtig und bereit zum Abflug.

Kurtz griff wieder in seinen Overall und holte eine matt schimmernde Taschenuhr hervor. »Die hat meinem Großvater gehört. Sie funktioniert noch einwandfrei«, sagte er. »Weil sie zum Aufziehen ist, glaube ich – ohne Strom. Meine Armbanduhr spielt immer noch verrückt.«

»Meine auch.«

Um Kurtz' Lippen spielte ein flüchtiges Lächeln. »Wenden Sie sich an Perlmutter, wenn Sie die Gelegenheit dazu haben und meinen, ihn ertragen zu können. Neben seinen vielen anderen Pflichten und Aktivitäten hat er die Zeit gefunden, sich heute Nachmittag dreihundert mechanische Timex liefern zu lassen. Das war, kurz bevor der Schneefall unseren Lufteinsatz verzögert hat. Pearly ist wirklich tüchtig. Ich wünsche nur bei Gott, er würde endlich aufhören zu glauben, dass er in einem Film lebt.«

»Er dürfte da heute Abend Fortschritte gemacht haben, Boss.«

»Ja, vielleicht hat er das.«

Kurtz dachte nach. Underhill wartete.

»Bürschchen, wir sollten Whiskey trinken. Es ist ein wenig wie eine irische Totenwache heute Abend.«

»Tatsächlich?«

»Ja. Mein geliebtes Phooka ist kurz davor, tot umzukippen.«

Owen runzelte die Augenbrauen.

»Ja. Und in diesem Moment wird seine magische Tarnkappe weggezogen. Dann ist es nur noch ein ganz normales totes Pferd. Aber das wird die Leute und vor allem die Politiker nicht daran hindern, darauf herumzureiten.«

»Ich kann Ihnen nicht folgen.«

Kurtz schaute noch einmal auf die stumpf angelaufene Taschenuhr, die er wahrscheinlich in einem Pfandhaus gekauft oder einem Leichnam abgenommen hatte. Underhill hielt beides für denkbar.

»Es ist jetzt sieben Uhr. In etwa vierzig Minuten wird der Präsident vor der Vollversammlung der Vereinten Nationen sprechen. Diese Rede werden mehr Menschen sehen und hören als jede Rede bisher in der Menschheitsgeschichte. Sie wird in die Menschheitsgeschichte eingehen als das größte Ammenmärchen, seit Gott, der allmächtige Vater, den Kosmos erschaffen und mit seiner Fingerspitze die Planeten in Bewegung gesetzt hat.«

»Und worin besteht es?«

»Es ist eine schöne Geschichte, Owen. Wie alle guten Lügen enthält sie viel Wahrheit. Der Präsident wird einer faszinierten Welt, einer Welt, die mit angehaltenem Atem, gelobt sei der Herr, jedem Wort lauschen wird, erzählen, dass am sechsten oder siebten November dieses Jahres im nördlichen Maine ein Raumschiff mit einer Besatzung von Wesen aus einer anderen Welt abgestürzt sei. Das ist wahr. Er wird sagen, wir seien davon nicht gänzlich überrascht gewesen, da wir, wie auch die Regierungen der übrigen Staaten, die einen Sitz im UNO-Sicherheitsrat haben, seit mindestens zehn Jahren wüssten, dass ET uns ausspioniert. Das stimmt ebenfalls, nur dass einige hier in Amerika seit den späten 1940ern von unseren Kumpeln aus dem All wussten. Wir wissen auch, dass russische Kampfflugzeuge 1974 über Sibirien ein Schiff der Grauen abgeschossen haben ... bloß dass die Russen bis heute nicht wissen, dass wir das wissen. Das war damals wahrscheinlich eine Drohne, ein Test-Ballon. Von denen hat es viele gegeben. Die Grauen sind bei ihren ersten Kontaktaufnahmen mit einer Umsicht vorgegangen, die sehr darauf hindeutet, dass wir ihnen ziemliche Angst einjagen.«

Owen hörte mit einer Faszination zu, die ihm selbst zuwider war und von der er hoffte, dass sie weder seinem Gesicht anzusehen war noch sich auf der obersten Ebene seiner Gedanken abzeichnete, auf die Kurtz eventuell immer noch Zugriff hatte.

Aus seiner Innentasche holte Kurtz jetzt eine verbeulte Schachtel Marlboro. Er bot Owen eine an, der erst den Kopf schüttelte und dann doch eine der vier noch übrigen Kippen nahm. Kurtz nahm sich auch eine und gab ihnen dann Feuer.

»Ich vermische hier Wahrheit und Fälschung«, sagte Kurtz, nachdem er einen tiefen Zug genommen und wieder ausgeatmet hatte. »Das ist wahrscheinlich nicht die beste Vorgehensweise. Halten wir uns also an die Fälschung, ja?«

Owen sagte nichts. Er rauchte in letzter Zeit nur selten, und der erste Zug machte ihn immer benommen. Aber der Geschmack war wunderbar.

»Der Präsident wird sagen, die Regierung der Vereinigten Staaten habe die Absturzstelle und die Gegend rundherum aus drei Gründen unter Quarantäne stellen lassen. Der erste ist rein logistischer Art: Wegen der Abgelegenheit und dünnen Besiedelung von Jefferson Tract *konnten* wir es überhaupt unter Quarantäne stellen. Wären die Grauen in Brooklyn oder auch noch auf Long Island runtergekommen, dann wäre dem nicht so gewesen. Der zweite Grund ist der, dass wir uns über die Absichten der Außerirdischen nicht im Klaren sind. Der dritte und letztlich überzeugendste Grund ist der, dass die Außerirdischen eine ansteckende Substanz an sich haben, die von den Einsatzkräften vor Ort ›Ripley-Pilz‹ genannt wird. Die außerirdischen Besucher haben uns zwar vehement versichert, sie hätten nichts Ansteckendes an sich, aber in Wirklichkeit haben sie eine *äußerst* ansteckende Substanz mitgebracht. Der Präsident wird einer entsetzten Welt auch erzählen, dass dieser *Pilz* dabei durchaus die steuernde Intelligenz sein könnte und die Grauen nur eine Art Nährboden. Er wird eine Videoaufzeichnung vorführen, auf der ein Grauer aufplatzt und sich dabei förmlich in Ripley-Pilz auflöst. Das Bildmaterial ist der Deutlichkeit halber etwas bearbeitet worden, ist im Grunde aber authentisch.«

Sie lügen, dachte Owen. *Das Bildmaterial ist von A bis Z gefälscht und genauso ein Fake wie dieser Schwachsinn mit der Alien-Obduktion. Und wieso lügen Sie? Weil es Ihnen freisteht. So einfach ist das, nicht wahr? Denn Ihnen kommt eine Lüge leichter über die Lippen als die Wahrheit.*

»Also gut, das war gelogen«, sagte Kurtz, ohne sich im Mindesten aus der Ruhe bringen zu lassen. Er funkelte Owen kurz an und betrachtete dann wieder seine Zigarette. »Aber es ist wahr und nachprüfbar. Manche von denen platzen tatsächlich und verwandeln sich dabei in so eine Art rote Pusteblumenfusseln. Die Fusseln, das ist der Ripley. Wenn Sie genug davon einatmen, dauert es eine bestimmte Zeit, die wir noch nicht abschätzen können – eine Stunde vielleicht oder auch zwei Tage –, und Ihre Lunge und Ihr Hirn haben sich in Ripley-Salat verwandelt. Dann sehen Sie aus wie ein wandelnder Giftsumach. Und dann sterben Sie.

Unser kleines Abenteuer von heute Mittag wird nicht erwähnt. Laut der Version des Präsidenten wurde das Schiff, das anscheinend beim Absturz schwer beschädigt wurde, entweder von der Besatzung gesprengt oder ist von allein in die Luft gegangen. Sämtliche Grauen sind dabei umgekommen. Der Ripley, der sich zunächst ausgebreitet hat, geht jetzt ebenfalls ein, weil er anscheinend die Kälte nicht verträgt. Die Russen bestätigen das übrigens. Die Tiere, die die Ansteckung ebenfalls verbreiten, sind in ziemlich großem Maßstab getötet worden.«

»Und die menschliche Bevölkerung von Jefferson Tract?«

»Der Präsident wird sagen, dass etwa dreihundert Personen – gut siebzig Einheimische und etwa zweihundertdreißig Jäger – mit Verdacht auf Ripley-Pilz unter Beobachtung stehen. Er wird sagen, dass sich einige zwar anscheinend angesteckt haben, die Infektion aber offenbar mit so normalen Antibiotika wie Ceftin und Augmentin abwehren können.«

»Das ist dann der Werbeblock«, sagte Owen. Kurtz lachte vergnügt auf.

»Zu einem späteren Zeitpunkt wird dann bekannt gegeben, dass der Ripley doch ein wenig resistenter gegen Antibiotika sei, als zunächst angenommen wurde, und dass eine Reihe von Patienten gestorben seien. Dann werden wir die Namen der Leute rausgeben, die tatsächlich schon gestorben sind, entweder an Ripley oder an diesen fürchterlichen, schaurigen Implantaten. Wissen Sie, wie die Männer diese Implantate nennen?«

»Ja. Kackwiesel. Wird der Präsident sie erwähnen?«

»Unmöglich. Die zuständigen Jungs meinen, dass die Kackwiesel dann doch ein wenig zu viel für den Normalbürger wären. Gleiches gilt natürlich auch für die Einzelheiten unserer Lösung für das Problem hier beim Gosselin's Store, dieser rustikalen Sehenswürdigkeit.«

»Die *End*lösung könnte man es nennen«, sagte Owen. Er hatte seine Zigarette bis zum Filter aufgeraucht und drückte sie nun am Rand seines leeren Kaffeebechers aus.

Kurtz schaute hoch und sah Owen unerschrocken in die Augen. »Ja, so könnte man es nennen. Wir werden schätzungsweise dreihundertfünfzig Menschen vernichten – größtenteils Männer, aber ich kann nicht behaupten, dass die Säuberung nicht auch einige wenige Frauen und Kinder betreffen wird. Der Pluspunkt besteht natürlich darin, dass wir die Menschheit vor einer Pandemie und voraussichtlicher Unterwerfung retten. Und das ist kein unbeträchtlicher Pluspunkt.«

Owens Gedanke – *Hitler hätte diese Story bestimmt gefallen* – war nicht aufzuhalten, aber er verbarg ihn, so gut er konnte, und hatte nicht das Gefühl, dass Kurtz ihn gehört oder gelesen hatte. Mit Sicherheit konnte man das natürlich nie wissen; Kurtz war gerissen.

»Wie viele haben wir jetzt interniert?«, fragte Kurtz.

»Etwa siebzig. Und noch einmal doppelt so viele sind aus Kineo unterwegs. Die werden gegen neun hier eintreffen, falls sich die Wetterverhältnisse nicht verschlechtern.« Davon ging man aus, aber erst nach Mitternacht.

Kurtz nickte. »Mm-mh. Dazu noch etwa fünfzig aus dem Norden, siebzig oder so aus St. Cap's und den anderen Dörfern im Süden ... und unsere Jungs. Vergessen Sie die nicht. Die Masken scheinen zu wirken, aber bei den Nachuntersuchungen haben wir schon vier Fälle von Ripley festgestellt. Die Männer wissen natürlich nichts davon.«

»Tatsächlich?«

»Ich will es mal so ausdrücken«, sagte Kurtz. »Ihrem Verhalten nach habe ich keinen *Anlass* zu der Vermutung, dass die Männer etwas wissen. Alles klar?«

Owen zuckte mit den Achseln.

»Die *Story*«, fuhr Kurtz fort, »wird die sein, dass die Häftlinge zu einer streng geheimen medizinischen Einrichtung geflogen werden, so einer Art Area 51, wo sie dann gründlich untersucht und, wenn nötig, langfristig behandelt werden. Es wird nie wieder eine offizielle Stellungnahme zu ihnen geben – zumindest nicht, wenn alles nach Plan verläuft –, aber es werden im Laufe der nächsten zwei Jahre immer mal wieder Gerüchte durchsickern: fortschreitende Infektion trotz bester medizinischer Anstrengungen ... Wahnsinn ... groteske körperliche Verunstaltungen, die man besser nicht beschreibt ... und schließlich ist der Tod eine Erlösung. Die Öffentlichkeit wird alles andere als empört, sie wird erleichtert sein.«

»Während in Wirklichkeit ...?«

Er wollte es von Kurtz hören, hätte es aber besser wissen müssen. Es gab hier zwar keine Wanzen, aber dem Boss war die Vorsicht in Fleisch und Blut übergegangen. Er hob eine Hand, bildete mit Daumen und Zeigefinger eine Pistole nach und ließ den Daumen dreimal sinken. Dabei sah er Owen unverwandt in die Augen. *Krokodilsaugen,* dachte Owen.

»Alle?«, fragte Owen. »Die Ripley-Positiven wie auch die anderen? Wohin führt uns das? Die Soldaten, die negativ sind?«

»Die Jungs, die jetzt okay sind, werden auch okay bleiben«, sagte Kurtz. »Die Ripley haben, waren alle unachtsam. Darunter ist auch ... tja, da ist ein kleines Mädchen da draußen, vielleicht vier Jahre alt, unglaublich süß. Man erwartet fast, dass sie im Stall steppt und dazu singt: *On the Good Ship Lollipop.*«

Kurtz fand sich offenbar witzig, und Owen dachte, dass

er es in gewisser Hinsicht wohl auch war, aber Owen selbst packte blankes Entsetzen. *Da draußen ist ein vierjähriges Mädchen,* dachte er. *Gerade mal vier Jahre alt. Was sagst du jetzt?*

»Sie ist süß, und sie ist infiziert«, sagte Kurtz. »Sichtbarer Ripley innen an einem Handgelenk, er wächst an ihrem Haaransatz und in einem Augenwinkel. Die üblichen Stellen. Tja, und ein Soldat hat ihr einen Schokoriegel geschenkt, als wäre sie so ein hungerndes Elendsbalg im Kosovo, und sie hat sich mit einem Küsschen bedankt. Wirklich zuckersüß, ein wahrer Kodak-Moment, nur dass jetzt auf seiner Wange ein Lippenstiftabdruck wächst, der gar kein Lippenstiftabdruck ist.« Kurtz verzog das Gesicht. »Er hatte sich ein ganz klein wenig beim Rasieren geschnitten, eine kaum sichtbare Wunde, aber schon war es zu spät. Ähnliche Vorfälle bei anderen. Die Regeln ändern sich nicht, Owen; Achtlosigkeit ist tödlich. Eine Zeit lang hat man vielleicht Glück, aber irgendwann lässt einen das Glück im Stich. Achtlosigkeit ist tödlich. Die meisten unserer Jungs, es freut mich, das zu sagen, werden die Sache hier überstehen. Wir werden für den Rest unseres Lebens immer wieder Vorsorgeuntersuchungen über uns ergehen lassen müssen, von gelegentlichen Stichprobentests mal ganz zu schweigen, aber da müssen Sie auch mal die Vorteile sehen: Die werden Ihren Arschkrebs verdammt früh diagnostizieren.«

»Die Zivilisten, die sauber sind? Was ist mit denen?«

Kurtz beugte sich vor, nun auf seine charmanteste, überzeugendste Weise geistig gesund wirkend. Man sollte sich davon geschmeichelt fühlen, sollte glauben, einer der ganz wenigen zu sein, die Kurtz zu sehen bekamen, wenn er seine Maske (»zwei Teile Patton, ein Teil Rasputin, Wasser drauf, umrühren und fertig«) abgelegt hatte. Früher hatte das bei Owen gewirkt, aber diesmal nicht. Rasputin war nicht die Maske; *das hier* war die Maske.

Doch selbst jetzt – und das war das Schlimme – war er sich da nicht vollkommen sicher.

»Owen, Owen, Owen! Nutzen Sie Ihr Gehirn – dieses

gute Gehirn, das Gott Ihnen gegeben hat! Unsere eigenen Leute können wir überwachen, ohne Verdacht zu erregen oder in der ganzen Welt Panik auszulösen – und es wird schon genug Panik geben, wenn der Präsident das Phooka-Pferd geschlachtet hat. Aber mit dreihundert Zivilisten könnten wir das nicht. Und wenn wir sie wirklich nach New Mexico ausfliegen und für die nächsten fünfzig, siebzig Jahre auf Kosten der Steuerzahler in irgendein Dorf vom Reißbrett stecken würden? Was wäre, wenn einer oder mehrere daraus entfliehen würden? Oder was wäre – und ich glaube, das befürchten die Schlauberger bereits –, wenn der Ripley nach einer gewissen Zeit mutiert? Wenn er sich, statt hier einzugehen, in etwas weitaus Ansteckenderes verwandeln würde, das viel weniger anfällig für die Umweltfaktoren wäre, die ihn hier in Maine eingehen lassen? Wenn der Ripley intelligent ist, ist er auch gefährlich. Und selbst wenn nicht – was ist, wenn er den Grauen als eine Art Funkfeuer dient, als interstellares Leuchtzeichen, das auf unsere Welt hinweist – lecker, lecker, kommt und holt euch die hier, diese Jungs schmecken gut ... und es gibt jede Menge davon?«

»Sie meinen also: Vorsicht ist besser als Nachsicht.«

Kurtz lehnte sich auf seinem Stuhl zurück und strahlte. »Mit einem Wort: Ja.«

Tja, dachte Owen, *auf unsere eigenen Leute passen wir auf. Wir sind gnadenlos, wenn es sein muss, aber sogar Kurtz passt auf seine Bürschchen auf. Zivilisten hingegen sind nur Zivilisten. Wenn man sie halt verbrennen muss, fangen sie ziemlich schnell Feuer.*

»Falls Sie bezweifeln, dass es einen Gott gibt und dass Er auch nur ein wenig Seiner Zeit damit verbringt, auf den guten alten Homo S. aufzupassen, dann sollten Sie sich mal anschauen, wie wir nach dieser Sache dastehen«, sagte Kurtz. »Die Leuchtfeuer kamen früh und wurden gemeldet – und eine dieser Meldungen stammte von dem Ladeninhaber hier persönlich, von Reginald Gosselin. Dann kommen die Grauen in der einzigen Zeit im Jahr, in der sich in diesen gottverlassenen Wäldern überhaupt Menschen aufhalten, und zwei davon sehen das Schiff abstürzen.«

»Das war Glück.«

»Das war die Gnade Gottes. Ihr Schiff stürzt ab, man weiß von ihrer Anwesenheit, und die Kälte bringt sowohl sie selbst wie auch diesen galaktischen Schimmelpilz um, den sie mitgebracht haben.« Er zählte die Punkte rasch an seinen langen Fingern ab, und seine weißen Augenwimpern blinzelten dabei. »Und das ist noch nicht alles. Sie implantieren etwas, und die gottverdammten Dinger funktionieren nicht – statt ein harmonisches Verhältnis mit ihrem Wirt einzugehen, werden sie zu Kannibalen und bringen ihn um.

Beim Abschlachten der Tiere ist alles gut verlaufen – wir haben gut hunderttausend Viecher gezählt, und an der Grenze nach Castle County findet jetzt ein mordsmäßiges Grillfest statt. Im Frühjahr und Sommer hätten wir uns auch um die Insekten sorgen müssen, die den Ripley aus der Zone herausgetragen hätten, aber nicht jetzt. Nicht im November.«

»Aber einige Tiere müssen durchgeschlüpft sein.«

»Wahrscheinlich sowohl Tiere als auch Menschen. Aber der Ripley breitet sich langsam aus. Wir kriegen das in den Griff, denn wir haben die große Mehrheit der infizierten Wirte im Sack, das Schiff ist zerstört, und was sie uns da mitgebracht haben, schwelt eher, als dass es lodernd brennt. Wir haben ihnen eine ganz einfache Botschaft übermittelt: Kommt in Frieden, oder kommt mit euren Strahlenkanonen, aber versucht es nicht noch mal so, denn das läuft nicht. Wir glauben nicht, dass sie wiederkommen, wenigstens nicht so schnell. Sie haben ein halbes Jahrhundert gebraucht, bis sie so weit gegangen sind. Wir bedauern bloß, dass wir das Schiff nicht für die Forscher-Eierköpfe sichern konnten ... aber es wäre wahrscheinlich ohnehin zu sehr mit Ripley verseucht gewesen. Wissen Sie, was unsere größte Furcht gewesen ist? Dass entweder die Grauen oder der Ripley eine Typhoid Mary finden, jemanden, der es aufnehmen und verbreiten kann, ohne sich selbst damit anzustecken.«

»Sind Sie sicher, dass es so jemanden nicht gibt?«

»So gut wie. Falls doch ... tja, dafür haben wir ja den Kordon.« Kurtz lächelte. »Wir haben Schwein gehabt, Soldat. Eine Typhoid Mary ist unwahrscheinlich, die Grauen sind tot, und der Ripley ist in Jefferson Tract eingeschlossen. Glück oder Gott. Entscheiden Sie.«

Kurtz senkte den Kopf und massierte sich mit Daumen und Zeigefinger den Nasenrücken, wie jemand, der eine Nebenhöhlenentzündung hatte. Als er wieder hochsah, waren seine Augen feucht. *Krokodilstränen*, dachte Owen, aber so ganz sicher war er sich da nicht. Er hatte keinen Zugriff mehr auf Kurtz' Gedanken. Entweder war die Telepathie-Welle schon zu weit abgeklungen, oder Kurtz hatte eine Methode entdeckt, wie er die Tür zuknallen konnte. Doch als Kurtz wieder das Wort ergriff, war sich Owen fast sicher, hier den wahren Kurtz zu hören, ein menschliches Wesen und nicht Tick-Tock, das Krokodil.

»Das war's dann für mich, Owen. Sobald dieser Auftrag erledigt ist, mache ich Schicht. Hier ist noch Arbeit für vier Tage, würde ich sagen – vielleicht auch für eine Woche, wenn der Sturm wirklich so schlimm wird wie vorhergesagt –, und schön wird es nicht, aber der eigentliche Albtraum steht uns morgen früh bevor. Ich könnte mein Ende wohl noch etwas hinauszögern, aber nach dieser Sache ... tja, ich bin ja voll pensionsberechtigt, und ich werde sie vor die Wahl stellen: Zahlt mich aus oder legt mich um. Ich denke mal, sie werden zahlen, denn ich weiß von zu vielen Leichen im Keller – das ist eine Lektion, die ich von J. Edgar Hoover gelernt habe –, aber ich bin schon fast so weit, dass mir das egal ist. Das ist nicht der brutalste Einsatz, an dem ich je beteiligt war, in Haiti haben wir in einer einzigen Stunde achthundert umgelegt – das war 1989, und ich träume immer noch davon –, aber das hier ist schlimmer. Viel schlimmer. Denn diese armen Idioten da draußen im Stall und auf der Koppel und im Pferch ... das sind *Amerikaner*. Das sind Leute, die Chevys fahren, bei Kmart einkaufen und keine Folge von *Emergency Room* verpassen. Bei dem Gedanken, Amerikaner zu erschießen, Amerikaner zu *massakrieren* ... dreht sich mir der Magen um. Ich mache das nur, weil es gemacht werden muss, um dieses Geschäft abzuschließen, und weil die meisten von ihnen ohnehin bald sterben würden, und zwar viel grausamer. *Capish?*«

Owen Underhill erwiderte nichts. Sein Gesicht konnte er ausdruckslos bewahren, aber wenn er etwas sagte, würde er damit wahrscheinlich verraten, dass ihm vor Entsetzen flau im Magen war. Er hatte zwar gewusst, dass das kommen würde, aber es jetzt wirklich auch zu *hören* ...

Vor seinem geistigen Auge sah er die Soldaten durch den Schnee auf den Zaun zugehen, hörte, wie Lautsprecher die Internierten aus dem Stall herbeiriefen. Er hatte noch nie an einem solchen Einsatz teilgenommen, hatte Haiti verpasst, aber er wusste, wie so etwas ablaufen sollte. Wie es ablaufen würde.

Kurtz beobachtete ihn aufmerksam.

»Ich sage nicht, dass ich Ihnen diesen Blödsinn verziehen habe, den Sie heute Nachmittag verzapft haben. Das ist jetzt zwar kalter Kaffee, aber Sie sind mir was schuldig, Bursche. Ich muss nicht Gedanken lesen können, um zu wissen, wie Sie das finden, was ich Ihnen da erzähle, und ich werde keine Spucke darauf verschwenden, Ihnen zu sagen, dass Sie endlich erwachsen werden und sich der Realität stellen sollen. Ich kann Ihnen nur sagen, dass ich Sie brauche. Sie müssen mir dieses eine Mal helfen.«

Die feuchten Augen. Das schwache, kaum merkliche Zucken der Mundwinkel. Man konnte leicht vergessen, dass Kurtz keine zehn Minuten zuvor einem Mann den Fuß zerschossen hatte.

Owen dachte: *Wenn ich ihm dabei helfe, dann bin ich, ob ich nun selber abdrücke oder nicht, genauso verdammt wie die Männer, die die Juden ins Lager Bergen-Belsen gescheucht haben.*

»Wenn wir um elf anfangen, können wir um halb zwölf damit fertig sein«, sagte Kurtz. »Allerspätestens um zwölf. Dann haben wir das hinter uns.«

»Bis auf die Albträume.«

»Ja. Bis auf die Albträume. Werden Sie mir helfen, Owen?«

Owen nickte. Er war schon so weit gekommen und würde jetzt nicht aufgeben – ob er nun verdammt war oder nicht. Das Mindeste, was er tun konnte, war, dafür zu sorgen, dass es gnädig ablief ... so gnädig ein Massenmord eben sein konnte. Später wurde ihm die tödliche Absurdität dieses Gedankens bewusst, aber wenn man mit Kurtz zusammen war, fast auf Tuchfühlung und mit Blickkontakt, war es zu viel verlangt, die Dinge nüchtern und sachlich zu sehen. Sein Wahnsinn war wahrscheinlich letztlich viel ansteckender als der Ripley.

»Gut.« Kurtz lehnte sich auf seinem Schaukelstuhl zurück und wirkte erleichtert und ausgelaugt. Er holte wieder seine Zigaretten hervor, spähte in die Schachtel und hielt sie Owen hin. »Noch zwei übrig. Möchten Sie?«

Owen schüttelte den Kopf. »Diesmal nicht, Boss.«

»Dann sehen Sie zu, dass Sie rauskommen. Falls nötig, gehen Sie rüber zur Krankenstation und lassen sich ein paar Schlaftabletten geben.«

»Ich glaube nicht, dass ich das brauche«, sagte Owen. Er hätte sie natürlich gebraucht – er brauchte sie jetzt schon –, aber er würde sie nicht einnehmen. Lieber lag er wach.

»Also gut. Dann los.« Kurtz ließ ihn bis zur Tür gehen. »Äh, Owen?«

Owen drehte sich um und schloss den Reißverschluss an seinem Parka. Jetzt hörte er draußen den Wind. Er fing richtig an zu tosen, wie er das bei dem relativ harmlosen Alberta Clipper nicht getan hatte, der am Vormittag durchgezogen war.

»Danke«, sagte Kurtz. Eine große, groteske Träne trat ihm aus dem linken Auge und rann ihm die Wange hinab. Kurtz schien es nicht zu bemerken. In diesem Moment liebte und bedauerte ihn Owen. Trotz allem und wider besseres Wissen. »Danke, Bursche.«

7

Henry stand im dichter werdenden Schneefall, drehte dem Wind den Rücken zu, schaute über seine linke Schulter zu dem Winnebago hinüber und wartete, dass Underhill herauskam. Er war jetzt allein – die anderen hatten im Stall, wo ein Heizgerät stand, Zuflucht vor dem Sturm gesucht. In der Wärme wucherten bestimmt bereits die Gerüchte, vermutete Henry. Immer noch lieber Gerüchte als die Wahrheit, die sie direkt vor Augen hatten.

Er kratzte sich am Bein, wurde sich dann bewusst, was er da tat, schaute sich um und drehte sich dabei einmal im Kreis. Keine Häftlinge und keine Wachen. Auch im dichten Schneefall noch war das Lager fast taghell erleuchtet, und er konnte in alle Richtungen gut sehen. Zumindest vorläufig war er allein.

Henry bückte sich und band das Hemd auf, das er um die Stelle geknotet hatte, an der der Blinkerhebel ihn verletzt hatte. Dann zog er den Schlitz in seinen Bluejeans auseinander. Die Männer, die ihn festgenommen hatten, hatten hinten in ihrem Wagen, wo bereits fünf weitere Flüchtige untergebracht waren (auf dem Weg zu Gosselin's hatten sie dann noch drei weitere eingesammelt), die gleiche Untersuchung an ihm durchgeführt. Da war er sauber gewesen.

Jetzt war er nicht mehr sauber. Ein zarter Faden roter Spitze wuchs aus dem Schorf mitten in der Wunde. Wenn er nicht gewusst hätte, wonach er suchen musste, hätte er es fälschlicherweise für ein Blutrinnsal gehalten.

Byrus, dachte er. *Na dann prost Mahlzeit.*

Ein Licht blitzte am oberen Rand seines Gesichtsfelds auf. Henry richtete sich auf und sah Underhill die Tür des Winnebago hinter sich schließen. Schnell band sich Henry das Hemd wieder um den Riss in seinen Jeans und ging dann zum Zaun. Eine Stimme in seinem Kopf fragte ihn, was er tun würde, wenn er Underhill etwas zuriefe und der Mann einfach weiterginge. Dann wollte die Stimme auch noch wissen, ob Henry wirklich vorhatte, Jonesy zu opfern.

Er sah Underhill im grellen Licht der Lagerscheinwerfer herbeitrotten, den Kopf vor dem Schnee und dem immer tosenderen Wind eingezogen.

8

Die Tür schnappte zu. Kurtz saß da und betrachtete sie, rauchend und langsam schaukelnd. Wie viel von diesem Sermon hatte ihm Owen abgekauft? Owen war klug, Owen behielt immer den Kopf oben, Owen war nicht ohne Idealismus ... und Kurtz glaubte, dass ihm Owen das alles fast bis auf die letzte Kleinigkeit abgekauft hatte. Denn letztlich glaubten die meisten Menschen, was sie glauben wollten. John Dillinger war auch so ein Überlebenskünstler gewesen, der gerissenste Desperado der Dreißigerjahre, und trotzdem war er mit Anna Sage ins Biograph Theater gegangen. *Manhattan Melodrama* wurde gegeben, und nach der Vorführung knallten FBIler Dillinger in einer Seitenstraße vor dem Theater ab wie einen Hund, der er ja auch gewesen war. Anna Sage hatte auch geglaubt, was sie hatte glauben wollen, und trotzdem hatte man sie nach Polen abgeschoben.

Niemand bis auf seinen handverlesenen Kader würde morgen Gosselin's Store verlassen – die zwölf Männer und zwei Frauen, aus denen Imperial Valley bestand. Owen Underhill würde nicht dabei sein, hätte aber dabei sein können. Bis Owen die Grauen auf den Gemeinschaftskanal gelegt hatte, hatte Kurtz ihn dabeihaben wollen. Aber die Dinge änderten sich. Das hatte Buddha gesagt, und damit hatte der schlitzäugige alte Heide wenigstens einmal die Wahrheit gesprochen.

»Du hast mich enttäuscht, Bursche«, sagte Kurtz. Er hatte sich zum Rauchen die Maske heruntergezogen, und beim Sprechen bewegte sie sich nun auf seiner graustoppeligen Kehle auf und ab. »Du hast mich enttäuscht.« Kurtz hatte es Owen Underhill einmal durchgehen lassen, dass er ihn enttäuscht hatte. Aber ein zweites Mal?

»Niemals«, sagte Kurtz. »Nie im Leben.«

KAPITEL 14

Die Fahrt nach Süden

1

Mr Gray lenkte das Schneemobil in eine Schlucht mit einem schmalen, gefrorenen Bach hinab. Daran entlang legte er die letzte Meile zum Interstate Highway 95 zurück. Zwei-, dreihundert Meter von den Scheinwerfern der Armeefahrzeuge entfernt (es waren nur wenige, und sie fuhren langsam durch den hohen Schnee), blieb er lange genug stehen, um den Teil von Jonesys Geist zu befragen, auf den er – *es* – Zugriff hatte. Dort waren Akten über Akten, die keinen Platz in Jonesys kleiner Bürofestung gefunden hatten, und Mr Gray fand ganz einfach, wonach er suchte. Es gab keinen Schalter, um den Scheinwerfer des Schneemobils abzuschalten. Mr Gray schwang Jonesys Beine vom Sitz, suchte sich einen Stein, hob ihn mit Jonesys rechter Hand auf und schlug damit den Scheinwerfer ein. Dann stieg er wieder auf und fuhr weiter. Das Schneemobil hatte fast keinen Sprit mehr, aber das war nicht weiter schlimm; das Fahrzeug hatte seinen Zweck erfüllt.

Die Röhre, die den Bach unter dem Highway durchführte, war groß genug für das Schneemobil, nicht aber für Schneemobil und Fahrer. Mr Gray stieg ab. Neben dem Schneemobil stehend, gab er Gas und jagte die Maschine holpernd und schräg in die Röhre. Sie blieb schon nach drei, vier Metern stecken, aber das reichte, damit sie aus der Luft nicht zu sehen war, wenn der Schneefall nachließ und Luftaufklärung wieder möglich wurde.

Mr Gray ließ Jonesy die Böschung zum Highway hochsteigen. Er blieb kurz vor der Leitplanke stehen und legte sich dann dort auf den Rücken. Hier war er vorläufig vor dem schlimmsten Wind geschützt. Der Anstieg hatte einen letzten kleinen Rest Endorphine freigesetzt, und Jonesy spürte, wie sein Entführer sie kostete und genoss, wie Jonesy vielleicht an einem frischen Oktobernachmittag nach einem Footballspiel einen Cocktail genossen hätte oder auch ein heißes Getränk.

Ihm wurde klar, dass er Mr Gray hasste.

Dann war Mr Gray als Wesen – als etwas, das sich auch hassen ließ – wieder verschwunden, war ersetzt worden durch die Wolke, die Jonesy in der Hütte gesehen hatte, als diesem Wesen der Kopf geplatzt war. Es ging auf Gedankenfang, wie es das auch bei Emil Brodsky gemacht hatte. Es hatte Brodsky gebraucht, weil sich Informationen darüber, wie man das Schneemobil startete, nicht in Jonesys Akten fanden. Jetzt brauchte es wieder etwas. Vermutlich eine Mitfahrgelegenheit.

Und was war hier noch übrig? Was bewachte noch das Büro, in dem der letzte Rest von Jonesy kauerte – von Jonesy, der aus seinem eigenen Körper geschüttelt worden war wie ein Fussel aus einer Hosentasche? Die Wolke natürlich; das Zeug, das Jonesy eingeatmet hatte. Etwas, was ihn hätte töten können, ihn aber aus irgendeinem Grunde nicht getötet hatte.

Die Wolke konnte nicht denken, jedenfalls nicht so wie Mr Gray. Der Herr der Hauses (das war nun leider Mr Gray und nicht mehr Mr Jones) war verreist und hatte das Haus in der Obhut der Thermostate, des Kühlschranks, des Herdes zurückgelassen. Und, falls es Ärger gab, des Rauchmelders und der Alarmanlage, die automatisch die Polizei rief.

Trotzdem konnte er, wenn Mr Gray fort war, vielleicht das Büro verlassen. Nicht um wieder die Kontrolle zu erlangen; wenn er das versuchte, würde die rotschwarze Wolke es melden, und Mr Gray würde auf der Stelle von seinem Erkundungsausflug zurückkehren. Jonesy würde bestimmt gefasst werden, ehe er sich wieder in das sichere Büro der Gebrüder Tracker zurückziehen konnte, mit dem schwarzen Brett und dem staubigen Fußboden und diesem einen schmutzverklebten Fenster hinaus in die Welt … nur dass dort vier halbmondförmige saubere Stellen in diesem Schmutz waren, nicht wahr? Stellen, wo einmal vier Jungen die Stirn dagegen gedrückt hatten, weil sie hofften, ein Bild zu sehen, das jetzt dort ans schwarze Brett gepinnt war: Tina Jean Schlossinger, die ihren Rock hochhielt.

Nein, es ging weit über seine Fähigkeiten, die Kontrolle wiederzuerlangen, und das nahm er besser so hin, so bitter es auch war.

Aber vielleicht konnte er an seine Akten kommen.

Gab es irgendeinen Grund dafür, das zu riskieren? Irgendeinen möglichen Vorteil? Vielleicht schon, wenn er gewusst hätte, was Mr Gray wollte. Von einer Mitfahrgelegenheit einmal abgesehen. Und apropos: Wohin wollte er denn fahren?

Die Antwort kam unerwartet, denn sie kam mit Duddits' Stimme: *Üdn. Issa Äi ill na Üdn.*

Mr Gray will nach Süden.

Jonesy ging einen Schritt von seinem schmutzigen Fenster mit Blick auf die Welt zurück. Dort draußen war jetzt sowieso nicht viel zu sehen – Schnee und schemenhaft dunkle Bäume. Der Schnee von heute Morgen war die Vorspeise gewesen, und nun kam der Hauptgang.

Mr Gray will nach Süden.

Wie weit? Und wieso? Was sollte das alles?

Zu diesen Fragen schwieg Duddits.

Jonesy drehte sich um und sah mit Erstaunen, dass die Streckenkarte und das Bild des Mädchens nicht mehr am schwarzen Brett hingen. Stattdessen hingen dort nun vier Farbfotos, Schnappschüsse mit je einem Jungen drauf. Der Hintergrund war immer der gleiche: die Junior High School in Derry; und die Bildunterschrift auch: SCHULZEIT 1978. Jonesy selbst war ganz links, mit einem arglosen Grinsen von einem Ohr zum anderen, das ihm jetzt fast das Herz brach. Daneben Biber, und das Grinsen des Bibers entblößte die Zahnlücke in der Mitte; den Zahn hatte er sich bei einem Sturz vom Skateboard ausgeschlagen, und er war erst gut ein Jahr später ersetzt worden ... jedenfalls, bevor er auf die High School kam. Pete mit seinem breiten Gesicht, dem olivfarbenen Teint und dem schändlich kurzen Haar, wofür sein Vater immer sorgte, der meinte, er habe nicht in Korea gekämpft, damit sein Sohn dann wie ein Hippie herumlaufe. Und schließlich Henry, Henry mit seiner dicken Brille, bei der Jonesy an Danny Dunn, den Kinderdetektiv, denken musste, den Held der Krimis, die Jonesy als kleiner Junge gelesen hatte.

Biber, Pete, Henry. Wie hatte er sie geliebt, und wie unfair plötzlich waren ihre langjährigen Freundschaftsbande gekappt worden. Nein, das war alles andere als fair –

Mit einem Mal erwachte das Bild von Biber Clarendon zum Leben, was Jonesy einen Heidenschreck einjagte. Biber bekam große Augen und sprach mit leiser Stimme: »Sein Kopf war ab, weißt du noch? Er lag im Graben, und seine Augen waren voller Schlamm. So ein Kackorama! Heilige Filzlaus!«

O Gott, dachte Jonesy, als es ihm wieder einfiel: die Sache mit dem ersten Jagdausflug zu ihrer Hütte, die er fast vergessen hatte ... oder verdrängt. Hatten sie alle es verdrängt? Vielleicht schon. Wahrscheinlich. Denn in all den Jahren seither hatten sie über alles in ihrer Kindheit gesprochen, über alle gemeinsamen Erinnerungen ... nur über die eine nicht.

Sein Kopf war ab ... seine Augen waren voller Schlamm.

Damals war etwas mit ihnen passiert, was mit dem zusammenhing, was jetzt mit ihm passierte.

Wenn ich nur wüsste, was es war, dachte Jonesy. *Wenn ich das nur wüsste.*

2

Andy Janas hatte die übrigen drei Wagen seiner kleinen Gruppe aus den Augen verloren – hatte sie weit zurückgelassen, weil sie, im Gegensatz zu ihm, nicht daran gewöhnt waren, bei so einem Scheißwetter zu fahren. Er war im nördlichen Minnesota aufgewachsen und war so etwas von klein auf gewöhnt. Er saß allein in einem der besseren Armeefahrzeuge von Chevrolet, einem umgebauten Pick-up mit Allradantrieb, und den hatte er heute Abend auch aktiviert. Er war ja schließlich nicht auf den Kopf gefallen.

Doch der Highway war größtenteils frei; ein paar Army-Schneepflüge waren die Strecke gut eine Stunde zuvor abgefahren (er würde sie bald einholen, schätzte er, und dann würde er abbremsen und wie ein braver Junge hinter ihnen herzockeln), und seither hatten sich nur fünf, sechs Zentimeter auf dem Beton niedergelassen. Das wahre Problem war der Wind, der die Schneeflocken aufwirbelte und einem die Sicht nahm. Aber man konnte sich ja an den Rückstrahlern der Leitplanke orientieren. Die Rückstrahler im Blick zu behalten – das war der Trick, den die anderen Blödmänner nicht kannten ... oder vielleicht waren bei den Lastern und Humvees die Scheinwerfer auch zu hoch angebracht und die Rückstrahler deshalb nicht gut sichtbar. Und bei richtigem Schneegestöber verschwanden die Rückstrahler auch ganz; die gesamte Welt wurde weiß, und man musste den Fuß vom Gaspedal nehmen, bis der Wind wieder nachließ, und nur versuchen, nicht von der Straße abzukommen. Es würde schon werden, und falls irgendwas passierte, stand er ja in Funkkontakt. Außerdem folgten dichtauf weitere Schneepflüge, die die nach Süden führende Spur des Highways von Presque Isle bis ganz nach Millinocket freihielten.

Hinten auf der Ladefläche hatte er zwei dreifach verpackte Lieferungen. In der einen waren die Kadaver zweier Hirsche, die an Ripley gestorben waren. In der anderen – und das fand Janas mäßig bis ernstlich grausig – befand sich die Leiche eines Grauen, die sich allmählich in eine Art rötlich orangefarbene Suppe verwandelte. Beide Pakete waren für die Ärzte der Blue Base bestimmt, die in einem Ort namens ...

Janas schaute zur Sonnenblende hoch. Daran steckten unter einem Gummiband ein Notizblatt und ein Kugelschreiber. Auf dem Zettel stand gekrakelt: Gosselin's Store, Ausfahrt 16, links ab.

Er würde in einer Stunde dort sein. Vielleicht auch schon

früher. Die Ärzte würden ihm zweifellos erzählen, sie hätten schon alle Tierproben, die sie brauchten, und man würde die Hirschkadaver verbrennen, aber den Grauen wollten sie ja vielleicht, wenn sich der kleine Kerl bis dahin nicht gänzlich in Brei verwandelt hatte. Die Kälte bremste diesen Vorgang vielleicht etwas, aber ob dem nun so war oder nicht, kümmerte Andy Janas nun wirklich nicht. Seine einzige Sorge bestand darin, dort anzukommen, die Proben abzugeben und dann auf die Besprechung mit demjenigen zu warten, der befugt war, Fragen über das nördliche – und stillste – Grenzgebiet der Quarantänezone zu stellen. Und während er dort wartete, würde er sich einen heißen Kaffee und eine Riesenportion Rührei besorgen. Und wenn die richtigen Leute da waren, bekam er vielleicht sogar Kaffee mit Schuss. Das wäre schön. Ein kleiner Schwatz und sich dann schön hinhocken und

Fahr rechts ran

Janas runzelte die Stirn, schüttelte den Kopf und kratzte sich dann am Ohr, als hätte ihn da irgendwas – ein Floh vielleicht – gestochen oder gebissen. Der gottverdammte Wind toste so, dass er den ganzen Pick-up durchschüttelte. Der Highway verschwand und auch die Rückstrahler. Er war wieder völlig in Weiß gehüllt, und die anderen Jungs hatten jetzt bestimmt die Hosen gestrichen voll, aber nicht er, Andy »Lasst Mr Minnesota mal machen« Janas, nimm einfach nur den Fuß vom Gas (und vergiss das Bremspedal; wenn man in einem Schneesturm unterwegs war, war bremsen wirklich das Dümmste, was man tun konnte), fahr einfach im Leerlauf weiter und warte ab, dass

Fahr rechts ran

»Hä?« Er sah zum Funkgerät, aber da war nichts, nur Rauschen und im Hintergrund dumpfes Geplapper.

Fahr rechts ran

»Au!«, schrie Janas und hielt sich den Kopf, in dem er plötzlich höllische Schmerzen hatte. Der olivgrüne Pick-up brach aus, geriet ins Schlingern und fing sich dann wieder, als seine Hände instinktiv in die Spur lenkten. Er hatte immer noch den Fuß vom Gas, und der Tachozeiger des Chevy sank schnell nach links.

Die Schneepflüge hatten einen schmalen Pfad in der Mitte der beiden nach Süden führenden Spuren geräumt. Jetzt steuerte Janas in den Tiefschnee rechts neben seiner Spur, und unter den Reifen des Pick-ups stoben Schneeschleier auf, die der Wind schnell vertrieb. Die Rückstrahler an der Leitplanke leuchteten grell, funkelten im Dunkeln wie Katzenaugen.

Fahr hier rechts ran

Janas schrie auf vor Schmerz. Wie aus großer Ferne hörte er sich selber rufen: »Schon gut, schon gut, mach ich ja! Hör bloß auf damit! Hör auf zu *ziehen*!« Mit tränenden Augen sah er keine zwanzig Meter voraus hinter der Leitplanke eine dunkle Gestalt. Als die Scheinwerfer sie erfassten, sah er, dass es ein Mann war, der einen Parka trug.

Andy Janas' Hände schienen nicht mehr ihm zu gehören. Sie waren wie Handschuhe, in denen die Hände eines anderen Menschen steckten. Das war ein merkwürdiges und äußerst unangenehmes Gefühl. Sie drehten das Lenkrad gänzlich ohne seine Mithilfe weiter, und der Pick-up kam vor dem Mann im Parka zum Stehen.

3

Das war seine Chance, denn Mr Gray war vollkommen abgelenkt. Jonesy ahnte, wenn er noch weiter überlegte, würde er sich nicht trauen, und deshalb dachte er nicht weiter darüber nach. Er handelte einfach, drückte den Riegel an der Bürotür mit dem Handballen zurück und riss die Tür auf.

Er war als Kind nie im Gebäude der Gebrüder Tracker gewesen (und den schweren Sturm von 1985 hatte es nicht überstanden), war sich aber ziemlich sicher, dass es nie so ausgesehen hatte wie das, was er jetzt sah. Von dem schmuddeligen Büro kam man in einen Raum, der so riesig war, dass Jonesy nicht bis ans andere Ende sehen konnte. Oben erstreckten sich endlose Reihen von Neonröhren. Und darunter, zu ansehnlichen Säulen aufgestapelt, standen Millionen Pappkartons.

Nein, dachte Jonesy. *Nicht Millionen. Milliarden. Billionen.*

Ja, Billionen kam schon eher hin. Dazwischen verliefen tausende schmale Gänge. Er stand am einen Ende des Lagerhauses der Ewigkeit, und der Gedanke, hier irgendetwas zu finden, wirkte lächerlich. Wenn er sich von der Tür zu seinem Büroversteck entfernte, hätte er sich im Handumdrehen verlaufen. Mr Gray hätte sich dann nicht mehr um ihn kümmern müssen; Jonesy wäre bis zu seinem Tod umhergeirrt, verloren in einem irrsinnigen Labyrinth aus aufgestapelten Kartons.

Das stimmt nicht. Ich würde mich da genauso wenig verlaufen wie in meinem eigenen Schlafzimmer. Und ich würde auch nicht groß nach etwas suchen müssen. Ich bin hier zu Hause. Willkommen in deinem eigenen Kopf, du Blitzmerker.

Die Idee war so überwältigend, dass er sich ganz schwach dabei fühlte ... aber Schwäche konnte er sich jetzt nicht erlauben – und auch kein Zaudern. Mr Gray, der allseits beliebte Eroberer aus den Weiten des Alls, würde nicht lange mit dem Fahrer beschäftigt sein. Wenn Jonesy einige dieser Akten in Sicherheit bringen wollte, dann musste er sich beeilen. Die Frage war nur: Welche sollte er nehmen?

Duddits, flüsterte es in ihm. *Das hat etwas mit Duddits zu tun. Das weißt du. Du hast in letzter Zeit oft an ihn denken müssen. Die anderen Jungs haben auch an ihn gedacht. Duddits war es, der dich und Henry und Pete und Biber zusammengehalten hat – das habt ihr immer gewusst, und jetzt weißt du noch etwas, nicht wahr?*

Ja. Er wusste, dass der Unfall im März dadurch ausgelöst worden war, dass er sich eingebildet hatte zu sehen, wie Duddits von Richie Grenadeau und seinen Freunden wieder gehänselt wurde. Aber »gehänselt« war eine lächerlich schwache Bezeichnung dafür, was an diesem Tag hinter dem

Gebäude der Gebrüder Tracker vorgegangen war, oder etwa nicht? *Gefoltert* traf es eher. Und als er gesehen hatte, wie diese Folter wiederholt werden sollte, war er auf die Straße gerannt, ohne nach links und rechts zu schauen, und –

Sein Kopf war ab, sprach Bibers Stimme plötzlich aus den Deckenlautsprechern des Lagerraums, und seine Stimme war so laut und kam so plötzlich, dass Jonesy zusammenzuckte. *Er lag im Graben, und seine Augen waren voller Schlamm. Und früher oder später ist jeder Mörder dran. Was für ein Kackorama!*

Richies Kopf. Der Kopf von Richie Grenadeau. Und Jonesy hatte keine Zeit dafür. Er war unbefugterweise in seinen eigenen Kopf eingedrungen und tat besser daran, sich zu beeilen.

Als er zum ersten Mal in dieses riesige Lager geschaut hatte, hatten alle Kartons gleich ausgesehen und waren unbeschriftet gewesen. Jetzt sah er, dass auf denen direkt vor ihm mit schwarzem Fettstift DUDDITS geschrieben stand. Kam das jetzt überraschend? War es einfach Glück? Nicht im Mindesten. Das waren schließlich seine Erinnerungen, die da fein säuberlich in diesen Billionen Kartons lagerten, und ein gesundes Hirn konnte eben ziemlich beliebig auf die eigenen Erinnerungen zurückgreifen.

Ich brauche irgendwas, womit ich sie transportieren kann, dachte Jonesy, und als er sich umsah, war er nicht sonderlich erstaunt, dort einen knallroten Kofferkuli zu sehen. Das war hier ein magischer Ort, wo man im Handumdrehen alles Mögliche erschuf, und das Fantastischste daran war, fand Jonesy, dass jeder Mensch so etwas hatte.

Hastig lud er einige Kartons mit der Aufschrift DUDDITS auf den Wagen und schob ihn dann im Laufschritt in das Büro der Gebrüder Tracker. Er lud sie ab, indem er den Kofferkuli neigte und sie auf den Boden kippte. Alles durcheinander, aber um seinen Ruf als Hausmann konnte er sich später Sorgen machen.

Er lief wieder raus und sah sich nach Mr Gray um, aber Mr Gray war immer noch mit dem Fahrer beschäftigt ... Janas war sein Name. Da war die Wolke, aber die Wolke nahm ihn nicht wahr. Sie war so dumm wie ... tja, so dumm wie ein Pilz.

Jonesy holte die restlichen DUDDITS-Kisten und sah, dass der nächste Stapel nun auch mit Fettstift beschriftet war. Auf diesen Kartons stand DERRY, und es waren zu viele, um sie alle mitzunehmen. Fragte sich nur, ob er einige davon brauchte oder nicht.

Er dachte darüber nach, während er die zweite Ladung Gedächtniskisten ins Büro fuhr. Die Derry-Kisten standen natürlich neben den Duddits-Kisten; Erinnerung war sowohl der Akt als auch die Kunst der Assoziation. Blieb nur die Frage, ob seine Derry-Erinnerungen eine wichtige Rolle spielten oder nicht. Woher sollte er das wissen, wenn er nicht wusste, was Mr Gray vorhatte?

Aber er wusste es doch.

Mr Gray will nach Süden.

Derry lag im Süden.

Jonesy sprintete zurück ins Erinnerungslager und schob dabei den Wagen vor sich her. Er würde so viele Kisten mit der Aufschrift DERRY mitnehmen, wie er konnte, und hoffen, dass es die richtigen waren. Er würde auch hoffen, dass er Mr Grays Rückkehr noch rechtzeitig bemerkte. Denn wenn er sich hier draußen erwischen ließ, würde er geklatscht werden wie eine Fliege.

4

Janas sah entsetzt zu, wie seine linke Hand ausgestreckt wurde und auf der Fahrerseite des Pick-up die Tür öffnete, wie Kälte hereinkam, Schnee und der nicht nachlassende Wind. »Tun Sie mir bitte nicht mehr weh, Mister, bitte nicht, ich nehme Sie gern ein Stückchen mit, wenn es das ist, was Sie wollen, aber tun Sie mir nicht mehr weh, mein Kopf –«

Plötzlich rauschte Andy Janas etwas durch den Kopf. Es war wie ein Wirbelwind mit Augen. Janas spürte, wie dieses Etwas in seinen gegenwärtigen Befehlen herumschnüffelte, seiner erwarteten Ankunftszeit in der Blue Base ... und darin, was er über Derry wusste: nichts. Seine Anweisungen hatten ihn durch Bangor geführt, und in Derry war er nie im Leben gewesen.

Er spürte, wie sich der Wirbelwind zurückzog, und verspürte für einen Moment ekstatische Erleichterung – *ich habe nicht, wonach es sucht, jetzt lässt es mich gehen* –, nur um dann einzusehen, dass das Ding da in seinen Gedanken nicht die Absicht hatte, ihn gehen zu lassen. Zum einen brauchte es den Wagen. Und zum anderen musste es ihn zum Schweigen bringen.

Janas brachte eine kurze, aber erbitterte Gegenwehr zustande. Dieser unerwartete Widerstand war es, der Jonesy die Zeit ließ, wenigstens einen Stapel Kisten mit der Aufschrift Derry zu holen. Dann gewann Mr Gray wieder die Oberhand über Janas' motorische Kontrolle.

Janas sah, wie seine Hand zur Sonnenblende hochfuhr. Seine Finger packten den Kugelschreiber und zerrten ihn los, zerrissen dabei das Gummiband, das ihn hielt.

Nein!, schrie Janas, aber es war zu spät. Er sah noch ein schimmernd dahinrasendes Glitzern, als ihm seine Hand, die den Kugelschreiber wie einen Dolch gepackt hielt, den Stift ins Auge rammte. Dann erscholl ein platzendes Geräusch, und er zitterte am Lenkrad hin und her wie eine ungeschickt gelenkte Marionette, während seine Faust den Stift tiefer und immer tiefer hineinstieß, erst bis zur Hälfte, dann drei Viertel, und ihm sein geborstener Augapfel jetzt wie eine monströse Träne die Wange hinablief. Die Spitze stieß auf etwas, was sich wie ein Knorpel anfühlte, wurde dadurch kurz aufgehalten und drang dann weiter in seine Gehirnmasse vor.

Du Schwein, dachte er, *was bist du denn, du Schw–*

Ein letzter strahlend heller Lichtblitz zuckte durch seinen Kopf, und dann wurde alles dunkel. Janas sackte aufs Lenkrad. Die Hupe des Pick-ups ertönte.

5

Mr Gray hatte von Janas nicht viel geboten bekommen – hauptsächlich die unerwartete Gegenwehr am Ende –, aber er hatte deutlich mitbekommen, dass Janas nicht alleine war. Der Transportkonvoi, zu dem er gehörte, fuhr des Sturms wegen in großen Abständen, aber sie fuhren alle zu dem einen Ort, den Janas in Gedanken sowohl als Blue Base als auch als Gosselin's bezeichnet hatte. Dort gab es einen Mann, vor dem Janas Angst hatte, den Befehlshaber dort, aber Mr Gray hätte sich gar nicht weniger für das Schreckgespenst Kurtz / den Boss / den verrückten Abe interessieren können. Und er musste sich auch nicht dafür interessieren, denn er hatte nicht vor, auch nur in die Nähe des Gosselin's Store zu kommen. Dieser Ort war irgendwie anders, und auch diese Spezies, obwohl nur begrenzt empfindungsfähig und größtenteils aus Emotionen aufgebaut, war irgendwie anders. Sie *wehrten sich*. Mr Gray hatte keine Ahnung, warum, aber sie wehrten sich tatsächlich.

Am besten machte man ein schnelles Ende. Und für dieses Ende hatte er ein ausgezeichnetes Liefersystem entdeckt.

Mit Jonesys Händen zerrte Mr Gray Janas hinterm Lenkrad hervor und trug ihn zur Leitplanke. Er warf die Leiche hinüber und nahm sich nicht die Zeit zuzusehen, wie sie den Hang hinab in das zugefrorene Flussbett stürzte. Er ging zurück zum Wagen, den Blick dabei starr auf die beiden in Plastik verpackten Bündel auf der Ladefläche gerichtet, und nickte dann. Die Tierkadaver taugten nichts. Das andere Bündel hingegen ... das würde nützlich sein. Darin wimmelte es nur so von etwas, was er brauchte.

Er sah unvermittelt hoch, und Jonesys Augen waren in dem Schneegestöber plötzlich weit aufgerissen. Der Besitzer dieses Körpers hatte sich aus seinem Versteck vorgewagt. War verletzlich. Gut, denn dieses Bewusstsein ärgerte ihn zusehends, ein unaufhörliches Gemurmel (das sich hin und wieder zu einem panischen Aufschrei erhob) auf der unteren Ebene seines Denkprozesses.

Mr Gray hielt noch einen Moment lang inne und versuchte an gar nichts zu denken, damit Jonesy nicht die leiseste Warnung erhielt ... und dann ging er zum Angriff über.

Er wusste nicht, was er erwartet hatte, das aber jedenfalls nicht.

Nicht dieses blendende weiße Licht.

6

Jonesy wäre fast übertölpelt worden. Wäre übertölpelt worden, hätte es die Neonröhren nicht gegeben, mit denen er seinen geistigen Lagerraum erleuchtete. Dieser Ort existierte zwar gar nicht, aber für ihn selbst war er doch real, und deshalb war er auch für Mr Gray real, als Mr Gray kam.

Jonesy, der den Kofferkuli mit den Kisten mit der Aufschrift DERRY schob, sah Mr Gray wie von Zauberhand vorn in einem Gang zwischen hoch aufgestapelten Kartons auftauchen. Es war der rudimentäre Humanoid, der in der Hütte hinter ihm gestanden hatte, das Ding, das er im Krankenhaus besucht hatte. Die matten schwarzen Augen waren nun doch zum Leben erwacht, blickten *gierig*. Es hatte sich angeschlichen, hatte ihn außerhalb seiner Bürozuflucht ertappt und wollte ihn erledigen.

Doch dann zuckte sein unförmiger Kopf zurück, und ehe die dreifingrigen Hände die Augen bedecken konnten (es hatte keine Augenlider, nicht einmal Wimpern), sah Jonesy einen Ausdruck auf dieser grauen Skizze von einem Gesicht, bei dem es sich um Verblüffung handeln musste. Vielleicht sogar um Schmerz. Es war da draußen gewesen, im Schnee und der Dunkelheit, und hatte die Leiche des Fahrers beseitigt. Als es hier hereinkam, war es nicht auf diese grelle Supermarktbeleuchtung gefasst gewesen. Und er sah noch etwas: Der Außerirdische hatte sich den erstaunten Gesichtsausdruck von seinem Wirt geborgt. Für einen Moment war Mr Gray eine gruslige Karikatur von Jonesy selbst.

Seine Überraschung verhalf Jonesy zum nötigen Vorsprung. Den Kofferkuli vor sich her schiebend, fast ohne es zu bemerken, und sich vorkommend wie die gefangene Prinzessin in irgendeinem durcheinander geratenen Märchen, lief er ins Büro. Er spürte mehr, als dass er sah, wie Mr Gray mit seinen widerlichen dreifingerigen Händen nach ihm langte (die graue Haut darauf sah irgendwie roh aus, wie schon sehr lange liegendes ungekochtes Fleisch), und knallte die Bürotür genau vor ihnen zu. Er stieß sich mit der lädierten Hüfte am Kofferkuli, als er sich umdrehte – er nahm hin, dass er sich in seinem eigenen Kopf aufhielt, und nichtsdestotrotz blieb das alles vollkommen real –, und es gelang ihm eben noch, den Riegel vorzuschieben, ehe Mr Gray den Türknauf umdrehen und sich gewaltsam Zutritt verschaffen konnte. Zur Sicherheit drückte Jonesy auch noch das Schnappschloss im Türknauf hinein. War das Schloss zuvor schon dagewesen, oder war es neu? Er konnte sich nicht erinnern.

Jonesy trat schwitzend von der Tür zurück und stieß jetzt mit dem Hintern gegen den Griff des Kofferkulis. Vor ihm drehte sich der Türknauf immer wieder hin und her. Mr Gray war da draußen und steuerte seinen restlichen Geist – und auch seinen Körper –, aber hier herein konnte er nicht. Er konnte die Tür nicht aufbrechen, hatte nicht die Kraft, sie aufzurammen, und nicht den nötigen Grips, um das Schloss zu knacken.

Wieso? Wie konnte das sein?

»Duddits«, flüsterte er. »Das hat alles mit Duddits zu tun. Kein Prall, kein Spiel.«

Der Türknauf klapperte. »Lass mich rein!«, knurrte Mr Gray, und für Jonesy hörte er sich gar nicht an wie ein Abgesandter aus einer anderen Galaxie, sondern einfach wie jemand, der stinksauer war, dass ihm etwas verwehrt wurde. Lag das daran, dass er Mr Grays Verhalten nach Maßstäben beurteilte, die er, Jonesy, verstand? Dass er den Außerirdischen vermenschlichte? Ihn *übersetzte?*

»*Lass ... mich ... REIN!*«

Jonesy entgegnete spontan: »Bin ganz allein, bin ganz allein, ich lass dich nicht ins Haus herein.« Und dachte dann:

Und du musst jetzt sagen: »*Ich werde strampeln und trampeln, ich werde husten und prusten und dir dein Haus zusammenpusten!*«

Aber Mr Gray rüttelte nur noch vehementer am Türknauf. Er war es nicht gewöhnt, derart (oder überhaupt, dachte Jonesy) behindert zu werden, und war stinksauer. Janas' kurze Gegenwehr hatte ihn erstaunt, aber das hier war Widerstand auf einem gänzlich anderen Niveau.

»Wo bist du?«, rief Mr Gray zornig. »Wie kannst du da drin sein? Komm raus!«

Jonesy antwortete nicht, stand nur inmitten der hingekippten Kartons und lauschte. Er war sich fast sicher, dass Mr Gray nicht hereinkommen konnte, aber es war trotzdem besser, ihn nicht zu provozieren.

Und nachdem Mr Gray noch etwas am Türknauf gerüttelt hatte, spürte Jonesy, wie er ihn in Ruhe ließ.

Jonesy ging zum Fenster, stieg dabei über die umgestürzten Kartons mit der Aufschrift DUDDITS und DERRY und schaute hinaus in den Schnee und die Dunkelheit.

7

Mr Gray setzte sich mit Jonesys Körper ans Steuer des Pickups, knallte die Tür zu und trat aufs Gas. Der Wagen brauste los und verlor sofort die Straßenhaftung. Alle vier Reifen drehten durch, und der Wagen schlitterte, metallisch kreischend, mit einem Knall an die Leitplanke.

»Mist!«, brüllte Mr Gray und griff dabei, fast ohne es zu merken, auf Jonesys Sprachschatz zurück. »Heilige Filzlaus! Knutsch mir die Kimme! Gekörnte Scheiße! Blas mir den Hobel aus!«

Dann hielt er inne und griff wieder auf Jonesys Fahrkenntnisse zurück. Jonesy hatte einige Informationen über das Autofahren bei solchen Wetterverhältnissen, wenn auch längst nicht so viele wie Janas. Aber Janas war fort, seine Daten gelöscht. Was Jonesy wusste, musste reichen. Entscheidend war, das zu verlassen, was Janas in Gedanken

»Q-Zone« genannt hatte. Außerhalb der Q-Zone war er in Sicherheit. Da hatte Janas keinen Zweifel gehabt.

Jonesys Fuß trat wieder aufs Gaspedal, diesmal aber viel behutsamer. Der Pick-up setzte sich in Bewegung. Jonesys Hände steuerten den Chevrolet zurück auf die sich allmählich schließende Spur des Schneepflugs.

Unter dem Armaturenbrett meldete sich knackend das Funkgerät. »Tubby One, hier ist Tubby Four. Ich habe hier einen Sattelschlepper, der von der Straße abgekommen ist und umgestürzt auf dem Mittelstreifen liegt. Haben Sie verstanden?«

Mr Gray konsultierte die Akten. Was Jonesy von militärischem Funkverkehr verstand, war kärglich und stammte größtenteils aus Büchern und etwas, das »Kino« hieß, aber vielleicht langte das ja. Er nahm das Mikrofon, tastete nach dem Knopf, den Jonesy offenbar seitlich daran vermutete, fand ihn und drückte drauf. »Verstanden«, sagte er. Würde Tubby Four merken, dass Tubby One nicht mehr Andy Janas war? Von Jonesys Akten ausgehend, glaubte Mr Gray das kaum.

»Ein paar von uns richten ihn wieder auf und versuchen, ihn wieder fahrtüchtig zu machen. Er hat ausgerechnet das *Essen* geladen, verstanden?«

Mr Gray drückte auf den Knopf. »Hat ausgerechnet das *Essen* geladen, verstanden.«

Es folgte eine längere Pause, lang genug, um sich zu fragen, ob er etwas Falsches gesagt hatte oder in irgendeine Falle getappt war, und dann sagte das Funkgerät: »Wir müssen wohl auf die nächsten Schneepflüge warten. Sie können genauso gut weiterfahren. Over?« Tubby Four hörte sich empört an. Jonesys Akten deuteten darauf hin, dass es daher kam, dass Janas mit seinem überragenden Fahrkönnen zu weit voraus war, um helfen zu können. Das war gut so. Er wäre sowieso weitergefahren, aber es war gut, dass er von Tubby Four die offizielle Erlaubnis dazu bekommen hatte, wenn das denn so etwas war.

Er sah in Jonesys Akten nach (die er nun sah, wie auch Jonesy sie sah: in Kisten in einem riesigen Saal) und sagte:

»Verstanden. Tubby One, over and out.« Und dann schickte er noch hinterher: »Und einen schönen Abend noch.«

Dieses weiße Zeug war abscheulich. Tückisch und gefährlich. Trotzdem riskierte es Mr Gray, ein bisschen schneller zu fahren. Solange er sich in dem Bereich aufhielt, der von den Streitkräften des Schreckgespenstes Kurtz beherrscht wurde, schwebte er in Gefahr. Sobald er aber durch das Netz geschlüpft war, würde er seinen Auftrag sehr schnell abschließen können.

Was er brauchte, hatte mit einem Ort namens Derry zu tun, und als Mr Gray wieder in den Lagersaal ging, musste er etwas Erstaunliches feststellen: Sein unfreiwilliger Gastgeber und Wirt hatte das entweder gewusst oder geahnt, denn es waren die Derry-Akten gewesen, die Jonesy umgeräumt hatte, als Mr Gray wiedergekommen war und ihn fast erwischt hätte.

Mr Gray, plötzlich besorgt, durchsuchte die verbliebenen Kisten und beruhigte sich dann.

Was er brauchte, war noch da.

Neben der Kiste mit den wichtigsten Informationen lag eine andere, ganz kleine und staubige Kiste. Auf der Seite stand mit schwarzem Stift das Wort DUDDITS geschrieben. Wenn es noch andere Duddits-Kisten gab, dann waren sie weggeräumt. Nur diese hier war übersehen worden.

Eher aus Neugier (seine Neugier hatte er sich auch aus Jonesys Gefühls-Repertoire geborgt) machte Mr Gray sie auf. Eine knallgelbe Plastikschachtel befand sich darin. Absonderliche Figuren tollten darauf herum, Gestalten, die laut Jonesys Akten einerseits »Zeichentrickfiguren« und andererseits die »Scooby-Doos« waren. Auf einem Klebeetikett auf der Schachtel stand: ICH GEHÖRE DUDDITS CAVELL, 19 MAPLE LANE, DERRY, MAINE. WENN SICH DER JUNGE, DEM ICH GEHÖRE, VERLAUFEN HAT, RUFEN SIE

Gefolgt von einigen Zahlen, die so blass und unleserlich waren, dass er sie nicht entziffern konnte, wahrscheinlich ein Kommunikations-Code, an den sich Jonesy nicht mehr erinnerte. Mr Gray warf den gelben Plastikbehälter, der wahrscheinlich für die Aufbewahrung von Nahrungsmitteln bestimmt war, beiseite. Das musste nichts bedeuten ... aber wenn es nichts bedeutete, warum hatte Jonesy dann sein restliches Leben aufs Spiel gesetzt, indem er die übrigen DUDDITS-Kisten (und auch einige mit der Aufschrift DERRY) in Sicherheit gebracht hatte?

Duddits = Kindheitsfreund. Mr Gray wusste das von seiner ersten Begegnung mit Jonesy im »Krankenhaus« ... und wenn er gewusst hätte, zu was für einem Ärgernis sich Jonesy entwickeln würde, dann hätte er das Bewusstsein seines Wirts auf der Stelle ausgelöscht. Weder der Begriff »Kindheit« noch der Begriff »Freund« hatten für Mr Gray irgendeinen emotionalen Wert, aber er verstand, was sie bedeuteten. Er verstand bloß nicht, inwiefern Jonesys Kindheitsfreund etwas damit zu tun haben konnte, was heute Abend passierte.

Eine mögliche Erklärung fiel ihm ein: Sein Wirt war wahnsinnig geworden. Aus seinem eigenen Körper vertrieben zu sein hatte ihn geisteskrank gemacht, und er hatte einfach die Kisten genommen, die der Tür seiner verblüffenden Festung am nächsten standen, und hatte ihnen in seinem Wahnsinn eine Bedeutung beigemessen, die ihnen gar nicht zukam.

»Jonesy«, sagte Mr Gray und sprach den Namen mit Jonesys Stimmbändern aus. Diese Wesen waren geniale Mechaniker (das mussten sie natürlich auch sein, um in einer so kalten Welt zu überleben), aber ihre Gedankengänge waren eigenartig und verkrüppelt: ohnehin rostige Gehirnwindungen noch in korrosive Gefühlspfützen getunkt. Ihre telepathischen Fähigkeiten waren lächerlich gering; die flüchtige Telepathie, die sie jetzt dank des Byrus und der Kim (»Leuchtfeuer« sagten sie dazu) erlebten, verwirrte und ängstigte sie. Mr Gray konnte kaum fassen, dass sie sich noch nicht selbst ausgerottet hatten. Wesen, die zu echtem Denken nicht in der Lage waren, waren Wahnsinnige – das stand doch wohl außer Frage.

Doch immer noch keine Antwort von dem Wesen in diesem seltsamen, uneinnehmbaren Raum.

»Jonesy.«

Nichts. Aber Jonesy lauschte. Da war Mr Gray sicher.

»Dieses Leiden ist überflüssig, Jonesy. Sieh uns als das an, was wir sind – nicht Invasoren, sondern Retter. Freunde.«

Mr Gray dachte an die vielen Kisten. Für ein Wesen, das eigentlich nicht groß denken konnte, hatte Jonesy eine enorme Speicherkapazität. Frage, die ein andermal zu klären war: Wieso hatten Wesen, die nur so armselig denken konnten, so viel Speicherfähigkeit? Hing das mit ihrer völlig übertriebenen emotionalen Veranlagung zusammen? Und dann störten diese Gefühle auch noch. Jonesys Gefühle störten ihn sehr. Sie waren immer gegenwärtig. Immer abrufbereit. Und es waren *so viele*.

»Krieg ... Hungersnöte ... ethnische Säuberungen ... Töten für den Frieden ... Massakrieren der Heiden um Jesu willen ... Totschlagen von Homosexuellen ... Bazillen in Flaschen, die Flaschen in der Spitze von Raketen, die auf jede Großstadt der Welt gerichtet sind ... also bitte, Jonesy, was ist da schon ein bisschen Byrus unter guten Freunden, verglichen mit Anthrax Typ vier? Heilige Filzlaus, ihr wärt in fünfzig Jahren sowieso alle tot! Wir tun euch nur *gut*! Entspann dich und genieß es!«

»Du hast diesen Mann gezwungen, sich einen Stift ins Auge zu rammen.«

Grantig. Aber immerhin eine Reaktion. Der Wind toste, der Pick-up schlitterte, und Mr Gray fuhr und nutzte Jonesys Fähigkeiten. Die Sicht ging gegen null. Er hatte auf dreißig Stundenkilometer verlangsamt und würde vielleicht gut daran tun, für eine Weile rechts ran zu fahren, sobald er Kurtz' Netz hinter sich gelassen hatte. Und währenddessen konnte er mit seinem Wirt und Gastgeber plaudern. Mr Gray bezweifelte, dass er Jonesy überreden konnte, aus diesem Raum herauszukommen, aber beim Plaudern verging wenigstens die Zeit schneller.

»Ich hatte keine andere Wahl, mein Freund. Ich brauchte den Wagen. Ich bin der Letzte.«

»Und ihr verliert nie.«

»Stimmt«, sagte Mr Gray.

»Aber in so einer Situation warst du noch nie, nicht

wahr? Du hattest noch nie jemanden, an den du nicht rangekommen bist.«

Wollte Jonesy ihn aufziehen? Mr Gray verspürte einen leichten Anflug von Verärgerung. Und dann sagte Jonesy etwas, was Mr Gray auch schon gedacht hatte.

»Vielleicht hättest du mich im Krankenhaus umbringen sollen. Oder war das nur ein Traum?«

Mr Gray, der nicht recht wusste, was ein »Traum« war, machte sich nicht die Mühe zu antworten. Diesen verbarrikadierten Meuterer dort zu haben, wo mittlerweile einzig und allein Mr Grays Gedanken herrschen sollten, wurde immer ärgerlicher. Er konnte es beispielsweise nicht ausstehen, sich selbst als »Mr Gray« aufzufassen – das entsprach nicht seiner Vorstellung von sich oder dem Gattungshirn, dessen Teil er war; er konnte es nicht mal ausstehen, sich selbst als »er« aufzufassen, denn er gehörte beiden Geschlechtern an und keinem. Doch jetzt war er in diesen Vorstellungen gefangen und würde es bleiben, solange er Jonesys Wesenskern nicht absorbiert hatte. Ein schrecklicher Gedanke ging Mr Gray durch den Sinn: Was war, wenn *seine* Vorstellungen nicht zutrafen?

Er *hasste* es, in dieser Lage zu sein.

»Wer ist Duddits, Jonesy?«

Keine Antwort.

»Wer ist Richie? Warum war er ein Scheißkerl? Warum hast du ihn getötet?«

»Haben wir *nicht*!«

Ein leichtes Zittern in seiner geistigen Stimme. Ah, das hatte gesessen. Und noch etwas Interessantes: Mr Gray hatte »du« gesagt, und Jonesy hatte im Plural geantwortet.

»Habt ihr doch. Zumindest glaubt ihr, dass ihr es getan habt.«

»Das ist gelogen.«

»Wie dumm von dir, so etwas zu sagen. Ich habe die Erinnerungen hier vor mir in einer deiner Kisten. Da ist Schnee in der Kiste. Schnee und ein Mokassin. Braunes Wildleder. Komm raus und schau's dir an.«

Eine ekstatische Sekunde lang dachte er, Jonesy würde

das tatsächlich tun. Wenn er es tat, würde ihn Mr Gray auf der Stelle wieder ins Krankenhaus befördern. Dort konnte Jonesy sich selbst im Fernsehen beim Sterben zusehen. Ein Happy End für den Film, den sie sich angeschaut hatten. Und dann war Schluss mit »Mr Gray«. Dann gab es nur noch das, was Jonesy »die Wolke« nannte.

Mr Gray starrte wie gebannt auf den Türknauf und wollte, dass er sich bewegte. Er bewegte sich nicht.

»Komm raus.«

Nichts.

»Du hast Richie umgebracht, du Feigling! Du und deine Freunde. Ihr ... ihr habt ihn *totgeträumt*.« Und obwohl Mr Gray nicht wusste, was Träume waren, wusste er doch, dass das stimmte. Oder dass Jonesy es für die Wahrheit hielt.

Nichts.

»Komm raus! Komm raus und ...« Er kramte in Jonesys Erinnerungen. Viele davon waren in Kisten mit der Aufschrift FILME, Jonesy liebte Filme anscheinend über alles, und Mr Gray pflückte aus einem dieser Filme einen Satz heraus, der ihm besonders schlagkräftig vorkam. »... und kämpfe wie ein Mann!«

Nichts.

Du Schwein, dachte Mr Gray und griff wieder einmal auf das Gefühlsrepertoire seines Wirts und Gastgebers zurück. *Du Scheißkerl. Du stures Arschloch. Knutsch mir die Kimme, du stures Arschgesicht.*

Damals, als Jonesy noch Jonesy gewesen war, hatte er Wut oft zum Ausdruck gebracht, indem er mit der Faust auf etwas eingeschlagen hatte. Genau das tat Mr Gray jetzt auch und schlug mit Jonesys Faust so heftig mitten aufs Lenkrad, dass die Hupe ertönte. »Erzähl's mir! Erzähl mir nicht von Richie oder von Duddits, sondern von *dir*! Irgendwas macht dich anders. Ich will wissen, was es ist.«

Nichts.

»Es ist im Crib – ist es das?«

Immer noch keine Antwort, aber Mr Gray hörte Jonesys Schuhe hinter der Tür schlurfen. Und vielleicht hörte er auch einen leisen Atemzug. Mr Gray lächelte mit Jonesys Mund.

»Sprich mit mir, Jonesy. Wir vertreiben uns ein wenig die Zeit. Wer war Richie, außer dass er Nummer neunzehn war? Wieso wart ihr wütend auf ihn? Weil er ein Tiger war? Ein Derry Tiger? Was waren das für welche? Wer ist Duddits?«

Nichts.

Der Wagen kroch langsamer denn je durch den Sturm, und die Scheinwerfer waren fast machtlos gegen den wirbelnden weißen Schleier. Mr Gray sprach ihm mit leiser Stimme gut zu.

»Du hast eine Duddits-Kiste übersehen, mein Freund, wusstest du das? Und wie es sich trifft, ist in dieser Kiste eine Schachtel – eine gelbe Schachtel. Es sind Scooby-Doos drauf. Was sind Scooby-Doos? Das sind keine echten Menschen, nicht wahr? Sind sie aus Filmen? Sind sie aus dem Fernsehen? Willst du die Schachtel haben? Komm raus, Jonesy. Komm raus, und ich gebe dir die Schachtel.«

Mr Gray nahm den Fuß vom Gaspedal und ließ den Pickup langsam nach links rollen, aus der freigeräumten Spur heraus. Irgendwas ging hier vor, und er wollte sich ganz darauf konzentrieren. Mit Gewalt hatte er Jonesy nicht aus seiner Festung herausholen können ... aber Gewalt war ja schließlich auch nicht die einzige Option, wenn es galt, eine Schlacht, einen Krieg zu gewinnen.

Der Pick-up stand mit laufendem Motor an der Leitplanke, und rundherum toste jetzt ein veritabler Schneesturm. Mr Gray schloss die Augen. Augenblicklich war er wieder in Jonesys hell erleuchtetem Erinnerungslager. Hinter ihm erstreckten sich unter den Neonröhren meilenweit aufgestapelte Kisten. Vor ihm befand sich die verschlossene Tür, schäbig und schmutzig und aus irgendeinem Grunde ausgesprochen stabil. Mr Gray legte seine dreifingrigen Hände daran und fing leise an zu sprechen, in einem sowohl vertraulichen als auch eindringlichen Tonfall.

»Wer ist Duddits? Wieso habt ihr ihn angerufen, nachdem ihr Richie umgebracht hattet? Lass mich rein, wir müssen reden. Wieso hast du ein paar von den Derry-Kisten mitgenommen? Was soll ich nicht sehen? Das spielt keine

Rolle, ich habe, was ich brauche, lass mich rein, Jonesy, besser jetzt als später.«

Es würde funktionieren. Er ahnte Jonesys ausdruckslosen Blick, sah, wie sich Jonesys Hand auf den Türknauf mit dem Schloss darin zubewegte.

»Wir siegen immer«, sagte Mr Gray. Er saß hinterm Lenkrad und hatte Jonesys Augen geschlossen, und in einem anderen Universum kreischte der Wind und rüttelte am Wagen. »Mach die Tür auf, Jonesy. Mach jetzt auf.«

Stille. Und dann, keine zehn Zentimeter entfernt und so überraschend wie eine Schüssel mit kaltem Wasser, die über warmer Haut ausgegossen wurde: »Friss Scheiße und stirb!«

Mr Gray schreckte so heftig zurück, dass Jonesys Hinterkopf an das rückwärtige Fenster der Fahrerkabine knallte. Der Schmerz kam plötzlich und schockierend, eine zweite unangenehme Überraschung.

Er schlug wieder mit der Faust zu, dann mit der anderen, dann wieder mit der ersten; er schlug auf das Lenkrad ein, und die Hupe blökte einen Morse-Code des Zorns. Als im Wesentlichen emotionsloses Wesen und Angehöriger einer im Wesentlichen emotionslosen Gattung hatte er sich von den emotionalen Säften seines Wirts und Gastgebers mitreißen lassen – tauchte diesmal nicht nur kurz in sie ein, sondern badete in ihnen. Und wieder ahnte er, dass dies nur geschah, weil Jonesy noch da war, ein unruhiger Tumor in dem, was ein gelassenes und auf seine Ziele konzentriertes Bewusstsein hätte sein sollen.

Mr Gray hämmerte auf das Lenkrad ein, hasste diesen Gefühlsausbruch – was Jonesys Gedanken Koller nannten –, genoss ihn aber gleichzeitig auch. Er liebte es, wie die Hupe ertönte, wenn er mit Jonesys Fäusten darauf einschlug, liebte es, wie Jonesys Blut in Jonesys Schläfen pochte, liebte es, wie Jonesys Herz schneller schlug und wie Jonesys heisere Stimme immer und immer wieder schrie: »Du Arsch! Du Arsch!«

Und selbst noch mitten in diesem Wutausbruch wurde einem kühleren Teil von ihm klar, worin die eigentliche Gefahr bestand. Wenn sie kamen, gestalteten sie die Welten, die sie heimsuchten, nach ihrem Bilde um. So war das immer gewesen, und so waren sie nun mal.

Aber diesmal ...

Da passiert etwas mit mir, dachte Mr Gray, und im selben Moment wurde ihm bewusst, dass das nun wirklich ein »Jonesy-Gedanke« war. *Ich nehme menschliche Züge an.*

Und dass dieser Gedanke durchaus einen gewissen Reiz hatte, löste bei Mr Gray Entsetzen aus.

8

Jonesy schreckte aus einem Dösen auf, in dem nur die einlullende Stimme von Mr Gray zu hören gewesen war, und sah, dass seine Hände auf dem Türknauf und dem Riegel lagen und drauf und dran waren, den Knauf zu drehen und den Riegel beiseite zu ziehen. Das dumme Schwein wollte ihn hypnotisieren und machte das gar nicht mal schlecht.

»Wir siegen immer«, sagte die Stimme hinter der Tür. Sie wirkte beruhigend, was schön war nach einem so aufreibenden Tag, klang aber auch widerlich selbstgefällig und überheblich. Der Usurpator, der keine Ruhe gab, bis er nicht alles an sich gerissen hatte ... der meinte, ein Anrecht auf alles zu haben. »Mach die Tür auf, Jonesy. Mach jetzt auf.«

Für einen Moment hätte er es fast getan. Er war wieder wach, hätte es aber trotzdem fast getan. Dann fielen ihm zwei Geräusche wieder ein: das infernalische Krachen in Petes Schädel, als sich das rote Zeug darin gespannt hatte, und das feucht platzende Geräusch, als die Spitze des Kugelschreibers durch Janas' Auge gedrungen war.

Jonesy wurde klar, dass er überhaupt nicht wach gewesen war. Aber jetzt war er es.

Jetzt war er wach.

Er nahm die Hände von der Tür und sagte, so klar und deutlich er konnte: »Friss Scheiße und stirb!« Er spürte Mr Gray zurückschrecken. Er spürte sogar den Schmerz, als Mr Gray an das Fenster stieß, und warum auch nicht? Schließlich waren es ja seine Nerven. Und sein Kopf, davon mal ganz abgesehen. Wenige Dinge in seinem Leben hatten ihm solches Vergnügen bereitet wie Mr Grays empörte Verblüffung, und ihm wurde vage klar, was Mr Gray längst wusste: Die fremde Macht in seinem Kopf hatte jetzt menschlichere Züge angenommen.

Wenn du als eigenständiges Lebewesen wiederkommen könntest, wärst du dann immer noch Mr Gray?, fragte sich Jonesy. Er glaubte es nicht. Mr Pink vielleicht, aber nicht Mr Gray.

Er wusste nicht, ob der Typ seine Monsieur-Mesmer-Nummer noch einmal ausprobieren würde, aber Jonesy beschloss, es nicht darauf ankommen zu lassen. Er machte kehrt und ging zum Bürofenster. Dabei stolperte er über eine Kiste und stieg dann über die übrigen hinweg. O Gott, tat seine Hüfte weh. Es war verrückt, solche Schmerzen zu empfinden, wenn man in seinem eigenen Kopf gefangen war (der, das hatte ihm Henry einmal versichert, gar kein Schmerzempfinden hatte, zumindest nicht, sobald man zu den grauen Zellen vordrang), aber trotzdem waren diese Schmerzen da. Er hatte irgendwo gelesen, dass Amputierte manchmal in Gliedmaßen, die es gar nicht mehr gab, schreckliche Schmerzen und unerträgliches Jucken empfanden; wahrscheinlich war das so ähnlich.

Vom Fenster aus bot sich wieder der langweilige Blick auf die mit Unkraut überwucherte, doppelspurige Auffahrt, die 1978 um das Lagerhaus der Gebrüder Tracker herumgeführt hatte. Der Himmel war weiß und bedeckt; wenn dieses Fenster in die Vergangenheit blickte, war die Zeit an einem Nachmittag stehen geblieben. Für diesen Ausblick sprach einzig und allein, dass Jonesy, wenn er hier stand, so weit wie möglich von Mr Gray entfernt war.

Er vermutete, dass er den Ausblick durchaus ändern konnte, wenn er nur wirklich wollte; dass er hinausschauen und dabei sehen konnte, was Mr Gray in diesem Moment mit den Augen von Gary Jones sah. Aber er hatte keine Lust dazu. Es gab da außer dem Schneesturm nichts zu sehen und außer Mr Grays gestohlenem Zorn nichts zu empfinden.

Denk an etwas anderes, sagte er sich.
An was?
Ich weiß nicht – an irgendwas. Wie wär's –
Auf dem Schreibtisch klingelte das Telefon, und das war so absonderlich wie etwas aus *Alice im Wunderland*, denn noch ein paar Minuten zuvor hatte es in diesem Raum gar kein Telefon gegeben und auch keinen Schreibtisch, auf dem es hätte stehen können. Nun gab es hier beides. Die hingeworfenen benutzten Gummis waren verschwunden. Der Fußboden war immer noch schmutzig, aber die Fliesen waren nicht mehr so staubig. Anscheinend hatte er so eine Art Hausmeister in seinem Kopf, einen Putzfimmler, der beschlossen hatte, der Raum solle wenigstens annehmbar sauber sein, wenn sich Jonesy schon eine Weile hier aufhalten würde. Er fand die Vorstellung beängstigend und fand es deprimierend, worauf das hindeutete.

Auf dem Schreibtisch schrillte wieder das Telefon. Jonesy nahm den Hörer ab und sagte: »Hallo?«

Bibers Stimme jagte ihm einen eiskalten Schauer über den Rücken. Ein Telefonanruf von einem Toten – so was gab es in den Filmen, die er mochte. Beziehungsweise früher gemocht hatte.

»Sein Kopf war ab, Jonesy. Er lag im Graben, und seine Augen waren voller Schlamm.«

Dann folgte ein Klicken, dann Totenstille. Jonesy legte auf und ging zurück ans Fenster. Die Auffahrt war verschwunden. *Derry* war verschwunden. Er sah ihre Hütte unter einem blassen, klaren, frühmorgendlichen Himmel. Das Dach war schwarz und nicht grün, was bedeutete, dass dies ihre Hütte war, wie sie vor 1982 ausgesehen hatte, als die vier Jungs, mittlerweile stramme High-School-Boys (na ja gut, Henry war nie im eigentlichen Wortsinn »stramm« gewesen), Bibers Dad dabei geholfen hatten, das Dach mit den grünen Schindeln zu decken, die es bis zum Schluss hatte.

Aber Jonesy brauchte keine solche Eselsbrücke, um zu wissen, welches Jahr es war. Und er musste sich auch von niemandem erzählen lassen, dass die grünen Schindeln nicht mehr waren, dass ihre Hütte nicht mehr war, dass Henry sie niedergebrannt hatte. Jeden Moment würde die Tür aufgehen und Biber herausgelaufen kommen. Es war 1978, das Jahr, in dem das alles angefangen hatte, und jeden Moment würde Biber herausgelaufen kommen, nur bekleidet mit Boxershorts und seiner Motorradjacke mit den vielen Reißverschlüssen und den flatternden orangefarbenen Tüchern dran. Es war 1978, sie waren jung, und sie hatten sich verändert. Nichts mehr mit selbe Scheiße, anderer Tag. Dies war der Tag, an dem ihnen allmählich klar wurde, wie sehr sie sich verändert hatten.

Jonesy starrte wie gebannt aus dem Fenster.
Die Tür ging auf.
Biber Clarendon, vierzehn Jahre alt, kam herausgerannt.

KAPITEL 15

Henry und Owen

1

Henry sah Owen im grellen Licht der Scheinwerfer auf sich zustapfen. Underhill hatte den Kopf vor dem Schnee und dem auffrischenden Wind eingezogen. Henry machte den Mund auf und wollte ihm etwas zurufen, aber ehe er dazu kam, spürte er Jonesy so überdeutlich, dass es ihn fast *umwarf*. Und dann kam eine Erinnerung und blendete Underhill und die hell erleuchtete, verschneite Welt um ihn her vollkommen aus. Mit einem Mal war es wieder 1978, und zwar November und nicht Oktober, und da war *Blut*, Blut an den Rohrkolben und Glassplitter im Morast, und dann knallte die Tür.

2

Henry erwacht aus einem schrecklichen, wirren Traum – Blut, Glassplitter, der Gestank von Benzin und brennendem Gummi – und hört eine Tür klappern und spürt einen Schwall kalter Luft. Er setzt sich auf und sieht Pete neben sich sitzen, und Pete hat Gänsehaut auf der unbehaarten Brust. Henry und Pete schlafen in ihren Schlafsäcken auf dem Fußboden, weil sie beim Auslosen verloren haben. Biber und Jonesy haben das Bett bekommen (später gibt es dann in ihrer Hütte ein drittes Schlafzimmer, aber jetzt sind es nur zwei, und eins hat Lamar durch das göttliche Vorrecht der Erwachsenen für sich allein), doch jetzt ist da nur Jonesy drin, hat sich ebenfalls aufgesetzt und schaut auch verwirrt und ängstlich.

Scooby-ooby-Doo, wo bist du, denkt Henry ohne besonderen Anlass, als er auf dem Fensterbrett nach seiner Brille tastet. Er hat immer noch den Gestank von Benzin und brennenden Reifen in der Nase. *Wir haben jetzt was zu tun –*

»Verunglückt«, sagt Jonesy mit träger Stimme und schlägt die Bettdecke zurück. Obenrum hat er nichts an, aber wie Henry und Pete auch ist er mit Socken und langer Unterhose schlafen gegangen.

»Ja, ins Wasser gestürzt«, sagt Pete, und seinem Gesichtsausdruck nach hat er nicht die leiseste Ahnung, worüber er da redet. »Henry, du hast seinen Schuh –«

»Mokassin –«, sagt Henry, hat aber auch keine Ahnung, wovon er da spricht. Und will es auch gar nicht wissen.

»Biber«, sagt Jonesy und springt unbeholfen aus dem Bett. Mit einem Fuß landet er auf Petes Hand.

»Au!«, schreit Pete. »Du hast mich getreten, du blöder Penner, pass doch auf, wo du –«

»Sei still, sei still«, sagt Henry, packt Pete an der Schulter und schüttelt ihn. »Weck Mr Clarendon nicht auf!«

Was nicht schwierig wäre, denn die Tür ihres Zimmers steht offen. Wie auch die Tür am anderen Ende des großen Raums, die Haustür. Kein Wunder, dass ihnen kalt ist; es zieht wie Hechtsuppe. Da Henry jetzt seine Augen aufgesetzt hat (so denkt er darüber), sieht er den Traumfänger da draußen im kalten Novemberwind tanzen, der zur offen stehenden Haustür hereinkommt.

»Wo ist Duddits?«, fragt Jonesy mit benommener Ich-träume-noch-Stimme. »Ist er mit Biber rausgegangen?«

»Der ist in Derry, du Dummkopf«, sagt Henry, steht auf und zieht sich sein Thermo-Unterhemd an. Und eigentlich kommt ihm Jonesy auch nicht wie ein Dummkopf vor; er hat auch so das Gefühl, als wäre Duddits gerade eben hier bei ihnen gewesen.

Das war der Traum, denkt er. *Ich habe von Duddits geträumt. Er saß auf der Böschung. Er hat geweint. Es tat ihm Leid. Das hat er nicht gewollt. Wenn jemand das gewollt hat, dann wir.*

Und er hört immer noch jemanden weinen. Das Weinen weht, vom Wind getragen, zur Haustür herein. Aber es ist nicht Duddits; es ist der Biber.

Sie verlassen im Gänsemarsch das Zimmer, ziehen sich dabei schnell etwas über und halten sich nicht damit auf, Schuhe anzuziehen.

Eine gute Neuigkeit: Nach der Blechstadt aus Bierbüchsen auf dem Küchentisch (und einer ähnlichen Vorstadt auf dem Couchtisch) zu urteilen, würde es mehr als nur ein paar offen stehende Türen und flüsternde Kinder brauchen, um Bibers Dad zu wecken.

Die große Eingangsstufe aus Granit fühlt sich unter Henrys nur in Strümpfen steckenden Füßen eiskalt an, auf eine so vollkommen rücksichtslose Weise kalt, wie der Tod kalt sein muss, aber das merkt er kaum.

Er sieht den Biber sofort. Er kniet am Fuß des Ahornbaums mit dem Hochsitz im Geäst, als würde er beten. Seine Beine sind nackt, und er ist barfuß, das sieht Henry. Er hat seine Motorradjacke an, und an den Ärmeln flattern, wie Piratenschmuck, die dort festgeknoteten orangefarbenen Tücher, auf denen sein Vater bestanden hat, als Biber unbedingt so etwas Bescheuertes und Unwaidmännisches wie diese Jacke im Wald tragen wollte. Sein Aufzug sieht ziemlich lustig aus; an seinem gequält blickenden Gesicht hingegen, das zu der fast nackten Baumkrone des Ahorns hochschaut, ist nichts lustig. Die Wangen des Bibers sind klatschnass von Tränen.

Henry rennt los. Pete und Jonesy laufen hinterher. Ihr Atem steht in weißen Schwaden in der kalten Morgenluft. Der mit Nadeln übersäte Erdboden unter Henrys Füßen ist fast so hart und kalt wie die Eingangsstufe aus Granit.

Er fällt vor Biber auf die Knie, ängstlich und irgendwie auch eingeschüchtert angesichts dieser Tränen. Denn der Biber vergießt nicht einfach nur ein, zwei männliche Tränen, wie es dem Helden im Film gestattet ist, wenn sein Hund oder seine Freundin stirbt – nein, aus Biber strömen buchstäblich die Niagarafälle. Klar glitzernde Rotze hängt ihm in zwei Perlenschnüren aus der Nase. So was sieht man im Kino auch nie.

»Krass«, sagt Pete.

Henry wirft ihm einen tadelnden Blick zu, sieht dann aber, dass Pete gar nicht Biber anguckt, sondern an ihm vorbei zu einer dampfenden Lache Erbrochenem. Darin lässt sich Mais vom Vorabend erkennen (was die Verpflegung auf der Jagd angeht, ist Lamar Clarendon ein vehementer Verfechter der Vorzüge von Dosengerichten) und auch Fasern des Brathähnchens vom Vorabend. Henry dreht sich der Magen um. Und als sich seine Übelkeit eben wieder legt, reihert Jonesy los. Es klingt wie ein lauter, nasser Rülpser. Die Kotze ist braun.

»*Krass!*«, schreit Pete diesmal fast.

Biber scheint das nicht mal zu bemerken. »Henry!«, sagt er. Seine Augen sehen unter all den Tränen groß und unheimlich aus. Sie scheinen durch Henrys Gesicht hindurch in die Privatgemächer hinter seiner Stirn zu spähen.

»Schon gut, Biber. Du hast schlecht geträumt.«

»Klar, ein Albtraum.« Jonesys Stimme klingt belegt. Er hat immer noch Kotze in der Kehle. Er versucht sie mit einem *ratschend* klingenden Räuspern frei zu bekommen, das sich irgendwie noch schlimmer anhört als das, was er zuvor gemacht hat, bückt sich dann und spuckt. Die Hände stützt er dabei auf die Oberschenkel seiner langen Unterhose, und sein nackter Rücken ist von Gänsehaut überzogen.

Biber nimmt keine Notiz von Jonesy und auch nicht von Pete, als der sich auf der anderen Seite neben ihn kniet und plump und zögerlich einen Arm um Bibers Schultern legt. Biber sieht weiterhin nur Henry an.

»Sein Kopf war ab«, flüstert Biber.

Jonesy kniet sich auch hin, und jetzt knien sie alle drei um den Biber herum, Henry und Pete seitlich und Jonesy vor ihm. Jonesy hat Kotze am Kinn. Er will sie wegwischen, aber ehe er dazu kommt, nimmt Biber seine Hand. Die Jungen knien unterm Ahornbaum, und mit einem Mal sind sie vereint. Es hält nur kurz an, dieses Gefühl der Einheit, ist aber so stark und mächtig wie ihr Traum. Es *ist* der Traum, aber da sie jetzt wach sind, sehen sie es nun bei klarem Verstand und können es nicht einfach von der Hand weisen.

Jetzt ist es Jonesy, den der Biber mit seinen unheimlichen, in Tränen schwimmenden Augen ansieht. Dabei hält er Jonesys Hand gepackt.

»Er lag im Graben, und seine Augen waren voller Schlamm.«

»Ja«, flüstert Jonesy mit ehrfürchtiger, zitternder Stimme. »O Gott, das stimmt.«

»Wir sehn uns wieder, hat er gesagt, wisst ihr noch?«, fragt Pete. »Entweder einzeln oder alle zusammen. Das hat er gesagt.«

Henry hört das alles wie aus weiter Ferne, denn er ist wieder zurück in diesem Traum. Ist zurück am Schauplatz des Unfalls. Unten an einer mit Müll übersäten Böschung gibt es ein Stück Morast, das von einem verstopften Abwasserkanal gespeist wird. Er kennt die Stelle, es ist an der Route 7, der alten Straße von Derry nach Newport. Dort im Matsch und der Jauche liegt ein umgekipptes, brennendes Auto. Der Gestank von Benzin und brennenden Reifen hängt in der Luft. Duddits weint. Duddits sitzt auf halber Höhe auf der mit Müll übersäten Böschung, hält sich seine gelbe Scooby-Doo-Lunchbox vor die Brust und weint sich die Augen aus.

Eine Hand ragt aus einem der Fenster des umgestürzten Autos. Sie ist schlank, und die Nägel sind so rot wie kandierte Äpfel. Die beiden anderen Insassen sind hinausgeschleudert worden, einer fast zehn Meter weit. Er liegt da mit dem Gesicht nach unten, aber Henry erkennt ihn an dem nassen Wust blonder Haare. *Das ist Duncan, der gesagt hat, ihr werdet keinem Menschen was erzählen, sonst seid ihr nämlich tot. Bloß dass Duncan jetzt tot ist.*

Etwas treibt an Henrys Schienbein vorbei. »Heb das nicht auf!«, sagt Pete eindringlich, aber Henry hört nicht auf ihn. Es ist ein brauner Wildleder-Mokassin. Er hat eben noch Zeit, das zu registrieren, und dann kreischen Biber und Jonesy in entsetzlichem, kindischem Gleichklang los. Sie stehen beieinander, bis zu den Fußknöcheln in der Jauche, und beide tragen sie ihre Jagdkluft: Jonesy seinen neuen, hellorangefarbenen Parka, eigens für diesen Ausflug bei

Sears gekauft (und Mrs Jones ist trotzdem unter Tränen davon überzeugt, dass ihr Sohn im Wald durch die Kugel eines Jägers sterben wird, hingerafft in der Blüte seiner Jugend), Biber seine ranzige Motorradjacke (*Du hast ja viele Reißverschlüsse an deiner Jacke!*, hatte Duddits Mom bewundernd gesagt und damit für alle Zeiten einen Platz in Bibers Herz erobert), an deren Ärmeln orangefarbene Bänder festgeknotet sind. Sie schauen den dritten Leichnam nicht an, der gleich vor der Fahrertür liegt, aber Henry tut's doch, nur ganz kurz (immer noch den Mokassin wie ein kleines, voll Wasser gelaufenes Kanu in der Hand), denn auf eine schreckliche, grundlegende Weise stimmt etwas damit nicht, ist etwas daran so derart nicht in Ordnung, dass er für einen Moment gar nicht drauf kommt, was es ist. Dann wird ihm klar, dass da nichts aus dem Kragen der High-School-Jacke ragt, die die Leiche trägt. Biber und Jonesy kreischen, weil sie gesehen haben, was dort eigentlich hingehört. Sie haben Richie Grenadeaus Kopf gesehen, der mit dem Gesicht nach oben, zum Himmel glotzend, inmitten blutbespritzter Rohrkolben liegt. Henry weiß sofort, dass es Richie ist. Auch wenn er kein Pflaster mehr auf dem Nasenrücken hat, erkennt er auf Anhieb den Typ, der hinter dem Gebäude der Gebrüder Tracker versucht hat, Hundekacke an Duddits zu verfüttern.

Duds ist da oben auf der Böschung und weint und weint, und dieses Weinen löst Kopfschmerzen aus wie bei einer Nebenhöhlenentzündung, und wenn er nicht damit aufhört, wird Henry noch wahnsinnig davon. Er lässt den Mokassin fallen und geht hinten um das brennende Auto herum zu Biber und Jonesy, die die Arme umeinander geschlungen haben.

»Biber! *Biber!*«, ruft Henry, aber er muss den Biber erst schütteln, damit er aufhört, wie gebannt den abgetrennten Kopf anzustarren.

Schließlich sieht Biber ihn an. »Sein Kopf ist ab«, sagt er, als wäre das nicht offensichtlich. »Henry, sein *Kopf* –«

»Lass mal den Kopf, und kümmer dich um Duddits! Sorg dafür, dass er aufhört zu weinen!«

»Genau«, sagt Pete. Er schaut zu Richies Kopf hinüber, zu dem letzten toten, trotzigen Blick, und sieht dann mit zuckendem Mund weg. »Da kriegt man echt die Motten.«

»Wie quietschende Kreide auf der Tafel«, murmelt Jonesy. Sein Gesicht ist sehr käsig und sticht vom Orange seiner neuen Jacke ab. »Sorg dafür, dass er aufhört, Biber.«

»W-W-W –«

»Stell dich nicht an! Sing ihm das Lied vor!«, ruft Henry. Er spürt, wie ihm die Jauche in die Schuhe sickert. »Das Wiegenlied, das verdammte *Wiegenlied!*«

Für einen Moment guckt der Biber, als verstünde er immer noch nicht, aber dann klärt sich sein Blick ein wenig, und er sagt: »Ah!« Er geht schleppend zu der Böschung, auf der Duddits sitzt, seine knallgelbe Lunchbox umklammert und so heult wie an dem Tag, als sie ihn kennen gelernt haben. Henry sieht flüchtig, dass um Duddits' Nasenlöcher getrocknetes Blut klebt, und um die linke Schulter hat er einen Verband. Etwas ragt daraus hervor, etwas, das wie weißes Plastik aussieht.

»Duddits«, sagt der Biber und steigt die Böschung hoch. »Duddie, Kleiner, nicht. Nicht mehr weinen, guck nicht mehr hin, das ist nichts für dich, das ist viel zu krass ...«

Erst reagiert Duddits nicht und heult einfach weiter. Henry denkt: *Er hat so lange geweint, dass er Nasenbluten davon bekommen hat. Das erklärt das Blut. Aber was ist das für ein weißes Ding, das ihm da aus der Schulter ragt?*

Jonesy hält sich jetzt tatsächlich die Ohren zu. Pete hat sich eine Hand auf den Kopf gelegt, als wollte er verhindern, dass er platzt. Dann nimmt Biber Duddits in die Arme, genau wie ein paar Wochen zuvor, und fängt mit dieser hohen, klaren Stimme zu singen an, die man bei einem Wuschel wie dem Biber nie erwartet hätte.

»*Guten Abend, gute Nacht, mit Rosen bedacht ...*«

Und o Wunder aller Wunder: Duddits beruhigt sich.

Aus dem Mundwinkel heraus fragt Pete: »Wo sind wir, Henry? Wo zum Henker sind wir hier?«

»In einem Traum«, sagt Henry, und mit einem Mal sind

die vier wieder zurück unter dem Ahornbaum vor ihrer Hütte, knien dort gemeinsam, nur mit Unterwäsche bekleidet, und bibbern in der Kälte.

»Was?«, fragt Jonesy. Er macht seine Hand los, um sich den Mund abzuwischen, und als der Kontakt zwischen ihnen aufgehoben wird, ist die Realität plötzlich wieder da. »Was hast du gesagt, Henry?«

Henry spürt, wie sich die Gedanken der anderen zurückziehen, spürt es wirklich und denkt: *Wir sind dafür nicht gemacht, keiner von uns. Manchmal ist es besser, allein zu sein.*

Ja, allein. Allein mit seinen Gedanken.

»Ich hatte einen Albtraum«, sagt Biber. Er scheint es eher sich selbst als den anderen zu erklären. Ganz langsam, als würde er immer noch träumen, zieht er den Reißverschluss einer seiner Jackentaschen auf, wühlt darin herum und bringt einen großen Lutscher, einen *Tootsie Pop*, zum Vorschein. Statt ihn auszupacken, steckt sich Biber den Stiel in den Mund, dreht ihn mit den Lippen hin und her und nagt und knabbert daran. »Ich habe geträumt, dass –«

»Lass mal«, sagt Henry und schiebt sich die Brille hoch, die ihm auf die Nasenspitze gerutscht war. »Wir wissen alle, was du geträumt hast.« *Wir waren ja schließlich auch dabei,* liegt ihm auf der Zunge, aber er spricht es nicht aus. Er ist zwar erst vierzehn, aber schon klug genug, um zu wissen, dass sich etwas, das gesagt wurde, nicht ungesagt machen lässt. *Gelegt ist gelegt,* sagen sie beim Rommee immer, wenn jemand beim Ausspielen Blödsinn macht. Würde er es sagen, dann müssten sie sich damit auseinander setzen. Wenn er es nicht sagt, dann ... dann geht es vielleicht einfach weg.

»Ich glaube sowieso nicht, dass es dein Traum war«, sagt Pete. »Ich glaube, es war Duddits' Traum, und wir haben alle –«

»Es ist mir scheißegal, was du glaubst«, sagt Jonesy in so scharfem Tonfall, dass es sie alle erschreckt. »Es war nur ein Traum, und ich werde nicht mehr daran denken. Wir werden alle nicht mehr daran denken, nicht wahr, Henry?«

Henry nickt augenblicklich.

»Gehn wir wieder rein«, sagt Pete. Er sieht sehr erleichtert aus. »Mir frieren die Füße ab.«

»Eins noch«, sagt Henry, und sie schauen ihn alle ängstlich an. Immer wenn sie einen Anführer brauchen, schlüpft Henry in diese Rolle. *Und wenn es euch nicht passt, wie ich das mache,* denkt er trotzig, *kann das ja ein anderer übernehmen. Denn so einfach ist das nicht, das kann ich euch sagen.*

»Was?«, fragt Biber und meint damit: Was jetzt?

»Wenn wir nachher zu Gosselin's gehen, muss jemand Duds anrufen. Falls er sich Sorgen macht.«

Niemand erwidert etwas. Der Gedanke, ihren neuen Behindifreund anzurufen, verschlägt ihnen allen die Sprache. Henry muss daran denken, dass Duddits wahrscheinlich in seinem ganzen Leben noch nie angerufen wurde; das wird sein allererster Telefonanruf.

»Da hast du wahrscheinlich Recht«, sagt Pete ... und hält sich dann den Mund zu, als ob er etwas Belastendes gesagt hätte.

Biber, der bis auf seine blöden Boxershorts und seine noch blödere Jacke nackt ist, schlottert mittlerweile richtig. Der Lutscher zittert an seinem angenagten Stiel.

»Eines Tages wirst du mal an diesen Dingern ersticken«, sagt Henry zu ihm.

»Ja, das sagt meine Mom auch immer. Können wir jetzt reingehen? Mir ist kalt.«

Sie gehen zurück zu ihrer Hütte, wo ihre Freundschaft dreiundzwanzig Jahre später ein Ende finden wird.

»Ist Richie Grenadeau wirklich tot? Was meint ihr?«, fragt Biber.

»Ich weiß es nicht, und es ist mir auch egal«, sagt Jonesy. Er sieht Henry an. »Wir rufen also Duddits an – ich habe ein eigenes Telefon, und wir können die Gebühren auf meine Nummer umbuchen lassen.«

»Ein eigenes Telefon«, sagt Henry. »Du Glückspilz. Deine Eltern verwöhnen dich aber wirklich, Gary.«

Gary genannt zu werden geht ihm normalerweise gegen

den Strich, aber nicht so an diesem Morgen – an diesem Morgen hat Jonesy andere Sorgen. »Ich hab's zum Geburtstag bekommen, und die Ferngespräche muss ich selbst von meinem Taschengeld bezahlen, also mach mal halblang. Und wenn das hier vorbei ist, ist das nie passiert. *Nie passiert!* Habt ihr verstanden?«

Sie nicken alle. Nie passiert. Wirklich nie passiert –

3

Ein Windstoß schob Henry nach vorn, fast in den Elektrozaun hinein. Er kam wieder zu sich, schüttelte die Erinnerungen ab wie einen schweren Mantel. Sie hätten gar nicht ungelegener kommen können (manche Erinnerungen kamen natürlich nie gelegen). Er hatte auf Underhill gewartet, hatte sich fast den Allerwertesten abgefroren und auf seine einzige Chance gelauert, hier herauszukommen, und Underhill hätte genau an ihm vorbeigehen können, während er dort in Tagträumen versunken stand, und dann hätte er so richtig schön in der Scheiße gesteckt.

Aber Underhill war nicht vorbeigegangen. Er stand auf der anderen Seite des Zauns, die Hände in den Taschen, und schaute Henry an. Schneeflocken landeten auf der durchsichtigen, käferförmig gewölbten Atemmaske, schmolzen in der Wärme seines Atems und rannen daran hinunter wie ...

Wie Bibers Tränen damals, dachte Henry.

»Sie sollten zu den anderen in den Stall gehen«, sagte Underhill. »Hier draußen verwandeln Sie sich noch in einen Schneemann.«

Henry klebte die Zunge am Gaumen. Sein Leben hing buchstäblich davon ab, was er jetzt zu diesem Mann sagte, und ihm fiel kein guter Anfang ein. Ja, er brachte kein Wort heraus.

Und wozu auch die Mühe?, wollte die Stimme in seinem Innern wissen – die Stimme der Dunkelheit, seiner alten Freundin. *Jetzt mal im Ernst: Wozu die Mühe? Wieso lässt du sie nicht machen, was du selber sowieso vorhattest?*

Weil es nicht mehr um ihn alleine ging. Und er bekam immer noch nicht den Mund auf.

Underhill stand dort noch für einen Moment und sah ihn an. Die Hände in den Taschen. Seine Kapuze war nach hinten geweht, und man konnte sein kurzes dunkelblondes Haar sehen. Der Schnee schmolz auf der Maske, die die Soldaten trugen und die Internierten nicht, denn die Internierten brauchten keine Maske; für die Internierten stand, wie auch für die Grauen, eine *End*lösung bereit.

Henry wollte so dringend etwas sagen und konnte es nicht, konnte es einfach nicht. Ach Gott, Jonesy hätte an seiner Stelle hier sein sollen; Jonesy war immer der bessere Redner gewesen. Underhill würde weitergehen und ihn mit dem ganzen Was-wäre-gewesen-wenn alleine lassen.

Aber Underhill blieb noch einen Moment.

»Es wundert mich gar nicht, dass Sie meinen Namen kennen, Mr ... Henreid? Heißen Sie Henreid?«

»Devlin. Das ist mein Vorname, den Sie da aufgeschnappt haben. Ich heiße Henry Devlin.« Sehr vorsichtig schob Henry seine rechte Hand durch eine Lücke zwischen Stacheldraht und Elektrodraht. Nachdem Underhill sie ein paar Sekunden lang mit ausdrucksloser Miene betrachtet hatte, zog Henry seine Hand zurück in seine Ecke der neu eingeteilten Welt, kam sich idiotisch dabei vor und beschwor sich in Gedanken, sich nicht wie ein Trottel aufzuführen, denn es war ihm ja nicht jemand auf einer Cocktailparty dumm gekommen.

Sobald das erledigt war, nickte Underhill freundlich, als wären sie hier durchaus auf einer Cocktailparty und stünden nicht mitten in einem tosenden Schneesturm im Licht der neu aufgebauten Scheinwerfer.

»Sie wissen meinen Namen, weil die Außerirdischen hier in Jefferson Tract eine leichte Form von Telepathie verbreitet haben.« Underhill lächelte. »Es klingt verrückt, wenn man das so sagt, nicht wahr? Aber es stimmt. Dieser Effekt ist nur vorübergehend und harmlos und zu schwach, um für irgendwas außer Partyspielchen nützlich zu sein, und für Partyspielchen haben wir heute Abend ein bisschen zu viel zu tun.«

Henrys Zunge löste sich zum Glück endlich. »Sie sind nicht in einem Schneesturm hier herausgekommen, weil ich *Ihren* Namen weiß«, sagte Henry. »Sie sind hergekommen, weil ich auch weiß, wie Ihre Frau heißt. Und Ihre Tochter.«

Underhills Lächeln schwand nicht. »Kann schon sein«, sagte er. »Aber ich glaube, es wird für uns beide Zeit, sich mal hinzulegen und etwas auszuruhen. Es war ein langer Tag.«

Underhill ging los, aber sein Weg führte ihn am Zaun entlang zu den weiter hinten abgestellten Trailern und Wohnwagen. Henry hielt Schritt mit ihm, musste sich dabei aber anstrengen; es lagen hier jetzt gut dreißig Zentimeter Schnee, der immer wieder aufgewirbelt wurde, und hier auf der Seite der Toten hatte ihn noch niemand platt getrampelt.

»Mr Underhill. Owen. Warten Sie, und hören Sie mir zu. Ich habe Ihnen etwas Wichtiges zu sagen.«

Underhill ging weiter auf seiner Seite des Zauns entlang (die ebenfalls eine Seite der Toten war, wusste Underhill das denn nicht?), den Kopf vor dem Wind geduckt und immer noch ein halbwegs freundliches Lächeln auf den Lippen. Und das Schreckliche dabei war, auch das war Henry bewusst: Underhill wollte durchaus stehen bleiben. Henry hatte ihm bloß noch keinen hinreichenden Anlass dazu gegeben.

»Kurtz ist zwar verrückt«, sagte Henry. Er hielt immer noch Schritt, schnaufte aber schon, und seine erschöpften Beine protestierten. »Aber er ist verrückt wie ein Fuchs.«

Underhill ging weiter, den Kopf gesenkt und die Andeutung eines Lächelns unter der idiotischen Maske. Er beschleunigte sogar noch seinen Schritt. Bald würde Henry laufen müssen, um auf seiner Seite des Zauns mit ihm mitzuhalten. Wenn er denn überhaupt noch laufen konnte.

»Ihr werdet die Maschinengewehre auf uns richten«, keuchte Henry. »Die Leichen kommen in den Stall ... der Stall wird mit Benzin übergossen ... wahrscheinlich aus der Zapfsäule des alten Gosselin, wozu Staatsbesitz vergeuden ... und dann: *Pluuff!*, werden alle verbrannt ... zweihundert ... vierhundert ... Das wird stinken wie beim Spanferkelgrillen in der Hölle ...«

Underhills Lächeln war verschwunden, und er ging jetzt noch schneller. Henry brachte irgendwie die Kraft auf zu joggen, schnappte dabei nach Luft und kämpfte sich durch kniehohe Schneewehen. Der Wind fühlte sich auf seinem pochenden Gesicht scharf wie eine Messerklinge an.

»Aber, Owen ... So heißen Sie doch, nicht wahr? ... Owen? ... Erinnern Sie sich an diesen alten Kindervers ... der so geht: ›Große Flöhe ... haben kleine Flöhe ... die sie beißen ... und so weiter und so weiter ... und endlos so weiter‹ ... So ist das hier mit Ihnen auch ... denn Kurtz hat seinen eigenen Kader ... Der Mann unter ihm, ich glaube, er heißt Johnson ...«

Underhill warf ihm einen knappen gereizten Blick zu und ging schneller denn je. Irgendwie gelang es Henry mitzuhalten, aber lange würde er das nicht mehr durchstehen. Er hatte Seitenstechen, das immer schlimmer wurde. »Das sollte eigentlich ... Ihre Aufgabe sein ... der zweite Teil der Säuberung ... Imperial Valley, das ist der ... Deckname ... sagt Ihnen das irgendwas?«

Henry sah, dass es Underhill nichts sagte. Kurtz hatte Underhill anscheinend nie von dieser Mission erzählt, bei der ein Großteil der Blue Group ausgelöscht würde. Imperial Valley sagte Owen Underhill überhaupt nichts, und jetzt hatte Henry, zusätzlich zu dem Seitenstechen, auch noch ein Gefühl, als würde sich eine Eisenmanschette um seine Brust schließen und sie zerquetschen.

»Halt ... Mensch, Underhill ... Verstehn Sie denn nicht ...?«

Underhill ging einfach weiter. Er wollte sich seine wenigen letzten Illusionen nicht rauben lassen. Wer wollte ihm das verdenken?

»Johnson ... und ein paar andere ... wenigstens eine Frau ist dabei ... Sie hätten auch dabei sein können, wenn Sie nicht Scheiße gebaut hätten ... Sie waren ungehorsam, dieser Meinung ist er ... und nicht zum ersten Mal ... Sie haben schon mal so was gemacht, damals in Bossa Nova ...«

Das trug Henry einen plötzlichen scharfen Blick ein. Ein Fortschritt? Vielleicht.

»Letztendlich, glaube ich ... ist sogar Johnson dran ... nur Kurtz kommt hier lebend raus ... alle anderen ... ein einziger Haufen Asche und Knochen ... das verrät Ihnen Ihre ... beschissene Telepathie nicht, was? ... Dieses billige Gedankenlesen als Gesellschaftsspiel ... kommt nicht mal ... so weit ...«

Die Seitenstiche wurden immer unerträglicher und fuhren ihm wie mit einer Klaue in die rechte Achselhöhle. Dann rutschte er aus und segelte mit rudernden Armen und dem Gesicht voran in eine Schneewehe. Seine Lunge rang verzweifelt nach Luft und bekam stattdessen nur eine Ladung Pulverschnee.

Henry kam hustend und würgend auf die Knie und sah eben noch Underhills Rücken in einer Wand aus aufgewirbelten Schneeflocken verschwinden. Er wusste nicht, was er sagen sollte, wusste nur, dass es seine letzte Chance war. Er brüllte: »Sie wollten auf Mr Rapeloews Zahnbürste pinkeln, und als Ihnen das nicht gelungen ist, haben Sie die Porzellanplatte zerschlagen! Sie haben die Platte zerschlagen und sind weggelaufen! *Genau wie Sie jetzt wieder weglaufen, Sie verdammter Feigling!*«

In dem Schneetreiben von Henry aus kaum sichtbar, blieb Owen Underhill stehen.

4

Für einen Moment stand er einfach nur da und hatte Henry den Rücken zugewandt, der wie ein Hund hechelnd im Schnee kniete, während ihm eiskaltes Schmelzwasser übers glühende Gesicht rann. Dabei wurde Henry plötzlich von weit her bewusst, dass die Wunde an seinem Bein, in der der Byrus wuchs, angefangen hatte zu jucken.

Endlich machte Underhill kehrt und kam zurück. »Woher wissen Sie das mit den Rapeloews? Die Telepathie verschwindet doch schon. Sie dürften eigentlich nicht in der Lage sein, so tief zu kommen.«

»Ich weiß so manches«, sagte Henry. Er erhob sich und stand dann nach Luft schnappend und hustend da. »Und das auch nicht erst seit heute. Ich bin anders. Meine Freunde und ich, wir waren alle anders. Wir waren zu viert. Zwei sind tot. Ich bin hier in diesem Lager. Aber der Vierte ... Mr Underhill, der Vierte ist Ihr Problem. Nicht ich, nicht die Leute, die Sie da im Stall haben oder erst noch internieren, nicht ihre Blue Group und auch nicht das Imperial-Valley-Kader von Kurtz. Einzig und allein er.« Er zauderte, wollte den Namen nicht aussprechen – Jonesy war immer sein bester Freund gewesen, Biber und Pete hatte er auch nahe gestanden, aber nur Jonesy konnte geistig mit ihm mithalten, Buch um Buch, Gedanke um Gedanke. Aber Jonesy gab es ja nicht mehr, nicht wahr? Henry war sich da ziemlich sicher. Er war da gewesen, ein winziges bisschen von ihm war da gewesen, als die rotschwarze Wolke an Henry vorbeigebraust war, aber mittlerweile war sein alter Freund ja wohl bei lebendigem Leibe aufgefressen worden. Sein Herz mochte vielleicht noch schlagen, und seine Augen mochten noch sehen, aber das, was Jonesy ausmachte, war genauso tot wie Pete und der Biber.

»Jonesy ist Ihr Problem, Mr Underhill. Gary Jones aus Brookline, Massachusetts.«

»Kurtz ist auch ein Problem.« Underhill sprach zu leise, als dass man ihn in dem heulenden Wind hätte hören können, aber Henry hörte ihn trotzdem – hörte ihn in seinen Gedanken.

Underhill sah sich um. Henry folgte seiner Kopfbewegung und sah ein paar Männer die improvisierte Gasse zwischen den Caravans und Wohncontainern auf und ab laufen. Aber niemand war in der Nähe. Doch das gesamte Areal um den Laden und den Stall herum war gnadenlos hell erleuchtet, und trotz des Sturms konnte er aufheulende Motoren hören, das stotternde Dröhnen von Generatoren und brüllende Männer. Jemand erteilte mit einem Megafon

Befehle. Insgesamt wirkte das Ganze unheimlich, als hielte der Sturm die beiden an einem Ort gefangen, wo es von Gespenstern nur so wimmelte. Und die umherlaufenden Männer sahen sogar wie Gespenster aus, wenn sie in den wirbelnden Schneewänden verschwanden.

»Wir können hier nicht reden«, sagte Underhill. »Hören Sie zu, und lassen Sie mich das nicht zweimal sagen, Bursche.«

Und in Henrys Kopf, der jetzt so viel aufnehmen musste, dass das meiste davon zu einem unverständlichen Brei vermengt wurde, leuchtete plötzlich ein Gedanke aus Owen Underhills Gehirn ganz deutlich auf: *Bursche. Sein Wort. Ich kann nicht glauben, dass ich* sein *Wort gebraucht habe.*

»Ich bin ganz Ohr«, sagte Henry.

5

Der Schuppen stand am anderen Ende des Lagers, weitab vom Stall. Er war zwar von außen ebenso strahlend hell erleuchtet wie der Rest dieses höllischen Konzentrationslagers, innen aber war es düster und roch es süßlich nach altem Heu. Und nach noch etwas anderem.

Vier Männer und eine Frau saßen mit dem Rücken an der hinteren Mauer des Schuppens. Sie alle trugen orangefarbene Jagdkluft und reichten einen Joint herum. Es gab im Schuppen nur zwei Fenster, eines zum Pferch hin und eines, von dem aus man die Umzäunung und den Wald dahinter sah. Die Fensterscheiben waren schmutzig und milderten das gnadenlos grelle, weiße Licht der Natrium-Scheinwerfer ein wenig. In dem Dämmerlicht sahen die Gesichter der kiffenden Internierten grau und tot aus.

»Willst du mal ziehn?«, fragte der mit dem Joint. Er sprach angespannt und kurz angebunden und behielt dabei den Rauch in der Lunge; trotzdem hielt er Henry aber bereitwillig den Joint hin. Es war ein Monster von einer Tüte, bemerkte Henry, so groß wie eine Cohiba.

»Nein. Ich will, dass ihr alle hier verschwindet.«

Sie sahen ihn verständnislos an. Die Frau war mit dem Mann verheiratet, der gerade den Joint hielt. Der Typ links neben ihr war ihr Schwager. Die anderen beiden waren nicht mit ihnen verwandt.

»Geht wieder in den Stall«, sagte Henry.

»Kommt nicht in Frage«, sagte einer der anderen Männer. »Da ist es zu voll. Wir sind lieber unter uns. Und da wir zuerst hier waren, solltest du doch wohl die Biege machen, wenn dir nicht nach Geselligkeit ist –«

»Ich habe es«, sagte Henry. Er legte eine Hand auf das T-Shirt, das er sich ums Bein gebunden hatte. »Byrus. Was die hier Ripley nennen. Einige von euch haben es auch ... Ich glaube, du hast es, Charles –« Er wies auf den fünften Mann, der eine Halbglatze hatte und eine dicke Daunenjacke trug.

»Nein!«, schrie Charles, aber die anderen rückten schon von ihm ab, und der mit der kambodschanischen Zigarre (er hieß Darren Chiles und kam aus Newton, Massachusetts) achtete dabei noch darauf, den Rauch nicht vorschnell auszuatmen.

»Doch, du hast es«, sagte Henry. »Und zwar richtig heftig. Und du auch, Mona. Mona? Nein, Marsha. Marsha heißt du.«

»Ich habe es nicht!«, sagte sie. Sie stand auf, drückte sich mit dem Rücken an der Schuppenmauer entlang und sah Henry mit großen, verängstigten Augen an. Rehaugen. Bald würden alle Rehe hier tot sein, und auch Marsha würde tot sein. Henry hoffte, dass sie seinen Gedanken nicht lesen konnte. »Ich bin clean, Mister, wir hier drin sind alle clean, bis auf *Sie!*«

Sie sah zu ihrem Gatten hinüber, der nicht kräftig war, aber doch kräftiger als Henry. Das waren sie eigentlich alle. Vielleicht nicht unbedingt größer, aber kräftiger.

»Schmeiß ihn raus, Dare.«

»Es gibt zwei Typen von Ripley«, sagte Henry und stellte als Tatsache hin, was seine Privatmeinung war ... aber je länger er darüber nachdachte, desto plausibler kam es ihm vor. »Nennen wir sie Primär-Ripley und Sekundär-Ripley.

Ich bin mir ziemlich sicher: Wenn ihr keine massive Dosis abbekommen habt, wenn ihr es nicht geschluckt oder eingeatmet oder auf eine offene Wunde bekommen habt, dann könnt ihr auch wieder gesund werden. Ihr könnt es überstehen.«

Jetzt sahen sie ihn alle mit großen Rehaugen an, und Henry verspürte kurz eine unvergleichliche Verzweiflung. Wieso hatte er sich nicht einfach in aller Ruhe das Leben nehmen können?

»Ich habe Primär-Ripley«, sagte er. Er band das T-Shirt auf. Keiner von ihnen wagte mehr als einen flüchtigen Blick auf den Riss in Henrys vor Schnee starrenden Jeans zu werfen, aber Henry schaute stellvertretend für sie ganz genau hin. Die Wunde, die der Blinkerhebel gerissen hatte, war nun mit Byrus zugewachsen. Manche Fasern waren fünf Zentimeter lang, und ihre Spitzen wogten wie Seetang in der Dünung. Er spürte, wie sich die Wurzeln beständig weiter vorarbeiteten, tiefer und immer tiefer, juckend und schäumend und sprudelnd. Und zu denken versuchten. Das war das Allerschlimmste: *Es versuchte zu denken.*

Jetzt wichen sie in Richtung Schuppentür zurück, und Henry rechnete damit, dass sie Reißaus nehmen würden. Doch stattdessen blieben sie stehen.

»Können Sie uns helfen, Mister?«, fragte Marsha mit bebender Kleinmädchenstimme. Darren, ihr Mann, legte ihr einen Arm um die Schultern.

»Ich weiß es nicht«, sagte Henry. »Wahrscheinlich nicht ... aber vielleicht doch. Geht jetzt. Ich bin hier in einer halben Stunde wieder raus, vielleicht auch schon früher, aber ihr bleibt wohl am besten im Stall bei den anderen.«

»Und wieso?«, fragte Darren Chiles aus Newton.

Und Henry, der da nur eine vage Idee hatte, nichts, was einem Plan auch nur ähnelte, sagte: »Ich weiß es nicht. Das ist einfach meine Meinung.«

Sie gingen hinaus und überließen Henry den Schuppen.

6

Unter dem Fenster, das zur Umzäunung hinaus ging, lag ein alter Heuballen. Darren Chiles hatte darauf gesessen, als Henry hereingekommen war (als der mit dem Dope hatte Chiles ein Anrecht auf den bequemsten Platz gehabt), und jetzt ließ sich Henry darauf nieder. Er saß da mit den Händen auf den Knien und wurde augenblicklich schläfrig, trotz der vielen Stimmen, die in seinem Kopf herumschwirrten, und trotz des tiefen, sich immer weiter ausdehnenden Juckens in seinem linken Bein (es ging auch in seinem Mund los, in einer seiner Zahnlücken).

Er hörte Underhill kommen, ehe Underhill draußen vor dem Fenster etwas sagte, hörte, wie sich seine Gedanken näherten.

»Ich bin auf der vom Wind abgewandten Seite und größtenteils im Schatten des Gebäudes«, sagte Underhill. »Ich rauche hier eine. Wenn jemand vorbeikommt, sind Sie nicht da drin.«

»Verstanden.«

»Wenn Sie mich anlügen, gehe ich weg, und Sie werden mich für den kurzen Rest Ihres Lebens nicht mehr sprechen, weder laut noch ... sonst irgendwie.«

»Klar.«

»Wie sind Sie denn die Leute da drinnen losgeworden?«

»Wie?« Henry hätte gedacht, er sei zu kaputt, um noch wütend werden zu können, aber dem war anscheinend nicht so. »War das irgendwie ein Test oder was?«

»Stellen Sie sich doch nicht dumm.«

»Ich habe ihnen gesagt, dass ich Primär-Ripley habe, und das stimmt ja auch. Da sind sie schnell verduftet.« Henry hielt inne. »Sie haben es auch, nicht wahr?«

»Wie kommen Sie darauf?« Henry konnte in Underhills Stimme keinerlei Anspannung hören, und als Psychiater war er vertraut mit den Anzeichen dafür. Was er auch sonst noch sein mochte, Henry hatte so das Gefühl, dass Underhill ein äußerst kühl denkender Verstandesmensch war, und das war doch schon mal ein Schritt in die richtige Richtung.

Und außerdem, dachte er, *kann es nicht schaden, wenn er weiß, dass er wirklich nichts zu verlieren hat.*

»Sie haben es an den Fingernägeln, nicht wahr? Und ein wenig auch am Ohr.«

»Sie würden in Vegas groß rauskommen, mein Lieber.« Henry sah, wie Underhill die Hand hob, in der er die Zigarette hielt. Vermutlich würde hauptsächlich der Wind sie aufrauchen.

»Primär-Ripley bekommt man direkt von der Quelle. Ich bin mir ziemlich sicher, dass man Sekundär-Ripley bekommt, wenn man etwas berührt, worauf es wächst – auf Bäumen, auf Moos, auf Hirschen, Hunden, anderen Menschen. Es verhält sich damit wie mit Gifteefeu. Es ist nicht so, dass Ihre Laborleute das nicht wüssten. Soweit ich weiß, habe ich diese Informationen von denen. Mein Kopf ist wie eine gottverdammte Satellitenschüssel, und ich kriege alles unverschlüsselt rein. Bei vielem weiß ich nicht, wo es herkommt, und es ist auch egal. Aber hier ist etwas, was Ihre Laborleute nicht wissen: Die Grauen nennen dieses rote Gewächs Byrus, und das bedeutet ›Quell des Lebens‹. Unter gewissen Umständen kann die Primärvariante diese Implantate ausbilden.«

»Die Kackwiesel, meinen Sie.«

»Kackwiesel, das ist gut. Das gefällt mir. Sie entspringen dem Byrus und vermehren sich dann, indem sie Eier legen. Sie breiten sich aus, legen wieder Eier und breiten sich weiter aus. So ist das jedenfalls gedacht. Aber hier gehen die meisten Eier ein. Ich habe keine Ahnung, ob es am kalten Wetter, an der Atmosphäre oder noch etwas anderem liegt. Aber unter unseren Umweltbedingungen, Underhill, geht es nur um den Byrus. Das ist das Einzige, was sie haben, was funktioniert.«

»Der Quell des Lebens.«

»Mmh, aber hören Sie zu: Die Grauen haben hier große Schwierigkeiten, und das ist wahrscheinlich auch der Grund dafür, dass sie so lange – ein halbes Jahrhundert lang – gezögert haben, ehe sie richtig losschlugen. Die Wiesel zum Beispiel. Das sollen eigentlich Saprophyten sein ... Wissen Sie, was das ist?«

»Henry? ... So heißen Sie doch, nicht wahr? Henry? ... Hat das irgendwelche Auswirkungen auf unsere gegenwärtige –«

»Es hat *immense* Auswirkungen auf unsere gegenwärtige Situation. Und wenn Sie nicht einen Großteil der Verantwortung für das Ende allen Lebens auf dem Raumschiff Erde tragen wollen – von jeder Menge interstellarem Kudzu natürlich mal abgesehen –, dann rate ich Ihnen, den Mund zu halten und zuzuhören.«

Eine Pause. Dann: »Ich höre.«

»Saprophyten sind nützliche Parasiten. Viele davon leben in unseren Eingeweiden, und wir nehmen sie bereitwillig mit manchen Molkereiprodukten zu uns. Mit Buttermilch zum Beispiel und mit Jogurt. Wir bieten diesen Bakterien einen Ort zum Leben, und sie revanchieren sich mit etwas. Bei den Milchbakterien ist es die Verdauungsförderung. Die Wiesel werden unter normalen Umständen – normal in irgendeiner anderen Welt, schätze ich mal, in der die ökologischen Bedingungen so anders sind, dass ich es nicht mal erraten kann – nicht größer als ein Daumennagel. Ich glaube, bei weiblichen Wesen wirken sie irgendwie auf die Fortpflanzung ein, bringen sie aber nicht um. Normalerweise nicht. Sie leben einfach nur im Darm. Wir geben ihnen Nahrung, und sie verleihen uns telepathische Kräfte. Das ist normalerweise der Deal. Nur dass sie uns auch in Fernsehgeräte verwandeln. Wir sind das TV für die Grauen.«

»Und Sie wissen das alles, weil auch in Ihnen so eines lebt?« Underhills Stimme war kein Ekel anzuhören, aber Henry nahm es deutlich in den Gedanken des Mannes wahr, es schreckte zurück wie der Fühler einer Schnecke. »Ein so genanntes normales Wiesel?«

»Nein.« *Glaube ich zumindest nicht,* dachte er.

»Woher wissen Sie dann, was Sie wissen? Oder denken Sie sich das alles einfach nur aus? Wollen Sie sich hier rausschwindeln?«

»Woher ich das weiß, spielt noch die geringste Rolle, Owen. Und Sie wissen doch, dass ich nicht lüge. Sie können meine Gedanken lesen.«

»Daher weiß ich, dass Sie *glauben*, dass Sie nicht lügen. Wie schlimm wird das denn noch mit dieser Gedankenleserei bei mir?«

»Keine Ahnung. Wahrscheinlich nimmt es noch zu, wenn sich der Byrus ausbreitet, aber nicht so wie bei mir.«

»Weil Sie anders sind.« Skepsis, sowohl in Underhills Ton als auch in Underhills Gedanken.

»Mann, bis heute wusste ich nicht, wie anders ich bin. Aber lassen wir das doch mal für eine Minute beiseite. Vorläufig möchte ich nur, dass Sie verstehen, dass die Grauen hier die Arschkarte gezogen haben. Vielleicht zum ersten Mal in ihrer Geschichte gerät ihnen das alles außer Kontrolle. Erstens, weil sich die Wiesel, wenn sie sich in Menschen einnisten, nicht wie Saprophyten verhalten, sondern gewaltsam parasitär. Sie hören nicht auf zu fressen, und sie hören nicht auf zu wachsen. Sie sind wie ein Tumor, Underhill.

Zweitens: der Byrus. Er gedeiht in anderen Welten gut, in unserer aber, zumindest vorläufig, nicht. Die Wissenschaftler und medizinischen Experten, die dieses Rodeo hier betreiben, sind der Ansicht, dass die Kälte ihn eindämmt, aber ich glaube nicht, dass es daran liegt, zumindest nicht allein. Ich kann es nicht mit Sicherheit sagen, denn *sie* wissen es auch nicht, aber –«

»Brr, brr.« Halb verdeckt leuchtete eine kleine Flamme auf, als sich Underhill eine neue Zigarette ansteckte, die der Wind dann aufrauchen durfte. »Damit meinen Sie nicht die Laborleute, nicht wahr?«

»Nein.«

»Sie glauben, Sie stehen mit den Grauen in Verbindung. In telepathischer Verbindung.«

»Ich glaube ... mit einem von ihnen. Über einen Mittelsmann.«

»Dieser Jonesy, von dem Sie gesprochen haben?«

»Owen, ich weiß es nicht. Ich kann es nicht mit Bestimmtheit sagen. Entscheidend ist nur: *Sie verlieren*. Sie und ich und die Männer, die heute mit Ihnen zu Blue Boy rausgeflogen sind, wir alle werden Weihnachten wahrscheinlich nicht mehr erleben. Ich will Ihnen da nichts vormachen. Wir alle haben eine hohe, konzentrierte Dosis abbekommen. Aber –«

»Also gut, ich habe es«, sagte Underhill. »Und Edwards hat es auch. Es ist urplötzlich an ihm aufgetaucht.«

»Aber selbst wenn es sich richtig in Ihnen einnistet, glaube ich nicht, dass Sie es sehr weit verbreiten können. *So ansteckend ist es nun auch wieder nicht.* Manche von den Leuten da im Stall werden es nie kriegen, da können sie noch so lange mit Byrus-Infizierten zusammenhocken. Und die Leute, die es sich wie eine Erkältung holen, erkranken an Sekundär-Byrus ... oder -Ripley, wenn Ihnen das besser gefällt.«

»Bleiben wir doch bei Byrus.«

»Also gut. Sie können eventuell einige wenige andere Menschen damit anstecken, die dann eine sehr schwache Form bekommen, die wir Byrus drei nennen könnten. Es mag sogar noch darüber hinaus ansteckend sein, aber ich glaube, man brauchte schon ein Mikroskop oder einen Bluttest, um Byrus vier nachzuweisen. Und dann ist es futsch.

Jetzt kommt die Zusammenfassung, also passen Sie auf.

Punkt eins: Die Grauen – wahrscheinlich nicht mehr als eine Art Zustelldienst für den Byrus – sind bereits erledigt. Diejenigen, die nicht an den Umweltbedingungen eingegangen sind wie die Marsianer in *Krieg der Welten* an den Mikroben, wurden von Ihren Kampfhubschraubern vernichtet. Das heißt, alle bis auf einen – ja, so muss es sein –, von dem ich meine Informationen habe. Und im körperlichen Sinne ist auch er tot.

Punkt zwei: Die Wiesel funktionieren nicht. Wie alle Tumore fressen sie sich letztendlich zu Tode. Die aus dem Darm ausbrechen, sterben bald in einer Umgebung, die sie als unwirtlich empfinden.

Punkt drei: Auch der Byrus überlebt nicht besonders gut, aber wenn er eine Chance bekommt, wenn er Zeit hat, im Verborgenen zu wachsen, dann könnte er mutieren und lernen, sich anzupassen.«

»Wir werden das alles vernichten«, sagte Underhill. »Wir

werden den gesamten Jefferson Tract in eine Brandnarbe verwandeln.«

Henry hätte vor Frustration schreien mögen, und etwas davon drang anscheinend nach außen. Es gab ein leises, dumpfes Geräusch, als Underhill zusammenzuckte und mit dem Rücken die dünne Schuppenmauer berührte.

»Was Sie hier oben machen, spielt keine Rolle«, sagte Henry. »Die Menschen, die Sie interniert haben, können es nicht verbreiten, die Wiesel können es nicht verbreiten, und der Byrus kann sich auch nicht selbst verbreiten. Wenn Sie jetzt Ihre Zelte abbrechen und abhauen würden, würde sich die Natur selbst darum kümmern und diesen Quatsch einfach auslöschen. Ich glaube, die Grauen sind hier aufgetaucht, weil sie es einfach nicht wahrhaben wollen. Ich glaube, das war ein Selbstmordkommando, angeführt von einer grauen Version Ihres Mista Kurtz. Scheitern ist für sie einfach kein Begriff. Sie denken: ›Wir siegen immer.‹«

»Woher wissen –«

»Und dann, in letzter Minute, Underhill – vielleicht gar in letzter *Sekunde* –, hat einer von ihnen einen Menschen gefunden, der auf bemerkenswerte Weise anders war als alle Menschen, mit denen die Grauen, die Wiesel und der Byrus je in Kontakt gekommen waren. Und der ist Ihre Typhoid Mary. Er hat die Quarantänezone bereits verlassen und macht all Ihre Pläne zunichte.«

»Gary Jones.«

»Ja, Jonesy.«

»Und was macht ihn so anders?«

So ungern er darauf eingehen wollte, sah Henry doch ein, dass er Underhill eine Erklärung schuldig war.

»Er und ich und unsere beiden Freunde – die beiden, die jetzt tot sind – kannten einmal jemanden, der sehr eigen war. Er war von Natur aus Telepath, brauchte keinen Byrus dazu. Und der hat etwas mit uns gemacht. Wenn wir ein bisschen älter gewesen wären, als wir ihn kennen gelernt haben, dann wäre das vermutlich nicht möglich gewesen, aber wir haben ihn kennen gelernt, als wir besonders ... tja, anfällig müsste man wohl sagen ... dafür waren, was er hatte.

Und dann, Jahre später, ist mit Jonesy noch etwas passiert, etwas, was nichts zu tun hatte mit ... mit diesem bemerkenswerten Jungen.«

Aber das stimmte so nicht, vermutete Henry. Obwohl Jonesy in Cambridge überfahren worden und fast umgekommen war und Duddits, soweit Henry wusste, in seinem ganzen Leben nie südlich von Derry gewesen war, hatte Duds doch irgendwie eine Rolle bei Jonesys endgültiger Verwandlung gespielt. Das wusste er einfach.

»Und das soll ich jetzt ... einfach so glauben? Das soll ich schlucken wie Hustensaft?«

In der nach Heu duftenden Dunkelheit des Schuppens setzte Henry ein todernstes Grinsen auf. »Owen«, sagte er, »Sie glauben es doch. Ich bin ein Telepath, haben Sie das schon vergessen? Und zwar der allerschlimmste. Die Frage ist doch ... die Frage ist ...«

Henry stellte die Frage in Gedanken.

7

Wie er so da draußen vor der Umzäunung an der hinteren Mauer des alten Lagerschuppens stand und sich den Arsch abfror, die Filtermaske runtergezogen, damit er ein paar Zigaretten rauchen konnte, die er nicht rauchen wollte (er hatte sich ein neues Päckchen besorgt), war Owen nie im Leben weniger zum Lachen zumute gewesen ... doch als der Mann im Schuppen auf seine so überaus vernünftige Frage mit so ungeduldiger Unverblümtheit antwortete – *Sie glauben es doch ... Ich bin ein Telepath, haben Sie das schon vergessen?* –, musste er ganz unvermittelt lachen. Kurtz hatte gesagt, die menschliche Gesellschaft in ihrer gegenwärtigen Form würde zusammenbrechen, wenn sich die Telepathie dauerhaft ausbreiten würde. Owen hatte das durchaus nachvollziehen können, aber jetzt verstand er es erst so richtig.

»Die Frage ist doch ... die Frage ist ...«
Was wollen wir dagegen unternehmen?

Müde wie er war, fiel Owen darauf nur eine Antwort ein. »Wir müssen Jones verfolgen, schätze ich mal. Bringt das was? Bleibt uns genug Zeit?«

»Ich glaube schon. Gerade mal so.«

Owen versuchte mit seinen eigenen geringeren Fähigkeiten zu lesen, was hinter Henrys Antwort steckte, aber es gelang ihm nicht. Und doch war er sicher, dass es größtenteils der Wahrheit entsprach, was ihm der Mann erzählt hatte. *Entweder das oder er hält es nur für die Wahrheit, dachte Owen. Und Gott weiß, dass ich es auch für die Wahrheit halten will. Mir ist jede Ausrede recht, um hier wegzukommen, ehe das große Gemetzel losgeht.*

»Nein«, sagte Henry, und Owen fand, dass er sich zum ersten Mal aufgebracht anhörte und nicht vollkommen selbstsicher. »Kein Gemetzel. Kurtz wird doch nicht zweibis achthundert Menschen umbringen! Menschen, die sowieso keinen Einfluss auf die ganze Sache haben. Das sind doch bloß – Herrgott, das sind doch bloß unbeteiligte Zuschauer!«

Wenn er einmal bedachte, was für Unbehagen Henry ihm bereitet hatte, wunderte sich Owen nicht, dass er ein wenig schadenfroh war angesichts des Unbehagens seines neuen Freundes. »Was schlagen Sie vor? Da es ja, wie Sie sagen, nur auf Ihren Kumpel Jonesy ankommt.«

»Ja, aber ...«

Er geriet ins Schwimmen. Henrys Gedankenstimme klang ein wenig selbstsicherer, aber nur minimal. *Damit habe ich nicht gemeint, dass wir weggehen und sie dem Tod überlassen sollen.*

»Wir *gehen* auch nicht weg«, sagte Owen. »Wenn überhaupt, dann *flitzen* wir wie zwei Ratten im Getreidesilo.« Er ließ seine dritte Zigarette nach einem letzten Pro-forma-Zug fallen und sah zu, wie der Wind sie davontrug. Jenseits des Schuppens wirbelten Schneeschleier über den verwaisten Pferch und schichteten an den Stallmauern hohe Schneewehen auf. Es wäre Wahnsinn, bei diesem Wetter irgendwohin zu fliehen. *Zuallererst brauchten wir mindestens mal ein Schneemobil, dachte Owen. Gegen Mitternacht tut es wahr-*

scheinlich nicht mal mehr ein Wagen mit Allradantrieb. Nicht bei diesem Wetter.

»Sie bringen Kurtz um«, sagte Henry. »Das ist die Antwort. Wir können leichter entkommen, wenn keiner da ist, der Befehle gibt, und das würde die ... biologische Säuberung erst mal aufhalten.«

Owen lachte trocken. »Es hört sich so einfach an, wenn Sie das sagen«, sagte er. »Null-Null-Underhill mit der Lizenz zum Töten.«

Er steckte sich eine vierte Zigarette an, wölbte dabei die Hände um die Flamme. Trotz der Handschuhe hatte er in den Fingern kaum noch Gefühl. *Wir sollten uns ganz schnell was einfallen lassen,* dachte er. *Ehe ich hier erfriere.*

»Was ist denn schon dabei?«, fragte Henry, wusste es aber nur zu gut; Owen spürte (und hörte es halb), wie er versuchte, es nicht zu sehen, weil er nicht wollte, dass alles noch schlimmer war als ohnehin schon. »Gehen Sie einfach rein und knallen Sie ihn ab.«

»Das geht nicht.« Owen schickte Henry schnell ein Bild: Freddy Johnson (und die übrigen Mitglieder des so genannten Imperial-Valley-Kaders), wie sie auf Kurtz' Winnebago aufpassten. »Außerdem ist das Wohnmobil verwanzt. Wenn da irgendwas passiert, kommen die harten Kerle angestürmt. Vielleicht könnte ich ihn erwischen. Wahrscheinlich nicht, denn er lässt sich beschützen wie ein kolumbianischer Kokainkönig, vor allem, wenn er im Einsatz ist, aber vielleicht ja doch. Ich bin ja selbst auch nicht von Pappe. Aber das wäre Kamikaze. Wenn er Freddy Johnson rekrutiert hat, dann hat er wahrscheinlich auch Kate Gallagher und Marvell Richardson ... Carl Friedman ... Jocelyn McAvoy. Knallharte Jungs und knallharte Mädels, Henry. Wenn ich Kurtz umniete, nieten die mich um, und dann schicken die hohen Tiere, die die ganze Show von ihrem Bunker unterm Cheyenne Mountain aus dirigieren, einen neuen Cleaner, einen Klon von Kurtz, der da weitermacht, wo Kurtz aufgehört hat. Oder vielleicht übertragen sie einfach Kate das Kommando. Die ist weiß Gott verrückt genug dafür. Dann dürfen die Leute im Stall noch zwölf Stunden länger in ihrem eigenen Saft schmoren, aber letztendlich würden sie trotzdem verbrennen. Der einzige Unterschied wäre der, dass Sie, mein Lieber, statt mit mir unbekümmert durch den Schneesturm zu tollen, gemeinsam mit den anderen verbrennen. Und Ihr Kumpel – dieser Jonesy – ist dann längst unterwegs nach ... wohin?«

»Das behalte ich vorläufig besser für mich.«

Owen forschte trotzdem mit den ihm gegebenen telepathischen Mitteln danach. Für einen Moment hatte er verschwommen ein verblüffendes Bild vor Augen – ein großes, weißes, eingeschneites Gebäude, zylindrisch wie ein Getreidesilo –, und dann war es wieder verschwunden, und stattdessen sah er ein weißes Pferd, das fast wie ein Einhorn aussah, an einem Schild vorbeilaufen. Und auf dem Schild stand in roten Lettern unter einem Pfeil: BANBURY CROSS.

Er ächzte belustigt und erschöpft. »Sie sperren mich aus.«

»So könnte man sagen. Oder man könnte sagen: Ich bringe Ihnen eine Technik bei, die Sie sich aneignen sollten, wenn Sie unser Gespräch geheim halten wollen.«

»Soso.« Owen war nicht gänzlich unerfreut darüber, was eben passiert war. Zum einen kam es ihm sehr gelegen, eine Störtechnik zu beherrschen. Zum anderen wusste Henry offensichtlich, wohin sein infizierter Freund – nennen wir ihn Typhoid Jonesy – wollte. Owen hatte in Henrys Gedanken ein Bild davon erhascht.

»Henry, ich möchte, dass Sie mir jetzt zuhören.«

»Ich höre.«

»Folgendermaßen bringen wir beide, Sie und ich, das auf die einfachste und sicherste Weise über die Bühne. Zunächst sollten wir, wenn die Zeit nicht der alles entscheidende Faktor ist, etwas schlafen.«

»Ja, das glaube ich auch. Ich kippe gleich um.«

»So gegen drei Uhr kann ich dann loslegen. In der ganzen Anlage hier wird zwar so lange höchste Alarmbereitschaft gelten, bis es hier keine Anlage mehr gibt, aber wenn die Augen des Großen Bruders denn jemals ein wenig glasig werden, dann zwischen vier und sechs Uhr morgens. Ich sorge für Ablenkung, und ich kann den Zaun kurzschließen – das ist eigentlich noch die leichteste Übung. Und fünf Minuten nachdem hier die Hölle ausgebrochen ist, kann ich mit einem Schneemobil hier sein –«

Die Telepathie brachte gegenüber rein verbaler Verständigung gewisse Vorteile, stellte Owen jetzt fest. Noch während er sprach, schickte er Henry das Bild eines brennenden Hubschraubers vom Typ MH-6 Little Bird, auf den Soldaten zuliefen.

»– und weg sind wir.«

»Und lassen Kurtz mit einem Stall voll unschuldiger Zivilisten zurück, die er rösten will. Von der Blue Group mal ganz abgesehen. Das sind dann ... noch mal gut dreihundert?«

Owen, der seit seinem neunzehnten Lebensjahr beim Militär war und seit acht Jahren zu Kurtz' Cleanern zählte, schickte zwei harte Wörter über die geistige Verbindung, die sie aufgebaut hatten: *Hinnehmbare Verluste.*

Hinter der schmutzigen Fensterscheibe regte sich die verschwommene Gestalt, die Henry Devlin war, und stand dann wieder ruhig da.

Nein, erwiderte er.

8

Nein? Was soll das bedeuten – nein?

Nein. Nein bedeutet nein.

Haben Sie eine bessere Idee?

Und da wurde Owen zu seinem Entsetzen bewusst, dass sich Henry genau das einbildete. Bruchstücke dieser Idee – sie einen Plan zu nennen wäre zu viel der Ehre gewesen – huschten Owen durch den Kopf wie der hell aufstrahlende Schweif eines Kometen. Sie verschlugen ihm den Atem. Die Zigarette fiel ihm unbemerkt aus der Hand und wurde fortgeweht.

Sie sind verrückt.

Nein, bin ich nicht. Wir brauchen eine Ablenkung, wenn wir hier wegkommen wollen, das ist Ihnen doch klar. Und das wäre eine Ablenkung.

Die werden so oder so umgebracht!

Manche schon. Vielleicht sogar die meisten von ihnen. Aber so haben sie wenigstens eine Chance. Welche Chance hätten sie denn in einem brennenden Stall?

Und laut fügte Henry hinzu: »Und dann ist da auch noch Kurtz. Wenn er sich um ein paar hundert Ausbrecher kümmern muss – die den ersten Reportern, denen sie begegnen, gern erzählen werden, dass die von panischem Schrecken gepackte US-Regierung hier auf amerikanischem Boden ein zweites My-Lai-Massaker gestattet hat –, dann wird er sich viel weniger Sorgen um uns machen.«

Da kennen Sie Abe Kurtz schlecht, dachte Owen. *Sie haben keine Ahnung von der Kurtz-Grenze.* Das hatte er natürlich selber auch nicht. Oder hatte es bis heute nicht gehabt.

Doch Henrys Vorschlag wirkte auf verrückte Weise vernünftig. Und brachte zumindest eine gewisse Buße mit sich. Während dieser endlose vierzehnte November auf Mitternacht zuging und die Wahrscheinlichkeit zunahm, das Wochenende doch noch zu erleben, wunderte sich Owen gar nicht, dass die Idee der Buße ihm plötzlich reizvoll erschien.

»Henry?«

»Ja, Owen. Ich bin hier.«

»Ich habe mich immer dafür geschämt, was ich an diesem Tag im Haus der Rapeloews gemacht habe.«

»Ich weiß.«

»Und trotzdem habe ich so etwas immer wieder gemacht. Ist das nicht völlig verkorkst?«

Henry, der ein ausgezeichneter Psychiater war, auch noch, nachdem er sich in Gedanken dem Selbstmord zugewandt hatte, sagte nichts darauf. Verkorkst zu sein war für Menschen völlig normal. Traurig, aber wahr.

»Also gut«, sagte Owen schließlich. »Du darfst das Haus kaufen. Aber ich richte es ein. Abgemacht?«

»Abgemacht«, erwiderte Henry sofort.

»Kannst du mir wirklich diese Störtechnik beibringen? Die könnte ich nämlich gut gebrauchen.«

»Ich glaube schon.«

»Also gut. Hör zu.« Und dann sprach Owen drei Minuten lang, abwechselnd laut und in Gedanken. Die beiden Männer waren an einem Punkt angelangt, an dem sie zwischen diesen Verständigungsweisen keinen Unterschied mehr machten; Gedachtes und Gesprochenes ging ineinander über.

KAPITEL 16

Derry

1

Es ist warm bei Gosselin's – Mann, ist das warm hier! Auf Jonesys Gesicht bricht sofort Schweiß aus, und als die vier beim Münztelefon ankommen (das, wie könnte es auch anders sein, gleich neben dem Holzofen hängt), tropft ihm der Schweiß schon von den Wangen, und seine Achselhöhlen fühlen sich an wie Regenwaldboden nach einem Wolkenbruch ... nicht dass dort sonderlich viel sprießt, das nicht, nicht mit vierzehn. *Das hättste wohl gerne,* wie Pete immer sagt.

Es ist also warm hier, und dieser Traum hat ihn noch gar nicht richtig losgelassen, er hat ihn noch nicht vergessen, obwohl er Albträume sonst immer schnell vergisst (er hat immer noch den Gestank von Benzin und brennendem Gummi in der Nase, hat immer noch Henry vor Augen, wie er diesen Mokassin hochhält ... und den Kopf, er sieht immer noch Richie Grenadeaus grausligen abgetrennten Kopf), und dann macht die Frau in der Vermittlung alles auch noch schlimmer, indem sie rumzickt. Als Jonesy ihr die Telefonnummer der Cavells nennt, die sie regelmäßig anrufen, um zu fragen, ob sie rüberkommen dürfen (Roberta und Alfie sagen immer ja, aber es ist trotzdem ein Gebot der Höflichkeit, um Erlaubnis zu bitten, das haben sie alle zu Hause gelernt), fragt die Frau: »Wissen deine Eltern, dass du ein Ferngespräch führen willst?« Sie sagt das nicht im Yankee-Tonfall, sondern mit dem leicht französisch angehauchten Ton derer, die hier in diesem Teil der Welt aufgewachsen sind, wo die Leute eher Letourneau oder Bissonette heißen als Smith oder Jones. Die knickerigen Froschfresser nennt Petes Dad diese Leute. Und jetzt hat Jonesy ausgerechnet so eine am Apparat, Gott steh ihm bei.

»Ich darf teure Anrufe machen, wenn ich sie selber bezahle«, sagt Jonesy. O Mann, er hätte wissen müssen, dass es letztlich an ihm hängen bleiben würde, diesen Anruf zu machen. Er zerrt den Reißverschluss seiner Jacke auf. Gott, ist das heiß hier drin! Nicht auszuhalten! Wie diese Opas da um den Ofen hocken können, geht über Jonesys Verstand. Seine Freunde drängen sich um ihn, was verständlich ist – sie wollen ja mithören –, aber Jonesy wünscht sich trotzdem, sie würden ein bisschen von ihm abrücken. Ihm wird nur noch wärmer, wenn sie sich so um ihn drängen.

»Und wenn ich sie anrufen würde, *mon fils*, deine *mère et père*, würden sie das dann bestätigen?«

»Klar«, sagt Jonesy. Schweiß läuft ihm ins Auge, es brennt, und er wischt ihn weg wie eine Träne. »Mein Vater ist auf der Arbeit, aber meine Mutter müsste eigentlich zu Hause sein. Neun-vier-neun sechs-sechs-fünf-acht. Aber machen Sie bitte schnell, denn –«

»Also gut, ich verbinde«, sagt sie und klingt enttäuscht. Jonesy zieht sich schnell die Jacke aus, wechselt dazu mit dem Hörer vom einen zum anderen Ohr und lässt die Jacke dann fallen. Die anderen haben ihre immer noch an; Biber hat sich noch nicht mal die Fonzie-Jacke aufgemacht. Wie sie das aushalten, ist Jonesy ein Rätsel. Sogar die Gerüche setzen ihm zu: Musterole und Bohnen und Bohnerwachs und Kaffee und der Lake-Geruch aus dem Pökelfass. Normalerweise mag er die Gerüche bei Gosselin's, aber heute könnte Jonesy auf der Stelle loskotzen.

Er hört es klicken. Das dauert! Seine Freunde drängen sich um ihn und das Münztelefon an der Rückwand des Ladens. Zwei oder drei Gänge weiter starrt Lamar auf das Regal mit den Getreideflocken und reibt sich die Stirn wie jemand, der fürchterliche Kopfschmerzen hat. Und bei dem vielen Bier, das er gestern Abend getrunken hat, denkt Jonesy, ist es auch kein Wunder, dass er Kopfschmerzen hat. Er bekommt selbst auch gerade Kopfschmerzen, die allerdings mit Bier nichts zu tun haben, sondern eher daher kommen, dass es so verdammt heiß hier drin ist –

Er richtet sich ein wenig auf. »Es klingelt«, sagt er zu seinen Freunden und wünscht sich augenblicklich, er hätte den Mund gehalten, denn jetzt drängen sie sich noch enger um ihn. Pete hat fürchterlichen Mundgeruch, und Jonesy denkt: *Wie machst du das bloß, Petesky? Putzt du dir nur einmal im Jahr die Zähne?*

Beim dritten Läuten wird abgehoben. »Ja, hallo?« Es ist Roberta, und sie klingt geistesabwesend und besorgt und nicht so fröhlich wie sonst immer. Und es ist auch klar, warum; im Hintergrund hört er Duddits brüllen. Jonesy weiß, dass Alfie und Roberta das Weinen nicht so wahrnehmen wie er und seine Freunde – sie sind Erwachsene. Aber sie sind auch Duddits' Eltern, und etwas davon nehmen sie durchaus wahr, und er würde mal bezweifeln, dass es ein schöner Morgen für Mrs Cavell gewesen ist.

Gott, wie kann es denn hier drin so *heiß* sein? Womit haben die diesen verdammten Holzofen denn heute Morgen befeuert? Mit Plutonium?

»Hallo! Wer ist da?« Ungeduldig – auch das passt nicht zu Mrs Cavell. Wenn man als Mutter eines so besonderen Menschen wie Duddits eines lernt, das hat sie den Jungs oft gesagt, dann ist es Geduld. Aber nicht so heute Morgen. Heute Morgen klingt sie fast stocksauer, und das ist eigentlich unvorstellbar. »Wenn Sie mir was verkaufen wollen: Ich kann jetzt nicht mit Ihnen reden. Ich habe zu tun, und …«

Duddits dazu im Hintergrund, trompetend und heulend. *Natürlich haben Sie zu tun,* denkt Jonesy. *Seit dem Morgengrauen weint er so, und mittlerweile dürften Sie so ziemlich mit den Nerven am Ende sein.*

Henry stößt Jonesy einen Ellenbogen in die Seite und gibt ihm ein Handzeichen – *Los! Mach schon!* Der Stoß tut zwar weh, kommt aber genau richtig. Wenn sie auflegen würde, müsste sich Jonesy wieder mit dieser Zicke in der Vermittlung herumärgern.

»Mrs Cavell? Roberta? Ich bin's, Jonesy.«

»Jonesy?« Er spürt förmlich ihre immense Erleichterung;

sie hat sich so danach gesehnt, dass Duddies Freunde anrufen, dass sie schon fast glaubt, sie würde sich das nur einbilden. »Bist du's wirklich?«

»Ja«, sagt er. »Die anderen sind auch hier.« Er hält ihnen den Hörer hin.

»Hallo, Mrs Cavell«, sagt Henry.

»Hey, wie geht's?«, ist Petes Beitrag.

»Hallo, schönes Kind«, sagt Biber blöde grinsend. Er ist mehr oder weniger in Roberta verliebt, seit er sie kennt.

Lamar Clarendon guckt herüber, als er die Stimme seines Sohns hört, zuckt mit den Achseln und vertieft sich dann wieder in die Betrachtung von Cornflakes-Packungen. *Dann mal los,* hat Lamar zu Biber gesagt, als Biber ihm erzählt hat, dass sie Duddits anrufen wollen. *Weiß zwar nich, was ihr mit diesem Schwachkopf bequatschen wollt, aber es ist ja schließlich euer Geld.*

Als sich Jonesy den Hörer wieder ans Ohr hält, sagt Roberta Cavell gerade: »– wieder in Derry? Ich dachte, ihr wärt jagen? In Kineo oder so?«

»Wir sind noch hier oben«, sagt Jonesy. Er sieht sich zu seinen Freunden um und wundert sich, dass sie kaum schwitzen – Henrys Stirn glänzt nur ein wenig, und Pete hat ein paar Schweißperlen auf der Oberlippe, aber das war's. Völlig abgedreht. »Wir dachten bloß ... äh ... dass wir mal anrufen.«

»Ihr wisst davon.« Sie sagt das mit ausdrucksloser Stimme, nicht unfreundlich, aber auch keine Widerrede duldend.

»Äh ...« Er zupft an seinem Flanellhemd herum, fächelt sich darunter Luft auf die Brust. »Ja.«

An dieser Stelle würden die meisten Menschen tausend Fragen stellen, wahrscheinlich angefangen mit *Woher wisst ihr das?* oder *Was, um Gottes willen, ist mit ihm los?*, aber Roberta ist anders als die meisten Menschen und erlebt schon seit fast einem Monat mit, wie sie sich mit ihrem Sohn verstehen. Sie sagt: »Bleib dran, Jonesy. Ich hole ihn.«

Jonesy wartet. In der Ferne hört er Duddits heulen und Roberta mit ihm sprechen. Sie versucht ihn zu überreden, ans Telefon zu gehen, und nutzt dazu die neuen Zauberwörter bei den Cavells: *Jonesy, Biber, Pete und Henry*. Das Brüllen kommt näher, und selbst übers Telefon merkt Jonesy, wie es ihm ins Hirn dringt, wie ein stumpfes Messer, das bohrt und aushöhlt, statt zu schneiden. Autsch. Verglichen mit Duddits' Weinen sind Henrys Ellenbogenknüffe die reinen Liebkosungen. Währenddessen läuft ihm die Brühe in Strömen den Rücken hinunter. Seine Augen konzentrieren sich auf zwei Schilder über dem Telefon. BITTE NICHT LÄNGER ALS 5 MINUTEN TELEFONIEREN, steht auf dem einen. GOSSENSPRACHE WIRD NICHT GEDULDET, steht auf dem anderen. Darunter hat jemand eingeritzt: »Scheiße, wer sagt das?!« Dann ist Duddits dran, und Jonesy hat dieses fürchterliche Geheul direkt im Ohr. Er zuckt zusammen, und obwohl es wehtut, kann er es Duds nicht übel nehmen. Hier oben sind sie zu viert und zusammen. Er ist da unten ganz allein, und dann ist er auch noch so anders. Gott hat ihn gleichwohl geschlagen wie gesegnet, Jonesy wird ganz schwummrig zu Mute, wenn er daran denkt.

»Duddits«, sagt er. »Duddits, wir sind's. Jonesy …«

Er reicht den Hörer an Henry weiter. »Hallo, Duddits, hier ist Henry …«

Henry gibt Pete den Hörer. »Hallo, Duds, hier ist Pete, hör jetzt auf zu weinen, es ist alles gut.«

Pete reicht den Hörer an Biber weiter, der sich umsieht und dann mit dem Hörer so weit um die Ecke geht, wie das Kabel reicht. Die Hand um die Muschel wölbend, damit ihn die älteren Herren am Ofen nicht hören (von seinem alten Herrn natürlich ganz zu schweigen), singt er die ersten beiden Verse des Wiegenlieds. Dann verstummt er und hört zu. Einen Augenblick später gibt er den anderen ein Handzeichen, einen Kreis aus Daumen und Zeigefinger. Dann reicht er den Hörer zurück an Henry.

»Duds? Henry noch mal. Es war nur ein Traum, Duddits. Das ist nicht wirklich passiert. Okay? Es ist nicht wirklich passiert, und jetzt ist es vorbei …« Henry hört zu. Jonesy nutzt die Gelegenheit und zieht sein Flanellhemd aus. Das T-Shirt darunter ist durchgeschwitzt.

Es gibt Myriaden Dinge auf der Welt, die Jonesy nicht

weiß – zum Beispiel, was für eine Verbindung er und seine Freunde da zu Duddits haben –, aber er weiß auf jeden Fall, dass er es nicht mehr lange hier im Laden aushält. Er fühlt sich, als würde er in diesem Ofen stecken und nicht nur davor stehen. Die alten Säcke, die da sitzen und Dame spielen, müssen Eis in den Knochen haben.

Henry nickt. »Genau wie ein Gruselfilm.« Er hört zu und runzelt die Stirn. »Nein, hast du nicht. Das hat keiner von uns. Wir haben ihm nichts getan. Wir haben keinem von ihnen was getan.«

Und in diesem Moment – einfach so – weiß Jonesy, dass sie es doch getan haben. Sie haben es nicht gewollt, jedenfalls nicht so, aber sie haben es getan. Sie hatten Angst, Richie würde seine Drohung wahrmachen und sich an ihnen rächen ... und deshalb sind sie ihm zuvorgekommen.

Pete streckt die Hand aus, und Henry sagt: »Pete will mit dir sprechen, Dud.«

Er reicht den Hörer an Pete weiter, und Pete sagt zu Duddits, er solle es einfach vergessen und ganz locker bleiben, sie würden bald nach Hause kommen, und dann würden sie das Spiel spielen, das wird ein Spaß, das wird eine Mordsgaudi, und bis dahin –

Jonesy schaut hoch und sieht, dass eines der Schilder über dem Telefon ausgetauscht worden ist. Auf dem linken steht immer noch Bitte nicht länger als 5 Minuten telefonieren, aber auf dem rechten steht jetzt: Geh doch nach draussen, da ist es kühler. Das ist eine gute Idee, wirklich mal eine ausgezeichnete Idee. Und es spricht auch nichts dagegen – die Duddits-Situation ist eindeutig unter Kontrolle.

Aber ehe er gehen kann, hält Pete ihm den Hörer hin und sagt: »Er will mit dir sprechen, Jonesy.«

Er ist drauf und dran, trotzdem rauszurennen, und denkt sich, lass mich doch in Ruhe, Duddits, ihr könnt mich doch alle mal. Aber das sind seine Freunde, und gemeinsam haben sie einen schrecklichen Albtraum durchlitten, haben etwas getan, was sie nicht tun wollten

(Lügner du Lügner du wolltest es ja du wolltest es)

und ihre Blicke halten ihn hier fest, trotz der Hitze, die ihm nun wie ein Polster, das ihn erstickt, die Brust zuschnürt. Mit ihren Blicken beharren sie darauf, dass er dazugehört und nicht gehen darf, solange Duddits noch am Telefon ist. Das wäre gegen die Spielregeln.

Es ist unser Traum, und er ist noch nicht vorbei, darauf beharren sie mit ihren Blicken, Henry vor allem. *Das geht jetzt so seit dem Tag, an dem wir ihn dahinten bei den Gebrüdern Tracker gefunden haben, auf den Knien und fast nackt. Er sieht die Linie, und jetzt sehen wir sie auch. Wir mögen es anders wahrnehmen, aber etwas in uns wird immer die Linie sehen. Wir werden sie unser ganzes Leben lang sehen.*

Es liegt noch etwas in ihren Blicken, was sie alle, ohne dass sie es sich eingestehen, für den Rest ihres Lebens verfolgen und noch auf ihre glücklichsten Tage seinen Schatten werfen wird. Die Furcht davor, was sie getan haben. Was sie in dem Teil ihres gemeinsamen Traums getan haben, an den sie sich nicht erinnern können.

Das ist es, was dafür sorgt, dass er bleibt und den Hörer nimmt, obwohl er vor Hitze fast vergeht, obwohl er nun wirklich *dahinschmilzt.*

»Duddits«, sagt er, und sogar seine Stimme klingt heiß. »Es ist wirklich alles gut. Ich gebe dir noch mal Henry, es ist superheiß hier drin, und ich muss raus und ein bisschen frische Luft schnappen –«

Duddits unterbricht ihn mit lauter, eindringlicher Stimme: »*Eeh nich aus! Ohnieh! Eeh nich aus! Äi! Äi! Issa ÄI!*«

Sie haben sein Gebrabbel von Anfang an verstanden, und Jonesy versteht auch das: »*Geh nicht raus! Jonesy, geh nicht raus! Gray! Gray! Mister GRAY!*«

Jonesy klappt die Kinnlade herunter. Er schaut an dem glühend heißen Ofen vorbei, den Gang entlang, in dem Bibers verkaterter Vater nun lustlos die Etiketten der Bohnenkonserven studiert, vorbei an Mrs Gosselin an der alten, verschnörkelten Registrierkasse und hinaus durch das Schaufenster. Das Fenster ist schmutzig und hängt voller Schilder, die für alles Mögliche werben, von Winston-Zigaretten und Moosehead-Ale bis zu kirchlichen Veranstaltungen und Picknicks am Unabhängigkeitstag, die stattgefunden haben, als der Erdnussfarmer noch Präsident war ... aber es ist trotzdem noch genug Glas frei, um hindurchzuschauen und das Ding zu sehen, das ihm da draußen auflauert. Es ist das Ding, das sich von hinten angeschlichen hat, als er versucht hat, die Badezimmertür zuzuhalten, das Ding, das seinen Körper geraubt hat. Eine nackte graue Gestalt, die auf zehenlosen Füßen neben der Zapfsäule steht und ihn mit ihren schwarzen Augen anstarrt. Und Jonesy denkt: *So sind sie nicht in Wirklichkeit. Das ist bloß die einzige Möglichkeit, wie wir sie sehen können.*

Wie um das noch zu betonen, hebt Mr Gray eine Hand und lässt sie dann wieder sinken. Von den Spitzen seiner drei Finger schweben kleine rötlich goldene Flöckchen distelförmig in die Höhe.

Byrus, denkt Jonesy.

Und als wäre das ein Zauberspruch aus einem Märchen, erstarrt jetzt alles. Gosselin's Market wird zu einem Stillleben. Dann verblassen die Farben, und es wird zu einer sepiafarbenen Fotografie. Seine Freunde verblassen und verschwinden vor seinen Augen. Nur zwei Dinge noch scheinen real: der schwere schwarze Hörer des Münztelefons und die Hitze, diese drückende Hitze.

»*Ach AUF!*«, schreit ihm Duddits ins Ohr. Jonesy hört ein lang gedehntes, stockendes Einatmen, das er nur zu gut kennt; es ist Duddits, der sich bereitmacht, so deutlich zu sprechen, wie er nur kann. »*Ohnzi! Ohnzi, ach AUF! Ach AUF! Ach*

2

auf! Wach auf! Jonesy, wach auf!

Jonesy hob den Kopf und konnte für einen Moment gar nichts sehen. Ihm hingen die verschwitzten Haare in die Augen. Er strich sie beiseite und hoffte, sein Schlafzimmer zu sehen – entweder das in ihrer Hütte oder noch lieber das daheim in Brookline –, aber da hatte er Pech gehabt. Er war immer noch im Büro der Gebrüder Tracker. Er war am Schreibtisch eingeschlafen und hatte davon geträumt, wie sie damals, vor vielen Jahren, Duddits angerufen hatten. Das war ihm sehr real vorgekommen, aber nicht diese benommen machende Hitze. Der alte Gosselin hatte es in seinem Laden immer ziemlich kalt gehabt; er sah es nicht ein, groß zu heizen. Die Hitze hatte sich in seinen Traum eingeschlichen, weil es hier drin so heiß war, lieber Gott, es musste ja mindestens vierzig Grad heiß sein.

Die Heizung spinnt, dachte er und stand auf. *Oder vielleicht brennt es hier. Jedenfalls muss ich hier raus. Sonst schwitze ich mich tot.*

Jonesy ging um den Tisch herum und bemerkte kaum, dass sich der Schreibtisch verändert hatte, merkte auch kaum, dass etwas seinen Kopf streifte, als er zur Tür eilte. Er langte mit einer Hand nach dem Türknauf und mit der anderen nach dem Riegel, und da fiel ihm wieder Duddits in dem Traum ein, der ihn gewarnt hatte hinauszugehen, Mr Gray sei da draußen und warte nur auf ihn.

Und das stimmte. Gleich hinter dieser Tür. Er wartete im Erinnerungslager, auf das er jetzt uneingeschränkten Zugriff hatte.

Jonesy spreizte die schwitzenden Finger auf dem Holz der Tür. Das Haar fiel ihm wieder in die Augen, aber das bemerkte er kaum. »Mr Gray«, flüsterte er. »Bist du da draußen? Du bist doch da, nicht wahr?«

Keine Antwort, aber natürlich war Mr Gray da. Er stand da, hatte den unbehaarten primitiven Kopf geneigt, starrte mit seinen glasschwarzen Augen den Türknauf an und lauerte darauf, dass er sich drehte. Lauerte darauf, dass Jonesy herausgestürzt kam. Und dann –?

Schluss mit den lästigen menschlichen Gedanken. Schluss mit den störenden menschlichen Gefühlen.

Schluss mit Jonesy.

»Willst du mich ausräuchern, Mr Gray?«

Immer noch keine Antwort. Aber Jonesy brauchte auch keine. Mr Gray hatte ja schließlich Zugriff auf alle Regler, nicht wahr? Und also auch auf die, die seine Temperatur bestimmten. Wie heiß hatte er sie eingestellt? Jonesy wusste es nicht, er wusste nur, dass es hier immer noch heißer wurde. Seine Brust war wie zugeschnürt, und er bekam kaum noch Luft. Seine Schläfen pochten.

Das Fenster. Was ist mit dem Fenster?

Plötzlich voller Hoffnung, drehte sich Jonesy in diese Richtung und kehrte der Tür den Rücken zu. Das Fenster war jetzt dunkel – so viel zum Thema: ewiger Oktobernachmittag 1978 –, und die Auffahrt, die seitlich um das Gebäude der Gebrüder Tracker führte, war unter Schneewehen begraben. Nie im Leben, auch nicht als Kind, hatte Schnee so verlockend auf Jonesy gewirkt. Er sah sich selbst wie Errol Flynn in einem alten Piratenfilm durchs Fenster hechten, sah sich in den Schnee stürzen und sich darin wälzen, sein brennendes Gesicht in die gesegnete weiße Kälte tauchen –

Ja, und dann das Gefühl, wie sich Mr Grays Hände um seinen Hals schlossen. Er hatte zwar nur drei Finger an den Händen, aber sie waren bestimmt kräftig; sie würden ihn im Handumdrehen erwürgen. Wenn er auch nur ein Loch ins Fenster schlug, um etwas kalte Nachtluft hereinzulassen, würde Mr Gray hereinschlüpfen und sich wie ein Vampir über ihn hermachen. Denn dieser Teil der Jonesy-Welt war nicht sicher. Es war erobertes Gebiet.

Ich habe eigentlich gar keine Wahl. Ich bin so oder so erledigt.

»Komm raus«, sagte Mr Gray schließlich durch die Tür, und zwar mit Jonesys Stimme. »Ich mach es schnell. Du willst da drin doch nicht vor Hitze vergehen ... oder etwa doch?«

Jonesy sah plötzlich den Schreibtisch, der da vor dem Fenster stand, den Schreibtisch, der noch gar nicht hier gewesen war, als er sich zum ersten Mal in diesem Zimmer wiedergefunden hatte. Bevor er eingeschlafen war, war es ein schlichtes Holzding gewesen, so eine Billigausführung, wie man sie bei Office Depot kaufte, wenn man sparen musste. Irgendwann – er wusste nicht mehr, wann genau – war ein Telefon dazugekommen. Nur ein schlichtes schwarzes Telefon, so zweckmäßig und schmucklos wie der Schreibtisch auch.

Jetzt sah er, dass es ein Rollschreibtisch aus Eiche war, genau wie der daheim in seinem Arbeitszimmer in Brookline. Und das Telefon war ein blaues Trimline, genau wie das in seinem Büro am Emerson College. Er wischte sich eine Hand voll pisswarmen Schweiß von der Stirn, und da sah er, was vorhin seinen Kopf gestreift hatte.

Es war der Traumfänger.

Der Traumfänger aus ihrer Hütte.

»Ach du Scheiße«, flüsterte er. »Ich richte mich hier ja ein.«

Natürlich tat er das, und warum auch nicht? Richteten nicht sogar Häftlinge im Todestrakt ihre Zellen ein? Und wenn er im Schlaf einen Schreibtisch und einen Traumfänger und ein Trimline-Telefon herbeischaffen konnte, dann konnte er ja vielleicht auch –

Jonesy schloss die Augen und konzentrierte sich. Er versuchte, vor seinem geistigen Auge ein Bild seines Arbeitszimmers in Brookline erstehen zu lassen. Für einen Moment fiel ihm das schwer, denn eine Frage störte ihn dabei: Wenn seine Erinnerungen da draußen waren, wie konnte er sie dann hier drin heraufbeschwören? Die Lösung, das ging ihm auf, war wahrscheinlich ganz einfach. Seine Erinnerungen waren immer noch in seinem Kopf, wo sie immer gewesen waren. Die Kartons im Lager waren etwas, was Henry eine Externalisierung genannt hätte, seine Art, sich all das vorzustellen, worauf Mr Gray zurückgreifen konnte.

Egal. Konzentriere dich auf das, was jetzt zu tun ist. Dein Arbeitszimmer in Brookline. Zeig dir dein Arbeitszimmer in Brookline.

»Was machst du da?«, wollte Mr Gray wissen. Die anbiedernde Selbstsicherheit war aus seiner Stimme verschwunden. »Gekörnte Scheiße noch mal, was machst du da?«

Jonesy musste ein wenig darüber lächeln, konnte es sich nicht verkneifen, hielt aber weiter an dem Bild fest. Nicht nur das des Arbeitszimmers, sondern das einer Wand dieses

Arbeitszimmers ... da neben der Tür, die in das kleine Badezimmer führte ... ja, da war er. Der Thermostat. Und was sollte er jetzt sagen? Gab es da ein Zauberwort? So was wie Simsalabim?

Klar.

Mit immer noch geschlossenen Augen und dem Anflug eines Lächelns auf seinem schweißüberströmten Gesicht flüsterte Jonesy: »Duddits.«

Er schlug die Augen auf und sah die staubige, unscheinbare Wand an.

Da war der Thermostat.

3

»Hör auf!«, schrie Mr Gray, und als Jonesy durchs Zimmer ging, war er verblüfft darüber, wie vertraut ihm diese Stimme war; es war, als würde er einen seiner eigenen gelegentlichen (normalerweise von unaufgeräumten Kinderzimmern ausgelösten) Wutanfälle auf Kassette hören. »Hör auf damit! *Das geht so nicht weiter!*«

»Knutsch mir die Kimme«, entgegnete Jonesy grinsend. Wie oft hatten sich seine Kinder gewünscht, so etwas zu ihm sagen zu können, wenn er anfing rumzuquaken? Dann kam ihm ein scheußlicher Gedanke. Er würde seine Wohnung in Brookline wahrscheinlich nie wiedersehen, und wenn doch, dann nur mit Augen, die jetzt Mr Gray gehörten. Die Wange, die seine Kinder geküsst hatten (»Au, kratzig, Daddy!«, sagte Misha immer), war nun Mr Grays Wange. Und ebenso waren die Lippen, die Carla geküsst hatte, nun Mr Grays Lippen. Und im Bett, wenn sie nach ihm fasste und ihn hineinführte in ihre –

Jonesy erschauderte und griff dann zum Thermostat ... der, wie er sah, auf fünfzig Grad gestellt war. Es war bestimmt der Einzige auf der ganzen Welt, an dem man solche Temperaturen einstellen konnte. Er drehte den Knopf eine halbe Umdrehung nach links, wusste nicht, was er nun zu erwarten hatte, und war hocherfreut, als er augenblicklich einen kühlen Luftzug auf Stirn und Wangen spürte. Er drehte sich dankbar um, um mehr von der Brise abzubekommen, und sah, dass oben in einer Wand ein Lüftungsgitter eingelassen war. Noch etwas Neues.

»Wie machst du das?«, brüllte Mr Gray durch die Tür. »Wieso nimmt dein Körper den Byrus nicht auf? Wie kannst du überhaupt da drin sein?«

Jonesy brach in Gelächter aus. Er konnte es sich einfach nicht verkneifen.

»Freut mich, dass du das so lustig findest«, sagte Mr Gray, und jetzt war sein Tonfall eisig. Es war der Ton, in dem Jonesy Carla sein Ultimatum gestellt hatte: Entzug oder Scheidung, Schatz, du hast die Wahl. »Ich kann mehr als nur die Heizung aufdrehen, weißt du. Ich kann dich ausräuchern. Oder dich dazu bringen, dass du dich selber blendest.«

Jonesy erinnerte sich daran, wie der Kugelschreiber in Andy Janas' Auge gedrungen war – dieses schreckliche platzende Geräusch –, und ein Schauer überlief ihn. Aber er wusste, dass das nur ein Bluff war. *Du bist der Letzte deiner Art, und ich bin dein Fortbewegungsmittel*, dachte Jonesy. *Du wirst mich nicht allzu sehr quälen. Jedenfalls nicht, solange deine Aufgabe noch nicht ausgeführt ist.*

Er ging langsam zurück zur Tür und ermahnte sich zur Vorsicht ... denn wie hieß es doch so schön: Vorsicht ist die Mutter der Porzellankiste!

»Mr Gray?«, fragte er leise.

Keine Antwort.

»Mr Gray, wie siehst du jetzt aus? Wie siehst du aus, wenn du du bist? Ein bisschen weniger grau und eher ein bisschen rosa? Ein paar mehr Finger an den Händen? Auch ein paar Haare auf dem Kopf? Kriegst du Zehen und Hoden?«

Keine Antwort.

»Siehst du allmählich aus wie ich, Mr Gray? Denkst du allmählich wie ich? Das gefällt dir nicht, nicht wahr? Oder etwa doch?«

Immer noch keine Antwort, und da wurde Jonesy klar, dass Mr Gray fort war. Er drehte sich um und eilte zum Fenster, und dabei fielen ihm weitere Veränderungen auf:

ein Holzschnitt von Currier & Ives an der einen Wand, ein Van-Gogh-Druck an der anderen – *Ringelblumen*, ein Weihnachtsgeschenk von Henry –, und auf seinem Schreibtisch stand der magische Achterball, den er auch zu Hause auf seinem Schreibtisch hatte. Jonesy achtete kaum auf diese Dinge. Er wollte sehen, was Mr Gray jetzt im Schilde führte, was jetzt seine Aufmerksamkeit fesselte.

4

Das Wageninnere hatte sich verändert. Statt vom eintönigen Oliv in Andy Janas' Militär-Pick-up (mit einem Klemmbrett mit Papieren und Formularen auf dem Beifahrersitz und einem quakenden Funkgerät unter dem Armaturenbrett) war er nun umgeben von einem luxuriös ausgestatteten Dodge Ram Club Cab mit grauen Velours-Sitzbezügen und einem Armaturenbrett wie im Cockpit eines Learjets. Auf dem Handschuhfach war ein Aufkleber mit der Aufschrift ICH ❤ MEINEN BORDER COLLIE. Der dazugehörige Border Collie war ebenfalls anwesend und schlief eingerollt auf der Fußmatte vor dem Beifahrersitz. Es war ein Rüde namens Lad. Jonesy ahnte, dass er auch erfahren konnte, wie Lads Herrchen hieß und was aus ihm geworden war, aber wozu sollte er das wissen wollen? Irgendwo nördlich von hier stand Andy Janas' Armee-Pick-up jetzt abseits der Straße, und der Fahrer dieses Wagens hier lag wahrscheinlich irgendwo in der Nähe. Jonesy hatte keine Ahnung, wieso der Hund verschont worden war.

Dann hob Lad den Schwanz und furzte, und da war Jonesy alles klar.

5

Er stellte fest, dass er, wenn er aus dem Bürofenster der Gebrüder Tracker schaute und sich konzentrierte, mit seinen eigenen Augen sehen konnte. Es schneite jetzt heftiger denn je, aber genau wie das Armeefahrzeug hatte der Dodge Ram einen Allradantrieb und zockelte sicher dahin. Auf der Gegenfahrbahn, die nach Norden, nach Jefferson Tract führte, kam ihnen eine Kolonne hoch angebrachter Scheinwerfer entgegen: ein Konvoi von Armeelastern. Dann ragte vor ihnen ein Schild mit weißen Leuchtbuchstaben auf grünem Grund aus dem Schneegestöber: DERRY NÄCHSTE 5 AUSFAHRTEN.

Die städtischen Schneepflüge waren unterwegs gewesen, und obwohl kaum Verkehr war (auch bei gutem Wetter wäre um diese Uhrzeit nicht mehr viel los gewesen), war der Highway gut passierbar. Mr Gray beschleunigte mit dem Dodge auf sechzig Stundenkilometer. Sie kamen an drei Ausfahrten vorbei, die Jonesy gut aus seiner Kindheit kannte (KANSAS STREET, FLUGHAFEN, UPMILE HILL/STRAWFORD PARK), und bremsten dann ab.

Mit einem Mal meinte Jonesy, ihm ginge ein Licht auf.

Er betrachtete die Kisten, die er hereingeschafft hatte. Die meisten waren mit DUDDITS beschriftet, einige auch mit DERRY. Diese mitzunehmen war eine nachträgliche Idee gewesen. Mr Gray dachte, er hätte alle Erinnerungen, die er brauchte, alle *Informationen*, die er brauchte, aber wenn Jonesy Recht damit hatte, wohin sie fuhren (und es sah wirklich ganz danach aus), dann stand Mr Gray eine Überraschung bevor. Jonesy wusste nicht, ob ihn das freuen oder ängstigen sollte, und musste feststellen, dass beides eintrat.

Jetzt kam ein grünes Schild mit der Aufschrift AUSFAHRT 25, WITCHHAM STREET. Seine Hand betätigte den Blinkerhebel des Dodge.

An der nächsten Kreuzung bog er links in die Witchham Street und dann eine halbe Meile später wieder links in die Carter Street. Die Carter Street ging steil bergauf und führte zurück in Richtung Upmile Hill und Kansas Street, auf einen Hügelkamm, der früher bewaldet gewesen war und wo es auch eine Ansiedlung der Micmac-Indianer gegeben hatte. Die Straße war seit Stunden nicht geräumt worden, aber der Allradantrieb war dem gewachsen. Der Dodge schlängelte sich zwischen den Schneehügeln am linken und rechten Straßenrand hindurch – Autos, die verbotenerweise auch bei diesem Wetter an der Straße geparkt waren.

Auf halber Strecke den Hang hoch bog Mr Gray wieder ab, diesmal auf eine noch schmalere Straße, die Carter Lookout hieß. Der Dodge kam ins Schlittern und brach hinten aus. Der Hund schaute kurz winselnd hoch und legte den Kopf dann wieder auf die Fußmatte, als die Reifen Halt fanden, im Schnee griffen und den Wagen das restliche Stück bergauf beförderten.

Jonesy sah fasziniert von seinem Fenster auf die Welt aus zu und wartete darauf, dass Mr Gray ... na, dass er es mitbekam.

Zunächst war Mr Gray nicht bestürzt, als das Fernlicht des Dodge auf dem Gipfel des Hügels weiter nichts zeigte als wirbelnde Schneeflocken. Er baute darauf, dass er ihn in ein paar Sekunden erblicken würde, natürlich würde er das ... nur noch ein paar Sekunden, dann würde er den großen weißen Turm erblicken, der hier stand und den Hang hinab zur Kansas Street überragte, den Turm, an dem sich spiralförmig eine Kette von Fenstern emporzog. Nur noch ein paar Sekunden ...

Nur dass es hier nicht mehr weiterging. Der Dodge hatte sich bis ganz auf den Hügel hochgekämpft, der früher Standpipe Hill hieß. Hier endete die Carter Lookout – und drei, vier ähnliche schmale Straßen – auf einem großen, runden Platz. Sie waren an der höchsten und ungeschütztesten Stelle von Derry angelangt. Der Wind heulte gespenstisch, jagte mit einer Geschwindigkeit um die achtzig Stundenkilometer daher, in Böen auch hundertzehn, ja hundertdreißig. Im Fernlicht des Dodge flogen die Schneeflocken hier waagerecht wie ein Gewitter von Dolchen.

Mr Gray saß reglos am Steuer. Jonesys Hände sanken vom Lenkrad, wie abgeschossene Vögel vom Himmel stürzen. Schließlich fragte er: »Wo ist er?«

Seine linke Hand hob sich, nestelte am Türgriff herum und bekam ihn schließlich auf. Er schwang ein Bein heraus und fiel auf Jonesys Knien in eine Schneewehe, als ihm der heulende Wind die Tür aus der Hand schlug. Er rappelte sich auf und kämpfte sich zur Vorderseite des Wagens, und seine Jacke und seine Hosenbeine flatterten wie Segel im Sturm. In diesem Wind lag die empfundene Temperatur jetzt sicherlich bei minus zwanzig Grad (im Büro der Gebrüder Tracker wurde es binnen Sekunden richtig kühl), aber das war der rotschwarzen Wolke, die jetzt einen Großteil von Jonesys Geist innehatte und Jonesys Körper steuerte, vollkommen egal.

»*Wo ist er?*«, schrie Mr Gray dem heulenden Sturm entgegen. »*Wo ist der WASSERTURM?*«

Jonesy hingegen musste nicht schreien. Ob es nun stürmte oder nicht: Mr Gray verstand ihn auch flüsternd.

»Ätsch-bätsch, Mr Gray«, sagte er. »Har har har! Reingelegt! Der Wasserturm steht schon seit 1985 nicht mehr.«

6

Jonesy dachte, dass er an Mr Grays Stelle jetzt einen richtig kleinkindhaften Wutanfall mit allen Schikanen hingelegt hätte, sich vielleicht sogar im Schnee herumgerollt und um sich getreten hätte; und obwohl er sich dagegen sträubte, schöpfte Mr Gray ja auch voll aus Jonesys Gefühlsrepertoire und konnte, da er einmal damit angefangen hatte, ebenso wenig wieder damit aufhören wie ein Alkoholiker, der einen Nachschlüssel zu einer Kneipe sein Eigen nannte.

Doch statt aus der Haut zu fahren und in die Luft zu gehen, stieß er Jonesys Körper quer über die kahle Hügelkuppe auf den klobigen Steinsockel zu, der dort stand, wo er den Speicher für das Trinkwasser der Stadt erwartet hatte – für zweieinhalb Millionen Liter Trinkwasser. Er fiel in den Schnee, quälte sich wieder hoch, humpelte, Jonesys invalide Hüfte belastend, weiter, fiel wieder hin und stand wieder auf, und die ganze Zeit über spie er Bibers Litanei kindischer Verwünschungen dem Sturm entgegen: Gekörnte Scheiße! Knutsch mir die Kimme! Leckomio! Karierte Kacke! Wenn das von Biber (oder Henry oder Pete) kam, war es immer lustig gewesen. Aber hier, auf diesem einsamen Hügel, von diesem immer wieder strauchelnden und hinfallenden Monster in Menschengestalt dem Sturmwind entgegengebrüllt, war es schrecklich.

Er oder es oder was Mr Gray auch war, erreichte schließlich den Sockel, der im Scheinwerferlicht des Dodge gut zu sehen war. Er ragte in Kindergröße auf, gut ein Meter fünfzig, und war aus dem schlichten Felsgestein erbaut, aus dem in Neuengland viele Mauern bestanden. Oben drauf standen zwei Bronzefiguren, ein Junge und ein Mädchen, die Händchen hielten und den Kopf zum Gebet oder in Trauer gesenkt hatten.

Der Sockel war fast unter einer Schneewehe verschwunden, aber das obere Ende der Gedenktafel war noch zu sehen. Mr Gray fiel auf Jonesys Knie, wischte mit Jonesys Händen den Schnee beiseite und las das Folgende:

DEN OPFERN DES ORKANS
VOM 31. MAI 1985
UND DEN KINDERN
ALLEN KINDERN
IN LIEBE VON BILL, BEN, BEV, EDDIE, RICHIE,
STAN, MIKE
DER KLUB DER VERSAGER

Und in krakeligen roten Sprühbuchstaben stand darüber, im Scheinwerferlicht des Dodge ebenfalls gut lesbar, diese Botschaft:

PENNYWISE LEBT

7

Mr Gray kniete dort fast fünf Minuten lang, starrte die Tafel an und ignorierte dabei völlig die lähmende Kälte, die Jonesy in die Knochen kroch. (Und warum hätte er sich auch darum scheren sollen? Jonesy war ja einfach nur ein billiger Mietwagen, mit dem man durch jedes Schlagloch fuhr und auf dessen Fußmatten man seine Kippen austrat.) Er versuchte das zu verstehen. Orkan? Kinder? Versager? Wer oder was war Pennywise? Und vor allem: *Wo war der Wasserturm geblieben,* der Jonesys Erinnerungen nach hier stand?

Schließlich erhob er sich, humpelte zurück zum Wagen, stieg ein und drehte die Heizung auf. In dem warmen Luftstrom fing Jonesys ganzer Körper an zu schlottern. Im Handumdrehen stand Mr Gray wieder an der verschlossenen Bürotür und verlangte eine Erklärung.

»Wieso bist du denn so wütend?«, fragte Jonesy sanft und lächelte dabei. Konnte Mr Gray das Lächeln wahrnehmen? »Hattest du etwa erwartet, dass ich dir helfe? Also bitte, mein Lieber – ich kenne zwar die Einzelheiten nicht, kann mir aber gut vorstellen, worauf das hier hinauslaufen soll: In zwanzig Jahren ist der ganze Planet eine einzige rot überzogene Kugel, nicht wahr? Zwar ohne Loch in der Ozonschicht, dafür aber auch ohne Menschen.«

»Komm mir nicht wie ein Klugscheißer! Wage es nicht!«

Jonesy widerstand der Versuchung, einen weiteren Wutanfall aus Mr Gray herauszukitzeln. Er glaubte zwar nicht, dass ihm sein unwillkommener Gast, wie wütend er auch sein mochte, die Tür einpusten konnte, aber warum sollte man es darauf ankommen lassen? Und außerdem war Jonesy emotional ausgelaugt und mit den Nerven am Ende und hatte einen widerlichen Geschmack wie von Kupfer im Mund.

»Wie kann es sein, dass er nicht da ist?«

Mr Gray schlug mit der Hand mitten aufs Lenkrad. Die Hupe ertönte. Lad, der Border Collie, hob den Kopf und sah den Mann am Steuer mit großen, ängstlichen Augen an. »Du kannst mich nicht belügen! Ich habe deine Erinnerungen!«

»Tja nun ... ein paar habe ich mir geholt. Schon vergessen?«

»Welche? Sag's mir.«

»Wieso sollte ich?«, fragte Jonesy. »Was springt für mich dabei raus?«

Mr Gray verfiel in Schweigen. Jonesy spürte, wie er auf diverse Daten zugriff. Dann, mit einem Mal, zogen unter der Tür und durch das Lüftungsgitter Gerüche ins Zimmer. Es waren seine Lieblingsgerüche: von Popcorn, Kaffee und der Fischsuppe seiner Mutter. Augenblicklich fing sein Magen an zu knurren.

»Die Suppe deiner Mutter kann ich dir natürlich nicht versprechen«, sagte Mr Gray. »Aber ich werde dir was zu essen geben. Und du hast doch Hunger, nicht wahr?«

»Da du meinen Körper lenkst und dich mit meinen Gefühlen voll stopfst, wäre es ja auch ein Wunder, wenn ich keinen Hunger hätte«, erwiderte Jonesy.

»Es gibt südlich von hier eine Gaststätte – Dysart's. Dir zufolge hat sie jeden Tag vierundzwanzig Stunden lang geöffnet, was besagen soll, dass sie immer geöffnet hat. Oder lügst du mich da auch an?«

»Ich habe nie gelogen«, erwiderte Jonesy. »Du sagst es doch selber: Ich kann dich nicht belügen. Du hast die Kontrolle über mich, du hast die Datenbanken, du hast alles bis auf das, was hier drin ist.«

»Und wo ist das? Wie kann es ein ›hier drin‹ überhaupt geben?«

»Ich weiß es nicht«, sagte Jonesy ganz aufrichtig. »Und woher weiß ich, dass du mir was zu essen geben wirst?«

»Das muss ich doch sowieso«, sagte Mr Gray auf der anderen Seite der Tür, und Jonesy wurde klar, dass Mr Gray ebenfalls aufrichtig war. Wenn man nicht ab und zu nachtankte, setzte irgendwann der Motor aus. »Aber wenn du meine Neugier befriedigst, gebe ich dir das zu essen, was du magst. Wenn nicht ...«

Nun zogen andere Gerüche unter der Tür hindurch: das grünliche, Ekel erregende Aroma von Brokkoli und Rosenkohl.

»Schon gut«, sagte Jonesy. »Ich erzähle dir, was ich weiß, und du gibst mir bei Dysart's Pfannkuchen und Bacon aus. Da gibt es nämlich rund um die Uhr Frühstück. Abgemacht?«

»Abgemacht. Wenn du die Tür aufmachst, können wir das mit Handschlag besiegeln.«

Das entlockte Jonesy ein Lächeln. Es war Mr Grays erster Versuch, etwas Humor zu zeigen, und dafür gar nicht mal so schlecht. Er schaute in den Rückspiegel und sah auf dem Mund, der nicht mehr seiner war, genau das gleiche Lächeln. Also ein bisschen unheimlich war das schon.

»Das mit dem Händeschütteln lassen wir mal lieber«, sagte er.

»Erzähl's mir.«

»Gut, aber sei gewarnt: Wenn du nicht einhältst, was du mir versprochen hast, kriegst du nie wieder die Gelegenheit, mir etwas zu versprechen.«

»Ich werd's mir merken.«

Der Wagen stand oben auf dem Standpipe Hill und wurde leicht durchgerüttelt, und seine Scheinwerfer sandten schneeflockige Lichtzylinder aus, und Jonesy erzählte Mr Gray, was er wusste. Es war, dachte er, genau der richtige Ort für eine gruselige Geschichte.

8

Die Jahre 1984 und '85 waren schlimme Jahre in Derry. Im Sommer 1984 warfen drei einheimische Jugendliche einen Schwulen in den Kanal und brachten ihn um. Im Laufe der folgenden zehn Monate wurde dann ein halbes Dutzend Kinder ermordet, anscheinend von einem Wahnsinnigen, der sich manchmal als Clown verkleidete.

»Wer ist dieser John Wayne Gacey?«, fragte Mr Gray. »Hat der die Kinder umgebracht?«

»Nein, das war nur jemand aus dem Mittelwesten, der einen ähnlichen *Modus Operandi* hatte«, sagte Jonesy. »Du verstehst viele der Querverweise in meinem Kopf nicht, was? Wo du herkommst, gibt es bestimmt nicht viele Dichter.«

Darauf erwiderte Mr Gray nichts. Jonesy bezweifelte, dass er überhaupt wusste, was ein Dichter war. Und dass es ihn interessierte.

»Wie dem auch sei«, sagte Jonesy. »Zum Schluss gab es

dann noch einen fürchterlichen Hurrikan. Das war am 31. Mai 1985. Über sechzig Menschen sind dabei umgekommen. Der Wasserturm ist umgestürzt. Er ist den Hügel runter in die Kansas Street gerollt.« Er zeigte nach rechts aus dem Auto, wo ein steiler Abhang in die Dunkelheit hinabführte.

»Zweieinhalb Millionen Liter Wasser ergossen sich vom Upmile Hill in die Innenstadt, die mehr oder weniger weggeschwemmt wurde. Ich ging damals aufs College. Der Sturm ereignete sich, als ich gerade Abschlussprüfungen hatte. Mein Dad hat mich angerufen und mir davon erzählt, aber ich hatte natürlich schon davon gehört – im ganzen Land sprach man darüber.«

Jonesy hielt inne, überlegte und sah sich im Büro um, das nun nicht mehr kahl und schmuddelig war, sondern schön eingerichtet (sein Unterbewusstsein hatte sowohl eine Couch von zu Hause hineingestellt als auch einen Charles-Eames-Sessel, den er im Katalog des Museum of Modern Art gesehen hatte, sehr schön, aber unbezahlbar für ihn) und eigentlich ganz angenehm war ... auf jeden Fall angenehmer als die Schneesturmwelt, die der Entführer seines Körpers gegenwärtig erdulden musste.

»Henry war damals auch auf dem College. In Harvard. Pete hat sich an der Westküste rumgetrieben und einen auf Hippie gemacht. Biber hat es mit einem Junior College in Süd-Maine probiert. Hat Kiffen und Videospiele studiert, wie er später sagte.« Einzig Duddits war hier in Derry gewesen, als der große Sturm kam ... aber Jonesy stellte fest, dass er Duddits' Namen nicht aussprechen wollte.

Mr Gray sagte nichts, aber Jonesy spürte deutlich seine Ungeduld. Mr Gray interessierte sich nur für den Wasserturm. Und dafür, dass Jonesy ihn hereingelegt hatte.

»Hör mal, Mr Gray: wenn überhaupt, hast du dich selber reingelegt. Ich habe hier ein paar Derry-Kisten, weiter nichts, und die habe ich reingeholt, als du damit beschäftigt warst, diesen armen Soldaten umzubringen.«

»Die armen Soldaten sind mit Schiffen vom Himmel gekommen und haben alle meine Artgenossen, die sie finden konnten, abgeschlachtet.«

»Mir kommen die Tränen. Ihr seid doch wohl auch nicht hier, um uns im intergalaktischen Buchclub zu begrüßen.«

»Und wenn doch? Wäre dann irgendwas anders verlaufen?«

»Diese Hypothesen kannst du dir schenken«, sagte Jonesy. »Nach dem, was du mit Pete und dem Typ von der Army gemacht hast, bin ich nicht mehr an einer intellektuellen Diskussion mit dir interessiert.«

»Wir tun, was wir tun müssen.«

»Das mag ja sein, aber wenn du von mir erwartest, dass ich dir dabei helfe, dann bist du verrückt.«

Der Hund schaute Jonesy nun noch beklommener an. Er war offenbar nicht an Herrchen gewöhnt, die angeregte Selbstgespräche führten.

»Der Wasserturm ist 1985 eingestürzt – vor siebzehn Jahren –, und du hast die Erinnerung daran gestohlen?«

»Kurz gesagt: Ja, aber ich glaube nicht, dass du vor Gericht weit damit kommen würdest, denn die Erinnerungen haben von Anfang an mir gehört.«

»Was hast du noch gestohlen?«

»Den Teufel werde ich tun, dir das zu erzählen.«

Es folgte ein schwerer, wütender Schlag gegen die Tür. Jonesy musste wieder an das Märchen mit den drei Schweinchen denken. Dann huste und pruste mal, Mr Gray, und genieße die zweifelhaften Freuden des Zorns.

Aber Mr Gray stand anscheinend nicht mehr an der Tür.

»Mr Gray?«, rief Jonesy. »Hey, nicht schmollen, ja?«

Jonesy vermutete, dass Mr Gray anderweitig nach Informationen suchte. Der Wasserturm war fort, aber Derry war ja noch da, also musste die Stadt irgendwoher ihr Wasser beziehen. Wusste Jonesy, woher es kam?

Nein. Er konnte sich vage erinnern, viel Wasser aus Flaschen getrunken zu haben, als er in diesem Sommer vom College zurückgekommen war, aber das war alles. Irgendwann kam dann wieder Wasser aus der Leitung, aber was kümmerte das einen 21-Jährigen, dessen Hauptsorge darin bestand, Mary Shratt endlich mal an die Wäsche zu dürfen. Das Wasser floss, und man trank es. Man machte sich keine

Gedanken darüber, woher es kam, solange man davon nicht das große Kotzen oder die große Scheißerei bekam.

War Mr Gray ein wenig frustriert? Oder bildete sich Jonesy das nur ein? Das wollte Jonesy doch nicht hoffen.

Das hatte echt gesessen ... das war, wie die vier in ihrer vergeudeten Jugend zweifellos gesagt hätten, »ein echter Brüller«.

9

Roberta Cavell erwachte aus einem unangenehmen Traum, schaute nach rechts und rechnete schon halbwegs damit, dort nur Dunkelheit zu sehen. Doch die tröstlichen blauen Ziffern leuchteten noch auf dem Wecker neben ihrem Bett, dann war der Strom also nicht ausgefallen. Wenn man bedachte, wie der Wind heulte, war das erstaunlich.

1.04 Uhr, sagten die blauen Ziffern. Roberta knipste die Nachttischlampe an – solange sie noch funktionierte, konnte sie sie schließlich auch nutzen – und trank etwas Wasser aus ihrem Glas. Hatte der Wind sie aufgeweckt? Der böse Traum? Es war wirklich ein schlimmer Traum gewesen, irgendwas mit Außerirdischen und Todesstrahlen, und alle waren davongelaufen, aber sie glaubte nicht, dass sie davon wach geworden war.

Dann ebbte der Wind ab, und da hörte sie, was sie geweckt hatte: Duddits' Stimme von unten. Duddits ... sang? War das möglich? Sie hielt es nicht für möglich, wenn sie bedachte, was für einen schrecklichen Nachmittag und Abend die beiden hinter sich hatten.

»*Ieba-od!*«, fast ununterbrochen, von zwei bis fünf Uhr – *Biber ist tot!* Duddits war untröstlich gewesen und hatte schließlich Nasenbluten bekommen. Das hatte sie befürchtet. Wenn Duddits erst einmal blutete, ließ sich die Blutung manchmal erst im Krankenhaus stillen. Diesmal war es ihr jedoch gelungen, die Blutung zu stillen, indem sie ihm Wattebäusche in die Nasenlöcher gestopft und seine Nase dann oben, zwischen den Augen, zugedrückt hatte. Sie hatte Dr.

Briscoe angerufen und ihn fragen wollen, ob sie Duddits eine dieser gelben Valium-Tabletten geben dürfe, aber Dr. Briscoe war nach Nassau verreist, soso. Irgendein anderer Arzt hatte Notdienst, irgend so ein Weißkittel-Johnny, der Duddits nie im Leben gesehen hatte, und Roberta rief ihn gar nicht erst an. Sie gab Duddits einfach das Valium und bestrich dann seine armen trockenen Lippen und seine Mundhöhle mit den Glyzerin-Tupfern mit Zitronengeschmack, die er so mochte – er bekam immer Geschwüre im Mund. Das blieb auch so, nachdem die Chemotherapie abgeschlossen war. Und sie war abgeschlossen. Keiner der Ärzte – weder Briscoe noch ein anderer – gab das zu, und deshalb blieb der Katheter drin, aber die Chemotherapie war vorbei. Roberta würde nicht zulassen, dass sie ihren Sohn noch mal durch diese Hölle schleiften.

Nachdem er seine Tablette genommen hatte, legte sie sich zu ihm ins Bett, hielt ihn im Arm (achtete dabei darauf, seine linke Seite nicht zu berühren, wo der Katheter unter einem Verband verborgen war) und sang ihm etwas vor. Aber nicht Bibers Wiegenlied, nein, heute nicht.

Irgendwann beruhigte er sich dann allmählich, und als sie dachte, er wäre eingeschlafen, zog sie ihm vorsichtig die Wattebäusche aus der Nase. Der zweite hing etwas fest, und Duddits schlug die Augen auf – diese schönen, strahlenden grünen Augen. Seine Augen waren eine wahre Gottesgabe, dachte sie manchmal, und nicht das andere da ... dass er die Linie sah und alles, was damit zusammenhing.

»Amma?«

»Ja, Duddie?«

»Ieba in Himmn?«

Große Trauer überkam sie, auch beim Gedanken an Bibers lächerliche Lederjacke, die er so geliebt und getragen hatte, bis sie in Fetzen gegangen hatte. Wäre es um jemand anders gegangen, um irgendjemanden und nicht um seine vier Kindheitsfreunde, dann hätte sie an Duddits' böser Vorahnung gezweifelt. Aber wenn Duddits sagte, Biber sei tot, dann stimmte das höchstwahrscheinlich.

»Ja, Schatz, er ist ganz bestimmt im Himmel. Schlaf jetzt.«

Für eine ganze Weile schauten diese grünen Augen sie noch an, und sie dachte schon, er würde wieder anfangen zu weinen. Und tatsächlich kullerte auch eine Träne, eine große runde Träne seine stoppelige Wange hinab. Das Rasieren fiel ihm jetzt so schwer, manchmal hinterließ auch der Elektrorasierer kleine Schnitte, die dann stundenlang bluteten. Doch schließlich machte er die Augen zu, und sie schlich auf Zehenspitzen aus dem Zimmer.

Nach Sonnenuntergang, als sie ihm eben Haferbrei machte (nur die fadesten Speisen erbrach er jetzt nicht gleich wieder, auch ein Anzeichen, dass es zu Ende ging), ging der ganze Albtraum von vorne los. Ohnehin durch die immer seltsameren Nachrichten aus Jefferson Tract verängstigt, eilte sie mit pochendem Herzen in sein Zimmer. Duddits saß wieder aufrecht im Bett und schüttelte verzweifelt wie ein Kind den Kopf hin und her. Das Nasenbluten hatte wieder angefangen, und bei jeder Kopfbewegung spritzten scharlachrote Tropfen umher. Sie sprenkelten seinen Kissenbezug, seine Autogrammkarte von Austin Powers (»*Groovy, Baby!*«, stand unter dem Bild) und die Flaschen auf dem Nachttisch: Mundwasser, Compazine, Percocet, die Multivitamin-Präparate, die keinerlei Wirkung zeigten, die große Schale mit Zitronen-Tupfern.

Jetzt war es Pete, der angeblich tot war, der süße (und nicht sehr helle) Peter Moore. Lieber Gott, konnte das wahr sein? Irgendwas davon? Alles?

Der zweite hysterische Traueranfall dauerte nicht so lange an wie der erste, wahrscheinlich weil Duddits vom ersten noch erschöpft war. Sie konnte das Nasenbluten wieder stillen, die Glückliche, und wechselte seine Bettwäsche, nachdem sie ihm auf den Stuhl am Fenster geholfen hatte. Dort saß er dann, schaute mit tränenden Augen hinaus in den wieder auffrischenden Sturm, schluchzte hin und wieder und gab ab und zu laute Seufzer von sich, die ihr im Herz wehtaten. Es tat ihr schon weh, wenn sie ihn nur ansah: wie dünn er war, wie blass er war, wie kahl er war. Sie gab ihm seine Red-Sox-Kappe – auf dem Schirm vom großen Pedro Martinez signiert (*man bekommt so viele hübsche Dinge ge-*

schenkt, wenn man stirbt, dachte sie manchmal) –, falls er, so nah an der Fensterscheibe, am Kopf fror, aber ausnahmsweise wollte Duddits sie nicht aufsetzen. Er hielt sie nur im Schoß und schaute mit großen, traurigen Augen hinaus in die Dunkelheit.

Schließlich brachte sie ihn wieder ins Bett, und wieder leuchteten die grünen Augen ihres Sohns in ihrem ersterbenden Glanz zu ihr hoch.

»Iet auch in Himmn?«

»Ganz bestimmt ist er das.« Sie wollte auf keinen Fall weinen – dann wäre bei ihm vielleicht alles von vorne losgegangen –, aber ihre Augen schwammen in Tränen. Ihr ganzer Kopf war tränenschwanger, und wenn sie einatmete, roch es in ihrer Nase nach Seeluft.

»Im Himmn bei Ieba?«

»Ja, Schatz.«

»Eff ich Ieba un Iet im Himmn?«

»Ja, das wirst du. Natürlich wirst du das. Aber das ist noch lange hin.«

Er schloss die Augen. Roberta saß neben ihm auf dem Bett, betrachtete ihre Hände und war trauriger als traurig, fühlte sich einsamer als einsam.

Jetzt eilte sie nach unten, und tatsächlich: Er sang. Da sie die Duddits-Sprache fließend beherrschte (wieso auch nicht? Es war seit über dreißig Jahren ihre zweite Muttersprache), dolmetschte sie sich die gelallten Silben, ohne sich groß etwas dabei zu denken: *Scooby-Dooby-Doo, wo bist du? Wir haben jetzt was zu tun. Ich hab's dir doch gesagt, Scooby-Doo, wir brauchen deine Hilfe.*

Als sie sein Zimmer betrat, wusste sie nicht, was sie dort zu erwarten hatte. Ganz bestimmt nicht, was sie dann vorfand: Alle Lichter brannten, und Duddits war zum ersten Mal wieder komplett bekleidet, seit es ihm das letzte Mal (und laut Dr. Briscoe war es wahrscheinlich wirklich das letzte Mal gewesen) etwas besser gegangen war. Er hatte sich seine Lieblings-Kordhose angezogen, sein Grinch-T-Shirt und seine Daunenweste und dazu seine Red-Sox-Kappe aufgesetzt. Er saß auf dem Stuhl am Fenster und schaute hinaus in die

Nacht. Ohne eine Miene zu verziehen und ohne zu weinen. Er schaute mit strahlenden Augen und einer Beflissenheit hinaus in den Sturm, die Roberta an die Zeit lange vor seiner Erkrankung erinnerte, als sich die Krankheit erst mit unterschwelligen und leicht zu übersehenden Symptomen angedeutet hatte: wie kaputt und außer Atem er nach ein wenig Frisbee-Spielen im Garten war, was für große Schrammen selbst die leichtesten Rempler und Stürze hinterließen und wie langsam sie verheilten. So hatte er immer geguckt, wenn ...

Aber sie konnte nicht weiterdenken. Sie war zu durcheinander, um klar denken zu können.

»Duddits! Duddie, was –«

»Amma! O-s eine Anschocks?«

Mama! Wo ist meine Lunchbox?

»In der Küche, aber Duddie, es ist mitten in der Nacht. Es schneit draußen! Du gehst nicht ...«

Raus, endete dieser Satz natürlich sonst immer, aber dieses Wort kam ihr nicht über die Lippen. Seine Augen leuchteten so, sein Blick war so lebendig. Vielleicht hätte sie sich darüber freuen sollen, dieses Strahlen, diese Kraft so deutlich in seinen Augen zu sehen, aber stattdessen war sie entsetzt.

»I muss mein Anschocks ham! I muss mein Ansch ham!«

Ich muss meine Lunchbox haben! Ich muss meinen Lunch haben!

»Nein, Duddits.« Sie gab sich Mühe, streng zu sein. »Du musst dich ausziehen und wieder ins Bett gehen. Das musst du, und sonst musst du gar nichts. Komm, ich helfe dir.«

Aber als sie näher kam, hob er die Arme und verschränkte sie vor seiner schmalen Brust, drückte seine rechte Handfläche an seine linke Wange und die linke Handfläche an die rechte Wange. Von frühester Kindheit an war diese Pose das Äußerste, was er an Trotz aufbringen konnte. Es reichte normalerweise, und so auch jetzt. Sie wollte nicht, dass er sich schon wieder aufregte und vielleicht wieder Nasenbluten bekam. Aber sie würde ihm um Viertel nach eins nicht seine Scooby-Doo-Lunchbox packen. Das kam nicht in Frage.

Sie ging zu seinem Bett und setzte sich auf die Bettkante. Im Zimmer war es warm, aber ihr war, trotz des dicken Flanellnachthemds, kalt. Duddits ließ langsam die Arme sinken und beobachtete sie misstrauisch.

»Du darfst aufbleiben, wenn du willst«, sagte sie. »Aber wieso? Hast du geträumt, Duddits? Ein böser Traum?«

Vielleicht hatte er geträumt, aber bestimmt keinen bösen Traum, nicht bei diesem lebhaften Gesichtsausdruck, und jetzt erkannte sie es auch: So hatte er damals in den Achtzigern oft geschaut, in den guten Jahren, ehe Henry, Pete, Biber und Jonesy alle ihrer Wege gegangen waren, immer seltener anriefen und ihn noch seltener besuchten, während sie ihrem Erwachsenenleben entgegenstrebten und den vergaßen, der zurückbleiben musste.

So schaute er, wenn sein siebter Sinn ihm sagte, dass seine Freunde zum Spielen vorbeikommen würden. Manchmal gingen sie dann alle zusammen in den Strawford Park oder die Barrens (es war ihnen nicht erlaubt, dorthin zu gehen, aber sie taten es trotzdem, Alfie und sie wussten davon, und einer ihrer Ausflüge dorthin brachte sie alle auf die Titelseite der Zeitung). Hin und wieder fuhr Alfie oder jemand von ihren Eltern mit ihnen zum Minigolf oder zu Fun Town in Newport, und an solchen Tagen packte sie Duddits immer Brote und Kekse und eine Thermoskanne mit heißer Milch in seine Scooby-Doo-Lunchbox.

Er glaubt, dass seine Freunde kommen. Er muss wohl denken, Henry und Jonesy würden kommen, denn er sagt ja, dass Pete und Biber ...

Plötzlich hatte sie ein entsetzliches Bild vor Augen, wie sie da auf Duddits' Bett saß, die Hände im Schoß gefaltet. Sie sah sich selbst, wie sie auf ein Klopfen hin um drei Uhr nachts die Haustür öffnete, nicht aufmachen wollte, aber einfach nicht anders konnte. Und dann standen statt der Lebenden die Toten vor ihr. Da standen Biber und Pete, und sie waren wieder so alt wie an dem Tag, an dem sie sie kennen gelernt hatte, an dem Tag, an dem sie Duddie vor Gott weiß was für einer Schweinerei gerettet und sicher nach Hause gebracht hatten. Vor ihrem geistigen Auge trug Biber seine Motorradjacke mit den vielen Reißverschlüssen und Pete den Pulli, auf den er so stolz gewesen war, den mit dem Aufdruck NASA auf der linken Brust. Sie standen kalt und blass vor ihr, in ihren Augen der stumpfe, traubenschwarze Blick von Leichen. Sie sah Biber vortreten. Er schenkte ihr kein Lächeln, ließ sich nicht anmerken, dass er sie kannte; als Joe »Biber« Clarendon seine fahle Seestern-Hand ausstreckte, wirkte er vollkommen geschäftsmäßig. *Wir kommen Duddits holen, Mrs Cavell. Wir sind tot, und er ist jetzt auch tot.*

Ihre Hände verkrampften sich, und ein Schauer überlief sie. Duddits sah das nicht; er schaute jetzt wieder aus dem Fenster, und sein Blick wirkte eifrig und erwartungsfroh. Und ganz leise fing er wieder an zu singen.

»Uhbi-uhbi-duh, wo bistu? Ie ham etz wassu tun ...«

10

»Mr Gray?«

Keine Antwort. Jonesy stand an der Tür zu dem Büro, das nun eindeutig sein Büro war – es war keine Spur mehr von den Gebrüdern Tracker übrig, vom Schmutz der Fensterscheiben mal abgesehen (das Bild des Mädchens mit gelüpftem Rock war durch van Goghs *Ringelblumen* ersetzt worden) –, und wurde allmählich unruhig. Wonach suchte das Schwein?

»Mr Gray, wo bist du?«

Wiederum keine Antwort, aber er hatte so das Gefühl, dass Mr Gray wiederkam ... und dass er sich freute. Die dumme Sau *freute sich*.

Das gefiel Jonesy überhaupt nicht.

»Hör mal«, sagte Jonesy. Er hatte die Hände immer noch an die Tür seiner Zuflucht gepresst und lehnte nun auch die Stirn daran. »Ich habe einen Vorschlag für dich, mein Freund – du bist doch schon ein halber Mensch – wieso wirst du da nicht ein ganzer? Wir können bestimmt gute Nachbarn sein, und ich zeige dir dann alles. Eiscreme ist lecker, und Bier ist noch besser. Was hältst du davon?«

Vermutlich war es schon verlockend für Mr Gray, wie es für ein formloses Wesen eben verlockend sein musste, eine Form geboten zu bekommen – ein Handel wie aus dem Märchen.

Aber es war nicht verlockend genug.

Das Geräusch des Anlassers. Der Motor sprang an.

»Wo wollen wir denn jetzt hin, alter Freund? Vorausgesetzt, wir kommen überhaupt vom Standpipe Hill runter?«

Keine Antwort, nur das beunruhigende Gefühl, dass Mr Gray etwas gesucht ... und es gefunden hatte.

Jonesy eilte ans Fenster und sah eben noch, wie das Scheinwerferlicht des Dodge das Denkmal streifte. Die Gedenktafel war wieder zugeschneit, also waren sie eine ganze Weile hier geblieben.

Sich langsam und vorsichtig einen Weg durch Schneewehen bahnend, die bis an die Stoßstange reichten, fuhr der Dodge Ram den Hügel hinab.

Zwanzig Minuten später waren sie wieder auf dem Highway und fuhren erneut in Richtung Süden.

Kapitel 17

Helden

1

Es gelang Owen nicht, Henry mit lautem Zurufen zu wecken, dafür schlief er vor Erschöpfung einfach zu tief, und deshalb rief er ihn in Gedanken. Das fiel ihm umso leichter, je weiter sich der Byrus ausbreitete. Er wuchs jetzt an drei Fingern seiner rechten Hand und füllte seine linke Ohrmuschel mit seiner schwammigen, juckenden Wucherung fast vollständig aus. Er hatte auch ein paar Zähne verloren, aber in den Lücken schien nichts zu wachsen, zumindest noch nicht.

Kurtz und Freddy hatten sich, dank Kurtz' feiner Instinkte, nicht angesteckt, aber die Besatzungen der beiden übrig gebliebenen Blue-Boy-Kampfhubschrauber hatte es schlimm erwischt. Seit seinem Gespräch mit Henry im Schuppen hörte Owen die Stimmen seiner Kameraden, vor denen sich ein ungeahnter Abgrund aufgetan hatte. Vorläufig versteckten sie die Infektion ebenso wie er auch; die dicke Winterkleidung war da sehr hilfreich. Aber das würde nicht mehr lange so gehen, und sie wussten nicht, was sie tun sollten.

In dieser Hinsicht konnte sich Owen vermutlich glücklich schätzen. Er hatte wenigstens etwas, für das es sich lohnte aufzustehen.

Nachdem er hinter dem Schuppen am Elektrozaun eine weitere Zigarette geraucht hatte, ging Owen auf die Suche nach Henry und fand ihn, wie er einen steilen, überwucherten Hang hinabkletterte. Über ihm hörte man Kinder Baseball oder Softball spielen. Henry war ein Junge, ein Jugendlicher, und er rief nach jemandem – nach Janey? Jolie? Na egal. Er träumte, und Owen brauchte ihn in der wirklichen

Welt. Er hatte Henry so lange schlafen lassen, wie er konnte (fast eine Stunde länger, als er beabsichtigt hatte), aber wenn sie die Sache ins Rollen bringen wollten, dann war jetzt der richtige Zeitpunkt dafür.

Henry, rief er.

Der Jugendliche sah sich erschreckt um. Bei ihm waren noch andere Jungs; drei, nein, vier Jungs, und einer von ihnen spähte in eine Art Schacht. Sie waren nur verschwommen zu erkennen, schwer zu sehen, und Owen interessierte sich sowieso nicht für sie. Henry war es, den er jetzt brauchte, aber nicht diesen pickeligen, schreckhaften Jugendlichen, sondern den Erwachsenen.

Henry, wach auf.
Nein, sie ist da drin. Wir müssen sie rausholen. Wir –
Sie ist mir scheißegal, wer sie auch ist. Wach auf.
Nein, ich –
Es wird Zeit, Henry, wach auf. Wach auf. Wach

2

auf, verdammt noch mal!

Henry setzte sich nach Luft schnappend auf und wusste nicht, wer und wo er war. Das war schon schlimm genug, aber noch schlimmer war: Er wusste nicht, wann er war. War er achtzehn oder fast achtunddreißig oder irgendwas dazwischen? Er hatte den Geruch von Gras in der Nase, hörte noch einen Ball auf einem Schläger aufprallen (einem Softball-Schläger; es waren Mädchen, die da spielten, Mädchen mit gelben Trikots), und er konnte Pete immer noch rufen hören: *Sie ist da drin! Jungs, ich glaube, sie ist da drin!*

»Pete hat es auch gesehen, er hat die Linie gesehen«, murmelte Henry. Er wusste eigentlich nicht, worüber er da sprach. Der Traum verblasste schon, und an die Stelle der hellen Bilder trat etwas Dunkles, etwas, was er tun oder wenigstens versuchen musste. Er roch Heu und, ganz vage nur, den süßlichen Duft von Haschisch.

Können Sie uns helfen, Mister?
Große Rehaugen. Marsha war ihr Name. Jetzt sah er allmählich klarer. *Wahrscheinlich nicht,* hatte er geantwortet und dann *aber vielleicht doch* hinzugefügt.
Wach auf, Henry! Es ist Viertel vor vier. Es wird Zeit, dass du in die Socken kommst.
Diese Stimme war kräftiger und eindringlicher als die anderen und übertönte sie; es war wie eine Stimme aus einem Walkman mit frischen Batterien, bei dem die Lautstärke bis zehn aufgedreht war. Es war die Stimme von Owen Underhill. Er war Henry Devlin. Und wenn sie es versuchen wollten, dann war jetzt der richtige Zeitpunkt gekommen.
Henry stand auf und zuckte dabei zusammen, solche Schmerzen hatte er in den Beinen, im Rücken, in den Schultern, im Nacken. Wo seine Muskeln nicht protestierten, juckte der weiter wuchernde Byrus ganz abscheulich. Er fühlte sich, als wäre er hundert Jahre alt, und als er dann seinen ersten Schritt auf das schmutzige Fenster zu machte, dachte er, er sei wohl doch eher hundertzehn.

3

Owen sah den Mann schemenhaft am Fenster auftauchen und nickte erleichtert. Henry bewegte sich wie Methusalem an einem schlechten Tag, aber Owen hatte etwas, was ihm zumindest vorläufig aufhelfen würde. Er hatte es im nagelneuen Krankenrevier mitgehen lassen, wo so viel los war, dass niemand sein Kommen und Gehen bemerkt hatte. Und die ganze Zeit über hatte er seine Gedanken mit den beiden abschirmenden Mantras geschützt, die Henry ihm beigebracht hatte: *Auf einem Steckenpferd nach Banbury Cross* und *Yes we can-can, yes we can, yes we can-can, great gosh-a'mighty*. Bislang schienen sie zu funktionieren – er hatte sich ein paar argwöhnische Blicke eingehandelt, aber bisher keine Fragen. Sogar das Wetter meinte es gut mit ihnen; der Sturm toste unvermindert.
Jetzt sah er Henrys Gesicht am Fenster, eine blasse, ova-

le, verschwommene Erscheinung, die zu ihm herausschaute.

Ich weiß nicht, ob ich das schaffe, sandte Henry. *Mann, ich kann kaum gehen.*

Dem kann ich abhelfen. Geh vom Fenster weg.

Ohne Fragen zu stellen, ging Henry beiseite.

In einer Tasche seines Parkas hatte Owen ein kleines Metalletui (die Insignien der Marineinfanterie waren auf dem Stahldeckel eingeprägt), in dem er im Dienst seine diversen Ausweise aufbewahrte. Das Etui hatte ihm ausgerechnet Kurtz geschenkt, nach ihrem Einsatz in Santo Domingo im vergangenen Jahr. In einer anderen Tasche hatte er drei Steine, die er unter seinem Hubschrauber eingesammelt hatte, wo die Schneeschicht nur dünn war.

Er nahm einen davon – einen schönen Brocken Maine-Granit – und hielt dann inne, als ein helles Bild vor seinem geistigen Auge auftauchte. Mac Cavenaugh, der Typ aus dem Blue Boy Leader, der bei dem Einsatz zwei Finger verloren hatte, saß in einem der Wohncontainer des Lagers. Bei ihm war Frank Bellson aus dem Blue Boy Three, dem anderen Kampfhubschrauber, der es zurück zur Basis geschafft hatte. Sie hatten eine kräftige Taschenlampe mit acht Batterien angeknipst und wie eine elektrische Kerze hingestellt. Ihr helles Licht strahlte unter die Decke. Das geschah in diesem Augenblick, keine zweihundert Meter von der Stelle entfernt, an der Owen mit einem Stein in der einen Hand und seinem Stahletui in der anderen stand. Cavenaugh und Bellson saßen nebeneinander auf dem Boden des Containers. Beide hatten sie etwas im Gesicht, das wie ein dichter roter Bart aussah. Die üppige Wucherung hatte die Bandagen über Cavenaughs Fingerstümpfen durchdrungen. Die beiden hielten sich die Mündung ihrer Dienstpistolen in den Mund. Sie hielten Blickkontakt. Und waren über Gedanken miteinander verbunden. Bellson zählte ab: *Fünf ... vier ... drei ...*

»Nicht, Jungs!«, rief Owen, hatte aber nicht das Gefühl, dass sie ihn hörten; ihre Verbindung zueinander war zu stark; es waren die Bande zwischen zwei Männern, die zu allem entschlossen waren. Sie waren die Ersten in Kurtz' Kommando, die das heute Nacht taten; und Owen glaubte nicht, dass sie die Einzigen bleiben würden.

Owen? Das war Henry. *Owen, was ist –*

Dann zapfte er an, was Owen sah, und schwieg entsetzt.

... zwei ... eins.

Zwei Pistolenschüsse, vom tosenden Wind und dem Betriebslärm der vier Generatoren fast übertönt. Zwei Fächer aus Blut und mehliger Gehirnmasse tauchten im Dämmerlicht wie von Zauberhand über den Köpfen von Cavenaugh und Bellson auf. Owen und Henry sahen Bellsons rechten Fuß noch ein letztes Mal zucken. Er stieß die Taschenlampe um, und für einen Augenblick konnten sie Cavenaughs und Bellsons entstellte, mit Byrus überwucherte Gesichter sehen. Als dann die Taschenlampe über den Containerboden kullerte, noch ein paar Lichtkreise auf die Aluminiumwände warf, wurde das Bild dunkel wie bei einem Fernseher, bei dem man den Stecker herausgezogen hatte.

»O Gott«, flüsterte Owen. »Gütiger Gott.«

Henry war wieder hinter dem Fenster aufgetaucht. Owen gab ihm ein Handzeichen, er solle beiseite gehen, und warf dann den Stein. Es war nicht weit, aber beim ersten Mal verfehlte er das Fenster trotzdem, und der Stein prallte an den verwitterten Brettern links daneben ab. Er nahm einen zweiten Stein, atmete tief ein und warf. Diesmal zerschlug er das Glas.

Jetzt kommt Post für dich, Henry.

Er warf das Stahletui in den Schuppen.

4

Es fiel auf den Boden. Henry hob es auf und öffnete es. Vier kleine Päckchen aus Alufolie lagen darin.

Was ist das?

Taschenraketen, antwortete Owen. *Hast du ein gesundes Herz?*

Ich glaube schon.

Gut. Denn verglichen damit, fühlt sich Kokain wie Valium an. Es sind zwei pro Packung. Nimm drei und heb die restlichen auf.

Ich habe kein Wasser.

Stell dich nicht blöde an. Kauen, mein Lieber. Du hast doch noch ein paar Zähne übrig, oder? Das klang verärgert, und zunächst verstand Henry es nicht, dann aber schon. Wenn er zu dieser frühen Morgenstunde irgendwas nachvollziehen konnte, dann den plötzlichen Verlust von Freunden.

Die Tabletten waren weiß, trugen keine Markierung irgendeines pharmazeutischen Unternehmens und schmeckten schrecklich bitter, als sie im Mund zerbröselten. Seine Kehle sträubte sich dagegen, als er sie schluckte.

Die Wirkung setzte fast augenblicklich ein. Als er sich Owens Etui in die Hosentasche gesteckt hatte, schlug Henrys Herz schon doppelt so schnell. Und es schlug dreimal so schnell, als er wieder ans Fenster gegangen war. Seine Augen schienen mit jedem hastigen Herzschlag in ihren Höhlen zu pulsieren. Das war aber kein Besorgnis erregendes Gefühl; Henry fand es sogar angenehm. Seine Schläfrigkeit und auch seine Schmerzen waren verflogen.

»Wow!«, rief er. »Popeye sollte mal ein paar Büchsen von diesem Zeug hier probieren!« Er lachte auf, weil ihm das Sprechen jetzt so merkwürdig vorkam – schon fast antiquiert – und weil er sich so gut fühlte.

Beruhig dich. Wie findest du's?

Gut! GUT!

Selbst seine *Gedanken* hatten anscheinend eine neue, kristallklare Kraft, und Henry glaubte nicht, dass er sich das nur einbildete. Es war hinter dem alten Futterschuppen zwar etwas dunkler als im übrigen Lager, aber doch hell genug, dass er sah, wie Owen zusammenzuckte und sich eine Hand an den Kopf hielt, als hätte ihm jemand direkt ins Ohr gebrüllt.

Tschuldige, sandte er.

Schon gut. Du bist nur einfach sehr laut. Du musst ja ganz überwuchert von dem Zeug sein.

Nein, bin ich gar nicht, antwortete Henry. Ein Fetzen aus

seinem Traum fiel ihm wieder ein: sie alle vier auf diesem grasbewachsenen Hang. Nein, sie waren zu fünft, denn Duddits war auch dabei gewesen.

Henry, weißt du noch, wo ich auf dich warten werde?

An der Südwestecke des Lagers. Gegenüber vom Stall. Aber –

Kein Aber. Da warte ich auf dich. Und wenn du hier rauswillst, kommst du dahin. Es ist jetzt ... Owen sah kurz auf seine Armbanduhr. Wenn sie noch funktionierte, musste es eine zum Aufziehen sein, dachte Henry. *... zwei Minuten vor vier. Ich gebe dir eine halbe Stunde, und wenn sich die Leute im Stall dann noch nicht in Bewegung gesetzt haben, schließe ich den Zaun kurz.*

Eine halbe Stunde ist vielleicht zu knapp, entgegnete Henry. Obwohl er ruhig dastand und zu Owen dort im Schneetreiben hinausschaute, atmete er so schnell wie ein Rennläufer. Und sein Herz fühlte sich an, als würde er tatsächlich rennen.

Das muss reichen, sandte Owen. *Der Zaun ist mit einer Alarmanlage versehen. Die Sirenen werden heulen. Noch mehr Scheinwerfer. Großalarm. Wenn die Kacke am Dampfen ist, gebe ich dir noch fünf Minuten – zähl bis dreihundert –, und wenn du dann noch nicht da bist, mache ich mich allein vom Acker.*

Ohne mich findest du Jonesy nie.

Deswegen muss ich aber noch längst nicht hier bleiben und mit dir sterben, Henry. Ganz ruhig. Als würde er mit einem kleinen Kind sprechen. *Wenn du es in fünf Minuten nicht bis zu unserem Treffpunkt schaffst, hat sowieso keiner von uns eine Chance.*

Die beiden Männer, die sich gerade umgebracht haben ... die sind nicht die Einzigen, bei denen es so schlimm ist.

Ich weiß.

Henry hatte vor seinem geistigen Auge kurz ein Bild des gelben Schulbusses mit dem Aufdruck MILLINOCKET SCHOOL DEPT. Aus den Fenstern schauten gut vierzig grinsende Totenschädel. Das waren Owen Underhills Kameraden, dämmerte es Henry. Die, mit denen er gestern Morgen eingetroffen war. Männer, die jetzt im Sterben lagen oder bereits tot waren.

Mach dir um die keine Gedanken, erwiderte Owen. *Um Kurtz' Bodentruppe müssen wir uns Sorgen machen. Vor allem um die Imperial-Valley-Einheit. Wenn es sie gibt, kannst du davon ausgehen, dass sie ihre Befehle befolgen und gut ausgebildet sind. Und eine gute Ausbildung siegt noch immer über Konfusion – dazu ist eine gute Ausbildung schließlich da. Wenn du hier bleibst, werden sie dich rösten. Du hast fünf Minuten, sobald der Alarm losgeht. Zähl bis dreihundert.*

Das klang leider alles schlüssig.

Also gut, sagte Henry. *Fünf Minuten.*

Du musst das überhaupt nicht tun, sagte Owen. Diesen Gedanken empfing Henry in ein Wirrwarr von Gefühlen gehüllt: Frustration, Gewissensbisse und die unvermeidliche Furcht – bei Owen Underhill nicht vor dem Tod, sondern vor dem Scheitern. *Wenn es stimmt, was du erzählst, hängt alles davon ab, dass wir reibungslos hier rauskommen. Dass du das Schicksal der ganzen Welt aufs Spiel setzen willst für ein paar hundert Blödmänner in einem Stall ...*

Dein Boss würde das nicht so machen, was?

Darauf reagierte Owen überrascht und nicht mit Worten, sondern mit einem »!«, das aus einem Comic hätte stammen können. Dann hörte Henry, wie Owen trotz des unablässig tosenden und heulenden Windes lachte.

Eins zu null für dich.

Ich werde sie schon auf Trab bringen. Ich bin ein Meister im Motivieren.

Du wirst es auf jeden Fall versuchen. Henry konnte Owens Gesicht nicht sehen, spürte aber, dass er lächelte. Dann fragte Owen laut: »Und was ist dann? Sag's mir noch mal.«

Wieso?

»Weil Soldaten vielleicht auch motiviert werden müssen, zumal wenn sie meutern sollen. Und hör mit der Telepathie auf – ich will, dass du es laut sagst. Ich will das Wort hören.«

Henry sah den Mann an, der dort zitternd auf der anderen Seite des Zauns stand, und sagte: »Dann sind wir Helden. Nicht weil wir es darauf angelegt haben, sondern weil es gar nicht anders geht.«

Owen nickte dort draußen im Schneegestöber. Er nickte und lächelte dabei immer noch. »Tja, wieso nicht?«, sagte er. »Wieso eigentlich nicht?«

Vor Owens geistigem Auge sah Henry das Bild eines kleinen Jungen auftauchen, der eine Porzellanplatte hochhielt. Der erwachsene Mann wollte, dass der kleine Junge die Platte zurückstellte – diese Platte, die ihn all die Jahre verfolgt hatte und für immer zerbrochen bleiben würde.

5

Kurtz erwachte, wie er immer erwachte: Im einen Moment war er noch nirgends und im nächsten schon vollkommen präsent. Noch am Leben, halleluja, o ja, und immer noch in großen Zeiten. Er drehte den Kopf und schaute auf seinen Wecker, und das Scheißding hatte trotz des extra antimagnetischen Gehäuses wieder versagt und blinkte nur »12-12-12« wie ein Stotterer, der an einem Wort hängen geblieben war. Er knipste die Nachttischlampe an und nahm die Taschenuhr zur Hand, die daneben lag. 4.08 Uhr.

Kurtz legte die Taschenuhr wieder hin, schwang die nackten Füße aus dem Bett und stand auf. Zuallererst fiel ihm der Wind auf, der sich immer noch anhörte wie Hundegeheul. Dann bemerkte er, dass das leise Stimmengewirr aus seinem Kopf verschwunden war. Die Telepathie war weg, und das freute Kurtz. Sie hatte ihn auf tiefste Weise angewidert, genau wie ihn manche sexuellen Praktiken anwiderten. Der Gedanke, jemand könne in seinen Kopf eindringen, könne die höheren Regionen seines Geistes besuchen ... das war schon entsetzlich gewesen. Für dieses widerliche Gastgeschenk allein hatten die Grauen es verdient, ausradiert zu werden. Gott sei Dank hatte sich diese Gabe als flüchtig erwiesen.

Kurtz schälte sich aus seinen grauen Shorts, stand dann nackt vor dem Spiegel an der Schlafzimmertür und betrachtete sich vom Kopf, mit dem vom Schlaf zerzausten grau melierten Haar, bis zu den Füßen (an denen sich die ersten knotigen lila Adern zeigten). Er war sechzig, sah dafür aber gar nicht schlecht aus; die geplatzten Adern an den Füßen waren auch schon das Schlimmste. Und er hatte auch ein mächtiges Gehänge, aber das hatte er nie groß genutzt; Frauen waren im Grunde niedere Wesen und zu Loyalität nicht fähig. Sie laugten einen Mann nur aus. In der hintersten Kammer seines kranken Hirns, dort, wo selbst sein Wahnsinn nur noch Methode war, hielt Kurtz Sex grundsätzlich für abartig. Selbst wenn er zu Fortpflanzungszwecken betrieben wurde, kam dabei doch normalerweise nur ein Tumor mit Gehirn heraus, der sich von den Kackwieseln nicht groß unterschied.

Von seinem Scheitel aus ließ Kurtz den Blick langsam wieder sinken und suchte nach der allerkleinsten roten Stelle, dem allerwinzigsten Pockenfleck. Er konnte nichts entdecken. Er drehte sich um, betrachtete sich von hinten und entdeckte auch hier nichts. Er spreizte seine Hinterbacken, tastete dazwischen alles ab, schob sich einen Finger bis zum dritten Fingerglied in den Anus und spürte auch dort weiter nichts als Fleisch.

»Ich bin sauber«, sagte er mit leiser Stimme, als er sich im kleinen Badezimmer des Winnebago energisch die Hände wusch. »Blitzsauber.«

Er schlüpfte wieder in seine Shorts und setzte sich dann aufs Bett, um sich die Socken anzuziehen. Sauber, gelobt sei der Herr. Sauber. Ein gutes Wort. *Sauber*. Und das unangenehme Gefühl der Telepathie – wie schwitzende Haut, die sich an schwitzende Haut drängte – war verschwunden. Auf ihm wuchs nicht ein einziges Fädchen Ripley; er hatte sogar seine Zunge und sein Zahnfleisch untersucht.

Und was hatte ihn dann aufgeweckt? Wieso schrillten die Alarmglocken in seinem Kopf?

Weil Telepathie nicht die einzige Form übersinnlicher Wahrnehmung war. Weil es, lange bevor die Grauen überhaupt gewusst hatten, dass es hier in diesem verstaubten, wenig populären Winkel der Milchstraßengalaxie einen Planeten Erde gab, schon den so genannten Instinkt gegeben hatte und Uniform tragende *Homo saps*, wie er einer war, ganz besonders damit gesegnet waren.

»Die Ahnung«, sagte Kurtz, »die gute, alte, amerikanische Ahnung.«

Er zog sich die Hose an. Dann, immer noch mit nacktem Oberkörper, nahm er sein Walkie-Talkie, das auf dem Nachttisch neben der Taschenuhr lag (4.16 Uhr war es jetzt, und wie die Zeit mit einem Mal zu rasen schien, wie ein Auto mit defekter Bremse, das einen Hügel hinab auf eine viel befahrene Kreuzung zurauschte). Das Funkgerät war ein spezielles digitales, mit Verschlüsselung und angeblich nicht zu stören ... aber ein Blick auf seinen vorgeblich bestens ummantelten Digitalwecker lehrte ihn, dass er sich bei diesen Gerätschaften auf gar nichts verlassen konnte.

Er drückte zweimal auf den SEND/SEQUEAL-Knopf. Freddy Johnson meldete sich sofort und klang dabei auch nicht allzu verschlafen ... oh, aber wie sehnte sich Kurtz (der auf den Namen Robert Coonts getauft war, Namen, Namen: Namen sind doch Schall und Rauch), da es jetzt hart auf hart ging, nach Owen Underhill. *Owen, Owen,* dachte er, *wieso musstest du versagen, als ich dich am dringendsten brauchte, mein Junge?*

»Boss?«

»Ich ziehe Imperial Valley auf sechs Uhr vor. Imperial Valley um null sechshundert. Bestätigen Sie.«

Er musste sich anhören, warum das nicht zu machen sei, ein Blödsinn, den Owen nicht in seinen schwächsten Träumen gefaselt hätte. Er ließ Freddy knapp vierzig Sekunden lang protestieren und sagte dann: »Halten Sie den Rand, Sie Vollidiot.«

Entsetztes Schweigen auf Freddys Seite.

»Hier braut sich irgendwas zusammen. Ich weiß nicht, was es ist, aber es hat mich aus tiefem Schlaf hochgeschreckt. Ich habe diese Gruppe ja nicht zum Spaß gebildet, und wenn Sie heute Abend noch unter den Lebenden weilen wollen, dann bringen Sie sie lieber mal auf Trab. Sagen Sie Gallagher, dass sie sich jetzt bewähren kann. Bestätigen Sie, Freddy.«

»Boss, ich bestätige. Eins sollten Sie aber wissen – wir hatten vier Selbstmorde, soweit ich weiß. Vielleicht auch mehr.«

Darüber war Kurtz weder erstaunt noch verärgert. Unter gewissen Umständen war der Selbstmord nicht nur hinnehmbar, sondern auch eine noble Geste – die letzte Tat eines wahren Gentlemans.

»Die Hubschrauberbesatzungen?«
»Ja.«
»Niemand vom Imperial Valley?«
»Nein, Boss, keiner vom Valley.«
»Also gut. Machen Sie Dampf, Bursche. Wir stecken in Schwierigkeiten. Ich weiß nicht, was es ist, aber ich spüre es kommen. Es liegt mächtig was in der Luft.«

Kurtz warf das Funkgerät wieder auf den Nachttisch und zog sich weiter an. Er hätte gern eine Zigarette geraucht, aber die waren alle.

6

Eine ansehnliche Herde Milchkühe hatte früher im Stall des alten Gosselin gestanden, und obwohl das Innere in seinem gegenwärtigen Zustand vielleicht nicht den Normen des Landwirtschaftsministeriums entsprach, war das Gebäude selbst doch noch gut in Schuss. Die Soldaten hatten einige Tausend-Watt-Strahler angebracht, die grelles Licht auf die Boxen, die Melkstationen in der Mitte und den oberen und unteren Heuboden warfen. Sie hatten auch einige Heizgeräte aufgestellt, und im ganzen Stall herrschte eine benommen machende Wärme. Henry machte sich sofort die Jacke auf, als er drinnen war, und trotzdem spürte er auf seinem Gesicht Schweiß ausbrechen. Das lag vermutlich auch an Owens Pillen; er hatte vor dem Stall noch eine genommen.

Beim ersten Eindruck ähnelte es hier sehr den diversen Flüchtlingslagern, die er schon gesehen hatte: bosnische Serben in Mazedonien, haitianische Rebellen, nachdem die Marineinfanterie des Zuckeronkels Sam in Port-au-Prince gelandet war, oder afrikanische Flüchtlinge, die ihr Heimatland verlassen hatten, weil dort Seuchen, Hunger, Bürgerkrieg oder all das zusammen herrschten. Man gewöhnte sich daran, so etwas in den Fernsehnachrichten zu sehen, und die Bilder stammten immer von weit her; das Entsetzen, mit dem man sie sah, hatte etwas Klinisches. Aber das hier war kein Ort, den man nur mit Reisepass besuchen konnte. Das hier war ein Kuhstall in Neuengland. Die Menschen hier drin trugen keine Lumpen oder schmutzigen Dashikis, sondern Parkas von Bean's, Cargo-Hosen (wie geschaffen für Reserve-Schrotpatronen) von Banana Republic und Unterwäsche von Fruit of the Loom. Doch trotzdem sah es so ähnlich aus. Der einzige Unterschied, den er bemerkte, bestand darin, dass sie alle immer noch verblüfft wirkten. So etwas war im Lande der kostenlosen Ortsgespräche einfach nicht vorgesehen.

Die Internierten bedeckten fast den gesamten Boden, auf dem man Heu ausgebreitet hatte (und darauf Jacken). Familien schliefen beieinander, andere lagen in kleinen Gruppen zusammen. Auf den Heuböden hielten sich weitere auf und auch je drei oder vier in den vierzig Boxen. Im ganzen Stall hörte man das Schnarchen und Grunzen von Menschen, die schlecht träumten. Irgendwo weinte ein Kind. Und es gab Musikberieselung – und das war für Henry nun wirklich das Bizarrste. Die dem Tode geweihten Schläfer lauschten im Stall des alten Gosselin dem Fred Waring Orchestra und seiner Geigenversion von *Some Enchanted Evening*.

In seiner jetzigen Höchstform sah Henry alles ganz berauschend klar und deutlich. *All die orangefarbenen Jacken und Mützen!*, dachte er. *Mann, ey! Halloween in der Hölle!*

Und auch das rotgoldene Zeug war reichlich vorhanden. Henry sah es auf Wangen, in Ohren und zwischen Fingern wachsen; es wuchs auch an einigen Balken und an den Kabeln der aufgehängten Scheinwerfer. Vorherrschend roch es hier nach Heu, aber Henry nahm ohne Schwierigkeiten auch den leicht schweflig angehauchten Geruch von Äthylalkohol wahr. Neben dem Schnarchen wurde nicht minder gefurzt – es klang, als würden sechs oder sieben vollkommen unbegabte Musiker auf Tuben und Saxofonen vor sich hin tröten. Unter anderen Umständen wäre das amüsant gewesen ... war es vielleicht auch sogar unter diesen: für jemanden, der nicht gesehen hatte, wie sich dieses fauchende Wieselwesen auf Jonesys blutgetränktem Bett gewunden hatte.

Wie viele von ihnen brüten wohl so etwas aus?, fragte sich Henry. Es spielte keine Rolle, dachte er, denn letztlich waren die Wiesel harmlos. Sie mochten vielleicht außerhalb ihrer Wirte in diesem Stall lebensfähig sein, aber draußen im Schneesturm, wo der Windchill-Faktor bestimmt bei minus zwanzig Grad lag, hatten sie keine Chance.

Er musste zu diesen Menschen sprechen –

Nein, nicht nur das. Er musste ihnen eine Heidenangst einjagen. Musste sie zum Aufbruch antreiben, obwohl es hier drin so warm und da draußen so kalt war. Früher hatten hier Milchkühe gestanden; jetzt lag hier willfähriges Schlachtvieh. Er musste sie wieder in Menschen verwandeln – in verängstigte, wütende Menschen. Er konnte es schaffen, aber nicht allein. Und die Uhr lief. Owen Underhill hatte ihm eine halbe Stunde gegeben. Henry schätzte, dass sie zu einem Drittel bereits verstrichen war.

Ich brauche ein Megafon, dachte er. *Das wäre Schritt Nummer eins.*

Er schaute sich um, entdeckte einen stämmigen Kerl mit schütterem Haar, der links neben dem Eingang der Melkstationen schlief, und ging hinüber, um ihn sich genauer anzusehen. Er dachte, es wäre einer der Typen, die er aus dem Schuppen vertrieben hatte, war sich da aber nicht ganz sicher. Bei diesen Jägern hier gab es stämmige Kerle mit schütterem Haar wie Sand am Meer.

Aber es war tatsächlich Charles, und der Byrus überwucherte das, was der alte Charlie zweifellos als seinen »Solar-Sexus« bezeichnete. *Wer braucht schon Haarwuchsmittel, wenn er dieses Zeug hat?*, dachte Henry und musste grinsen.

Es war gut, dass er Charles gefunden hatte; und besser noch: Marsha schlief ganz in der Nähe und hielt Händchen mit Darren, dem Mr Riesen-Joint aus Newton. Der Byrus wuchs nun auf einer von Marshas zarten Wangen. Ihr Gatte war noch clean, aber sein Schwager – Bill? Hatte er so geheißen? – hatte das Zeug überall. *Mister Byrus 2001*, dachte Henry.

Er kniete sich neben Bill, nahm seine mit Byrus überwucherte Hand und sprach in den wirren Dschungel seiner Albträume hinein. *Wach auf, Bill. Aufgewacht! Wir müssen hier raus! Und wenn du mir hilfst, schaffen wir das auch. Wach auf, Bill!*

Wach auf und sei ein Held.

7

Es geschah mit berauschender Schnelligkeit.

Henry spürte, wie sich Bills Bewusstsein seinem entgegenhob, wie es sich aus Albträumen löste, die es gefangen hielten, und sich Henry entgegenstreckte wie ein Ertrinkender einem Rettungsschwimmer. Ihre Gedanken verbanden sich wie die Kupplungen zweier Güterwaggons.

Sag nichts, versuch nicht zu sprechen, sagte Henry in Gedanken zu ihm. *Bleib ganz ruhig. Wir brauchen auch Marsha und Charles. Zu viert müssten wir es schaffen.*

Was –

Keine Zeit, Billy. Gehn wir.

Bill nahm die Hand seiner Schwägerin. Marsha schlug sofort die Augen auf, als hätte sie auf so etwas nur gewartet, und Henry spürte, wie in seinem Gehirn alle Zeiger noch weiter nach rechts zuckten. Auf ihr wucherte es nicht so schlimm wie auf Bill, also war sie vermutlich ein Naturtalent. Ohne weiteren Kommentar nahm sie Charles' Hand. Henry hatte das Gefühl, dass sie bereits verstand, was hier vor sich ging und was jetzt zu tun war. Glücklicherweise verstand sie auch, dass es schnell gehen musste. Sie würden diese Leute für sich einnehmen und dann zum Losschlagen anstiften.

Charles setzte sich mit einem Ruck auf und glotzte mit seinen Schweinsäuglein, als hätte ihn jemand in den Hintern gekniffen. Jetzt standen sie alle vier und hielten einander an den Händen wie die Teilnehmer einer Séance ... was sie, dachte Henry, im Grunde ja auch fast waren.

Gebt's mir, wies er sie an, und das taten sie. Es fühlte sich an, als hielte er einen Zauberstab.

Hört mir zu, rief er.

Köpfe hoben sich; einige Leute setzten sich wie elektrisiert aus dem Tiefschlaf auf.

Hört mir zu und unterstützt mich ... verstärkt mich! Versteht ihr? Stärkt meine Kräfte! Das ist eure einzige Chance, also STÄRKT MICH!

Sie taten es so instinktiv, wie man ein Lied mitsummt oder einen Takt mitklatscht. Hätte er ihnen Zeit zum Nachdenken gelassen, dann wäre es wahrscheinlich schwieriger, vielleicht gar unmöglich gewesen, aber das tat er nicht. Die meisten von ihnen hatten eben noch geschlafen, und er erwischte die Infizierten, die Telepathen, bei sehr aufnahmefähigem Bewusstsein.

Ebenfalls rein instinktiv vorgehend, projizierte Henry eine Folge von Bildern: Soldaten mit Atemmasken vor dem Gesicht umstellten den Stall. Die meisten hatten Schusswaffen, einige Rucksäcke, die an lange Stäbe angeschlossen waren. Die Gesichter der Soldaten ließ er zu Karikaturen der Grausamkeit gerinnen. Auf einen über Megafon gebrüllten Befehl hin versprühten die Stäbe Ströme flüssigen Feuers – Napalm. Außenmauern und Dach des Stalls fingen sofort an zu brennen.

Henry blendete in den Stall über und projizierte Bilder kreischend umherlaufender Menschen. Flüssiges Feuer tropfte durch Löcher im lodernden Dach und setzte das Heu auf den Heuböden in Brand. Hier sah man einen Mann mit brennendem Haarschopf; dort eine Frau in einer brennen-

504

den Skijacke, an der noch Skipässe vom Sugarloaf und Ragged Mountain hingen.

Jetzt sahen sie alle Henry an – Henry und seine Freunde, die sich an den Händen hielten. Nur die Telepathen empfingen die Bilder, aber zwei Drittel der Menschen in diesem Stall waren infiziert, und auch die, die es nicht waren, bekamen die Panik mit und wurden wie Boote von einer Woge mitgerissen.

Bills Hand fest in der einen und Marshas fest in der anderen, wechselte Henry mit seinen Bildern wieder zur Außensicht. Feuer; näher rückende Soldaten; eine Megafonstimme, die befahl, niemanden entkommen zu lassen.

Jetzt standen die Internierten alle und brabbelten verängstigt los (bis auf die wahren Telepathen; die starrten ihn nur mit gequält blickenden Augen in von Byrus überwucherten Gesichtern an). Er zeigte ihnen den Stall, wie er gleich einer Fackel im nächtlichen Schneetreiben loderte und der Wind das Flammenmeer in einen Feuersturm verwandelte, und immer noch spritzte Napalm, und immer noch mahnte die Megafonstimme: »*GUT SO, MÄNNER, MACHT SIE NIEDER, LASST KEINEN ENTKOMMEN, SIE SIND DER KREBS, UND WIR SIND DIE HEILUNG!*«

Seine Fantasie lief jetzt auf Hochtouren, und Henry projizierte Bilder der wenigen Menschen, die zu den Ausgängen gelangten oder sich durch die Fenster zwängen konnten. Viele von ihnen standen in Flammen. Darunter war auch eine Frau mit einem Kind in den Armen. Die Soldaten mähten sie alle mit Maschinengewehrgarben nieder, bis auf die Frau mit dem Kind, die sich beim Laufen in eine Napalmfackel verwandelte.

»*Nein!*«, schrien mehrere Frauen unisono, und Henry bemerkte ebenso verwundert wie angewidert, dass sie alle, auch die ohne Kinder, der brennenden Frau ihr eigenes Gesicht verliehen hatten.

Jetzt liefen sie alle aufgescheucht durcheinander wie eine Viehherde bei Gewitter. Er musste sie losschicken, ehe sie dazu kamen, einen klaren Gedanken zu fassen.

Die Kraft der Gehirne bündelnd, die mit seinem verbunden waren, sandte Henry ihnen allen ein Bild des Ladens.

SEHT!, rief er ihnen zu. *DAS IST EURE EINZIGE CHANCE! DURCH DEN LADEN, WENN IHR KÖNNT! REISST DEN ZAUN NIEDER, WENN DIE TÜR BLOCKIERT IST! NICHT STEHEN BLEIBEN UND NICHT ZÖGERN! FLIEHT IN DEN WALD! VERSTECKT EUCH IM WALD! SIE WERDEN KOMMEN UND DAS ALLES HIER IN BRAND STECKEN, DEN STALL UND ALLE MENSCHEN DARIN, UND DER WALD IST EURE EINZIGE CHANCE! LOS! LOS!*

Tief in seiner Fantasie versunken, dank Owens Pillen förmlich schwebend und mit aller Kraft sendend – Bilder einer möglichen Sicherheit dort und des sicheren Todes hier, Bilder, die so schlicht waren wie in einem Kinderbuch –, bekam er nur vage mit, dass er in einen lauten Sprechgesang verfallen war: »*Los, los, los.*«

Marsha Chiles nahm den Singsang auf, dann stimmte ihr Schwager mit ein und dann Charles, der Mann mit dem überwucherten Solar-Sexus.

»*Los! Los! Los!*«

Er war zwar offensichtlich immun gegen den Byrus und daher der Telepathie ebenso wenig mächtig wie der durchschnittliche Fettwanst, aber gegen einen mitreißenden Sprechchor war Darren nicht immun, und auch er stimmte ein.

»*Los! Los! Los!*«

Das sprang von Mensch zu Mensch und von Gruppe zu Gruppe über, eine durch die Panik ausgelöste Infektion, die ansteckender war als der Byrus: »*Los! Los! Los!*«

Der ganze Stall bebte davon. Fäuste wurden unisono hochgereckt wie bei einem Rockkonzert.

»*LOS! LOS! LOS!*«

Henry ließ sie alle einstimmen, reckte selbst, ohne es zu merken, die Faust empor, so weit sein schmerzender Arm es zuließ, und ermahnte sich doch dabei, sich von diesem Wirbelwind aus Menschen, den er ausgelöst hatte, nicht mitreißen zu lassen – wenn sie nach Norden gingen, ging er nach Süden. Er wartete auf den Augenblick, in dem es kein Zurück mehr gab – auf den zündenden Moment.

Und dieser Moment kam.

»Los«, flüsterte er.

Er versammelte die geistige Kraft von Marsha, Bill, Charlie ... und der anderen, die in der Nähe standen und sich ihnen angeschlossen hatten. Er bündelte sie und schleuderte dann dieses eine Wort wie eine Silberkugel in die Köpfe von dreihundertsiebzehn Menschen im Kuhlstall des alten Gosselin:

LOS.

Für einen Moment herrschte Totenstille, und dann brach die Hölle los.

8

Kurz vor Sonnenuntergang war entlang des Zauns ein Dutzend Zwei-Mann-Wachhäuschen (eigentlich waren es mobile Toilettenhäuschen, bei denen man die Urinale und Klobecken herausgerissen hatte) aufgestellt worden. Die Häuschen waren mit Öfen ausgestattet, die auf dem engen Raum eine richtig mollige Hitze erzeugten, und die Wachen hatten keine Lust, auch mal nach draußen zu gehen. Ab und an machte einer mal die Tür auf, um einen mit Schneeflocken vermengten Schwung frischer Luft hereinzulassen, aber weiter bekamen die Wachen von der Außenwelt nichts mit. Die meisten von ihnen waren nie in einen Krieg gezogen und verstanden im Grunde nicht, was hier alles auf dem Spiel stand, und daher quatschten sie über Sex, Autos, Versetzungen, ihre Familien, ihre Zukunft, Sex, Sauftouren und Drogenerlebnisse – und Sex. Sie hatten Underhills Schuppen-Besuche nicht mitbekommen (er wäre von Wachtposten neun und zehn aus deutlich zu erkennen gewesen) und merkten als Allerletzte, dass sie es hier mit einer waschechten Lagerrevolte zu tun hatten.

Sieben andere Soldaten, Männer, die schon ein bisschen

länger bei Kurtz und daher ein wenig gewiefter waren, saßen hinten im Laden am Holzofen und spielten in eben dem Büro Five-Card-Stud-Poker, in dem Owen knapp zwei Jahrhunderte zuvor Kurtz das »Ne nous blessez pas«-Band vorgespielt hatte. Sechs der Pokerspieler hatten Wachdienst. Der siebte war Dawg Brodskys Kollege Gene Cambry. Cambry hatte nicht schlafen können. Der Grund dafür war unter einem dehnbaren Baumwollarmband verborgen. Er wusste allerdings nicht, wie lange dieses Armband noch nützen würde, denn das rote Zeug darunter breitete sich aus. Wenn er nicht aufpasste, sah es noch jemand … und dann würden sie ihn nicht mehr hier im Büro Karten spielen lassen, sondern zu den anderen armen Schweinen in den Kuhstall sperren.

Und war er denn der Einzige, der sich da vorsehen musste? Ray Parsons hatte einen dicken Wattebausch im Ohr. Angeblich hatte er Ohrenschmerzen, aber wer wusste schon, ob das stimmte? Einer von Ted Trezewskis kräftigen Unterarmen war bandagiert, und er behauptete, sich beim Verlegen von Stacheldraht verletzt zu haben. Vielleicht stimmte das. George Udall, unter normaleren Umständen Dawgs unmittelbarer Vorgesetzter, trug eine Strickmütze über der Glatze und sah damit aus wie ein ältlicher weißer Rapper. Vielleicht war weiter nichts als Kopfhaut darunter, aber für eine Mütze war es hier drin doch eigentlich ziemlich warm, oder? Und schon gar für eine Strickmütze.

»Setze einen«, sagte Howie Everett.

»Steige aus«, sagte Danny O'Brian.

Parsons stieg ebenfalls aus und Udall auch. Cambry hörte es kaum. Vor seinem geistigen Auge tauchte das Bild einer Frau auf, die ein Kind auf dem Arm hielt. Sie strauchelte über die verschneite Koppel, und ein Soldat verwandelte sie in eine Napalmfackel. Cambry zuckte entsetzt zusammen und dachte, seine Gewissensbisse hätten dieses Bild heraufbeschworen.

»Gene?«, sagte Al Coleman. »Steigst du aus oder –«

»Was ist das?«, fragte Howie und runzelte die Stirn.

»Was ist was?«, fragte Ted Trezewski zurück.

»Wenn du hinhören würdest, wüsstest du's«, erwiderte Howie. *Blöder Polacke* – Cambry hörte diese unausgesprochene Folgerung in seinem Kopf, achtete aber nicht weiter darauf. Sobald man sie darauf aufmerksam gemacht hatte, hörten sie den Sprechchor ganz deutlich, der den Wind übertönte und immer lauter und eindringlicher wurde.

»*Los! Los! Los! Los! LOS!*«

Es kam aus dem Kuhstall, der sich direkt hinter ihnen befand.

»Was soll denn das?«, fragte Udall nachdenklich und schaute blinzelnd über den Klapptisch mit den Spielkarten, den Aschenbechern, Chips und Geldscheinen. Plötzlich wurde Gene Cambry klar, dass unter der blöden Wollmütze letztlich doch nur Kopfhaut war. Udall war nominell der Ranghöchste ihrer kleinen Gruppe, hatte aber keinen blassen Schimmer, was vor sich ging. Er konnte die emporgereckten Fäuste nicht sehen und die kräftige Gedankenstimme nicht hören, die den Sprechgesang anführte.

Cambry sah besorgte Mienen bei Parsons, Everett und Coleman. Sie sahen es auch. Sie verständigten sich ohne Worte, während die Nicht-Infizierten nur dumm guckten.

»Die brechen aus«, sagte Cambry.

»Red nicht so einen Quatsch, Gene«, sagte George Udall. »Die haben keine Ahnung, was ihnen bevorsteht. Und außerdem sind es *Zivilisten*. Die lassen nur ein bisschen D –«

Cambry verstand den Rest nicht mehr, weil ihm ein einzelnes Wort – *LOS* – wie mit einer Kreissäge durch den Kopf fuhr. Ray Parsons und Al Coleman zuckten zusammen. Howie Everett schrie vor Schmerz auf, hielt sich die Schläfen und knallte mit den Knien gegen die Tischplatte. Chips und Spielkarten flogen umher. Ein Dollarschein landete auf dem heißen Ofen und fing Feuer.

»Ach du grüne Neune, jetzt schau dir an, was du –«, wetterte Ted los.

»Sie kommen«, sagte Cambry. »Sie kommen *hierher*.«

Parsons, Everett und Coleman stürzten zu ihren Karabinern Typ M-4, die neben dem Kleiderständer des alten Gosselin lehnten. Die anderen schauten sie verdutzt an, begriffen immer noch nicht ... und dann gab es einen mächtigen Knall, als sechzig oder mehr Internierte gegen die Stalltore anrannten. Die Tore waren von außen mit großen Stahlschlössern verriegelt. Die Schlösser hielten, aber das alte Holz brach krachend.

Die Internierten strömten durch die Lücke, riefen dem Schneesturm »*Los! Los!*« entgegen und trampelten mehrere Menschen nieder.

Cambry stürzte auch nach vorn, schnappte sich eins der kompakten Sturmgewehre und musste es sich dann aus den Händen reißen lassen. »Das ist meins, du Scheißkerl«, knurrte Ted Trezewski.

Zwischen den aufgebrochenen Stalltoren und der Rückseite des Ladens lagen keine zwanzig Meter. Der Mob strömte über das freie Feld und brüllte: »*LOS! LOS! LOS!*«

Der Pokertisch fiel krachend um, und was noch darauf gestanden hatte, flog durchs Zimmer. Alarm wurde ausgelöst, als die ersten Internierten den Zaun erreichten und entweder gegrillt wurden oder wie aufgespießte Fische in den großen Stacheldrahtspiralen hängen blieben. Nur Augenblicke später erscholl zum rhythmischen Hupen dieses Alarms eine aufheulende Sirene, der Generalkommandoalarm, auch Situation 666 genannt – das Ende der Welt. Aus den Plastik-Pissbuden, die als Wachhäuschen dienten, glotzten erstaunte, ängstliche Gesichter.

»Der Stall!«, rief jemand. »Alle Mann zum Stall! Sie brechen aus!«

Die Wachen trotteten hinaus in den Schnee, viele ohne Stiefel, und gingen außen den Zaun ab, ohne zu bemerken, dass ihn das Gewicht von über achtzig Kamikaze-Hirschjägern kurzgeschlossen hatte, die alle noch aus voller Kehle *LOS* gebrüllt hatten, als sie schon zitternd schmorten und starben.

Keiner bemerkte den Mann – groß, hager, eine altmodische Hornbrille auf der Nase –, der ganz allein den Stall verließ und durch die Schneewehen die Koppel überquerte. Obwohl Henry weder sah noch spürte, dass ihn jemand beobachtete, fing er an zu laufen. Er fühlte sich schrecklich ungeschützt im grellen Scheinwerferlicht, und die Kakophonie der Sirene und des Zaunalarms versetzte ihn in Panik und machte ihn schier wahnsinnig ... löste bei ihm das Gleiche aus wie Duddits' Weinen damals hinter dem Lagerhaus der Gebrüder Tracker.

Er hoffte bei Gott, dass Underhill auf ihn wartete. Er konnte ihn nicht erkennen, der Schneefall war zu dicht, um ganz bis über die Koppel zu schauen, aber gleich war er ja da, und dann würde er es wissen.

9

Kurtz war bis auf einen Stiefel vollständig bekleidet, als der Alarm ertönte, zusätzlich die Notbeleuchtung ansprang und dieses gottvergessene Grundstück in noch grelleres Licht tauchte. Er war nicht überrascht oder bestürzt, verspürte eher eine Mischung aus Erleichterung und Verdruss. Erleichterung darüber, dass nun zum Vorschein gekommen war, was da an seinen Nervenenden gekaut hatte. Verdruss darüber, dass dieses ganze Theater nicht noch hatte zwei Stunden warten können. Nur noch zwei Stunden, und er hätte die ganze Sache erfolgreich abschließen können.

Er stieß mit der rechten Hand die Tür des Winnebago auf, den Stiefel noch in der linken Hand. Wildes Gebrüll erscholl aus dem Kuhstall, Kriegsgeschrei, bei dem ihm, trotz allem, das Herz aufging. Der Sturmwind verwirbelte es ein wenig, aber nicht sehr; sie schienen alle darin einzustimmen. Von irgendwo aus ihren wohlgenährten, furchtsamen, hier-passiert-schon-nichts-denkenden Reihen war ein Spartakus erstanden – wer hätte das gedacht?

Das kommt alles von der verdammten Telepathie, dachte Kurtz. Seine Instinkte, stets messerscharf, verrieten ihm, dass es ernstliche Schwierigkeiten gab, dass er zusehen musste, wie eine Operation in großem Maßstab in die Binsen ging, und trotzdem lächelte er. *Das muss an der verdammten Telepathie liegen. Die haben gewittert, was ihnen bevorstand ... und dann hat jemand beschlossen, etwas dagegen zu unternehmen.*

Während er zusah, drängte sich ein bunt gemischter Mob von Männern, größtenteils mit Parkas und orangefarbenen Mützen bekleidet, zwischen den aufgebrochenen, schief in den Angeln hängenden Stalltoren hindurch. Einer fiel auf ein gesplittertes Brett und wurde gepfählt wie ein Vampir. Einige rutschten im Schnee aus und wurden niedergetrampelt. Jetzt brannten sämtliche Scheinwerfer. Kurtz kam sich vor, als hätte er bei einem Boxkampf einen Platz direkt am Ring. Er konnte alles sehen.

Die Ausbrecher teilten sich mühelos in zwei Flügel von je fünfzig bis sechzig Mann, als wären sie Soldaten bei einer Übung, und stürzten auf den Zaun beiderseits des Ladens zu. Entweder wussten sie nicht, dass der Draht mit einer tödlich wirkenden Stromspannung geladen war, oder es war ihnen egal. Der große Pulk, der folgte, stürmte direkt auf die Rückseite des Ladens zu. Das war der Schwachpunkt der Umzäunung, aber das machte nichts. Kurtz dachte, es würde schon alles gut gehen.

In keinem seiner Eventualpläne hatte er dieses Szenario berücksichtigt: Zwei- bis dreihundert übergewichtige Novemberkrieger setzten zu einem tollkühnen Kamikaze-Angriff an. Er hatte von ihnen nie etwas anderes erwartet, als dass sie blieben, wo sie waren, und lauthals auf ihre Rechte pochten, bis sie dann gegrillt würden.

»Nicht schlecht, Jungs«, sagte Kurtz. Jetzt roch er stattdessen noch etwas anderes in Flammen aufgehen – wahrscheinlich seine Militärlaufbahn –, aber das Ende war ja sowieso nah, und hatte er sich für den Schluss nicht einen mordsmäßigen Einsatz ausgesucht? Wie Kurtz es sah, spielten die grauen Männchen aus dem All absolut die zweite Geige. Wäre es nach ihm gegangen, dann hätte die Schlagzeile gelautet: UNFASSBAR! AMERIKANER ZEIGEN HEUTZUTAGE RÜCKGRAT! Hervorragend. Es war fast schade, sie abzuschlachten.

Die Alarmsirene heulte in die verschneite Nacht hinaus. Die erste Menschenwelle brandete hinten an den Laden.

Kurtz konnte förmlich sehen, wie das Haus bis in die Grundfesten erschüttert wurde.

»Diese verdammte Telepathie«, sagte Kurtz grinsend. Er sah seine Jungs eingreifen, die ersten kamen aus den Wachhäuschen, und weitere liefen vom Fuhrpark, der Intendantur und den Wohncontainern herbei, die als Feldlager dienten. Dann schwand das Lächeln auf Kurtz' Gesicht allmählich und wich einer verwirrten Miene. »Knallt sie ab«, sagte er. »Wieso knallt ihr sie nicht ab?«

Einige feuerten, aber es waren nicht genug, längst nicht genug. Kurtz meinte Panik zu wittern. Seine Männer schossen nicht, weil sie Muffensausen hatten. Oder weil sie wussten, dass sie als Nächste dran waren.

»Diese verdammte Telepathie«, sagte er wieder, und plötzlich eröffneten im Laden automatische Gewehre das Feuer. In den Fenstern des Büros, in dem er und Owen Underhill ihr einleitendes Gespräch geführt hatten, blitzte Trommelfeuer auf. Zwei Fenster platzten. Ein Mann versuchte, durch das zweite Fenster zu entkommen, und Kurtz erkannte ihn als George Udall, ehe George an den Beinen wieder hineingezerrt wurde.

Wenigstens kämpften die Jungs in dem Büro, aber sie hatten ja auch keine andere Wahl; da drinnen kämpften sie um ihr Leben. Die Bürschchen, die gelaufen gekommen waren, liefen größtenteils immer noch umher. Kurtz überlegte, den Stiefel fallen zu lassen und seine Pistole zu ziehen. Ein paar Ausbrecher abzuknallen. Seine Quote zu erfüllen. Warum nicht, da um ihn her ohnehin alles in Trümmer fiel?

Underhill – deswegen nicht. Owen Underhill steckte auf irgendeine Weise hinter diesem GAU. Das wusste Kurtz so genau, wie er seinen eigenen Namen wusste. Das hier stank förmlich nach Grenzüberschreitung, und Grenzüberschreitung war Owen Underhills Spezialgebiet.

Weiter Schießerei in Gosselins Büro ... Schmerzensschreie ... dann Triumphgebrüll. Die computerkundigen, Evian trinkenden, Salat essenden Goten hatten ihr Ziel erreicht. Kurtz knallte die Tür des Winnebago vor diesem

Anblick zu und eilte zurück in sein Schlafzimmer, um Freddy Johnson zu rufen. Er hielt immer noch den Stiefel in der Hand.

10

Cambry kniete hinterm Schreibtisch des alten Gosselin, als die erste Welle der Internierten hereinbrandete. Er riss alle Schubladen auf und suchte verzweifelt nach einer Waffe. Dass er keine fand, rettete ihm höchstwahrscheinlich das Leben.

»*LOS! LOS! LOS!*«, brüllten die Internierten. Die Rückseite des Ladens erbebte unter einem gewaltigen Schlag, wie von einem Laster gerammt. Von draußen hörte Cambry ein lautes Knistern und Brutzeln, als die ersten Internierten im Zaun landeten. Das Licht im Büro fing an zu flackern.

»Zusammenhalten, Männer!«, rief Danny O'Brian. »Um der Liebe Christi willen, haltet zu–«

Die Hintertür sprang mit solcher Wucht aus den Angeln, dass sie buchstäblich quer durch den Raum flog und dabei die ersten Männer abschirmte, die brüllend dahinter ins Zimmer stürzten. Cambry duckte sich und hielt sich die Hände über den Kopf, und die Tür landete schräg auf dem Schreibtisch, unter dem er hockte.

Der Lärm der auf automatisches Feuer gestellten Gewehre war in dem engen Raum ohrenbetäubend und übertönte sogar noch die Schreie der Verwundeten, doch trotzdem bekam Cambry mit, dass sie nicht alle feuerten. Trezewski, Udall und O'Brian schossen, aber Coleman, Everett und Ray Parsons standen nur dumm glotzend da, die Gewehre im Anschlag.

Von seiner unverhofften Zufluchtsstätte aus sah Gene Cambry die Internierten in den Raum stürmen und die ersten Männer, von Kugeln getroffen, wie Vogelscheuchen umkippen; er sah ihr Blut an die Wände und auf die Bohnenessen-Ankündigungen und Arbeitsschutzrichtlinien spritzen. Er sah George Udall sein Gewehr zwei massigen jungen Männern in Orange entgegenschleudern, dann herumwirbeln und zu einem der Fenster stürzen. George wäre fast entkommen und wurde dann zurückgerissen; ein Mann, der auf der Wange einen muttermalförmigen Ripleyfleck hatte, schlug seine Zähne in Georges Wade, als wäre sie ein Putenschenkel; und ein anderer Mann stellte den kreischenden Kopf an Georges anderem Ende ruhig, indem er ihn einmal kurz nach links riss. Die Luft war zwar blau vor Pulverdampf, aber Cambry sah, wie Al Coleman sein Gewehr wegwarf und in den Sprechchor einstimmte – »*Los! Los! Los!*« Und er sah, wie Ray Parsons, normalerweise eine Seele von Mensch, sein Gewehr auf Danny O'Brian richtete und ihm das Hirn rauspustete.

Jetzt war alles ganz einfach. Jetzt hieß es nur noch: Infizierte gegen Immune.

Der Schreibtisch wurde an die Wand gerammt. Die Tür fiel auf Cambry, und ehe er aufstehen konnte, liefen Menschen darüber und quetschten ihn ein. Er kam sich wie ein Cowboy vor, der vom Pferd zwischen fliehende Rinder gefallen war. *Ihr zerquetscht mich,* dachte er, und dann war die mörderische Last für einen Moment von ihm genommen. Er kämpfte sich unter Einsatz aller Kräfte auf die Knie, die Tür rutschte nach links von ihm herunter, und er bekam zum guten Schluss noch einen sehr schmerzhaften Hüftstoß mit dem Türknauf ab. Jemand verpasste ihm im Vorbeigehen einen Tritt in die Rippen, ein Stiefel schrammte an seinem rechten Ohr entlang, und dann stand er. Die Luft im Zimmer war voller Rauch und Geschrei. Vier oder fünf stämmige Jäger wurden auf den Holzofen geschleudert, der von seinem Ofenrohr riss, krachend umstürzte und dabei brennende Ahornscheite auf den Boden warf. Geldscheine und Spielkarten fingen Feuer. Der Gestank schmelzender Plastik-Pokerchips breitete sich aus. *Das waren Rays,* fiel Cambry ein. *Die hatte er auch am Golf mit dabei. Und in Bosnien.*

Niemand beachtete ihn in dem Tohuwabohu. Die ausbrechenden Internierten mussten nicht durch die Tür zwischen Büro und Laden; sie hatten die ganze dünne Wand dazwischen eingerissen. Und deren Bruchstücke entflammten ebenfalls am umgekippten Ofen.

»Los«, murmelte Gene Cambry. »Los.« Er sah Ray Parsons mit den anderen zur Front des Ladens laufen, und Howie Everett folgte ebenfalls. Er schnappte sich eine Tüte Brot, als er durch den Mittelflur zum Haupteingang lief.

Ein dürrer Alter, der eine mit Troddeln verzierte Mütze und einen dicken Mantel trug, wurde bäuchlings auf den umgestürzten Ofen gestoßen und dann platt getrampelt. Cambry hörte seine kreischenden Schreie, als sein Gesicht auf dem Metall auftraf und zu schmoren begann.

Hörte sie und *spürte* sie auch.

»*Los!*«, rief Cambry und reihte sich in den großen Zug ein. »*Los!*«

Er hechtete über die aus dem Ofen schlagenden Flammen und lief los, ging mit seinem kleinen Geist in diesem großen Gedankenstrom auf.

Damit war die Operation Blue Boy praktisch beendet.

11

Nach drei Vierteln der Strecke quer über die Koppel blieb Henry stehen, rang nach Luft und hielt sich die pochende Brust. Hinter ihm lief das Westentaschen-Armageddon ab, das er ausgelöst hatte; und vor sich sah er nichts als Dunkelheit. Der Scheiß-Underhill war ihm weggelaufen, hatte –

Ganz ruhig, mein Lieber – ganz ruhig.

Zweimal blitzten Lichter auf. Henry hatte in die falsche Richtung geguckt, das war alles; Owen wartete ein wenig links von der Südwestecke der Koppel. Jetzt sah Henry den kastenförmigen Umriss des Schneemobils ganz deutlich. Hinter ihm ertönten Schreie, Rufe, Befehlsgebrüll, Schüsse. Aber nicht so viele Schüsse, wie er erwartet hatte, doch es blieb keine Zeit, sich darüber Gedanken zu machen.

Beeil dich!, rief Owen. *Wir müssen hier weg!*

Ich komme, so schnell ich kann. Warte.

Henry setzte sich wieder in Bewegung. Die Wirkung von

Owens Wunderpillen ließ allmählich nach, und die Füße wurden ihm schwer. Sein Oberschenkel juckte unerträglich und sein Mund auch. Er spürte, wie ihm das Zeug über die Zunge kroch. Es war wie das Sprudeln einer Limonade, das einfach nicht mehr aufhören wollte.

Owen hatte den Elektro- und den Stacheldraht gekappt. Jetzt stand er vor dem Schneemobil (es war in der Tarnfarbe Weiß lackiert, und insofern war es wirklich kein Wunder, dass Henry es nicht gesehen hatte), ein automatisches Gewehr mit dem Schaft auf der Hüfte aufgestützt, und schaute sich hektisch um. Die diversen Scheinwerfer sorgten dafür, dass er ein halbes Dutzend Schatten warf; sie gingen von seinen Stiefeln aus wie irrlichternde Uhrzeiger.

Owen packte Henry an der Schulter. *Bist du okay?*

Henry nickte. Als Owen ihn in Richtung Schneemobil zog, gab es eine laute, schrille Explosion, als wäre der weltgrößte Karabiner abgefeuert worden. Henry duckte sich, stolperte über seine eigenen Füße und wäre hingefallen, hätte Owen ihn nicht festgehalten.

Was –?

Propangas. Vielleicht auch Benzin. Schau.

Owen packte ihn an der Schulter und drehte ihn um. Henry sah eine riesige Feuersäule in die Nacht aufsteigen. Trümmer des Ladens – Bretter, Dachschindeln, glühende Cornflakespackungen, brennende Klopapierrollen – flogen in die Luft. Einige Soldaten sahen dem fasziniert zu. Andere liefen in den Wald. Um die Ausbrecher zu verfolgen, nahm Henry an, aber er hörte ihre Panik in seinem Kopf – *Los! Lauf! Los! Lauf!* – und konnte es einfach nicht glauben. Später, als er Zeit hatte, darüber nachzudenken, verstand er, dass auch viele der Soldaten geflohen waren. In diesem Moment aber verstand er nichts. Es geschah alles viel zu schnell.

Owen drehte ihn wieder um und schob ihn auf den Beifahrersitz des Schneemobils, an einer herabhängenden Plane vorbei, die sehr nach Motoröl roch. Es war schön warm in der Fahrerkabine. Aus einem Funkgerät, das an das einfache Armaturenbrett geschraubt war, schnatterte und quakte es. Henry verstand nichts, bekam nur mit, wie panisch die Stimmen klangen. Als er das hörte, machte es ihn unglaublich froh – so froh, wie er seit dem Nachmittag nicht mehr gewesen war, an dem sie Richie Grenadeau und seine fiesen Kumpane etwas Gottesfurcht gelehrt hatten. So waren auch die Leute hier bei diesem Einsatz, dachte Henry: eine Bande inzwischen erwachsener Richie Grenadeaus, die jetzt mit Gewehren statt mit getrockneter Hundekacke bewaffnet waren.

Da war etwas zwischen den Sitzen, ein Kasten mit zwei blinkenden gelben Lämpchen. Als sich Henry neugierig darüber beugte, schlug Owen die Plane neben dem Fahrersitz beiseite und schwang sich ans Steuer des Schneemobils. Er atmete heftig und schaute lächelnd zu dem brennenden Laden hinüber.

»Sei vorsichtig damit, Bruder«, sagte er. »Pass mit den Knöpfen auf.«

Henry nahm die Schachtel, die etwa die Ausmaße von Duddits' geliebter Scooby-Doo-Lunchbox hatte. Die Knöpfe befanden sich unter den blinkenden Lämpchen. »Was ist das?«

Owen drehte den Zündschlüssel um, und der noch warme Motor des Schneemobils sprang augenblicklich an. Mit einem langen Knüppel legte Owen jetzt einen Gang ein. Er lächelte immer noch. In dem hellen Licht, das durch die Windschutzscheibe drang, sah Henry, dass unter den Augen des Mannes eine rötlich orangefarbene Spur Byrus wuchs wie Mascara. Und es wuchs ihm auch in den Augenbrauen.

»Viel zu hell hier«, sagte er. »Wir werden das mal ein bisschen dimmen.« Er wendete das Schneemobil erstaunlich flott. Es war wendig wie ein Motorboot. Henry wurde in seinen Sitz gedrückt. Die Schachtel mit den blinkenden Lämpchen hielt er auf dem Schoß. In seiner gegenwärtigen Verfassung hätte er nichts dagegen gehabt, die nächsten fünf Jahre nicht mehr zu Fuß gehen zu müssen.

Owen schaute ihn kurz an, während er das Schneemobil auf die Swanny Pond Road zusteuerte, die jetzt nicht mehr als ein Graben zwischen Schneewällen war. »Du hast es geschafft«, sagte er. »Ich hatte meine Zweifel, dass du das hinkriegst, das gebe ich offen zu, aber du hast es echt durchgezogen.«

»Ich hab's dir doch gesagt: Ich bin ein Meister im Motivieren.« *Und außerdem,* sandte er, *werden die meisten von ihnen so oder so sterben.*

Egal. Du hast ihnen zu einer Chance verholfen. Und jetzt –

Weitere Schüsse ertönten, aber erst als eine Kugel an dem Blech genau über ihren Köpfen entlangpfiff, wurde Henry bewusst, dass sie das Ziel waren. Mit lautem Klirren prallte eine weitere Kugel von einer Kette des Schneemobils ab, und Henry duckte sich ... als ob das irgendwas nützen würde.

Immer noch lächelnd, wies Owen mit der behandschuhten Hand nach rechts. Henry spähte in diese Richtung, und zwei weitere Kugeln prallten von der gedrungenen Karosserie des Schneemobils ab. Henry zuckte beide Male zusammen; Owen schien es nicht einmal zu bemerken.

Henry sah eine Siedlung aus Wohncontainern, einige mit Markennamen wie Sysco und Scott Paper drauf. Vor diesen Containern stand eine Caravan-Kolonie, und vor dem größten, einem Winnebago, der Henry wie eine Villa auf Rädern vorkam, standen sechs oder sieben Männer und feuerten auf das Schneemobil. Und dafür, dass sie so weit weg waren, der Wind immer noch heftig pfiff und immer noch schweres Schneetreiben herrschte, trafen sie viel zu oft. Andere Männer, manche nur teilweise bekleidet (ein bulliger Typ kam mit nackter Brust, die auch einem Comic-Superhelden gut gestanden hätte, durch den Schnee gesprintet), gesellten sich zu der Gruppe. In ihrer Mitte stand ein großer Mann mit grauem Haar. Neben ihm stand ein stämmigerer, rothaariger Kerl. Während Henry zusah, legte der hagere Mann sein Gewehr an und feuerte, anscheinend ohne zu zielen. Ein *Spanng* erklang, und Henry spürte direkt vor seiner Nase ein kleines, fieses Ding vorbeizischen.

Owen lachte doch tatsächlich. »Der mit dem grauen Haar ist Kurtz. Das ist hier der Chef, und der Scheißkerl kann echt schießen.«

»Kurtz? Der heißt *Kurtz*? Du willst mich doch verscheißern.«

Weitere Kugeln prallten von den Ketten und der Karosserie des Schneemobils ab. Henry spürte noch einmal etwas durch die Fahrerkabine zischen, und plötzlich verstummte das Funkgerät. Sie entfernten sich immer weiter von den Schützen vor dem Winnebago, aber das spielte anscheinend keine Rolle. Henrys Meinung nach konnten die alle verdammt gut schießen. Es war nur eine Frage der Zeit, dass einer auch mal traf … und doch sah Owen froh aus. Henry ging auf, dass er sich vielleicht mit jemandem eingelassen hatte, der noch selbstmordgefährdeter war als er selbst.

»Der Rothaarige ist Freddy Johnson. Die Musketiere sind alle Kurtz' Jungs, die ursprünglich – hupps, pass auf!«

Ein weiteres Spanng, wieder eine summende Stahlbiene – diesmal zwischen ihnen –, und plötzlich war der Knauf des Kupplungshebels verschwunden. Owen brach in Gelächter aus. »Kurtz!«, rief er. »Darauf wette ich! Drei Jahre übers vorgeschriebene Pensionsalter hinaus, und er schießt immer noch wie Annie Oakley!« Er schlug mit der Faust auf den Steuerknüppel. »Aber jetzt reicht's. Jetzt ist Schluss mit lustig. Knips ihnen die Lichter aus, mein Lieber.«

»Hä?«

Immer noch grinsend, wies Owen mit dem Daumen auf die Schachtel mit den gelb blinkenden Lämpchen. Die Byrus-Streifen unter seinen Augen kamen Henry jetzt wie Kriegsbemalung vor. »Drück auf die Knöpfe, Alter. Drück auf die Knöpfe, dann wird's zappenduster.«

12

Plötzlich – alles geschah jetzt so plötzlich wie von Zauberhand – war die ganze Welt verschwunden, und Kurtz drang in andere Regionen vor. Das Kreischen des Sturms, das Schneegestöber, das Sirenengeheul, das Dröhnen der Alarmhupe: Das gab es alles nicht mehr. Kurtz merkte nicht mehr, dass Freddy Johnson neben ihm stand und sich die übrigen Imperial Valleys um sie versammelt hatten. Er konzentrierte sich einzig und allein auf das davonbrausende Schneemobil. Er konnte Owen Underhill auf dem linken Sitz sehen, durchs Stahlblech der Fahrerkabine hindurch konnte er ihn sehen, als besäße er, Abe Kurtz, mit einem Mal Supermans Röntgenblick. Sie waren schon weit weg, aber das spielte keine Rolle. Die nächste Kugel, die er abfeuerte, würde Owen Underhill genau in seinen verräterischen, Grenzen überschreitenden Kopf treffen. Er hob das Gewehr, legte an –

Zwei Explosionen zerrissen die Nacht, eine nah genug, um Kurtz und seine Männer mit ihrer Druckwelle umzuwerfen. Ein Wohncontainer mit dem Aufdruck INTEL INSIDE hob sich in die Luft, kippte und landete auf dem Spago's, der Feldküche. »Ach du Scheiße!«, rief einer der Männer.

Nicht alle Lichter erloschen – eine halbe Stunde war nicht viel Zeit gewesen, und Owen hatte nur zwei der Generatoren mit Thermit-Ladungen versehen können (wobei er die ganze Zeit »Banbury Cross, Banbury Cross, auf einem Steckenpferd nach Banbury Cross« vor sich hin gemurmelt hatte), aber plötzlich wurde das fliehende Schneemobil von einer von Flammen durchzuckten Dunkelheit verschluckt, und Kurtz warf sein Gewehr in den Schnee, ohne dass er geschossen hatte.

»Nicht zu fassen«, sagte er tonlos. »Feuer einstellen. Feuer einstellen, ihr Nieten. Hört sofort auf. Rein. Alle, bis auf Freddy. Und betet zu Gott, dem allmächtigen Vater, dass ihr den Kopf noch einmal aus der Schlinge ziehen dürft. Kommen Sie her, Freddy. Ein bisschen lebhaft, bitte.«

Die anderen, fast ein Dutzend, marschierten die Eingangstreppe des Winnebago hoch und schauten dabei beklommen zu den brennenden Generatoren und dem in Flammen stehenden Küchenzelt hinüber (das Intendanturzelt nebenan fing schon Feuer, und das Krankenrevier und die Leichenhalle waren als Nächstes dran). Die Hälfte der Scheinwerfer im Lager war erloschen.

Kurtz legte Freddy Johnson einen Arm um die Schultern

und ging mit ihm zwanzig Schritte hinaus in den Schnee, den der Sturm jetzt schleierförmig wie zu geheimnisvollen Dampfschwaden aufwirbelte. Direkt vor den beiden Männern brannte Gosselin's – oder was noch davon übrig war – lichterloh. Der Kuhstall hatte bereits Feuer gefangen. Die aufgebrochenen Tore standen weit offen.

»Freddy, lieben Sie Jesus? Sagen Sie mir die Wahrheit.«

Freddy kannte das schon. Es war ein Mantra. Der Boss versuchte einen klaren Kopf zu bekommen.

»Ich liebe ihn, Boss.«

»Schwören Sie das?« Kurtz blickte sehr gespannt. Sah aber wahrscheinlich eher durch ihn hindurch. Plante schon voraus, wenn man denn von solchen instinktgeleiteten Wesen überhaupt behaupten konnte, dass sie etwas planten. »Wenn Ihnen bei einer Lüge der ewige Höllenpfuhl droht?«

»Ich schwöre es.«

»Sie lieben ihn sehr, nicht wahr?«

»Ja, Boss.«

»Mehr als die Gruppe? Mehr als den Dienst an der Waffe?« Eine Pause. »Mehr, als Sie mich lieben?«

Das waren Fragen, auf die man nicht die falschen Antworten geben wollte, wenn einem noch was am Leben lag. Aber es waren zum Glück keine schwierigen Fragen. »Nein, Boss.«

»Keine Telepathie mehr, Freddy?«

»Ich hatte da was – ich weiß nicht, ob es wirklich Telepathie war. Ich habe Stimmen gehört –«

Kurtz nickte. Flammen, rotgolden wie der Ripley-Pilz, schlugen aus dem Stalldach.

»– aber das ist jetzt weg.«

»Noch jemand aus der Gruppe?«

»Imperial Valley, meinen Sie?« Freddy machte eine Kopfbewegung in Richtung Winnebago.

»Wen soll ich denn sonst meinen? Firehouse Five Plus Two? Natürlich die!«

»Die sind sauber, Boss.«

»Das ist gut, aber es ist auch schlecht. Freddy, wir brauchen ein paar Infizierte. Und wenn ich wir sage, dann meine ich Sie und mich. Ich brauche Leute, denen diese rote Scheiße schon zu den Ohren rauskommt, verstanden?«

»Ja.« Freddy verstand bloß nicht, warum, aber das war im Moment egal. Er konnte förmlich zusehen, wie Kurtz seinen Plan entwickelte, und das war für ihn eine große Erleichterung. Wenn Freddy etwas wissen musste, würde Kurtz es ihm schon sagen. Freddy schaute beklommen zu dem lodernden Laden, dem lodernden Kuhstall, der lodernden Feldküche hinüber. Die Lage war komplett fürn Arsch.

Nein, das stimmte nicht. Nicht, wenn Kurtz einen Plan hatte.

»Daran ist vor allem diese verdammte Telepathie schuld«, meinte Kurtz grüblerisch. »Aber die Telepathie hat es nicht ausgelöst. Das war eine normale menschliche Schweinerei. Wer hat Jesus verraten, Freddy? Wer hat ihm den Verräterkuss gegeben?«

Freddy hatte die Bibel gelesen, und das vor allem, weil Kurtz ihm eine geschenkt hatte. »Judas Iskariot, Boss.«

Kurtz nickte bedeutungsvoll. Seine Augen schweiften umher, tabellarisierten die Zerstörungen, kalkulierten die Reaktionsmöglichkeiten, die der Sturm sehr einschränkte. »Das stimmt, Bursche. Judas hat Jesus verraten, und Owen Philip Underhill hat uns verraten. Judas hat dafür dreißig Silberstücke bekommen. Kein toller Lohn, finden Sie nicht auch?«

»Nein, Boss.« Bei der Antwort wandte er sich etwas von Kurtz ab, weil eben in der Intendantur etwas explodiert war. Eine stählerne Hand packte ihn an der Schulter und drehte ihn wieder um. Kurtz' Augen waren weit aufgerissen und loderten. Mit den weißen Wimpern sahen sie aus wie die Augen eines Gespenstes.

»Schaun Sie mich an, wenn ich mit Ihnen rede«, sagte Kurtz. »Und hören Sie mir zu, wenn ich mit Ihnen rede.« Kurtz legte die freie Hand auf den Griff seiner Pistole. »Oder ich verteile Ihre Eingeweide im Schnee. Das ist eine schwierige Nacht für mich. *Machen Sie es mir nicht noch schwerer, Sie Hund! Haben Sie mich verstanden? Haben Sie das jetzt endlich gefressen?«*

Johnson war eigentlich ein tapferer Mann, aber jetzt war er nur noch ganz klein mit Hut. »Ja, Boss, entschuldigen Sie bitte.«

»Entschuldigung angenommen. Gott liebt und vergibt, und so wollen wir's auch halten. Ich weiß zwar nicht, wie viele Silberstücke Owen bekommen hat, aber das eine kann ich Ihnen sagen: Wir werden ihn kriegen, und dann reißen wir dem Jungen dermaßen den Arsch auf, dass es sich gewaschen hat. Sind Sie dabei?«

»Ja.« Nichts wollte Freddy sehnlicher, als den Menschen zu finden, der seine ehedem geordnete Welt auf den Kopf gestellt hatte, und ihn dann so richtig fertig machen. »Wie viel davon ist wohl Owens Schuld, Boss?«

»Für mich reicht's«, sagte Kurtz gleichmütig. »Ich habe so das Gefühl, dass mein Abgang nun endlich bevorsteht, Freddy –«

»Nein, Boss.«

»– aber ich werde nicht allein abtreten.« Den Arm immer noch um Freddys Schultern gelegt, führte Kurtz seinen neuen Stellvertreter zurück zum Winnebago. Gedrungene, erlöschende Feuersäulen markierten die brennenden Generatoren. Das hatte Underhill getan, einer von Kurtz' Jungs. Freddy konnte es noch kaum fassen, aber trotzdem kam er allmählich in Brass. *Wie viele Silberstücke, Owen? Wie viele haben Sie gekriegt, Sie Verräter?*

Kurtz blieb vor der Eingangstreppe stehen.

»Wer von denen soll das Aufspüren und Vernichten leiten, Freddy?«

»Gallagher, Boss.«

»Kate?«

»Ja, genau.«

»Ist sie Kannibale, Freddy? Die Person, der wir die Leitung übertragen, muss Kannibale sein.«

»Sie isst sie roh mit Krautsalat, Boss.«

»Gut«, sagte Kurtz. »Denn das hier wird haarig. Ich brauche zwei Ripley-Positive, am besten Blue-Boy-Jungs. Die übrigen ... wie die Tiere, Freddy. Imperial Valley hat jetzt den Auftrag, aufzuspüren und zu vernichten. Gallagher und die anderen sollen so viele wie möglich zur Strecke bringen. Soldaten und Zivilisten. Von jetzt an bis morgen zwölf Uhr ist Essenszeit. Anschließend soll dann jeder sehen, wo er bleibt. Das gilt nur nicht für uns, Freddy.« Das Licht der Flammen überzog Kurtz' Gesicht mit Byrus, verwandelte seine Augen in Wieselaugen. »Wir werden Owen Underhill zur Strecke bringen und ihn lehren, den Herrn zu lieben.«

Kurtz eilte die Eingangstreppe des Winnebago hoch, auf dem festgetrampelten, glatten Schnee sicher wie eine Bergziege. Freddy Johnson folgte ihm.

13

Das Schneemobil rutschte so schnell die Böschung zur Swanny Pond Road hinab, dass Henry ein flaues Gefühl im Magen bekam. Dann schleuderte es herum und rauschte in südliche Richtung davon. Owen betätigte die Kupplung und schaltete in den höchsten Gang. Angesichts der Schnee-Galaxien, die ihnen auf der Windschutzscheibe entgegenströmten, hatte Henry den Eindruck, sie würden sich mit Mach eins fortbewegen. In Wirklichkeit waren es wohl eher fünfzig Stundenkilometer. Das würde sie zwar von Gosselin's wegbringen, aber er hatte so das Gefühl, dass sich Jonesy viel schneller fortbewegte.

Highway voraus?, fragte Owen. *Stimmt's?*
Ja. Noch etwa vier Meilen.
Da müssen wir das Fahrzeug wechseln.
Niemand wird verletzt, wenn es nicht sein muss. Und umgebracht wird auch keiner.
Henry ... ich weiß nicht, wie ich dir das beibringen soll, aber wir sind hier nicht beim High-School-Basketball.

»Es wird niemand verletzt. Und es wird niemand umgebracht. Zumindest nicht, wenn wir das Fahrzeug wechseln. Stimme dem zu, oder ich werfe mich auf der Stelle hier aus der Tür.«

Owen schaute kurz zu ihm hinüber. »Das würdest du tun,

nicht wahr? Und drauf scheißen, was dein Freund mit dem ganzen Planeten vorhat.«

»Mein Freund trägt keine Schuld daran. Er ist entführt worden.«

»Also gut. Niemand wird verletzt, wenn wir das Fahrzeug wechseln. Wenn es nicht sein muss. Und keiner wird umgebracht. Höchstens wir beide. Also: Wohin fahren wir?«

Nach Derry.

Da ist er? Der letzte überlebende Außerirdische?

Ich glaube schon. Und ich habe einen Freund in Derry, der uns helfen kann. Er sieht die Linie.

Linie? Was für eine Linie?

»Vergiss es«, sagte Henry und dachte: *Das ist zu kompliziert.*

»Was soll das heißen – kompliziert? Und: Kein Prall, kein Spiel – was bedeutet das?«

Das erklär ich dir, wenn wir nach Süden fahren. Falls ich das kann.

Das Schneemobil fuhr in Richtung Interstate Highway, eine Kapsel hinter strahlenden Lichtern.

»Sag mir noch mal, was wir tun werden«, bat Owen.

»Die Welt retten.«

»Und sag mir, was wir dann sind. Ich muss es hören.«

»Dann sind wir Helden«, sagte Henry. Dann lehnte er den Kopf nach hinten und schloss die Augen. Binnen Sekunden war er eingeschlafen.

TEIL 3
QUABBIN

Als ich die Treppe hab erklommen,
traf ich 'nen Mann, der war nicht dort.
Auch heute ist er nicht gekommen!
Ich wollt, er blieb für immer fort.

Hughes Mearns

KAPITEL 18

Die Jagd beginnt

1

Jonesy hatte keine Ahnung, wie spät es war, als das Dysart's-Schild grün schimmernd aus dem Schneegestöber auftauchte – die Uhr im Armaturenbrett des Dodge versagte den Dienst und zeigte immer nur blinkend 12.00 Uhr an –, aber jedenfalls war es noch dunkel und schneite immer noch heftig. Außerhalb Derrys verloren die Schneepflüge ihre Schlacht gegen diesen Sturm. Der gestohlene Dodge Ram war zwar, wie sich Jonesys Vater ausgedrückt hätte, »ein richtiges Packpferd«, war aber diesem Schneesturm ebenfalls nicht gewachsen. Er rutschte in dem immer tieferen Schnee immer häufiger weg und hatte zusehends Schwierigkeiten, sich durch die Schneewehen zu kämpfen. Jonesy wusste zwar nicht, wo Mr Gray hinwollte, glaubte aber nicht, dass er dort ankommen würde. Nicht in diesem Sturm und nicht mit diesem Wagen.

Das Radio funktionierte, wenn auch nicht sehr gut; was sie hereinbekamen, war schwach und verrauscht. Er bekam keine Zeitansagen mit, schnappte aber einen Wetterbericht auf. Südlich von Portland regnete es, statt zu schneien, aber für das Gebiet zwischen Augusta und Brunswick sagten sie eine tückische Kombination aus Schneematsch und überfrierendem Regen voraus. In den meisten Gemeinden sei der Strom ausgefallen, hieß es, und man komme ohne Schneeketten nicht weit.

Das hörte Jonesy gern.

2

Als Mr Gray das Lenkrad einschlug, um die Rampe vor dem verlockenden grünen Schild hochzufahren, stellte sich der Dodge-Pick-up quer und wirbelte dabei mächtige Schneewolken auf. Jonesy wusste, dass er wahrscheinlich von der Ausfahrt in den Straßengraben gerutscht wäre, hätte er am Steuer gesessen, aber dem war ja nicht so. Und obwohl er nicht mehr immun gegen Jonesys Gefühle war, war Mr Gray doch in Stress-Situationen weit weniger anfällig für Panik. Statt blindlings gegen das Ausbrechen anzusteuern, ließ Mr Gray es geschehen und hielt das Lenkrad ruhig, bis sich der Wagen wieder fing, und lenkte ihn dann zurück auf die richtige Spur. Der Hund, der vor dem Beifahrersitz schlief, wachte dabei nicht auf, und Jonesys Puls beschleunigte sich kaum. Hätte er am Steuer gesessen, das wusste Jonesy, dann hätte sein Herz wie wild gepocht. Aber er hätte den Wagen bei solchem Wetter ja auch ohnehin höchstens noch in die Garage gefahren.

Mr Gray gehorchte dem Stopp-Schild oben an der Rampe, obwohl die Route 9 in beide Richtungen eine menschenleere Schneewüste war. Gegenüber erstreckte sich ein riesiger Parkplatz, der von Natrium-Laternen strahlend hell erleuchtet wurde. In diesem Licht ähnelte das Schneegestöber dem eisigen Atem eines riesenhaften, unsichtbaren Monsters. An einem normalen Abend, das wusste Jonesy, hätte der Parkplatz voller Sattelschlepper mit grollendem Dieselmotor gestanden und hätten die Fahrerkabinen der Kenworths und Macks und Jimmy-Petes schummmrig gelb und grün geleuchtet. Heute Nacht aber war der Parkplatz größtenteils leer, bis auf einen Bereich mit der Aufschrift LANGZEITPARKPLATZ, AUFENTHALT NUR MIT PARKSCHEIN. Dort stand, in Schneewehen gehüllt, ein knappes Dutzend Sattelzüge. Die Fahrer aßen im Hauptgebäude, flipperten, schauten Pornos in der Truckers' Lounge oder versuchten in dem tristen Schlafsaal nach hinten hinaus, in dem man für zehn Dollar ein frisch gemachtes Feldbett für die Nacht und den malerischen Blick auf eine Ytongwand bekam, ein Auge zuzukriegen. Und alle stellten sie sich bestimmt diese beiden Fragen: *Wann kann ich wieder los?* Und: *Was wird mich das kosten?*

Mr Gray trat aufs Gas, und obwohl er das so behutsam tat, wie es in Jonesys Akte über das Autofahren im Winter vorgegeben war, drehten alle vier Reifen des Pick-up durch und rutschte der Wagen seitlich weg und fuhr sich fest.

Weiter so!, jubelte Jonesy von seinem Platz am Bürofenster aus. *Los, fahr dich fest! Lass ihn sich bis unters Bodenblech im Schnee eingraben! Denn wenn du dich mit* Allradantrieb *erst mal festgefahren hast, dann hast du dich* so richtig *festgefahren!*

Dann griffen die Reifen doch – zuerst die vorderen, die durch das Gewicht des Motors eine bessere Bodenhaftung hatten, dann auch die hinteren. Der Dodge Ram zockelte über die Route 9 auf das Schild EINFAHRT zu. Dahinter stand dann: HERZLICH WILLKOMMEN BEIM BESTEN TRUCK STOP VON GANZ NEUENGLAND. Dann tauchte im Licht der Scheinwerfer dahinter noch ein drittes Schild auf, eingeschneit, aber lesbar: WAS SOLL'S: HERZLICH WILLKOMMEN BEIM BESTEN TRUCK STOP DER WELT.

Ist das der beste Truck Stop der Welt?, fragte Mr Gray.

Aber sicher doch, sagte Jonesy. Und dann – er konnte nicht an sich halten – brach er in Gelächter aus.

Was soll das? Was machst du da für ein Geräusch?

Jonesy bemerkte etwas Erstaunliches, das ebenso anrührend wie erschreckend war: Mr Gray lächelte mit Jonesys Mund. Nur ein kleines bisschen, aber es war ein Lächeln. *Er weiß nicht, was Lachen ist,* dachte Jonesy. Er hatte ja auch nicht gewusst, was Wut war, hatte sich aber als äußerst gelehrig erwiesen; was Wutanfälle anging, konnte er nun mit den größten Cholerikern mithalten.

Ich fand es lustig, was du gesagt hast.

Was ist denn lustig?

Jonesy wusste nicht, wie er diese Frage beantworten sollte. Er wollte Mr Gray die gesamte Bandbreite menschlicher Gefühle vermitteln, da er vermutete, dass seine einzige Überlebenschance letztlich darin bestand, seinen Entführer zu humanisieren – nur dann konnte er überhaupt Mitleid mit den Menschen haben. Aber wie sollte man einer Ansammlung von Sporen aus einer anderen Welt erklären, was lustig war? Und was war denn überhaupt lustig daran, dass sich Dysart's zur weltbesten Raststätte für Brummifahrer ausrief?

Jetzt kamen sie zu einem weiteren Schild, auf dem Pfeile nach links und rechts wiesen. GROSSE stand unter dem Pfeil nach links. Und KLEINE stand unter dem nach rechts.

Was sind wir?, fragte Mr Gray und hielt vor dem Schild.

Jonesy hätte ihn auch einfach auf diese Information zugreifen lassen können, aber was hätte das genutzt? *Wir sind ein Kleiner,* sagte er, und Mr Gray bog mit dem Dodge Ram nach rechts ab. Die Reifen drehten kurz durch, und der Wagen ruckelte. Lad hob den Kopf, ließ einen weiteren lang gedehnten und wohlriechenden Furz fahren und jaulte dann. Sein Unterleib war angeschwollen und aufgebläht; man hätte ihn auch für eine hochschwangere Hündin halten können, die kurz davor stand, mit einem ansehnlichen Wurf niederzukommen.

Auf dem Parkplatz für die Kleinen standen gut zwei Dutzend PKW und Pick-ups, und die am tiefsten unter Schnee begrabenen gehörten den Notfall-Mechanikern (es waren immer ein oder zwei im Dienst), den Kellnerinnen und Köchen. Das am wenigsten eingeschneite Fahrzeug, das stach Jonesy förmlich ins Auge, war ein taubenblauer Streifenwagen der Polizei von Maine, dessen Blaulichter unter einer Schneeschicht verborgen waren. Es würde Mr Gray einen Strich durch die Rechnung machen, würde er hier festgenommen; aber andererseits war Jonesy bereits am Tatort dreier Morde gewesen, wenn man die Fahrerkabine des Pick-ups mitzählte. An den ersten beiden Tatorten hatte es sicherlich keine Zeugen gegeben und waren vielleicht auch keine Fingerabdrücke von Gary Jones zurückgeblieben. Aber hier? Klar. Jede Menge. Er sah sich selbst in irgendeinem Gerichtssaal stehen und sagen: *Aber es war doch der Außerirdische in mir, der diese Morde begangen hat. Mr Gray ist der Mörder.* Noch so ein Scherz, den Mr Gray nicht verstanden hätte.

Und dieser werte Freund hatte auch schon wieder herumgeschnüffelt. *Dry Farts,* sagte er. *Wieso nennst du diesen Ort Dry Farts, wenn auf dem Schild doch Dysart's steht?*

So hat Lamar immer dazu gesagt, erwiderte Jonesy und erinnerte sich an orgiastische Frühstücke dort, normalerweise auf der Hin- oder Rückreise ihrer Jagdausflüge. Also entsprach das ja hier ganz der Tradition, nicht wahr? *Mein Dad hat es auch immer so genannt.*

Und was ist daran lustig?

Dry Farts: trockene Fürze. Na ja, es ist mäßig lustig, würde ich sagen. Das ist ein Wortspiel, das auf dem Gleichklang der Wörter beruht. Und Wortspiele sind die niederste Form des Humors.

Mr Gray parkte in der Reihe, die der beleuchteten Insel des Restaurants am nächsten war, dabei weitab von dem Streifenwagen. Jonesy hatte keine Ahnung, ob Mr Gray wusste, was die Blaulichter auf dem Dach des Wagens zu bedeuten hatten. Er schaltete den Scheinwerfer des Dodge ab, griff dann zum Zündschlüssel, hielt inne und stieß mehrere bellende Lachlaute aus: »Ha! Ha! Ha! Ha!«

Wie fühlt sich das an?, fragte Jonesy mehr als nur ein wenig neugierig. Auch ein wenig ängstlich.

»Nach gar nichts«, sagte Mr Gray ganz ruhig und stellte den Motor ab. Aber als er dann dort in der Dunkelheit saß und der Wind um die Fahrerkabine des Pick-ups heulte, tat er es wieder, und diesmal klang es schon ein wenig überzeugender: »Ha! Ha, ha, ha!« Jonesy lief es in seiner Bürozuflucht kalt den Rücken hinunter. Es war ein schauriges Geräusch, als würde ein Geist versuchen, sich daran zu erinnern, wie es war, ein Mensch zu sein.

Lad gefiel es auch nicht. Er jaulte wieder und schaute ängstlich zu dem Mann am Steuer des Wagens seines Herrchens hoch.

3

Owen rüttelte Henry wach, und Henry reagierte nur widerwillig. Ihm kam es vor, als wäre er erst Sekunden zuvor eingeschlafen. Seine Gliedmaßen fühlten sich an wie einbetoniert.

»Henry.«

»Ja.« Sein linkes Bein juckte. Der Mund juckte noch schlimmer; der gottverdammte Byrus wuchs ihm jetzt auch auf den Lippen. Er rieb ihn mit dem Zeigefinger ab und war erstaunt, wie leicht er sich löste. Wie eine Kruste.

»Hör zu. Und schau. Kannst du was sehen?«

Henry schaute hinaus auf die Straße, die jetzt dunkel und geisterhaft verschneit dalag – Owen hatte mit dem Schneemobil am Straßenrand gehalten und die Scheinwerfer abgeschaltet. Etwas weiter voraus hörte er in Gedanken Stimmen in der Dunkelheit. Es hörte sich an, als würden da Leute um ein Lagerfeuer sitzen. Henry ging in Gedanken zu ihnen. Sie waren zu viert, junge Männer ohne höheren Dienstgrad bei der ... der ...

»Der Blue Group«, flüsterte Owen. »Diesmal sind wir die Blue Group.«

Vier junge Männer ohne höheren Dienstgrad bei der Blue Group, die sich Mühe gaben, keine Angst zu zeigen und tapfer zu sein ... Stimmen in der Dunkelheit ... wie von Leuten, die um ein Lagerfeuer saßen ...

Bei dessen Licht, das musste Henry feststellen, er nur schlecht sehen konnte: Da war natürlich der Schnee, und ein paar gelb blinkende Lichter beleuchteten eine zugeschneite Highway-Auffahrt. Im Licht eines Instrumentenbretts war auch der Deckel eines Pizzakartons zu erkennen. Er diente als Tablett. Darauf lagen Cracker, ein paar Stück Käse und ein Schweizer Offiziersmesser. Das Messer gehörte einem gewissen Smitty, und sie schnitten sich damit alle Käse ab. Je länger Henry hinschaute, desto besser sah er. Es war, als würden sich die Augen an die Dunkelheit gewöhnen, aber mehr als nur das: Was er da sah, hatte eine Schwindel erregende Tiefenschärfe, als bestünde die physische Welt nun nicht mehr aus drei Dimensionen, sondern aus vier oder fünf. Es war relativ einleuchtend, woher das kam: Er sah mit vier Paar Augen gleichzeitig. Sie hockten da beieinander in dem ...

Humvee, sagte Owen hocherfreut. *Das ist ein Humvee, Henry! Und der hat bestimmt auch Winterreifen und Schneeketten! Darauf wette ich!*

Die jungen Männer saßen da eng beieinander, das schon, aber doch auf vier verschiedenen Sitzen, und sie schauten mit vier unterschiedlichen Blickwinkeln in die Welt, und das mit vier Paar unterschiedlich guten Augen, von adleraugenscharf (Dana aus Maybrook, New York) bis so eben noch ausreichend. Doch irgendwie verarbeitete Henrys Gehirn das alles, genau wie es eine Bilderfolge auf einem Streifen Zelluloid in einen Film verwandelte. Doch das hier war nicht wie ein Film und auch nicht wie ein beeindruckendes 3D-Bild. Es war eine ganz neue Art des Sehens, die zu einem ganz neuen Denken führen konnte.

Wenn sich das ausbreitet, dachte Henry, ebenso entsetzt wie hellauf begeistert, *wenn sich das ausbreitet ...*

Owen knuffte ihn mit dem Ellenbogen in die Seite. »Heb dir diese philosophischen Überlegungen doch bitte für ein andermal auf«, sagte er. »Schau zur anderen Straßenseite.«

Das tat Henry, indem er seinen einmaligen Vierfach-Blick einsetzte, und zu spät merkte er, dass er mehr getan hatte als nur hinzuschauen; er hatte ihre Augäpfel bewegt, damit er zur anderen Seite des Highways blicken konnte. Wo er im Sturm weitere blinkende Lichter erblickte.

»Das ist hier ein Flaschenhals«, murmelte Owen. »Eine von Kurtz' Versicherungspolicen. Beide Auffahrten sind gesperrt. Man kommt nicht ohne Genehmigung auf den Highway. Ich will den Humvee, das ist bei so einem Schneesturm das ideale Fahrzeug, aber ich will nicht, dass die Typen gegenüber was mitbekommen. Kriegen wir das hin?«

Henry experimentierte wieder mit den Augen der Soldaten, bewegte sie. Er stellte fest, dass seine gottähnliche vier- oder fünfdimensionale Sicht verschwand, sobald sie nicht alle in dieselbe Richtung schauten, und ihm nur ein Schwindel erregender Wirrwarr blieb, mit dem seine Bildverarbeitung überfordert war. Aber er bewegte ihre Augen. Nur ein wenig, nur ihre Augäpfel, aber immerhin ...

Ich glaube, gemeinsam kriegen wir das hin, sagte Henry zu Owen. *Fahr näher ran. Und hör auf, laut zu sprechen. Komm in meinen Kopf. Schließ dich an.*

Mit einem Mal war es in Henrys Kopf voller. Er sah wieder deutlicher, aber nicht mit so viel Tiefenschärfe. Nur zwei Paar Augen statt vier: Owens und seine.

Owen legte bei dem Schneemobil den ersten Gang ein und kroch mit abgeschalteten Lichtern voran. Das leise Grummeln des Motors verlor sich im steten Kreischen des Windes, und als sie dem Humvee näher kamen, spürte Henry, wie er die Gehirne der Männer vor ihnen besser in den Griff bekam.

Heiliger Strohsack, sagte Owen und lachte keuchend auf.
Was? Was ist?

Du, Mann. Das ist ja, als würde man auf einem fliegenden Teppich sitzen. Herrgott, ist das stark bei dir.

Wenn du das schon stark findest, dann warte mal ab, bis du Jonesy kennen lernst.

Owen hielt mit dem Schneemobil unterhalb der Kuppe eines kleinen Hügels. Dahinter war der Highway. Und Bernie, Dana, Tommy und Smitty, die oben an der Auffahrt zur nach Süden führenden Spur in ihrem Humvee saßen und von ihrem improvisierten Tablett Cracker und Käse aßen. Owen und er waren hier relativ sicher. Die vier jungen Männer in dem großen Militärjeep waren frei von Byrus und hatten keine Ahnung, dass sie ausspioniert wurden.

Bist du so weit?, fragte Henry.

Ich glaube schon. Die andere Person in Henrys Kopf, die so kühl wie ein Eiswürfel geblieben war, als Kurtz und seine Männer auf sie geschossen hatten, war jetzt nervös. *Geh du voran, Henry. Ich bin bei diesem Einsatz nur die Luftunterstützung.*

Dann mal los.

Was Henry dann tat, tat er instinktiv: Er schloss die vier

Männer im Humvee nicht mit Bildern von Tod und Zerstörung zusammen, sondern indem er Kurtz verkörperte. Um das tun zu können, schöpfte er sowohl aus Owen Underhills Kräften – die zu diesem Zeitpunkt viel größer waren als seine eigenen – als auch aus Owen Underhills langjähriger, bester Kenntnis seines Vorgesetzten. Dieses Zusammenschließen verschaffte ihm ungeheure Befriedigung. Und Erleichterung. Ihre Augen fernzusteuern war eines; sie aber gänzlich fernzusteuern war etwas vollkommen anderes. Und sie waren frei von Byrus. Das hätte sie immun dagegen machen können. Hatte es aber Gott sei Dank nicht.

Da ist ein Schneemobil auf der anderen Seite des Hügels, Burschen, sagte Kurtz. *Das sollt ihr zurück zur Basis bringen. Auf der Stelle, wenn's recht ist – keine Fragen, keine Kommentare, einfach nur machen. Es ist zwar ein bisschen enger da drin als hier, aber ich glaube, ihr passt da alle rein. Gelobt sei der Herr. So, und jetzt macht mal Tempo. Gott steh euch bei.*

Henry sah sie mit ruhiger, ausdrucksloser Miene aussteigen. Er wollte auch aussteigen, da sah er, dass Owen immer noch mit weit aufgerissenen Augen am Steuer des Schneemobils saß. Seine Lippen formten die Worte, an die er dachte: *Macht mal Tempo. Gott steh euch bei.*

Owen! Komm!

Owen sah sich erschreckt um, nickte dann und schob die Plane beiseite, um auszusteigen.

4

Henry stolperte, fiel auf die Knie, erhob sich wieder und schaute müde hinaus in die Dunkelheit. Es war nicht weit, ganz gewiss nicht, aber er glaubte nicht, dass er noch einmal zehn Meter durch Schneewehen stapfen konnte, von hundertfünfzig Metern ganz zu schweigen. *Doch nichts hielt auf den Eiermann*, dachte er, und dann: *Ich hab's getan. Das erklärt alles. Natürlich. Ich habe mich ausge-*

knipst, und jetzt bin ich in der Hölle. Der Eiermann ist in der H–

Owen legte einen Arm um ihn ... aber da kam mehr als nur ein Arm. Er speiste Henry seine Kraft ein.

Danke –

Du kannst mir später danken. Und auch später schlafen. Jetzt musst du am Ball bleiben.

Hier gab es keinen Ball. Hier gab es nur Bernie, Dana, Tommy und Smitty, die durch den Schnee stapften, eine Reihe schweigender Nachtwandler in Overalls und Kapuzenparkas. Sie trotteten auf der Swanny Pond Road nach Osten auf das Schneemobil zu, während sich Owen und Henry in westlicher Richtung zu dem verlassenen Militärjeep vorarbeiteten. Als Henry klar wurde, dass sie die Cracker und den Käse dagelassen hatten, knurrte ihm der Magen.

Dann sahen sie den Humvee genau voraus. Sie würden darin wegfahren, zunächst ohne die Scheinwerfer einzuschalten, langsam und ganz leise an den gelben Blinklichtern unten an der Auffahrt vorbei, und wenn sie Glück hatten, würden die Typen, die an der Auffahrt nach Norden Wache schoben, nichts mitbekommen.

Wenn sie uns sehen, können wir dann bewirken, dass sie es vergessen?, fragte Owen. *Könnten wir – tja, ich weiß nicht – bei ihnen für Amnesie sorgen?*

Henry wurde klar, dass sie das wahrscheinlich konnten.

Owen?

Was?

Wenn sich das ausbreiten würde, würde sich alles ändern. Alles.

Eine Pause, während der Owen darüber nachdachte. Henry meinte nicht das Herrschaftswissen, von dem Kurtz' Bosse am oberen Ende der Nahrungskette lebten; er meinte Fähigkeiten, die anscheinend doch über ein bisschen Gedankenlesen hinausgingen.

Ich weiß, erwiderte er schließlich. *Ich weiß.*

5

Sie fuhren mit dem Humvee in südlicher Richtung davon, dem Sturm entgegen. Henry Devlin stopfte immer noch Cracker und Käse in sich hinein, als in seinem überstimulierten Hirn vor Erschöpfung die Lichter ausgingen.

Er schlief, mit Krümeln auf den Lippen, ein.

Und träumte von Josie Rinkenhauer.

6

Eine halbe Stunde nachdem er Feuer gefangen hatte, war der Kuhstall des alten Reggie Gosselin nur noch ein matt blinzelndes Drachenauge in der Sturmnacht, in einer schwarzen Augenhöhle aus geschmolzenem Schnee. Aus dem Wald östlich der Swanny Pond Road erklang das *Pop-pop-pop* von Gewehrfeuer; schweres Feuer zunächst, und dann wurde es unregelmäßiger und leiser, während die Imperial Valleys (jetzt von Kate Gallagher befehligt) die entflohenen Internierten verfolgten. Dabei ging es zu wie in einer Schießbude, und nicht viele Schießbudenfiguren würden davonkommen. Genug vielleicht, um davon zu berichten, genug, um sie alle zu verpfeifen, aber darüber konnte man sich ein andermal den Kopf zerbrechen.

Währenddessen – und während der Verräter Owen Underhill einen immer größeren Vorsprung aufbaute – standen Kurtz und Freddy Johnson im Kommandoposten (nur dass er Freddy jetzt wieder wie ein ganz normaler Winnebago vorkam; dieses Gefühl von Macht und Bedeutsamkeit war verschwunden) und warfen Spielkarten in eine Mütze.

Nicht mehr im Mindesten telepathisch begabt, aber zu den Männern, die unter seinem Kommando standen, so einfühlsam wie eh und je – dass er nun nur noch einen einzigen Soldaten befehligte, spielte dabei wirklich keine Rolle –, schaute Kurtz Freddy an und sagte: »Eile mit Weile, Bursche – ein altes Sprichwort, das immer noch stimmt.«

»Ja, Boss«, sagte Freddy, nicht sonderlich begeistert.

Kurtz warf die Pik Zwei. Sie flatterte durch die Luft und landete in der Mütze. Kurtz jauchzte wie ein Kind und machte sich bereit, wieder zu werfen. Da klopfte jemand an die Tür des Winnebago. Freddy drehte sich um und wollte aufmachen, aber Kurtz warf ihm einen bösen Blick zu. Freddy wandte sich wieder um und sah zu, wie Kurtz noch eine Karte warf. Sie kam gut vom Start weg, flog dann aber zu weit und landete auf dem Schirm der Mütze. Kurtz grummelte etwas und machte dann eine Kopfbewegung in Richtung Tür. Freddy ging aufmachen, ein stilles Dankgebet auf den Lippen.

Auf dem Treppenabsatz stand Jocelyn McAvoy, eine der beiden Frauen bei Imperial Valley. Sie sprach mit einem weichen, dörflichen Tennessee-Akzent, und ihre Gesichtszüge unter dem knabenhaft kurzen blonden Haar waren hart wie Stein. Sie hielt ein MG israelischer Bauart, das ganz sicherlich nicht dem Arsenal der amerikanischen Streitkräfte entstammte. Freddy fragte sich, wo sie das herhatte, und beschloss dann, dass es keine Rolle mehr spielte. Im Laufe der vergangenen Stunde hatten viele Dinge aufgehört, eine Rolle zu spielen.

»Joss«, sagte Freddy. »Wie geht's denn immer so?«

»Ich bringe, wie befohlen, zwei Ripley-Positive.« Weiterer Schusslärm aus dem Wald, und Freddy sah, wie die Frau kurz in diese Richtung schaute. Sie wollte zurück auf die andere Straßenseite, wollte ihre Quote erfüllen, ehe das Spiel vorbei war. Freddy konnte das bestens nachfühlen.

»Schicken Sie sie rein, Mädel«, sagte Kurtz. Er stand immer noch vor der Mütze am Boden (auf dem sich hier und da noch Blutspuren des dritten Kochs Melrose fanden) und hielt immer noch das Kartenspiel in der Hand, aber jetzt strahlten seine Augen, und er schaute interessiert. »Sehn wir doch mal, wen Sie da gefunden haben.«

Jocelyn machte eine Geste mit ihrem Gewehr. Unten an der Eingangstreppe knurrte eine Männerstimme: »Rauf da. Zack, zack!«

Der erste Mann, der an Jocelyn vorbei hereinkam, war groß und kohlrabenschwarz. Er hatte eine Schnittwunde auf der Wange und eine am Hals. Aus beiden Wunden wucherte Ripley. Er wuchs auch in seinen Stirnfalten. Freddy kannte ihn vom Sehen, wusste aber seinen Namen nicht. Der Alte kannte sie natürlich beide. Freddy nahm an, dass er sich an die Namen aller Männer erinnerte, die er einmal befehligt hatte, an die der Lebenden und der Toten.

»Cambry!«, sagte Kurtz, und jetzt strahlten seine Augen erst recht. Er legte die Spielkarten in die Mütze, ging auf Cambry zu, schien ihm eben die Hand schütteln zu wollen, überlegte es sich dann anders und salutierte stattdessen. Gene Cambry erwiderte den Gruß nicht. Er wirkte missmutig und verwirrt. »Willkommen bei der Amerikanischen Liga für Gerechtigkeit.«

»Ich hab ihn im Wald dabei erwischt, wie er mit den Internierten, die er bewachen sollte, weggelaufen ist«, sagte Jocelyn McAvoy. Ihr Gesicht war ausdruckslos; nur ihre Stimme klang verächtlich.

»Warum auch nicht?«, sagte Cambry. Er sah Kurtz an. »Sie wollten mich doch sowieso umbringen. Uns alle. Und machen Sie sich nicht die Mühe, mich anzulügen. Ich kann Ihre Gedanken lesen.«

Das brachte Kurtz nicht im Mindesten aus der Fassung. Er rieb sich die Hände und lächelte Cambry freundlich an. »Wenn Sie sich bewähren, *denke* ich ja vielleicht *um*, Bursche. Herzen sind dazu da, gebrochen zu werden, und der Kopf ist rund, damit die Gedanken die Richtung ändern können, und dafür sei der Herr noch mal ausdrücklich gelobt. Wen haben Sie da noch für mich, Jossie?«

Als er den zweiten Mann sah, war Freddy verblüfft. Und erfreut. Seiner bescheidenen Meinung nach hätte sich der Ripley niemand Besseren aussuchen können. Den Blödmann konnte sowieso keiner ausstehen.

»Sir ... Boss ... Ich weiß nicht, was ich hier soll ... Ich habe die Entflohenen verfolgt, und diese ... diese ... es tut mir Leid, aber ich muss es sagen: diese übereifrige *dumme Ziege* hat mich aus dem Einsatzgebiet abgezogen und ...«

»Er ist mit ihnen geflohen«, sagte McAvoy in gelangweiltem Ton. »Und er steckt voller Ripley.«

»Das ist eine Lüge!«, sagte der Mann, der da an der Tür stand. »Das ist absolut gelogen! Ich bin vollkommen clean! Einhundert Prozent –«

McAvoy nahm ihrem zweiten Gefangenen die Schirmmütze ab. Das ansonsten schüttere blonde Haar des Mannes wirkte nun viel voller und sah aus, als wäre es rot gefärbt.

»Ich kann das erklären, Sir«, sagte Archie Perlmutter, und noch beim Sprechen wurde seine Stimme leiser. »Da gibt es ... Verstehn Sie ...« Dann verstummte er.

Kurtz strahlte ihn an, aber er hatte wieder seine Filtermaske aufgesetzt – das hatten sie alle –, und das verlieh seinem beruhigenden Lächeln etwas Unheimliches, wirkte wie der Gesichtsausdruck eines Kinderschänders, der einen kleinen Jungen auf ein Stück Kuchen einlädt.

»Es wird alles gut, Pearly«, sagte Kurtz. »Wir unternehmen nur eine kleine Spritztour, weiter nichts. Es gibt da jemanden, den wir finden müssen, jemanden, den Sie kennen –«

»Owen Underhill«, flüsterte Perlmutter.

»Genau, Bursche«, sagte Kurtz. Er wandte sich an McAvoy. »Bringen Sie diesem Soldaten sein Klemmbrett, McAvoy. Es geht ihm bestimmt schon viel besser, wenn er sein Klemmbrett hat. Dann können Sie mit der Jagd weitermachen. Darauf brennen Sie doch bestimmt.«

»Jawohl, Boss.«

»Aber erst schaun Sie sich noch das hier an. Ein kleiner Trick, den ich damals in Kansas gelernt habe.«

Kurtz nahm das Kartenspiel und warf es in die Luft. In dem böigen Sturmwind, der zur Tür hereinkam, flogen die Karten wild durcheinander. Nur eine landete richtig herum in der Mütze: das Pik Ass.

7

Mr Gray hielt die Speisekarte und betrachtete interessiert und fast vollkommen verständnislos die Liste der Gerichte: Fleischkäse, Rote Bete in Scheiben, Brathähnchen, Schokoladencremetorte ... Jonesy wurde klar, dass Mr Gray nicht nur nicht wusste, wie Essen schmeckte; er wusste nicht einmal, was Geschmack überhaupt war. Wie sollte er auch? Im Grunde war er nichts weiter als ein Pilz mit einem verhältnismäßig hohen IQ.

Nun kam eine Kellnerin, die sich unter einem immensen Hochplateau aus festgesprühtem blondem Haar fortbewegte. Auf dem Schildchen an ihrem nicht unbeträchtlichen Busen stand: WILLKOMMEN BEI DYSART'S, ICH BIN IHRE KELLNERIN, DARLENE.

»Hallo, Schätzchen, was darf ich Ihnen bringen?«
»Ich hätte gerne Rührei mit Bacon. Den Bacon bitte kross.«
»Toast dazu?«
»Wie wäre es mit Kannpfuchen?«
Sie runzelte die Augenbrauen und sah ihn über ihren Notizblock hinweg an. Hinter ihr, am Tresen, aß der Polizist irgendein fettiges Sandwich und unterhielt sich mit dem Koch.
»Tschuldigung – Kuchenpfann, wollte ich sagen.«
Ihre Augenbrauen hoben sich weiter. Ganz vorn in ihren Gedanken blinkte eine Frage so deutlich sichtbar wie ein Neonschild in einem Kneipenfenster: Hatte der Typ wirklich Probleme mit der Aussprache, oder wollte er sich über sie lustig machen?
Und Jonesy, der an seinem Bürofenster stand und lächelte, gab nach.
»*Pfannkuchen*«, sagte Mr Gray.
»Mmh. Habe ich mir schon gedacht. Kaffee dazu?«
»Ja, bitte.«
Sie klappte ihren Block zu und marschierte von dannen. Augenblicklich war Mr Gray wieder an der verschlossenen Tür zu Jonesys Büro, und er war wieder fuchsteufelswild.
Wie konntest du das tun?, fragte er. *Wie konntest du das von da aus tun?* Dann ein böser Knall, als Mr Gray auf die Tür einschlug. Und er war mehr als nur wütend, das wurde Jonesy klar. Er hatte auch Angst. Denn wenn sich Jonesy einmischen konnte, war alles in Gefahr.

Ich weiß es nicht, sagte Jonesy, und das entsprach der Wahrheit. *Aber nimm's nicht so schwer. Lass dir dein Frühstück schmecken. Ich hab dich nur ein bisschen getriezt.*

Wieso? Immer noch wütend. Immer noch aus dem Brunnen von Jonesys Gefühlen schöpfend und es wider besseres Wissen genießend. *Wieso machst du so was?*

Bezeichnen wir es mal als kleine Rache für den Versuch, mich zu rösten, als ich in meinem Büro geschlafen habe, sagte Jonesy.

Da der Restaurantbereich der Raststätte so gut wie leer war, kam Darlene in null Komma nichts mit dem Essen. Jonesy überlegte, ob er probieren sollte, lange genug die Kontrolle über seinen Mund zu erlangen, um etwas Freches zu sagen (*Darf ich in Ihr Haar beißen, Darlene?*, fiel ihm auf Anhieb ein), ließ es dann aber bleiben.

Sie stellte seinen Teller ab, warf ihm einen skeptischen Blick zu und ließ ihn dann allein. Mr Gray, der mit Jonesys Augen den leuchtend gelben Eierhaufen und die dunklen Bacon-Streifen betrachtete (nicht nur kross, sondern, entsprechend der großartigen Tradition bei Dysart's, fast verschmurgelt), war ähnlich skeptisch gestimmt.

Nur zu, sagte Jonesy. Er beobachtete alles belustigt und neugierig von seinem Bürofenster aus. War es denkbar, dass die Eier und der Speck tödlich für Mr Gray waren? Wahrscheinlich nicht, aber wenigstens würde dem schweinischen Entführer so richtig schön kotzübel davon werden. *Nur zu, Mr Gray. Iss. Bon appétit.*

Mr Gray schlug in Jonesys Daten den korrekten Gebrauch des Bestecks nach, nahm dann mit den Spitzen der Gabelzinken eine winzige Spur Rührei auf und schob sie in Jonesys Mund.

Was dann geschah, war ebenso erstaunlich wie komisch. Mr Gray schlang sofort alles hinunter und hielt zwischendurch nur kurz inne, um die Pfannkuchen mit künstlichem Ahornsirup zu übergießen. Es schmeckte ihm köstlich, vor allem der Bacon.

Fleisch!, hörte Jonesy ihn frohlocken – es klang so ähnlich wie eine Monsterstimme aus einem dieser lächerlichen alten Gruselfilme aus den Dreißigern. *Fleisch! Fleisch! Das ist der Geschmack von Fleisch!*

Schon komisch ... aber so komisch dann auch wieder nicht. Eher grauenerregend. Der Ruf eines frisch geborenen Vampirs.

Mr Gray schaute sich um, dass auch niemand zusah (der recht stämmige Polizist widmete sich nun einem großen Stück Kirschkuchen), hob dann den Teller und leckte mit Jonesys Zunge das Fett ab. Dann leckte er sich auch noch den klebrigen Sirup von den Fingerspitzen.

Darlene kam wieder, schenkte Kaffee nach und sah die leeren und sauberen Teller. »Na, da können wir uns das Spülen ja fast sparen«, sagte sie. »Möchten Sie noch etwas?«

»Mehr Bacon«, sagte Mr Gray. Er schaute in Jonesys Daten die korrekte Redeweise nach und fügte dann hinzu: »Eine doppelte Portion.«

Mögest du daran ersticken, dachte Jonesy, längst nicht mehr so hoffnungsfroh.

»Dann will ich den Ofen mal schüren«, sagte Darlene, eine Bemerkung, die Mr Gray nicht verstand und auch nicht extra in Jonesys Akten nachschlug. Er gab zwei Tütchen Zucker in seinen Kaffee, schaute sich dann wieder um, dass auch niemand zusah, und schüttete sich den Inhalt einer dritten in den Rachen. Jonesys Augen schlossen sich schwelgerisch halb für ein paar Sekunden, während sich Mr Gray dem Glück der Süße hingab.

Das kannst du haben, sooft du willst, sagte Jonesy durch die Tür. Jetzt glaubte er zu wissen, wie sich der Teufel gefühlt hatte, als er Jesus hoch hinaufgeführt und ihn versucht hatte, indem er ihm die Reiche der Welt gezeigt hatte. Nicht gut; und auch nicht richtig schlecht; er tat nur seine Arbeit und verkaufte eben sein Produkt.

Außer dass ... na, so was aber auch. Es fühlte sich *durchaus* gut an, denn er merkte, dass er zu ihm durchdrang. Er brachte ihn nicht unbedingt so richtig in Versuchung, setzte ihm aber durchaus zu. Löste ein sehnsüchtiges Prickeln bei ihm aus.

Gib es auf, beschwatzte ihn Jonesy. *Werde ein Mensch. Dann kannst du für den Rest deines Lebens meine Sinne ausprobieren. Sie sind noch ziemlich scharf; ich bin noch keine vierzig.*

Keine Antwort von Mr Gray. Er schaute sich um, sah, dass niemand guckte, goss sich künstlichen Ahornsirup in den Kaffee, schlürfte ihn und sah sich dann schon nach seinem Bacon-Nachschlag um. Jonesy seufzte. Es kam ihm vor, als wäre er mit einem strenggläubigen Moslem unterwegs, den es im Urlaub irgendwie nach Las Vegas verschlagen hatte.

Am anderen Ende des Restaurants war ein Durchgang. Auf einem Schild darüber stand: TRUCKERS' LOUNGE & DUSCHEN. In dem kurzen Flur dahinter hingen etliche Telefone, vor denen mehrere Fernfahrer standen und jetzt bestimmt ihren Frauen und Chefs erklärten, dass sie nicht pünktlich kämen, dass sie in Maine von einem überraschenden Sturm aufgehalten würden, dass sie im Dysart's Truck Stop (*unter Kennern auch Dry Farts genannt,* dachte Jonesy) südlich von Derry seien und dort wahrscheinlich mindestens noch bis morgen Mittag bleiben müssten.

Jonesy wandte sich von seinem Bürofenster mit dem Blick in die Raststätte zu seinem Schreibtisch, der nun mit seinem gewohnten Kram überhäuft war. Da war sein Telefon, das blaue Trimline. Wäre es möglich, Henry damit anzurufen? War Henry überhaupt noch am Leben? Jonesy glaubte schon. Er dachte, wenn Henry gestorben wäre, hätte er es in diesem Moment gespürt – vielleicht wäre es im Zimmer dunkler geworden. *Elvis hat das Gebäude verlassen,* hatte Biber oft gesagt, wenn er einen ihm bekannten Namen unter den Nachrufen erblickt hatte. *So eine gekörnte Scheiße.* Jonesy glaubte nicht, dass Henry schon das Gebäude verlassen hatte. Vielleicht plante Henry sogar noch eine Zugabe.

8

Mr Gray erstickte nicht an seinem zweiten Teller Bacon, aber als sich sein Unterbauch plötzlich zusammenkrampfte, brüllte er entsetzt auf. *Du hast mich vergiftet!*

Ganz ruhig, sagte Jonesy. *Du musst nur ein wenig Platz schaffen, mein Freund.*

Platz? Wie meinst–

Er verstummte, als ein weiterer Krampf seine Eingeweide packte.

Damit meine ich, dass wir jetzt besser mal ganz schnell für kleine Jungs gehen, sagte Jonesy. *Meine Güte, habt ihr denn bei den ganzen Entführungen in den Sechzigern gar nichts über den menschlichen Körper gelernt?*

Darlene hatte die Rechnung liegen lassen, und Mr Gray hob sie auf.

Lass ihr fünfzehn Prozent auf dem Tisch liegen, sagte Jonesy. *Das ist das Trinkgeld.*

Wie viel ist fünfzehn Prozent?

Jonesy seufzte. Und das waren die Herren des Universums, die uns das Kino zu fürchten gelehrt hatte? Gnadenlose raumfahrende Eroberer, die nicht mal wussten, wie man kacken ging oder ein Trinkgeld kalkulierte?

Wieder ein Krampf, dazu ein verhältnismäßig leiser Furz. Er roch, aber nicht nach Äther. *Man muss sich auch über kleine Dinge freuen können,* dachte Jonesy. Dann, an Mr Gray gerichtet: *Zeig mir die Rechnung.*

Jonesy betrachtete durch sein Bürofenster den grünen Zettel.

Lass einen Dollar fünfzig liegen. Und als Mr Gray skeptisch wirkte: *Das ist nur ein guter Rat von mir, mein Freund. Wenn du ihr mehr gibst, bleibst du ihr als spendabelster Gast des Abends in Erinnerung. Und wenn du ihr weniger gibst, bleibst du ihr als Geizkragen in Erinnerung.*

Er spürte, wie Mr Gray in Jonesys Daten die Bedeutung des Wortes »Geizkragen« nachschlug. Dann ließ er, ohne weiteren Kommentar, einen Dollarschein und zwei Vierteldollarmünzen auf dem Tisch liegen. Da das nun erledigt war, brach er zur Kasse auf, die sich auf dem Weg zur Herrentoilette befand.

Der Polizist verdrückte immer noch seinen Kuchen – er aß verdächtig langsam, fand Jonesy –, und als sie an ihm vorbeikamen, spürte Jonesy, wie sich Mr Gray als Wesen (als immer menschlicheres Wesen) auflöste und ausströmte, um dem Polizisten in den Kopf zu spähen. Da draußen war jetzt nur noch die rotschwarze Wolke, die Jonesys diverse Lebenserhaltungssysteme steuerte.

Blitzschnell griff Jonesy zum Telefon auf seinem Schreibtisch. Für einen Moment wusste er nicht weiter.

Wähl einfach 1800 HENRY, dachte er.

Einen Moment lang hörte er nichts ... und dann fing es an irgendeinem anderen Ende an zu läuten.

9

»Petes Idee«, murmelte Henry.

Owen, der am Steuer des Hummer-Jeeps (er war monströs groß, und er war laut, aber er hatte extrabreite Winterreifen und war so sturmfest wie die Queen Elizabeth II) saß, schaute zu ihm hinüber. Henry schlief. Die Brille war ihm auf die Nasenspitze gerutscht. Seine Augenlider, nun fein mit Byrus übertupft, zuckten, als sich die Augäpfel darunter bewegten. Henry träumte. *Was träumt er wohl?,* fragte sich Owen. Vermutlich konnte er in die Gedanken seines neuen Partners spähen und es herausfinden, aber das erschien ihm pervers.

»Petes Idee«, sagte Henry wieder. »Pete hat sie gefunden.« Er seufzte, und es klang so erschöpft, dass er Owen Leid tat. Nein, beschloss er, er wollte nicht wissen, was in Henrys Kopf vor sich ging. Es war noch eine Stunde nach Derry, länger, wenn es weiter so stürmte. Es war besser, ihn schlafen zu lassen.

10

Hinter der Derry High School befindet sich der Football-Platz, auf dem Richie Grenadeau einst spielte, aber Richie liegt nun auch schon seit fünf Jahren in seinem Teenagerheldengrab, ein weiterer kleinstädtischer Autounfall-James-

Dean. Andere Helden sind erstanden, haben ihre Pässe geworfen, sind weitergezogen. Und es ist jetzt sowieso keine Football-Saison. Es ist Frühsommer, und auf dem Platz sieht es aus, als hätten sich dort Vögel versammelt, große rote Vögel mit schwarzem Kopf. Diese mutierten Krähen sitzen da lachend und schwatzend auf ihren Klappstühlen, aber Mr Trask, der Rektor, macht sich trotzdem ohne Schwierigkeiten verständlich; er steht am Podium einer behelfsmäßigen Bühne, und er hat das Mikrofon.

»Eins noch, ehe ihr gehen dürft!«, dröhnt er. *»Ich werde Ihnen nicht verbieten, zum Abschluss Ihre Doktorhüte hochzuwerfen, denn ich weiß aus jahrelanger Erfahrung, dass ich da genauso gut gegen die Wand anreden könnte –«*

Gelächter, Jubel, Applaus.

»– aber ich sage Ihnen: HEBEN SIE SIE AUF UND GEBEN SIE SIE AB, SONST WERDEN SIE IHNEN IN RECHNUNG GESTELLT!«

Einige wenige Buhrufe und verächtliches Schnauben, am lautesten von Biber Clarendon.

Mr Trask lässt noch ein letztes Mal den Blick über sie schweifen. *»Meine jungen Damen und Herren aus dem Schuljahrgang 1982, ich denke, ich spreche für den gesamten Lehrkörper, wenn ich sage, dass ich stolz auf Sie bin. Damit ist die Abschlussfeier beendet, und ...«*

Alles Weitere wird übertönt, Lautsprecheranlage hin oder her; die roten Krähen erheben sich stürmisch unter Nylongeflatter, und dann fliegen sie. Morgen Mittag werden sie wirklich fliegen; und obwohl es die drei Krähen, die da lachend und pograpschend auf dem Weg zum Parkplatz sind, wo Henry seinen Wagen abgestellt hat, nicht ahnen, wird die Kindheitsphase ihrer Freundschaft in wenigen Stunden vorüber sein. Ihnen ist das nicht bewusst, und das ist wahrscheinlich auch besser so.

Jonesy schnappt sich Henrys Doktorhut, knallt ihn auf seinen eigenen und stürmt zum Parkplatz los.

»Ey, du Arsch, gib den wieder!«, brüllt Henry und nimmt dann Biber den Hut weg. Biber gackert wie ein Huhn und läuft lachend hinter Henry her. So rennen die drei hinter der

Zuschauertribüne übers Gras, und die Roben flattern ihnen um die Jeans. Jonesy hat zwei Doktorhüte auf, deren Troddeln in entgegengesetzte Richtungen flattern, Henry trägt einen (der viel zu groß ist und ihm auf den Ohren hängt), und Biber ist barhäuptig, sein langes schwarzes Haar wallt, und der Zahnstocher ragt ihm aus dem Mund.

Jonesy schaut sich beim Laufen um, neckt Henry (»Komm doch, Mr Basketball, du läufst ja wie ein Mädchen!«) und rennt dabei fast Pete über den Haufen, der da am Nordeingang des Parkplatzes steht und die verglaste Anschlagtafel betrachtet. Pete, der erst das erste High-School-Jahr hinter sich hat, packt Jonesy, neigt ihn nach hinten wie ein Typ, der mit einer hübschen Tussi Tango tanzt, und küsst ihn auf den Mund. Jonesy fallen beide Doktorhüte vom Kopf, und er schreit verblüfft auf.

»Schwuchtel!«, schreit Jonesy und reibt sich wie wild den Mund ... fängt dann aber doch an zu lachen. Pete ist schon ein komischer Kauz – manchmal lebt er wochenlang still und genügsam vor sich hin wie Norman Normalo, und dann legt er plötzlich los und stellt irgendwas Verrücktes an. Meistens passiert das erst nach ein paar Bier, aber nicht so heute Nachmittag.

»Das wollte ich schon immer mal tun, Gariella«, sagt Pete betont schmalzig. »Jetzt weißt du, was ich wirklich für dich empfinde.«

»Du blöder Schwuli, wenn du mich mit Syph angesteckt hast, bring ich dich um!«

Henry kommt dazu, hebt seinen Doktorhut vom Rasen auf und knallt Jonesy damit eine. »Da sind Grasflecken drauf«, sagt Henry. »Wenn ich dafür bezahlen muss, kriegst du noch ganz andere Küsse, Gariella.«

»Versprich nichts, was du nicht halten kannst, du Spacko«, sagt Jonesy.

»Die hinreißende Gariella«, sagt Henry ganz feierlich.

Der Biber kommt angedampft, schnaufend, aber mit Zahnstocher im Mund. Er nimmt Jonesys Doktorhut, schaut hinein und sagt: »Da ist ein Wichsfleck drin. Kalte Bauern hab ich jede Menge auf meinem Laken; ich weiß, wie die aussehen.« Er holt tief Luft und grölt den davonziehenden Schulabgängern in ihren Roben in Derry-Rot zu: »*Gary Jones wichst in seinen Doktorhut! Hey, hört mal alle her! Gary Jones wichst* –«

Jonesy packt ihn und zerrt ihn zu Boden, und die beiden rollen in einem Knäuel aus rotem Nylon hin und her. Die Doktorhüte fliegen herum, und Henry hebt sie auf, damit sie nicht verknicken.

»Geh runter von mir!«, schreit Biber. »Du drückst mich platt! Heilige Filzlaus! Verdammt noch mal –«

»Eine Bekannte von Duddits«, sagt Pete. Er hat das Interesse an diesem Herumgealber verloren und ist sowieso nicht in der Hochstimmung wie die anderen (Pete ist vielleicht der Einzige von ihnen, der ahnt, dass ihnen große Veränderungen bevorstehen). Er schaut wieder auf den Anschlag. »Wir kennen sie auch. Das war die, die immer vor der Behindi-Akademie stand. ›Hi, Duddie‹, hat sie immer gesagt.« *Hi, Duddie* sagt Pete mit hoher, mädchenhafter Stimme und in einem Ton, der eher süß als verächtlich wirkt. Und obwohl Pete kein guter Stimmenimitator ist, weiß Henry sofort, wen er meint. Er erinnert sich an das Mädchen, das volles blondes Haar und große braune Augen und verschrammte Knie und eine weiße Plastikhandtasche hatte, in der sie immer ihr Lunch und ihre BarbieKen mit sich herumtrug. So nannte sie die beiden: BarbieKen, als wären sie eins.

Jonesy und Biber wissen auch, wessen Stimme Pete da imitiert, und auch das weiß Henry. Zwischen ihnen besteht dieses geistige Band; das ist jetzt schon seit Jahren so. Zwischen ihnen und Duddits. Jonesy und Biber können sich genauso wenig wie Henry an den Namen des kleinen blonden Mädchens erinnern – nur dass sich ihr Nachname unglaublich klobig anhörte. Und dass sie in den Dudster verknallt war und deshalb immer vor der Behindi-Akademie auf ihn gewartet hat.

Die drei stellen sich in ihren Roben um Pete herum und gucken auf das Anschlagbrett.

Wie immer ist es gerammelt voll – Nachrichten über Kuchenbasare und Autowaschdienste, über die Proben zu der Community-Players-Inszenierung des Musicals *The Fantastiks*, über Sommerseminare in Fenster, dem örtlichen Junior College, und dazu jede Menge handschriftliche Kleinanzeigen der Schülerinnen und Schüler: Kaufgesuche, Angebote, suche nach der Abschlussfeier Mitfahrgelegenheit nach Boston, suche noch Mitbewohner in Providence.

Und ganz oben in der Ecke das Foto eines lächelnden Mädchens mit Unmengen blondem Haar (jetzt eher kraus als voll) und großen, leicht verwirrt blickenden Augen. Sie ist kein kleines Mädchen mehr – es erstaunt Henry immer wieder, wie die Kinder, mit denen er aufgewachsen ist (er selbst eingeschlossen) verschwunden sind –, aber diese dunklen, verwirrt dreinschauenden Augen würde er immer wieder erkennen.

VERMISST, steht in Blockbuchstaben unter dem Foto. Und darunter, in etwas kleinerer Schrift: JOSETTE RINKENHAUER, ZULETZT GESEHEN AUF DEM SOFTBALL-PLATZ IM STRAWFORD PARK AM 7. JUNI 1982. Darunter steht weiterer Text, aber Henry macht sich nicht die Mühe, ihn zu lesen. Vielmehr muss er daran denken, wie eigenartig das in Derry mit vermissten Kindern ist – ganz anders als in anderen Städten. Es ist der achte Juni, und die kleine Rinkenhauer ist also erst seit einem Tag verschwunden, und trotzdem hängt dieser Anschlag schon ganz oben am schwarzen Brett (oder wurde dorthin verschoben), als wäre es eine Todesmeldung. Und das ist noch nicht alles. Heute Morgen stand nichts in der Zeitung – Henry weiß das, weil er sie gelesen hat. Na ja, überflogen, beim Schlürfen seiner Cornflakes. *Vielleicht war es irgendwo hinten im Lokalteil begraben*, denkt er und weiß sofort, dass das Schlüsselwort dabei »begraben« ist. Vieles in Derry ist begraben. Man redet beispielsweise nicht über verschwundene Kinder. Im Laufe der Jahre sind viele Kinder verschwunden – diese Jungs wissen das, und sie mussten an dem Tag, an dem sie Duddits Cavell kennen gelernt haben, sicherlich daran denken, aber niemand spricht groß darüber. Als wäre der Preis dafür, in einer so netten, ruhigen Stadt zu leben, dass gelegentlich ein

Kind verschwindet. Bei diesem Gedanken verspürt Henry Widerwillen aufsteigen, der sich erst unter seine blöde gute Laune mischt und sie dann verdrängt. *Und sie war auch süß mit ihrem BarbieKen. So süß wie Duddits.* Er denkt daran, wie sie Duddits immer zu viert zur Schule gebracht haben – diese vielen Gänge – und wie oft sie dann vor der Schule stand, Josie Rinkenhauer, mit ihren vernarbten Knien und ihrer großen Plastikhandtasche. »*Hi, Duddie.*« Sie war süß.

Und ist es immer noch, denkt Henry. *Sie –*

»Sie lebt noch«, sagt Biber tonlos. Er nimmt den zerkauten Zahnstocher aus dem Mund, betrachtet ihn und wirft ihn ins Gras. »Sie lebt noch und ist ganz in der Nähe, nicht wahr?«

»Ja«, sagt Pete. Er betrachtet das Bild immer noch fasziniert, und Henry weiß, was Pete denkt, und er denkt fast das Gleiche: Sie ist schon fast eine Erwachsene. Auch bei Josie, die in einer faireren Welt vielleicht Doug Cavells Freundin geworden wäre, ist das so. »Aber ich glaube, sie … na ja …«

»Sie steckt so richtig in der Scheiße«, sagt Jonesy. Er hat sich seine Robe ausgezogen und legt sie sich jetzt über den Arm.

»Sie steckt fest«, sagt Pete verträumt, immer noch das Bild betrachtend. Er hat angefangen, mit dem Finger zu pendeln.

»Wo?«, fragt Henry. Aber Pete schüttelt den Kopf. Und Jonesy auch.

»Fragen wir doch Duddits«, sagt Biber plötzlich. Und sie alle wissen, warum. Es wäre überflüssig, das zu diskutieren. Denn Duddits sieht die Linie. Duddits

11

»– sieht die Linie!«, rief Henry plötzlich und fuhr auf dem Beifahrersitz des Humvee hoch. Er jagte Owen, für den es nur noch den Sturm und die endlose Reihe der Rückstrahler gegeben hatte, die ihm bestätigten, dass er noch auf der

Straße war, einen Mords-Schrecken ein. »Duddits sieht die Linie!«

Der Jeep brach aus und schlingerte, und dann bekam ihn Owen wieder unter Kontrolle. »Ey, Mann!«, sagte Owen. »Sag beim nächsten Mal vorher Bescheid, wenn du an die Decke gehst, ja?«

Henry fuhr sich mit einer Hand übers Gesicht, atmete tief ein und wieder aus. »Ich weiß, wo wir hinfahren und was wir tun müssen –«

»Das ist schön –«

»– aber vorher muss ich dir eine Geschichte erzählen, damit du das verstehst.«

Owen schaute kurz zu ihm hinüber. »Verstehst du es denn?«

»Nicht alles, aber schon mehr als früher.«

»Dann los. Wir brauchen noch eine Stunde nach Derry. Reicht das?«

Henry dachte, es wäre mehr als genug Zeit, vor allem, wenn sie sich telepathisch unterhielten. Er fing mit dem Anfang an – dem, was er jetzt als Anfang auffasste. Nicht mit der Ankunft der Grauen, nicht mit dem Byrus oder den Wieseln, sondern mit vier Jungs, die gehofft hatten, ein Foto der Homecoming Queen zu sehen, wie sie ihren Rock lüpfte. Während Owen fuhr, tauchten eine Reihe miteinander in Verbindung stehender Bilder vor seinem geistigen Auge auf; es war eher wie ein Traum als wie ein Film. Henry erzählte ihm von Duddits, von ihrem ersten Jagdausflug und wie Biber gekotzt hatte. Er erzählte Owen von ihren Schulwegen und von der Duddits-Variante des Spiels: Sie spielten, und Duddits steckte die Stifte weiter. Er erzählte, wie sie Duddits mitgenommen hatten, damit er den Weihnachtsmann sah – das war echt ein Brüller gewesen. Und davon, wie sie an dem Tag, an dem die drei großen Jungs von der High School abgingen, Josie Rinkenhauers Bild am Anschlagbrett gesehen hatten. Owen sah sie in Henrys Wagen zu Duddits nach Hause in die Maple Lane fahren, die Roben und Doktorhüte auf der Rückbank aufgehäuft; sah sie hallo sagen zu Mr und Mrs Cavell, die mit einem fahlgesichtigen Mann in einem

Overall der Gaswerke von Derry und einer weinenden Frau im Wohnzimmer saßen – Roberta Cavell hat Ellen Rinkenhauer einen Arm um die Schultern gelegt und sagt ihr, es werde alles gut werden, Gott werde bestimmt nicht zulassen, dass ihrer lieben kleinen Josie etwas zustößt.

Ist das stark, dachte Owen verträumt. *Mann, hat der Kerl telepathische Kräfte. Wie kann das sein?*

Die Cavells schauen die Jungs kaum an, so häufig sind sie hier in der Maple Lane Nr. 19 zu Besuch, und die Rinkenhauers sind zu entsetzt, um sie auch nur zu bemerken. Sie haben den Kaffee nicht angerührt, den Roberta gebracht hat. *Er ist auf seinem Zimmer, Jungs,* sagt Alfie Cavell und lächelt ihnen matt zu. Und Duddits schaut sofort von seinen G.I.-Joe-Figuren hoch – er hat sie alle – und steht auf, als er sie an der Tür sieht. Duddits trägt in seinem Zimmer nie Schuhe, nur die Häschen-Pantoffeln, die Henry ihm zum letzten Geburtstag geschenkt hat – er liebt diese Häschen-Pantoffeln, wird darin herumlaufen, bis sie nur noch mit Klebeband notdürftig zusammengehaltene rosa Fetzen sein werden –, aber jetzt hat er Schuhe an. Er hat sie schon erwartet, und obwohl sein Lächeln so heiter ist wie immer, blickt er auch ernst. *Oh ehn wie hin?,* fragt Duddits – *Wo gehen wir hin?* Und –

»Ihr wart alle so?«, flüstert Owen. Er nimmt an, dass Henry ihm das schon erzählt hat, aber bisher hatte Owen nicht verstanden, was Henry damit meinte. »Auch früher schon?« Er berührte die Seite seines Gesichts, wo nun an seiner Wange ein dünner Byrus-Flaum hinunterwuchs.

»Ja. Nein. Keine Ahnung. Sei mal still, Owen. Hör zu.«

Und Owens Kopf füllte sich wieder mit den Bildern von 1982.

12

Als sie im Strawford Park ankommen, ist es schon halb fünf, und auf dem Softball-Platz spielen ein paar Mädchen in gelben DERRY HARDWARE-Trikots, und sie alle haben ihr

Haar zu fast gleich langen Pferdeschwänzen gebunden und hinten durch die Schlaufen ihrer Basketballkappen gefädelt. Die meisten von ihnen tragen Zahnspangen. »Meine Güte, spielen die eine Grütze zusammen«, sagt Pete, und das stimmt vielleicht sogar, aber es macht ihnen eindeutig eine Menge Spaß. Henry hingegen ist gar nicht nach Spaß zu Mute, er hat Schmetterlinge im Bauch und ist froh, dass wenigstens Jonesy ähnlich ernst und ängstlich aussieht. Pete und Biber haben nicht besonders viel Fantasie; er und die gute alte Gariella haben zu viel davon. Für Pete und den Biber ist das hier ein Abenteuer wie in einem Kinderbuch. Für Henry ist es etwas anderes. Es wäre schlimm, wenn sie Josie Rinkenhauer nicht finden (denn sie können sie finden, das weiß er), aber wenn sie sie nur noch tot finden ...

»Biber«, sagt er.

Biber hat den Mädchen zugesehen. Er wendet sich zu Henry um. »Was?«

»Meinst du immer noch, dass sie am Leben ist?«

»Ich ...« Bibers Lächeln verblasst, und er sieht bekümmert aus. »Ich weiß nicht, Mann. Pete?«

Aber Pete schüttelt den Kopf. »Das habe ich vorhin in der Schule gedacht – Mann, es war echt, als hätte dieses Bild zu mir gesprochen –, aber jetzt ...« Er zuckt die Achseln.

Henry sieht Jonesy an, der ebenfalls mit den Achseln zuckt und dann die Hände spreizt: *Keine Ahnung.* Also wendet sich Henry an Duddits.

Duddits schaut sich alles durch das an, was er seine *uhle Ille* nennt, seine coole Brille – eine silbern verspiegelte Rundum-Sonnenbrille. Henry findet, dass Duddits mit seiner uhln Ille aussieht wie Ray Walston in *Mein Onkel vom Mars,* würde Duds so etwas aber nie sagen oder in seinem Beisein denken. Dann hält Duds auch noch Bibers Doktorhut; besonders gern pustet er die Troddel hin und her.

Duddits verfügt über keine selektive Wahrnehmung; für ihn sind der Penner, der drüben bei den Glascontainern nach Pfandflaschen und Dosen sucht, die Softball spielenden Mädchen und die auf den Ästen der Bäume umherflitzenden Eichhörnchen gleichermaßen faszinierend. Das ist auch so etwas, was ihn auszeichnet. »Duddits«, sagt Henry, »erinnerst du dich an dieses Mädchen, mit dem du auf die Sonderschule gegangen bist? An Josie? Josie Rinkenhauer?«

Duddits guckt auf höfliche Weise interessiert, weil sein Freund Henry mit ihm spricht, aber den Namen erkennt er nicht, und wie sollte er auch? Duddits kann sich nicht mal erinnern, was er zum Frühstück gegessen hat – wie soll er sich da an ein kleines Mädchen erinnern, mit dem er drei oder vier Jahre zuvor zur Schule gegangen ist? Henry spürt eine gewisse Hoffnungslosigkeit in sich aufsteigen, die seltsamerweise mit Belustigung vermengt ist. Was hatten sie sich da bloß eingebildet?

»*Josie*«, sagt Pete und schaut dabei auch nicht sehr hoffnungsfroh. »Wir haben dich damit geneckt, dass sie deine Freundin wär, weißt du noch? Sie hat braune Augen ... den ganzen Kopf voll blondes Haar ... und ...« Er seufzt empört. »*Mist.*«

»Säbe Scheise, anner Tach«, sagt Duddits, denn das entlockt ihnen normalerweise ein Lächeln: *Selbe Scheiße, anderer Tag.* Es funktioniert nicht, also probiert es Duddits mit etwas anderem: »Ein Rall, ein Iehl.«

»Stimmt«, sagt Jonesy. »Kein Prall, kein Spiel. Das stimmt. Wir können ihn eigentlich auch nach Hause bringen, Jungs, denn das bringt hier –«

»Nein«, sagt Biber, und sie sehen ihn alle an. Bibers Blick ist strahlend und bekümmert zugleich. Er kaut so schnell und kräftig an dem Zahnstocher, dass der wie der Kolben eines Motors zwischen seinen Lippen auf und ab fährt. »Traumfänger«, sagt er.

13

»Traumfänger?«, fragte Owen. Seine Stimme schien, auch für ihn selbst, wie aus weiter Ferne zu kommen. Das Scheinwerferlicht des Humvee strich über die endlose

Schneewüste vor ihnen, die nur durch die Reihe der gelben Rückstrahler Ähnlichkeiten mit einer Straße hatte. *Traumfänger*, dachte er, und wiederum füllte sich sein Kopf mit Henrys Vergangenheit, wurde er fast überwältigt von den Bildern und Geräuschen und Gerüchen dieses Frühsommertags:
Traumfänger.

14

»Traumfänger«, sagt Biber, und sie verstehen einander auf Anhieb, wie das bei ihnen manchmal so ist, wie es ihrer (irrigen, wie Henry später erkennt) Meinung nach bei allen Freunden ist. Obwohl sie nie ausdrücklich über den Traum gesprochen haben, den sie alle gemeinsam während ihres ersten Jagdausflugs geträumt haben, wissen sie, dass Biber glaubt, er wäre irgendwie durch Lamars Traumfänger ausgelöst worden. Keiner hat je versucht, ihm das auszureden, zum einen, weil sie Biber nicht den Glauben an dieses harmlose Spinnennetz aus Schnüren rauben möchten, und zum anderen, weil sie gar nicht über diesen Tag reden wollen. Aber jetzt sehen sie alle ein, dass Biber damit doch wenigstens halbwegs Recht hat. Tatsächlich verbindet sie ein Traumfänger, aber es ist nicht Lamars.

Duddits ist ihr Traumfänger.

»Los«, sagt Biber ganz ruhig. »Los, Jungs, keine Bange. Fasst ihn an.«

Und das tun sie, obwohl sie Angst haben – ein bisschen jedenfalls; auch Biber.

Jonesy nimmt Duddits' rechte Hand, die so gut mit Maschinen umgehen kann, seit er auf der Berufsschule ist. Duddits guckt erstaunt, lächelt dann und schließt seine Finger um Jonesys. Pete nimmt Duddits' linke Hand. Biber und Henry kommen hinzu und legen Duddits ihre Arme um die Taille.

Und so stehen die fünf da unter einer riesigen alten Eiche im Strawford Park, auf ihren Gesichtern Tupfer von Laubschatten und Junilicht. Sie sind wie Jungs, die vor einem wichtigen Spiel die Köpfe zusammenstecken. Die Softball spielenden Mädchen in ihren leuchtend gelben Trikots achten ebenso wenig auf sie wie die Eichhörnchen oder der fleißige Pennbruder, der sich da, Limobüchse um Limobüchse, eine Flasche für den Abend erarbeitet.

Henry spürt das Licht, das sich allmählich in ihm ausbreitet, und erkennt, dass seine Freunde und er dieses Licht selbst sind; sie erschaffen es gemeinsam, dieses liebliche Flackern von Licht und grünen Schatten, und Duddits strahlt von allen am hellsten. Er ist ihr Ball; ohne ihn gibt es keinen Prall und kein Spiel. Er ist ihr Traumfänger, er vereint sie. Henry wird das Herz voll wie nie wieder im Leben (und die Leere, die das hinterlässt, wird, je mehr Jahre sich rundherum aufhäufen, größer und dunkler werden), und er denkt: *Geht es darum, ein verschwundenes geistig behindertes Mädchen zu finden, das wahrscheinlich nur seinen Eltern etwas bedeutet? Ging es darum, einen hirnlosen Schlägertyp umzubringen, sich zusammenzutun, um ihn irgendwie von der Straße abkommen zu lassen, und das, um Gottes willen, auch noch im Schlaf? Kann das alles sein? Etwas so Großartiges, so Wunderbares, und dann wird es für so lächerlich geringe Zwecke eingesetzt? Kann das alles sein?*

Denn wenn dem so ist – das denkt er sogar noch in der Ekstase ihrer Vereinigung –, was nützt es dann? Welche Bedeutung konnte es dann überhaupt haben?

Dann wird das und alles Denken von der Wucht dieser Erfahrung beiseite gedrängt. Josie Rinkenhauers Gesicht ersteht vor ihnen, ein sich ständig wandelndes Bild, das sich zunächst aus vier unterschiedlichen Arten, sie zu sehen und sich an sie zu erinnern, zusammensetzt ... und dann auch aus einer fünften, als Duddits versteht, um wen sie da so ein Theater machen.

Als sich Duddits einschaltet, wird das Bild hundertmal heller und schärfer. Henry hört jemanden – Jonesy – keuchen, und er selbst würde auch keuchen, wenn er noch die Puste dazu hätte. Denn Duddits mag ja in mancher Hinsicht behindert sein, aber in *dieser* ist er es nicht; in dieser Hinsicht sind sie die armen, unbeholfenen Idioten und ist Duddits das Genie.

»O mein *Gott*«, hört Henry Biber rufen, und in seiner Stimme liegt sowohl Verzückung als auch Bestürzung.

Denn Josie steht hier bei ihnen. Ihre unterschiedlichen Auffassungen hinsichtlich ihres Alters haben sie in ein Mädchen von vielleicht zwölf Jahren verwandelt, älter, als sie war, als sie ihr zum ersten Mal begegnet sind und sie vor der Behindi-Akademie wartete, und sicherlich jünger, als sie jetzt ist. Sie haben sich auf ein Matrosenkostüm unbestimmter Farbe geeinigt, das abwechselnd blau, lila und rot und dann wieder lila und blau ist. Sie hält ihre große Plastikhandtasche, aus der oben BarbieKen hervorschauen, und ihre Knie sind ausgiebig verschorft. Marienkäfer-Ohrringe erscheinen unter ihren Ohrläppchen und verschwinden wieder, und Henry denkt: *Ach ja, an die kann ich mich erinnern,* und dann bleiben sie.

Sie macht den Mund auf und sagt: *Hi, Duddie.* Sieht sich um und sagt: *Hallo, Jungs.*

Und dann, einfach so, ist sie futsch. Plötzlich sind sie wieder zu fünft und nicht mehr zu sechst, fünf große Jungs, die unter einer alten Eiche stehen, Junilicht im Gesicht und die aufgeregten Rufe der Softball spielenden Mädchen in den Ohren. Pete weint. Jonesy auch. Der Penner ist verschwunden – er hat anscheinend genug gesammelt für seine Flasche –, und stattdessen ist jetzt ein anderer Mann da, ein ernst blickender Mann, der trotz der Wärme eine Winterjacke trägt. Seine linke Wange ist mit etwas Rotem überzogen, das ein Muttermal sein könnte, aber Henry weiß, dass es etwas anderes ist. Es ist der Byrus. Owen Underhill ist zu ihnen in den Strawford Park gekommen und sieht ihnen zu, aber das macht weiter nichts; nur Henry kann diesen Besucher von der anderen Seite des Traumfängers sehen.

Duddits lächelt, schaut aber auch verwirrt angesichts der Tränen auf den Wangen seiner Freunde. »Ie-oh eint ieh?«, fragt er Jonesy – *wieso weint ihr?*

»Das ist jetzt egal«, sagt Jonesy. Als er Duddits' Hand

loslässt, löst sich die Verbindung endgültig auf. Jonesy fährt sich mit der Hand übers Gesicht; Pete auch. Biber lacht seufzend auf.

»Ich glaube, ich habe meinen Zahnstocher verschluckt«, sagt er.

»Nein, da ist er doch, du Blödel«, sagt Henry und zeigt ins Gras, wo der zerkaute Zahnstocher liegt.

»Osi finn'n?«, fragt Duddits.

»Kannst du das, Duds?«, fragt Henry.

Duddits geht in Richtung Softball-Platz, und sie folgen ihm in respektvollem Abstand. Duds geht genau an Owen vorbei, sieht ihn aber natürlich nicht; für Duds gibt es keinen Owen Underhill, zumindest noch nicht. Er geht an der Zuschauertribüne vorbei, geht am dritten Mal vorbei, geht an der kleinen Snackbar vorbei. Dann bleibt er stehen.

Hinter ihm schnappt Pete nach Luft.

Duddits dreht sich um und sieht ihn an, putzmunter und interessiert, fast lachend. Pete streckt einen Finger aus, pendelt damit und sieht an dem sich bewegenden Finger vorbei zu Boden. Henry folgt seinem Blick und meint für einen Moment, etwas zu sehen – einen hellgelben Fleck auf dem Gras, der aussieht wie Farbe –, und dann ist das wieder verschwunden. Da ist nur noch Pete, der macht, was er immer macht, wenn er seine spezielle Gedächtnis-Gabe einsetzt.

»Iehs-u ie Ienje, Iet?«, erkundigt sich Duddits auf eine väterliche Art, die Henry zum Lachen reizt – *Siehst du die Linie, Pete?*

»Ja«, sagt Pete und macht große Augen. »Ja, ich sehe sie.« Er sieht zu den anderen hoch. »Sie war *hier*, Jungs! Sie war *genau hier!*«

Sie gehen quer durch den Strawford Park und folgen einer Linie, die nur Duddits und Pete sehen können, während ein Mann, den nur Henry sehen kann, ihnen folgt. Am nördlichen Ende des Parks ist ein klappriger Bretterzaun mit einem Schild daran: D. B. & A. R. R. GELÄNDE – ZUTRITT VERBOTEN! Die Kinder ignorieren dieses Schild seit Jahren, und Jahre ist es auch her, dass die Derry, Bangor and Aroostook Railroad tatsächlich Güterzüge auf diesem

Nebengleis durch die Barrens geleitet hat. Sie sehen die Gleise, als sie sich durch eine Lücke im Zaun zwängen; sie schimmern da unten am Fuß der Böschung rostig im Sonnenschein.

Die Böschung ist steil und überwuchert mit Giftsumach und Giftefeu, und auf halber Strecke finden sie Josie Rinkenhauers große Plastikhandtasche. Sie ist jetzt alt und ramponiert und an mehreren Stellen mit Isolierband geflickt, aber Henry würde diese Handtasche jederzeit wiedererkennen.

Duddits macht sich froh darüber her, reißt sie auf und schaut hinein. »ArbiehEn!«, verkündet er und zieht sie heraus. Pete hat währenddessen vorgebeugt weiter gestöbert und blickt dabei ernst wie Sherlock Holmes, der Professor Moriarty auf der Spur ist. Und es ist Pete Moore, der sie dann tatsächlich findet, sich von einem schmutzigen Betonabflussrohr, das an der Böschung aus den Pflanzen ragt, wild zu den anderen umsieht. »*Sie ist da drin!*«, schreit Pete ekstatisch.

Von seinen leuchtenden Wangen abgesehen, ist sein Gesicht so weiß wie Papier. »*Jungs, ich glaube, sie ist da drin!*«

Es gibt ein altes und unglaublich weit verzweigtes System von Abwasserrohren unter Derry, einer Stadt, die auf einem ehemaligen Sumpfgebiet erbaut wurde, das selbst die Micmac-Indianer gemieden haben, die sonst früher hier in der ganzen Gegend siedelten. Diese Kanalisation wurde größtenteils in den Dreißigerjahren mit New-Deal-Geld erbaut, und das meiste davon wird 1985 bei dem großen Sturm zerstört werden, der die ganze Stadt überfluten und den Wasserturm vernichten wird. Jetzt aber sind die Rohre noch intakt. Dieses hier bohrt sich schräg in den Hügel. Josie Rinkenhauer hat sich hineingewagt, ist gestürzt und dann auf fünfzig Jahrgängen Laub in die Tiefe geschlittert. Sie ist wie auf einer Kinderrutsche hinabgeglitten und liegt nun dort am Grund. Sie ist erschöpft von den Versuchen, die schmierige, keinen Halt bietende Steigung wieder hochzuklettern, hat die zwei, drei Kekse gegessen, die sie in der Hosentasche hatte, und liegt nun seit unzähligen Stunden –

zwölf, vielleicht auch vierzehn – nur einfach so da in der stinkenden Finsternis, lauscht dem fernen Gesumm der Außenwelt, zu der sie nicht vordringen kann, und wartet auf den Tod.

Auf das Geräusch von Petes Stimme hin hebt sie jetzt den Kopf und ruft mit aller Kraft, die ihr noch geblieben ist: »*Hilf mir! Ich kann hier nicht raus! Bitte hilf mir!*«

Ihnen kommt nie in den Sinn, dass sie einen Erwachsenen holen sollten – Officer Nell etwa, der in ihrer Nachbarschaft immer Streife fährt. Sie denken nur noch daran, sie da rauszuholen; sie sind jetzt für sie verantwortlich. Sie lassen Duddits nicht mitmachen, so viel gesunden Menschenverstand bringen sie eben noch auf, aber die anderen bilden, ohne groß darüber zu diskutieren, eine Kette hinab in die Dunkelheit: Pete voran, dann der Biber, dann Henry, dann Jonesy, der Schwerste, als ihr Anker.

Auf diese Weise kriechen sie in die nach Abwasser stinkende Dunkelheit hinab (es stinkt hier auch noch nach etwas anderem, nach etwas Altem, unfassbar Widerlichem), und ehe er drei Meter weit gekommen ist, findet Pete einen von Josies Turnschuhen im Schlamm. Er stopft ihn sich in die Gesäßtasche seiner Jeans.

Ein paar Sekunden später ruft er nach hinten: »Hey! Stopp!«

Das Weinen und die Hilferufe des Mädchens sind jetzt sehr laut, und Pete kann sie jetzt tatsächlich am Grund der mit Laub übersäten Schräge sitzen sehen. Sie späht zu ihnen hoch; ihr Gesicht ist ein schmutzig weißer Kreis in der Düsternis.

Sie dehnen ihre Kette weiter aus und sind dabei, trotz der ganzen Aufregung, so vorsichtig, wie sie nur können. Jonesy stützt sich mit den Füßen an einem großen herausgebrochenen Betonbrocken ab. Josie hebt die Hände ... reckt sie ... und bekommt Petes ausgestreckte Hand doch nicht ganz zu fassen. Als es schon so aussieht, als müssten sie sich geschlagen geben, kraxelt sie noch ein kleines Stückchen höher. Pete packt ihr zerkratztes, schmutziges Handgelenk.

»*Yeah!*«, schreit er triumphierend. »*Ich hab sie!*«

Sie ziehen sie vorsichtig aus dem Rohr heraus. Draußen wartet Duddits, hält ihre Handtasche in der einen und die beiden Puppen in der anderen Hand und ruft Josie zu, sie solle sich keine Sorgen machen, er habe BarbieKen. Da sind der Sonnenschein und die frische Luft, und als sie ihr aus dem Rohr helfen –

15

Es gab im Humvee kein Telefon – ein Funkgerät, aber kein Telefon. Trotzdem läutete laut ein Telefon, zerriss den Strom lebhafter Erinnerungen, die Henry Owen mitgeteilt hatte, und jagte ihnen beiden einen Heidenschrecken ein.

Owen zuckte zusammen, als wäre er aus dem Tiefschlaf erwacht, und der Humvee verlor seine ohnehin nur schlechte Straßenhaftung, geriet erst ins Schlingern und drehte sich dann langsam und schwerfällig wie ein tanzender Dinosaurier.

»*Verdammte Scheiße* –«

Er versuchte, wieder in die Fahrspur zu lenken. Das Lenkrad ließ sich mit unguter Leichtigkeit drehen, so wie das Steuer einer Segelyacht, die ihr Ruder verloren hat. Der Humvee fuhr rückwärts die einzige glatte Fahrspur entlang, die in südlicher Richtung auf dem Interstate Highway 95 noch übrig war, und landete schließlich schräg im Schneewall auf dem Mittelstreifen, und die Scheinwerfer warfen schneeflockige Lichtkegel in die Richtung, aus der sie gekommen waren.

Brring! Brring! Brring! Aus dem Nichts.

Das ist in meinem Kopf, dachte Owen. *Ich projiziere es, aber ich glaube, es ist eigentlich in meinem Kopf. Das ist wieder die verdammte Tele–*

Auf dem Sitz zwischen ihnen lag eine Pistole, eine Glock. Henry nahm sie hoch, und in diesem Moment hörte es auf zu klingeln. Er hielt sich die Mündung der Pistole ans Ohr, ohne dabei den Abzug zu berühren.

Na klar, dachte Owen. *Was denn auch sonst? Da ruft*

jemand auf der Glock an, weiter nichts. Passiert ja alle Tage.

»Hallo«, sagte Henry. Owen konnte die Erwiderung nicht hören, aber das müde Gesicht seines Begleiters heiterte sich auf, und er grinste. »Jonesy! Ich hab gewusst, dass du das bist!«

Wer hätte es denn auch sonst sein sollen?, fragte sich Owen. *Oprah Winfrey?*

»Wo –«

Er lauschte.

»Wollte er zu Duddits, Jonesy? Ist er deshalb ...« Er hörte wieder zu. Dann: »Der *Wasserturm*? Aber wieso ... Jonesy? *Jonesy?*«

Henry hielt sich die Pistole noch für einen Moment an den Kopf und betrachtete sie dann, anscheinend ohne sich im Klaren zu sein, was er da eigentlich in der Hand hatte. Er legte sie wieder auf den Sitz. Das Lächeln war verschwunden.

»Er hat aufgelegt. Ich glaube, der andere ist wiedergekommen. Mr Gray nennt er ihn.«

»Dein Kumpel ist am Leben, aber du siehst nicht so erfreut darüber aus.« Es waren Henrys Gedanken, die darüber nicht froh waren, aber es war nicht mehr nötig, darauf hinzuweisen. Erst war er froh gewesen, wie man immer froh ist, wenn jemand, den man mochte, mal auf der Glock durchklingelte, aber jetzt war er nicht mehr froh. Warum?

»Er – *sie* – sind südlich von Derry. Sie haben an einer Raststätte gehalten, um etwas zu essen. Der Laden heißt Dysart's ... Jonesy hat es Dry Farts genannt, wie früher, als wir Kinder waren. Ich glaube, er hat das gar nicht gemerkt. Er klang verängstigt.«

»Angst um sich? Um uns?«

Henry sah Owen niedergeschlagen an. »Er hat gesagt, er befürchtet, dass Mr Gray einen Polizisten umbringen und seinen Streifenwagen klauen will. Ich glaube, das war es im Grunde. Mist.« Henry schlug sich mit der Faust aufs Bein.

»Aber er ist am Leben.«

»Ja«, sagte Henry wenig begeistert. »Er ist immun. Duddits ... verstehst du das jetzt mit Duddits?«

Nein. Und ich bezweifle auch, dass du das verstehst, Henry ... aber vielleicht verstehe ich ja genug.

Henry verfiel auch in Gedankensprache – es war einfacher. *Duddits hat uns verändert. Das Zusammensein mit Duddits hat uns verändert. Als Jonesy dann in Cambridge angefahren wurde, hat ihn das noch mal verändert. Bei Menschen, die Nah-Todeserfahrungen machen, ändern sich oft die Gehirnwellen, das habe ich erst letztes Jahr wieder in einem Artikel in* Lancet *gelesen. Für Jonesy muss das wohl bedeuten, dass ihn dieser Mr Gray benutzen kann, ohne ihn anzustecken oder fertig zu machen. Und genau das verhindert auch, dass er assimiliert wird, wenigstens vorläufig.*

»Assimiliert?«

Geschluckt. Verschlungen. Dann laut: »Kriegst du uns aus dieser Schneewehe raus?«

Klar.

»Das habe ich befürchtet«, sagte Henry bedrückt.

Owen drehte sich zu ihm um, das Gesicht grünlich gelb vom Licht der Instrumente. »Was ist denn los mit dir?«

Mann, verstehst du denn nicht? Auf wie viele Arten muss ich dir das denn noch sagen? »Er ist immer noch da *drin! Jonesy!*«

Zum dritten oder vierten Mal, seit er mit Henry auf der Flucht war, musste Owen die Lücke überbrücken zwischen dem, was sein Kopf und dem, was sein Herz wusste. »Oh. Ich verstehe.« Er hielt inne. »Er ist am Leben. Er denkt und ist lebendig. Er *telefoniert* sogar.« Er hielt wieder inne. »O Gott.«

Owen versuchte es mit dem Hummer-Jeep im ersten Gang vorwärts und kam etwa zehn Zentimeter weit, ehe alle vier Räder durchdrehten. Er legte den Rückwärtsgang ein und fuhr zurück in den Schneewall – *Crunch.* Aber das Heck des Wagens hob sich etwas auf dem festgepappten Schnee, und das hatte Owen beabsichtigt. Wenn er jetzt wieder einen Vorwärtsgang einlegte, würden sie aus dem Schneewall flutschen wie ein Korken aus einer Flasche. Aber er wartete noch einen Moment lang mit durchgetretenem Bremspedal. Der Humvee hatte einen lauten, kräftigen Leerlauf, der das ganze Chassis vibrieren ließ. Draußen toste und heulte der Wind und jagte Schneeschleier über den verlassenen Highway.

»Dir ist doch klar, was wir dann tun müssen, oder?«, fragte Owen. »Immer mal vorausgesetzt, dass wir ihn überhaupt kriegen. Denn wie auch immer die Einzelheiten aussehen – im Grunde hat er ja doch wohl vor, alles zu verseuchen. Und wenn man das mathematisch sieht –«

»Ich kann selber rechnen«, sagte Henry. »Sechs Milliarden Menschen auf dem Raumschiff Erde gegen den einen Jonesy.«

»Ja, das sind die Zahlen.«

»Zahlen können täuschen«, sagte Henry. Aber es klang niedergeschlagen. Ab einer gewissen Größenordnung konnten Zahlen nicht mehr täuschen. Und sechs Milliarden war eine ziemlich große Zahl.

Owen ließ die Bremse los und trat aufs Gas. Der Humvee rollte vorwärts – diesmal gut einen Meter –, und die Räder fingen wieder an durchzudrehen, fanden dann aber Halt, und der Wagen kam brüllend wie ein Dinosaurier aus dem Schneewall hervor. Owen lenkte nach Süden.

Erzähl mir, was passiert ist, nachdem ihr das Mädchen aus dem Abwasserrohr gezogen hattet.

Ehe Henry anfangen konnte, meldete sich das unter dem Armaturenbrett angebrachte Funkgerät. Die Stimme erklang laut und deutlich – derjenige hätte auch bei ihnen im Wagen sitzen können.

»Owen? Sind Sie da, Bursche?«

Kurtz.

16

Sie brauchten fast eine Stunde für die ersten sechzehn Meilen von der Blue Base (der *ehemaligen* Blue Base) in Richtung Süden, aber das bereitete Kurtz kein Kopfzerbrechen. Gott würde sie nicht im Stich lassen, da war er ganz sicher.

Freddy Johnson saß am Steuer (das lustige Quartett befand sich ebenfalls in einem schneetauglichen Humvee). Perlmutter saß auf dem Beifahrersitz und war mit Handschellen an den Türgriff gefesselt. Cambry war hinten auch entsprechend festgebunden. Kurtz saß hinter Freddy, Cambry hinter Pearly. Kurtz fragte sich, ob sich seine beiden zum Mitfahren gezwungenen Bürschchen auf telepathischem Wege gegen ihn verschworen. Wenn dem so war, würde es ihnen nicht viel nützen. Kurtz und Freddy hatten ihre Fenster heruntergekurbelt, obwohl es im Humvee nun kälter wurde als auf der unbeheizten Außentoilette einer Südpolstation; die Heizung lief auf Volltouren, kam aber einfach nicht dagegen an. Doch die Fenster mussten unbedingt offen bleiben. Andernfalls wäre die Atmosphäre im Humvee bald so lebensfeindlich geworden wie in einer mit Grubengas gefüllten Zeche. Vorrangig stank es nach Äther, dann nach Schwefel. Größtenteils schien es von Perlmutter auszugehen. Er rutschte ständig auf dem Sitz hin und her und stöhnte immer wieder verhalten. Cambry hatte sich schwer mit Ripley angesteckt, und er wuchs auf ihm wie ein Kornfeld nach einem Mairegen, und auch von ihm ging dieser Geruch aus – das bekam Kurtz trotz seiner Atemmaske mit. Aber Pearly war der Hauptschuldige, wie er da auf seinem Sitz hin und her rutschte und versuchte, geräuschlos zu furzen (Arschbackentango hatten sie solche Manöver in den trüben Zeiten von Kurtz' Kindheit genannt) und so zu tun, als würde dieser erstickende Gestank nicht von ihm ausgehen. In Gene Cambry wuchs der Ripley, und Kurtz hatte so die Ahnung, dass in Pearly, Gott stehe ihm bei, noch etwas ganz anderes wuchs.

So gut er konnte, verbarg Kurtz diese Gedanken hinter seinem eigenen Mantra: *Davis und Roberts, Davis und Roberts, Davis und Roberts.*

»Würden Sie bitte damit aufhören?«, bat Cambry Kurtz von rechts. »Das macht mich wahnsinnig.«

»Mich auch«, sagte Perlmutter. Er setzte sich anders hin, und ihm entwich ein leises *Pffft*. Es hörte sich wie ein Gummispielzeug an, dem die Luft ausging.

»Oh, Mann, Pearly!«, rief Freddy. Er kurbelte sein Fenster weiter runter und ließ Schnee und einen kalten Windstoß herein. Der Humvee schlitterte, und Kurtz hielt sich fest, doch dann fand der Wagen wieder Halt. »Würden Sie dieses Anal-Parfum bitte für sich behalten?«

»Verzeihung«, sagte Perlmutter steif. »Wenn Sie unterstellen, ich hätte einen Wind streichen lassen, dann muss ich Ihnen sagen –«

»Ich unterstelle gar nichts«, sagte Freddy. »Ich sage Ihnen, Sie sollen aufhören, uns voll zu stänkern, oder –«

Da es keinen befriedigenden Abschluss für diese Drohung geben konnte – vorläufig brauchten sie zwei Telepathen, einen als Primärquelle und einen als Reserve –, fiel ihm Kurtz ins Wort: »Die Geschichte von Edward Davis und Franklin Roberts ist sehr lehrreich, denn sie zeigt, dass es wirklich nichts Neues unter der Sonne gibt. Das hat sich in Kansas zugetragen, damals, als Kansas wirklich noch Kansas war ...«

Kurtz, ein recht guter Geschichtenerzähler, nahm sie mit zurück nach Kansas und in die Zeit des Koreakriegs. Ed Davis und Franklin Roberts hatten in der Nähe von Emporia ganz ähnliche kleine Farmen betrieben, nicht weit von der Farm, die Kurtz' Familie gehörte (die damals natürlich nicht Kurtz hieß). Davis, bei dem schon immer eine Schraube locker gewesen war, hatte sich immer mehr in den Glauben hineingesteigert, sein Nachbar Roberts, den er nicht ausstehen konnte, sei darauf aus, ihm seine Farm wegzunehmen. Roberts verbreite in der Stadt Geschichten über ihn, behauptete Ed Davis. Roberts vergifte ihm die Ernte, Roberts setze die Bank von Emporia unter Druck, Davis die Kredite zu kündigen.

Und dann, erzählte ihnen Kurtz, fing Ed Davis einen tollwütigen Waschbären und setzte ihn in seinem Hühnerstall aus – in *seinem eigenen* Hühnerstall. Der Waschbär zerpflückte die Hühner links und rechts, und als er mit dem Abschlachten fertig war, gelobt sei der Herr, pustete Farmer Davis Mr Waschbär den schwarzgrau gestreiften Kopf weg.

Sie saßen schweigend in dem dahinrollenden eiskalten Humvee und hörten zu.

Ed Davis lud die ganzen toten Hühner – und den toten Waschbären – auf seinen Pick-up, fuhr damit bei Neumond auf das Grundstück seines Nachbarn und warf die Tierkadaver in die beiden Brunnen von Franklin Roberts – in den Viehbrunnen und den Hausbrunnen. Dann, am Abend drauf, voll des guten Trunkes und wie ein Irrer lachend, rief Davis seinen Feind an und erzählte ihm, was er getan hatte. *War ganz schön heiß heute, was?*, erkundigte sich Davis und lachte dabei so, dass Franklin Roberts ihn kaum verstand. *Was haben du und deine Mädels denn getrunken, Roberts? Das Waschbären-Wasser oder das Hühner-Wasser? Ich kann's dir nicht sagen, denn ich weiß nicht mehr, was ich in welchen Brunnen geworfen habe! Ist das nicht wirklich schade?*

Gene Cambrys linker Mundwinkel zuckte ununterbrochen, als hätte er einen Schlaganfall erlitten. Der Ripley, der in der Mittelfalte seiner Stirn wuchs, war mittlerweile so weit fortgeschritten, dass Mr Cambry aussah, als hätte man ihm die Stirn gespalten.

»Was wollen Sie damit sagen?«, fragte er. »Wollen Sie damit sagen, dass Pearly und ich nicht mehr wert sind als ein paar tollwütige Hühner?«

»Achten Sie auf Ihre Worte, wenn Sie mit dem Boss reden, Cambry«, sagte Freddy. Seine Atemmaske bewegte sich beim Sprechen auf und ab.

»Hey, Mann, ich scheiß auf den Boss. Dieser Einsatz ist *vorbei*!«

Freddy hob eine Hand, als wollte er Cambry über den Sitz hinweg eine Ohrfeige verpassen. Cambry reckte sein trotzig und verängstigt blickendes Gesicht vor. »Na los, Dicker. Aber vielleicht sollten Sie sich vorher noch mal Ihre Hand ansehen, dass da auch ja keine Kratzer sind. Denn mehr als einen kleinen Kratzer braucht es nicht.«

Freddy behielt seine Hand noch kurz oben und ließ sie dann wieder aufs Lenkrad sinken.

»Und übrigens, Freddy: Sie sollten aufpassen, was sich

hinter Ihrem Rücken tut. Wenn Sie glauben, *der Boss* würde Zeugen hinterlassen, dann sind Sie verrückt.«

»Verrückt, ja«, sagte Kurtz herzlich und kicherte. »Viele Farmer werden verrückt. Das war jedenfalls damals so, als es noch keinen Willie Nelson und keine Benefizkonzerte für Not leidende Bauern gab. Das harte Leben, schätz ich mal. Der arme alte Ed Davis war am Ende ein Fall für die Veteranenbehörde – er hatte im zweiten Krieg gekämpft, müssen Sie wissen –, und bald nach der Sache mit den Brunnen gab Frank Roberts seine Farm auf, zog nach Wichita und wurde dort Landmaschinenvertreter. Und es war auch keiner der Brunnen eigentlich vergiftet. Er ließ einen staatlichen Wasserinspektor kommen und Proben nehmen, und der meinte, mit dem Wasser sei alles in Ordnung. Auf diesem Wege ließe sich Tollwut sowieso nicht übertragen, sagte er. Ich frage mich, ob sich Ripley wohl so übertragen lässt?«

»Nennen Sie es wenigstens beim richtigen Namen«, spie Cambry förmlich. »Es heißt *Byrus*.«

»Byrus oder Ripley, das ist doch gehupft wie gesprungen«, sagte Kurtz. »Diese Typen wollen unsere Brunnen vergiften. Unsere kostbaren Säfte vergiften, wie jemand mal gesagt hat.«

»Das alles ist Ihnen doch scheißegal!«, spie Pearly. Freddy zuckte tatsächlich zusammen, so giftig klang Perlmutters Stimme. »Ihnen geht es doch nur darum, Underhill zu kriegen.« Er hielt inne und sagt dann in klagendem Ton: »Sie sind wirklich verrückt, Boss.«

»Owen!«, rief Kurtz, kregel wie ein Backenhörnchen. »Den hätte ich fast vergessen! Wo ist er, Jungs?«

»Vor uns«, sagte Cambry mürrisch. »Er hängt in einer Schneewehe fest.«

»*Ausgezeichnet!*«, rief Kurtz. »Wir kommen ihm näher!«

»Freuen Sie sich nicht zu früh. Er macht sich schon wieder frei. Er hat einen Humvee, genau wie wir. Wenn man sich mit den Dingern auskennt, kann man damit auch quer durch die Hölle fahren. Und anscheinend kennt er sich damit aus.«

»Schade. Haben wir aufgeholt?«

»Kaum«, sagte Pearly, rutschte wieder auf seinem Sitz hin und her, verzog das Gesicht und furzte.

»*Bäääh*«, sagte Freddy leise.

»Geben Sie mir das Mikro, Freddy. Gemeinschaftskanal. Unser Freund Owen hat doch ein Faible für den Gemeinschaftskanal.«

Freddy reichte das Mikrofon an seinem Spiralkabel nach hinten durch, stellte an dem am Armaturenbrett befestigten Funkgerät etwas ein und sagte dann: »Versuchen Sie's mal, Boss.«

Kurtz ließ den Knopf seitlich am Mikro los. »Owen? Sind Sie da, Bursche?«

Schweigen, Rauschen und das eintönige Heulen des Windes. Kurtz wollte eben den Sprechknopf wieder loslassen und es noch mal versuchen, da meldete sich Owen Underhill – laut und deutlich, bei mäßigem Rauschen und nicht verzerrt. Kurtz' Gesichtsausdruck änderte sich nicht – er wirkte weiterhin freundlich interessiert –, aber sein Herz schlug schneller.

»Ich höre.«

»Schön, Ihre Stimme zu hören, Bursche! Freut mich sehr! Ich schätze, Sie sind uns fünfzig Meilen voraus. Wir sind gerade an der Ausfahrt 39 vorbei, also dürfte das stimmen, nicht wahr?« In Wirklichkeit hatten sie eben die Ausfahrt 36 passiert, und Kurtz glaubte, ihm näher als fünfzig Meilen zu sein. Höchstens dreißig.

Schweigen am anderen Ende.

»Halten Sie an, Bursche«, riet Kurtz Owen in seinem freundlichsten und vernünftigsten Tonfall. »Es ist noch nicht zu spät, um nicht doch noch etwas aus diesem ganzen Schlamassel zu retten. Unser beider Laufbahn ist im Eimer, das steht wohl außer Frage – ist so erledigt wie ein Haufen toter Hühner in einem vergifteten Brunnen –, aber wenn Sie einen Plan haben, dann lassen Sie mich mitmachen. Ich bin ein alter Mann, mein Junge, und ich will doch nur etwas Anstand wahren angesichts dieses ganzen –«

»Reden Sie kein Blech, Kurtz.« Laut und deutlich aus allen sechs Lautsprechern des Wagens, und Cambry brachte doch tatsächlich die Nerven auf zu *lachen*. Kurtz warf ihm einen bösen Blick zu. Unter anderen Umständen wäre Cambrys schwarze Haut bei diesem Blick grau vor Entsetzen geworden, aber das hier waren eben keine anderen Umstände, es war überhaupt Schluss mit anderen Umständen, und Kurtz verspürte eine ganz ungewohnte Furcht. Es war eines, rein verstandesmäßig zu wissen, dass man in der Scheiße steckte; etwas ganz anderes aber war es, diese Tatsache mit voller Wucht vor den Latz geknallt zu bekommen.

»Owen ... Bürschchen –«

»Hören Sie mir zu, Kurtz. Ich weiß nicht, ob in Ihrem Kopf noch eine gesunde Hirnzelle übrig ist, aber wenn ja, dann hoffe ich, dass sie jetzt gut aufpasst. Ich bin mit einem Mann namens Henry Devlin unterwegs. Uns voraus – wahrscheinlich gut hundert Meilen uns voraus – fährt ein Freund von ihm, der Gary Jones heißt. Aber der ist nicht mehr er selber. Er ist von einer außerirdischen Intelligenz übernommen worden, die er Mr Gray nennt.«

Gary ... Gray, dachte Kurtz. *An ihren Anagrammen sollt ihr sie erkennen.*

»Was in Jefferson Tract passiert ist, spielt keine Rolle mehr«, sagte die Stimme aus den Lautsprechern. »Der Massenmord, den Sie geplant haben, ist überflüssig, Kurtz. Ob Sie sie nun umbringen oder von alleine sterben lassen: Sie stellen keine Bedrohung dar.«

»Hören Sie?«, fragte Perlmutter mit hysterischer Stimme. »Keine Bedrohung! Keine –«

»Schnauze!«, sagte Freddy und verpasste ihm einen Rückhandschlag. Kurtz bekam das kaum mit. Er saß jetzt kerzengerade und mit funkelndem Blick auf der Rückbank. Überflüssig? Erzählte ihm Owen Underhill, dass der wichtigste Einsatz seines Lebens *überflüssig* gewesen war?

»– Umweltbedingungen, verstehen Sie? Sie sind in diesem Ökosystem nicht lebensfähig. *Bis auf Gray.* Denn ihm ist es gelungen, einen Wirt zu finden, der grundlegend anders ist. Das ist es also. Wenn Ihnen je irgendwas etwas bedeutet hat, Kurtz – wenn Ihnen überhaupt irgendwas etwas bedeuten kann –, *dann hören Sie auf, uns zu jagen, und lassen Sie zu, dass wir uns um die Sache kümmern.* Wir kümmern uns um Mr Jones und Mr Gray. Uns können Sie vielleicht kriegen, die beiden aber höchstwahrscheinlich nicht. Sie sind schon zu weit südlich. Und wir glauben, dass Gray einen Plan verfolgt. Und zwar diesmal einen Plan, der funktioniert.«

»Owen, Sie sind einfach überreizt«, sagte Kurtz. »Halten Sie an. Wir werden gemeinsam tun, was getan werden muss. Wir –«

»Wenn Ihnen das etwas bedeutet, dann geben Sie auf«, sagte Owen. Seine Stimme klang ausdruckslos. »Das war's. Ende der Durchsage. Over and out.«

»Tun Sie das nicht, Bursche!«, rief Kurtz. »Tun Sie das nicht, ich verbiete es Ihnen!«

Es erscholl ein sehr lautes Klicken, und dann drang nur noch Rauschen aus den Lautsprechern. »Er ist weg«, sagte Perlmutter. »Hat das Mikro rausgezogen. Oder das Funkgerät abgeschaltet. Er ist weg.«

»Aber Sie haben ihn ja gehört, nicht wahr?«, sagte Cambry. »Die ganze Sache hat keinen Sinn. Blasen Sie's ab.«

Eine Ader pochte mitten auf Kurtz' Stirn. »Als ob ich ihm auch nur *ein Wort* glauben würde, nach allem, woran er beteiligt war.«

»*Aber er sagt die Wahrheit!*«, schrie Cambry. Jetzt drehte er sich zum ersten Mal ganz zu Kurtz um, mit weit aufgerissenen Augen, deren Winkel mit Ripley oder Byrus, oder wie auch immer man es nennen wollte, verklebt waren. Sein Speichel sprühte auf Kurtz' Wangen, seine Stirn, die Oberfläche seiner Atemmaske. »*Ich habe seine Gedanken gehört! Und Pearly auch! ER SAGT DIE ABSOLUTE WAHRHEIT! ER –*«

Mit gespenstischer Schnelligkeit zog Kurtz die Pistole aus seinem Gürtelholster und feuerte. Der Knall war im Humvee ohrenbetäubend. Freddy schrie erschrocken auf und verriss wieder das Lenkrad, was den Humvee schräg durch den Schnee schlittern ließ. Perlmutter kreischte und drehte sein entsetztes, rot geflecktes Gesicht zur Rückbank um. Für Cambry war es eine Gnade: Sein Hirn war so schnell aus seinem Hinterkopf geplatzt und durch die splitternde Fensterscheibe hinaus in den Sturm geflogen, wie er sonst gebraucht hätte, abwehrend eine Hand zu heben.

Damit hast du nicht gerechnet, Bursche, was?, dachte Kurtz. *Dabei hat dir die Telepathie keinen Deut geholfen, was?*

»Nein«, sagte Pearly schwermütig. »Gegen jemanden, der nicht weiß, was er im nächsten Moment tun wird, kann man nicht viel ausrichten. Gegen einen Verrückten kann man nichts tun.«

Der Wagen fuhr wieder gerade. Freddy war ein hervorragender Autofahrer, auch wenn er sich gerade zu Tode erschreckt hatte.

Kurtz richtete die Waffe auf Perlmutter. »Nennen Sie mich noch einmal verrückt. Das will ich jetzt hören.«

»Verrückt«, sagte Pearly. Er lächelte und zeigte dabei ein Gebiss, das nun mehrere Lücken aufwies. »Verrückt-verrückt-verrückt. Aber Sie werden mich nicht erschießen. Sie haben Ihren Reservemann erschossen, und mehr können Sie sich nicht erlauben.« Pearly wurde richtig laut. Cambrys Leichnam rutschte jetzt an die Tür, und das Haar um seinen entstellten Kopf wehte im kalten Wind, der zum Fenster hereinkam.

»Still, Pearly«, sagte Kurtz. Es ging ihm jetzt besser, und er hatte sich wieder im Griff. Wenigstens das war Cambry wert gewesen. »Halten Sie Ihr Klemmbrett fest, und halten Sie den Mund. Freddy?«

»Ja, Boss.«

»Sind Sie noch auf meiner Seite?«

»Aber natürlich, Boss.«

»Owen Underhill ist ein Verräter, Freddy. Darauf möchte ich ein lautes ›Gelobt sei der Herr‹ von Ihnen hören.«

»Gelobt sei der Herr.« Freddy saß kerzengerade am Steuer und starrte hinaus in den Schnee und die Lichtkegel der Scheinwerfer.

»Owen Underhill hat sein Land und seine Kameraden verraten. Er –«

»Er hat *Sie* verraten«, sagte Perlmutter fast flüsternd.

»Das stimmt, Pearly, und Sie wollen doch *Ihre* Bedeutung

nicht überbewerten, mein Junge, das wollen Sie doch nicht, denn bei einem Verrückten weiß man ja nie, was er als Nächstes macht, wie Sie selbst gesagt haben.«

Kurtz betrachtete Freddys Stiernacken.

»Wir werden Owen Underhill zur Strecke bringen – ihn und diesen Devlin auch, wenn Devlin dann noch bei ihm ist. Verstanden?«

»Verstanden, Boss.«

»Und inzwischen können wir ja schon mal ein bisschen Ballast abwerfen, was?« Kurtz holte aus seiner Tasche den Handschellenschlüssel hervor. Er griff hinter Cambry hindurch, tastete in der sich abkühlenden Schmiere herum, die sich nicht durch das Fenster verflüchtigt hatte, und fand schließlich den Türgriff. Er schloss die Handschellen auf, und gut fünf Sekunden später wurde Mr Cambry, gelobt sei der Herr, ein Glied der Nahrungskette.

Freddy hatte sich währenddessen eine Hand in den Schritt gelegt, der höllisch juckte. Wie auch seine Achselhöhlen und –

Er wendete den Kopf leicht und sah, dass Perlmutter ihn anstarrte – große, dunkle Augen in einem blassen, rot übertupften Gesicht.

»Was gucken Sie denn so?«, fragte Freddy.

Perlmutter wandte sich ab, ohne noch etwas zu sagen. Er schaute hinaus in die Nacht.

Kapitel 19

Die Jagd geht weiter

1

Mr Gray genoss es, sich menschlichen Gefühlen hinzugeben, und Mr Gray genoss das Essen der Menschen, aber Mr Gray genoss es ganz bestimmt nicht, Jonesys Stuhlgang zu verrichten. Er weigerte sich anzusehen, was er da produziert hatte, zog einfach nur die Hose hoch und knöpfte sie mit leicht zitternden Händen zu.

Mann, willst du dir denn nicht den Hintern abwischen?, fragte Jonesy. *Und spül wenigstens!*

Aber Mr Gray wollte nur noch raus aus der Kabine. Er nahm sich noch die Zeit, sich an einem der Waschbecken die Hände feucht zu machen, und wandte sich dann zum Ausgang.

Jonesy war nicht unbedingt überrascht, als er den Polizisten zur Tür hereinkommen sah.

»Sie haben vergessen, Ihren Reißverschluss zuzumachen, mein Freund«, sagte der Polizist.

»Oh. Stimmt. Danke, Officer.«

»Sie kommen aus dem Norden, nicht wahr? Geschehen ja große Dinge da oben, heißt es im Radio. Wenn man es denn empfangen kann. Vielleicht sogar Außerirdische.«

»Ich komme nur aus Derry«, sagte Mr Gray. »Ich weiß nichts davon.«

»Darf ich fragen, weshalb Sie in einer solchen Nacht unterwegs sind?«

Sag ihm, du hast einen kranken Freund besucht, dachte Jonesy und verspürte eine gewisse Verzweiflung. Er wollte das nicht sehen und schon gar nicht in irgendeiner Form daran beteiligt sein.

»Ich habe einen kranken Freund besucht«, sagte Mr Gray.

»Tatsächlich. Nun, Sir, ich würde gern Ihren Führerschein und die Wagen–«

Dann wurde der Blick des Polizisten schlagartig vollkommen ausdruckslos. Er ging steifbeinig zu der Wand mit dem DUSCHEN NUR FÜR FERNFAHRER-Schild. Dort stand er bibbernd einen Moment lang und versuchte sich zu wehren ... und fing dann an, seinen Kopf mit großer Wucht und viel Schwung an die Fliesen zu knallen. Beim ersten Schlag flog ihm der Stetson vom Kopf. Beim dritten fing der Bordeaux an zu fließen, perlte erst auf die beigen Fliesen und spritzte dann.

Und weil er nichts dagegen tun konnte, griff Jonesy zu dem Telefon auf seinem Schreibtisch.

Es war tot. Während er seine zweite Portion Bacon verdrückt hatte oder zum ersten Mal als menschliches Wesen kacken war, hatte ihm Mr Gray die Leitung gekappt. Jonesy war auf sich allein gestellt.

2

Trotz seines Entsetzens – oder vielleicht gerade deswegen – brach Jonesy in Gelächter aus, als seine Hände mit einem Dysart's-Handtuch das Blut von der gefliesten Wand wischten. Mr Gray hatte auf Jonesys Kenntnisse über das Verstecken und/oder Beseitigen von Leichen zurückgegriffen und war dabei förmlich auf eine Goldader gestoßen. Als lebenslanger Fan von Horrorfilmen, Thrillern und Krimis war Jonesy da in gewisser Hinsicht ein richtiger Fachmann. Selbst jetzt, als Mr Gray das blutige Handtuch auf die triefnasse Uniformbrust des Polizisten fallen ließ (die Jacke hatte er ihm um den übel zugerichteten Kopf gewickelt), spulte sich vor Jonesys geistigem Auge ab, wie in *Der talentierte Mr Ripley*, sowohl in der Verfilmung als auch in Patricia Highsmiths Roman, die Leiche von Freddy Miles beseitigt worden war. Es liefen auch andere Bänder, so viele durcheinander, dass Jonesy schwindelig davon wurde, wenn er zu genau hinsah, so wie es ihm immer erging, wenn er in die Tiefe schaute. Aber das war noch nicht das Schlimmste daran. Mit Jonesys Hilfe hatte der talentierte Mr Gray etwas entdeckt, was ihm noch besser gefiel als knuspriger Bacon, ja, sogar noch besser, als aus Jonesys Zorn zu schöpfen.

Mr Gray hatte das Morden für sich entdeckt.

3

Hinter den Duschen ging es in einen Umkleideraum. Dahinter führte ein Flur zum Schlafsaal für Fernfahrer. Auf dem Flur war niemand. Am anderen Ende befand sich eine Tür, die hinten aus dem Gebäude heraus auf eine verschneite Sackgasse führte. Aus den Schneewehen ragten dort zwei große grüne Müllcontainer. Eine Wandlampe warf einen fahlen Lichtschimmer und lange, lauernde Schatten. Mr Gray, der schnell lernte, suchte den Leichnam des Polizisten nach dessen Autoschlüsseln ab und fand sie. Er nahm dem Mann auch die Pistole ab und steckte sie in eine mit einem Reißverschluss versehene Tasche von Jonesys Jacke. Mr Gray klemmte das blutgetränkte Handtuch in die Hintertür und schleifte dann die Leiche hinter einen der Müllcontainer.

Das alles, von dem schaurig erzwungenen Selbstmord des Polizisten bis zur Rückkehr in den Flur, dauerte keine zehn Minuten. Jonesys Körper fühlte sich leicht und geschmeidig an, alle Müdigkeit war verflogen, zumindest vorläufig: Er und Mr Gray genossen eine weitere Endorphin-Euphorie. Und zumindest für einen Teil dieser ganzen Sauerei war Gary Ambrose Jones verantwortlich. Nicht nur für die Kenntnisse der Leichenbeseitigung, sondern auch für die unbewussten blutrünstigen Impulse unter der dünnen Zuckerguss-Schicht mit ihrem »Das denkst du dir alles nur aus«. Mr Gray saß zwar am Steuer – Jonesy musste sich also nicht mit dem Gedanken belasten, er sei der eigentliche Mörder –, aber der Motor war doch Jonesy.

Vielleicht verdienen wir, ausgelöscht zu werden, dachte Jonesy, als Mr Gray zurück durch den Duschraum ging (und dabei mit Jonesys Augen nach Blutspritzern Ausschau hielt und Jonesys Hand mit den Schlüsseln des Polizisten spielen ließ). *Vielleicht verdienen wir, in nichts weiter als ein paar rote Sporen verwandelt zu werden, die der Wind davonträgt. Das wäre vielleicht das Beste. Gott stehe uns bei.*

4

Die müde aussehende Frau an der Kasse fragte ihn, ob er den Polizisten gesehen habe.

»Klar«, sagte Jonesy. »Ich habe ihm sogar meinen Führerschein und meine Fahrzeugpapiere gezeigt.«

»Seit dem Nachmittag waren eine Menge Polizisten hier«, sagte die Kassiererin. »Schneesturm hin oder her. Die sind alle höllisch nervös. Das sind ja alle. Wenn ich Leute von anderen Planeten sehen will, leih ich mir ein Video aus. Haben Sie was Neues gehört?«

»Im Radio heißt es, das sei alles falscher Alarm«, antwortete er und zog seinen Reißverschluss zu. Er schaute zu dem Fenster auf den Parkplatz hinüber und überprüfte noch einmal, was er bereits gesehen hatte: Dank der zugefrorenen Scheibe und des Schneetreibens war die Sicht gleich null. Hier drin würde niemand sehen können, wenn er davonfuhr.

»Ja? Wirklich?« Die Erleichterung nahm ihr etwas die Müdigkeit. Sie sah jünger aus.

»Und wundern Sie sich nicht, wenn Ihr Freund nicht so schnell wiederkommt. Er hat gesagt, er würde erst mal eine gepflegte Wurst legen.«

Zwischen ihren Augenbrauen zeigte sich eine senkrechte Falte. »Das hat er gesagt?«

»Gute Nacht. Ein schönes Thanksgiving. Frohe Weihnachten. Ein glückliches neues Jahr!«

Einiges davon, so hoffte Jonesy, stammte von ihm. Er versuchte durchzudringen, sich bemerkbar zu machen.

Ehe er sehen konnte, ob er bemerkt wurde, änderte sich der Blick aus seinem Bürofenster, als sich Mr Gray von der Kasse abwandte. Fünf Minuten später fuhr er wieder auf dem Highway in südlicher Richtung, und die Schneeketten des Streifenwagens rumpelten und schabten und gestatteten ihm konstante sechzig Stundenkilometer.

Jonesy spürte, wie Mr Gray in seiner Umgebung wieder auf Gedankenfang ging. Mr Gray konnte zu Henrys Hirn vordringen, aber nicht hinein – wie Jonesy war auch Henry in gewisser Hinsicht anders. Aber das machte nichts. Henry hatte jemanden dabei, Overhill oder Underhill hieß er. Und von dem erfuhr Mr Gray alles Nötige. Sie waren siebzig Meilen hinter ihnen, vielleicht sogar mehr ... und fuhren vom Highway ab? Ja, sie fuhren in Derry ab.

Mr Gray schaute in Gedanken noch weiter hinter sich und entdeckte weitere Verfolger. Sie waren zu dritt ... und Jonesy spürte, dass es diese Gruppe weniger auf Mr Gray als auf Overhill/Underhill abgesehen hatte. Er fand das ebenso unglaublich wie unerklärlich, aber es schien wirklich so zu sein. Und Mr Gray gefiel das sehr. Er machte sich nicht einmal die Mühe herauszufinden, warum Overhill/Underhill und Henry in Derry hielten.

Mr Grays Hauptsorge bestand darin, den Wagen zu wechseln. Am liebsten hätte er einen Schneepflug gehabt, falls ihn Jonesys Fahrkünste den steuern ließen. Das würde einen weiteren Mord erfordern, aber das war dem zusehends menschlicheren Mr Gray nur recht so.

Mr Gray wurde eben erst warm.

5

Owen Underhill steht auf dem Hang, ganz in der Nähe des Rohrs, das aus dem Laub ragt, und sieht, wie sie dem schmutzigen, verängstigt blickenden Mädchen – Josie – heraushelfen. Er sieht Duddits (einen großen jungen Mann mit Schultern wie ein Footballspieler und dem fast gefärbt wirkenden blonden Haar eines Filmstars) sie umarmen und ihr schmutziges Gesicht abküssen. Er hört ihre ersten Worte: »Ich will zu meiner Mami.«

Die Jungs kriegen das alleine hin; sie brauchen keine Polizei und keinen Krankenwagen. Sie helfen ihr einfach nur den Hang hinauf und durch die Lücke im Bretterzaun, bringen sie dann durch den Strawford Park (statt der Mädchen in Gelb spielen dort jetzt Mädchen in Grün; und weder sie noch ihre Trainerin achten auf die Jungs oder auf ihre schmutzige, durchweichte Trophäe) und dann über die Kansas Street in die Maple Lane. Sie wissen, wo Josies Mutter und Vater sind.

Und dort sind auch nicht nur die Rinkenhauers. Als die Jungs wieder zum Haus der Cavells kommen, stehen auf beiden Straßenseiten bis zur nächsten Ecke Autos geparkt. Roberta hatte vorgeschlagen, die Eltern von Josies Freundinnen und Schulkameradinnen einzuladen. Sie werden auf eigene Faust nach ihr suchen und die ganze Stadt mit VERMISST-Plakaten pflastern, sagt sie. Und das nicht an schattigen, abgelegenen Stellen (wo Suchplakate für vermisste Kinder in Derry normalerweise hinkommen), sondern dort, wo die Leute förmlich mit der Nase darauf gestoßen werden. Robertas Enthusiasmus ist so ansteckend, dass in den Augen von Ellen und Hector Rinkenhauer eine vage Zuversicht glimmt.

Und die anderen Eltern gehen prompt darauf ein – als hätten sie nur auf eine solche Aufforderung gewartet. Roberta hat mit den Anrufen angefangen, kurz nachdem Duddits und seine Freunde losgezogen sind (zum Spielen, denkt Roberta, und zwar irgendwo in der Nähe, denn Henrys alte Mühle steht noch in der Auffahrt), und als die Jungs wiederkommen, drängen sich fast zwei Dutzend Leute im Wohnzimmer der Cavells, trinken Kaffee und rauchen Zigaretten. Den Mann, der gerade zu ihnen spricht, hat Henry schon mal gesehen, es ist ein Anwalt namens Dave Bocklin. Sein Sohn Kendall spielt manchmal mit Duddits. Ken Bocklin ist auch mongoloid, und er ist ganz in Ordnung, aber er ist nicht wie Duds. Aber jetzt mal im Ernst: Wer ist das schon?

Die Jungs stehen am Eingang des Wohnzimmers, Josie in ihrer Mitte. Sie trägt wieder ihre große Plastik-Handtasche mit BarbieKen darin. Und ihr Gesicht ist sogar fast sauber, denn als Biber die vielen Autos gesehen hat, hat er es ihr vor dem Haus mit seinem Taschentuch abgewischt. (»Das war vielleicht ein komisches Gefühl«, gesteht er ihnen später, als das ganze Theater vorbei ist. »Da stehe ich und mache dieses Mädchen sauber, das einen Körper hat wie ein Playboy-Bunny und dabei schätzungsweise so viel Grips wie ein Rasensprenger.«) Zuerst sieht sie niemand, nur Mr Bocklin, und auch der macht sich anscheinend nicht klar, was er da sieht, denn er redet einfach weiter.

»Entscheidend dabei ist, dass wir mehrere Suchtrupps bilden, sagen wir mal, drei Paare pro ... pro Trupp ... und ... dann ... dann ...« Mr Bocklin wird langsamer wie eine Spieldose, die abläuft, und steht dann einfach nur noch glotzend vor dem Fernseher der Cavells. Ein Raunen geht durch die eilig einberufene Elternversammlung, die Leute verstehen nicht, was mit dem los ist, der eben noch so selbstsicher referiert hat.

»Josie«, sagt er mit ausdrucksloser Stimme, die so ganz anders klingt als sein üblicher Gerichtssaalton.

»Ja«, sagt Hector Rinkenhauer, »so heißt sie. Was ist los, Dave? Ist alles in –«

»Josie«, sagt Dave und hebt eine zitternde Hand. Für Henry (und daher auch für Owen, der das mit Henrys Augen sieht) sieht er aus wie der Geist des künftigen Weihnachtsfestes, der auf Ebeneezer Scrooges Grab zeigt.

Einer sieht sich um ... zwei ... vier ... Alfie Cavells Augen, so groß und ungläubig hinter seiner Brille ... und schließlich schaut sich auch Mrs Rinkenhauer um.

»Hallo, Mum«, sagt Josie ganz nebenbei. Sie hält ihre Handtasche hoch. »Duddie hat meine BarbieKen gefunden. Ich hab festgehangen in einem –«

Der Rest wird übertönt von einem Freudenschrei. Henry hat in seinem ganzen Leben keinen solchen Schrei gehört, und obwohl es wunderbar ist, ist es doch irgendwie auch schrecklich.

»Arschkrass«, sagt Biber ganz leise.

Jonesy hält Duddits im Arm, den der Schrei erschreckt hat.

Pete sieht Henry an und nickt ihm kaum merklich zu: *Haben wir gut gemacht.*

Henry erwidert das Nicken. *Ja, das haben wir.*

Es ist vielleicht nicht ihre größte Stunde, aber es ist sicherlich ein guter zweiter Platz. Und als Mrs Rinkenhauer ihre Tochter schluchzend in die Arme schließt, tippt Henry Duddits auf den Arm. Als sich Duddits zu ihm umsieht, küsst ihn Henry sanft auf die Wange. *Guter alter Duddits,* denkt Henry, *Guter alter –*

6

»Da wären wir, Owen«, sagte Henry ganz ruhig. »Ausfahrt 27.«

Owens Blick ins Wohnzimmer der Cavells zerplatzte wie eine Seifenblase, und er sah das vor ihnen aufragende Schild: RECHTE SPUR AUSFAHRT 27 KANSAS STREET. Die fassungslosen Freudenschreie der Frau hallten ihm immer noch in den Ohren wider.

»Alles klar?«, fragte Henry.

»Ja. Ich glaube schon.« Er fuhr die Ausfahrt hoch, und der Humvee kämpfte sich durch den Schnee. Die Uhr im Armaturenbrett war ebenso ausgefallen wie Henrys Armbanduhr, aber er meinte, einen Hauch von Morgenröte entdecken zu können. »Rechts oder links an der Kreuzung? Sag's mir schnell, ich will nicht bremsen müssen.«

»Links, links.«

Owen bog mit dem Hummer-Jeep unter einer blinkenden Ampel nach links ab, wobei er wieder leicht ins Schleudern geriet, und fuhr dann in südlicher Richtung die Kansas Street entlang. Hier war der Schnee vor nicht allzu langer Zeit geräumt worden. Es wehte aber bereits wieder zu.

»Der Schneefall lässt nach«, sagte Henry.

»Ja, aber der Wind ist schlimm genug. Du freust dich darauf, ihn zu sehen, nicht wahr? Duddits, meine ich.«

Henry lächelte. »Ein bisschen nervös bin ich schon, aber: ja.« Er schüttelte den Kopf. »Duddits, Mann ... Bei Duddits wird's einem einfach warm ums Herz. Er ist ein Schnuffel. Du wirst es ja sehen. Ich wünschte nur, wir würden nicht so im Morgengrauen da aufkreuzen.«

Owen zuckte mit den Achseln. *Das lässt sich nicht ändern,* besagte die Geste.

»Sie wohnen jetzt schon seit etwa vier Jahren hier drüben, und ich habe sie noch nie in ihrer neuen Wohnung besucht.« Und ohne es zu bemerken, wechselte er zur Gedankensprache über: *Sie sind umgezogen, nachdem Alfie gestorben ist.*

Wart ihr – und dann, statt Worte, ein Bild: schwarz gekleidete Menschen unter schwarzen Regenschirmen. Ein verregneter Friedhof. Ein aufgebahrter Sarg, R.I.P. ALFIE oben eingeschnitzt.

Nein, sagte Henry und schämte sich. *Keiner von uns.*

?

Aber Henry wusste nicht, warum sie nicht hingegangen waren, nur ein Vers aus einem Gedicht fiel ihm ein: *Die regsame Hand schreibt, und hat sie geschrieben, dann gleitet sie weiter.* Duddits war ein wichtiger (das Wort, das er eigentlich benutzen wollte, war *entscheidender*) Bestandteil ihrer Kindheit gewesen. Aber als diese Verbindung dann zerbrochen war, wäre es eine Qual gewesen zurückzugehen, eine sinnlose Qual. Jetzt ging ihm etwas auf. Die Bilder, die er mit seiner Depression und der zunehmenden Entschlossenheit, sich umzubringen, assoziierte – wie seinem Vater Milch über das Kinn rann, wie Barry Newman mit seinem XXL-Arsch aus seinem Sprechzimmer eilte –, hatten die ganze Zeit ein anderes, eindringlicheres Bild überlagert: den Traumfänger. War das nicht der wahre Ursprung seiner Verzweiflung? Das grandiose Konzept des Traumfängers, gebündelt mit der Banalität der Zwecke, für die dieses Konzept dann eingesetzt wurde? Duddits zu nutzen, um Josie Rinkenhauer zu finden, war so, als hätte man die Quantenphysik nur dazu entdeckt, um mit ihrer Hilfe ein Videospiel zu entwickeln. Nein, schlimmer noch: dann festzustellen, dass die Quantenphysik auch zu gar nichts anderem taugte. Sie hatten natürlich etwas Gutes getan – ohne sie wäre Josie Rinkenhauer in dem Rohr krepiert wie eine Ratte in einer Regentonne. Aber, jetzt mal im Ernst, es war ja nun nicht so, dass sie eine künftige Nobelpreisträgerin gerettet hatten –

Ich kann dem zwar nicht ganz folgen, was dir da gerade durch den Kopf geht, sprach Owen jetzt plötzlich ganz tief in Henrys Gedanken hinein, *aber es klingt ganz schön arrogant. Welche Straße?*

Henry funkelte ihn wütend an. »Wir haben ihn in letzter Zeit nicht besucht, okay? Können wir es vielleicht dabei belassen?«

»Ja«, sagte Owen.

»Aber wir haben ihm alle Weihnachtskarten geschickt, klar? Jedes Jahr, und daher weiß ich, dass sie in die Dearborn Street gezogen sind, in die Dearborn Street 41 in West Side Derry. Bieg bei der dritten Straße rechts ab.«

»Okay. Krieg dich ein.«

»Fick deine Mutter und stirb.«

»Henry –«

»Wir haben einfach den Kontakt verloren. So was kommt vor. Einem so makellosen Menschen wie dir ist es wahrscheinlich noch nie passiert, aber uns anderen ... dem Rest der Menschheit ...« Henry schaute nach unten, sah, dass er die Fäuste geballt hatte, und zwang sich, sie wieder zu öffnen.

»Es reicht.«

»Mr Makellos steht ja wahrscheinlich mit seinen sämtlichen Schulfreunden ständig in Verbindung, nicht wahr? Ihr trefft euch wahrscheinlich einmal im Jahr, und dann schnippt ihr den Mädels wieder den BH auf, hört Mötley Crüe und esst Tuna Surprise, genauso, wie es das früher immer in der Cafeteria gab.«

»Es tut mir Leid, dass ich dich aufgeregt habe.«

»Da scheiß ich drauf. Du tust ja so, als ob wir ihn *verlassen* hätten.« Was der Wahrheit natürlich schon ziemlich nahe kam.

Owen sagte nichts. Er kniff die Augen zusammen und

spähte durch das Schneetreiben, suchte im fahlen Frühmorgenlicht nach dem Straßenschild der Dearborn Street ... und da war es ja, direkt voraus. Ein Pflug, der die Kansas Street geräumt hatte, hatte vor der Einfahrt zur Dearborn einen Schneewall hinterlassen, aber Owen dachte, für den Humvee wäre das kein Problem.

»Es ist ja nicht so, dass ich nicht mehr an ihn gedacht hätte«, sagte Henry. Er wollte in Gedanken fortfahren und blieb dann doch bei mündlicher Sprache. Es war zu aufschlussreich, wenn er an Duddits dachte. »Wir haben alle an ihn gedacht. Und Jonesy und ich wollten ihn in diesem Frühjahr besuchen. Dann hatte Jonesy seinen Unfall, und ich habe die ganze Sache aus den Augen verloren. Ist das so verwunderlich?«

»Überhaupt nicht«, sagte Owen milde. Er schlug das Lenkrad nach rechts ein, dann in die Gegenrichtung und trat das Gaspedal durch. Der Humvee traf so heftig auf dem vereisten, dicht gepackten Schneewall auf, dass es sie beide in ihren Sicherheitsgurten nach vorne stieß. Dann waren sie durch, und Owen schlängelte sich weiter und wich dabei den auf beiden Straßenseiten geparkten, eingeschneiten Autos aus.

»Ich muss mir von jemandem, der eben noch vorhatte, ein paar hundert Zivilisten zu grillen, kein schlechtes Gewissen machen lassen«, grummelte Henry.

Owen stieg voll auf die Bremse und schleuderte sie beide wieder in ihren Sicherheitsgurten nach vorn, diesmal so heftig, dass die Gurte einrasteten. Der Humvee kam schräg mitten auf der Straße zum Stehen.

»Halt jetzt endlich die Schnauze.«
Misch dich in nichts ein, wovon du keine Ahnung hast.
»Deinetwegen bin ich wahrscheinlich«
so gut wie tot
»und deshalb kannst du dir dein«
haltloses
(Bild einer verzogen aussehenden Göre, die mit vorgeschobener Unterlippe schmollt)
»Rechtfertigungsgefasel«

echt schenken.

Henry starrte ihn schockiert und verdattert an. Wann hatte zum letzten Mal jemand so mit ihm geredet? Die Antwort lautete wahrscheinlich: noch nie.

»Mir geht es nur um eines«, sagte Owen. Sein Gesicht war blass, sah angespannt und erschöpft aus. »Ich will deinen Typhoid Jonesy finden und ihn aufhalten. Klar? Ich scheiß auf deine kostbaren Gefühle, ich scheiße drauf, wie müde du bist, und ich scheiße auf dich. So ist das.«

»Na gut«, sagte Henry.

»Ich muss mir keine Moralvorträge anhören von einem Typen, der vorhat, sich sein überfressenes Hirn rauszupusten.«

»Schon gut.«

»Also fick du deine Mutter und stirb.«

Schweigen im Humvee. Und von außen hörte man nur das monotone Staubsaugerdröhnen des Winds.

Schließlich sagte Henry: »Wir machen das folgendermaßen: Ich ficke *deine* Mutter und sterbe dann, und du fickst *meine* Mutter und stirbst. So kommen wir wenigstens um den Inzest rum.«

Owen lächelte. Henry erwiderte sein Lächeln.

Was machen Jonesy und Mr Gray?, fragte Owen Henry. *Weißt du's?*

Henry leckte sich die Lippen. Das Jucken in seinem Bein hatte sehr nachgelassen, aber seine Zunge schmeckte wie ein versiffter Flokati. »Nein. Ich dringe nicht zu ihnen durch. Das ist wahrscheinlich Grays Schuld. Und unser furchtloser Anführer? Kurtz? Er holt auf, nicht wahr?«

»Ja. Wenn wir irgendeinen Vorsprung behalten wollen, müssen wir uns beeilen.«

»Dann beeilen wir uns.« Owen kratzte an dem roten Zeug, das er seitlich am Gesicht hatte, betrachtete die Bröckchen, die sich dabei lösten, und fuhr dann weiter.

Nummer 41, hast du gesagt?
Ja. Owen?
Was?
Ich habe Angst.

Vor Duddits?
Ja, irgendwie schon.
Und wieso?
Ich weiß es nicht.
Henry sah Owen mit niedergeschlagenem Blick an.
Ich habe so das Gefühl, dass etwas mit ihm nicht in Ordnung ist.

7

Ihre nächtliche Fantasie wurde Wirklichkeit, und als es an der Tür klopfte, war Roberta unfähig aufzustehen. Ihre Beine fühlten sich wie aus Wasser an. Die Nachtschwärze war fort, war einem fahlen, unheimlichen Morgenlicht gewichen, das auch nicht viel besser war, und da standen sie vor dem Haus, Pete und Biber, die Toten, und wollten ihren Sohn holen.

Da pochte die Faust wieder an die Tür, dass die Bilderrahmen an den Wänden erzitterten. In einem war eine Titelseite der *Derry News*. Das Foto zeigte Duddits, seine Freunde und Josie Rinkenhauer, die alle die Arme umeinander gelegt hatten und über sämtliche Wangen strahlten (wie gut Duddits auf diesem Bild aussah, wie stark und normal), und die Schlagzeile darüber lautete: SCHULKINDER SPIELEN DETEKTIV UND FINDEN VERMISSTES MÄDCHEN.

Bumm! Bumm! Bumm!

Nein, dachte sie, *ich bleibe einfach hier sitzen, und irgendwann gehen sie dann wieder weg, sie müssen einfach wieder weggehen, denn Tote muss man hereinbitten, und wenn ich hier sitzen bleibe und* –

Aber dann lief Duddits an ihrem Schaukelstuhl vorbei – er *lief*, wo es ihn heutzutage doch schon erschöpfte, einfach nur zu gehen, und in seinen Augen lag wieder der alte Glanz, sie waren so gute Jungs gewesen und hatten ihn so glücklich gemacht, aber jetzt waren sie *tot*, sie kamen durch den Sturm zu ihm und waren *tot* –

»*Duddie, nicht!*«, rief sie, aber er achtete nicht auf sie. Er

eilte an der gerahmten Zeitungsseite vorbei – Duddits Cavell auf der Titelseite, Duddits Cavell ein Held, es geschehen noch Zeichen und Wunder! –, und sie hörte, was er rief, als er im abebbenden Sturm die Tür aufmachte:
»*Ennie! Ennie! ENNIE!*«

8

Henry machte den Mund auf – aber was er sagen sollte, wusste er nicht, und dann kam auch nichts. Er war wie vom Schlag gerührt. Das war nicht Duddits, konnte nicht Duddits sein – das war irgendein kranker Onkel oder älterer Bruder, blass und unter der hochgeschobenen Red-Sox-Kappe anscheinend auch kahlköpfig. Er hatte stoppelige Wangen, getrocknetes Blut um die Nasenlöcher und tiefe dunkle Ringe unter den Augen. Und doch –

»*Ennie! Ennie! Ennie!*«

Der große, blasse Fremde da in der Tür warf sich Henry so überschwänglich entgegen wie früher Duddits immer und stieß ihn auf der verschneiten Eingangstreppe nicht durch sein Gewicht um – er war so leicht wie eine Feder –, sondern weil Henry auf diesen Überfall nicht gefasst war. Wenn Owen ihn nicht gehalten hätte, wäre er mit Duddits in den Schnee gepurzelt.

»*Ennie! Ennie!*«

Lachend. Weinend. Ihn auf seine alte Weise abknutschend. Ganz weit hinten im Lagerhaus seiner Erinnerungen sagte Biber Clarendon: *Wenn ihr irgendwem erzählt, dass ich das gemacht habe ...* Und Jonesy entgegnete: *Ja, ja, dann redest du kein Wort mehr mit uns, du blöder Wichser.* Es war eindeutig Duddits, der Henry da die mit Byrus übertupften Wangen abknutschte ... aber diese fahlen Wangen, was war das? Und er war auch so dünn – nein, mehr als nur das, *abgezehrt* –, und was war das? Das Blut an seinen Nasenlöchern, der Geruch, der von seiner Haut ausging ... es war nicht der gleiche Geruch, der von Becky Shue ausgegangen war, und nicht ein Geruch wie in ihrer zugewucherten Hütte, aber dennoch war es ein tödlicher Geruch.

Und da war Roberta, sie stand im Flur neben einem Foto, das Duddits und Alfie zeigte, wie sie bei den Derry Days lachend Karussell fuhren und die wild blickenden Plastikpferde dabei ganz klein wirkten.

Bin nicht zu Alfies Beerdigung gegangen, habe aber eine Karte geschickt, dachte Henry und verabscheute sich selbst.

Sie rang die Hände, ihre Augen schwammen in Tränen, und obwohl sie an Brust und Hüfte zugenommen hatte und ihr Haar jetzt fast gänzlich ergraut war, hatte Henry sie auf Anhieb erkannt, aber Duddits ... o Mann, *Duddits* ...

Henry sah sie an und umarmte seinen alten Freund, der immer noch seinen Namen rief. Er tätschelte Duddits' Schulterblatt. Es fühlte sich so leicht und zerbrechlich an wie die Knochen eines Vogelflügels.

»Roberta«, sagte er. »Roberta, mein Gott! Was hat er denn?«

»A. L. L.«, sagte sie und brachte ein mattes Lächeln zustande. »Das steht für akute lymphatische Leukämie. Sie haben es vor neun Monaten bei ihm diagnostiziert, und da war eine Heilung schon nicht mehr möglich. Und seitdem kämpfen wir gegen die Zeit an.«

»Ennie!«, rief Duddits. Das alte blöde Lächeln ließ sein graues, abgezehrtes Gesicht erstrahlen. »Säbe Scheise, anner Tach!«

»Stimmt«, sagte Henry und fing an zu weinen. »Selbe Scheiße, anderer Tag.«

»Ich weiß, warum ihr hier seid«, sagte Roberta. »Aber bitte nicht. Bitte, Henry. Ich flehe dich an. Nimm mir nicht meinen Jungen weg. Er stirbt.«

9

Kurtz wollte Perlmutter eben nach dem neuesten Stand bei Underhill und seinem neuen Freund fragen – Henry hieß er, Henry Devlin –, als Pearly einen lang gedehnten, heulenden

Schrei ausstieß und sein Gesicht dabei zur Decke des Humvee drehte. Kurtz hatte in Nicaragua bei einer Geburt geholfen (*aber angeblich sind wir ja immer die Bösen*, dachte er gefühlsselig), und dieser Schrei erinnerte ihn an die Schreie dieser Frau, die er da einst an den Ufern des schönen Flusses La Juvena gehört hatte.

»Halten Sie durch, Pearly!«, rief Kurtz. »Halten Sie durch, Bursche! Jetzt tief atmen!«

»*Sie Schwein!*«, schrie Pearly. »*Sehn Sie denn nicht, in was für eine Scheiße Sie mich geritten haben, Sie Arschgesicht? Ich scheiß auf Sie!*«

Kurtz nahm ihm das nicht übel. Frauen sagten schlimme Dinge, wenn sie Kinder gebaren, und obwohl Pearly zwar definitiv ein Mann war, glaubte Kurtz doch, dass er eben den Gefühlen bei einer Kindsgeburt so nahe kam, wie nur irgendein Mann das konnte. Er wusste, dass er Perlmutter vielleicht besser von seinen Qualen erlöste –

»*Tun Sie das nicht*«, stöhnte Pearly. Tränen des Schmerzes kullerten ihm die rotbärtigen Wangen hinab. »Das sollten Sie nicht wagen, Sie hartherziger alter Sack.«

»Machen Sie sich keine Sorgen, Bursche«, beruhigte ihn Kurtz und tätschelte ihm die zitternde Schulter. Von vorn erklang das stete Schaben und Brummen des Schneepflugs, dessen Fahrer Kurtz überredet hatte, ihnen die Spur freizuräumen (als allmählich wieder graues Licht in die Welt sickerte, hatten sie ihr Tempo auf Schwindel erregende fünfzig Stundenkilometer steigern können). Die Rücklichter des Pflugs glühten wie schmutzig rote Sterne.

Kurtz beugte sich vor und betrachtete Perlmutter mit großem Interesse. Wegen des zerschossenen Fensters war es eiskalt hinten im Humvee, aber vorläufig fiel Kurtz das nicht auf. Die Front von Pearlys Mantel wölbte sich, als hätte er einen Luftballon darunter, und Kurtz zog ein weiteres Mal seine Dienstpistole.

»Boss, wenn er platzt –«

Ehe Freddy ausreden konnte, produzierte Perlmutter einen ohrenbetäubenden Furz. Augenblicklich stank es infernalisch, aber Pearly schien das nicht zu bemerken. Sein

Kopf fiel mit halb geöffneten Augen und einem Ausdruck seliger Erleichterung auf dem Gesicht zurück an den Sitz.

»*Ach du heilige SCHEISSE!*«, rief Freddy und kurbelte sein Fenster ganz herunter, obwohl es im Wageninnern schon zog wie Hechtsuppe.

Fasziniert sah Kurtz zu, wie sich Perlmutters aufgeblähter Bauch wieder senkte. Es war also noch nicht so weit, und das war wahrscheinlich auch besser so. Das Ding, das da in Perlmutter heranwuchs, konnte ihnen vielleicht noch gelegen kommen. Das war nicht sehr wahrscheinlich, aber durchaus denkbar. Alle Dinge dienen dem Herrn, hieß es in der Heiligen Schrift, und vielleicht galt das ja auch für die Kackwiesel.

»Halten Sie durch, Soldat«, sagte Kurtz, tätschelte Pearly mit der einen Hand die Schulter und legte die Pistole mit der anderen neben sich auf die Rückbank. »Halten Sie durch und denken Sie an den lieben Gott.«

»Ich scheiß auf den lieben Gott«, sagte Perlmutter mürrisch, und das erstaunte Kurtz nun doch ein wenig. Er hätte sich nie träumen lassen, dass Perlmutter so lästerlich daherreden konnte.

Vor ihnen leuchteten die Bremslichter des Schneepflugs auf, und er fuhr rechts ran.

»Oh, oh«, sagte Kurtz.

»Was soll ich tun, Boss?«

»Halten Sie hinter ihm«, sagte Kurtz. Er hörte sich frohgemut an, nahm aber wieder die Pistole zur Hand. »Wollen doch mal sehen, was der gute Mann will.« Aber er ahnte es schon. »Freddy, was hören Sie von unseren alten Freunden? Können Sie sie empfangen?«

Sehr zögerlich sagte Freddy: »Nur Owen. Nicht den Typ, den er bei sich hat, oder den Typ, den sie jagen. Owen ist nicht mehr auf der Straße. Er ist in einem Haus. Spricht mit jemandem.«

»Ein Haus in Derry?«

»Ja.«

Und jetzt kam der Fahrer des Schneepflugs in dicken grünen Gummistiefeln und einem Kapuzenparka, der auch einem Eskimo gut angestanden hätte, durch den Schnee zu ihnen gestapft. Um die untere Gesichtshälfte hatte er sich einen dicken Wollschal gewickelt, dessen Enden hinter ihm im Wind flatterten, und Kurtz brauchte keine Telepathie, um zu wissen, dass ihm seine Frau oder Mutter den gestrickt hatte.

Der Fahrer beugte sich zum Fenster hinunter und rümpfte die Nase, als er den Gestank von Schwefel und Äthylalkohol wahrnahm. Er betrachtete argwöhnisch Freddy, den halb bewusstlosen Perlmutter und dann Kurtz auf der Rückbank, der sich vorbeugte und ihn munter und interessiert anschaute. Kurtz hielt es vorläufig für klüger, die Waffe neben seinem linken Knie zu verbergen.

»Ja, Käptn?«, fragte Kurtz.

»Ich habe einen Funkspruch bekommen, von einem gewissen Randall.« Der Pflugfahrer sprach lauter, um sich bei diesem Wind verständlich zu machen. »*General* Randall. Hat behauptet, er würde über Satellit direkt vom Cheyenne Mountain in Wyoming aus sprechen.«

»Der Name sagt mir nichts, Käptn«, sagte Kurtz in aufgeräumtem Tonfall und ignorierte dabei völlig Perlmutter, der stöhnte: »Sie lügen, Sie lügen, Sie lügen.«

Der Mann schaute kurz zu ihm hinüber und sah dann wieder Kurtz an. »Er hat mir ein Codewort genannt. Blue Exit. Sagt Ihnen das irgendwas?«

»Mein Name ist Bond, James Bond«, sagte Kurtz und lachte. »Da hat Ihnen jemand einen Streich gespielt, Käptn.«

»Ich soll Ihnen ausrichten, dass Ihr Teil der Mission beendet ist und Ihr Vaterland Ihnen dankt.«

»Hat er auch irgendwas von einer goldenen Armbanduhr gesagt, Bürschchen?«, fragte Kurtz mit funkelndem Blick.

Der Fahrer befeuchtete sich die Lippen. Es war schon interessant, fand Kurtz. Er konnte ganz genau sehen, wann der Mann beschloss, dass er es hier mit einem Wahnsinnigen zu tun hatte.

»Von einer goldenen Armbanduhr weiß ich nichts. Ich

wollte Ihnen nur sagen, dass ich Sie nicht weiter bringen kann. Nicht ohne Genehmigung.«

Kurtz hob die Pistole und richtete sie auf das Gesicht des Mannes. »Hier haben Sie Ihre Genehmigung, Bursche, in dreifacher Ausfertigung und unterschrieben. Wird das reichen?«

Der Pflugfahrer betrachtete die Waffe mit ausdrucksloser Miene. Er wirkte nicht sonderlich eingeschüchtert. »Ja, das sieht schon mal nicht schlecht aus.«

Kurtz lachte. »Guter Mann! *Sehr* guter Mann! Dann lassen Sie uns fahren. Und machen Sie ein bisschen schneller, Gott vergelt's. Es gibt da jemanden in Derry, den ich ...« Kurtz suchte nach dem treffenden Wort, und dann fand er es. »... den ich demobilisieren muss.«

Perlmutter lachte stöhnend auf. Der Pflugfahrer schaute zu ihm hinüber.

»Achten Sie nicht auf ihn. Er ist schwanger«, sagte Kurtz in vertraulichem Ton. »Gleich wird er noch Austern und saure Gurken verlangen.«

»Schwanger«, wiederholte der Mann mit vollkommen ausdrucksloser Stimme.

»Ja, aber kümmern Sie sich nicht darum. Das ist nicht Ihr Problem. Es geht jetzt darum, Bursche –« Kurtz beugte sich vor und sprach in herzlichem, vertraulichem Ton über den Lauf seiner Dienstpistole hinweg, »– dass dieser Mann, den ich erwischen muss, jetzt in Derry ist. Ich rechne damit, dass er bald wieder aufbricht, und ich würde sagen, er weiß, dass ich hinter ihm her bin –«

»Das weiß er auf jeden Fall«, sagte Freddy Johnson. Er kratzte sich erst seitlich am Hals und dann im Schritt.

»– und in der Zwischenzeit«, fuhr Kurtz fort, »möchte ich seinen Vorsprung etwas wettmachen. Wollen Sie Ihren runzligen Arsch jetzt also in Bewegung setzen oder was?«

Der Pflugfahrer nickte und ging dann zurück zu seinem Schneepflug. Es wurde allmählich hell. *Da geht nun höchstwahrscheinlich zum letzten Mal in meinem Leben die Sonne auf,* dachte Kurtz milde verwundert.

Perlmutter wimmerte leise vor Schmerz. Das ging eine

ganze Weile so, und dann schwoll es zu einem Schrei an. Er hielt sich wieder den Bauch.

»O Gott«, sagte Freddy. »Schaun Sie sich seinen Bauch an, Boss. Der geht auf wie Hefeteig.«

»Tief durchatmen«, sagte Kurtz und tätschelte Perlmutter gutmütig die Schulter. Vor ihnen hatte sich der Schneepflug wieder in Bewegung gesetzt. »Tief durchatmen, Bürschchen. Entspannen Sie sich. Entspannen Sie sich, und denken Sie an was Schönes.«

10

Noch vierzig Meilen bis Derry. *Vierzig Meilen noch zwischen Owen und mir,* dachte Kurtz. *Gar nicht mal so schlecht. Dich hol ich mir, Bursche. Ich muss dich zur Schule bringen. Ich muss dich lehren, was du über die Kurtz-Grenze vergessen hast.*

Zwanzig Meilen später waren die anderen immer noch in Derry – dies sowohl Freddy als auch Perlmutter zufolge, nur dass sich Freddy da anscheinend nicht mehr so sicher war. Pearly hingegen sagte, Owen und der andere sprächen mit der Mutter. Und die Mutter wolle ihn nicht gehen lassen.

»Wen gehen lassen?«, fragte Kurtz. Es interessierte ihn kaum. Diese Mutter hielt sie in Derry fest und ermöglichte es ihnen, den Vorsprung aufzuholen, also mochte Gott dieser Mutter beistehen, ganz egal, wer sie war und welche Absichten sie verfolgte.

»Ich weiß es nicht«, sagte Pearly. Seit Kurtz' Gespräch mit dem Pflugfahrer hatte sich sein Bauch relativ ruhig verhalten, aber er klang erschöpft. »Ich kann es nicht sehen. Da ist jemand, aber es ist so, als gäbe es da keine Gedanken, in die man eindringen könnte.«

»Freddy?«

Freddy schüttelte den Kopf. »Owen krieg ich nicht mehr rein. Ich höre kaum noch den Typ da im Pflug. Das ist … ich weiß nicht … als würde man ein Funksignal nicht mehr reinkriegen.«

Kurtz beugte sich vor und schaute sich den Ripley auf Freddys Wange etwas genauer an. In der Mitte war er immer noch kräftig rötlich orangefarben, aber an den Rändern wurde er allmählich aschgrau.

Er geht ein, dachte Kurtz. *Entweder stirbt er an Freddys Stoffwechsel oder an den Umweltbedingungen. Owen hat Recht gehabt. Schau einer an.*

Nicht dass das irgendwas änderte. Die Grenze blieb die Grenze, und Owen hatte sie übertreten.

»Der Typ im Pflug«, sagte Perlmutter mit erschöpfter Stimme.

»Was ist mit ihm, Bursche?«

Aber Perlmutter musste gar nicht darauf antworten. Vor ihnen ragte aus dem Schneegestöber ein Schild mit der Aufschrift AUSFAHRT 32 GRANDVIEW/GRANDVIEW STATION auf. Mit einem Mal beschleunigte der Schneepflug und hob dabei seine Pflugschar. Plötzlich fuhr der Humvee wieder durch über dreißig Zentimeter hohen Pulverschnee. Der Pflugfahrer machte sich nicht die Mühe zu blinken, fuhr einfach mit siebzig Sachen vom Highway ab und zog dabei einen großen Schneefächer hinter sich her.

»Sollen wir ihm folgen?«, fragte Freddy. »Ich kann ihn einholen, Boss.«

Kurtz konnte sich gegen das starke Verlangen wehren, Freddy genau das zu befehlen – sie hätten den Schweinekerl eingeholt, auf den Boden der Tatsachen zurückgebracht und ihn gelehrt, was mit Leuten geschah, die die Grenze übertraten. Hätten ihm ein wenig der für Owen Underhill bestimmten Medizin verabreicht. Bloß dass der Schneepflug größer war als der Humvee, viel größer, und wie wollten sie ihn aufhalten?

»Bleiben Sie auf dem Highway, Bursche«, sagte Kurtz und lehnte sich zurück. »Wir lassen uns nicht beirren.« Dann sah er mit großem Bedauern den Schneepflug im eiskalten, windigen Morgen verschwinden. Ihm blieb nicht einmal die Hoffnung, dass sich der verdammte Fahrer bei Freddy oder Archie Perlmutter angesteckt hatte, denn das Zeug ging ja ein.

Sie fuhren weiter, im Schnee nun nur mit dreißig Sachen, aber Kurtz dachte, die Straßenverhältnisse würden besser werden, je weiter sie nach Süden kamen. Der Sturm hatte sich fast gelegt.

»Und meinen Glückwunsch«, sagte er zu Freddy.

»Wieso?«

Kurtz tätschelte ihm die Schulter. »Sie sind anscheinend auf dem Wege der Besserung.« Er wandte sich an Perlmutter. »Aber bei Ihnen habe ich da so meine Zweifel, Bürschchen.«

11

Hundert Meilen nördlich von Kurtz' gegenwärtiger Position und keine zwei Meilen von der Kreuzung entfernt, an der man Henry festgenommen hatte, stand die neue Kommandantin des Imperial-Valley-Kaders – eine äußerst gut aussehende Frau Ende vierzig – unter einer Kiefer in einem Tal, das den Codenamen Clean Sweep One erhalten hatte. Clean Sweep One war buchstäblich ein Tal des Todes. Überall lagen Leichenberge, und die meisten Leichen trugen waidmännisches Orange. Es waren über hundert. Wenn sich die Leichen mit irgendwas identifizieren ließen, hatte man ihnen das mit einer Banderole um den Hals geklebt. Die meisten Toten trugen ihren Führerschein, aber man sah auch Visa- und Discover-Karten, Krankenversicherungsausweise und Jagdscheine. Eine Frau, die ein großes schwarzes Loch in der Stirn hatte, trug ihren Blockbuster-Videotheksausweis.

Kate Gallagher stand neben dem größten Leichenhaufen und schloss eben eine grobe Zählung ab, ehe sie dann ihren Bericht schreiben würde. In der Hand hielt sie einen Palm Pilot, einen Kleincomputer, um den sie Adolf Eichmann, der berühmte Buchhalter des Todes, bestimmt beneidet hätte. Die Palm Pilots hatten zuvor nicht funktioniert, aber jetzt hatten sich die ganzen coolen elektronischen Gerätschaften anscheinend erholt.

Kate trug einen Kopfhörer mit einem Mikrofon, das vor ihrer Atemmaske hing. Hin und wieder erkundigte sie sich bei jemandem oder gab einen Befehl. Kurtz hatte sich eine Nachfolgerin ausgesucht, die ihren Dienst ebenso begeistert wie effizient versah. Sie schätzte beim Zusammenzählen, dass sie mindestens sechzig Prozent der Ausbrecher erwischt hatten. Stinknormale Amerikaner hatten aufbegehrt, und das war sicherlich eine Überraschung gewesen, aber auf lange Sicht waren die meisten von ihnen eben keine Überlebenskünstler. So einfach war das.
»Yo, Katie-Kate.«
Jocelyn McAvoy tauchte aus dem Wald am Südende des Tals auf, ohne Kapuze auf dem Kopf, das kurze Haar mit einem grünen Seidentuch bedeckt, das Maschinengewehr am Riemen über der Schulter. Auf der Brust ihres Parkas hatte sie einen Blutspritzer.
»Hab ich dich erschreckt, was?«, fragte sie die neue Befehlshaberin.
»Du hast meinen Blutdruck vielleicht um ein, zwei Punkte in die Höhe getrieben, ja.«
»Also, Quadrant vier ist sauber, vielleicht senkt ihn das wieder.« McAvoys Augen funkelten. »Wir haben über vierzig. Jackson hat die harten Fakten für dich, und apropos hart, ich könnte gerade sehr gut einen harten –«
»Verzeihung? Ladies?«
Sie drehten sich um. Aus den eingeschneiten Sträuchern am Nordende des Tals trat eine Gruppe von sechs Männern und zwei Frauen hervor. Die meisten waren orangefarben gekleidet. Ihr Anführer, ein gedrungener Fettwanst, trug einen Overall wie die Angehörigen der Blue Group und einen Parka darüber. Er hatte auch noch seine durchsichtige Atemmaske auf, obwohl er unter dem Mund ein Ripley-Bärtchen hatte, das ganz sicher nicht den Vorschriften entsprach. Sie alle hielten automatische Waffen.
Gallagher und McAvoy konnten eben noch einen großäugigen, verdutzten Blick tauschen. Dann langte Jocelyn McAvoy nach ihrem Maschinengewehr und Kate Gallagher nach dem Browning, den sie an den Baumstamm gelehnt

hatte. Doch weiter kamen sie nicht. Der Schusslärm war ohrenbetäubend. McAvoy wurde fast fünf Meter weit durch die Luft geschleudert. Einer ihrer Stiefel flog davon.

»*Das war für Larry!*«, schrie eine der orangefarben gekleideten Frauen. »*Das war für Larry, ihr Hexen, das war für Larry!*«

12

Als sich der Pulverdampf verzogen hatte, versammelte der Dicke mit dem Ripley-Spitzbart seine Gruppe neben der auf dem Bauch liegenden Leiche von Kate Gallagher, die in West Point die Neuntbeste ihres Jahrgangs gewesen war, ehe sie mit der Krankheit namens Kurtz zu tun bekommen hatte. Er beschlagnahmte ihr Gewehr, das besser war als seines.

»Ich glaube fest an die Demokratie«, sagte er, »und ihr könnt machen, was ihr wollt, aber ich breche jetzt nach Norden auf. Ich weiß nicht, wie lange ich brauchen werde, bis ich den Text der kanadischen Nationalhymne auswendig kann, aber das werde ich dann schon sehen.«

»Ich gehe mit dir«, sagte einer der Männer, und schnell stellte sich heraus, dass sie alle mitgehen wollten. Ehe sie die Lichtung verließen, bückte sich der Anführer noch und hob den Palm Pilot aus einer Schneewehe auf.

»So einen wollte ich immer schon haben«, sagte Emil »Dawg« Brodsky. »Ich steh auf diese ganzen neuen Geräte.«

Sie verließen das Tal des Todes in der Richtung, aus der sie gekommen waren, und brachen nach Norden auf. Um sie her erklangen zwar noch vereinzelt Schüsse, aber im Grunde war die Operation Clean Sweep beendet.

13

Mr Gray hatte einen weiteren Mord begangen und ein weiteres Fahrzeug gestohlen, diesmal einen kommunalen Schneepflug. Jonesy hatte es nicht mit angesehen. Mr Gray, der sich anscheinend damit abgefunden hatte, dass er Jonesy nicht aus dem Büro herausbekam (zumindest nicht, solange er diesem Problem nicht seine ganze Zeit und Aufmerksamkeit widmen konnte), hatte sich entschlossen, dann eben das Nächstbeste zu tun, und das war, ihn von der Außenwelt auszusperren. Jetzt glaubte Jonesy zu wissen, wie sich Fortunato in *Das Gebinde Amontillado* gefühlt haben musste, als Montressor ihn in seinem Weinkeller eingemauert hatte.

Es war geschehen, kurz nachdem Mr Gray mit dem Streifenwagen auf die nach Süden führende Spur des Highways eingebogen war (zurzeit gab es nur diese eine, und es war sehr glatt). Jonesy hatte sich gerade in einem Wandschrank befunden und das verfolgt, was er für eine absolut geniale Idee gehalten hatte.

Mr Gray hatte also seinen Telefonanschluss gekappt? Na gut, dann würde er sich einfach eine andere Kommunikationsmöglichkeit beschaffen, genau wie er sich den Thermostat beschafft hatte, um die Heizung zu regeln, als Mr Gray versucht hatte, ihn mit der Hitze aus dem Zimmer zu treiben. Ein Faxgerät wäre genau das Richtige, beschloss er. Und wieso auch nicht? Diese ganzen Geräte waren doch ohnehin nur Symbole, nur Visualisierungen, die ihm dabei helfen sollten, die Kräfte zu bündeln und auszuüben, die er seit über zwanzig Jahren in sich hatte. Mr Gray hatte mitbekommen, dass er diese Kräfte hatte, und nach seiner ersten Bestürzung darüber war er dazu übergegangen, Jonesy sehr effektiv davon abzuhalten, sie auszuüben. Jetzt musste Jonesy nur Wege finden, die um die Straßensperren, die Mr Gray aufgestellt hatte, herumführten, genau wie Mr Gray auch immer neue Wege fand, um weiter nach Süden zu gelangen.

Jonesy schloss die Augen und stellte sich ein Faxgerät vor wie das im Büro der historischen Fakultät, nur dass er es in den Wandschrank seines neuen Büros versetzte. Dann – er kam sich vor wie Aladin, der an der Wunderlampe rieb (nur dass ihm hier anscheinend unendlich viele Wünsche gewährt wurden, solange er es nicht übertrieb) – stellte er sich auch noch einen Stapel Papier und daneben einen Bleistift Marke Berol Black Beauty vor. Und dann ging er in den Wandschrank und sah nach, wie er das gemacht hatte.

Auf den ersten Blick gar nicht schlecht ... nur dass ihm der Bleistift ein wenig unheimlich vorkam: Er war nagelneu und makellos angespitzt und trotzdem angenagt. Aber wie hätte es auch anders sein können? Biber war es gewesen, der immer Black-Beauty-Bleistifte benutzt hatte, auch in der Grundschule schon. Die anderen hatten immer die üblichen gelben von Faber dabeigehabt.

Das Faxgerät sah einwandfrei aus. Es stand auf dem Boden unter baumelnden Kleiderbügeln, an denen eine Jacke hing (der hellorangefarbene Parka, den ihm seine Mutter zu seinem ersten Jagdausflug gekauft hatte – und dann hatte er ihr noch, mit der Hand auf dem Herzen, versprechen müssen, ihn aber auch wirklich immer zu tragen, wenn er sich draußen aufhielt), und summte ermutigend.

Enttäuschung machte sich erst breit, als er sich davor hinkniete und las, was das beleuchtete Display anzeigte: GIB AUF, JONESY, KOMM RAUS.

Er nahm den seitlich angebrachten Hörer ab und hörte Mr Grays aufgezeichnete Stimme sagen: »Gib auf, Jonesy. Komm raus. Gib auf, Jonesy. Komm raus –«

Lautes Pochen, fast wie Donnerschläge, ließ ihn mit einem Schrei aufspringen. Im ersten Moment dachte er, Mr Gray würde mit einer Polizei-Ramme die Tür aufbrechen.

Aber es kam nicht von der Tür. Es kam vom Fenster, und in mancher Hinsicht war das noch schlimmer. Mr Gray hatte zwei schlichte graue Fensterläden, anscheinend aus Stahl, vor seinem Fenster angebracht. Jetzt war er nicht nur gefangen, er konnte auch nichts mehr sehen.

Auf ihren Innenseiten stand, durch das Fensterglas gut lesbar: GIB AUF! KOMM RAUS! Jonesy fiel eine Szene aus dem *Zauberer von Oz* ein, in der quer über den Himmel ERGIB DICH, DOROTHY geschrieben stand, und er wollte lachen, konnte aber nicht. Das hier war nicht lustig. Das war grauenhaft.

»Nein!«, schrie er. »Nimm die wieder weg! Bau die wieder ab, verdammt noch mal!«

Keine Reaktion. Jonesy hob die Hände, wollte das Glas einschlagen und an die stählernen Fensterläden pochen, dachte dann aber: *Spinnst du? Das ist doch genau das, was er will! Sobald du das Fenster einschlägst, verschwinden die Fensterläden, und dann ist Mr Gray hier drin. Und du bist erledigt, mein Lieber.*

Er spürte Bewegungen – das Rumpeln des Schneepflugs. Wo waren sie mittlerweile? In Waterville? In Augusta? Sogar schon weiter südlich? Schon in dem Bereich, in dem der Niederschlag als Regen gefallen war? Nein, wahrscheinlich nicht. Mr Gray hätte den Schneepflug gegen ein schnelleres Fahrzeug eingetauscht, wenn sie schon aus dem Schnee heraus gewesen wären. Aber sie würden aus dem Schnee herauskommen, und zwar bald. Denn sie fuhren nach Süden.

Und wohin?

Eigentlich könnte ich jetzt auch tot sein, dachte Jonesy, als er bedrückt die geschlossenen Fensterläden mit ihrer höhnischen Botschaft betrachtete.

Eigentlich könnte ich jetzt auch tot sein.

14

Letztlich war es dann Owen, der Roberta Cavell am Arm nahm – er dachte dabei immer an die rasend schnell vergehende Zeit und war sich nur zu bewusst, dass Kurtz alle anderthalb Minuten eine Meile näher kam – und ihr erzählte, warum sie Duddits mitnehmen mussten, auch wenn er noch so schwer krank war. Selbst unter diesen Umständen hätte Henry nicht gewusst, wie er den Satz *das Schicksal der Welt hängt möglicherweise davon ab* von sich geben und dabei keine Miene hätte verziehen sollen. Underhill, der sein ganzes Leben beim Militär verbracht hatte, konnte das und tat es auch.

Duddits stand da, hielt Henry umarmt und schaute wie

gebannt mit seinen strahlenden grünen Augen zu ihm hinab. Wenigstens diese Augen und dieser Blick hatten sich nicht verändert. Und auch nicht das Gefühl, das sie immer gehabt hatten, wenn sie mit Duddits zusammen waren – dass alles in Ordnung war oder es doch bald sein würde.

Roberta sah Owen an, und ihr Gesicht schien mit jedem Satz, den er sprach, zu altern. Es war wie auf einer boshaft gemeinten Zeitrafferaufnahme.

»Ja«, sagte sie, »ja, ich habe verstanden, dass ihr Jonesy finden, ihn fangen wollt – aber was hat er denn vor? Und warum hat er es nicht hier gemacht, wenn er doch schon hier war?«

»Ma'am, auf diese Fragen weiß ich keine Antwort –«

»Assa«, sagte Duddits unvermittelt. »Onzi will Assa.«

Wasser?, fragte Owen Henry in Gedanken. *Wieso denn Wasser?*

Ist doch jetzt egal, erwiderte Henry, und mit einem Mal war die Stimme in Owens Kopf leiser und schwer zu verstehen. *Wir müssen los.*

»Ma'am. Mrs Cavell.« Owen nahm sie ganz behutsam wieder an den Armen. Henry hatte diese Frau sehr gern, obwohl er sie jetzt über zehn Jahre lang auf recht grausame Weise ignoriert hatte, und Owen wusste, warum Henry sie so mochte. Das ging von ihr aus wie ein süßer Duft. »Wir müssen los.«

»Nein. O bitte nicht.« Jetzt kamen ihr wieder die Tränen. *Bitte nicht weinen,* hätte Owen gern gesagt. *Es ist schon alles schlimm genug. Jetzt bitte nicht auch noch weinen.*

»Ein Mann ist hinter uns her. Ein sehr böser Mann. Wir müssen weg sein, wenn er hier eintrifft.«

Robertas verzweifeltes Gesicht zeigte plötzlich große Entschlossenheit. »Also gut. Wenn es sein muss. Aber ich komme mit.«

»Nein, Roberta«, sagte Henry.

»Doch! Ich kann mich um ihn kümmern ... ihm seine Tabletten geben ... sein Prednisone ... Ich nehme die Zitronentupfer mit und –«

»Amma, du aist ier.«

»Nein, Duddie, nein!«

»Amma, du aist ier. Icha! Icha!« Sicher. Duddits wirkte immer aufgeregter.

»Wir haben wirklich keine Zeit mehr«, sagte Owen.

»Roberta«, sagte Henry. »Bitte.«

»Lasst mich mitkommen!«, rief sie. »Er ist doch alles, was ich habe!«

»Amma«, sagte Duddits. Seine Stimme klang kein bisschen kindlich. »*Uh ... aist ... IER.*«

Sie sah ihn eindringlich an, und aus ihrem Gesicht wich alle Hoffnung. »Also gut«, sagte sie. »Nur noch einen Augenblick. Ich muss etwas holen.«

Sie ging in Duddits' Zimmer und kam mit einer Papiertüte wieder, die sie Henry gab.

»Das sind seine Tabletten«, sagte sie. »Das Prednisone muss er um neun Uhr nehmen. Vergesst das nicht, sonst fängt er an zu keuchen und hat Schmerzen in der Brust. Er darf auch Percocet nehmen, wenn er darum bittet, und er wird wahrscheinlich darum bitten, denn es tut ihm weh, draußen in der Kälte zu sein.«

Sie sah Henry traurig, aber nicht vorwurfsvoll an. Fast wünschte er, sie hätte ihm Vorwürfe gemacht. Er hatte sich in seinem ganzen Leben nicht so geschämt wie jetzt. Nicht weil Duddits Leukämie hatte; nein, weil er es schon so lange hatte und keiner von ihnen etwas davon gewusst hatte.

»Und dann noch seine Zitronentupfer, aber nur für die Lippen, denn er hat oft Zahnfleischbluten, und dann brennen die Tupfer. Da sind Wattebäusche drin, falls er Nasenbluten bekommt. Ach ja, und dann der Katheter. Siehst du, da an seiner Schulter?«

Henry nickte. Ein Plastikschlauch, der aus einem Verband ragte. Als er das sah, hatte er ein eigenartig starkes Déjà-vu-Gefühl.

»Wenn ihr draußen seid, muss der bedeckt sein ... Dr. Briscoe lacht mich aus deswegen, aber ich mache mir immer Sorgen, dass sonst die Kälte in ihn hineinkommt ... Da reicht ein Schal ... oder auch ein Taschentuch ...« Sie weinte wieder, und Schluchzer brachen aus ihr hervor.

»Roberta –«, setzte Henry an. Jetzt sah er auch auf die Uhr.

»Ich kümmere mich drum«, sagte Owen. »Ich habe meinen Vater bis zum Ende gepflegt. Ich kenne mich mit Prednisone und Percocet aus.« Und nicht nur das: auch mit stärkeren Steroiden und Schmerzmitteln. Und am Ende dann Marihuana, Methadon und schließlich reines Morphium, das so viel besser war als Heroin. Morphium, der schnittigste Flitzer des Todes.

Er nahm sie nun in seinem Kopf wahr, ein eigenartiges kitzelndes Gefühl wie von nackten Füßchen, die so leicht waren, dass sie den Boden kaum berührten. Es kitzelte, aber es war nicht unangenehm. Sie versuchte herauszufinden, ob das, was er über sich und seinen Vater gesagt hatte, der Wahrheit entsprach oder gelogen war. Das war die kleine Gabe, die ihr außergewöhnlicher Sohn ihr verliehen hatte, das wurde Owen klar, und sie nutzte sie schon so lange, dass sie es gar nicht mehr mitbekam, wenn sie sie einsetzte ... wie Henrys Freund Biber ewig an seinen Zahnstochern genagt hatte. Bei ihr war die Gabe nicht so stark wie bei Henry, aber sie war nichtsdestotrotz vorhanden, und Owen war nie im Leben so froh gewesen, dass er gerade die Wahrheit gesagt hatte.

»Das war aber keine Leukämie«, sagte sie.

»Es war Lungenkrebs. Mrs Cavell, wir müssen jetzt wirklich –«

»Ich muss ihm noch etwas holen.«

»Roberta, wir können wirklich –«, setzte Henry an.

»Bin gleich wieder da.« Sie eilte in die Küche.

Owen bekam zum ersten Mal richtige Angst. »Kurtz und Freddy und Perlmutter – Henry, ich weiß nicht mehr, wo sie sind! Ich habe sie verloren!«

Henry hatte die Papiertüte geöffnet und schaute hinein. Dann starrte er wie gebannt das an, was dort auf der Schachtel Glycerintupfer mit Zitronengeschmack lag. Er antwortete Owen, aber seine Stimme schien vom anderen Ende eines bisher unentdeckten, ja, *ungeahnten* Tals zu kommen. Es gab so ein Tal, das wusste er jetzt. Ein Tal der Jahre. Er hätte nicht behaupten wollen oder können, dass er nie vermutet hatte, dass es so etwas gab, aber wie um Gottes willen hatte er davon *so wenig* ahnen können?

»Sie sind gerade an der Ausfahrt 29 vorbeigefahren«, sagte er. »Sie sind zwanzig Meilen hinter uns, vielleicht sogar näher.«

»Was ist denn mit dir?«

Henry langte in die braune Papiertüte und holte das kleine Fadengeflecht hervor, das einem Spinnennetz ähnlich sah und über Duddits' Bett gehangen hatte und früher, vor Alfies Tod, auch über seinem Bett in ihrem Haus in der Maple Lane.

»Wo hast du den her, Duddits?«, fragte er, wusste es aber natürlich schon. Dieser Traumfänger war kleiner als der, der im Hauptraum ihrer Hütte gehangen hatte, sah sonst aber genauso aus.

»Ieba«, sagte Duddits. Er hatte Henry die ganze Zeit nicht aus den Augen gelassen. Als ob er es immer noch nicht so ganz glauben konnte, dass Henry da war. »At Ieba mi eschitt. Uh mein Einachn etze Oche.«

Obwohl seine Gedankenlese-Fähigkeiten rapide schwanden, während sein Körper die Byrus-Infektion abwehrte, verstand Owen das auf Anhieb: *Hat Biber mir geschickt*, hatte Duddits gesagt, *zu meinem Weihnachten letzte Woche*. Menschen mit Downsyndrom hatten Schwierigkeiten, zeitliche Zusammenhänge auszudrücken, die sich in die Vergangenheit oder die Zukunft erstreckten, und Owen vermutete, dass für Duddits die Vergangenheit immer letzte Woche und die Zukunft immer nächste Woche war. Owen fand, wenn alle so dächten, gäbe es viel weniger Kummer und Verbitterung auf der Welt.

Henry betrachtete den kleinen Traumfänger noch für einen Moment und legte ihn dann wieder in die Papiertüte, als Roberta wiederkam. Duddits strahlte über beide Wangen, als er sah, was sie ihm mitgebracht hatte. »Uuhbihduuh!«, rief er. »Uuhbih-duuh Anschocks!« Er nahm die Lunchbox und küsste Roberta auf die Wangen.

»Owen«, sagte Henry mit strahlendem Blick. »Ich habe *äußerst* gute Neuigkeiten.«

»Schieß los.«

»Die Schweine müssen einen Umweg machen – kurz vor Ausfahrt 28 liegt ein Sattelzug quer auf dem Highway. Das wirft sie zehn, vielleicht sogar zwanzig Minuten zurück.«

»Gott sei Dank. Das müssen wir ausnutzen.« Er sah zu dem Kleiderständer in der Ecke hinüber, an dem ein großer blauer Parka hing, mit dem knallroten Aufdruck RED SOX WINTER BALL hintendrauf. »Ist das deiner, Duddits?«

»Eine!«, sagte Duddits und nickte lächelnd. »Eine Acke!« Und als Owen danach griff: »Du as sehn wie wir Osie fun'n ham.« Auch das verstand Owen, und es jagte ihm einen Schauer über den Rücken. *Du hast gesehen, wie wir Josie gefunden haben.*

Ja, das hatte er ... und Duddits hatte ihn dabei gesehen. Heute Nacht erst, oder hatte Duddits ihn auch an jenem Tag vor zwanzig Jahren gesehen? Konnte Duddits mit seiner Gabe auch so eine Art Zeitreise unternehmen?

Es war nicht der richtige Zeitpunkt für solche Fragen, und darüber war Owen fast froh.

»Ich hatte zwar gesagt, dass ich ihm seine Lunchbox nicht packe, aber jetzt habe ich es natürlich doch gemacht.«

Roberta sah sie an – sah Duddits an, der sie erst mit der einen und dann mit der anderen Hand hielt, während er seinen riesigen Parka anzog, der auch ein Geschenk der Boston Red Sox war. Sein Gesicht hob sich unglaublich fahl von dem leuchtenden Blau der Jacke und dem hellen Gelb der Schachtel ab. »Ich habe gewusst, dass er fortgeht. Und dass ich hier bleibe.« Sie sah Henry in die Augen. »Darf ich bitte mit, Henry?«

»Wenn du mitkommst, könnte es sein, dass du vor seinen Augen umkommst«, sagte Henry – und hasste diese Grausamkeit und hasste sich selbst auch dafür, dass ihn die Arbeit, die er sein ganzes Leben lang geleistet hatte, so gut darauf vorbereitet hatte, jetzt auf genau die richtigen Knöpfe zu drücken. »Willst du, dass er das sieht, Roberta?«

»Nein, natürlich nicht.« Und dann, und das traf ihn mitten ins Herz: »Du Mistkerl.«

Sie ging zu Duddits, schob Owen beiseite und schloss ihrem Sohn flugs den Reißverschluss. Dann nahm sie ihn an den Schultern, zog ihn zu sich herunter und sah ihm starr in die Augen. Diese zierliche, dabei so starke Frau. Und ihr großer, blasser Sohn, der in seinem Parka fast verschwand. Roberta hatte aufgehört zu weinen.

»Sei schön brav, Duddie.«

»Bin bav, Amma.«

»Pass auf Henry auf.«

»Ach ich, Amma. Ich ass auf Ennie auf.«

»Und immer schön warm anziehen.«

»Ja.« Immer noch gehorsam, aber jetzt auch ein klein wenig ungeduldig, denn er wollte los, und woran Henry das alles erinnerte: wie sie losgezogen waren, um Eis zu holen, wie sie zum Minigolf gefahren waren (Duddits war bei diesem Spiel erstaunlich gut gewesen, und nur Pete hatte ihn hin und wieder schlagen können), wie sie ins Kino gegangen waren; immer hatte es geheißen: *Pass auf Henry auf* oder *pass auf Jonesy auf* oder *pass auf deine Freunde auf*; immer hatte es geheißen: *Sei schön brav, Duddie* und *Bin bav, Amma*.

Sie musterte ihn von Kopf bis Fuß.

»Ich liebe dich, Douglas. Du bist mir immer ein guter Sohn gewesen. Und ich liebe dich sehr. Jetzt gib mir einen Kuss.«

Er küsste sie; sie streckte die Hand aus und streichelte seine Wange, die sich mit den Bartstoppeln wie Sandpapier anfühlte. Henry konnte es kaum ertragen zuzusehen, sah aber trotzdem hin, war dem so wehrlos ausgeliefert wie eine Fliege einem Spinnennetz, in dem sie sich verfangen hatte. Und jeder Traumfänger war auch so eine Falle.

Duddits gab ihr noch einen flüchtigen Kuss, schaute dabei mit seinen strahlenden grünen Augen aber schon zu Henry und der Haustür hinüber. Duddits wollte dringend los. Weil er wusste, dass die Leute, die Henry und seinen Freund verfolgten, schon so nah waren? Weil es ein Abenteuer war, genau wie die Abenteuer, die sie zu fünft in ihrer Kindheit bestanden hatten? Oder sowohl als auch? Ja, wahrscheinlich. Roberta ließ ihn los, und ihre Hände lösten sich zum letzten Mal von ihrem Sohn.

»Roberta«, sagte Henry, »wieso hast du keinem von uns davon erzählt? Wieso hast du nicht angerufen?«

»Und warum seid ihr nie vorbeigekommen?«

Henry hätte vielleicht noch eine andere Frage gestellt – Wieso hat *Duddits* nicht angerufen? –, aber schon die Frage wäre einer Lüge gleichgekommen. Duddits hatte seit März, als Jonesy seinen Unfall hatte, mehrfach angerufen. Er dachte an Pete, wie er da neben dem umgestürzten Scout im Schnee gesessen, Bier getrunken und immer wieder DUDDITS in den Schnee geschrieben hatte. Duddits, der in seinem Never-Never-Land, von der Außenwelt abgeschnitten, im Sterben lag, hatte seine Botschaften ausgesandt und nur Schweigen zur Antwort bekommen. Schließlich kam einer von ihnen vorbei, aber nur, um ihn mit nichts weiter als einer Tüte voller Pillen und seiner alten gelben Lunchbox von zu Hause zu entführen. Der Traumfänger war auch kein Trost. Sie hatten es mit Duddits immer nur gut gemeint, sogar schon damals an diesem ersten Tag; sie hatten ihn aufrichtig geliebt. Und doch endete es nun so.

»Pass auf ihn auf, Henry.« Sie wandte sich an Owen. »Und Sie auch. Passen Sie gut auf meinen Sohn auf.«

Henry sagte: »Wir werden uns Mühe geben.«

15

Auf der Dearborn Street konnten sie nicht wenden; sämtliche Auffahrten waren mit Schnee zugepflügt. Im Morgenlicht sah die schlafende Wohngegend aus wie ein Städtchen irgendwo in den Weiten der Tundra Alaskas. Owen legte den Rückwärtsgang ein und brauste mit dem Humvee die Straße zurück, wobei das Heck des massigen Fahrzeugs unbeholfen hin und her wippte. Die hoch angebrachte, stählerne Stoßstange schrammte an einem unter Schnee verborgenen, am Straßenrand abgestellten Auto entlang, und man hörte Glas splittern. Danach durchbrachen sie an der Kreuzung wieder die Straßensperre aus gefrorenem Schnee, schwenkten halsbrecherisch in die Kansas Street ein und brausten in Richtung Highway. Die ganze Zeit über saß Duddits absolut selbstzufrieden auf der Rückbank, seine Lunchbox auf dem Schoß.

Henry, wieso hat Duddits gesagt, dass Jonesy Wasser will? Was denn für Wasser?

Henry versuchte ihm telepathisch zu antworten, aber Owen konnte ihn nicht mehr hören. Die Byrus-Flecken auf seinem Gesicht waren alle weiß geworden, und als er sich gedankenverloren die Wange kratzte, löste er das Zeug schuppenweise mit den Fingernägeln. Die Haut darunter sah rissig und gerötet aus, aber nicht eigentlich verletzt. *Wie man eine Erkältung überwindet,* grübelte Henry. *Schlimmer ist es eigentlich nicht.*

»Assa«, sagte Duddits von der Rückbank aus noch einmal. Er beugte sich vor und sah das große grüne Schild mit der Aufschrift 95 RICHTUNG SÜDEN an. »Onzi will *Assa.*«

Owen runzelte die Stirn, und toter Byrus rieselte herab wie Haarschuppen. »Was –«

»Ja«, sagte Henry, langte nach hinten und tätschelte Duddits das knöchrige Knie. »Jonesy will Wasser. Aber es ist eigentlich nicht Jonesy, der das Wasser will. Es ist der andere. Den er Mr Gray nennt.«

16

Roberta ging zurück in Duddits' Zimmer und fing an, die Kleidungsstücke vom Boden aufzusammeln – es machte sie wahnsinnig, wie er immer seine Sachen herumliegen ließ, aber sie vermutete, dass das nun auch ein Ende hatte. Sie war kaum fünf Minuten dabei, da wurden ihr die Beine schwach, und sie musste sich auf den Stuhl am Fenster setzen. Der Anblick des Betts, in dem er einen immer größeren Teil seiner Tage verbracht hatte, quälte sie. Das trübe Morgenlicht auf seinem Kissen, auf dem noch der runde Abdruck seines Kopfs zu sehen war, wirkte unsagbar grausam.

Henry war der Ansicht, sie hätte Duddits gehen lassen, weil sie glaubte, das Schicksal der Welt hinge irgendwie davon ab, dass sie Jonesy fanden, und zwar schnell. Aber das war es nicht. Sie hatte Duddits gehen lassen, weil er es so wollte. Die Sterbenden bekamen signierte Baseballkappen geschenkt; und die Sterbenden durften mit alten Freunden Ausflüge unternehmen.

Aber es war hart.

Es war so hart, ihn zu verlieren.

Sie hielt sich eine Hand voll T-Shirts vors Gesicht, um nicht mehr das Bett ansehen zu müssen, und da war sein Geruch: Johnson's-Shampoo, Dial-Seife und vor allem, am schlimmsten von allem, die Arnikacreme, mit der sie ihm Rücken und Beine einrieb, wenn ihm die Muskeln wehtaten.

In ihrer Verzweiflung suchte sie da draußen nach ihm, versuchte ihn bei den beiden Männern zu erreichen, die wie die Toten gekommen waren und ihn geholt hatten, aber sie erreichte ihn nicht.

Er sperrt mich aus seinen Gedanken aus, dachte sie. Sie hatten all die Jahre (größtenteils) viel Freude gehabt an ihrer ganz alltäglichen Telepathie, die wahrscheinlich nicht groß davon abwich, was die Mütter anderer außergewöhnlicher Kinder erlebten (ein »besonders enges Verhältnis«, hatten sie es bei den Treffen der Selbsthilfegruppe immer genannt, die Alfie und sie hin und wieder besucht hatten), aber das war nun vorbei. Duddits hatte sich eingesperrt, und das hieß, er wusste, dass etwas Schreckliches bevorstand.

Er wusste es.

Mit den T-Shirts immer noch vor dem Gesicht und seinen Geruch in der Nase, fing Roberta an zu weinen.

17

Kurtz war (größtenteils) guter Laune gewesen, bis er dann im grauen Morgenlicht die blinkenden Signallichter und das Blaulicht der Polizeifahrzeuge sah und dahinter einen riesenhaften Sattelzug, der wie ein toter Dinosaurier auf der

Seite lag. Vor ihnen tauchte ein Polizist auf, der so eingemummelt war, dass man von seinem Gesicht nichts mehr erkannte, und winkte sie zu einer Ausfahrt hinüber.

»Mist!«, spie Kurtz. Er hätte große Lust gehabt, seine Dienstpistole zu ziehen und sich den Weg freizuschießen. Er wusste, dass das in einem Desaster geendet hätte – bei dem liegen gebliebenen Laster liefen weitere Polizisten herum –, aber trotzdem verspürte er dieses fast unbezähmbare Verlangen. Sie waren so nah dran! Sie holten immer mehr auf, Himmelherrgott noch mal! Und dann wurden sie auf diese Weise aufgehalten! »Mist, Mist, *Mist!*«

»Was soll ich tun, Boss?«, fragte Freddy. Er saß reglos am Steuer und hatte seine Waffe, ein automatisches Gewehr, auf dem Schoß liegen. »Wenn ich voll Stoff gebe, können wir rechts vorbeirauschen. Dann sind wir in einer Minute hier weg.«

Wiederum musste Kurtz gegen das Verlangen ankämpfen, einfach zu sagen: *Ja, geben Sie Gas, Freddy, und wenn sich einer dieser Bullen in den Weg stellt, dann machen Sie ihn platt.* Freddy konnte vielleicht an dem Laster vorbeikommen ... aber vielleicht auch nicht. Er war doch kein so guter Fahrer, wie er glaubte, das hatte Kurtz bereits festgestellt. Wie viel zu viele Piloten glaubte Freddy fälschlicherweise, dass aus seinen Flugkünsten automatisch ebensolche Fahrkünste resultierten. Und selbst wenn sie vorbeikamen, würden sie doch auffallen. Und das war nicht akzeptabel, nicht nachdem General Waschlappen Randall den Befehl zum Rückzug gegeben hatte. Sein Freifahrtschein aus dem Knast war eingezogen worden. Er war jetzt gewissermaßen Bürgerwehr.

Ich muss jetzt klug sein, dachte er. *Dafür bin ich ja schließlich bekannt.*

»Sein Sie ein braver Junge, und fahren Sie dahin, wohin er Sie haben will«, sagte Kurtz. »Und ich möchte, dass Sie ihm zuwinken und den erhobenen Daumen zeigen, wenn Sie abfahren. Fahren Sie dann weiter Richtung Süden und bei der ersten Gelegenheit wieder auf den Highway.« Er seufzte. »Der Herr liebt die Feiglinge.« Er beugte sich vor und sah dabei den weiß werdenden Ripley-Flaum in Freddys rechtem Ohr. Er flüsterte wie ein leidenschaftlicher Geliebter: »Und wenn Sie Mist bauen, Bürschchen, jage ich Ihnen eine Kugel in den Nacken.« Kurtz berührte die Stelle, wo Schädelknochen und Hals aufeinander trafen. »Genau da.«

Freddys Holzindianergesicht regte sich nicht. »Jawohl, Boss.«

Anschließend packte Kurtz den schon fast im Koma liegenden Perlmutter an der Schulter und rüttelte ihn, bis Pearly endlich die Augen aufschlug.

»Lassense mich in Ruhe, Boss. Muss schlafen.«

Kurtz platzierte die Mündung seiner Pistole am Hinterkopf seines vormaligen Adjutanten. »Nichts da. Aufgewacht, Bursche. Zeit für eine kleine Einsatzbesprechung.«

Pearly stöhnte zwar, setzte sich aber doch auf. Als er den Mund aufmachte und etwas sagen wollte, kullerte ihm ein Zahn heraus und auf den Parka. Der Zahn sah makellos aus, fand Kurtz. Schau, Mama, gar keine Löcher.

Pearly berichtete, dass Owen und sein neuer Freund immer noch in Derry seien. Das klang sehr gut. Klang ausgezeichnet. Weniger gute Neuigkeiten gab es eine Viertelstunde später, als Freddy mit dem Humvee eben mühsam über eine verschneite Auffahrt wieder auf den Highway fuhr. Es war die Ausfahrt 28, und sie waren nur noch ein Kreuz von ihrem Ziel entfernt, aber knapp vorbei war eben auch daneben.

»Sie sind wieder unterwegs«, sagte Perlmutter. Er klang erschöpft und ausgelaugt.

»Verdammt noch eins!« Er war jetzt voller Wut – krankhafter und nutzloser Wut auf Owen Underhill, der nun (zumindest für Abe Kurtz) den ganzen verpatzten Einsatz verkörperte.

Pearly gab ein tiefes Stöhnen von sich, einen Laut äußerster Verzweiflung. Sein Bauch blähte sich wieder auf. Er legte beide Hände darauf, und seine Wangen waren klatschnass von Schweiß. Sein ansonsten wenig bemerkenswertes Gesicht war unter den Schmerzen fast hübsch geworden.

Jetzt gab er wieder einen grausligen Furz von sich, der gar kein Ende nehmen wollte. Das Geräusch erinnerte Kurtz an Geräte, die er gut tausend Jahre zuvor im Ferienlager gebastelt hatte und die aus Blechbüchsen und mit Wachs überzogenen Schnüren bestanden hatten. Schwirrdosen hatten sie sie genannt.

Der Gestank, der den Humvee erfüllte, war der Gestank des roten Tumors, der in Pearlys persönlicher Kläranlage wuchs, sich zunächst von seinen Abfällen ernährt hatte und dann zu den eigentlichen Leckereien übergegangen war. Ganz schön schaurig. Aber es gab auch Positives. Freddy war auf dem Wege der Besserung, und Kurtz hatte sich gar nicht mit dem verdammten Ripley angesteckt (vielleicht war er ja immun dagegen; er hatte jedenfalls schon vor einer Viertelstunde die Atemmaske abgenommen und gleichgültig hinter sich geworfen). Und Pearly war zwar zweifellos krank, aber doch auch wertvoll, ein Mensch, dem ein richtig gutes Radar im Arsch steckte. Deshalb tätschelte Kurtz Pearly die Schulter und ignorierte den Gestank. Früher oder später würde das Ding, das er da in sich trug, herauskommen, und dann war es mit Pearlys Nützlichkeit wahrscheinlich vorbei, aber darüber würde sich Kurtz erst Gedanken machen, wenn es so weit war.

»Halten Sie durch«, sagte Kurtz liebevoll. »Sagen Sie dem Ding einfach, es soll sich wieder schlafen legen.«

»Sie ... verdammter ... Idiot!«, keuchte Perlmutter.

»Ja, das bin ich«, pflichtete Kurtz bei. »Ganz wie Sie meinen, Bursche.« Und er war ja tatsächlich ein Idiot. Owen hatte sich zwar als feiger Kojote erwiesen, aber wer hatte ihn denn überhaupt erst in den Hühnerstall gelassen?

Sie kamen jetzt zur Ausfahrt 27. Kurtz blickte über die Straße und bildete sich ein, die Spuren des Humvees sehen zu können, den Owen fuhr. Irgendwo da vorne, links oder rechts von der Überführung, stand das Haus, zu dem Owen und sein neuer Freund gefahren waren. Was wollten sie dort?

»Sie haben Duddits abgeholt«, sagte Perlmutter. Sein Bauch sank wieder in sich zusammen, und die schlimmsten Qualen waren anscheinend vorbei. Zumindest fürs Erste.

»Duddits? Was soll denn das für ein Name sein?«

»Ich weiß es nicht. Ich empfange das von seiner Mutter. Ihn kann ich nicht sehen. Er ist anders, Boss. Es ist fast so, als ob er ein Grauer und kein Mensch wäre.«

Kurtz lief es kalt den Rücken hinunter.

»Seine Mutter sieht in diesem Duddits sowohl einen Jungen als auch einen Mann«, sagte Pearly. Seit sie Gosselin's verlassen hatten, war es das erste Mal, dass Pearly Kurtz aus freien Stücken etwas mitteilte. Perlmutter klang fast interessiert.

»Vielleicht ist er geistig behindert«, sagte Freddy.

Perlmutter schaute zu Freddy hinüber. »Das könnte sein. Auf jeden Fall ist er krank.« Pearly seufzte. »Ich weiß, wie er sich fühlen muss.«

Kurtz tätschelte Perlmutter wieder die Schulter. »Kopf hoch, Bursche. Was ist mit den Kerlen, denen sie folgen? Diesem Gary Jones und dem angeblichen Mr Gray?« Es kümmerte ihn zwar nicht groß, aber die Möglichkeit bestand durchaus, dass der Kurs und das Vorankommen dieses Jones – und dieses Gray, wenn es denn außer in Owens fieberkranker Fantasie einen Gray gab – sich auswirken würden auf den Kurs und das Vorankommen von Underhill, Devlin und ... Duddits?

Perlmutter schüttelte den Kopf, schloss dann die Augen und lehnte den Hinterkopf wieder an den Sitz. Das Fünkchen Interesse und Energie schien verflogen. »Nichts«, sagte er. »Zu denen komme ich nicht durch.«

»Vielleicht gibt es sie gar nicht?«

»Doch, irgendwas ist da«, sagte Perlmutter. »Es ist wie ein schwarzes Loch.« Und verträumt fügte er hinzu: »Ich höre so viele Stimmen. Sie schicken schon Verstärkung ...«

Und als hätte Perlmutter es herbeigezaubert, tauchte auf der nach Norden führenden Spur des Interstate Highway 95 der größte Militärkonvoi auf, den Kurtz seit zwanzig Jahren gesehen hatte. Voran fuhren zwei riesenhafte Schneepflüge, groß wie Elefanten. Sie fuhren Seite an Seite und räumten mit ihren mächtigen Pflugscharen den Schnee in hohem Bogen von beiden Fahrspuren. Dahinter fuhren, ebenfalls parallel, zwei Sandlaster. Und diesen folgten dann Armeefahrzeuge und schweres Gerät. Kurtz sah in Planen gehüllte Umrisse auf Tiefladern und wusste, dass es nur Raketen sein konnten. Weitere Tieflader brachten Radarantennen, Entfernungsmesser und wer weiß was noch alles. Dazwischen fuhren große Truppentransporter mit Planenverdeck, und ihre Scheinwerfer strahlten in den heller werdenden Tag hinein. Das waren nicht hunderte Männer, sondern *tausende*, die auf Gott weiß was vorbereitet waren – auf den dritten Weltkrieg, auf den Nahkampf mit zweiköpfigen Wesen oder vielleicht auch mit den intelligenten Insekten aus *Starship Troopers*, auf die Pest, den Wahnsinn, auf den Tod und den Weltuntergang. Wenn Katie Gallaghers Kader dort oben noch im Einsatz war, dann hoffte Kurtz, dass sie jetzt alles stehen und liegen ließen und sich nach Kanada absetzten. Die Hände zu heben und *Il n'y a pas d'infection ici* zu rufen würde ihnen ganz gewiss nicht nützen; den Trick hatten schon andere versucht. Und es war alles so sinnlos. Im Grunde seines Herzens wusste Kurtz, dass Owen zumindest mit einem Recht gehabt hatte: Dort oben war alles vorbei. Sie konnten noch die Stalltür schließen, aber das Pferd war längst gestohlen.

»Sie werden es vollkommen abriegeln«, sagte Perlmutter. »Jefferson Tract ist seit heute der 51. Bundesstaat. Und es ist ein Polizeistaat.«

»Kriegen Sie Owen noch rein?«

»Ja«, sagte Perlmutter abwesend. »Aber nicht mehr lange. Er ist auch auf dem Wege der Besserung. Er verliert seine telepathischen Kräfte.«

»Wo ist er, Bursche?«

»Sie sind gerade an der Ausfahrt 25 vorbei. Sie haben vielleicht fünfzehn Meilen Vorsprung. Viel mehr nicht.«

»Soll ich ein bisschen schneller machen?«, fragte Freddy.

Wegen des verdammten Sattelzugs hatten sie die Chance verpasst, Owen einzuholen. Kurtz wollte aber nun keinesfalls seine zweite Chance verspielen, indem er von der Straße abkam.

»Negativ«, sagte Kurtz. »Vorläufig lehnen wir uns mal

zurück und lassen sie fahren.« Er verschränkte die Arme und schaute hinaus in die leinenweiße Welt, die an ihm vorbeiraste. Es hatte aufgehört zu schneien, und die Straßenverhältnisse würden sicherlich besser werden, wenn sie weiter nach Süden kamen.

Es waren ereignisreiche vierundzwanzig Stunden gewesen. Er hatte ein außerirdisches Raumschiff in die Luft gejagt, war von dem Mann verraten worden, den er schon zu seinem Nachfolger auserkoren hatte, hatte eine Meuterei und einen Aufstand von Zivilisten überlebt und war dann auch noch von einem Schreibtischkrieger, der nie im Leben einen feindlichen Schuss gehört hatte, seines Kommandos enthoben worden. Kurtz fielen die Augen zu. Wenig später schlief er ein.

18

Jonesy saß eine ganze Weile schlecht gelaunt an seinem Schreibtisch, betrachtete abwechselnd das Telefon, das nicht mehr funktionierte, den Traumfänger, der von der Decke hing (und sich in einem kaum merklichen Luftzug bewegte) und die neuen stählernen Fensterläden, mit denen ihm dieses Schwein Gray die Sicht geraubt hatte. Dazu kam das stete, tiefe Rumpeln und Dröhnen, das er sowohl hörte als auch über den Stuhl spürte. Es hätte ein lärmender Hochofen sein können, der dringend mal überholt werden musste, aber das war es nicht. Es war der Schneepflug, der immer weiter nach Süden vordrang. Mr Gray saß am Steuer und trug vermutlich eine Kappe der Verkehrswacht, die er seinem vorerst letzten Opfer abgenommen hatte. Er spielte Pflugfahrer, bewegte mit Jonesys Muskeln das Lenkrad und lauschte mit Jonesys Ohren über CB-Funk, wie sich die Dinge entwickelten.

Na, Jonesy, wie lange willst du da noch rumhocken und Selbstmitleid schieben?

Jonesy, der auf seinem Stuhl zusammengesunken und fast eingeschlafen war, richtete sich augenblicklich wieder auf.

Henrys Stimme. Und sie kam nicht telepathisch – er hörte keine Stimmen mehr, Mr Gray hatte alle bis auf die seine ausgesperrt –, nein, sie kam eher aus seinen eigenen Gedanken. Und trotzdem traf es ihn.

Ich schiebe kein Selbstmitleid, ich bin eingesperrt! Der schmollende, defensive Charakter dieses Gedankens gefiel ihm gar nicht; laut ausgesprochen wäre es sicherlich Gejammer gewesen. *Ich kann nicht nach draußen rufen, ich kann nicht nach draußen sehen, und ich kann dieses Zimmer nicht verlassen. Ich weiß ja nicht, wo du bist, Henry, aber ich sitze hier, verdammt noch mal, in Isolationshaft.*

Hat er dein Gehirn geklaut?

»Sei still.« Jonesy rieb sich die Schläfen.

Hat er dir deine Erinnerungen weggenommen?

Nein, natürlich nicht. Auch hier drin noch, wo ihn eine doppelt verriegelte Tür von den Milliarden etikettierter Kartons trennte, konnte er sich erinnern, wie er in der ersten Klasse Bonnie Deal einen Popel in den Pferdeschwanz geschmiert hatte (und wie er dann in der siebten Klasse dieselbe Bonnie beim Erntefest zum Tanz aufgefordert hatte), sah noch ganz genau vor sich, wie ihnen Lamar Clarendon das Spiel beigebracht hatte (das bei den Dummen, Uneingeweihten Cribbage hieß), sah Rick McCarthy aus dem Wald kommen und wusste dabei noch, dass er ihn erst für einen Hirsch gehalten hatte. An all das konnte er sich erinnern. Das mochte zwar irgendwelche Vorteile bringen, aber Jonesy fiel ums Verrecken nicht ein, welche das sein sollten. Aber vielleicht sah er ja einfach den Wald vor lauter Bäumen nicht.

So in der Klemme zu stecken, und das nach den vielen Krimis, die du gelesen hast, zog ihn seine eigene Version von Henrys Stimme auf. *Von den Science-Fiction-Filmen ganz zu schweigen, in denen die Außerirdischen bei uns landen, angefangen bei* Der Tag, an dem die Erde stillstand, *bis hin zu* Angriff der Killertomaten. *Das hast du alles gesehen und weißt trotzdem nicht, was dieser Typ vorhat? Jetzt hockt er schon in dir drin, und du weißt immer noch nicht, wie er schnackelt?*

Jonesy rieb sich heftiger die Schläfen. Das war keine außersinnliche Wahrnehmung, das war sein eigenes Gehirn, und wieso konnte es nicht einfach die Klappe halten? Er saß in der *Falle*, also was machte das schon? Er war ein Motor ohne Keilriemen, eine Kutsche ohne Pferd; er war wie Donovans Hirn, das in diesem Film in einem Behälter mit trüber Flüssigkeit am Leben erhalten wurde und unnütze Träume träumte.

Was will er? Fang doch mal damit an.

Jonesy sah zu dem Traumfänger hoch, der in den warmen Luftströmen tanzte. Er spürte das Rumpeln des Schneepflugs, das so stark war, dass die Bilder an den Wänden vibrierten. Tina Jean Schlossinger, so hatte sie geheißen, und angeblich hatte ein Bild von ihr hier drin gehangen, auf dem sie ihren Rock hochhielt, damit man ihre Pussi sehen konnte, und wie viele heranwachsende Jungen ließen sich nicht von einem solchen Traum gefangen nehmen?

Jonesy stand auf – sprang fast auf – und ging in seinem Büro auf und ab, wobei er nur ganz leicht humpelte. Der Sturm war vorbei, und jetzt tat ihm seine Hüfte etwas weniger weh.

Du musst denken wie Hercule Poirot, sagte er sich. *Setze deine kleinen grauen Zellen ein. Lass mal deine Erinnerungen für einen Augenblick beiseite, und denk an Mr Gray. Denk logisch. Was will er?*

Jonesy blieb stehen. Es lag wirklich auf der Hand, was Gray wollte. Er war zum Wasserturm gefahren – oder jedenfalls zu der Stelle, an der der Wasserturm gestanden hatte –, weil er Wasser wollte. Und nicht irgendwelches Wasser, sondern Wasser, das schließlich in den Kehlen vieler Menschen landete: Trinkwasser. Aber den Wasserturm gab es nicht mehr, er war bei dem Orkan '85 zerstört worden – ha, ha, Mr Gray, reingelegt! –, und Derry bezog sein Wasser gegenwärtig aus dem Nordosten, wohin man in diesem Sturm wahrscheinlich nicht gelangen konnte, und es kam auch sowieso nicht von einer zentralen Stelle. Und deshalb hatte sich Mr Gray, nachdem er Jonesys zugängliche Kenntnisse konsultiert hatte, wieder nach Süden aufgemacht. Nach –

Plötzlich war ihm alles klar. Aus seinen Beinen wich alle Kraft, und er fiel auf den Teppichboden und ignorierte dabei den aufblitzenden Schmerz in seiner Hüfte.

Der Hund. Lad. Hatte er immer noch den Hund dabei?

»Natürlich hat er das«, flüsterte Jonesy. »Natürlich hat die dumme Sau den Hund dabei, ich rieche ihn doch bis hier. Er furzt genau wie McCarthy.«

Diese Welt war für den Byrus unwirtlich, und die Bewohner dieser Welt wehrten sich mit erstaunlicher Heftigkeit, die aus einem tiefen Brunnen von Emotionen gespeist wurde. Pech. Aber jetzt hatte der einzige überlebende Graue eine ununterbrochene Glückssträhne gehabt; er glich einem hirnverbrannten, zugedröhnten Würfelspieler in Vegas, der in einer Tour Siebener warf – viermal, sechsmal, achtmal, ach, ein Dutzend Mal hintereinander. Er hatte Jonesy gefunden, seine Typhoid Mary, hatte ihn überfallen und erobert. Er hatte Pete gefunden, der ihn dorthin gebracht hatte, wo er hinwollte, nachdem das Leuchtfeuer – das Kim – den Geist aufgegeben hatte. Dann Andy Janas, der Junge aus Minnesota. Er hatte die Kadaver zweier Hirsche geladen, die an Ripley gestorben waren. Mit den Hirschen hatte Mr Gray nichts anfangen können ... aber Janas hatte ja auch noch den verwesenden Leichnam eines Außerirdischen dabeigehabt.

Früchte tragende Leichen, fiel Jonesy wie aus heiterem Himmel ein. *Früchte tragende Leichen, wo habe ich das denn jetzt wieder her?*

Na, egal. Denn Mr Grays nächste Sieben war der Dodge Ram von Mr Ich ♥ meinen Border Collie gewesen. Was hatte Gray dann gemacht? Hatte er etwas von der Leiche des Grauen an den Hund verfüttert? Hatte er dem Hund die Schnauze an den Leichnam gehalten und ihn gezwungen, etwas von dieser Früchte tragenden Leiche einzuatmen? Nein, es war viel wahrscheinlicher, dass der Hund etwas gefressen hatte; komm, mein Alter, lecker Happi-Happi. Welcher Vorgang auch immer das Wachstum der Wiesel auslöste – es begann im Darm, nicht in der Lunge. Jonesy hatte kurz McCarthy vor Augen, der sich im Wald verlaufen hatte. Biber hatte gefragt: *Was hast du denn gegessen? Murmeltierkötel?* Und was hatte McCarthy noch geantwortet? *Blätter und Moos und solche Sachen ... ich weiß es nicht genau ... Ich war einfach so hungrig, wissen Sie ...*

Klar. Hungrig. Einsam, verängstigt und hungrig. Und hatte dabei die roten Byrusflecken auf einigen Blättern nicht bemerkt und auch nicht die roten Tupfen auf dem grünen Moos, das er sich in den Mund gestopft und runtergeschlungen hatte, weil er irgendwann im Verlauf seines lahmen O-Mann-oje-Rechtsanwaltslebens irgendwo gelesen hatte, dass man Moos essen könne, wenn man sich im Wald verlaufen hatte, dass Moos nicht schädlich sei. Brütete jeder, der Byrus schluckte (nur Körnchen davon, die, kaum sichtbar, durch die Luft schwebten), so ein fieses kleines Monster aus wie das, das McCarthy in Stücke gerissen und dann den Biber umgebracht hatte? Wahrscheinlich nicht, genauso wenig, wie jede Frau nach ungeschütztem Geschlechtsverkehr automatisch schwanger wurde. Aber McCarthy hatte es erwischt ... und Lad auch.

»Er weiß von dem Cottage«, sagte Jonesy.

Natürlich. Das Cottage in Ware, gut sechzig Meilen westlich von Boston. Und er kannte die Geschichte mit der Russin, die kannte ja jeder; Jonesy hatte sie selbst oft genug weitererzählt. Es war eine zu gute Gruselgeschichte, um sie nicht weiterzuerzählen. Man kannte sie in Ware, in New Salem, in Cooleyville und Belchertown, in Hardwick und Packardsville und Pelham. In allen Ortschaften rundherum. Und was, wenn die Frage gestattet war, umgaben diese Ortschaften?

Wieso? Den Quabbin natürlich. Sie befanden sich rund um den Quabbin-Stausee. Der Wasserversorgung von Boston und des umliegenden Großraums. Wie viele Menschen tranken täglich Wasser aus dem Quabbin? Zwei Millionen? Oder drei? Jonesy wusste es nicht genau, aber es waren auf jeden Fall eine ganze Menge mehr als die, die damals das Wasser aus dem Wasserturm in Derry getrunken hatten. Und Mr Gray würfelte eine Sieben nach der anderen, hatte die Glückssträhne des Jahrhunderts und stand jetzt nur noch einen Wurf davor, die Bank zu sprengen.

Zwei bis drei Millionen Menschen. Und Mr Gray wollte sie alle mit Lad, dem Border Collie, und Lads neuem Freund bekannt machen.

Und in dieses andere Element übertragen, würde die Saat des Byrus aufgehen.

Kapitel 20

Die Jagd endet

1

Nach Süden, Süden, Süden.

Als Mr Gray an der Ausfahrt Gardiner vorbeikam, der ersten hinter Augusta, war die Schneeschicht auf der Landschaft schon viel dünner, und auf dem jetzt zweispurigen Highway lag nur noch Schneematsch. Es wurde Zeit, den Schneepflug gegen etwas weniger Auffälliges zu tauschen, einerseits, weil er nicht mehr benötigt wurde, andererseits aber auch, weil Jonesys Arme von der ungewohnten Anspannung, so ein übergroßes Fahrzeug zu lenken, schmerzten. Mr Gray scherte sich zwar nicht groß um Jonesys Körper (behauptete er jedenfalls sich selbst gegenüber; aber in Wirklichkeit fiel es ihm schwer, nicht wenigstens eine gewisse Zuneigung für etwas zu entwickeln, was ihm so ungeahnte Freuden wie »Bacon« und »Mord« beschert hatte), aber schließlich musste er ihn ja noch ein paar hundert Meilen weit befördern. Er nahm an, dass Jonesy für einen Menschen, der in der Mitte seines Lebens stand, nicht in besonders guter Form war. Das hing mit dem Unfall zusammen, den er erlitten hatte, aber auch mit seiner Arbeit. Er war »Akademiker«. Dementsprechend hatte er die körperlichen Aspekte seines Lebens weitgehend ignoriert, was Mr Gray verblüffte. Diese Wesen bestanden zu sechzig Prozent aus Gefühlen, zu dreißig Prozent aus Sinneswahrnehmungen und nur zu zehn Prozent aus Gedanken (und wenn er zehn Prozent sagte, dachte Mr Gray, dann war er da wahrscheinlich noch großzügig). Seinen Körper so zu missachten, wie Jonesy es getan hatte, erschien Mr Gray ebenso mutwillig wie dumm. Aber das war natürlich auch nicht sein Problem.

Und Jonesys auch nicht. Nicht mehr. Jetzt war Jonesy das, was er anscheinend immer hatte sein wollen: reiner Geist. Aber nach seinen Reaktionen zu schließen, gefiel ihm dieser Zustand nun, da er ihn einmal erreicht hatte, auch nicht besonders.

Auf dem Boden der Fahrerkabine, inmitten von Zigarettenkippen, Pappbechern und zusammengeknüllten Zellophanpackungen, jaulte der Hund vor Schmerz. Sein Körper war grotesk angeschwollen, der Torso so groß wie ein Wasserfass. Bald würde Lad furzen, und dann würde sein Bauch wieder abschwellen. Mr Gray hatte zu dem Byrum, der in dem Hund wuchs, Verbindung aufgenommen und konnte daher sein Heranwachsen steuern.

Der Hund würde seine Variante dessen sein, woran sein Wirt bei dem Stichwort »die Russin« dachte. Und sobald der Hund an Ort und Stelle war, war seine Aufgabe erledigt.

Er ging hinter sich auf Gedankenfang und nahm zu den anderen Verbindung auf. Henry und sein Freund Owen waren vollkommen verschwunden, wie ein Radiosender, der den Betrieb eingestellt hatte, und das war beunruhigend. Weiter hinten (sie kamen eben an Newport vorbei und waren also gut sechzig Meilen nördlich von Mr Grays gegenwärtiger Position) folgte eine Dreiergruppe, bei der er nur zu einem guten Kontakt bekam – zu »Pearly«. Dieser Pearly brütete genau wie der Hund ein Byrum aus, und Mr Gray konnte ihn ganz deutlich empfangen. Zuvor hatte er auch noch einen anderen aus dieser Gruppe hereinbekommen – »Freddy« –, aber jetzt war Freddy fort. Der Byrus auf ihm war abgestorben; das teilte ihm »Pearly« mit.

Jetzt kam wieder ein grünes Schild: RASTSTÄTTE. Dort gab es einen Burger King, was, laut Jonesys Akten, sowohl ein »Restaurant« als auch ein »Imbiss« war. Dort gab es bestimmt Bacon, und bei diesem Gedanken knurrte ihm schon der Magen. Ja, es würde ihm in vieler Hinsicht schwer fallen, diesen Körper aufzugeben. Er hatte seine Vorzüge, doch, durchaus. Aber jetzt war keine Zeit für Bacon; es war Zeit, das Fahrzeug zu wechseln. Und dabei musste er unauffällig vorgehen.

Die Ausfahrt zur Raststätte teilte sich in zwei Fahrspuren, eine für PKW und eine für LKW UND BUSSE. Mr Gray fuhr mit dem großen orangefarbenen Schneepflug auf den LKW-Parkplatz (Jonesys Muskeln zitterten vor Anstrengung, als sie das große Lenkrad herumkurbeln mussten) und freute sich sehr, dort vier Pflüge zu entdecken, die genauso aussahen wie seiner und nebeneinander abgestellt waren. Er schob sich in eine Parklücke am Ende dieser Reihe und schaltete den Motor ab.

Er schaute nach Jonesy. Jonesy hockte immer noch in seiner verblüffenden Sicherheitszone. »Was läuft, Alter?«, flüsterte Mr Gray.

Keine Antwort ... aber er spürte, dass Jonesy zuhörte.

»Was treibst du so?«

Immer noch keine Antwort. Aber mal im Ernst: Was sollte er schon groß treiben? Er war eingesperrt und konnte nichts sehen. Und doch tat Mr Gray gut daran, Jonesy nicht zu vergessen ... Jonesy, der ihm den irgendwie reizvollen Vorschlag unterbreitet hatte, Mr Gray solle sein Gebot – das Gebot, sich zu vermehren – außer Acht lassen und sich einfach des Lebens auf der Erde erfreuen. Immer mal wieder kam Mr Gray ein Gedanke, der wie ein Zettel wirkte, den Jonesy unter der Tür seiner Zuflucht durchgeschoben hatte. Solche Gedanken waren, laut Jonesys Akten, »Slogans«. Slogans waren schlicht und einprägsam. Der neueste lautete: »Bacon ist erst der Anfang.« Und Mr Gray glaubte durchaus, dass er der Wahrheit entsprach. Selbst hier in seinem Krankenhauszimmer *(Was für ein Krankenhauszimmer? Was für ein Krankenhaus? Wer ist Marcy? Wer will eine Spritze?)* verstand er, dass das Leben hier viele Köstlichkeiten bereithielt. Aber sein Gebot war tief in ihm verankert und unumstößlich: Er würde diese Welt besäen und dann sterben. Und wenn er dabei unterwegs noch ein bisschen Bacon zu essen bekam – umso besser.

»Wer war Richie? War er ein Tiger? Warum habt ihr ihn umgebracht?«

Keine Antwort. Aber Jonesy hörte zu. Und zwar sehr aufmerksam. Mr Gray *hasste* es, dass er da drin war. Es war (diesen Vergleich bezog er aus Jonesys Repertoire), als steckte einem eine kleine Gräte im Hals fest. Sie war nicht so groß, dass man daran erstickte, aber groß genug, um einen zu »nerven«.

»Du gehst mir tierisch auf den Zeiger, Jonesy.« Jetzt zog er sich die Handschuhe an, die dem Besitzer des Dodge Ram gehört hatten. Lads Herrchen.

Diesmal kam eine Erwiderung. *Das beruht auf Gegenseitigkeit. Wieso gehst du also nicht irgendwohin, wo du gern gesehen bist? Wieso machst du dich nicht endlich vom Acker?*

»Geht nicht«, sagte Mr Gray. Er hielt dem Hund eine Hand hin, und der reckte den Kopf vor und erschnüffelte an dem Handschuh erfreut den Geruch seines Herrchens. Mr Gray sandte ihm beruhigende Gedanken, stieg aus dem Schneepflug aus und ging zur Rückseite des Restaurants. Da hinten befand sich der »Personalparkplatz«.

Henry und der andere Typ sind dir dicht auf den Fersen, Arschloch. Sie kleben dir förmlich schon an der Stoßstange. Also entspann dich, und lass dir Zeit. Gönn dir eine dreifache Portion Bacon.

»Die können mich nicht wahrnehmen«, sagte Mr Gray, und sein Atem stand in weißen Schwaden in der Luft (die kalte Luft in seinem Mund, seiner Kehle, seiner Lunge vermittelte ihm ein köstliches, belebendes Gefühl – und sogar der Geruch von Benzin und Diesel war wunderbar). »Wenn ich sie nicht wahrnehmen kann, können sie mich auch nicht wahrnehmen.«

Jonesy lachte – lachte tatsächlich. Mr Gray blieb wie angewurzelt neben einem Müllcontainer stehen.

Die Spielregeln haben sich geändert, mein Freund. Sie haben Duddits abgeholt, und Duddits sieht die Linie.

»Ich weiß nicht, was das bedeuten soll.«

Natürlich weißt du das, Arschloch.

»Hör auf, mich so zu nennen!«, raunzte Mr Gray.

Na gut, vielleicht, wenn du aufhörst, meine Intelligenz zu beleidigen.

Mr Gray ging weiter, und ja, hier um die Ecke standen

ein paar Autos geparkt, und die meisten waren alt und klapprig.

Duddits sieht die Linie.

Also gut: Er wusste, was das bedeutete; dieser Pete hatte dieses Etwas, diese *Gabe* auch besessen, nur wahrscheinlich in geringerem Maße als dieser rätselhafte andere, dieser Duddits.

Mr Gray gefiel der Gedanke gar nicht, dass er eine Spur hinterließ, die »Duddits« sehen konnte, aber er wusste etwas, was Jonesy nicht wusste. »Pearly« war der Ansicht, dass Henry, Owen und Duddits nur fünfzehn Meilen südlich von Pearlys gegenwärtiger Position waren. Wenn das zutraf, dann waren Henry und Owen fünfundvierzig Meilen zurück, irgendwo zwischen Pittsfield und Waterville. Mr Gray fand, dass man das nicht unbedingt als »an der Stoßstange kleben« bezeichnen konnte.

Trotzdem war es besser, sich hier nicht groß aufzuhalten.

Die Hintertür des Restaurants ging auf. Ein junger Mann in einer Kluft, die in den Jonesy-Akten als »Kochmontur« bezeichnet wurde, kam mit zwei großen Plastiksäcken heraus, die eindeutig für den Müllcontainer bestimmt waren. Dieser junge Mann hieß John, und seine Freunde nannten ihn »Butch«. Mr Gray hätte ihn wirklich gerne umgebracht, aber »Butch« sah viel kräftiger als Jonesy aus und war dazu auch noch jünger und wahrscheinlich viel flinker. Und außerdem hatte ein Mord unangenehme Nebenwirkungen; die schlimmste war, dass ein so geraubtes Auto bald nutzlos wurde.

Hey, Butch.

Butch blieb stehen und schaute ihn mit großen Augen an.

Welcher ist dein Wagen?

Er war nicht mit dem eigenen Auto da, sondern mit dem seiner Mutter, und das war gut so. Butchs eigene Rostmühle stand mit leerer Batterie zu Hause. Er war mit dem seiner Mutter gekommen, einem Subaru mit Allradantrieb. Wie Jonesy gesagt hätte: Mr Gray hatte gerade wieder eine Sieben geworfen.

Butch gab ihm bereitwillig die Schlüssel. Er schaute immer noch aufmerksam (»mit großen Augen und wuschligem Schwanz«, hätte Jonesy es ausgedrückt, aber Mr Gray konnte an dem jungen Mann keinen wuschligen Schwanz entdecken), war aber eigentlich gar nicht bei Bewusstsein. »Stehend k.o.«, dachte Jonesy.

Daran wirst du dich nicht erinnern, sagte Mr Gray.

»Nein, werde ich nicht«, sagte Butch.

Arbeite jetzt weiter.

»Klar«, sagte Butch. Er hob wieder seine Müllsäcke und ging zum Container. Wenn er bei Feierabend bemerken würde, dass der Wagen seiner Mutter nicht mehr hier stand, war das alles wahrscheinlich längst vorbei.

Mr Gray öffnete die Fahrertür des roten Subaru und setzte sich hinein. Auf dem Beifahrersitz lag eine halbe Tüte Kartoffelchips mit Barbecue-Geschmack. Mr Gray schlang sie gierig hinunter, während er zurück zum Schneepflug fuhr. Anschließend leckte er sogar Jonesys Finger ab. Fertig. Mmh. Lecker. Wie der Bacon. Er holte den Hund. Fünf Minuten später war er wieder auf dem Highway.

Und fuhr weiter nach Süden, Süden, Süden.

2

Der Abend dröhnt vor Musik und Gelächter und lauten Stimmen; in der Luft liegt der Duft von gegrillten Würstchen, Schokolade und gerösteten Erdnüssen; am Himmel erblüht buntes Feuer. Und das alles verbindet ein Rock-and-Roll-Song, der aus den Lautsprechern im Strawford Park klingt und diesen Abend prägt, als wäre er die Signatur des Sommers selbst:

> *Hey pretty baby take a ride with me,*
> *We're going down to Alabama on the C&C.*

Und hier kommt der weltgrößte Cowboy, ein drei Meter großer Pecos Bill, der aus der Menge in den brennenden Himmel aufragt. Kleinen Kindern bleibt verwundert der

Mund mit dem Eiscremebart offen stehen, und sie machen große Augen; und lachende Eltern heben sie hoch, damit sie besser sehen können, oder nehmen sie Huckepack. Mit einer Hand winkt Pecos Bill mit seinem Hut, und in der anderen hat er ein Transparent mit dem Aufdruck DERRY DAYS 1981.

We're gonna walk the tracks, stay up all night,
If we get a little bored, then we'll have a little fight.

»Ie anner so ooß ein?«, fragt Duddits. Er hat blaue Zuckerwatte in der Hand, aber die hat er jetzt ganz vergessen; als er den auf Stelzen gehenden Cowboy unter dem nächtlichen Feuerwerk vorbeischreiten sieht, macht er so große Augen wie ein Dreijähriger. Links neben Duddits stehen Pete und Jonesy, rechts Henry und der Biber. Hinter dem Cowboy folgen vestalische Jungfrauen (und bestimmt sind wenigstens einige von ihnen tatsächlich noch Jungfrau, auch hier im Jahre des Heils 1981), Tambourmajorinnen in paillettenbesetzten Cowgirlröcken und weißen Cowboystiefeln, die ihre Stäbe schwingen.

»Ich weiß nicht, wie er so groß sein kann, Duds«, sagt Pete lachend. Er zupft ein Büschel blauer Zuckerwatte ab und stopft es Duddits in den offenen Mund. »Das muss wohl Zauber sein.«

Sie lachen alle darüber, wie Duddits kaut, ohne den Viehhirten auf Stelzen aus den Augen zu lassen. Duds ist jetzt der Größte von ihnen, er ist sogar größer als Henry. Aber er ist immer noch ein Kind, und er macht sie alle glücklich. Er ist der Zauber; Josie Rinkenhauer wird er erst in einem Jahr finden, aber sie wissen schon jetzt: Er ist der Zauber. Es war schon beängstigend, sich gegen Richie Grenadeau und seine Freunde zu stellen, aber nichtsdestotrotz war es der glücklichste Tag ihres Lebens – das sehen sie alle so.

Don't say no, baby, come with me.
We're gonna take a little ride on the C&C.

»Hey, Texaner!«, ruft Biber und winkt mit seinem eigenen Deckel (einer Baseballkappe der Derry Tigers) zu dem großen Cowboy hoch. »Knutsch mir die Kimme, du langer Lulatsch! Du darfst mir mal durch die Furche flutschen!«

Da brechen sie alle vor Gelächter zusammen (es ist auch wirklich eine einmalige Erinnerung, der Abend, an dem der Biber bei der Parade anlässlich der Derry Days den auf Stelzen gehenden Cowboy anpflaumte, während der Himmel vor Schießpulver brannte), alle bis auf Duddits, der einfach nur wie benommen und verwundert guckt, und Owen Underhill (*Owen!*, denkt Henry, *wo kommst du denn her, Alter?*), der besorgt wirkt.

Owen schüttelt ihn, Owen sagt, er solle aufwachen, Henry, wach auf, wach

3

auf, verdammt noch mal!«

Es war die Furcht in Owens Stimme, die Henry letztlich aus seinem Traum hochschrecken ließ. Für einen Moment hatte er noch den Geruch von Erdnüssen und von Zuckerwatte in der Nase. Dann war er wieder ganz da: weißer Himmel, zugeschneiter Highway, ein grünes Schild mit der Aufschrift AUGUSTA NÄCHSTE 2 AUSFAHRTEN. Owen schüttelte ihn, und von hinten hörte er ein heiseres, aufgeregtes Bellen. Duddits hustete.

»Wach auf, Henry, er blutet! Wirst du jetzt endlich mal –«
»Bin schon wach, bin schon wach.«

Er löste seinen Sicherheitsgurt, drehte sich um und hockte sich auf die Knie. Die überbeanspruchten Muskeln seiner Oberschenkel protestierten, aber Henry achtete nicht darauf.

Es war nicht so schlimm, wie er erwartet hatte. Nach dem panischen Ton von Owens Stimme hatte er mit einer richtigen Blutung gerechnet, aber es war nur ein Rinnsal aus einem Nasenloch, und wenn Duddits hustete, versprühte er dabei nur etwas Blut. Owen hatte wahrscheinlich gedacht, der arme alte Duddits würde sich buchstäblich die Lunge aus dem Hals husten, und dabei hatte er wahrscheinlich nur irgendwas in seiner Kehle überbeansprucht. Nicht dass das nicht möglicherweise ernst war; in Duddits' zusehends fragilem Zustand war möglicherweise alles ernst. Eine verirrte Erkältungsbazille konnte ihn töten. Vom ersten Augenblick an, als er Duddits gesehen hatte, hatte Henry gewusst, dass es mit Duddits zu Ende ging.

»Duds!«, rief er in scharfem Ton. Etwas war anders. Etwas war anders an *ihm*, an Henry. Aber was? Keine Zeit, darüber nachzudenken. »Duddits, du musst durch die Nase atmen! Durch die *Nase*, Duds! So!«

Henry machte es ihm vor und sog durch geblähte Nasenlöcher tief Luft ein ... und als er dann wieder ausatmete, flogen ihm kleine weiße Fädchen aus der Nase. Wie die Fusseln beim Löwenzahn. Byrus, dachte Henry. *Er ist mir die Nase hochgewachsen, aber jetzt ist er eingegangen. Und jetzt streife ich ihn, buchstäblich Atemzug um Atemzug, wieder ab*. Und da wusste er auch, was jetzt anders war: Das Jucken war verschwunden, das Jucken in seinem Bein und seinem Mund und seinem Schritt hatte aufgehört. Im Mund hatte er immer noch einen Geschmack, als wäre seine Mundhöhle mit einem versifften Teppich ausgekleidet, aber es juckte nicht mehr.

Duddits machte es ihm nach und atmete tief durch die Nase, und sofort besserte sich sein Husten. Henry nahm die Papiertüte, fand eine Flasche Hustensaft und schenkte Duddits eine Verschlusskappe voll ein. »Das wird dir helfen«, sagte Henry. Mit Gedanken und Worten strahlte er Zuversicht aus; bei Duddits war es eben nicht nur wichtig, in welchem Ton man mit ihm sprach.

Duddits schluckte die Kappe Robitussin, verzog das Gesicht und lächelte Henry dann an. Der Husten hatte aufgehört, aber es rann ihm immer noch Blut aus der Nase ... und auch aus dem Augenwinkel, wie Henry jetzt entdeckte. Gar kein gutes Zeichen. Und ebenfalls alles andere als gut wirkte Duddits' extreme Blässe, die jetzt noch viel mehr auffiel als daheim in Derry. Die Kälte ... der fehlende Nachtschlaf ... diese ganze Aufregung, die so unbekömmlich war für einen Kranken ... Das war alles gar nicht gut. Er bekam einen Infekt, und bei ALL-Kranken im fortgeschrittenen Stadium konnte schon ein simpler Schnupfen tödliche Folgen haben.

»Alles klar mit ihm?«, fragte Owen.

»Mit Duds? Duddits ist aus Stahl. Stimmt's nicht, Duds?«

»Aal«, stimmte Duddits zu und beugte einen jämmerlich dünnen Arm, um seine Kraft vorzuführen. Beim Anblick seines dünnen, abgehärmten Gesichts – das trotz allem zu lächeln versuchte – war Henry zum Schreien zu Mute. Das Leben war unfair. Eigentlich hatte er sich seit Jahren eingebildet, das zu wissen. Aber das hier war nicht nur unfair. Es war abscheulich gemein.

»Schaun wir doch mal, was sie hier für brave Jungs zum Trinken eingepackt hat.« Henry nahm die gelbe Lunchbox.

»Uuhbi-Duuh«, sagte Duddits. Er lächelte zwar, aber seine Stimme klang dünn und erschöpft.

»Genau, wir haben jetzt was zu tun«, pflichtete Henry bei und schraubte die Thermoskanne auf. Er gab Duddits seine morgendliche Prednisone-Tablette, obwohl es noch nicht acht Uhr war, und fragte ihn dann, ob er auch eine Percocet wolle. Duddits überlegte und hob zwei Finger. Henry wurde das Herz schwer.

»Ziemlich schlimm, was?«, fragte er und reichte Duddits zwei Percocet-Tabletten nach hinten durch. Die Frage war eigentlich überflüssig – jemand wie Duddits bat nicht um eine zusätzliche Pille, um sich damit zuzudröhnen.

Duddits machte eine winkende Handbewegung – *comme si comme ça*. Henry konnte sich gut an dieses Wedeln erinnern; es hatte ebenso zu Pete gehört wie die angekauten Bleistifte und Zahnstocher zu Biber.

Roberta hatte Duddits Kakao in die Thermoskanne gefüllt, sein Lieblingsgetränk. Henry schenkte ihm eine Tasse ein, hielt sie noch für einen Moment, als der Humvee auf einer glatten Stelle wegrutschte, und reichte sie ihm dann. Duddits schluckte seine Tabletten.

»Wo tut es weh, Duds?«

»Ier.« Er zeigte auf seine Kehle. »Un ier nomeer.« Er wies auf seine Brust. Zögerlich zeigte er dann auch noch auf seinen Schritt, und dabei rötete sich sein Gesicht ein wenig. »Ier au.«

Eine Harnwegsinfektion, dachte Henry. *Ach du je.*

»Illen elfn?«

Henry nickte. »Ja, die Pillen helfen. Du musst ihnen nur Zeit geben, dann wirken sie schon. Folgen wir immer noch der Linie, Duddits?«

Duddits nickte eindringlich und zeigte nach vorn zur Windschutzscheibe. Henry fragte sich (nicht zum ersten Mal), was er da eigentlich sah. Einmal hatte er Pete danach gefragt, und der hatte gemeint, es sähe aus wie ein Faden und sei oft nur schwer zu erkennen. *Am besten geht es, wenn die Linie gelb ist,* hatte Pete gesagt. *Gelb lässt sich immer am einfachsten erkennen. Ich weiß auch nicht, warum.* Und wenn Pete einen gelben Faden gesehen hatte, sah Duddits ja vielleicht einen breiten gelben Streifen, vielleicht sogar Dorothys gelbe Ziegelsteinstraße.

»Sag uns Bescheid, wenn sie auf eine andere Straße abbiegt, ja?«

»Ach ich.«

»Willst du nicht schlafen?«

Duddits schüttelte den Kopf. Und er hatte wirklich nie so lebendig und wach ausgesehen wie jetzt, da seine Augen in seinem erschöpften Gesicht strahlten. Henry musste daran denken, wie Glühbirnen manchmal kurz vorm Defekt hell aufleuchteten.

»Wenn du aber doch müde wirst, sag Bescheid, dann halten wir an. Dann besorgen wir dir einen Kaffee. Wir brauchen dich wach.«

»Oh-äi.«

Henry fing eben an, sich wieder umzudrehen, wobei er seinen schmerzenden Körper mit allergrößter Vorsicht bewegte, als Duddits noch etwas sagte.

»Issa Äi ill Ähkn.«

»Tatsächlich?«, fragte Henry nachdenklich.

»Was?«, fragte Owen. »Das habe ich nicht verstanden.«

»Er sagt: Mr Gray will Bacon.«
»Spielt das eine Rolle?«
»Keine Ahnung. Gibt es hier ein Radio, Owen? Ich würde gerne die Nachrichten hören.«

Das Radio hing unterm Armaturenbrett und wirkte nagelneu. Es gehörte nicht zur herkömmlichen Ausstattung. Owen streckte die Hand danach aus und stieg dann auf die Bremse, als ein Pontiac – ohne Allradantrieb und Winterreifen – sie überholte. Der Pontiac schlingerte hin und her, hielt sich dann aber doch auf der Straße und brauste davon. Henry schätzte, dass er mindestens neunzig Stundenkilometer fuhr. Als Owen das sah, runzelte er die Stirn.

»Du Fahrer, ich Beifahrer«, sagte Henry, »Aber wenn der das ohne Winterreifen kann, können wir das dann nicht auch? Es wäre doch nicht schlecht, wenn wir etwas aufholen könnten.«

»Diese Humvees sind eher für Schlamm gebaut als für Schnee. Glaub mir.«

»Aber –«

»Und außerdem werden wir den Typ in spätestens zehn Minuten wieder überholen. Darauf wette ich eine gute Flasche Scotch. Der ist dann entweder durch die Leitplanke gebrochen und die Böschung runter, oder er liegt mit drehenden Reifen auf dem Mittelstreifen. Und wenn er Glück hat, hat er sich nicht mal überschlagen. Und außerdem – das ist natürlich nur ein Detail – sind wir auf der Flucht vor der Staatsmacht und können die Welt nicht retten, wenn wir in irgendeinem Knast hocken … *Herrgott noch mal!*«

Ein Ford Explorer – zwar mit Allradantrieb, aber mit etwa hundert Sachen viel zu schnell für diese Straßenverhältnisse – dröhnte an ihnen vorbei und zog eine Schneewolke hinter sich her. Der Dachgepäckträger war voll gepackt und mit einer blauen Plane verhüllt, die schlecht befestigt war. Henry konnte sehen, was darunter war: Koffer und Taschen. Er schätzte, dass das meiste davon bald auf der Straße verstreut liegen würde.

Da für Duddits gesorgt war, widmete Henry seine Aufmerksamkeit nun dem Highway. Was er da sah, erstaunte ihn nicht sonderlich. Die Spur in nördliche Richtung war immer noch sehr wenig befahren, aber auf der nach Süden wurde es nun immer voller ... und tatsächlich kamen sie auch ständig an Autos vorbei, die von der Straße abgekommen waren.

Owen stellte eben das Radio an, als ein Mercedes an ihnen vorbeibrauste und fächerförmig Schneematsch aufwirbelte. Owen drückte auf den Sendersuchlauf, fand klassische Musik, drückte noch mal, stieß auf Kenny G, der vor sich hin dudelte, drückte ein drittes Mal ... und bekam nun einen Sprecher rein.

»... einen scheißendicken Monsterjoint«, sagte die Stimme, und Henry und Owen tauschten einen Blick.

»Eh ha Eise in Adio saht«, meinte Duddits von der Rückbank aus.

»Stimmt«, sagte Henry, und dann, als der Sprecher deutlich hörbar inhalierte: »Und ich würde sagen, er raucht eine dicke Tüte.«

»Ich bezweifle mal, dass das beim Rundfunkrat gut rüberkommt«, sagte der DJ, nachdem er lange und vernehmlich ausgeatmet hatte, »aber wenn auch nur die Hälfte davon stimmt, was ich so höre, dann ist der Rundfunkrat meine kleinste Sorge. Die interstellare Pest ist ausgebrochen, meine Brüder und Schwestern, heißt es. Ob wir es nun die verstrahlte Zone, die Todeszone oder Twilight Zone nennen – eure Reise in den Norden solltet ihr besser mal stornieren.«

Und wieder inhalierte er vernehmlich.

»Marvin der Marsianer ist los, Brüder und Schwestern, so heißt es in Somerset County und Castle County. Viren, Todesstrahlen, die Lebenden werden die Toten beneiden. Jetzt habe ich hier eigentlich einen Werbespot von Century Tire, aber was soll der Scheiß.« Man hörte etwas zerbrechen. Dem Geräusch nach war es aus Plastik. Henry hörte fasziniert zu. Da war sie wieder, die Dunkelheit, seine alte Freundin, aber diesmal nicht in seinem Kopf, sondern im Radio. »Meine Brüder und Schwestern, wenn ihr euch in diesem Moment nördlich von Augusta aufhaltet, dann kann euch euer Kumpel Lonesome Dave hier auf WWVE einen kleinen Tipp geben: Fahrt nach Süden. Und zwar *auf der Stelle*. Und hier kommt ein bisschen Musik für diese Fahrt.«

Lonesome Dave spielte natürlich die Doors. Jim Morrison sang *The End*. Owen schaltete auf Mittelwelle um.

Endlich stieß er auf eine Nachrichtensendung. Der Sprecher hörte sich nicht zugekifft an, und das war doch schon mal ein Fortschritt. Dann sagte er auch noch, es gäbe keinen Grund zur Panik. Ein weiterer Fortschritt. Dann wurden Statements des Präsidenten und des Gouverneurs von Maine eingespielt, die im Grunde das Gleiche besagten: Ganz ruhig, Leute, schön cool bleiben. Es ist alles unter Kontrolle. Nette, beruhigende Worte, Robitussin für den Volkskörper. Der Präsident werde dem amerikanischen Volk um elf Uhr Ostküstenzeit ausführlich Bericht erstatten.

»Das wird die Ansprache sein, von der mir Kurtz erzählt hat«, sagte Owen. »Nur um einen Tag verschoben oder so.«

»Was für eine Ansprache?«

»Pscht!« Owen wies auf das Radio.

Da er sie nun so schön beruhigt hatte, jagte der Nachrichtensprecher seinen Hörern gleich anschließend richtig gepflegt Angst ein, indem er viele der Gerüchte wiederholte, die sie bereits von dem zugekifften DJ gehört hatten, nur eben feiner formuliert: Viren, außerirdische Invasoren, Todesstrahlen. Dann das Wetter: Schneeschauer, gefolgt von Regen und auffrischendem Wind, während eine Warmfront durchzog (von den Mörder-Marsianern mal zu schweigen). Es machte *Miep*, und dann wurde die Nachrichtensendung gleich wiederholt.

»Uck!«, sagte Duddits. »At uns übahoht, eissu noh?« Er zeigte durch die schmutzige Windschutzscheibe. Der Finger, mit dem er zeigte, zitterte ebenso wie Duddits' Stimme. Er schlotterte jetzt am ganzen Leib und klapperte mit den Zähnen.

Owen schaute kurz zu dem Pontiac hinüber – er war tatsächlich auf dem verschneiten Mittelstreifen gelandet, lag zwar nicht auf dem Dach, aber immerhin auf der Seite, und die Mitfahrenden standen verzagt um den Wagen herum –

und sah dann wieder Duddits an. Er war nun blasser denn je und bibberte, und ein blutiger Wattepfropf ragte ihm aus einem Nasenloch.

»Ist alles klar mit ihm, Henry?«

»Ich weiß es nicht.«

»Streck die Zunge raus.«

»Meinst du nicht, dass du lieber auf den Verkehr –«

»Werd nicht frech hier, ich komm schon klar. Streck die Zunge raus.«

Henry tat es. Owen warf einen Blick darauf und verzog das Gesicht. »Sieht schlimmer aus, ist aber wahrscheinlich besser geworden. Das ganze Zeug ist jetzt weiß.«

»Das ist bei meiner Wunde am Bein auch so«, sagte Henry. »Und auch bei deinem Gesicht und deinen Augenbrauen. Wir haben bloß Dusel gehabt, dass wir es nicht in die Lunge, ins Gehirn oder in den Magen gekriegt haben.« Er hielt inne. »Perlmutter hat es geschluckt. Er brütet eins dieser Viecher aus.«

»Wie viel Vorsprung haben wir, Henry?«

»Ich würde sagen, zwanzig Meilen. Vielleicht ein bisschen weniger. Wenn du also nur ein ganz klein bisschen ... auf die Tube drücken könntest ...«

Und das tat Owen, weil er wusste, dass Kurtz ebenfalls beschleunigen würde, sobald ihm klar war, dass er nun in dem allgemeinen Aufbruch steckte und viel weniger Gefahr lief, zum Ziel der Militär- oder Zivilpolizei zu werden.

»Du stehst immer noch mit Pearly in Verbindung«, sagte Owen. »Obwohl der Byrus in dir stirbt, kannst du immer noch Gedanken lesen. Ist das ...« Er wies mit dem Daumen auf die Rückbank, auf der Duddits, angelehnt, saß. Sein Zittern hatte sich vorläufig gelegt.

»Klar«, sagte Henry. »Ich hatte das schon von Duddits, lange bevor das hier losgegangen ist. Jonesy, Pete und Biber hatten es auch. Wir haben kaum drauf geachtet. Es war einfach Bestandteil unseres Lebens.« *Klar, natürlich. Genau wie diese ganzen Gedanken an Plastiktüten und Gewehre und Brückenpfeiler. Einfach nur ein Bestandteil meines Lebens.* »Jetzt ist es stärker. Vielleicht lässt es irgendwann wieder nach, aber zurzeit ...« Er zuckte mit den Achseln. »Zurzeit höre ich Stimmen.«

»Pearly.«

»Zum Beispiel«, sagte Henry. »Aber auch von anderen, in denen der Byrus aktiv ist. Die meisten davon sind hinter uns.«

»Und Jonesy? Dein Freund Jonesy? Oder Gray?«

Henry schüttelte den Kopf. »Aber *Pearly* hört da was.«

»Pearly –? Wie kann *er* –«

»Er hat zurzeit eine größere Bandbreite als ich, wegen des Byrums –«

»Des was?«

»Wegen dieses Dings da in seinem Arsch«, sagte Henry. »Wegen des Kackwiesels.«

»Ah.« Owen wurde augenblicklich schlecht.

»Was er da hört, ist anscheinend nicht menschlich. Ich glaube nicht, dass es Mr Gray ist, aber es könnte sein. Aber was es auch ist – er hat es genau im Visier.«

Sie fuhren eine Zeit lang schweigend weiter. Der Verkehr wurde zwar immer dichter, und einige Fahrer waren wirklich verrückt (gleich hinter Augusta kamen sie an dem Explorer vorbei, der im Straßengraben hing, das Gepäck rundherum verstreut, und anscheinend zurückgelassen worden war), aber Owen schätzte sich trotzdem glücklich. Der Sturm hatte viele Leute von der Straße fern gehalten, schätzte er. Sie mochten sich vielleicht jetzt zur Flucht entschließen, da der Wind nachgelassen hatte, aber dem schlimmsten Ansturm waren Henry und er zuvorgekommen. Der Sturm hatte ihnen eigentlich nur Gutes gebracht.

»Ich möchte, dass du etwas weißt«, sagte Owen schließlich.

»Du musst es nicht sagen. Du sitzt hier gleich neben mir, und ich kriege immer noch viele deiner Gedanken mit.«

Owen dachte, dass er anhalten und aussteigen würde, wenn er der Meinung wäre, dass sich Kurtz zufrieden geben würde, sobald er Owen hatte. Aber dieser Meinung war Owen eben nicht. Owen Underhill war Kurtz' Hauptziel, aber ihm musste klar sein, dass Owen einen solch abscheulichen Verrat nicht begangen hätte, wäre er nicht dazu angestiftet worden. Nein, er würde Owen eine Kugel durch den Kopf jagen und dann weitermachen. Und mit Owen hatte Henry wenigstens eine Chance. Ohne ihn wäre er weg vom Fenster. Und Duddits auch.

»Wir bleiben zusammen«, sagte Henry. »Freunde bis ans Ende, wie es so schön heißt.«

Und von der Rückbank: »Ham etz wassu tun.«

»Das stimmt, Duddits«, sagte Henry, griff nach hinten und drückte Duddits die kalte Hand. »Wir haben jetzt was zu tun.«

4

Zehn Minuten später erwachte Duddits vollends wieder zum Leben. Er ließ sie bei der ersten Raststätte hinter Augusta abfahren. Sie waren jetzt schon kurz vor Lewiston. »Ihnje! Ihnje!«, rief er und fing dann wieder an zu husten.

»Ganz ruhig, Duddits«, sagte Henry.

»Sie wollen wahrscheinlich einen Kaffee trinken und eine Kleinigkeit frühstücken«, sagte Owen. »Vielleicht ein Bacon-Sandwich.«

Aber Duddits dirigierte sie um das Gebäude herum auf den Personalparkplatz. Hier hielten sie, und Duddits stieg aus. Einen Moment lang stand er da und murmelte vor sich hin. Er sah sehr gebrechlich aus unter dem bewölkten Himmel, und jeder Windstoß schien ihn durchzurütteln.

»Henry«, sagte Owen, »ich weiß ja nicht, was er da ausbaldowert, aber wenn uns Kurtz wirklich so nah ist –«

Aber dann nickte Duddits, stieg wieder ein und leitete sie zur Ausfahrt. Er sah erschöpfter aus denn je, aber auch zufrieden.

»Was um Gottes willen sollte *das* denn jetzt?«, fragte Owen verblüfft.

»Ich glaube, er hat den Wagen gewechselt«, sagte Henry. »Stimmt das, Duddits? Hat er den Wagen gewechselt?«

Duddits nickte energisch. »*Tolen!* Hat ein Au-oh tolen!«

»Dann wird er jetzt schneller sein«, sagte Henry. »Du musst Gas geben, Owen. Denk nicht an Kurtz – wir müssen Mr Gray kriegen.«

Owen schaute kurz zu Henry hinüber ... dann noch einmal. »Was ist denn mit dir? Du bist ja plötzlich so blass.«

»Ich bin so dumm gewesen – ich hätte von Anfang an wissen müssen, was dieses Schwein vorhat. Ich kann mich bloß damit entschuldigen, dass ich müde und verängstigt war, aber das wird keine Rolle spielen, wenn ... Owen, du musst ihn einholen. Er ist unterwegs ins westliche Massachusetts, und du musst ihn einholen, bevor er dahin gelangen kann.«

Jetzt fuhren sie auf Schneematsch, und es spritzte, war aber längst nicht mehr so gefährlich. Owen beschleunigte mit dem Humvee auf neunzig, mehr wagte er vorläufig nicht.

»Ich werd's versuchen«, sagte er. »Aber solange er keinen Unfall baut und keine Panne hat ...« Owen schüttelte bedächtig den Kopf. »Aussichtslos. Wirklich aussichtslos, mein Lieber.«

5

Es war ein Traum, den er als Kind (als er noch Coonts hieß) oft geträumt hatte, seit den Wirren des Heranwachsens aber nur noch ein- oder zweimal. In diesem Traum lief er unter einem Herbstmond über ein Feld und hatte Angst, sich umzusehen, denn es war hinter ihm her – *es*. Er lief so schnell er konnte, aber das war natürlich nicht schnell genug; im Traum reicht es nie, wenn man sein Bestes gibt. Bald war es so nah, dass er das trockene Atmen hören und den eigenartigen trockenen Geruch wahrnehmen konnte, den es hatte.

Er kam ans Ufer eines weiten, stillen Sees, obwohl es im trockenen, armseligen, kleinstädtischen Kansas seiner Kindheit gar keine Seen gegeben hatte, und der See war zwar wunderschön (der Vollmond leuchtete wie eine Lampe auf seinen Tiefen), aber er war entsetzt, denn der See versperrte ihm den Weg, und er konnte nicht schwimmen.

Er kniete sich am Ufer des Sees hin – in dieser Hinsicht war der Traum genau wie die Träume seiner Kindheit –, doch statt *es* dort auf dem ruhigen Wasserspiegel zu sehen, den schrecklichen Vogelscheuchenmann mit dem ausgestopften Sackleinenkopf und den wurstfingrigen Händen in blauen Handschuhen, sah er jetzt Owen Underhill, das ganze Gesicht voller Flecken. Im Mondschein sahen die Byrusstellen wie große, schwarze Pigmentmale aus, schwammig und formlos.

Als Kind war er an dieser Stelle immer aufgewacht (oft mit einer fürchterlichen Latte, auch wenn ihm absolut rätselhaft war, warum ein Junge von einem so scheußlichen Traum einen hochkriegte), aber diesmal ging es so weit, dass ihn das Es – Owen – tatsächlich *berührte*, und die widergespiegelten Augen auf dem Wasser blickten vorwurfsvoll. Vielleicht auch fragend.

Weil du den Gehorsam verweigert hast, Bursche! Weil du die Grenze überschritten hast!

Er hob den Arm, um Owen abzuwehren, um diese Hand abzustreifen ... und da sah er im Mondschein seine eigene Hand. Sie war grau.

Nein, sagte er sich, *das macht nur das Mondlicht.*

Aber er hatte nur drei Finger – machte das auch das Mondlicht?

Und Owens Hand berührte ihn und steckte ihn mit seiner widerlichen Krankheit an ... und dann wagte er es auch noch, ihn –

6

»Boss. Wachen Sie auf, Boss!«

Kurtz schlug die Augen auf, setzte sich mit einem Grunzen aufrecht hin und stieß dabei Freddys Hand weg. Sie hatte ihn am Knie berührt und nicht an der Schulter, Freddy hatte nach hinten gelangt und ihn am Knie gerüttelt, aber es war trotzdem unerträglich.

»Ich bin wach, ich bin wach.« Er hielt sich die Hände

vors Gesicht, um es sich zu beweisen. Babyrosa waren sie schon längst nicht mehr, aber sie waren auch nicht grau, und beide hatten die erforderlichen fünf Finger.

»Wie spät ist es, Freddy?«

»Weiß ich nicht, Boss. Es ist aber auf jeden Fall noch Vormittag.«

Natürlich. Die Uhren waren ja alle im Eimer. Sogar seine Taschenuhr war stehen geblieben. Er war ebenso ein Opfer der modernen Zeiten wie jeder andere auch und hatte vergessen, sie aufzuziehen. Kurtz, der sich auf sein Zeitgefühl eigentlich immer hatte verlassen können, glaubte, dass es ungefähr neun Uhr war, was bedeutete, dass er etwa zwei Stunden Schlaf bekommen hatte. Das war nicht viel, aber er brauchte auch nicht viel Schlaf. Er fühlte sich besser. Und er war schon wach genug, um Freddys Stimme die Besorgnis anzuhören.

»Was ist los, Bursche?«

»Pearly behauptet, er hätte zu allen den Kontakt verloren. Angeblich war zum Schluss nur noch Owen da, und der sei jetzt auch weg. Er sagt, Owen hätte den Ripley-Pilz abgewehrt, Sir.«

Kurtz hörte Freddy ganz leise *oh Mist* sagen. Er wollte Freddy schon sagen, er könne ihn nennen, wie es ihm beliebe, das sei jetzt egal, da entdeckte er in dem breiten Rückspiegel auf Perlmutters ausgemergeltem Gesicht ein hämisches Grinsen.

»Wie kommen wir denn ins Geschäft, Archie?«

»Wir kommen gar nicht ins Geschäft«, sagte Pearly und hörte sich dabei erheblich aufgeräumter an als vor Kurtz' Nickerchen. »Ich ... Boss, ich hätte aber gern etwas Wasser. Ich habe keinen Hunger, aber ...«

»Wir könnten durchaus anhalten und Wasser besorgen«, sagte Kurtz. »Aber nur, wenn wir weiterhin mit ihnen in Verbindung stehen. Wenn wir sie aber *alle* verloren haben – diesen Jones ebenso wie Owen und Devlin –, tja, Sie wissen ja, wie ich bin, Bursche: Ich beiße noch im Tode; und selbst dann braucht es noch zwei Chirurgen und eine Schrotflinte, um mich loszukriegen. Es wird ein langer, durstreicher Tag für Sie, wenn Sie da sitzen, während Freddy und ich die Straßen nach Süden abfahren und nach einer Spur von ihm suchen ... es sei denn, Sie helfen uns. Wenn Sie das tun, dann befehle ich Freddy, bei der nächsten Ausfahrt abzufahren, und dann gehe ich persönlich in einen Laden und kaufe Ihnen die größte Flasche Mineralwasser, die sie im Kühlschrank stehen haben. Wie hört sich das an?«

Es hörte sich gut an, das sah Kurtz schon daran, wie Perlmutter erst mit trockenen Lippen schmatzte und sie dann mit der Zunge befeuchtete (auf Perlmutters Lippen und Wangen gedieh der Ripley immer noch prächtig; größtenteils war er erdbeerfarben, an einigen Stellen aber auch so dunkelrot wie Burgunder), doch dann schaute er wieder so verschlagen. Aus seinen Augen, die mit Ripley verkrustet waren, schossen die Blicke hin und her. Und plötzlich verstand Kurtz, was er da sah. Pearly war verrückt geworden, Gott stehe ihm bei. Vielleicht brauchte es einen, der selbst verrückt war, um das zu erkennen.

»Ich habe ihm die reine Wahrheit gesagt. Ich habe zu allen die Verbindung verloren.« Aber dann legte sich Archie einen Finger an die Nase und schaute wieder verschmitzt in den Rückspiegel.

»Wenn wir sie kriegen, stehen die Chancen gut, dass wir Sie wieder hinbekommen, Bursche.« Das sagte Kurtz in seinem nüchternsten Ich-erwähne-das-nur-Ton. »Also mit wem stehen Sie noch in Verbindung? Mit Jones? Oder mit dem Neuen da? Duddits?« Kurtz sprach es »Dud-Duts« aus.

»Nein, nicht mit dem. Nicht mit denen.« Aber er hatte immer noch den Finger an der Nase und immer noch diesen verschmitzten Blick.

»Wenn Sie's mir sagen, kriegen Sie Wasser«, sagte Kurtz. »Wenn Sie mir aber weiter auf den Zeiger gehen, Soldat, verpasse ich Ihnen eine Kugel und schmeiße Sie in den Schnee. Und jetzt lesen Sie mal meine Gedanken und erzählen mir dann noch, dass ich das nicht ernst meine.«

Pearly warf ihm im Rückspiegel einen eingeschnappten Blick zu und sagte dann: »Jonesy und Mr Gray sind immer noch auf dem Highway. Sie sind jetzt in der Nähe von Portland. Jonesy hat Mr Gray verraten, wie er auf dem 295 um die Stadt herumkommt. Und dabei hat er es ihm gar nicht erzählt. Mr Gray ist in seinem Kopf, und wenn er etwas wissen will, dann nimmt er es sich, glaube ich, einfach.«

Kurtz hörte sich das zusehends ergriffen an und überlegte die ganze Zeit hin und her.

»Da ist ein Hund«, sagte Pearly. »Sie haben einen Hund dabei. Er heißt Lad. Er ist es, mit dem ich in Verbindung stehe. Er ist ... wie ich.« Seine Augen suchten im Spiegel wieder Kurtz' Blick, aber jetzt war alle Verschmitztheit daraus verschwunden. Stattdessen sah er jämmerlich aus und gerade so eben noch zurechnungsfähig. »Glauben Sie wirklich, dass es eine Chance gibt, dass ich ... na ja ... wieder ich werden könnte?«

Da er wusste, dass Perlmutter seine Gedanken lesen konnte, ging Kurtz vorsichtig vor. »Ich glaube, es wäre durchaus möglich, dass man Sie wenigstens von Ihrer Last befreit. Wenn man einen Arzt hätte, der etwas davon versteht? Ja, ich glaube, das ließe sich machen. Eine schöne Dröhnung Chloroform, und wenn Sie wieder aufwachen: futsch.« Kurtz küsste sich in einer genießerischen Geste die Fingerspitzen. Dann wandte er sich an Freddy: »Wenn sie in Portland sind, wie groß ist dann ihr Vorsprung?«

»Gut siebzig Meilen, Boss.«

»Dann geben Sie mal ein bisschen Gas, Herrgott. Ich will nicht im Straßengraben enden, aber ein bisschen mehr ist doch wohl noch drin.« Siebzig Meilen. Und wenn Owen und Devlin und »Dud-Duts« auch wussten, was Archie Perlmutter wusste, waren sie ihnen immer noch auf der Spur.

»Lassen Sie mich das mal klarstellen, Archie. Mr Gray ist also in Jonesy –«

»Ja –«

»Und sie haben einen Hund dabei, der ihre Gedanken lesen kann?«

»Der Hund hört ihre Gedanken, versteht sie aber nicht. Er ist ja schließlich nur ein Hund. Boss, ich habe Durst.«

Er lauscht dem Hund, als wäre es eine Radiosendung, staunte Kurtz.

»Freddy, nächste Ausfahrt ab. Getränke für alle.« Er ärgerte sich, dass er einen Boxenstopp einlegen musste – ärgerte sich, auch nur ein paar Meilen auf Owen zu verlieren –, aber er brauchte Perlmutter. Und zwar möglichst bei guter Laune.

Vor ihnen lag die Raststätte, an der Mr Gray seinen Schneepflug gegen den Subaru des Kochs getauscht hatte und an der Owen und Henry auch kurz gehalten hatten, als die Linie dorthin geführt hatte. Der Parkplatz war gerammelt voll, aber gemeinsam brachten sie genug Münzen für die Getränkeautomaten auf dem Hof auf.

Gelobt sei der Herr.

7

Von allen übrigen Erfolgen und Fehlschlägen der so genannten »Florida-Präsidentschaft« (deren Geschichte noch weitgehend ungeschrieben ist) einmal abgesehen, wird eines doch auf jeden Fall Bestand haben: Der Präsident beendete mit seiner Ansprache an diesem Novembermorgen die Alien-Panik.

Man war geteilter Meinung darüber, warum die Rede so wirksam war (»Das hatte mit Führungsqualitäten nichts zu tun, sondern nur mit Timing«, meinte ein Kritiker naserümpfend), aber sie war wirksam. Gierig darauf, endlich Fakten zu hören, fuhren die Menschen, die schon auf der Flucht waren, vom Highway ab, um die Fernsehansprache des Präsidenten zu sehen. Die Elektronikläden in den Einkaufszentren füllten sich mit schweigenden, glotzenden Menschen. In den Raststätten am I-95 wurde der Betrieb eingestellt. Man stellte Fernsehgeräte neben die stillgelegten Registrierkassen. Die Kneipen füllten sich. An vielen Orten ließen die Leute die Haustür offen stehen, damit sich Fremde bei ihnen die Ansprache ansehen konnten. Sie hätten sie auch (wie Jonesy und Mr Gray) im Autoradio verfolgen und dabei weiterfahren können, aber das tat nur eine Minderheit. Die meisten Leute wollten das Gesicht des Präsidenten sehen. Seinen Kritikern zufolge kam die Rede einfach nur zum richtigen Zeitpunkt – »In diesem Moment hätte auch Schweinchen Dick mit einer Rede solchen Erfolg gehabt«, meinte einer von ihnen. Ein anderer sah es anders. »Es war der entscheidende Moment der Krise«, sagte er. »Es waren vielleicht sechstausend Leute auf der Flucht. Hätte der Präsident etwas Falsches gesagt, dann wären es um vierzehn Uhr sechzigtausend gewesen, und vielleicht wären es schon sechshunderttausend gewesen, wenn die Fluchtwelle dann New York erreicht hätte – und das wäre der größte Flüchtlingsstrom geworden seit den Dürren im Mittelwesten in den Dreißigerjahren. Die Amerikaner, vor allem die Neuengländer, erhofften sich Hilfe von ihrem mit so knapper Mehrheit gewählten Präsidenten ... und Trost und Zuversicht. Und er hielt daraufhin die vielleicht beste Rede an die Nation aller Zeiten. So einfach ist das.«

Einfach oder nicht, Soziologie oder große Führungsqualitäten: Die Rede war ungefähr so, wie Owen und Henry sie erwartet hatten ... und Kurtz hätte jedes Wort vorhersagen können. Im Mittelpunkt standen zwei ganz einfache Gedanken, die beide als absolute Tatsachen hingestellt wurden und darauf zielten, die panische Angst zu lindern, die den sonst immer so selbstgefälligen Amerikanern an diesem Morgen die kollektive Brust zuschnürte. Der erste Gedanke war der, dass die Neuankömmlinge zwar nicht direkt mit Palmwedeln gewunken und Gastgeschenke verteilt hätten, andererseits aber eben auch keinerlei aggressives oder feindseliges Verhalten an den Tag gelegt hätten. Der zweite war der, dass sie zwar eine Art Virus mitgebracht hätten, der aber durch die Quarantäne nicht aus Jefferson Tract herauskönne (der Präsident zeigte auf einer eingeblendeten Landkarte, wo das war, und machte das so beiläufig wie ein Wettermann, der auf ein Tiefdruckgebiet deutete). Und auch dort ginge dieser Virus bereits ein, und zwar ohne dass die Wissenschaftler und Militärexperten vor Ort auf irgendeine Weise nachgeholfen hätten.

»Wir können das zu diesem Zeitpunkt zwar noch nicht mit Sicherheit sagen«, erzählte der Präsident den ihm atemlos folgenden Zuschauern (und die im nördlichen Neuengland lauschten, vielleicht verständlicherweise, am atemlosesten), »aber wir glauben, dass unsere Besucher diesen Virus mitgebracht haben, wie Reisende aus dem Ausland manchmal in ihrem Gepäck oder in Lebensmitteln, die sie einführen, gewisse Insekten in ihr Heimatland mitbringen. Darum kümmert sich normalerweise der Zoll, aber –«, ein breites Lächeln des Großen Weißen Vaters, »– aber unsere Gäste sind eben an keiner Zollstelle gelandet.«

Ja, einige wenige Menschen seien dem Virus erlegen. Die meisten von ihnen seien Militärangehörige. Die überwiegende Mehrheit derer, die sich damit angesteckt hatten (»mit einem Pilz, Fußpilz nicht unähnlich«, sagte der Große Weiße Vater), hätten ihn ohne medizinische Hilfe wieder abgewehrt. Zwar sei das ganze Gebiet unter Quarantäne gestellt, aber außerhalb dieser Zone, darauf wurde beharrt, drohe keinerlei Gefahr. »Wenn Sie in Maine sind und Ihr Heim verlassen haben«, sagte der Präsident, »dann rate ich Ihnen umzukehren. Um es mit den Worten von Franklin Delano Roosevelt zu sagen: Wir haben nichts zu fürchten außer der Furcht.«

Kein Wort über das Abschlachten der Grauen, das gesprengte Schiff, die internierten Jäger, den Brand bei Gosselin's oder den Ausbruch. Kein Wort darüber, dass die letzten Überlebenden von Gallaghers Imperial Valley nun abgeknallt wurden wie Hunde (und nach Meinung vieler waren sie Hunde; schlimmer als Hunde). Kein Wort über Kurtz und keine Silbe über Typhoid Jonesy. Der Präsident erzählte eben genug, um die Panik einzudämmen, ehe sie noch weiter um sich griff.

Und die meisten Leute befolgten seinen Rat und fuhren nach Hause.

Für einige war das natürlich nicht möglich.

Einige konnten nicht mehr nach Hause.

8

Die kleine Parade fuhr unter einem bedeckten Himmel weiter nach Süden, angeführt von dem rostigen roten Subaru, den Marie Turgeon aus Litchfield nie wiedersehen würde. Henry, Owen und Duddits folgten mit fünfundfünfzig Meilen oder gut fünfzig Minuten Abstand. Als sie den Parkplatz der Raststätte bei Meile 81 verließen (Pearly trank schon seine zweite Flasche Mineralwasser leer, als sie sich eben wieder in den Verkehr einordneten), folgten Kurtz und seine Männer Jonesy und Mr Gray im Abstand von gut fünfundsiebzig Meilen und befanden sich also zwanzig Meilen hinter Kurtz' Hauptziel.

Wäre es nicht so bedeckt gewesen, dann hätte man sie von einer niedrig fliegenden Maschine aus alle drei gleichzeitig sehen können, den Subaru und die beiden Humvees, um 11.43 Uhr Ostküstenzeit, als der Präsident seine Fernsehansprache mit den Worten beschloss: »Gott schütze Sie, meine amerikanischen Mitbürgerinnen und Mitbürger. Und Gott schütze Amerika.«

Jonesy und Mr Gray fuhren gerade über die Brücke zwischen Kittery und Portsmouth nach New Hampshire hinein; Henry, Owen und Duddits kamen eben an der Ausfahrt 9 vorbei, über die man in die Gemeinden Falmouth, Cumberland und Jerusalem's Lot gelangte; Kurtz, Freddy und Perlmutter (Perlmutter schwoll wieder der Bauch an; er lehnte sich stöhnend zurück und gab giftige Gase von sich – vielleicht eine Art kritischer Kommentar zur Ansprache des Großen Weißen Vaters) befanden sich auf der Höhe der Ausfahrt nach Bowdoinham auf dem 295, ein Stückchen nördlich von Brunswick. Alle drei Fahrzeuge wären einfach auszumachen gewesen, weil so viele Leute irgendwo gehalten hatten, um dem Präsidenten bei seiner beruhigenden, von einer eingeblendeten Landkarte unterstützten Ansprache zuzusehen.

Aus Jonesys bewundernswert gut geordneten Erinnerungen schöpfend, fuhr Mr Gray, gleich nachdem er die Grenze zwischen New Hampshire und Massachusetts überquert hatte, vom Highway 95 auf den Highway 495 ab ... und dirigiert von Duddits, der Jonesys Spur als leuchtend gelbe Linie sah, folgte ihm der erste Humvee. Hinter der Stadt Marlborough würde Mr Gray dann vom Highway 495 auf den Interstate Highway 90 wechseln, eine der großen Ost-West-Verkehrsachsen der USA. An der Ausfahrt 8 waren, laut Jonesys Erinnerungen, Palmer, Amherst und Ware ausgeschildert. Und sechs Meilen hinter Ware lag der Quabbin-Stausee.

Schacht zwölf war genau das Richtige für ihn; das sagte ihm Jonesy, und Jonesy konnte ihn nicht belügen, so gern er es auch getan hätte. Am Winsor-Damm an der Südseite des Sees hatte die Wasserbehörde von Massachusetts ein Büro. So weit konnte Jonesy ihn bringen, und Mr Gray würde dann den Rest erledigen.

9

Jonesy ertrug es nicht mehr, an seinem Schreibtisch zu sitzen – hätte er noch länger dort gesessen, dann hätte er unweigerlich losgeflennt. Vom Flennen wäre er dann zweifellos zum Stammeln übergegangen und vom Stammeln zum hemmungslosen Jammern, und wenn er erst mal angefangen hätte zu jammern, dann hätte er wahrscheinlich die Tür aufgerissen und wäre Mr Gray in die Arme gelaufen, komplett durchgeknallt und bereit, sich vernichten zu lassen.

Wo sind wir denn jetzt überhaupt?, fragte er sich. *Schon in Marlborough? Fahren wir schon vom 495 auf den 90 ab? Das könnte hinkommen.*

Er hatte aber keine Möglichkeit, es festzustellen, da die Fensterläden geschlossen waren. Jonesy sah zum Fenster hinüber und musste, trotz allem, grinsen. Statt GIB AUF, KOMM RAUS stand da nun das, was ihm dazu eingefallen war: ERGIB DICH DOROTHY.

Das habe ich getan, dachte er. *Und ich könnte auch bestimmt diese verdammten Fensterläden verschwinden lassen, wenn ich nur wollte.*

Na und? Dann würde Mr Gray neue anbringen oder vielleicht die Fensterscheiben einfach mit schwarzer Farbe übertünchen. Wenn er nicht wollte, dass Jonesy hinausschaute, dann würde Jonesy auch nichts sehen. Mr Gray kontrollierte eben seine gesamte Außenseite. Mr Gray war der Kopf geplatzt, er hatte sich direkt vor Jonesys Augen in Sporen verwandelt – aus Dr. Jekyll war Mr Byrus geworden –, und Jonesy hatte diese Sporen eingeatmet. Und jetzt war Mr Gray ...

Er ist wie ein Schmerz, dachte *Jonesy, Mr Gray ist wie ein Schmerz in meinem Hirn.*

Etwas in ihm sträubte sich gegen diese Ansicht, und ihm kam ein genau entgegengesetzter Gedanke – *nein, du bringst das durcheinander: du bist aus deinem Körper geflohen –*, aber er tat das ab. Das war pseudo-intuitiver Quatsch, eine Sinnestäuschung, nicht viel anders als bei einem Dürstenden in der Wüste, der eine Fata Morgana sah. Er war hier eingesperrt. Mr Gray war da draußen, aß Bacon und hatte das Sagen. Und wenn sich Jonesy etwas anderes einredete, fiel er im November auf einen Aprilscherz herein.

Ich muss ihn irgendwie bremsen. Wenn ich ihn schon nicht ganz aufhalten kann, gibt es dann nicht wenigstens irgendeine Möglichkeit, wie ich ihm einen Knüppel zwischen die Beine werfen kann?

Er stand auf und ging einmal an den vier Wänden seines Büros entlang. Es waren vierunddreißig Schritte. Eine verdammt kurze Rundreise. Aber immer noch größer als eine durchschnittliche Gefängniszelle; die Jungs in Walpole, Danvers oder Shawshank würden sich förmlich die Finger danach lecken. In der Mitte des Zimmers tanzte der Traumfänger und drehte sich. Ein Teil von Jonesys Geist zählte Schritte; ein anderer rätselte, wie nahe sie der Ausfahrt 8 schon waren.

Einunddreißig, zweiunddreißig, dreiunddreißig, vierunddreißig. Und da stand er wieder hinter seinem Stuhl. Start frei zur zweiten Runde.

Bald waren sie in Ware ... und würden dort nicht anhalten. Im Gegensatz zu der Russin wusste Mr Gray ganz genau, wohin er wollte.

Zweiunddreißig, dreiunddreißig, vierunddreißig, fünfunddreißig, sechsunddreißig. Wieder hinter seinem Stuhl und bereit zur nächsten Runde.

Carla und er hatten drei Kinder, als sie dreißig wurden (das vierte folgte dann im Jahr 2000), und hatten nicht damit gerechnet, in näherer Zukunft mal ein Ferienhaus zu besitzen, nicht einmal ein so bescheidenes wie das Cottage in der Osborne Road in North Ware. Dann hatte in seiner Fakultät ein Umbruch stattgefunden. Ein guter Freund von ihm rückte auf einen leitenden Posten vor, und Jonesy wurde drei Jahre früher zum außerordentlichen Professor berufen, als er sich das in seinen kühnsten Plänen ausgemalt hatte. Der Gehaltssprung war beträchtlich.

Fünfunddreißig, sechsunddreißig, siebenunddreißig, achtunddreißig, und wieder hinter seinem Stuhl. Das tat ihm gut. Er ging einfach nur in seiner Zelle auf und ab, weiter nichts, aber es beruhigte ihn.

Im gleichen Jahr war Carlas Großmutter gestorben, und ein beträchtlicher Besitz wurde zwischen Carla und ihrer Schwester aufgeteilt, da die näheren Blutsverwandten der Generation dazwischen bereits verstorben waren. Daher hatten sie das Ferienhaus, und in diesem Sommer waren sie mit den Kindern zum Winsor-Damm gefahren. Von dort aus hatten sie an einer der regelmäßig stattfindenden Wanderungen teilgenommen. Ihr Guide, ein Angestellter der Wasserwerke, der eine laubgrüne Uniform trug, hatte ihnen erzählt, das Gebiet rund um den Quabbin-Stausee werde auch als »verwildertes Land« bezeichnet und sei das größte Adlernistgebiet in ganz Massachusetts. (John und Misha, ihre beiden Älteren, hatten gehofft, ein, zwei Adler zu sehen, waren aber enttäuscht worden.) Der Stausee war in den Dreißigerjahren entstanden, als man drei landwirtschaftliche Gemeinden überflutete, die alle einen kleinen Marktflecken hatten. Damals war das Land rund um den See erschlossen gewesen. In den gut sechzig Jahren seither war es wieder zu dem geworden, was wohl ganz Neuengland einmal gewesen war, ehe hier Mitte des 17. Jahrhunderts Ackerbau und Handwerk Einzug gehalten hatten. Ein Gewirr tief gefurchter, ungepflasterter Straßen führte am Ostufer des Sees entlang – einem der saubersten Trinkwasser-Reservoire Nordamerikas, wie ihr Guide behauptet hatte –, aber weiter gab es dort nichts. Wenn man am Ostufer über Schacht zwölf hinauswollte, brauchte man Wanderstiefel. Das hatte ihnen der Guide erzählt. Lorrington hatte er geheißen.

An der Wanderung hatten noch gut ein Dutzend andere Leute teilgenommen, und mittlerweile waren sie auch wieder an ihrem Ausgangspunkt angegelangt. Sie hatten am Rande der Straße gestanden, die über den Winsor-Damm verlief, und hatten nach Norden auf den See hinausgeschaut (das strahlende Blau des Quabbin im Sonnenschein, wie es millionenfach funkelte, und Joey war schnell in der Papoose-Babytrage auf Jonesys Rücken eingeschlafen). Lorrington wollte eben seinen Sermon beenden und allen noch einen schönen Tag wünschen, da hob ein Typ, der ein Rutgers-Sweatshirt trug, schuljungenhaft die Hand und sagte: *Schacht zwölf. Ist das nicht, wo die russische Frau ...?*

Achtunddreißig, neununddreißig, vierzig, einundvierzig – und wieder zurück hinter seinem Schreibtischstuhl. Er zählte einfach, ohne sich bei den Zahlen groß etwas zu denken, und das machte er oft so. Carla meinte, es wäre ein Anzeichen für eine zwanghafte Verhaltensstörung. Das glaubte Jonesy nicht. Das Zählen beruhigte ihn, und deshalb brach er gleich zu einer neuen Runde auf.

Lorrington hatte bei dem Wort »russische Frau« leicht verkniffen geguckt. Das gehörte anscheinend nicht zu seinem Vortrag, zählte nicht zu den netten Erinnerungen, die die Touristen mit nach Hause nehmen sollten. Je nachdem, durch welche städtischen Rohre es auf den letzten acht bis zehn Meilen seiner Reise floss, konnte das Bostoner Leitungswasser eines der reinsten und besten weltweit sein – das war die Lehre, die sie verbreiten sollten.

Darüber weiß ich wirklich nicht viel, Sir, hatte Lorrington gesagt, und Jonesy hatte gedacht: *Schau einer an. Wenn wir unseren Führer da mal nicht bei einer kleinen Flunkerei ertappt haben.*

Einundvierzig, zweiundvierzig, dreiundvierzig, und wieder hinter seinem Stuhl und bereit, von vorne anzufangen. Er ging jetzt ein wenig schneller. Hatte die Hände hinterm Rücken verschränkt wie ein Kapitän, der das Vorderdeck abschritt ... oder nach einer Meuterei in der Arrestzelle seines Schiffs auf und ab ging. Ja, das wohl eher.

Als Geschichtslehrer war Jonesy von Haus aus neugierig. Am Tag nach der Wanderung war er in die Bibliothek gegangen, hatte in der Lokalzeitung nach der Geschichte gesucht und sie auch gefunden. Der Artikel war kurz und enthielt nur wenige Details – Berichte über Gartenpartys in der gleichen Zeitung waren viel ausführlicher –, aber ihr Postbote wusste mehr und erzählte es ihnen gern. Der alte Mr Beckwith. Jonesy erinnerte sich immer noch an seine letzten Worte, ehe er seinen blauweißen Postwagen wieder in Gang setzte und darin die Osborne Road hinunter zu dem nächsten einsamen Briefkasten fuhr; auf der Südseite des Sees gab es im Sommer viel Post auszutragen. Jonesy ging zurück zum Cottage, ihrem unerwarteten Geschenk, und dachte, dass es kein Wunder sei, dass Lorrington nicht über die Russin hatte reden wollen.

Denn das war keine Werbung.

10

Ihr Name ist entweder Ilena oder Elaina Timarova – da gibt es unterschiedliche Angaben. Sie taucht im Frühherbst 1995 in einem Ford Escort mit einem diskreten gelben Hertz-Aufkleber auf der Windschutzscheibe in Ware auf. Der Wagen erweist sich als gestohlen, und die ebenso aus der Luft gegriffene wie pikante Story macht die Runde, sie habe sich ihn am Flughafen von Boston besorgt, sei durch sexuelle Gefälligkeiten in den Besitz der Schlüssel gelangt. Wer weiß. Es hätte sich so abgespielt haben können.

Wie dem auch sei – sie ist eindeutig geistig verwirrt, nicht ganz richtig im Kopf. Jemand erinnert sich, dass sie eine Schramme an der Wange hatte, ein anderer, dass ihre Bluse falsch geknöpft war. Sie spricht kaum Englisch, gerade genug, um zu bekommen, was sie will: eine Wegbeschreibung zum Quabbin-Stausee. Die notiert sie (auf Russisch) auf einem Zettel. An diesem Abend, als die Straße über den Winsor-Damm geschlossen wird, wird der Ford Escort an einem Picknickareal in Goodnough Dike gesehen. Als der Wagen am nächsten Morgen immer noch dort steht, machen sich zwei Männer von den Wasserwerken (und Lorrington war vielleicht einer von ihnen) und zwei Förster auf die Suche nach ihr.

Zwei Meilen die East Street hinauf finden sie ihre Schuhe. Zwei Meilen weiter, wo die Asphaltierung der East Street endet (die sich am Ostufer des Sees durch die Wildnis schlängelt und eigentlich gar keine richtige Straße ist, sondern eher die hiesige Form der Deep Cut Road), finden sie ihre Bluse ... Oh-oh. Zwei Meilen hinter der weggeworfenen Bluse endet die East Street, und ein ausgefurchter Holzfällerweg – die Fitzpatrick Road – führt vom Seeufer fort. Der Suchtrupp will eben auf diesem Weg weitergehen, als einer von ihnen in Ufernähe etwas Rosafarbenes an einem Ast hängen sieht. Es erweist sich als der BH der Dame.

Der Boden hier ist feucht, aber nicht morastig, und sie können sowohl ihren Fußspuren als auch einer Spur von Zweigen folgen, die sie beim Gehen abgebrochen haben muss, und sie wollen sich gar nicht ausmalen, welche Verletzungen sich ihre nackte Haut dabei zugezogen hat. Doch der Beweis für diese Verletzungen ist vorhanden, und sie müssen es sehen, ob sie wollen oder nicht: Das Blut auf den Zweigen und Steinen ist ein Teil ihrer Spur.

Eine Meile hinter dem Ende der East Street kommen sie zu einem Steingebäude, das auf einer Felsnase steht. Es erhebt sich am Mount Pomery über das Ostufer des Sees. Dieses Gebäude beherbergt den Schacht zwölf und ist mit dem Auto nur von Norden aus zu erreichen. Und warum Ilena oder Elaina nicht von Norden aus hierher gekommen ist, wird immer rätselhaft bleiben.

Das Aquädukt, das am Quabbin-See beginnt, verläuft fünfundsechzig Meilen schnurstracks ostwärts bis nach Boston und nimmt dabei aus den Reservoiren Wachusett und Sudbury noch weiteres Wasser auf (diese beiden Quellen sind nicht so ergiebig und nicht ganz so rein). Es gibt keine Pumpen; das Rohr des Aquädukts, das vier Meter hoch und drei Meter breit ist, erledigt das von allein. Die Bostoner Wasserversorgung beruht auf schlichter Schwerkraftspeisung, einer Technik, welche die Ägypter schon vor 3500 Jahren eingesetzt haben. Zwischen der Erdoberfläche und dem unterirdischen Aquädukt verlaufen insgesamt zwölf vertikale Schächte. Sie dienen der Luftversorgung und dem Druckausgleich. Sie dienen auch als Zugang für den Fall, dass das Aquädukt verstopft. Schacht zwölf, der dem Reservoir am nächsten ist, wird auch als Zuflussschacht bezeichnet. Hier werden Wasserproben entnommen, und auch die Tugend mancher Frau wurde hier schon auf die Probe gestellt (das Steingebäude ist nicht verschlossen und bei Liebespaaren eine beliebte Kanu-Anlegestelle).

Auf der untersten der acht Stufen, die zur Tür des Schachthauses hinaufführen, finden sie, ordentlich zusammengelegt, die Jeans der Frau. Auf der obersten Stufe liegt ein schlichter weißer Baumwollslip. Die Tür steht offen. Die Männer schauen einander betreten an, und keiner sagt ein Wort. Sie ahnen schon, was sie drinnen finden werden: eine tote nackte Russin.

Doch dem ist nicht so. Der runde Eisendeckel auf dem Schacht zwölf ist eben so weit verschoben worden, dass auf der Seeseite des Schachts eine sichelförmige Lücke entstanden ist. Dahinter liegt die Brechstange, mit der die Frau den Deckel aufgehebelt hat – normalerweise steht sie mit ein paar anderen Werkzeugen hinter der Tür an der Wand. Und hinter der Brechstange liegt die Handtasche der Russin. Darauf liegt ihre aufgeschlagene Brieftasche. Und auf der Brieftasche – sozusagen die Spitze der Pyramide – liegt ihr Reisepass. Daraus ragt ein Zettel hervor, auf dem etwas auf Russisch gekrakelt ist. Die Männer halten es erst für den Abschiedsbrief einer Selbstmörderin, aber übersetzt erweist es sich als nichts weiter als die Wegbeschreibung, die sie bekommen hat. Unten drunter hatte sie geschrieben: *Wenn Straße endet, am Ufer entlanggehen.* Und genau das hatte sie getan und sich dabei Stück um Stück ausgezogen und nicht auf die Zweige geachtet, die sie zerkratzten.

Die Männer stehen ratlos um die nur teilweise bedeckte Schachtöffnung herum und lauschen dem Plätschern des Wassers, das hier seinen Weg zu den Wasserhähnen, Springbrunnen und Gartenschläuchen von Boston beginnt. Es ist ein dumpfes Geräusch, und das hat einen guten Grund: Der Schacht ist vierzig Meter tief. Die Männer verstehen zwar nicht, warum sie es unbedingt auf diese Weise tun wollte, verstehen aber ganz deutlich, was sie da getan hat, können sie förmlich mit in den Schacht baumelnden Füßen da auf dem Steinboden sitzen sehen. Sie schaut sich vielleicht noch ein letztes Mal um, ob ihre Brieftasche und ihr Reisepass auch noch dort liegen, wo sie sie hingelegt hat. Sie will, dass jemand erfährt, wer auf diesem Wege aus dem Leben geschieden ist, und das hat etwas fürchterlich Trauriges an sich. Ein Blick noch zurück, und dann rutscht sie hinein in die Lücke zwischen dem beiseite geschobenen Deckel und dem Rand des Schachts. Vielleicht hat sie sich die Nase zugehalten wie ein Kind beim Sprung ins Schwimmbecken. Vielleicht auch nicht. Jedenfalls ist sie im Handumdrehen verschwunden. Hallo Dunkelheit, alte Freundin.

11

Die letzten Worte des alten Mr Beckwith zu diesem Thema (ehe er dann mit seinem Postauto weiterfuhr) waren: *Was man so hört, werden die Leute in Boston sie so um den Valentinstag rum in ihrem Morgenkaffee trinken.* Dann hatte er Jonesy angegrinst. *Ich persönlich rühr dieses Wasser ja sowieso nicht an. Ich halte mich lieber an Bier.*

In Massachusetts spricht man das, wie auch in Australien, *Beah* aus.

12

Jonesy hatte die Wände seines Büros jetzt zwölf- oder vierzehnmal abgeschritten. Er blieb kurz hinter seinem Schreibtischstuhl stehen, rieb sich gedankenverloren die Hüfte und ging dann wieder los, immer noch zählend, der gute, alte, zwanghaft verhaltensgestörte Jonesy.

Eins ... zwei ... drei ...

Die Geschichte mit der Russin war bestimmt ein ausgezeichnetes Beispiel für kleinstädtische Gruselstorys (die sonst auch gern von Spukhäusern handelten, in denen sich mehrere Morde ereignet hatten, oder die an den Schauplätzen entsetzlicher Verkehrsunfälle spielten) und erklärte sicherlich auch, was Mr Gray mit Lad, dem unglückseligen Border Collie, vorhatte, aber was nützte es ihm schon zu wissen, wohin Mr Gray wollte? Schließlich ...

Wieder hinter dem Stuhl, *achtundvierzig, neunundvierzig, fünfzig,* und dann: Warte mal, das gibt's doch nicht. Als er die Wände zum ersten Mal abgegangen war, hatte er doch nur vierunddreißig Schritte gebraucht, nicht wahr? Wie konnten es denn jetzt fünfzig sein? Er schlurfte nicht und machte keine Tippelschritte oder so, also wie –

Du hast das Zimmer vergrößert. Du hast es abgeschritten und hast es dadurch größer gemacht. Weil du so rastlos warst. Es ist ja schließlich dein Zimmer. Ich wette, du könntest es so groß machen wie den Ballsaal im Waldorf-Astoria, wenn du wolltest ... und Mr Gray könnte dich nicht daran hindern.

»Ist das möglich?«, flüsterte Jonesy. Er stand neben seinem Schreibtisch, eine Hand auf dem Rücken, als würde er für ein Porträt Modell stehen. Er musste sich diese Frage gar nicht beantworten; er musste sich nur umschauen. Der Raum war jetzt eindeutig größer.

Henry kam. Wenn er Duddits dabeihatte, dann war es einfach für ihn, Mr Gray zu verfolgen, egal wie oft Mr Gray das Fahrzeug wechselte, denn Duddits sah die Linie. Er hatte sie in einem Traum zu Richie Grenadeau geführt, und später hatte er sie in der Realität zu Josie Rinkenhauer geführt, und er konnte Henry nun so einfach den Weg weisen, wie ein Jagdhund einen Jäger zu einem Fuchsbau führte. Das Problem war eher der *Vorsprung*, dieser verdammte *Vorsprung*, den Mr Gray hatte. Mindestens eine Stunde. Vielleicht sogar mehr. Und wenn Mr Gray den Hund erst einmal in den Schacht zwölf geworfen hatte, war alles zappenduster. Es wäre zwar – theoretisch – noch Zeit, die Wasserversorgung von Boston zu sperren, aber würde Henry irgendjemanden davon überzeugen können, etwas derart Weitreichendes und Störendes zu unternehmen? Jonesy bezweifelte es. Und was war mit den ganzen Menschen an der Strecke, die das Wasser fast ohne Verzögerung trinken konnten? 6500 in Ware, 11 000 in Athol, über 150 000 in Worcester. Bei denen war es schon in Wochen, nicht erst in Monaten. Und bei manchen schon in einigen Tagen.

Gab es irgendeine Möglichkeit, dieses Schwein zu bremsen und damit Henry die Chance zu geben, ihn einzuholen?

Jonesy schaute zum Traumfänger hoch, und in diesem Moment änderte sich etwas im Zimmer – er hörte fast so etwas wie ein Seufzen, ein Geräusch, wie Geister es angeblich bei Séancen machten. Aber das hier war kein Geist, und Jonesy spürte ein Prickeln in den Armen. Gleichzeitig traten ihm Tränen in die Augen. Ein Satz von Thomas Wolfe fiel ihm ein: *Verloren – ein Stein, ein Blatt, eine nie gefundene Tür.* Thomas Wolfe, dessen These immer gewesen war, man könne nie wieder nach Hause gelangen.

»Duddits?«, flüsterte er. Seine Nackenhaare richteten sich auf. »Duddie, bist du das?«

Keine Antwort ... aber als er auf den Schreibtisch schaute, auf dem das nutzlose Telefon gestanden hatte, sah er, dass etwas Neues hinzugekommen war. Kein Stein, kein

Blatt und auch keine nie gefundene Tür, sondern ein Cribbage-Brett und ein Kartenspiel.
 Da wollte jemand das Spiel spielen.

13

Tut jetzt die ganze Zeit weh. Mama weiß, er sagt es Mama. Jesus weiß, er sagt es Jesus. Henry sagt er es nicht, Henry hat selber Schmerzen, Henry müde, würde ihn nur traurig machen. Biber und Pete sind im Himmel, wo sie sitzen zur Rechten Gottes, des allrechtigen Vaters, des Schöpfers des Himmels und der Erde, in Ewigkeit, amen, o Mann. Das macht ihn traurig, sie waren gute Freunde und haben Spiele gespielt und sich nie über ihn lustig gemacht. Einmal haben sie Josie gefunden, und einmal haben sie einen großen Mann gesehen, einen Cowboy, und früher haben sie das Spiel gespielt.

Das hier ist auch ein Spiel, aber Pete hat immer gesagt: *Duddits, es kommt nicht darauf an, ob du gewinnst oder verlierst, es kommt darauf an, wie du spielst,* aber diesmal kommt es wohl darauf an, es kommt darauf an, das hat Jonesy gesagt, Jonesy hört schlecht, aber das wird bald besser, ganz bald besser. Wenn es doch nicht so wehtun würde. Nicht mal die Perco helfen mehr. Sein Hals ist wund, und er zittert überall, und sein Bauch tut weh, wie wenn er A-a machen muss, so ähnlich, und dabei muss er gar nicht A-a machen, und wenn er hustet, kommt manchmal Blut. Er würde gerne schlafen, aber da sind Henry und sein neuer Freund Owen, der an dem Tag dabei war, als sie Josie gefunden haben, und die sagen: *Wenn wir ihn bloß irgendwie bremsen könnten* und *Wenn wir ihn bloß einholen könnten,* und er muss wach bleiben und ihnen helfen, aber er muss die Augen zumachen, damit er Jonesy hören kann, und dann denken sie, dass er schläft, und Owen sagt: *Sollen wir ihn nicht lieber wecken, was ist, wenn dieses Schwein irgendwo abbiegt,* und Henry sagt: *Ich sage dir doch, ich weiß, wohin er fährt, aber wenn wir auf dem I-90 sind, wecken wir ihn zur Sicherheit auf. Aber jetzt lass ihn schlafen, mein Gott, er sieht so müde aus.* Und wieder sagt er das, aber diesmal nur in Gedanken: *Wenn wir dieses Schwein doch bloß irgendwie bremsen könnten.*

Augen zu. Arme verschränkt vor der Brust, die wehtut. Langsam atmen, Mama sagt, er soll langsam atmen, wenn er husten muss. Jonesy ist nicht tot, ist nicht im Himmel bei Biber und Pete, aber Mr Gray sagt, Jonesy ist eingesperrt, und Jonesy glaubt ihm. Jonesy ist im Büro, hat kein Telefon und weiß nichts, und man kann schwer mit ihm reden, weil Mr Gray fies ist, und Mr Gray hat Angst. Hat Angst, dass Jonesy rausfindet, wer denn in Wirklichkeit eingesperrt ist.

Wann haben sie am meisten geredet?

Wenn sie das Spiel gespielt haben.

Das Spiel.

Es schüttelt ihn. Er muss ganz doll denken, und es tut weh, und er merkt, wie es ihm Kraft wegnimmt, das letzte bisschen Kraft, aber diesmal geht es nicht nur um das Spiel, diesmal ist es wichtig, wer gewinnt und wer verliert, und deshalb gibt er seine Kraft, er macht das Brett, und er macht die Karten, und Jonesy weint, Jonesy denkt *Verloren*, aber Douglas Cavell hat ihn nicht verloren, er sieht die Linie, die Linie führt zu dem Büro, und diesmal wird er mehr machen als nur die Stifte weiterstecken.

Nicht weinen, Jonesy, sagt er und spricht ganz deutlich, in Gedanken spricht er immer deutlich, das ist nur sein dummer Mund, der das immer vermanscht. *Nicht weinen, ich habe dich nicht verloren.*

Augen zu. Arme verschränkt.

In Jonesys Büro, unter dem Traumfänger, spielt Duddits das Spiel.

14

»Ich kriege den Hund rein«, sagte Henry. Er klang erschöpft. »Den Hund, an dem sich Perlmutter orientiert. Ich höre ihn. Wir haben ein klein wenig aufgeholt. Mann, wenn wir ihn nur irgendwie bremsen könnten!«

Jetzt regnete es, und Owen konnte nur hoffen, dass sie schon südlich der Frostgrenze waren, falls der Regen in Schneeregen überging. Der Wind rüttelte am Humvee. Es war jetzt Mittag, und sie waren zwischen Saco und Biddeford. Owen schaute in den Rückspiegel und betrachtete Duddits auf der Rückbank. Er hatte die Augen geschlossen, den Kopf zurückgelehnt und die dürren Arme vor der Brust verschränkt. Sein Teint war beängstigend gelblich, und ein feines Blutrinnsal tröpfelte ihm aus einem Mundwinkel.

»Gibt es irgendeine Möglichkeit, wie dein Freund uns helfen kann?«, fragte Owen.

»Ich glaube, er versucht es gerade.«

»Du hast doch gesagt, er schläft.«

Henry drehte sich um, schaute Duddits an und sah dann wieder zu Owen hinüber. »Da habe ich mich geirrt«, sagte er.

15

Jonesy gab, legte aus seinem Blatt zwei Karten in das Crib, nahm dann das andere Blatt und legte daraus zwei Karten dazu.

»Nicht weinen, Jonesy. Nicht weinen, ich habe dich nicht verloren.«

Jonesy sah zum Traumfänger hoch, weil er ziemlich sicher war, dass die Worte von dort gekommen waren. »Ich weine nicht, Duds. Das sind nur meine Scheiß-Allergien, weiter nichts. Also, ich würde mal sagen, du spielst die – «

»Zwei«, sagte die Stimme aus dem Traumfänger.

Jonesy spielte die Zwei aus Duddits' Blatt aus – das war eigentlich gar kein schlechter Anfang – und spielte dann aus seinem eigenen Blatt eine Sieben aus. Machte zusammen neun. Duddits hatte eine Sechs auf der Hand, fragte sich also, ob –

»Sechs macht fünfzehn«, sagte die Stimme aus dem Traumfänger. »Und fünfzehn macht zwei. Knutsch mir die Kimme!«

Jonesy lachte, trotz allem. Es war eindeutig Duddits, aber einen Moment lang hatte er sich wie Biber angehört. »Na, dann mach doch, steck es.« Und dann sah er fasziniert zu, wie sich ein Stift aus dem Brett hob, ein Stückchen weiter schwebte und sich dann in das zweite Loch der ersten Reihe senkte.

Mit einem Mal ging ihm ein Licht auf.

»Du konntest schon immer spielen, Duds, nicht wahr? Du hast bloß so einen Blödsinn beim Stecken gemacht, weil wir darüber gelacht haben.« Dieser Gedanke trieb ihm wieder Tränen in die Augen. In all den Jahren, in denen sie gedacht hatten, sie würden mit Duddits spielen, hatte er in Wirklichkeit mit ihnen gespielt. Und an diesem Tag hinten bei den Gebrüdern Tracker – wer hatte da wen gefunden? Wer hatte da wen gerettet?

»Einundzwanzig«, sagte er.

»Einunddreißig. Macht zwei«, tönte es aus dem Traumfänger. Und wieder hob eine unsichtbare Hand den Stift und steckte ihn zwei Löcher weiter. »Ich komme nicht zu ihm durch, Jonesy.«

»Ich weiß.« Jonesy spielte eine Drei aus. Duddits sagte: dreizehn, und Jonesy legte es aus Duddits' Blatt.

»Aber du kommst zu ihm durch. Du kannst mit ihm sprechen.«

Jonesy spielte seine eigene Zwei aus und machte zwei Punkte. Duddits war dran und machte mit seiner letzten Karte noch einen Punkt, und Jonesy dachte: *Von einem geistig Behinderten beim Cribbage geschlagen zu werden – auch nicht schlecht.* Aber Duddits war nicht geistig behindert. Er war erschöpft, und er starb, aber geistig behindert war er nicht.

Sie zählten aus, und Duddits gewann haushoch, obwohl Jonesy ja das Crib hatte. Jonesy schob die Karten zusammen und fing an zu mischen.

»Was will er, Jonesy? Was will er, außer Wasser?«

Mord, dachte Jonesy. *Er bringt gern Menschen um.* Aber das bitte nicht. Lieber Gott, bitte nicht noch mal.

»Bacon«, sagte Jonesy. »Er isst gern Bacon.«

Er mischte die Karten ... und wurde plötzlich stocksteif, als Duddits seinen Geist erfüllte. Der wahre Duddits, der jung und stark und kampfbereit war.

16

Duddits stöhnte laut hinter ihnen auf der Rückbank. Henry drehte sich um und sah, dass ihm wieder Blut, rot wie der Byrus, aus den Nasenlöchern lief. Sein Gesicht war vor Konzentration fürchterlich verkrampft. Unter seinen geschlossenen Lidern drehten sich die Augäpfel hin und her.

»Was ist denn mit ihm?«, fragte Owen.

»Ich weiß es nicht.«

Duddits fing an zu husten – ein tiefer, rasselnder Husten aus den Bronchien. Winzige Blutströpfchen sprühten ihm aus dem Mund.

»Weck ihn auf, Henry! Um Himmels willen, weck ihn auf!«

Henry sah Owen ängstlich an. Sie näherten sich jetzt Kennebunkport, waren keine zwanzig Meilen mehr von der Grenze nach New Hampshire und noch hundertzehn Meilen vom Quabbin-Stausee entfernt. Jonesy hatte ein Bild des Quabbin in seinem Büro hängen; Henry hatte es gesehen. Und er hatte ein Cottage in der Nähe, in Ware.

Duddits rief etwas: ein Wort, dreimal wiederholt, zwischen Hustenanfällen. Die Blutungen waren nicht schlimm, noch nicht, das Blut kam nur aus seinem Mund und seiner Kehle, aber wenn Blutgefäße in seiner Lunge platzten –

»Weck ihn auf! Er sagt, er hat Schmerzen! Hörst du denn nicht –«

»Er sagt nicht, dass er Schmerzen hat.«

»Was dann? Was?«

»Er sagt *Bacon*.«

17

Das Wesen, das nun von sich als von Mr Gray dachte – der Mann, der sich jetzt als Mr Gray sah –, hatte ein ernstes Problem, aber wenigstens wusste es (er) das. *Gefahr erkannt, Gefahr gebannt,* hätte Jonesy gesagt. In Jonesys Lagerkartons waren hunderte solcher Redensarten, vielleicht gar tausende. Einige waren für Mr Gray vollkommen unverständlich – *Jetzt wird mir klar, wo der Hase im Pfeffer liegt* etwa oder *Da wird doch der Hund in der Pfanne verrückt* –, aber *Gefahr erkannt, Gefahr gebannt* gefiel ihm gut.

Sein Problem hatte damit zu tun, was er Jonesy gegenüber empfand ... und dass er überhaupt etwas empfand, war natürlich schon schlimm genug. Er konnte natürlich denken: *Jetzt ist Jonesy eingesperrt, und ich habe das Problem gelöst; ich habe ihn genauso unter Quarantäne gestellt, wie ihr Militär versucht hat, uns unter Quarantäne zu stellen. Ich werde verfolgt, ja, sogar gejagt, aber wenn mir kein Motorschaden und keine Reifenpanne dazwischenkommen, hat weder die eine noch die andere Gruppe von Verfolgern eine große Chance, mich einzuholen. Dafür ist mein Vorsprung zu groß.*

Das waren alles Tatsachen – die Wahrheit –, aber die hatten für ihn keinerlei Reiz. Ihn reizte vielmehr der Gedanke, wie er zu der Tür gehen würde, hinter der sein Wirt wider Willen eingesperrt war, und wie er brüllen würde: »*Dir hab ich's echt gezeigt, was? Dir hab ich echt den Hosenboden stramm gezogen, was?*« Was eine Hose damit zu tun hatte und wieso man sie strammziehen sollte, wusste Mr Gray nicht; er wusste nur, dass es eine emotionale Kugel von ziemlich großem Kaliber aus Jonesys verbalem Munitionslager war – dabei schwang etwas äußerst Unangenehmes aus Jonesys Kindheit mit. Und dann würde er Jonesys Zunge (*die jetzt meine Zunge ist,* dachte Mr Gray mit unbestreitbarer Befriedigung) aus Jonesys Mund herausstrecken und ihm »den roten Waschlappen zeigen«.

Was seine Verfolger anging, so hätte er gern Jonesys Hose

heruntergezogen und ihnen dann Jonesys blanken Hintern gezeigt. Das wäre ebenso sinnlos gewesen wie *da wird doch der Hund in der Pfanne verrückt*, ebenso sinnlos wie *Hose strammziehen*, aber trotzdem wollte er es tun.

Er hatte sich, das wurde Mr Gray klar, mit dem Byrus dieser Welt angesteckt. Es hatte mit Gefühlen angefangen, war dann weitergegangen mit sinnlichen Freuden (der Geschmack des Essens, das unbestreitbare, unbändige Vergnügen, das es ihm bereitet hatte, den Polizisten dazu zu bringen, sich selbst an der gefliesten Wand den Kopf einzuschlagen – dieses *Krachen* allein schon) und war dann schließlich zu dem übergegangen, was Jonesy als *Denken* bezeichnete. Aber das war, Mr Grays Ansicht nach, Etikettenschwindel und nichts anderes, als hätte man Scheiße als verwertete Nahrung bezeichnet oder Völkermord ethnische Säuberung genannt. Und doch hatte das *Denken* seinen Reiz für ein Wesen, das immer Teil eines vegetativen Geistes gewesen war, eines hochintelligenten Unbewussten.

Ehe er ihm die Sicht versperrt hatte, hatte Jonesy vorgeschlagen, Mr Gray solle seine Mission aufgeben und einfach das menschliche Leben genießen. Nun stellte er an sich genau dieses Verlangen fest, während sich sein sonst immer so harmonischer, homogener, eigentlich unbewusster Geist in ein Gewirr widerstreitender Stimmen auflöste, von denen die eine A wollte, die andere B und eine dritte mindestens Q hoch zwei geteilt durch Z. Eigentlich hatte er gedacht, ein solches Stimmengewirr wäre schrecklich und würde einen in den Wahnsinn treiben. Jetzt ertappte er sich dabei, dass ihm dieses ewige Hin und Her gefiel.

Da war der Bacon. Da war »Sex mit Carla«, was laut Jonesys Erinnerungen etwas äußerst Angenehmes und Wohltuendes war und sowohl sinnliche als auch emotionale Erlebnisse versprach. Da war schnelles Autofahren, da war das Bumper-Pool-Spielen in O'Leary's Bar am Fenway Park, und da waren Bier und laute Livemusik und Patty Loveless, die sang: »*Blame it on your lyin cheatin cold dead beatin two-timin double-dealin mean mistreatin lovin heart*« (was auch immer das bedeuten mochte). Da war dieser Anblick, wenn das Land im Sommer aus dem sich lichtenden Morgennebel auftauchte. Und da war natürlich das Morden. Nicht zu vergessen.

Sein Problem bestand darin, dass er seine Aufgabe vielleicht nie erledigen würde, wenn er sie nicht schnell erledigte. Er war kein Byrum mehr, sondern Mr Gray. Wie lange noch, bis er Mr Gray hinter sich lassen und Jonesy werden würde?

So weit wird es nicht kommen, dachte er. Er trat das Gaspedal durch, und es brachte nicht viel, aber ein bisschen mehr holte er doch noch aus dem Subaru heraus. Auf der Rückbank jaulte der Hund ... und heulte dann vor Schmerz. Mr Gray nahm Verbindung zu dem Byrum auf, das in dem Hund heranwuchs. Es wuchs schnell. Fast zu schnell. Und da war noch etwas: Der gedankliche Kontakt bereitete ihm keinerlei Vergnügen, vermittelte gar nichts von der Wärme, die sonst herrschte, wenn Gleichgesinnte sich verständigten. Das Denken des Byrum kam ihm kalt vor und ... irgendwie fade und ...

»*Fremd*«, murmelte er.

Aber er beruhigte es. Wenn der Hund in die Wasserversorgung kam, musste das Byrum noch in ihm sein. Es würde Zeit brauchen, um sich anzupassen. Der Hund würde ertrinken, aber das Byrum würde noch eine Weile leben und sich vom Kadaver des Hundes ernähren, bis es dann Zeit war. Aber erst mal musste er dorthin kommen.

Es war nicht mehr weit.

Während er so auf dem I-90 nach Westen fuhr, vorbei an Ortschaften wie Westborough, Grafton und Dorothy Pond (die Jonesy, durchaus liebevoll, als *Scheißkaffs* bezeichnete), und dabei seinem Ziel immer näher kam (es waren jetzt noch gut vierzig Meilen), suchte er nach einem Thema, mit dem er sein neues, unruhiges Bewusstsein beschäftigen konnte, ohne dass es ihn in Schwierigkeiten brachte. Er versuchte es mit Jonesys Kindern und wich dann davor zurück – das war viel zu aufgeladen mit Emotionen. Er versuchte es noch einmal mit Duddits, aber da war immer noch nur eine Leerstelle; Jonesy hatte sämtliche Erinnerungen an ihn gestohlen. Schließlich landete er bei Jonesys Arbeit, dem Geschichtsunterricht, und seinem Spezialgebiet, das auf schaurige Weise faszinierend war. Von 1860 bis 1865 hatte sich Amerika anscheinend in zwei Teile gespalten, wie Byrus-Kolonien das am Ende eines Wachstumszyklus auch immer machten. Dafür hatte es alle möglichen Ursachen gegeben, und die Hauptursache hatte mit »Sklaverei« zu tun gehabt, aber das war wieder so, als hätte man Scheiße oder Kotze als »verwertete Nahrung« bezeichnet. »Sklaverei« bedeutete nichts. »Das Recht auf Eigenständigkeit« bedeutete nichts. »Die Einheit der Union« bedeutete nichts. Im Grunde hatten diese Wesen nur getan, was sie am besten konnten: Sie waren »wütend« geworden, was im Grunde »verrückt« bedeutete (und deshalb in ihrer Sprache ja auch beides *mad* hieß), gesellschaftlich aber eher akzeptiert wurde. Oh, aber ein solcher Wutanfall!

Mr Gray inspizierte Kisten um Kisten voller faszinierender Waffen – Kartätschen, Kettenkugeln, Miniékugeln, Kanonenkugeln, Bajonette, Landminen –, da mischte sich eine Stimme ein.

Bacon

Er schob den Gedanken beiseite, obwohl Jonesys Magen knurrte. Er hätte gerne Bacon gegessen, ja, Bacon war fleischig und fettig und glitschig und auf eine wunderbar primitive Weise sättigend, aber jetzt war keine Zeit dafür. Vielleicht, nachdem er den Hund losgeworden war. Wenn dann noch Zeit blieb, ehe die anderen kamen, konnte er sich gern damit zu Tode fressen. Aber jetzt war einfach keine Zeit dafür. Als er an der Ausfahrt 10 vorbeikam – die übernächste war es schon –, richtete er seine Gedanken wieder auf den Bürgerkrieg, dachte an blaue Männer und graue Männer, die brüllend durch den Rauch liefen, einander die Bäuche aufschlitzten, unzählige Hosen strammzogen, mit dem Schaft ihrer Gewehre ihren Feinden den Schädel zertrümmerten und dabei dieses berauschende Krachen erzeugten, und –

Bacon

Wieder knurrte ihm der Magen. Speichel lief in Jonesys Mund zusammen, und er erinnerte sich an Dysart's, an die

braunen, knusprigen Streifen auf dem blauen Teller, die man mit den Fingern aß; sie fühlten sich hart an, hatten die Beschaffenheit von totem, leckerem Fleisch –
Ich darf nicht dran denken.

Eine Hupe blökte gereizt auf, ließ Mr Gray zusammenzucken und Lad jaulen. Er war auf die falsche Spur geraten, die laut Jonesys Unterlagen die »Überholspur« war. Schnell wechselte er wieder nach rechts, um einen großen LKW vorbeizulassen, der schneller fahren konnte als der Subaru. Er spritzte die Windschutzscheibe des Kleinwagens mit Schmutzwasser voll und nahm ihm kurz die Sicht, und Mr Gray dachte: *Wenn ich dich kriege, bring ich dich um, dir schlag ich den Schädel ein, du gemeingefährlicher Konföderiertenkacker von einem Lasterfahrer du, rumms! rumms!, dir zieh ich die Hose stramm*

Bacon-Sandwich

Das war wie ein Gewehrschuss in seinem Kopf. Er kämpfte dagegen an, aber es hatte eine vollkommen neue Kraft. Konnte das Jonesy sein? Bestimmt nicht, so stark war Jonesy nicht. Aber plötzlich dachte er nur noch an seinen Magen, und sein Magen war leer, schmerzte, sehnte sich nach Essen. Er konnte doch bestimmt kurz irgendwo halten und seinen Hunger stillen. Denn wenn er nicht anhielt, würde er bestimmt von der Straße

Bacon-Sandwich!
Mit Majo!

Mr Gray stieß einen unartikulierten Schrei aus und bekam gar nicht mit, dass er angefangen hatte, hemmungslos zu sabbern.

18

»Ich höre ihn«, sagte Henry plötzlich. Er legte sich die Fäuste an die Schläfen, wie um Kopfschmerzen abzuwehren. »Mann, tut das weh. Er ist so *hungrig*.«

»Wer?«, fragte Owen. Sie hatten gerade die Grenze nach Massachusetts überquert. Vor ihnen fiel der Regen in silbrigen, windgepeitschten Schlieren. »Der Hund? Jonesy? Wer?«

»*Er*«, sagte Henry. »Mr Gray.« Er sah Owen an, und plötzlich keimte Hoffnung in seinem Blick auf. »Ich glaube, er fährt ab. *Ich glaube, er hält.*«

19

»Boss.«

Kurtz war eben drauf und dran, wieder einzunicken, als sich Perlmutter mühsam umdrehte und ihn ansprach. Sie hatten gerade die Mautstelle in New Hampshire hinter sich gelassen, und Freddy Johnson hatte mit Bedacht die Spur gewählt, an der man, wenn man es passend hatte, an einem Automaten zahlen konnte (er hatte befürchtet, ein Kassierer würde den Gestank, das zerschossene Fenster oder ihre Waffen bemerken).

Kurtz betrachtete Archie Perlmutters verschwitztes, abgehärmtes Gesicht mit Interesse, ja, sogar fasziniert. Der farblose, Erbsen zählende Bürokrat, der auf dem Posten immer seine Aktenmappe und im Feld immer sein Klemmbrett dabeihatte und dessen Haar immer lotrecht nach links gescheitelt war? Der Mann, der sich nicht ums Verrecken den Gebrauch des Wortes Sir abgewöhnen konnte? Diesen Mann gab es nicht mehr. Obwohl es kaum zu bemerken war, so meinte er doch, dass Pearly an Haltung gewonnen hatte. *Eines Tages wird er noch ein richtiger Stoiker,* dachte Kurtz und hätte fast gekichert.

»Boss, ich habe immer noch Durst.« Pearly blickte sehnsüchtig zu Kurtz' Pepsi hinüber und ließ dann wieder einen scheußlichen Furz vom Stapel. *Die Stoikerblaskapelle in der Hölle,* dachte Kurtz und kicherte jetzt wirklich. Freddy fluchte, aber es klang nicht mehr schockiert und angewidert, sondern nur noch resigniert, fast gelangweilt.

»Ich fürchte, das ist meine, Bursche«, sagte Kurtz. »Und ich bin selbst ein klein wenig ausgedörrt.«

Perlmutter wollte etwas sagen und zuckte dann zusammen, als die Schmerzen wieder kamen. Er furzte erneut, und diesmal klang es dünner, nicht mehr wie eine Trompete, sondern wie ein unmusikalisches Kind, das auf einer Pikkoloflöte herumtutete. Er kniff die Augen zusammen und setzte einen ganz besonders schlauen Blick auf. »Wenn Sie mir was zu trinken geben, erzähle ich Ihnen etwas, was Sie bestimmt wissen wollen.« Pause. »Etwas, was Sie wissen müssen.«

Kurtz ließ es sich durch den Kopf gehen. Der Regen prasselte auf seine Seite des Autos und kam durch das zerschossene Fenster herein. Das verdammte Fenster ging ihm fürchterlich auf die Nerven, und der Ärmel seiner Jacke war schon ganz klamm, aber da musste er jetzt durch. Denn wer war schließlich schuld daran?

»*Sie*«, sagte Pearly, und Kurtz zuckte zusammen. Dieses Gedankenlesen war einfach so *unheimlich*. Man dachte, man würde sich daran gewöhnen, und musste dann feststellen, dass man sich nicht daran gewöhnen konnte. »Sie sind schuld daran. Also geben Sie mir was zu trinken, verdammt noch mal. *Boss*.«

»Passen Sie auf, was Sie sagen, Sie Schwachkopp«, grollte Freddy.

»Erzählen Sie mir, was Sie wissen. Dann können Sie den Rest hiervon haben.« Kurtz hob die Pepsi-Flasche und schwenkte sie vor Pearlys gequält blickendem Gesicht. Dabei empfand er einen leichten, mit Humor verbrämten Selbstekel. Einst hatte er ganze Einheiten kommandiert und mit ihnen die geopolitische Landkarte umgestaltet. Nun beschränkte sich sein Kommando auf zwei Männer und eine Colaflasche. Er war tief gesunken. Der Hochmut hatte ihn zu Fall gebracht, gelobt sei der Herr. Er hatte den Hochmut des Teufels an sich, und wenn das ein Fehler war, dann war es einer, den man sich nur schwer abgewöhnen konnte. Hochmut war der Gürtel, der die Hose auch noch hielt, wenn gar keine Hose mehr da war.

»Versprechen Sie das?« Pearlys mit rotem Flaum bewachsene Zunge kam hervor und befeuchtete seine trockenen Lippen.

»Ich will tot umfallen, wenn ich lüge«, sagte Kurtz ganz ernst. »Lesen Sie doch meine Gedanken, Bursche!«

Das tat Pearly einen Moment lang, und Kurtz spürte förmlich die unheimlichen kleinen Finger (unter deren Nägeln jetzt auch das rote Zeug hervorwucherte) in seinem Kopf herumtasten. Ein entsetzliches Gefühl, aber er hielt sich wacker.

Schließlich schien Perlmutter zufrieden. Er nickte.

»Ich kriege jetzt mehr rein«, sagte er, und dann senkte er seine Stimme zu einem vertraulichen, entsetzten Flüstern. »Es frisst mich auf, wissen Sie. Es frisst meine Gedärme. Ich spüre das.«

Kurtz tätschelte ihm den Arm. Gerade kamen sie an einem Schild vorbei, auf dem WILLKOMMEN IN MASSACHUSETTS stand. »Ich werde mich um Sie kümmern, Bürschchen. Das habe ich doch versprochen, nicht wahr? Und bis dahin erzählen Sie mir, was Sie reinkriegen.«

»Mr Gray hält irgendwo. Er hat Hunger.«

Kurtz hatte Perlmutters Arm losgelassen. Jetzt packte er ihn wieder, und seine Fingernägel wurden zu Klauen. »Wo?«

»Ganz in der Nähe von da, wo er hinwill. Es ist ein Laden.« Mit kindlicher Stimme, bei der Kurtz Gänsehaut bekam, sang Archie Perlmutter: »Die besten Köder weit und breit.« Dann, wieder in normalem Ton: »Jonesy weiß, dass Henry, Owen und Duddits kommen. Deshalb hat er Mr Gray dazu gebracht anzuhalten.«

Der Gedanke, Owen könne Jonesy/Mr Gray einholen, löste bei Kurtz panisches Entsetzen aus. »Archie, hören Sie mir jetzt genau zu.«

»Ich habe Durst«, jammerte Perlmutter. »Ich habe Durst, Sie Schwein.«

Kurtz hielt Perlmutter die Pepsiflasche direkt vors Gesicht und schlug Perlmutters Hand weg, als Pearly danach greifen wollte.

»Wissen Henry, Owen und Dud-Duts, dass Jonesy und Mr Gray angehalten haben?«

»Dud-*dits*, Sie alter Idiot!«, knurrte Perlmutter, stöhnte dann vor Schmerz auf und hielt sich den Bauch, der sich wieder blähte. »*Dits, dits,* Dud-*dits!* Ja, das wissen sie! Duddits hat mitgeholfen, Mr Gray hungrig zu machen! Jonesy und er haben das gemeinsam getan!«

»Das gefällt mir nicht«, sagte Freddy.

Willkommen im Club, dachte Kurtz.

»Bitte, Boss«, sagte Pearly. »Ich bin so durstig.«

Kurtz gab ihm die Flasche und sah mit scheelem Blick zu, wie Perlmutter sie leerte.

»Der 495, Boss«, verkündete Freddy. »Was soll ich tun?«

»Nehmen Sie den«, sagte Perlmutter. »Und dann den 90 nach Westen.« Er rülpste. Es war laut, aber zum Glück geruchlos. »*Es* will noch eine Pepsi. Es mag den Zucker. Und auch das Koffein.«

Kurtz grübelte. Owen wusste, dass seine Zielperson gestoppt hatte. Jetzt würden Owen und Henry schnell machen und versuchen, so viel wie möglich von seinen neunzig bis hundert Minuten Vorsprung einzuholen. Dementsprechend mussten auch sie sich sputen.

Polizisten, die sich ihnen in den Weg stellten, würden sterben müssen, Gott stehe ihnen bei. So oder so – die Entscheidung rückte näher.

»Freddy.«

»Boss.«

»Bleifuß. Die Kiste soll mal zeigen, was sie draufhat. Gott ist mit Ihnen.«

Freddy Johnson tat wie befohlen.

20

Hier gab es keinen Stall, keinen Pferch, keine Koppel, und statt des Aufdrucks JAGDSCHEINE prangten auf dem Schild im Schaufenster ein Foto des Quabbin-Stausees und der Werbeslogan DIE BESTEN KÖDER WEIT UND BREIT, aber ansonsten war der kleine Laden genau wie Gosselin's: die gleiche schäbige Holzverschalung, die gleichen schlammbraunen Dachschindeln, der gleiche schiefe Schornstein, der Rauch in den verregneten Himmel hustete, die gleiche rostige Zapfsäule draußen vorm Haus. An der Zapfsäule lehnte auch ein Schild, diesmal mit dem Aufdruck: Kein Benzin – beschweren Sie sich bei den Muftis.

An diesem Mittag im November hielt sich nur der Inhaber im Laden auf, ein Mann namens Deke McCaskell. Wie die meisten Leute hatte er den ganzen Vormittag vor dem Fernseher gehangen, die Berichterstattung verfolgt (es waren größtenteils Wiederholungen, und da jener Teil von Maine abgeriegelt war, kamen auch keine guten Bilder von dort, und man bekam hauptsächlich die Ausrüstung der Armee, Marine und Luftwaffe zu sehen) und dann anschließend die Ansprache des Präsidenten. Deke nannte den Präsidenten Mr Wahldebakel. Konnten die denn da unten nicht zählen? Deke hatte von seinem Wahlrecht zum letzten Mal Gebrauch gemacht, um für Ronnie zu stimmen (das war doch noch mal ein Präsident gewesen), und hasste Präsident Wahldebakel, sah in ihm einen schleimigen, unglaubwürdigen Schwätzer (der eine hübsche Frau hatte) und hielt die Elf-Uhr-Ansprache des Präsidenten für das übliche Bla-bla-bla. Deke glaubte kein Wort davon, was der Präsident gesagt hatte. Seiner Ansicht nach war die ganze Sache wahrscheinlich ein Betrug, der die amerikanischen Steuerzahler einschüchtern sollte, damit sie zuließen, dass der Verteidigungsetat und damit die Steuern stiegen. Es gab da draußen im Weltall niemanden, das war wissenschaftlich erwiesen. Und die einzigen wirklich fremden Wesen in Amerika (von diesem Präsidenten natürlich mal abgesehen) waren die Bohnenfresser, die über die Grenze aus Mexiko kamen. Aber die Leute hatten Angst und hockten zu Hause vor der Glotze. Später würden sie kommen und Bier oder Wein kaufen, aber im Moment war mit dem Laden so viel los wie mit einer überfahrenen Katze auf dem Highway.

Deke hatte den Fernseher eine halbe Stunde zuvor abgestellt – es reichte ihm nun wirklich, gütiger Gott –, und als um Viertel nach eins die Klingel über seiner Tür schellte, blätterte er eben eine Zeitschrift aus dem Regal ganz hinten in seinem Laden durch. Sie hatte den Titel *Mädels unter*

Glas, was sehr treffend war, da alle abgebildeten Mädels eine Brille trugen, sonst aber nichts.

Er sah zu dem Hereinkommenden hoch und wollte eben »Wie geht's?« oder »Ist schon tüchtig glatt« sagen, schwieg dann aber. Ihm war plötzlich beklommen zu Mute, und er war sich mit einem Mal sicher, dass er ausgeraubt werden sollte ... und noch von Glück sagen konnte, wenn es nur bei einem Raub blieb. Er war in den zwölf Jahren, die er den Laden schon hatte, nie ausgeraubt worden; wenn jemand für eine Hand voll Kleingeld Knast riskieren wollte, gab es in der Gegend Läden, wo mehr zu holen war. Da musste man doch schon ...

Deke schluckte. *Da musste man doch schon verrückt sein*, hatte er gedacht, und vielleicht war dieser Typ ja verrückt, vielleicht war er ja so ein Wahnsinniger, der eben seine Frau und seine Kinder umgebracht hatte und jetzt noch ein paar Leute umnieten wollte, ehe er die Waffe gegen sich selbst richtete.

Deke war nicht von Haus aus paranoid (er hatte eher von Haus aus zwei linke Hände, hätte seine Exfrau gesagt), aber dennoch fühlte er sich plötzlich von diesem ersten Kunden des Nachmittags bedroht. Er konnte die Kerle eigentlich nicht besonders ausstehen, die hier manchmal auftauchten und im Laden rumlatschten, über die Patriots oder die Red Sox redeten oder damit angaben, was für Riesenklopper sie im Stausee gefangen hatten, aber jetzt wünschte er sich einen von denen herbei, nein, eine ganze Bande.

Der Mann stand zunächst einfach nur im Eingang, und, ja, irgendetwas stimmte nicht mit ihm. Er trug eine orangefarbene Jagdjacke, obwohl hier in Massachusetts die Jagdsaison für Hirsche noch gar nicht begonnen hatte, aber das musste ja nichts bedeuten. Dann hatte er aber auch noch Kratzer im Gesicht, als wäre er die letzten paar Tage querfeldein durch den Wald gewandert, und er wirkte überhaupt gequält und ausgelaugt. Sein Mund bewegte sich, als würde er mit sich selber sprechen. Und da war noch etwas. Das graue Mittagslicht, das durch das staubige Schaufenster fiel, zeigte ein komisches Glitzern auf seinen Lippen und seinem Kinn.

Der sabbert, dachte Deke. *Ich will verdammt sein, wenn der nicht sabbert.*

Der Neuankömmling schaute sich mit knappen, zackigen Kopfbewegungen um, wobei sein restlicher Körper vollkommen reglos blieb. Das erinnerte Deke an eine Eule, die auf einem Ast Ausschau nach Beute hielt. Deke überlegte kurz, von seinem Stuhl zu rutschen und sich unterm Ladentresen zu verstecken, aber ehe er dazu kam, die Vor- und Nachteile abzuwägen (er war nicht besonders schnell im Kopf, hätte seine Exfrau gesagt), machte der Mann wieder eine zackige Kopfbewegung und sah jetzt genau in seine Richtung.

Der vernünftige Teil von Dekes Hirn hatte gehofft, er würde sich das alles nur einbilden und seine Fantasie sei einfach nur den ganzen merkwürdigen Nachrichten und noch merkwürdigeren, getreulich von den Medien weiterverbreiteten Gerüchten aus Nord-Maine erlegen. Vielleicht wollte der Mann einfach nur Zigaretten oder ein Sixpack oder eine Flasche Coffee Brandy und ein scharfes Magazin, um sich eine lange Nacht in einem Motel außerhalb von Ware oder Belchertown etwas angenehmer zu gestalten, während es draußen schneite und regnete.

Diese Hoffnung erstarb, als er den Blick des Mannes sah.

Es war nicht der Blick eines Wahnsinnigen, der eben seine Familie abgeschlachtet hatte und nun auf dem Trip ins Nirgendwo war; das wäre ihm nun sogar fast lieber gewesen. Der Blick des Mannes war nämlich alles andere als leer – er war gewissermaßen zu voll. Millionen Gedanken und Ideen schienen darin zu schwirren. Es wirkte wie eine Konfettiparade im Zeitraffer. Seine Augen schienen förmlich zu beben.

Und es war der *hungrigste* Blick, den Deke McCaskell in seinem ganzen Leben gesehen hatte.

»Wir haben geschlossen«, sagte Deke. Er bekam nur ein Krächzen heraus, das sich überhaupt nicht nach ihm anhörte. »Mein Kollege und ich – er ist da hinten – haben heute geschlossen. Wegen der Vorgänge da im Norden. Ich, *wir*, wollte ich sagen, haben nur vergessen, das Schild umzudrehen. Wir –«

Er hätte vielleicht noch stundenlang – ja, tagelang – so weitergemacht, aber der Mann mit der Jagdjacke fiel ihm ins Wort. »Bacon«, sagte er. »Wo ist der Bacon?«

Deke wusste plötzlich mit absoluter Sicherheit, dass ihn dieser Mann umbringen würde, falls er keinen Bacon hatte. Er würde ihn vielleicht ohnehin umbringen, aber wenn er keinen Bacon hatte ... ja, dann ganz bestimmt. Aber er hatte Bacon. Gott sei Dank, er hatte Bacon.

»Im Kühlfach da hinten«, sagte er mit seiner neuen, seltsamen Stimme. Die Hand, die auf der Zeitschrift lag, war so kalt wie ein Eisblock. In seinem Kopf hörte er flüsternde Stimmen, die anscheinend nicht von ihm selbst stammten. Rote Gedanken und schwarze Gedanken. *Hungrige* Gedanken.

Eine nicht menschliche Stimme fragte: *Was ist ein Kühlfach?* Und eine müde, nur zu menschliche Stimme antwortete: *Geh den Gang runter, mein Lieber, dann siehst du es schon.*

Ich höre Stimmen, dachte Deke. *O Gott, nein. So geht es einem, kurz bevor man verrückt wird.*

Der Mann ging an Deke vorbei den mittleren Gang entlang. Er humpelte auffällig.

Neben der Kasse stand ein Telefon. Deke sah es an und schaute dann wieder weg. Es stand in seiner Reichweite, und er hatte die Nummer der Polizei auf einer Schnellwahltaste gespeichert, aber das Telefon hätte sich genauso gut auch auf dem Mond befinden können. Selbst wenn er die Kraft aufgebracht hätte, zum Hörer zu greifen –

Ich sehe alles, sagte die nichtmenschliche Stimme, und Deke stöhnte leise auf. Sie erscholl in seinem Kopf, als hätte man ihm ein Radio ins Hirn eingesetzt.

Über der Tür war ein konvexer Spiegel angebracht, der besonders im Sommer sehr praktisch war, wenn viele Kinder in den Laden kamen, die mit ihren Eltern zum See fuhren – der Quabbin war nur achtzehn Meilen von hier entfernt –, um zu angeln oder zu campen oder auch nur zu picknicken. Die kleinen Biester versuchten ständig, irgendwas mitgehen zu lassen, vor allem Süßigkeiten und Mädchenzeitschriften. Jetzt sah Deke in diesem Spiegel gleichwohl verängstigt wie fasziniert zu, wie der Mann mit der orangefarbenen Jacke zum Kühlregal ging. Dort blieb er kurz stehen, schaute hinein und nahm dann nicht eine Packung Bacon, sondern alle vier, die vorrätig waren.

Der Mann kam humpelnd durch den Mittelgang zurück und betrachtete dabei die Regale. Er sah gefährlich und hungrig aus, aber auch fürchterlich abgekämpft – wie ein Marathonläufer kurz vor dem Ziel. Deke wurde bei seinem Anblick so schwindelig, als würde er in einen Abgrund blicken. Es war, als würde man nicht eine, sondern mehrere Personen sehen, die einander überlagerten. Deke musste flüchtig an einen Film denken, den er mal gesehen hatte, über eine blöde Fotze, die mindestens hundert unterschiedliche Persönlichkeiten hatte.

Der Mann blieb stehen und nahm sich ein Glas Majonäse. Dann griff er sich eine Tüte Weißbrot. Schließlich kam er an den Ladentresen. Deke konnte die Erschöpfung, die ihm aus allen Poren drang, förmlich riechen. Und den Wahnsinn auch.

Er stellte seine Einkäufe ab und sagte: »Bacon auf Weißbrot mit Majo. Das ist das Leckerste, was es gibt.« Dabei lächelte er. Das Lächeln wirkte so herzzerreißend müde und aufrichtig, dass Deke für einen Moment seine Furcht vergaß.

Spontan streckte er die Hand aus. »Mister, alles in Ordnung mit –«

Dekes Hand blieb stehen, als wäre sie an eine Wand geprallt. Sie hing da zitternd über dem Tresen, flog dann hoch und schlug ihm selbst ins Gesicht – *watsch!* Sie zog sich langsam wieder zurück und blieb stehen wie ein Luftkissenboot. Der kleine und der Ringfinger bogen sich langsam nach innen.

Bring ihn nicht um!
Komm doch raus, und halt mich davon ab!
Wenn du das ernsthaft willst, erlebst du dein blaues Wunder!

Diese Stimmen erschollen in seinem Kopf.

Seine Hovercrafthand schwebte weiter vor und schob

ihm Mittel- und Zeigefinger in die Nasenlöcher. Für einen Moment bewegten sie sich nicht, aber dann, o Gott, fingen sie an zu kratzen. Deke McCaskell mochte viele fragwürdige Angewohnheiten haben, aber Nägelkauen zählte nicht dazu. Zunächst konnten sich seine Finger da drin nicht groß bewegen – es war eng –, aber als dann das Schmiermittel Blut floss, bohrten sie sich richtig hinein. Sie wanden sich wie Würmer. Die schmutzigen Fingernägel schlugen sich wie Reißzähne ins Fleisch. Sie drangen tiefer vor, gruben sich hirnwärts voran ... er spürte Knorpelgewebe zerreißen ... hörte es auch ...

Hör auf, Mr Gray! Hör auf!

Und plötzlich gehörten Dekes Finger wieder ihm selbst. Er zog sie mit einem schmatzenden Geräusch aus der Nase. Blut platschte auf den Tresen, auf die Gummiunterlage mit dem Skoal-Logo drauf und auch auf die unbekleideten Mädels unter Glas, deren Körperbau er studiert hatte, als dieses Monster hereingekommen war.

»Was bin ich Ihnen schuldig, Deke?«

»Nehmen Sie's!« Immer noch dieses Krähenkrächzen, aber jetzt war es ein *nasales* Krächzen, weil seine Nasenlöcher mit Blut verstopft waren. »Ah, Mann, nehmen Sie das und gehn Sie! Raus hier!«

»Nein, ich bestehe darauf. Das ist hier ein Handel, bei dem Gegenstände von realem Wert gegen gültige Währung getauscht werden.«

»Drei Dollar!«, rief Deke. Der Schock setzte ein. Sein Herz pochte wild, seine Muskeln summten nur so vor Adrenalin. Er glaubte, das Monster würde jetzt vielleicht gehen, und das machte alles noch viel schlimmer: Er war so kurz davor, weiterleben zu dürfen, und wusste dabei doch, dass ihn die kleinste Laune dieses Irren noch das Leben kosten konnte.

Der Irre holte eine ramponierte alte Brieftasche hervor, machte sie auf und suchte eine Ewigkeit darin herum. Der Sabber lief ihm stetig aus dem Mund, während er sich über die Brieftasche beugte. Schließlich zog er drei Dollarscheine hervor. Er legte sie auf den Tresen. Die Brieftasche wanderte zurück in seine Jacke. Er wühlte in den Taschen seiner vor

Dreck starrenden Jeans herum (*die kann man auch in die Ecke stellen,* dachte Deke), brachte eine Hand voll Kleingeld zum Vorschein und legte drei Münzen auf die Gummiunterlage. Insgesamt sechzig Cent.

»Ich zahle zwanzig Prozent Trinkgeld«, sagte der Kunde mit nicht zu überhörendem Stolz. »Jonesy zahlt nur fünfzehn. Das hier ist besser. Das ist mehr.«

»Klar«, flüsterte Deke. Seine Nase war voller Blut.

»Einen schönen Tag noch.«

»Ja ... machen Sie's gut.«

Der Mann mit der orangefarbenen Jacke stand mit gesenktem Kopf da. Deke hörte ihn in Gedanken mögliche Erwiderungen überlegen. Ihm war zum Schreien zu Mute. Schließlich sagte der Mann: »Natürlich mache ich es gut.« Dann folgte wieder eine Pause. Und dann: »Ich möchte nicht, dass Sie jemanden anrufen, mein Lieber.«

»Mache ich nicht.«

»Schwören Sie das bei Gott?«

»Ja. Ich schwöre es bei Gott.«

»Ich bin wie Gott«, sagte der Kunde.

»Ja, klar. Was auch immer Sie –«

»Wenn Sie jemanden anrufen, bekomme ich es mit. Und dann komme ich wieder und ziehe Ihnen die Hose stramm.«

»Ich rufe niemanden an!«

»Gut.« Er machte die Tür auf. Die Klingel schellte. Er ging hinaus.

Für einen Moment stand Deke wie erstarrt da. Dann eilte er um den Tresen und stieß sich dabei an der Kante schmerzhaft den Oberschenkel. Heute Abend würde er da einen großen blauschwarzen Fleck haben, aber jetzt spürte er gar nichts. Er schloss die Tür ab, schob den Riegel vor und spähte dann hinaus. Vor dem Laden stand ein klappriger, kleiner, roter Subaru, der mit Schlamm besprenkelt war. Der Mann, der seine Einkäufe in der Armbeuge hielt, öffnete die Autotür und setzte sich dann ans Steuer.

Fahren Sie weg, dachte Deke. *Bitte, Mister, um der Liebe Gottes willen, fahren sie einfach nur weg.*

Aber das tat er nicht. Vielmehr nahm er etwas zur

Hand – es war die Tüte Brot – und öffnete die Krampe am Verschluss. Er nahm etwa ein Dutzend Scheiben heraus. Dann machte er die Majonäse auf, steckte einen Finger hinein und bestrich so die Weißbrotscheiben mit Majo. Nach jeder Scheibe leckte er sich den Finger ab. Er schloss dabei jedes Mal die Augen, sein Kopf sank etwas nach hinten, und er bekam einen ekstatischen Gesichtsausdruck, der von seinem Mund ausging. Als er mit den Broten fertig war, nahm er ein Päckchen Bacon und zerrte die Papierverpackung auf. Die innere Plastikverpackung riss er mit den Zähnen auf und schüttelte dann das ganze Pfund aufgeschnittenen Schinkenspeck heraus. Er legte es auf eine Scheibe Brot und tat dann ein zweites Brot obendrauf. Dann biss er heißhungrig und gierig wie ein Wolf hinein. Dieser Ausdruck göttlicher Freude wich nicht mehr aus seinem Gesicht; er sah aus wie jemand, der das beste Drei-Sterne-Menü seines Lebens aß. Seine Kehle wölbte sich beim Schlucken, und mit drei Bissen hatte er das Sandwich verschlungen. Als der Mann dort im Subaru nach zwei weiteren Brotscheiben griff, erfüllte ein Gedanke Deke McCaskells Hirn, blinkte dort wie ein Neonschild: *So schmeckt es sogar noch besser! Fast noch lebendig! Zwar kalt, aber fast noch lebendig!*

Deke wich von der Tür zurück und bewegte sich dabei ganz langsam, wie unter Wasser. Das draußen vorherrschende Grau schien nun auch in den Laden zu dringen und die Lichter hier zu überlagern. Er spürte, wie ihn seine Beine im Stich ließen, und ehe ihm der schmierige Dielenboden entgegenkam, war aus dem Grau schon Schwarz geworden.

21

Als Deke wieder zu sich kam, war einige Zeit vergangen – wie viel, wusste er nicht, denn die Budweiser-Digitaluhr über dem Bierkühlschrank blinkte »88:88«. Drei seiner Zähne lagen auf dem Boden. Er nahm an, dass er sie sich bei seinem Sturz ausgeschlagen hatte. Das Blut war um seine Nase herum und auf seinem Kinn zu einer schwammigen

Masse geronnen. Er versuchte aufzustehen, aber seine Beine trugen ihn nicht. Also kroch er stattdessen zur Tür. Die Haare hingen ihm ins Gesicht, und er betete.

Sein Gebet wurde erhört. Die kleine rote Klapperkiste war verschwunden. Wo der Wagen gestanden hatte, lagen nun vier leere Baconpäckchen, das zu drei Vierteln geleerte Glas Majonäse und eine halbe Packung Weißbrot in Scheiben. Mehrere Krähen – in der ganzen Umgebung des Sees gab es mächtig große – hatten das Brot entdeckt und zupften es aus der zerfetzten Packung. Etwas weiter entfernt, fast schon an der Route 32, hatten sich weitere Krähen über eine erstarrte Masse aus Bacon und einem schleimigen Brot-Majonäse-Gemisch hergemacht. Das Gourmet-Mittagsmahl war dem Monsieur anscheinend nicht bekommen.

Gut, dachte Deke. *Hoffentlich haben Sie sich den Magen gleich mit rausgekotzt, Sie –*

Doch dann drehte sich ihm selbst auf brachiale Weise der Magen um, und er hielt sich eine Hand vor den Mund. Er hatte grauenhaft deutlich vor Augen, wie der Mann die Zähne in das rohe, fette Fleisch schlug, das zwischen den Brotscheiben heraushing, graues Fleisch mit braunen Streifen wie eine alte abgetrennte Pferdezunge. Deke gab hinter seiner Hand würgende Geräusche von sich.

Ein Wagen bog auf den Hof. Das hatte ihm gerade noch gefehlt: Kundschaft, während er kurz davor stand loszureihern. Es war kein PKW und auch kein Pick-up. Es war auch kein Sportvehikel. Es war einer dieser scheußlichen Hummer-Jeeps mit schwarzgrünem Tarnanstrich. Vorne saßen zwei Leute drin, und hinten meinte Deke einen Dritten zu entdecken.

Er reckte den Arm, drehte das Schild an der Tür so um, dass man von draußen GESCHLOSSEN sah, und wich dann von der Tür zurück. Er stand auf, wenigstens das gelang ihm, aber jetzt fühlte er sich gefährlich nah dran, wieder zusammenzubrechen. *Die haben mich hier drin gesehen, das ist mal klar,* dachte er. *Jetzt kommen sie rein und fragen, wo der andere hin ist, denn sie sind hinter ihm her. Sie wollen ihn kriegen, sie verfolgen den Baconsandwichmann. Und ich werde es ihnen sagen. Sie werden mich dazu bringen, es ihnen zu sagen. Und dann –*

Seine Hand hob sich vor seine Augen. Zeige- und Mittelfinger, bis zum zweiten Fingerglied mit getrocknetem Blut überzogen, wurden klauenförmig vorgestreckt. Sie zitterten. Für Deke sah es fast so aus, als winkten sie. *Hallo, Augen, wie geht's denn so? Schaut schön, solange ihr noch könnt, denn bald kommen wir euch holen.*

Die Person, die hinten im Humvee saß, beugte sich vor und sagte anscheinend etwas zu dem Fahrer, und dann setzte der Wagen zurück und fuhr dabei mit einem Hinterreifen durch die Kotzelache, die der letzte Kunde hinterlassen hatte. Er hielt kurz an der Straße und fuhr dann in Richtung Ware und Quabbin davon.

Als der Wagen hinter dem ersten Hügel verschwunden war, fing Deke McCaskell an zu weinen. Er ging zurück zum Ladentresen (er wankte, hielt sich aber auf den Beinen), und da fiel sein Blick auf die am Boden liegenden Zähne. Drei Zähne. Seine. Der bescheidene Preis, den er hatte zahlen müssen. Ein wirklich lächerlich geringer Preis. Dann blieb er stehen und starrte die drei Dollarscheine an, die immer noch auf dem Ladentresen lagen. Auf ihnen wuchs jetzt ein blasser rotorangefarbener Flaum.

22

»*Ich iehr! Ahr eiter!*«

Eiter?, wunderte sich Owen müde, aber er verstand Duddits nur zu gut (es war wirklich nicht schwer, wenn man sich einmal eingehört hatte): *Nicht hier! Fahr weiter!*

Owen steuerte den Humvee zur Route 32 zurück, und Duddits setzte sich wieder – sackte wieder – nach hinten und fing wieder an zu husten.

»Da«, sagte Henry und zeigte darauf. »Siehst du das?«

Owen sah es. Ein paar Plastiktüten, unter dem prasselnden Regen schon fast mit dem Boden verschmolzen, und ein Glas Majonäse. Dann fuhren sie Richtung Norden weiter. Die Regentropfen, die auf die Windschutzscheibe prasselten, waren groß, und das sagte Owen, dass der Regen bald in Schneeregen und dann höchstwahrscheinlich in Schnee übergehen würde. Er war der vollkommenen Erschöpfung nahe, und das Schwinden der telepathischen Kräfte hatte ihn auf eigenartige Weise traurig gemacht, und Owen stellte fest, dass seine Hauptsorge nun darin bestand, dass er ausgerechnet bei so scheußlichem Wetter sterben musste.

»Wie weit ist er uns jetzt voraus?«, fragte Owen und wagte nicht, stattdessen die einzige Frage zu stellen, auf die es ankam: *Ist es schon zu spät?* Er nahm an, dass Henry ihm das sagen würde, sollte es so weit kommen.

»Er ist da«, sagte Henry geistesabwesend. Er hatte sich auf dem Sitz umgedreht und wischte Duddits mit einem feuchten Tuch das Gesicht ab. Duddits sah ihn dankbar an und versuchte zu lächeln. Seine aschfahlen Wangen schwitzten jetzt, die schwarzen Ränder unter seinen Augen waren größer geworden, und er sah aus wie ein Waschbär.

»Wenn er *da* ist, wieso mussten wir dann *hierher* kommen?«, fragte Owen. Er beschleunigte den Hummer-Jeep auf hundert, was auf der glatten zweispurigen Asphaltstraße sehr gefährlich war, aber sie hatten keine andere Wahl.

»Ich wollte nicht riskieren, dass Duddits die Linie verliert«, sagte Henry. »Wenn das passieren würde ...«

Duddits stöhnte laut auf, schlang die Arme um seinen Oberkörper und krümmte sich. Henry, der immer noch verkehrt herum auf seinem Sitz hockte, streichelte ihm den schmalen Hals.

»Ganz ruhig, Duds«, sagte er. »Gleich geht's dir wieder besser.«

Doch das stimmte nicht. Owen wusste es, und Henry wusste es auch. Fiebrig und trotz einer zweiten Prednisone-Tablette und zweier Percocets von Krämpfen geschüttelt und nun bei jedem Hustenanfall Blut spuckend, würde es Duddits Cavell so schnell nicht wieder besser gehen. Der Trostpreis bestand darin, dass es mit Jonesy/Gray ebenfalls nicht gerade zum Besten stand.

Und das lag an dem Bacon. Sie hatten einzig darauf hoffen können, Mr Gray dazu zu bringen, dass er irgendwo für eine Weile hielt; keiner von ihnen hatte aber damit gerechnet, dass er sich als derart gefräßig erweisen würde. Die Auswirkungen auf Jonesys Verdauungsapparat waren absehbar gewesen. Mr Gray hatte sich auf dem Parkplatz des kleinen Ladens übergeben und hatte auf der Strecke nach Ware dann noch zweimal gehalten, sich aus dem Fenster gebeugt und in hohem Bogen mehrere Pfund Schinkenspeck gespuckt.

Dann folgte der Durchfall. Er hatte an der Route 9 bei der Mobil-Tankstelle gehalten und es nur gerade eben so aufs Klo geschafft. Ein Schild am Tankstellengebäude verkündete zwar PREISWERTER TREIBSTOFF & SAUBERE TOILETTEN, aber zumindest Letzteres stimmte nach Mr Grays Abfahrt nicht mehr. Doch er brachte bei Mobil niemanden um, und das zählte Henry als Pluspunkt.

Ehe er zu der Straße kam, die zum Quabbin führte, hatte Mr Gray noch zweimal anhalten und in den tropfenden Wald flitzen müssen, wo er sich dann bemüht hatte, Jonesys ächzenden Darm zu leeren. Da war der Regen schon in großflockigen, feuchten Schneefall übergegangen. Jonesys Körper war erheblich geschwächt, und Henry hoffte, dass er ohnmächtig wurde. Doch bisher war es nicht so weit gekommen.

Mr Gray war fürchterlich wütend auf Jonesy und beschimpfte ihn unablässig, nachdem er sich nach seinem zweiten Abstecher in den Wald wieder ans Steuer gesetzt hatte. Das sei alles Jonesys Schuld, Jonesy habe ihn reingelegt. Seinen Hunger, die zwanghafte Gier, mit der er alles verschlungen und sich zwischendurch nur die Zeit genommen hatte, sich das Fett von den Fingern zu lecken, ignorierte er lieber. Henry hatte diese selektive Darstellung der Tatsachen – bei der man eines betonte und anderes völlig ignorierte – schon oft bei seinen Patienten erlebt. In mancher Hinsicht war Mr Gray genau wie Barry Newman.

Wie menschlich er schon geworden ist, dachte er. *Wirklich erstaunlich menschlich.*

»Wenn du sagst, er sei da, was meinst du dann mit *da*?«, fragte Owen.

»Schwer zu sagen. Er hat sich wieder ziemlich vollständig abgeschirmt. Duddits, hörst du Jonesy?«

Duddits sah Henry müde an und schüttelte den Kopf. »Isser Äi attusse Ahtn eggenomm«, sagte er – *Mister Gray hat uns die Karten weggenommen* –, aber das ähnelte der buchstäblichen Übersetzung eines Slang-Spruchs. Duddits verfügte nicht über den nötigen Wortschatz, um zu schildern, was tatsächlich passiert war, aber Henry konnte es in seinen Gedanken ablesen. Mr Gray konnte nicht in Jonesys Bürofestung eindringen und ihm die Spielkarten wegnehmen, aber es war ihm irgendwie gelungen, ihren Aufdruck zu löschen.

»Duddits, wie geht's dir?«, fragte Owen und schaute in den Rückspiegel.

»Uht«, sagte Duddits und fing an zu bibbern. Auf dem Schoß hatte er seine gelbe Lunchbox und die braune Papiertüte mit seinen Medikamenten ... und dem kleinen Schnurding drin. Er hatte den dick gefütterten blauen Parka an, und trotzdem schlotterte er.

Es geht bergab mit ihm, dachte Owen, während Henry seinem alten Freund wieder das Gesicht abwischte.

Der Humvee rutschte auf einem glatten Straßenstück weg und fast in eine Katastrophe hinein – ein Unfall bei Tempo hundert hätte sie möglicherweise umgebracht und auf jeden Fall ihre letzte vage Chance zunichte gemacht, Mr Gray aufzuhalten –, und dann bekam Owen ihn wieder in den Griff.

Owen ertappte sich dabei, dass er immer wieder zu der Papiertüte hinüberschaute und an dieses Schnurding denken musste. *Hat Biber mir geschickt. Zu meinem Weihnachten letzte Woche.*

Als er jetzt wieder versuchte, telepathisch zu kommunizieren, kam Owen sich vor, als würde er eine Flaschenpost in den Ozean werfen. Aber er machte es trotzdem, sandte einen Gedanken aus und bemühte sich dabei, in Duddits' Richtung zu denken: *Wie nennt man das?*

Mit einem Mal sah er einen großen Raum vor sich, eine Kombination aus Wohn- und Esszimmer und Küche. Die klar lackierten Kiefernholzwände schimmerten warm. Auf dem Boden lag ein Navajo-Teppich, und auf einem Wandteppich sah er kleine indianische Jäger, die eine graue Gestalt umstellt hatten, den archetypischen Außerirdischen, wie man ihn schon tausendmal auf billigen Heftchen gesehen hatte, die an der Supermarktkasse auslagen. In dem Raum gab es einen Kamin mit gemauertem Schornstein und einen Esstisch aus Eiche. Was aber Owens Aufmerksamkeit fesselte (er konnte nicht anders; es befand sich im Mittelpunkt des Bilds, das ihm Duddits gesandt hatte, und erstrahlte dort in seinem ganz eigenen Licht), war das Geflecht aus Schnüren, das vom mittleren Deckenbalken hing. Es war die Cadillac-Ausführung dessen, was Duddits in seinem Medizinbeutel hatte, war in leuchtenden Farben gewoben und nicht aus schlichten weißen Schnüren, sah sonst aber genauso aus. Owens Augen füllten sich mit Tränen. Es war dies hier der schönste Raum der Welt. Er empfand das so, weil Duddits es so empfand. Und Duddits empfand es so, weil seine Freunde immer dorthin fuhren und er seine Freunde liebte.

»Traumfänger«, sagte der sterbende Mann auf der Rückbank und sprach das Wort vollkommen richtig aus.

Owen nickte. Traumfänger, ja.

Das bist du, sandte er. Er nahm an, dass Henry mithörte, aber das war ihm egal. Diese Botschaft war für Duddits allein bestimmt. *Du bist der Traumfänger, nicht wahr? Ihr Traumfänger. Das warst du immer.*

Und im Rückspiegel lächelte Duddits.

23

Sie kamen an einem Schild vorbei, das verkündete: Quabbin-Reservoir 8 Meilen – Angeln verboten – Servicebereich geschlossen – Picknickbereich geöffnet – Wanderwege zugänglich – Weiterfahrt auf eigene

GEFAHR. Da stand noch mehr, aber bei hundertzehn kam Henry nicht dazu, alles zu lesen.

»Ist es denkbar, dass er parkt und zu Fuß weitergeht?«, fragte Owen.

»Nie im Leben«, sagte Henry. »Er fährt, so weit er kann. Vielleicht fährt er sich fest. Darauf solltest du hoffen. Die Chancen stehen nicht schlecht dafür. Und er ist geschwächt. Er wird nicht schnell laufen können.«

»Was ist mit dir, Henry? Kannst du schnell laufen?«

Wenn er bedachte, wie steif er war und wie ihm die Beine wehtaten, war die Frage nur angebracht. »Wenn wir eine Chance haben«, sagte er, »gebe ich alles. Aber da ist ja auch noch Duddits. Ich glaube nicht, dass er zu einer anstrengenden Wanderung in der Lage ist.«

Zu irgendeiner Wanderung, dachte er, sprach es aber nicht aus.

»Kurtz, Freddy und Perlmutter, Henry. Wie weit sind die hinterher?«

Henry überlegte. Perlmutter spürte er ganz deutlich ... und er konnte auch zu dem hungrigen Menschenfresser in ihm vordringen. Er war wie Mr Gray, nur dass das Wiesel in einer Welt lebte, die aus Bacon bestand. Der Bacon war Archie Perlmutter, einst Captain der Armee der Vereinigten Staaten. Henry drang nicht gern dorthin vor. Zu viel Schmerz. Zu viel Hunger.

»Fünfzehn Meilen«, sagte er. »Vielleicht auch nur zwölf. Aber das spielt keine Rolle. Mit denen werden wir fertig. Die Frage ist, ob wir Mr Gray kriegen. Da brauchen wir Glück. Oder Hilfe.«

»Und wenn wir ihn kriegen, Henry, werden wir dann immer noch Helden sein?«

Henry schenkte ihm ein müdes Lächeln. »Ich glaube, wir müssen es einfach versuchen.«

Kapitel 21

Schacht zwölf

1

Mr Gray fuhr mit dem Subaru fast drei Meilen die East Street hoch – die unbefestigt und ausgefurcht und nun auch noch mit fünf Zentimeter Neuschnee bedeckt war –, ehe er in eine Verwerfung stürzte, die von einem verstopften unterirdischen Kanalrohr stammte. Der Subaru hatte sich zwar nördlich von Goodnough Dike tapfer durch mehrere Schlaglöcher gekämpft und war an einer Stelle so heftig aufgesetzt, dass er sich dabei einen Großteil des Auspuffs abgerissen hatte, aber dieses Loch in der Straße war dann doch zu viel für den Wagen. Das Auto stürzte mit dem Kühler voran in die Spalte, und der ungedämpfte Motor brüllte auf. Jonesys Körper wurde nach vorn gerissen, und der Sicherheitsgurt rastete ein. Sein Zwerchfell klappte zusammen, und er kotzte hilflos aufs Armaturenbrett: nichts Festes mehr, nur Schleim und Galle. Für einen Moment verblasste die Welt um ihn her, und dann verstummte der lärmende Motor. Er hielt sich mit aller Kraft bei Bewusstsein, hatte Angst, Jonesy würde es, wenn er auch nur für einen Moment ohnmächtig wurde, irgendwie gelingen, wieder die Kontrolle zu erlangen.

Der Hund jaulte. Er hatte die Augen geschlossen, aber die Hinterläufe zappelten spastisch, und seine Ohren zuckten. Sein Bauch war aufgebläht. Unter der Haut regte sich etwas. Sein großer Moment war nah.

Nach und nach sickerte wieder Farbe in die Welt. Mr Gray atmete ein paarmal tief durch und brachte diesen kranken, unglückseligen Leib in einen ruheähnlichen Zustand. Wie weit war es noch? Es konnte eigentlich nicht mehr weit sein, aber wenn der Kleinwagen jetzt hier festhing, musste er zu Fuß gehen ... und das konnte der Hund nicht. Der Hund musste schlafen, und das Byrum war ohnehin gefährlich nah dran, wieder aufzuwachen.

Er streichelte das Schlafzentrum seines primitiven Hirns, wobei er auch seine sabbernde Schnauze berührte. Ein Teil seines Geistes war sich Jonesys bewusst, der immer noch dort drinnen war, von der Welt nichts sehen konnte, aber auf eine Gelegenheit wartete, herauszukommen und seine Mission zu sabotieren; und unfasslicherweise sehnte sich ein anderer Teil seines Geistes schon wieder nach Essen – sehnte sich nach Bacon: eben dem Zeug, das ihn vergiftet hatte.

Schlaf, kleiner Freund. Er sprach zu dem Hund und auch zu dem Byrum. Und beide hörten ihm zu. Lad hörte auf zu jaulen. Seine Pfoten hörten auf zu zucken. Die Wellenbewegung am Bauch des Hunds wurde langsamer ... immer langsamer. Diese Ruhe würde nicht lange anhalten, aber fürs Erste war jetzt alles in Ordnung. Jedenfalls den Umständen entsprechend.

Ergib dich, Dorothy.

»Schnauze!«, sagte Mr Gray. »Knutsch mir die Kimme!« Er legte den Rückwärtsgang ein und trat das Gaspedal durch. Der Motor heulte auf und verscheuchte Vögel aus den Bäumen, aber es nützte nichts. Die Vorderreifen hingen fest, und die Hinterreifen hingen in der Luft.

»*Mist!*«, schrie Mr Gray und schlug mit Jonesys Faust aufs Lenkrad ein. »*Heilige Filzlaus! Gekörnte Scheiße!*«

Er sah sich in Gedanken nach seinen Verfolgern um und bekam nichts Deutliches rein, hatte nur das Gefühl, dass sie näher kamen. Es waren zwei Gruppen, und die Gruppe, die ihm am nächsten war, hatte Duddits dabei. Mr Gray fürchtete Duddits, da er spürte, dass hauptsächlich er schuld daran war, wie absurd, wie empörend schwierig das ganze Unterfangen geworden war. Wenn er einen Vorsprung vor Duddits halten konnte, würde alles gut ausgehen. Es wäre hilfreich gewesen, hätte er gewusst, wie nah ihm Duddits war, aber sie sperrten ihn aus – Duddits, Jonesy und dieser andere, dieser Henry. Diese drei zusammen bildeten eine

Kraft, der Mr Gray noch nie zuvor begegnet war, und das machte ihm Angst.

»Aber ich habe immer noch genug Vorsprung«, sagte er zu Jonesy und stieg aus. Er rutschte aus, rief einen Biber-Fluch und knallte dann die Tür zu. Es schneite wieder, große weiße Flocken, die auf Jonesys Wangen landeten. Mr Gray schleppte sich hinten um den Wagen herum und schlitterte dabei mit seinen Stiefeln durch den Schlamm. Er blieb kurz stehen und betrachtete das gewellte silbrige Rohr, das unten aus dem Loch ragte, in dem sein Auto hing (er war zum Teil auch der absolut nutzlosen, aber eben so infernalisch ansteckenden Neugierde seines Wirts zum Opfer gefallen), und ging dann zur Beifahrertür. »Deine Arschlöcher von Freunden schlag ich doch mit links.«

Auf diese Bemerkung kam keine Antwort, aber er spürte Jonesy, genau wie er die anderen spürte; Jonesy schwieg, war aber immer noch die Gräte in seiner Kehle.

Denk nicht an ihn. Auf den ist geschissen. Der Hund war das Problem; sein großer Moment war nah. Das Byrum wollte dringend raus. Wie sollte er den Hund transportieren?

Zurück in Jonesys Lagerraum. Es dauerte etwas ... aber dann war da ein Bild aus der »Sonntagsschule«, in die Jonesy als Kind gegangen war, um etwas über »Gott« und »Gottes einzigen eingeborenen Sohn« zu lernen, der anscheinend ein Byrum war und der Schöpfer einer Byrus-Kultur, die in Jonesys Akten gleichwohl als »Christentum« wie als »Schwachsinn« auftauchte. Das Bild war sehr deutlich und stammte aus einem Buch mit dem Titel »Die heilige Bibel«. Es zeigte »Gottes einzigen eingeborenen Sohn«, wie er ein Lamm auf den Schultern trug. Die Beine des Lamms baumelten dem »eingeborenen Sohn« über die Brust.

Das würde gehen.

Mr Gray hob den schlafenden Hund aus dem Auto und legte ihn sich um den Hals. Er war schwer – Jonesys Muskeln waren dummerweise empörend schwach – und würde erst so richtig schwer sein, wenn er dort ankam, wohin er wollte ... aber er würde auf jeden Fall dorthin kommen.

Er ging die East Street durch den zusehends tieferen Schnee bergauf und trug dabei den schlafenden Border Collie wie eine Pelzstola.

2

Der Neuschnee war äußerst rutschig, und als sie auf der Route 32 angelangt waren, sah sich Freddy gezwungen, wieder auf Tempo sechzig zu verlangsamen. Kurtz hätte am liebsten vor Frustration aufgeheult. Und dann entschwand ihm Perlmutter auch noch zusehends in eine Art Halb-Koma. Und das ausgerechnet, als er mit einem Mal den hatte empfangen können, hinter dem Owen und seine neuen Freunde her waren, diesen so genannten Mr Gray.

»Er ist zu beschäftigt, um sich zu verbergen«, sagte Pearly. Er sprach in einem verträumten Ton, als würde er gleich einschlafen. »Er hat Angst. Vor Underhill, das weiß ich nicht, Boss, aber Jonesy ... Henry ... Duddits ... vor denen hat er Angst. Und zu Recht. Die haben Richie umgebracht.«

»Wer ist Richie, Bursche?« Das war Kurtz absolut scheißegal, aber er wollte Perlmutter wach halten. Er hatte so die Ahnung, dass sie irgendwo hinkommen würden, wo er Perlmutter nicht mehr brauchen würde, aber vorläufig brauchte er ihn noch.

»Keine ... Ahnung ...« Das letzte Wort ging in ein Schnarchen über. Der Humvee schlitterte seitlich weg. Freddy fluchte, kämpfte mit dem Lenkrad und bekam den Wagen gerade eben noch in den Griff, bevor der Hummer-Jeep in den Straßengraben rutschen konnte. Kurtz nahm keine Notiz davon. Er beugte sich vor und verpasste Perlmutter kräftige Ohrfeigen. In diesem Moment kamen sie an dem Laden mit dem DIE BESTEN KÖDER WEIT UND BREIT-Schild im Schaufenster vorbei.

»*Auuu!*« Perlmutter schlug blinzelnd die Augen auf. Das Weiße war jetzt gelblich. Das kümmerte Kurtz ebenso wenig wie die Frage, wer Richie war. »*Nicht, Boss ...*«

»*Wo sind sie jetzt?*«

»Das Wasser«, sagte Pearly. Seine Stimme war schwach. Er hörte sich an wie ein verdrießlicher Invalide. Sein Bauch da unter seiner Jacke war ein gelegentlich bebender Berg. *Unser Stoiker ist im neunten Monat, Gott segne und erhalte uns,* dachte Kurtz. »Das Waa…«

Er schloss wieder die Augen. Kurtz holte wieder aus.

»Lassen Sie ihn schlafen«, sagte Freddy.

Kurtz sah ihn mit gerunzelten Augenbrauen an.

»Er kann nur den Stausee meinen. Und wenn dem so ist, brauchen wir ihn nicht mehr.« Er zeigte durch die Windschutzscheibe auf die Spuren der wenigen Fahrzeuge, die an diesem Nachmittag vor ihnen die Route 32 passiert hatten. Sie zeichneten sich deutlich auf dem frischen weißen Schnee ab. »Außer uns ist hier heute niemand, Boss. Wir sind allein.«

»Gelobt sei der Herr.« Kurtz lehnte sich zurück, nahm seine Pistole von der Rückbank, sicherte sie und steckte sie ins Holster. »Sagen Sie mal, Freddy.«

»Ja?«

»Wenn das hier vorbei ist – was halten Sie dann von Mexiko?«

»Einverstanden. Solange wir da kein Wasser trinken.«

Kurtz brach in Gelächter aus und klopfte Freddy auf die Schulter. Neben Freddy sank Archie Perlmutter immer tiefer ins Koma. Unten in seinem Darm, in dieser ergiebigen Müllkippe aus Essensresten und abgestorbenen Zellen, schlug etwas zum ersten Mal im Leben die schwarzen Augen auf.

3

Zwei Steinpfosten markierten den Eingang zu dem riesigen Areal rund um den Quabbin-Stausee. Dahinter war die Straße im Grunde nur noch einspurig, und Henry kam es vor, als wäre er wieder an seinem Ausgangspunkt angelangt. Das war hier nicht Massachusetts, sondern Maine, und obwohl auf dem Straßenschild Quabbin Access stand, war es in Wirklichkeit die Deep Cut Road. Er schaute zu dem bleiernen Himmel empor und rechnete tatsächlich halbwegs damit, dort die tanzenden Lichter zu erblicken. Doch stattdessen sah er einen Weißkopfseeadler ganz in der Nähe vorbeifliegen. Er landete auf dem Ast einer Kiefer und schaute ihnen nach.

Duddits hatte den Kopf ans kalte Fensterglas gelehnt. Nun hob er ihn und sagte: »Issa Äi eht etz ssu Fuhs.«

Henrys Herz machte einen Sprung. »Owen, hast du gehört?«

»Ich hab's gehört«, sagte Owen und holte noch etwas mehr aus dem Humvee heraus. Der feuchte Schnee war eisglatt, und jetzt, da sie das staatliche Straßennetz hinter sich gelassen hatten, führten nur zwei parallele Fahrspuren weiter nördlich zum Stausee.

Jetzt hinterlassen wir auch Spuren, dachte Henry. *Falls Kurtz so weit kommt, braucht er keine Telepathie mehr, um uns zu finden.*

Duddits stöhnte, hielt sich den Oberkörper und hatte Schüttelfrost. »Ennie, bin rank. Duddits rank.«

Henry strich Duddits über die haarlose Stirn. Es gefiel ihm gar nicht, wie heiß sie war. Was kam als Nächstes? Krämpfe wahrscheinlich. Ein schwerer Krampf konnte Duddits in seinem geschwächten Zustand hinwegraffen, und das wäre sicherlich eine Gnade. Wäre das Beste. Trotzdem tat es weh, daran zu denken. Henry Devlin, der ewige potenzielle Selbstmörder. Und statt seiner hatte die Dunkelheit seine Freunde geschluckt, einen nach dem anderen.

»Halt durch, Duds. Wir sind fast da.« Aber er hatte so das Gefühl, dass ihnen das Schlimmste erst noch bevorstand.

Duddits schlug wieder die Augen auf. »Issa Äi – äng *fess.*«

»Wie bitte?«, fragte Owen. »Das habe ich nicht verstanden.«

»Er sagt: Mister Gray hängt fest«, sagte Henry und streichelte Duddits weiter den Kopf. Er wünschte sich dort Haare hin, die er hätte streicheln können, und erinnerte sich an die Zeit, als dort noch welche wuchsen. Duddits' schönes blondes Haar. Sein Weinen hatte ihnen wehgetan, hatte sich wie eine stumpfe Klinge in ihre Hirne gebohrt, aber wie glücklich sein Lachen sie dann wieder gemacht hatte – wenn man Duddits Cavell lachen hörte, glaubte man für eine Weile wieder an die alten Lügen: dass das Leben schön sei, dass das Leben all der Jungen und Männer, Mädchen und Frauen sogar einen Sinn habe. Dass es ebenso viel Licht wie Schatten gäbe.

»Wieso schmeißt er diesen Scheiß-Hund nicht einfach in den See?«, fragte Owen. Ihm versagte vor Müdigkeit fast die Stimme. »Wieso glaubt er denn, dass er damit ganz bis zum Schacht zwölf muss? Nur weil diese Russin das auch so gemacht hat?«

»Ich glaube, der See ist ihm zu unsicher«, sagte Henry. »Der Wasserturm in Derry wäre gut gewesen, aber dieses Aquädukt ist noch besser. Es ist wie ein fünfundsechzig Meilen langer Darm. Und Schacht zwölf ist die Kehle. Duddits, können wir ihn einholen?«

Duddits schaute ihn mit seinen erschöpften Augen an und schüttelte den Kopf. Owen schlug sich vor Frust auf den Oberschenkel. Duddits befeuchtete sich die Lippen. Er sprach in heiserem Flüsterton zwei Wörter. Owen hörte es, verstand es aber nicht.

»Was? Was hat er gesagt?«

»Nur Jonesy.«

»Was soll das heißen? Nur Jonesy was?«

»Nur Jonesy kann ihn aufhalten, schätze ich mal.«

Der Hummer rutschte wieder weg, und Henry hielt sich an seinem Sitz fest. Eine kalte Hand nahm seine. Duddits sah ihn mit verzweifelter Eindringlichkeit an. Er wollte etwas sagen und hustete stattdessen, ein grausiges, feuchtes, abgehacktes Geräusch. Manches von dem Blut, das er nun spuckte, war deutlich heller, schaumig, fast rosa. Henry hielt es für Lungenblut. Aber trotz der Hustenkrämpfe ließ Duddits seine Hand nicht los.

»Sag es mir in Gedanken«, sagte Henry. »Kannst du es mir in Gedanken sagen, Duddits?«

Für einen Moment war da weiter nichts als Duddits' kalte Hand, die sich um die seine geschlossen hatte, und der Blick in seine Augen. Dann waren Duddits und das khakifarbene Wageninnere des Humvee mit seinem vagen Geruch von kaltem Rauch verschwunden. Stattdessen sieht Henry jetzt ein Münztelefon – so ein altmodisches mit mehreren Schlitzen obendrin für die unterschiedlichen Münzen. Das Geräusch von Männerstimmen und ein Klacken, das ihm auf ergreifende Weise vertraut vorkommt. Er braucht einen Moment, und dann wird ihm klar, dass es das Geräusch ist, das die Damesteine auf dem Spielbrett machen. Das da vor ihm ist der Münzfernsprecher bei Gosselin's, von dem aus sie nach dem Tod von Richie Grenadeau bei Duddits angerufen haben. Jonesy hatte es dann übernommen, weil er der Einzige war, der ein eigenes Telefon hatte, auf dessen Rechnung man die Gebühren umbuchen lassen konnte. Die anderen versammelten sich um ihn, alle noch mit den Jacken an, weil es so kalt in dem Laden war, sogar hier mitten im Wald bei all den Bäumen ringsherum weigerte sich der alte Gosselin, auch nur ein Scheit mehr als unbedingt nötig in den Ofen zu geben – echt nicht zu fassen. Über dem Telefon hängen zwei Schilder. Auf dem einen steht BITTE NICHT LÄNGER ALS 5 MINUTEN TELEFONIEREN. Auf dem anderen –

Es gab einen knirschenden Knall. Duddits wurde hinten an Henrys Sitz und Henry an das Armaturenbrett geschleudert. Ihre Hände wurden auseinander gerissen. Owen war mit dem Humvee von der Straße abgekommen und in den Straßengraben gerutscht. Vor ihnen liefen die Spuren des Subaru in den immer tieferen Schnee und wurden selbst schon wieder zugeschneit.

»Henry! Hast du dir was getan?«

»Nein. Duds? Alles in Butter?«

Duddits nickte, aber die Wange, die er sich gestoßen hatte, wurde beängstigend schnell schwarz. *Hier sehen Sie, was Leukämie alles für Sie tun kann.*

Owen legte einen niedrigen Gang ein und kroch wieder aus dem Graben. Der Jeep stand ziemlich schräg – so um die dreißig Grad –, fuhr aber gut, sobald Owen ihn wieder in Bewegung gesetzt hatte.

»Schnall dich an. Und schnall vorher noch ihn an.«

»Er wollte mir eben etwas –«

»Ist mir scheißegal, was er dir sagen wollte. Das ist noch mal gut gegangen, aber beim nächsten Mal überschlagen wir uns vielleicht. Schnall ihn an und dann dich selber.«

Henry tat wie befohlen und grübelte dabei über das andere Schild über dem Münztelefon nach. Was hatte da draufgestanden? Irgendwas über Jonesy. Einzig Jonesy konnte Mr Gray jetzt noch aufhalten, das war, laut Duddits, die reine Lehre.

Was hatte auf diesem zweiten Schild gestanden?

4

Owen war gezwungen, auf Tempo dreißig zu verlangsamen. Es machte ihn fast wahnsinnig, so kriechen zu müssen, aber es hatte richtiges Schneetreiben eingesetzt, und die Sicht tendierte wieder einmal gegen null.

Wo die Subaruspuren aufhörten, fanden sie den Wagen selbst, der in einem durch Erosion entstandenen Graben hing, der quer über die Straße verlief. Die Beifahrertür stand offen, und die Hinterräder hingen in der Luft.

Owen hielt, zog die Glock, öffnete seine Tür. »Bleib hier, Henry«, sagte er und stieg aus. Er lief geduckt zu dem Subaru.

Henry löste seinen Sicherheitsgurt und drehte sich zu Duddits um, der jetzt an der Rückbank lehnte, nach Luft rang und nur vom Gurt noch aufrecht gehalten wurde. Eine Wange war wachsgelb, die andere ein einziger Bluterguss. Er hatte auch wieder Nasenbluten, und die Wattebäusche, die ihm aus den Nasenlöchern ragten, waren voll gesogen und tropften.

»Duds, es tut mir Leid«, sagte Henry. »Das ist wirklich ein Kackorama.«

Duddits nickte und hob dann die Arme. Er konnte sie nur

ein paar Sekunden lang oben behalten, aber für Henry war ohnehin sofort klar, was er damit sagen wollte. Henry machte seine Tür auf und stieg aus, und in eben diesem Moment kam Owen zurückgelaufen, die Glock nun im Gürtel. Die Luft war so voller großer Schneeflocken, dass das Atmen schwer fiel.

»Ich hab dir doch gesagt, du sollst im Wagen bleiben«, sagte Owen.

»Ich will mich nur hinten zu ihm setzen.«
»Wieso?«

Henry sprach ganz ruhig, nur seine Stimme zitterte ein wenig. »Weil er stirbt«, sagte er. »Er stirbt, und ich glaube, er hat mir noch etwas zu sagen.«

5

Owen schaute in den Rückspiegel, sah Henry, der Duddits umarmt hielt, sah, dass sie beide angeschnallt waren, und schnallte sich ebenfalls an.

»Halt ihn gut fest«, sagte er. »Das wird gleich mächtig rumsen.«

Er setzte hundert Meter zurück, legte einen niedrigen Gang ein und fuhr dann los, wobei er auf die Lücke zwischen dem zurückgelassenen Subaru und dem rechten Straßengraben zusteuerte. Auf dieser Seite sah die Spalte in der Straße etwas schmaler aus.

Es rumste tatsächlich mächtig. Owens Gurt griff, und er sah, wie Duddits in Henrys Armen zuckte. Duddits kahler Kopf prallte an Henrys Brust. Dann hatten sie die Spalte in der Straße hinter sich und fuhren weiter die East Road hinauf. Owen erkannte gerade so die Stiefelspuren auf dem weißen Band der Straße. Mr Gray war zu Fuß unterwegs, und sie waren immer noch motorisiert. Wenn sie das Schwein einholen konnten, ehe es in den Wald abbog –

Aber das gelang ihnen nicht.

6

In einem letzten immensen Kraftakt hob Duddits den Kopf. Jetzt füllten sich, das sah Henry bestürzt und entsetzt, auch seine Augen mit Blut.

Klack. Klack-klack. Das trockene Kichern alter Männer, als jemand beim Damespielen drei Steine in Folge geschlagen hatte. Verschwommen rückte das Telefon wieder in sein Gesichtsfeld. Und die Schilder darüber.

»Nein, Duddits«, flüsterte Henry. »Mach das nicht. Spar deine Kraft auf.«

Doch wofür? Wofür, wenn nicht für das hier?

Auf dem Schild rechts stand: BITTE NICHT LÄNGER ALS 5 MINUTEN TELEFONIEREN. Tabaksduft, Holzrauch, Lake-Geruch aus dem Pökelfass. Die Arme seiner Freunde um ihn gelegt.

Und auf dem anderen Schild stand: RUF JETZT JONESY AN.

»Duddits ...« Seine Stimme waberte in der Dunkelheit – der Dunkelheit, seiner alten Freundin. »Duddits, wie soll ich das denn machen?«

Duddits' Stimme drang noch ein letztes Mal zu ihm durch, sehr müde, aber auch ganz ruhig: *Schnell, Henry – ich kann nicht mehr lange – du musst mit ihm reden.*

Henry nimmt den Hörer von der Gabel. Denkt absurderweise (aber ist nicht die ganze Situation ohnehin schon absurd?), dass er gar kein Münzgeld dabeihat ... keinen einzigen Cent. Hält sich den Hörer ans Ohr.

Roberta Cavells Stimme meldet sich, unpersönlich und geschäftsmäßig: »Allgemeinkrankenhaus Boston, mit wem darf ich verbinden?«

7

Mr Gray scheuchte Jonesys Körper den Pfad entlang, der vom Ende der East Road am Ostufer des Stausees entlangführte. Er rutschte immer wieder aus, stürzte hin, zog sich an Ästen hoch, stand wieder auf. Jonesys Knie waren wund, seine Hose aufgerissen und blutgetränkt. Seine Lunge brannte, sein Herz pochte wie ein Dampfhammer. Doch das Einzige, was ihm Sorgen machte, war Jonesys Hüfte, die er sich bei dem Unfall gebrochen hatte. Sie war ein einziger heißer, pulsierender Knoten, von dem aus Schmerzen durch den Oberschenkel ins Knie schossen und über seine Wirbelsäule hoch in seinen Rücken. Das Gewicht des Hundes machte alles noch schlimmer. Er schlief immer noch, aber das Ding in ihm drin war hellwach und blieb nur, wo es war, weil Mr Gray es so wollte. Als er eben den Fuß hob, blockierte das Hüftgelenk vollkommen, und Mr Gray musste mehrfach mit Jonesys Faust darauf einschlagen, bis sie sich wieder löste. Wie weit noch? Wie weit noch durch diesen verfluchten, erstickenden, ihm die Sicht raubenden, kein Ende nehmenden Schneefall? Und was trieb Jonesy währenddessen? Trieb er überhaupt irgendwas? Mr Gray wagte nicht, den unbändigen Hunger des Byrums – es hatte nichts, was auch nur entfernt einem Gehirn ähnelte – lange genug allein zu lassen, um zu der verschlossenen Tür zu gehen und zu lauschen.

Geisterhaft tauchte ein Umriss vor ihm im Schnee auf. Mr Gray blieb nach Luft schnappend stehen, sah sich das an und kämpfte sich dann weiter voran, hielt die schlaff herabhängenden Pfoten des Hundes gepackt und zog Jonesys rechten Fuß nach.

An einem Baumstamm war ein Schild festgenagelt: SCHACHTHAUS – ANGELN STRENG VERBOTEN. Fünfzehn Meter weiter führte von dem Pfad eine Steintreppe in die Höhe. Sechs Stufen ... nein, acht. Oben stand auf einem steinernen, erhabenen Fundament ein Steinhäuschen, das sich von dem verschneiten, grauen Nichts abhob, in dem sich der Stausee befand – selbst beim rasenden, müden Pochen seines Herzens konnten Jonesys Ohren das gegen Stein schwappende Wasser hören.

Er war da.

Den Hund fest im Griff und das letzte bisschen Kraft aus Jonesys ausgelaugtem Körper herausziehend, schwankte Mr Gray die verschneiten Stufen hoch, seinem Schicksal entgegen.

8

Als sie zwischen den Steinpfosten durchfuhren, die die Zufahrt zum Stausee markierten, sagte Kurtz: »Halten Sie hier am Straßenrand, Freddy.«

Freddy tat wie befohlen, ohne nachzufragen.

»Haben Sie Ihr Sturmgewehr, Bürschchen?«

Freddy hob es. Das gute alte M-16, in allen Lebenslagen bewährt. Kurtz nickte.

»Dienstpistole?«

»44er Magnum, Boss.«

Und Kurtz hatte eine Kaliber neun Millimeter, die er für den Nahkampf bevorzugte. Und es sollte ein Nahkampf werden. Er wollte die Farbe von Owen Underhills Hirn sehen.

»Freddy?«

»Ja, Boss?«

»Ich möchte nur, dass Sie wissen, dass das mein letzter Einsatz ist und ich mir dabei keinen besseren Begleiter hätte wünschen können.« Er drückte Freddy kurz die Schulter. Neben Freddy schnarchte Perlmutter jetzt und hatte das Gesicht nach oben gedreht. Fünf Minuten bevor sie an den Steinpfosten angelangt waren, hatte er mehrere lang gedehnte, spektakulär übel riechende Fürze von sich gegeben. Danach hatte sich Pearlys aufgeblähter Bauch wieder gesenkt, und das war wahrscheinlich gut so.

Währenddessen strahlten Freddys Augen ganz erfreulich. Kurtz war entzückt. Wusste er doch anscheinend immer noch den richtigen Ton anzuschlagen.

»Also gut, Bursche«, sagte Kurtz. »Volle Kraft voraus und keine Bange vor den Torpedos. Klar?«

»Klar, Sir.« Kurtz störte sich nicht an dem Sir. Das ganze Protokoll konnten sie jetzt eigentlich abhaken. Jetzt waren sie Guerilleros, wie Quantrills Jungs damals während des Bürgerkriegs, die beiden letzten marodierenden Kansas-Boys, die hier über die Weiten des westlichen Massachusetts ritten.

Mit angewiderter Miene wies Freddy mit dem Daumen

auf Perlmutter. »Soll ich versuchen, ihn zu wecken, Sir? Es könnte schon zu spät sein, aber –«

»Wozu die Mühe?«, sagte Kurtz. Immer noch mit einer Hand auf Freddys Schulter, zeigte er nach vorn, wo die Zufahrtsstraße zum See in einer weißen Wand verschwand – dem Schnee. Der verdammte Schnee hatte sie die ganze Zeit über verfolgt, ein Schnitter, der hier weiß gewandet war und nicht schwarz wie sonst. Die Spuren des Subaru waren nun gänzlich verschwunden, aber die des Humvee, den Owen gestohlen hatte, waren noch sichtbar. Wenn sie schnell machten, wäre die Verfolgung der Spuren nicht mehr als ein Spaziergang, gelobt sei der Herr. »Ich glaube nicht, dass wir ihn noch brauchen, und für mich persönlich ist das eine große Erleichterung. Fahren Sie, Freddy, fahren Sie.«

Der Humvee brach kurz hinten aus und fing sich dann wieder. Kurtz zog seine Pistole und legte sie sich ans Bein. *Jetzt komme ich dich holen, Owen. Jetzt komme ich dich holen, Bursche. Überleg dir schon mal, was du sagen willst, wenn du vor den Herrn trittst, denn es ist keine Stunde mehr bis dahin.*

9

Das Büro, das er – aus seinen Gedanken und Erinnerungen schöpfend – so hübsch eingerichtet hatte, fiel nun in Stücke.

Jonesy humpelte rastlos auf und ab und sah sich im Zimmer um, die Lippen so streng aufeinander gepresst, dass sie ganz weiß waren, und Schweißtropfen auf der Stirn, obwohl es verdammt kalt hier drin geworden war.

Das hier war zur Abwechslung mal nicht der Fall des Hauses Usher, sondern der Fall des Büros von Jonesy. Der Hochofen heulte und rumpelte unter ihm und ließ den Boden erbeben. Weißes Zeug – vielleicht Eiskristalle – wurde zum Lüftungsgitter hereingeweht und hinterließ eine pulvrige, dreieckige Spur an der Wand. Wo es landete, machte es sich sofort an der Holzvertäfelung zu schaffen, ließ sie faulen und gleichzeitig wellig werden. Die Bilder fielen nacheinander von den Wänden, stürzten sich wie Selbstmörder in die Tiefe. Der Charles-Eames-Sessel – den er immer hatte haben wollen, genau der – spaltete sich in der Mitte, wie von einer unsichtbaren Axt zerhackt. Die Mahagoniplatten an den Wänden fingen an, sich wie abgestorbene Haut zu lösen. Die Schubladen ruckelten aus den Schreibtischunterschränken und knallten nacheinander auf den Boden. Die Fensterläden, die Mr Gray angebracht hatte, um ihm die Aussicht nach draußen zu versperren, zitterten und rieben aneinander und erzeugten dabei ein metallisches Knirschen, das Jonesy wie Zahnschmerzen in den Kopf fuhr.

Nach Mr Gray zu rufen und eine Erklärung dafür zu verlangen, was hier vor sich ging, wäre nutzlos gewesen ... und außerdem hatte Jonesy ja alle nötigen Informationen, um es sich selbst zusammenzureimen. Er hatte Mr Gray gebremst, aber Mr Gray hatte sich dieser Herausforderung gewachsen gezeigt. Ein Hoch auf Mr Gray, der sein Ziel entweder bereits erreicht hatte oder es sehr bald erreichen würde. Als die Täfelung von den Wänden kam, sah er die schlichte Steinmauer dahinter – die Wände des Büros der Gebrüder Tracker, wie vier Jungs sie 1978 gesehen hatten, als sie nebeneinander die Stirn an die Fensterscheibe drückten und ihr neuer Freund, wie erbeten, an der Auffahrt stehen geblieben war und abwartete, dass sie damit fertig wurden, was auch immer sie da taten, und ihn nach Hause brachten. Jetzt löste sich eine weitere Holzplatte von der Wand – es hörte sich an wie zerreißendes Papier –, und darunter kam ein schwarzes Brett zum Vorschein mit einem einzigen Foto daran, einem Polaroid. Es war keine Schönheitskönigin, nicht Tina Jean Schlossinger, sondern irgendeine Frau, die den Rock hob und ihre Unterhose zeigte, ziemlich blöde. Der schöne Teppichboden wurde plötzlich runzlig wie Haut, und darunter zeigten sich der schmutzige Fliesenboden der Gebrüder Tracker und diese weißen Kaulquappen, Wichsetüten, von Paaren hier liegen gelassen, die zum Bumsen hergekommen waren; all das unter dem desinteressierten Blick dieser Polaroidfrau, die eigentlich niemand war, wirklich nicht, sondern nur ein Überbleibsel aus einer schalen Vergangenheit.

Er ging humpelnd auf und ab, denn so schlimm hatte seine Hüfte seit der Zeit kurz nach dem Unfall nicht mehr wehgetan, und er verstand das alles, o ja, tatsächlich, und ob. Sein Hüftgelenk fühlte sich an, als wäre es voller Splitter und gemahlenem Glas; Schultern und Nacken schmerzten und konnten nicht mehr. Mr Gray ritt ihn bei seiner letzten Attacke zuschanden, und Jonesy konnte nichts dagegen tun.

Der Traumfänger war noch intakt. Er schaukelte in großem Bogen hin und her, war aber unversehrt. Jonesy konzentrierte sich auf diesen Anblick. Er hatte gedacht, er wäre bereit zu sterben, aber so wollte er nicht enden, nicht in diesem stinkenden Büro. Hinter diesem Gebäude hatten sie einmal etwas Gutes, fast Edelmütiges getan. Hier drin zu sterben, unter dem angestaubten, gleichgültigen Blick dieser Frau, deren Bild da ans schwarze Brett geheftet war ... das wäre nicht fair. Vom Rest der Welt jetzt mal ganz abgesehen: Er, Gary Jones aus Brookline, Massachusetts, ehemals Derry, Maine, letzter Aufenthalt Jefferson Tract, hatte Besseres verdient.

»*Bitte, das habe ich nicht verdient!*«, rief er zu der schaukelnden Spinnwebgestalt hoch, und da klingelte auf dem zerbröselnden Schreibtisch hinter ihm das Telefon.

Jonesy wirbelte herum und stöhnte bei dem brennenden, überwältigenden Schmerz in seiner Hüfte auf. Das Telefon, mit dem er Henry angerufen hatte, war sein Bürotelefon gewesen, das blaue Trimline. Das dort nun auf der rissigen Schreibtischplatte stand, war schwarz und klobig, hatte eine Wählscheibe statt Tasten und einen Aufkleber mit dem Spruch MÖGE DIE MACHT MIT DIR SEIN drauf. Es war das Telefon, das er in seinem Kinderzimmer gehabt hatte, das ihm seine Eltern zum Geburtstag geschenkt hatten. 949 7784 – die Nummer, auf die er vor all den Jahren die Gebühren für den Anruf bei Duddits hatte buchen lassen.

Er stürzte sich darauf und achtete nicht auf seine Hüfte,

inständig hoffend, die Leitung würde sich nicht auflösen oder gekappt werden, ehe er rangehen konnte.

»Hallo? Hallo!« Hin und her schwankend auf dem schwingenden und bebenden Boden. Das ganze Büro hob und senkte sich nun wie ein Schiff bei schwerem Seegang.

Mit Robertas Stimme hatte er nun wirklich überhaupt nicht gerechnet. »Ja, Doktor, Augenblick. Ein Gespräch für Sie.«

Es klickte so laut, dass ihm der Kopf davon wehtat, und dann herrschte Totenstille. Jonesy stöhnte und wollte eben schon auflegen, als es wieder klickte.

»Jonesy?« Es war Henry. Nur schwach und undeutlich, aber eindeutig Henry.

»Wo bist du?«, rief Jonesy. »Herrgott, Henry, das ganze Haus geht in die Brüche! *Ich* gehe in die Brüche!«

»Ich bin bei Gosselin's«, sagte Henry. »Aber nicht in Wirklichkeit. Und du bist auch nicht da, wo du bist. Wir sind beide in dem Krankenhaus, in das sie dich gebracht haben, als du überfahren wurdest ...« Es knackte in der Leitung, dann brummte es, und dann war Henry wieder da und klang jetzt näher und lauter. Jonesy schöpfte wieder etwas Mut in diesem ganzen Zusammenbruch. »... aber da sind wir in Wirklichkeit auch nicht!«

»Was?«

»Wir sind in dem Traumfänger, Jonesy! *Wir sind in dem Traumfänger, und dort waren wir schon immer! Seit '78! Duddits ist der Traumfänger, aber er liegt im Sterben! Er hält noch etwas durch, aber ich weiß nicht, wie lange noch ...*« Wieder klickte und brummte es, bitter und elektrisch klingend.

»Henry! *Henry!*«

»... komm raus!« Jetzt wieder schwach. Henry klang verzweifelt. »Du musst rauskommen, Jonesy! Komm her zu mir! Lauf an dem Traumfänger entlang, und komm her zu mir! Noch ist Zeit! Wir können dieses Schwein noch stoppen! Hörst du? Wir können –«

Es klickte wieder, und dann war die Leitung tot. Das Gehäuse seines Kindertelefons krachte, brach auf und spuckte einen unsinnigen Kabelsalat aus. Die Kabel waren alle rotorangefarben und mit Byrus überzogen.

Jonesy ließ den Hörer los und sah zu dem schaukelnden Traumfänger hoch, diesem flüchtigen Spinnennetz. Ihm fiel ein Satz ein, den sie als Kinder toll gefunden hatten und der von irgendeinem Komiker stammte: *Du bist der, wo du bist.* Das hatte den gleichen Stellenwert bei ihnen gehabt wie *Selbe Scheiße, anderer Tag,* ja, hatte vielleicht sogar den ersten Platz belegt, als sie dann älter wurden und sich für kultivierter hielten. *Du bist der, wo du bist.* Nur stimmte das, nach Henrys Anruf, nicht mehr. Denn wo sie zu sein glaubten, waren sie nicht.

Sie waren in dem Traumfänger.

Er bemerkte, dass der Traumfänger, der da über den Trümmern seines Schreibtischs baumelte, vier Speichen hatte, die von der Mitte ausgingen. Viele Verbindungsfäden wurden von diesen Speichen gehalten, aber die Speichen hielt nur der Mittelpunkt, der Kern, von dem sie ausgingen.

Lauf an dem Traumfänger entlang, und komm her zu mir! Noch ist Zeit!

Jonesy drehte sich um und rannte zur Tür.

10

Mr Gray war ebenfalls an der Tür – der Tür des Schachthauses. Sie war verschlossen. Wenn er bedachte, was hier mit der Russin passiert war, wunderte ihn das nicht. *Die Stalltür schließen, nachdem das Pferd gestohlen wurde* – das war Jonesys übliche Redewendung für solche Fälle. Hätte er noch ein Kim gehabt, dann wäre das kein Problem gewesen. Aber auch so war er nicht allzu beunruhigt darüber. Eine interessante Begleiterscheinung, wenn man Gefühle hatte, das hatte er entdeckt, bestand darin, dass die Gefühle einen dazu brachten vorauszudenken, zu planen, damit man keine allgemeine Gefühlsattacke erlitt, wenn etwas nicht funktionierte. Das mochte eine der Ursachen dafür sein, dass diese Wesen so lange überlebt hatten.

Mr Gray musste wieder an Jonesys Vorschlag denken, er solle sich dem ganz überantworten, aber er tat den Gedanken ab. Er würde seine Mission hier abschließen und das Gebot befolgen. Und dann – mal sehen. Baconsandwiches vielleicht. Und das, was in Jonesys Erinnerungen »Cocktail« hieß. Das war ein kühles, erfrischendes Getränk mit leicht giftiger Wirkung.

Ein Windstoß kam vom See herauf, wehte ihm feuchten Schnee ins Gesicht und nahm ihm kurz die Sicht. Es war, als hätte er ein feuchtes Handtuch ins Gesicht bekommen, und mit einem Schlag war er wieder ganz da und wusste, dass er eine Aufgabe zu erledigen hatte.

Er ging auf der Granittreppe vorsichtig weiter nach links, rutschte aus, fiel auf die Knie und achtete nicht auf den aufblitzenden Schmerz in Jonesys Hüfte. Er war nicht so weit gereist – schwarze Lichtjahre und weiße Meilen –, um dann auf dieser Treppe hintenüberzufallen und sich das Genick zu brechen oder in den Quabbin zu stürzen und in dem eiskalten Wasser an Unterkühlung zu sterben.

Unter der Treppe war ein Geröllhügel. Mr Gray beugte sich links über die Treppe hinaus, wischte dort den Schnee weg und tastete nach einem losen Stein. Neben der verschlossenen Tür befanden sich Fenster, die zwar schmal waren, aber nicht zu schmal.

Der dichte, feuchte Schneefall dämpfte alle Geräusche, doch trotzdem hörte er den sich nähernden Motorenlärm. Er hatte schon vorher einen Motor gehört, aber der war stehen geblieben, wahrscheinlich am Ende der East Street. Sie kamen, aber sie kamen zu spät. Der Pfad hierher war eine Meile lang, war überwuchert und rutschig. Wenn sie hier ankamen, war der Hund längst im Schacht, ertrank und transportierte dabei das Byrum sicher in das Aquädukt.

Er fand einen losen Geröllbrocken, zog ihn heraus und achtete die ganze Zeit darauf, den vibrierenden Hundekörper, den er sich um die Schultern gelegt hatte, nicht groß zu verlagern. Er rutschte auf den Knien vom Treppenrand weg und versuchte dann aufzustehen. Erst gelang es ihm nicht. Jonesys geschwollenes Hüftgelenk blockierte wieder.

Schließlich richtete er sich mit einem Ruck auf, obwohl es unglaublich wehtat und ihm dieser Schmerz bis in die Zähne und Schläfen fuhr.

So stand er einen Moment lang da und hob Jonesys schmerzendes rechtes Bein etwas an, wie ein Pferd, das sich einen Stein in den Huf getreten hatte, und stützte sich dabei an der verschlossenen Tür des Schachthauses ab. Als der Schmerz etwas nachließ, schlug er mit dem Stein das Fenster links neben der Tür ein. Dabei bekam Jonesys Hand mehrere Schnittwunden ab, auch eine tiefe. Einige gesprungene Glasstücke blieben oben lose im Fensterrahmen hängen, und es sah aus wie ein Billig-Schafott, aber das beachtete er alles nicht. Und er bekam auch nicht mit, dass Jonesy endlich doch sein Schlupfloch verlassen hatte.

Mr Gray zwängte sich durch den Fensterrahmen, stürzte auf den kalten Betonboden und sah sich um.

Er befand sich in einem rechteckigen, etwa zehn mal zehn Meter großen Raum. Gegenüber sah man durch ein Fenster, das bei gutem Wetter sicherlich einen atemberaubenden Blick auf den See bot, nur Weiß, als wäre ein Laken davor gespannt. Daneben stand etwas, das wie ein riesiger Stahlkübel aussah und rot übertupft war – nicht mit Byrus, sondern mit einem Oxid, das laut Jonesys Unterlagen »Rost« hieß. Mr Gray wusste es nicht mit Sicherheit, nahm aber an, dass man mit diesem Kübel Menschen in den Schacht hinablassen konnte, sollte irgendein Notfall das erfordern.

Der runde Eisendeckel, der gut anderthalb Meter maß, ruhte mitten im Raum auf dem Schacht. Mr Gray entdeckte an seinem Rand eine rechteckige Kerbe und schaute sich um. An der Wand standen einige Werkzeuge. Inmitten der Glasscherben des zerbrochenen Fensters stand dort auch eine Brechstange. Es war gut möglich, dass es eben die war, mit der die Russin ihren Selbstmord vorbereitet hatte.

Was man so hört, dachte Mr Gray, *werden die Leute in Boston so um den Valentinstag rum diesen letzten Byrum in ihrem Morgenkaffee trinken.*

Er packte die Brechstange, humpelte unter Schmerzen in

die Mitte des Raums, wobei sein Atem in kalten, weißen Schwaden vor ihm in der Luft stand, und steckte dann das gebogene Ende des Werkzeugs in die Kerbe des Deckels.

Es passte pefekt.

11

Henry knallt den Hörer auf, holt tief Luft ... und läuft dann zu der Tür, auf der sowohl BÜRO als auch PRIVAT steht.

»He!«, quakt die alte Reenie Gosselin an der Kasse. »Komm zurück, Junge! Da darfst du nicht rein!«

Henry bleibt nicht stehen, wird nicht einmal langsamer, und als er dann die Tür aufreißt, merkt er, dass er tatsächlich ein kleiner Junge ist, mindestens einen Kopf kleiner als später dann, und er hat zwar eine Brille auf, aber sie ist längst nicht so schwer wie seine späteren. Er ist ein Kind, aber unter dem ganzen flauschigen Haar (das auch ein bisschen schütterer sein wird, wenn er einmal über die dreißig hinaus ist) hat er das Gehirn eines Erwachsenen. *Ich bin ja wie ein brauner Bär, innen mit Karamellkern,* denkt er, und als er in das Büro des alten Gosselin platzt, kichert er wie blöde – er lacht, wie sie damals immer gelacht haben, als die Fäden des Traumfängers noch näher an seiner Mitte waren und Duddits ihnen die Stifte weitersteckte. *Ich wäre fast geplatzt,* haben sie immer gesagt; *ich wäre fast geplatzt, so ein Brüller war das.*

Er rennt in das Büro, aber es ist nicht das Büro des alten Gosselin, in dem ein Mann, der Owen Underhill hieß, einst einem Mann, der nicht Abraham Kurtz hieß, ein Tonband vorgespielt hatte, auf dem die Grauen mit den Stimmen prominenter Menschen sprachen; es ist ein Flur, ein Krankenhauskorridor, und Henry ist nicht im Mindesten erstaunt darüber. Es ist das Allgemeinkrankenhaus in Boston. Er hat es erschaffen.

Es ist feucht hier und kälter, als es auf dem Korridor eines Krankenhauses sein sollte, und die Wände sind mit Byrus überwuchert. Irgendwo stöhnt jemand: *Ich will dich nicht, ich will auch keine Spritze, ich will Jonesy. Jonesy hat Duddits gekannt, Jonesy ist gestorben, ist im Krankenwagen gestorben, Jonesy ist der Einzige, den ich will. Bleib weg, knutsch mir die Kimme, ich will Jonesy.*

Aber er wird nicht wegbleiben. Er ist der schlaue alte Mr Tod, und er wird nicht wegbleiben. Er hat hier was zu erledigen.

Er geht ungesehen den Flur entlang, in dem es so kalt ist, dass er seinen Atem sehen kann, ein Junge in einer orangefarbenen Jacke, aus der er bald herauswachsen wird. Er hätte jetzt gern das Gewehr dabei, das ihm Petes Dad geliehen hat, aber dieses Gewehr ist weg, begraben unter den Jahren wie Jonesys Telefon mit dem Krieg-der-Sterne-Aufkleber drauf (wie sie ihn alle um dieses Telefon beneidet haben …) und Bibers Jacke mit den vielen Reißverschlüssen und Petes Pulli mit dem NASA-Logo auf der Brust. Begraben unter den Jahren. Manche Träume sterben und lösen sich auf, das ist auch so eine bittere Wahrheit dieser Welt. Und wie viele solche bittere Wahrheiten es doch gibt.

Er geht an zwei plaudernden, lachenden Krankenschwestern vorbei – eine ist Josie Rinkenhauer, jetzt als Erwachsene, und die andere ist die Frau auf dem Polaroidfoto, das sie damals durch das Fenster im Büro der Gebrüder Tracker gesehen haben. Sie sehen ihn nicht, denn für sie ist er nicht hier; er ist jetzt im Traumfänger und läuft an einem Faden zum Mittelpunkt zurück. *Ich bin der Eiermann,* denkt er. *Die Welt hing schief, die Zeit gerann, doch nichts hielt auf den Eiermann.*

Henry ging über den Korridor in die Richtung, aus der er Mr Grays Stimme hörte.

12

Kurtz hörte es durch das zerschossene Fenster ganz deutlich: das stotternde Rattern von automatischem Gewehrfeuer. Das löste bei ihm ein altes Unbehagen und eine alte Ungeduld aus: Er war wütend, dass die Schießerei schon ohne ihn losgegangen war, und fürchtete, sie würde vorüber sein, ehe er eintraf, und die Verwundeten würden dann nur noch nach den Sanitätern rufen.

»Geben Sie Gas, Freddy.« Direkt vor Kurtz schnarchte sich Perlmutter immer tiefer ins Koma hinein.

»Es ist ziemlich glatt hier, Boss.«

»Geben Sie trotzdem Gas. Ich habe so das Gefühl, dass wir fast –«

Er sah einen rosa Fleck aus dem reinweißen Schneevorhang auftauchen, wie Blut, das unter Rasierschaum hervorsickerte, und dann hatten sie den verunglückten Subaru direkt vor sich, den Kühler in den Boden gerammt und das Heck in die Luft ragend. In den folgenden Momenten nahm Kurtz alles zurück, was er je an Schlechtem über Freddys Fahrkünste gedacht hatte. Sein zweiter Mann riss einfach das Lenkrad nach rechts und gab Vollgas, als der Humvee wegschlitterte. Der überbreite Jeep fing sich wieder und sprang über die Lücke in der Straße. Er landete polternd und mit lautem Krach. Kurtz wurde hochgeschleudert und stieß sich so heftig den Kopf, dass er Sterne sah. Perlmutters Arme schlackerten wie die einer Leiche; sein Kopf plumpste nach hinten, dann nach vorn. Der Humvee war so knapp am Subaru vorbeigerauscht, dass er dessen offen stehende Beifahrertür mitgerissen hatte. Jetzt brauste er weiter, nur noch einer relativ frischen Autospur folgend.

Jetzt mach ich dir die Hölle heiß, Owen, dachte Kurtz. *Jetzt mach ich dir die Hölle heiß, und dann werden deine blauen Augen verschmoren.*

Das Einzige, was ihm Kopfzerbrechen bereitete, war dieser Feuerstoß. Was war denn da los gewesen? Was es auch war, es hatte sich nicht wiederholt.

Dann, vor ihnen, noch so ein Fleck im Schnee. Diesmal olivgrün. Es war der andere Hummer. Sie saßen wahrscheinlich nicht mehr drin, aber –

»Entsichern und durchladen«, sagte Kurtz zu Freddy. Seine Stimme klang nur ein klein wenig schrill. »Jetzt präsentieren wir die Rechnung.«

13

Als Owen an der Stelle ankam, an der die East Street endete (oder, je nach Sicht des Betrachters, in die Fitzpatrick Road überging, die sich in nordöstliche Richtung davonschlängelte), konnte er Kurtz schon hinter sich hören und ging davon aus, dass auch Kurtz ihn hören konnte – diese Humvees waren zwar nicht so laut wie eine Harley, aber doch alles andere als leise.

Jonesys Stiefelabdrücke waren jetzt völlig verschwunden, aber Owen entdeckte den Pfad, der von der Straße ans Ufer und dann daran entlangführte.

Er schaltete den Motor ab. »Henry, es sieht so aus, als müssten wir ab hier gehen –«

Owen verstummte. Er hatte sich zu sehr auf das Fahren konzentriert, um sich umzusehen oder auch nur im Rückspiegel nachzusehen, und war nicht darauf vorbereitet, was er da sah. Und er war entsetzt darüber.

Henry und Duddits saßen in einer, wie Owen zunächst dachte, letzten Umarmung des Todes da, die stoppeligen Wangen aneinander geschmiegt, die Augen geschlossen, die Gesichter und Jacken mit Blut beschmiert. Er sah sie nicht atmen und dachte wirklich, sie wären da zusammen gestorben – Duddits an Leukämie und Henry wahrscheinlich an einem Herzinfarkt, den die Erschöpfung und die unablässige Anspannung der vergangenen gut dreißig Stunden ausgelöst hatten –, und dann sah er ihre Augenlider leicht zucken.

Einander im Arm haltend. Mit Blut besprenkelt. Aber nicht tot. Sie schliefen.

Sie träumten.

Owen rief Henry beim Namen und überlegte es sich dann anders. Henry hatte sich in Jefferson Tract geweigert, das Lager zu verlassen, ohne vorher die Internierten zu befreien, und sie waren zwar davongekommen, aber nur dank schierem Dusel ... oder dank der Vorsehung, wenn man denn an so etwas glaubte. Nichtsdestotrotz hatten sie sich damit Kurtz auf den Hals gehetzt, der wie eine Klette an ihnen hing, und jetzt war er ihnen viel näher, als er es gewesen wäre, wären Owen und Henry einfach nur im Schneesturm davongeschlichen.

Na ja, ich würde es immer wieder so machen, dachte Owen, machte seine Tür auf und stieg aus. Im Norden, fern im weißen Tosen des Sturms, beschwerte sich ein Adler über das Wetter. Hinter sich, im Süden, hörte er Kurtz näher kommen, diesen lästigen Wahnsinnigen. In diesem Scheiß-Schnee konnte man unmöglich sagen, wie nah er schon war. Der Schnee fiel so heftig und in solchen Mengen, dass er wie ein Schalldämpfer wirkte. Es konnten zwei Meilen sein oder auch viel weniger. Er würde Freddy dabeihaben, Freddy, den perfekten Soldaten, den Dolph-Lundgren-Verschnitt aus der Hölle.

Owen ging schlitternd zur Rückseite des Wagens, verfluchte den Schnee und machte die Ladeklappe des Humvee auf, erwartete automatische Waffen und hoffte auf einen tragbaren Raketenwerfer. Sie hatten keinen Raketenwerfer dabei und auch keine Granaten, dafür aber vier Maschinengewehre Typ MP5 und einen Karton langer, bananenförmiger Magazine à hundertzwanzig Schuss.

Im Lager hatte er sich Henrys Willen gebeugt, und vermutlich hatten sie dadurch sogar einigen Menschen das Leben gerettet, aber Owen würde kein zweites Mal nach Henrys Pfeife tanzen; wenn er für die gottverdammte Porzellanplatte der Rapeloews jetzt noch nicht genug gezahlt hatte, dann musste er eben mit der Schuld leben. Aber auch das nicht mehr lange, wenn es nach Kurtz ging.

Henry war entweder eingeschlafen, bewusstlos oder mit seinem sterbenden Kindheitsfreund auf eigenartige Weise geistig vereint. Owen würde ihn nicht stören. Wäre er wach und ihm zur Seite, dann würde Henry vielleicht vor dem zurückschrecken, was jetzt zu tun war, zumal wenn Henry Recht mit der Annahme hatte, dass sein Freund Jonesy noch am Leben war und sich in dem Gehirn versteckte, das der Außerirdische jetzt kontrollierte. Owen würde nicht davor zurückschrecken ... und da seine telepathischen Fähigkeiten verschwunden waren, würde er Jonesy auch nicht um sein Leben betteln hören, wenn er denn noch da drin war. Die Glock-Pistole war eine gute Waffe, reichte aber nicht.

Das MP5 würde Gary Jones zerpflücken.

Owen nahm sich eins der Gewehre und noch drei Reservemagazine, die er sich in die Parkataschen steckte. Kurtz war jetzt nah, war nah und kam immer näher. Er schaute hinter sich auf die East Street und rechnete fast damit, dass der zweite Humvee dort wie ein grünbrauner Geist aus dem Schnee auftauchte, aber bisher war da nichts. Gelobt sei der Herr, wie Kurtz gesagt hätte.

Die Fenster des Hummer waren schon fast zugeschneit, aber er konnte die schemenhaften Umrisse zweier Menschen auf der Rückbank noch erkennen, als er im Laufschritt am Wagen vorbeikam. Sie hielten einander immer noch fest umarmt. »Lebt wohl, Jungs«, sagte er. »Schlaft schön.« Und mit etwas Glück würden sie noch schlafen, wenn Kurtz und Freddy kamen und ihrem Leben ein Ende setzten, ehe sie weiter ihrem Hauptziel nachjagten.

Owen blieb unvermittelt stehen, rutschte dabei im Schnee weg und hielt sich an der langen Motorhaube des Humvee fest. Duddits war eindeutig ein hoffnungsloser Fall, aber Henry Devlin konnte er vielleicht retten. Es war machbar.

Nein!, schrie eine Stimme in seinem Kopf, als er zurück zur Hintertür ging. *Nein, dafür bleibt keine Zeit!*

Aber Owen beschloss, darauf zu setzen, dass noch Zeit war – das Schicksal der ganzen Welt darauf zu setzen. Vielleicht, um noch ein wenig mehr Buße zu tun für die Porzellanplatte der Rapeloews. Vielleicht auch als Buße dafür, was er am Vortag getan hatte (diese nackten grauen Gestalten, wie sie um ihr abgestürztes Schiff herumgestanden und die Arme gehoben hatten, wie um sich zu ergeben); wahrscheinlich aber nur um Henrys willen, der ihm geweissagt hatte, sie würden Helden sein, und dann alles unternommen hatte, dieses Versprechen zu erfüllen.

Nichts da mit Mitgefühl mit dem Teufel, dachte er und riss die Hintertür auf. *Nein, sein Mitgefühl kann sich dieses Schwein echt in den Arsch stecken.*

Duddits saß ihm am nächsten. Owen packte ihn am Kragen seines mächtigen blauen Parkas und zerrte daran. Duddits purzelte seitlich auf den Sitz. Die Kappe fiel ihm vom

Kopf und entblößte seine schimmernde Glatze. Henry, der Duddits immer noch umarmt hielt, landete auf ihm drauf. Er schlug die Augen nicht auf, stöhnte aber leise. Owen beugte sich vor und flüsterte ihm hektisch ins Ohr.

»Nicht aufsetzen! Um Gottes willen, Henry, bleib jetzt bloß liegen!«

Owen schloss die Tür wieder, trat drei Schritte zurück, legte das MG in der Hüfte an und feuerte. Die Fenster des Humvee zersplitterten und sanken dann in sich zusammen. Patronenhülsen fielen Owen klackernd vor die Füße. Er trat wieder vor und schaute durch das zerschossene Fenster auf die Rückbank. Henry und Duddits lagen immer noch da, nun nicht mehr nur mit Duddits' Blut, sondern auch noch mit Krümeln von Sicherheitsglas bedeckt, und für Owen sahen sie wie die totesten Toten aus, die er je gesehen hatte. Owen hoffte, Kurtz würde zu sehr in Eile sein, um sich das genau anzusehen. Jedenfalls hatte er getan, was er konnte.

Er hörte einen lauten, metallischen Knall und musste grinsen. Jetzt wusste er, wo Kurtz war – an dem weggeschwemmten Straßenstück, an dem der Subaru verreckt war. Er wünschte sich inständig, Kurtz und Freddy wären mit voller Wucht auf den Subaru aufgefahren, aber so laut war der Knall leider nicht gewesen. Aber immerhin wusste er jetzt, wo sie waren. Mindestens eine Meile entfernt. Das war nicht so schlimm, wie er erwartet hatte.

»Mir bleibt noch genug Zeit«, murmelte er, und hinsichtlich Kurtz' mochte das stimmen, aber was war mit dem anderen? Wo war Mr Gray?

Das MP5 im Anschlag, den Riemen über der Schulter, lief Owen zu dem Pfad, der zu Schacht zwölf führte.

14

Mr Gray hatte noch ein weiteres unschönes menschliches Gefühl entdeckt: Panik. Da war er so weit gereist – Lichtjahre durchs All und hunderte Meilen durch den Schnee –, um dann an Jonesys schwachen, nicht trainierten Muskeln zu scheitern und an dem eisernen Schachtdeckel, der viel schwerer war, als er sich das vorgestellt hatte. Er zerrte an der Brechstange, bis Jonesys Muskeln gequält protestierten ... und wurde diesmal mit einer Spur Dunkelheit belohnt, die unter dem Rand des rostigen Eisendeckels auftauchte. Und mit einem knirschenden Geräusch, als sich der Deckel ein wenig – höchstens zwei, drei Zentimeter – auf dem Betonboden bewegte. Dann verkrampfte sich Jonesys untere Rückenmuskulatur, und Mr Gray strauchelte von dem Schacht fort und schrie durch zusammengebissene Zähne (da er immun war, hatte Jonesy noch ein vollständiges Gebiss) und hielt Jonesys Lendenwirbelsäule, wie um sie am Platzen zu hindern.

Lad heulte mehrfach auf. Mr Gray schaute hinüber und sah, dass die Dinge an einem kritischen Punkt angelangt waren. Lad schlief zwar noch, aber sein Unterleib war derart grotesk geschwollen, dass eines seiner Hinterbeine steif in die Luft ragte. Die Haut über seinem Bauch war zum Platzen gespannt, und in den Adern, die sich darauf abzeichneten, pochte es hektisch. Und unter seinem Schwanz rann ein hellrotes Blutrinnsal hervor.

Mr Gray schaute mit scheelem Blick zu der Brechstange hinüber, die aus der Kerbe in dem Eisendeckel ragte. In Jonesys Fantasie war die Russin eine schlanke Schönheit mit schwarzem Haar und dunklen, melancholisch blickenden Augen gewesen. In Wirklichkeit, dachte Mr Gray, war sie wahrscheinlich eher breitschultrig und muskulös gewesen. Wie hätte sie denn sonst –

Gewehrfeuer, beängstigend nah. Mr Gray keuchte und sah sich um. Dank Jonesy war nun auch die menschliche Form der Korrosion, der Zweifel, auf ihn übergegangen, und zum ersten Mal ging ihm auf, dass er vielleicht gescheitert war – ja, selbst hier, seinem Ziel so nah, dass er es schon hören konnte, das rauschende Wasser, das hier seine Sechzig-Meilen-Reise begann. Und von dieser ganzen Welt trennte das Byrum einzig und alleine noch eine runde Eisenplatte, die über einen Zentner wog.

Leise eine verzweifelte Litanei von Biberflüchen ausstoßend, eilte Mr Gray los, und Jonesys versagender Körper zuckte dabei auf dem defekten Dreh- und Angelpunkt seines rechten Hüftgelenks vor und zurück. Einer von ihnen kam hierher, es war dieser Owen, und Mr Gray wagte nicht zu glauben, dass er Owen dazu bringen konnte, die Waffe gegen sich selbst zu richten. Wenn er Zeit und das Überraschungsmoment auf seiner Seite gehabt hätte – dann vielleicht. Aber jetzt hatte er weder das eine noch das andere. Und dieser Mann, der da kam, war ein ausgebildeter Mörder; das war sein Beruf.

Mr Gray sprang hoch. Es folgte ein sehr vernehmliches Knacken, als Jonesys überlastete Hüfte aus der geschwollenen Gelenkpfanne, die sie gehalten hatte, brach. Mr Gray stürzte mit der Wucht von Jonesys ganzem Körpergewicht auf die Brechstange. Der Deckel hob sich wieder und rutschte diesmal gut dreißig Zentimeter beiseite. Das sichelförmige Loch, in das die Russin hinabgeglitten war, zeigte sich. »Sichelförmig« war schon fast übertrieben; es ähnelte eher einem großen C, gezogen von einer Kalligraphiefeder ... aber für den Hund reichte es.

Jonesys Bein konnte Jonesy nicht mehr tragen (und wo war Jonesy denn überhaupt? Seine Nervensäge von Wirt hatte immer noch keinen Piep von sich gegeben), aber das war nicht weiter schlimm. Es reichte jetzt, wenn er kriechen konnte.

Mr Gray arbeitete sich auf diese Weise quer über den Betonboden zu dem schlafenden Border Collie vor, packte Lad am Halsband und fing an, ihn zum Schacht zwölf zu schleifen.

15

Der Gedächtnissaal – dieses riesenhafte Kartonlager – steht ebenfalls kurz vor dem Einsturz. Der Boden schwankt wie bei einem unaufhörlichen, langsamen Erdbeben. Die Neonröhren unter der Decke flackern, was in der riesigen Halle halluzinativ wirkt. Hohe Kartonstapel sind umgestürzt, versperren an einigen Stellen die Korridore.

Jonesy läuft, so schnell er kann. Er rennt von einem Korridor zum nächsten, lässt sich allein von seinem Instinkt durch dieses Labyrinth leiten. Er sagt sich immer wieder, er solle nicht auf seine verdammte Hüfte achten, er sei jetzt sowieso nur noch reiner Geist, aber das ist, als würde ein Amputierter sein abgesägtes Bein dazu bringen wollen, dass es nicht so pocht. Er läuft an Kisten mit der Aufschrift Erster Weltkrieg, Collegequerelen, Kindergeschichten und Inhalt Wandschrank oben vorbei. Er springt über ein paar umgestürzte Kisten, auf denen Carla steht, landet auf seinem schmerzenden Bein und schreit vor Schmerz auf. Er hält sich an Kisten (mit der Aufschrift Gettysburg) fest, um nicht hinzufallen; und endlich sieht er das andere Ende der Lagerhalle. Gott sei Dank; ihm kommt es vor, als wäre er meilenweit gelaufen.

Auf der Tür steht Intensivstation, Ruhe bitte, Besuch nur mit Besucherausweis, und ja, genau: Hierhin haben sie ihn gebracht, hier ist er aufgewacht und hat den schlauen alten Mr Tod gehört, der so getan hat, als würde er nach Marcy rufen.

Jonesy reißt die Tür auf, läuft weiter und befindet sich in einer anderen Welt, die er gleich wiedererkennt: der blauweiß gestrichene Korridor auf der Intensivstation, auf dem er vier Tage nach seiner Operation unter Schmerzen seine ersten täppischen Schritte machte. Er strauchelt ein paar Meter weit in den Korridor vor, und dann sieht er den Byrus an den Wänden wachsen und hört die Musikberieselung, ein Stück, das nun wirklich nicht in ein Krankenhaus passt; es ist zwar leise gestellt, aber doch eindeutig *Sympathy for the Devil* von den Rolling Stones.

Er hat eben erst den Song erkannt, da explodiert etwas in seiner Hüfte. Jonesy schreit erschreckt auf, fällt auf den schwarzroten Fliesenboden und legt beide Hände darauf. Es ist wieder genau wie kurz nach dem Unfall: eine Explosion grellroter Qual. Er windet sich, schaut hoch zu den grellen Leuchtstoffröhren, den runden Lautsprechern, aus denen die Musik *(»Anastasia screamed in vain«)* kommt, Musik aus einer anderen Welt. Der Schmerz ist so intensiv, dass er *alles andere* in eine andere Welt versetzt, Schmerz macht alles zunichte und verhöhnt sogar die Liebe, das hat er im März gelernt und muss es jetzt wieder erfahren. Er windet sich und windet sich, beide Hände auf der geschwollenen Hüfte, mit vortretenden Augen, den Mund weit aufgerissen, und er weiß schon, was los ist: Mr Gray. Dieses Schwein Mr Gray hat ihm wieder die Hüfte gebrochen.

Dann, in weiter Ferne, in dieser anderen Welt, hört er eine Stimme, die er kennt, die Stimme eines Jungen.

Jonesy!

Widerhallend, verzerrt ... aber so weit gar nicht weg. Nicht auf diesem Flur, aber auf einem der anschließenden. Wessen Stimme ist das? Die eines seiner Söhne? John vielleicht? Nein –

Jonesy, du musst dich beeilen! Er kommt und will dich umbringen! Owen kommt und will dich umbringen!

Er weiß nicht, wer Owen ist, aber er weiß, wessen Stimme das ist: die von Henry Devlin. Aber sie ist nicht so, wie sie war, als er Henry zuletzt gesehen hat – als er mit Pete zu Gosselin's aufgebrochen ist; es ist die Stimme, die Henry in seiner Jugend hatte, die Stimme, mit der er zu Richie Grenadeau gesagt hat, sie würden ihn verpetzen, wenn er nicht aufhörte, und dass Richie und seine Freunde Pete nie einkriegen würden, denn der sei schnell wie der *Wind*.

Ich kann nicht!, ruft er zurück, sich immer noch auf dem Boden windend. Er merkt, dass etwas anders geworden ist, immer noch anders wird, weiß aber nicht, was es ist. *Ich kann nicht, er hat mir wieder die Hüfte gebrochen, dieses Schwein hat mir –*

Und dann wird ihm klar, was da mit ihm vorgeht: *Der Schmerz verläuft umgekehrt.* Es ist, als würde er einem Video beim Zurückspulen zusehen: Die Milch fließt aus dem Glas wieder hoch in die Tüte, die Blume, die durch das Wunder der Zeitrafferfotografie erblühen sollte, schließt stattdessen wieder ihren Kelch.

Die Ursache hierfür wird ihm klar, als er an sich herunterschaut und die helle orangefarbene Jacke sieht, die er anhat. Es ist die Jacke, die ihm seine Mutter für seinen ersten Jagdausflug eigens bei Sears gekauft hat, den Jagdausflug, bei dem Henry einen Hirsch erlegt hat und sie alle gemeinsam Richie Grenadeau und seine Freunde zur Strecke gebracht haben, sie totgeträumt haben – sie haben es nicht gewollt, es aber trotzdem getan.

Er ist wieder ein Kind, ein dreizehn Jahre alter Junge, und der Schmerz ist verschwunden. Und wieso sollte ihm auch irgendwas wehtun? Seine Hüfte wird ja erst in dreiundzwanzig Jahren gebrochen. Und dann geht ihm alles auf: In Wirklichkeit hat es nie einen Mr Gray gegeben; Mr Gray haust in dem Traumfänger und nirgendwo sonst. Er ist kein bisschen realer als der Schmerz in seiner Hüfte. *Ich war immun dagegen*, denkt er und steht auf. *Der Byrus hat mir nichts anhaben können. Was ich da im Kopf habe, ist nicht nur eine Erinnerung, das nicht, sondern ein richtiger Geist in der Maschine. Er ist ich. Ach du lieber Gott, Mr Gray – das bin ich!*

Jonesy steht schnell auf und läuft los und fliegt fast aus der Bahn, als er um eine Ecke rast. Aber er bleibt auf den Beinen, er ist so beweglich und schnell, wie nur ein Dreizehnjähriger es sein kann, und er hat keine Schmerzen, überhaupt keine Schmerzen.

Den nächsten Korridor erkennt er. Dort steht eine abgestellte Trage mit einer Bettpfanne drauf. Und daran vorbei geht leichtfüßig der Hirsch, den er an jenem Tag, kurz vor seinem Unfall, in Cambridge gesehen hat. Er hat einen Riemen um den samtigen Hals, und daran hängt wie ein riesiges Amulett Jonesys magischer Achterball. Jonesy läuft an dem Hirsch vorbei, und der schaut ihm ruhig und verwundert hinterher.

Jonesy!
Nah jetzt. Ganz nah.
Jonesy! Beeil dich!
Jonesy verdoppelt sein Tempo, seine Füße fliegen nur so, seiner jungen Lunge macht das alles nichts, er hat keinen Byrus, denn er ist immun, es gibt da keinen Mr Gray, zu-

mindest nicht in ihm drin, Mr Gray ist in dem Krankenhaus und war es auch immer, Mr Gray ist wie ein amputiertes Bein, das man immer noch spürt, man würde schwören, es sei noch da, Mr Gray ist der Geist in der Maschine, und dieser Geist liegt an einem Lebenserhaltungssystem, und dieses Lebenserhaltungssystem ist Jonesy.

Er biegt wieder um eine Ecke. Hier gibt es drei Türen, die alle offen stehen. Dahinter, an der vierten Tür, die als einzige verschlossen ist, steht Henry. Henry ist dreizehn, wie Jonesy auch; Henry trägt eine orangefarbene Winterjacke, wie Jonesy auch. Die Brille ist ihm wie üblich auf die Nasenspitze gerutscht, und er winkt ihn hastig herbei.

Beeil dich! Mach schnell, Jonesy! Er hält nicht mehr lange durch! Er kann uns nicht mehr zusammenhalten! Wenn er stirbt, ehe wir Mr Gray töten –

Er kommt bei Henry an der Tür an. Er will ihn in die Arme schließen, aber dafür ist keine Zeit.

Das ist alles meine Schuld, sagt er zu Henry, und seine Stimme klingt so hoch wie seit Jahren nicht mehr.

Nein, das stimmt nicht, sagt Henry. Er sieht Jonesy mit seiner alten Ungeduld an, die Jonesy, Pete und Biber schon als Kinder immer beeindruckt hat – Henry schien ihnen immer einen Schritt voraus zu sein, wirkte immer drauf und dran, in die Zukunft davonzupreschen und die anderen hinter sich zurückzulassen. Es kam ihnen immer vor, als hielten sie ihn von irgendwas ab.

Aber –

Dann könntest du genauso gut behaupten, Duddits hätte Richie Grenadeau ermordet, und wir seien dabei seine Komplizen gewesen. Er war, was er war, Jonesy, und er hat uns zu dem gemacht, was wir sind ... aber das war keine Absicht. Absichtlich konnte er sich höchstens mal die Schuhe zubinden, weißt du nicht mehr?

Und Jonesy denkt: *Was mahn? Pass nich?*

Henry ... ist Duddits –

Für uns hält er noch durch, Jonesy, das habe ich dir doch gesagt. Er hält uns zusammen.

In dem Traumfänger.

Genau. Wollen wir jetzt also hier auf dem Flur stehen und diskutieren, während genau jetzt die ganze Welt den Bach runtergeht, oder wollen wir –

Das Schwein machen wir kalt, sagt Jonesy und greift zum Türknauf. Oben an der Tür steht auf einem Schild KEINE ANSTECKUNGSGEFAHR – IL N'Y A PAS D'INFECTION ICI, und plötzlich sieht er diesen Text mit ganz anderen Augen. Es ist wie mit einer dieser optischen Täuschungen von M. C. Escher. Von einem bestimmten Gesichtspunkt aus ist es wahr und von einem anderen Gesichtspunkt aus gleichzeitig die abscheulichste Lüge des Universums.

Traumfänger, denkt Jonesy und dreht den Türknauf.

Der Raum hinter der Tür ist ein Byrus-Gewächshaus, ein albtraumhafter Dschungel, überwuchert von Ranken und Reben und Lianen, die sich zu blutroten Zöpfen ineinander geflochten haben. Es stinkt nach Schwefel und Äthylalkohol, der Gestank von Startfix, das man an einem kalten Januarmorgen in einen bockigen Vergaser sprüht. Wenigstens müssen sie sich hier nicht auch noch vor irgendwelchen Kackwieseln vorsehen; das ist in einem anderen Faden des Traumfängers, an einem anderen Ort und zu einer anderen Zeit. Das Byrum ist jetzt Lads Problem; er ist ein Border Collie mit eher düsteren Zukunftsaussichten.

Der Fernseher ist an, und obwohl die Mattscheibe mit Byrus überwuchert ist, dringt geisterhaft ein Schwarzweißbild durch. Ein Mann schleift einen toten Hund über einen Betonboden. Der Boden ist staubig und mit trockenem Herbstlaub übersät, und es sieht aus wie in einer Gruft in einem Horrorfilm aus den Fünfzigerjahren, die Jonesy immer noch gerne auf Video anschaut. Aber das hier ist keine Gruft; dumpf hört man Wasser rauschen.

In der Mitte des Bodens befindet sich ein rostiger runder Deckel, auf dem MWRA eingeprägt ist – *Massachusetts Water Resources Authority.* Trotz der roten Fusseln auf dem Bildschirm sind diese Lettern deutlich zu erkennen. Natürlich sind sie das. Für Mr Gray – der als eigenständiges Wesen schon damals in ihrer Hütte gestorben ist – bedeuten sie alles.

Sie bedeuten ihm, sozusagen, die Welt.

Der Schachtdeckel ist ein wenig beiseite geschoben, und durch den sichelförmigen Schlitz sieht man in die absolute Dunkelheit. Der Mann, der da den Hund über den Boden schleift, ist er selbst, das wird Jonesy bewusst, und der Hund ist auch noch nicht ganz tot. Er zieht eine Spur aus schaumigem, rosafarbenem Blut auf dem Beton hinter sich her, und seine Hinterläufe zucken, paddeln förmlich.

Lass doch den Film, raunzt ihn Henry an, und Jonesy richtet sein Augenmerk auf die Gestalt im Bett, auf das graue Ding, das sich die mit Byrus überwucherte Decke bis zur Brust hochgezogen hat, die nur porenlose, unbehaarte Haut ohne Brustwarzen ist. Wegen der Decke kann er das zwar nicht sehen, aber Jonesy weiß auch so, dass da kein Bauchnabel ist, denn dieses Ding wurde nie geboren. Es sieht aus, wie sich Kinder eben einen Außerirdischen vorstellen, und wurde direkt den unbewussten Vorstellungen der Menschen nachempfunden, die als Erste mit dem Byrum in Kontakt kamen. Als Wesen im eigentlichen Sinne, als Aliens, ETs, hat es sie nie gegeben. Die Grauen sind als körperhafte Wesen immer erst aus der menschlichen Fantasie erstanden, aus dem Traumfänger, und das zu wissen erleichtert Jonesy sehr. Er ist nicht der Einzige, der sich hat täuschen lassen. Wenigstens das.

Und noch etwas gefällt ihm sehr: der Blick in diesen fürchterlichen schwarzen Augen. Die Furcht darin.

16

»Ich bin bereit«, sagte Freddy leise, als er hinter dem Humvee hielt, den sie über hunderte Meilen verfolgt hatten.

»Ausgezeichnet«, sagte Kurtz. »Erkunden Sie das Fahrzeug. Ich gebe Ihnen Deckung.«

»Okay.« Freddy sah zu Perlmutter hinüber, dem wieder der Bauch schwoll, und dann zu Owens Jeep. Jetzt war offensichtlich, warum sie vorhin Gewehrfeuer gehört hatten: Der Humvee sah ziemlich zerschossen aus. Fragte sich nur, wer hier ausgeteilt und wer eingesteckt hatte. Fußspuren führten vom Humvee fort, lösten sich bald in dem heftigen Schneefall auf, waren aber hier vorn noch deutlich zu erkennen. Ein Paar Stiefelabdrücke. Wahrscheinlich von Owen.

»Los, Freddy!«

Freddy trat hinaus in den Schnee. Kurtz glitt hinter ihm aus dem Wagen, und Freddy hörte ihn seine Dienstpistole durchladen. Jetzt hing sein Leben von dieser Pistole ab. Tja, vielleicht war das schon in Ordnung; Kurtz wusste schließlich damit umzugehen, das stand außer Frage.

Freddy lief es kalt den Rücken hinunter, als hätte Kurtz die Pistole genau darauf gerichtet. Aber das war ja lächerlich, nicht wahr? Auf Owen, ja, aber Owen war eben auch anders. Owen hatte die Grenze überschritten.

Freddy eilte geduckt zum Hummer, das Sturmgewehr im Anschlag. Es gefiel ihm nicht, Kurtz im Rücken zu haben, keine Frage. Nein, das gefiel ihm überhaupt nicht.

17

Als sich die beiden Jungs dem überwucherten Bett nähern, drückt Mr Gray mehrfach auf den Knopf für die Schwestern, aber nichts passiert. *Die ganze Anlage ist mit Byrus verstopft*, denkt Jonesy. *So ein Pech aber auch, Mr Gray – das ist aber wirklich zu schade.* Er schaut zum Fernseher hinüber und sieht, dass sein Film-Ich jetzt den Hund bis an den Rand des Schachts geschleift hat. Vielleicht kommen sie schon zu spät; vielleicht auch nicht. Man weiß es nicht. Es ist noch alles offen.

Hallo, Mr Gray, ich wollte Sie so gerne kennen lernen, sagt Henry. Dabei zieht er das mit Byrus übertupfte Kissen unter Mr Grays schmalem, ohrlosem Kopf hervor. Mr Gray versucht, zur anderen Seite des Betts zu rutschen, aber Jonesy hält ihn fest, packt die kinderdünnen Arme des Außerirdischen. Seine Haut fühlt sich weder warm noch kalt an. Sie fühlt sich eigentlich überhaupt nicht wie Haut an. Sie fühlt sich an –

Als wäre sie Luft, denkt er, *wie in einem Traum.*

Mr Gray?, sagt Henry. *So begrüßen wir Typen wie Sie auf dem Planeten Erde.* Und dann drückt er Mr Gray das Kissen aufs Gesicht.

Unter Jonesys Händen fängt Mr Gray an, sich zu wehren, versucht, um sich zu schlagen. Irgendwo piept nun hektisch eine Maschine, als ob dieses Wesen ein Herz hätte, das jetzt aufgehört hat zu schlagen.

Jonesy schaut auf das sterbende Monster hinab und wünscht sich nur noch, es möge das alles doch endlich vorbei sein.

18

Mr Gray hatte den Hund bis an den Rand des Schachts geschleift, dessen Deckel er ein wenig beiseite geschoben hatte. Aus dem schmalen schwarzen Loch drang das stete dumpfe Rauschen von fließendem Wasser und ein feuchter, kalter Luftzug.

Wär's abgetan, wenn es getan, dann wär's am besten schnell getan – das stammte aus einem Karton mit der Aufschrift SHAKESPEARE. Der Hund strampelte hektisch mit den Hinterbeinen, und Mr Gray hörte Fleisch reißen, während sich das Byrum mit dem einen Ende abstieß und mit dem anderen freibiss. Unter dem Schwanz des Hundes drang jetzt das Kreischen hervor. Es hörte sich an wie ein wütender Affe. Er musste den Hund in den Schacht bekommen, ehe es sich befreien konnte; es musste zwar nicht unbedingt unter Wasser geboren werden, aber seine Überlebenschancen waren dann viel größer.

Mr Gray versuchte den Hund mit dem Kopf voran durch die Lücke zwischen Deckel und Schachtrand zu stopfen und schaffte es nicht. Der Hund hatte die wie irre grinsende Schnauze hochgereckt. Er schlief zwar noch (oder war bewusstlos), gab aber schon ein leises, gedämpftes Bellen von sich.

Und er passte nicht durch die Lücke.

»*Gekörnte Scheiße!*«, kreischte Mr Gray. Er bemerkte den wütenden Schmerz in Jonesys Hüfte kaum und bekam schon gleich gar nicht mit, dass Jonesys Gesicht verzerrt und blass war und ihm vor Anspannung und Verzweiflung Tränen in den hellbraunen Augen standen. Aber er bekam mit – bekam nur zu deutlich mit –, dass da irgendwas vor sich ging. *Irgendwas passiert da hinter meinem Rücken*, hätte Jonesy gesagt. Und wer sonst sollte denn auch dahinter stecken? Wer sonst als Jonesy, sein Wirt wider Willen?

»*Du SCHEISSTEIL!*«, kreischte er den verdammten, abscheulichen, sturen, nur ein klein wenig zu breiten Hund an. »*Du kommst da rein, hörst du? HÖRST DU –*«

Die Worte blieben ihm in der Kehle stecken. Mit einem Mal konnte er nicht mehr schreien, so sehr er auch wollte; und wie er es doch liebte, zu schreien und mit der Faust auf irgendwas einzuschlagen (und sei es ein sterbender, schwangerer Hund)! Mit einem Mal konnte er nicht mal mehr *atmen*, von schreien ganz zu schweigen! Was machte Jonesy da mit ihm?

Er rechnete nicht mit einer Antwort, aber dann kam doch eine – mit der Stimme eines Fremden, die bebte vor kalter Wut: *So begrüßen wir Typen wie Sie auf dem Planeten Erde.*

19

Dem grauen Ding in dem Krankenhausbett gelingt es, die um sich schlagenden, dreifingrigen Hände zu heben, und für einen Moment schiebt es das Kissen beiseite. Den schwarzen Augen in dem sonst keine Züge aufweisenden Gesicht sind Furcht und Zorn anzusehen. Es ringt nach Luft. Wenn man bedenkt, dass es gar nicht wirklich existiert – nicht einmal in Jonesys Gehirn, jedenfalls nicht als körperhaftes Wesen –, ringt es wirklich verzweifelt um sein Leben. Henry kann kein Mitgefühl aufbringen, kann es aber nachvollziehen. Es will, was auch Jonesy will, was Duddits will ... was auch Henry will, denn hat trotz seiner ganzen schwarzen Gedanken nicht sein Herz weitergeschlagen? Hat seine Leber nicht weiter sein Blut gewaschen? Hat sein Körper nicht weiterhin ungesehene Kriege ausgefochten gegen alles Mögliche, von der gemeinen Erkältung über Krebs bis hin zum Byrus selbst? Der Körper ist entweder dumm oder sehr, sehr weise, aber in jedem Fall bleibt ihm die fürchterliche Hexerei des Denkens erspart; er versteht es nur, sich nicht unterkriegen zu lassen und sich zu wehren, bis es nicht mehr geht. Falls Mr Gray da bisher irgendwie anders war, ist er es jetzt nicht mehr. Er will leben.

Das können Sie vergessen, sagt Henry mit ruhiger, fast einlullender Stimme. *Das wird nichts, mein Lieber.* Und wieder drückt er Mr Gray das Kissen aufs Gesicht.

20

Mr Grays Atemwege kamen wieder frei. Er atmete die kalte Schachthausluft ein ... dann noch einmal ... und dann waren seine Atemwege wieder verstopft. Sie erstickten ihn, sie brachten ihn um.

Nein! Knutscht mir die Kimme! Knutscht mir verdammt noch eins die Kimme! DAS KÖNNT IHR NICHT TUN!

Er riss den Hund wieder heraus und drehte ihn um; es war, als ob jemand, der für seinen Flug schon zu spät dran ist, versucht, einen letzten sperrigen Gegenstand in seinen Koffer zu zwängen.

So herum passt er durch, dachte er.

Ja, das würde er. Auch wenn er dazu mit Jonesys Händen den geschwollenen Bauch des Hundes platt drücken und dem Byrum gestatten musste, sich daraus zu befreien. Das verdammte Ding kam jetzt in den Schacht – so oder so.

Mit verquollenem Gesicht und vortretenden Augen, fast erstickend und mit einer dicken pochenden Ader mitten auf Jonesys Stirn, schob Mr Gray Lad mit dem Rücken voran in die Lücke und fing dann an, mit Jonesys Fäusten auf den Bauch des Hundes einzuschlagen.

Geh durch, Scheißteil, geh durch!
GEH DURCH!

21

Freddy Johnson richtete sein Sturmgewehr auf das Innere des Humvee, während Kurtz, der sich schlauerweise hinter ihm aufhielt (in dieser Hinsicht war es genau wie beim Angriff auf das Raumschiff der Grauen), abwartete, wie sich die Dinge entwickelten.

»Zwei Männer, Boss. Sieht so aus, als hätte Owen noch schnell Ballast abgeworfen.«

»Tot?«

»Sehen ziemlich tot aus. Das sind Devlin und dieser andere, den sie abgeholt haben.«

Kurtz kam zu Freddy, warf schnell einen Blick durch das zerschossene Fenster und nickte. Auch für ihn sahen sie ziemlich tot aus, zwei weiße Maulwürfe, die da beieinander auf der Rückbank lagen, von Blut und Glassplittern bedeckt. Er hob seine Dienstpistole, um da ganz sicher zu gehen – ein zusätzlicher Kopfschuss konnte nicht schaden –, und ließ sie dann wieder sinken. Owen hatte ihren Motor vielleicht nicht gehört. Der feuchte Schnee fiel in unglaublichen Mengen, wirkte wie eine akustische Decke, und das war durchaus möglich. Aber Schüsse würde er hören. Er drehte sich zu dem Pfad um.

»Gehn Sie voran, Bursche, und passen Sie auf, wohin Sie treten – sieht rutschig aus. Und wir haben immer noch das Überraschungsmoment auf unserer Seite. Das sollten wir im Hinterkopf behalten, nicht wahr?«

Freddy nickte.

Kurtz lächelte. Das verwandelte sein Gesicht in einen Totenschädel. »Mit ein wenig Glück, Bursche, ist Owen Underhill in der Hölle, ehe er auch nur merkt, dass er tot ist.«

22

Die Fernbedienung für den Fernseher, ein schwarzes, mit Byrus überwuchertes Plastikrechteck, liegt auf Mr Grays Nachttisch. Jonesy nimmt sie. Mit einer Stimme, die sich unheimlicherweise wie die des Bibers anhört, sagt er »Jetzt reicht's« und knallt sie mit aller Kraft auf die Nachttischkante. Die Fernbedienung splittert, die Batterien fliegen heraus, und Jonesy hält nur noch einen gezackten Plastikstab in der Hand.

Er greift unter das Kissen, das Henry dem um sich schlagenden Wesen aufs Gesicht drückt. Er zögert noch für einen Moment und denkt an seine erste Begegnung mit Mr Gray – seine *einzige* Begegnung mit ihm. Wie er plötzlich den Knauf der Badezimmertür in der Hand hatte, als die Achse des Schlosses gebrochen war. Dieses Gefühl von Dunkelheit, als der Schatten dieses Dings auf ihn fiel. Damals war es absolut real gewesen, so real wie Rosen und Regentropfen. Jonesy hatte sich umgedreht, und da hatte er ihn ... es ... das gesehen, was Mr Gray gewesen war, ehe er dann Mr Gray wurde ... es hatte da im großen Hauptraum ihrer Hütte gestanden. Das Thema hunderter Filme und Dokumentarsendungen über »unerklärliche Phänomene« – bloß eben alt. Alt und krank. Im Grunde schon reif für dieses Krankenhausbett hier auf der Intensivstation. *Marcy*, hatte es gesagt, hatte Jonesy dieses Wort direkt aus dem Gehirn gepflückt. Hatte es herausgezogen wie einen Korken. Und sich so ein Loch geschaffen, durch das es eindringen konnte. Und dann war es aufgeplatzt wie ein Tischfeuerwerk an Silvester, hatte statt des Konfettis Byrus versprüht, und ...

... und den Rest habe ich mir nur eingebildet. So war es doch, nicht wahr? Das war doch nur wieder ein Fall von intergalaktischer Schizophrenie, nicht wahr? Ja, im Grunde läuft es darauf hinaus.

Jonesy!, ruft Henry. *Wenn du es tun willst, dann tu es jetzt!*

Jetzt zeig ich's dir, Mr Gray, denkt Jonesy. *Mach dich bereit. Denn Rache ist –*

23

Mr Gray hatte Lad schon halb durch die Lücke gezwängt, als Jonesys Stimme plötzlich seinen Kopf erfüllte.
Jetzt zeig ich's dir, Mr Gray. Mach dich bereit. Denn Rache ist Blutwurst!

Durch Jonesys Kehle fuhr ein fürchterlicher Schmerz. Mr Gray hob Jonesys Hände und gab ein würgendes Grunzen von sich, das man nicht so recht als Schrei bezeichnen konnte. Er fühlte nicht mehr die bartstoppelige, unversehrte Haut von Jonesys Kehle, sondern sein eigenes zerfetztes Fleisch. Und vor allem empfand er ganz deutlich schockierte Fassungslosigkeit – das war das letzte von Jonesys Gefühlen, auf das er noch zurückgreifen konnte. *Das kann doch einfach nicht sein*. Sie kamen immer mit den Schiffen der Alten, diesen Artefakten; sie hoben immer, wie um sich zu ergeben, die Hände; *und jedes Mal siegten sie*. Das konnte doch einfach nicht sein.

Und doch war es so.

Das Bewusstsein des Byrums erlosch nicht, sondern löste sich eher auf. Sterbend kehrte das als Mr Gray bekannte Wesen in seinen ursprünglichen Zustand zurück. Als aus *ihm* wieder *es* wurde (und kurz bevor aus dem *es* dann *nichts* wurde), verpasste Mr Gray dem Hund einen letzten heftigen Stoß. Er rutschte weiter durch die Lücke ... fiel aber immer noch nicht in den Schacht.

Der letzte von Jonesy inspirierte Gedanke des Byrums war: *Ich hätte ihn beim Wort nehmen sollen. Ich hätte ein Mensch –*

24

Jonesy schlitzt mit dem gezackten Ende der Fernbedienung Mr Gray die nackte, lappige Kehle auf. Die Haut klafft wie ein Mund auf, und eine Wolke aus rötlich orangefarbenen Partikeln pufft heraus, färbt die Luft blutrot und geht dann als Schauer aus Staub und Fusseln auf der Tagesdecke nieder.

Mr Grays Körper zuckt unter Jonesys und Henrys Händen noch einmal wie unter einem Stromstoß zusammen. Dann vergeht er wie der Traum, der er immer war, und verwandelt sich dabei in etwas Vertrautes. Jonesy ist es für einen Moment nicht klar, aber dann geht es ihm auf. Mr Grays Überreste sehen aus wie eines der hingeworfenen benutzten Kondome, die sie auf dem Boden des verlassenen Büros im Lagerhaus der Gebrüder Tracker gesehen haben.

Er ist –

– *tot!*, will Jonesy eben sagen, doch dann durchfährt ihn ein verheerender Schmerz. Diesmal ist es nicht seine Hüfte, sondern sein Kopf. Und seine Kehle. Plötzlich trägt er ein Halsband aus Feuer. Und der ganze Raum ist durchsichtig. Er kann es nicht fassen. Er sieht durch die Wand und in das Schachthaus hinein, wo der Hund, der in der Lücke festhängt, eben ein widerwärtiges rotes Wesen zur Welt bringt, das aussieht wie eine Kreuzung aus einem Wiesel und einem riesigen blutbedeckten Wurm. Er weiß ganz genau, was das ist: ein Byrum.

Mit Blut und Kot und den Resten seiner membranartigen Plazenta überzogen und mit seinen hirnlosen schwarzen Augen glotzend (*es sind* seine *Augen,* denkt Jonesy, *Mr Grays Augen*), wird es da eben geboren, streckt seinen Körper heraus, will sich frei machen, will in die Dunkelheit hinabspringen und dem Rauschen des Wassers folgen.

Jonesy sieht Henry an.

Henry erwidert seinen Blick.

Nur für einen Moment begegnen sich die entsetzten Blicke ihrer jungen Augen ... und dann sind auch sie verschwunden.

Duddits, sagt Henry. Seine Stimme kommt aus weiter Ferne. *Duddits stirbt. Jonesy ...*

Leb wohl. Vielleicht wollte Henry Lebewohl sagen. Ehe er dazu kommt, sind sie beide weg.

25

Jonesy wurde kurz vom Schwindel gepackt, als er im Nirgendwo war – das Gefühl, von allem abgeschnitten zu sein. Er dachte, das wäre der Tod und er hätte mit Mr Gray auch sich selbst umgebracht, hätte sich selbst die Kehle aufgeschlitzt.

Dann brachte ihn der Schmerz zurück. Nicht in seiner Kehle, der war vergangen, und er konnte wieder frei atmen – er hörte sich selbst in tiefen trockenen Atemzügen ein- und ausatmen. Nein, dieser Schmerz war ein alter Bekannter. Er kam aus seiner Hüfte. Er packte ihn und schleuderte ihn an seiner geschwollenen, quietschenden Achse zurück in die Welt. Er kniete auf Beton, hielt ein Tierfell gepackt und hörte ein unmenschliches Kreischen. *Wenigstens ist das hier die Wirklichkeit,* dachte er. *Das ist jetzt außerhalb des Traumfängers.*

Dieses abscheuliche Kreischen.

Jetzt sah Jonesy das Wieselwesen über der Dunkelheit baumeln, in dieser Welt hier oben nur noch von seinem Schwanz gehalten, der sich noch nicht ganz aus dem Hund gelöst hatte. Jonesy stürzte nach vorn und schnappte sich den glitschigen, zuckenden Leib in der Mitte, und in diesem Moment löste es sich ganz aus dem Hund.

Er wankte zurück, seine gebrochene Hüfte pochte, und er hielt das sich windende, kreischende Ding in die Luft wie ein Zirkusartist eine Boa Constrictor. Es peitschte mit dem Schwanz, schnappte mit den Zähnen ins Leere, senkte den Kopf und wollte Jonesy ins Handgelenk beißen, erwischte stattdessen seinen rechten Jackenärmel, riss ihn auf und ließ die weiße, fast gewichtslose Daunenfüllung durch die Luft schweben.

Jonesy drehte sich auf seiner gebrochenen Hüfte um, und da sah er einen Mann im Rahmen des eingeschlagenen Fensters, durch das sich Mr Gray hereingezwängt hatte. Der Mann schaute verblüfft. Er trug einen Parka in Tarnfarben und hielt ein Gewehr in der Hand.

Jonesy schleuderte das sich windende Wiesel fort, so weit

er konnte, was nicht sehr weit war. Es flog vielleicht drei Meter weit, landete mit feuchtem Plumps auf dem mit Laub übersäten Boden und schlängelte sich augenblicklich wieder auf den Schacht zu. Der Hundekadaver verstopfte die Lücke zwar größtenteils, aber daneben war noch reichlich Platz.

»*Erschießen Sie's!*«, brüllte Jonesy den Mann mit dem Gewehr an. »*Um Gottes willen, knallen Sie es ab, ehe es ins Wasser springen kann!*«

Aber der Mann da am Fenster tat gar nichts. Der letzte Mensch, auf den die Welt noch hoffen konnte, stand einfach nur mit heruntergeklappter Kinnlade da.

26

Owen konnte einfach nicht fassen, was er da sah. Ein rotes Monster, ein mutiertes Wiesel ohne Beine. Von so etwas erzählt zu bekommen, war eines, es dann aber mit eigenen Augen zu sehen, etwas ganz anderes. Es glitt auf das Loch in der Mitte des Bodens zu. Darin steckte rücklings schon ein Hund fest, dessen Beine steif in die Luft ragten.

Der Mann – das musste Typhoid Jonesy sein – schrie ihn an, er solle das Ding erschießen, aber Owen kriegte einfach nicht die Arme hoch. Sie fühlten sich an wie mit Blei ummantelt. Das Ding würde entkommen; nach allem, was passiert war, geschah genau das, was er verhindern wollte, direkt vor seinen Augen. Es war wie in der Hölle.

Er sah, wie es sich voranschlängelte, und dabei gab es ein scheußliches, affenartiges Kreischen von sich, das Owen durch Mark und Bein ging; er sah, wie Jonesy verzweifelt und unbeholfen in diese Richtung kroch und es abfangen oder ihm wenigstens den Weg abschneiden wollte. Aber das würde nichts werden. Der Hund war im Weg.

Owen befahl seinen Armen noch einmal, das Gewehr zu heben, und wieder passierte nichts. Das MP5 hätte sich genauso gut auch in einem anderen Universum befinden können. Er würde das Ding entkommen lassen. Er würde hier wie eine Salzsäule stehen und würde es entwischen lassen. Gott stehe ihm bei.

Gott stehe ihnen allen bei.

27

Henry setzte sich benommen auf der Rückbank des Humvee auf. Er hatte etwas im Haar. Er wischte es weg, immer noch in dem Krankenhaustraum gefangen (*bloß dass das gar kein Traum war,* dachte er), und dann holte ihn ein stechender Schmerz in die Wirklichkeit zurück. Es war Glas. Er hatte das Haar voller Glassplitter. Es waren Krümel von Sicherheitsglas, und sie lagen auch überall auf der Rückbank. Und auf Duddits.

»Dud?«

Das fruchtete natürlich nichts. Duddits war tot. Musste tot sein. Er hatte seine letzte Kraft dafür aufgewandt, Jonesy und Henry gemeinsam in dieses Krankenhauszimmer zu bringen.

Aber Duddits stöhnte. Er schlug die Augen auf, und als Henry in diese Augen sah, kam er auf dieser verschneiten Sackgasse endgültig wieder zu sich. Duddits' Augen waren blutrote Nullen, blickten sibyllinisch.

»*Uuhbie!*«, rief Duddits. Er hob schwächlich die Hände und tat, als würde er mit einem Gewehr auf etwas zielen. »*Uuhbie-Duh! Ihr ham etz wassu tun!*«

Aus dem Wald vor ihnen erklangen daraufhin zwei Gewehrschüsse. Nach einer Pause folgte ein dritter.

»Dud?«, flüsterte Henry. »Duddits?«

Duddits sah ihn. Selbst noch mit diesen blutigen Augen konnte Duddits ihn sehen. Henry spürte das nicht nur, nein, für einen Moment sah er sich selber mit Duddits' Augen. Es war, als schaute er in einen Zauberspiegel. Er sah den Henry, der er gewesen war: ein Junge, der durch eine Hornbrille, die ihm viel zu groß war und immer auf die Nasenspitze rutschte, in die Welt hinausschaute. Er spürte die Liebe, die Duddits für ihn empfand, ein einfaches, unkompliziertes

Gefühl, nicht vergällt von Zweifeln oder Egoismus oder auch nur von Dankbarkeit. Henry nahm Duddits in die Arme, und als er merkte, wie leicht sich sein alter Freund anfühlte, fing Henry an zu weinen.

»Du hast uns Glück gebracht«, sagte er und wünschte sich den Biber herbei. Der Biber hätte tun können, was Henry nicht konnte; Biber hätte Duds in den Schlaf singen können. »Du hast uns immer Glück gebracht. So sehe ich das.«

»Ennie«, sagte Duddits und strich mit der Hand über Henrys Wange. Er lächelte, und seine letzten Worte sprach er ganz klar und deutlich aus: »Ich liebe dich, Ennie.«

28

Vor ihnen, ganz in der Nähe, erschollen zwei Gewehrschüsse. Kurtz blieb stehen. Freddy war gut sieben Meter voraus, stand neben einem Schild, das Kurtz gerade so lesen konnte: SCHACHTHAUS – ANGELN STRENG VERBOTEN.

Ein dritter Schuss. Dann wieder Stille.

»Boss?«, flüsterte Freddy. »Voraus ist ein Gebäude.«

»Sehen Sie jemanden?«

Freddy schüttelte den Kopf.

Kurtz ging zu ihm und war sogar jetzt noch darüber amüsiert, wie Freddy zusammenzuckte, als ihm Kurtz eine Hand auf die Schulter legte. Und dieses Zucken war nur zu berechtigt. Wenn Abe Kurtz die nächsten fünfzehn, zwanzig Minuten überlebte, wollte er ganz allein zu neuen Ufern aufbrechen. Er brauchte niemanden, der ihn nur aufhielt, würde bei seinem letzten Guerilla-Einsatz keine Zeugen hinterlassen. Freddy ahnte das wohl, aber mit Sicherheit konnte Freddy es nicht wissen. Zu schade, dass die Telepathie verschwunden war. Wirklich ein Pech für Freddy.

»Hört sich an, als hätte Owen noch jemanden umgelegt«, flüsterte Kurtz Freddy ins Ohr, in dem noch ein paar Ripley-Fädchen hingen, die jetzt aber weiß und tot waren.

»Holen wir ihn uns?«

»Um Himmels willen: nein«, erwiderte Kurtz. »Gott behüte! Ich glaube, der Zeitpunkt ist gekommen – und leider kommt er bei fast jedem Menschen einmal –, da wir vom Pfade weichen müssen, Bursche. Wir gesellen uns zu den Bäumen. Wir schaun, wer dableibt und wer wiederkommt, wenn denn überhaupt jemand kommt. Wir warten zehn Minuten lang ab, was meinen Sie? Zehn Minuten dürften mehr als genug sein.«

29

Plötzlich erfüllten blödsinnige, aber deutlich verständliche Worte Owen Underhills Kopf: *Scooby! Scooby-doo! Wir haben jetzt was zu tun!*

Das Gewehr hob sich. Er trug nichts dazu bei, aber als ihn die Kraft wieder verließ, die das Gewehr anhob, konnte Owen zügig einspringen. Er schaltete auf Einzelfeuer, zielte und drückte zweimal ab. Die erste Kugel ging daneben, schlug vor dem Wieselwesen auf dem Beton auf und sirrte als Querschläger weiter. Betonbröckchen flogen umher. Das Ding wich zurück, drehte sich um, sah ihn und bleckte seinen Mund voller Zähne.

»So ist's schön«, sagte Owen. »Und jetzt sag: *Cheese.*«

Die zweite Kugel durchschlug das humorlose Grinsen des Wieselwesens. Es wurde nach hinten gestoßen, landete an der Mauer des Schachthauses und sank dann zu Boden. Doch obwohl Owen ihm den primitiven Kopf weggepustet hatte, blieben seine Instinkte intakt. Es kroch wieder vor. Owen zielte, und als er das Wesen im Visier hatte, dachte er an die Rapeloews, an Dick und Irene Rapeloew. Nette Leute. Gute Nachbarn. Wenn man mal eine Tasse Zucker brauchte oder eine Tüte Milch (oder jemanden, bei dem man sich ausweinen konnte), dann konnte man immer nach nebenan gehen und bekam prompt, was man wollte. *Sie sagen, es war ein Schlag!*, hatte Mr Rapeloew gerufen, aber Owen hatte *Storch* verstanden. Kinder verstanden immer alles falsch.

Dieser Schuss war jetzt also für die Rapeloews. Und für das Kind, das auch später noch alles falsch verstanden hatte.

Owen feuerte ein drittes Mal. Diesmal traf die Kugel das Wiesel in der Mitte und riss es entzwei. Die Fetzen zuckten ... und zuckten ... und lagen dann still da.

Als das erledigt war, schwenkte Owen das Gewehr herum. Diesmal richtete er die Mündung mitten auf Gary Jones' Stirn.

Jonesy sah ihn an, ohne mit der Wimper zu zucken. Owen war schon müde, todmüde, aber dieser Mann schien selbst noch über diesen Punkt hinaus zu sein. Jonesy hob seine leeren Hände.

»Sie haben zwar keinen Grund, mir das zu glauben«, sagte er, »aber Mr Gray ist tot. Ich habe ihm die Kehle aufgeschlitzt, während ihm Henry ein Kissen aufs Gesicht gedrückt hat – es war genau wie in *Der Pate*.«

»Tatsächlich«, sagte Owen mit vollkommen tonloser Stimme. »Und wo genau haben Sie diese Hinrichtung durchgeführt?«

»In einer rein geistigen Version des Allgemeinkrankenhauses von Boston«, sagte Jonesy. Dann lachte er derart freudlos auf, wie Owen das noch nie gehört hatte. »Wo Hirsche durch die Flure wandeln und im Fernsehen immer nur ein alter Film läuft, *Mitgefühl mit dem Teufel*.«

Da zuckte Owen leicht zusammen.

»Erschießen Sie mich, wenn Sie müssen, Soldat. Ich habe die Welt gerettet – mit ein klein wenig Hilfe von Ihnen im rechten Moment, das gebe ich gerne zu. Da können Sie mich eigentlich auch gleich auf die übliche Weise für diesen Dienst belohnen. Und dann hat mir das Schwein auch noch die Hüfte wieder gebrochen. Ein kleines Abschiedsgeschenk von dem Männchen, das es nie gegeben hat. Der Schmerz ist ...«, Jonesy biss die Zähne zusammen, »... schier unerträglich.«

Owen hielt die Waffe noch für einen Moment auf ihn gerichtet und ließ sie dann sinken. »Damit müssen Sie leben«, sagte er.

Jonesy sank rückwärts auf die Ellenbogen, stöhnte und verlagerte dann sein Gewicht, so gut er konnte, auf seine unverletzte Seite. »Duddits ist tot. Er war mehr wert als wir beide zusammen – und jetzt ist er tot.« Er hielt sich für einen Moment eine Hand vor die Augen und ließ den Arm dann wieder sinken. »Mann, ist das alles ein Kackorama. Das hätte Biber jetzt gesagt: ein Rundum-Kackorama.«

Owen hatte keine Ahnung, worüber der Mann da redete; wahrscheinlich stand er unter Schock. »Duddits mag ja tot sein, aber Henry ist noch am Leben. Wir werden verfolgt, Jonesy. Von üblen Burschen. Hören Sie die? Wissen Sie, wo die gerade sind?«

Jonesy lag auf dem kalten, mit Laub übersäten Boden und schüttelte den Kopf. »Ich fürchte, mir sind nur die üblichen fünf Sinne geblieben. Die ASW ist futsch. Das Danaergeschenk galt nur auf Abruf.« Er lachte. »Der Spruch könnte mich meine Stelle kosten. Wollen Sie mich auch bestimmt nicht erschießen?«

Owen achtete nicht auf ihn. Kurtz war hierher unterwegs; das war das Problem, dem er sich jetzt stellen musste. Er hatte ihren Wagen nicht gehört, aber das musste nichts bedeuten. Es schneite so heftig, dass nur wirklich laute Geräusche weit zu hören waren. Schüsse zum Beispiel.

»Ich muss wieder zurück zur Straße«, sagte er. »Sie bleiben hier.«

»Habe ich die Wahl?«, fragte Jonesy und schloss die Augen. »Mann, ich wünschte, ich könnte zurück in mein nettes, warmes Büro. Ich hätte nicht gedacht, dass ich das mal sage, aber jetzt ist es so weit.«

Owen drehte sich um und ging die Treppe hinab. Sie war glatt, aber er konnte sich auf den Beinen halten. Er schaute zum Wald hinüber, aber nicht sehr aufmerksam. Wenn ihm Kurtz und Freddy irgendwo auf dem Weg zum Hummer auflauerten, bezweifelte er, dass er sie noch rechtzeitig erblicken würde. Vielleicht entdeckte er ihre Spuren, aber dann wäre er ihnen selbst so nah, dass sie das Letzte wären, was er sehen würde. Er konnte nur darauf hoffen, dass sie noch nicht eingetroffen waren, etwas anderes blieb ihm nicht übrig. Er musste auf sein Glück vertrauen, und wieso denn auch nicht? Er hatte schon oft in der Klemme gesteckt, und sein Glück hatte ihn immer gerettet. Vielleicht würde es jetzt wi–

Die erste Kugel traf ihn in den Bauch, stieß ihn nach hinten und riss glockenförmig den Rücken seines Parkas auf. Er kämpfte darum, stehen zu bleiben und das MP5 nicht loszulassen. Er spürte den Schmerz nicht, hatte eher das Gefühl, als hätte er beim Boxen einen mächtigen Schlag in die Magenkuhle abbekommen. Die zweite Kugel streifte ihn seitlich am Kopf und hinterließ ein Brennen, als wäre Alkohol beim Einreiben in eine offene Wunde gelangt. Der dritte Schuss traf ihn oben rechts in der Brust, und jetzt war Schicht; er stürzte hin und verlor das Gewehr.

Was hatte Jonesy noch gesagt? Dass er die Welt gerettet habe und nun auf die übliche Weise dafür belohnt werde. Und so schlecht war es doch auch gar nicht. Jesus hatte sechs Stunden dafür gebraucht, sie hatten ein Witzschild über Seinem Kopf angebracht, und zur Cocktailstunde hätten sie Ihm bestimmt auch noch ein Glas Essig mit einem Schuss Wasser spendiert.

Er lag zur Hälfte auf dem verschneiten Pfad und war sich undeutlich bewusst, dass da ein Schrei ertönte, der nicht von ihm selber kam. Es klang nach einem ziemlich großen und ziemlich genervten Eichelhäher.

Das ist ein Adler, dachte Owen.

Es gelang ihm einzuatmen, und obwohl er dann beim Ausatmen mehr Blut als Luft von sich gab, richtete er sich auf den Ellenbogen auf. Er sah, wie sich zwei Gestalten, die aus dem Birken- und Kiefernwald kamen, geduckt näherten, wie sie militärisch korrekt vorrückten. Einer der Männer war gedrungen und breitschultrig, der andere schlank, grauhaarig und eindeutig guter Laune. Johnson und Kurtz. Die Bulldogge und der Windhund. Sein Glück hatte ihn im Stich gelassen. Irgendwann war es immer so weit.

Kurtz kniete sich mit funkelndem Blick neben ihn. In einer Hand hielt er ein dreieckiges Stück Zeitungspapier. Es war von der langen Reise in Kurtz' Gesäßtasche verknickt und verbogen, aber doch noch eindeutig erkennbar: Es war ein Papierhut. Eine Narrenkappe. »Pech gehabt, Bursche.«

Owen nickte. Das stimmte. Mordspech. »Wie ich sehe, hatten Sie noch Zeit, etwas für mich zu basteln.«

»Ja. Haben Sie denn wenigstens Ihr Hauptziel erreicht?« Kurtz wies mit einer Kinnbewegung zum Schachthaus hinüber.

»Hab ihn erledigt«, bekam Owen heraus. Sein Mund war voller Blut. Er spuckte es aus, versuchte wieder einzuatmen und hörte die Luft stattdessen durch ein ganz neues Loch pfeifen.

»Na dann«, sagte Kurtz gutmütig, »Ende gut, alles gut, meinen Sie nicht auch?« Er setzte Owen vorsichtig den Papierhut auf. Das Zeitungspapier sog sich sofort mit Blut voll und färbte den UFO-Artikel rot.

Von irgendwo draußen über dem See erscholl wieder ein Schrei, vielleicht von einer der Inseln, die eigentlich Hügel waren und nun aus einer vorsätzlich überschwemmten Landschaft ragten.

»Das ist ein Adler«, sagte Kurtz und tätschelte Owen die Schulter. »Schätzen Sie sich glücklich, Bursche. Gott hat Ihnen unseren Wappenvogel geschickt, auf dass er Ihnen –«

Kurtz' Kopf platzte in einem Nebel aus Blut, Gehirnmasse und Knochensplittern. Owen sah noch einen letzten Ausdruck in den blauen Augen mit den weißen Wimpern: absolute Fassungslosigkeit. Für einen Moment blieb Kurtz noch auf den Knien hocken, dann sackte er bäuchlings um. Hinter ihm stand Freddy, das Sturmgewehr immer noch im Anschlag, aus dessen Mündung es rauchte.

Freddy, versuchte Owen zu sagen. Er bekam kein Wort heraus, aber Freddy las es ihm wohl von den Lippen ab. Er nickte.

»Ich wollte es nicht, aber sonst hätte er das mit mir gemacht. Um das zu wissen, musste ich nicht groß seine Gedanken lesen. Nicht nach all den Jahren.«

Machen Sie ein Ende, versuchte Owen zu sagen. Freddy nickte wieder. Vielleicht war bei Freddy doch noch ein bisschen was von dieser verdammten Telepathie übrig.

Owen schwanden schon die Sinne. Gute Nacht, ihr süßen Ladys, gute Nacht, David, gute Nacht, Chet. Gute Nacht, süßer Prinz. Er legte sich in den Schnee zurück, und es fühlte sich an, als würde er sich in dem allerweichesten

Daunenbett ausstrecken. Irgendwo leise in der Ferne hörte er wieder den Adler rufen. Sie waren in sein Revier eingedrungen, hatten im verschneiten Spätherbst seine Ruhe gestört, aber bald waren sie ja wieder fort. Dann hatte der Adler den See wieder ganz für sich allein.

Wir waren Helden, dachte Owen. *Das steht mal fest. Wir waren H–*

Den letzten Schuss hörte er nicht mehr.

30

Es waren weitere Schüsse gefallen; jetzt war es wieder still. Henry saß neben seinem toten Freund auf der Rückbank des Humvee und überlegte, was jetzt zu tun war. Die Chancen, dass sie sich alle gegenseitig umgebracht hatten, standen schlecht. Und die Chancen, dass die Guten – halt stopp: der Gute – die Bösen umgelegt hatte, standen wohl noch schlechter.

Nach diesem logischen Schluss bestand sein erster Impuls darin, den Humvee auf schnellstem Wege zu verlassen und sich im Wald zu verstecken. Dann schaute er in den Schneefall hinaus (*Ich glaube nicht, dass ich jemals wieder Schnee sehen will,* dachte er) und tat die Idee ab. Wenn Kurtz oder einer seiner Begleiter in der nächsten halben Stunde hier vorbeikam, wären Henrys Spuren immer noch sichtbar. Sie würden seiner Spur folgen und ihn letztlich abknallen wie einen tollwütigen Hund. Oder wie ein Wiesel.

Dann besorg dir eine Waffe. Leg sie um, ehe sie dich umlegen.

Das war schon eine bessere Idee. Er war kein Wyatt Earp, konnte aber schießen. Auf Menschen zu schießen war etwas ganz anderes, als auf Hirsche zu schießen, und man musste kein Klapsdoktor sein, um das zu wissen, aber bei klarer Sicht, das glaubte er, würde er diese Typen umnieten, ohne groß zu zögern.

Er griff schon nach dem Türgriff, als er einen verblüfften Fluch, ein dumpfes Krachen und dann wieder einen Schuss hörte. Das war jetzt sehr nah. Henry nahm an, dass da jemand im Schnee ausgerutscht war und sich dann, als er auf dem Hintern landete, aus seiner Waffe ein Schuss gelöst hatte. Hatte sich das Schwein gerade selbst erschossen? War das zu viel gehofft? Würde das nicht einfach –

Aber nein. Zu früh gefreut. Henry hörte ein leises Grunzen, als sich der Mann, der hingefallen war, wieder erhob und weiterging. Henry blieb keine Wahl. Er legte sich wieder auf die Rückbank, drapierte wieder (so gut es ging) Duddits' Arme um sich und stellte sich tot. Er glaubte eigentlich nicht, dass diese Finte noch einmal ziehen würde. Die Bösen waren auf dem Hinweg – offensichtlich, denn er war ja noch am Leben – einfach weitergegangen, aber da hatten sie es wahrscheinlich auch mächtig eilig gehabt. Jetzt aber würden sie sich wohl kaum von ein paar Einschüssen, Glassplittern und dem Blut foppen lassen, das der arme alte Duddits in seinem Todeskampf vergossen hatte.

Henry hörte leise Schritte im Schnee. Den Geräuschen nach war es nur einer. Wahrscheinlich der berüchtigte Kurtz. Der letzte Überlebende. Die Dunkelheit rückte näher. Tod am Nachmittag. Das war jetzt nicht mehr seine alte Freundin – jetzt *stellte* er sich ja nur tot –, aber sie rückte trotzdem näher.

Henry machte die Augen zu ... wartete ab ...

Die Schritte passierten den Humvee, ohne langsamer zu werden.

31

Freddy Johnsons strategische Ziele waren vorläufig einfach nur praktischer Natur und kurzfristig zu erreichen: Er wollte den verdammten Hummer wenden, ohne sich dabei festzufahren. Wenn ihm das gelungen war, wollte er die Lücke in der East Street (in welcher der Subaru, den Owen gejagt hatte, verendet war) überqueren, ohne im Straßengraben zu landen. Wenn er dann wieder auf der Zufahrtsstraße war, konnte er weitersehen. Als er die Fahrertür des Hummer öffnete und sich ans Steuer setzte, flackerte kurz bei ihm die Idee auf, dann auf dem Interstate Highway 90 weiterzufahren. Auf dem kam er in die Weiten des Westens, und dort gab es viele mögliche Verstecke.

Der Gestank von abgestandenen Fürzen und kaltem Äthylalkohol traf ihn wie ein Schlag, als er die Tür schloss. Pearly! Der gottverdammte Pearly! Den Spinner hatte er in der ganzen Aufregung völlig vergessen.

Freddy wandte sich ihm zu und hob das Sturmgewehr ... aber Pearly war immer noch nicht wieder bei sich. Es war nicht nötig, ihn zu erschießen. Er konnte den alten Pearly auch einfach in den Schnee kippen. Mit etwas Glück würde Perlmutter erfrieren, ohne noch einmal aufzuwachen. Und mit ihm sein kleines Schoßtier –

Doch Pearly schlief nicht. Er war auch nicht bewusstlos. Er war nicht einmal in ein Koma gefallen. Pearly war bereits tot. Und er war ... irgendwie *geschrumpft*. Wirkte fast mumifiziert. Seine Wangen waren eingefallen und runzelig. Auch seine Augenhöhlen wirkten eingefallen, als wären hinter dem dünnen Schleier der Lider die Augäpfel in den Schädel hineingeplumpst. Und er saß da eigenartig an die Beifahrertür gelehnt, hatte ein Bein gehoben und fast über das andere gelegt. Er sah aus, als wäre er beim allzeit beliebten Arschbackentango verreckt. Seine Arbeitshose war jetzt dunkel, und der Sitz unter ihm war feucht. Die Ausläufer des Flecks, der sich auf Freddy zu ausbreitete, waren rot.

»Was –«

Von der Rückbank erhob sich ein ohrenbetäubendes Kreischen; es war, als würde eine kräftige Stereoanlage mit einem Mal voll aufgedreht. Freddy erhaschte im rechten Augenwinkel eine Bewegung. Da tauchte ein unglaubliches Wesen im Rückspiegel auf. Es riss Freddy ein Ohr ab und peitschte dann auf seine Wange ein, drang von dort in seinen Mund vor und verbiss sich in das Zahnfleisch seines Oberkiefers. Und dann riss Archie Perlmutters Kackwiesel Freddys Wange auseinander, wie ein hungriger Mensch den Schenkel von einem Brathähnchen brach.

743

Freddy kreischte und feuerte versehentlich auf die Beifahrertür des Hummer. Er hob einen Arm und wollte das Vieh wegstoßen, aber seine Finger rutschten an der glatten, neugeborenen Haut ab. Das Wiesel flitzte wieder auf die Rückbank, riss den Kopf zurück und schluckte, was es da abgerissen hatte, wie ein Papagei, der ein Stück rohes Fleisch bekommen hatte. Freddy tastete nach seinem Türgriff, doch ehe er die Tür öffnen konnte, stürzte sich das Vieh wieder auf ihn und schlug diesmal seine Zähne in Freddys Stiernacken. Als es Freddy die Drosselvene zerbiss, spritzte Blut in hohem Bogen an die Decke und tropfte dann als roter Regen wieder herab.

Freddys Füße zitterten und steppten hektisch auf dem breiten Bremspedal des Hummer. Das Wesen zog sich wieder auf die Rückbank zurück, wie um nachzudenken, und glitt Freddy dann wie eine Schlange über die Schulter. Es fiel ihm in den Schoß.

Freddy schrie noch einmal, als ihm das Wiesel den Schwanz abbiss ... und dann schrie er nicht mehr.

32

Henry hatte sich auf der Rückbank umgedreht und sah zu, wie der Mann am Steuer des hinter ihm abgestellten Wagens hin und her zuckte. Henry war froh, dass es so heftig schneite und ihm das Blut, das auf die Windschutzscheibe des anderen Humvee spritzte, größtenteils die Sicht nahm.

Er sah auch so wirklich schon genug.

Schließlich bewegte sich die Gestalt am Steuer nicht mehr und sackte seitlich weg. Ein gedrungener Umriss erhob sich über ihr, schien da als der Sieger zu hocken. Henry wusste, was es war; er hatte eines dieser Wesen auf Jonesys Bett in ihrer Hütte gesehen. Er sah, dass bei dem Humvee, der sie verfolgt hatte, ein Fenster eingeschlagen war. Er bezweifelte, dass dieses Wesen sonderlich intelligent war, aber wie viel Grips brauchte man schon, um frische Luft zu bemerken?

Die Kälte bekommt ihnen nicht. Das bringt sie um.

Ja, das stimmte. Aber Henry hatte nicht vor, es dabei zu belassen, und das nicht nur, weil das Trinkwasserreservoir so nah war, dass er hören konnte, wie das Wasser gegen die Felsen schwappte. Es war da noch eine exorbitante Rechnung offen, und er allein war hier und konnte diese Rechnung präsentieren. Rache ist Blutwurst, wie Jonesy oft gesagt hatte, und jetzt war der Moment der Rache gekommen.

Er beugte sich über die Vordersitze. Dort lagen keine Waffen. Er öffnete das Handschuhfach, in dem fand sich nur ein Wirrwarr aus Tankquittungen und Rechnungen und ein zerknülltes Taschenbuch mit dem Titel *So werden Sie selbst Ihr bester Freund.*

Henry machte die Tür auf und stieg hinaus in den Schnee ... und rutschte auf der Stelle aus. Er plumpste auf den Hintern und stieß sich an dem hoch angebrachten Spritzschutz des Wagens den Rücken. Gekörnte Scheiße. Er stand auf, rutschte gleich wieder weg und hielt sich an der offenen Tür fest. Jetzt gelang es ihm, stehen zu bleiben. Er schlurfte vorsichtig zum Heck des Wagens und ließ dabei den anderen Humvee nicht aus den Augen, der hinter ihrem stand. Er sah immer noch das Wesen darin, wie es um sich schlug und hin und her rutschte und den Fahrer verspeiste.

»Schön dableiben, mein Lieber«, sagte Henry und fing an zu lachen. Sein Gelächter klang vollkommen irre, aber das bremste ihn nicht. »Leg ein paar Eier. Ich bin ja schließlich der Eiermann. Der freundliche Eiermann in Ihrer Nachbarschaft. Oder wie wäre es mit einem Exemplar von *So werden Sie selbst Ihr bester Freund?* Ich habe eins dabei.«

Jetzt lachte er so, dass er kaum noch ein Wort rausbekam. Er glitt durch den Schnee wie ein kleiner Junge, der nach der Schule zum Schlittenfahren loszieht. Er hielt sich, so gut er konnte, seitlich am Hummer fest, nur dass da nicht mehr viel zum Festhalten war, wenn man sich erst einmal hinter den Türen aufhielt. Er sah zu, wie sich das Ding bewegte ... und dann war es plötzlich verschwunden. Oh-oh. Wo war es hin? *In Jonesys blöden Filmen würde jetzt die unheimliche Musik einsetzen*, dachte Henry. *Angriff der Killer-Kackwiesel.* Darüber musste er wieder lachen.

Jetzt stand er an der Rückseite des Wagens. Da war ein Knopf, mit dem sich die Heckklappe öffnen ließ ... natürlich nur, wenn sie nicht verschlossen war. War sie aber wahrscheinlich nicht. War Owen nicht hinten am Wagen gewesen? Henry wusste es nicht mehr. Er konnte sich ums Verrecken nicht erinnern. Er war eindeutig nicht sein eigener bester Freund.

Immer noch gackernd und mit Tränen in den Augen, drückte er auf den Knopf, und die Heckklappe hob sich. Henry öffnete sie ganz und schaute hinein. Waffen, Gott sei Dank. Armeegewehre wie das, das Owen bei seiner letzten Patrouille dabeihatte. Henry nahm sich eines und betrachtete es. Da war die Sicherung, aha, da ließ es sich auf Einzelfeuer oder Feuerstoß stellen, soso, und auf dem Magazin stand U.S. ARMY KAL. 5.56, 120 SCHUSS.

»Das ist ja so einfach, das würde sogar ein Byrum kapieren«, sagte Henry und brach wieder in Gelächter aus. Er bückte sich, hielt sich vor Lachen den Bauch, trippelte im Schneematsch hin und her und gab sich Mühe, nicht auszurutschen. Die Beine taten ihm weh, er hatte Rückenschmerzen, am meisten schmerzte ihn das Herz ... und trotz allem lachte er. Er war der Eiermann, er war der Eiermann, und er lachte sich scheckig.

Dann ging er mit der Waffe im Anschlag zur Fahrerseite von Kurtz' Humvee (er hoffte inständig, dass er den Sicherungshebel richtig herum betätigt hatte), und in seinem Kopf lief jetzt gruselige Musik, aber er lachte immer noch. Da war der Tankdeckel, kein Zweifel, aber wo war Gamera, der Schrecken aus den Weiten des Alls?

Als hätte es diesen Gedanken gehört – und das hatte es, ging Henry auf, wohl tatsächlich –, rannte das Wiesel mit dem Kopf gegen das Heckfenster an. Glücklicherweise gegen das noch intakte. An seinem Kopf klebten Blut, Haare und Fleischfasern. Seine abscheulichen traubenförmigen Augen starrten Henry an. Wusste es, dass es da einen Ausgang, eine Notluke gab? Vielleicht schon. Und vielleicht verstand es auch, dass ihm ein baldiger Tod bevorstand, wenn es den Wagen verließ.

Es bleckte die Zähne.

Henry Devlin, der einmal wegen seines New-York-Times-Artikels *Dem Hass ein Ende setzen* von der Psychiatrischen Vereinigung der USA als besonders fürsorglich ausgezeichnet worden war, bleckte im Gegenzug nun ebenfalls die Zähne. Das tat gut. Dann zeigte er dem Wesen den Mittelfinger. Für Biber. Und für Pete. Auch das war ein schönes Gefühl.

Als er das Gewehr hob, huschte das Wiesel – das vielleicht dumm war, so dumm aber nun auch wieder nicht – außer Sicht. Das war schon in Ordnung; Henry hatte nie vorgehabt, es durch die Fensterscheibe zu erschießen. Und es gefiel ihm, dass das Vieh jetzt dort auf dem Boden hockte. *Rutsch noch ein Stückchen näher an den Tank ran, Schatz,* dachte er. Henry schaltete auf automatisches Feuer und schickte eine ausgiebige Salve in den Benzintank.

Der Krach war ohrenbetäubend. Ein schartiges Loch entstand, wo einmal der Tankstutzen gewesen war, aber sonst tat sich einen Moment lang nichts. *So machen die das doch in den Hollywoodfilmen immer,* dachte Henry, und dann hörte er ein leises, heiseres Flüstern, das schnell zu einem rauen Zischen anwuchs. Er ging zwei Schritte zurück, rutschte wieder aus und plumpste auf den Hintern. Dieser Sturz rettete ihm sehr wahrscheinlich das Augenlicht und vielleicht sogar das Leben. Das Heck von Kurtz' Humvee explodierte nur Sekunden später, und große gelbe Flammen schlugen unter dem Wagen hervor. Die Hinterräder hoben sich aus dem Schnee. Glassplitter flogen durch den fallenden Schnee, glücklicherweise über Henrys Kopf hinweg. Dann kam die Hitze, und er kroch schnell weg, zog das Gewehr am Riemen hinter sich her und lachte wie ein Besengter. Es folgte eine zweite Explosion, und dann war die Luft erfüllt von wirbelnden, glühenden Schrapnellen.

Henry erhob sich, indem er sich langsam an den Ästen eines Baums aufrichtete, als würde er eine Leiter hochsteigen. Dann stand er keuchend und lachend da; die Beine taten ihm weh, der Rücken tat ihm weh, und im Nacken hatte er ein eigenartiges Gefühl, als wäre dort etwas gerissen. Die hintere Hälfte von Kurtz' Humvee war in Flammen gehüllt. Er hörte das Ding dort wütend kreischen.

Er ging in weitem Bogen zur Beifahrerseite des lodernden Wagens und richtete das Gewehr auf das zerplatzte Fenster. So stand er für einen Moment da. Dann runzelte er die Stirn, und schließlich ging ihm auf, warum ihm das so blöde vorkam: Jetzt waren ja, bis auf die Windschutzscheibe, *sämtliche* Fenster des Humvee geplatzt. Er brach wieder in Gelächter aus. Was für ein Depp er doch war! Was für ein absoluter Blödhammel!

In der Flammenhölle des Humvee sah er immer noch das Wiesel wie betrunken herumtorkeln. Wie viele Schuss hatte er noch im Magazin, sollte das Scheißvieh tatsächlich herauskommen? Fünfzig? Zwanzig? Fünf? Wie viele Patronen es auch waren, sie mussten reichen. Er würde nicht riskieren, zu Owens Humvee zu gehen und ein zweites Magazin zu holen.

Aber das Vieh kam nicht heraus.

Henry hielt noch fünf Minuten Wache und dehnte es dann auf zehn Minuten aus. Es schneite, und der Humvee brannte und schickte schwarzen Rauch zum weißen Himmel hoch. Henry stand da und dachte an den Festumzug bei den Derry Days, wie Gary U.S. Bonds *New Orleans* sang, und da kam der große Mann auf Stelzen, da kam der legendäre Cowboy, und wie aufgeregt Duddits gewesen war, er hatte wirklich auf der Stelle gehüpft. Er dachte an Pete, wie er immer am Schultor auf sie gewartet und dabei mit den Händen vorm Mund so getan hatte, als würde er rauchen. Pete, der unbedingt Kapitän der ersten bemannten Marsexpedition der NASA hatte werden wollen. Er dachte an Biber und seine Motorradjacke, Biber mit seinen ewigen Zahnstochern, Biber, wie er Duddits *Guten Abend, gute Nacht* vorgesungen hatte, Biber, wie er Jonesy bei dessen Hochzeit umarmt und ihm gesagt hatte, er müsse jetzt für sie alle glücklich sein.

Jonesy.

Als sich Henry vollkommen sicher war, dass das Wiesel tot – verbrannt – war, ging er nachsehen, ob Jonesy noch am Leben war. Er setzte einerseits keine großen Hoffnungen darauf ... stellte andererseits aber fest, dass er die Hoffnung auch noch nicht ganz aufgegeben hatte.

33

Nur noch der Schmerz verband Jonesy mit der Welt, und erst dachte er, der abgehärmte, rußwangige Mann, der da vor ihm kniete, sei ein Traum, ein Hirngespinst. Denn dieser Mann sah aus wie Henry.

»Jonesy? Hey, Jonesy, jemand da?« Henry schnippte vor Jonesys Augen mit den Fingern. »Erde ruft Jonesy.«

»Henry? Bist du das? Bist du es wirklich?«

»Ich bin es«, sagte Henry. Er schaute kurz zu dem Hund hinüber, der immer noch in der Lücke über Schacht zwölf hing, und sah dann wieder Jonesy an. Mit unendlicher Zärtlichkeit strich er Jonesy das verschwitzte Haar aus der Stirn.

»Mann, du hast dir aber echt ...«, setzte Jonesy an, und dann verschwamm ihm alles vor Augen. Er schloss sie, konzentrierte sich mit aller Mühe und schlug sie dann wieder auf. »... hast dir echt Zeit gelassen beim Einkaufen. Hast du an das Brot gedacht?«

»Ja, aber die Würstchen habe ich unterwegs verloren.«

»So eine Scheiße.« Jonesy atmete tief ein. »Dann gehe ich das nächste Mal selber.«

»Knutsch mir die Kimme, Alter«, sagte Henry, und Jonesy lächelte, und dann wurde um ihn her alles schwarz.

EPILOG
LABOR DAY

Die Welt ist fies.

Norman Maclean

Und wieder ein Sommer zu Ende, dachte Henry.

Dem Gedanken haftete aber keine Wehmut an; der Sommer war schön gewesen, und der Herbst würde auch schön werden. Dieses Jahr würde es keinen Jagdausflug geben, und er würde bestimmt ab und an Besuch von seinen neuen Freunden vom Militär bekommen (seine neuen Freunde vom Militär wollten vor allem sicherstellen, dass auf seiner Haut nichts Rotes wuchs), doch trotzdem würde der Herbst schön werden. Kühle Luft, helle Tage, lange Nächte.

Manchmal, nach Mitternacht, kam auch Henrys alte Freundin, die Dunkelheit, noch zu Besuch, aber dann setzte er sich einfach mit einem Buch auf dem Schoß in sein Arbeitszimmer und wartete ab, bis sie wieder ging. Und das tat sie letztlich immer. Letztlich ging immer wieder die Sonne auf. Der Schlaf, den man in einer Nacht nicht bekam, schlich sich manchmal in der Nacht darauf zu einem ins Bett, dann aber wie eine Geliebte. Das hatte er seit dem vergangenen November gelernt.

Jetzt trank er ein Bier auf der Veranda von Jonesys und Carlas Cottage in Ware, das am Ufer des Pepper Pond stand. Das Südufer des Quabbin-Stausees lag gut vier Meilen nordwestlich von hier.

Die Hand, die die Bierdose hielt, hatte nur drei Finger. Der kleine und der Ringfinger waren ihm erfroren, vielleicht während seiner Fahrt auf den Langlaufskiern, vielleicht auch, als er Jonesy auf einem selbst gebastelten Schlitten zurück zu ihrem Humvee geschleift hatte. Im vergangenen Herbst hatte er anscheinend ständig Leute durch den Schnee geschleift, und das mit durchwachsenem Ergebnis.

An ihrem kleinen Strandabschnitt kümmerte sich Carla

Jones um den Grill. Noel, ihr Jüngster, krabbelte links daneben, mit schief hängender Windel, unter dem Picknicktisch herum. Er winkte fröhlich mit einem verkohlten Würstchen. Die übrigen drei Kinder der Familie Jones, neun bis elf Jahre alt, tummelten sich kreischend im Wasser. Henry fand das biblische Gebot, fruchtbar zu sein und sich zu mehren, zwar nicht unberechtigt, fand aber auch, dass sich Carla und Jonesy dabei doch etwas zu mächtig ins Zeug gelegt hätten.

Hinter ihm klapperte die Fliegentür. Jonesy kam mit einem Eimer mit Bierdosen auf Eis heraus. Er humpelte nicht mehr so schlimm; diesmal hatte der operierende Arzt sein ursprüngliches Fahrwerk gleich ganz durch Teflon und Stahl ersetzt. Das wäre so oder so passiert, hatte der Arzt zu Jonesy gesagt, aber wenn Sie sich ein bisschen mehr vorgesehen hätten, Meister, dann hätten Sie aus dem alten Gelenk noch fünf Jahre rausholen können. Dieser Operation hatte er sich im Februar unterzogen, kurz nach Henrys und Jonesys sechswöchigem »Urlaub« bei den Leuten vom militärischen Geheimdienst und der psychologischen Abteilung.

Die Militärs hatten ihm angeboten, das Austauschen der Hüfte auf Staatskosten zu übernehmen – gewissermaßen als großer Schlussakt nach den Verhören –, aber Jonesy hatte dankend abgelehnt und gesagt, er wolle seinen Orthopäden nicht um die Arbeit und seine Krankenversicherung nicht um die Rechnung bringen.

Da hatten die beiden nur noch weggewollt aus Wyoming. Sie waren nett untergebracht (wenn man sich denn daran gewöhnen konnte, unterirdisch zu wohnen), das Essen war absolut erstklassig (Jonesy nahm vier Kilo zu, Henry fast neun), und im Fernsehen liefen keine Wiederholungen. Aber die ganze Atmosphäre war doch ein bisschen zu sehr wie bei Dr. Seltsam. Für Henry waren diese sechs Wochen viel schlimmer als für Jonesy gewesen. Jonesy stand zwar Qualen aus, aber hauptsächlich doch wegen seiner gebrochenen Hüfte; seine Erinnerungen an Mr Gray und wie sie sich einen Körper geteilt hatten, waren bemerkenswert schnell verblasst, glichen nun Erinnerungen an Träume.

Henrys Erinnerungen hingegen waren noch deutlicher geworden. Die an den Stall waren die schlimmsten. Ihre Gesprächspartner hatten Mitgefühl gezeigt, es war kein einziger Kurtz bei der ganzen Bande, aber Henry musste einfach immer wieder an Bill und Marsha und Darren Chiles denken, den Mr Monsterjoint aus Newton. Sie verfolgten ihn bis in seine Träume.

Genau wie Owen Underhill.

»Nachschub«, sagte Jonesy und stellte den Eimer mit dem Bier ab. Dann ließ er sich ächzend und mit verzogenem Gesicht auf dem durchgesessenen Schaukelstuhl aus Rohrgeflecht neben Henry nieder.

»Eins noch, dann muss ich aber los«, sagte Henry. »Ich fahre in einer Stunde zurück nach Portland, und ich will nicht in eine Kontrolle kommen.«

»Schlaf doch hier«, sagte Jonesy und sah zu Noel hinüber. Das Baby hockte unter dem Picknicktisch im Gras und wollte sich den Würstchenrest anscheinend in den Bauchnabel quetschen.

»Wenn deine Kinder bis Mitternacht oder noch länger rumzetern?«, meinte Henry. »Und damit ich mir endlich mal wieder einen Horrorfilm von Mario Bava ansehen kann?«

»Das mit diesen Gruselschockern habe ich so ziemlich an den Nagel gehängt«, sagte Jonesy. »Heute Abend haben wir ein Kevin-Costner-Festival. Es geht los mit *Bodyguard*.«

»Du hast doch grade gesagt, du guckst keine gruseligen Filme mehr.«

»Sehr witzig.« Er zuckte grinsend mit den Achseln. »Wie du willst.«

Henry hob seine Bierbüchse. »Trinken wir auf unsere abwesenden Freunde.«

Jonesy hob ebenfalls sein Bier. »Auf abwesende Freunde.«

Sie stießen an und tranken.

»Wie geht es Roberta?«, fragte Jonesy.

Henry lächelte. »Sie schlägt sich sehr tapfer. Nach der Beerdigung hatte ich da ja so meine Zweifel ...«

Jonesy nickte. Bei Duddits' Beisetzung hatten sie links und rechts neben ihr gestanden und sie gestützt, und das war auch nötig gewesen, denn Roberta hatte vor Trauer kaum stehen können.

»... aber jetzt hat sie wieder Lebensmut gefasst. Sie hat vor, einen Handarbeitsladen aufzumachen. Ich glaube, das ist eine gute Idee. Duddits fehlt ihr natürlich sehr. Nach Alfies Tod hat er ihr ganzes Leben bestimmt.«

»Unser Leben hat er auch bestimmt«, sagte Jonesy.

»Ja, da hast du wohl Recht.«

»Ich mache mir solche Vorwürfe, dass wir ihn all die Jahre so im Stich gelassen haben. Er hatte Leukämie, und wir wussten überhaupt nichts davon.«

»Aber natürlich haben wir das gewusst.«

Jonesy sah ihn mit erhobenen Augenbrauen an.

»He, Henry!«, rief Carla. »Wie möchtest du deinen Burger?«

»Gebraten!«, rief er zurück.

»Wird gemacht, Sir. Wärst du so nett und würdest mal den Kleinen nehmen? Dieses Würstchen besteht gleich nur noch aus Dreck. Nimm es ihm weg, und bring ihn zu seinem Dad.«

Henry ging die Stufen hinunter, angelte Noel unter dem Tisch hervor und trug ihn auf die Veranda.

»Ennie!«, krähte Noel fröhlich. Er war anderthalb.

Henry blieb stehen und spürte, wie es ihm kalt über den Rücken lief. Es war, als hätte ein Gespenst nach ihm gerufen.

»Happa, Ennie! Happa!« Zur Betonung klopfte Noel Henry den schmutzigen Wurstzipfel auf die Nase.

»Danke, aber ich warte lieber auf meinen Burger«, sagte er und ging weiter.

»Nich mein Happa?«

»Ennie kriegt sein eigenes Happa, du kleiner Spatz. Aber gib mir mal das Dreckding da. Du kriegst ein anderes Würstchen, wenn sie fertig sind.« Er wand das dreckige Wurstende aus Noels Händchen, setzte ihn auf Jonesys Schoß und nahm selbst auch wieder Platz. Als Jonesy dann damit fertig war, seinem Sohn Senf und Ketchup aus dem Bauchnabel zu wischen, war der Kleine schon fast eingeschlafen.

»Wie meinst du das: ›Natürlich haben wir das gewusst‹?«, fragte Jonesy.

»Ach, Jonesy, ich bitte dich. Wir haben ihn ja vielleicht verlassen oder haben es versucht, aber glaubst du, Duddits hätte uns je verlassen? Glaubst du das wirklich, nach allem, was passiert ist?«

Jonesy schüttelte ganz langsam den Kopf.

»Es hing damit zusammen, dass wir uns entwickelt ... auseinander entwickelt haben, aber es hing auch mit dieser Richie-Grenadeau-Sache zusammen. Das hat auf uns so ähnlich gewirkt wie die Sache mit der Porzellanplatte der Rapeloews auf Owen Underhill.«

Jonesy musste ihn nicht fragen, was er damit meinte; in Wyoming hatten sie genug Zeit gehabt, einander alles zu erzählen.

»Es gibt da ein altes Gedicht über einen Mann, der versucht, vor Gott davonzulaufen«, sagte Henry. »›Der Hund des Himmels‹ heißt es. Duddits war nun beileibe nicht Gott – Gott behüte –, aber er war unser Hund. Wir sind so schnell und weit gelaufen, wie wir konnten, aber –«

»Wir konnten nie aus dem Traumfänger raus, nicht wahr?«, sagte Jonesy. »Keiner von uns. Und dann sind sie gekommen. Die Byrum. Dumme Sporen in Raumschiffen, die andere gebaut hatten. Ist es das, was sie waren? Weiter nichts?«

»Ich glaube, das werden wir nie erfahren. Nur eine Frage ist vergangenen Herbst geklärt worden. Jahrhundertelang haben wir zum Sternenhimmel geschaut und uns gefragt, ob wir allein im Universum sind. Tja, und jetzt wissen wir, dass wir nicht allein sind. Toll, was? Gerritsen ... erinnerst du dich noch an Gerritsen?«

Jonesy nickte. Natürlich erinnerte er sich an Terry Gerritsen. Der Psychologe von der Navy, der in Wyoming der Leiter des Teams gewesen war, das sie befragt hatte, und der immer Scherze darüber gerissen hatte, wie typisch es doch für Onkel Sam wäre, ihn an einen Ort zu versetzen, wo das nächste Gewässer ein Teich auf einer Kuhweide war. Gerritsen und Henry hatten sich gut verstanden, hatten sich nur nicht angefreundet, weil die Situation nicht danach war. Jonesy und Henry waren in Wyoming gut behandelt worden; aber sie waren nicht einfach nur zu Besuch gewesen. Doch Henry Devlin und Terry Gerritsen waren eben Berufskollegen, und das machte immer was aus.

»Gerritsen hat anfangs behauptet, dass jetzt *zwei* Fragen geklärt seien: dass wir nicht alleine im All sind und dass wir nicht die einzigen intelligenten Wesen im All sind. Ich habe mich sehr bemüht, ihm darzulegen, dass das zweite Postulat auf einem logischen Fehler beruht, dass es ein auf Sand errichtetes Haus ist. Ich glaube nicht, dass es mir gelungen ist, ihn auf meine Seite zu ziehen, aber vielleicht habe ich wenigstens Zweifel bei ihm gesät. Was auch immer die Byrum sind – Raumschiffkonstrukteure sind sie nicht. Und die Wesen, die die Schiffe gebaut haben, gibt es vielleicht gar nicht mehr. Vielleicht sind sie jetzt selber Byrum.«

»Aber Mr Gray war nicht dumm.«

»Er war es nicht mehr, sobald er in deinem Kopf war – so weit stimme ich da zu. Mr Gray – das warst *du*, Jonesy. Er hat deine Gefühle gestohlen, deine Erinnerungen, deine Vorliebe für Bacon –«

»Ich esse keinen Bacon mehr.«

»Das wundert mich nicht. Und er hat auch die Grundzüge deiner Persönlichkeit gestohlen. Und dazu gehörte auch, was dich unterbewusst anmacht. Was es auch ist, das dir so an Horrorfilmen von Mario Bava und an Sergio-Leone-Western gefällt, was die Angst und Gewalt auch immer in dir ausgelöst haben ... also diesen Kram hat Mr Gray wirklich *geliebt*. Und wieso auch nicht? Das sind primitive Überlebensmechanismen. Und als Letzter seiner Art in einer feindlichen Umgebung hat er nach jedem dieser Mechanismen gegriffen, die sich ihm boten.«

»Quatsch.« Dass Jonesy die Idee zuwider war, war ihm deutlich anzusehen.

»Nein, das stimmt. In unserer Hütte hast du gesehen, was du erwartet hast, nämlich einen Außerirdischen, der aussah wie in *Akte X* oder *Unheimliche Begegnung der dritten Art*. Du hast den Byrus inhaliert ... so viel körperlichen Kontakt hat es sicherlich gegeben ... warst aber vollkommen immun dagegen. Genau wie mindestens fünfzig Prozent aller Menschen es sind, wie wir jetzt wissen. Stattdessen hast du dich mit einer Art Willen angesteckt, mit einem blinden Trieb, mit ... Ach, Mann, es gibt keinen Begriff dafür, weil wir für *sie* keine Begriffe haben. Aber ich bin der Ansicht, du hattest es, weil du *geglaubt* hast, dass du es hast.«

»Willst du mir damit sagen«, meinte Jonesy und sah Henry über den Kopf seines schlafenden Sohns hinweg an, »dass ich fast die gesamte Menschheit vernichtet hätte, weil ich eine hysterische Schwangerschaft hatte?«

»O nein«, sagte Henry. »Wenn das alles gewesen wäre, dann wäre es vorübergegangen. Es wäre nicht mehr gewesen als eine vorübergehende Schizophrenie. Aber in dir ist die Idee Mr Gray hängen geblieben wie in einem Spinnennetz.«

»Sie hat sich in dem Traumfänger verfangen.«

»Ja.«

Sie verstummten. Bald würde Carla rufen, und dann würden sie Hotdogs und Hamburger essen, Kartoffelsalat und Wassermelone, und das alles unter dem so überaus durchlässigen Schild des blauen Himmels.

»Und willst du behaupten, dass das alles nur ein Zufall war?«, fragte Jonesy. »Dass sie zufällig in Jefferson Tract abgestürzt sind und dass ich zufällig gerade dort war? Und auch nicht allein. Mit dir und Pete und Biber. Und Duddits war nur ein paar hundert Meilen weiter südlich, vergiss das nicht. Denn es war Duddits, der uns zusammengehalten hat.«

»Duddits – das war immer ein zweischneidiges Schwert«, sagte Henry. »Auf der einen Seite Josie Rinkenhauer – Duddits, der Finder, Duddits, der Retter. Auf der anderen Seite Richie Grenadeau – Duddits, der Mörder. Aber Duddits konnte nur mit unserer Hilfe töten. Da bin ich mir sicher. Unser Unterbewusstsein reichte tiefer. Wir haben ihm den Hass und die Furcht geliefert – die Furcht, dass sich Richie wirklich an uns rächen würde, wie er es angedroht hat. Wir hatten immer mehr dunkle Triebe als Duds. Wenn er mal richtig fies sein wollte, dann hat er beim Cribbage rückwärts gezählt, und das war dann auch eher neckisch gemeint als sonst was. Aber ... weißt du noch, als Pete Duddits einmal die Mütze über die Augen gezogen hat und Duddits dann gegen die Wand gelaufen ist?«

Jonesy erinnerte sich vage. Das war im Einkaufszentrum gewesen. Als sie noch jung waren und man eben unbedingt im Einkaufszentrum rumhängen musste. Selbe Scheiße, anderer Tag.

»Anschließend hat Pete dann eine ganze Zeit lang beim Duddits-Spiel nur noch verloren. Duddits hat bei ihm *immer* rückwärts gezählt, und keiner von uns hat das mitgekriegt. Wir haben das wahrscheinlich nur für einen Zufall gehalten, aber angesichts dessen, was ich jetzt weiß, neige ich dazu, daran zu zweifeln.«

»Du meinst also, Duddits hat sogar gewusst, dass Rache Blutwurst ist?«

»Das hat er von uns gelernt, Jonesy.«

»Duddits hat also dafür gesorgt, dass sich Mr Gray bei mir einnisten konnte.«

»Ja, aber er hat dir auch zu deiner Festung verholfen – zu einem Ort, an dem du dich vor Mr Gray verstecken konntest. Vergiss das nicht.«

Nein, dachte Jonesy. Das würde er nie vergessen.

»Bei uns hat alles mit Duddits angefangen«, sagte Henry. »Wir waren anders, Jonesy, nachdem wir ihn kennen gelernt hatten. Du weißt doch, was ich meine. Diese Sache mit Richie Grenadeau und so, das waren nur die großen, auffälligen Dinge. Wenn du auf dein Leben zurückschaust, fallen dir da bestimmt auch noch andere Sachen ein.«

»Defuniak«, murmelte Jonesy.

»Wer ist das?«

»Der Junge, den ich kurz vor meinem Unfall beim Schummeln erwischt habe. Ich habe ihn dabei ertappt, obwohl ich an dem Tag, an dem der Test geschrieben wurde, gar nicht im College war.«

»Siehst du? Aber letztlich war es dann auch Duddits, der dem kleinen grauen Mistkerl zum Verhängnis geworden ist.

Und ich sage dir noch etwas: Ich glaube, Duddits hat mir da am Ende der East Street das Leben gerettet. Ich glaube, es ist absolut möglich, dass Kurtz' Kumpel, als er uns hinten im Humvee gesehen hat – beim ersten Mal, meine ich –, einen kleinen Duddits im Ohr hatte, der ihm sagte: ›Keine Sorge, mein Lieber, du kannst weitergehen, die sind tot.‹«

Aber Jonesy war immer noch bei seinem vorherigen Gedanken. »Und sollen wir jetzt davon ausgehen, dass es reiner Zufall war, dass sich das Byrum ausgerechnet mit uns zusammengetan hat? Denn das war ja Gerritsens Meinung. Er hat es nie so ausdrücklich gesagt, war aber eindeutig dieser Ansicht.«

»Wieso auch nicht? Viele Wissenschaftler, darunter so brillante Männer wie Stephen Jay Gould, sind der Ansicht, dass wir unsere Existenz als Spezies einer noch viel längeren und unwahrscheinlicheren Kette von Zufällen verdanken.«

»Siehst du das auch so?«

Henry hob die Hände. Es fiel ihm schwer zu antworten, ohne auf Gott zu sprechen zu kommen, der sich im Laufe der vergangenen Monate wieder in sein Leben eingeschlichen hatte. Durch die Hintertür, mitten in so mancher schlaflosen Nacht. Aber musste man diesen alten Deus ex machina ins Spiel bringen, um sich das hier zu erklären?

»Ich glaube, wir sind Duddits, Jonesy. *L'enfant c'est moi ... toi ... tout le monde*. Rasse, Spezies, Gattung; Spiel, Satz, Sieg. Wir alle zusammen sind Duddits, und all unser Sinnen und Trachten läuft letztlich auch nicht auf mehr hinaus als darauf, die gelbe Lunchbox nicht zu verlieren und zu lernen, wie man einen Schuh richtig herum anzieht – Was mahn? Pass nich? Unsere größten Bosheiten sind, kosmisch gesehen, nichts anderes, als wenn man beim Cribbage die Stifte in die falsche Richtung weitersteckt und hinterher nichts davon wissen will.«

Jonesy sah ihn fasziniert an. »Das ist entweder ein inspirierender oder ein Grauen erregender Gedanke. Ich kann mich nicht recht entscheiden.«

»Das macht nichts.«

Jonesy dachte darüber nach und fragte dann: »Wenn wir

Duddits sind, wer singt uns dann was vor? Wer singt uns das Wiegenlied vor und hilft uns einzuschlafen, wenn wir traurig sind oder Angst haben?«

»Oh, das macht immer noch Gott«, sagte Henry und hätte sich treten können. Da war es raus, trotz bester Absichten.

»Und hat Gott auch das letzte Wiesel von Schacht zwölf fern gehalten? Denn wenn das Vieh ins Wasser gelangt wäre, Henry –«

Eigentlich war das Wiesel, das in Perlmutter herangewachsen war, das letzte gewesen, aber das war nun wirklich nur eine Feinheit, ein Haar, das man nicht spalten brauchte.

»Es hätte Probleme gegeben, das bestreite ich nicht; für ein paar Jahre hätten sie in Boston wirklich andere Sorgen gehabt als die, ob sie den Fenway Park abreißen lassen sollen oder nicht. Aber dass es uns vernichtet hätte, glaube ich nicht. Wir waren etwas völlig Neues für sie. Und Mr Gray wusste das; was du da in der Hypnose gesagt hast –«

»Fang nicht davon an.« Jonesy hatte auch zwei der Bänder angehört und hielt es für den größten Fehler, den er während seines Aufenthalts in Wyoming begangen hatte. Als er sich selbst gehört hatte, wie er als Mr Gray sprach – und, in tiefe Hypnose versetzt, Mr Gray *wurde* –, war es ihm vorgekommen, als würde er einem boshaften Geist lauschen. Manchmal bildete er sich ein, der einzige Mann auf der Welt zu sein, der wirklich wusste, wie es war, vergewaltigt zu werden. Manches vergaß man lieber.

»Tschuldige.«

Jonesy deutete mit einer Handbewegung an, dass es schon in Ordnung sei, war aber doch merklich blasser geworden.

»Ich will damit sagen, dass wir als Menschheit mehr oder weniger in dem Traumfänger leben. Das hört sich fürchterlich an, ich weiß, klingt nach billigem Transzendentalismus, aber hierfür haben wir eben auch nicht die richtigen Begriffe. Wir müssten uns endlich mal welche einfallen lassen, aber bis dahin muss *Traumfänger* reichen.«

Henry drehte sich auf seinem Stuhl um. Jonesy tat es ihm nach und verlagerte Noel dabei ein wenig auf seinem Schoß. Ein Traumfänger hing über der Tür des Cottage. Henry hatte ihn als Einweihungsgeschenk mitgebracht, und Jonesy hatte ihn gleich aufgehängt, wie ein katholischer Bauer in vampirreichen Zeiten ein Kreuz an die Tür seiner Kate nagelte.

»Vielleicht hast du sie einfach nur angezogen«, sagte Henry. »Vielleicht haben *wir* sie angezogen. Wie Blumen dem Lauf der Sonne folgen oder Eisenspäne sich nach einem Magneten ausrichten. Wir können es nicht erfahren, denn das Byrum ist so ganz anders als wir.«

»Ob sie wiederkommen?«

»O ja«, sagte Henry. »Sie oder andere.«

Er sah zum blauen Himmel dieses Spätsommertags hoch. Irgendwo in der Ferne, aus der Richtung des Quabbin-Sees, rief ein Adler. »Darauf kannst du dich verlassen.«

»Jungs!«, rief Carla. »Das Mittagessen ist fertig!«

Henry nahm Jonesy Noel ab. Kurz berührten sich ihre Hände und ihre Blicke und ihre Gedanken – und für diesen einen Moment sahen sie noch einmal die Linie. Henry lächelte, und Jonesy lächelte zurück. Dann gingen sie Seite an Seite die Treppe hinunter und über den Rasen, Jonesy humpelnd und Henry mit dem schlafenden Kind auf dem Arm, und für diesen Moment gab es an Dunklem nur die beiden Schatten, die ihnen über das Gras folgten.

Lovell, Maine
29. Mai 2000

Nachbemerkung

Nie war ich so dankbar für das Schreiben wie während der Arbeit an *Duddits – Traumfänger* (vom 16. November 1999 bis zum 29. Mai 2000). Ich hatte in diesen sechseinhalb Monaten viele körperliche Beschwerden zu erdulden, und dieses Buch zu schreiben war mir dabei eine große Hilfe. Der Leser wird bemerken, dass mich die körperlichen Qualen zum Teil bis in die Geschichte hinein verfolgt haben, aber ich erinnere mich hauptsächlich an die köstliche Befreiung, die man in lebhaften, eindringlichen Träumen findet.

Viele Leute haben mir dabei geholfen. Meine Frau Tabitha etwa hat sich rundheraus geweigert, diesen Roman nach seinem Arbeitstitel *Krebs* zu nennen. Sie fand den Titel hässlich und meinte, er würde das Unglück nur so anziehen. Irgendwann habe ich das eingesehen, und jetzt nennt sie es auch nicht mehr »dieses Buch da« oder »das mit den Kackwieseln«.

Dank schulde ich auch Bill Pula, der mich am Quabbin-Reservoir herumfuhr und mir alles zeigte, und seinem Team: Peter Baldracci, Terry Campbell und Joe McGinn. Ein anderes Team, dessen Mitglieder lieber ungenannt bleiben möchten, fuhr mit mir hinter der Basis der Air National Guard mit einem Humvee aus und ließ mich törichterweise auch alleine fahren, wobei sie mir versicherten, man könne sich mit so einem Monstrum gar nicht festfahren. Ich hätte es trotzdem fast geschafft. Ich kam mit Schlamm bespritzt und bester Laune wieder. Von diesen Leuten soll ich Ihnen auch ausrichten, dass Humvees mit Schlamm besser zurechtkommen als mit Schnee; was ihre Fahreigenschaften angeht, habe ich mir daher dichterische Freiheiten herausgenommen, weil der Verlauf der Geschichte es so verlangte.

Der Reihe nach sei auch gedankt: Susan Moldow und Nan Graham von Scribner, Chuck Verrill, der dieses Buch lektoriert hat, und meinem Agenten Arthur Greene. Und ich darf auch Ralph Vicinanza nicht vergessen, meinen Agenten für Auslandsrechte, dem für »keine Ansteckungsgefahr« mindestens sechs verschiedene französische Übersetzungen eingefallen sind.

Eine abschließende Bemerkung noch: Dieses Buch wurde mit der besten Textverarbeitung der Welt geschrieben, einem Patronen-Füllfederhalter von Waterman. Die erste Fassung eines so langen Buchs mit der Hand zu schreiben hat mich der Sprache so nahe gebracht, wie ich es seit Jahren nicht mehr war. Eines Nachts, während eines Stromausfalls, habe ich sogar bei Kerzenlicht geschrieben. Solche Gelegenheiten bekommt man im 21. Jahrhundert nicht oft geboten, und man sollte es auskosten.

Und bei denen von Ihnen, die bis hierher gekommen sind, bedanke ich mich, dass sie meine Geschichte gelesen haben.

Stephen King

Abdruckgenehmigung

»Scooby Doo Where Are You« by David Mook and Ben Raleigh © 1969 (renewed) Mook Bros. West & Ben Raleigh Music Co. All rights reserved o/b/o Mook Bros. West in the United States, administered by Warner-Tamerlane Publishing Corp. All rights reserved o/b/o Ben Raleigh Music Co. in the United States, administered by Wise Brothers Music LLC. All rights for the world excluding the United States controlled by Unichappell Music, Inc. All rights reserved. Used by permission. Warner Brothers Publications U.S. Inc., Miami, FL 33014

»Sympathy for the Devil«, words and music by Mick Jagger and Keith Richards, © 1968, renewed 1996, ABKCO Music Inc.

»I Am the Walrus« by John Lennon and Paul McCartney © 1967 Sony/ATV Tunes, LLC. All rights administered by Sony/ATV Music Publishing, 8 Music Square West, Nashville, TN 37203.

»Yes We Can Can«, words and music by Allen Toussaint © 1970 (renewed 1998), 1973 SCREEN GEMS-EMI INC. All Rights Reserved. International Copyright Secured. Used by Permission.

> *»Kein zweiter Schriftsteller der Gegenwart beherrscht so sehr die Klaviatur des Grauens wie Stephen King.«* Die Welt

Castle Rock, Maine: Ein mysteriöser Fremder eröffnet hier eines Tages einen Laden mit dem Namen »Needful Things«, in dem jeder bekommen kann, wovon er schon lange träumt. Doch alles hat seinen Preis – und Gaunt bestimmt ihn, denn er kennt die verborgenen Sehnsüchte und Schwächen jedes Einzelnen. Der Alptraum beginnt ...

»Kings Choreographie ist grandios. Wie ein monumentales Ballett der Apokalypse inszeniert er den Untergang Castle Rocks.«
Nordwest-Zeitung

Stephen King

In einer kleinen Stadt »Needful Things«

Roman

ULLSTEIN TASCHENBUCH